LA LEYENDA DE BROKEN

LA LEYENDA
DE BROKEN

CALEB CARR

Traducción de Enrique de Hériz

GRUPO ZETA

Barcelona • Madrid • Bogotá • Buenos Aires • Caracas • México D.F. • Miami • Montevideo • Santiago de Chile

Título original: *The Legend of Broken*
Traducción: Enrique de Hériz
1.ª edición: mayo 2013

© 2012 by Caleb Carr
© Ediciones B, S. A., 2013
   Consell de Cent, 425-427 - 08009 Barcelona (España)
   www.edicionesb.com

Printed in Spain
ISBN: 978-84-666-5294-0
Depósito legal: B. 8.433-2013

Impreso por Novagràfic, S.L.

Dedico este libro con la mayor gratitud y todo mi afecto a
DR. HEATHER CANNING
DR. BRUCE YAFFE
THOMAS PIVINSKI, M.S.,
que hicieron física y emocionalmente posible mi vida; y a
EZEQUIEL VIÑAO,
inquebrantable amigo que siempre me animó con este proyecto;
y por último a
PRUDENCE K. MUNKITTRICK,
que tanto hizo por verlo terminado, antes incluso
de saber exactamente de qué se trataba.

Nota introductoria

Hace algunos años, mientras investigaba en una de nuestras principales universidades los papeles personales de Edward Gibbon —autor del clásico *Historia de la decadencia y caída del Imperio romano*, publicado en varios volúmenes entre 1776 y 1789—, di con un manuscrito voluminoso en la colección, guardado en una caja sin etiquetar. Al proseguir la investigación descubrí que aquella obra no figuraba ni en el archivo de tarjetas de la universidad ni en el inventario informatizado. Intrigado, empecé a leer el documento y pronto me di cuenta de que era una narración relacionada con el destino de un reino legendario del que se afirmaba que había dominado una porción del norte de Alemania entre los siglos V y X. El relato no se había publicado en vida de Gibbon, ni con posterioridad; yo solo sabía de él porque me había encontrado con referencias que lo mencionaban en una serie de cartas inéditas que Gibbon había escrito al gran Edmund Burke, su colega y compatriota. La obra maestra de Burke, *Reflexiones sobre la Revolución francesa,* había aparecido justo al mismo tiempo que el último volumen de la *Decadencia y caída* de Gibbon; como muestra de su aprecio por lo que reconoció de inmediato como un logro seminal por parte de su amigo, Gibbon había intentado regalar a Burke una copia de su último descubrimiento.

Sin embargo, Burke había devuelto el regalo de inmediato, junto con la advertencia —amistosa, pero expresada en términos severos— de que no intentara hacerlo público.

En aquel momento yo no supe muy bien qué hacer con aquel manuscrito; aunque contenía descripciones detalladas, no podía demostrarse de entrada su procedencia, y una historia que presentaba un reclamo tan extraordinario acerca de un capítulo de la historia largamente ignorado e imposible de precisar (pues la Alemania del norte durante la mayor parte de la Era Oscura sigue siendo uno de los asuntos pendientes más notorios en los registros de la civilización europea) exigía como mínimo dicha demostración. Sabía por las cartas de Gibbon que un estudioso de la historia y de la lingüística dotado de un talento impresionante había traducido el documento original al inglés; mas también me constaba que ese personaje había escogido sin embargo pertenecer en el anonimato con tanta obstinación como el narrador en primera persona del manuscrito original. En consecuencia, explorar su historia personal no aportaría nada al respecto de la verificación de su autenticidad. Ciertamente, el vocabulario inglés y los modismos que usaba a lo largo de la traducción eran coherentes con la lengua de finales del siglo XVIII y no contenían ningún anacronismo de esos que enseguida habrían delatado la invención o la patraña pergeñadas en una era posterior; aun así, faltaba algo más.

Últimamente, ese «algo más» ha empezado a aparecer y tomar forma en una serie de documentos que se remontan a los últimos días de la Alemania de Hitler. Esos documentos (que apenas ahora empiezan a emerger del todo) al parecer revelan que no solo Hitler sino también algunos de sus consejeros más cercanos eran conscientes de la existencia del *Manuscrito de Broken* y de las pruebas históricas que lo secundaban; tan conscientes, de hecho, que estaban decididos a erradicar de los anales de la historia de Alemania todo rastro de cualquier prueba escrita o arqueológica de la existencia de un reino de Broken.

Sumados a las afirmaciones de Gibbon, esos hechos tienen la solvencia suficiente para demostrar que la existencia del manuscrito podría darse por hecha. En consecuencia he decidido presentar esto, el relato del reino de Broken, embellecido por la correspondencia original que mantuvieron Gibbon y Burke al respecto, así como por las notas al pie que el primero añadió al texto, a las que he añadido también mis propias notas explicativas. (Dichas notas se ofrecen simplemente a modo de aclaración; el lector no debería pensar que es necesario leerlas para entender el manuscrito o incluso, idealmente, para disfrutar del mismo. Se pueden ir leyendo a medida que se avanza, revisarlas al terminar o dejar de lado por completo.)

En cuanto concierne a los elementos centrales de la historia que cuenta el manuscrito, solo puedo decir lo siguiente: se desarrolló, en particular después de que la era victoriana sucediera a la isabelina, una sensación de que los relatos ubicados en la Edad Media, u Oscura, exigían por fuerza unos requisitos formales y un grado de confusión no solo estilística, sino también temática. Sin embargo, especialmente en el caso de los principios del medioevo germánico, nada tan lejos de la verdad. Las leyendas que surgieron de ese tiempo y lugar partían de un lenguaje y unas tramas que hoy en día reconoceríamos como muy similares a las obras de eras más recientes: sin duda, ejemplos como el *Manuscrito de Broken* casi podrían considerarse modernos. Ciertamente, al centrarse en temas como los reyes obsesivos, los diminutos habitantes de los bosques, los pergaminos enterrados y, en última instancia, una civilización desaparecida (elementos que, como es obvio, acabarían por convertirse en materia prima de ciertas escuelas literarias de nuestra propia era), al tiempo que relataba dichos elementos con su estilo informal, el manuscrito contribuye a una tendencia que Bernd Lutz, en su ensayo magistral sobre la literatura germánica medieval, etiquetó como «un monumento al dialecto vernáculo».[1]

CALEB CARR
Cherry Plain, N. Y.

PRIMERA PARTE

LA LUNA HABLA DE LA MUERTE

3 de noviembre de 1790
Lausana

¿Hay razones para considerar creíbles los elementos centrales de la historia?

Las hay. En primer lugar, la ubicación de este reino de Broken, pequeño pero evidentemente poderoso, resulta fácil de calcular: el narrador menciona que queda al margen de las fronteras del nordeste del imperio occidental de Roma, de modo que cabe emplazarlo en algún lugar del territorio germánico, al tiempo que sus descripciones de un paisaje campestre espectacular nos hacen pensar no solo en los fértiles campos de los ríos Saale y Elbe, sino, con mayor exactitud todavía, en los bosques densos y atemporales de Turingia y Sajonia, en particular la cadena de las montañas Harz, que alcanza su cumbre en un pico llamado Brocken (es evidente que la «c» se perdió en el dialecto de Broken, de tal modo que la palabra sonaba tal como se habría pronunciado, o se pronunciaría aún, tanto en el inglés clásico como en el moderno). Dicha montaña ha sido siempre famosa por su supuesta condición de morada de fuerzas pecaminosas y ritos sobrenaturales[2] y sus atributos físicos se asemejan mucho a los de aquella en cuya cima se dice que se erigió la ciudad de Broken (en particular por su cumbre de piedra, que mantiene ciertas semejanzas con el baluarte galo de Alesia, aunque alcanzaba una altura mucho mayor).

En lo relativo a las costumbres y la cultura, el pueblo de Broken era sin duda más avanzado que cualquier otro que pueda hallarse en la Europa central entre los siglos V y VIII de nuestra era, período en el que parece haber transcurrido la mayor parte de la historia del reino. Sin embargo, creo que dicha diferencia puede explicarse por la afirmación del narrador anónimo, según la cual el mandatario y fundador del reino, un tal Oxmontrot, y algunos miembros de su tribu habían luchado como auxiliares bárbaros tanto de la región oriental del Imperio romano, como de la occidental. Evidentemente, el jefe de ese clan no solo poseía una fuerza brutal para sostener la espada, sino también un intelecto poderoso, capaz de absorber y dar uso a muchas de las tradiciones romanas más bellas, nobles y administrativamente eficaces.

Por desgracia, también legitimó las creencias de sus acompañantes menos perspicaces, que habían sido captados por algunas de las prácticas romanas más extremadas en el culto a la sensualidad y al materialismo, organizadas en torno a deidades como Elagábalo [var. Heliogábalo] y Astarté, y que anhelaban conformar una nueva fe propia, de características similares. Dicho anhelo tomó la forma de un culto igualmente secreto y degenerado al que Oxmontrot permitió convertirse en la nueva fe del reino de Broken por razones que se aclararán más adelante. Dicha fe se organizó en torno a lo que, hasta entonces, había sido una deidad menor de las provincias orientales de Roma, llamada Kafra; su dominio llevaría al segundo desarrollo en importancia de los primeros años de Broken, la creación de una raza de exiliados conocidos como los Bane.[3]

Edward Gibbon a Edmund Burke

1:{i:}

*Mi cráneo agujereado vuelve a ver y mis descoloridas
mandíbulas crujen ante el deseo de contar los secretos
de Broken...*

Y así se alzan al fin estas palabras de la tierra en que voy a en-
terrarlas, desafiando al destino como jamás podrá hacerlo Broken, mi patria. Seguirán los grandes muros de granito de la ciudad
hechos añicos hasta regresar a la piedra pulida con que fueron
construidos. No pretendáis, estudiosos aún nonatos, conocer mi
reino; está tan barrido por el viento y tan olvidado como mis huesos. Tengo ahora el propósito de contaros cómo llegó a ocurrir esta
catástrofe.

Tampoco deberéis ocupar vuestras mentes, quienquiera que
desentierre este relato, indagando quién soy o qué hice en vida:
vendrán pistas suficientes, pero los febriles intentos de interpretar-
las no servirán más que para distraeros de la importancia que pueda tener la tragedia mayor. Baste con saber que he muerto y que,
de uno u otro modo, he presenciado cuanto aquí describo.

¿Os asombra que hable de tragedias? ¿Qué otra cosa puedo hacer? No en vano, sé bien que los historiadores de vuestro tiempo no
podrán siquiera afirmar con convicción si Broken llegó a existir pese
a sus magníficos logros. Sé bien que sus enemigos, así como algunos de sus más leales ciudadanos —y, por supuesto, la propia naturaleza—, pondrán tanto empeño como evidentemente han puesto
ya para desmantelar la magnífica figura de esta gran ciudad. Y sé
que yo mismo, de cuya mente brotó dicha magnificencia, aún tengo por justa esa destrucción...[4]

Antes de seguir, téngase en cuenta, por encima de todo, lo siguiente: os embarcáis en un viaje en el que intervienen todas las crueldades, todos los impulsos contranaturales y todo el salvajismo de los que son capaces los hombres; y sin embargo, también hay aquí compasión y valor, aunque forma parte de las peculiaridades de esta historia que cada una de esas virtudes aparezca cuando menos se la espera. Entonces: que la fortaleza del corazón os guíe a través de cada período de confusión para llegar al siguiente punto de esperanza, alejando el desánimo del alma y permitiéndoos así obtener de esta historia un aprendizaje que mis descendientes y yo mismo dejamos escapar.

Sí, yo me perdí por completo... ¿Sigo perdido? Mi propia familia murmura que me he vuelto loco, como hicieron ya cuando hablé por primera vez de la necesidad de registrar todos estos sucesos con el único propósito de enterrar el texto final en lo más hondo de la tierra. Mas si he enloquecido es por culpa de estas visiones del destino de Broken: visiones que empezaron de modo espontáneo hace tiempo y nunca han desaparecido, por muy desesperadas que fueran mis súplicas a más de una deidad y pese a las tóxicas pociones que pueda haber consumido. Suponen una carga para mi cuerpo y mi espíritu, como si llevara al cuello un saco lleno de piedras que me hundiera bajo la superficie de mi lago iluminado por la Luna, hacia abajo, hasta esas profundidades pobladas con tantos otros cuerpos...

Los veo a todos, incluso a aquellos a quienes en verdad nunca vi en vida. Deberían haberse desvanecido: ha pasado un tiempo superior al que suele durar la vida de muchos hombres desde que regresé de las guerras al sur[5] y empezaron las apariciones, a lo que cabe sumar más o menos la mitad de tiempo desde que regresé de mi viaje para visitar a los monjes al otro lado de los estrechos de Seksent,[6] quienes me revelaron el significado de mis visiones, que podía registrar cuanto tengo por cierto hasta que llegue el día en que alguien, en que vosotros tropecéis con mi obra y decidáis si la mente que la ha creado merece ser tenida por loca.

Mas tiempo habrá luego para esa clase de deliberaciones, mientras que ahora disponemos de bien poco para explicar cuanto debéis saber acerca de mi reino antes de que podamos empezar el viaje. Pero los monjes que tutelaron mi estudio solían advertir contra la pura precipitación. Imaginemos, entonces, lo siguiente: caemos juntos de los cielos eternos en los que todas las eras son una misma y podemos convertirnos en compañeros de viaje hacia una Tierra menos constreñida que se encuentra, en el momento de nuestra llegada, en una era más temprana que la vuestra, aunque posterior a la mía. Tras cruzar la bruma que envuelve una cadena de montañas más impresionantes que verdaderamente elevadas, más mortíferas que majestuosas, pronto llegamos a las ramas más altas de una peligrosa extensión boscosa. La variedad de árboles parece casi imposible y su conjunto conforma una techumbre verde y espesa que se cierne sobre la vida silvestre del suelo: techumbre que nosotros, en nuestro viaje mágico, penetraremos con onírica facilidad para posarnos al fin en la gruesa extremidad inferior de un gentil roble. Desde nuestra atalaya gozamos de una excelente vista del suelo del bosque, exuberante y de apariencia amable; sin embargo, su gruesa alfombra de musgo a menudo esconde ciénagas mortíferas y sus matorrales de enormes helechos y espesas zarzas pueden llegar a cortar y envenenar la carne del más duro de los humanos. Aquí hasta la belleza es mortal, pues muchas de las flores delicadas que emergen del musgo, o que crecen en torno a los árboles y las rocas, ofrecen elixires fragantes que resultan fatales para el codicioso. Y sin embargo, esos mismos extractos, en manos de otros menos voraces, pueden usarse para curar la enfermedad y aliviar el dolor.

¿Y qué hay, entonces, del hombre en estos parajes? En otros tiempos se creía que los humanos no podían sobrevivir aquí, pues hemos entrado en el Bosque de Davon,[7] la gran arboleda que, a decir de la gente de la antigua Broken, crearon los dioses para aprisionar en él a los peores demonios, de modo que estos conocieran la soledad y el sufrimiento que infligen a las víctimas de sus tormentos. El bosque ha brindado siempre una frontera impenetrable por el sur y oeste de Broken, cuyos peligros eran evidentes incluso para los salvajes saqueadores[8] que aparecieron en primer lugar, muchas generaciones atrás, por donde sale el sol por las mañanas, y que todavía saquean los dominios colindantes. Solo unos pocos de esos invasores han intentado siquiera atravesar la inmensurable extensión del bosque, y entre ese reducido número son menos todavía los que han vuelto a salir, marcados, trastornados, para declarar la empresa no solo imposible, sino maldita. Los ciudadanos de Broken se alegraron en otro tiempo de ver el bosque desde la seguridad que proporcionaban las orillas de un río atronador, llamado

Zarpa de Gato, que aporta una peligrosa partición entre el territorio silvestre y la riqueza de los mejores cultivos de los valles de Broken, al norte y al este. Sí, en alguna ocasión mi gente se alegró con este límite, como con tantos otros;[9] pero eso era antes...

¡Mirad! Llegan sin darme apenas tiempo a pronunciar su nombre. Mirad, deprisa. ¡Allí! ¡Y allí! Una confusión de piel y cuero, el destello de los ojos furtivos, todo el fluido: entre los troncos y las ramas de los árboles, por encima o por debajo de los mismos, en torno a los matorrales de ortigas o en su interior, así como en las lianas. ¿Qué son? Mirad de nuevo; intentadlo decidir vosotros. ¿Ágiles? De una agilidad imposible, encuentran en el bosque senderos que otros animales no pueden ver, y mucho menos transitar, y navegan por esos rumbos con una agilidad que hace que incluso los roedores de los árboles se los queden mirando con envidia...

Empiezan a ir más despacio; tal vez notéis que las «pieles» de estos seres veloces son en realidad prendas de ropa cosidas con cueros de animales. Pero ni siquiera en el Bosque de Davon se visten las fieras. ¿Podría tratarse de esos demonios malditos de los que tantas historias de miedo contaban los habitantes de la antigua Broken? Sin duda estas criaturas pequeñas están malditas a su manera, pero que sean demonios... Examinad con más detalle sus rostros. Bajo la mugre y el sudor, ¿no os parece notar una piel humana? Y entonces...

Hombres.

Ni bestias del bosque ni enanos ni elfos. Tampoco niños. Mirad un momento más: debéis daros cuenta de que, si bien estos viajeros son inusualmente bajitos para tratarse de humanos adultos, no son *demasiado* bajos.[10] Lo que os inquieta es otra cosa. Ciertamente no se trata de sus movimientos ágiles y hasta divertidos, pues estos resultan tan maravillosos como los de una tropa de saltimbanquis; no, es algo más oscuro que lleva a la convicción de que hay en ellos algo... malo.

Perdonad que os diga que vuestro juicio es incompleto. No tienen, por sí mismos, nada de malo estos pequeños humanos. Lo único malo que percibís es el trato que han recibido.

Mas... ¿quién se lo ha dado? En cierto sentido, yo mismo, al dar vida a mi descendencia; mucho más, sin embargo, el nuevo «dios» de mi gente, Kafra;[11] y mucho más todavía la gente que desprecia a esta raza pequeña más que a cualquier alimaña. ¿Acaso os confundo? ¡Bien! En ese estado de ánimo, alzaréis la vista al cielo y suplicaréis alivio; pero en su lugar tan solo encontraréis más vistas maravillosas. Primero, la sagrada Luna,[12] deidad del antiguo Broken, aunque después, en mi período de vida, fuera rechazada a favor de aquel dios nuevo y más complaciente; luego, iluminada por la sagrada radiación de la Luna, una gran cadena montañosa varios kilómetros al sur de los picos que hemos cruzado en nuestro viaje hasta aquí, una cadena conocida en Broken simplemente como «las Tumbas». Más lejos, al norte y al este, esa cinta brillante que veis partir las envidiables granjas protegidas por el abrigo de los montes (tierras que conforman la principal fuente de riqueza del reino) es el río Meloderna, el pecho del que maman todos esos ricos campos, gentil hermano del rocoso Zarpa de Gato.[13]

Y en el centro de este noble paisaje, protegida como una infanta de la monarquía por los poderosos guardianes de la naturaleza, se alza la montaña solitaria que constituye el corazón del reino. Tan perversamente boscosa en sus laderas inferiores como el Davon y, en cambio, tan yerma y mortífera en lo alto como las Tumbas (aunque algo más templada), ahí está Broken, una cumbre tan aterradora que, a decir de la leyenda, el gran río solitario que manaba de las montañas colindantes en el inicio de los tiempos se dividió en muchos ante su mera visión. Pese a ser toda ella grande e imponente, la visión más tremenda se da en su cumbre: la maravilla enmurallada —y adornada, desde esta distancia, por temblorosas antorchas— que conforma a la vez el proverbial corazón del reino y sus pecaminosas entrañas. Excavada de modo milagroso en la piedra sólida y casi lisa que contiene el suelo de la cumbre, la ciudad fue en otro tiempo la favorita de la Luna, mas despertó la ira de su Sagrado Cuerpo al abrazar la fe de Kafra, el falso dios.

Broken...

Sí, acudiremos a ella. Pero aún no hemos terminado con el bosque. Porque esta historia empieza con esos escurridizos humanos de allí abajo. Nunca olvidéis esta palabra, pues se trata del dato supremo de toda esta historia: estos seres furtivos, rebozados en tierra, que tanta curiosidad despiertan, son humanos. La gente de Broken se permitió olvidarlo durante siglos y, en noches tempestuosas iluminadas por la Luna bajo la cumbre de la terrible montaña barrida por el viento, podréis oír el quejido que emiten sus almas condenadas al lamentar el más doloroso error...

1:{ii:}

Sobre los Bane: sus tribulaciones, sus proezas
y sus escándalos; y sobre el primero de una serie de sucesos
notables presenciados esta noche por tres de ellos...

El aroma que emiten las tres figuras escurridizas es extraño, menos humano incluso que su estatura. Sin embargo, entre sus muchas peculiaridades, esta es voluntaria por su parte: ser identificado como humano en el Bosque de Davon equivale a ser señalado como presa fácil, de modo que se esfuerzan por disimular su olor. Eso implica, en primer lugar, el uso de hojas muertas, plantas y el fértil suelo del bosque, además de agua, siempre y cuando sobre, para librar sus cuerpos del sudor, la grasa, la comida y los restos de sus propios desechos. Luego se aplican fluidos drenados de las bolsas olfativas de ciertos animales, tanto de zarpa como de pezuña. El resultado de esta cuidadosa preparación es que hasta los depredadores más inteligentes, así como las presas más atentas, se quedan confusos al acercarse estos tres viajeros, efecto acrecentado por los aromas incongruentes que emanan de los rebosantes sacos piel de ciervo que llevan a los hombros. Las tentadoras fragancias de las hierbas más raras del bosque, de sus raíces y flores; el punzante olor de las piedras y de los huesos medicinales; y la insinuación de miedo que procede de unas pocas jaulas pequeñas y trampas en cuyo interior hay pájaros cantores capturados y algunas raras musarañas gregarias de los árboles: todos esos olores, y otros más, se mezclan para reducir las posibilidades de que los componentes del trío sean identificados con exactitud. Así es como estas tres almas pequeñas y astutas casi se hacen con el dominio del Bosque de Davon.

Los tres pertenecen a los Bane, una tribu conformada por los desterrados de la ciudad en la montaña, así como por los descendientes de aquellos que sufrieron similar castigo en el pasado; una tribu para cuya supervivencia en el bosque se esfuerzan grupos de expedicionarios como este, enviados en busca de extraños bienes apreciados en Broken por su condición curativa o placentera. En pago por asumir riesgos que ni siquiera correrían los mercaderes de más desesperada avaricia, los Bane reciben de estos ciertos alimentos que no pueden cultivarse en el bosque, así como los instrumentos de bronce y hierro que los gobernantes de la gran ciudad se atreven a permitirles depositar en sus manos. Las expediciones por el bosque suponen un trabajo peligroso incluso para los Bane, y el consejo que gobierna la tribu —llamado «Groba»[14]— solo encarga esa tarea a sus hombres y mujeres más listos y valientes. A veces (como en el caso de nuestros tres expedicionarios), eso incluye a aquellos que han incumplido las leyes de la tribu: una etapa productiva de expediciones puede absolver a esas almas ingobernables de casi todos los pecados, salvo los mayores, y curar casi cualquier tentación de reincidencia, de tantos como son los peligros encontrados en estas misiones. Por cuanto respecta a quienes se dedican a las expediciones de avituallamiento de manera voluntaria, pueden tener la esperanza de recibir grandes honores por parte de los Groba en caso de que regresen con el cuerpo y la mente intactos.

Así han sobrevivido los Bane en el bosque, y a lo largo de dos siglos han desarrollado una sociedad, unas leyes... De hecho, una civilización, por muy bestiales que parezcan a sus incómodos vecinos. Incluso hablan la lengua de Broken, aunque por tratarse de una raza muy inventiva la han modificado:

—*Ficksel!*[15]

El expedicionario que viaja en la retaguardia de este rápido grupo acaba de escupir el insulto (una sugerencia urgente, aunque poco práctica, de que el objeto del insulto se retire a fornicar consigo mismo) al compañero de tribu que camina delante de él; sin embargo de inmediato su rostro —un borrón de ciatrices interrumpido tan solo por dos ojos grises y duros y un enorme hueco negro entre los dientes, aunque los que le quedan tienen puntas afiladas— se vuelve en busca de cualquier peligro que pueda acercarse por detrás. Sus labios, tantas veces partidos por los golpes que bien podrían ser los de un anciano, se fruncen en una fea mueca de asco y continúa con el murmullo de insultos; mas sus ojos claros y penetrantes no cesan de escudriñar el bosque con mirada experta.

—Siempre has sido un falso, Veloc,[16] saco de zurullos, pero esto...

—¡La verdad de la Luna, Heldo-Bah! —contesta indignado el que se llama Veloc (pues los Bane siguen adorando a la patrona del antiguo Broken).

Veloc echa chispas por los ojos redondos y oscuros y avanza con firmeza su bien formada barbilla en una actitud de desafío que tensa sus hombros mientras se asegura de que primero el saco de piel de ciervo para las vituallas y luego el arco corto de fina talla y las flechas están en su sitio. Si no fuera por la estatura se podría decir que es guapo, incluso en Broken (de hecho, al menos unas cuantas mujeres de la ciudad así lo creen en secreto cuando él infringe la ley de los Bane y se cuela tras los poderosos muros de la ciudad), mas no por su belleza está menos atento. Pese al calor de la discusión, escudriña la gruesa maraña que se extiende a ambos lados del grupo veloz con tanta atención como su compañero estudia la retaguardia.

—Parece que debo recordarte que me propusieron para el puesto de historiador de la tribu Bane y que los Padres del Groba estuvieron a punto de aprobar el nombramiento.

Heldo-Bah esquiva un fresno caído, sin agitar apenas su saco de vituallas y sin dejar de refunfuñar.

—Vaya panda de eunucos con el cerebro de granito...

Al oír el crujido de unas ramitas a lo lejos, saca de pronto sus armas favoritas: un conjunto de tres cuchillos lanzaderos, originalmente confiscados a un saqueador oriental por un soldado de Broken que más tarde tuvo la desgracia de encontrarse con Heldo-Bah al otro lado de una mesa de taberna en el centro comercial del reino de Broken, junto al río Meloderna, en el pueblo amurallado de Daurawah.[17]

—No necesitas recordarme nada, Veloc. Las mentiras crecen como los hongos en las ingles y los «historiadores» no son más que las putas que los contagian...

—¡Basta!

La orden, pese a procreder de una mujer más pequeña que ellos, es obedecida al instante; porque se trata de Keera, la de la cara redonda y el cabello cenizo, la rastreadora más hábil de toda la tribu de los Bane. Con poco menos de un metro veinte centímetros de estatura, Keera es cinco centímetros más baja que Heldo-Bah, mientras que su hermano Veloc le saca casi ocho. Sin embargo, no hay ninguna superioridad de estatura capaz de compensar su conocimiento de la vida en el bosque, y sus pendencieros compañeros están acostumbrados a hacer lo que ella diga sin preguntas, rencores ni dudas.

Keera se monta de un salto diestro en el tocón carcomido de un roble caído y sus sabios ojos azules ven por delante, en el bosque, lo que ningún otro humano podría discernir. La expresión de Heldo-Bah ha cambiado de aspecto para pasar de un enfado rabioso a la preocupación a una velocidad que resulta casi cómica y representa su humor tempestuoso.

—¿Qué es, Keera? —susurra con urgencia—. ¿Lobos? Me ha parecido oír uno.

En el Bosque de Davon los lobos alcanzan un tamaño extraordinario y representan todo un desafío aun para tres Bane juntos; incluso para estos tres. En cualquier caso, Keera menea lentamente la cabeza y responde:

—Una pantera.

También el rostro de Veloc muestra su temor, mientras que en el de Heldo-Bah se aprecia un pánico infantil. Las solitarias y silenciosas panteras de Davon —que pueden alcanzar envergaduras de más de tres metros y medio y pesar cientos de quilos— son los asesinos de mayor tamaño y eficacia que se conocen, cada una de ellas es por sí sola tan letal como una manada de lobos y, como todos los felinos, es casi imposible detectar su presencia antes de que ataquen. Les gustan especialmente las cuevas y las rocas cercanas a la Zarpa del Gato.

Keera escucha con atención los sonidos del bosque, apoyada en un báculo de arce con el que ha humillado a más hombres incluso de los que estaría dispuesta a admitir.

—Hace rato que lo he percibido —murmura—, pero creo que no nos acecha. Sus movimientos son... extraños. —Alza la cabeza—. Las cataratas Hafften...[18] Cerca del río. Hay rocas altas con buenos escondrijos por aquí. Es una buena zona para las panteras. En cualquier caso... —Mete una mano en la bolsa para sacar un palo con unos trapos chamuscados e impregnados de grasa, envueltos en torno a un extremo—. Vamos a necesitar antorchas. A esta velocidad, y con lo oscuro que está, podríamos resbalar en cualquier loma y partirnos el cuello sin darnos cuenta siquiera. Veloc: el pedernal.

Mientras su hermano rebusca en el saco, Keera se dirige a Heldo-Bah con el ceño tan fruncido que su naricilla parece señalarlo en plena acusación.

—Y tú, Heldo-Bah, por la Luna, ¡deja de protestar! Lo de la caza furtiva fue idea tuya. Lo que pasa es que tu estómago ya no soporta el jabalí de bosque...

—¡Solo tienen grasa y cartílagos! —murmura Heldo-Bah.

—Pero ya nos vamos, ¿no? —contesta Keera en tono severo—. ¡Deja de llamar la atención con tus quejas eternas!

—No es culpa mía, Keera —responde Heldo-Bah, al tiempo que tira su antorcha al suelo delante de Veloc—. Dile al tonto de tu hermano que sus mentiras...

—No son mentiras, Heldo-Bah. ¡Es historia! —Tanto la cara como la voz de Veloc adquieren un tono improbablemente pomposo mientras saca chispas del pedernal para las tres antorchas que los otros sujetan delante de él—. Si decides ignorar los hechos, el tonto eres tú. Y es un hecho bien simple que, mucho antes de Broken, todos los hombres eran más o menos de la misma estatura. Los Bane no existían, ni tampoco los Altos: esos nombres carecían de significado. Así quedó registrado, Heldo-Bah.

Este contesta refunfuñando:

—Sí, lo registraste tú mismo, seguro. Lo escribiste en las ancas de alguna esposa ajena.

Heldo-Bah recorre el espacio con la mirada, en busca de algún objeto al que hacer pagar su amargura, pero solo ve un gusano naranja que repta por un tronco recubierto de musgo. Como una centella, corta en cuatro la criatura con su mortífero cuchillo.

—Bastante grave me parece que te inventes esos cuentos de locura para hechizar a las mujeres y llevártelas a la cama, pero que encima pretendas colarlos como «historia», como si nadie pudiera ponerlos en duda... —Heldo-Bah recoge los cuatro trozos chorreantes[19] de gusano de la madera y se los mete uno tras otro en la boca, mastica con violencia, al parecer satisfecho por un sabor que obligaría a la mayoría de los humanos a entrar en erupción por más de un orificio.

Keera lo mira con cara de asco.

—¿Te has planteado, Heldo-Bah, la posibilidad de que los causantes de tus dolencias no sean precisamente los jabalíes del bosque?

—Ah, no —se limita a contestar Heldo-Bah—. Es el jabalí. He estudiado el asunto. Y esta noche... ¡voy a comer ternera! ¿Qué ves, Keera?

—Hemos trazado bien el rumbo de nuestra carrera. Deberíamos llegar al Puente Caído en pocos minutos y cruzar directos a la llanura de Lord Baster-kin.

Heldo-Bah gime de placer y parece olvidarse de la pantera.

—Ah, ganado peludo... Buena carne. Y encima, carne de ese cerdo de Baster-kin.

—¿Y la guardia privada del Lord Mercader? —pregunta Veloc a su hermana.

Keera menea la cabeza.

—No puedo contestar hasta que estemos más cerca. Pero... —levanta el cayado, tira de una rama de un abedul frondoso y aparta la temblorosa cortina verde para desvelar la lejana cumbre de Broken, perfectamente encuadrada por los árboles— todo parece en calma esta noche en la ciudad...

Ante la visión de la metrópolis iluminada por antorchas, fuente de poder en el reino de Broken y manantial de miseria para quienes habitan el bosque de Davon, un apasionado silencio se impone en el grupo y, acto seguido, entre muchas de las criaturas del bosque que comparten ese repentino atisbo del horizonte hacia el norte. La calma fantasmagórica no se rompe hasta que Heldo-Bah escupe el último bocado de su repugnante comida.

—O sea que el Groba no ha enviado a ningún Ultrajador —rezonga.

Da la sensación de que esta última palabra le resulta infinitamente más mareante que lo que acaba de comerse.

Veloc le dirige una mirada dubitativa.

—¿Se lo habían planteado?

—Los del último grupo de expedicionarios que nos encontramos hablaban de algo así —contesta Heldo-Bah—. Dijeron que habían presenciado un rito mortuorio de los Altos en la linde del bosque y que habían enviado a un hombre de regreso a Okot para dar la noticia. Este, a su vuelta, les había contado que los Ultrajadores opinaban que aquel acto exigía respuesta, porque los Altos habían cometido su asesinato en nuestro lado del río.

Keera le acucia:

—Pero... ¿están seguros de que fue responsabilidad de los Altos? El Groba tiene prohibido enviar Ultrajadores, salvo que estén seguros por completo, y los espíritus del río están muy activos después del deshielo primaveral... Puede que convencieran a alguna fiera del bosque para que atacase a algún hombre de Baster-kin...

—Y puede que yo tenga las pelotas del tamaño de las de un buey —responde Heldo-Bah con un nuevo escupitajo—. Pero no las tengo. Duendes de las rocas y gnomos del río...

El escepticismo del expedicionario provoca unos crujidos más audibles todavía en el suelo del bosque, cerca de ellos. Con una expresión de miedo infantil en el rostro, Heldo-Bah agarra una antorcha encendida y mira hacia todas partes.

—... cuya existencia —añade con voz transparente— acepto como un artículo de fe.

Keera se le echa encima con unos pocos brincos y le tapa la boca con una mano. Sin dejar de mover los ojos y la cabeza en todo momento, le susurra:

—La pantera... —Keera avanza con sigilo hasta los mismos límites del brillo tembloroso generado por las tres antorchas, con el cayado de arce listo—. Tal vez me haya equivocado. Puede que sí nos aceche. Aunque no me lo parecía.

Veloc se acerca a su lado.

—¿Qué podemos hacer?

—¿Correr? —propone Heldo-Bah, tras unirse a ellos de un salto.

—Sí —contesta Keera—. Pero no avanzaremos ni cincuenta yardas, por mucho que llevemos antorchas, si no le damos algo en que pensar. Una ofrenda... ¿Dónde está la articulación del jabalí de ayer? —Veloc saca un trozo de hueso y carne envuelto con un pedazo de piel—. Déjalo aquí —ordena Keera—. Eso atraerá a la pantera y, si le queda algún interés por nosotros, el fuego de las antorchas lo eliminará.

—Al tiempo que atrae el de la Guardia de Lord Baster-kin —responde Veloc, aunque no deja de cumplir las órdenes de su hermana.

—Las apagaremos en el Puente Caído —declara Keera, solucionando, como siempre, los problemas en su mente antes de que Veloc y Heldo-Bah los hayan contemplado siquiera—. Y ahora, vayámonos deprisa.

Tras retomar su ritmo característico por el bosque, a los tres Bane les cuesta apenas unos momentos alcanzar la orilla escarpada y ensordecedora del Zarpa de Gato, donde se encuentran ante el grueso tronco, de una treintena de metros, de un enorme abeto rojo cuyas raíces han abandonado hace poco la lucha desesperada por agarrarse a la escasa tierra de las escarpadas orillas. El gigantesco cuerpo del antiguo centinela señala ahora directamente al norte, hacia las cataratas Hafften, de las más sobrecogedoras entre las muchas que jalonan el Zarpa de Gato. Con su sacrificio, el gran árbol aporta el puente natural más fiable de cuantos se tienden entre el Bosque de Davon y Broken, puentes que muchos de los comandantes del ejército de Broken quisieran ver destruidos y, con ellos, caída la amenaza que suponen los maliciosos y a veces criminales Bane. Mas los mercaderes de Broken, pese a despreciar a los desterrados, obtienen enormes beneficios de los bienes que los expedicionarios de la tribu sacan del mundo silvestre: un niño de Broken, por ejemplo, que no cuente entre sus posesiones con una pequeña musaraña de los árboles de Davon —como las que ahora mismo transporta el grupo de Keera dentro de las jaulas que llevan en los sacos— puede dar por seguro el menosprecio de sus compañeros de juego, del mismo modo que la mujer incapaz de adornarse con las suficientes joyas de plata, oro y piedras preciosas de las tierras salvajes tan solo saldrá de su casa por la noche o cubierta con prolijos velos. Y, aun peor, si un marido o un padre no pueden permitirse comprar esas cosas se interpretará que su devoción por Kafra desfallece.

Kafra: el extraño dios cuya imagen trajo alguien por primera vez ascendiendo el valle del Meloderna hace siglos y que, con su amor por la belleza y las riquezas, pronto robó el alma a los ciudadanos de Broken y les llevó a abandonar los dogmas pragmáticos del antiguo culto a la Luna, cambiando así la misma base de sus vidas. Mas pronto nos veremos obligados de nuevo a hablar de Kafra; bastante habrá de asquearme entonces...

Ágiles como siempre, los tres expedicionarios se preparan para cruzar el puente, y el derrame de las aguas por debajo del mismo les produce más diversión que espanto. El haberse librado de la pantera y la idea de disfrutar de una comida digna del más rico de los Altos (y, sobre todo, la perspectiva de crear algún follón en una noche por lo demás tranquila) se combinan para volverlos cada vez más bulliciosos. Nada más encaramarse al puente empiezan a amenazarse entre ellos con tirarse a empujones y hasta juegan a hacerlo, libres al fin los dos hombres para gritar tanto como quieran; en las rocosas orillas, el rugido del río acalla sus voces.

Para poner fin a sus juegos tendría que ocurrir algo tremendo, pero el talento de Keera consiste precisamente en su capacidad para detectar esas señales siniestras. Alza la nariz en la leve brisa y tensa todo el cuerpo; luego, con un rápido vaivén de su cayado de arce silencia una vez más a sus compañeros.

—¿Qué pasa ahora? —murmura Heldo-Bah—. ¿No será el felino...?

—¡Silencio! —sisea Keera.

Luego, a la carrera, abandona el puente de un salto y se pone a rebuscar algo por el suelo rocoso de la orilla sur del río siguiendo el rastro de un olor inconfundible.

—Ha muerto alguien —anuncia Veloc.

—Sí —contesta Heldo-Bah—. Y lo han dejado pudrirse...

Al poco, están junto a los restos de un joven de Broken. Otrora fue tan alto y bien formado como cualquiera; ahora es una carcasa podrida entre cuyas costillas asoman unas cuantas flechas de bella factura artesanal; varas de madera con revestimiento de hoja de oro, plumas de águila de Davon y puntas de pavorosa plata.

—Debe de ser ese tipo. —La voz de Veloc delata una mínima compasión, aunque ese hombre putrefacto probablemente habría escupido al expedicionario Bane si en vida se hubieran cruzado sus caminos—. El que mataron en ese ritual del que hablabas, Heldo-Bah. Es poco más que un crío...

Heldo-Bah gruñe asqueado.

—Mira las flechas. Que la Luna me fulmine si no proceden de la Sacristía del Alto Templo de la ciudad.

Keera mueve la cabeza en señal de asentimiento, aunque su rostro revela sospechas algo más complejas.

—Pero no hay ninguna mutilación: la cabeza, los brazos y las piernas están intactos. Y lo mataron en nuestro lado del río. ¿Por qué? —Se acerca unos pasos, aún perpleja por lo que ven sus ojos—. ¿Y qué pasa con los carroñeros? Nadie ha tocado este cadáver, cuando lo normal sería que los lobos y los osos lo hubieran desparramado por este lado del bosque. ¿Qué puede...? —Se detiene de repente con el rostro arrugado al detectar un nuevo olor que la lleva de inmediato a desandar sus pasos—. ¡Apartaos! —ordena, al tiempo que alza la antorcha—. No es solo que su carne se esté pudriendo; está enferma. Hasta los carroñeros se han dado cuenta. Por eso no lo han tocado.

—Vale, entonces... —musita Veloc mientras se aleja de los restos—, lo mataron porque estaba enfermo. Lo hacen muy a menudo.

—Pero no tiene sentido —insiste Keera, extrañamente asustada—. Miradlo: nada sugiere que fuera otra cosa que un perfecto joven de Broken. Alto, bien formado, sin debilidad alguna en los huesos de las piernas, un buen cráneo... Y lo mataron aquí, cuando a los enfermos se limitan a abandonarlos en el bosque con ese ritual que llaman *mang-bana*.[20]

—¿Un criminal? —se pregunta Heldo-Bah—. No, no, tienes razón, Keera, no hay ninguna mutilación. Si fuera un criminal, las habría.

—Hemos de descubrir el significado de esta muerte —anuncia Keera.

—¿Y a quién podemos preguntar? —Se nota que a Veloc le pone nervioso la determinación de su hermana—. Somos expedicionarios, Keera. Hacemos incursiones en busca de comida decente. ¿Vamos a preguntar a la guardia de Lord Baster-kin qué ha ocurrido?

El tono resuelto de Keera nunca desfallece.

—Si es necesario, sí, Veloc.

Heldo-Bah sonríe de oreja a oreja, mostrando el hueco negro que se abre entre sus dientes.

—Bueno, ¡la noche promete ser divertida! Además de practicar la caza furtiva, también vamos a capturar a un soldado del Lord Mercader...

Keera mira una vez más hacia el hombre muerto.

—Esto no tiene nada de divertido, Heldo-Bah. Es el peor de los males: el ejercido por los hombres, sea por medio de la brujería o mero asesinato.

—Bien, entonces exige la devolución del mal, ¿no? —Mientras se aleja de regreso hacia el Puente Caído, Heldo-Bah afloja las cintas que sujetan el saco de piel de ciervo a sus hombros—. Lo dejamos todo aquí y nos llevamos solo las armas. —Clava su antorcha en el suelo y luego trepa con destreza hasta una rama alta de un arce en la que deja atado su saco—. Dejadlo todo en alto. No quiero que los carroñeros nos destruyan tres semanas[21] de trabajo.

Veloc no puede ocultar la satisfacción que le produce la nueva misión del grupo, pero al mismo tiempo está enojado con su hermana. Keera es la única del grupo que tiene una familia esperándola a su regreso a la aldea Bane de Okot, que queda a un día entero de carrera hacia el sudeste, incluso a la velocidad de estos tres. El bello Bane se acerca a su hermana para hablarle en tono confidencial mientras Heldo-Bah se mantiene ocupado.

—Keera —murmura Verloc, al tiempo que apoya las manos en sus hombros—, creo que tienes razón acerca de lo que hemos de hacer, pero... ¿Por qué no dejas que Heldo-Bah y yo nos encarguemos y nos esperas aquí? Al fin y al cabo, si nos ocurre algún infortunio nadie llorará por nosotros, mientras que Tayo[22] y los niños necesitan que vuelvas con ellos. Y yo me comprometí a que así fuera.

Aunque conmovida por las palabras de su hermano, Keera frunce un poco el ceño al oírlo.

—¿Y con qué derecho prometiste que volvería, Veloc?

—Tienes razón —contesta Veloc en un tono cada vez más contrito—. Pero yo soy el responsable de que estés aquí... Hasta tus hijos lo saben.

—No seas estúpido, hermano. ¿Qué querías que hiciera? ¿Dejar que esos Ultrajadores os dejaran sin sentido de una paliza tan solo porque cuentan con el favor de la nueva Sacerdotisa de la Luna? No, Veloc. Tayo y los niños saben que el castigo de emprender esta expedición fue una injusticia y lo mejor que puedo hacer por ellos es descubrir si lo que ha ocurrido supone algún peligro para nuestra tribu.

Veloc se encoge de hombros, sabedor de que el sentimiento de culpa que ya experimenta por el castigo que el Groba infligió a Keera se volverá insoportable si ahora le ocurre alguna desgracia. Sin embargo, como aprendió ya hace tiempo a no discutir asuntos importantes con su hermana, sabia y talentosa, empieza a trepar por un roble que queda junto al arce de Heldo-Bah.

—Muy bien. Dame tu saco. Heldo-Bah tiene razón. Si vamos a hacer lo que tú deseas, será mejor que viajemos con poco peso.

—No es lo que deseo —contesta Keera, mientras se suelta las cintas del saco—. Lo que desearía es que no hubiéramos descubierto esta pesadilla. Porque te equivocas, Heldo-Bah.

—Sin ninguna duda —contesta desde arriba el Bane de los

dientes afilados, como si la cosa no fuera con él—. Mas dime, te ruego, ¿en qué me equivoco esta vez?

—Has dicho que el mal llama al mal.

—¿A ti te parece que no?

—Me consta que no —dice Keera, alzando el saco—. El mal genera el mal, hace que se extienda como el fuego. Calcina las almas de los hombres, igual que el Sol quema sus pieles. Si hubieras prestado atención a los principios básicos de tu fe, sabrías que fue así como los primeros Sacerdotes de la Luna determinaron que todos los males nacen del mismo Sol, mientras que la Luna, por la noche, recuerda a cada corazón humano su lugar en el mundo, humilde y solitario, y así lo llena de compasión. Mas nosotros no hemos de encontrar compasión al otro lado del río. No, me temo que caminamos hacia el mal. Así que os pido a los dos, por favor, que intentéis no caer en la trampa que el mal nos ha tendido. —Los Bane clavan en ella sus miradas, confundidos—. Nada de matar —aclara Keera—, si no es estrictamente necesario.

—Por supuesto —contesta Heldo-Bah. Baja al suelo de un salto y sus gruesas piernas absorben el impacto con facilidad. Luego añade en voz baja—: Aunque por alguna razón sospecho que lo será...

1:{iii:}

Y ahora, ¡a la ciudad de la montaña! Sepamos
de sus virtudes, de sus defectos y de la contrariedad
de un soldado...

Subimos de nuevo al cielo, vosotros y yo, sobre campos y valles que al llegar parecían serenos, mas tal vez ahora los encontréis menos idílicos; remontamos las laderas de la montaña solitaria, primero entre los gruesos árboles y la maleza de la zona baja para adentrarnos luego en un laberinto aún más traicionero, hecho de roca y secos matorrales; y al fin, llegar a lo más alto, donde los grupos diseminados de desafiantes abetos ceden el lugar a las formaciones pétreas, despojadas de toda vida y alzadas, como si fuera por su propia voluntad, con el porte definitivo y ordenado de los poderosos muros...

—¿Sentek?[23]

Sixt Arnem[24] está sentado a la sombra del parapeto, con la mirada fija en una pequeña lámpara de aceite de bronce, instalada encima de una mesa plegable de acampada que ha traído consigo desde las barracas de los Garras.

—¡Sentek Arnem! —repite el centinela, ahora con más urgencia.

Arnem se inclina hacia delante y cruza los brazos sobre la mesa, de tal modo que sus rasgos se vuelven visibles a la luz de la lámpara: ojos de un marrón claro, nariz fuerte y un mohín malcarado en la boca que la barba de burdo corte nunca llega a esconder del todo.

—No estoy sordo, pallin —contesta con voz de cansancio—. No hace falta gritar.

A modo de saludo, el joven pallin se da un golpe en el costado con la lanza.

—Lo lamento, sentek. —Con la agitación ha olvidado que no se dirigía a un oficial cualquiera—. Es que... hay unas antorchas. En la linde del Bosque de Davon.

Arnem se queda una vez más mirando la lámpara humeante.

—Ah, ¿sí? —pregunta, tranquilo, mientras mete un dedo en la llama amarilla y contempla cómo se va formando una capa de hollín en la piel—. ¿Y por qué te parece tan interesante? —musita.

—Bueno, sentek... —El pallin respira hondo—. Se mueven hacia el río y hacia la Llanura de Lord Baster-kin.

Las cejas de Arnem se alzan un poquito.

—¿La Llanura?

—¡Sí, sentek!

Arnem se levanta con un quejido, echa hacia atrás su capa, del color del vino, y revela una armadura de buena factura y bastante usada. Dos racimos de plata labrada, que representan la forma de las patas y las garras de un águila, sujetan la capa a los musculosos hombros.

—De acuerdo, pallin —concede mientras se acerca al ansioso joven—. Veamos qué es eso que tanto te emociona.

—¡Allí, sentek! ¡Justo al lado del bosque! —anuncia el pallin con voz triunfal.

Despertar el interés del mejor soldado de Broken supone, sin duda, todo un logro.

Arnem otea la lejanía con la mirada tranquila de un veterano, que todo lo abarca. Pese a la luz de la naciente Luna, la oscura masa que compone en el horizonte la frontera del norte del Bosque de Davon se niega a revelar detalle alguno de esos oscilantes alfileres de luz. Arnem suelta un suspiro ambiguo.

—Bueno, pallin... Hay, como tú mismo dices, una serie de antorchas. Y se mueven justo por dentro del Bosque de Davon, hacia el río y la Llanura.

Entonces, bajo la mirada de los dos hombres, las luces lejanas desaparecen de pronto. Los rasgos de Arnem flaquean un poco.

—Y ahora ya no están...

El pallin contempla con rostro incrédulo mientras Arnem regresa a su pequeño taburete junto a la mesa de acampada.

—Sentek, ¿no deberíamos informar?

—Ah, por las pelotas de Kafra...

A Arnem se le ha escapado una blasfemia común entre los pobres, pero no menos grave por ser popular. Estudia los rasgos juveniles del pallin, recién afeitado y con gesto decidido bajo el yelmo de chapa de acero[25] sin adornos que suele formar parte del equipamiento regular de los Garras. Al ver hasta qué punto ha impresionado al muchacho su comentario vulgar, no puede evitar una sonrisa.

—¿Cómo te llamas, pallin?

—Ban-chindo —replica el joven.

De nuevo golpea la lanza, paralela a un costado de tal modo que la punta se alza por encima del metro noventa que alcanza su cuerpo.

—¿De qué distrito?

El pallin parece sorprendido.

—¿Sentek? Del Tercero, claro.

Arnem asiente.

—Hijo de un mercader. Supongo que tu padre pagó para que te aceptaran en los Garras porque el ejército regular no te parecía suficiente.

El pallin pierde la mirada más allá de la cabeza de Arnem, molesto pero esforzándose por no demostrarlo. Conoce el pasado de Sixt Arnem como cualquier otro soldado de los Garras: nacido en el Distrito Quinto —el de quienes han disgustado a Kafra por su pobreza o su fealdad—, Arnem fue el primero que consiguió pasar de pallin del ejército regular al rango de sentek, dueño de los destinos de quinientos hombres. Cuando lo pusieron al mando de los Garras, el *khotor*[26] más elitista del ejército, muchos de los oficiales de ese cuerpo mayor arrugaron la nariz; mas cuando repelió un intento de invasión que duró varios meses por parte de un ejército de jinetes torganios,[27] tan duros que llegaron a atreverse a pasar por los pocos pasillos de las Tumbas que permanecen abiertos en lo más crudo del invierno, la gente de Broken se lo agradeció de todo corazón. Aunque su familia vive todavía en el Distrito Quinto, el sentek Arnem es reconocido como favorito de Kafra y del Dios-Rey.

Pero al fin el pallin decide que nada de todo eso excusa los malos modos.

—Kafra favorece a quienes vencen en el mercado, sentek —dice, manteniendo la mirada fija, pero apartada de los ojos de Arnem—.

No veo por qué los hijos de estos han de renunciar a defender, a cambio, su ciudad.

—Ah, pero muchos lo hacen hoy en día —resonde Arnem—. Demasiados, pallin Ban-chindo. Y los que sí prestan el servicio siempre piden una plaza en los Garras. Pronto nos quedaremos sin ejército regular.

El pallin se ha metido en un buen charco y lo sabe.

—Bueno, si los que están dispuestos a servir pueden permitirse un lugar en la mejor legión del ejército, ¿no será por deseo de Kafra? ¿Y por qué habrían de dar un paso atrás ante la gloria? ¿O ante el peligro?

Arnem suelta un chasquido inconfundiblemente amistoso.

—No hace falta que te pongas nervioso, pallin Ban-chindo. Ha sido un sentimiento positivo y lo has expresado con valentía. Acepto la reprimenda. —Arnem se levanta y agarra al joven por el hombro un instante—. De acuerdo. Hemos visto varias antorchas que se dirigían desde el Bosque hacia la Llanura de Lord Basterkin. ¿Qué vamos a hacer?

—Eso... Eso no debo decirlo yo, sentek.

Arnem alza enseguida una mano abierta.

—Venga, venga... Entre un futuro sentek y un antiguo pallin. ¿Qué harías tú?

—Bueno... Yo... —Al pallin se le atragantan las palabras con torpeza aún mayor y se enoja consigo mismo. ¿Cómo va a merecer un ascenso si no es capaz de aprovechar esta oportunidad?—. Yo informaría. Creo.

—Informarías. Ah. ¿A quién?

—Bueno, a... Quizás al yantek Korsar o...

—¿Al yantek Korsar? —Arnem finge un simpático asombro—. ¿Estás seguro, pallin? El yantek Korsar ya tiene bastantes preocupaciones con comandar todo el ejército de Broken. Además, se ha hecho mayor... Y es viudo.

El sentek se queda pensativo por un instante, recordando no solo a su comandante y viejo amigo, el yantek Herwald Korsar,[28] sino también a su difunta esposa, Amalberta.[29] Conocida como «la madre del ejército», Amalberta era una de las pocas personas a la que Arnem ha conocido en las que encontró una bondad verdadera y su muerte, hace dos años, afectó al sentek casi tanto como a Korsar.

Pero Arnem no debe sumirse en la tristeza, porque la posibilidad de evitar esos sentimientos fue precisamente lo que lo trajo a estos muros.

—Por todo eso —dice, recuperando el tono autoritario—, nuestro comandante valora doblemente el poco sueño que consigue conciliar. No, no creo que queramos arriesgarnos a sufrir un estallido de su famoso temperamento, Ban-chindo. ¿No hay nadie más?

—No sé..., quizás... —A Ban-chindo se le ilumina la cara—. ¿Quizá Lord Baster-kin? Al fin y al cabo, las antorchas avanzan hacia sus tierras.

—Cierto. Baster-kin, ¿eh? ¿Y esta vez estás seguro?

—Sí, sentek. Informaría de este asunto a Lord Baster-kin.

—Ban-chindo... —Arnem camina arriba y abajo junto al muro de gruesa piedra con zancadas deliberadamente grandes—. Ya ha salido la Luna; estamos en plena noche. ¿Por casualidad conoces al Lord del Consejo de los Mercaderes?

—¡Es un patriota legendario! —Ban-chindo vuelve a plantar la lanza con firmeza.

—Te vas a hacer daño, muchacho —dice Arnem—, si no consigues refrenar tu entusiasmo. Sí, Lord Baster-kin es, efectivamente, un patriota.

El sentek tiene un respeto inusual por el Lord Mercader de Broken, pese a las tensiones y rivalidades que siempre han existido entre el Consejo de los Mercaderes y los cabecillas del ejército de Broken. Sin embargo, sabe también que Baster-kin es un hombre de poca paciencia, dato que se dispone a compartir con el pallin Ban-chindo.

—Pero su señoría también es muy dado a trabajar a cualquier hora de la noche y no suele reaccionar con ligereza a los asuntos triviales. Entonces, ¿se supone que debo entrar a empujones, donde sin duda está estudiando minuciosamente algún libro de cuentas, y ponerme a dar golpes con la lanza como si fuera un lunático recién mordido por un perro,[30] y decir: «Lo siento, mi señor, pero el pallin Ban-chindo ha visto una serie de antorchas que se movían hacia tu llanura y cree que debe hacerse algo de inmediato..., pese a que tu guardia personal está ya patrullando por la zona.

El pallin afloja la tensión de la lanza y se queda mirando fijamente el camino empedrado.

—No...

—¿Cómo?

Ban-chindo estira el cuerpo.

—No, sentek —contesta—. Solo es...

—Solo es por aburrimiento, Ban-chindo. Nada más.

El joven soldado mira a Arnem a los ojos.

—¿Es que...?

Arnem asiente lentamente y mira primero hacia la izquierda, a la garita de guardia más cercana, encerrada en una torrecilla, y luego a una estructura de piedra similar que queda a unos quince metros de distancia por el lado derecho. Cerca de cada una de ellas permanece alerta un joven muy parecido al pallin Ban-chindo. Armen suelta un suspiro de plomo.

—Llevamos mucho tiempo en paz, Ban-chindo. Ocho años desde que terminó la guerra torgania. Y ahora... —El sentek se apoya en el burdo parapeto—. Ahora nuestra única esperanza de tener algo de acción pasa por luchar contra una tribu de carroñeros que miden la mitad que nosotros en un bosque maldito que solo un enano podría llegar a dominar y solo un loco atacaría. —Da un golpe suave con el puño en la superficie del parapeto—. Sí, Ban-chindo, entiendo tu aburrimiento.

«Y ojalá pudiera compartirlo de verdad», cavila Arnem en silencio. Se recuerda una vez más que no hay razón que obligue al comandante de los Garras a permanecer en guardia y concentra su atención en el área en que, a lo lejos, han danzado durante un instante tan breve esas luces terriblemente minúsculas, con la esperanza de que vuelvan a aparecer y eso provoque una crisis de guerra que mantenga sus pensamientos alejados de los preocupantes pensamientos personales que lo están reconcomiendo desde hace días. Pero las luces han desaparecido y el sentek se vuelve, decepcionado, para contemplar la ciudad que se extiende ante él.

Broken permanece dormida en su mayor parte, esperando el día de febril mercadeo que empezará con el alba. Desde su atalaya, Arnem tiene una vista diáfana de los mercados y de las casas de los mercaderes de los distritos Segundo y Tercero, las secciones más grandes de la ciudad, que a esta hora permanecen en penumbra y serenas. Más al norte, en el Distrito Primero, más rico, no se conoce este descanso; unos braseros de aceite y carbón, de un metro ochenta de altura, arden perpetuamente en los aledaños del Alto

Templo de Kafra, alimentados día y noche por acólitos diligentes. El alma de Arnem entra en una agitación todavía más profunda al verlos, y busca solaz en el Distrito Cuarto, donde se acuartela el cuerpo principal del ejército de Broken, y luego en su propio distrito, el Quinto, cuya paz nocturna tan solo quiebran quienes han fracasado en la feroz competición de los mercados y tienen por único consuelo la bebida.

Suena como una erupción el rugido distante de una multitud y Arnem vuelve a mirar hacia el norte, hacia el estadio de la ciudad, que se alza justo detrás del Templo y que, desde hace una cantidad de años que el sentek ya ni puede recordar, permanece abierto día y noche por orden de la autoridad. A Arnem le han asegurado con frecuencia que el desarrollo de la destreza física y la belleza, tan esenciales para la adoración de Kafra, mejora con las competiciones deportivas; mientras tanto, el dinero que va cambiando de manos entre los apostadores crea nuevas fortunas, revelando así qué almas se convierten en favoritas y castigando a quienes han perdido el fervor. El sentek se ha esforzado mucho por aceptar ese razonamiento: por lo menos, se ha guardado de opinar que los jóvenes que dedican tantas horas al deporte o a las apuestas harían mucho mejor sirviendo al reino y a su dios en el ejército. Pero últimamente este control, este hábito de tragarse las dudas, se ha convertido en una tarea difícil. Porque últimamente los sacerdotes de Kafra —a quienes Arnem siempre ha obedecido con toda lealtad— le han pedido algo que él no puede darles.

Le han pedido uno de sus hijos.

Los ojos de Arnem derivan aún más a la izquierda, hacia las murallas de granito liso de la Ciudad Interior y, más allá, los tejados del palacio real. Sede del Dios-Rey,[31] su familia, el Gran Layzin (el más alto de los sacerdotes de Kafra y mano derecha del Dios-Rey), así como de las bellas altas sacerdotisas conocidas como Esposas de Kafra, la Ciudad Interior no ha sido visitada por ningún ciudadano común en más de dos siglos de historia de Broken y sigue siendo el misterio supremo de la ciudad. Precisamente por eso Arnem es reticente a enviar a su segundo hijo a servir en ella, aunque se trata de algo que se espera en todas las familias de la sociedad de Broken, aun si su estatura es moderada. A los hijos que entran al servicio del Dios-Rey no se les permite volver a ver a sus familias; y como Arnem pasó su infancia en los callejones del Distrito Quinto, hace mucho tiempo que desconfía de ese secretismo. Tal vez el servicio que emprenden estos niños sea pío y más valioso que cualquier vida en el mundo exterior de Broken; pero a tenor de la experiencia de Arnem, la virtud puede necesitar en ocasiones un velo, mas nunca esa oscuridad total.

¿Acaso no fue Oxmontrot[32] quien lo quiso así? Oxmontrot, fundador de Broken, el primer rey, el mejor guerrero y un héroe para los soldados como Arnem, nacidos en el seno de familias pobres. Hace más de dos siglos, a Oxmontrot (nacido también en la parte baja de la escala social y capaz de liderar a su gente solo tras años de trabajar como mercenario al servicio de ese vasto imperio que los ciudadanos de Broken llaman *Lumun-jan*,[33] aunque los estudiosos lo conocen por «Roma») lo tomaron por loco por su determinación feroz, al regresar a casa, de obligar a los granjeros y pescadores del oeste del Valle del Meloderna y del norte del Bosque de Davon a excavar una ciudad de granito en la cima de Broken. Hasta entonces, las tribus que vivían por debajo de las grandes masas pétreas de la cumbre de la montaña las habían usado tan solo como lugar en el que celebrar sacrificios, tanto humanos como animales, a sus diversos dioses. Pero el Rey Loco había sido astuto, cavila Arnem esta noche, como tantas otras: Broken había resultado ser, ciertamente, el mejor lugar desde el que construir un gran estado. Desde aquella cumbre, la gente de los valles y hondonadas podía soportar las arremetidas procedentes del sudeste, del este y del norte, mientras que cualquier otro acercamiento al reino quedaba bloqueado por el Bosque de Davon. Ningún guerrero de la época del Rey Loco[34] pudo encontrarle pegas al ambicioso plan, como tampoco ha podido hacerlo ninguno de los posteriores: los únicos enemigos que han logrado arañar las defensas de la ciudad son los Bane, y Arnem sabe que ni siquiera de Oxmontrot se podía esperar que fuese capaz de avanzarse al problema interminable en que acabaría por convertirse aquella raza de desterrados.

El hecho de que el Rey Loco hubiera sido un pagano, un adorador de la Luna como los Bane, no lo convertía precisamente en mejor previsor a este respecto, y Arnem lo sabe; sin embargo, pese a sus creencias particulares, Oxmontrot presidió la construcción del edificio de la Ciudad Interior como santuario para su familia real en sus últimos años y no se opuso a la introducción en la ciudad de la fe de Kafra y de todos sus rituales secretos. Sin duda, el fundador de Broken vio que podía beneficiarse de la religión kafrana (importada por algunos de sus camaradas mercenarios que habían trabajado al servicio de los Lumun-jani) precisamente por la fuerza con que enfatizaba la perfección de la forma humana y la acumulación de riquezas. Su nuevo reino, como cualquier otro, necesitaba guerreros fuertes y grandes fortunas en la misma medida que albañiles para construir sus estructuras y agricultores para abastecerse de comida; si una religión podía instar a los súbditos de Broken a luchar por aumentar su fuerza y sus riquezas y al mismo tiempo marginar a quienes no contribuían, ¿qué importancia tenían las creencias privadas del rey (del Dios-Rey, como empezaban a llamarlo muchos pese a que Oxmontrot rechazó el título de manera sistemática)? «Dejemos que florezca la nueva fe», declaró.

Sin embargo, ese beneficio tuvo también un lado áspero: pronto, no solo quienes se negaban a contribuir a la seguridad y a la riqueza del reino, sino también aquellos que estaban incapacitados para ello —los flojos, los que padecían debilidad mental, los raquíticos, todos los que no tuvieran como objetivo la fuerza física y la perfección— se vieron desterrados al Bosque de Davon por los sacerdotes de Kafra. Los peligros de la vida silvestre darían una solución definitiva al problema de su imperfecta existencia, o eso creían algunos entre el sacerdocio kafránico y la creciente clase de mercaderes que construía sus grandes casas en torno a las amplias avenidas que convergían en el Alto Templo dedicado a su dios dorado y sonriente. La severidad de los sacerdotes se había vuelto tan clara y omnipresente que incluso antes de que Oxmontrot fuera víctima de una trama criminal liderada por su esposa y por Thedric,[35] su hijo mayor, corrió el rumor de que se había dado cuenta de que había sido un error aprovecharse de aquella nueva religión en vez de prohibirla. De hecho, muchos consideraban que lo que había sellado el destino del Rey Loco eran precisamente sus dudas al respecto. Oficialmente, la versión de la historia determinada por los sacerdotes de Kafra afirmaba que la blasfema perpetuación de la idolatría Lunar había causado su muerte; y pese a que el malestar con las demandas recientes de los sacerdotes de Kafra no le ha llevado a tanto como abrazar la fe antigua, últimamente ha habido momentos en los que Arnem ha deseado lo contrario: porque la creencia absoluta en algo ha de ser mejor que estas dudas silenciosas.

Ese silencio de los últimos tiempos se ha vuelto especialmente difícil porque el hijo que Arnem tanto desea mantener alejado del alcance de los sacerdotes de Kafra está ansioso por entrar al servicio del Rey-Dios en la encerrada Ciudad Interior; en cambio su madre —la esposa de Arnem, la extraordinaria Isadora,[36] famosa por sus labores de sanadora en el Distrito Quinto— proclama con la misma firmeza que el largo y leal servicio prestado por su marido al reino debería librar a todos y cada uno de sus cinco hijos de unas obligaciones religiosas que destrozarían la familia. El propio Arnem se desgaja entre los dos argumentos: y la duda religiosa, que puede resultar inquietante para aquellos cuyas vidas no incluyen una confrontación asidua con la Muerte violenta, representa una especie de crisis totalmente distinta para un soldado. Sentir que se pierde la fe en ese mismo dios al que se ha rezado fervorosamente para pedirle suerte en medio de los horrores de la batalla no es una mera contrariedad filosófica; sin embargo, Arnem sabe que debe resolver esta crisis él solo, pues ni su esposa ni su hijo van a ceder terreno. Su hogar está sumido en una agitación extenuante desde que se presentaron unos cuantos sacerdotes de Kafra para informar a Sixt e Isadora de que había llegado la hora de que el pequeño Dalin, un muchacho de apenas doce años, se uniera a la sociedad elevada. Esa agitación es lo que ha llevado al sentek a las murallas cada noche desde hace una quincena, para pasar largas horas suplicando a Kafra —o a cualquiera que sea la deidad que guíe ciertamente los destinos de los hombres— que le dé fuerzas para tomar una decisión.

Arnem coge una piedrecilla suelta del parapeto y la sopesa con levedad en una mano mientras pierde la mirada en las imponentes murallas exteriores de Broken. Cuando se excavaron originalmente a partir de las formaciones de piedra que componían la cumbre de la montaña, estos muros tenían la forma básica de la cima, una figura más o menos octogonal con unas puertas gigantescas de roble y de hierro recortadas en todas las caras. Arnem mira hacia el portal que queda a sus espaldas y ve a dos soldados del ejército regular de Broken. Pese a que están de guardia como centinelas, ambos pretenden robar unos pocos minutos de sueño: se esfuerzan por permanecer en la oscuridad, por debajo del puente tendido sobre el Killen's Run, un arroyo que emerge de la montaña justo a las afueras de la muralla, aunque su curso subterráneo nace en el Lago de la Luna Muriente, de claridad eterna e insondable profundidad, dentro de la Ciudad Interior.

Desde el punto en que emerge bajo la muralla del sur, el arroyo desciende montaña abajo para unirse con el Zarpa de Gato. En otro tiempo, hace muchos años, estos guardias que ahora buscan el modo de esconderse en sus orillas habrían sido camaradas de Arnem. El sentek recuerda vívidamente la flojera que impulsa a los soldados regulares a conciliar el sueño siempre que pueden. Mas la compasión que siente por sus penurias no paraliza su mano de comandante. Arnem tira la piedrecilla hacia abajo y golpea a uno de los soldados en la pierna. Los centinelas abandonan de un salto la cobertura del puente y miran enfadados hacia arriba.

—¡Ah! —les grita el sentek—. Si llega a ser una flecha envenenada de los Bane no estaríais tan enfadados, ¿verdad? No, no sentiríais nada, porque el veneno de serpiente del bosque ya os habría matado. Y la Puerta Sur se habría quedado sin vigilancia. ¡Manteneos en guardia!

Los dos soldados regresan a sus puestos a ambos lados de la puerta de seis metros de altura y Arnem les oye quejarse acerca de la vida fácil de los «malditos Garras». El sentek podría hacer que los azotaran por su insolencia, pero sonríe, sabedor de que, por muy exhaustos que estén, ahora cumplirán con la tarea asignada aunque solo sea para fastidiarle.

Eco de pasos: un andar ansioso, pero absolutamente profesional, que Arnem reconoce como propio del linnet Reyne Niksar,[37] su ayudante.

—¡Sentek Arnem!

Arnem se vuelve para encararse al linnet, pero no se levanta. Niksar, que responde a la rubia imagen ideal de la virtud en Broken, es el vástago del hogar de un gran mercader que renunció hace unos cinco años al mando de su propio *khotor* (o legión, pues cada *khotor* se componía de unos diez *fausten*),[38] dicen que por el honor de servir tan cerca del sentek Arnem. De hecho, Niksar fue propuesto para el puesto por el Gran Layzin, porque procede de una de las familias más antiguas de la ciudad; la elite que manda en Broken, al contrario que el resto de los ciudadanos, no termina de fiarse del sentek del Distrito Quinto. El propio Arnem sospecha que Niksar podría ser un espía a su pesar; sin embargo, admira la dedicación de su ayudante y el plan no ha provocado todavía ninguna fricción ni ha planteado dudas de lealtad.

Cuando se acerca el linnet, Arnem sonríe.

—Buenas noches, Niksar. ¿También tú has visto las antorchas al borde del llano?

—¿Antorchas? —Niksar contesta con una inquieta perplejidad—. No, sentek. ¿Había muchas?

—Unas pocas. —Arnem escudriña las profundas arrugas de preocupación que tensan la frente de Niksar—. Pero a menudo basta con unas pocas. —El comandante se detiene—. Me traes un mensaje, ya veo.

—Sí, sentek. Del yantek Korsar.

—¿Korsar? ¿Qué hace levantado a estas horas?

El sentek se ríe con cariño; el yantek Korsar fue el primero en reconocer el extraordinario potencial de Arnem y lo patrocinó para su ascenso hasta los altos cargos.

—Dice que es de la mayor urgencia. Has de acudir con un ayudante...

—Tú mismo.

—Sí, sentek. —Niksar se esfuerza por mantener la disciplina—. Que acudas a sus cuarteles con tu ayudante. Se va a celebrar un consejo en la Sacristía del Alto Templo. El Gran Layzin acudirá, y también Lord Baster-kin.

Arnem se pone en pie y mira al pallin Ban-chindo, quien, pese a mantener la mirada fija en el horizonte, no puede reprimir una sonrisa al oír las noticias. Arnem urge a Niksar a avanzar unos pasos más a lo largo de la muralla.

—¿Quién te lo ha dicho? —El tono de Arnem es severo.

—El propio yantek Korsar —responde Niksar, sin preocuparse ya de disimular su incomodidad ante la presencia de los atentos centinelas—. Sentek, tenía un comportamiento extraño, yo nunca lo había visto... —Alza las manos—. No lo puedo describir. Como un hombre que siente el acecho de la muerte y sin embargo no hace nada por eludirlo.

Arnem detiene el paso, asiente lentamente y se rasca la barba recortada. No cree que esta convocatoria tenga nada que ver con el encendido debate que mantienen sobre la entrada de su hijo en el servicio real y sagrado. Si así fuera, ¿por qué habrían de involucrar a tan altos oficiales de la religión, el comercio y el ejército, por no decir nada del joven Niksar? Aun así, la posibilidad es inquietante. Al fin, en cualquier caso, el sentek se encoge de hombros y finge una preocupación apenas leve.

—Bueno, si nos llaman, tendremos que ir.

—Pero, sentek... a mí nunca me han convocado a la Sacristía.

Arnem entiende el miedo de Niksar: el Gran Layzin puede ordenar cualquier cosa, desde el destierro de un hombre al Bosque de Davon hasta su incorporación a la nobleza, sin necesidad de dar ninguna explicación que los vulgares mortales puedan comprender. Ser convocado a la Sacristía, sede del poder del Layzin, supone por tanto causa de gran celebración o de profundo pavor; ni siquiera Niksar —un hombre que exhibe todas las señales obvias posibles de haber recibido los favores de Kafra— es capaz de reaccionar a la llamada con confianza.

¿Cuánto mayor causa de alarma será, entonces, la de un hombre mayor y menos favorecido, alguien que carece de grandes riquezas y ni siquiera está seguro de su fe?

Mas Arnem se ha enfrentado a miedos mayores que este.

—Mantén la calma, Niksar —le dice—. ¿Qué interés puede tener en ti el Layzin? —El sentek apresura a Niksar hacia la torre de guardia y añade entre risas—: Venga, si hasta haces que yo mismo parezca un expedicionario de los Bane...

Justo antes de bajar por la escalera de caracol, Arnem palmea la espalda del hombre que lo acompañaba antes.

—Mantente alerta, Ban-chindo. ¡Aún puede que tengas la acción que buscabas!

El pallin respira hondo con orgullo y sonríe.

—¡Sí, sentek!

Dentro de la torre de guardia, donde la luz de las antorchas baila en las superficies de piedra, Arnem y Niksar se disponen a emprender el descenso por la escalera espiral; sin embargo, antes de arrancar, se quedan congelados, junto con cualquier otro soldado que se encuentre en el lado occidental de la muralla, al oír un sonido inconfundible: desde el lado opuesto de la Llanura de Lord Baster-kin, llega un aullido aterrador de pánico y dolor, claramente emitido por un hombre.

Al abandonar la torre a toda prisa, Arnem y Niksar ven que la lanza de Ban-chindo flojea ahora, insegura, a su lado.

—¿Sentek? —murmura este—. Viene de la dirección de las antorchas...

—Así es, pallin.

Arnem escucha por si se repite el grito; mas no se oye nada.

—Nunca... Nunca había oído nada igual —admite en voz baja el pallin.

—Es probable que algún Bane haya caído en las garras de los lobos —musita Niksar, cuyo rostro también está constreñido por la perplejidad—. Aunque no se han oído aullidos.

—¿Ultrajadores? —La voz de Ban-chindo está apenas un poco por encima del susurro, lo cual revela en qué medida los Bane incursores son no solo despreciados, sino también temidos, en Broken—. ¿Habrán atacado a alguien de la Guardia de Lord Baster-kin? Si lo hemos podido oír nosotros, seguro que los demás también.

—Quizá —murmura Arnem, mientras los tres soldados se mueven hacia los parapetos—. Pero cerca de las rocas del Zarpa de Gato el sonido gasta bromas de mal gusto a los hombres. Una vez estuvimos acampados allí durante un mes y perdimos a muchos hombres en manos de los lobos. Sus aullidos se oían a más de un kilómetro de distancia y, en cambio, se te podían llevar sin que tus camaradas lo detectaran. Aun así, como ha dicho Niksar, no hemos oído ningún aullido.

—¿Una pantera? —sugiere Niksar—. Sus ataques son silenciosos.

—También lo son sus presas —responde Arnem—. Es difícil gritar con toda la dentadura de una pantera clavada en tu cuello.

El pavor del pallin Ban-chindo aumenta mientras sus superiores discuten estas lúgubres hipótesis y contribuye a que se le suelte la lengua.

—Sentek, ya sé que los habitantes del bosque son despreciables, pero... me da pena la criatura que ha hecho ese ruido. Aunque sea un Bane. Si no son los lobos, ni una pantera, ¿qué puede haberlo causado?

—Sea cual sea la explicación completa, Ban-chindo —dice Arnem—, has de entender que lo que acabas de oír es la voz inconfundible de la agonía humana. Entiéndela, respétala... y acostúmbrate a ella. Porque ese es el ruido de la gloria que tan desesperadamente buscas. —Arnem suaviza el tono—. Mantén la guardia con atención. Cabe la posibilidad de que las antorchas y este grito no tengan ninguna conexión, pero si un grupo de los Ultrajadores Bane ha superado a los hombres de Baster-kin, quiere decir que pretenden entrar en la Ciudad Interior. Y quiero pararlos: aquí. Manda el aviso por toda la muralla y alerta también a esos dos haraganes de abajo. —Ban-chindo asiente con un movimiento de cabeza, tiene la boca demasiado seca para hablar—. ¿Puedo contar contigo, pallin?

Con mucha tensión, Ban-chindo logra rescatar la voz.

—Puedes, sentek.

—Bien hecho. —Arnem sonríe y mueve la lanza de Ban-chindo de manera que quede de nuevo pegada al hombro del joven—. Presenten armas,[39] muchacho. Esto aún ha de empeorar, si no me equivoco, y tendremos que estar todos preparados...

1: {iv:}

*Los expedicionarios Bane se aseguran una buena
comida... de la que también disfrutarán los lobos
de la Llanura.*

Tras oír el grito, aunque no con tanta claridad como los hombres de las murallas de Broken, Keera y Veloc han saltado de su escondrijo al otro lado del Puente Caído. Se apresuran entre la abundante hierba de la primavera, que se alza por encima de sus rodillas, para unirse a Heldo-Bah, que se había avanzado a comprobar si había algún miembro de la Guardia de Lord Baster-kin que patrullara esa porción de la frontera de los llanos del gran mercader. A Keera le hierve la sangre de rabia y mantiene la nariz alzada para localizar a su problemático amigo.

—¡Se lo he dicho! —sisea—. Tú lo has oído, Veloc. He dicho que nada de matar.

—Nada de matar si no es necesario —contesta con tranquilidad su hermano, al tiempo que levanta el corto arco por encima de la cabeza, alcanza una flecha de la aljaba que lleva a la cintura y la carga—. De hecho, eso es lo que has dicho, Keera. Y a lo mejor sí que era necesario.

—A lo mejor era necesario —se burla Keera—. Sabes tan...

Pero acaban de llegar a una pequeña circunferencia de hierba violentamente aplastada, como si allí se hubiese producido una pelea. Al borde de la misma, escondidos entre la hierba alta, encuentran no solo a Heldo-Bah, sino también a un soldado de Broken. Se trata de un joven musculoso que alcanzaría más de un metro ochenta si sus piernas no estuvieran plegadas y atadas con tanta fuerza a los brazos por medio de una cuerda hecha de tripa que los pies quedan dolorosamente pegados a los muslos. Heldo-Bah, con una suave risa socarrona, está metiendo pedazos de tierra húmeda en la boca del cautivo. El soldado sangra cerca de una rodilla, pero en su cara de muchacho bien educado hay más pánico que dolor.

—Parece que acaban de cambiar la guardia —dice Heldo-Bah a Keera mientras se pone en pie—. Así estamos a salvo mientras terminamos lo nuestro.

—¿Eso te parece? —pregunta Keera, enojada, mientras lanza una serie de puñetazos al brazo de Heldo-Bah—. ¿Con el grito que ha soltado? ¿Cómo puede ser que incluso tú seas tan estúpido, Heldo-Bah?

—Qué le voy a hacer si el tipo es un cobarde —responde Heldo-Bah, frotándose con amargura el punto donde lo ha golpeado Keera—. No lo había tocado. Nada más ver mi cara se ha puesto a gritar como una niña. Además, me he asegurado de que estuviera patrullando solo.

Al mirar la cara del soldado, los rasgos de Heldo-Bah se llenan de placer una vez más; muestra con una sonrisa los dientes afilados con su hueco negro y azuza la armadura de cuero granatoso del joven con uno de sus cuchillos de saqueador.

—Mala noche para ti, Alto —le dice mientras retira una banda ancha de latón que rodea los músculos del brazo del soldado. En el centro de la cinta se ha labrado la imagen de un rostro barbudo y sonriente con ojos almendrados vacíos y una nariz fina con las fosas muy abiertas y labios carnosos... Una imagen de Kafra. Eso identifica al soldado cautivo como lo que esperaban encontrar los tres Bane: un miembro de la Guardia Personal del Lord del Consejo de Mercaderes.[40] A Heldo-Bah le da más placer juguetear con ese hecho que con la baratija brillante.

—Es probable que Baster-kin te sentencie a la mutilación por este fracaso. —Se ríe—. Suponiendo que no te matemos antes nosotros, claro.

El soldado empieza a sudar abundantemente al oírlo y Veloc lo examina con desdén.

—Un buen ejemplar de las virtudes de Broken —decide el Bane guapo—. Mantenlo con vida, Heldo-Bah. Si salimos de esta sin algo de información útil, el Groba se quedará con nuestras pelotas.

—No hará falta que esperéis al Groba —anuncia Keera, con la mirada siempre atenta al paisaje que la rodea—. Si lo matas, te las cortaré yo misma, Heldo-Bah. Ya te he dicho que no somos Ultrajadores. —Se calla, una vez más con la nariz al viento—. El ganado —dice, y echa a andar hacia el este.

Una decena de metros más allá, la hierba alta se convierte en pasto recortado por el ganado. Los tres Bane avanzan con la tripa pegada al suelo y desde allí distinguen las siluetas del ganado doméstico, y bien alimentado, recortadas contra el azul profundo del horizonte.

—La Luna ha despejado los árboles —dice Keera, al tiempo que señala hacia una semicircunferencia de luz que brilla en el cielo, justo al este de su situación.

—Un buen presagio —declara Heldo-Bah—. Es que, Keera...

—¡Guarda silencio, blasfemo! —ordena Keera con impaciencia—. Un buen presagio para los Bane cuando no están desafiando al Groba ni robando. Hemos de ser rápidos; la luz aumenta el riesgo. —Se vuelve hacia su hermano—. De acuerdo, Veloc, démosle su cena al gruñón. Heldo-Bah, interroga a ese soldado, pero no le hagas daño.

Veloc se queda mirando el ganado.

—Cogeremos un novillo. Sé de algunas mujeres que harían cualquier cosa por un buen cuerno de vacuno, dicen que aumenta el placer...

Keera le da un golpe en la cabeza con la mano abierta.

—No termines esa frase, cerdo. Por todos los santos, entre los dos me vais a volver loca. Asegúrate de que sea un novillo, Veloc, y no un adulto. Bastante mal está matar a cualquier animal con cuernos estando alta la Luna, pero aún peor sería un toro sagrado...[41]

—Hermana —la reprende Veloc—, al contrario que Heldo-Bah, conozco los artículos de nuestra fe. No es probable que yo cometa un sacrilegio tan serio.

—Bueno, sea con pelotas o con cuernos, tráeme carne —declara Heldo-Bah—. Para cuando termine con nuestro amigo, necesitaré una comida decente.

Veloc se pone en pie con su pequeño arco listo y avanza hacia el pasto. Tanto él como su hermana figuran entre los mejores arqueros de la tribu Bane, y Veloc apenas se preocupa de apuntar antes de soltar una flecha. De inmediato, suena un gemido ahogado de un novillo y los Bane alcanzan a ver que la flecha de Veloc asoma por el cuello de la bestia en lo que parece un lugar ideal; incluso a la mitad de distancia habría sido un tiro digno de mención.

Heldo-Bah palmea la espalda de Veloc para felicitarlo.

—Buen tiro, Veloc. ¡Esta noche cenaremos bien! Y ahora, rápido, id los dos a por las grupas y las tiras de la espalda mientras yo hablo con nuestro prisionero. —Veloc y Keera se alejan al trote y Veloc sonríe por las alabanzas de su amigo—. Eso es —añade Heldo-Bah en voz baja—. Ve y tráeme mi cena, vanidoso.

Heldo-Bah se vuelve para caminar deliberadamente a grandes zancadas hacia el sufrido soldado, pero se detiene al oír que Veloc suelta un grito sofocado: mirando de nuevo hacia el pasto, el expedicionario desdentado ve que el novillo se ha levantado inesperadamente y ha estado a punto de reventarle las tripas a quien se disponía a ejecutarlo: la flecha no había hendido la carne del animal tan profundamente como creían. Como comprende la situación en que se halla su hermano, Keera sale corriendo en su ayuda. Heldo-Bah, en cambio, se limita a menear la cabeza con una risilla.

—Antes de perseguir a un novillo herido en la oscuridad, soy capaz de acostarme con uno de los espíritus del río de Keera.

El soldado cautivo suelta un suave quejido. Cuando Heldo-Bah se vuelve de nuevo hacia él, el aspecto del expedicionario se ha tornado mucho más inquietante de lo que conocíamos hasta ahora de él. Rabia, locura, desesperación, jocosidad: Heldo-Bah ya ha exhibido todos esos sentimientos.

Sin embargo ahora, por primera vez, al quedarse a solas con el soldado, parece claro que sus alusiones de pasada a la posibilidad de matar tienen algo que ver con su experiencia.

Así lo percibe el soldado y sus gemidos se vuelven más penosos.

—Ay, no te pongas así, Alto —le dice Heldo-Bah en voz baja—. Considéralo como una pequeña muestra de la vida de los Bane.

De un tirón doloroso del cuello de la túnica del joven guardia, obliga al cautivo a ponerse de rodillas. En esta posición, pueden mirarse a los ojos: Heldo-Bah acerca su cabeza a la del guardia y luego gira ambas caras hacia la brillante Luna.

—Qué distinto se ve todo desde este punto de vista, ¿eh?

Los ojos como platos del joven delatan con toda claridad que tiene a Heldo-Bah por loco y el pánico le obliga a inspirar con demasiada fuerza, lo cual provoca que se suelte parte de de la tierra que tiene en la boca. Cuando el polvo alcanza la garganta se empieza a ahogar; si Heldo-Bah no lo ayuda, está a punto de morir y ambos lo saben. Sin embargo, el expedicionario sigue estudiándolo con calma.

—Sienta mal que te traten peor que a un animal inútil, ¿verdad, Alto? Tengo una idea. Te voy a salvar la vida. Así, tu orgullo típico de Broken se acabará para siempre.

Heldo-Bah saca el terrón de la boca del guardia; el cautivo escupe y, con una arcada, suelta una baba amarilla. Recupera el aliento con ruidosas inspiraciones y enseguida descubre que Heldo-Bah le ha apoyado un cuchillo en el cuello.

—Bueno, bueno, nada de hacer ruido o gritar, Alto. Antes de que alguien pudiera oírte estarías muerto.

El soldado apenas puede jadear.

—¿Me vas a matar? —pregunta.

—Es... una clara posibilidad. —Heldo-Bah mantiene un cuchillo apuntando al soldado—. ¿Cuántas ganas tienes de instruirme?

—De... ¿qué? —tartamudea el guardia.

—¡De educarme! —contesta llanamente Heldo-Bah—. No soy más que un expedicionario Bane, Alto. No sé nada sobre las cosas verdaderamente importantes de la vida: vuestra gran sociedad, por ejemplo, y las leyes que mantienen su grandeza... —Heldo-Bah permite que el cuchillo haga brotar un poco de sangre de la piel del cuello del soldado y luego le enseña la hoja pegajosa para que pueda ver la sangre con toda claridad a la luz de la Luna—. Por ejemplo, ¿qué podría llevar a los sacerdotes de Kafra a matar deliberadamente a un camarada tuyo enfermo en nuestro lado del río?

—¿De qué estás hablando? —gime el cautivo.

La pregunta lleva de nuevo el cuchillo al cuello.

—Puedo hacer un corte más profundo, Alto, si te haces el ignorante. Perteneces a la Guardia de Lord Baster-Kin, te enteras de todo lo que ocurre a este lado de la frontera.

—Pero... —La creciente presión del cuchillo está provocando lágrimas de desesperación en el joven—. Pero es mi primera patrulla, Bane. Tan solo sé lo que ha ocurrido esta noche.

El gesto de placentera amenaza de Heldo-Bah se desmorona.

—Estás de broma.

—¿De broma? ¿En este momento?

—Entonces, mientes. ¡Tiene que ser mentira! ¿Tu primera patrulla? Ni siquiera yo tengo tan mala suerte.

El guardia menea la cabeza con tanto entusiasmo como le permite el cuchillo del Bane.

—Te digo que no sé nada... —Entonces, una tenue luz de reconocimiento alumbra sus ojos—. Espera.

Heldo-Bah echa una rápida mirada hacia el pasto. Veloc y Keera acechan al novillo, que, herido de muerte, resulta aún más peligroso en los últimos estertores.

—Ah, claro que espero, Alto... Te aseguro que no me voy a juntar con esos dos...

—Algo he oído... En mitad del lío. Algo sobre una ejecución.

—¡Bien! Tus posibilidades de sobrevivir esta noche acaban de experimentar una enorme mejoría. Bueno... ¿a quién ejecutaron? ¿Y por qué de esa manera?

—¿De qué manera?

—La manera en que lo mataron, maldita sea. ¿Por qué lo obligaron a cruzar el río, lo mataron con flechas rituales y luego dejaron el cuerpo intacto, con las flechas clavadas? A los Altos no se os ha pasado de repente el gusto por la religión y por la riqueza, ¿verdad? Esas flechas eran de la Sacristía del Alto Templo, ya lo sabemos, y para hacerlas se ha usado mucho oro y mucha plata. ¿Qué significa todo esto?

—No... solo sé lo que te he dicho, ¡lo juro! He oído a dos soldados hablar sobre una ejecución que se celebró hace algunos días. Uno le preguntaba al otro si le parecía que había salido bien.

—¿«Salido bien»? —Heldo-Bah no esconde su escepticismo—. ¿Con casi media docena de flechas? ¡Claro que salió bien! ¿A qué juegas, Alto?

El cuchillo vuelve a apretar y el guardia tiene que esforzarse por no romper a llorar.

—Creo que no... O sea, parecía que hablaran de otra cosa. No de si habían conseguido matar al hombre, sino... Otra cosa.

—¿Como por ejemplo...?

Heldo-Bah vuelve a hacer sangrar al joven, acercándose a algunas venas vitales que palpitan en su fuerte cuello.

—¡No lo sé! —solloza el cautivo—. En el nombre de Kafra, Bane, te lo diría. Si lo supiera... ¿por qué no iba a decirlo?

Heldo-Bah se levanta como si estuviera preparándose para cortarle el cuello al joven; sin embargo, lo frena la visión de las lágrimas que corren libres por sus mejillas y, con gesto de enojo, encaja los cuchillos en sus vainas.

—Sí, supongo que dices la verdad, Alto. Y supongo que sí tengo tan mala suerte. Esta noche, como siempre... —El expedicionario mira una vez más hacia el pasto y luego sisea—. ¡Así reviente![42] ¡Y esos dos aún no me han conseguido la cena!

Fuera, ente el ganado, el novillo herido persigue a Veloc en un círculo cada vez más prieto mientras su hermana se desplaza para atrapar el largo y ensangrentado pelo que cuelga del cuello y los hombros del animal. Keera está a punto de conseguirlo, pero el novillo la lanza a diez metros de distancia de un cabezazo. Ella se incorpora y se queda sentada: mareada, mas ilesa.

—Parece que esta noche será una completa desilusión —gime Heldo-Bah.

—¿No me vas a matar? —se atreve a preguntar el cautivo, recuperando algo de fuerza.

—Ah, me encantaría, no te equivoques. Solo que esa mujer que ves allí me dejaría peor que muerto si yo...

—¿De verdad? Creía que los Bane no conocíais la compasión... Heldo-Bah suelta una carcajada rabiosa.

—¿Nosotros? ¡Sois vosotros, demonios largiruchos, los que infligís sufrimiento sin el menor remordimiento! Además, ¿qué se ha hecho de Kafra y su hermanito, el Dios-Rey? ¿No van a librarte de nuestra terrible ira?

Olvidando el terror, el guardia grita de repente con un hervor de rabia indignada en la voz:

—¡No ensucies esos nombres al pronunciarlos, pequeñajo impuro...!

Heldo-Bah ríe ahora de todo corazón.

—Bien, Alto... ¡Bien! Simplifiquemos las cosas. Tú me odias, yo te odio. Los dos por principio. No me gusta la confusión. —Saca del cinto un cuchillo de destripar y señala una vez más hacia el pasto—. Mira mi amigo, ese de ahí... ¿Sabes que se ha pasado toda la noche destrozándome los oídos con sus viejas mentiras sobre que en otro tiempo todos los hombres medían lo mismo? Ya me dirás tú qué estúpido...

Suena un grito ahogado de alarma apenas reprimido por Veloc, que agita los brazos frenéticamente para que lo vea Heldo-Bah; pero este se limita a sonreír y devolver el saludo.

—Oye, Bane —dice el cautivo, que se envalentona más todavía al darse cuenta de que estos tres no pretenden matarlo—, ya sabes que mis camaradas volverán pronto. Tendrías que soltarme ahora...

Heldo-Bah cavila mientras ve lo que va ocurriendo en la pradera.

—Te conviene esperar que mis amigos se libren de los cuernos de ese novillo —contesta en un tono despreocupado que devuelve al joven buena parte de su pánico—. Porque si depende de mí, muchacho, morirás seguro. Pero está ese asunto desconcertante de la estatura... Te propongo una cosa: ayúdame a resolverlo. Y luego puede que te suelte.

—¿Qué quieres saber?

—Es preocupante —contesta Heldo-Bah, achinando los ojos para mirar al soldado y todavía con una mezcla de amenaza y camaradería en la voz—. Si es cierta esa historia de que todos los hombres tenían la misma estatura antes de que construyerais vuestra ciudad maldita,[43] significaría que la creación de los Bane no fue obra de ningún dios, ni el vuestro ni el nuestro, ¿no? Y eso significaría que los Altos, en cierto modo, se ganaron la maldición, ¿no? —Heldo-Bah vuelve a acercar mucho su cara a la del joven—. Y eso significaría que sois responsables de muchas cosas, ¿no?

Un rugido más alto del novillo interrumpe al expedicionario y luego sigue el inquietante sonido que emite Veloc al correr con las nalgas a escasos centímetros apenas de los agitados cuernos del animal moribundo, mientras Keera pasa corriendo una vez más junto al animal.

Heldo-Bah frunce el ceño.

—Bueno... Supongo que me lo tendría que haber esperado. Es el precio de ser mártir de tu propia digestión, Alto... —Agarra con tanta fuerza el cuchillo de destripar (casi tan largo como su antebrazo) que se le blanquean los nudillos—. Permanece en tu puesto —se burla mientras se agacha para recortar un pedazo de tierra llena de hierbas y lo embute en la boca del guardia—. Solo voy a terminar con ese novillo. —Heldo-Bah deja caer al suelo el brazalete de latón del cautivo—. Toma —le dice—. Que tu dios te haga compañía. Y reza, muchacho...

Solo al salir a la pradera despejada Heldo-Bah se da cuenta de que tanto él como sus amigos han perdido ya demasiado tiempo en sus diversos entretenimientos: no tardarán mucho en llegar nuevos miembros de la Guardia de Lord Baster-kin para averiguar qué es lo que tanto inquieta al ganado. Heldo-Bah toma el balón de odio que a lo largo de toda su vida ha mantenido por Broken y lo redirige momentáneamente hacia el animal herido; lo mira fijamente a los ojos de un modo que subyuga al novillo por un instante, lo justo para que Heldo-Bah pueda saltar a su grueso cuello y obtener un firme agarre con sus fuertes piernas. Luego, con un movimiento experto, alarga el brazo que sostiene el cuchillo de destripar y traza un corte a lo largo del cuello del animal, mandando un chorro de sangre caliente hacia las agotadas piernas de Veloc. A los pocos segundos se desploma el novillo y Heldo-Bah salta al suelo y se sacude el polvo en la sangre de la túnica.

—Ya sabía que ibas a fallar, Veloc —dice mientras Keera se postra ante la cabeza del novillo muerto.

—Una excelente maniobra, Heldo-Bah —contesta Veloc, enojado—. ¡Lástima que no pudieras hacerlo antes!

—¡Callad! —ordena Keera.

Luego se vuelve de nuevo hacia el novillo y murmura una serie de frases con ritmo monótono, aunque severo.

—Teme su ira —susurra Veloc—. No ha muerto rápido.

—No, y por eso mismo nos hemos entretenido demasiado aquí —replica Heldo-Bah, aunque no tan alto como para que lo oiga Keera.

A los pocos segundos ella se pone en pie, tras haber suplicado, tal como anunciaba Veloc, la piedad del novillo.

—Vosotros, daos prisa —urge Keera mientras recorta una grupa del novillo—. Heldo-Bah, si quieres tus preciadas tiras tendrás que cortarlas tú mismo.

A toda prisa, Heldo-Bah raja el esqueleto del novillo y deja sus entrañas sobre el suelo de la pradera, en una masa humeante. Se adentra aún más y recorta con limpieza las largas tiras de músculo que se extienden a ambos lados de la espina dorsal, unos manjares con los que lleva muchos días soñando. Tarda menos en hacerlo que los otros dos en arrancar la otra anca. Los tres se disponen a regresar corriendo al río, donde los esperan sus sacos, pero apenas han dado unos pocos pasos cuando Keera se queda alarmantemente tiesa y les manda parar. Heldo-Bah y Veloc ven cómo el miedo le abre de repente los ojos.

—¿La pantera? —murmura Heldo-Bah.

Keera menea la cabeza con un solo movimiento rápido.

—No... Lobos. Muchos.

Veloc mira hacia atrás, a los restos del novillo.

—¿Vienen por la carcasa?

Preocupada, Keera sacude la cabeza.

—Puede que hayan olido la sangre, pero... Están en esa dirección. Por donde hemos...

Los ruidos procedentes del lugar en que los tres Bane habían dejado al guardia de Broken atado hacen inútil cualquier explicación posterior; a ninguno de los tres expedicionarios le hace falta ver lo que está pasando para saber que la manada de lobos ha decidido atacar con rapidez la comida más fácil de conseguir. Los gritos agónicos del soldado indefenso señalan que la manada trabaja veloz: en medio minuto se ahogan los gritos y los gruñidos propios de quien come sustituyen a los aullidos.

Keera sabe que todos los lobos que no obtengan un lugar de inmediato junto al cuerpo del guardia se acercarán en busca de otros alimentos y el olor de la sangre del novillo los envalentonará hasta tal punto que no dudarán en atreverse con los humanos.

—Hemos de movernos trazando un amplio círculo para volver por encima del río —anuncia—. Deprisa, los demás soldados también lo habrán oído.

Empieza a moverse y Veloc sigue sus pasos, pero Heldo-Bah duda.

—Adelantaos vosotros dos —declara—. Yo quiero ese brazalete de latón.

—No seas idiota —espeta Veloc—. Ya has oído lo que ha dicho Keera.

—Coge la carne —contesta Heldo-Bah, al tiempo que lanza las tiras a Veloc—. Me reuniré con vosotros en el puente.

Sin dar tiempo a mayores discusiones, Heldo-Bah desaparece a toda prisa.

Con la intención de permitir que los lobos avancen hasta la carcasa del novillo, Heldo-Bah traza un amplio círculo por el campo hasta el punto en que había dejado al guardia. Mientras corre, el expedicionario dedica sus pensamientos al joven, aunque no con mucho remordimiento: más le ocupa la curiosidad acerca de cuánto van a comer de su cuerpo los lobos antes de pasar al novillo y cómo se habrá sentido ese joven, tras acostumbrarse a las comodidades a lo largo de su corta vida, cuando en su primera noche de patrulla ha tenido que enfrentarse a todos los horrores de la vida salvaje sin armas, sin camaradas, sin libertad siquiera. Este último pensamiento pinta una sonrisa en el rostro de Heldo-Bah cuando alcanza un punto desde el que ya oye gruñir sobre los restos del soldado a los pocos lobos que aún no han abandonado su carne para partir en busca del más rico alimento que ofrece el novillo. Cuando cesa el sonido, Heldo-Bah repta de nuevo hacia el sur. Pero ni siquiera él es capaz de mantener la sonrisa cuando descubre los restos.

Los lobos han desgarrado las extremidades del joven, junto con los tendones que las unían al cuerpo, y el brillo de las cavidades óseas, blancas y mondas, refulge en la entrepierna ensangrentada y a la altura de los hombros. La armadura ha frustrado los intentos de adentrarse en el cuerpo, pero la cabeza permanece ladeada, casi segada por completo, y los ojos bien abiertos ya casi no reflejan la luz de la Luna. Heldo-Bah estudia los restos y luego recoge del suelo el brillante brazalete y echa a andar hacia el río. De todos modos, se detiene al cabo de unos pocos pasos y se vuelve para mirar una vez más los ojos aterrados y mortecinos de su joven cautivo.

—Bueno, muchacho —murmura Heldo-Bah—, esta noche has hecho todo un aprendizaje sobre los Bane. —Sus labios agrietados se tensan por última vez para mostrar algo más complejo que la crueldad—. Lástima que nunca tendrás ocasión de ponerlo en práctica.

Tras agacharse a recoger la daga del soldado, que había quedado más o menos a la altura de su maltrecho hombro, Heldo-Bah echa a correr a la velocidad suficiente para alcanzar a sus compañeros antes de que lleguen al Puente Caído.

1:{v:}

La larga marcha de Arnem hacia el corazón de Broken
y el misterio que se encuentra por el camino...

—Entonces, sí que eran los lobos —anuncia el linnet Niksar.

Acaban de oír los terribles sonidos que reverberaban desde la llanura que se extiende por debajo de Broken; aunque las palabras son afirmativas, su tono no conlleva la correspondiente certeza.

—Sí, linnet —confirma el joven pallin Ban-chindo, esforzándose por esconder el alivio que le produce esta explicación terrenal de los gritos de agonía—. ¿Podemos bajar la guardia, sentek?

Pero Sixt Arnem, igual que su ayudante, no comparte la seguridad del joven pallin.

—Yo no lo haría, Ban-chindo —murmura. Al entrecerrar los ojos, aumenta la profundidad de las arrugas que se forman en torno a ellos; son producto de una vida entera dedicada a estudiar aquello que otros ojos, más ordinarios, ven con más lentitud—. No, yo no lo haría.

—¿Sentek? —pregunta Ban-chindo, sorprendido.

Arnem levanta lentamente un dedo para trazar la línea del negro horizonte del bosque.

—¿Por qué esa pausa tan larga? ¿Entre el grito inicial y el ataque final?

—No es difícil de explicar —responde Ban-Chindo, permitiendo una vez más que su lengua vaya más veloz de lo que dicta el respeto—. ¡Señor! —añade enseguida.

—Me encanta que lo veas así —se ríe Arnem, con los brazos

apoyados de nuevo en el parapeto—. Por favor, comparte esa fácil explicación que tanto al linnet Niksar como a mí se nos escapa.

Ban-chindo retuerce el rostro de pura incomodidad al darse cuenta de que su siguiente frase debería ser considerada, respetuosa y, sobre todo, acertada.

—Bueno, sentek... El primer grito era de alarma. Una reacción al ver a la manada y un aviso para los demás miembros de la patrulla.

Arnem asiente despacio, para gran alivio del pallin.

—Tal vez fuera esa la intención. Y, sin embargo, ¿qué nos diría eso acerca del hombre que ha gritado?

Ban-chindo se queda con la boca abierta.

—¿Sentek?

—Venga, Ban-chindo, piensa —dice Arnem, con firmeza pero sin enojo—. Tú también, Niksar. ¿Qué hemos dicho sobre las bromas que pueden gastar los sonidos a los hombres en las cercanías del Zarpa de Gato?

El entendimiento ilumina los rasgos del linnet Niksar.

—Si formara parte de la Guardia de Baster-kin habría sabido que, probablemente, los otros no lo iban a oír.

—Cierto. Salvo que...

Ese ha sido siempre el estilo de Arnem: obtener ideas de sus hombres en vez de criticarlos a gritos por su ceguera.

Ban-chindo se pone tieso una vez más; ha sabido aprovechar el momento.

—Salvo que fuera un recluta novato. Podría desconocer las condiciones locales y se habrá alejado demasiado del resto de la patrulla.

Arnem sonríe y asiente.

—Sí, Ban-chindo —dice, al tiempo que dirige al joven una mirada por la que muchos soldados de Broken estarían dispuestos a pasar por grandes apuros—. La mejor explicación es la tuya. —De todos modos, el rostro de Arnem se oscurece con tanta rapidez como se había iluminado—. Pero no es especialmente tranquilizadora...

Ban-chindo está demasiado confundido para hablar y deja que sea Niksar quien pregunte:

—¿Por qué no, sentek? Perder a un hombre nunca supone una alegría, pero es mejor lobos que...

—Mi querido Niksar —lo interrumpe Arnem con un punto de impaciencia—, ¿no te parece extraño que los lobos hayan sabido escoger a un recluta nuevo e ignorante, situado a una distancia ideal del río, donde además abundan las presas fáciles? El ganado, por ejemplo. ¿Qué manada de lobos se arriesga a luchar contra los hombres donde hay ganado pastando? No... —Arnem pierde la mirada en el extremo más lejano de la Llanura de Lord Baster-kin por última vez, como si le bastaran sus ojos para obtener de ella nuevos indicios—. Este asunto encierra más de lo que sabemos hasta ahora. Algo, o más probablemente alguien, estaba sin duda esperando una presa tan fácil como nuestro desgraciado recluta novato...[44]

El silencio se alarga unos instantes mientras Niksar y el pallin Ban-chindo contemplan a su jefe repasar con la mirada la lejana línea del bosque. Al fin, Niksar ha de dar un paso adelante.

—¿Sentek? El Consejo de la Sacristía...

—*Hak!*[45] —exclama Arnem, levantándose—. Así me convierta en un maldito Bane... —Es otra de las maldiciones populares cuyo uso marca al sentek como ajeno a las clases dirigentes de Broken, pero le ha ayudado a forjar un fuerte vínculo con sus hombres—. Sí, Niksar, hemos de partir. Ban-chindo, mantén los ojos y los oídos atentos, ¿eh? Si ocurre alguna otra cosa interesante me traerás las noticias en persona. ¿Entendido?

—¿Yo...? ¿Yo, informar al Alto Templo? —contesta el joven, de nuevo pura imagen de orgullo de Broken—. ¡Sí, sentek!

—Bien. Vamos, Niksar, antes de que la impaciencia de Korsar se convierta en rabia.

Y los dos oficiales de los Garras desaparecen al fin tras las paredes cinceladas de la torre de guardia para bajar por sus gastados escalones de piedra.

La excavación de las murallas exteriores de Broken llevó más de veinte años pese a la feroz dirección de Oxmontrot. Supuso la muerte para decenas de trabajadores y la miseria para muchos más. Sin embargo, la barrera impenetrable que al fin rodeó la ciudad-fortaleza del Rey Loco supuso, una vez completada, una fuente de asombro incluso para quienes habían sufrido cruelmente durante su construcción. Y había muchas maneras de sufrir, pues en los primeros años del reino de Oxmontrot se dieron ya los primeros destierros como medidas pragmáticas para impedir que los ciudadanos del reino naciente demasiado débiles —de cuerpo o de mente— para contribuir a la gran empresa malgastaran las energías de sus miembros con cuidados inútiles, consumieran parte de las mínimas cadenas de vituallas que llegaban montaña arriba u ocuparan espacio en los burdos refugios que se construían para los ricos.[46] Un razonamiento cruel, pero eficaz.

Arnem y Niksar avanzan deprisa hasta el pie de la escalera de la torre de guardia y, una vez fuera, siguen por un camino que recorre la base de las murallas exteriores de la ciudad, camino que se mantiene en todo momento despejado para las tropas. Arnem decide doblar a la izquierda y acortar la distancia hasta los cuarteles del yantek Korsar tomando la avenida principal de Broken, el Camino Celestial,[47] que separa los tenderetes del mercado del Distrito Segundo de las tiendas más formales y las sólidas residencias del Tercero. Harto de sus preocupaciones familiares, el sentek se concentra en la tarea y en las posibilidades que podrían plantearse. «¿Han de ser los Bane? —se pregunta, con silenciosa frustración—. ¿Nunca se va a presentar un enemigo más valioso?» Piensa en los meses que pasó luchando contra los jinetes torganios en los gélidos pasos de las Tumbas y en la ferocidad de aquellas tribus del sur; sin duda, no ha sobrevivido a tantos años de leal servicio tan solo para comprobar cómo se encarga a los soldados de Broken la humillante tarea de perseguir por un territorio impenetrable y salvaje a una raza de malditos desterrados. ¿Y por qué perseguirlos? ¿Tan solo por los crímenes ocasionales de los Ultrajadores? Sea cual fuere el dios que regula los asuntos de los hombres, decide Arnem, no permitiría que un instrumento tan noble como los Garras se rebaje a un propósito tan minúsculo. Tal vez se trate de una campaña oriental: un intento de enfrentarse por fin a los saqueadores montados que atacan las fronteras de Broken con una puntualidad casi similar a la del sol saliente, al amparo de cuya luz cegadora prefieren atacar; o quizás hayan regresado una vez más los soldados del Lumun-jan, tan temiblemente organizados...

Ni esas ambiciosas cavilaciones ni las soterradas ansiedades acerca de la posible conexión entre el dilema a que se enfrenta su familia y este consejo inesperado consiguen socavar los instintos físicos que empezaron a afinarse durante la infancia de Arnem: cuando él y Niksar pasan por la boca de un callejón lleno de despojos que se incorpora al Camino Celestial por el oeste, el sentek se agacha para esquivar el golpe de un objeto lanzado al vuelo. Una jarra de vino de arcilla se hace añicos contra la base de mortero de una casa a escasos metros de él, con tal fuerza que podría haber matado a un hombre. Al alzar la mirada ve que Niksar está registrando la zona, con su espada corta en la mano; entonces, ambos ven a un hombre grueso y desaliñado, plantado en el callejón. El hombre sonríe y suelta una carcajada de idiota.

—Corriendo a lamer culos reales, ¿verdad, Alto? —exclama el borracho—. ¡Así te atragantes!

El hombre desaparece por el callejón en dirección al Distrito Quinto y Niksar arranca tras él, pero Arnem agarra al joven por el brazo.

—Tenemos cosas mucho más importantes que hacer, Reyne —dice el sentek. Sin embargo, se detiene lo suficiente para reconsiderar las palabras del borracho—. ¿Alto? —dice asombrado mientras Niksar envaina la espada—. Ese tipo era demasiado grande para ser un Bane. Yo creía que solo ellos usaban esa palabra para designar a los nuestros.

Arnem recibe la respuesta de una voz incorpórea e inquietantemente serena que emerge flotando de la puerta trasera de una casa cercana, sumida en la penumbra:

—Los Bane no son los únicos que están contra los tuyos, sentek.

Arnem y Niksar miran confusos cómo de las sombras emerge un hombre anciano con barba. Su pelo no es más que una bruma en torno a la cabeza, mientras que la túnica, con un diseño en negro y plata que otrora fue elegante, da ahora deslucido testimonio de algunos años de infortunio. El hombre se apoya en un bastón para avanzar con un doloroso cojeo.

—¿Habéis visitado el Distrito Quinto últimamente?

Por segunda vez esta noche, Arnem tiene que esforzarse para que su comportamiento no delate el temor.

—Claro —contesta, acercándose con calma al hombre—. Yo nací allí, como toda mi familia. Seguimos viviendo en él.

—¿Tú? Entonces, ¿eres...? —El hombre mira fijamente a Arnem con una expresión de reconocimiento que todavía incomoda más al sentek—. Sí que eres Sixt Arnem... —El anciano mira primero a las estrellas y la Luna ascendente, y luego las almenaras del exterior del Alto Templo, y murmura—: Pero... ¿ya estoy listo?

—¿Listo? —Arnem repite como un eco—. ¿Listo para qué?

—Para lo que probablemente comenzará —responde el hombre con calma—. Vas a la Sacristía, sentek. Sospecho...

Niksar, al contrario que Arnem, es incapaz de controlar su hartazgo del anciano espectro y se acerca al comandante.

—Vamos, sentek. Está loco...

Arnem alza una mano.

—Entonces, ¿nos encaminamos a la Sacristía?

El viejo sonríe.

—Y en ese caso, allí vas a oír mentiras, sentek. Aunque no todos los que las pronuncien serán mentirosos.

Arnem frunce el ceño, menos paciente ahora, pero más relajado.

—Ah, adivinanzas. Por un momento he llegado a pensar que podríamos evitarlas.

—Loco o burlón, sus palabras son una ofensa —dice Niksar. Luego lo regaña—: Ten cuidado con lo que dices, viejo loco, o tendremos que arrestarte.

—La causa de vuestra convocatoria son los Bane. —El anciano alza su bastón del suelo—. Creo que eso puede afirmarse con certeza.

—No hace falta ser un adivino para eso —contesta Arnem, fingiendo una risa despreocupada—. Es probable que hayas oído los gritos de la Llanura. —El sentek emprende de nuevo la marcha—. Nunca entenderé por qué Kafra decidió contar a esos malditos canijos entre sus creaciones...

Arnem y Niksar no han dado todavía una docena de pasos cuando el viejo declara:

—Ningún dios creó a los Bane, Sixt Arnem. Nosotros, los de Broken, cargamos con esa responsabilidad.

Los dos oficiales desandan deprisa parte de lo andado.

—Basta ya —advierte Arnem al anciano en tono urgente—. Ahora mismo. Por muy loco que estés, somos soldados de los Garras y hay cosas que no podemos escuchar...

Arnem deja de hablar de repente y abre más todavía los ojos. La cara del anciano sigue siendo poco más que una extraña máscara de infortunio, pero su túnica... Hay algo en la plata y el negro desleídos, y en ese corte elegante... Algo de esa túnica le resulta inquietante aunque, inexplicablemente, familiar.

—No me recuerdas, ¿verdad, sentek? —pregunta el viejo.

—¿Debería? —responde Arnem.

Con la boca prieta, el anciano replica.

—Ya no. Y todavía no...

Arnem intenta sonreír.

—¿Más adivinanzas? Bueno, si es todo lo que puedes ofrecer...

—Lo que puedo ofrecer ya te lo he dado, sentek —dice el anciano, alzando un poco más su bastón—. Si vas a la Sacristía esta noche, oirás algunas mentiras. Mas no todos los que las pronuncien serán mentirosos. Y te corresponderá la tarea de determinar quién es el que mancilla esa cámara supuestamente gloriosa.

Con las mejillas acaloradas por la ira, Niksar ya no puede contenerse.

—Tendríamos que matarte aquí mismo —declara, al tiempo que lleva una mano a la espada—. ¡Dices una herejía tras otra!

El anciano se limita a mantener la sonrisa y mira a Niksar.

—Eso se ha dicho... —contesta mientras alza el dobladillo de la túnica con la mano libre— antes.

En la oscuridad de la avenida, a la luz de la Luna que juega en el agua que fluye en silencio por la alcantarilla, Arnem y Niksar ven que la pierna izquierda del viejo es bastante más oscura que la derecha. Mas solo cuando el envejecido brazo golpea la pierna izquierda y le arranca un sonido hueco, los dos hombres adivinan la verdad. El anciano sonríe ante sus muestras de horror y sigue golpeando la madera que lleva atada con cintas al muñón de su muslo.

—¡El *Denep-stahla*![48] —susurra Niksar.

—El joven linnet conoce bien los rituales —responde el anciano, soltando el dobladillo de la túnica.

Sigue dando golpes en la falsa pantorrilla, con un ruido algo más ahogado que antes, pero no menos aterrador.

La mirada de Arnem no abandona la pierna: su visión ha venido acompañada de la comprensión de la incomodidad que lo embargaba al principio, así como de algunos recuerdos de los tiempos en que fue linnet y, en unas cuantas ocasiones, formó parte de las escoltas que acompañaban a los sacerdotes de Broken al río Zarpa de Gato, donde todavía hoy se celebran sus ritos de castigo y destierro, sagrados y sangrientos. Aunque se trataba de un puesto de honor, no era una posición a la que Arnem pudiera adaptarse bien y no la mantuvo durante mucho tiempo, aunque sí el suficiente para que se plantara en él la semilla de la duda acerca de la fe de Kafra.

Al fin, vuelve a mirar al hombre a los ojos.

—¿Nos conocemos?

—Recordarás mi nombre en el momento apropiado, sentek —contesta el mutilado.

—¿Y cómo huiste del Bosque?

De nuevo, los labios ajados se fruncen en un gesto grave.

—Los malditos suelen ser astutos. Pero... ¿no debería preocuparte otra cosa? —El anciano concede una pausa, pero Arnem no dice nada—. Estoy aquí, sentek. ¿No va contra las leyes de Broken regresar sin permiso? ¿Acaso a mí me lo han dado?

Como las palabras del hombre tienen cada vez menos sentido y su golpeteo infernal se vuelve cada vez más despiadado, Arnem se acerca a él por última vez.

—Si has sobrevivido al Denep-stahla, amigo, ya has sufrido suficientes problemas para toda una vida y tienes razón sobrada para estar loco. Abandona la ciudad y olvidaremos este encuentro.

Pero el anciano menea lentamente la cabeza.

—Lo intentarás, sentek. Pero no confíes solo en mi palabra. Espera a oír otro sonido esta noche, algo que sonará más veces que nunca...

Arnem intenta rechazar esa última adivinanza levantando un dedo amenazador; el gesto resulta torpe e ineficaz, sin embargo, y se convierte en una simple señal para Niksar. El oficial echa a andar de nuevo a toda velocidad por el Camino Celestial. Desde lejos, de todos modos, siguen oyendo el golpeteo regular del bastón del anciano contra la pata de madera y, presa de un cierto nerviosismo, Niksar termina por decir:

—Vaya, un intento de asesinato y un hereje loco. No son los mejores presagios para este consejo, sentek.

—¿Algún oficial ha sido atacado en esta zona? —pregunta Arnem.

Por encima de todo quiere olvidar al viejo y espera que Niksar no le pregunte por qué ese personaje tan peculiar creía que él podría reconocerlo.

—Ha habido unos cuantos incidentes, pero la mayoría han ocurrido dentro del Distrito Quinto. Los que siguen planteando problemas son los recién llegados, gente joven de los pueblos del Meloderna, en su mayor parte. Vienen en cantidades cada vez mayores y al llegar...

—Y al llegar descubren que no hay ningún sacerdote de Kafra que regale oro por las calles. Descubren que han de trabajar, igual que en su pueblo.

—Pero no saben nada del tipo de trabajos que se encuentran aquí —añade Niksar, al tiempo que asiente—. Así que la mayor parte pasan los días pidiendo limosna y las noches en las tabernas. O en el estadio.

—Tendrían que pasarlos en las barracas —declara Arnem—. Unos cuantos años de campaña les quitarían la idiotez.

Abandonan el Camino Celestial doblando por una calle que lleva directamente al Distrito Cuarto, sede del ejército de Broken y único santuario verdadero últimamente para Arnem, pues su propia casa está implacablemente dominada por ese desconcierto que pueden crear los jóvenes petulantes cuando deciden batallar a cada hora con sus madres. En cuanto ven la empalizada de pinos gigantescos a lo lejos, los dos oficiales aceleran la marcha; y se les nota visiblemente relajados al acercarse a la enorme puerta flanqueada por unas torres de guardia cuadradas y construidas, como la empalizada, con gigantescos troncos de pino nítidamente tallados, recortados y unidos y, en el caso de los que están en posición vertical, muy afilados.[49] Sumados, esos elementos conforman una entrada asombrosa a un mundo distinto de cualquier otra parte de Broken que siempre tiene, por muchas veces que la haya cruzado, un efecto estimulante para el ánimo de Arnem. El gemido del portón revestido de hierro al abrirse, el ritmo continuo de las botas al caminar sobre el paso superior, el olor a bosta de caballo y heno de los establos y la eterna nube de polvo provocada por los incesantes ejercicios de los soldados de la ciudad: todo eso se conjuga al fin para que Sixt Arnem abandone las preocupaciones por la familia y la fe y se concentre en la vocación que origina su terrible pasión.

—Por las pelotas de Kafra, Niksar —dice Arnem, al tiempo que se lleva un puño al corazón para saludar a un centinela—. Qué bien le iría una guerra a este reino...

El Distrito Cuarto de Broken está formado por una serie de cuadriláteros dispuestos para el entrenamiento y los ejercicios, todos ellos rodeados por barracas bajas de madera. Los cuarteles de los Garras se encuentran junto a la puerta este de la ciudad, por donde se producen tradicionalmente los primeros ataques, porque la cara oriental de la montaña es más fácil de ascender (aunque incluso ese lado ofrece una serie de problemas diabólicos). El yantek Korsar, en su condición de comandante no solo de los Garras, sino del ejército entero, mantiene su cuartel de mando y su residencia personal cerca de esta misma puerta, de modo que todos los soldados, por humilde que sea su condición, pueden percibir sus bruscos modos y su vigilancia eterna. Tras pasar por los campos de entrenamiento en los que los linnet ladran órdenes a las patrullas nocturnas para que no paren de moverse y se apresten a responder a cualquier amenaza repentina, Arnem y Niksar entran en un amplio emplazamiento vacío para desfiles, en cuyo extremo más lejano se alza una estructura de troncos más alta que las barracas que la rodean. Mientras los dos oficiales se dirigen hacia allí y emprenden el ascenso por una escalera de madera, las dudas y preocupaciones de Arnem se han transformado ya en el sentido de anticipación que siempre experimenta ante una nueva misión. Se permite pensar que la ciudad debe de enfrentarse a un peligro real; es la única explicación que hace comprensible la lista de gente importante convocada esta noche a la Sacristía. Va a obtener la «verdadera» guerra que tanto desea, una guerra de la que un soldado profesional pueda sentirse orgulloso, una que por fin empiece a purgar de la ciudad esa malvada ociosidad cuyos efectos ha comprobado en primera persona hace apenas unos momentos.

En la parte alta de la escalera hay un centinela que se ve obligado a moverse con gran agilidad para llevar un puño a la altura del pecho mientras con la otra mano abre una puerta cercana a tiempo para que Arnem y Niksar puedan trasponerla sin incidentes pese a su paso bullicioso. Los dos oficiales devuelven el saludo sin romper el paso; una vez dentro, encuentran la enorme figura de Korsar sentada a una mesa grande, con su rostro curtido y su barba blanca por completo suspendidos ante un pergamino que representa un mapa del reino: una señal estimulante, piensa Arnem.

Sin embargo, cuando Korsar alza la cabeza al sentek le basta una breve mirada para darse cuenta de que la afirmación anterior de Niksar era inquietantemente acertada: pese a tratarse del mayor y más experto comandante de Broken, el azul profundo de los ojos de Korsar —algo marcado el derecho por una vieja cicatriz que cruza la ceja— transmite una inconfundible sensación de fatalidad, aumentada por la resignación.

—Tienes bien pocas razones para estar animado, Arnem —afirma el yantek mientras se levanta y enrolla el mapa—. Parece que, al fin y al cabo, es cosa de los Bane.

Mientras se lleva un puño al pecho para saludar, Arnem se da cuenta de que el yantek Korsar se ha puesto su mejor armadura, de un cuero meticulosamente embellecido con complejos bordados de plata.

—Pero... ¿por qué tanto misterio, yantek? —pregunta Arnem—. ¿Y a estas horas? Hemos visto antorchas en el Bosque no hace mucho y hemos oído gritos... ¿Acaso se han colado los Ultrajadores en la ciudad?

—Eso parece —responde Korsar mientras un par de ayudantes le sujetan a los hombros una capa azul rematada con la piel de un lobo de Davon que él mismo mató hace años, en una incursión contra los Bane—. Y se están volviendo extraordinariamente audaces..., por no hablar de lo poderosos que son.

—¿Yantek? ¿Qué estás diciendo?

—Solo que han intentado matar al Dios-Rey, Arnem. O eso dicen el Layzin y Baster-kin.

La frivolidad de Korsar resulta tan inquietante como sus palabras y Arnem siente una vez más que su confianza flaquea.

—¿Al Dios-Rey? Pero... ¿Cómo?

—¿Cómo se mata a los dioses?

El yantek Korsar coge el bastón de mando —de un palmo, hecho con madera y bronce y rematado por una pequeña figura esculpida de Kafra, con cuerpo de pantera y alas de águila—, emblema de su cargo y autoridad,[50] y toca con él un hombro de Arnem.

—Brujería, muchacho —continúa Korsar, sonriendo por primera vez. Mas pronto la sonrisa se transforma en una mueca de escéptico disgusto—. Brujería...

Presa de una alarmante sacudida de los nervios que raramente ha experimentado en el campo de batalla, Arnem recuerda de repente la identidad del anciano de la calle. «Pero no puede ser —piensa—. Yo mismo lo vi morir...»

—Por todos los diablos, ¿qué te pasa?

Korsar se ha detenido a estudiar a Arnem y no le gusta demasiado lo que ha visto.

Arnem intenta recuperar de inmediato el sentido.

—Es solo por la actividad que hemos detectado en el Bosque, yantek —aclara con rapidez—. Justo antes de que llegaran tus órdenes. ¿No deberíamos sospechar que pueda tener alguna relación con todo esto?

—Lo dudo.

A Korsar no le satisface la explicación que el sentek ha dado de su peculiar estado de ánimo. Se conocieron en los primeros tiempos de Arnem en el ejército de Broken y Korsar sabe que desde entonces ha representado algo parecido al papel del padre de Arnem, que inició su vida en el Distrito Quinto como huérfano empobrecido; o, mejor, siempre ha dicho que era huérfano. Korsar sospecha que los padres de Arnem simplemente lo abandonaron, o lo vendieron para que entrara en alguna servidumbre de baja categoría, de la que el joven Sixt se escapó con inteligencia; era un muchacho con un don para planear toda clase de comportamientos problemáticos y un talento todavía mayor para organizar a los demás chiquillos desarraigados para que participaran en ellos. Cualquiera que fuese la verdad acerca de sus orígenes, fue esa vida de travesuras, y no un juvenil sentido patriótico, lo que llevó a Arnem a alistarse en el ejército como medio para evitar el arresto por una larga lista de delitos menores. Sin embargo, allí descubrió que la vida militar le sentaba bien y pronto atrajo la atención de Korsar cuando, en el curso de una batalla que se libró en un valle más allá del Meloderna,[51] fue el único hombre de su khotor capaz de permanecer firme ante una carga de los saqueadores del este. La valiente actitud de Arnem inspiró a los soldados que huían a emularlo e impidió que se colapsara el centro de la legión de Korsar: Arnem acababa de revelarse a la vez como valiente y talentoso líder, aunque solo tras el paso de los años siguientes, en los que demostró una nueva lealtad al reino, empezó a allanarse su camino hasta el rango que ahora ocupa. Pero el yantek Korsar nunca ha olvidado al joven problemático al que otrora conoció y siempre se ha apresurado a detectar cualquier conducta evasiva por su parte.

Esta noche, el yantek no tiene tiempo de sonsacar a Arnem y decide abrir camino para salir por la puerta y bajar por las escaleras tan rápido como puede. Arnem lo sigue y luego va Niksar, acompañado por los ayudantes de Korsar. Estos últimos van unos pasos detrás para que no llegue a sus oídos la conversación de los mayores, pero a la distancia justa para ser de utilidad.

—Al parecer —anuncia Korsar mientras descienden hacia el descampado de los desfiles—, el intento se inició hace algunos días, aunque no estoy seguro de cómo pasó. A decir verdad, hay muchas cosas de las que no estoy seguro, Arnem.

—Pero lo poco que te hayan explicado... ¿te parece fuera de lugar? —pregunta el sentek, bajando la voz.

Le inquieta que su comandante no secunde sus esfuerzos por mantener la discreción.

—Mi opinión no importa demasiado. —Un nuevo par de guardias, pallines del ejército regular, se suman a la comitiva al llegar al otro extremo del campo de desfiles—. Lord Baster-kin acepta esa explicación y el Gran Layzin la ha hecho celosamente suya...

Arnem sonríe.

—Nada de eso me dice lo que piensas tú, yantek. Con mis respetos.

—Al diablo con tus respetos, Sixt —replica Korsar, aunque el afecto se cuela bajo la brusquedad—. De acuerdo: ¿creo que los Bane han intentado matar al Rey-Dios, el Radiante, el Compasivo Saylal? —Korsar se encoge de hombros como si no le importase—. Quisieran verlo muerto, desde luego. Pero esto...

—No te parece probable —ofrece Arnem. Por toda respuesta, Korsar ladea la cabeza y alza una escéptica ceja, invitando a Arnem a aventurar—: Y yo estoy de acuerdo, yantek. Los Bane han mostrado gran audacia a veces, pero nunca...

—Ten cuidado, Arnem. —El yantek Korsar toma a Arnem del antebrazo y se lo aprieta con fuerza mientras contempla la puerta principal del distrito—. Cuídate de seguir mi ejemplo demasiado rápido esta noche. Quizá no sea inteligente...

Es un comentario inexplicable al que Arnem no es capaz de dar respuesta durante los pocos segundos que le cuesta al grupo llegar hasta la puerta; luego, justo cuando ya ha recuperado el sentido y se dispone a pedir al yantek Korsar que le explique el verdadero significado de sus palabras, media docena de soldados emergen de la oscuridad en los aledaños del Distrito Cuarto e interceptan de inmediato el paso del grupo de Korsar. La armadura de los recién llegados es igual que la que llevan las tropas del ejército regular; sin embargo todos llevan, en la parte alta del brazo, un brazalete amplio y de fina talla en cuya superficie aparece grabado el semblante de un rostro barbudo y sonriente...

A Arnem le sorprende comprobar que el yantek Korsar no responde con sorpresa ni irritación a esta intrusión de la Guardia de

Lord Baster-kin. Ha habido mucha mala sangre entre el ejército de Broken (sobre todo los Garras) y las tropas del Lord Mercader, una aversión acrecentada por el hecho de que, si bien visten la misma armadura que cualquier khotor del reino, la Guardia se entrena y acuartela en el Distrito Primero bajo la supervisión personal del Mercader. Ese aparente desaire —la insinuación de que el ejército regular y los Garras resultan inadecuados para proteger al Consejo de los Mercaderes— no es algo que cualquier soldado, y menos aún el orgulloso Korsar y sus lugartenientes, pueda sufrir sin resentimiento, y de vez en cuando se han producido reyertas entre ambas fuerzas. Arnem siempre se ha inclinado por considerarlas como una travesura insignificante, pues cree que Lord Baster-kin está por encima de esas rivalidades triviales; sin embargo, en algunas ocasiones hasta el propio Arnem ha encontrado insufrible a la Guardia y ahora no tarda en darse cuenta de que esta será una de ellas.

Un joven linnet de la Guardia —típicamente alto y bien proporcionado, con el cabello rizado y cuidadosamente arreglado, los ojos subrayados por algo que parece sospechosamente maquillaje de mujer, y con un estilo arrogante— se detiene delante del destacamento.[52]

—Yantek —dice el hombre, en un tono coherente con su estilo, impresión que se confirma al ver que dedica a Arnem, su superior tanto en rango como en experiencia, apenas un rápido ademán de asentimiento—. Sentek. Su Eminencia y Su Gracia nos han ordenado que os escoltemos hasta el templo.

—¿También te han ordenado que ignores la debida deferencia al rango, linnet? —ladra Arnem con brusquedad—. Lo dudo mucho.

El linnet sonríe al oírlo y, de mala gana, se lleva el puño derecho al corazón. El resto de sus hombres lo imita con una impertinencia similar; Arnem está a punto de darle una rotunda bofetada al linnet cuando el yantek Korsar le retiene la mano.

—Cálmate, Arnem —propone Korsar, con una cordialidad claramente falsa—. Sin duda, lo hacen por nuestra seguridad.

—Sin ninguna duda, señor —responde el linnet de la Guardia, con la misma doblez.

Korsar se vuelve hacia Arnem: hay una expresión de alarma en los ojos del viejo guerrero, pese a la sonrisa que los subraya.

—Al parecer, las cosas han llegado a un punto tan desesperado que tú y yo necesitamos niñeras. Y a fe que serían lindas niñeras si hicieran honor al maquillaje con que se pintan. —Los guardias se agitan al oírlo, pero Korsar se limita a sonreír y alza ambas manos—. Un triste intento de aportar humor al asunto, linnet, presento mis excusas. En el Distrito Cuarto vemos tan poca moda que su presencia nos incomoda. Por favor, no os sintáis ofendidos. Al contrario... —el yantek señala hacia el Camino Celestial y mantiene la mirada fija en el líder de los guardias—, escoltadnos, si así lo queréis. Sí, por supuesto, escoltadnos.

Con un vaivén de la mano y una inclinación de cabeza, Korsar despide a sus hombres, de modo que solo Niksar —tan preocupado ahora como en su primera aparición junto a la muralla meridional para alertar a Arnem— permanece con ellos. Los guardias rodean a sus escoltados y el grupo parte hacia su sagrado destino: el Alto Templo de Kafra.

Durante lo que parece un largo intervalo, el yantek Korsar guarda silencio. Y cuando empieza a hablar de nuevo, sus palabras causan una inquietud aún mayor a Arnem y a Niksar. El yantek hace más comentarios burlones acerca de la posibilidad de que los Bane hayan atentado contra la vida del Rey-Dios, expresando sentimientos que Sixt Arnem podría haber secundado hace apenas unos minutos; en cambio, ahora su mente y su corazón están confusos. La combinación de la identidad del viejo lunático de la calle (un descubrimiento tan plagado de potenciales maldades que Arnem no se atreve a pronunciar el nombre del anciano en voz alta, ni siquiera ante Korsar) con este destacamento de la Guardia de Lord Baster-kin hace que el tono de desprecio cáustico del yantek parezca poco oportuno. No, el sentek lo entiende de pronto: es peor que eso, es descuidado. Descuido: un rasgo del que ni siquiera los enemigos de Korsar entre los jóvenes líderes de la ciudad —que no han conocido los peligros de la guerra y ven en el yantek poco más que a un anciano de hábitos sacrílegos por su ascetismo— le han acusado jamás. Y sin embargo, ahora parece consumir a Korsar, pese a la evidencia de que los guardias se están esforzando por registrar en la memoria cada una de sus burlonas palabras.

Cuando el grupo entra en el Distrito Primero, el comportamiento del yantek vuelve a cambiar: su arroyo de cinismo parece ahora exhausto y Arnem, en un esfuerzo por concentrarse en la tarea pendiente, y no en sus dudas, alberga la esperanza de que su comandante se haya dado cuenta por fin de que debería hacer otro tanto. Sin embargo, basta un vistazo al rostro de Korsar para perder esa seguridad. Mientras el yantek pasea en silencio su mirada herida y avezada por las espléndidas residencias de piedra de los más ricos y nobles mercaderes de Broken —unas estructuras conocidas como *kastelgerde*,[53] de dos o hasta tres pisos de altura, construidas a partir de los bloques de granito que se recortaron de la montaña para crear la expansión lisa de las murallas exteriores de la ciudad—, una inconfundible expresión de asco emerge a través de la barba gris y bajo las cejas, largas y enmarañadas.

—Fíjate, Arnem —dice el yantek.

Arnem escudriña de nuevo unas estructuras que, al igual que el yantek, desprecia. Y lo hace no solo por su tamaño, sino por las estatuas de ilustres padres de distintos clanes que habitan en esos edificios, y que se ven desde los jardines: todos ellos dotados de piernas de fuerza exagerada y rasgos idealizados que Arnem considera sencillamente absurdos.

—De niño no viste muchas como estas, ¿verdad, Sixt? No era exactamente el estilo del Distrito Quinto.

—La gente del Distrito Quinto siempre encuentra el modo de obedecer a Kafra, yantek —responde Arnem—. Y te puedo asegurar que, pese a su humildad, son igual de entusiastas.

El amplio pecho de Korsar se agita con una risa que no ofrece alegría alguna.

—Sí, supongo que en esta ciudad todo el mundo, incluidas las miserables almas de tu distrito, ha de encontrar alguna manera de perpetuar el sueño de un dios que los ama tanto por su avaricia como por su crueldad.

—¿Yantek? —murmura Arnem con urgencia.

Sin embargo, Korsar hace caso omiso de la preocupación de su subordinado, lo cual obliga a Arnem a intentar arrastrar al yantek a una conversación menos arriesgada.

—La sociedad que venera el logro y la perfección venera también la esperanza y la fuerza, yantek, como tu propia vida demuestra. Solo has de considerar tu actuación en mi caso. ¿En qué otro reino podría un comandante apadrinar el tránsito de un hombre con mi pasado hasta el mando de una noble legión?

Korsar vuelve a reír sin humor.

—Muy bien recitado, Arnem. —Luego, dirigiéndose al linnet de la Guardia de Baster-kin, añade—: Confío en que tomes nota de la piedad del sentek, linnet. Por lo que a mí respecta... —El yantek Korsar tose para librarse de una flema y luego la escupe bruscamente al suelo adoquinado de la avenida; con ella desaparecen, al fin, los últimos restos de su rebeldía y su voz pasa de un bramido valiente a un murmullo de resignación—: No veo esperanza ni verdadera fuerza en ella. Ya no.

—No entiendo qué quieres decir, yantek —insiste Arnem.

Ha visto a Korsar entrar en estados de ánimo irascibles y melancólicos desde que murió su mujer; también le ha visto correr grandes riesgos como comandante, pero nunca le ha visto coquetear con el desastre de un modo tan fatalista y resignado.

—Ya lo entenderás, amigo Sixt —responde Korsar, en un tono aún más melancólico—. Bien pronto, me temo.

Arnem no dice nada, pero se queda profundamente alarmado pese a su silencio: las palabras de Korsar se parecen desagradablemente a las que el sentek ha oído en boca de la vieja aparición que se han encontrado de camino al Distrito Cuarto.

A paso ágil, el grupo se acerca ya al Alto Templo, que se alza sobre la más alta formación granítica de la montaña; cuanto más cerca están, mejor oyen los sonidos del estadio que se extiende por detrás de esa estructura sagrada. Cientos de voces se alzan en un frenesí de entusiasmo, mientras otras tantas claman su desesperación; de vez en cuando la muchedumbre, que puede contarse por miles de personas cuando el estadio está lleno, se une en una canción de sílabas arrastradas por efecto del vino. Mas, al cabo de unas pocas repeticiones, esos cantos se desvanecen para ceder paso al quejido profundo y desorganizado que expresa tantas esperanzas decepcionadas. Al oír esos sonidos el yantek Korsar parece entristecerse aún más: ya ni su sarcasmo encuentra una voz con la fuerza suficiente para alzarse sobre los rugidos del enorme óvalo pétreo de tres pisos de altura.

Con la intención de explicarse la melancolía de Korsar, Arnem vuelve a pensar en la esposa del yantek, la extranjera Amalberta, y recuerda especialmente su muerte. La pareja llevaba muchos años casada sin hijos, tantos que el yantek se había resignado ya a la esterilidad de Amalberta, hasta que a la llamativa edad de treinta y siete ella quedó encinta y logró llevar a buen término el embarazo y dar a luz a su hijo. Supuso una gran alegría para Amalberta, aunque quizá no tanto como para su marido, cuyo orgullo adoptó una expresión particularmente marcial y sirvió de inspiración para planear y llevar a cabo con éxito aquella campaña contra los saqueadores del este durante la cual llamó su atención por primera vez la conducta de Sixt Arnem. Este ha pensado siempre que el padrinazgo que Korsar brindó a sus intereses se debió en buena medida a la novedad del instinto paternal del yantek, empozado en tales cantidades durante años que, una vez suelto, no pudo confinarse a un solo objeto de afecto. Fuera cual fuese la verdad, los primeros diez años de vida del muchacho, Haldar, fueron también los más importantes de la de Sixt Arnem; precisamente gracias al ejemplo de la familia del yantek, aquel soldado talentoso del Distrito Quinto llegó a conocer un lado de Broken que le había resultado ajeno hasta entonces, como a casi todos los que procedían de aquella parte de la ciudad, un lado que premiaba los servicios leales y valoraba la perfección de los afectos tanto como la de la apariencia física. Así, para Arnem, como para tantos otros soldados, Haldar Korsar se convirtió en un símbolo: talismán vivo, en la misma medida que niño real. Por eso pareció natural y hasta bueno que, a los doce años, Haldar anunciara su deseo de entrar en el servicio militar en condición de *skutaar*,[54] lo cual le obligaba a servir a un linnet escogido por su padre y a vivir en el Distrito Cuarto. Tras ese tiempo de servicio, que concluiría con su propio ascenso al estatus de linnet, Hadar asumiría con toda naturalidad una posición importante en algún lugar del ejército y continuaría la obra de su padre...

Sin embargo, no fue esa la voluntad de Kafra. En la coronación del Dios-Rey Saylal (una ceremonia durante la cual nadie llegaba a ver al nuevo monarca, salvo sus sacerdotes, mientras que este sí veía a toda la audiencia presente en el Alto Templo), el Divino Personaje se fijó en Haldar, junto con otros dos o tres chicos o chicas jóvenes como él, entre los presentes en el coro compuesto por los descendientes de las familias más exitosas de Broken. Pronto llegó de la Ciudad Interior la noticia de que el chico había sido seleccionado para el servicio del Dios-Rey. Aunque dicha selección suponía un honor, la idea de perder para siempre a un hijo cuya llegada se había atrasado tanto supuso un golpe mortal para el yantek y su mujer; había incluso quien decía que el corazón de Amalberta se había empezado a marchitar el día en que vio a su hijo desaparecer para siempre por las puertas de la Ciudad Interior. Para entonces Arnem se había casado ya y había visto nacer a su propia descendencia, también un varón; no podía ni imaginar que se pudiera arrebatar a un vástago tan joven como Haldar, por mucha recompensa espiritual que ofreciera la vida de servicio en la Ciudad Interior. El yantek Korsar era una criatura obediente y al fin aprendió a existir, si no exactamente a vivir, con aquella pérdida. No tanto así Amalberta, quien, tras intentar durante varios años sobrellevar la vida sin aquel muchacho que había llegado a convertirse en su único propósito, además de su consuelo cuando Korsar estaba de campaña, renunció simplemente al afán de vivir. Korsar, frenético al comprobar el declive constante de su esposa, suplicó al Gran Layzin que liberase a Haldar del servicio divino; sin embargo, sus peticiones fueron rechazadas de modo permanente y el último chasco resultó demasiado fuerte para Amalberta, cuyo corazón dejó de latir cuando el yantek le transmitió que no cabía esperar que volvieran a ser una familia jamás.

Como había estado junto al yantek a lo largo de todo ese suplicio, Arnem había desarrollado un miedo profundo a la llegada del día en que los sacerdotes de Kafra pudiesen pedirle que entregara a uno de sus hijos; ahora que por fin ha llegado esa petición, el sentek descubre que trae consigo una comprensión más profunda e inquietante de la doble carga que Korsar ha llevado sobre sus hombros durante tantos años. Daba la sensación de que la desaparición de Amalberta, su única compañera verdaderamente íntima, sumada con tanta dureza a la pérdida del niño en quien se habían encarnado sus esperanzas de dejar un legado significativo, había encogido el mundo de Korsar. En esa misma época el yantek había abandonado su casa (una de las residencias más modestas del Distrito Primero) y se había mudado a los cuarteles, con la clara intención de seguir entregado en exclusiva al trabajo de mantener la seguridad en Broken hasta que las preocupaciones que le brindaba el cargo de comandante lo agotasen y terminaran por destruirlo.

Sin embargo, ahora Arnem se ve obligado a preguntarse, a la luz del extraño comportamiento del yantek, si el asunto de la seguridad de Broken es, en efecto, lo único que Korsar ha rumiado durante las largas noches que ha pasado caminando arriba y abajo por unos cuarteles que en ningún momento fueron concebidos como hogar de nadie.

El pequeño destacamento de soldados llega a los amplios escalones de granito del Alto Templo. Tanto en su parte baja como en lo más alto de los mismos arden enormes braseros de bronce que lanzan su luz dorada hacia la gigantesca fachada de granito y las columnas del templo, de seis metros de altura. Ante semejante escenario, que resulta todavía más asombroso a estas horas de la noche, el sentek tiene la sensación de que sigue a Korsar hacia algo más complicado que un consejo de guerra, sensación confirmada cuando el yantek le pasa su grueso brazo en torno al cuello y susurra con urgencia:

—Lo que he dicho iba en serio, Sixt. Pase lo que pase ahí dentro, no te metas. Tu ejército te va a necesitar más que nunca.

—Suenas como si esperases que te licencien, yantek.

—Desde luego, eso está entre las cosas que espero —contesta Korsar con un gruñido—. Pero dudo que sea la más importante. No...

Korsar retira su brazo del cuello del sentek, echa una mirada a la ciudad y sonríe: no con ese estilo falso que le ha acompañado hasta ahora a lo largo de la noche, sino como... Arnem busca las palabras adecuadas y recuerda la afirmación anterior de Niksar: «Como un hombre que siente el acecho de la muerte y sin embargo no hace nada por eludirlo.»

—O mucho me equivoco, Sixt —continúa Korsar, con la voz tomada por algo extrañamente parecido a la anticipación—, o nunca volveré a ver cómo se pone el sol tras los muros del oeste de esta ciudad.

1:{vi:}

Los Bane presencian un desorden de la Naturaleza,
antes de que la Luna los convoque para regresar a casa...

—¡Mentiras! ¡Mentiras, mentiras y nada más que mentiras!
—¿Te atreves a poner en duda mi honor otra vez?
Keera abre sus pequeños y esbeltos dedos encima de la cara, mientras Heldo-Bah y Veloc despotrican entre ellos.
«Es increíble —piensa la rastreadora—. Han digerido el estofado de novillo en menos tiempo del que se tarda en apartar la olla del fuego, y ya están listos para armar la bronca sin sentido una vez más.»
—Es interminable.
Es lo único que su paciencia le permite murmurar mientras mira fijamente la oscura y densa maraña de vegetación que rodea su lugar de acampada, atenta a cualquier señal de movimiento. Tras llevar a su grupo a buen paso al sur del Puente Caído, Keera ha decidido que sería más seguro permitir que Heldo-Bah disfrutara de parte de su preciosa carne que emprender el regreso a Okot oyéndolo quejarse a cada paso. Ha encontrado un lugar afortunado para la comida: un pequeño claro rodeado de densos helechos y zarzales y protegido por abetos que oscurecen el relumbre de la hoguera, aunque no el olor. Mientras sus compañeros siguen discutiendo, ella empieza a desear no haber sido tan exigente: si no estuvieran tan escondidos tendría buenas razones para decirles que cerrasen la boca. En cambio, así...
—Escúchame, Veloc —dice Heldo-Bah mientras se acerca al fuego sin tomar consciencia de cuánto calienta y, sujetándola con un cuchillo, sostiene una de las tira de carne sobre las altas lla-

mas—. Esa ciudad asquerosa nunca ha significado más que sufrimientos para los Bane. ¡Todas esas otras discusiones «históricas» que planteas solo sirven para confundir la única verdad suprema!

Con la mano libre, Heldo-Bah agarra un leño y zarandea con él las ascuas brillantes a escasos centímetros de sus botas de piel de ciervo, provocando que salgan chispas volando hacia Veloc.

—¡Mira! —exclama Veloc, deshaciéndose de las ascuas a bofetadas—. La inmolación sin previa provocación es un delito, Heldo-Bah, incluso bajo la ley de los Bane.

—Ah, pero sí ha habido provocación —contraataca Heldo-Bah, con energías renovadas gracias a la carne—. ¡Me provocan las falsedades de un mujeriego purulento!

Veloc recupera el tono de tranquila condescendencia al que se acoge siempre como último recurso cuando nota que pierde terreno ante el acoso de su amigo.

—Quizá tu suerte con las mujeres mejoraría, Heldo-Bah, si tu padre no hubiera mirado con lujuria a una cerda para producir luego un hijo con cara de gorrino.

—¡Mejor hijo de una cerda que patrón de las putas de Broken!

—¿Putas? —La compostura de Veloc se hace añicos—. Oye, primate, nunca he pagado a ninguna Alta sus favores. ¡Todas se me han ofrecido!

—¿Y supongo que nunca te ha condenado el Groba por los problemas que causaba tu incapacidad para pagar a esas «voluntarias»?

—¡Perro!

Los dos hombres se enfrentan a ambos lados del fuego, aparentemente dispuestos a librar un duelo a muerte. Sin embargo, Keera no da grandes muestras de preocupación, porque ya sabe cómo terminará el intercambio. Los maxilares de Veloc y Heldo-Bah tiemblan de rabia durante un instante de silencio; luego, con una brusquedad que sorprendería a cualquiera que no estuviera familiarizado con su amistad, rompen los dos a reír a carcajadas, se echan inocuos puñados de polvo y ruedan por el suelo del bosque.

—Parece una tontería pelear así —comenta Keera, más para sí misma que para oídos de sus compañeros— si, al final, cada vez os limitáis a...

De repente, la rastreadora Bane se pone silenciosamente en pie, aunque mantiene las piernas flexionadas para poder saltar en cualquier dirección. Su extraordinaria nariz husmea el aire y las manos prolongan el pabellón de las orejas. Heldo-Bah y Veloc reprimen las risas y reptan en silencio al costado de Keera: muy a la manera, piensa ella, de sus tres criaturas pequeñas cuando se asustan. Los hombres prestan atención al Bosque, pero no consiguen captar los ruidos, o los olores, que tanto han alarmado a su compañera.

—Se está moviendo otra vez —susurra Keera en tono frustrado—. Aunque no consigo entender sus movimientos. No está cazando ni preparando una madriguera...

—¿No es la misma pantera? —murmura Veloc, incrédulo.

Keera asiente despacio.

—Me preocupaba que la atrajera el olor del guiso si nuestros caminos volvían a cruzarse. Pero un encuentro así parecía poco probable... He escogido una ruta distinta a propósito. Y sin embargo, su paso es inconfundible. Es tan... raro. Dubitativo, ansioso, tentativo... Supongo que estará herida. O a lo mejor me equivoco y nos está acechando. Sea como fuere, hemos de buscar refugio. Heldo-Bah...

Mas cuando Keera se vuelve Heldo-Bah ya ha desaparecido. Antes de razonar se preocupa por un instante de la posibilidad de que la pantera se haya deshecho de su ruidoso amigo, pues los grandes felinos son más que capaces de ir desmembrando así a un grupo humanos; pero entonces oye unos gruñidos por arriba y ve a Heldo-Bah, con el saco de piel de ciervo a la espalda, escalando el tronco liso de un fresno, uno de los muchos árboles que, debido a la espesura de la bóveda del Bosque, no tienen ramas bajas que ofrezcan a la pantera una pista para la persecución.

—¡Por la Luna! —murmura Keera—. ¡Aún no he dado la orden y ya estás subiendo por el árbol!

—Malgasta tus explicaciones con el tonto de tu hermano —sisea el escurridizo Heldo-Bah, ya a casi seis metros de altura—. ¡No pienso convertirme en la cena de un felino!

—¿Estás segura de que viene hacia aquí, Keera? —murmura Veloc a su hermana.

Keera alza los hombros confusa. En condiciones normales diría que basta con el fuego para mantenerlo alejado, pero este felino se ha acercado lo suficiente para oler las llamas, e incluso verlas, y sin embargo se ha atrevido a acercarse más.

—Lo más probable es que esté decidiendo en qué orden se nos va a comer —sisea Heldo-Bah, aferrándose con manos húmedas a sus chuchillos de lanzador, enfundados en las vainas—. Pero yo...

Keera levanta una mano; entonces, resuena un aullido más allá del hemisferio de luz que proyecta el fuego desde el suelo.

—Por fin —susurra Keera, y se permite una leve sonrisa—. Casi me haces pasar por tonta, felino.

La pantera ruge, pero es un sonido confuso: ni anuncia una agresión ni responde al dolor ni se parece a ningún otro ruido que una rastreadora tan experta como Keera pueda interpretar. Su sonrisa se convierte enseguida en consternación.

Y entonces aparece el macho: hollando la tierra del claro con el caminar acolchado de sus grandes zarpas del dorado más oscuro, la pantera se adentra[55] en el campo de luz del campamento. Es joven, pero grande (supera con creces los doscientos kilos) y tiene algunos mechones cortos de pelo en torno al cuello y los hombros.[56] Las manchas oscuras y las rayas que entrecruzan su cuerpo de tres metros de largo son muy pronunciadas, lo cual aporta al animal un revestimiento claramente masculino. Eso es significativo: la fe de la Luna enseña que la uniformidad y la riqueza de colores en el pelaje de la pantera son señales del favor divino y ciertamente de una sabiduría madura (y, por lo general, femenina). Carece de ella este ejemplar, que en cambio muestra una fuerza evidente en sus músculos largos y gruesos, lo cual hace aún más misterioso su interés por estos diminutos expedicionarios, pues podría derribar con toda facilidad a un ciervo o un caballo salvaje, o incluso cualquier ejemplar del ganado de Lord Baster-kin, y todos ellos representarían mejor manjar que un humano.

Mientras recorre el campamento, el recién llegado se cuida de un fuego que normalmente bastaría para mantener a distancia a esta majestuosa fiera, pero no huye. Este macho tiene un propósito aparente, algo que lo envalentona. A cada paso, sus gruesos músculos hacen que la lustrosa e iridiscente piel reverbere aún más espléndida a la luz de la fogata, como si pretendiera intimidar a un rival o exhibir sus poderes antes de aparearse. Y sin embargo Keera tiene razón al mencionar la complejidad del comportamiento de la pantera: brillan de pasión sus ojos ambarinos y, unidos al rápido jadeo de la boca, transmiten una impresión de consternación que contradice la determinación del cuerpo.

—¿Qué pasa, felino? —dice Keera con suavidad—. ¿Qué es lo que tanto te agita?

Como si fuera una respuesta, otra figura se adentra lentamente en el campo de luz de la hoguera: es una mujer medio metro más alta que Veloc, y su cuerpo aparentemente inmaculado se mueve con facilidad dentro de una túnica de seda negra con ribetes de terciopelo rojo.[57] A lo largo de las hendiduras laterales de la ropa se ven muslos y pantorrillas largos y bien formados cuyos movimientos parecen una réplica de los de las cuatro patas de la pantera al caminar por el otro lado de la hoguera. El pelo alcanza en oleadas la cintura de la mujer y sus ojos —que, iluminados por el fuego, emiten un seductor brillo verdoso, de un verde parecido al de las mejores esmeraldas que solo los Bane son capaces, según su fama, de sacar del Bosque de Davon— se concentran en las orbes ambarinas de la pantera, que delatan ya alguna clase de sortilegio.

—Una hembra de los Altos —susurra Keera—. ¡En el Bosque de Davon!

—Y de formas bien raras —añade Veloc en tono aprobatorio, con mirada lujuriosa—. No es la esposa de un granjero o de un pescador; y tampoco es una puta. —Pero luego Veloc deja de fijarse en la carne de la mujer para concentrarse en la ropa y su mirada se tiñe de perplejidad—. Sin embargo... Esa túnica. Heldo-Bah, o mucho me equivoco o...

Heldo-Bah muestra el hueco negro en su destrozada dentadura.

—No te equivocas.

Keera mira la túnica.

—¿Y en qué no se está equivocando?

La voz de Heldo-Bah adquiere una resonancia mortífera, sin aumentar de volumen ni perder su tono placentero.

—Es una de las Esposas de Kafra.

—¡Una Esposa de Kafra! —Keera está a punto de caerse de la rama al oír esa noticia, aunque también ella evita alzar la voz—. No puede ser. Nunca abandonan el Distrito Primero de Broken.

—Pues parece que sí. —Heldo-Bah sostiene un cuchillo por la hoja, entre el pulgar y los dos primeros dedos de la mano derecha, mientras calcula con cuidado la distancia que lo separa del suelo—. Y por la Luna que esta no va a volver. Al menos, no esta noche.

Veloc mira inquieto a su amigo: la penumbra y las sombras móviles que generan las hojas del árbol están transformando el rostro de Heldo-Bah en una máscara exagerada de lujuriosa avidez de sangre.

—¿Matarías a una mujer, Heldo-Bah? —susurra Veloc.

—Mataría a una pantera —responde Heldo-Bah—. Con las mujeres de los Altos se pueden hacer cosas mejores, y no las que tú estás pensando, Veloc. O no solo esas. Nos podría ayudar a conseguir un rescate que hasta ahora ni nos habríamos atrevido a pedir; armas que los Altos siempre nos han negado...

—Guarda el arma —susurra Keera con urgencia, al tiempo que interpone una mano ante el brazo de Heldo-Bah cuando este ya levanta el cuchillo—. No vas a matar a ninguna mujer, ni a ninguna pantera, salvo que el felino nos ataque. Están poseídos por almas poderosas y no quiero tener enemigos de esa clase. —El sermón se interrumpe—. Espera... —dice, más perturbada que nunca—. ¿Qué clase de brujería es esta?

La Esposa de Kafra mantiene los ojos clavados en los de la pantera mientras se acuclilla delante del animal, con las piernas asomadas por los tajos laterales del vestido. La gran fiera empieza a gruñir de nuevo y a moverse nerviosa de un lado a otro, pero luego, como si acabara de ver el fuego y el guiso por primera vez, la mujer echa un vistazo a su alrededor y empieza a acelerar lo que parece ser un ritual.

—¿Nos habrá visto? —pregunta Veloc, retirándose aún más tras las hojas del árbol sin provocar más ruido que el revuelo de un zorzal.

—Quietos. —También Heldo-Bah se esconde aún más en su rama y parece todavía más complacido—. No ha visto nada. Pero parece que nosotros sí vamos a ver muchas cosas.

La Esposa de Kafra suelta con gestos rápidos un cordón dorado que sujeta la túnica a su cintura. Con una confianza impresionante, camina directamente hacia la pantera mirándola, como siempre, intensamente a los ojos; luego se arrodilla y acerca su nariz al cuello de la bestia.

—¡Está llamando a la muerte! —explica Keera—. Salvo que sea una bruja...

Los expedicionarios guardan silencio una vez más. El largo cabello de la mujer cae por delante de sus senos cuando se mueve para frotar sus mejillas contra la cara del felino en largos roces. La pantera gruñe, pero el sonido se desvanece enseguida en un ronroneo potente: la fiera, todavía confundida, está hechizada por completo.

—Ay, Luna —murmura Keera—. Desde luego, esto es brujería.

—Como siga así —se burla Heldo-Bah, echándose hacia delante con afán—, lo que le va a hacer el felino será todo menos brujería.

Mientras la pantera sigue ronroneando, con apenas algún rugido ocasional, la mujer empieza a pasar sus largos dedos por el grueso pelaje dorado, como acariciaría la melena de un hombre, y fuerza al animal a doblar las patas delanteras; luego, con una agilidad que sorprende a los expedicionarios Bane, pero no al felino, se desliza hasta el lomo del animal y enlaza en torno a su fuerte cuello el cordón dorado que antes rodeaba su cintura. Cuando la mujer tira del cordón con gesto autoritario, la pantera se levanta; y cuando aprieta las rodillas contra las paletillas del animal, este echa a andar deprisa.

Heldo-Bah teme que su preciada presa se escape, por increíble que parezca el medio; vuelve a sacar el mismo cuchillo, dispuesto a hacer lo que debe hacerse. Pero entonces tanto él como sus dos compañeros, la Esposa de Kafra y hasta la pantera vuelven de golpe sus cabezas hacia el sudeste, con una expresión de susto en las caras.

A través del Bosque llega la llamada grave de una potente trompa, un zumbido continuo que tarda en alcanzar su cumbre pero transmite una gran urgencia. Es un instrumento enorme, al que llaman «la Voz de la Luna» y que descansa en una alta colina de Okot, la aldea de los Bane, tan antiguo como la propia tribu. Fue construido con arcilla sacada del lecho del Zarpa de Gato cuando las primeras expulsiones forzaron la creación de la comunidad de desterrados, hace dos siglos; y desde entonces se ha usado para ordenar a los hombres de la tribu que vuelvan a casa a través de la extensión del Bosque de Davon que pueda alcanzar con su tubo de seis metros de largo y su campana de tres metros; tan gigantesca que el Cuerno requiere tres fuelles grandes para producir el aire que suena en una única y lúgubre nota.

Los expedicionarios esperan lentamente a que se termine el sonido del cuerno, con la esperanza de no tener que descender mientras están presentes la Esposa de Kafra y la pantera. Mas, al cabo de unos pocos segundos de silencio, el instrumento enorme vuelve a sonar, ahora con más insistencia; o eso le parece a Keera, quien es más o menos consciente de que un peligro en Okot significa un peligro para su familia.

—Vamos —murmura—. Dos soplidos, tenemos que...

Pero Heldo-Bah señala hacia el suelo sin hacer ningún comentario.

La Esposa de Kafra, al oír el cuerno de los Bane parece haber desaparecido a lomos de la pantera. Es probable que esté avanzando por la parte norte del Bosque de Davon tan veloz como pueda para llegar a casa, piensa él. Pero su rostro dice que todavía no pueden darlo por cierto.

La gran trompa de los Bane vuelve a guardar silencio. Solo cuando ya está segura de no detectar ningún sonido, ni olor alguno, procedente de la mujer o de la pantera, Keera mueve la cabeza para asentir. Acto seguido Heldo-Bah lanza el cuchillo con gesto enojado para que se clave en el suelo.

—¡Ficksel! —exclama, agitando un puño en el aire contra Okot, la Voz de la Luna y los Ancianos de los Bane, que han mandado que suene la potente alarma—. Malditos Groba —gruñe mientras desciende fresno abajo—. ¡Qué poco oportunos!

Enseguida llegan los tres al suelo, en el caso de Keera gracias a un ágil salto de más de tres metros.

—Dos soplidos del Cuerno —dice—. ¿Qué habrá pasado?

—No te apures, Keera —dice Veloc mientras desencaja el cuchillo de Heldo-Bah de un tirón, se lo lanza a su compañero y luego echa a caminar a toda prisa hacia el sudeste—. Bueno, yo he oído sonar ese maldito cacharro por razones tan poco importantes como... —Se detiene con un tenso cascabeleo del saco, sin embargo, al oír que vuelve a sonar el Cuerno. Luego se vuelve y finge no estar demasiado preocupado por el marido de Keera y sus hijos—. Tres soplidos... —dice en tono sereno, mirando a Heldo-Bah.

Pero lo único que ve pasar por los rasgos marcados de su amigo es una preocupación similar a la suya.

—¿Alguno de vosotros recuerda que haya sonado tantas veces antes? —pregunta Keera, con frágil compostura.

Heldo-Bah se obliga a sonreír.

—¡Claro! —exclama con afectada despreocupación, pues sabe bien que está ocurriendo algo de innegable importancia y, probablemente, de características siniestras—. Lo recuerdo bien. Y tú también, Veloc. Cuando aquel destacamento de soldados de Broken persiguió a un grupo de Ultrajadores hasta el Bosque... El Groba hizo sonar al menos tres golpes de cuerno y hasta estoy bastante seguro de que fueron más. ¿Verdad que sí, historiador?

Veloc comprende la intención de Heldo-Bah y responde enseguida:

—Sí, sí, así fue.

No consigue disimular lo suficiente para añadir más detalles y los tres expedicionarios se quedan quietos mientras el tercer soplido se desvanece; pero el Gran Cuerno empieza a sonar otra vez de inmediato y Keera se acerca corriendo a su hermano.

—¡No para! —exclama—. ¿Por qué estarán tocando tantas veces? ¡Hará que los Altos acudan a la aldea!

Veloc la rodea con fuerza con un brazo y procura dotar a su voz de tanta amabilidad como dureza contienen las palabras que pronuncia:

—Puede que ya estén atacando Okot, Keera. Quizá sea eso lo que está ocurriendo.

—¡Otro pedazo de mierda! —estalla Heldo-Bah—. No le hagas ni caso, Keera. Los Altos son incapaces de encontrar Okot. Y mucho menos de atacarla. Además, ¿no te parece al menos un poquito raro que oigamos tantos soplidos del Cuerno la misma noche en que hemos visto aparecer y luego desvanecerse a una Esposa de Kafra? —Alborota el pelo de Keera—. Lo que está pasando no tiene nada que ver con un ataque a Okot... Se trata de algo de naturaleza distinta, me jugaría todo lo que llevo en el saco. Pero no lo sabremos hasta que lleguemos allí, así que... partamos ya.

—Si estás diciendo que sospechas que se trata de un hechizo, Heldo-Bah —interviene Veloc mientras los miembros del grupo se atan las cintas de los sacos y Keera echa tierra al fuego—, debo decirte que los historiadores de Bane han determinado que, desde la expulsión del brujo Caliphestros, tras el reinado de Izairn, los Altos han renunciado a...

—Ah, vuelve a hablar el sabio —lo interrumpe Heldo-Bah mientras dirige la marcha del grupo—. ¿Cuál es, entonces, tu explicación, Cornudo? ¿Se ha vuelto al revés toda la Naturaleza durante la Luna que hemos pasado fuera? ¿Acaso ahora las mujeres mandan a los grandes felinos? ¿Vas a gobernar tú en Broken en cuanto salga el sol?

Veloc, en la retaguardia de la columna, pone los ojos en blanco como si mirase la eternidad y emite un pesado suspiro.

—Yo no he dicho eso, Heldo-Bah. Pero es un hecho que...

—Ah, hechos, hechos, hechos —espeta Heldo-Bah, al tiempo que acrecienta el paso del grupo a ritmo de carrera—. ¡No me sirven de nada tus hechos!

Keera no tiene fuerzas para detener la pelea entre sus dos compañeros, ni para ocupar su lugar habitual en la cabeza del grupo. Heldo-Bah conoce el camino de vuelta a Okot y lo único que ella puede hacer para evitar el ataque de nervios mientras viajan es seguir sus pasos. «Mi familia está en peligro. —La frase se repite silenciosamente en la mente de Keera, acompañada de todas sus terribles implicaciones—. Mi familia está en peligro.»

1: {vii:}

¿Quién dice la verdad y quién ofende a Kafra
con sus mentiras en la Sacristía de su Alto Templo?

El primer estallido del potente clarín del Bosque ha llegado a oídos de Arnem, Niksar y el yantek Korsar, así como de sus escoltas de la Guardia de Lord Baster-kin, justo cuando el grupo llegaba al patio delantero que se extiende en lo alto de las escaleras que llevan a la entrada del Alto Templo de Broken.

—¡Es el cuerno de los Bane, en Okot! —ha comentado Niksar, más asustado de lo que le gustaría parecer.

Mas si el joven ayudante de Arnem se ha asustado, los emperifollados soldados de la Guardia, que tanto se habían reído a lo largo del trayecto hasta el Templo, se han quedado mudos de miedo. Arnem y Korsar, por su parte, se han detenido sin conceder demasiada importancia al principio a los adustos soplidos; pero al ir creciendo el número de llamadas, los dos se han quedado en silencio y especulando, preguntándose qué podía haber provocado tanto estruendo para un instrumento que rara vez habían visto usar.

Ahora, el quinto soplido de la trompa reverbera su eco montaña arriba y sobre los muros de Broken, provocando un silencio momentáneo incluso entre la muchedumbre que puebla el estadio. El yantek Korsar lanza una mirada por encima de los tejados de pizarra y la muralla del sur; desde el punto elevado que ocupa el grupo, en el punto más alto de la montaña, el viejo comandante distingue el curso del Zarpa de Gato, iluminado por la Luna, y más allá el límite del Bosque de Davon.

—Eso es, Niksar —dice en tono suave Korsar—. El Cuerno de los Bane. Un sonido potente y, sin embargo, resulta muy agradable para proceder de una gente tan blasfema, ¿no? Creo recordar que tiene un nombre. ¿Cómo era...?

Su pregunta no obtiene respuesta. El sonido del Cuerno crece hasta tal punto que los soldados de los primeros escalones apenas alcanzan a oír las palabras del yantek.

Los pocos cartógrafos y soldados de Broken que, en el pasado, tuvieron el valor suficiente para avanzar por el Bosque de Davon y ubicar la aldea Bane de Okot recibieron amargas recompensas por su valor: un filo implacable en el cuello, una flecha cargada de veneno y clavada en lo más profundo de la carne o la hospitalidad, aún más dura, de los demás depredadores del Bosque. Ni un alma viviente del reino ha visto jamás el Gran Cuerno que los ancianos Bane usan en tiempos de crisis para invocar el regreso de los suyos. Igual que los hombres bajo su mando, el yantek Korsar ha oído rumores relativos al fabuloso instrumento: sobre como se creó su gran campana abierta con mortero mezclado con sangre; sobre cómo llegan a caber hasta doce hombres en el interior de dicha campana y, en particular, sobre los demonios del aire que, sometidos como esclavos por los Bane, producen los estallidos capaces de hacerlo sonar. Por supuesto, considera que esos cuentos son absurdos. Y sin embargo...

Sin embargo, el yantek no puede disimular la admiración que siempre le ha provocado que los Bane fueran capaces de crear un medio tan etéreo y potente para reunir a los de su tribu.

—Han pasado muchos años desde la última vez que lo oí —sigue hablando en tono nostálgico—. ¿Te acuerdas, Arnem? Esa noche perdimos... ¿Cuántos hombres fueron? ¿Doce? Y ni siquiera llegamos a tener un atisbo de los Bane.

El quejido poderoso del Cuerno disminuye y los hombres inician tentativos movimientos para cruzar el patio delantero y continuar su avance hacia la Sacristía.

Sin embargo, apenas un instante más tarde el Cuerno revive con un nuevo rugido.

—¿Seis llamadas? —dice Korsar, con la intención de jugar con los hombres de la Guardia de Lord Baster-kin, ya de por sí bastante asustados—. Incluso la mitad ya sería muy raro —cavila—. A los Bane siempre les ha dado miedo que su sonido nos ayude a encontrar su fortaleza. Maldita sea, ¿cómo lo llamaban, Arnem? Espero que la edad no haya arruinado tu memoria.

Korsar se vuelve y descubre que Arnem tiene los ojos más abiertos de lo normal y ni siquiera ha oído la pregunta de su comandante. El yantek se acerca más a su leal subordinado.

—¿Sixt? —le pregunta, con genuina preocupación—. Maldición, ¿qué te pasa esta noche?

Arnem menea la cabeza.

—No es nada, yantek —responde—. Y sí que recuerdo el nombre. Lo llaman «Voz de la Luna». Si no me equivoco...

Arnem dirige la mirada a Niksar, quien, a juzgar por su aspecto, está llegando a la misma conclusión que su comandante al respecto de los sucesos previos de la tarde. Al darse cuenta, Arnem sacude la cabeza en un gesto apenas perceptible para reclamar silencio y Niksar asiente con rapidez.

Korsar se fija en las peculiares miradas que están intercambiando sus oficiales, escudriña de nuevo a Arnem y luego se acerca a Niksar.

—Algo os reconcome a los dos —decide, mientras se desvanece en el aire el último soplido del Cuerno.

Sin embargo, antes de que el yantek pueda avanzar en sus averiguaciones, un séptimo zumbido se alza del Bosque, más fuerte y desesperado que todos los anteriores. El yantek Korsar regresa al límite del patio delantero del Templo.

—¿Siete? —exclama, con genuina incredulidad—. En nombre de todo lo sagrado... Que yo sepa, nadie había oído jamás hablar siete veces al Cuerno de los Bane.

—Nadie, yantek —responde Arnem, encantado de que algo haya distraído la atención del comandante—. En la noche que mencionabas antes oímos cuatro llamadas, cuando mandaste mi khotor entero a perseguir a un grupo de Ultrajadores por el Bosque. Es el mayor número de soplidos que se recuerda.

—Entonces —cavila Korsar—, algo amenaza a los Bane tan gravemente que se arriesgan a hacer sonar siete veces su Cuerno... a pesar de que están intentando matar a nuestro Dios-Rey. Menuda panda de transgresores, ¿eh?

Pero Arnem no tiene puestos sus pensamientos en lo que pueda haber provocado las llamadas del Cuerno, ni siquiera en el consejo que se va a celebrar en la Sacristía, ni en ninguno de los demás asuntos inmediatos. Al contrario, el sentek está pensando —y, claro está, también Niksar— en las advertencias previas del anciano que parecía loco en plena calle.

«Espera a oír otro sonido esta noche, algo que sonará más veces que nunca...»

Cuando la séptima llamada del Cuerno de los Bane empieza por fin a debilitarse, Korsar se acerca a Arnem, lo agarra por un hombro y lo sacude.

—¡Arnem! —murmura—. Olvídate de ese maldito zumbido y escúchame. ¡Ahora mismo tenemos cosas mucho más importantes que hacer!

Arnem se espabila y concede a las palabras del comandante la atención que, por su urgencia, reclaman.

—Yantek... No estoy seguro de entenderte.

Korsar pide silencio y reduce su voz a un susurro mientras se lleva a Arnem a un lado y acerca su cabeza a la del hombre más joven.

—Toda esta actividad aumenta mis sospechas. Entonces, recuerda lo que te he dicho antes: ocurra lo que ocurra, por mucho que oigas o veas, no tomes partido por mí... En nada. ¿Lo entiendes? —Sin dar tiempo a que Arnem discuta esa orden, aún más extraña que las que el propio yantek ha emitido en el Distrito Cuarto, Korsar prosigue—: Si creyera que te iba a servir para algo, te prepararía. Limítate a entender y obedecer y, por la Luna, deshazte de Niksar. El Cuerno nos servirá para eso, podemos despacharlo para que averigüe si los centinelas han detectado algún movimiento por parte de los Bane o si han sido capaces de determinar su ubicación aproximada. —Korsar levanta la cabeza y su voz recupera su áspero poderío habitual—. ¡Niksar! Ven con nosotros, hijo. ¡Rápido!

Unas pocas zancadas y el grupo conspiratorio aumenta a tres personas.

—Vuelve al muro, linnet. A ver qué han averiguado, si es que han hecho algo.

El rostro de Niksar delata al mismo tiempo su alivio y sus dudas.

—Con el debido respeto, yantek... Las órdenes eran específicas. Debo presentarme con vosotros en la Sacristía.

—La responsabilidad es mía —explica Korsar—. El sonido del Cuerno ha cambiado las cosas; el Layzin y Baster-kin lo entenderán.

Niksar mira a Arnem y recibe la correspondiente confirmación.

—Tiene razón, Reyne. Vuélvete; me reuniré contigo cuando se levante la sesión del Consejo.

Tras unos instantes finales de silenciosa incertidumbre, Niksar se lleva un puño a la altura del pecho.

—Sentek, yantek...

Al iniciar el descenso de las escaleras del Templo, obliga por fin a los miembros de la Guardia de Lord Baster-kin a salir de su asustadiza neblina.

—¡Linnet! —lo llama el hombre que lo iguala en rango, aunque estén muy alejados en su apariencia física y mucho más en experiencia—. ¡Detente! ¡Nos han encargado...!

—Tu misión ha cambiado, muchacho —declara el yantek Korsar—. Y, por cierto, será mejor que la emprendas de nuevo. Tu señor no tiene paciencia con los hombres que pierden el tiempo con cotilleos.

Los miembros de la Guardia musitan entre ellos un momento, antes de recuperar sus posiciones de nuevo en torno a los comandantes. Su momentánea distracción brinda a Korsar la oportunidad de dirigir a Arnem una mirada cargada de significado para subrayar la última orden que le ha dado. El sentek no tiene tiempo de responder antes de que la Guardia los rodee y arranque hacia el bosque ordenado de columnas que sostienen el pórtico del Templo. El linnet de la Guardia desenfunda su espada corta y golpea con el pomo una de las puertas gigantescas de latón para que, desde dentro, se abra el sistema de cerraduras. Empieza a abrirse la puerta, tirada por dos esforzados sacerdotes que llevan la cabeza rapada por completo.

Los dos llevan hábitos elegantes y sencillos de seda negra ribeteados de plata y rojo, y al unísono invitan por gestos a los soldados a seguirlos por la nave hacia el altar enorme que se alza en el ábside del lado norte del cavernoso Templo.[58] Los doce metros de altura del interior de la estructura tan solo están iluminados por unas antorchas en la entrada, lámparas de aceite en las columnas más internas y, en el ábside, docenas de velas de cera. Domina este escenario —sereno, pero imponente— el sonido distante del canto: por encima de un coro grande de hombres con voces de bajo y de tenor, suenan capas de menor cantidad de niños y apenas unas pocas mujeres que cantan sin acompañamiento, en el clásico estilo oxiano que debe su nombre a quien lo inventó: Oxmontrot, primer rey de Broken. En sus últimos años el Rey Loco se volcó en la música —entre otros pasatiempos— para transitar por las horas de su vida, cada vez más ociosas; no fueron pocos los miembros de su familia que se llevaron una sorpresa al descubrir que gozaba de una comprensión sofisticada del arte musical, aunque Oxmontrot nunca explicó cómo, cuándo, ni de dónde la había sacado. Sin embargo, concibió un modo de componer que se convirtió en uno de los legados de los que más orgulloso se sentía.

Arnem se pega a Korsar para oír mejor cualquier instrucción extraordinaria que pueda darle su comandante; mas parece claro que el yantek no tiene ninguna intención de aclarar nada. Al contrario, mientras los hombres avanzan entre las largas columnatas del interior, Korsar disfruta en silencio de los cánticos, cuyo volumen se acrecienta a medida que el grupo se adentra hacia el norte, en dirección al altar; empieza a tironearse los pelos de la barba como si, juguetón, estuviera resolviendo alguna perplejidad.

—Siete soplidos del Cuerno —murmura de repente, tanto para sí mismo como a beneficio de Arnem—. Una lástima, la verdad. Me hubiera encantado ser yo quien descubriera lo que significa... —Sigue caminando detrás de los sacerdotes y se detiene al llegar al ábside del templo—. Pero el dios dorado tiene otros planes para mí —añade el yantek, sin abandonar ese tono extrañamente distante.

El altar, componente más recargado entre los muchos ornamentos del Templo, es la más obvia demostración del amor a la riqueza y a la indulgencia profesados por Kafra y por aquellos de sus seguidores que optan por idolatrarlo en consecuencia. Una plataforma de hermosa talla, de distintas maderas exóticas, sostiene una tabla octogonal de granito con episodios claves de la historia de Broken esculpidos en los ocho lados. Cada una de esas escenas está recubierta de láminas de oro. La superficie del altar, a modo de contraste, está compuesta por una placa de mármol negro casi inmaculada, extraída por los Bane[59] de alguna cantera de la distante región del Bosque de Davon. Para hacerse con ella, el Dios-Rey Izairn (padre de Saylal, el actual gobernante) y el Consejo de los Mercaderes de la época se vieron obligados a ofrecer a los Bane no solo bienes materiales, sino también algo más valioso todavía: conocimiento. En particular, los Bane exigieron —y Caliphestros, el viceministro que acumulaba un poder cada vez mayor, recomendó que se les concedieran— una serie de secretos de construcción que al menos unos cuantos líderes de los mercaderes de Broken y de sus comandantes militares consideraban que no debían poseer: técnicas para apalancar, levantar contrafuertes, contrapesar y unir.

Sin embargo, quienes secundaron la creación del altar no habían considerado peligroso el intercambio: argumentaban que los Bane nunca serían capaces de poner en práctica aquellas técnicas sofisticadas, una predicción que hasta el momento ha resultado acertada, hasta donde puede certificar cualquiera en Broken. Unos pocos ciudadanos del reino, al ver la nueva y espléndida sede de los ritos más importantes de Kafra, afirmarían que el intercambio no justificaba el riesgo. Por encima del altar, como si así se confirmara que el pacto había sido, efectivamente, correcto, habían colgado una muy llamativa representación de Kafra: una estatua, también recubierta de láminas de oro y suspendida de tal modo que su soporte (una red de hierro de delicada forja, pintada del más oscuro de los negros) resulta convincentemente invisible a la luz de las velas. Esta figura de apariencia milagrosa representa al dios generoso como un atleta joven y victorioso. Y en su rostro, como siempre, está la sonrisa: esa amable y seductora curvatura de unos labios carnosos que ha provocado siempre entre sus seguidores unas sensaciones que Arnem conoce bien y que tanto él como el yantek han de sentir, supuestamente, esta misma noche: benevolencia, amor y ese goce de la vida reservado a los hombres de bien.

En esta ocasión, la expresión serena de la estatua despierta un nuevo ataque de quejidos y risas malhumoradas del yantek, aunque ahora resulta bien extraño: porque en momentos como este, en el Templo, Korsar tiene la costumbre de absorber profundamente los bellos cánticos que se alzan desde más allá del altar. Tan acendrada es esa costumbre que ahora, por un instante, Arnem se convence de que se ha equivocado al creer que es el yantek quien emite tan caústicos sonidos; mas al ver que se repiten, y una vez Arnem los ubica en el contexto de las palabras y el comportamiento previo de Korsar, tan extraños, al sentek no le queda más remedio que preguntarse si su mentor, camarada y amigo —ese hombre a quien cree conocer mejor que a nadie en el mundo— es efectivamente el viejo soldado, sencillo, honesto y, sobre todo, piadoso, por quien siempre lo ha tenido su protegido.

La pareja de sacerdotes silenciosos tocan con amabilidad a Korsar y Arnem en el hombro, animándolos a descender por el costado izquierdo de un transepto que cruza la nave por delante del altar y lleva hasta un pasadizo abovedado que da paso a la Sacristía del Templo. Al fondo del pasadizo se abre una puerta de haya, vigilada por más sacerdotes; en un instante, Arnem y Korsar se encuentran dentro de la Sacristía del Alto Templo, penúltima sede del poder en el reino de Broken.

En la suntuosa sala principal, a cuyos costados se ubican cámaras más íntimas, hay un repositorio para los instrumentos sagrados (diversos cuchillos, hachas, alabardas, flechas y lanzas, amén de cálices, cuencos, platos e iconos) que se empezaron a usar cuando el objetivo pragmático de Oxmontrot de desterrar a los ciudadanos incapaces o enfermos al Bosque de Davon se vio legitimado por la liturgia de la fe kafránica. Lo pragmático se convirtió luego en sagrado y las doctrinas resultantes se transformaron pronto en incontestables leyes sociales y espirituales de Broken. Desde entonces, la Sacristía ha provisto una sede accesible desde la que la sabiduría cívica y religiosa puede administrarse a los distintos representantes de la población.

Los oropeles de la Sacristía reflejan esa portentosa unidad entre el propósito secular y el espiritual. Las paredes de piedra tienen un fino acabado de mortero brillante y duradero,[60] pulverizado con arena y pulido para que alcance una textura de suavidad tan seductora que, como tantos otros aspectos del Templo y de la Sacristía, resulta casi irresistible al tacto humano. Por encima de esos muros, entre grandes paneles de tapices exquisitos, tejidos por los mejores artistas, penden las más ricas telas que jamás han llevado corriente arriba por el Meloderna los intrépidos comerciantes del río: sedas de profundo bermellón, algodones de oro y blanco frescor y lanas del color del vino tinto. No es que esas telas escondan alguna apertura en los muros del edificio, pues tales aperturas ni siquiera existen: la preocupación por el secreto que forma parte de la pura esencia de la tradición de mando en Broken es demasiado grande para permitir ninguna clase de apertura. Al contrario, las telas suntuosas enmarcan una serie de asombrosas creaciones cuyo efecto se aprecia mejor a la luz del día o en noches como esta, cuando brilla con fuerza la Luna. No son meras continuaciones de las paredes de mortero, sino el reluciente resultado de otro de los logros más enorgullecedores de los artesanos de Broken: la preservación del antiguo proceso de manufactura de cristales de cualquier color posible y, en el caso de estructuras como la de la Sacristía, también de cualquier grosor. En la seguridad del interior del alabastro translúcido se alojan bloques limados de cristal tintado, preparados en los amplios y muy protegidos estudios de unos artesanos desaparecidos ya en casi todas las sociedades que conviven en el entorno de Broken.[61] En consecuencia, la Sacristía queda bañada por una luz portentosa que secunda la vívida reivindicación de los sacerdotes, según la cual la cámara posee una condición divina. Aún más importante, dicho efecto se logra sin menoscabo de la intimidad de los asuntos de la cámara.

El primero entre los ministros que se encargan de dichos asuntos, con un poder tan solo inferior al del Dios-Rey y su familia directa, es el Gran Layzin, transporte e instrumento humano que permite no solo la divulgación, sino también la correspondiente comprensión de las voluntades de Kafra y del Dios-Rey por parte de los mortales ciudadanos de Broken. El mobiliario del interior de la Sacristía lo subraya con toda claridad: en el lado norte de la cámara se levanta el estrado del Layzin, que recorre todo lo ancho de la Sacristía y se sostiene sobre unos arcos de granito que llevan a la amplia entrada de las catacumbas, de donde procede el sonido etéreo de los cánticos oxianos. Todos los complementos situados delante del estrado, de casi la misma calidad (y disponibles no solo para ciudadanos superiores como los miembros del Consejo de los Mercaderes, sino también para cualquiera que tenga algo que departir con el Layzin), están orientados hacia ese nivel superior que termina en una balsa profunda y reflectante, tallada en el suelo del Templo: un lugar de serenidad que cumple a la vez con una función protectora y con la voluntad de acrecentar la sensación de separación entre el Layzin y los suplicantes ordinarios.

Encima del estrado (cuyo muro posterior está cubierto por una cortina enorme), el lado izquierdo está ocupado por un sofá gigantesco cuyos almohadones se hacen eco de la riqueza mostrada por las telas y los cristales tintados de la sala. En el centro de ese espacio se encuentra la silla dorada de compleja talla desde la cual el Layzin proyecta su sereno reflejo sobre la balsa del piso inferior. A ambos lados de su semitrono hay dos asientos menos ostentosos, reservados para las Esposas Primera y Segunda de Kafra, las sacerdotisas de mayor rango y belleza. Una de ellas está presente en este momento, sentada en su silla en absoluta quietud, con sus largas piernas visibles gracias a los cortes laterales de la túnica negra y la abundante cabellera dorada caída con liberal soltura sobre su cuerpo bien formado. El espacio que queda en el lado derecho del estrado contiene una mesa dorada, con su correspondiente silla, cubierta por libros, pergaminos y diversos escritos: comunicados de los oficiales reales de todo el reino. Detrás hay un sacerdote de cabeza rapada, sentado a un escritorio, que se dedica a tomar nota de cuanto se dice en la Sacristía.

Al entrar, Arnem y Korsar se dan cuenta enseguida (pues ambos están muy familiarizados con esta sala) de que la colección de mensajes de fuera de la ciudad apilados sobre la mesa del Layzin es inusualmente grande. Comparten el dato en silencio, a la manera de los soldados que a menudo se han visto obligados a comunicarse sin palabras en presencia de la autoridad: a ninguno de los dos le cuesta entender que han sacado la misma conclusión de este detalle aparentemente trivial: «Algo espantoso inquieta a esta ciudad (de hecho, a todo el reino de Broken) esta noche...»

Esa señal resulta mucho más estimulante para Arnem que, evidentemente, para Korsar, cuyos rasgos han perdido incluso el sardónico escepticismo y ahora revelan tan solo la fuerte determinación de enfrentarse al asunto. «Pero... ¿qué asunto?», se pregunta Arnem, porque sin duda no supondrá una decepción para el comandante supremo del ejército si resulta que la amenaza al reino no procede de los Bane. Por mucho que se burle del deseo de Arnem de emprender una campaña gloriosa, este cree que el yantek sentiría un auténtico regocijo si pudiera enfrentarse a un enemigo que no fueran los desterrados. «¿Por qué, entonces, está tan cenizo el rostro del yantek?»

En el estrado hay dos hombres sentados a la mesa de la derecha, repasando los informes con premura, pero en voz baja. El primero inclina su cuerpo grande sobre la mesa y parece dotado de una energía considerable, a juzgar por la amplitud de la espalda y los hombros. Estos están cubiertos por una capa de gruesa piel marrón, ribeteada de blanco puro: es la piel estacional del armiño hermitaño, conocido como *ermine*[62] en los Estrechos de Seksent. El otro hombre sentado queda en gran parte tapado por este ornamento majestuoso; sin embargo, Korsar y Arnem alcanzan a ver que sus manos remueven los papeles de la mesa con una velocidad pocas veces vista en la quietud contemplativa característica de la Sacristía.

Los dos sacerdotes que acompañan a Arnem y Korsar caminan hasta el borde de la balsa reflectante mientras el destacamento de la Guardia de Baster-Kin toma posiciones junto a la puerta, detalle que Arnem encuentra agorero. Aun así, sigue a los sacerdotes igual que Korsar; cuando los comandantes llegan también al borde de la balsa, un sacerdote llama con delicadeza a los hombres de arriba.

—Os pido perdón, eminencias, pero...

El hombre de espalda ancha se vuelve con rapidez nerviosa y camina hacia un costado de la mesa dorada. Aunque agraciado con unos rasgos bellos y angulados, bajo la mata erizada de cabello castaño rojizo muestra un rostro enfurruñado y manifiesta, en la tensión de sus mandíbulas, escasa paciencia para las distracciones. Solo el ligero tono castaño de sus ojos sugiere algo de amabilidad, pero incluso esta se ve superada por una condescendencia que sería fácil confundir con desprecio. La túnica de lana, de hechuras amplias, no contribuye a esconder su fuerza física y su visión produce la impresión general de un orgullo enorme que, en función del oponente, puede apoyarse en el físico o en el intelecto.

Es Rendulic Baster-kin, Lord del Consejo de los Mercaderes de Broken, vástago de las más antiguas familias de comerciantes del reino, encarnación del legado y el estatus mundano de Broken y, pese a que ya pasa de los cuarenta, testimonio impresionante de los ideales físicos que todos los adeptos de Kafra se esfuerzan por alcanzar, aunque solo lo consigan los más devotos.

Tras él, en un contraste acentuado pero nada desagradable, está el Gran Layzin.[63] Se trata de un hombre que antaño tuvo un nombre y, probablemente, una familia; sin embargo, a medida que sus servicios a Kafra y al Dios-Rey progresaron para dejar de ser simplemente devotas atenciones y convertirse en un apoyo tan astutamente capacitado que empezó a merecer cierta autoridad, tanto el nombre como la vida pasada implicada por el mismo se suprimieron de los registros oficiales. Cualquier ciudadano que los mencione hoy en día puede dar por hecho que será arrestado por sedición, acusación que acarrea la pena de muerte en ritual. La semidivinidad de la persona del Layzin consta entre los eternos misterios de Broken y, si bien debe permanecer inefable e intangible —como su imagen reflejada en la balsa—, al mismo tiempo ha de ser —de nuevo, como su reflejo— incontestable. Al fin y al cabo, un hombre capaz, solo en un reino de decenas de miles de súbditos, de moverse libremente entre el mundo sagrado de la Ciudad Interior y el territorio, vívidamente material, del gobierno de Broken y sus asuntos comerciales, manteniendo su autoridad en ambas realidades, ha de tener una chispa de divinidad. Y sin embargo, el Layzin nunca la reclama para sí; ciertamente, está más allá de la arrogancia personal y, en su lugar, despliega una serena santidad, así como una compasión que no solo contrasta con su poder casi absoluto, sino que, durante los quince años que lleva ejecutando la voluntad del Dios-Rey Saylal, ha sido la fuente de su enorme popularidad y de la convicción, por parte de los súbditos, de que el Layzin podría no ser del todo divino, ni mortal del todo.

Mientras Arnem y Korsar se acercan a la balsa reflectante que hay delante del estrado, Baster-kin y el Layzin demuestran de nuevo que sus naturalezas se complementan: Baster-kin apoya las manos en las caderas con impaciente irritación, mientras que el Layzin se levanta de la silla y ofrece una sonrisa generosa, sinceramente complacido de ver a estos dos hombres que con tanta frecuencia han arriesgado la vida por Broken y su Dios-Rey. Joven todavía (Arnem diría que está entre los veinticinco y los treinta años), el Layzin carece del imponente poderío físico de Baster-kin. Sus rasgos son bastante más delicados y no cubre su cuerpo esbelto con pieles de animales, sino con capas de algodón blanco recubiertas por un manto brocado[64] de hilo de oro tejido entre una seda de azul claro y verde suave, un tejido tan pesado que disimula su estatura y, al mismo tiempo, tan delicado que acentúa la suavidad de sus modos. Tiene el pelo liso y dorado, y por costumbre lo recoge en la base del cráneo con un broche desde el que cae libremente por los hombros y aún más abajo. Sus ojos azules y la cara recién afeitada irradian calidez y la sonrisa con que se dirige a Arnem y Korsar es la sinceridad personificada.

—Nuestro más profundo agradecimiento —dice el Layzin— por contestar a lo que ha debido de parecer una convocatoria muy peculiar, yantek Korsar. También a ti, sentek Arnem. —Tras esta leve indicación de que el Consejo se ha puesto a trabajar, los cánticos de las catacumbas se detienen de repente—. ¿Estáis bien los dos? —pregunta el Layzin.

Mientras los dos soldados aseguran al Layzin que, efectivamente, están bien, la esposa de Kafra que permanecía sentada, en obediencia a alguna orden tácita, se arrodilla brevemente delante de aquel y luego se marcha por una puerta que queda a la izquierda de la cortina del fondo del estrado. Los sacerdotes rapados desaparecen momentáneamente hacia otra sala y luego regresan con una pasarela inclinada de madera que colocan sobre la balsa reflectante para que el Layzin pueda descender al suelo de la Sacristía: un gesto magnánimo e inesperado que, a juzgar por su amargo semblante, Lord Baster-kin no aprueba. Sin embargo, el Layzin avanza con hábil elegancia hasta colocarse delante de Arnem y Korsar, renunciando a las ventajas de la distancia física, muy interesado, al parecer, en congraciarse con ellos. Extiende su mano derecha, suave y delgada, con el dedo corazón adornado por un anillo con una gran piedra de un azul casi igual que el de sus ojos. Korsar y Arnem hacen una reverencia y, al besar el anillo, perciben el olor a lilas de la ropa del Layzin.

—Llegáis tarde —gruñe Baster-kin, no a los dos comandantes, sino a sus hombres, que siguen apostados junto a la puerta. Luego mira a Korsar y Arnem—. Espero que no os hayan molestado.

—En absoluto —responde Korsar—. Me temo que los causantes del retraso somos nosotros. Había señales de actividad en el Bosque, más allá de la Llanura de mi señor.

Baster-kin no da muestras de alarma al oírlo; de hecho, apenas reacciona.

—¿Debo entender que no era nada?

—Todavía no lo sabemos, mas vivimos con esa esperanza, mi señor —responde Korsar, con un tono abiertamente falso e impropio que sorprende a Arnem.

Baster-kin compone una expresión lúgubre mientras sus ojos escrutan a Korsar. Sin embargo, sin dar tiempo a un nuevo intercambio de palabras, tercia el Layzin:

—Espero que perdonéis nuestro gesto presuntuoso de mandaros a estos hombres de la Guardia de Lord Baster-kin, yantek. Pero los peligros que acechan a nuestra ciudad y a nuestro reino parecen multiplicarse cada hora y, francamente, temíamos por la vida de los dos mejores soldados de Broken. ¿Verdad, Baster-kin?

—Sí, Eminencia —replica este—. Así es.

Sigue comportándose con brusquedad y con una gran seguridad en sí mismo. Y sin embargo también es genuino, o así se lo parece a Arnem. Al contrario que su comandante, el sentek nunca ha sentido rencor ni incomprensión en presencia de Baster-kin: los frecuentes ataques de franca rudeza del Lord Mercader a Arnem le parecen poco más que una simple sinceridad disparada por una mente de innegable superioridad, una mente que trabaja sin descanso por la causa del patriotismo; de esa opinión procede la admiración —tácita, pero auténtica— que Arnem siente por ese hombre.

—Vuestro talento es demasiado necesario ahora —sigue Baster-kin, dirigiéndose directamente a Arnem y Korsar—, para permitir que caigáis en manos de cualquier matón borracho. O de algún loco.

Arnem enarca las cejas: ¿acaso Baster-kin, que tiene lacayos en todos los rincones de Broken, es consciente de lo que el sentek y Niksar han visto y oído esta noche?

Korsar dedica una honda reverencia al Layzin.

—Nos honra usted, Eminencia. —El yantek levanta el torso y ofrece a Baster-kin una leve inclinación de cabeza—. También vos, mi señor. He traído al sentek Arnem, como pedíais. En cambio, me temo que he despachado a su ayudante, el linnet Niksar, de regreso a la muralla del sur. Nos ha parecido que, si se desarrolla alguna actividad en el Bosque, será mejor tener a cargo a un oficial en el que todos confiamos.

A Arnem se le acumulan las sorpresas y de nuevo mira a su viejo amigo: el viejo soldado nunca había hecho comentario alguno que insinuara que es consciente del papel que Niksar representa como espía a cargo de los hombres que ocupan esta sala. Y es un comentario muy arriesgado. Sin embargo, Korsar parece no prestar atención al peligro.

—Aunque no creo que pase nada, Eminencia. Unas pocas antorchas, el Cuerno de los Bane, unos gritos indeterminados... Nada más.

«¿Gritos? —piensa Arnem—. Eran aullidos y lo sabe muy bien... Salvo que no se haya creído mi informe. ¿A qué juega?»

—Aparte de eso —concluye Korsar—, confieso que, tanto en el interior como en el exterior de las murallas, he visto bien poca cosa que haga pensar en una situación desesperada.

—Los Bane han aprendido nuevos modos —dice Baster-kin, al tiempo que dirige a Korsar una mirada más crítica—. Cuantos más días pasan, más se comportan como las alimañas mortíferas que son: los perseguimos hasta un agujero y ellos nos atacan desde otra docena.

Korsar no responde, pero no puede evitar un destello de rechazo en sus avejentados ojos. «Y si yo he pillado esa mirada —piensa Arnem—, también Baster-kin puede hacerlo.»

Para confirmarlo, Baster-kin reacciona con una expresión de disgusto —¿o será de pesar?— y un vaivén decepcionado de la cabeza. Con grandes pasos sobre la pasarela de madera que cubre la balsa, el Lord Mercader desciende hasta los soldados, aunque sin la elegancia que antes ha caracterizado el acercamiento del Layzin.

—¿Puedo preguntar en qué consisten esos nuevos modos, Eminencia? —dice Korsar, con una pizca de constante escepticismo en su voz—. Vuestra convocatoria mencionaba la brujería...

—Una artimaña necesaria —responde el Layzin— para esconder la verdadera naturaleza del peligro a quienes han presenciado sus consecuencias. —El Layzin suelta un hondo suspiro y una inquietud más profunda que nunca se apodera de su voz y de su rostro—. De hecho, era veneno, yantek. Todavía no sabemos de qué criatura del Bosque han extraído la substancia, pero sus efectos son... —La cabeza sagrada se inclina y sus suaves hombros se aflojan—. Fiebre. Llagas dolorosas por todo el cuerpo... Todo. Horrible.

Korsar abre mucho los ojos y Arnem espera que los otros no reconozcan el gesto como una muestra de incredulidad.

—¿Veneno? —repite el yantek—. ¿En la Ciudad Interior?

—El yantek Korsar olvida —declara Baster-kin— que mi propia Guardia patrulla las entradas de la Ciudad Interior. —Indignado, al parecer, por el escepticismo de Korsar, Baster-kin se acerca a escasos centímetros del yantek—. Y fueron ellos las víctimas de esos pequeños herejes deformes.

—Introdujeron el veneno —interrumpe el Layzin, al tiempo que apoya una mano con suavidad en el pecho de Baster-kin y lo aparta unos pasos más allá— en un pozo en los aledaños de las puertas de la Ciudad Interior. Cerca de un puesto militar. Hemos de suponer que los Bane esperaban que parte de aquella agua emponzoñada llegaría a entrar, o que, una vez desencadenada, la enfermedad se extendería como una plaga, pues sus efectos son similares a la peor de todas las aflicciones... —Al Layzin se le quiebra la voz y el terror invade sus delicados ojos—. Sin el Dios-Rey,

Broken no es nada, yantek. No es necesario que te recuerde que Saylal todavía no ha sido bendecido con un heredero y que si la línea que empezó con el gran Thedric...

—Con Oxmontrot —interpone Korsar, provocando una sorpresa no precisamente menor a todos los presentes en la sala. No se puede interrumpir al Layzin como a cualquier otro hombre, y mucho menos corregirlo en cuestiones de fe y de estado. Pero el yantek Korsar insiste—: Sin duda su Eminencia lo recordará.

—¿Oxmontrot? —repite Baster-kin. El Lord Mercader está tan indignado por la interrupción de Korsar como por su sugerencia. Sin embargo, controla el rencor y prosigue con calma—: Oxmontrot era un pagano de baja cuna, yantek. Y, si bien le debemos gratitud por haber fundado esta ciudad, al final de su vida, según todos los testimonios, había perdido ya la cabeza.

Mas Korsar conserva la calma y no cede terreno.

—Y sin embargo lo seguimos respetando como padre de este reino. ¿O acaso mi señor lo niega?

El Layzin lanza una mirada de leve admonición a Baster-kin y luego se vuelve hacia Korsar y apoya su mano, pálida y suave, en la muñeca del yantek. Sonríe con amabilidad y obtiene una genuina suavidad en el tono de Baster-kin.

—No lo niego, yantek. Pero Oxmontrot tuvo la desgracia de morir sin haber aceptado jamás a Kafra como único dios verdadero. Entonces, por muy grande que fuese como líder, no podemos incluirlo en el linaje divino.

Korsar se encoge de hombros como si no le importara.

—Como digas, mi señor. Pero, a su manera, fue un devoto.

—¡Era un adorador de la Luna, igual que los Bane! —exclama Baster-kin, en una momentánea pérdida de control—. ¿De verdad pretendes afirmar...?

—¡Lord...!

El Gran Layzin se ha visto obligado a alzar la voz, levemente acaso, pero lo suficiente como para que los sacerdotes rapados recordasen de pronto tareas urgentes que debían emprender en las cámaras contiguas mientras los hombres de la Guardia se apretujan en los más lejanos y sombríos rincones. Si pudiera, Arnem se uniría a ellos; mas debe mantenerse firme y apoyar a Korsar, siempre que eso no le lleve a seguir con ese inexplicable flirteo con la blasfemia que, además de provocativo, resulta innecesario.

Los ojos del Layzin, de ordinario fríos, se calientan mientras mira fijamente a Baster-kin.

—No estamos aquí para hablar de historia antigua, ni para discutir las ideas del yantek Korsar al respecto —dice, en tono más severo—. Estamos hablando del intento de asesinato.

Baster-kin se traga la bilis que pueda quedarle al mirar a los ojos del Layzin; luego posa la mirada en el suelo e hinca una rodilla.

—Sí, Eminencia —dice en voz baja—. Perdón, os lo suplico.

El Layzin pasa una mano generosa por la cabeza de Baster-kin.

—Ah, no hace falta, mi señor, no hace falta. Levántate, por favor. A todos nos afecta mucho la idea de que los Bane puedan llegar hasta el mismísimo corazón de la ciudad. Estoy seguro de que el yantek Korsar nos perdonará.

Pese a su desafío, también Korsar parece humillado por las palabras del Layzin.

—Eminencia, no quiero que parezca...

—Por supuesto que no —responde el Layzin, lleno de compasión—. Pero hay más novedades, yantek. El Dios-Rey ha adoptado una decisión trascendental. Una decisión de naturaleza terrible, mas con un buen propósito.

Korsar empieza a asentir y casi parece que sonríe muy levemente bajo el gris marchito del bigote antes de afirmar con mucho cuidado:

—Desea que el ejército de Broken, guiado por los Garras, emprenda la destrucción definitiva de la tribu de los Bane...

Los suaves y pronunciados labios del Layzin se abren y su rostro se llena de sorpresa y de aprobación, al tiempo que une rápidamente las manos.

—¡Ahí está, Baster-kin! La lealtad del yantek Korsar le ha aclarado la solución sin darme tiempo a pronunciarla siquiera. Sí, yantek, ese es el deseo de nuestro sagrado mandatario y me ha ordenado que os encargue su ejecución... Aunque no parece parece necesario que se involucre la totalidad del ejército. Los Garras del sentek Arnem están más que preparados para la tarea.

Parece claro que el Layzin espera una respuesta entusiasta de los dos soldados y que le molesta no obtenerla de ninguno de ellos. Korsar agacha la mirada hacia las botas, cambia el pie de apoyo con movimientos incómodos y luego se tironea de la barba con la mano derecha, en un gesto que también demuestra su estado de tensión.

—¿Yantek...? —pregunta el Layzin, perplejo.

Pero Korsar no responde. Al contrario, alza la cabeza como si en su mente hubiera tomado ya una decisión y clava una mirada en los ojos apabullados de Arnem con un mensaje tan claro que, de nuevo, solo un silencioso recordatorio acompaña a su rápida mirada: «Recuerda lo que te he dicho: no tomes partido por mí.»

Y entonces Korsar se vuelve hacia el Layzin, lleva los brazos a ambos costados e inclina la cabeza una vez más en gesto deferente.

—Yo... —Tras una vida entera de obediencia, le cuesta dar con las palabras—. Me temo que debo... decepcionaros, Eminencia.

La sonrisa de orgullo que iluminaba la cara del Layzin desaparece con una repentina brusquedad.

—No entiendo, yantek.

—Con todo respeto, Eminencia —responde Korsar, al tiempo que trata de evitar el temblor de su mano agarrando el pomo de su espada de asalto[65] y apuntando lentamente la punta de su largo y recto filo hacia el suelo de mármol—, sospecho que sí lo entendéis. Sospecho que Lord Baster-kin ya os ha advertido de cuál era mi más probable reacción a un encargo como ese.

—Quién, ¿yo? —pregunta el Lord Mercader, con genuina confusión.

El Layzin echa una rápida mirada a Baster-kin, nada complacido.

—Yantek —dice en un tono ahogado y decidido—, no puedes rechazar un encargo del Dios-Rey. Lo sabes.

—Pero sí que lo rechazo, Eminencia. —La pena y un profundo lamento atenazan la voz del yantek, de igual modo que sus palabras presionan el pecho de Arnem—. Aunque se me parte el corazón al decirlo...

Un silencioso asombro invade la Sacristía mientras todos esperan las siguientes palabras del Layzin.

—¡Pero eso no puede ser! —exclama al fin, dejándose caer estupefacto en una silla cercana—. ¿Por qué, yantek? ¿Por qué habríais de negaros a luchar contra los Bane, a quienes Kafra creó como imagen de todo lo impuro?

Korsar aferra el pomo de su espada con tanta fuerza que se le blanquean los nudillos. Arnem, también entregado a emociones demasiado profundas para encontrar expresión, se da cuenta de que la próxima intervención de su amigo será la más crucial.

—No fue el dios dorado quien creó a los Bane, Eminencia. —Tras soltar el golpe, Korsar puede al fin levantar la mirada y su voz recupera algo de fuerza—. Es una responsabilidad que hemos de aceptar los de Broken.

Un escalofrío repentino recorre el cuerpo de Arnem, en parte por las palabras que acaba de oír y en parte por lo mucho que se parecen a otras que ha oído esta misma noche.

—Visimar...[66] —susurra el sentek.

Aún no está dispuesto a admitir que ese era el hombre de su reciente encuentro. No, un hombre no: un criminal blasfemo, decide Arnem en silencio, un mago por derecho propio, alguien que, aun peor, fue el principal acólito de Caliphestros, el más infame de los brujos de Broken. Visimar, que robaba cadáveres para los rituales de su señor y que se ofreció para que este le transformara a menudo el aspecto, para poder así entrar inadvertido en el Bosque de Davon y obtener animales extraños, hierbas y rocas cristalinas para su uso en la creación de maléficos hechizos. No, Arnem no va a admitir el encuentro casual. Porque... ha sido casual, ¿no? Y si es cierto que los muertos caminan por las calles de Broken, ¿con qué razón va a dudar Arnem de la profecía más escalofriante de Visimar? «Si vas a la Sacristía esta noche, oíras algunas mentiras. Mas no todos los que las pronuncien serán mentirosos. Y te corresponderá la tarea de determinar quién es el que mancilla esa cámara supuestamente gloriosa.»

Arnem se da media vuelta por un momento y se lleva una mano a la frente.

—Maldito viejo loco, Visimar —suelta en un murmullo inaudible, con el pulso cada vez más acelerado—. ¿Cómo voy yo a determinar algo así?

El sentek ha llegado ya a una conclusión con terrible certeza: en castigo por lo que acaba de decir, el yantek Korsar será, casi con toda seguridad, desterrado al Bosque de Davon, muerte real que se inflige a quienes esparcen la sedición. Tal como el propio Korsar predecía al atardecer, el viejo comandante —ese hombre que ha sido un padre no solo para Arnem, sino en general para todo el ejército— no volverá a ver cómo se pone el sol más allá de los muros del oeste de Broken.

—Por las malditas pelotas de Kafra... —repite el sentek, con la misma suave desesperación—. ¿Qué está pasando esta noche?

El Layzin se levanta y, sin dignarse mirar a Korsar ni a Arnem de nuevo, cruza a toda prisa la pasarela en dirección contraria y sube a su estrado. Tras desplazarse hasta el punto más distante y dejarse caer en el sofá, exclama:

—¡Baster-kin!

El tono es tan autoritario que hasta alguien dotado de una férrea voluntad como el Lord Mercader, se vuelve como si fuera un miembro del servicio. Luego el Layzin ordena al escriba que permanece sentado frente a él que deje de registrar cuanto se está diciendo: un suceso de mal augurio, algo que Arnem jamás había visto.

Baster-kin arranca hacia la pasarela, se detiene para fulminar con la mirada a los dos comandantes y se limita a susurrar:

—Antes le he asegurado que era imposible que pasara esto. ¡Será mejor que tengáis una explicación!

Luego se da media vuelta tan rápido que roza a los dos soldados con el torbellino de los bajos de su capa antes de marchar por la pasarela para plantarse ante su muy disgustado señor.

Al volverse hacia el yantek Korsar, Arnem encuentra por primera vez un indicio de inseguridad en el rostro de su viejo amigo; sin embargo, se trata de una inseguridad que cede terreno a la diversión privada (y notoriamente inoportuna, piensa Arnem) cuando Korsar suelta en un suspiro una risa casi aborrecible al tiempo que declara en voz baja:

—Listo. Sí, muy listo, Lord...

Arnem está dispuesto a dar una explicación y, si hace falta, presionará a Korsar para que haga lo mismo; sin embargo, en ese mismo momento se produce una conmoción en la parte trasera de la sala. Los hombres de la Guardia de Baster-kin están asegurando a alguien que está prohibido entrar, pero quienquiera que sea el que se encuentra al otro lado se niega a aceptar sus explicaciones.

—¡Linnet! —llama Baster-kin desde el estrado, donde ha empezado a entablar conferencia privada con el Layzin—. ¿Qué es ese ruido tan desagradable?

El linnet de la Guardia avanza a grandes zancadas hasta el centro de la sala.

—Un soldado, señor. Solo es un pallin al mando del sentek Arnem. Dice que tiene un informe urgente que el propio sentek le ha encargado traer.

—¿Es cierto ese encargo? —pregunta Baster-kin a Arnem.

—Ban-chindo —murmura el sentek. Luego, con toda la calma de que es capaz, responde—: Sí, mi señor, lo es. El pallin estaba vigilando la zona del Bosque en que se ha observado algo de actividad antes.

—Bueno... mirad a ver qué quiere —dice Baster-kin.

Reanuda la conversación entre murmullos con el Layzin, un intercambio acalorado que, evidentemente, no contribuye a mejorar el infame estado de ánimo del Lord Mercader.

En verdad, Arnem preferiría permanecer donde está y aprovechar el momento para pedir al yantek Korsar en privado que le explique su comportamiento y sus afirmaciones extraordinarias; pero Korsar solo parece dispuesto a ofrecer una orden adicional.

—Ya lo has oído, Sixt. Ve a ver qué inquieta a tu pallin.

Sin alternativa, Arnem procura que su rostro no refleje la preocupación que lo embarga y se lleva un puño al pecho para saludar a su comandante; pero Korsar se limita a exhibir de nuevo su sonrisa, una expresión que queda casi escondida por completo tras la barba, y Arnem se ve obligado a caminar a grandes zancadas hacia la puerta arqueada, presa del peor humor que recuerda haber experimentado jamás. Pasa con brusquedad junto a los hombres de la Guardia y se lleva al ahogado pallin Ban-chindo hacia el transepto del Templo.

—Espero que sea urgente de verdad, Ban-chindo —le dice—. ¿Qué has visto? ¿Más movimiento?

—No, sentek Arnem —responde el joven—. ¡Otro fuego!

La palabra despeja cualquier otra preocupación de la mente de Arnem durante un instante.

—¿Fuego? ¿Qué quieres decir, pallin? ¡Concreta, maldita sea!

—Eso intento, sentek —dice Ban-chindo, que apenas empieza a controlar el vaivén de su amplio pecho—. ¡Es que he corrido mucho!

—Espérate a tener cuatro o cinco soldados Bane ansiosos por arrancarte la cabeza —lo regaña Arnem—. Recordarás la carrera por el Camino Celestial como un poquito de ejercicio entretenido. Venga, cuenta.

—Al principio creíamos que era la luz de una nueva antorcha —explica Ban-chindo, esforzándose por mantener un tono marcial y distante—. Pero es mucho más adentro del Bosque y bastante más grande. ¡Las llamas son más altas que cualquier árbol! El linnet Niksar me ha ordenado decirte que en su opinión se trata de un fuego de posición, o tal vez la prueba de una gran acampada.

Arnem cavila las novedades unos segundos, caminando arriba y abajo por el transepto.

—La opinión del linnet Niksar es fiable, pero... ¿no traes nada más?

—Bueno, sentek, has dicho que si veíamos algo más...

—Sí, sí, de acuerdo. Bien hecho, pallin. Ahora, vete. Dile al linnet Niksar que quiero el khotor de los Garras listo para marchar al amanecer. El khotor entero, escúchame bien, con la caballería lista para el desfile... Tanto la unidad perfílica como la freílica.[67] ¿Entendido?

Una vez más, Ban-chindo golpea la lanza en un costado en posición de firmes y sonríe.

—¡Sí, sentek! ¿Y puedo...?

—No puedes nada más —responde Arnem, sabedor de que el joven tan solo quiere expresar su gratitud por la confianza que el comandante ha depositado en él, pero también de que el tiempo no alcanza—. ¡Vamos, vamos! Y no olvides esos cuchillos de desollar de los Bane.

El pallin Ban-chindo echa a correr una vez más, sosteniendo la lanza como solo puede hacerse tras incontables horas de ejercicios —de tal manera que permanece a un lado, paralela al suelo, lista para participar en una puntiaguda primera línea de batalla o para ser lanzada desde la retaguardia de la formación del khotor—, y pronto sale por las puertas de bronce del Templo. Arnem, en cambio, no tiene tanta prisa. Sabe que dentro de la Sacristía solo va a oír más afirmaciones extrañas y recriminaciones indignadas; por un momento, alimenta la creencia infantil de que, si él no entra, nada de eso va a suceder.

Mas es fugaz el instante; pronto oye al linnet de la Guardia, que lo llama para anunciarle que el Layzin y Baster-kin aguardan su regreso.

1:{viii:}

Los expedicionarios Bane, en su viaje de regreso a casa,
se enfrentan a un horror acrecentado por la indignación...

Keera no sabría decir cuánto tiempo lleva corriendo, pero al darse cuenta de que su hermano y Heldo-Bah han saciado al fin su afán de discutir, da por hecho que ha de ser un tiempo considerable. Heldo-Bah sigue abriendo camino tras haber escogido la ruta más directa para llegar a Okot, aunque acaso no sea la más segura: siguiendo el curso del Zarpa de Gato. Tan solo se adentran en el Bosque cuando lo hace el río y luego avanzarán en dirección sur con una pequeña deriva hacia el este, por encima del tramo más tapado (y, por lo mismo, más peligroso) del río. Al final se despedirán del curso del río y se dispondrán a seguir un viejo sendero en dirección al sur. Como un buen puñado de rutas parecidas en otras partes del Bosque, este sendero fue marcado por los primeros desterrados con antiguos símbolos de la Luna,[68] rocas con glifos grabados cuyo significado solo pueden interpretar los Bane y aun, entre estos, solo los miembros más valiosos de la tribu. Mas la pérdida de significado de los símbolos no ha implicado una reducción de su capacidad de estimular: para los Bane que regresan de una misión, las marcas son indicaciones bienvenidas de que pronto estarán entre los asentamientos menores que rodean Okot y, no mucho tiempo después, en el ajetreo de la mismísima comunidad central de los Bane.

El último recodo retorcido del Zarpa de Gato hacia el este es famoso desde antaño por una serie de saltos de agua especialmente violentos, las cascadas más ruidosas en un río ya de por sí locuaz y a menudo letal. Han pasado ya varias generaciones desde que, en un momento de humor típicamente lúgubre, los expedicionarios Bane llamaron a estas cascadas *Ayerzess-werten*[69] en homenaje a todos los miembros de la tribu que, circulando con apresurado descuido por el Bosque, habían resbalado y se habían desplomado hacia la muerte en aquel cañón estrecho y bien escondido. El grupo de Keera es demasiado experto para caer en cualquiera de las trampas de las Ayerzess-werten, aunque les muestran un saludable respeto: al llegar al punto engañosamente hermoso en que las formaciones de granito liso y de gneis[70] se alzan por encima de las hileras de cascadas, repta cuidadosamente hacia el borde del precipicio más peligroso, resbaloso y cubierto de musgo, y luego regresa para señalar a sus amigos el límite de seguridad con un trapo de burda lana blanca que ata a la rama más baja de un abedul plateado en las cercanías. Tras completar esa importante tarea, Heldo-Bah se pone a buscar las marcas ya borrosas del sendero por el que transitará la etapa final de la carrera de los expedicionarios para averiguar qué es lo que ha molestado a su gente tanto como para hacer sonar nada menos que siete veces la Voz de la Luna.

Al llegar a las Ayerzess-werten, Keera alza la mirada hacia los huecos abiertos entre el follaje de la bóveda del Bosque, por encima de las cataratas, para comprobar la posición de la Luna y las estrellas.[71] Se da cuenta de que Heldo-Bah ha marcado mejor ritmo del que suponía: las tribulaciones del corazón, como las del cuerpo, pueden convertir a ese aparente señor llamado Tiempo en un humilde bufón. Keera calcula que podría llegar a Okot con sus compañeros hacia el amanecer; sin embargo ese cálculo, que en apariencia debería tranquilizarla, la llena de pavor. Si Heldo-Bah estuviera tan convencido como dice de que no ha ocurrido nada grave en Okot, difícilmente le habría dado por marcar y mantener un paso tan estricto en su paso por las zonas más peligrosas del Zarpa de Gato, y menos aún con la barriga llena de carne.

Pese a su creciente ansiedad, Keera detiene al rato el avance del grupo; una ráfaga de viento del sudeste le acaba de traer el aroma de los humanos. Humanos sucios, a juzgar por lo que, en vez de aroma, convendría llamar peste. Ningún expedicionario, ni cualquier otro miembro de la tribu que estuviera familiarizado con el Bosque de Davon, se desplazaría con semejante descuido. Por eso, sin pronunciar palabra y un poco a su pesar, Keera se detiene a escasa distancia de la zona marcada por el trapo de Heldo-Bah y hace una seña a Veloc. Este, tras interpretar por el gesto de su hermana que se está acercando alguien, llama con el mayor sigilo posible a Heldo-Bah, que se ha alejado unos cincuenta pasos del río en busca del sendero que lleva al sur. En la zona de las Ayerzess-werten, cincuenta pasos bien podrían ser quinientos: aun si se pusiera a gritar, sería difícil que la voz de Veloc se alzara por encima del bramido del agua. Por eso, con movimientos de experto, saca de su túnica una honda de cuero, se agacha y recoge la primera piedra que encuentra con forma de bellota. Lanza la piedra en dirección a Heldo-Bah con la intención, según cuenta a su hermana, de golpear un árbol por delante de su amigo. Sin embargo, le falla la puntería (¿o tal vez no?) y la piedra golpea la cadera de Heldo-Bah y le arranca un solo grito agudo de dolor, seguido, a juzgar por las contorsiones de su rostro, de una serie de variaciones de su formidable catálogo de juramentos iracundos. De todos modos, Heldo-Bah está tan cerca de las Ayerzess-werten que el estruendo del río se traga su voz, como la de Veloc; de modo que apenas hay riesgo alguno de que se revele la ubicación de los expedicionarios. Al regresar junto a sus compañeros sigue murmurando maldiciones mientras se prepara para una nueva guerra de imprecaciones.

Sin embargo, la rabia se transforma en consternación cuando ve que sus amigos están ocupados en esconder sus sacos y luego sus cuerpos en una serie de grietas y cuevas que se abren en un enorme peñasco cerca del río, algo más arriba de los salientes más peligrosos que se alzan sobre las Ayerzess-werten. Cautelosa como siempre, Keera lo ha dispuesto todo de tal modo que quienquiera que sea el que se acerca por el sudeste tendrá que cruzar esos puntos peligrosos para acercarse a los expedicionarios. Heldo-Bah suelta las cintas de su saco y lo deja apoyado en el peñasco.

—¿Se puede saber qué mosca os ha picado, por el ano dorado de Kafra? —clama con furia.

Keera le tapa la boca con su fuerte mano y con una sola mirada le transmite la necesidad urgente de guardar silencio, una orden que podría parecer superflua por la cercanía de las Ayerzess-werten si no fuera por lo muy asustada que está la rastreadora. Por su parte, con ademanes ciertamente peculiares, Veloc intenta hacerle entender que se acercan unos hombres: lo único que consiguen es que el ceño de Heldo-Bah baile en pleno desconcierto. Solo cuando Keera pega la boca a la maloliente oreja de Heldo-Bah y le susurra: «Viene alguien por el sur... Y no son Bane», Heldo-Bah guarda silencio y, con la celeridad que suele reservar para los momentos de peligro sin identificar, se pone a revisar el peñasco en busca de una grieta especialmente profunda, hueco que encuentra unos seis metros por encima del que se han reservado Veloc y Keera. Recorre la apertura con forma de hocico por si hay señales que revelen la presencia de algún animal y, al no encontrar ninguna, encaja el saco en el suelo húmedo y luego se tumba encima bien apretujado, aunque con cuidado de no aplastar nada valioso. Por último, saca todos sus cuchillos de saqueador y su navaja de destripar,[72] pertrechado para esa lucha que todos perciben como una posibilidad cercana.

Pronto Keera empieza a distinguir más que puros aromas: las voces son claras, pese al ruido de las Ayerzess-werten. Pero no son marciales, o al menos a Keera no le parece que puedan serlo: ni siquiera los jóvenes e inexpertos legionarios de Broken, a menudo arrogantes, estarían tan locos como para permitir que la cacofonía estridente de sus llamadas y respuestas resonara entre el alzamiento de unos árboles especialmente gigantescos y añosos que señalan la línea donde el rico suelo del Bosque cede el terreno a las formaciones rocosas de las Ayerzess-werten. Siempre cabe la posibilidad de que quienes se acercan sean trols, trasgos o incluso gigantes, y que hablen sin precaución alguna porque ni los hombres ni las panteras les causan temor; mas... ¿por qué esa clase de seres iba a emitir esta peste a humano? Keera se reconforta un poco cuando, al volverse, ve que Veloc ha dispuesto una serie de flechas a lo largo de la boca de la grieta que les sirve de escondrijo, para poder agarrarlas y lanzarlas más deprisa si se produce un ataque, y que ya sostiene el arco en la mano.

Cada vez que se alza el eco de una voz entre los árboles, la perspectiva de una lucha desesperada contra un grupo de desconocidos parece más inevitable. Sin embargo, en medio de los preparativos de los expedicionarios emerge una nueva perplejidad: la mezcla de sonidos adquiere una cualidad distinta en la que se desvanecen los sonidos varoniles, más estridentes. Tras la estela de ese cambio, se abre paso hasta el peñasco un nuevo sonido totalmente inesperado.

—Llanto —susurra Keera.

Veloc, envalentonado, sube para reunirse con Heldo-Bah y tratar de atisbar quién se acerca. Como sigue sin ver nada, pregunta a su hermana en un susurro:

—¿Quién llora?

—Una criatura —contesta Keera, al tiempo que inclina la cabeza hacia el sudeste y se lleva una mano a la oreja a modo de pantalla—. Y también una mujer.

—¡Eh! —exclama Heldo-Bah, y señala—: ¡Mirad hacia esas hayas!

Efectivamente, entre un grupo de hayas con las ramas llenas de hojas brillantes como matas de primavera, aparecen los poco cuidadosos recién llegados: pero no pertenecen a los Altos, ni a ninguna raza de criaturas del Bosque. Son, de hecho, miembros de los Bane, aunque no observen ninguna de las precauciones propias de la tribu para quienes transitan por el Bosque; no parece que a estos Bane las posibles amenazas que acechan en el Bosque o en las rocosas orillas del río les preocupen más que los riesgos del propio Zarpa de Gato.

Aun más sorprendente, habida cuenta del ruido que emiten, es que tan solo sean cuatro: uno de ellos es el bebé que berrea, mientras que, de los tres restantes, dos son mujeres. La más joven lleva un vestido de buena hechura que, a ojos de Keera, cae como si el tejido tuviera algo de seda; la segunda mujer, pese a ser de mayor edad, va cubierta de la cabeza a los pies con una capa de caída también leve. Tampoco parece burda la manta que la joven usa para envolver a la criatura: son señales de que estos caminantes no son, bajo ningún concepto, indigentes. Sin embargo, las agonías del cuerpo y del espíritu no respetan rango alguno y la joven está tan atribulada por su tormento que a Keera le preocupa incluso que pueda dañar de algún modo a la criatura. Los gestos que emplean los cuatro en sus intercambios de palabras y ruidos ayudan a Keera a llegar a la conclusión de que las mujeres y la criatura pertenecen a una misma familia, encabezada, casi con toda seguridad por el hombre que las acompaña (quizás un artesano de éxito): la palidez de sus rostros demacrados y los rígidos movimientos de sus cuerpos hablan de problemas compartidos que no tienen nada que ver con la mera edad. Sin embargo, los tres adultos dan muestras de padecer alguna enfermedad extrema y de vez en cuando alguno de ellos se une a la criatura en un franco llanto de dolor y desesperación.

Desde luego, no sorprendería a los expedicionarios ver sangre en la ropa de los caminantes, pues se comportan como si estuvieran heridos. Keera piensa que tal vez hayan sido atacados por esos hombres cuyas voces han abandonado el coro lacrimoso. Mas no se ven muestras de semejante desgracia. Y lo peor es que avanzan directamente hacia el más abrupto precipicio de cuantos se asoman a las Ayerzess-werten y no parecen mostrar el menor interés por el trapo colocado por Heldo-Bah para advertir del peligro, claramente visible todavía.

Keera, con su corazón de madre angustiado, ya no puede contenerse.

—¡Deteneos! —grita.

Se ha convencido de que los recién llegados han de ser ciegos o están perdidos o son tontos y, en consecuencia ni siquiera se han dado cuenta de que avanzan hacia los peligros que cualquier Bane en su sano juicio reconoce como los peores de todo el Bosque. Sin embargo, su advertencia no surte efecto, bien sea porque el rugido de la cascada ha devorado su voz o porque la familia ha escogido no prestarle atención. Mas Keera no va a renunciar: antes de que Heldo-Bah o Veloc puedan reptar para detenerla, la rastreadora sale de su grieta como si se precipitara, se exhibe por completo y grita de nuevo:

—¡Deteneos! ¡El río!

Los componentes de la familia que ya están en el saliente rocoso siguen sin oírla, lo cual obliga a Keera a echar a correr hacia ellos. Apenas ha conseguido dar una decena de pasos antes de que la detenga el muy extraño comportamiento de uno de los miembros de la familia: el hombre, con gestos tensos y dolorosos, se acerca a la joven y a la criatura y pone las manos encina de esta, como si fuera a cogerla. La mujer histérica[73] suelta entonces el más agudo de sus gritos de dolor y retiene al bebé como si fuera a volcar en él toda su desgracia; sin embargo, el esfuerzo exigido por este comportamiento parece terminar con sus últimas fuerzas y tiene que soltar a la criatura antes de desplomarse sobre el resbaladizo musgo. Keera sigue avanzando, aunque más despacio ahora que el hombre ha cogido a la criatura para evitar el daño que la madre pudiera haberle hecho en su locura. La mujer mayor intenta consolar a la temblorosa maraña de cabello y seda que yace en el suelo; mas no puede arrodillarse siquiera de tan doloroso que le resulta cualquier movimiento. Pese a su inquietud, el hombre hace caso omiso de ambas y se queda mirando fijamente al bebé, al que sostiene en sus brazos con una expresión de profundo amor paternal. Pero hay algo más en dicha expresión: parte de lo que Keera ha interpretado como amor se revela enseguida como una obsesión que empuja a ese hombre, en un avance lento pero incesante, hacia el extremo más lejano del saliente que se asoma sobre las Ayerzess-werten.

Keera entiende dos cosas que la dejan sin aliento: primero, se da cuenta de que cometía un error, un error terrible, al creer que el mayor peligro para la criatura era su madre; segundo, que el aparente amor del padre por la criatura se ha convertido, por perversión, en otra cosa: algo que no se traduce en absoluto en un intento de salvarlo...

—¡No! —exclama Keera con las últimas fuerzas de su corazón exhausto.

Por mucho que proteste, el hombre, ya adentrado en la nube de rocío que lanzan a las alturas las Ayerzess-werten, no detiene su avance hacia el fatal precipicio. Y a medida que avanza empieza a levantar a la criatura, sosteniéndola con delicadeza y tan apartada de su propio cuerpo como se lo permite el dolor insoportable que también aflige a su cuerpo.

Keera se da cuenta de que, por mucho que se apresure, no podrá moverse con la rapidez suficiente para someter a ese hombre, sobre todo porque ha de acercarse por rocas mojadas y recubiertas de musgo que resultan tanto más peligrosas y difíciles de superar cuanto más rápido se intente hacerlo. Entonces, al no concebir otra opción, se da media vuelta y avisa a su hermano con una desazón boquiabierta.

—¡Veloc! —grita con tal fuerza que él alcanza a oírla por encima del ruido de la cascada—. ¡El arco! ¡Dispárale! ¡Mátalo!

Pero Veloc está en la grieta más alta del peñasco con Heldo-Bah y se ha dejado las flechas y el arco corto en la grieta inferior. Emprende el descenso para recogerlas, y apenas ha conseguido recorrer un breve tramo cuando oye el nuevo grito de Keera. Veloc alza la mirada y ve que el hombre que sostiene a la criatura está llorando, claramente al límite de la rendición ante todos los posibles tormentos que puede experimentar un hombre. Está ofreciendo una última súplica a la Luna y alza la criatura hacia ella...

Y entonces separa las manos y la deja caer. Llorando todavía de atónito terror y agonía, la criatura se precipita hacia las rocas de afilados perfiles y hacia la despiadada trituradora del agua. La visión es tan terrible —peor, es tan antinatural— que a Keera le flojean las rodillas igual que las del novillo que ella misma ha ayudado a matar horas antes. Cae al suelo y desde allí contempla a la joven madre —tan arrebatada ya, al parecer, por el frenesí de su dolor y por su agonía física que ni siquiera es capaz de reunir la energía, o la voluntad, suficiente para llorar—, repta con resignación hacia otro punto del mismo precipicio y alza la mirada hacia el semblante vencido y roto del hombre lloroso.

Veloc interpreta que aún va a seguir la tragedia y desciende deprisa al nivel del suelo para arrancar hacia su hermana, sin recuperar antes el arco. Y, efectivamente, aún no ha alcanzado a Keera cuando se reanuda la pesadilla: la mujer tumbada en el saliente destina su última energía a rodar por el mismo y desaparece en silencio cascada abajo, acaso impelida por el deseo, en su arrebato, de reunirse con la criatura en el reino que se extiende más allá de la muerte, ese reino que, según creen los Bane, se somete al gobierno de la benevolencia de la Luna.

Cuando Veloc llega a la altura de Keera, encuentra a su hermana tan aterrada que ni siquiera puede moverse del lugar en que permanece arrodillada. La mujer mayor, más adelante, avanza a trompicones inseguros pero continuos hacia el hombre del saliente exactamente del mismo modo que la joven apenas un momento antes: lenta y atormentada, sin esperanzas, ni deseos siquiera, de salvarse.

—Detenlos —dice Keera a Veloc, al tiempo que se logra levantar en una demostración de lo desesperado de su propósito, como si su deseo de saber que su propia familia ha sobrevivido estuviese ahora ligado al destino de esos desgraciados—. Hemos de detenerlos, Veloc. Hemos de saber por qué lo hacen...

Keera y Veloc inician un cauteloso avance hacia los dos Bane restantes, que ahora permanecen juntos y con el escaso equilibrio que sus condiciones permiten, sobre el saledizo asomado a las Ayerzess-werten, con las manos unidas y los ojos alzados hacia la Luna. Su determinación común impulsa a los hermanos expedicionarios a moverse más deprisa todavía; por ello, se les escapa un pequeño sonido de alarma ante la presencia de otro hombre en su camino, tan repentina que casi parece que las brumas de las Ayerzess-werten se hayan fusionado para formar un *skehsel*,[74] la clase de espíritu malevolente más temida por todos los Bane, pues por su naturaleza malvada un skehsel sin duda se vería atraído por gente tan golpeada como esta y podría inocular en sus mentes confusas la idea de una violencia nada natural. En realidad, el hombre estaba sencillamente escondido tras el tronco de un roble retorcido cuyas raíces se aferran al último trozo de rico suelo del bosque que limita con las formaciones rocosas hacia las que avanzaban los Bane, destrozados por el dolor. La elección del escondrijo, sumada al hecho de que el hombre haya decidido esconderse, sugiere que pretendía asegurarse de que en el saledizo las cosas fueran sucediendo tal como han visto los expedicionarios, además de impedir que pudiera interferir algún transeúnte.

Al hombre no le sorprende el avance de los expedicionarios y deja claro que ha ocupado su lugar antes de que ellos llegaran: otra insinuación de que estos horribles sucesos estaban preparados de antemano. De un modo rutinario y diligente, el hombre corta el paso a Keera y Veloc e impide que se acerquen más a los dos miembros restantes de la familia Bane, aparentemente condenada, al tiempo que les indica que se detengan con un movimiento de la mano al alza.

Keera y Veloc obedecen la orden silenciosa, tan asombrados que por un momento llegan a perder la serenidad; el hombre que tienen delante, aunque no tan imponente como un ciudadano medio de Broken, es bastante más alto que los dos expedicionarios —o, de hecho, que cualquier otro Bane—. Solo cuando los hermanos se fijan en el atuendo del recién aparecido se aclara el asunto. Una cota de cadenilla trenzada por manos expertas —y no de cadenilla de hierro, o de escamas, sino una brillante cadenilla de acero— que cubre su cuerpo desde los codos hasta los muslos, cubierta por una túnica de piel con capa y capucha de lana, toda negra, esta última forrada de un color escarlata, como de sangre de buey. Unos bombachos de este mismo color nos llevan hasta unas botas negras de piel, altas hasta la rodilla, de una calidad que denota importancia, impresión que se acrecienta al ver la daga larga y con la vaina llena de joyas incrustadas que pende de la primera vuelta de un cinturón doble, mientras que la segunda sostiene una espada corta, arma que, a juzgar por su vaina con bandas de latón, es obra del trabajo excepcional de algún herrero de Broken especializado en arma blanca. Por último, de su hombro derecho pende un arco de buena factura que completa un efecto tan siniestro e imponente que parece calculado. Pero la expresión del rostro de ese hombre es sincera. Al echarse el lado izquierdo de la capa por encima del hombro, revela una Luna creciente de color carmesí bordada en la parte alta del costado izquierdo de la túnica: emblema de una larga tradición de terrible violencia.

Keera y Veloc guardan silencio, más estupefactos que asustados. En lo alto del peñasco, Heldo-Bah no experimenta la misma ofuscación.

—Gran Luna —susurra cuando el hombre ya ha revelado el emblema del pecho—, o cualquiera que sea el demonio del bosque que ha preparado esto... —empieza a arrastrarse a toda prisa para bajar el peñasco—, te doy las gracias...

Salva los últimos tres metros que lo separan del suelo con un gran salto, aterriza casi sin ruido y alza una mirada llena de un odio sincero y alegre.

—Un Ultrajador...

Mientras pronuncia esas palabras, Heldo-Bah echa un vistazo alrededor para asegurarse de que sus diversos cuchillos siguen listos...

Y desaparece, librando a sus amigos a su destino.

En la tierra despejada que queda entre el roble y las rocas que rodean las Ayerzess-werten, el hombre vestido de negro adopta de inmediato un tono de mando para dirigirse a Keera y Veloc.

—Atrás, expedicionarios —advierte—. ¿Sabéis quién soy y a qué me dedico?

—A qué te dedicas es evidente —responde Veloc—. En cuanto a quién seas... ¿Acaso significa algo?

—En absoluto, hombrecillo, en absoluto —contesta el Ultrajador, pues efectivamente es uno de ellos—. Solo que, si terminamos enfrentándonos, tal vez os sirva para encarar la muerte con menos vergüenza saber que habéis sido superados por Welferek,[75] Señor de los Caballeros del Bosque.

Al parecer, el miedo de Veloc no tiene la fuerza suficiente para impedirle burlarse.

—Señor de los Caballeros del Bosque... Ultrajador no te parece lo bastante cómico, ¿eh?

Se vuelve hacia Keera con una risa continua que demuestra que ya ha abandonado toda precaución: Welferek podría matarlos a los dos por ello y Veloc lo sabe. Keera, incrédula, mira fijamente a su hermano.

—Dime, hermana —pregunta él, con pretendida sinceridad.

En ese momento, Keera entiende su verdadero propósito: la insultante impertinencia de Veloc está desviando la atención del Ultrajador de los desgraciados del saliente rocoso, que se han alejado uno o dos pasos del precipicio y contemplan con intensidad cuanto ocurre cerca del roble.

—¿Acaso no hemos pasado tanto tiempo en el Bosque —continúa Veloc— como cualquier Bane vivo?

—Ciertamente, hermano —responde Keera, esforzándose por esconder sus emociones y seguir el juego de su hermano, aunque le cuesta—. Y más que la mayoría de los Bane muertos ya.

—Por eso me parece raro, de hecho, mucho más que extraño, que casi nunca hayamos visto a ninguno de esos «caballeros del bosque», si es que alguna vez vimos alguno. Y, sin embargo, aquí tienes ahora al «señor» de tan noble hermandad, con toda su cola de pavo desplegada.

Welferek ha ido perdiendo progresivamente la tolerancia que al principio dispensaba en su trato a los expedicionarios; ahora, su mano se va cerrando poco a poco sobre la empuñadura de la espada corta. Pero ha mordido el anzuelo: sus pensamientos se han desviado momentáneamente de los Bane que quedaban a sus espaldas. Veloc ha sido listo al apostar por el orgullo de los Ultrajadores.

Escogidos por su altura y fuerza excepcionales, cualidades que les permiten introducirse en Broken sin ser identificados de entrada (y a veces nunca) como Bane, los miembros de «La Sagrada Orden de los Caballeros de la Justicia del Bosque» —o, en el habla común, los Ultrajadores— son el instrumento de venganza de los Bane sancionado por la divinidad, las criaturas de la Sacerdotisa de la Luna de Okot, la única que puede escogerlos y dirigirlos. La violencia que perpetran, dentro de los muros de Broken o en las aldeas de ese reino, es famosa por su imprevisibilidad, su crueldad y su relación, a veces indirecta, con daños particulares infligidos por los Altos contra los Bane. Un expedicionario Bane perseguido hasta la muerte por los perros de una partida de caza de un mercader de Broken, por ejemplo, o una joven Bane abducida y sometida a abusos obscenos por un destacamento de soldados del ejército de Broken, casi siempre se traducen en un acto de venganza, no contra el Alto culpable en particular de ese crimen, sino contra familias de lugares completamente distintas del reino que resultan expuestas a tormentos y asesinadas. Esto no se considera como un acto de cobardía entre los Bane, o —mejor dicho— la Alta Sacerdotisa declara a menudo que no deber ser considerado como tal. Al contrario, todos los días Lunares sagrados se reafirma que los Caballeros de la Justicia del Bosque tienen el derecho divino de golpear allá donde menos se espere su presencia. Desde los primeros registros de la historia de los Bane, el dogma secular central de la Hermandad Lunar, entre cuyas participantes se escoge a las que han de convertirse en líderes espirituales de la tribu de los Bane, indica que solo provocando sin el menor remordimientio el horror y la sorpresa en todo Broken pueden los Bane ganarse el suficiente respeto entre los Altos (aun si se trata de un respeto lleno de odio) para asegurar la fluidez del comercio entre ambos pueblos y para impedir que los Altos emprendan una depredación aún más seria contra los Bane.

El caballero que ahora se encara a Keera y Veloc es un ejemplo típico de esa filosofía. Bastante guapo, con rasgos bien proporcionados y una barba limpiamente recortada sobre una figura potente de casi un metro setenta de estatura. Sin embargo, en sus ojos luce el mismo aspecto gélido que Keera y Veloc han visto ya en la mirada de todos los Ultrajadores a los que han conocido. Es el ceño oscuro de alguien que ha conocido mucho derrame solitario de sangre en la vida; un derrame cuyo peso no se ve aliviado por la camaradería de los soldados en la batalla, ni se vuelve comprensible al menos por la gratitud de la gente propia; un derrame de sangre emprendido bajo la oscura orden de las Sacerdotisas, un derrame que convierte a un hombre en algo distinto, algo mortal y a su alma en algo muerto ya...

—No podéis tener ningún interés por lo que ocurre aquí —dice Welferek con calma, dejando la espada en su vaina y esforzándose por mantener a raya la ira—. Seguid con vuestros asuntos, y daos prisa.

La rabia que siente Keera al verse así despreciada es grande, pero se esfuerza por secundar la treta de Veloc.

—¿Y si resulta que sí nos interesa? El corazón del Bosque es el territorio de los expedicionarios, Ultrajador. Nosotros somos los que decidimos cuál es nuestro asunto aquí. ¿Acaso das por hecho que vamos a obedecer con sumisión?

En respuesta, Welferek desenvaina al fin la espada corta y lo hace lentamente para procurar un mayor efecto.

—No es que lo dé por hecho —contesta con calma—. Es que estoy seguro. Estas muertes han sido decretadas por la Alta Sacerdotisa, por sus Hermanas Lunares y por el Groba. Entre los condenados, aquellos que deseen morir de inmediato tienen derecho a escoger el método que pondrá fin a sus vidas. Esta familia escogió las Ayerzess-werten, como tantas otras. Varios de mis caballeros los han escoltado hasta aquí a punta de lanza. —«Las nada cuidadosas voces masculinas que se oían en el Bosque», concluye Keera en silencio—. A mí me corresponde asegurarme de que cumplan su promesa. Y si no lo hacen o si alguien trata de interferir... —Se encoge de hombros.

El horrible brillo de la sinceridad letal de la mirada de Welferek se intensifica y apenas se mitiga un poco cuando el Ultrajador se acuerda al fin de sus prisioneros, que siguen en la roca. Con una maldición que afecta por igual a su despiste y a la interferencia de los expedicionarios, se da media vuelta para comprobar si el hombre y la mujer mayor siguen el camino iniciado por la joven y su criatura. Al descubrir que no es así, Welferek murmura una nueva sarta de juramentos irritados, mientras Veloc, dándose cuenta de que su juego ha agotado ya el camino, rodea los hombros de Keera con un abrazo amable pero persuasivo para animarla a retirarse. Ella no está dispuesta a aceptarlo y, convencido de que ya no le quedan recursos, Veloc empieza a escudriñar el peñasco primero, y luego el límite del Bosque, con la esperanza de que Heldo-Bah acuda pronto en su ayuda.

Mas no encuentra ni rastro de su amigo entre las rocas y los troncos iluminados por la Luna, detalle que no contribuye precisamente a animarle a prolongar el desafío.

Welferek suelta un fuerte resoplido entre los dientes y clava una dura mirada en los ojos atormentados de los dos Bane, que, aparentemente, se han convertido en su última tarea pendiente, al menos de momento. Mientras se acerca a las Ayerzess-werten a grandes zancadas, Welferek desenvaina del todo la espada corta y la blande en el aire con suavidad, pero con un claro propósito subrayado por la postura amenazante que adopta su cuerpo. El mensaje no puede ser más claro: «Solo tenéis dos opciones...»

La consternada pareja del saliente escoge con renuencia su destino: el hombre rodea con sus brazos a la mujer, que ahora ha roto a llorar, con un abrazo tierno pero muy firme (Keera no puede evitar pensar que así lo haría un hijo cuidadoso) y le susurra al oído algo que, al menos en parte, obtiene un efecto tranquilizador. Luego, con sus últimas fuerzas, y tras una última mirada de queja a la

Luna, guía a la mujer hasta el límite mismo del saliente y hacia el vapor rociado por la cascada, desde donde los dos, unidos todavía en ese gentil abrazo, se lanzan hacia la letal vorágine, que ni siquiera permite que una leve salpicadura rompa la monotonía de su bramido para saludar a sus últimas víctimas.

Welferek suspira, agotado.

—Gran Luna, cuánto les ha costado —declara.

Avanza penosamente hacia el roble que antes le ofrecía cobijo. Clava un palmo de su espada en el suelo, saca de los pliegues de la túnica una bota de vino pequeña y se echa un buen trago a la boca, y luego gollete abajo. Esconde de nuevo el pellejo y se apoya en el roble mientras se seca la boca con la manga.

—Cualquiera creería que estarían contentos de desaparecer, como estaban enfermos... —prosigue, todavía con poco más que una leve molestia en la voz. Apoyándose aún con más fuerza en el árbol, el Ultrajador alcanza la espada, la desentierra de un tirón y señala con ella a Keera y Veloc—. Y a vosotros os aviso —anuncia, con la compostura algo afectada por el vino—, si me volvéis a discutir se terminó la conversación. A ti... —apunta a Veloc con la espada— te mataré deprisa. Pero a ti... —desplaza la punta hacia Keera—. Contigo puede que tarde un poco más. No estás de mal ver, pequeña expedicionaria. Sí, tú y yo podríamos encontrar muchas maneras de divertirnos. Siempre que colabores, claro. En caso contrario, no dudaría en...

Algo reluce en el aire justo delante del Ultrajador, cuyo brazo sigue apuntando a Keera y Veloc; aunque se le abren los ojos y la boca se dispone a emitir lo que parece un grito de dolor, el brazo permanece en alto, como si tuviera voluntad propia. Luego, un segundo fulgor veloz corta la luz de la Luna y el brazo izquierdo del Ultrajador se pega de golpe al tronco del roble, de nuevo como si respondiera a una voluntad, un deseo propio. Vuelve a gritar y suelta la espada corta; sin embargo, el brazo que la sostenía permanece en alto, incapaz de acudir en ayuda del izquierdo. Efectivamente, parece que Welferek ha perdido por completo la capacidad de controlar sus movimientos.

Entonces, por encima de las mismas rocas musgosas desde las que la familia de los Bane se ha precipitado a su fin, una risa amarga rasga el ruido del salto de agua y se burla del Ultrajador:

—Ya has dudado, estúpido engreído...

1:{ix:}

Fe, traición y perfidia en la Sacristía del Alto Templo...

Al volver a entrar en la Sacristía, Sixt Arnem se encuentra a todos los participantes en el trágico fin de la carrera del yantek Korsar, y probablemente de su vida, exactamente en las mismas posiciones en que los había dejado unos momentos antes. Arnem se enfrenta a un dilema: mientras camina por el pasillo central de la gran sala —donde la suave luz de la Luna que, a su llegada, se deslizaba entre los bloques de cristal coloreado de los muros ha sido ahora sustituida por la temblorosa luz de antorchas, lámparas de aceite y un par de braseros del estrado del Gran Layzin—, siente que su cuerpo tira de él hacia el que sería su lugar habitual, medio paso detrás de Korsar. Pero, a medida que se acerca a esa posición, Arnem tiene una mejor visión de Lord Baster-kin, plantado detrás del sillón dorado del Layzin y mirándolo fijamente: el Lord Mercader intenta transmitir al sentek con toda claridad que no es momento para una estúpida lealtad sentimental, sino para alejarse de su comandante. Arnem se avergüenza de haber considerado esa posibilidad siquiera por un instante y trata de avanzar deliberadamente hacia su objetivo inicial; sin embargo, justo cuando recoge las manos detrás de la espalda, ocurre algo peculiar.

Sin mirar al sentek, Korsar da media docena de grandes zancadas para alejarse de él. El viejo comandante también ha captado el significado de la mirada de Baster-kin y, a su manera, intenta proteger a Arnem; aun así, es un momento discordante, la primera ocasión en que el joven ha tenido la sensación de que permanecer junto a Korsar —ya sea en los salones del poder de Broken o en el campo de batalla— podría no ser la opción correcta. No ofenderá al yantek siguiéndolo, pero la soledad que ahora siente Arnem es una carga acaso imposible de soportar para cualquiera que no haya conocido el combate; cualquier persona que desconozca el modo en que los verdaderos guerreros ponen su destino en manos de sus compañeros.

Mientras tanto, en el estrado que tienen delante, el Layzin permanece sentado y reposa la cabeza en las manos; cuando alza la mirada, Arnem se da cuenta de que ha mantenido esa postura durante todo el rato que él ha pasado fuera de la Sacristía, a juzgar por las marcas que los dedos le han dejado en la cara. El rostro ha perdido su aspecto gentil y las mandíbulas muestran una mayor rigidez a medida que sus palabras se vuelven más frías.

—Yantek Korsar, has pronunciado una traición y lo has hecho dentro de la Sacristía. Estoy seguro de que eres consciente de ello.

—Eminencia, he pronunciado...

Korsar se permite un último temblor de duda, que parece desvanecerse cuando mira a Arnem y descubre que su amigo incondicional permanece con pose rígida pero está claramente al borde del llanto. El yantek le dirige media sonrisa y luego alza la cabeza con orgullo para encararse de nuevo al Layzin.

—¡He pronunciado la verdad! —declara, desafiante. Al oír esas palabras, los dos sacerdotes rapados, que estaban medio escondidos en las sombras del rincón trasero del estrado, detrás del escritorio, avanzan para proteger al Layzin, mientras que los soldados de la Guardia de Baster-kin se acercan a Korsar. El Layzin alza una mano, gesto que detiene de inmediato toda actividad—. Sí, fuimos nosotros, los de Broken, quienes hicimos a los Bane, no Kafra —declara Korsar, repitiendo la acusación sin tiempo siquiera de reconsiderar sus palabras—. ¿Qué clase de dios condenaría a los deformes, a los enfermos, a los idiotas a un final tan perverso y desgraciado como los que les acechan en todos los rincones del Bosque de Davon?

El que responde es Baster-kin. Y la voz del Lord Mercader ha cambiado. Ha desaparecido ya la necesidad de retar y enfrentarse, mas también (o eso parece) la esperanza de arrinconar a Korsar para obligarlo a comportarse de modo más obediente, por no decir más devoto. En su lugar, aparece la resignación: una resignación confiada, pero también irritada, como si el Destino hubiera tomado esta fastidiosa decisión y a los dos hombres no les quedara más remedio que aceptarla. Y en eso Baster-kin y Korsar no son tan distintos. Pero los dos son importantes. El escriba ha de registrar sus palabras.

—Un dios de sabiduría insuperable, yantek —responde Baster-kin—. Un dios cuyas intenciones se revelaron hace mucho tiempo con tanta claridad que ni siquiera un pagano como Oxmontrot pudo negarlas. Por eso permitió que la ley de Kafra se convirtiera en ley suprema por mucho que él mantuviera la antigua fe. ¿O acaso no recuerdas que fue el Rey Loco quien inició los destierros?

La mirada de Korsar se llena de odio.

—Sí, así es como tergiversas los hechos para que se adapten a tus propósitos, ¿verdad, mi señor? Sabes tan bien como yo que Oxmontrot usó los destierros como una herramienta para reforzar su reinado. Pero, como tú mismo dices, dio su vida por la antigua fe.

—No dio su vida por nada, yantek —afirma Baster-kin—. Le quitaron la vida porque ya no servía para nada. No era capaz de reconocer la divinidad aunque la tuviera a un palmo de la cara porque tenía la mente destrozada por las idioteces de los paganos. Los destierros no surgieron de la intención de fortalecer este reino, eran un regalo sagrado que se concedía con la esperanza de que, efectivamente, Broken conservara el poder que tenía. No eran una herramienta para la supervivencia, sino para la purificación, un método sagrado para arrancar de raíz la imperfección de los habitantes, para mantenerlos fuertes en cuerpo, mente...

—Y bolsillo. Ya conozco la letanía, mi señor —responde Korsar, con ira creciente. Sin embargo, su comportamiento desdeñoso se detiene al ver que la cabeza del Layzin vuelve a caer entre sus manos, como si su peso se hubiera vuelto insoportable—. Pero era un pecado, Eminencia —continúa el yantek, con más urgencia que orgullo—. Lo sé. Por mucho que el Dios-Rey Thedric le diera otro nombre, seguir con los destierros era un pecado contra Kafra, contra la humanidad. Seguir condenando a criaturas iguales que nosotros tan solo por las imperfecciones de sus cuerpos y de sus mentes, destruir familias enteras cuando la ciudad y el reino vivían en plena seguridad...

Korsar da varios pasos hacia la pasarela que lleva al estrado, provocando que los sacerdotes se apresuren a escoltarla, listos para retirarla al instante si hiciera falta. Los soldados de la Guardia arrancan de nuevo en dirección a Korsar, pero esta vez es el propio Baster-kin quien los detiene, consciente al parecer (como el propio Arnem) de que cada palabra que pronuncia el viejo soldado contribuye a garantizar su condena con mayor certeza.

—Pero sobrevivieron al pecado —dice Korsar con impaciencia y dirigiéndose todavía al Layzin aunque este no alce la mirada—. Aquellos diablos desamparados, enanos, enfermos, locos, muchos de ellos niños todavía, perdidos en un lugar donde los rodeaba por todas partes la muerte, y no precisamente una muerte piadosa, sobrevivieron los suficientes para formar una tribu y conservar la vida, por desgraciada que fuera. Que es. Y ahora, por una codicia insaciable y un orgullo ingobernable, Eminencia, ¿vais a permitir que el Consejo de los Mercaderes les arrebate incluso eso? —Korsar se vuelve hacia Baster-kin—. Bueno, yo no pienso aceptarlo. No, mi señor, no pienso aceptar ninguna de tus tretas criminales y caprichosas.

Al oír estas palabras, el Layzin alza la mirada y habla con una voz tan desprovista de emoción que parece fantasmal.

—¿Estás diciendo que el intento de envenenamiento es una invención?

—¡Sí!

Al oírlo, el Layzin se aferra a los brazos de su sillón dorado y la rabia traza una palidez mortuoria en sus rasgos. Pero ningún ceño fruncido bastará para disuadir al yantek ahora que ha avanzado tanto por el sendero de la blasfemia.

—Me he pasado la vida defendiendo este reino, Eminencia. He matado a más Bane de los que mi noble Lord Baster-kin ha visto juntos en su vida. Y afirmo que no son capaces de un acto tan audaz, aunque Kafra sabe bien que deberían serlo. Lo digo delante de vosotros: esto no es más que una invención para acrecentar nuestro control y obtener del Bosque más bienes que los pocos que los Bane pueden acarrear sobre sus pequeñas espaldas.

Durante un instante, ninguno de los presentes en la Sacristía es capaz de pronunciar palabra. Incluso Arnem está demasiado ocupado en obligar a su pecho a tomar aire otra vez y en encontrar algo en que apoyarse. Es consciente de lo que acaba de ocurrir, de la gravedad de las afirmaciones de Korsar, pero no consigue encontrarle un sentido a la escena, no es capaz de atrapar la realidad de este momento, que en breve le va a exigir una participación mayor.

En el silencio, el rostro del Gran Layzin se suaviza lentamente y, una vez más, la rabia se convierte en mero reconocimiento de la tragedia. Tampoco hay en su expresión nada que implique satisfacción alguna por la revelación de una traición; solo el lamento claramente encarnado en sus siguientes palabras.

—Yantek Korsar, ignoro si este estallido se debe a la locura o a la perfidia. Tanto tu vida como los servicios que has prestado niegan ambos defectos, pero... ¿qué otra cosa podemos pensar? En nombre de esa vida y de esos servicios, sin embargo, te concedo una última oportunidad de retractarte de esas afirmaciones indignantes y mitigar así el castigo que se te deberá imponer.

Pero el desafío ilumina el azul claro de los ojos de Korsar.

—Gracias, Eminencia —dice con tono genuino e impenitente—. Mantengo mi palabra. Baster-kin y el Consejo de Mercaderes ya han mandado a la muerte a demasiados soldados para llenar sus cofres. Hay que ponerle fin. Hagamos las paces con los Bane, dejemos que conserven el Bosque. Sigamos comerciando con ellos pero en condiciones, si no amistosas, al menos de mero respeto. No es ofrecerles mucho, a cambio de todo lo que les hemos hecho. Mas sé que rechazaréis semejante idea. Y por lo tanto —Korsar echa las manos a la espalda y planta con firmeza los pies—, estoy listo, Eminencia, para aceptar el destierro. No dudo que a Lord Baster-kin le encantará acompañarme personalmente hasta el Bosque.

Baster-kin, el Layzin y Arnem reaccionan al unísono a sus palabras, pero cada uno demuestra una impresión diferente; aunque todas genuinas. Para Arnem, el dolor aumenta el golpe producido por la sorpresa; para el Layzin es el asombro el que pone el acento; para Baster-kin, algo parecido a un lamento mitiga las palabras del yantek.

—¿Destierro? —dice este último—. ¿Acaso imaginas que el destierro pueda considerarse como un castigo apropiado para quien desafía los fundamentos de nuestra sociedad?

Por primera vez, Korsar se muestra sorprendido.

—¿Mi señor? El destierro es el castigo reservado a la sedición, siempre lo ha sido...

—Para los débiles de mente o los meros borrachos, sí —lo interrumpe Baster-kin, todavía aturdido—. O para cualquier otro loco desventurado del Distrito Quinto. Pero a un hombre de tu condición no se le puede conceder un castigo igual que el de un niño con la pierna mustia. Tu posición exige que se te convierta en ejemplo, un ejemplo que sirva de advertencia para cualquiera que pueda recibir el influjo de tus calumnias y sentir la tentación de repetirlas. ¿Ni siquiera lo has tenido en cuenta antes de permitirte esta locura? —El Lord Mercader espera una respuesta. Al no recibirla, cruza los brazos en alto y luego los suelta resignado, con un vaivén de cabeza—. Para ti, yantek Korsar, no puede haber otro castigo que el *Halap-stahla...*[76]

Una grave conmoción recorre a los soldados y sacerdotes presentes en la Sacristía, al tiempo que Korsar se desploma en una silla cercana como si acabara de recibir un golpe. Por primera vez, Arnem echa a andar hacia él, pero los años de disciplina y las órdenes emitidas por el propio yantek obligan al comandante de los Garras a desandar sus pasos. Más allá de su asombro y del horror que siente, Arnem sabe que cuanto acaba de decir su amigo supone una traición casi sin precedentes contra Broken, contra el Dios-Rey y Kafra, contra todo lo que él mismo antaño valoró y contra lo que ambos han defendido a lo largo de sus vidas. «Pero... ¿por qué? —se pregunta el sentek—. ¿Por qué ahora? ¿Qué le ha impulsado a hacerlo?» Y lo más terrible de todo: «¿Es Korsar el mentiroso a quien se refería Visimar?»

—El Halap-stahla —pronuncia al fin sin aliento Korsar, ya desvanecida la llama de sus ojos y con la voz teñida por un verdadero pavor—. Pero desde Caliphestros...

—Desde Caliphestros no se había vuelto a cometer una perfidia semejante —declara Baster-kin, todavía asombrado por la incapacidad del yantek para prever las consecuencias que iban a tener sus actos.

—Cuanto más alta es la posición, mayor resulta la traición —añade en tono lúgubre el Layzin—. Y el Dios-Rey ha concedido a poca gente en este reino tanto poder como el que tú has tenido el privilegio de ejercer.

A Arnem casi le revienta el corazón cuando ve que el cuerpo de Korsar se echa a temblar. Al principio es un movimiento ligero, pero se va volviendo más violento a medida que imagina el destino que él mismo acaba de granjearse. Y sin embargo, luego se calma de un modo repentino y extraño, se vuelve hacia Arnem y consigue dedicarle media sonrisa de confianza y afecto, como si quisiera decir al joven que ha hecho bien al controlarse y que debe seguir haciéndolo tanto por bien de la vida del propio Arnem, como en beneficio de la compostura de Korsar. Luego, la sonrisa desaparece con la misma rapidez, aunque el yantek suelta todavía una de esas carcajadas carentes de humor que han ido puntuando la conversación a lo largo del anochecer.

—Bueno, Baster-kin —dice, sin levantarse—, supongo que creerás que así termina el asunto. Pero te equivocas, gran señor... —Lentamente, Korsar tira de su figura pesada y avejentada para levantarse y plantarse de nuevo en actitud desafiante—. Ah, puedes mutilarme tanto como desees y llamarlo religión, mas cuanto he dicho seguirá siendo cierto. Llevas a este gran reino hacia el desastre y expones sus tripas a las armas de todas las tribus que nos rodean; si Kafra no te castiga, algún otro dios se ocupará de ello.

—¡Yantek Korsar! —El Gran Layzin se levanta de pronto y extiende un brazo, no tanto en señal de indignación como de advertencia; también en su voz se transmite con claridad la correspondiente súplica—: Tu delito ya ha sido suficiente. Te ruego que no pongas en peligro también tu vida en el próximo mundo con un nuevo sacrilegio en este. —A continuación, el Layzin desvía la mirada hacia el oscuro fondo de la Sacristía—. ¡Linnet! —llama. En respuesta, todos los soldados de la Guardia de Baster-kin avanzan detrás del que va al mando del destacamento—. Casi me horroriza decirlo... De todos modos, tenéis que llevaros al yantek Korsar. Con la mayor diligencia.

—Ha de ser encadenado —interviene Baster-kin en un tono que, a falta de malevolencia o satisfacción, transmite tan solo la impresión superficial de limitarse a cumplir una tarea.

Alguien contaba ya con esa instrucción, pues uno de los monjes rapados saca ahora un pesado juego de grilletes bajo la túnica y se lo pasa, por encima de la balsa reflectante, al linnet de la Guardia, quien, mientras las cadenas resuenan en el suelo a sus pies, se parece bien poco a la insubordinada masa de arrogancia que ha escoltado a Korsar y Arnem hasta el templo. Con un movimiento de cabeza, Baster-kin indica al dubitativo linnet que ponga los grilletes en torno a las muñecas y los tobillos de Korsar y convierta así al soldado más distinguido de Broken en mero prisionero. No es de extrañar que el linnet, un hombre no familiarizado con los sucesos históricos, descubra que le tiemblan las manos al cumplir el encargo.

—Despertad al comandante de la Guardia —ordena el Lord Mercader al linnet—. Herwald Korsar queda desposeído del rango de yantek. Permanecerá encadenado hasta el amanecer, momento en que será trasladado al límite del Bosque para el ritual del Halap-stahla.

—No. —La voz del Layzin resulta dolorosamente seca—. En el nombre de Kafra, lord, no esperemos hasta el amanecer. Mis propios sacerdotes seguirán a tus hombres cuando hayan recogido los instrumentos sagrados. Que todo el mundo esté listo para la ceremonia en el límite del Bosque cuando salga el sol. Debemos evitar el riesgo de que, si corre la voz, haya problemas en la ciudad.

Lord Baster-kin responde con una reverencia.

—Siempre tan sabio, Eminencia. —Se vuelve hacia los soldados—. Muy bien, ya has oído tus órdenes, linnet. Despierta a tu comandante y dile que reúna un destacamento para el ritual. Llévate al prisionero a la puerta del sudeste y esperad allí al grupo sagrado.

Con una brusquedad que horroriza a Arnem, los soldados empiezan a guiar al yantek —no, ya no es yantek, ahora es tan solo el avejentado prisionero Korsar— hacia la puerta arqueada de la Sacristía. Mientras avanzan, uno de los guardias toma en un descuido el brazo de Korsar, pero una sola mirada del todavía imponente guerrero basta para que el joven soldado lo suelte y se integre con sus compañeros en un círculo cerrado, pero respetuoso, en torno al prisionero.

Arnem ya no puede seguir controlándose: la lucha de emociones enfrentadas en su interior le ha trazado una cinta brillante en la frente y cada vez ve más borroso. Se da cuenta de que está viendo a Korsar por última vez. Tiene que despedirse de su más antiguo camarada, asegurarle que volverán a encontrarse. Está seguro de ello, pues el único artículo de fe compartido por todos los soldados de todos los ejércitos que ha conocido en su vida —fuera cual fuese el dios específico al que profesaban su fe— es la noción de que en el otro mundo hay un gran salón en el que los soldados más valientes de este volverán a encontrarse.[77] Pero Arnem está todavía en este mundo, es un soldado terrenal que no ha caído aún; así, para su propia sorpresa, el hábito de la obediencia le inmoviliza los pies y le cierra la boca. Se encuentra suplicando a Kafra que conceda a Korsar, ya más allá de cualquier redención posible, una señal...

Y sus ruegos no quedan sin respuesta. A medio camino de la puerta arqueada, el yantek Korsar se detiene y sus guardianes hacen lo mismo. El viejo soldado se da media vuelta, se encara una vez más a Baster-kin y el Layzin y la cabeza que con tanto orgullo ha mantenido en alto a lo largo de estas tribulaciones cae ahora en señal de respeto.

—Eminencia, mi señor, ¿concedéis vuestro permiso para que me despida del sentek Arnem, que deberá ocupar mi lugar al frente del ejército de Broken?

Baster-kin se acerca a grandes zancadas hasta la mesa del estrado y finge estar ocupado con sus papeles.

—Los asuntos referentes al ejército de Broken ya no son de vuestra incumbencia Herwald Korsar. Tampoco podéis...

—Señor —es el Layzin, con la voz cansada y aún cargada de compasión—, ¿cuántas cicatrices hay en tu cuerpo, fruto de los ataques de los Bane? ¿O en el mío? En el nombre del hombre que fue, concederemos al prisionero su modesta petición.

Con un simple gesto de la flexible mano que lleva el anillo de la piedra azul, el Layzin ordena a la Guardia que permita a Korsar acercarse a Arnem.

—Pero quitadle la espada —advierte Baster-kin—. Y no permitáis que se acerquen demasiado.

Mientras el linnet de la Guardia retira la espada de asalto de Korsar, Arnem se acerca al prisionero y se detiene al oír:

—Suficiente, sentek. —Es Baster-kin de nuevo—. Eminencia, no deben intercambiar ningún secreto.

El Layzin inclina la cabeza y responde al comentario con asentimiento y silenciosa irritación en igual medida.

De modo que Arnem y Korsar han de mantener unos tres metros de distancia para poner fin a una amistad que ha sido mucho más que amistad, un vínculo en el que han compartido mucho más que la mera sangre. Arnem siente que le faltan palabras, pero Korsar no padece la misma carencia.

—Te suplico que me hagas caso, Sixt. Es vital. —Arnem da dos pasos más hacia el prisionero y agacha la cabeza para escucharle con más atención—. Ahora esta guerra es tuya, Sixt, y podría ser calamitosa. Deberás librarla dentro del Bosque, porque los Bane no saldrán a tu encuentro en la Llanura. No cedas demasiado pronto, no luches en su terreno hasta que estés seguro de que nuestros hombres conocen las exigencias de esa lucha. ¿Lo entiendes? No dejes que te obliguen a empujones. Tu ya has estado allí y sabes lo que el Bosque puede hacer a los hombres. Cuídate, Sixt...

—¡Basta! —exclama Baster-kin y echa a andar de nuevo por la pasarela que cubre la balsa reflectante—. Sentek, este hombre ya no es tu superior, no debes hablar con él de ninguna operación militar.

El Layzin ya solo puede levantar una mano y declarar:

—Vosotros, lleváoslo. Esto ya no hay quien lo aguante.

Mientras los sacerdotes rapados atienden al consternado Layzin, Baster-kin despide a sus hombres con un definitivo vaivén del brazo y les ordena que se lleven al prisionero a toda prisa. Conscientes por completo del cambio que se ha producido en su mundo, dos de los guardias agarran a Korsar por los brazos con brusquedad, mientras el linnet lo empuja hacia la puerta.

Pero nada va a silenciar a Korsar.

—Recuérdalo incluso si olvidas todo lo demás, Sixt: cuidado con el Bosque. ¡Cuidado con el Bosque...!

Y desaparece. Arnem, incapaz al fin de contener la multitud de pasiones que le arden en la garganta, da un paso hacia la puerta y no consigue evitar una débil llamada.

—¡Yantek! —exclama, cegado por lágrimas ardientes.

Repentinamente consciente de su llanto y capaz de oír ahora, en el silencio que se adueña de la sala, los apremiados sonidos del fluir de su sangre y de su costosa respiración, se da media vuelta y hace un gran esfuerzo por recuperar el control. Apenas se atreve a echar un solo vistazo y posar su mirada, brumosa todavía, en el rostro del Gran Layzin, quien, mientras supera la profundidad de su propio dolor, consigue empezar a exhibir una sonrisa de consuelo e inclina la gentil cabeza como si quisiera decir a Arnem que es consciente de lo terrible que resulta este momento y no lo culpa por su reacción: por último, en esos ojos casi sagrados hay una extraordinaria confirmación de que en el reino la vida sigue y de que, de alguna manera, todo irá bien.

El sentek da un respingo al notar una mano en el hombro; y otro al darse media vuelta y descubrir que es Baster-kin, que le sobrepasa en casi tres centímetros, quien lo agarra por el hombro con tanta fuerza que casi puede notar cómo los dedos atraviesan las gruesas placas protectoras de su armadura de cuero.

—Sentek Arnem —dice Baster-kin, en un tono que este nunca le había oído; un tono que, si se tratara de otra persona, cabría calificar como compasivo—, ven conmigo, ¿vale? Tenemos poco tiempo y muchas cosas que preparar. Ya sé lo mucho que te ha afectado este asunto. Pero eres un soldado de Broken y la seguridad del Dios-Rey y de su reino dependen ahora de ti por razones cuya complejidad ni siquiera puedes sospechar.

Es una afirmación desconcertante; en busca de guía, Arnem lanza una mirada hacia el Layzin, más allá del Lord Mercader. Pero Su Eminencia, abrumado al fin por la emoción del momento, se está alejando con dos sacerdotes y, acompañado por la Esposa de Kafra (que acaba de reaparecer sin previo aviso), desaparece por una de las puertas que llevan a las salas contiguas.

Los ojos de Baster-kin también siguen al Layzin en su salida de la Sacristía. Cuando él y Arnem se quedan solos, el Lord Mercader confiesa:

—Ha dedicado tanto esfuerzo a este asunto que está exhausto. Es noble, muy noble, pero tiene que cuidarse y confiar en nosotros más de lo que tiene por costumbre. —Tras volverse una vez más hacia el sentek, Baster-kin añade—: Para que eso ocurra, de todos modos, hemos de darle pruebas de que estamos cumpliendo con las responsabilidades históricas que nos han correspondido. Y para que entiendas tu parte en esas responsabilidades, sentek Arnem, quisiera que vinieras conmigo al Salón de los Mercaderes. Hemos de estar seguros de cuáles son tus órdenes y de qué fuerzas necesitas. Pero, sobre todo, he de asegurarme de que entiendes por qué debe librarse esta guerra.

—Mi señor —consigue responder Arnem—, puedo aseguraros que esta responsabilidad no me toma por sorpresa. Llevamos... Llevo tiempo esperándola.

—Sí, pero no puedes entender la razón que nos ha impelido a tomar esta decisión. Todas las razones. Voy a ser franco contigo, Arnem, porque sé que compartes muchas opiniones de Korsar, pero no todas. Y has de entender por qué no deberías compartir ninguna. Irás a la guerra para conseguir mucho más que la destrucción de los Bane, sentek, y que el acceso a sus bienes. Irás para proteger lo que más quieres.

Y a continuación Baster-kin avanza a grandes zancadas hacia el ábside y es evidente que espera que Arnem —que ha de estar perplejo por este último comentario del Lord Mercader al tiempo que se empieza a adaptar a las alteradas circunstancias de su vida— siga sus pasos hacia las altas puertas de bronce del Templo.

1:{x:}

En el Bosque de Davon, el Espectro de la Muerte...

La risa alocada era inconfundible: procedía de Heldo-Bah, que había reptado, invisible, en torno a la parte baja de toda la zona de rocas asomadas a las Ayerzess-werten, agarrado a los saledizos de piedra casi verticales para salir por el flanco del Ultrajador Welferek. Aunque Keera y Veloc habían sentido alivio al oír su voz, no les había sorprendido su aparición: no hubiera sido propio de Heldo-Bah esquivar un enfrentamiento como aquel o abandonar a sus mejores amigos (de hecho, sus únicos amigos) en semejante trance. El único misterio que quedaba por resolver era cómo se las había arreglado para inmovilizar al potente Welferek; al acercarse Veloc y Keera al roble —él para apartar la espada corta del Ultrajador, ella para sacar la daga que llevaba en el cinto y el aljibe lleno de flechas que escondía su capa—, habían encontrado la respuesta: dos cuchillos de saqueo habían rajado sabiamente los musculosos antebrazos del Ultrajador justo por debajo de las mangas cortas de su prenda de cadenilla y luego se habían clavado hasta el fondo en el árbol. El primero había sido un lanzamiento especialmente afinado, pues había clavado el brazo que Welferek tenía estirado para sostener la espada contra una gruesa rama inferior del árbol; el segundo mantenía el brazo izquierdo pegado al tronco. Welferek había intentado liberar los cuchillos, pero lo único que había conseguido con sus movimientos era aumentar los cortes y sangrar más todavía. Por eso había decidido esperar para descubrir la identidad de su atacante.

Heldo-Bah está ahora plantado en el saliente recubierto de musgo, empapado de los pies a la cabeza por el agua de las Ayerzess-werten, que intenta sacudirse como haría un animal desgraciado. Keera y Veloc corren hacia él, este último con una chanza amistosa lista en la boca.

—¡Heldo-Bah! Tan puntual como siempre, ya lo veo.

Heldo-Bah mantiene listo el tercer cuchillo de saqueo y la mirada fija en la figura del Ultrajador, que, desde el saledizo musgoso, parece una sombra oscura proyectada contra la figura mayor del roble.

—Tienes suerte de que haya llegado, ligón —contesta—. He tenido que escalar todas esas malditas rocas. —Señala las botas que lleva atadas en torno al cuello y los pantalones, cuyos pies[78] parecen retorcidos—. Y, encima, descalzo. ¡Mira cómo han acabado mis pantalones. Había puntos en los que no podía apoyarme más que en dos dedos de los pies. —Señala hacia el roble—. ¿Qué sabemos de él?

—Que es un Ultrajador, aunque eso es obvio —responde Keera—. Dice ser un tal Welferek, Señor de los Caballeros del Bosque.

Heldo-Bah parece encantado.

—¿Welferek? ¿Ese nombre os ha dado?

—No irás a creer que me lo he inventado, Heldo-Bah. ¿Por qué? ¿Lo conoces? Gran Luna, ¿acaso tienes algún duelo pendiente con cada uno de los Ultrajadores?

—No, no, Keera —responde Heldo-Bah con transparente falsedad—. Nos vimos una vez. Eso es todo. —Tira de las botas, todavía huidizo—. Nuestras bolsas siguen en las rocas. ¿Por qué no las recoges, junto con el arco de tu hermano, mientras Veloc y yo sonsacamos lo que podamos a este «Señor del Bosque»?

Durante un instante, Keera parece a punto de objetar; sin embargo, una mirada significativa de su hermano le insinúa que pueden ocurrir cosas en las que tal vez ella prefiera no participar. O en las que, de hecho, quizá ni siquiera desee estar presente.

—Este caballero representa nuestra única posibilidad de determinar qué está pasando en Okot, Keera —dice Veloc, procurando no alarmar más todavía a su hermana—. Nos dirá todo lo que sepa, eso te lo aseguro.

Keera se da cuenta de que su hermano tiene razón, lo cual, sumado a la inquietud por su familia, se combina para permitirle superar la repugnancia que suele provocarle el tormento de cualquier criatura, incluso si se trata de un Ultrajador.

—Pues vale —dice, dubitativa—. Daos prisa, Heldo-Bah, ya hemos perdido mucho tiempo aquí. Y si no tiene nada que decirnos no hagas que caiga sobre nosotros la ira divina torturándolo hasta que se vea obligado a mentir para poner fin a su tormento.

—No, no, Keera —responde enseguida Heldo-Bah—. En este caso no necesitaré llegar tan lejos; ni me hará falta tanto tiempo. En cuanto a los tormentos, más allá de los que ya le he infligido, ¿dónde se ha visto que yo maltrate a mis enemigos? Aunque los Ultrajadores nunca dejan de hacerlo.

—Entonces, confío en que no permitirás que el odio te haga comportarte de un modo tan despreciable como ellos.

Keera obtiene por toda respuesta una vaga inclinación de cabeza por parte de Heldo-Bah y conserva algunas dudas al respecto de su verdadera intención. Sin embargo, prefiere abandonar el asunto y echa a andar hacia el peñasco con la voluntad de permanecer ajena a cuanto pueda ocurrir a continuación bajo el roble y decide que la tarea de organizar las bolsas de los expedicionarios podría llevarle, en esta ocasión, más tiempo de lo habitual. Aun así, sus oídos, siempre alerta, no pueden evitar captar un último intercambio entre su hermano y Heldo-Bah.

—No lo podemos matar, Heldo-Bah —dice Veloc—. Ya casi se puede decir que hemos asesinado a un soldado de Broken esta misma noche... No podemos permitir que Keera se vea involucrada en el asesinato de un Ultrajador también.

Keera agradece la consideración de su hermano; sin embargo, ha de confesar que su corazón casi alberga la esperanza de que Heldo-Bah conteste lo mismo que contestaría cualquier otra noche, lo mismo que, efectivamente, dice ahora:

—Y cuando el cuerpo desaparezca por las Ayerzess-werten, ¿quién va a saber que lo hemos matado nosotros, Veloc? No, deja que me ocupe yo. Haremos todo lo que haga falta para averiguar si Tayo y los niños están a salvo. —Luego se desplaza con alegría hacia el roble y llama a pleno pulmón—: ¡Welferek! Quién iba a decir que nos encontraríamos aquí. Pero mira cómo te encuentro... Por la Gran Luna, hombre, pareces el señor Dios de los Lumun-jani.[79]

Keera experimenta cierto alivio al oírlo, pero al mismo tiempo siente crecer la ansiedad ante la mera insinuación de que su familia pueda estar en peligro. Avanza más rápido hacia el peñasco y, al llegar a él, descubre que, una vez más, las Ayerzess-werten se están tragando las voces de sus compañeros, factor que agradece.

Los siguientes minutos resultan difíciles para Keera, aunque no en un sentido físico: sus responsabilidades como mejor rastreadora de los Bane, aparte de la gran cantidad de expediciones que ha debido emprender con su hermano y con Heldo-Bah, la han hecho tan fuerte como casi cualquier varón de la tribu. La tarea de retirar los tres sacos de piel de ciervo es engorrosa, pero fácil de realizar; tampoco le cuesta apenas esfuerzo alzar el imponente arco de Veloc para pasárselo por encima de la cabeza y colgarlo del hombro. Vuelve a colocar en el aljibe las flechas, de inmejorable manufactura, y se lo ata a la cintura. Está lista ya para emprender la etapa final del viaje de regreso a casa, pero se da cuenta de que ha de esperar y conceder el tiempo necesario para que el interrogatorio del Ultrajador prosiga como estaba claro que debía suceder si se tienen en cuenta la arrogancia de Welferek, su aparente relación previa con Heldo-Bah y el odio que este manifiesta por todos los Ultrajadores.

Las causas específicas de ese odio son, en su mayor parte, un misterio para Keera, aunque sabe tanto como cualquier otro miembro de la tribu de los Bane sobre Heldo-Bah: sobre su eterna insatisfacción y sus quejas permanentes acerca de todos los aspectos de su existencia; y sobre su poderoso anhelo de violencia. Keera y Veloc nacieron en el Bosque de Davon, hijos de padres cuyos padres habían sido desterrados. En consecuencia, se los cuenta entre los miembros más respetados de la tribu, los «naturales» o «nativos» (pues incluso una tribu de desterrados ha de tener sus jerarquías). En cambio, es difícil encontrar unos orígenes más humildes, o más problemáticos, que los de Heldo-Bah, y Keera sabe que en su lugar en el patrón de la sociedad de los Bane, así como en el modo en que fue relegado a ese lugar, radica la explicación de la rabia eterna de su amigo.

La clase secundaria, o «condenada», entre los Bane, está compuesta por los que nacieron en Broken pero fueron desterrados al Bosque de Davon, y presumiblemente a la muerte, porque padecían lo que los sacerdotes de Kafra etiquetan como «imperfecciones»: debilidades de cuerpo o mente, una estatura inusualmente baja, haber nacido con marcas en la piel, la tendencia a padecer alguna enfermedad recurrente... La lista es casi infinita y se conserva (o eso dice el rumor) en la Sacristía del Alto Templo de Broken.

Pero hay una clase de desterrados que merecen una consideración aún inferior que los condenados: son los Bane accidentales, una escoria a la que pertenece Heldo-Bah.

Las filas de los Bane accidentales se rellenan regularmente, no gracias al nacimiento de nuevos miembros, sino a las desgracias que afectan a algunos niños lejos del Bosque de Davon. Vendidos como esclavos fuera de las fronteras de Broken (porque la compra-venta de humanos es ilegal en el reino de los Altos), esos niños lle-gan a las riquezas del reino traídos por hombres que pasan por «comerciantes de trabajadores» y que ofrecen su joven mercancía como sirvientes bajo contrato y, por lo tanto, aceptables según la letra de las leyes de Broken. Sin embargo, las vidas de estos «sir-vientes» son tan ingratas y carentes de alternativa como las de aquellos que, en una descripción más honesta, reciben el nombre de «esclavos» en grandes imperios como el Lumun-jan. Y por vo-luntad de una Luna incierta (o, tal vez, de un Kafra caprichoso), algunos de esos desgraciados muchachos, una vez vendidos, de-muestran padecer alguna de las aflicciones físicas que la fe kafrana considera intolerables; estos han de pasar por la traición de ser vendidos como esclavos por sus propias familias, las mentiras que sobre ellos dicen los traficantes de trabajadores y, por último, la culminante sentencia de destierro al Bosque de Davon.

Por norma general, ese destierro pone fin a su destino y los desgraciados, si sobreviven en el Bosque el tiempo suficiente para que los Bane los descubran, son aceptados por la tribu como miembros condenados. Sin embargo, muy de vez en cuando, los más malditos de estos niños, mientras están todavía en Broken, ex-hiben carencias más graves que aquellas que solo afectan al cuerpo o a la mente. Carencias de carácter, tan flagrantes que el destierro, a decir de los sacerdotes de Kafra, no puede bastar como único castigo.

En el caso de Heldo-Bah, la señal física de su invalidez fue un crecimiento limitado, «defecto» que fue capaz de esconder durante varios años mintiendo acerca de su edad al mercader del Distrito Primero que lo tenía contratado y que se beneficiaba de que aquel atento muchacho se ocupara de los caballos de su establo. Mas cuando Heldo-Bah, al pasar el tiempo, empezó a mostrar un talento mayor para el robo que para el cuidado de los caballos, ni siquiera el mercader pudo protegerlo. Los sacerdotes anunciaron que Heldo-Bah sufría una doble condena de Kafra; en consecuencia, no fue marcado para el destierro, sino para la muerte. El Gran Layzin del Dios-Rey Izairn —predecesor del Layzin actual, del mismo modo que Izairn precedió a Saylal en el trono de Broken— desarrolló ese juicio (aunque asegurándose de que su opinión nunca llegase a oídos de Caliphestros, Viceministro conocido por su oposición a los destierros, sobre todo de menores) y sostuvo que solo la influencia de los espíritus maléficos que aún se creía que habitaban las laderas inferiores de la montaña de Broken podía pervertir de aquel modo a un muchacho que aún no había cumplido los trece años. ¿El remedio? Muerte por ahogamiento en el Zarpa de Gato, maniobra que, si se llevaba a cabo con el debido cuidado, aseguraría (o eso dijeron los sacerdotes) que los demonios quedasen atrapados en el furioso río una vez muerto quien los albergaba.

Durante todo ese tiempo, Keera y Veloc seguían disfrutando de una infancia que representaba un fuerte contraste con la de Heldo-Bah: transcurrida en una de las pequeñas comunidades del sur de Okot, esa infancia incluía duros trabajos para la familia, sin duda; pero también ofrecía a Keera y Veloc tiempo para la exploración y la aventura. Y fueron solo la curiosidad y el atrevimiento de los gemelos lo que terminó por salvar a Heldo-Bagh. El azar conspiró para que los dos jóvenes Bane se encontrasen un día pescando en un tramo relativamente tranquilo del Zarpa de Gato, por debajo de las Ayerzess-werten. Los sacerdotes y los soldados encargados del ritual de ahogar a Heldo-Bah no tuvieron suficiente valor para enfrentarse a las peligrosas cascadas y se pusieron de acuerdo para obedecer el espíritu, más que la letra, de la ley de Broken: ataron de pies y manos al muchacho y lo metieron en un burdo saco, cerrado con varios fragmentos de cuerda. Luego lo lanzaron al agua al este de las Ayerzess-werten y se fueron... sin darse cuenta de que un par de críos Bane los estaban observando con mucha curiosidad.

En cuanto estuvieron seguros de que los sacerdotes y los soldados Altos se habían ido, Veloc y Keera retiraron del río aquel saco en cuyo interior algo se retorcía; y cuando sacaron a Heldo-Bah de aquel blando instrumento de ejecución, descubrieron que el muchacho estaba casi muerto después de respirar dentro de las aguas frías del Zarpa de Gato. Se lo llevaron a casa; durante el tiempo que Heldo-Bah necesitó para recuperarse de su fallida ejecución, vivió en casa de Keera y Veloc, alimentado por los padres de estos, y se comportó con la gratitud que esa bondad merecía. Aun así, al cabo de unos años, el tirón de una vida de travesuras resultó demasiado fuerte para aquel niño, que, en realidad, no pertenecía ni a los Altos ni a los Bane. (Desde luego, Heldo-Bah nunca ha sabido con exactitud quién es su gente; tampoco ha mostrado jamás el menor interés por ese asunto en presencia de Keera o de Veloc.) Aceptó formar parte de la tribu bien pronto y nunca robó nada de ningún hogar de los Bane; al contrario, molestar a los Altos de cualquier modo posible pasó a convertirse en su inquebrantable preocupación y en más de una ocasión sus actividades provocaron verdaderos problemas con los soldados de Broken, no solo para los propios guerreros Bane (pues la tribu tenía su ejército en aquellos tiempos, aunque apenas merecía tal nombre), sino también para los expedicionarios, comerciantes, pescadores y cazadores.

Cuando se hizo mayor para ocuparse de sus necesidades y los padres de Keera y Veloc le pidieron que se fuera de casa, Heldo-Bah se acostumbró a pasar los veranos en el Bosque y los inviernos en cabañas abandonadas. Aunque conservó la amistad con quienes lo habían rescatado en la infancia, dedicaba todo el tiempo a perfeccionar su talento para las incursiones al otro lado del Zarpa de Gato, en aquellas pequeñas aldeas de Broken que servían de estaciones de paso entre la ciudad de la montaña y su principal enclave comercial en el río Meloderna, la ciudad amurallada de Daurawah. Esas aldeas solían consistir en una pequeña colección de casas de adobe, una cantera de piedras, alguna estructura para el comercio y una taberna u hostal grande: mantenían la actividad suficiente para atraer el gusto que Heldo-Bah manifestaba por los líos. Al hacerse hombre añadió el juego y las peleas a sus entretenimientos favoritos cuando no había a mano nada que valiera la pena robar o cuando se presentaba algún soldado de Broken como víctima ideal. Cuando Veloc se hizo hombre también empezó a acompañar a Heldo-Bah en esas aventuras, que comenzaron a alcanzar un espectro mayor para incorporar alguna escapada a la ciudad de Broken, incursiones en las que el guapo Veloc seducía a las mujeres solitarias de los Altos (que a menudo habían oído historias míticas sobre el llamativo apetito físico de los Bane, historias que, en el caso de Veloc, resultaban ser ciertas) mientras Heldo-Bah vaciaba de las casas de aquellas damas distraídas cualquier cosa que tuviera algún valor y no representara un estorbo a la hora de huir.

Sin embargo, nada de eso explica la rabia especial que Heldo-Bah reservaba a aquellos hombres «bendecidos» en Okot, escogidos periódicamente por las Sacerdotisas de la Luna para formar parte de los Ultrajadores. Heldo-Bah hablaba a menudo de ese odio, primero con Veloc y más adelante con Keera, cuando esta empezó a escabullirse de sus tareas como comerciante y unirse a su hermano y aquel amigo al que conocían desde la infancia, en sus incursiones al otro lado del Zarpa de Gato, cada vez más famosas. Cuando Keera se casó con Tayo (un joven curtidor y carnicero que daba buen destino a lo que cazaba Keera) y dio a luz, en rápida sucesión, a tres criaturas, su participación se volvió más limitada, como es natural. Sin embargo, de vez en cuando se veía arrastrada a alguna de las muchas discusiones que Heldo-Bah y Veloc se permitían mantener con los Ultrajadores dondequiera que fuesen. Si los detenían y luego les imponían expediciones de avituallamiento como castigo, ella los acompañaba. Pero durante todos aquellos años, a lo largo de tantas aventuras y tantos castigos que habían pasado juntos, ni Keera ni Veloc habían descubierto la razón de aquel odio que Heldo-Bah mostraba a los caballeros, un odio que rivalizaba incluso con el profesado a los Altos.

Un grito agudo interrumpe de pronto la monotonía de las Ayerzess-werten, así como los recuerdos de Keera, y provoca que la rastreadora abandone con un respingo su postura sentada en el labio rocoso del peñasco. ¿Era un grito de dolor, se pregunta, o tan solo de terror? Tampoco es que cambie nada: no tiene ninguna intención de regresar a ese lugar hasta que la llamen sus compañeros. Keera ha visto ya suficiente muerte y sangre en los extraños sucesos de esta noche y será feliz cuando por fin regrese a su bondadoso Tayo y a sus tres críos juguetones y traviesos: dos chicos que, afortunadamente, se parecen a su padre, y una niña, la menor, que, también por fortuna, se parece bastante a su madre. Keera vuelve a sentarse, escucha el parloteo que emprenden antes del alba los pájaros que anidan en las cercanías de las Ayerzess-werten y se regaña por haberse involucrado una vez más en un lío entre Veloc y Heldo-Bah con un grupo de Ultrajadores, pues eso fue lo que le granjeó esta expedición de avituallamiento como castigo. No cree que de verdad Veloc y ella vayan a asociarse con Heldo-Bah en su problemática manera de ganarse una expedición tras otra como castigo, como ha hecho ya hasta ahora. Sin embargo, ese consuelo no la libera de la vergüenza ni del dolor de no estar junto a sus hijos. A veces se pregunta cómo se sentiría si la situación se diera a la inversa. Si sus hijos se largaran, así fuese por un tiempo breve, y la dejaran sin nada que hacer, aparte de esperar su regreso. Keera no es capaz de imaginarse la vida sin esas criaturas de su propia carne, que ya han empezado a aprender a cazar, y a hacerlo bien: con respeto por el Bosque, por los espíritus de la caza y, por último, por esos otros espíritus, no tan visibles, que acechan en el Bosque. ¿Cómo iba a vivir sin la compañía de esos pedacitos de sí misma?

Se le revuelve el estómago y un escalofrío le trepa por la columna: la mera noción ha asustado a Keera más que cualquier otro de los peculiares sucesos de esta noche. Además, recuerda que, al no haber conseguido razonar cuál ha de ser la explicación adecuada para la cantidad de veces que ha sonado la Voz de la Luna, ha conservado un miedo informe a la posibilidad de un ataque contra Okot. Con esas consideraciones en mente, decide enfrentarse a los breves gritos que siguen surgiendo desde la dirección del roble y empieza a recoger todos los bienes del grupo, lista para decir a su hermano y a Heldo-Bah que va a reemprender de inmediato el viaje de regreso a casa, tanto si la acompañan como si no lo hacen. Como está tan acostumbrada al peso de su saco que ya ni lo nota, agarra los otros dos y los levanta con facilidad, pese a que esa tarea resultaría difícil incluso para un hombre fuerte entre los Bane; luego se apresura a rodear el peñasco y se encamina directamente hacia el lugar en que Veloc y Heldo-Bah —ambos con los cuchillos de destripar en la mano— se han arrodillado para alguna tarea urgente. Al cabo de unos pocos pasos, Keera alcanza a ver que el Ultrajador Welferek ya no está sostenido al árbol por los cuchillos de Heldo-Bah: ahora yace en el suelo entre sus dos captores y parece medio muerto.

Keera nota que el enojo se apodera de su ánimo por lo que cree ser obra de su hermano y Heldo-Bah. Al llegar al árbol tira al suelo los tres sacos, provocando que Heldo-Bah suelte un grito perruno de sorpresa y alarma; pero enseguida acaricia su saco, lo abre y confirma que todo su contenido está a buen recaudo.

—Creía que nos habíamos entendido —lo sermonea Keera, enfurecida por la visión del cuerpo inmóvil y ensangrentado de Welferek—. ¡No más muertes!

—Ahórrate las broncas, hermana —responde Veloc.

Por primera vez, Keera se da cuenta de que no está usando el cuchillo de destripar para atormentar a Welferek, sino para cortar vendas de una tira de tela que Heldo-Bah llevaba enrollada a una pierna.

—No está muerto.

Heldo-Bah escupe antes de unirse a Veloc para vendar las heridas de los brazos de Welferek.

—Aunque deseará haber muerto cuando se despierte y se acuerde de esto: ¡el maldito idiota se ha desmayado! ¡Se ha quedado en blanco!

Keera no está segura de lo que está viendo.

—¿Desmayado? —pregunta—. ¿Y qué habréis hecho vosotros dos para que un Ultrajador como este se desmaye?

—Yo no he hecho nada —protesta Veloc, al tiempo que fulmina con la mirada a Heldo-Bah.

—¿Tú? ¿Que no has hecho nada? —gruñe con fuerza Heldo-Bah—. No has hecho nada más que convencerle de que yo iba a cumplir la amenaza.

—¿Amenaza? —pregunta Keera.

Heldo-Bah se vuelve hacia ella con la cara propia de quien se siente injustamente perseguido.

—No la iba a cumplir, Keera, te lo juro. ¡Solo era para soltarle la lengua! Le he cortado los pantalones, le he apoyado el cuchillo en las pelotas y le he dicho que estaba dispuesto a caparlo si no nos decía...

Keera asiente.

—¿Los gritos de niña que he oído eran por eso?

—¡No he sacado ni una gota de sangre! —Heldo-Bah patalea a modo de protesta—. En cuanto ha notado el cuchillo en sus partes nobles ha soltado un gritito de sierra gastada y ha caído. Se ha dado un golpe en la cabeza con esa piedra de allí.

Keera echa un vistazo al considerable chichón que luce la cabeza de Welferek y, al examinar el suelo, descubre la piedra en cuestión. Mientras tanto Heldo-Bah espera una nueva reprimenda y se sorprende al ver que no llega.

—Entonces —continúa Keera—, ¿no os ha dicho nada de Okot?

Con una brusquedad impropia de ellos, Veloc y Heldo-Bah adoptan al unísono un semblante sombrío; mientras Heldo-Bah reanuda la tarea de vendar los brazos deWelferek, Veloc lleva a su hermana a un lado.

—Estaba casi insonsciente cuando ha hablado, Keera.

Su hermana no recuerda haberle oído jamás hablar en un tono tan grave. Espera un instante y luego le da un manotazo en un hombro.

—¿Y?

Los ojos marrones de Veloc se clavan directamente en los de Keera, azules, conscientes del efecto que tendrá su siguiente afirmación.

—Ha mencionado... una plaga. En Okot.

Al principio Keera descarta la palabra como una tontería; sin embargo, como la dura mirada de Veloc se mantiene, empieza a considerar la posibilidad y se queda tan aturdida que hasta se olvida de respirar un instante y luego tiene que apresurarse a llenar el cuerpo de aire con una bocanada de pánico.

—¿Plaga? Pero si nosotros nunca...

—No. El Bosque y el río nos protegían —concede Veloc.

—Tal vez eso signifique —interviene Heldo-Bah en voz baja, con algo parecido al tacto— que nuestra suerte ha durado demasiado. Y que ahora se ha terminado.

Keera es incapaz de hablar por un momento. Cuando recupera la compostura, su mente se centra en los asuntos pragmáticos.

—Ataos los sacos, los dos —dice al ver las manos ligadas de Welferek—. Lo voy a despertar.

—Ya lo hemos intentado, Keera —explica Heldo-Bah—. Es como pedirle a un leño que se levante y se ponga a bailar. Está más allá del desmayo.

—Lo vamos a despertar, maldita sea. —Keera empieza a gritar—. Quiero saber de qué está hablando. ¡Nunca ha habido una plaga en Okot!

Parece que el tono agudo de su voz ha triunfado allá donde fracasaban los esfuerzos de Heldo-Bah y Veloc. Welferek mueve la cabeza y murmura alguna breve nadería. Luego abre los ojos y mira a los expedicionarios, pero no parece estar muy seguro de lo que ve.

—Plaga... en Okot. —Welferek baja la mirada a sus manos, atadas, y luego al bosque que lo rodea, como si esas visiones fueran nuevas para él—. Hay una plaga en Okot...

Keera se acerca a él a toda prisa, lo agarra con sus fuertes manos por la túnica, a la altura del pecho, tira de él para dejarlo sentado y luego lo manda contra el roble.

—¿De qué estás hablando, Ultrajador? —grita—. ¿Qué plaga?

La luz regresa lentamente a los ojos de Welferek. Al fin reconoce a Keera y luego a los otros dos; mas parece obvio que la noción de quiénes son exactamente y por qué lo están rodeando sigue siendo un misterio para él.

—No... vayáis. Se están muriendo... Tantos se mueren.

Da una bocanada y luego, haciendo caso omiso del dolor de las heridas, alza los brazos y apoya las manos, sangrientas y todavía atadas, a ambos lados de la barbilla de Keera, como si por alguna razón entendiera su ansiedad.

—¡No volváis allí! —exclama—. Hay una plaga en Okot. ¡Hay una plaga en Okot!

Keera le agarra las manos y se las quita de la cara de un tirón. Se pone en pie y se vuelve para comprobar si Heldo-Bah y Veloc se han atado los sacos a la espalda.

—Nos vamos... Ya —ordena—. Córtale las ataduras. Puede que sus hombres anden todavía por ahí. Si no lo encuentran, podrá avanzar solo. O se lo comerán las panteras, lo mismo me da. Yo voy delante.

Cuando pasa a su lado, Veloc le toca un brazo.

—Keera, no sabemos si...

—No —responde ella—. No sabemos. Y no lo vamos a averiguar aquí. Y ahora, a correr, malditos seáis.

En el tiempo que a Welferek le cuesta dar unos cuantos cabezazos para despejarse la mente, los tres expedicionarios desaparecen una vez más en la profundidad del Bosque sin dejar otro rastro de su encuentro que las heridas vendadas del Ultrajador y el chichón de su cabeza.

1:{xi:}

Arnem descubre muchos secretos de su ciudad
y de los peligros a los que se enfrenta...

Mientras caminaban por el pasillo central de la nave del Templo, Sixt Arnem se ha mantenido a la respetuosa distancia de medio paso por detrás de Lord Baster-kin, sin desear aparentar un rango igual al suyo, pero sin estar del todo seguro de cuál es su nueva posición. Lo han nombrado nuevo comandante del ejército de Broken; esa idea ya requeriría de por sí suficiente tiempo para que el sentek pueda digerirla. Pero, más allá de eso, no tiene aún claro qué es lo que Baster-kin necesita decirle acerca de la inminente campaña contra los Bane, ni por qué, si ese asunto es de verdad tan urgente, el Lord Mercader no ha dicho nada al respecto todavía. Es evidente que Baster-kin desea conversar en algún lugar más reservado que la Sacristía del Templo, pero el sentek no puede ni atreverse a adivinar qué lugar podría ser ese.

Mientras perseguía a su señor por la nave ha ido viendo cómo cobraban vida las paredes de los lados este y oeste de la parte central de la estructura: la profunda luz índigo del alba se empezaba a filtrar por las altas y amplias ventanas de ambas paredes. Dichas ventanas, como las de la Sacristía, están hechas de paneles de cristal de colores. Sin embargo, como nunca ha habido secretismo alguno en la sala destinada a la congregación de la gente, los paneles de estas ventanas se hicieron de inicio mucho más finos y eso permitió unirlos con plomo para trazar formas enormes de profunda complejidad[80] que nunca dejan de asombrar a los adeptos que, en las fiestas señaladas, abandonan los templos pequeños de los distritos y suben por el Camino Celestial para llegar al Alto Templo.

Ahora, mientras Baster-kin se acerca a las enormes puertas de bronce del edificio, atendidas por dos sacerdotes que no resultan familiares a Arnem, el Lord Mercader se detiene e intercambia con ellos unas palabras que el sentek no alcanza a oír. Los sacerdotes asienten con gesto obediente y luego permanecen en sus sitios mientras Baster-kin indica por señas a Arnem que lo siga hacia el extremo oriental de la nave. Mientras obedece la orden, Arnem ve que Baster-kin busca algo en su túnica escarlata: un objeto angular que lleva colgado del cuello con una fina cadena de plata que refleja la luz de una antorcha instalada en un arbotante en la columna más cercana de la nave. Al poco, Arnem consigue distinguir, gracias a esa misma luz, que se trata de alguna clase de llave; tras pasarse la cadena por la cabeza y sostener la llave en la mano, Baster-kin se detiene ante una fuente de iniciación de mármol,[81] una pila de casi un metro de anchura sobre una base de metro y medio cuadrado. Hay una pieza de latón pequeña y circular[82] montada en la parte inferior de la base y cuando Baster-kin la desplaza hacia un lado Arnem alcanza a ver una cerradura de fina hechura, también de bronce. El Lord Mercader se arrodilla, inserta la llave y, al darle la vuelta, provoca un sonido metálico: el funcionamiento de algún mecanismo interno.

De nuevo en pie, Baster-kin declara:

—Lo que estoy a punto de mostrarte, sentek, son cosas de las que nunca deberás hablar con nadie, ni siquiera con tu esposa.

Arnem se ve afectado de pronto por esa mención de Isadora, con quien Baster-kin ha coincidido en alguna ocasión, pero (hasta donde sabe el marido) apenas en unas pocas ceremonias oficiales; sin embargo, hay un vago aire de familiaridad en ese último comentario que no gusta demasiado al sentek o que incluso, en un presagio aún peor, le da algo de miedo. «Solo puede deberse a dos cosas —calcula Arnem—. Una lujuria ordinaria, que resultaría a la vez insultante e inapropiada y por lo tanto es poco probable; o un conocimiento absoluto del pasado de Isadora (de su pasado y de sus actividades) que resultaría mucho menos probable pero bastante más peligroso...»

—¿Tengo tu palabra de que mantendrás esa clase de silencio? —lo presiona Baster-kin.

—Por supuesto, mi señor —responde Arnem—. Pero os aseguro...

—Quizá no debería haberlo mencionado —apunta enseguida Baster-kin. Luego desvía la mirada con el ceño fruncido y, a juicio de Arnem, molesto por su error en la elección de palabras—. Mis disculpas. Solo es que, después de lo que acabamos de observar...

—Sí, mi señor —contesta el sentek, aliviado por la verosímil disculpa—. Lo entiendo.

—Ahora descubrirás algunas cosas que has de conocer si vas a ser el líder de nuestro ejército y creo que, cuando las hayas visto, apreciarás la necesidad de conservar el secreto.

Baster-kin hace una señal a unos sacerdotes que permanecen a las puertas del Templo.

La pareja se acerca a toda prisa y Arnem se da cuenta de que no necesitan instrucciones. Los sacerdotes, dos jóvenes de gran fortaleza física, giran la pesada fuente de mármol para que pivote sobre el mecanismo de la cerradura y revelan una escalera espiral de piedra que se pierde en la oscuridad total del subsuelo. Los sacerdotes dan un paso atrás y Baster-kin saca la antorcha más cercana de su arbotante.

—Estos túneles recorren las estructuras más importantes de la ciudad —explica el Lord Mercader, abriendo el paso escaleras abajo—. Sobre todo, las que serían más cruciales durante un asedio.

En cuanto la cabeza de Arnem queda por debajo del nivel del suelo del Templo, los sacerdotes giran de nuevo la fuente para tapar el agujero y el pivote del mecanismo de cierre suelta un chasquido bastante agudo.

Así, encerrado en la estrecha escalera, Arnem no puede evitar pensar que ese descenso al vientre de la ciudad no representa un principio demasiado propicio para el estreno de su mandato.

Sin embargo, al llegar a los últimos escalones el sentek descubre una gran cámara abovedada que ofrece un alivio inmediato de la estrechez de la escalera. Desde allí se bifurcan quizá media docena de amplios túneles excavados en la sólida piedra y toda la cámara está llena a rebosar de sacos de grano, lomos de ternera y cerdo conservados en sal, pilas de tubérculos y, por último, una cantidad de armas que bastaría, según los cálculos de Arnem, para armar a medio khotor.

—Intentamos renovar las provisiones de comida regularmente

—anuncia Baster-kin con un entusiasmo poco característico mientras mueve la antorcha por la cámara para revelar todo su llamativo contenido— y hacemos todo lo que podemos para que la humedad no oxide las armas.

—Casi supera la posibilidad de comprensión —dice Arnem, siguiendo la antorcha con la mirada—. Pero... ¿quién instituyó esta práctica?

Baster-kin se encoge de hombros.

—Hace ya muchas generaciones, desde luego. Es probable que el plan original fuera del mismísimo Rey Loco. Yo hice trazar mapas de todo el sistema de túneles y cámaras cuando fui nombrado y creé un inventario de sus contenidos: suficientes para mantener a salvo la ciudad durante meses, como mínimo, si fuéramos sitiados.

Arnem sigue inspeccionando la cámara y descubre algo que clama por su ausencia.

—¿Y agua? —pregunta—. No veo ninguna cisterna.

Baster-kin asiente.

—Nunca lo hemos considerado. Siempre nos sobra agua gracias a los diversos pozos de la ciudad, alimentados por manantiales y muchos de ellos conectados por medio de las fisuras de la cumbre pétrea de la montaña, en la que se excavaron los muros de Broken. Por eso nos tomamos tan en serio este asunto del pozo envenenado: hace tiempo que sospecho que los Bane saben en qué medida dependeríamos de los recursos internos de la ciudad durante una crisis y por eso podrían enviar a sus Ultrajadores con la intención de poner en práctica algún plan temerario para emponzoñarlos, como al fin ha ocurrido. Ni siquiera estoy seguro de que su propósito principal fuera matar al Dios-Rey; podría haber sido simplemente una consecuencia secundaria por casualidad. Al final, como el daño parece confinarse a un solo pozo, nos ha sido más útil a nosotros que a ellos. —El Lord Mercader hunde las manos en un saco de grano y examina su contenido con cuidado mientras sigue hablando en tono contemplativo—. He mandado que ahora mismo revisen todos los demás pozos, claro, por si acaso lo vuelven a intentar... O, peor aún, por si el veneno pudiera filtrarse hacia otras reservas en el futuro. Pero de momento...

Por un instante, Baster-kin se vuelve aún más inescrutable de lo normal, con los ojos achinados para examinar el puñado de grano; Arnem, aparte de impresionado, está un poco confuso.

—Mi señor... —dice—, parecéis más preocupado que aliviado. si se me permite decirlo. ¿Acaso teméis que también hayan contaminado las reservas de grano?

—Todavía no —responde Baster-kin, aunque parece claro que su mente está en plena lucha con esa idea—. Pero hemos de estar más atentos que nunca. —Se sacude el polvo y se vuelve de nuevo hacia el sentek—. De todos modos, tú y yo no somos granjeros que debamos preocuparnos con estas cosas, aunque ahora eres tú el que parece inseguro.

—Bueno, tal vez no inseguro —responde enseguida Arnem—, pero en la Sacristía, hace un rato, lo habéis explicado como si el único propósito de los Bane fuera asesinar...

—Ah, sí, sí —replica Baster-kin, agitando una mano en el aire para dar el asunto por liquidado mientras devuelve el grano a su saco—. Como digo, ese suceso ha resultado más útil para nosotros que para ellos. Las energías del Layzin, como has podido ver, están bajo mínimos. Y la versión que le he contado a él, y en consecuencia al Dios-Rey, no es incorrecta. Me he limitado a poner más énfasis en ciertos detalles que en otros para que el caso tuviera la mayor facilidad de comprensión posible. Confío en que lo vas a entender, ¿no?

Arnem sabe cuántas cosas dependen de la naturaleza de su respuesta a esta pregunta aparentemente inocua: le están invitando a una especie de conspiración que tal vez tenga nobles propósitos, pero cuyas consecuencias desmienten el tono inocente. De modo que acepta sin exponer al detalle toda su opinión.

—Sí, mi señor —contesta simplemente.

—Vale. Bien. —El Lord Mercader está claramente complacido—. Pero ven... me esperan en el Salón de los Mercaderes. O, mejor dicho, debajo del mismo...

Arnem estudia el rostro de Lord Baster-kin mientras empiezan a avanzar deprisa por uno de los muchos túneles que salen de la zona de almacenamiento y pronto les lleva a entrar y salir de otra cámara abovedada idéntica a la anterior; el sentek se da cuenta de que la evidente preocupación que el Lord Mercader siente por la ciudad, y que tan a menudo se muestra con un rigor odioso en compañía de otros, adquiere una cualidad muy distinta y más atractiva cuando uno puede ver sus manifestaciones privadas, o incluso secretas, sus atentas inspecciones, su cálculo de los materiales necesarios para el bien público en tiempos de crisis.

—¿El yantek Korsar sabía todo esto? —pregunta Arnem.

Sigue sorprendido por la enormidad, no ya del laberinto subterráneo de cámaras y túneles excavados por expertos, sino de la cantidad de provisiones que se almacenan en ellas, renovadas permanentemente para su posible uso en cualquier momento.

—Lo sabía —responde Baster-kin, con una extraña carcajada: no contiene rudeza, ni rencor, aunque sí algo extrañamente parecido a una triste admiración—. Pero nosotros teníamos la sensación de que tú sabías que él sabía...

Arnem no necesita que le expliquen esa afirmación: está claro que Baster-kin se refiere a la función de espía de Niksar. Sin embargo, no dice nada todavía.

—No, señor, el yantek nunca compartió conmigo ese conocimiento —afirma—. Además, a algún otro comandante podría extrañarle que estés tan seguro de las confidencias que... —está a punto de usar la palabra «yantek» de nuevo, pero se muerde los labios al recordar la advertencia del Lord Mercader contra tal uso en la Sacristía— de las confidencias que podamos haber intercambiado Herwald Korsar y yo.

Baster-kin asiente y agradece el gesto.

—Algún otro comandante podría hacer un montón de cosas distintas de las que tú has hecho, sentek. Por ejemplo, tú eres consciente de que el linnet Niksar espía para nosotros; hace tiempo que lo eres. Lo sé yo, lo sabe el Layzin y lo sabe el Dios-Rey. Y sin embargo no has protestado.

Al echar la vista atrás para mirar a Arnem, Baster-kin se lo encuentra más estupefacto todavía y suelta una aguda risotada: un suceso raro y destacable. Un sonido demasiado repentino y poco practicado para que resulte agradable: Arnem piensa que su efecto sería aún peor si sonara en una sala llena de dignatarios. Sin embargo aquí, en privado, se puede soslayar la torpeza de esa risa en beneficio del sentimiento que transmite.

—No hace falta que te hagas el sorprendido, sentek —dice Baster-kin, recuperando el tono formal de nuevo—. Sabíamos que eras consciente del papel del linnet Niksar, como te decía, pero también sabíamos que nunca lo usaste en contra de tu ayudante, ni dejaste de confiar totalmente en él. Eso nos daba una razón añadida para confiar en ti. No me importa decirte que tanto el Dios-Rey como el Gran Layzin lo tuvieron muy en cuenta. Eres un hombre excepcional, Arnem. Y un comandante aún más especial. Lo siento por Korsar, lo siento de verdad, pero ya hace mucho que pasó su tiempo, antes incluso de que le diera por exponer sus herejías y perfidias. Este momento te pertenece, sentek; aprovéchalo tanto como puedas. En ese sentido, el mantenimiento de la honestidad sería un buen primer paso. Y si para ello conviene eliminar las dobleces con Niksar, podemos arreglarlo fácilmente.

Todavía falto de costumbre ante esa nueva cara de su compañero, Arnem se limita a decir:

—Sería bueno tanto para Niksar como para mí, Lord Baster-kin; os lo agradezco.

La actitud del sentek hacia Baster-kin se va transformando. Arnem siempre ha respetado al Lord Mercader; sin embargo, ahora, al caminar con él por esos pasillos secretos y descubrir que tienen un propósito igualmente secreto; al hablar con él de igual a igual sobre las interioridades del reino y obtener un conocimiento más profundo del modo de pensar de este hombre, que es la mera personificación del poder de Broken, así como de su manera de manipular incluso a las autoridades supremas del gran reino por su propio bien y en defensa de su conservación... eso basta para que cualquiera tome consciencia de su propia humildad, y mucho más quien fue un joven conflictivo del Distrito Quinto. Así que Arnem se siente humilde por supuesto: donde no hace mucho solo había tristeza por su viejo amigo Korsar ahora hay un profundo sentido no solo de humildad, sino de Destino. Un Destino que ha escogido a Arnem para dirigir el poderoso ejército de Broken en una causa que implicará mayor seguridad para todos sus súbditos, así como para su Dios-Rey. Sí, humildad y Destino: esas son las fuerzas que impulsan los actos de Arnem.

O eso es lo que, de momento, le conviene creer...

Así, pronto llega a sentir que ya puede atreverse a pronunciar —con humildad, por supuesto— la pregunta más crítica de todas:

—Mi señor, si se me permite una pregunta... Antes habéis dicho que esta campaña tendría un objetivo mucho mayor que la destrucción de los Bane. ¿Cuál podría ser ese objetivo?

Mientras empieza a responder su pregunta, Baster-kin guía el paso que los lleva del túnel por el que estaban viajando a un pasillo secundario que se va ensanchando progresivamente hasta llegar a una gran escalera que lleva a un quicio en el que se levanta una puerta hecha por una serie de gruesas tablas de roble unidas por duras cintas de hierro.

—Déjame contestar tu pregunta con otra, sentek. Herwald Korsar creía que el Consejo de Mercaderes había preparado esta campaña solo para enriquecerse. ¿Me equivoco si doy por hecho que tú no lo crees?

Arnem no duda.

—No te equivocas, mi señor. Si solo desearais más riquezas, hay maneras más eficaces de conseguirlas.

—Precisamente —opina Baster-kin, aún más complacido por la respuesta de Arnem—. Dada la gran cantidad de sangre, esfuerzos y riquezas que deberemos gastar para tomar el Bosque y destruir a los Bane, casi carece de sentido como negocio. Lo más probable es que la expedición ni siquiera cubra los gastos. Pero hay cuestiones más profundas implicadas en esto.

Al pasar el punto medio de la escalera, Arnem desvía su atención cuando oye agua que corre, al parecer en el interior de la masa de piedra que queda bajo los escalones.

—¿Las cloacas? —pregunta—. ¿Tan abajo estamos?

—Más todavía —responde Baster-kin—. De hecho, el sistema de alcantarillado de la ciudad pasa por encima de estos túneles. Mira allí...

Arnem ha llegado ya a lo alto de la escalera y ve que, efectivamente, una de las secciones del extenso (y oloroso) sistema de alcantarillado pasa por debajo del rellano superior y se mete por una apertura que queda encima de los túneles que acaba de abandonar.

—Realmente, el Rey Loco tuvo una visión fantástica —murmura Baster-kin en tono apreciativo.

—Ciertamente —concede Arnem—. Y tuvo suerte de cavarla en tierra sólida, porque... ¿qué otro material podría haber permanecido intacto durante tanto tiempo?

Baster-kin se limita a asentir con semblante pensativo. Tal vez ahora esté incluso un poco preocupado, o eso le parece a Arnem.

—Efectivamente —contesta el lord, pero luego retoma el asunto bruscamente—. En cualquier caso, como decíamos, lo más probable es que la operación de destrucción de los Bane no alcance ni a cubrir sus propios gastos. Desde luego, no a corto plazo.

Arnem entrecierra un poco los ojos.

—Y entonces... ¿por qué emprenderla ahora?

—Arnem —dice Baster-kin al tiempo que se pasa de nuevo la cinta de la llave grande por la cabeza—, ¿cuándo fue la última vez que estuviste en las zonas del reino que quedan entre esta montaña y el Meloderna?

—Debió de ser... Bueno, hace tiempo, mi señor. Es la paradoja de la vida de los soldados: nos alistamos para prestar un servicio, pero también por la aventura; y, sin embargo, la mayor parte del tiempo se nos va en ejercicios interminables y preparativos para una serie de sucesos que esperamos que nunca lleguen a ocurrir. Mientras tanto, el mundo sigue girando.

—Bueno, sea como fuere, sentek, tendrás ocasión de volver a ver parte de ese mundo, y bien pronto. —Baster-kin se acerca a la puerta de roble que cierra la parte superior de las escaleras, encaja la llave en una cerradura de bronce muy parecida a la de la fuente de iniciación y se dispone a darle una vuelta—. Tendrás que preparar provisiones para tus hombres y forraje para los caballos. Y cuando lo hagas verás que las cosas han cambiado en buena parte del reino. No hay razón para que te lo concrete más de momento... —Baster-kin da un rápido giro a la llave, provocando que el mecanismo de cierre insertado en las tablas de roble suelte unos ruiditos metálicos casi idénticos a los que Arnem ya ha oído en el Templo—, pero nos enfrentamos a algunos peligros, sentek. Peligros que resultan aún más letales porque son pocos los ciudadanos capaces de verlos, o de preocuparse por ellos.

Baster-kin da un nuevo empujón a la puerta y abre el paso hacia la cámara que queda al otro lado.

Arnem lo sigue y se encuentra una vez más en un gran espacio con el techo abovedado, solo que este le resulta familiar. Es el sótano del Salón de los Mercaderes, en cuyo interior ya había estado. Las paredes del sótano son de piedra desnuda y la bóveda presta apoyo al amplio suelo de tarima del Salón de los Mercaderes, lugar de reunión de los ciudadanos de la más alta élite de Broken, donde celebran sus consejos, disfrutan de sus banquetes y, en honor de Kafra, a menudo trasnochan lejos de sus familias y en compañía de jóvenes desnudas cuyos nombres apenas conocen. Parece que ese es el entretenimiento de esta noche, a juzgar por el ruido de risas y de cristales rotos, y por las voces de hombres y mujeres que se filtran por el suelo.

Baster-kin alza la mirada.

—Sí, una vez más se entregan a su forma favorita de adoración —dice el Lord Mercader con una mueca de repugnancia—. Estúpidos. Sin embargo... —Baster-kin se lleva a Arnem al otro extremo del sótano, iluminado por antorchas—, el Gran Layzin aprueba sus pasatiempos, igual que el Dios-Rey. Lujurias en el Salón y juegos en el estadio, sin descanso. Y los hombres como tú y yo nos hemos de ocupar del estado mientras tanto, ¿eh?

Fuera de la zona de penumbra, una gran apertura en un extremo del sótano recibe desde abajo la luz de la antorcha de Baster-kin y desde arriba la que, lenta pero progrevisvamente, va emitiendo el amanecer: entre ambas revelan una rampa gigantesca de piedra que lleva a la avenida que circula por encima.

—Y ahora, Arnem, tras ver muchas de nuestras fortalezas secretas, has de conocer también nuestras debilidades, igualmente escondidas; y la verdad no reconocida, sentek, es que los actos recientes de los Bane (incluso el intento de envenenamiento) no representan tanto una amenaza a nuestra seguridad y a nuestro comercio como su mera existencia. —Entonces, el lord entra en uno de esos extraños momentos de duda aparente, incluso de desánimo—. Nosotros, como pueblo, no nos inclinamos por preocuparnos de lo que ocurra más allá de nuestras fronteras; es una tendencia que se desarrolla en las sociedades superiores. Pero alguno de nosotros sí ha de mantener esa vigilancia. Y te digo una cosa, sentek: no hay razones para estar tranquilos a propósito del mundo que se extiende más allá de Broken. Efectivamente, en los próximos meses sentiremos más que nunca la presión de los que quisieran conquistarnos.

—Pero... ¿por qué, mi señor? Desde la guerra torgania...

—Una gran victoria, sin duda, pero desde tu alzamiento en el Paso de Atta[83] han pasado ya ocho años, Arnem. Y durante ese tiempo los comerciantes han vuelto a su gente con historias, historias sobre cómo el poderoso reino de Broken es incapaz de controlar con eficacia a una población de desterrados deformes y enanoides.[84] Empezamos a parecer débiles, pese a todo lo que habéis hecho tú y el ejército. Piénsalo un momento... ¿Qué conclusión sacarías tú mismo en su lugar? Los mercaderes Bane entran y salen de Daurawah casi a voluntad. Allí se encuentran con mercaderes extranjeros y les hablan de nuestras debilidades, de cómo nuestros ciudadanos se reproducen demasiado deprisa para un reino de nuestro tamaño. Tampoco es que haga falta que se lo digan: cualquier extranjero puede ver por sí mismo en Daurawah cómo el segundo y el tercer hijo de los granjeros y pescadores abandonan todos los días las formas de trabajo vitales de sus familias y se acercan a Broken en busca de dinero fácil. Hemos de conseguir nuevas tierras que desbrozar y labrar, y de eso también se dan cuenta nuestros enemigos. Y todos son conscientes de cuál es la única región en la que podemos apoderarnos de ese territorio con relativa facilidad. Y en cambio, permitimos que los Bane sobrevivan e incluso que ataquen a nuestra gente. —Arnem se percata de que la voz del Lord Mercader ha ido perdiendo volumen pese a que, en apariencia, todavía están solos—. En resumen, sentek, he de decirte que en esos cuentos hay mucho de cierto. Oh, no es que los Bane representen una amenaza directa, eso es una tontería, claro. Pero nadie sabe mejor que tú que cada vez son menos los jóvenes que se alistan voluntariamente en el ejército regular, y quienes sí lo hacen proceden cada vez en mayor medida del Distrito Quinto: solo anhelan una sueldo fijo. Ni siquiera me voy a detener a comentar las dificultades que encuentro para disponer de buenos hombres para mi Guardia, no tienes más que ver a qué estúpidos he mandado esta noche para traeros al Templo. Matones, degenerados, algunos casi idiotas; en cambio, los mejores candidatos... —Baster-kin desvía la mirada hacia la rampa de piedra que, desde el punto en que se encuentran, parece llevar hasta el plácido cielo del amanecer—. Los mejores candidatos se pasan la vida compitiendo y jugando en el estadio... en el mejor de los casos.

—Sí, señor, así es —concede Arnem, incómodo por el reciente cambio de humor de Baster-kin y consciente, también, de la inseguridad que lo devasta cuando se habla de los grandes asuntos de estado—. Pero... ¿qué pasa con ese Distrito Quinto? Sin duda, si necesitamos espacios nuevos en la ciudad, habría que limpiarlo y restaurarlo. Al fin y al cabo, no siempre ha sido un sumidero.

—Habla un patriota. —Baster-Kin sonríe—. Y un hombre leal a su distrito. Aplaudo la idea, Arnem, pero veo que no entiendes las dificultades de semejante empresa. Porque la rehabilitación no será fácil de acometer, en un sentido político. Para hacerlo necesitaremos a tus hombres, y sobre todo a ti mismo. Si queremos que la gente crea en las recompensas con que Kafra bendice a los fieles y diligentes, tendrán que ver también cómo castiga a los débiles de corazón y de voluntad; y serán castigados. Lo serán con tal severidad que los saqueadores del este, los torganios y los francos por el sur y, quizá los más inquietantes de todos, los varisios del norte, con sus galeras,[85] recordarán el respeto forzoso que siempre les hemos obligado a mostrar. —Al ver que a Arnem le inquieta esa dureza de lenguaje aplicada a su propio distrito, Baster-kin adopta un aire tranquilizador—. No temas, nada se hará sin tu presencia y aprobación. En cualquier caso, estos son los hechos a los que nos enfrentamos, Arnem, y a mí me gustan aún menos que a ti, no te confundas. Pero creo que arreglar todas esas situaciones depende de nosotros. Sé atrevido, entonces, y rápido. Cuanto menos tardes en destruir a los Bane y hacerte con el control de la cantidad de Bosque que necesitamos, mayor será la leyenda de tu conquista y antes podrás volver a casa para consolidar los asuntos internos. Además, nuestros actos serán aún más elocuentes para quienes rodean el reino si son tan rápidos como planeamos y deseamos. Ninguno de ellos pondrá en duda que quien escoge luchar contra nosotros comete un error de elección.

Arnem ha valorado todas las opiniones de Baster-kin y la mayoría le parecen sólidas. Solo hay dos o tres asuntos en los que cree necesitar más detalles, por decirlo claro, así que decide preguntar...

Pero en ese mismo momento se alza un sonido que compite con la algarabía de los festivos mercaderes del piso superior: es un grito aún más impresionante que el que Arnem ha oído antes desde lo alto de los muros: un grito de pura agonía.

El instinto lleva a Arnem a desenfundar la espada corta y ponerse delante del Lord Mercader, sospechando a medias que está a punto de producirse un ataque. Pero Baster-kin se limita a refunfuñar y luego le dice en voz alta:

—No te asustes, Arnem. Lo más probable es que no pase nada. Solo que mis guardias han conseguido echarle mano al menos a uno de los asesinos Bane que envenenaron el pozo de las afueras de la Ciudad Interior. Parece que me necesitan...

En un arranque de repulsión, Arnem no puede evitar tocar el brazo de Baster-kin cuando este empieza a marcharse.

—¿Un Ultrajador?

El Lord Mercader posa en la mano de Arnem una mirada breve e indulgente, pero cargada de la indignación suficiente para que el sentek la retire de inmediato. Luego, le responde:

—Ni tú ni yo lo reconoceríamos como tal. Por su aspecto, puede ser un comerciante o un juez. Es de escasa estatura y no lleva ni la ropa ni las armas típicas de los Ultrajadores, ni sus absurdos signos de caballería. —Baster-kin suspira y, con aire de desaliento, pierde la mirada por la sala—. Los desterrados se vuelven cada día más listos y más letales. —Echa a andar y únicamente añade—: Solo me llevará un momento, pero has de permitirme...

—¡Mi señor! —llama Arnem, con la intención de conservar la calma tanto en las palabras como en el tono, aunque con nulo éxito—. Tenía entendido que el Dios-Rey había prohibido esa clase de coacciones.

—Así es —responde Baster-kin—. Pero solo bajo la influencia de su Viceministro, el brujo Caliphestros. El monarca actual, al permitir la tortura de los acólitos de Caliphestros tras su destierro, reemprendió la práctica. —Con una pausa pretendidamente empática, Baster-kin asiente—. Ya sé lo que opinan tus soldados, Arnem. Creéis que la tortura física obtiene resultados poco fiables, destinados tan solo a complacer al torturador. Y que somete a tus hombres al riesgo de la venganza si algún día los captura el enemigo.[86]

—Efectivamente, mi señor —contesta con seguridad el sentek—. Los Bane no crearon a sus Caballeros del Bosque hasta que nosotros empezamos a torturar a una serie de hombres y mujeres de su tribu porque los considerábamos peligrosos aunque hubieran venido a la ciudad a comerciar. Y debo recordarte que nunca se pudo probar que ninguno de ellos hubiera cometido una traición. Hasta...

—¿Hasta este último intento de matar al Dios-Rey? —lo interrumpe Baster-kin, con voz tranquila, pero con palabras directas—. ¿No te parece que se trata de una excepción destacable? —Arnem baja la mirada y se da cuenta de que sus últimas palabras pueden volverse en su contra—. ¿Y quién sabe cuántos otros casos, durante los años anteriores, no eran sino los primeros movimientos de alguna trama similar? ¿De tramas que quedaron expuestas con la celeridad suficiente para salvar la vida de algún guardia o soldado? Te recuerdo, sentek, que fue Oxmontrot, ese a quien tú y tus hombres contempláis como fuente de inspiración y con tanta admiración, quien consideró que la práctica de la tortura no solo era aceptable, sino obligatoria a la hora de interrogar a personas de estatus humilde, o incluso gente importante. Y que lo hacía por imitar, como tenía por costumbre, a los Lumun-jani. Es una política a la que ni siquiera yo, que no comparto vuestra admiración marcial hacia nuestro rey fundador, encuentro defectos. —Consciente de que sus palabras resultan persuasivas pero no del todo convincentes, Baster-kin insiste—: Piensa en este asunto como lo han hecho los Lumun-jani durante tanto tiempo, Arnem. ¿Quién sabe cuantas mentiras adicionales llegarían a inventar los prisioneros si no dispusiéramos de la amenaza de la tortura, y de su puesta en práctica? ¿Qué puede incentivar a decir la verdad a un hombre capaz de envenenar el pozo de una ciudad, si no es la posibilidad de evitar una agonía o de ponerle fin? —En los rasgos de Arnem, un tozudo desacuerdo cede terreno a la confusión mientras Baster-kin se acerca de nuevo a él—. Tampoco es que nos entregemos a esa práctica como hacen los saqueadores varisios del este, Arnem. No hay ninguna alegría en el acto, ni para mí ni para los hombres que se han entrenado para su ejercicio; sin embargo, en esta ciudad tenemos hombres sabios que han estudiado este asunto. Por lo tanto...

Baster-kin se dirige a grandes zancadas hacia la zona de la que ha salido el grito y llama a lo que, a juzgar por el sonido, parece una puerta sumida en la oscuridad del extremo contrario del sótano, aunque Arnem no alcanza a ver ningún detalle. Se ve un largo haz de luz: el espacio entre el marco y la puerta que se abre para permitir el paso a otra cámara, otro rincón del mundo en el interior de esa cumbre que tal vez construyera Oxmontrot, pero de la cual se ha adueñado Lord Baster-kin. El haz de luz permanece visible tan solo un momento breve, pero lo suficiente para que Arnem llegue a percibir más gritos de dolor que proceden del otro lado y la voz controlada con que el Lord Mercader expresa su regañina con palabras decididas que él no alcanza a distinguir. Luego, desaparece la luz sin que se produzca sonido alguno y Baster-kin regresa tan rápido como se ha ido.

—Lo lamento, sentek —se excusa—. Creía que ya habíamos terminado con ese hombre. Es evidente que no. Ha confirmado la trama del envenenamiento, pero estamos intentando averiguar si tiene más información que pueda sernos útil, sobre todo acerca de la presencia de más Ultrajadores en la ciudad.

Arnem señala hacia la puerta en la oscuridad y se limita a decir:

—Entonces, ¿esa es la cámara en la que tienen lugar esos... trabajos?

—Sí —responde Baster-kin, no del todo cómodo—. Junto con otras cuantas más. Nuestra «Sacristía», si quieres llamarla así, aunque más de este mundo. Y con sus propios instrumentos sagrados...

Arnem siente el impulso pasajero de renovar el debate filosófico, pero se da cuenta de que no es necesario. Está claro que tanto Baster-kin como el Consejo de Mercaderes, tras obtener gracias a la tortura información acerca del envenenamiento del pozo, no van a escuchar ningún argumento en contra de esa técnica. Lo único que siente ahora el sentek es una repentina necesidad de desaparecer.

—Mi señor —dice—, tengo mucho que preparar y dispongo de poco tiempo. Por lo tanto, con tu permiso...

—Por supuesto, Arnem. Te agradezco la paciencia. Y, si te parece oportuno, creo que un desfile y una marcha a última hora de la tarde servirían para que tus hombres se mostraran con sus mejores galas ante los ciudadanos.

—Como quieras, mi señor.

—¿Quieres que mi Guardia te escolte hasta tu casa? —pregunta Baster-kin, con aparente seriedad—. Doy por hecho que no lo necesitas, pero...

—Estás en lo cierto, señor. No lo necesito. Así que...

—Sí. Hasta mañana. Intenta descansar un poco. Esto va a ser agotador. Los asuntos públicos siempre lo son. Te propondría que vengas arriba, donde me temo que he de hacer una breve aparición oficial, pero dudo mucho que te gustara...

—No, mi señor —concede Arnem de inmediato—. Y me está esperando mi mujer.

—Ah, sí. Tu mujer. Tengo entendido que, en ese terreno, has tenido suerte.

De nuevo, en el tono de Baster-kin cuando habla de Isadora asoma algo que provoca al mismo tiempo el temor y el desagrado de Arnem. Sin embargo, de momento el nuevo comandante del ejército de Broken está demasiado cansado y perplejo para adentrarse en ese asunto, de modo que se limita a responder:

—Efectivamente, mi señor. Durante muchos años.

—Sí —murmura Baster-kin—. Mucha suerte, eso es. Por cierto, no hemos tenido ocasión de hablar de tu... de tu «situación familiar». —La seriedad conquista ahora el rostro de Baster-kin—. Es una de las consecuencias de tu gran éxito. Si no fueras tan importante, quizá podríamos dejarlo pasar... Pero, como lo eres, habrá que resolver pronto este asunto, Arnem.

—No tengo ninguna duda de que lo resolveremos —responde el sentek.

Parece que Baster-kin se da cuenta de que en un momento tan extraño no puede pedir más.

—Sí. Ya habrá tiempo para resolver estos asuntos a tu regreso. Que, sin duda, será triunfal. Pero no dejes de tenerlo presente.

—Siempre lo tengo, mi señor —responde Arnem, al tiempo que echa a andar por la rampa de piedra hacia las primeras luces del alba—. Y ahora, con permiso, te deseo buenas noches.

Baster-kin no dice nada y se limita a levantar una mano a modo de respuesta. Sin embargo, al llegar a la parte alta de la rampa, Arnem echa una mirada atrás, hacia el sótano, ve los movimientos del Lord Mercader... y no le sorprende del todo comprobar que Baster-kin, de hecho, no ha tomado las escaleras que llevan al piso superior para aparecer en el Salón de los Mercaderes; al contrario, vuelve hacia la puerta de la habitación en que, a Arnem no le cabe duda, siguen torturando al Ultrajador de los Bane.

Arnem vuelve el rostro hacia un cielo que va ganando brillo lentamente y respira hondo, feliz de alejarse de los asuntos de estado y presa de una confusión confusión como jamás recuerda haber experimentado. Va a necesitar algo de tiempo para procesar cuanto ha ocurrido: tiempo... y su mujer. Su Isadora: «En ese terreno, has tenido suerte.» ¿Por qué, entre todas las opiniones que ha manifestado el Lord Mercader a lo largo de la noche, ha de ser este comentario trivial el que se repita como un eco incesante en la mente del sentek? Conoce los rumores que circulan a propósito de la trágica enfermedad de la esposa de Lord Baster-kin, a la que nadie ha visto en público desde hace muchos años, y de los heroicos esfuerzos de este por atender todas las necesidades de su mujer. ¿Es tan solo esa desagradable pizca de envidia en la voz de Baster-kin lo que despierta la incomodidad de Arnem? ¿Acaso la aparición de cualquier señal de debilidad en este hombre, de ordinario tan seguro y altanero, provoca la sensación de que el propio reino de Broken es menos poderoso de lo que parece? ¿O lo que disgusta a Arnem es descubrirse como alguien capaz de conceder un hueco en su espíritu, en un momento tan importante para la vida del reino, a unos celos tan ruines e infantiles, generados por la mera mención del nombre de su esposa en boca de un hombre influyente y poderoso?

Ansioso por regresar a la comodidad del hogar y la familia y recuperar algo de sueño, Arnem echa a andar con paso vivo por el Camino Celestial hacia el Distrito Quinto de la ciudad. Sin embargo, al arrancar distingue, entre las primeras brumas de esta mañana primaveral, la visión de la distante Llanura de Lord Baster-kin y la masa negra del Bosque de Davon, que se extiende más allá.

Es un recordatorio vívido e inoportuno, pues le imposibilitará conciliar el sueño durante las pocas horas que le quedan hasta que suenen los avisos para la asamblea: cuando rompa el día por completo, el más viejo amigo de Arnem, Herwald Korsar —el yantek Korsar, según pronuncia ahora en voz alta, desafiando con alevosía la prohibición de volver a referirse a su camarada en esos términos—, será llevado al límite de ese mismo bosque. Luego lo atarán por los antebrazos y los muslos entre dos árboles y a continuación dos sacerdotes de Kafra —con los cuchillos y las hachas ceremoniales de la Sacristía, con esos pulidos filos de acero, esos puños de bronce esculpido y esas empuñaduras tan bien torneadas que parecen indignas de un uso tan vil— le cortarán las dos piernas a la altura de las rodillas. Si el yantek tiene suerte y los sacerdotes son diestros, solo harán falta dos golpes de las hachas sagradas; en cualquier caso, lo dejarán colgado allí, listo para morir desangrado o desgarrado por los lobos y osos carroñeros mientras le quede algo de vida, tras haber sido literalmente reducido a la estatura de los Bane. Ese es el último propósito del ritual (junto con el sufrimiento que lo acompaña), pues no puede imaginarse un fin menos noble que ese, sobre todo para un soldado tan grande como Korsar. Mientras piensa en eso, Arnem decide regresar corriendo a casa, al consuelo que casi siempre le produce comentar estos asuntos con su mujer; su paso, cuando vuelve a arrancar, es rápido en efecto.

1:{xii:}

Los expedicionarios Bane descubren que sus dioses,
Luna incluida, son inescrutables...

No hay ningún ser vivo que conozca el Bosque de Davon mejor que los expedicionarios Bane, entre los cuales el grupo más experimentado es el de Keera; además, por pequeños que sean sus pulmones, los expedicionarios han desarrollado la capacidad de recorrer a ritmo rápido distancias más largas que cualquier campeón laureado de los Altos. Imaginemos, entonces, a qué velocidad puede correr una madre Bane que además es expedicionaria y que alberga en su interior el más profundo miedo por el destino de su familia. Imaginémoslo, multipliquémoslo, otorguémosle cualquier superlativo que se nos ocurra y todavía seremos incapaces de describir el ritmo que Keera ha marcado a Veloc y Heldo-Bah en su regreso a casa desde las Ayerzess-werten. Aún más destacable resulta que los dos hombres que la siguen no se hayan quejado ni una sola vez por ese ritmo, ni le hayan pedido un decanso; qué va, ni siquiera para beber un trago del agua que transportan en sus botes. Demasiado saben que no son meros atletas empeñados en añadir brillo a sus nombres; son miembros de una tribu que acaban de saber que el más negro de los horrores, tras doscientos años de seguridad, ha golpeado sus hogares: corren para averiguar qué precio ha cobrado la Muerte a los suyos.

Empieza a romper el alba y la vida se agita en la vasta tierra silvestre; los tres expedicionarios solo lo notan porque las marcas del sendero que van siguiendo se vuelven más visibles. Hay un punto de implacable paradoja en el hecho de que esas mismas marcas, que normalmente brindarían la alegría de estar cada vez más cerca de casa, ahora solo sirven para aumentar la agonía de la hipótesis de que dicha alegría se haya perdido para siempre. La mente disciplinada de Keera se esfuerza por apartar a un lado su miedo creciente. Sin embargo, lo que ocupa su pensamiento no es la esperanza de una resolución final. Al contrario, le está dando vueltas al supremo misterio que al fin aflige a cualquier alma que alimente una fe verdadera por la divina providencia.

¿Cómo puede ser que su diosa los haya abandonado? ¿Cómo puede ser que la Luna haya impuesto la Muerte a su tribu y a su familia? ¿Es ella quien ha traído ese castigo a los suyos por luchar contra los caballeros con su hermano y con Heldo-Bah, ofendiendo así a la Sacerdotisa de la Luna? No puede ser, pues si así fuera el castigo le correspondería tan solo a ella. ¿Y qué sería, entonces, de los muchos crímenes de Heldo-Bah y de la participación de Veloc en los mismos con frecuencia excesiva? Tampoco ahí está la respuesta, pues Heldo-Bah ha pagado el precio con la pérdida de su libertad para siempre y también Veloc es objeto de castigo cuando enfurece a la Sacerdotisa, a las Hermanas Lunares y a los ancianos del Groba; y aun si no fuera así, ¿qué clase de proporción divina castiga unas pocas broncas con una plaga? ¿No es acaso la Luna una diosa compasiva? Y si no lo es, ¿por qué habría que considerarla superior a Kafra, el dios absurdo y perverso de los Altos?

Ahí está: a lo lejos, Keera ve cómo se aclaran los árboles y luego, pasado ese punto, asoma la última cuesta que termina en una brusca caída de los altos riscos que forman el límite norte de Okot. En escasos momentos llegarán a... No, ya han llegado. Escondidas en la luz fantasmal que baña el Bosque al amanecer: cabañas. Cabañas Bane. Vacías. Ninguna señal de los fuegos que, a estas horas, deberían arder bajo los amplios calderos para calentar las gachas de la mañana con frutos del Bosque cocidos: manzanas, peras y ciruelas silvestres que, a veces reforzadas con unas pocas tiras de lomo de oso cocinadas en una sartén lisa de hierro, constituyen la primera comida de prácticamente todos los Bane. Pero aquí, en esta veintena de cabañas de techo de paja... nada. Ni siquiera la luz de las lámparas de sebo dentro de...

Por primera vez, Keera reduce el paso y luego se detiene por completo. Mientras sus pulmones se esfuerzan por recuperar el aire lo mira todo con asombro y teme —no teme, desea— haberse equivocado de camino, haber ido a parar a un viejo asentamiento en desuso; el tipo de lugar en que Heldo-Bah pasó gran parte de su juventud. Pero las marcas están donde han de estar, visiblemente señaladas en las grandes rocas y en árboles antiguos. Como siempre, Keera está en el camino que quería seguir y tanto ella como sus compañeros se encuentran en uno de los asentamientos del lado norte que se alzan sobre los riscos: están, de hecho, en la comunidad de los sanadores Bane y sus familias, que llevan a cabo su noble desempeño dentro de las cuevas que agujerean el rostro de esos mismos riscos, en unos retiros casi inaccesibles llamados *Lenthess-steyn*.[87] Por supuesto, cabe la posibilidad de que ahora mismo los curanderos estén retirados en esas cuevas, suponiendo que el Ultrajador Welferek haya dicho la verdad y no se haya inventado una vil mentira para librarse de la tortura a manos de Heldo-Bah. Y sin embargo...

Si los curanderos están en las Lenthess-steyn, ¿dónde están sus familias? ¿Dónde las señales de la vida cotidiana? ¿Dónde están los niños?

Heldo-Bah y Veloc se acercan a Keera, ambos más ahogados que ella y, como la rastreadora, lo miran todo consternados.

—¿Dónde...? —Veloc da una gran bocanada con la intención de poner voz a la pregunta que se están haciendo los tres—. Los curanderos, sus esposas, sus maridos. (No en vano destacan las mujeres entre los más hábiles sanadores Bane.) ¿Les habrán atacado?

—¡Les advertí! —exclama Heldo-Bah con un rugido ahogado, al tiempo que se inclina y apoya las manos en las rodillas para llenarse de aire—. ¿Cuántas veces les he avisado? Les dije que desplazaran a los sanadores, que estaban en lo alto de los riscos, demasiado al norte, que serían los primeros en caer si nos encontraban los Altos. Pero quién escucha a un criminal... ¡Aaay!

El grito exhala de la boca desdentada del expedicionario cuando Veloc le da un bofetón en la parte expuesta del cogote. Heldo-Bah se plantea la posibilidad de devolver el golpe, pero al mirar a Veloc este señala con una rápida inclinación de cabeza en dirección a Keera, que sigue guardando silencio, y le recuerda que en este momento el único asunto urgente es descubrir qué puede haber ocurrido.

Ansioso por redimirse de su desconsideración, Heldo-Bah se acerca a una cabaña.

—Bueno, no vamos a descubrir nada si no miramos...

Al oírlo, Keera se da media vuelta.

—¡Heldo-Bah! —exclama, con una expresión más cercana que nunca al puro pánico—. ¡No entres! ¡Si la Muerte se ha llevado a los curanderos, se te llevará también a ti!

Heldo-Bah sabe que, en este momento, no debe entrar en una discusión con Keera sobre si es capaz o no de meterse en una cabaña invadida por la plaga. Por eso, limita su respuesta.

—Créeme, Keera, no tengo ninguna intención de entrar ahí. —Se detiene y luego avanza de puntillas—. Nadie ha atacado las cabañas —afirma, mientras examina unas medias Lunas improvisadas con pintura en las estructuras de todas las puertas—. Están abandonadas. ¡Abandonadas y selladas, Keera!

La puerta de la cabaña a la que se está acercando está cerrada por completo y hay gruesas planchas fijadas en todas las ventanas. Han rellenado todos los huecos del contorno de las puertas o entre los marcos de las ventanas y las planchas clavadas con una pasta espesa de color blanco con vetas moradas; casi como un mortero, aunque no ha tenido tiempo todavía de secarse del todo.

—¡Mantente alejado! —le ordena Keera, que va mirando de una en una las cabañas y también se ha fijado en la pasta blanca con vetas moradas y ha empezado a retirarse como si se tratara de un enemigo mortal—. Cal viva y filipéndulas... Así que la plaga afecta al vientre —afirma—. Habrán llevado a todas las familias a...

Una nueva voz la interrumpe:

—¡Eh! ¡Expedicionarios! ¿Qué hacéis ahí?

Los tres expedicionarios cierran filas para contemplar a un soldado Bane que aparece entre la bruma del amanecer, al este de las cabañas de los curanderos. Lleva la protección habitual del ejército Bane: una armadura de malla que llega desde el cuello hasta los codos y las rodillas, hecha de escamas de hierro cosidas a una piel de ciervo. Como armadura es más ambiciosa por su diseño que eficaz en la batalla,[88] donde el espacio entre las escamas, demasiado grande en términos comparativos por culpa de las limitaciones que encuentran los Bane a la hora de trabajar el metal, permite con excesiva frecuencia que las puntas de las espadas y lanzas se cuelen por los huecos, al tiempo que el tamaño de las escamas dificulta los movimientos. Igual que Welferek, el soldado lleva una espada corta al estilo de Broken, con la salvedad de que se trata de una evidente imitación Bane, porque el acero es claramente de calidad inferior. Lo mismo puede afirmarse del yelmo de una sola pieza que le cubre la cabeza y la nariz. El bronce encajado en el borde de las secciones de hierro no basta para disimular la calidad inferior del mismo.[89]

Sin embargo el joven compensa las carencias de su armamento con su serenidad: el ejército Bane es de creación relativamente reciente, pues tiene menos de doce años, y los hombres que ocupan sus filas disimulan la inexperiencia y la escasa calidad de sus armas con todo el valor que son capaces de reunir, aunque desdeñan el orgullo arrogante de los Ultrajadores, que les provocan el mismo desagrado que a los expedicionarios.

—El Groba ha prohibido la entrada a este asentamiento —dice el soldado con firmeza. Sin embargo, al acercarse se da cuenta de que cada uno de los recién llegados lleva a cuestas un saco pesado—. Ah —articula con un movimiento de cabeza el soldado—, vituallas. —El joven es tan inexperto que aún siente la necesidad de impedir que se note la falta de experiencia, sobre todo en un momento tan crucial. Por eso la esconde bajo un tono arrogante—. Pero veo que acabáis de volver. ¿En respuesta a la llamada de la Trompa?

—Oh, admirable —responde Heldo-Bah, y escupe hacia el suelo, cerca de las botas del soldado—. Seguro que ya has alcanzado un rango bien alto, con esa rapidez de pensamiento.

Veloc clava un codazo a su amigo en el costado, lo cual concede a Keera tiempo para preguntar:

—¿Adónde los han llevado? Las familias que vivían aquí... No puede ser que la plaga se los haya llevado a todos.

Pero los ojos del soldado están clavados en el miembro más famoso del grupo.

—Tú eres Heldo-Bah, ¿verdad? Te he reconocido.

—Qué tragedia, no puedo devolverte el cumplido —responde Heldo-Bah.

—No es ningún cumplido, amigo, puedes creerme —contesta el soldado con una risa amarga. Se da media vuelta y adopta un tono más respetuoso—. Y entonces tu has de ser Keera, la rastreadora, ¿no?

—Por favor —dice Keera, sin el menor interés por la conversación ni por la reputación de nadie—. ¿Qué les ha pasado? ¿Y qué...?

De pronto, se da media vuelta sobre la punta de un pie y se detiene encarada un poco más allá del este, hacia el norte. Levanta en el aire una vez más su infalible nariz y, tras olisquear un poco, empalidece y se vuelve hacia el soldado.

—Fuego —afirma, casi en un suspiro—. ¡Están quemando cabañas!

El soldado asiente y señala las cabañas que los rodean.

—Y bien pronto quemarán estas también. El sellado no ha bastado para confinar la enfermedad.

—Pero... ¿qué están quemando ahora? —pregunta Veloc con impaciencia.

—El asentamiento del nordeste. Fue el primero en caer...

—¡No! —exclama Keera, al tiempo que se suelta las correas del saco, lo tira al suelo y sale disparada en dirección al humo que trae el viento—. ¡Ahí está mi casa!

Veloc la sigue a toda prisa mientras Heldo-Bah recoge el saco de Keera y se lo echa a la espalda, al lado del suyo. Mira al soldado, menea la cabeza y vuelve a escupir.

—Bien hecho, atontado. Hablar sin pensar: sigue así y llegarás a sentek a la velocidad de las estrellas fugaces.

Heldo-Bah se apresura a atrapar a sus amigos y el joven soldado muestra un rostro contrito. Sin embargo, le queda el suficiente orgullo de rango para llamarle.

—¡Pero no podréis entrar! ¡Lo hemos rodeado! ¡No os dejarán acercaros!

Heldo-Bah, sin aminorar apenas el ritmo por el peso del saco de Keera, le contesta con un bramido:

—¡Correremos ese riesgo!

Y sigue avanzando entre las cabañas selladas, fantasmales, para adentrarse en el mundo sombrío del bosque en la mañana.

El del nordeste es, en muchos aspectos, el asentamiento más importante de los Bane, pues el Groba siempre ha creído que, si alguna vez los Altos aciertan con la ubicación de Okot, llegarán por este camino, el menos directo. Así, durante varios años, los residentes de este asentamiento han sido testigos de la construcción de una robusta empalizada, justo a continuación del último de los diversos anillos de cabañas que lo conforman; un intento por parte del Groba, consecuente con la visión de la Hermandad Lunar, de ofrecer al menos una apariencia de defensa. Pero Okot, en su conjunto, es una comunidad tan grande y desordenada que ni siquiera los incansables albañiles Bane podrían encerrarla con una empalizada; por eso, la fortificación se termina simplemente a media milla por cada lado de la gran puerta del muro que interrumpe la ruta del nordeste hacia la plaza central de la aldea. Los ancianos del Groba siempre han tenido la ambición de proseguir su construcción, pero tanto a los albañiles como a los actuales comandantes del ejército Bane les cuesta aceptar alguna razón para llevar la exhibición más allá de lo ya construido, y están convencidos de que la empalizada sería efectivamente poco más que una exhibición en el supuesto de que el ejército de los Altos llegara a presentarse con toda su maquinaria de guerra.

Tras recorrer algo más de un kilómetro y medio desde las cabañas selladas con cal en meros instantes, Keera se planta en el extremo occidental de la empalizada. Pero, al llegar ahí, duda: ya se ven las llamas más altas de la enorme pira que arde por delante. Su pausa ansiosa permite a Veloc y Heldo-Bah llegar a su lado y su hermano la coge por la muñeca derecha.

—Hermana —dice, también él lleno de ansiedad—, te lo suplico, déjanos entrar primero a nosotros. O al menos deja entrar a Heldo-Bah. Él sabe manejar a esos críos que el Groba tiene por soldados y conoce bien a Ashkatar...[90]

—Aunque no estoy muy seguro de que eso nos vaya a servir de algo —murmura Heldo-Bah, asegurándose de que no lo oiga Keera.

—... y puede impedir nuevas confrontaciones que nos robarían un tiempo valioso —prosigue Veloc, al tiempo que lanza una mirada de advertencia a Heldo-Bah—. Él se puede asegurar de conseguir noticias sin más dilación. ¿Verdad, Heldo-Bah?

—Claro —contesta este, con un tono más amable que refleja un cambio de actitud—. Así será, Keera. Te lo prometo.

Keera quería ser la primera en llegar a las llamas; a lo largo de su carrera desde el río, cada vez estaba más decidida a enfrentarse a quien estuviera al mando de esta desastrosa situación. Pero, ahora, ante la visión del fuego que calcina las hojas de la bóveda del Bosque...

Por primera vez en la vida, su hermano la ve desanimarse. «Esto no puede estar pasando —dice su rostro—. Y sin embargo...»

Keera se cubre la cara con las manos.

—Pero si yo... —Escudriña el cielo de la mañana en busca de la Luna, la diosa que, a su parecer, se ha escondido avergonzada tras los árboles del oeste—. ¡Pero si yo siempre he sido leal! —exclama.

Y tiene razón: siempre ha estado entre las Bane más devotas, aparte de las que componen la Hermandad Lunar, y sin embargo ahora ha de ver cómo las llamas consumen el hogar que levantó en cumplimiento de los principios de su fe, y en el que enseñó a sus hijos a ser tan devotos como ella.

Veloc mira a Heldo-Bah mientras abraza a su hermana.

—Yo la llevaré enseguida —dice a su amigo—. Ve y averigua cuanto puedas.

Heldo-Bah asiente, suelta su saco de vituallas y el de Keera y avanza junto a la empalizada, aunque su propio temor le hace acercarse a la escena de evidente destrucción a media velocidad. De todos modos, incluso así va tan rápido que obliga a mostrarse a los primeros soldados en cuanto lo ven acercarse a las cabañas en llamas.

Mientras se le acercan dos pallines (y por qué, en nombre de la Luna, se pregunta Heldo-Bah en silencio, les habrá parecido necesario adoptar los rangos y la organización del maldito ejército de Broken), oye un crujido y ve que unos grupos de soldados están talando árboles para crear un cordón vacío en torno al incendio y evitar así que se extienda: pese a la humedad de esta mañana de primavera en el verdor silvestre, un fuego tan ardiente como este tiene la fuerza suficiente para esparcirse por cualquier bosque.

—¡Atrás, expedicionario!

El grito procede de uno de los pallines que se acercan junto a la empalizada y que pretende, como todo el ejército Bane, mantener una apariencia de orden y evitar que un desconcierto tan tortuoso como el que sentía ahora mismo Keera se convierta por todo Okot en un pánico desatado. A pesar de ello, la desagradable familiaridad que le provoca la sensación de que alguien lo desprecia le impulsa a echar, imperceptiblemente, mano de sus cuchillos. Se da cuenta de que los soldados están cubiertos de sudor y cenizas y de que tienen, en diversos puntos del cuerpo, quemaduras de cierta gravedad.

—¡Seguimos órdenes del Groba! —grita un segundo pallin.

Dispuesto a lanzar sus cuchillos al vuelo en cualquier momento, Heldo-Bah pregunta a los soldados:

—¿Y qué os hace creer que soy un expedicionario, serpentillas escamosas? —Es una burla popular: hasta los niños se burlan de los soldados Bane por el parecido entre sus armaduras y la piel de las serpientes.)

—No nos pongas a prueba —le dice el segundo soldado—. Los únicos miembros de la tribu que siguen volviendo a Okot son los expedicionarios. Espero que seas el último que queda. Y mientras tú corrías de vuelta a casa nosotros cuidábamos del bienestar de la tribu.

—Sí, ya lo veo —contesta Heldo-Bah con una sonrisa—. Quemando casas, un método muy imaginativo. —Señala las cabañas con un movimiento de cabeza—. ¿Qué se ha hecho de los que vivían aquí?

—¿Por qué lo preguntas? —responde el segundo soldado, que, pese a su juventud, tiene la enjundia suficiente para creer que podría administrar una buena paliza a este expedicionario, aunque al parecer ha visto los dientes afilados en la boca del recién llegado—. Sé quién eres, Heldo-Bah, y desde luego tú nunca has vivido aquí.

Heldo-Bah asiente y hasta suelta una risa.

—Eso solo prueba que eres una criaura, pese a todas tus escamas. Contesta mi pregunta.

—La mayoría han muerto —responde el soldado con calma—. Los supervivientes están en las Lenthess-steyn, en manos de los sanadores.

—¿Habéis mantenido alguna clase de registro de quién ha muerto? —pregunta Heldo-Bah—. O a lo mejor os ha parecido una tarea poco gloriosa para estos jóvenes héroes...

Una tercera voz procedente de la zona en que los hombres están talando árboles se suma a la refriega; es una voz estruendosa, autoritaria y llena de seguridad que, al contrario que la de los jóvenes, llega cargada de duros años de experiencia.

—No había tiempo para listas, Heldo-Bah —dice la voz—. La plaga mata demasiado deprisa, y se extiende más deprisa todavía.

Un Bane formidable se acerca al expedicionario. Aunque es claramente mayor que Heldo-Bah, tiene una musculatura potente y dura; no esculpida como la de un atleta, sino aumentada por las vigorosas exigencias de la batalla. Su barba negra es indistinguible del cabello enredado y descuidado, pero, al contrario que los soldados jóvenes, lleva una fina malla de cadenilla y una túnica hasta las rodillas en la que luce el dibujo de una pantera a la carga entre los cuernos de una Luna creciente. La mano derecha sostiene un látigo de cuero. Al ver al hombre y el látigo, Heldo-Bah sonríe, pero ahora sin maldad. Luego, una pizca de afecto genuino se le cuela en la voz.

—Ashkatar —saluda, moviendo la cabeza—. Pensaba que te encontraría en la Guarida de Piedra —continúa, en referencia a la cueva del centro de Okot, lugar de reunión del Groba.

—Yantek Ashkatar —responde el imponente Bane, con una sonrisa que refleja el mismo rastro de camaradería y con los ojos oscuros entrecerrados en una mueca de agrado—. Veo que tus modales siguen tan mal como siempre, Heldo-Bah.

—Y yo veo que sigues jugando a los soldaditos con los niños —dice Heldo-Bah, enfureciendo al más alto de los dos pallines. Sin embargo, el hombre llamado Ashkatar alza una mano y señala las cabañas en llamas—. De acuerdo, señores —dice—. Volved a vuestros puestos. Yo me ocuparé de este tipo.

Los dos soldados se alejan con reticencia a lo largo de la empalizada, hacia el fuego. El yantek Ashkatar mira a lo lejos, por encima del hombro de Heldo-Bah.

—Por fin habéis vuelto los tres —dice—. No debíais de estar cerca. ¿Entiendo que Keera y Veloc están contigo?

—Sí. Y queremos saber algo de la familia de Keera.

—Ojalá os pudiera decir algo —suspira Ashkatar—. Simplemente, no hubo tiempo. Ya hemos quemado a los muertos... Seguimos quemándolos en piras a lo largo del río. Pero quiénes son los muertos... sinceramente, no lo sé.

No hay mucha gente en la comunidad de los Bane que importe de verdad a Heldo-Bah, y menos aún entre los que mandan en la tribu; pero uno de ellos es Ashkatar y el respeto que siente por él hunde sus raíces, como no podía ser menos, en una experiencia compartida en sus conflictos con los Altos. El incidente ocurrió cuando luchaban hombro con hombro entre otros muchos soldados Bane para impedir que los de Broken cruzaran el Zarpa de Gato y se adentrasen en el Bosque de Davon, en un intento de responder a un asesinato particularmente sangriento de un grupo de niños Altos, perpetrado por unos cuantos Ultrajadores. Esos crímenes se habían cometido para vengar la paliza recibida por un grupo de comerciantes Bane dentro de la ciudad de Broken por parte de un grupo de mercaderes borrachos; Heldo-Bah y Veloc habían presenciado esa paliza, así como, desde una inoperante distancia, el ataque de los Ultrajadores a los niños, particularmente desproporcionado. Los dos expedicionarios habían regresado a Okot a la carrera, por un camino más corto que el que conocían los

Ultrajadores, para contar al Groba la verdad de la situación antes de que los Ultrajadores tuvieran tiempo de mentir. Aunque Veloc participó en el subsiguiente esfuerzo del joven ejército Bane por rechazar a los soldados Altos en el Zarpa de Gato, fue Heldo-Bah quien se acercó a Ashkatar con la solución: tras una noche sangrienta, en la que los hombres de Ashkatar aprendieron más de una manera de matar a los soldados Altos sin ser vistos, los oficiales que comandaban las fuerzas de Broken fueron sorprendidos al amanecer por la visión de las cabezas de los tres Ultrajadores clavadas en sendas lanzas y coladas en el campamento de los Altos.

Había unas notas junto a las cabezas en las que se afirmaba que aquellos hombres eran los responsables de la muerte de los niños y que los Bane darían el asunto por cerrado si los Altos se avenían a hacer lo mismo; así, una batalla que podía haber durado meses se truncó por la tenacidad del comandante Bane y la imaginación del expedicionario más despreciado de toda la tribu. En los años transcurridos desde entonces, los caminos de Ashkatar y Heldo-Bah se han cruzado con frecuencia; y es el soldado quien a menudo defiende al expedicionario cuando las Altas Sacerdotisas y sus Caballeros intentan echarlo de la tribu. Por eso cada vez que se encuentran es como si fueran hermanos apenas levemente distantes.

Ashkatar hace restallar el látigo de seis pies y le arranca un sonido tan letal como el crujido de los árboles que siguen cayendo alrededor de ellos.

—Malditos sean los Altos... Si nos querían matar, ¿por qué no dan la cara? En vez de eso, esparcen esta vil pestilencia...

—¿Crees que es cosa de los Altos?

Ashkatar alza sus hombros, envueltos en malla.

—Hay algunos informes peculiares de otros expedicionarios... Tendrás que comparar con ellos lo que hayas visto tú. —El yantek Bane mira de nuevo más allá de Heldo-Bah, esta vez con una sonrisa y un saludo—: Ah, Veloc. Keera. Bien. El Groba está ansioso por veros a los tres.

Keera ha empezado a recobrar el sentido, como suele ocurrir a quienes llevan esperando temibles noticias más tiempo del que sus espíritus son capaces de soportar. Sin mucho equilibrio, pero sirviéndose de las tareas ordinarias de la vida cotidiana como ancla. Lleva su saco a cuestas, y Veloc sostiene los otros dos. Mientras Heldo-Bah se apodera del suyo, Keera habla.

—Yantek —pregunta en voz baja—, ¿has oído algo de mi familia?

—No hemos podido mantener ningún registro riguroso, Keera —contesta Ashkatar, con sincera amabilidad en la voz—. Ninguna clase de registro. —Se acerca para coger el saco de Keera y echárselo a la espalda y luego, tras encajarse el látigo en el cinto, la rodea con el brazo libre—. Hay algunos supervivientes, pero la enfermedad mata tan deprisa que es simplemente imposible tomar nota de quiénes son. Y una vez muerto el huésped se sigue expandiendo. No teníamos más remedio que quemar los cadáveres. A los que se han expuesto, pero no han llegado a contraer la enfermedad, los han llevado a una cámara de las Lenthess-steyn. Muchos sanadores siguen vivos, gracias a la Luna, y están intentando determinar por qué algunos, como ellos mismos, no se ven afectados mientras que otros mueren. Los enfermos están en la cámara superior y reciben la ayuda que se les puede dar, que no es poca. Y en las cámaras más profundas, otros curanderos llevan dos días rebuscando en los cadáveres para averiguar en qué partes del cuerpo ataca la plaga y conocer con qué mecanismo nos mata. —El yantek clava una mirada resuelta en el rostro de Keera—. Hay más muertos que supervivientes, Keera.

Al oírlo, la rastreadora jadea.

—¿Puedo... ir a buscarlos?

Ashkatar le da vueltas al asunto.

—¿Estarías dispuesta a que sean los curanderos quienes los busquen? Eres nuestra mejor rastreadora, Keera. Si mi juicio cuenta para algo, en las próximas horas te vamos a necesitar. Como ya os he dicho, el Groba ha preguntado por vosotros específicamente.

Keera está meneando la cabeza casi desde el primer instante en que Ashkatar ha empezado a hablar.

—No puedo... No puedo reunirme con el Groba y hablar de esto como si fuera «un problema». Tengo que encontrarlos, he de saber, si no me volveré loca de miedo.

Está a punto de enterrar la cara entre las manos, pero todavía no se va a quebrar. Desde luego, no delante del comandante del ejército Bane.

—Entonces, entrarás en las Lenthess bajo tu responsabilidad —replica Ashkatar, mientras asiente con la cabeza—. Si muestras algún síntoma de haber cogido la enfermedad, te retendrán allí. No podemos hacer más. Ven, Veloc. Heldo-Bah, tú también. Vamos a la plaza. —Los cuatro pasan junto a los soldados, concentrados en su duro trabajo con las hachas—. ¡Linnet! —brama Ashkatar.

Un Bane inusualmente alto (es decir, inusualmente para tratarse de un Bane que no es Ultrajador), se da media vuelta: lleva el pecho desnudo y su poderosa musculatura brilla al calor de las llamaradas.

—¿Yantek?

—Toma el mando aquí. He de llevar a estos expedicionarios ante el Groba. Ya tienes tus órdenes.

—Sí, yantek... Aunque el fuego se ha vuelto infernal y se extiende demasiado deprisa. Si no lo logramos contener...

—Ya te lo he dicho, Linnet. Si no lo puedes contener, tienes que dirigirlo. Hacia las cabañas del norte. Están selladas y solo hace falta brea y aceite para que ardan. Encárgate de ello.

—A la orden, yantek. Que la bendición de la Luna te acompañe —dice el joven. Luego mira el rostro aterrado de Keera—. La bendición de la Luna, señora...

Keera asiente, confusa, y deja que sea Ashkatar quien conteste:

—Y también para ti. Y que nos acompañe a todos. Y ahora...

Ashkatar encabeza el camino entre la maleza del bosque y sale al sendero principal que lleva a la ciudad cuando ya han avanzado bastante colina abajo, para evitar así el riesgo de que les caiga encima alguna de las ramas incendiadas que, al convertirse en brasas al rojo vivo, se quiebran y descienden volando en fragmentos de tamaño peligroso que estallan al chocar con el suelo del bosque. Las llamas que se alzan de las veintipico cabañas se han unido ahora, a unos doce metros de altura, para formar una columna gigantesca de fuego que asciende como si alguien tirase de ella hacia arriba, como si alguna deidad estuviera aspirando la vida de Okot y, sobre todo, del asentamiento del nordeste. Keera no puede dejar de pensar que se trata de un dios cruel y caprichoso hasta que se le ocurre algo más pragmático.

—Ahora ya no cabe ninguna duda —murmura a Ashkatar, que mantiene su grueso brazo en torno a sus hombros mientras su hermano le sostiene la mano izquierda—. Con tantos soplidos del Cuerno y ahora este incendio, al final los Altos verán en qué parte del Bosque está Okot.

—Es probable que ya estén reuniendo sus malditas tropas, incluso mientras nosotros hablamos —dice Heldo-Bah.

—Pero deja que los demás nos preocupemos de eso, Keera —propone Veloc, mientras muestra su ceño fruncido a Heldo-Bah por su desconsideración—. Tú preocúpate solo de Tayo y los niños.

—Y no creas que no lo hemos tenido en cuenta, Keera —añade Ashkatar—. Pero no había otra opción. El fuego detiene la expansión de la enfermedad. Es prácticamente lo único que sabemos.

El grupo camina ya por el sendero principal que lleva a Okot, un camino de carros muy hollado, con brotes de hierba que crecen entre los dos surcos profundos. Pronto llegan a la «plaza» central de Okot (en realidad, un círculo que traza el camino de carros en torno al pozo de la ciudad, lo único de esa zona que tiene forma cuadrada) y se la encuentran inundada por Bane de toda condición. Hombres, mujeres, niños, animales domésticos y de granja, todos moviéndose de un lado para otro casi en estado de pánico, los humanos concentrados en los lados norte y sur de la plaza. Por encima de los que se unen en el lado norte se ve la cara del acantilado en que se asientan las cuevas Lenthess-steyn; el lado sur lleva a una formación rocosa más pequeña, con un hueco abierto entre dos peñascos gigantescos: la Guarida de Piedra, donde ahora mismo está reunido el Groba. En el lado norte, un grupo de jaulas de madera sostenidas en sistema de contrapeso por gruesas sogas suben y bajan con ritmo lento pero constante desde las diversas aperturas de las Lenthess, en las que se puede ver el brillo de las antorchas y el humo que asoma por ellas. En las paredes de las Lenthess se proyectan las sombras fantasmagóricas de los curanderos Bane; hombres con barbas largas y finas y túnicas hasta los tobillos, mujeres con atuendo de camisa y pantalón, menos impresionante pero más práctico, el cabello recogido por encima de la cabeza y cubierto con pañuelos blancos. Largas colas de Bane ansiosos esperan a que les toque el turno en las jaulas con el afán de encontrar lo mismo que busca Keera: saber si sus familiares están bien o han caído, o si, al fin, están al menos por ahí y los han quemado ya en las piras gigantescas cerca del Zarpa de Gato.

Al llegar a los muros de roca y mortero que rodean el pozo de la ciudad, los expedicionarios se dan cuenta de que hay soldados Bane por todas partes, entremezclados con la población porque no llevan armadura. Su agitación en este momento de suprema crisis exige un control admirable si se tiene en cuenta que son relativamente inexpertos. Sus rostros reflejan con claridad la incertidumbre de no saber cómo manejar la situación, pero no dejan de moverse, ordenando a los miembros de la tribu en filas y manteniéndolos en ellas, repartiendo agua a los sanadores que acuden a buscarla y vigilando la Guarida de Piedra ante las deseperadas exigencias de información por parte de los ciudadanos.

Para la comunidad del Bosque, de ordinario muy tranquila, es una visión sin precedentes; hasta Veloc y Heldo-Bah notan que sus nervios empiezan a flaquear a la vista de esta escena que parece a punto de estallar en un caos en cualquier momento.

—Bueno, Keera —dice Ashkatar—, haré que dos de mis hombres te suban. —Señala hacia las jaulas de madera con su látigo—. Pallin... ¡Sí, tú! Y el otro también. Acercaos, tengo un trabajo para vosotros.

Al ver de quién emana la voz, los dos jóvenes pallines salen disparados hacia el comandante Bane. Tienen las caras cubiertas de carbón y ceniza y es obvio que deben de haber estado ocupándose del fuego, sendero arriba, pero esa tarea se hace por turnos para que ningún hombre pase demasiado rato expuesto a las llamas y al calor. Los dos pallines se han quitado las mallas de escama y van de un lado a otro con sus espadas cortas sujetas por un cinturón en torno al gambesón que normalmente protege la carne del peso y de los rebordes de las armaduras.

—¿Sí, yantek? —dice el primer pallin al llegar junto a Ashkatar.

—Puede que esta mujer tenga familiares en las Lenthess. Quedáos con ella hasta que los encuentre o hasta que estéis seguros de que no están ahí. ¿Entendido?

Los dos jóvenes guerreros dudan, escrutan a Keera y luego a Veloc y a Heldo-Bah y prestan una atención especial a los sacos que penden de las espaldas de los hombres. El segundo pallin se acerca a su comandante:

—Pero, yantek... —dice a trompicones— solo es una expedicionaria.

Ashkatar suelta el saco de Keera y libera el brazo que hasta ahora la rodeaba para agarrar el látigo que lleva en un costado; en otro movimiento veloz, lo hace restallar para dar con él cuatro o cinco vueltas al cuello del joven. Luego, de un tirón, acerca al suyo el rostro ahogado del soldado.

—Es un miembro importante de la tribu Bane, muchacho, y es madre y esposa. Si tuviera que partirte el cuello ahora mismo para salvar el suyo no dudaría. ¿Lo entiendes? Nunca te comportes conmigo con el orgullo de los Altos, soldado, o el río conocerá tus entrañas. Y ahora... ¡escoltadla!

Ashkatar suelta el látigo del cuello del pallin con un fuerte tirón que le deja quemazones en la piel y el soldado se palpa la carne para asegurarse de que la cabeza sigue firme en su sitio. El primer pallin ha entendido el mensaje de Ashkatar (era difícil que se le escapara) y se acerca a Keera con amabilidad.

—Venid, señora —dice, nervioso—, no os dejaremos hasta que sepamos qué se ha hecho de vuestra familia.

—Correcto —dice Ashkatar, asintiendo—. Llevadla arriba de una vez. El Groba quiere hablar con ella en cuanto haya terminado esta lúgubre faena.

—Sí, yantek —consigue sisear el segundo pallin, con la garganta tan destrozada como el cuello—. La protegeremos con nuestra...

—¡Largo! —grita el comandante.

Los soldados se apresuran a ponerse a la altura de Keera, que ya va de camino a las jaulas de madera. Ella vuelve la mirada atrás en una ocasión, hacia su hermano y Heldo-Bah, y Veloc junta y aprieta las manos y las levanta hacia ella en un deseo de fortaleza y esperanza; Heldo-Bah, mientras tanto, usa a los dos soldados apurados para dar rienda suelta a su preocupación por la familia de Keera.

—¡Ya habéis oído a vuestro comandante, zurullos de zorra! —grita, persiguiendo a los soldados y lanzándoles patadas para que echen a correr—. Como oiga una sola queja de mi amiga, ya podéis estar seguros de que el yantek será el siguiente en enterarse.

Heldo-Bah se vuelve hacia Ashkatar y permite que una leve sonrisa se asome a su cara.

—¿Algo te hace gracia, Heldo-Bah? —retumba Ashkatar.

—Tu humor ha mejorado tan poco como mis modales —dice Heldo-Bah en tono alegre—. Creía que al hacerte mayor te habías tragado todas esas tonterías de yantek; y, sí, me divierte y, debo admitirlo, también me complace comprobar que aún puedes encargarte de las cosas al viejo estilo.

—¡Hum! —carraspea Ashkatar—. Tu humor tampoco complacería a la Luna, Heldo-Bah, si te pasaras la vida defendiendo a la tribu en vez de buscar avituallamientos y provocar el caos entre los Altos. —El látigo restalla de nuevo y provoca el respingo y los ladridos asustados de un perro que pasa por ahí. Luego el yantek se da media vuelta y, tras recoger el saco de vituallas de Keera, marcha hacia la Guarida de Piedra—. ¡Y vosotros! —llama un grupo pequeño pero agitado que sigue reclamando que salga algún miembro del Groba y diga lo que se sabe. El grupo se vuelve al unísono al oír que revive el látigo—. ¿Qué diablos os ocurre? ¿Qué es lo que no entendéis? ¡Es una plaga, maldita sea! ¿Os creéis que el Groba y las Sacerdotisas son brujos, que nos pueden curar con magia? ¡Id a vuestras casas, maldita sea, y dejadles trabajar en paz! —Tras ordenar a unos cuantos soldados más que disuelvan la multitud, Ashkatar toma su posición justo delante del camino empedrado que lleva a la entrada de la Guarida de Piedra y restalla una vez más el látigo—. ¡Va en serio! —se dirige a la multitud—. Me encantaría despellejar vivo a alguien ahora mismo. ¡Así que no sigáis poniendo a prueba mi paciencia!

Entre los bramidos de Ashkatar y los empujoncitos no muy amables de los soldados con sus largas varas, la multitud se disuelve. Cuando desaparece el último de ellos, un Bane mayor, de barba blanca y vestido con una túnica sencilla de velarte, se asoma en la parte alta del camino que lleva al interior de la cueva. El sudor brilla en su calva bajo la luz filtrada por los árboles y suelta un fulgor anaranjado al reflejar la iluminación más suave de una antorcha montada junto a la entrada de la cueva. Tras escudriñar la superpoblada plaza de Okot, este personaje frágil y erguido termina por gritar:

—¡Yantek Ashkatar!

Ashkatar se da media vuelta con expectación.

—¿Sí, Anciano?

—El Groba quiere saber si el grupo de expedicionarios de Keera, la rastreadora, ha regresado ya.

—Han vuelto dos, Padre... Pero Keera se ha retrasado.

—Pues envíanos a los otros dos.

Tras decir eso, el viejo marchito se vuelve hacia la entrada de la Guarida de Piedra.

—¿Los expedicionarios, Anciano? —llama Ashkatar—. ¿Antes de obtener respuesta a mi petición?

—La respuesta dependerá de lo que los expedicionarios puedan contar al Groba —responde el Anciano, con claro enojo en la voz, una voz bastante más fuerte de lo que cabría esperar a tenor de su apariencia general—. Por eso, ¡envíanos a los dos primeros!

Sin esperar más preguntas, el Anciano regresa al interior de la cueva arrastrando los pies. Ashkatar suelta un suspiro de preocupación y señala hacia la cueva con el látigo.

—Bueno... Veloc, Heldo-Bah. Ya lo habéis oído. Será mejor que vayáis, maldita sea.

Los dos expedicionarios sueltan sus sacos junto al de Keera y Heldo-Bah aprovecha un momento más.

—Vigílanos esto, ¿vale, yantek? Odio preguntar, pero las cosas tienen su orden en esta vida y mientras algunos de nosotros hacemos de centinelas otros han de ocuparse de...

—Entrad ahí —advierte Ashkatar—. Y abreviad el asunto.

Heldo-Bah se ríe y echa a andar hacia el camino de piedra, dejando atrás a Veloc, que pregunta:

—¿A qué petición te referías, yantek? Si es que puedo preguntar...

—Puedes, Veloc. He pedido permiso para dirigir una pequeña incursión al otro lado del río. Pillar a uno o dos miembros de la Guardia de Baster-kin, a ver qué nos pueden contar.

Veloc asiente juicioso.

—Creo que a lo mejor te hemos ahorrado esa faena, Ashkatar... —dice antes de seguir a Heldo-Bah por el camino.

—¿Que me habéis qué...? —grita Ashkatar mientras ellos entran ya en la cueva—. ¿Qué demonios estás diciendo? ¡Veloc! ¡Y me llamo yantek Ashkatar, maldita sea tu alma!

Pero los expedicionarios han desaparecido ya en el interior de la Guarida.

1:{xiii:}

Dentro del Distrito Quinto de Broken,
una mujer extraordinaria lucha por proteger un secreto,
al tiempo que protege a un hijo, mientras su marido parte
de la ciudad: triunfalmente al principio, y luego ya
de un modo extraño...

Isadora Arnem se da cuenta de que ha de apresurarse si quiere disponer de una cantidad de tiempo significativa a solas con su marido en sus cuarteles antes de que empiece la marcha triunfal de los Garras para salir de Broken hacia su aciago encuentro con los Bane. Así, tras ponerse la capa con la ayuda de sus dos hijas, Anje (una joven y sabia señorita ya, a sus catorce años) y Gelie, de diez, la más teatralmente cómica de sus cinco retoños, Isadora sale corriendo a dar los últimos retoques a su lustroso cabello dorado, recogiendo las densas guedejas en la base del cuello con un broche de plata. Luego besa a las niñas y se despide de sus dos hijos —Dagobert, el mayor, de quince, y Golo, muy atlético a sus once—, que juegan a espadachines con palos de madera, inspirados por las palabras de despedida que les ha dedicado su padre hace unas siete horas. Por último, se vuelve hacia el pasillo central de la casa, un edificio espacioso del Distrito Quinto, aunque nada pretencioso, hecho en gran parte de madera y estuco, y se encuentra, sin sorprenderse, aunque no se lo esperaba, con su hijo Dalin,[91] de doce años, el último retoño de Arnem.

El Dios-Rey y el Gran Layzin en persona han escogido a Dalin recientemente para el servicio real y sagrado; un servicio especialmente difícil de rechazar, porque no es el primogénito de la casa de

Arnem, sino el segundo. Es una vocación que el muchacho tiene ganas de emprender, ganas que le han provocado más de una ruidosa disputa con sus padres, en especial con su madre, y que últimamente han llevado a su padre a pasar noches enteras de guardia en las murallas de la ciudad. Con unos rasgos oscuros y hermosos que recuerdan mucho a los de Sixt, el listo de Dalin también se parece al padre en su pronunciada tozudez: todas esas similitudes hacen especialmente difícil para Isadora pensar siquiera en separarse del muchacho, sobre todo ahora que Sixt está a punto de embarcarse en una campaña que podría resultar larga y peligrosa.

Al ver que Dalin le bloquea la salida y se dispone a reanudar la discusión, Isadora suspira.

—No peleemos más por ahora, Dalin —dice la madre—. Si quiero reunirme con tu padre, he de darme prisa.

Sin embargo, es la sabia y muy femenina Anje quien se hace cargo de la situación.

—Sí, Dalin —dice la joven, arrastrando a su hermano lejos del umbral—. Bastante poco tiempo les queda ya a mamá y papá tal como están las cosas.

—Es verdad, Dalin —añade la joven Gelie; luego, al recibir una dura mirada de su hermano, se esconde entre los pliegues de la capa verde azulada de su madre. Se asoma una sola vez para decir—: ¡En serio, no seas tan egoísta! —Y luego desaparece de nuevo.

—¡Cállate, Gelie! —replica Dalin, enfadado porque no puede oponerse a la fuerza de Anje y, en consecuencia, ha de dejar libre el paso por la puerta—. No tienes ni idea, solo eres una niña. Pero mamá sabe perfectamente que hace mucho tiempo que debería haber entrado en el servicio.

—Podemos seguir hablando de eso cuando vuelva —dice Isadora, en tono amable, aunque algo cansada—. Pero ahora me tienes que dejar salir para despedir a tu padre.

—Ya sé lo que significa eso —dice Dalin con amargura—. Esperas que cuando vuelvas se me haya olvidado. No soy tonto, madre.

—Vaya —declara Gelie, con los ojos particularmente abiertos—. Pues, desde luego, estás dando un espectáculo como si lo fueras.

Luego, tras otra mirada furiosa de su hermano, vuelve a esconderse entre los pliegues de la capa.

—Callaos los dos —ordena Anje, tirando de Gelie para acercarla pese a que sigue reteniendo a Dalin—. Ve, madre. Yo impediré que estos dos se maten.

Isadora no puede evitar dedicar a su hija mayor, con la que comparte mucho más que un mismo tipo de enorme belleza física, una sonrisa de simpatía y agradecimiento. Luego le dice:

—Gracias, Anje. Aunque puedes dejarme a solas un último instante con Dalin. Creo que estaré a salvo.

—Yo no lo daría por hecho, madre —advierte Gelie, mientras Anje tira de ella para llevarla desde la puerta hasta la cercana sala de estar—. Es peligroso, de verdad. Cuando te vayas... ¡a lo mejor me mata! —Como Anje sigue tirando de ella, Gelie añade—: Aunque, si eso ocurre, estoy segura de que a nadie de esta familia le importará.

Isadora suelta una risita y la luz acude por un instante a sus ojos, de un azul tan profundo que, por momentos, casi parece negro.

—Eso es una tontería, Gelie, y tú lo sabes —le responde.

Gelie obliga a Anje a detenerse.

—Ah, ¿sí?

—Sí —contesta simplemente Isadora, sin volverse hacia la niña—. Sabes perfectamente que a tu padre lo destrozaría. Y a los gatos.

Gelie se vuelve y camina con grandes pisotones para lograr un mayor efecto al entrar en la sala.

—Eso ha sido cruel, madre. ¡Muy cruel!

Isadora responde con una leve risa a esa declaración, mira hacia la puerta por la que Gelie acaba de desaparecer y murmura:

—Sinceramente, creo que para casar a esta habrá que buscarle un rey...

Tras mirar a Dalin y confirmar que sigue enojado, se acerca a una mesa que hay junto a la entrada y coge un broche de plata. Su hijo conoce ese objeto: representa la cara de un hombre barbudo, furioso, con un ojo tapado por un parche y dos pájaros que parecen cuervos grandes[92] apoyados en sus hombros. Mientras mira el broche y se pregunta (no por primera vez) por qué su superficie no muestra el rostro sonriente de Kafra, Dalin cree percibir una oportunidad y se aferra a ella al tiempo que su madre prende el broche en el vestido, por debajo de la capa.

—Madre... ¿es verdad lo que dicen de vosotros?

A Isadora se le agita la sangre.

—La gente dice muchas cosas sobre tu padre y sobre mí, Dalin. ¿Prestas atención a los chismes?

—No son chismes. O, desde luego, no lo parecen.

Parece que no va a ser posible librarse del otro tema que Isadora esperaba evitar.

—¿Y qué dice la gente?

—Que tú... Dicen... —El muchacho apenas puede pronunciar las palabras—. ¡Dicen que te crio una bruja!

Con enojo y rabia crecientes, apenas detectables todavía, Isadora mantiene la calma al contestar:

—No era una bruja, Dalin. Solo una mujer extraña y sabia, temida por la gente estúpida. Pero era la curandera más experta de Broken y fue muy buena conmigo. Recuerda que era lo único que me quedó cuando mataron a mis padres. —Encara al muchacho y procura dotar de peso a sus palabras—. Además, me gustaría creer que tienes la inteligencia suficiente para no escuchar esas historias. Ya sabes que la gente tiene la cabeza vacía y dice todo tipo de maldades sobre nosotros porque tu padre es muy importante, pero él no nació rico. A mucha gente de esta ciudad le molesta su éxito. Aunque son muchos más los que lo consideran un gran hombre. Así que, cuando oigas hablar a la gente sobre tus padres, ten la personalidad suficiente para despreciarlos como las almas inútiles que son y aléjate de ellos. Y ahora... —Isadora se acerca al fin a la puerta— me tengo que ir. Entra corriendo en casa y, si no quieres jugar con los demás, haz que el cocinero te prepare alguna comida especial. O también podrías pedir a Nuen[93] que te cuente historias de saqueadores mientras practicas con la espada.

Isadora se refiere a la mujer fuerte y alegre, procedente de los pueblos saqueadores del este, que vive con la familia y cumple funciones de niñera, gobernanta y criada desde hace unos treinta años; desde que Arnem la descubrió, junto con otras mujeres de su clase, durante una breve campaña en la zona sudoriental del valle del Meloderna, donde la usaban como esclava (o peor) en los campos y en los hogares de los mercaderes de grano, en plena violación de las leyes de Broken contra esa clase de servidumbre absoluta.

—De acuerdo —responde Dalin, apartándose de ella con pinta de despechado—. Pero que conste que me he dado cuenta de que estás evitando el tema de mi servicio, madre. Y no pararé de recordártelo...

Dalin desaparece por la escalera central de la casa e Isadora contempla su marcha con una sonrisa, consciente una vez más del parecido con su padre.

Al fin Isadora sale a la terraza de piedra que se extiende al otro lado de la puerta y recorre el espacioso jardín familiar, rodeado por un muro de tres metros de altura, de camino hacia el portón que se abre en el lado más lejano de esa barrera protectora, una puerta de madera en el marco arqueado de piedra que se asoma al Camino de la Vergüenza.

El jardín familiar de los Arnem es único: las estatuas, las plantas cuidadosamente atendidas y los caminos bien organizados, visibles en todas las grandes casas de los distritos Primero y Segundo, brillan por su ausencia aquí, donde el diseño busca el desorden. Hace unos años, antes de que Dalin desarrollara este problemático interés por la iglesia de Kafra, todos los hijos habían deseado crear, en la seguridad que prestaban los muros del jardín, un espacio que se pareciera más al mundo peligroso pero fascinantemente silvestre que cubre las laderas de la montaña de Broken por debajo de la cumbre amurallada. En particular, la prole de Arnem obtenía un aventurero placer de los paisajes que rodean el ruidoso curso del Arroyo de Killen, un riachuelo que emerge de la parte inferior de los valles del sur de la ciudad para abrirse camino hasta la base de la montaña y unirse al Zarpa de Gato antes de que este río poderoso se aleje con todo su estruendo por el límite norte del Bosque de Davon.

A Sixt Arnem le hizo gracia y le impresionó por igual la idea de sus hijos: como ya hemos visto, no compartía (ni comparte aún) el aprecio que los ciudadanos más importantes del reino sienten por los refinamientos excesivos; vio en la idea de sus hijos una oportunidad para que aprendieran cosas sobre el mundo Natural que se extiende a las afueras de la ciudad sin verse expuestos a los peligros de las panteras, osos y lobos, por no hablar de esas criaturas malignas que, pese a caminar sobre dos patas, persiguen también a los niños: esos inquietantes ciudadanos de Broken que permiten que la creencia kafrana en la pureza y en la perfección física se convierta en un anhelo antinatural por poseer los cuerpos y las almas de los más jóvenes.

Así que, con cierto orgullo, Arnem puso a los sirvientes de la familia a disposición de sus tres hijos y dos hijas durante unos cuantos días y llevaron a cabo el proyecto. Habían arrancado de sus lugares originales grandes piedras recubiertas de musgo, junto con rocas más pequeñas y alisadas por las aguas del Arroyo de Killen, para llevárselas con carretillas, para consternación de muchos habitantes del distrito. También habían importado, en cantidades nada desdeñables, aquellas criaturas —peces y ranas, tritones y salamandras— que tenían por hogar natural las aguas del Arroyo, en las que se refugiaban para procrear bajo las grandes piedras que lo configuraban. La seguridad de aquellos seres delicados se vio aumentada por el plan de los niños, aunque la experiencia inicial de ser transportados resultó aterradora al menos para unos cuantos, pese a su capacidad de sobrevivir al viaje; la mayoría, en cualquier caso, quedaron depositados en el lecho artificial que habían excavado en la tierra a lo largo del jardín de los Arnem. Transplantaron con mimo helechos, flores silvestres, juncos, hierbas y pimpollos a los parterres y montículos que flanqueaban el nuevo curso de agua. Mientras tanto, para gran ofensa de las pocas personas de la clase de los Arnem que sabían de cuanto estaba ocurriendo en su jardín, los dos criados más fuertes, que, como el resto del servicio, colaboraban con su entusiasmo a que los niños hicieran realidad su visión de un arroyo salvaje de montaña, hicieron añicos una estatua muy vieja y, a decir de algunos, muy importante: una fuente que representaba al Dios-Rey Thedric, hijo de Oxmontrot, venciendo a un demonio del bosque que escupía agua entre sus labios apretados. Donde antaño se alzara la estatua, los niños supervisaron la construcción de un salto desde el cual el agua de manantial que antes suministraba la fuente se derramaba ahora sobre un grupo de piedras grandes apiladas para conformar una alberca profunda y fría.

Desde ese punto adorable y tranquilizador fluye el *breck*[94] artificial (como suele llamarlo Isadora, usando la palabra que, según le habían contado en su infancia, formaba parte del lenguaje de sus antepasados). Y el Arroyo forma varios saltos y albercas menores al deslizarse hacia el fondo del jardín. Allí el arroyo desaparece y se une al sistema de cloacas de la ciudad, bajo la alcantarilla del Sendero exterior. Al principio los niños se aseguraron de supervisar la instalación de una serie de salvavidas: finas parrillas metálicas cubiertas por piedrecillas sobre las que, a su vez, descansaba un fino tamiz de gravilla. Así se logra impedir que algún ser vivo del arroyo se vea arrastrado al alcantarillado, al tiempo que se permite que el agua se vaya renovando.

Mientras camina por este entorno hermoso, aunque nada elegante, Isadora permite que la paz del jardín le otorgue un momento de pausa tranquila, porque sabe que, al dejar atrás las actividades siempre ruidosas y (en el caso de Dalin) a veces dañinas de sus hijos, pronto se adentrará en el Distrito Quinto y en su más ajetreada vía, el Camino de la Vergüenza. Por suerte, es la hora más tranquila del día en el Distrito: la hora en que los borrachos duermen la juerga de la noche anterior o, en estado de semiconsciencia, se preparan para la siguiente. Al trasponer la puerta arqueada que se abre en el grueso muro del jardín, Isadora se detiene con la intención de paladear el momento. Sin embargo, existe algo así como el exceso de silencio, incluso en el Distrito Quinto, pues, junto con el silenciamiento de los sonidos de la disipación y corrupción de los adultos, también es llamativa la atenuación del reconfortante ruido de los juegos de los niños, convertidos ya por su edad en candidatos a entrar al servicio de reyes y dioses. Pero dicha atenuación se ha producido de la noche a la mañana; lleva meses, o incluso años, declinando regularmente, aunque Isadora trata de dar explicaciones insignificantes al cambio, como que los ciudadanos de su distrito están tan preocupados por diversas clases de intoxicación que hasta la fornicación ha ido perdiendo su lugar en la agenda de actividades cotidianas.

Sin embargo, hace tiempo que existen otras explicaciones para el cambio y ella lo sabe, explicaciones murmuradas por los borrachos; cuentos que Isadora aparta con frecuencia de su mente. Ahora, en cambio, escucha, tiene escuchar con mayor atención las historias sobre los sacerdotes y las sacerdotisas de Kafra que, protegidos por la Guardia de Lord Baster-kin, acuden de noche a pagar a las parejas pobres para que entreguen a sus hijos al servicio del Dios-Rey porque el conjunto de familias ricas es demasiado pequeño para atender los propósitos del séquito real, por muy misteriosos que sean dichos propósitos...

Sea cual fuere la razón que explica el momentáneo y relativo silencio del distrito, Isadora se ve obligada, en esta tarde extrañamente calurosa, a contener el aliento por culpa del hedor de las cloacas al otro lado de los muros del jardín y darse prisa para recorrer el fragmento del Camino de la Vergüenza que separa su casa del muro del Distrito. Los negocios están en declive en la parte menos mísera del Quinto, desde luego, igual que empeora todo día tras día en el conjunto del Distrito. Cierto que tampoco iban demasiado bien las cosas en la infancia de Isadora, cuando la pobreza era su primera preocupación. Un ladrón había asesinado a sus padres en el distrito cuando ella tenía apenas seis años: eran una pareja de traperos que se buscaban la vida entre los enormes y apestosos montones de basura acumulados por una práctica nocturna que consistía en tender unas rampas de madera gigantescas por encima del muro del sudeste de la ciudad y tirar por ellas la basura de toda la población hacia las honduras de aquel lado de la montaña de Broken. Si los padres de Isadora conseguían arrancar algún bien todavía en condiciones de uso, lo trocaban luego en un pequeño tenderete que regentaban en una de las calles menos elegantes del Distrito Tercero; sin embargo, pese a la naturaleza desagradable y agotadora de esa existencia, aquel par eran devotos kafranos, convencidos de que si mantenían su fe en el dios dorado algún día este les recompensaría con la riqueza suficiente para envejecer en paz, y de que, en cualquier caso, era mejor adorar a un dios que ofrecía esa esperanza en vida que a otro que les exigía esperar hasta la siguiente realidad para obtener toda clase de placeres y satisfacciones.

En vez de dichas recompensas, de todos modos, la única bendición que recibieron por su devoción a Kafra fue el asesinato: los mató a puñaladas un borracho una noche, cuando regresaban a casa, y al encuentro con su hija, después de lo que (para alguien en su desesperada situación) había sido un buen día de trueques. Tras esa tragedia, la mujer que desde hacía tiempo ocupaba la casa contigua a la suya —una vieja sanadora extraordinariamente sabia y, sin embargo, a menudo desagradable, llamada Gisa—[95] decidió que podía acoger a la hijita de la pareja muerta, una pequeña hada. La niña había visitado con frecuencia la casa pequeña y sorprendentemente limpia de la vieja bruja, en cuyas paredes se veían, alineadas, una cantidad aparentemente interminable de viales, jarras y botellas, cada uno de los cuales contenía una de las sustancias mágicas que Gisa llamaba «medicinas» y que prácticamente todos los ciudadanos del Distrito Quinto (así como muchos ajenos al mismo) tenían por más eficaces que los tratamientos de los curanderos kafránicos. Gisa se ofreció a tomar a la pequeña Isadora como pupila y estudiante; con el tiempo, a medida que el progreso de la niña la llevaba de mera ayudante a aprendiza, también empezó a entender que la insistencia de su maestra en permanecer en el distrito más sórdido de Broken no era una simple cuestión de pobreza. Su trabajo entre los pobres del Quinto no era lucrativo, pero los casos secretos que aceptaba en plena noche en otros distritos (casos en los que los curanderos kafránicos revelaban el alcance de su ignorancia) sin duda sí lo eran. Aun así, un espíritu de piedad, así como su negativa a abandonar los viejos dioses de la región que, bajo los auspicios de Oxmontrot, había visto nacer el reino de Broken, todo se conjuraba para que Gisa no abandonase el Distrito Quinto. Con el tiempo, su pupila terminó por adoptar sentimientos y creencias similares, en parte porque estaba decidida a continuar con las prácticas médicas de Gisa a la muerte de la vieja bruja, pero también por el modo en que los sirvientes del Rey-Dios habían tratado el asunto del asesinato de sus padres.

O, mejor dicho, por el modo en que dicho asesinato había sido repetidamente despreciado por esos mismos oficiales. La pobreza y el aspecto desmañado de las víctimas, su falta de orgullo y ambición, habían marcado sus muertes como irrelevantes ante cualquier sacerdote de Broken, tanto en sentido religioso como legal, por no hablar del sentido moral, sin tener en cuenta la devoción que en vida pudieran haber mostrado por el dios dorado. Isadora terminó aceptando con amargura ese hecho hasta tal punto que empezó a hacer planes para seguir adelante no solo con el trabajo de Gisa, sino también con su antigua fe. Cuando, ya de adulta, fue aún más allá en la emulación de su profesora al responder a las ocasiones en que, periódicamente, la llamaban para salvar la vida o aliviar el sufrimiento de algún personaje importante en los barrios más ricos de la ciudad y cobrar, también ella, buena paga por el esfuerzo, aunque, igual que Gisa, solo en secreto. Por último, los sucesos más radicalmente felices de su vida adulta —sus encuentros con Sixt Arnem y su boda al fin con él, más los subsiguientes nacimientos de los hijos que tuvieron— también habían sido resultado de su decisión de renunciar a la fama que le ofrecía la fe de Kafra y permanecer en las calles de su infancia; su lealtad al Distrito Quinto quedó, por medio de todos esos sucesos, sellada.

No debe extrañar, entonces, que —incluso pese a ser madre de cinco hijos que vivirían más seguros en otra parte— Isadora siga insistiendo en mantener la residencia de su familia en este lugar.

Cierto que esa decisión ha encajado limpiamente con el similar deseo de su marido de permanecer en el barrio de su juventud; pero Isadora sabe que, en última instancia, si ella insistiera con firmeza, Sixt trasladaría a la familia a cualquier parte de la ciudad que escogiera. Pero no: para Sixt, pero sobre todo para Isadora, que en su infancia y en su juventud solo conoció el amor y la seguridad gracias a personas despreciadas por los gobernantes y los ciudadanos más poderosos de Broken, y que en consecuencia rechazó todos los fundamentos de la fe y la sociedad kafránicas, la continuidad regular de su vida, y de la de su familia, lejos de la vista de los sacerdotes de Kafra y de sus agentes se ha mantenido como motivación primordial a la hora de decidir cómo y dónde debían vivir...

Como Isadora camina concentrada en su marido, su fe, sus hijos y la casa, el tirón brusco del borde de la capa le llega por sorpresa. Se detiene y descubre, en la mugre del suelo, a un borracho muy parecido a los muchos que permanecen tumbados y roncando en puntos similares a lo largo del Camino; solo que este está despierto y su mano huesuda y sucia conserva un buen agarre. El hombre sonríe y luego abre la boca para soltar una hedionda vaharada de vino barato; cuando se echa a reír, los movimientos de su cuerpo aventan el apestoso olor de su ropa con la fuerza suficiente para alcanzar las fosas nasales de Isadora.

—Por favor, señora —dice entre risillas—, ¿unas monedas de plata?

Isadora no duda en la respuesta. La situación no le resulta nueva.

—No tengo plata suficiente. Si quieres trabajo ve a la puerta de mi casa o de cualquier buen ciudadano y pídelo. Aunque yo, en tu lugar, me bañaría antes.

Intenta avanzar, pero también toma la precaución de desenvainar un cuchillo pequeño que lleva escondido bajo la manga de la capa en todo momento. Y hace bien, porque el hombre se niega a soltarla.

—¿Trabajo, señora? —dice con amargura—. ¿Y en qué trabajáis vos para ganaros la plata, eh? En esta ciudad sobran riquezas para cubrir las necesidades de un alma perdida.

—Suéltame la capa o despídete de tus dedos.

El hombre hace caso omiso de la amenaza.

—Demasiado bonita para pasear a solas por el Distrito Quinto... —dice, mientras intenta tirar de ella hacia abajo con verdadera fuerza—. A lo mejor no necesito plata, qué va. No tanto como necesito...

Isadora estaría dispuesta a rebanar un dedo de la mano que la ofende si no fuera porque el extremo romo de una lanza golpea con sequedad el pecho del borracho y lo deja tirado en la calle, boqueando para respirar. Isadora, sorprendida, se da media vuelta y se encuentra al linnet Niksar, lanza en ristre.

Niksar da una patada al borracho con la fuerza suficiente para obligarlo a ponerse en pie.

—¡Largo de aquí! ¡No me obligues a usar la otra punta! —grita al hombre, que ya huye. Luego suaviza la voz—. Disculpa, mi señora —dice con una reverencia rápida pero elegante—. Espero no haberte asustado. Tu marido me ha enviado para escoltarte, como ya se hace tarde...

—Gracias, Niksar —responde Isadora—. Pero te aseguro que era perfectamente capaz de manejar la situación. —Devuelve el cuchillo a su vaina escondida—. Solo era un borracho que pedía una lección. —Niksar vuelve a dedicarle una reverencia deferente e Isadora suaviza el semblante—. No quiero parecer ingrata, Reyne. Confieso que en este momento no estoy del mejor humor.

Niksar sonríe mientras se asegura de que el borracho se haya retirado del todo.

—Me temo que hay muchos más —dice—. Y cada día están más tercos. Parece que les hayan metido en la cabeza que en esta ciudad crece la plata. Tendríamos que hacerles pasar un año en el ejército...

Isadora sonríe.

—Suenas llamativamente igual que mi marido, Reyne. Por cierto, será mejor que nos demos prisa.

—Sí, mi señora —responde Niksar, y echa a andar, siguiendo el impresionante ritmo de Isadora.

Poco después Isadora y Niksar han entrado ya en el Distrito Quarto, lleno de vida: dos khotores completos del ejército regular han llegado desde su campamento en la montaña para defender la ciudad en ausencia del khotor de los Garras. Cientos de soldados deambulan de un lado a otro en los campos de entrenamiento y desfile, algunos con el petate aún echado a sus amplias espaldas, otros ya deshaciéndolo y sonriendo, felices de poder pasar un tiempo en los barracones de la ciudad en vez de dormir en el suelo y extramuros. Están afiladas las lanzas y las espadas, listos los caballos, y por todas partes resuenan las risas y los gritos de los hombres que se preparan para cumplir con su deber, tanto en casa como en el campo de batallla.

Algunos hombres se percatan de la llegada de Isadora y pronto corre la voz por el campamento, con un efecto saludable. Si Amalberta Korsar era querida como madre del ejército de Broken, Isadora Arnem es adorada como objeto de su sentimiento amoroso colectivo (aunque siempre respetuoso). Para cuando alcanza los escalones que llevan a los cuarteles de su marido, al otro lado del campo de ejercicios que queda más al sur, una multitud de hombres procedentes de una amplia variedad de unidades ha empezado a reunirse ante la estructura de troncos de pino; por una vez, los distintos colores de sus túnicas y pantalones —azules los del ejército regular, rojo vino los de los Garras—, no compiten entre sí. Se han reunido para la alegre tarea de despedir a los hombres que se preparan para marchar, los quinientos mejores soldados de Broken (y también los más afortunados, a decir de los que han de quedarse); cada uno de ellos espera llevarse un atisbo de Isadora, así como de las palabras que Arnem les dirigirá a modo de estímulo para la inminente campaña. Al oeste, el sol empieza a ponerse y manda la cálida luz de la tarde primaveral a quebrar la nube de polvo levantada por todo el ajetreo de los preparativos: nadie puede pedir un escenario mejor para empezar el duro trabajo que se avecina.

Por encima del cuadrángulo de los Garras y de su zona de ejercicios, Isadora encuentra a su marido en vivo consejo con los líderes de su khotor y con sus oficiales, unos diez hombres en total, reunidos en torno a una mesa de burda talla en la que puede verse media docena de mapas. Todos los hombres adoptan una feliz posición de firmes cuando entra la esposa del comandante, se ajetrean con los saludos y las reverencias, ríen, enrollan los mapas para guardarlos en sus fundas de piel y agradecen a Isadora que haya viajado una vez más hasta su distrito, al tiempo que le aseguran que ese gesto significará mucho para sus hombres.

Cuando el ayudante entrega a Arnem su esposa, el sentek alza la voz.

—Gracias, Niksar. Y ahora, caballeros, si tienen ustedes a bien reunirse con sus unidades, yo necesito unos momentos a solas con mi esposa, que desea recordarme, no me cabe duda, cómo debe comportarse un oficial en el campo de batalla.

Unos murmullos bienintencionados que vienen a significar: «Ya, sentek, estamos seguros de que así es como vais a pasar el tiempo» recorren el grupo de oficiales al despedirse y provocan una oleada de risas, también sanas, entre el pequeño grupo. Arnem riñe a los hombres mientras los acompaña hasta la puerta para cerrarla por dentro con firmeza. Luego se detiene, se vuelve hacia su mujer, enarca las cejas y abre bien los ojos, como si le dijera: «Qué le vamos a hacer, son buenos soldados y, en el fondo, también buena gente.»

—Ya ves que sigues siendo tan popular como siempre —dice en voz alta mientras se acerca para abrazar a su mujer, que se apoya en la mesa—. Y tienen razón, significa mucho para los hombres.

—Mientras pueda servir para algo... —responde Isadora.

Arnem tensa los brazos en torno a ella y acerca los labios a su mejilla.

—¿Acaso te parece que tu vida no tiene propósito, esposa mía?

—Un propósito para niños —contesta ella con suavidad, al tiempo que gira la cabeza para que sus labios se junten con los de él—. Y supongo que tendré que contentarme con eso. De momento...

¿Qué hombre puede conocer el corazón de una mujer capaz de permitir que su amante, o su marido, parta en pos de su destino, aun si se trata de un viaje hacia la muerte? ¿Y qué mujer puede entender la pasión que semejante confianza provoca en los hombres? Con toda seguridad, no existe mujer ni hombre cuyo corazón alcance esa confianza mutua con tanta perfección como lo hacen el soldado sincero y su esposa, igualmente generosa; y no hay instancia más instructiva de su mutua generosidad que estos momentos de partida, cuando toda la realidad y todo el peso de cuanto pueda ocurrir en los días venideros, tanto en casa como en el campo de batalla —así como los sacrificios que cada uno sobrellevará por bien del honor y la seguridad del otro—, se presentan con una intensidad terrible, aunque también magnífica. En los pocos minutos que tienen para estar a solas, Arnem e Isadora se permiten esas pasiones sin quitarse toda la ropa, ni siquiera la mayor parte: conocen los mapas de sus cuerpos tan bien como Arnem conoce los otros, más tradicionales, que hace apenas un momento estaban extendidos sobre su mesa. En efecto, se conocen sus cuerpos tan bien y son capaces de satisfacer su mutuo deseo de manera tan grande y sabia que se olvidan, así sea apenas por un instante, de los grupos de soldados admiradores que vigilan su intimidad con lealtad feroz; incluso pese a que esos mismos hombres siguen intercambiando comentarios respetuosos, pero envidiosamente procaces, con las voces más discretas y ahogadas...

Sin embargo, tras la estela de esos momentos de trascendente intimidad, se cuelan cuestiones más inmediatas y diabólicas, como corresponde, en la voz del sentek y su mujer.

—¿No has sabido nada del Gran Layzin? —murmura Isadora. Huelga decir a qué se refiere ese «nada».

—No —responde Arnem, que mantiene la cabeza apoyada en su hombro.

La dulce intimidad ha arrancado un brote de suave humedad a la superficie de la piel sonrojada de Isadora, potenciando las fragrancias más delicadas y deliberadas de su cuerpo y de los extractos de flores silvestres con que se perfuma; él lo inhala todo con fuerza, sabedor de que esta última exposición tendrá que darle sostén durante mucho tiempo.

—Pero doy por hecho que se ha celebrado el ritual —continúa Sixt—. En caso contrario, me habría enterado.

Con los ojos arrasados en lágrimas, Isadora suspira.

—Pobre hombre —murmura.

También Arnem siente la presión de un enorme peso en el corazón.

—Sí. Aunque tal vez tengan razón, Isadora. Puede que simplemente haya enloquecido. Desde luego, yo nunca le había oído hablar así...

—Loco o no —responde Isadora—, era nuestro amigo, aparte de un gran hombre con quien ellos estaban en deuda. ¿Cómo pueden haberlo tratado así? ¿Cómo podemos estar seguros de que no te va a corresponder el mismo destino si no consigues complacerlos? —Estudia desesperadamente a Sixt con la mirada—. Sabemos tan poco de todo esto... El Layzin, el Dios-Rey, los sacerdotes... Entiendo que necesiten preservar los «misterios divinos», pero si esos misterios no fueran más que el disfraz de unas mentiras terribles... ¿Cómo lo sabríamos?

—Es probable que no lo supiéramos, mi amor —se limita a contestar Arnem, recordando que él ha pensado a veces lo mismo—.

Sin embargo, estaría más preocupado si Baster-kin no me hubiera tomado como confidente. Te digo una cosa, Isadora, nunca lo había visto así. Directo, sí, siempre lo ha sido, o incluso rudo, pero... parecía preocupado de verdad. Por nosotros. Es un hombre extraño, no cabe duda, a menudo tiene una manera particular de mostrar su preocupación, y aun así... Si triunfo y doy satisfación al Dios-Rey, sinceramente, no creo que tengamos motivos de preocupación. De hecho, creo que Baster-Kin intentará protegeros a todos en mi ausencia. Desde luego, ha mostrado interés por tu bienestar.

El tiempo que les queda antes de la partida de Arnem es demasiado breve para que, encima, Isadora se meta ahora en una discusión acerca de las razones que pueden haber provocado ese interés de Baster-kin por ella y sus hijos. Así que empuja la cabeza de Sixt para obligarlo suavemente a clavar sus ojos en los pequeños océanos que bañan los de ella.

—Recemos por que tengas razón... —Y en ese momento se le ocurre lo que le parece una mentira conveniente—. Si sueno menos confiada que tú, lo lamento, Sixt. Sospecho que mucha gente cree que el Lord Mercader maneja extraños secretos, pero eso no significa, como tú mismo dices, que no pretenda ayudarnos en tu ausencia.

—Por supuesto —contesta Sixt, esperanzado. Luego estudia de nuevo el rostro de su mujer y recorre con manos suaves la capa y el vestido, ya desarreglados por el encuentro.

—Quién iba a decir —murmura con un asombro solo en parte fingido— que de una cabeza tan hermosa saldría tamaña sabiduría...

Isadora le da un cachetazo en la mejilla, con la fuerza suficiente para que entre el espíritu juguetón se asome la seriedad de sus intenciones.

—Cerdo. Nunca permitas que tus hijas oigan esa clase de comentarios, te advierto... —Luego, en tono más serio, añade—: Por encima de todo, hemos de decidir cuál es su verdadera postura al respecto de Dalin.

—Ya te lo he dicho, Isadora —responde rápidamente Arnem. En este asunto sí está convencido de haber interpretado con acierto las palabras de Baster-kin—. Si mis hombres y yo damos con una buena solución, suspenderán la orden. De verdad lo creo.

—No suspendieron la del hijo de Korsar —contesta dubitativa Isadora, apartándose de Sixt con una mirada cada vez más perceptiblemente lúgubre—. Por muy grandes que fueran los servicios prestados por el yantek...

—Cierto —contesta Arnem—. Y, sin embargo, creo que nuestra situación es distinta. De hecho, dijo lo mismo, aunque, como tú misma has señalado, nadie en su posición revela sus verdaderas intenciones al respecto de un asunto como este, o de cualquier otro. De todos modos, sin duda nuestro caso es más serio. Si no, ¿por qué iba a contarme todos esos secretos?

Isadora se encara de nuevo hacia él, siente el roce del rastrojo de barba al rozarlo con la mejilla y pone toda su alma en un esfuerzo por sonreír.

—Entonces, ¿solo tengo que esperar que triunfes y todo irá bien?

—Eso es todo —contesta Arnem, y le devuelve la sonrisa—. ¿Y alguna vez te he fallado?

Ella le tapa la boca con una mano, aprieta con fuerza y suelta una risa suave.

—No soporto tu chulería marcial, nunca me ha gustado.

Arnem le aparta la mano de la cara y protesta:

—Confiar en la habilidad de los Garras no implica ninguna chulería.

—Ah, ya veo...

—¡Es la pura verdad, esposa mía! Mis oficiales, tal vez siguiendo mi ejemplo, han convertido a esos jóvenes en un mecanismo: mi única responsabilidad consiste en ponerlo en marcha y luego apartarme y observar cómo funciona.

—*Hak!* —se burla Isadora, con toda la fuerza y rudeza de que es capaz—. Como si pudieras apartarte siquiera un poquito cuando se trata de esos hombres...

—Además... —Arnem hace caso omiso del escepticismo de su mujer, se levanta, se recoloca la armadura y la ropa que lleva por debajo. Luego coge su capa y se la pasa a Isadora—. Después de cinco hijos ya se te ha pasado el momento de decirle a tu marido lo que soportas de él y lo que no.

—Bueno, desde luego tus hijos se creen tus tonterías. —Isadora se levanta y se recoloca también la ropa antes de concentrarse en fijar las garras de águila de plata en los amplios hombros de Sixt—. Esperan y confían, todos a una, en que destrozarás a los malvados Bane y regresarás pronto a casa. —Incapaz de controlarse, echa los brazos en torno al cuello del sentek en un momento de seriedad—. Lo mismo que yo...

—Ah, ¿sí? —Arnem suelta una risilla. Luego aparta a Isadora y de un paso atrás, para gozar por última vez de su visión a solas... y capta con la mirada el broche de plata que lleva prendido en el vestido—. Ah, mujer... —Toca el broche, sabedor, como tanta gente en Broken, de su significado—. ¿Tenías que llevarlo? Siempre cabe la posibilidad de que alguno de mis superiores se entere de tu pasado y de tus... opiniones. No es una buena contribución a nuestra causa.

—Pues podría serlo —responde Isadora con timidez, aunque sabe que molestará a su marido. Luego, con más seriedad, declara—: Va, venga, solo es un recuerdo sin significado, Sixt. Solo he confiado de verdad en dos personas desde que murieron mis padres: tú... —da un golpe fuerte a su marido con un dedo en el cuello, justo por encima de la armadura— y Gisa. ¿Ni siquiera puedo permitirme esto?

—Pero asegúrate de no llevarlo en mi ausencia —responde Arnem—. No nos hace ninguna falta que los sacerdotes nos busquen más problemas. Y si quieres tener que buscar explicación a cualquier comportamiento extraño por parte de Baster-kin, nada te ayudaría tanto como que sus espías le informen de que llevas esos ídolos bárbaros. Vete a saber qué parte del asunto de Dalin tiene que ver con esas habladurías.

—No pienso llevarlo cuando te hayas ido —responde Isadora, mientras se quita el broche—. Te lo voy a dar a ti.

—¿A mí? —gruñe Arnem—. ¿Y qué demonios quieres que haga yo con esto? ¿Aparte de conseguir que mis hombres duden de mi salud mental?

—Tenlo a mano, marido —le instruye Isadora mientras busca un pequeño hueco en el suave relleno del gambesón, por debajo de la armadura de cuero y la malla—. Por mi bien. No me gusta la idea de esta guerra, Sixt... Y, sea cual fuere tu opinión sobre Gisa y sus creencias, este amuleto siempre me ha traído algo más que buena suerte.

—Ah, ¿sí?

—Sí. El dios que aparece en él, como ya sabes, dio un ojo a cambio de sabiduría. Eso es lo que siempre me ha traído y a ti te va a convenir toda la que seas capaz de reunir.

—Sabes muy bien, Isadora —protesta Arnem—, que nunca he dicho una sola palabra contra Gisa. —Saca el broche y lo estudia—. Pero su bondad y su habilidad como sanadora no tenían nada que ver con su fe.

—Ella hubiera discutido esa conclusión.

—Quizás. En cualquier caso, está claro que no puedo ponerme el broche. Podrían desposeerme del rango, o algo mucho peor, por el mero hecho de tenerlo.

Isadora le planta un dedo en la boca.

—¿Crees que no me he dado cuenta? No te pido que te lo pongas. —Le guarda el broche otra vez en el hueco—. Quédatelo y consérvalo; escondido, pero a mano. Tan en secreto como puedas, si es que es posible.

—¿Ahora me vas a ofender? —Arnem se encoge de hombros—. Muy bien, me rindo. Aunque no sé en qué me puede ayudar un tuerto con dos cuervos.

—No te corresponde saberlo. Déjalo estar y veamos qué ocurre.

Arnem asiente y luego ambos entrelazan sus miradas. Ha llegado la hora y los dos lo saben.

—Ven —dice él, tomándola de nuevo en sus brazos—. Hemos de dirigirnos a los hombres. Siempre has sido su favorita y... sí, si eso halaga tu vanidad, reconoceré que nunca me he alegrado de ello.

—La halaga —confirma Isadora, con un último beso largo a su marido. Luego, mirando hacia la armadura, susurra tan suave que él no puede oírla—: Volverás. —Tantea de nuevo en busca del broche—. Él se encargará de eso.

Lentamente y en silencio, salvo por algunas risas espontáneas, como las que suelen intercambiar quienes han compartido tanto que ya no necesitan explicación para sus carcajadas, la pareja llega hasta la puerta. Sixt la abre e Isadora sale a la plataforma que se extiende tras los escalones...

Y un rugido ensordecedor se alza desde el cuadrángulo, un sonido más desatado que cualquier otro que haya podido oírse en el Distrito Cuarto desde la última vez que el sentek llevó a su esposa a presentarse ante las tropas. Por debajo de Isadora, y a su alrededor, el espectáculo es asombroso: los quinientos hombres del ejército de Broken más disciplinados y endurecidos por la batalla permanecen en formación y proclaman su admiración con vítores. En torno a ellos, en todas las zonas libres, hay más hombres todavía, soldados de otras unidades que hoy no partirán y solo quieren rendir homenaje a sus camaradas, a su nuevo comandante y, sobre todo, a la mujer que representa la idea más común de todo aquello para cuya conservación se entrenan y desfilan.

Arnem deja que prosigan los hombres hasta que parece que vayan a agotarse, y entonces toma la mano de su esposa y la alza en el aire.

—¡Garras! —grita cuando el rugido se convierte en una serie de vitoreos controlables—. ¿Designo a mi mujer para que os dirija en la marcha contra los Bane?

La tropa estalla en una afirmación de éxtasis que, por comparación, convierte en suave incluso su estallido anterior; solo la propia Isadora puede acallarlos al fin cuando levanta la mano que aún tiene libre.

—Yo tengo una batalla aún más feroz en casa —exclama—, contra un enemigo igual de bajito, pero mucho más taimado.

Es casi más de lo que los soldados pueden soportar, sobre todo los hombres casados: las palabras de Isadora les hacen pensar en sus propios hogares y en sus hijos, mientras ella se convierte en el mismísimo espíritu de todas las esposas; sus palabras provocan un último y extático clamor que supera a todos los anteriores. Ahora le toca a Arnem silenciarlos y para ello debe borrar la sonrisa de su cara, permitir que su mujer se coloque detrás de él y alzar los brazos. Abajo, todos los linnetes ponen firmes a sus hombres y estos guardan silencio, plantan de un golpe la lanza en el costado y clavan la mirada en el hombre en quien han puesto una confianza que pocos seres llegan a experimentar.

—Todos sabéis —empieza Arnem tras conseguir de sus hombres un silencio tan grande que se puede oír cómo circula por el campo el cálido viento del oeste— cuál ha sido el destino del yantek Korsar. No nos vamos a encallar en eso. Recordad sus servicios a este reino, pues es todo cuanto él desearía que recordéis, junto con la gran causa a la que dedicó su vida entera: ¡la seguridad de esta ciudad y de este reino! Ahora esa responsabilidad nos corresponde, y debemos cumplir con nuestro deber en un territorio peligroso. O eso dicen. Yo digo que, para los Garras, Kafra ha de crear todavía una región que sea verdaderamente peligrosa. ¡Que sea el enemigo quien se cuide de los peligros que le depara la tierra! Mientras tanto, marcharemos hacia el Meloderna para recoger todas las provisiones que pueda cargar nuestra caravana. Pero no bastarán las provisiones para endurecer vuestros corazones. Con ese fin, solo os digo lo siguiente: por insignificantes que puedan pareceros los Bane, son una gente perversa que ha intentado asestar un golpe en el corazón de este reino, el propio Dios-Rey. El fin de Saylal es el fin de todo lo que queréis, Garras. Defendedlo, defended el nombre de vuestra legión, defendeos entre vosotros y, sobre todo, defended vuestra tierra, donde os esperan vuestros familiares con la seguridad de saber que les daréis razones para el orgullo y que volveréis con ellos. Garras, que Kafra os bendiga a todos, al Dios-Rey y a este noble reino. Y ahora... ¡en marcha!

Solo las horas de entrenamiento acumuladas a lo largo de los años retienen en ese momento a los Garras en su lugar. Gritan con pasión renovada mientras los demás hombres, a los que no se exige mantener las filas, dan brincos, se cuelgan de los tejados de los demás edificios que encierran el cuadrángulo y se entrechocan para rebotar como fieras salvajes. En ese preciso momento, aparece Niksar con el caballo de Arnem, un semental jaspeado de gris conocido por todo el ejército como Ox, en afectuoso homenaje al fundador de Broken. Arnem desciende a la pista abriendo camino a su mujer, encaja un pie en uno de los estribos de hierro[96] de su silla de montar y se instala a lomos del inquieto caballo gris. Luego lo hace avanzar hacia la escalera y se agacha para recoger a su esposa y subirla a la silla, delante de él: otro gesto que provoca el feliz delirio de los soldados.

Isadora permanece así sentada mientras las tropas responden al estruendo de las trompas de los portaestandartes dándose media vuelta. La columna que parte del Distrito Quarto va llena de alegría, atemperada tan solo cuando, tras trotar con su marido hasta el Camino Celestial, Isadora da un último beso al sentek y luego abandona la montura: ahora los soldados han de atravesar la ciudad hasta el Gran Templo, y lo que en el Distrito Cuarto se interpretaba como camaradería sería tenido por impropio delante del Gran Layzin y Lord Baster-kin. Así, con las unidades principales de la caballería recién provistas de un centenar de caballos (arreados esta misma mañana para que abandonaran las verdes laderas de la montaña antes de ponerles la silla por primera vez), la columna arranca de nuevo hacia el norte; Isadora espera que pase ante ella todo el khotor y parece que salude de manera individual a cada uno de los quinientos hombres, aunque se reserva un beso lanzado al aire solo para su marido, que cabalga junto a Niksar al final de la columna, tras haber visto partir a todos los hombres y haberse asegurado de que están bien dispuestos para la revisión que se les avecina. Entonces, Isadora acepta la escolta de dos linnetes del ejército regular y se marcha a casa.

El paso de los Garras convoca a multitud de personas a lo largo del Camino Celestial. Los distritos Segundo y Tercero están llegando al fin de un día de trueques frenéticos: los dueños de los tenderetes los van recogiendo para el día siguiente, mientras que los propietarios de las tiendas alojadas en los edificios de la avenida cierran antes de tiempo para evitar daños provocados por los espectadores desenfrenados, pero también para poder mirar el desfile. El comportamiento de los soldados se va volviendo más serio y eficaz a medida que progresan hacia el norte. Al llegar a las escaleras del Templo, se encuentran al Gran Layzin, vestido de blanco, bajo un palio sostenido por sus sacerdotes rapados. Los hombres reciben la bendición del Dios-Rey, leída por el Layzin. Sin embargo, este espectáculo piadoso se celebra por el bien de la ciudadanía, y no tanto porque sea del gusto de las tropas. Solo cuando el Layzin regresa al Templo y aparece Lord Baster-kin montado en su caballo negro, los soldados se sienten de nuevo libres para absorber el éxtasis de patriotismo que consume a la ciudadanía.

Al marchar en su descenso hacia la Puerta Este, las tropas pasan de nuevo bajo la mirada vigilante de su comandante, así como la de Baster-kin. Los ciudadanos empiezan a bañar a las tropas con pétalos de flores y Arnem se muestra de acuerdo con Baster-kin y los otros consejeros mercaderes, que, todos a pie, pronto se reúnen en torno a ellos: los hombres están en buena forma y su moral parece apropiadamente alta. Cuando pasan los últimos soldados, Arnem saluda a Lord Baster-kin, por cuya presencia siente un genuino agradecimiento; Baster-kin sigue hablándole con el aire de confidencialidad que ya estableció la noche anterior.

Sin embargo... ¿responden a ese mismo espíritu de confianza sus últimos comentarios a Arnem? ¿O esconden algo más perverso?

—Ah, una cosa más, Arnem... —El Lord Mercader pica las espuelas a su caballo negro para que camine junto al gris del sentek—. He pensado que te gustaría saberlo: la ceremonia salió bien. Korsar fue un modelo de disciplina hasta el final.

Toda la alegría de la revista desaparece para Arnem; mira Camino Celestial abajo y por encima de los muros de la ciudad, hacia la línea del Bosque de Davon, donde su amigo y comandante estará todavía colgado, casi con total seguridad, acaso en una desdichada agonía.

—¿Habéis...? ¿Habéis recibido informes, mi señor?

—Yo mismo fui a verlo —se limita a responder Baster-kin—. Me pareció que era lo correcto. En cualquier caso, he pensado que querrías saber que se enfrentó bien a su final. Bueno... que la fortuna te acompañe, sentek. ¡Regresa victorioso!

Baster-kin clava los talones en la montura y desaparece con un cómodo trote en dirección al Salón de los Mercaderes.

Arnem no avanza; y Niksar se preocupa.

—¿Sentek? —dice—. Es la hora.

—Sí —contesta Arnem despacio—. Sí, claro, Niksar —añade, obligándose a abandonar ese instante pensativo y aturdido a un tiempo—. Vamos. Pero... Niksar. Si por casualidad vieras a ese loco al que nos encontramos anoche... avísame, ¿vale? Tengo la sensación de que está entre la multitud.

—Por supuesto, sentek. Pero si quieres puedo ocuparme yo mismo...

—No, no, Reyne. Limítate a señalármelo.

Luego resulta que Arnem no necesita la ayuda de Niksar para encontrar al anciano. Cuando la columna de hombres empieza a pasar por la Puerta Este, el sentek y su ayudante van todavía rezagados. Arnem se da cuenta de que Niksar se ha puesto algo nervioso por la mención del hereje aparecido; el comandante se dispone a calmar los inquietos pensamientos de su ayudante con un poco de agradable conversación.

—Tu hermano sirve en Daurawah, ¿verdad, Reyne? —pregunta el sentek—. ¿A las órdenes de mi viejo amigo Gledgesa?

Niksar se anima.

—Así es, sentek. Ahora ya es linnet de pleno derecho, aunque casi ni me lo creo. Todos los informes sobre su servicio son excelentes.

—Te alegrarás de verlo. Y yo también. Un buen tipo.

—Sí —contesta Niksar, y asiente con la cabeza—. Y seguro que tú también te alegras de ver al sentek Gledegsa, ¿no? Deben de haber pasado años ya...

Ahora le toca sonreír a Arnem.

—Cierto. Pero Gerolf Gledegsa se parece bastante a la piedra inmutable de estos muros, Reyne. Cuento con que estará exactamente igual...

Arnem guarda silencio mientras mira hacia la Puerta Este. Es solo un breve brillo de una tela, mas para los ojos siempre vigilantes del sentek ha resultado inconfundible: ese mismo atavío. La túnica vieja y ajada que antaño, sin duda, estuvo limpia, sin arrugas ni pliegues, gracias al cuidadoso trabajo de los jóvenes acólitos, aunque no la misma clase de acólitos que pueden encontrarse en el Alto Templo. El hombre está plantado junto a la puerta, más allá de los guardias del ejército regular, y mira a Arnem a los ojos. El sentek no sabría decir cuánto tiempo lleva allí, como tampoco se le ocurriría explicar por qué se permite poner en práctica una idea perversa: tira de las riendas de Ox para que se detenga cerca del punto en que permanece el anciano. Niksar parece cada vez más perturbado por las miradas silenciosas, pero cargadas de significado, que están intercambiando su comandante y el viejo tullido y termina por llamar:

—Tú, ese de ahí... ¡Guardia! ¡Llévate a ese viejo hereje...!

Arnem extiende un brazo y ordena:

—¡No! ¡Descansa, soldado! —Se vuelve hacia su ayudante—. No hace falta, Reyne —añade sin dejar de avanzar, cuando los envuelve un halo de pétalos de rosa lanzados desde lo alto de las torres de guardia, a ambos lados de la puerta.

Si tuviera que explicar por qué va a poner en práctica un plan tan peculiar como este, a Arnem le costaría: ¿habrá sido por la mención de la mutilación del yantek Korsar en boca de Baster-kin, y por la peculiar sombra que dicha mención ha trazado sobre el estado de ánimo de Arnem, tan soberbio hasta entonces? ¿O acaso por la inquietante insistencia de su esposa en que cogiera su broche pagano, que ahora mismo siente clavarse en las costillas? El sentek no tiene respuestas, pero prosigue con su plan:

—Niksar —dice, todavía en voz baja—, instruye con tacto a ese guardia para que deje pasar al anciano. Luego quiero que te adelantes y me traigas una de las monturas de refresco que llevan las unidades de caballería.

—¿Sentek? —dice Niksar asombrado, también sin levantar la voz—. Está loco y es un hereje, ¿qué puedes...?

—Haz lo que te digo, Reyne —insiste Arnem con amabilidad—. Te lo explicaré luego.

Niksar menea la cabeza, exasperado; sin embargo, está demasiado acostumbrado a seguir las órdenes de Arnem para no darse cuenta de cuándo habla en serio el sentek. Azuza a su montura para que trasponga la puerta y manda al guardia escoltar al vagabundo loco y viejo de la multitud. El anciano sonríe al oírlo, aunque se ve forzado a mover a toda prisa su bastón para obligar a la pierna de madera a mantener el ritmo del soldado. Niksar dice al «hereje» que vaya con el sentek, mientras él mismo sale al galope para recoger el caballo que Arnem le ha ordenado traer.

Al plantarse delante del nuevo jefe del ejército de Broken, el anciano tensa los labios otra vez para formar su sonrisa leve y sabia. Y apenas muestra una ligera sorpresa al ver que el sentek le devuelve la misma expresión.

—Visimar. —Arnem mantiene quieto a Ox—. Si no me equivoco.

La sonrisa del hombre se amplía.

—Debes de equivocarte, sentek, pues el hombre al que mencionas murió hace tiempo. Ciertamente tú, como parte de la escolta militar de los sacerdotes de Kafra, estuviste presente en su mutilación. Ahora me llamo Anselm...

—¿Anselm? —Arnem sonríe, pensativo—. El casco de Dios, ¿eh? Un nombre ambicioso. No importa. En otro tiempo fuiste seguidor de Caliphestros.

—Fui el primero entre sus acólitos —declara Anselm, discreta pero firmemente.

—Sí, mejor todavía —contesta Arnem mientras ve regresar a Niksar con un caballo desmontado detrás del suyo—. Niksar —dice, con alegría contenida—, te presento a un hombre llamado Anselm. Anselm, mi ayudante, el linnet Niksar.

El anciano inclina la cabeza, mientras que Niksar declara:

—No me hace ninguna falta conocer el nombre de los herejes, sentek.

—Ah, pero a este sí —replica Arnem; luego baja la mirada hacia Anselm—. ¿Puedes galopar, anciano?

—¡Sentek! —estalla Niksar—. No puedes... Si corre la voz...

—Pero no correrá. —Arnem se dirige a Niksar con tono de punto final y le clava una mirada fija que transmite un propósito irrenunciable—. Tú te encargarás de eso, Niksar. Ya no eres un espía, y así te lo han dicho. Ahora, actúas solo en función del interés de tus hombres. Y creo que esto servirá a esos intereses. —El sentek mira a Anselm—. ¿Entonces?

—Puedo cabalgar, sentek —dice el anciano—. Acaso te convenga incluso explicar la pierna que me falta diciendo que fui un jinete de la caballería, herido en la batalla. —Arnem se muestra de acuerdo con una sonrisa—. Sin embargo, tanto si cabalgo como si voy a pie, la ruta que hemos de seguir ahora quedó determinada cuando me encontraste la otra noche: no puede caber duda alguna de que iré contigo.

Anselm se acerca al caballo y mira alrededor, en busca de ayuda.

Arnem llama al guardia más cercano.

—Tú. Ayuda a este hombre a montar.

El guardia objeta con una mueca amarga, pero sabe bien que debe cumplir la orden y enseguida forma una eslinga con ambas manos. Anselm pone el pie bueno en las palmas de las manos del guardia.

—Gracias, hijo mío —le dice—. Y ahora, si pudieras ayudarme a pasar este regalo del Dios-Rey por encima de la bestia... —El guardia, demasiado humillado para buscarle siquiera sentido a ese comentario, levanta al hombre y luego agarra con gesto burdo la pierna de madera y la pasa por encima del caballo, provocándole un dolor evidente al hombre—. Y si alguna vez me quejo, o si te hago ir despacio, sentek —le dice el tullido, metiendo su único pie en el estribo que queda libre—, espero que me lo digas. No tengo ningún deseo de ponerle a esta misión más trabas de las que ya lleva puestas.

—Y no lo harás. —Mientras sus caballos empiezan a cruzar el portal, Arnem vuelve su rostro serio a Anselm—. Porque cumplirás un papel de bufón loco que nos acompaña para arrancarle buena fortuna a nuestro dios sonriente. Confío en que estés de acuerdo.

—Tienes mi palabra, sentek. Ahora... ¿vamos a ver qué ha preparado para nosotros el Destino montañas abajo?

Arnem asiente y, con un Niksar descontento cerrando la retaguardia, los tres últimos miembros de la columna abandonan la ciudad por la Puerta Este.

Al fin los hombres doblan a la derecha y se dirigen hacia la ruta del sur, que es la más rápida, aunque no la más fácil para subir y bajar la montaña. (No podían usar la Puerta Sur para salir, porque es la que queda en el mucho menos glorioso Distrito Quinto.) Al trazar ese rumbo llegan a un puente sobre el Arroyo de Killen, donde Arnem, acompañado por Anselm y Niksar, se adelanta para adoptar una posición de espera y vigilar cuidadosamente a sus hombres mientras cruzan, sabedor de que la incomodidad que le produce a Niksar el permiso concedido al anciano para viajar con la columna será compartida al principio por las filas. Sin embargo, Arnem sabe que puede contrarrestarlo demostrando desde el inicio que Anselm viaja por invitación suya. De hecho, si todo va tan bien como espera el sentek, puede que pronto perciban a Anselm como un portador de buena fortuna en el campo, tal como él mismo acaba de mencionar. Porque los soldados son una banda de supersticiosos y un buen comandante pone ese instinto a trabajar en su favor, nunca en su contra.

Nada de todo eso explica, tal como observa Niksar en silencio mientras Arnem y Anselm reciben los vitoreos (reconocidamente confusos) de las tropas mientras cruzan el arroyo, la razón que ha llevado al sentek a pedir a este inquietante viejo hereje que viaje con una expedición de vital importancia para el reino.

La salida de la ciudad se ha hecho larga, de todos modos, a pesar de su naturaleza alegre; entre las filas, ningún hombre se inclina por obcecarse con la presencia del recién llegado, ni por concentrar su atención de momento en nada que no sea el sendero que baja la montaña y la aventura que les espera tras él. Si alguno de ellos persistiera en su curiosidad, si mirase, por ejemplo, en las aguas del Arroyo de Killen al pasar por el puente, ese hombre vería en ellas, encajado entre las rocas y las ramitas arrastradas por la deriva, la porción más baja de un pequeño brazo humano. La piel, fétida y podrida, tiene un tono amarillento y se tensa en torno al hueso; algunas llagas grandes se abren grotescas en el tejido sin vida; y, en respuesta a los lametazos del Arroyo, se desprenden pequeños fragmentos de carne y desaparecen entre las aguas que se apresuran a unirse con el Zarpa de Gato.

1:{xiv:}

Los expedicionarios Bane se enteran de la tremenda esperanza de su gente. Y del papel que les toca representar para convertirla en realidad...

Dos fogatas pequeñas arden en hoyos de un metro cincelados hace mucho tiempo en el suelo frío, de suave granito, de la antecámara de la Guarida de Piedra y ofrecen algo de calor, pero, sumadas a las antorchas prendidas de las paredes, mucha más luz. Heldo-Bah y Veloc caminan detrás del anciano del Groba por un corto pasillo de piedra que lleva a esta área relativamente pequeña, y no lo hacen con demasiadas ganas: los dos son conscientes de que su relato, aun siendo importante, a la hora de la verdad será puesto en duda por quienes lo esperan. Efectivamente, antes icluso de entrar, el anciano se vuelve de pronto hacia ellos y dice:

—Os advierto una cosa: esta noche la Alta Sacerdotisa participa en el Groba, acompañada por dos de sus Hermanas Lunares. —Mesándose la barba mientras avanza de nuevo, el anciano añade, con una sensación de gravedad aumentada por la presente crisis—: A ver lo bien que mentís delante de tan reputados personajes...

Luego se detiene, ordena a los expedicionarios que permanezcan en la antecámara mientras él anuncia su llegada y desaparece por un segundo pasillo, aún más largo y oscuro que el primero, que lleva hasta la Guarida.

Heldo-Bah se pone a caminar de inmediato arriba y abajo, lleno de miedo.

—Ah, sublime —protesta el expedicionario de dientes separados—. ¡Perfecto! ¿Has oído, Veloc?

El bello Veloc deambula por la antecámara, admirando una serie de antiguos relieves tallados directamente en la piedra de las paredes: escenas de destierro y sufrimiento que al final llevan a unas imágenes más felices en las que se construyen casas y se forma una tribu. Al fondo de cada una de estas representaciones se alza la imagen de una montaña coronada por una fortaleza, un recordatorio constante de la insistencia con que la gente de Broken se ha esforzado por frustar las ambiciones de los Bane, sin éxito. El agua que se filtra lentamente de los manantiales interiores de los muros de piedra y del techo ha recubierto los relieves con un cultivo mínimo, de color verde oscuro; por otro lado, el movimiento del agua, junto con la luz oscilante de las fogatas, hace que los relieves cobren vida.

—¿Que si he oído qué, Heldo-Bah? —pregunta Veloc, transparentemente despreocupado.

—Ni... ni lo intentes —ladra Heldo-Bah—. Ya lo has oído. Está la maldita Alta Sacerdotisa. ¡Somos hombres muertos!

—Estás exagerando el asunto —dice Veloc, manteniendo su falso aire de calma—. Ella y yo lo dejamos con un acuerdo cordial...

—Ah, seguro. Ella rechazó de entrada tu petición de convertirte en el maldito historiador de los Bane y nos mandó al Bosque de inmediato. ¡Muy cordial! —Heldo-Bah camina ansioso—. Nunca tuvo el menor sentido, Veloc. Intentas seducir a todas las mujeres de Okot, de Broken, hasta de los pueblos que las separan. Y cuando pregunta por ti una mujer que sí podría hacer algo por nosotros, ¿qué haces tú? ¡Rechazarla!

—No soy un macho de lujo dispuesto a hacer de semental con una mujer dominante cada vez que se ponga caliente.

—Absolutamente absurdo —murmura Heldo-Bah, meneando al cabeza—. Total y completamente...

Lo interrumpe la llamada repentina de la voz del Anciano.

—¡Eh, vosotros! ¡Expedicionarios! ¡Ya podéis entrar!

Los dos hombres se adentran en el pasillo que tienen delante, cuya oscuridad absoluta responde a un plan diseñado por los Groba para que, al entrar en la cámara, los convocados se sientan aún más abrumados por sus dimensiones: un techo a casi cinco metros de altura con unas formaciones enormes de aguja, de piedra y mineral, que parecen gotear deasde lo alto, como si la cueva se estuviera derritiendo lentamente. Las paredes de la cámara están decoradas con recargadas armaduras de Broken rellenas de trapos y paja para que parezca que están vivas, incluso con piedras lisas del lecho del río, de color blanco y negro, metidas dentro de las cuencas oculares de unos cráneos humanos (que descansan, a su vez, dentro de los correspondientes yelmos) para que parezcan ojos de muertos, clavando su mirada enloquecida a quienes hayan logrado recorrer todo el pasillo. Las paredes también están ordenadas con armas de los Altos: grandes colecciones de lanzas, espadas, hachas y mazas, repartidas en grupos que asoman desde escudos de Broken, todos de la altura de los Bane. La cámara se ilumina y calienta gracias a una enorme hoguera encendida en un hueco de la pared opuesta a la mesa del Groba; y la «chimenea» de esta ardiente alcoba es un tiro de origen natural que desemboca en la mismísima cumbre de la formación rocosa, junto a la pronunciada cuesta de la ladera de la montaña que se alza por encima. En su conjunto es una visión que provoca una profunda impresión a prácticamente cualquier Bane, sobre todo porque muchos de ellos tan solo consiguen verla una vez en toda su vida, cuando presentan la petición de permiso para casarse.

Para los invitados habituales de la Guarida, en cambio, la cámara interior solo es digna de mención porque nunca cambia, salvo por la adición ocasional de algún trofeo confiscado a los Altos. Sin embargo, a menudo incluso esos cambios pasan inadvertidos, pues si uno visita con frecuencia la cámara quiere decir que es una molestia permanente para la tribu, o algo peor. Y esos tienden a concentrar la mirada en los miembros del Groba para determinar cuál es el estado de ánimo de los Ancianos y qué posibilidad tiene de obtener su clemencia.

Esa es la técnica que sigue Heldo-Bah al concentrarse en los rostros familiares de los cinco Ancianos del Groba. Son oficiales electos[97] y cada uno de ellos tiene un llamativo parecido con el siguiente en su apariencia. Todos llevan unas túnicas grises idénticas, se cortan la barba a la misma medida y permanecen sentados en bancos de talla rústica y respaldo alto. Las únicas diferencias entre los cinco estriban en la cantidad de cabello presente en cada cabeza, la longitud de las narices y, por último, el hecho de que el asiento que pertenece al Anciano de mayor edad (al que se refieren formalmente como «Padre») tiene el respaldo más alto que el resto; además, la parte alta de dicho respaldo tiene tallada una Luna creciente con las puntas mirando al cielo.

Esta noche, sin embargo, todo es distinto entre los Bane, tanto dentro como fuera de la Guarida. Al extremo derecho de la mesa se sienta la Sacerdotisa de la Luna, que lleva una túnica dorada por encima de un vestido amplio de color blanco. Envuelto en torno a los hombros y la cabeza lleva un etéreo chal azul oscuro con unas estrellas bordadas en oro que se vuelven más numerosas a medida que se acercan a una diadema dorada que sostiene el chal en su lugar y en la que destaca el adorno de otra Luna creciente. Es joven esta Alta Sacerdotisa, y juró sus votos hace apenas un año, cuando tenía dieciséis. Hasta entonces había sido simplemente la más prometedora de la Hermandad Lunar y en consecuencia tenía derecho a decidir con qué hombres de la tribu debía aparearse, con la esperanza de producir más niñas semidivinas. Así, todas las Hermanas Lunares, y en consecuencia también la Alta Sacerdotisa, descienden de esas mujeres que detentaron las mismas posiciones originalmente y la pureza de su linaje les otorga un enorme poder: porque, si bien están lejos de formar una orden religiosa de mujeres castas, están tan cerca como cualquier miembro de la tribu de los Bane (cuya noción del comportamiento inmoral suele definirse con bastante amplitud) podría anhelar o desear.

En consecuencia, hace falta un raro talento para empujar los límites de un sistema teológico y moral tan relajado como ese más allá de los límites de lo aceptable; pero es que ese es precisamente el talento que tienen Veloc y Heldo-Bah, son precisamente esa clase de hombres.

Los dos expedicionarios alcanzan a ver que detrás de la Alta Sacerdotisa no solo están sus dos hermanas Lunares, sino también un par de Ultrajadores. Es evidente que la Alta Sacerdotisa tiene algunas opiniones que expresar acerca de la catástrofe que ha afectado a la tribu de los Bane, y quiere expresarlas con la convicción suficiente para exigir la conformidad de los Ancianos del Groba, que, si se sigue la letra de la ley de Bane (y, efectivamente, ellos han conservado sus leyes por escrito), tienen la voz principal acerca de los asuntos seculares en Okot, del mismo modo que la Hermandad Lunar manda en cuestiones de importancia espiritual. Sin embargo, de nuevo, la laxitud de costumbres permite que estas funciones se intercambien ocasionalmente; muy de vez en cuando, el control de la reacción de la tribu ante una amenaza secular puede recibir la influencia de la Alta Sacerdotisa, que en estos momentos es una mujer joven cuya única cualificación para el poder en asuntos de importancia es que dicen que posee la capacidad excepcional de conversar con la sagrada Luna.

El Padre del Groba, un hombre cuyos rasgos —rudos, de ojos claros y tensas arrugas— parecen indicar que tolera menos las tonterías que el Anciano calvo que acaba de guiar a Heldo-Bah y a Veloc hasta la Guarida, aparta la mirada de la pila de documentos escritos en pergaminos[98] que cubren la mesa del Consejo. El gris del cabello y de la barba se distinguen del de sus compañoeros solo por las vetas de color blanco: medallas al honor por haberse impuesto en la mayor parte de las sesiones del Groba, a menudo muy discutidas. Y nunca hay tanto desacuerdo en la cámara como cuando la Alta Sacerdotisa decide asistir, particularidad de la que tanto Heldo-Bah como Veloc son más que conscientes.

—Ah, Heldo-Bah... por fin —dice el Padre del Groba con voz ronca—. Se me podría haber ocurrido que seríais los últimos en volver. Pero da lo mismo. Tu grupo tendrá una tarea crucial y ahora mismo hemos terminado de reunir toda la información que han averiguado los demás expedicionarios en el Bosque.

—¿Padre? —dice un Heldo-Bah abrumadoramente obsequioso si tenemos en cuenta sus quejas constantes sobre el Groba, al que suele referirse como «esa gran colección de eunucos con el cerebro de piedra».

El Padre no le hace ni caso.

—Y también ha venido Veloc. Bien. Perderemos menos tiempo en explicaciones. —El Padre baja la mirada hacia la mesa del Consejo—. Seguro que recordáis a Veloc —dice—, el hombre que el año pasado fue propuesto para la plaza de historiador de la tribu.

Los otros cuatro asienten tan al unísono que a Veloc casi le da por soltar una carcajada, aunque recupera el semblante sombrío, y bien rápido, cuando suena la voz aguda de la Alta Sacerdotisa.

—Propuesta que fue rechazada —afirma, clavando en Veloc sus ojos, bellos y oscuros, que destacan en la cara redonda, como si pudiera destruirlo con una mirada— por la corrupción que descubrimos en su alma desobediente.

Heldo-Bah abre unos ojos como platos y casi llega a dar un respingo sobre las puntas de los pies mientras mira hacia el techo de la cueva y murmura en voz baja:

—Ah, sí, faltaría más... Saquemos eso a relucir en un momento como este...

—¿Has dicho algo, Heldo-Bah? —quiere saber la Sacerdotisa.

Heldo-Bah mantiene los ojos abiertos como un niño ingenuo y responde:

—¿Yo, Divina? Ni una palabra.

—Asegúrate de que así sea —interviene con severidad el Padre del Groba—, salvo que alguien se dirija a ti. Tenemos muchos asuntos que resolver. ¡Acercaos a la mesa!

Arrastrando los pies y expurgándose las túnicas, abarrotadas de señales de las noches que han pasado en el Bosque, los dos expedicionarios se desplazan hasta la mesa del Consejo. Los rostros reunidos en torno a esa pesada unión de troncos partidos se vuelven más claros a la luz de las pequeñas lámparas de sebo que se sostienen en su superficie irregular. Vistos desde cerca, los Ancianos Groba muestran una admirable serenidad, pese a la crisis, pero también precisamente por la misma. Las caras de la Alta Sacerdortisa y de las Hermanas Lunares, en cambio, parecen altaneras, descontentas y cargadas de acusaciones, mientras que, detrás de ellas, los Ultrajadores muestran algo más simple: un deseo de dejar sin sentido a los expedicionarios de una paliza.

—La expedición que teníais encargada —dice el Padre, mirando un mapa de pergamino— tenía que llevaros hacia el nordoeste. Cerca de las Cataratas Hafften y de la Llanura de Lord Baster-kin. —El Padre levanta la mirada, esperando que alguien lo contradiga—. ¿Así ha sido?

—Por supuesto, Padre —se limita a reponder Heldo-Bah.

—Qué refrescante me resulta la mera idea de que puedas haber obedecido una orden, Heldo-Bah —dice el Padre, con una familiaridad agotada.

Entonces, por primera vez, se da cuenta de que hay alguien a quien no tiene delante.

—Pero... ¿dónde está Keera? —pregunta con gran preocupación—. Es la líder de vuestro grupo y la clave para lo que esperamos de vosotros.

—Ha ido a las Lenthess-steyn a buscar a su familia —responde Veloc, trasluciendo su propia preocupación—. O, al menos, a averiguar qué ha sido de ellos.

Por primera vez, todos los Ancianos Groba dan muestras de agotamiento. El Padre se frota los ojos con fuerza y luego suspira:

—Que la Luna esté con ella —dice. Y los demás Ancianos murmuran su conformidad.

De todos modos, los ojos de la Sacerdotisa arden con más fuego aún, por mucho que su cuerpo siga quieto.

—Últimamente, no ha hecho demasiado por obtener los favores de la Luna. —La Sacerdotisa concentra su mirada en Veloc, que la evita de modo persistente—. De hecho, ningún miembro de este grupo ha demostrado verdadera lealtad.

Está claro que los Ancianos Groba no están de acuerdo con esa afirmación, al menos en lo que concierne a Keera, pero prefieren evitar una discusión con la Sacerdotisa. En ese silencio momentáneo se cuela Heldo-Bah.

—No todos podemos contar con la bendición de vuestra abundancia de virtudes, Divinidad —dice con una sonrisa claramente falsa.

Capta la mirada de la Sacerdotisa, pero, al contrario que Veloc, se niega a apartar la suya.

—No hables —repite el Padre con tono de aburrimiento—, Heldo-Bah, si no es para contestar una pregunta. Entonces, ¿Keera está buscando a su familia y a vosotros ya os han informado de los detalles de la plaga?

—Bueno, no era muy probable que se nos escapara... —El comentario de Heldo-Bah se ve interrumpido por una bota de Veloc, que lo alcanza en plena espinilla.

—Pido perdón, Padre —dice Veloc—. Mi amigo es, a falta de una palabra mejor, un idiota. Por contestar a tu pregunta, hemos visto el fuego en el asentamiento del nordeste y hemos hablado con el yantek Ashkatar. Nos ha dicho que creéis que la peste es obra de los Altos...

Al notar la impaciencia en el rostro del Padre, Veloc guarda silencio y se da cuenta de que ha entrado en demasiados detalles.

—Nos importa —dice otro Anciano, apoyando un codo en la mesa y con sus huesudas manos juntas— lo que hayáis visto en el Bosque, no en Okot. Eso, suponiendo que, como habéis dicho, sea cierto que seguisteis la ruta que se os asignó. ¿Había alguna señal de la plaga por el norte? ¿Presencia inexplicable de algún esqueleto animal? ¿Hombres muertos? ¿Actividad de los Altos cerca del río?

—No hemos visto nada. —Veloc se detiene de pronto, al captar el odio en los ojos de la Alta Sacerdotisa; sin embargo, al pensar en su hermana y en todo lo que está en juego para la tribu en su conjunto, decide que debe abandonar toda precaución—. De hecho, Anciano, eso no es cierto. Hemos visto y oído cosas que no podíamos esxplicar y que tal vez tengan algo que ver con la plaga.

El Padre del Groba descruza los brazos y suelta un resoplido furioso.

—Lo siento, Padre —dice Veloc al hombre—. Pero habéis dicho que debíamos responder a las preguntas.

—De acuerdo —concede el Padre—. ¿Cuál es, entonces, esa historia tan extraordinaria?

Heldo-Bah lo mira asombrado.

—Sí, eso, ¿cuál es nuestra historia, Veloc? —repite, temeroso de que todas sus actividades de esta noche pasada queden reveladas.

—Lo siento, Heldo-Bah, pero puede ser importante...

—¿Importante para qué, Veloc? —murmura Heldo-Bah, ahora con mucha mayor urgencia en la voz.

—¡Es mi hermana, maldita sea! —se defiende Veloc, sin alzar la voz, pero con énfasis—. Esas criaturas son mis sobrinos y sobrinas. No esperarás que...

—No espero nada, Veloc —susurra ahora HeldoBah, acercando la nariz a la de su amigo, al tiempo que señala hacia los Ultrajadores—, aparte de que podamos abandonar esta sala sin necesidad de abrirnos paso entre esos paradigmas de la perversión que hay allí...

—¡Basta! —El Padre del Groba se levanta y camina alrededor de la mesa del Consejo para plantarse delante de los expedicionarios, ahora callados—. ¿Qué vamos a hacer contigo, Heldo-Bah? —exige—. ¿Eh? Sigues siendo el único Bane condenado como expedicionario a perpetuidad y aun así te atreves a provocar que caiga sobre nosotros toda la rabia de Broken con tus incesantes ofensas a los Altos. ¿Acaso te crees el único Bane que quiere ver esa ciudad destruida? Todos lo pedimos en nuestros rezos. Pero ¿no podrías trabajar por el bien de la tribu, en vez de dedicarte constantemente a hostigar a la gente de Broken? —El Padre da un paso a la izquierda—. Y tú, Veloc, lejos de ofender a los Altos, lo que quisieras es cortejarlos.

—Bueno —murmura Veloc, acobardado—. A todos no, Padre.

El Padre aprieta los puños y habla con furia controlada.

—No, a todos no. Pero cada vez que te has acostado con una mujer de los Altos hemos recibido la venganza de los mercaderes y soldados de Broken. ¿No te puedes contentar con una mujer de tu misma clase?

—¿Acaso los Bane no somos hombres también, Padre? —dice Veloc, con más rapidez que sentido común.

—No te pases de listo conmigo, muchacho —contesta el Padre, mostrando un puño tembloroso ante el rostro de Veloc—. Ya sabes a qué me refiero. —El Padre del Groba rodea de nuevo la mesa para regresar a su asiento—. Y a la que menos entiendo es a Keera. Es nuestra mejor rastreadora y no tiene ningún defecto salvo su inexplicable disposición a defenderos a los dos. ¿Por qué?

Veloc da una patada al suelo de la cueva.

—Es difícil de explicar, Padre. Bueno, crecimos todos juntos, Heldo-Bah y Keera y yo...

—No es suficiente excusa para incumplir sus responsabilidades como miembro de la tribu, Veloc. ¡Por no hablar de sus obligaciones como madre! —El Anciano se deja caer en su asiento con otro suspiro—. No sé ni cómo se me ocurrió esperar que vosotros tres trajerais algo de información útil.

Reina el silencio; Heldo-Bah, que se estaba peleando con esa cosa empalagosa que llaman consciencia, carraspea.

—Padre... ¿puedo hablar?

El Padre del Groba tiene el mismo aspecto que si le hubieran metido un dedo en un ojo.

—¿Es necesario?

—Bueno, Padre, nos has preguntado, y Veloc intentaba decirte... O sea, querías saber si habíamos visto alguna actividad por parte de los soldados de los Altos. Y si bien es cierto que no vimos tal actividad...

—Entonces, ¿por qué gastar el valioso tiempo del Groba en este momento de tristeza y de crisis? —pregunta con brusquedad la Sacerdotisa.

—Sí, Divina —responde Heldo-Bah, haciéndole reverencias—, puede que os haga perder el tiempo. Siempre y cuando consideréis que la presencia de una de las Esposas de Kafra en el Bosque de Davon es insignificante.

La sorpresa del Padre se refleja en los rostros de los demás Ancianos.

—Una Esposa de... —pronto, su voz recupera la fuerza—. ¿Cuándo?

—Anoche, Padre, justo antes de que sonara el Cuerno.

—¿Y dónde? ¿Al norte? Habla, hombre, que de tu boca de mentiroso aún puede salir la respuesta verdadera a esta adivinanza mortal.

A toda prisa, y con algunos adornos de Veloc, Heldo-Bah cuenta la historia de la Esposa de Kafra y la pantera, así como la del miembro de la Guardia de Lord Baster-kin, enfermo y muerto, con sus flechas doradas. Veloc concentra toda su habilidad para contar historias en realzar el drama del relato de su amigo y, cuando terminan su actuación, los Ancianos del Groba intercambian algunos susurros y, en un esfuerzo por limitar la contribución de la Sacerdotisa y de las Hermanas Lunares, el Padre habla.

—¿Y Keera no sabía qué podía haber provocado ese comportamiento de la pantera? ¿Ni qué otra causa podría explicar la muerte del guardia?

—Juró que ningún elemento de la Naturaleza podía explicar ese suceso —responde Veloc—. Que sin duda se trataba de alguna clase de brujería, Padre, a propósito de la fiera. Y las flechas hablan por sí mismas.

—No hace falta que venga un expedicionario a decírnoslo —se mofa la Sacerdotisa—. Lo que hemos de hacer es dejar de perder el tiempo. Los Altos nos han enviado la plaga por medio de la brujería de Broken y solo podremos responder con los mismos métodos.

El Padre del Groba mira las caras de los demás Ancianos: uno tras otro, van asintiendo todos.

—Estamos de acuerdo —dice—. Heldo-Bah, Veloc, iréis...

El Padre interrumpe su afirmación y clava la mirada en la entrada de la cámara. Ha aparecido una figura entre las sombras, en la boca del pasillo; cuando avanza lentamente hacia la mesa, los Groba, el séquito de la Sacerdotisa y los expedicionarios pueden ver que se trata de Keera.

Lleva en brazos a su hija Effi, de cuatro años,[99] abrazada a su cuello. La cría ha estado llorando y suelta todavía algún sollozo de puro agotamiento. También la cara de Keera está bañada en lágrimas, y se detiene cuando ya ha recorrido la mitad de la distancia que la separa de la mesa del Groba, escrutando en vano todos los rostros que tiene delante. Cuando Veloc se acerca a ella, Heldo-Bah mira enseguida al Padre.

—Podéis acercaros a ella —concede este—. Si los sanadores las han dejado salir, será que no hay riesgo. Ojalá supiéramos por qué, mientras tantos otros se mueren...

Con ese permiso, Heldo-Bah y Veloc se apresuran a ponerse a ambos lados de Keera; los dos frenan y luego se detienen por lo que están viendo. El rostro de Keera, de ordinario pura imagen de una disposición confiada (aunque realista), se ha transformado en un retrato de la devastación. Veloc le retira a Effi, tras lo cual Keera, en vez de arrodillarse, se deja caer en un desplome doloroso y no siente nada cuando sus rótulas golpean con fuerza el suelo de piedra. Sin embargo, es la expresión de su rostro lo que sigue constituyendo su causa principal de preocupación: los ojos retraídos en el interior del cráneo, la mandíbula inferior aparentemente desprovista de vida y la piel tan demacrada que casi parece muerta. Ciertamente, Heldo-Bah se da cuenta de que solo ha visto cambios similares en rasgos humanos en los rostros de quienes habían sido torturados hasta la muerte por mano del hombre, o quienes expiraban por el frío terrible de las altas montañas en pleno invierno.

—Tayo ya estaba muerto —dice Keera acerca de su marido, sin llegar apenas a pronunciar las palabras—. A Effi no le ha afectado, pero Herwin y Baza... No les dejarán salir de las Lenthess-steyn. Herwin podría sobrevivir, dicen, pero Baza casi seguro que...
—Empieza a caerse hacia delante. Solo la atenta agilidad de Heldo-Bah, un estado de alerta nacido de su convicción de que lo peor en la vida no solo puede pasar, sino que generalmente termina pasando, le permite agarrarla antes de que su cara golpee la piedra. La sostiene de nuevo con la espalda recta y ella le clava su mirada en los ojos, sin llegar a verlos—. No lo reconocía... Tayo. Su cara y su cuerpo... Había tantas llagas, tanta hinchazón, tanta sangre y tanto pus... —Le sobrevienen las lágrimas al hablar de sus chicos: Herwin, de ocho años, y Baza, de solo seis—. Baza apenas está vivo... Al verme se ha puesto a gritar y decía que le dolía... todo. Pero no me han dejado tocarlo. Y Erwin parece que... Parece que... Pero nadie puede predecir nada.

Busca a su alrededor con una mirada desesperada y murmura: «Effi», pero luego la ve en brazos de Veloc. Se la quita bruscamente y se ponen las dos a llorar de nuevo, Effi con ese mismo tono debilitado, pues hace más de un día que la separaron a la fuerza de su padre y de sus hermanos en las Lenthess-steyn, y Keera con esa rigidez corporal que suele presentarse antes de que la realidad de la muerte se nos vuelva del todo comprensible: como si el agotamiento físico pudiera rechazarla. Heldo-Bah y Veloc le apoyan sus manos en los hombros.

—O sea que ahora los Altos matan así —dice Heldo-Bah a Veloc, en un intento, muy propio de él, de disolver su dolor en la amargura—. Ojalá le hubiera clavado un cuchillo en el corazón a esa bruja...

Pasan unos momentos de silencio en los que solo el sonido de los sollozos de Keera y Effi rebota en las paredes de la Guarida, junto con algún crepitar ocasional de las hogueras. Veloc y Keera intercambian algunos susurros después de que él le diga algo al oído; los Ancianos del Groba conceden al grupo de expedicionarios y Effi unos pocos minutos antes de que el Padre llame con amabilidad.

—¿Keera?

Se levanta de nuevo y se sitúa entre Keera y la Alta Sacerdotisa. Si a esta se le escapa algún comentario insensible más, el Padre ha decidido que los va a interrumpir y aun acallar para que no dañen todavía más el alma ya muy maltratada de Keera. Efectivamente, el Padre decide que, si hace falta, se arriesgará a cargar con la ira divina simplemente diciéndole a la celosa joven que se muerda la lengua. Pero mantiene la mirada centrada en los expedicionarios.

—Compartimos tu dolor, Keera, créeme. No hay ningún miembro del Groba que no haya perdido algún ser querido: hijos, nietos...

—Mi esposa durante treinta años —dice el Anciano calvo en tono lúgubre.

Cuando Heldo-Bah mira a este hombre, que los ha llevado a Veloc y a él hasta la Guarida sin exhibir ni el menor signo de haber recibido un golpe tan devastador, no solo siente pena por la pérdida de este Anciano, sino admiración por alguien que, con semejante disciplina, ha puesto a la tribu por encima de su propio sufrimiento.

—Ciertamente —dice el Padre del Groba, echando una mirada atrás para ver a sus compañeros de Consejo—. Esta peste ha golpeado efectivamente por todas partes a la tribu de los Bane, y seguirá haciéndolo si no actuamos deprisa. Así que creed que nuestros corazones van con vosotros, Keera, y creed también que ahora los tres expedicionarios tenéis que aceptar una tarea que nos ofrece la única esperanza posible, no solo de detener la extensión de esta malévola enfermedad, sino también de vengar a los muertos.

Al oír eso, Keera alza el rostro y se vuelve hacia los Ancianos; luego, lentamente, se libera del abrazo con que su hermano y su amigo la sostienen todavía y avanza unos pasos para acercarse a la mesa de reunión del Groba, sin dejar de aferrar en todo momento a la pequeña Effi. Le limpia la cara con una manga mientras reúne las fuerzas para hablar.

—Pero... ¿cómo puede ser, Padre? —Y luego añade con humilde escepticismo—: Solo somos expedicionarios.

—Puede que tu hermano y Heldo-Bah no sean más que eso —responde el Padre—. Pero tú eres nuestra mejor rastreadora, Keera, una verdadera maestra del Bosque. Nadie se ha adentrado tanto en su extensión por el sudoeste como tú, y es precisamente allí donde hemos de pedirte que vuelvas.

Por primera vez, la luz de una leve esperanza parece posarse en la tierra yerma del rostro de Keera y devolver a sus ojos, terriblemente mortecinos, el brillo minúsculo del entendimiento.

Sin embargo, quien habla a continuación es Veloc.

—Perdón, Padre, pero... ¿por qué? Ya veis lo que esta enfermedad ha hecho a mi hermana, a su familia—. ¿Cómo podéis pedirle que vuelva a abandonarla?

—Ya veis que no quiere prestar ese servicio —declara la Alta Sacerdotisa—. La verdad, no es este el grupo al que hemos de mandar. Los dos hombres deberían luchar con los guerreros en vez de evitar los peligros que se avecinan. Y a la mujer habría que permitirle quedarse para que esté cerca de sus hijos cuando les llegue la hora de enfrentarse a la muerte.

Heldo-Bah, cuyos ojos estaban escrutando primero a Keera y luego a los Groba, empieza a sonreír. Se vuelve hacia la Sacerdotisa con una mirada que, en otras circunstancias, provocaría un combate entre él y los Ultrajadores.

—Pero no hay otro grupo al que enviar, Divino Abrevadero de Gracia Lunar —dice, ahora sin disimular ni un ápice la falsedad de su tono obsequioso—. ¿Acaso no tengo razón, Padre?

El Padre asiente y luego mira a la Alta Sacerdotisa y a sus Hermanas.

—No penséis que al encargarse de esta tarea huyen del peligro. Ciertamente, puede que les aceche un peligro mayor que a todos los demás... —Vuelve a mirar a Keera—. Y más importante que cualquier batalla entre los ejércitos.

Los cinco Ancianos están examinando a Keera, Heldo-Bah y Veloc por turnos; les complace encontrar una expresión de entendimiento en los dos primeros y están dispuestos a esperar hasta que se le ocurra al tercero. Y pronto ocurre.

—¡Caliphestros! —exclama Veloc.

La sonrisa de Heldo-Bah se vuelve aún mayor al mirar a la Sacerdotisa; sus ojos explican con elocuencia la gravedad de la derrota que ha sufrido en este encuentro.

—Sí —dice, cargando su voz con un suave pero decidido tono de triunfo—. Caliphestros...

—Efectivamente —confirma el Padre, al tiempo que dedica a la Sacerdotisa una última mirada, como si le dijera: «Y déjalo ahí... No hay otra posibilidad.» Luego, en voz alta, pronuncia por tercera vez el nombre—: Caliphestros.

Todos permanecen quietos en sus asientos durante unos momentos, mientras absorben el nombre con obvio terror. Los Ultrajadores, en particular, parecen devastados por el miedo supersticioso que se ha infundido a los niños Bane a lo largo de los últimos cuarenta años, según el cual, si se pronuncia el nombre de este hombre (¡suponiendo que lo sea!) aumentan las posibilidades de que acuda por la noche junto al lecho para llevarse el espíritu de su desgraciada víctima.

Al fin es Veloc quien vuelve a poner sobre la mesa los asuntos prácticos.

—Pero, Padre... es cierto que una vez vimos dónde vive, o donde nos pareció que vivía. Pero era un viaje largo y se produjo, sobre todo, como resultado de una serie de accidentes. Estuvimos a punto de morir, además, y...

—Y podemos repetirlo. —Ahora es Keera quien habla, y su voz va recuperando las fuerzas—. Puedo volver a encontrar ese sitio.

Veloc avanza para plantarse junto a su hermana.

—Pero, Keera... ni siquiera sabemos si está vivo.

—Quizá no lo esté —responde ella—. Pero si hay una sola posibilidad...

—¿Y los niños? —Veloc insiste, aunque parece claro que lo hace en beneficio de Keera. No se fía aún de la claridad de pensamiento de su hermana y no quiere que se comprometa a llevar a cabo una tarea que luego pueda aumentar su dolor y su sentido de culpa—. ¿No prefieres quedarte...?

—No podemos hacer nada, Veloc —responde Keera—. Nada más que esto. Los curanderos no me dejarán acercarme a Herwin y Baza y lo más probable es que tampoco puedan salvar a ninguno de mis hijos. Y Effi estará a salvo. Nuestros padres pueden ocuparse de ella hasta que volvamos.

La pequeña Effi, exhausta, objeta en silencio a esa propuesta, pero Keera la calma.

—Escucha a tu hermana, Veloc —dice Heldo-Bah sin dejar de sonreír a la Alta Sacerdotisa—. Es nuestra única esperanza: usar al mayor brujo de los Altos para luchar contra la brujería de los Altos.

Veloc no se rinde todavía.

—Pero la enfermedad se extiende muy deprisa. ¿De cuánto tiempo disponemos para conseguirlo, si no queremos que nuestro esfuerzo sea en vano?

—Solo los Altos pueden responder a eso con certeza, Veloc —dice el Padre—. Creemos que se disponen a atacar cuando la enfermedad nos haya debilitado lo suficiente; pero no han contado con que nuestros curanderos creen que pueden, al menos, controlar el contagio de la enfermedad si separamos a los sanos de los enfermos y, sobre todo, si quemamos a los muertos. Deprisa. —Keera se estremece al oír esta última palabra y el Padre, al darse cuenta, continúa—: Lamento usar palabras tan rudas, Keera. Sé que cuesta pensarlo y quisiera poderte decir que el tiempo lo hará más fácil. Pero lo único que puede aliviar nuestro sufrimiento es precisamente lo que dice Heldo-Bah. Hemos de buscar al mayor brujo que jamás vivió entre los Altos para que deshaga la obra mortal del reino al que en otro tiempo sirvió. —El Padre se sienta, toma una lámina de pergamino y garabatea algo con una pluma—. No podemos daros ninguna orden más específica. Haced los preparativos necesarios, tomad todas las provisiones que os hagan falta. Esto...
—una vez terminado el documento, lo enrolla y se lo pasa a Hel-

do-Bah— os dará autoridad absoluta. No os faltará de nada, pero no abuses del privilegio, Heldo-Bah.

—Y, en el nombre de la Luna... —La Sacerdotisa, habiendo cedido en la discusión de quién ha de emprender este viaje vital, siente la necesidad de intentar, al menos, reafirmarse por última vez—, intentad mostrar más fe que hasta ahora. La vida de la tribu podría depender de ello.

Keera vuelve bruscamente la cabeza para fulminar a la Sacerdotisa con una mirada de odio.

—Algunos de nosotros, Divina, ya lo hemos aprendido.

Se trata de una impertinencia más y la Sacerdotisa se plantea protestar. Sin embargo, una mirada firme del Padre del Groba repite la advertencia que no puede formular en palabras: «Ya has hablado bastante. Guarda silencio.» Se vuelve de nuevo hacia los expedicionarios.

—Marchaos ya —dice— y llevad con vosotros nuestras más sinceras plegarias.

El mismo Anciano que los ha guiado al entrar en la Guarida se levanta ahora para escoltar a los expedicionarios en su salida. Veloc rodea con un brazo a Keera y Effi y mientras avanzan por el pasillo trata de confirmar, en tono amable, si Keera tiene, efectivamente, fuerzas sufiencientes para la tarea. Eso deja a Heldo-Bah unos pasos atrás con el Anciano; es un momento incómodo para el expedicionario. No habla el idioma de la sociedad educada de los Bane ni, de hecho, de ninguna otra sociedad educada; sin embargo, por razones que no es capaz de definir con precisión, desea expresar el respeto y la compasión que este hombre le merece. Espera hasta que cruzan la antecámara y emergen a la luz del día. El anciano se detiene justo en la boca de la cueva y Heldo-Bah se encara a él.

—Treinta años —le dice con torpeza, rascándose la barba—. Mucho tiempo para estar con la misma mujer. —El dolor del Anciano se hace evidente, pero también parece desconcertado—. En realidad, mucho tiempo para estar con cualquiera —continúa Heldo-Bah. Pero no sirve de nada. No tiene talento para expresar de un modo correcto lo que quiere decir, así que renuncia al intento, sonríe y añade—: No te preocupes, viejo... —Luego tira de la manga para cubrirse una mano y, en una reacción inexplicable, frota la coronilla de la calva cabeza del Anciano—. Te encontraremos a ese brujo maldito... ¡y podrás reclamar tu justicia!

—¡Basta ya, Heldo-Bah!

El Anciano agarra el brazo del expedicionario y lo aparta con una fuerza sorprendente mientras mira a Heldo-Bah con rostro de sorpresa. Sin embargo, acaso porque entiende que en el corazón del extraño comportamiento del expedicionario ha de anidar un grano de compasión, a modo de reproche tan solo le dice:

—A veces creo que estás loco de verdad.

Pero Heldo-Bah ya se aleja a toda prisa por el camino para reunirse con sus amigos, que se han detenido a recuperar los sacos, tarea nada fácil, porque encima de ellos está Ashkatar, robando los segundos de sueño que tanto merecía y tan desesperadamente necesitaba, aunque se vaya despertando de modo intermitente para asegurarse de que la muchedumbre de Bane enfurecidos no se vuelva a reunir. Da un buen bote al oír la llamada del Anciano.

—¡Yantek Ashkatar!

Ashkatar se pone en pie con la ayuda de Heldo-Bah y Veloc.

—¿Anciano? —pregunta, a gritos.

—Los Groba quieren verte.

No ha dado todavía una docena de pasos cuando se detiene y se vuelve hacia Keera.

—¿Habéis aceptado el encargo?

Sin dejar de mecer a Effi, que se ha entregado a un sueño entristecido, Keera responde:

—Lo hemos aceptado, yantek.

Ashkatar asiente.

—Algunos creían que lo rechazarías. Pero yo estaba seguro de que no. Y quiero que sepas una cosa... A propósito de tus hijos. —Ashkatar tira del látigo—. No temas que caigan en el olvido mientras tú no estés. Mis hombres y yo los cuidaremos como si fueran nuestros y yo mantendré a tus padres informados en todo momento de cómo les va.

A Keera se le empañan los ojos de lágrimas, pero está decidida a controlar el dolor y la preocupación hasta que termine el viaje que la espera.

—Gracias, yantek —contesta, con profundo respeto.

Luego echa a andar lentamente hacia la casa de sus padres, al sur del centro de la ciudad, sin dejar de mecer a Effi de lado a lado.

—Y... Veloc —Ashkatar señala con su látigo—, tú y Heldo-Bah cuidadla, ¿eh? Sobre todo en el sudoeste del Bosque. Cuidaos también vosotros. Es un territorio infernal y toda nuestra esperanza va con vosotros.

Veloc asiente.

—Así será —dice, y se vuelve para alcanzar a su hermana.

Heldo-Bah se detiene, con su sonrisa todavía en la cara.

—¿Y qué sabrás tú de cómo es ese territorio? —le pregunta. Ashkatar se sonroja, presa de una vergüenza enfurecida, lo cual provoca una carcajada de Heldo-Bah antes de añadir—: Pero la intención era noble, Ashkatar, me conmueve profundamente.

Sin dar tiempo a que el comandante del ejército de los Bane responda, Heldo-Bah echa a correr. Aun así, Askatar grita en su dirección:

—¡Maldito seas, Heldo-Bah! ¡Se dice yantek Ashka...! —Pero entonces, con el rabillo del ojo ve que el Anciano sigue esperándolo y murmura—: Ah, qué diablos...

Se alisa la túnica y mira cómo desaparecen los expedicionarios entre las masas de Bane desesperados que gritan y lloran mientras él echa a andar por el sendero.

—Que la Luna os acompañe a los tres —dice en un suave murmullo.

Luego se da prisa por llegar a la Guarida de Piedra para proponer el plan que, según cree, hará posible que el ejército de los Bane, inexperto y drásticamente superado en el aspecto cuantitativo por el enemigo —pues lo forman menos de doscientos hombres—, defienda el Bosque de Davon contra la maquinaria militar más poderosa que se puede encontrar al norte del Lumun-jan, por lo menos hasta que regresen los expedicionarios.

—Y lo que venga después... —susurra Ashkatar mientras camina detrás del Anciano— no puedo ni empezar a imaginarlo...

1:{xv:}

El ocaso en el Alto Templo trae consigo
a unos Visitantes extraños y asombrosos...

Al convertir el kafranismo en la religión confesional de Broken
—y convertirse a sí mismo en deidad—, Thedric, el hijo parricida
del Rey Loco Oxmontrot, hablando por boca del primer Gran Layzin, prometió crear grandes obras en el nombre de su «verdadero
padre»: el dios dorado. En poco tiempo completó el Alto Templo
de Kafra (por el cual Oxmontrot jamás había mostrado más que un
interés pasajero) y aumentó sobremanera la belleza de su diseño.
Por medio de los rituales que allí se celebraron a partir de entonces, los destierros que Oxmontrot había instituido como método
pragmático para forjar un pueblo unido, capaz no solo de crear
una ciudad impenetrable, sino de defenderse en el campo de batalla
contra las hordas conquistadoras a las que se había enfrentado el
Rey Loco durante sus años al servicio del Lumun-jan, se convirtieron en columnas inalterables de la nueva fe del reino. Al poco
tiempo estaba ya construida la Sacristía sobre la tierra que separaba
las paredes orientales del Templo de la cara interna de la muralla de
la ciudad, que miraba al oeste; otro tanto ocurrió con el estadio,
que se alzó donde antes había un segundo cuartel, más pequeño, destinado a la vigía del norte del ejército de Broken. Y por último,
junto a la Sacristía se levantó la Casa de las Esposas de Kafra, cuyo
segundo piso se convirtió en residencia oficial del Gran Layzin. La
amplia terraza que se abría desde la espléndida alcoba del Layzin
ofrecía una vista excelente del Lago de la Luna Moribunda, dentro
de la Ciudad Interior, así como de los pisos superiores del palacio

real, mientras que un pasillo nuevo discurría por debajo de la Casa de las Esposas de Kafra para conectar el Templo, al Layzin y las Sacerdotisas directamente con el palacio y la familia real. Pero esos añadidos eran de orden meramente práctico, diseñados para facilitar los secretos propios de la vida de los gobernantes de Broken y los asuntos de los clérigos; solo la terraza y el balcón de la alcoba se construyeron por pura indulgencia, con la intención de que el sacerdote principal de Broken tuviera una vista de la Ciudad Interior, de modo que pudiera mirar mientras las aguas negras del Lago reflejaban el sol del ocaso.

Para la larga sucesión de grandes layzines, que nunca reclamaron ni pretendieron tener condición divina, la vida en la Casa de las Esposas supuso un alivio de las responsabilidades, a veces abrumadoras, que implicaba la tarea de dar voz (y, con más frecuencia que lo contrario, también inventarse) a los edictos de los distintos dioses-reyes, cuyas opiniones acerca de asuntos mundanos y seculares, por estar ellos algo apartados del mundo, más bien parecían de utilidad limitada. Las cargas de los layzines, a principios de la nueva vida de Broken, se veían aliviadas por el ascenso del líder del Consejo de Mercaderes de la ciudad a la condición de Primer Asesor del reino. Al fin los layzines podían trasladar la más onerosa de sus cargas a un hombre de mundo, más preparado que ellos para tratar esos asuntos, y ya iba siendo hora: el aumento de tribus salvajes por todos los flancos de Broken, durante las primeras generaciones de la existencia del reino, exigía algunas respuestas muy «seculares».

Los sucesivos lords del Consejo de Mercaderes demostraron ser, afortunadamente, hombres de gran dedicación. De hecho, fueron tan eficaces (sobre todo cuando contaban con el apoyo, como solía ocurrir, de aquellos hombres de una lealtad sin parangón que alcanzaban el cargo de yantek del ejército de Broken), que los layzines tuvieron tiempo para concentrar la mayor parte de sus energías en elaborar con precisión el modo en que la búsqueda sublime de la perfección física y la obtención de riquezas debía gobernar la vida cotidiana de la población del reino. Y esos hombres han creído siempre que no hay ningún lugar sobre la tierra de Kafra más apropiado para esas cavilaciones, entonces como hoy, que la terraza superior de la Casa de las Esposas de Kafra, donde sus elevados pensamientos se han visto en todo momento envueltos en el poderoso aroma de las rosas silvestres que trepan los muros de los jardines colindantes.

El hombre a quien hoy llaman Gran Layzin ha obtenido un placer singular de los placeres sencillos que ofrece la retirada terraza desde que ocupó el cargo por primera vez; esta noche —mientras se reclina en un sofá de piel, trabajada por manos expertas, sobre el que se desparraman los cojines enfundados en seda y en la más suave lana que pueda encontrarse, orientado de tal modo que disfruta de la asombrosa vista que ofrecen el Camino Celestial al sur y la Ciudad Interior al oeste— sus pensamientos vuelven hacia los gloriosos y serenos primeros años de su servicio. Años llenos de oportunidades aparentemente ilimitadas para garantizar la juventud sostenida y la vitalidad —en definitiva, la inmortalidad— de su amado y joven Dios-Rey, Saylal; llenos, de hecho, de la promesa de que no solo la belleza sagrada y la fuerza del ser divino podrían salvarse para siempre de la corrupción y la muerte, sino que otro tanto ocurriría con esas mismas cualidades entre sus sacerdotes y sacerdotisas, siempre y cuando pudieran entenderse mejor para ofrecer mayor oposición a los procesos. Todo eso le había parecido alcanzable... antaño.

En cambio ahora, mientras su mente regresa inevitablemente a la partida, hoy mismo, de quinientos hombres escogidos entre los mejores jóvenes de la ciudad para enfrentarse a un problema que, como el propio Layzin sabe, va más allá de los Bane, el hombre se descubre a sí mismo levantándose para cerrar un lado del juego de cortinas de fina gasa que cuelgan en la terraza; descubre que le apetece, cosa extraña, ocultar la vista de la Ciudad Interior y del Lago de la Luna Moribunda y luego sentarse de nuevo para mirar fijamente la larga avenida por la que han desfilado en su salida de la ciudad esos quinientos hombres casi perfectos, comandados por un hombre que, pese a la imperfección de sus orígenes, ofrece al menos una perfecta lealtad.

Y mientras piensa en esas cosas el Layzin suspira...

Sigue vestido aún con las túnicas ceremoniales, del más suave algodón blanco que puede conseguirse entre los mercaderes de Broken; bebe el vino blanco dulce elaborado con las uvas originales del Valle del Meloderna. Desde abajo le llegan las risas frecuentes de las Esposas y de otras sacerdotisas, que representarían un perfecto acompañamiento para este hermoso anochecer primaveral. Sin embargo, al mirar hacia la derecha del Camino Celestial y hacia las puertas de la Ciudad Interior (cuyos muros encierran no menos de cuarenta *ackars*),[100] observa algunos destacamentos de la Guardia de Lord Baster-kin en pleno cambio de guardia; se desvanece el placer de las rosas y las risas. «Pero se está haciendo todo lo posible, eso seguro...», se dice. Y luego acude la duda persistente: «¿Será suficiente?»

A su derecha, las cortinas de gasa recogen la luz dorada del ocaso primaveral, que todo lo afila; la misma luz que ha hechizado a tantos layzines antes. Las cortinas aplacan el brillo, de modo muy parecido a como el vino empieza a calmar el alma del Layzin; y una brisa ligera sacude levemente la tela, para hacer luego lo mismo con otras cortinas parecidas que cubren el arqueado umbral de su dormitorio. De repente, entre esas últimas cortinas el Layzin ve la silueta de un grácil sirviente que se acerca. Reza en silencio por que el sirviente no traiga nuevos informes, ningún rumor de nuevos problemas en los rincones más lejanos del reino y, sobre todo, ninguna noticia de nuevos envenenamientos: de hecho, al Layzin le gustaría no recibir ningún mensaje.

Mas sabe que no puede ser así: menos, en este momento de la vida del reino. Por eso no le sorprende que el joven —de unos diecisiete años, con un cuerpo poderoso y claramente visible a través de su propia túnica de puro blanco— salga con delicadeza a la terraza, apocado ante la idea de molestar a su señor.

—No pasa nada, Entenne —le dice el Layzin en tono suave—. No estaba durmiendo.

—Gracias, señor —contesta el joven Entenne—. La bendita Primera Esposa de Kafra ha regresado del Bosque de Davon.

—Ah. —El Layzin suelta su copa, convencido de que sus oraciones han obtenido como respuesta una buena noticia—. Excelente.

El joven se frota las manos, inquieto.

—Al parecer tuvo un... un encuentro, señor. Ella misma os lo podrá contar mejor, estoy seguro.

El Layzin parece dolorido.

—De acuerdo. Hazla pasar.

El muchacho abandona la terraza deslizándose con el mismo silencio que al entrar; al poco, llega una joven con una melena larga y llamativa de cabello negro y ojos verdes brillantes. Lleva un vestido negro ribeteado de plata y se acerca al Layzin con pasos seguros que provocan el asomo de sus piernas, de extraordinaria firmeza, entre los largos tajos laterales. Se arrodilla, toma la mano en que lleva su anillo el Layzin cuando este se la ofrece y besa la piedra azul pálida, que parece más pálida todavía bajo el brillo de sus ojos verdes. Da un segundo beso a la piedra, luego un tercero, y después se lleva la mano al cuello y aprieta.

—Señor, lo he conseguido. En el nombre del Dios-Rey, y por su bien. El animal está dentro del palacio. Los niños están fuera.

El Layzin se inclina hacia ella.

—¿Y ese «encuentro», Alanda?[101]

La mujer alza la mirada hacia él, sonriendo, aunque momentáneamente preocupada.

—Un grupo de expedicionarios Bane, Eminencia. Antes de que sonara su Cuerno. No hubo daños. Creo que ellos sospechan que era brujería.

El Layzin toma en su mano el mentón de la mujer y admira la perfección de ángulo y talla.

—¿Quién iba a decir que se equivocarían tanto? A veces me pregunto... —Se pone en pie—. El animal es para esta noche. Saylal está muy ansioso. Y los niños... ¿Estaban de acuerdo sus padres?

—Sí, Eminencia, solo era cuestión de dinero.

—¿Y qué edades tienen?

—El chico tiene doce años; la chica, trece.

—Ideal. Los tenemos que preparar de inmediato. Los otros... —El Layzin mira una vez más hacia los guardias plantados ante las puertas de la Ciudad Interior—. Los otros mueren tan rápido que no nos da tiempo a deshacernos de sus cuerpos. Y cada vez cuesta más dar la bienvenida a quienes los sustituyen, sabiendo... —Se levanta—. Pero hay que hacerlo. Así que... tráemelos, Alandra.

La mujer parte y, durante unos momentos desconcertantes, el Layzin intenta, con todas sus fuerzas, seguir mirando hacia la ciudad; hacia cualquier lado, menos el oeste, donde...

La mujer reaparece, ahora acompañada por dos niños vestidos con ropas de tela burda. Tienen el cabello rubio, con ojos claros que miran desde sus caritas pálidas, llenos de asombro y miedo. Guiados por la mujer, se acercan al Layzin, que los recibe con una sonrisa amable.

—¿Sabéis por qué estáis aquí, niños? —pregunta. Tanto el niño como la niña sacuden la cabeza y el Layzin se ríe en silencio—. Vuestra familia os ha entregado al servicio del Dios-Rey Saylal. Eso significa algo muy sencillo...

El Layzin alza la mirada al oír el tintineo musical del vidrio y ve que Alandra, dentro del dormitorio, está preparando dos vasos de color azul oscuro con agua de limón, unos cristales granulados nuevos que se llaman *sukkar*[102] (por cuyo sabor casi todos los niños, y algún que otro adulto, darían cualquier cosa) y un tercer ingrediente contenido en un vial de cristal. El Layzin mira de nuevo a los niños.

—Tenéis que obedecer a cuanto se os diga, con placer cuando sea posible, pero sobre todo sin preguntar: si dudáis, pondréis en peligro vuestras almas y las de vuestros familiares. A Kafra le deleita la prosperidad del Dios-Rey y al Dios-Rey le deleita la obediencia de sus sirvientes. Venid, tomad esto...

El Layzin coge los dos vasos que sostiene Alandra y se los pasa a los niños. Al principio beben con precaución y luego, tras haber probado el dulzor del líquido, con más ganas.

—Bien —dictamina el Layzin—. Muy bien. Ahora... —el Layzin planta un beso tierno a cada niño en la frente— id con vuestra señora —murmura—. Y acordaos: siempre obedeced.

Más confusos que al entrar —aunque menos molestos por ese estado de confusión—, los niños salen de la habitación detrás de la Primera Esposa de Kafra.

—¿Entenne? —llama el Layzin con voz suave. El joven sirviente aparece—. Ve corriendo a la casa de Lord Baster-kin. Dile que no me encuentro bien después del cansancio de todo el día, y no podré acudir a su cena. Exprésale mis disculpas.

Entenne asiente e hinca una rodilla en el suelo.

—Por supuesto, Eminencia —dice.

Planta un beso en el anillo de su señor y parte enseguida.

Entonces el Layzin se tumba en uno de sus sofás, con la grave determinación de disfrutar de lo que queda de la puesta de sol. De pronto se ha dado cuenta de que gran parte de su inquietud, esta noche, se ha debido a la insistencia de Lord Baster-kin, con su característica crueldad, en que el asunto de la entrada del hijo del sentek Arnem en el servicio sagrado se le plantee con urgencia de inmediato a la esposa del gran soldado. «Si tanto te importa este asunto —le ha replicado al final el Layzin a Baster-kin esta misma noche, más pronto—, ¿por qué no te ocupas tú mismo?

Tendría que haberse dado cuenta de que era justo el tipo de encargo que encantaría al Lord Mercader.

Algunos momentos más dedicados a otras cavilaciones similarmente irritantes siguen ofreciendo escaso alivio al Layzin; su estado de ánimo no mejora de verdad hasta que alcanza a ver que el joven Entenne abandona la Casa de las Esposas y avanza por el Camino Celestial, casi vacío. La agradable imagen de su sirviente favorito a la carrera hacia el sudeste para entrar en la sección residencial más rica del Primer Distrito hace que el Layzin se maraville, como tantas otras veces, de la potencia y elegancia de las piernas de Entenne, largas y musculosas. Luego se disipan todos los pensamientos sobre las preocupaciones de Lord Baster-kin, agresivamente piadosas (aunque no cabe duda de que son patrióticas y leales, termina decidiendo el Layzin), en cuanto el mensajero desaparece de su vista. Entonces, su Eminencia se permite tumbarse más y descansar del todo mientras la luz dorada y polvorienta que llena la ciudad a esta hora divina y pacífica empieza a ceder terreno lentamente ante la caída de una noche igualmente serena; también se permite esperar —o incluso creer— que todos los de Broken estén bien todavía, pese a las enfermedades ocultas que afectan a todo el reino, desde las profundidades del Lago de la Luna Moribunda, aparentemente sereno tras las murallas de la Ciudad Interior, hasta las aldeas y los pueblos más lejanos del valle del Meloderna, hacia el que se adentran ahora los leales soldados del Dios-Rey. «Todo irá bien, todo irá bien», cavila el Layzin; hasta que se da cuenta de que, presa del deseo desesperado de creerse lo que dice, lo está pronunciando en voz alta...

1:{xvi:}

*Los hijos de Isadora Arnem le enseñan los restos
de un misterio letal que solo ella puede llegar a comprender
o incluso utilizar...*

Con un vistazo tranquilo por una de las altas ventanas abiertas de la sala de estar que dan al original jardín de su casa, Isadora Arnem parece ocuparse al mismo tiempo de vigilar a sus hijos, que se han reunido junto al arroyo de su selva amurallada, y de prepararse para las diversas trivialidades que implica la existencia de una madre: coser, arreglar, pasar cuentas de la casa y escribir cartas. Y si su marido tan solo estuviera cumpliendo con sus funciones en el Distrito Cuarto, o si Sixt hubiera abandonado la ciudad para cualquier asunto militar sin importancia, esas serían sin duda las actividades en que Lady Arnem ocuparía, de hecho, la mente y las manos. Pero estamos a última hora de la tarde siguiente a la partida de los Garras y el inicio de su campaña contra los Bane en el Bosque de Davon ha complicado las cosas de manera alarmante para la familia de Sixt: Isadora ya ha recibido una requisitoria escrita por Lord Baster-kin, en la que expresa el deseo del Gran Layzin de saber cuándo pueden esperar los sacerdotes de Kafra que Dalin Arnem se incorpore como acólito...

Isadora no había cometido la estupidez de creer que la marcha de su marido pondría fin al asunto del servicio religioso de su hijo. Tampoco le sorprende del todo que Lord Baster-kin presione con este asunto: pese a la admiración que el sentek ha manifestado a menudo sentir hacia el Lord Mercader, Isadora tiene razones personales para sospechar que puede ser... problemático. Sin embargo, sí se había atrevido a esperar que la creencia de su marido en que su ascenso implicaría una cierta protección para su mujer y sus hijos fuera acertada; ahora, en cambio, ve que es precisamente ese ascenso, junto con la conveniente casualidad de que el gran soldado haya partido en campaña, el factor que ha terminado de decidir a los gobernantes de Broken. La importancia que el clero kafránico concede a la posibilidad de evitar que los Arnem se conviertan en un precedente peligroso para otras familias poderosas que pudiesen albergar también alguna duda a la hora de entregar a sus hijos al Dios-Rey (sobre todo, por los conocidos antecedentes de Isadora como aprendiza de Gisa, la curandera pagana) debe de haberse impuesto a cualquier atenuante: Isadora se maldice cada vez más por no haberse dado cuenta antes de la partida de Sixt de que ese cálculo podía incluso condicionar, de entrada, las órdenes que lo alejaban de la ciudad, sobre todo porque no suponía un atenuante, sino todo lo contrario, el hecho de que el séquito real prestara atención a los consejos del hombre a quien Isadora había conocido antaño, cuando era un joven rabioso y enfermizo: Rendulic Baster-kin.

Esos pensamientos y otros parecidos llevan todo el día y todo el atardecer dando vueltas por la mente de Isadora; no debería sorprendernos entonces que incluso esta mujer de fuerte voluntad se vea incapaz de encontrar la mínima compostura para permanecer sentada y ocuparse de las pequeñas tareas de la casa. Al contrario, ha decidido quedarse junto a la ventana de la sala que ofrece la mejor vista del jardín y de sus hijos y concentrar la mente en los sonidos que estos emiten mientras juegan: su bullicio cotidiano, libres ya de la restricción de los deberes y amparados por la libertad de su maravilloso jardín, siempre ha representado para ella tanto consuelo y entretenimiento como para sus hijos.

En cambio hoy se le niega incluso el consuelo comparativamente menor, y ya conocido, de los juegos entusiastas y las discusiones interminables de sus hijos: las voces que se cuelan hasta la sala, como la luz de la primavera a medida que el crepúsculo empieza a barnizar la ciudad con un profundo matiz dorado, transmiten un control artificial y una clara incomodidad. Lady Arnem se fija mejor y ve que sus hijos están reunidos en un círculo cerrado y hablan entre ellos en voz baja. Están concentrados en algo que Dagobert sostiene en una mano y la pequeña Gelie acaba de romper a llorar: no con gran agitación, como suele hacer en respuesta a las tribulaciones típicas como los insultos condescendientes, sino de pura tristeza, una tristeza tal que despierta grandes sospechas en Isadora al respecto del desconocido objeto que sostiene la mano de su hijo. Isadora conoce demasiado bien las criaturas que habitan el breck de sus hijos y además entiende mucho mejor que cualquier kafrano la importancia de esas criaturas: de hecho, la posibilidad de tenerlas a mano para su familia, cerca de casa, fue una razón importante, aunque tácita, para decir a Sixt que la idea de rehacer el jardín, planteada por los niños, era bien sana. Y ahora, en clara muestra de su preocupación, echa a andar deprisa hacia el recibidor delantero y luego cruza el umbral pétreo de la casa para salir a la terraza.

La primera que la ve salir es Gelie, con los ojos llenos de lágrimas. Pese a las advertencias de sus hermanos, echa a correr hacia su madre, que ya se encuentra en el sendero que acompaña al arroyo a lo largo del jardín.

—¡Madre! —exclama Gelie, echándole los brazos a la cintura y pisándole los pies con los suyos de tal modo que las fuertes piernas de Lady Arnem alzan a la niña y cargan con ella en su caminar por el sendero—. ¡Madre, tienes que ayudarnos!

—¡Gelie...! —le advierte Golo en tono enérgico.

Al contrario que Dalin (el hermano de edad más cercana a la de Gelie), siempre pensativo y taciturno, Golo tiene en todo momento la misma energía phrenética[103] que su hermana menor.

—¿No has oído lo que acaba de decir Dagobert?

—Lo he oído, Golo —responde Gelie, desafiante—. Pero madre sabe más de estas pobres criaturas. ¡Por eso tenemos que decírselo!

—No te lo queríamos esconder, madre —explica Golo—. Pero sabemos que estas preocupada por padre y hemos pensado...

Incapaz de decidir cómo continuar, Golo mira a Dagobert (como tienen por costumbre los cuatro hermanos en los momentos de dificultad) y este —dueño de la piel clara de su madre y de los bellos rasgos de su padre— habla con la confianza propia del joven admirable y decidido en quien se ha convertido en estos últimos años.

—Creíamos que resolveríamos el problema solos y no queríamos que te preocuparas más todavía.

—No tendríamos que preocuparnos en absoluto —murmura Dalin, que se mantiene apartado de los demás y mira a su madre con el ceño fruncido—. Prestar tanta atención a esas criaturas es pecado. ¡Os estáis portando como paganos!

—Ay, no te des esos aires, Dalin —interviene Anje, siempre pragmática, al tiempo que se echa a la espalda su larga trenza de cabello dorado—. Estás enfadado porque no te dejan ir a la Ciudad Interior y la rabia te hace decir cosas que no crees. Deberías librarte de ella y ayudarnos, en vez de dar por hecho que un extraño deseo de cometer sacrilegios ha invadido a tu familia...

Aunque la consume la curiosidad, Isadora se toma el tiempo necesario para asentir y apreciar en gran medida, como tiene por costumbre, lo que dice su hija mayor.

—Cierto, Anje —contesta. Luego mira los rostros de los niños reunidos ante ella y pregunta—: Porque... ¿qué os he dicho siempre de dar por hechas las cosas?

Dagobert sonríe porque conoce la respuesta pero está ya demasiado cerca de hacerse hombre para seguir esos juegos infantiles claramente dedicados a los demás.

Es el dedo de la impulsiva Gelie el que se alza decidido desde el vestido de su madre al tiempo que ella grita:

—¡Eh! ¡Yo lo sé! —Tras apartar el cuerpo del escondrijo materno, la niña adopta una postura declamatoria y recita las palabras que su madre aprendió a los pies de Gisa, su maestra y guardiana—: «Dar las cosas por hechas es la variedad más perezosa del pensamiento y solo nos lleva a la debilidad y a las malas costumbres.» —Luego, con el mismo tono de quien solo habla de memoria, y todavía con el dedito alzado, añade—: Pero, por favor, no me preguntes qué significa.

Isadora, algo menos angustiada después de esta exhibición, consigue reírse por un fugaz momento.

—Lo que significa —dice mientras alza a Gelie y gruñe al darse cuenta de lo rápido que está creciendo— es que dar algo por hecho sin haber reunido todas las pruebas disponibles y haber comprobado la fiabilidad de las mismas no solo es estúpido, sino también perjudicial.

—Pero no entiendo por qué, madre —responde Gelie, con los brazos cruzados—. Total, cuando visitamos los templos, o cuando estudiamos religión, parece que todo lo que aprendemos son maneras de dar las cosas por hechas sin tener pruebas.

—Gelie... —La voz de Isadora se vuelve severa un instante,

aunque en el fondo se alegra de ver que hasta su hija menor es capaz de detectar la esencia supersticiosa de la religión kafránica. Sin embargo, por la propia seguridad de la niña, se ve obligada a advertirle—: Eso son cuestiones de fe, no de la razón. Y ahora... decidme qué estabais haciendo, aparte de pelearos y ensuciaros.

Sin dejar de mirar fijamente hacia la charca que se extiende en la base de la cascada del bosque, Dagobert dice:

—Es extraño, madre... Queríamos determinar si los tritones se han apareado ya, porque no veíamos ningún huevo. Y entonces hemos encontrado... —Sus palabras quedan suspendidas mientras observa el agua con auténtica preocupación—. Bueno, no estamos seguros, madre. Han salido, pero...

—¡Los pobrecitos se están muriendo, madre! —estalla Gelie.

—¡Gelie! —la regaña Golo—. Deja que se lo cuente Dagobert, tú no entiendes.

—Dejaos de discusiones ahora mismo —interviene Isadora, con una gravedad repentina e inexplicable—. Y enseñadme eso que os preocupa tanto.

Dagobert extiende una mano y su madre vuelve a pensar en la auténtica crudeza del dilema a que se enfrenta su familia al ver...

Dos tritones muertos, tendidos en la mano del muchacho. Tienen la piel oscura, casi negra, como cabe esperar; sin embargo, en diversos puntos de sus cuerpos, así como en las crestas que recorren sus espaldas,[104] se ven unas llagas enrojecidas, brillantes y abiertas. Son heridas pequeñas, como corresponde a los cuerpos delicados de los tritones, pero parecen dolorosas y el tamaño no las hace menos sorprendentes.

El horror de Isadora es tan evidente que por fin sus hijos guardan silencio.

—¿Cuándo las has encontrado, Dagobert?

El joven está perplejo.

—No son las primeras. Y no son los únicos animales que han muerto. Algunos peces, dos o tres ranas...

—Dagobert —insiste Isadora—, ¿cuándo empezaste a encontrártelas?

—Las primeras fueron... creo que hace una semana. ¿Qué es, madre?

—Sí, madre —dice Gelie, con el tono dominado por el miedo—. Dinos... ¿qué pasa?

Isadora se limita a presionarlos.

—¿Qué habéis hecho con todas las criaturas muertas?

Ahora es Anje la que responde:

—Las quemamos y enterramos las cenizas.

La muchacha señala hacia una extensión de tierra en la que aún no ha crecido la hierba.

—Anje —pregunta Isadora, dándose media vuelta—, ¿habéis cavado muy hondo?

—Sí, madre —responde Anje. Isadora agradece en silencio haber enseñado tan bien a su hija mayor—. Tenían una pinta muy enfermiza y tú siempre has dicho que estas criaturas, si mueren de enfermedad, hay que quemarlas primero y luego enterrar sus cenizas, sobre todo los animales como los tritones. Esos que tú llamas salamandras, madre.

—Sí, madre —interviene Gelie—. ¿Por qué las llamas así?

Todo el cuerpo de Isadora se echa a temblar, aunque el vestido esconde el estremecimiento momentáneo incluso para Gelie, que ya acude a su escondrijo habitual entre la ropa de su madre.

—Bien —dice Isadora—. Bien pensado, Anje, siempre puedo confiar en tu sensatez. Ahora, escuchadme todos: quiero que llevéis un registro, empezando por las primeras muertes que recordéis, y que llevéis cuidadosamente la cuenta, en los próximos días, de cuántas criaturas encontráis de cada tipo muriéndose con estos mismos síntomas. No toquéis el agua del arroyo, ni os la bebáis. Mandaré a los sirvientes a buscar agua a los pozos de los distritos Tercero y Cuarto, de momento, y usaremos también los depósitos de lluvia. Mientras tanto, atad a las puntas de unos palos largos las redecillas que vuestro padre os trajo de Daurawah y usadlas para sacar esas criaturas. ¿Me has oído, Gelie?

—Sí, madre —dice la niña, con un gemido protestón—. Pero yo no he tocado el agua. El que ha encontrado los tritones muertos ha sido Golo.

—Golo, si encuentras más y no hay una red a mano, sácalos con una pala. Hay que quemarlos y enterrar las cenizas bien hondas. Hacedlo bien: mostrad el debido respeto, no juguéis con los cadáveres, ni los cortéis.

—De acuerdo, madre —responde Golo en un tono que implica la confesión de que ha estado toqueteando ya dos o tres criaturas muertas.

—Pero... ¿son peligrosos? —pregunta Dagobert, con una preocupación bien masculina.

—En otros tiempos, mucha gente creía que eran criaturas de enorme poder —responde Isadora, sin dejar de estudiar los tritones muertos—. Hay quien todavía lo cree. Si esa gente tiene razón, parecería que la enfermedad que los mata tiene un poder propio y considerable. De todos modos, es posible que se trate de una enfermedad que solo los afecta a ellos. En cualquier caso, fijaos bien en vuestros cuerpos: si alguno de vosotros se siente enfermo o febril, o si descubrís en vuestra piel llagas como estas y da la casualidad de que yo no estoy presente, Anje, tenéis que acudir a alguna sanadora del Distrito Tercero. Cualquiera de ellas vendrá porque todas están en deuda conmigo. Es vital reaccionar deprisa. ¿Lo has entendido?

Anje parece cada vez más preocupada, pero asiente.

—Sí, madre.

—Ahora hemos de quemar estos. —Isadora ve que los niños han preparado una pequeña fogata rodeada por un muro de piedras apiladas—. Así que habéis preparado una pira... Bien. Hay que mantenerla encendida y cada vez que encontréis algo muerto, sea en el suelo o dentro del agua, quemadlo por completo y con todo respeto. Luego señalad el punto en que enterráis las cenizas para que más adelante no molestéis a los que ya están enterrados.

Golo, ese hijo a cuya boca acuden las palabras con tanta presteza como los rugidos del estómago a la hora de comer, retuerce la cara hasta formar una máscara de la incomprensión.

—¿Molestar? Pero si para entonces ya estarán muertos y quemados, cómo vamos a molestarlos...

Unos golpes en el portal del muro del jardín interrumpen al franco muchacho; es evidente de antemano que fuera, en el Camino de la Vergüenza, alguien está sufriendo un problema.

—¡Yo abro! —grita Dalin.

El muchacho da dos pasos rápidos pero enseguida una mano fuerte lo levanta del suelo tirando del cuello de su túnica. Dalin se da media vuelta y no es poca la vergüenza que siente al ver que quien lo ha detenido con tanta determinación es su hermana Anje.

—No tan deprisa, pequeñajo —dice Anje, para mayor mortificación de Dalin—. Iré yo a mirar quién es, no sea que te dé por contar a algún extraño que tus parientes se comportan como «paganos».

Después de tirar de él, Anje completa la humillación lanzándolo hacia Dagobert para que quede atrapado entre sus fuertes brazos.

—Estate quieto, hermano —ordena Dagobert, sin crueldad, pero con una autoridad contra la que Dalin no puede rebelarse.

Anje descorre el pestillo de la puerta del jardín, pero solo después de pedir a voz en grito entre las planchas de madera que se identifique quien ha llamado, pues la única respuesta que recibe es una voz débil de mujer. Tras abrir lo justo para permitir un intercambio breve y en voz baja, Anje levanta una mano para pedir a la mujer que espere y luego vuelve a cerrar la puerta.

—Madre —dice, tras dar media vuelta, incómoda—, fuera hay una mujer. Está encinta y afirma que vive al final del Camino, junto...

—Junto al muro del sudoeste de la ciudad —termina Isadora, mientras asiente; ha reconocido la voz que entraba por las grietas de la puerta—. Se llama Berthe. Me vino a ver por el parto, el niño estaba mal colocado, pero creía que eso ya estaba arreglado. ¿Viene por eso...?

—No, madre —la interrumpe Anje—. Ha venido por su marido.

Isadora suelta un suspiro y la exasperación se mezcla con la impaciencia para formular un sonido.

—*Hak*. Otro borracho inútil. Se llama Emalrec.[105] ¿Dagobert? —Se vuelve hacia su hijo mayor y por señas le indica que la acompañe—. En cuanto a los demás... —Isadora los abarca con una mirada y luego propone—: Anje, ¿te llevas a los demás con Nuen y le pides que los prepare para la cena? —Anje asiente con gesto obediente y lleva a sus hermanos menores hacia la casa mientras su madre camina en dirección a la puerta del jardín—. A ver a qué malvada estupidez han sometido ahora a esta pobre chiquilla...

Al salir del jardín, madre e hijo se reúnen con la mujer, que los espera unos pasos más allá del portal de los Arnem. Lleva un vestido muy ajado, más incluso de lo normal en el Distrito Quinto, y también padece una necesidad grave de limpieza. Sin embargo, tiene la belleza suficiente como para que quepa suponer que está verdaderamente desesperada para atreverse a cruzar el Camino en una noche como esta; porque son pocos los borrachos de la avenida que, decididos a violar a una joven bonita, tendrían escrúpulos por tratarse de una mujer casada o embarazada.

Isadora se acerca a la mujer, cuyo rostro muestra la expresión de miedo común a todas las mujeres honestas (o, cuando menos, sobrias) del Quinto; mujeres que nunca pueden estar seguras de si corren más peligro en la calle o en las casas que comparten con maridos borrachos y crueles. Berthe va cubierta con una sencilla prenda de saco recogida en la cintura que cumple las veces de túnica y falda, con costuras pobres y sin un blusón debajo que alivie la rozadura permanente de ese material tan burdo.[106]

—¿Berthe? —pregunta Isadora, al tiempo que toca el hombro de la mujer—. ¿Es el bebé? ¿O acaso tu marido ha vuelto a...?

—No, señora de Arnem —ataja Berthe deprisa—. El bebé se ha calmado, al fin, gracias a tu ayuda. No, se trata de Emalrec, mi señora, como tu misma dices, pero no por lo que supones.

—¿Es la bebida? ¿No ha traído nada de comer para ti y los niños? Has de comer bien, eso ya lo hemos hablado...

Bertha menea la cabeza.

—No, Lady Arnem. Está enfermo, muy enfermo. Al principio creía que era la bebida: le daban esas fiebres tan altas, y le estallaba la cabeza. Pero no podía soportar el vino, lo escupía directamente y seguía vomitando toda la noche. Luego, esta mañana se le ha empezado a inflar el vientre y... —Berthe mira alrededor, como si le diera miedo terminar su historia.

Tras indicar por señas a Dagobert que vigile la calle, Isadora insta a Berthe a acompañarla al amparo de las sombras del portal del jardín.

—Dime —le pregunta, ahora en tono más amable—. ¿Qué es eso que te preocupa tanto que no puedes hablar de ello en la calle?

Berthe traga saliva.

—Esta tarde, todavía con fiebre, le han empezado a salir... Llagas, mi señora. En el pecho, y luego enseguida en la espalda.

El rostro de Isadora traiciona su alarma.

—¿Crees que puede ser la plaga,[107] Berthe?

—¡No, mi señora! —susurra desesperadamente la joven—. Sí que lo creía posible, hasta esta noche. Pero las manchas no se han extendido y siguen rojas. Son dolorosas y da terror mirarlas, pero... no tienen nada negro.

Isadora cavila y recuerda las llagas de las salamandras.

—Entonces, crees que se trata de la fiebre del heno.[108] —Berthe asiente y no dice nada, pues la fiebre del heno puede expandirse por una ciudad con tanta rapidez como la plaga (aunque no sea tan mortal) y generar un pánico que se convierte a toda prisa en violencia contra los afectados—. En ese caso, habrá que ir a echarle un vistazo a ese marido tuyo. —Isadora toma la mano de Berthe—. Porque si es la fiebre del heno o cualquiera de las decenas de enfermedades parecidas... —Hace una señal a Dagobert con un mínimo movimiento de cabeza y él se acerca—. Dagobert —dice Isadora. Se lo lleva unos pasos más allá y le habla con urgencia—. Di a Nuen que saque algunos de mis vestidos viejos: un par de cosas de lana ligera, suave y cálida, y un blusón. Luego coge algunas de las prendas que todos llevabais cuando erais más pequeños. Está todo guardado debajo de mi arcón nupcial. También mantas, un jabón fuerte... Y dile a la cocinera que aparte una olla del estofado de venado que le vi preparar ayer para cenar y que la envuelva con la tapa bien apretada para que me la pueda llevar hasta casa de Berthe.

—¿Madre? —contesta Dagobert—. ¿Qué planeas hacer?

Pero la atención de Isadora ya se ha desviado.

—Si lo que sospecho acerca de este asunto es correcto, podría ofrecernos la oportunidad de regatear desde una posición de mayor fuerza, o al menos de cierta fuerza... —Se obliga a regresar a las preocupaciones inmediatas—. Iré a ver qué está pasando en casa de Berthe y en su barrio, e intentaré decidir qué es lo que aflige a su marido. No está tan lejos de aquí, aunque será a todas luces un viaje peligroso. Aun así, debo asegurarme de la Naturaleza de esta enfermedad antes de intentar emprender la aventura que vendrá después, más incierta. O sea... dile a Bohemer y Jerej[109] que traigan la litera.

Isadora se refiere a los dos criados varones de la familia, que son guardias, pero cumplen otras muchas funciones. Guerreros *bulger*[110] enormes y barbudos originarios de las tribus lejanas del sudeste de Broken, estos hombres cumplen las tareas duras de la casa y sus alrededores. Sin embargo, con más frecuencia acompañan a la ciudad a Sixt e Isadora Arnem, y a menudo a sus hijos, con un pequeño arsenal repartido entre las distintas cintas que ciñen sus cuerpos.

—Que cuiden a Berthe y esperen mientras preparo mi material de curaciones y me cambio de ropa. Diles que voy a ir a la ciudad y que se vayan preparando.

Esta orden termina con la paciencia que le queda a Dagobert.

—¡Madre! —dice, con una voz aguda que obliga a Isadora a clavar en él su mirada—. ¿Adónde pretendes ir? Ya se ha puesto el sol y en pocos minutos será de noche. ¿Qué locura se te está ocurriendo?

—Como te decía, iré primero a casa de Berthe —responde Isadora, como si esa idea no implicara entrar en el barrio más peligroso de la ciudad—. Y luego, suponiendo que todo esté como debe ser... O, mejor dicho, como no debe ser, seguiré.

La señora de Arnem explica entonces a Berthe que debe esperarla en el portal y no asustarse por esos hombres ciertamente inquietantes que pronto aparecerán con la litera de la familia. Sin embargo, Dagobert no queda satisfecho con su explicación y, mientras abre la puerta del jardín, pregunta:

—¿Y hacia dónde «seguirás»?

—Vaya, Dagobert —contesta Isadora en tono despreocupado mientras camina ágil hacia el jardín—, te creía suficientemente listo para decidir tú eso. Seguiré hasta la casa del Lord Mercader en persona.

Dagobert se queda boquiabierto, cierra de golpe la puerta desde dentro y, en pleno asombro, le pasa el pestillo.

—¿Al kastelgerd Baster-kin? —dice—. Pero...

Pero Isadora se da media vuelta y se lleva un dedo a la boca con urgencia para ordenar silencio.

—Delante de los demás, no, Dagobert. Ya te lo explicaré después. De momento, haz lo que te he dicho.

Dagobert entra en la casa pegado a su madre y buscando a otro miembro de la familia: Anje, que permanece al pie de la escalera central, esperándolos. La joven se acerca a su madre y su hermano y les explica que ha cumplido ya con sus diversos encargos y que Nuen está ya dando la cena a los demás, pero apenas ha terminado de pronunciar sus palabras antes de que Isadora la tome del brazo y empiece a pedirle ayuda para otras cosas.

—Ven y ayúdame a cambiarme el vestido, Anje —dice Lady Arnem, mientras sube a toda prisa la escalera—. Y necesitaré agua de rosas, además de galena para los ojos y pintalabios rojo amapola.[111]

Pese a su viril juventud, Dagobert reconoce todas esas órdenes como parte de un esfuerzo de su madre para prepararse, no tanto para la fealdad del barrio que, según ha anunciado, piensa visitar inicialmente, sino para el esplendor de su último destino, el Distrito Primero y, en particular, el Camino de los Leales, la mejor calle de la ciudad, en cuyo extremo se alza la residencia más asombrosa de Broken: el kastergeld Baster-kin, esa antigua casa de la que a menudo se afirma que, por la complejidad de su diseño, rivaliza con el palacio real, o incluso lo supera.

Dagobert intenta hacer llegar de algún modo lo que ha entendido a su hermana y para ello llama a Anje e Isadora mientras siguen subiendo las escaleras.

—Yo también he de cambiarme, madre, si vamos a visitar el kastelgerd del Lord Mercader.

La expresión con que Anje mira hacia atrás implica que ha entendido el significado de lo dicho por su hermano e intentará averiguar más de lo que se avecina mientras ayude a su madre a vestirse. Isadora, mientras tanto, no ve nada de eso y se limita a aclarar a Dagobert que piensa hacer sola la segunda parte del trayecto; luego le recuerda que se asegure de que esté lista la litera de la familia, así como los hombres que han de acarrearla, y después desaparece en su habitación con Anje.

Cuando la madre y la hija han terminado ya de transformar el vestido y la apariencia de Lady Arnem en un poderoso eco de la considerable belleza con que Isadora fue agraciada en su primera juventud y regresan a la escalera, descubren la verdadera intención de Dagobert: hay un hombre de aspecto extraño plantado en la base de la escalera, con armadura de cuero por encima de una camisa de malla de bronce, una espada de saqueador de curvatura gentil enfundada en una vaina de madera y piel y colgada de un cinturón amplio que rodea su cintura y con una mano apoyada en actitud imperiosa sobre el pomo de la espada. Se produce un silencio de asombro, interrumpido solo por los ruidos de las risas y discusiones de los tres hijos menores de los Arnem mientras consumen la cena en algún rincón lejano de la casa. Tras lo que parece un largo momento, es Isadora quien habla.

—¡Dagobert! ¿Y qué te crees que vas a hacer?

Pero Dagobert estaba preparado para esa reacción y la rabia sorprendida de su madre no lo pone nervioso. Da un deliberado paso adelante y le muestra un fragmento de un pergamino.

—Nada más que lo que me enseñaron a hacer, madre —afirma.

El pergamino que sostiene su hijo provoca un incómodo temblor en las entrañas de Isadora: sabe que recoger fragmentos de material escrito valioso para poderlos usar a la hora de emitir breves órdenes durante sus campañas es un hábito de su marido. Sin embargo, tanto Isadora como Anje, que sigue detrás de ella, solo cuando apartan la mirada de la pequeña misiva se dan cuenta de que Dagobert no se ha puesto una armadura cualquiera, como las que podría haber comprado por escaso dinero en el Distrito Cuarto, o intercambiado en los tenderetes del Tercero, sino un viejo uniforme de su padre, completado con una cota[112] de algodón desleído, adornada con el blasón del oso rampante de Broken: madre e hija saben que Dagobert jamás se atrevería a ponerse esas prendas, y mucho menos a tocar siquiera la espada que lleva al costado (una de las muchas que conforman la colección de Sixt), sin permiso de su padre.

Cuando Isadora baja la escalera y coge el trozo de pergamino que le muestra su hijo, se percata aún más —de golpe, como cuando antes apreció la plenitud de la madurez femenina de Anje— de lo alto y fuerte que se ha vuelto Dagobert: los brazos y el pecho llenan la camisa de malla que se ha puesto bajo la armadura de cuero, mientras que sus amplios hombros sostienen con hermosura los fragmentos de capas superpuestas de cuero que los cubren. Como no le queda otra opción, Isadora despliega el pergamino lentamente y lee el mensaje que contiene, escrito con la caligrafía sencilla de Sixt:

DAGOBERT: SI EN MI AUSENCIA TU MADRE
SE ATREVE A SALIR DE NOCHE POR LA CIUDAD, AUNQUE
SEA CON LOS SIRVIENTES, ÁRMATE CON MI MEJOR
ESPADA DE SAQUEADOR[113] Y ACOMPÁÑALA.
CONFÍO EN TI, HIJO MÍO.
TU PADRE.

Por un instante, Isadora no aparta los ojos del mensaje; sin embargo, justo entonces sus hijos más pequeños, perseguidos por Nuen, irrumpen desde la habitación contigua a la cocina, donde estaban comiendo. Nuen, pese a moverse con rapidez, lleva un pequeño cazo cubierto con una tapa de madera y envuelto en una gruesa tela blanca; en una demostración de la agilidad extraordinaria propia de esta mujer pequeña y redonda, evita que se le derrame el guiso caliente incluso al detenerse abruptamente detrás de Golo, Gelie y Dalin. Ellos, como Isadora y Anje, se quedan atónitos al ver a Dagobert vestido como un experto veterano, tanto que se ven obligados a abandonar sus juegos por un momento.

—¡Dagobert! —grita Golo, feliz—. ¿Te vas con padre a luchar contra los Bane?

—No seas ridículo —interviene Gelie, con una breve carcajada que provoca una mirada amarga de Dagobert. Gelie se da cuenta de que no era muy sabio burlarse abiertamente de su hermano y añade—: Aunque estás impresionante con esa armadura vieja de padre, Dagobert. Si no vas al Bosque... ¿adónde vas?

—Eso es una cosa entre padre y yo —responde él, moviendo la mano hacia abajo para agarrar la empuñadura de su espada de saqueo con lo que espera que parezca un estilo significativo—. Mete la nariz en tus asuntos, Gelie. Aunque la tengas pequeñaja, alguien podría cortártela.

La mano de Gelie se apresura a tapar la cara como si, efectivamente, alguien pudiera rebanársela en cualquier momento y Dalin se echa a reír.

—¿De verdad lo crees? —se burla—. ¿Esa es tu idea de cómo se reafirma un pallin de las legiones del Dios-Rey, Dagobert? ¿Amenazando a una chiquilla? Ya descubrirás que no es así.

—Ya basta, señorito Dalin.

El tono de Nuen no es impertinente, y además dedica un pequeño gesto deferente hacia Isadora, un movimiento que podría parecer insignificante según los hábitos de Broken, pero la señora de la casa sabe que en la tribu de saqueadores de Nuen sería interpretado como señal de extremo respeto. La sirvienta subraya el significado al dejar el cazo con el guiso en una mesa y desplazarse con más velocidad que un animal del bosque para coger a Dalin por los hombros con verdadera fuerza. Se agacha, entrecierra tanto los ojos, ya de por sí estrechos, que apenas son distinguibles en la amplia cara, y murmura:

—¿Te vas a comportar como un mocoso irrespetuoso delante de tu madre?

No es ni mucho menos la primera vez que Isadora siente un profundo agradecimiento hacia Nuen (cuyo hijo, tan solo un año mayor que Golo, se fue ayer mismno con el khotor de Sixt Arnem, como skutaar del propio sentek), pero la costumbre no vuelve menos apreciable su intervención.

—Gracias, Nuen —dice Isadora, intentando mantener la calma con toda la compostura posible; luego mira a cada uno de sus tres hijos menores con el ceño fruncido y declara—: Y ahora, vosotros tres... arriba. Si me hacéis caso, puede que me deje convencer para permitir que Nuen os cuente historias de saqueadores.

Hasta la cara de Dalin se ilumina un poco, pues ni siquiera en la biblioteca de la ciudad hay leyendas o historias que puedan rivalizar con la emoción de los cuentos aterradores de Nuen, sobre complejas batallas y ríos de sangre, sobre hombres que cabalgan a lomos de sus pequeños caballos tan rápido y con tanta dureza que, según se dice, pueden cocinar carne entre sus muslos desnudos y la grupa del animal; son famosos sus cuentos sobre los cráneos de los enemigos caídos y ejecutados, amontonados en pilas altas como montañas...[114] Y el hecho de que los relate una narradora tan engañosamente dócil solo sirve para acrecentar su capacidad de emocionar, por mucho que se repitan.

Consciente de que los niños van a estar muy agitados durante la noche después de esas historias, pero también de que su señora tiene, en este momento, problemas mayores que resolver como para que sus hijos estén todo el rato haciéndole preguntas, Nuen se vuelve hacia Isadora, arquea una de sus cejas largas y finas y hace una sola pregunta:

—¿La señora está segura?

Isadora asiente y suspira ante la inevitable perspectiva de pasar la noche en vela.

—Sí, Nuen —dice—. Agradecería mucho tu ayuda, ahora mismo...

Los tres hijos más jóvenes se dirigen con afán hacia la escalera y Golo y Dalin desaparecen enseguida, escalones arriba. Solo Gelie, al pasar junto a Isadora, se detiene a comentar el misterio de que su madre se haya puesto su mejor vestido verde y ese collar de oro tan pequeño como precioso, además de ponerse ese barniz con tinte de amapola que tanto le embellece los labios y las líneas de galena negra gracias a las cuales sus ojos parecen más grandes y misteriosos todavía. Pero Anje se apresura a intervenir y toma a su hermana de la mano.

—Tú y tus preguntitas, venid conmigo, pequeña emperatriz —dice a su hermana—. Ya te enterarás de todo cuando vuelva madre. Y si no te das prisa te perderás la ocasión de oír horrores nuevos de los saqueadores...

Isadora vuelve a inflarse de orgullo por su hija mayor y se da cuenta de que bien pronto habrá que buscar a la doncella un pretendiente adecuado; es decir, uno que le permita establecer un hogar y supervisarlo, Isadora está segura, con más sensatez que este en el que se ha criado. Esos pensamientos se confirman cuando Anje dedica una última mirada a su madre, sabedora de que Isadora no le ha revelado todos sus planes, pero dispuesta a aceptar que tendrá buenas razones para ocultarlos. La muchacha apenas llega a susurrar las palabras:

—Ten cuidado, madre.

Y persigue a Gelie, escaleras arriba. Por un momento, la admiración de Isadora se convierte en melancolía ante la idea de lo cerca que está de perder a esta hija en la que tanto ha llegado a confiar...

Al fin, ya solo tiene delante a Dagobert; los rasgos de Isadora se oscurecen de pronto, aunque quizá no tanto como a ella le gustaría, o como pretende.

—Dagobert, ¿te imaginas —empieza— qué diría y qué haría tu padre si te viera con esta ropa?

Sin embargo, Dagobert se defiende con una firmeza admirable:

—Me imagino que estaría encantado, madre, al ver que he seguido al pie de la letra sus instrucciones.

Tras una pausa para considerar todo el asunto, Isadora termina por preguntar:

—¿Y cuándo, dime, se os ocurrió este plan a los dos?

—Ayer, cuando él salió de casa. Fingió que se había olvidado el cetro del yantek Korsar, el cetro del comandante supremo del ejército, y fue a buscarlo. Al regresar con él, también me pasó la nota.

—Muy listo... —Isadora calla y se reprocha en silencio haberse dejado pillar con la guardia baja, pero luego asiente con gesto desafiante—. De acuerdo, entonces —dice sin entusiasmo—. Vendrás conmigo, si ha de ser así. Pero espérame en el jardín mientras saco del sótano mi equipo de sanación.

Isadora camina rápidamente hacia una puerta que queda detrás de la escalera y lleva a los gélidos confines de la cámara inferior de la casa, donde se almacenan las provisiones familiares de vino, aceite, hierbas, tubérculos y carne. Los niños tienen prohibida la entrada a este lugar porque también aquí es donde Isadora conserva sus provisiones de ingredientes para sus medicinas, y donde mezcla esas pócimas. El toqueteo de ingredientes tan peligrosos por manos ignorantes, según han oído los hijos de los Arnem desde su nacimiento, podría provocar la enfermedad y la muerte; por eso, pese a tratarse de una tropa que suele hacer caso omiso de las normas, todos obedecen esa restricción doméstica sin cuestionarla.

Eso no significa que ese lugar no les haya provocado una gran curiosidad; en estos últimos meses, los interrogatorios de los dos Arnem más mayores se han vuelto más insistentes. Hay muchas razones para ello, y la más importante serían los continuos comentarios de los niños ajenos al Distrito Quinto acerca de que Isadora se crio con una bruja. Aunque la estudiosa Anje ha determinado con rigor que la vieja Gisa no era uno de esos seres malignos, también se ha convencido de que sí era una adepta de la antigua religión de Broken. Esa hipótesis no ha sido confirmada por las investigaciones emprendidas por Dagobert con su fino oído, llegando en más de una ocasión a pegar la cabeza al suelo del recibidor, en la planta principal de la casa, para obtener alguna pista de cuanto ocurre allá abajo. Y es que, si bien las paredes del sótano están hechas de la misma piedra burda en la que se excavó la mayor parte de la ciudad, los techos no son más que la cara inferior del suelo de tarima del piso superior. Esas tarimas quedan suavizadas y selladas, en invierno, por pieles y alfombras; pero a la primera insinuación del tiempo cálido todas esas capas desaparecen y el suelo queda desnudo.

Esta misma tarde está el suelo despejado, lo cual concede un momento inusualmente propicio a Dagobert para arriesgarse a pegar el oído a las rendijas entre las tablas del suelo para ver si su madre se limita a recoger las botellas y las jarras de arcilla de esas mezclas secretas que han mantenido su fama como sanadora o si aprovecha para llevar a cabo alguna otra tarea; tareas que se revelan por una serie recitados misteriosos de los que, en más de una ocasión, Dagobert ha alcanzado a oír algún fragmento.

Hay una expresión común en todas las cosas que Isadora dice cuando está sola en el sótano, una expresión que, desde el principio, no parece muy relacionada con la medicina o, en cualquier caso, no de manera específica. Siempre ha parecido que se trataba, más bien, de una llamada a algún dios, un dios cuyo alto oficio era y, al parecer, sigue siendo el de *Allsveter*: *All-father*,[115] padre de todo, un título que, según han descubierto Dagobert y Anje en sus estudios, se otorgó a menudo al jefe de los viejos dioses de Broken, un ser llamado Wodenez, cuya imagen han visto los niños en un broche de plata que su madre lleva a menudo prendido en la capa.

Isadora siempre ha explicado que ese broche era simplemente el regalo de la mujer que la crio y le enseñó todo, Gisa, la supuesta bruja, en el lecho de muerte.

De nuevo esta noche, con los pequeños en el piso superior, sumidos en el silencio gracias a la ferocidad de los saqueadores de los cuentos de Nuen, Dagobert oye esa expresión a través del suelo de la sala; esa y una más, una que, pese a pronunciarse en la lengua de Broken que él conoce y pese a que, con toda claridad, no incluye nombres de ninguna entidad, contiene algún secreto que la vuelve tan extraña como la anterior. «Dime, gran Allsveter» —parece suplicar Lady Arnem cuando el aire frío y húmedo transporta sus palabras entre las rendijas del suelo hasta los oídos de su hijo—. ¿Qué puede significar todo esto? ¿Por qué consume la fiebre a estos grandes espíritus, siendo precisamente el elemento que ellos dominan, incluso cuando habitan en el agua helada o cerca de ella? ¿Qué fuerzas supernaturales crean esta enfermedad tan terrible que, según las runas,[116] augura grandes peligros para esta ciudad? ¿Qué sentido puede tener una adivinanza tan extraña? "¿Cómo harán el agua y el fuego para conquistar la piedra?"»

Dagobert alza la cabeza, confundido en extremo; sin embargo, sin darle apenas tiempo a sumirse en el desconcierto de las últimas palabras de su madre, le llegan desde abajo los amables sonidos del fin de los preparativos: los tapones de viales y botellas que luego regresan a su sitio. En cuanto suena el primer paso de los pies de su madre sobre la escalera de piedra tallada en una pared del sótano, el joven se levanta, agarra el cazo de guiso que Nuen había dejado humeando en la mesa, sale por la puerta de la casa e intenta calmarse caminando arriba y abajo por la terraza con la ilusión de que su porte transmita una sensación de espera confiada.

Pronto se acerca su madre y, con su caja negra de provisiones médicas bien aferrada bajo el brazo, pasa junto al joven sin decir ni una palabra, como si sus preparativos en el sótano la hubieran reconciliado un poco al menos con el acuerdo secreto entre su hijo y el padre. Dagobert la sigue indeciso al ver que Isadora echa a andar deprisa hacia la puerta de la pared sur del jardín, que abre con un movimiento ágil, revelando así la fuerza que posee en los momentos de rabia y peligro. Ha anochecido del todo y, al no haber salido todavía la Luna, la única luz que ilumina el Camino de la Vergüenza es la que procede de las antorchas y fogatas que se alimentan del combustible que los borrachos residentes en esa calle hayan conseguido rapiñar o robar. El sonido de las carcajadas sin sentido se ha vuelto más potente y frecuente ahora, así como más insistente, y por ello obliga a quienes siguen enzarzados en absurdas discusiones a intercambiar a voz en grito sus acusaciones e insultos sin sentido.

Cerca de la puerta del jardín de los Arnem está lista ya la discreta litera[117] de la familia. El marco de madera ligera y el banco sencillo con sus asientos acolchados están envueltos en lana gruesa, pese a que el aire es más caliente de lo que correspondería a la estación y normalmente haría más conveniente el uso del algodón. Esas coberturas ofrecen una intimidad sencilla y eficaz a quienes viajan en el interior, mientras que el marco ofrece comodidad sin lujos y, al ser ligero, permite que dos hombres fuertes acarreen en él a uno o dos ocupantes sosteniendo unas varas de unos cuatro metros que se sujetan con asas a ambos lados del artilugio. En el caso de los Arnem, los encargados de transportarlos son dos hombres enormes, de negras barbas, uno de los cuales lleva una armadura ligera y gastada —de cuero, sobre todo, aunque reforzada en los puntos vitales con simples planchas de acero—; los dos transmiten una consistente impresión de suciedad, pese a que se bañan a menudo.

—Buenas noches, mi señora —saluda el gigante instalado al frente de la litera, Bohemer, en tono respetuosamente jovial. Luego saluda con una inclinación de cabeza al joven, que tiene más pinta que nunca de ser el jefe de su clan—. Señor Dagobert —añade, con una sonrisa apenas visible entre la espesa barba.

—Lady Arnem —saluda Jerej, el hombre que va detrás, un poquito menos musculoso y con la barba levemente más rala.

Luego, igual que su compañero de tribu, dedica una mueca cómplice a Dagobert y este se la devuelve con una sonrisa, pues no cabe de duda de que ser admitido como camarada por este par es todo un honor.

Eso no implica que esos saludos, en este momento, sean inteligentes: Isadora, que ya venía disgustada, sospecha de inmediato y con razón que su marido y su hijo avisaron por adelantado a estos hombres de la posibilidad de que el joven participara en esta clase de aventuras nocturnas, y se le agría el humor. Los fulmina con la mirada de uno en uno y luego los golpea con sus palabras:

—¡Silencio! ¡A callar todos!

Isadora sabe que Bohemer y Jerej son tan ferozmente leales a la familia Arnem como la buena de Nuen; pero también sabe que, sin ninguna duda, les produce la misma satisfacción que a su marido la idea de servirse de este plan para hacer del joven Dagobert todo un hombre. Y aunque agradece que estén presentes para apoyar a su hijo cuando el grupito descienda a las peligrosas calles que rodean la casa de Berthe, no tiene ninguna intención de que se le note. Al contrario, menea la cabeza con una determinación tensa, ayuda a Berthe a montar en la litera y luego se sienta con la mayor rapidez posible.

—De acuerdo, entonces —proclama desde dentro—. Ya sabéis adónde vamos. ¡Adelante!

—Sí, Lady Arnem —responde Jerej, mientras entre él y Bohemer alzan la parihuela con un movimiento tan bien practicado que apenas sacude a las mujeres.

—Señor Dagobert... —propone Bohemer en voz baja, aunque no tanto como para impedir que aumenten el orgullo y la confianza que provoca en el joven la creciente camaradería—. Quizá tengas a bien guiarnos, ¿hacia la izquierda y adelante?

Dagobert asiente con mayor entusiasmo todavía y mantiene la espada de saqueador apenas un poco desenvainada, lo justo para exponer la empuñadura, de modo que le permita blandirla con rapidez. Sus ojos escrutan con intensidad la multitud que se mueve ante ellos, como si fuera un soldado de gran experiencia, capaz de distinguir un peligro a la primera señal. Pronto el grupo empieza a avanzar hacia el sudeste por el Camino de la Vergüenza, donde no son percibidos como ricachones intrusos, sino como personas importantes que, en vez de estar de paso por el distrito, pertenecen al mismo: personas cuyos intereses, en suma, merecen respeto.

—He de decir, joven señor —anuncia Bohemer a Dagobert, todavía en tono confidencial—, que me complace que hayas prestado atención a las lecciones de tu padre, pues apostaría una Luna en sueldos a que necesitaremos de tu espada antes de poner fin a este asunto. Si no es en la parte más pobre de la ciudad... —Dagobert se vuelve y comprueba que Bohemer habla con intención genuina —, será en la más rica...

1:{xvii}

Una partida inadvertida, un objetivo descorazonador...

Las tardes de Okot no son famosas por su luminosidad, habida cuenta de la bóveda casi impenetrable que cubre el bosque, incluso allí donde se han despejado pequeños claros para instalar cabañas. Eso se debe en parte a la extraordinaria capacidad del Bosque de Davon para regenerarse; pero también, y en la misma medida, a la intención de los Bane. Cualquier apertura significativa en la vasta extensión de las copas de los árboles del Bosque resultaría visible desde las murallas de Broken, de modo que tienen un cuidado especial en asegurarse de que el mediodía más soleado en el resto del territorio se convierta dentro del bosque en poco más que un moderado crepúsculo. De todos modos, nunca hubo una tarde tan oscura como esta. Ha traído a su paso más muertes, más piras y más cabañas incendiadas, con la correspondiente creación de una nube de humo caliente y pesado que emborrona por completo el sol: la plaga sigue sin dar muestras de remisión.

Los sanadores Bane han asegurado a los Groba que al llegar el nuevo día todo habrá cambiado; como si estuvieran decididos a hacer que se cumpla su optimista predicción, al caer el ocaso siguen atareados sin pausa en las Lenthess-steyn, con la misma temeridad que cuando todo esto empezó. Sin embargo, cuando el sol empieza a coronar las montañas del oeste, el único efecto aparente de tanta determinación es que la plaga sigue exigiendo más aun a estos mártires del conocimiento y la piedad. Su paso parece pasar casi inadvertido a sus colegas, que se esfuerzan en las cámaras más recónditas de estas cuevas que parecen panales, donde despiezan cadáveres con la intención de descubrir alguna pista acerca del origen de los horribles síntomas de esta enfermedad. De momento, han preparado varias mezclas de las hierbas que cultivan en sus jardines con extractos de distintas flores venenosas traídas por los expedicionarios, y cada una de esas pócimas sirve para mejorar alguno de los diversos efectos torturadores de la enfermedad: las llagas, la tos angustiosa, la fiebre, la hinchazón y el dolor. Pero son escasas todavía las esperanzas de evitar la muerte. La pestilencia sigue siendo un misterio, no guarda ninguna relación con nada que los curanderos hayan tratado hasta ahora con sus pociones y pócimas; y la frustración de los curanderos renueva la convicción, por parte del Groba y de la tribu Bane en general, de que esta plaga es obra de brujería. Ante esa conclusión, son más todavía los que, pese a estar infectados por la enfermedad, hacen caso omiso de los sanadores y de cuanto ocurre en las Lenthess-steyn y, mientras les queda energía para caminar, escogen poner fin a sus vidas como hizo la familia a la que Keera, Veloc y Heldo-Bah vieron al principio: deambulan por el bosque (siempre vigilados por grupos de Ultrajadores), rezan para pedir que alejarse de la atribulada Okot les traiga la salvación y, al descubrir que no es así, se someten al fin que les ofrece el Zarpa de Gato, rápido en términos comparativos.

Al caer la noche arden las piras en la orilla sur del río. Desde una colina elevada, justo al oeste de Okot, los tres expedicionarios —aunque ahora son mucho más que eso— alcanzan a ver la cadena interminable que forma la humareda brillante de estas llamas fúnebres en el paisaje oscuro, así como las luces más pequeñas de las antorchas cerca de las piras y del río. Una masa grande de antorchas se ha reunido en la cima rocosa de las Lenthess-steyn y va reptando hacia el norte: señal brillante y sinuosa de que el ejército de guerreros de Ashkatar se ha reunido y emprende la marcha.

Antes de abandonar Okot, Keera, Veloc y Heldo-Bah han quedado para preparar el viaje ante la cabaña que antaño tenían por hogar. Los padres de Keera y Veloc —llamados Selke y Egenrich[118]—, enterados de que sus dos hijos y su antiguo pupilo representan lo que podría ser la última esperanza de los Bane, los han recibido como si apenas hubiera pasado un día desde que abandonaron la casa y, en el caso de Heldo-Bah, sin dar señal alguna de decepción o rencor; ciertamente, no lo sentían. Tras hacerse cargo de la pequeña Effi, Selke y Egenrich han prometido mantenerla a salvo y lejos de la parte más peligrosa de la aldea y seguir negándose a ceder a sus persistentes peticiones de visitar a sus hermanos; además, bajo presión por parte de Keera, se han comprometido a ocuparse de los tres hijos en el caso de que sobrevivan y no regrese su madre. Mientras los veían prepararse para un viaje tan amenazado por los peligros que ni siquiera hacía falta mencionarlos, poco a poco los propios preparativos se han convertido en el único tema de conversación: los expedicionarios vaciaban sus sacos de todas las provisiones recogidas mientra la más inescrutable de las Lunas se alzaba sobre el Bosque de Davon y luego los rellenaban con toda clase de utensilios, alimentos y, sobre todo, armas. Los tres han podido escoger entre todas las armas forjadas o capturadas por sus congéneres y cada uno de ellos ha cogido solo las mejores espadas, flechas, arcos y cuchillos que se les ofrecían. Después han salido de Okot sin que nadie advirtiera su partida para que ningún compañero de tribu alimentara grandes esperanzas a propósito de su misión; esperanzas que en última instancia podrían resultar crueles y trágicamente vanas. La colina en que ahora se encuentran es el último punto desde el que podrán ver la aldea de la tribu y los asentamientos que la rodean; desde allí, los tres expedicionarios vuelven atrás sus miradas sombrías, sabedores de que podría ser el último atisbo de su hogar.

—Dicen que Ashkatar ha reunido una fuerza mayor de lo que se esperaba —murmura Veloc, con la mano derecha aferrada al puño de una espada corta recién afilada y el brillo de las llamas de las hogueras lejanas presente en sus ojos oscuros—. También hay mujeres guerreras. Cientos, en total. ¿Qué plan tiene? ¿Atacar?

—No —contesta Heldo-Bah—. Si conozco a Ashkatar, creo que esperará. Dará tiempo a los Groba y a los curanderos para controlar la plaga mientras invita a los Altos a adentrarse en el Bosque. Destruirá todos los puentes, salvo el Caído. Y si están tan locos como para acercarse por esa ruta... —escupe con fuerza al suelo— tal vez no se igualen las fuerzas, pero nuestras posibilidades mejorarían, sin duda.

—Pero... ¿por qué habrían de adentrarse los Altos en el Bosque? —pregunta Keera en voz baja, apoyada en un báculo nuevo de arce mientras contempla la aldea sin lugar en su mirada para nada que no sea pura congoja—. La plaga les está haciendo el trabajo.

—El orgullo de los Altos —responde Heldo-Bah en tono despectivo, pero con la certeza obtenida en frecuentes incursiones en el reino que en otro tiempo quiso matarlo—. Querrán una batalla, por mucho que nos haya debilitado la plaga.

—Además —añade Veloc—, querrán comprobar con sus propios ojos que pueden dar por terminada su obra maligna.

Keera mantiene los ojos clavados en las llamas lejanas.

—Para Tayo ya se ha terminado. Y para tantos otros...

—¿Terminado? —repite Heldo-Bah, como un amargo eco—. No, Keera. No mientras te quede aliento, a ti y a nosotros, y haya una posibilidad de venganza. —Sus ojos grises arden en las cuencas con llamas más salvajes que las que podría causar el reflejo de cualquier pira o el incendio de las cabañas—. Y la esperanza de esa venganza viene con nosotros. La obtendremos. Todos... —Señala hacia Okot—. Todos la obtendrán. Encontraremos a Caliphestros y, por la Luna, los Altos conocerán el dolor que tú has sentido hoy. —Heldo-Bah vuelve a escupir, como si así sellara su pacto con los demonios que acechan bajo la tierra—. Cuanto más deprisa vayámos, antes empezará su sufrimiento. Descansaremos solo cuando no quede más remedio. —Los ojos grises se entrecierran y los dientes afilados rechinan con dolor—. Y desde el reino de la Luna, los muertos verán que han sido vengados.

Los Bane echan a andar hacia el sudoeste y desaparecen en el Bosque: pronto se adentran con caminar experto entre la vastedad oscura, a un ritmo más rápido que nunca...

INTERLUDIO

UN IDILIO EN EL BOSQUE[119]

3 de noviembre de 1790
Lausana

[Pero] ¿qué hemos de hacer con los aspectos aparentemente más fantásticos de la leyenda? No me refiero aquí a las diversas referencias a la brujería u otros asuntos por el estilo, de las que ya se encarga el propio texto y que podrían liquidarse simplemente mencionando, como harán dos personajes más adelante en el relato, que la mayor «brujería» siempre ha sido la ciencia, mientras que la «magia» más oscura se ha atribuido de modo constante a la locura. Más bien me refiero a algunas nociones apenas un poco menos estrambóticas, como la posibilidad de que hombres civilizados, o al menos relativamente civilizados, conspiren para usar enfermedades devastadoras como armas de guerra, así como al hecho de que una sociedad relativamente avanzada como la de Broken fuera capaz de mutilar y desterrar a una cantidad nada despreciable de sus miembros por motivos tan poco elevados como purgar de la raza nacional a los elementos más defectuosos, tanto en el aspecto físico como en el mental (incluyendo, entre otros muchos, a quienes poseían conocimientos o, específicamente, tendían al progreso científico, que la sociedad asimilaba a la sedición), así como para asegurarse ese aire particular de los secretos divinos que, de manera casi universal, se traduce en la obtención de un poder incontrolado y en la entrega a los excesos por parte de todas las instancias del gobierno.

¿Y qué hacemos, por contraste, con la afirmación de que la deidad premia a los animales no racionales con una consciencia y, en consecuencia, un alma, de modo que merecen ese respeto que nosotros, que nos vanagloriamos de estar hechos a imagen y semejanza del Todopoderoso, exigimos en exclusiva? Sin duda, esas creencias resultarán atractivas para esos jóvenes poetas y artistas de nuestro tiempo que, en números cada vez más crecientes, afirman buscar la dudosa sabiduría del mundo embrutecido e indómito de la Naturaleza, al tiempo que se permiten flirtear peligrosamente con ideas cercanas a las que impulsan a las fuerzas de la destrucción revolucionaria;[120] y, sin embargo, ¿acaso podemos —nosotros, que detectamos los peligros de esas fuerzas rebeldes exactamente del modo detallado por usted en sus *Reflexiones*— mirar más allá de esa superficialidad juvenil y encontrar un significado más profundo en cuentos como el de este «idilio»?

Respetemos, sin embargo, el orden: me estoy adelantando y adopto un aire parecido al que demuestra el personaje más misterioso y peculiar de cuantos habitan este relato, personaje que, lo confieso, ardo en deseos de que conozcáis. Porque él recorrió ciertamente el puente que une la Razón y una especie de reverencia por las almas y las aspiraciones no solo de los hombres, sino especialmente de otros seres no humanos, y entre ambas encontró bien pocas contradicciones, si es que había alguna...

De Edward Gibbon a Edmund Burke

I:

El anciano y la reina guerrera

Poco importa que, de una noche a otra, cambien tanto los paisajes de los sueños del anciano, pues sus aspectos más importantes permanecen: está siempre entre amigos —o, por decirlo con más exactitud, entre personas con cuya amistad por alguna razón cuenta, aunque sus rostros le resultan desconocidos— y, ya se trate de un encuentro en una aldea remota o en el palacio de un príncipe, ese grupo jovial enseguida se encuentra atrapado en algún asunto importante y entretenido. Esa actividad provoca invariables halagos para el anciano, que en esos sueños no suele ser viejo, sino joven y hermoso, con el cabello dorado, ojos de un gris pizarroso, huesos pronunciados y esa boca fina que antaño señalaba con claridad su procedencia originaria de alguna tierra lejana, al nordeste de Broken y del Bosque de Davon. Y, en medio de ese público indistinto pero encantado, aparece siempre la imagen de una mujer joven. Quizá sea una chica a la que efectivamente conoció, o quizás una desconocida; en cualquier caso, la fascinación ilumina siempre sus ojos cuando el anciano la descubre entre el ajetreo y los parloteos del grupo. Se sonroja y mira al suelo, pero pronto alza de nuevo la mirada para recoger su silenciosa invitación. Entonces él se acerca, ya sea para presentarse o para reconocerse mutuamente, y para entablar esa clase de conversación que lleva inevitablemente a un contacto, o incluso a un beso: suave y breve, pero lo suficientemente excitante como para que un temblor calmante recorra la red de *neura*[121] de su cuerpo y, en última instancia, cree esa sensación que los antepasados del anciano en las estepas llamaban *thirl*:[122] una excitación tan profunda y potente que algunos experimentan por ella los mismos anhelos que el borracho por el vino, o quienes fuman y comen opio por su ansiada droga.

Por último, y más importante, están las piernas del anciano: todavía sueña, sin excepción, que sigue teniendo piernas y puede hacer todo aquello para lo que en otro tiempo estuvo capacitado. Puede correr por los salones y jardines de los palacios, subir y bajar escaleras de castillos y deambular por los bosques más formidables del mundo; puede retozar y bailar en los festivales y en las recepciones reales, puede disponer de su cuerpo para hacer el amor a una mujer y puede cabalgar sin precaución, ya sea por las calles de los grandes puertos que construyeron sus abuelos y su padre después de que los saqueadores, en una oleada tras otra, los echaran de las estepas infinitas[123] y los obligaran a desplazarse hacia el mar del norte, o sea, a lo largo de las rutas para caravanas que su propia generación —y él mismo— tanto contribuyeron a extender hasta las tierras extrañas y peligrosas del lejano sur, del este distante. Él había recorrido esas rutas montado en caballos, camellos, elefantes y bueyes; es decir, a horcajadas de casi cualquier bestia capaz de soportar su peso. Y así, desde la infancia, había desarrollado un profundo afecto y una habilidad para comunicarse con formas de vida distintas de la suya. Así, también, al llegar a la edad adulta había entrado en contacto con una cantidad de pueblos de la Tierra de la que muchos hombres, en toda su vida, ni siquiera llegaban a saber en cuentos. La suya había sido una vida embriagadora, llena de aventuras, riquezas y, desde bien pronto, mujeres. Mas, a pesar de esas diversiones, lo que más le había fascinado eran los grandes centros de aprendizaje que había visto en sus viajes. Así, al convertirse en adulto, había contrariado los deseos de su padre al abandonar la vida de mercader y escoger el combate por la sabiduría a propósito de la pregunta más grandiosa de todas: ¿qué secreto anima los cuerpos y las mentes de los hombres y de las criaturas que habitan este mundo?

Fue en su condición de hombre de ciencia y medicina, entonces, más que de comerciante, como dejó su huella en todas las tierras que visitó, particularmente en aquellas en las que todavía se entendía y respetaba la vida dedicada al estudio[124] y las grandes ventajas que de ella se derivaban. Y esos son los días de gloria a los que regresa su mente ahora, en las largas noches de sueño plagadas a menudo por un amargo padecimiento físico. A veces, si la necesidad es suficientemente grande, la mente lo lleva más lejos aún y elabora caprichosamente los recuerdos de la fama que le brindó la sabiduría (recuerdos no menos placenteros, a su manera, que esas visiones de jóvenes mujeres adorables), permitiéndole soñar que debate con los grandes estudiosos que ennoblecieron los pueblos y las ciudades a los que viajó, ya sean maestros muy anteriores a su tiempo —los médicos Herófilo de Alejandría y Galeno de Pérgamo, por ejemplo— o aquellos que, como el historiador Bede, de Wearmouth,[125] al otro lado de los Estrechos de Seksent, a quien tuvo la fortuna de considerar su colega.

Durante los primeros años en que esas imágenes llegaron a dominar el sueño intermitente desterrado en el rincón más remoto del Bosque de Davon, aquella visión nocturna de sus piernas desconcertaba profundamente al hombre. Al fin y al cabo, había dedicado una porción no menor de su vida de estudiante y médico a sopesar el valor de los sueños como instrumento para medir la salud de sus pacientes, habilidad que, en un principio, había aprendido por medio del estudio atento de la breve, aunque vital, *Sobre el diagnóstico de los sueños*, obra escrita casi quinientos años antes de la vida de este anciano por el mismo maestro de la medicina con quien a menudo soñaba debatir, el griego Galeno.[126] Sin embargo, nuestro hombre desarrolló el trabajo preliminar de Galeno hasta tal punto que había llegado incluso a alcanzar la habilidad de adivinar la verdadera naturaleza de las enfermedades de sus pacientes, así como muchos detalles de sus vidas, y de sus vicios privados, a partir de los sueños.[127] Esos diagnósticos resultaban invariablemente sorprendentes para los pacientes, y no siempre eran bienvenidos. Sin embargo, el anciano se lanzó con sus experimentos en esa área y al fin logró determinar —para su satisfacción, pero también para la más profunda sorpresa e incredulidad no solo de sus pacientes, sino incluso de diversos santones con los que había tenido ocasión de debatir sobre estos asuntos— que los humanos no son los únicos animales que sueñan. Y con esa determinación llegó un conocimiento aun más profundo acerca de lo extensivas que eran las sensibilidades no solo de los caballos, camellos, bueyes y elefantes que en algún tiempo habían cargado con su cuerpo y las provisiones de su clan, sino también de un espectro mucho mayor de criaturas.

El hombre creía que el descubrimiento de la universalidad de los sueños entre todo tipo de razas de hombres y animales, así como de los propósitos para los que servían esos sueños, debía tener un uso práctico, sobre todo durante su destierro. Cuando el dolor constante de las heridas infligidas por los sacerdotes de Kafra durante el Halap-stahla, y luego mal curadas, provocó que él mismo tuviera vívidos sueños de manera recurrente, tenían que ser sueños de caída (dada la pérdida de las piernas); breves tropezones, como de quien está de pie y cae al suelo, cuando el dolor de las heridas era leve; más largos —aterradores desplomes desde lo alto de muros y acantilados— si el dolor era severo. Por supuesto, su sufrimiento siempre fue severo mientras dormía; quizá no en las primeras horas, pero ciertamente sí cuando la dosis de opio mezclado con una cantidad razonable de mandrágora que tenía por costumbre fumar antes de retirarse perdía la batalla con su neura y la sensación de recibir cuchilladas regresaba para despertarlo. Esas drogas no suponían cura alguna, y podían incluso llevarlo a una enfermedad que él mismo había observado y tratado a menudo. Pero sus sueños, lejos de ofrecerle pista alguna para un tratamiento más fundamental, solo se volvían más placenteros y le ofrecían más consuelo cuando volvía el dolor. Era como si su mente, en vez de aplicarse racionalmente al problema de encontrar un tratamiento fundamental, se convirtiera en un agente de evasión de la realidad que implicaba su condición; de hecho, se convertía en un agente de ayuda que determinaba sus propios remedios sin parar mientes en que él pudiera pedirlos o dejar de hacerlo.

Al mantener esa extraña réplica a los principios establecidos por Galeno y por él mismo, cosa que ocurría incluso en las peores mañanas —si, por ejemplo, a lo largo de la noche se había golpeado contra la pared rocosa de la cueva en que vivía desde la primera noche del destierro, provocando despiadados latidos de dolor en sus piernas mutiladas—, el anciano se despertaba a menudo sonriendo, o incluso en plena carcajada, con sus rasgos pálidos y demacrados humedecidos por lágrimas de pura alegría. El dolor se apoderaba enseguida de su pensamiento consciente, por supuesto, sobre todo en los primeros meses de destiero, cuando apenas tenía unas pocas drogas con que mitigarlo; sus sonrisas y carcajadas se disolvían entonces rápidamente en gritos de rabia y agonía, provocados no solo por el dolor en sí, sino por el implacable recordatorio de la medida en que las circunstancias de su vida, antaño tan asombrosa, habían experimentado un cambio; de hecho, un robo.

Con el paso del tiempo, las maldiciones de amarga frustración y el ansia consciente de venganza que al principio habían caracterizado sus mañanas se vieron atemperadas por la aceptación de aquello en lo que su vida se había reconvertido: y ese cambio de mirada se debía en parte, como el anciano estaba dispuesto a reconocer, al cultivo de una farmacopea que hubiera despertado la envidia del mismísimo Galeno, o incluso del supremo experto de la antigua Roma,[128] Dioscórides de Cilicia[129] (quien, igual que nuestro anciano, había estudiado en la biblioteca, en el museo[130] y en las academias de Alejandría cuando la ciudad era todavía, pese a las conquistas y reconquistas de los fanáticos guerreros enemigos del verdadero conocimiento, el mayor centro de aprendizaje del mundo entero). Con esa aceptación, el anciano empezó a pensar gradualmente menos en mutilar a sus torturadores de algún modo tan brutal como el que estos habían empleado con él, y consideró que su vida en el bosque suponía una oportunidad única para obtener una forma mayor de justicia. Mas no se trataba de una actitud nacida de su sabiduría: él sabía bien que muy pocos hombres, por no decir ninguno, podían adoptar una actitud tan valiente en apariencia —sobre todo entre las montañas del sudeste del Bosque de Davon, la región más remota e intimidatoria, con mucho, de todo el territorio salvaje— sin la ayuda aportada por un ejemplo. Por ello, pese a darse cuenta de que la obra que iba desarrollando durante su destierro era la más impresionante de su vida, y en muchos sentidos también la más importante, a duras penas se congratulaba por ello; reconocía que había una causa aún más importante para explicar aquella actitud y aquellos logros extraordinarios.

Ella lo había hecho posbile. Ella le había dado una lección filosófica fundamental que —en toda una vida de viajes, estudios académicos y peligrosas intrigas entre reyes, santones y guerreros— nunca antes había penetrado en su alma: le había enseñado en qué consistía el verdadero coraje. Y, con eficacia aún mayor, le había mostrado el significado de esa cualidad en la práctica y había dejado claro al anciano que revelamos nuestra mayor valentía cuando no hay una corte de admiradores dispuestos a aplaudirnos. Le había administrado esa sabiduría de la manera que todos los grandes filósofos han considerado siempre superior a las demás: por medio del ejemplo. Porque ella misma había vivido mucho tiempo con un sufrimiento —a la vez del cuerpo y del corazón— tan grande como él no había visto soportar jamás a ningún miembro gregario de una sociedad humana, y mucho menos a una solitaria habitante del bosque como ella, aun a pesar de su linaje real. Eso le quedó claro al anciano la misma noche en que se conocieron: la noche del Halap-stahla.

Estando apenas consciente, la vio salir del Bosque en cuanto se marchó el grupo ritual de sacerdotes y soldados. A él le habían cortado las piernas desde las rodillas, pero sangraba despacio: formaba parte de la perversidad del Halap-stahla que los sacerdotes cortaran primero los ligamentos principales del interior de la rodilla y luego desencajaran la *patella*[131] con la intención de permitir un corte limpio de sus hachas en la articulación, dispuesta para semejante tajo gracias a la dolorosa suspensión de la víctima entre dos árboles. Esa postura, como la crucifixión con que los soldados de la antigua Roma castigaban a los prisioneros, estiraba prácticamente todas las articulaciones del cuerpo hasta el límite de la dislocación, provocando a la larga la *gangraena*, aparte de una serie de desgracias de casi todas las variedades imaginables. Pero los kafranos habían superado a sus predecesores romanos, a quienes a veces se tiene por maestros de la tortura inventiva, aunque al menos demostraban un rastro de piedad al poner fin a las penurias de la crucifixión con la dura gracia del *crurifragium*.[132] Los sacerdotes kafranos, en un contraste enfermizo, cauterizaban y ataban los restos de carne y venas a media pierna (pero solo en determinadas partes de la herida) después de asestar sus cortes a hachazos, para evitar que el prisionero se desangrase demasiado rápido y muriese, negando así a sus víctimas la muerte repentina que se les garantizaba incluso a los desgraciados que morían en las cruces del Lumun-jan.

Pese a la intención de los sacerdotes de prolongar al máximo posible la angustia del Halap-stahla, el anciano estaba ya, de hecho, a punto de morir cuando se acercó la reina guerrera. Cuando detectó por primera vez su presencia, tras haber caído en un estado de delirio agonizante, pensó que el crujido en la maleza del límite del bosque era obra de alguno de sus acólitos, varios de los cuales se habían comprometido a acudir hasta la entrada del Bosque de Davon al caer el sol y, si lo encontraban con vida, salvarlo si era posible o, en caso contrario, poner fin a su miseria. (Si se daba esto último, habían seguido prometiendo los acólitos, enterrarían sus restos en algún lugar anónimo que ningún sacerdote kafrano pudiera encontrar y violar.)

Sin embargo, cuando el anciano había conseguido al fin distinguir quién se le acercaba —al ver que se trataba de una hembra que pertenecía a una vil especie de guerreros de la que había oído cuentos fantásticos y aterradores—, había conjeturado que acaso pretendía acabar con él: su sufrimiento había llegado a tal punto que hubiera dado la bienvenida a la muerte.

«Quizás —había pensado el anciano mientras estudiaba sus ojos con toda la atención que le permitía su rugiente agonía—, quizá pretenda matarme por compasión; detrás del brusco desafío que veo en esos ojos, hay algo más suave, un conocimiento del dolor...»

Lo que el anciano no podía saber todavía era que la avidez de sangre inicial en los extraordinarios ojos de la reina guerrera no se debía al aroma sanguíneo que él emitía, ni a su condición desesperada, sino a la mera visión de sus torturadores: los sacerdotes de Kafra, y más aún los soldados que los acompañaban. Había adoptado el hábito, últimamente, de matar a cualquier hombre de Broken con quien entrase en contacto; porque esos eran los hombres que, menos de un año antes, habían matado a tres de sus cuatro hijos, esclavizado al más joven y convertido a la propia reina en la última de su clan real y, aún más importante, partido su espíritu en añicos de un modo tan radical que, durante casi una docena de ciclos Lunares a partir de entonces, apenas había sido capaz de reunir los trozos suficientes para seguir viviendo. En consecuencia, cuando se encontraba por casualidad con jinetes montados en lo alto de sus sillas ornamentadas sobre poderosos caballos, ya no le importaba demasiado si eran soldados, mercaderes o sacerdotes, como los que acababan de cometer aquel último acto, tan cercano al asesinato: todos esos hombres (tan fáciles de distinguir de los miembros de la otra tribu, más bajitos, que vivían en el bosque y que siempre habían mostrado respeto por ella y sus hijos, antes de que estos fueran asesinados y abducidos) eran representantes de la ciudad que tan a menudo había observado en lo alto de la montaña solitaria del nordeste, la ciudad que, por la noche, quedaba silueteada por unas luces temblorosas y a la que se llevaron en aquel día terrible a su último descendiente vivo, junto con el cuerpo de su hijo mayor, mientras ella, herida en el muslo por una lanza, defendía con tenacidad lo único que le quedaba por defender: los dos cuerpos inertes de sus otros hijos, ya fallecidos pero no menos queridos.

De este modo, todos los ciudadanos de Broken se habían convertido finalmente en enemigos de la reina guerrera, gente a la que atacar y matar; y ella, a su vez, en una de las leyendas más terribles del Bosque de Davon, usada por esos mismos ciudadanos para inquietar al prójimo y para tratar de reprimir cualquier comportamiento díscolo por parte de sus hijos.

Y sin embargo esa noche se había acercado con cautela al lugar en que mutilaban al anciano y, en consecuencia, había llegado tarde para arrebatar la vida a la última banda de sacerdotes, ayudantes y soldados que habían bajado de la montaña hasta el límite del Bosque de Davon. ¿Por qué? Al anciano no le parecía que la motivara el miedo, sino un propósito mayor. ¿Cuál, entonces? ¿Poner fin a su sufrimiento? ¿De verdad podía demostrar tanta compasión? Él no dudaba que fuera posible. Encajaba con sus estudios de todas las criaturas saber que incluso los habitantes del Bosque podían conmoverse con esa clase de sentimientos. Y su teoría se confirmó de nuevo cuando ella se acercó más y el viejo detectó con certeza toda la complejidad de su aspecto: mientras estudiaba sus piernas mutiladas, con un torpe oscilar en el hueco entre los dos árboles de los que seguía dolorosamente suspendido, su expresión perdió buena parte del afán de venganza que mostraba al contemplar la retirada del grupo del ritual, pues miró al anciano con algo parecido a una curiosidad compasiva. Al hombre le pareció claro que ella veía algo inusual en él; también oía algo digno de mención en los sonidos lúgubres y agónicos que seguían brotando de lo más profundo de su cuerpo.

En ese momento, el anciano no pudo forzar a su mente a seguir especulando a propósito de los motivos de aquella hembra; solo podía esperar que pusiera fin a su sufrimiento. El tormento aumentaba a toda prisa, en proporción al constante declinar del efecto de las poderosas drogas que sus acólitos habían conseguido colar hasta su celda en las mazmorras del Salón de los Mercaderes antes de que lo llevaran al límite del Bosque. Dentro de la única hogaza de burdo pan que se concedía al condenado según los dictados del Halap-stahla, aquellos adeptos bravos y leales habían escondido media docena de bolitas pequeñas y compactas de drogas de gran potencia, derivadas de un opio inusualmente puro y de resina de *Cannabis indica*;[133] sin embargo, el anciano solo había consumido dos dosis y había escondido las otras en su persona, junto con algunos objetos cruciales: dentro de unas tiras largas de algodón que más adelante podrían servirle de vendas, había envuelto bien apretadas unas agujas de inyectar y algunos hilos de algodón empapados en alcoholes y aceite, un anillo con su sello privado y, por último, las restantes dosis de medicación, todo ello ante la minúscula posibilidad de sobrevivir al destrozo con la ayuda de sus acólitos. En caso de que ellos no pudieran hacer acopio de más drogas antes de acudir en su ayuda, necesitaría las dosis restantes para tolerar que se lo llevaran de la sede del rito, así como para soportar la costura de las heridas con aguja e hilo, intervención necesaria para evitar una sangría mayor durante una huida que, sin duda, sería apresurada. (Más adelante, por supuesto, él mismo reabriría las heridas para permitir el drenaje de todo el pus mientras se curaba con la ayuda de una limpieza y un tratamiento con miel, alcoholes fuertes y los jugos de cualquier fruta silvestre que pudiera encontrar.)

Aquel bultito inocente lo había plegado dentro de una lámina más grande de algodón que podía atarse a las ingles como si fuera ropa interior, manteniendo así sus dosis secretas a salvo, encajadas bajo el escroto allá donde ningún sacerdote tendría demasiadas ganas de mirar. Sin embargo, pese a esos preparativos, el rescate que esperaba no había aparecido; o, mejor dicho, no había adoptado la forma que él esperaba. Antes de que sus leales alumnos pudieran llevar a cabo la liberación del anciano, aquella reina silenciosa, salvaje por completo y sin embargo sabia y majestuosa, había emergido del Bosque; sin embargo, en vez de darle el *dauthu-bleith*[134] que el hombre creía inevitable, había extendido su cuerpo extrañamente largo y ágil, como una criatura feral, para poder cortar a mordiscos las correas de nudos prietos que ataban al prisionero. En sus siguientes acciones, todas llevadas a cabo con suavidad, el anciano había podido sin duda constatar su compasión; cuando se tomó el tiempo necesario para consumir una dosis de sus medicinas y luego, una vez estas habían hecho efecto, coserse las heridas meticulosamente, ella exhibió también una gran paciencia. Solo cuando lo vio preparado se lo echó a la espalda y cargó con él hasta la cueva de la montaña en la que residía desde hacía mucho tiempo.

«Pero... ¿por qué lo hizo?», se preguntó el anciano durante muchos años desde aquel día, pues al respecto de este asunto, como de tantos otros, ella había guardado silencio; ese silencio propio de aquellos cuyo corazón se ha rasgado hasta tal extremo que ya no es posible repararlo y sus almas se quedan, desde entonces, sin voz. Con el tiempo, el anciano se había formado algunas ideas acerca de sus razones, que a medida que pasaban tiempo juntos podía formular con más detalle y acierto. Fuera cual fuese el pasado de aquella mujer, el anciano nunca puso en duda que las agonías de cuerpo y alma que le habían infligido al desterrarlo de la ciudad de Broken lo hubieran consumido —lo hubieran empujado, en última instancia, a terminar él mismo el trabajo iniciado por los sacerdotes de Kafra al blandir sus hachas— si sus años de exilio no se hubieran visto agraciados por aquel ejemplo sublime.

Porque había sido una gracia: no solo lo había rescatado y cuidado, también le había enseñado: le había mostrado las maneras de sobrevivir en el Bosque, tanto en el aspecto físico como en el espiritual. Y quizás el mayor milagro de su largo idilio en el bosque fuera que ella siguiera incorporando todas sus lecciones en el ejemplo: un ejemplo valiente, silencioso, instructivo. Ningún miembro de ninguna de las academias o museos en que el anciano había estudiado y enseñado, ya fuera del mundo conocido o de más allá —todos ellos grandes habladores— lo hubiera creído posible; ciertamente, ellos lo hubieran llamado brujería, pues así habían etiquetado siempre las clases cultas y los santones de Broken una buena parte de la obra del anciano. Pero si era brujería, había concluido él tiempo atrás, entonces la adoctrinación de los sacerdotes y las investigaciones de los filósofos desde la noche de los tiempos eran incorrectas; ciertamente, todo el desarrollo de la ética humana había sido un error y eso que llamaban brujería era, de hecho, el bien más profundo que una criatura pudiese abrazar.

De todos modos, no deberíamos creer que el anciano no tuvo sus propias dudas, tanto al respecto de su cordura como de las circunstancias de su supervivencia, durante los primeros años de los diez que pasó con la reina guerrera; sin embargo, las pruebas, la pura realidad de sus cuidados, de su tutela, se volvieron tan constantes que aquellas dudas, aun en el caso de persistir, se hubieran vuelto discutibles enseguida. Al final, no persistieron; como en lo esencial seguía siendo una criatura de curiosidad aventurera, el anciano hizo suyas bien pronto todas sus lecciones, sus pruebas, aprendió el millar de detalles vitales con bastante rapidez (sobre todo si tenemos en cuenta la cantidad de factores considerables que invitaban razonablemente a esperar que, en un lugar como el Bosque de Davon, el progreso de un anciano sin piernas fuera lento), pero, sobre todo, prestó atención a aquella virtud inicial que había visto en ella: la valentía con que se había ocupado de sus propios asuntos, al tiempo que atendía a las necesidades de él, sin dejar de sobrellevar en todo momento un dolor que nunca llegaba a sanarse, una tragedia que, además de subrayar la imperfecta curación de la herida del muslo derecho (que provocaba una leve cojera disimulada en parte al caminar, aunque no al correr), mantenía la herida de su espíritu, más profunda, siempre abierta y visible. Incluso en los momentos más benignos, el anciano detectaba cómo aquel dolor interior tironeaba de las comisuras de sus ojos atentos y a veces la impulsaba a bajar los hombros. Los bajaba, pero no se rendía nunca. Ella había transitado con esfuerzo por el dolor para responder a las exigencias de su nueva vida, la nueva vida de ambos, consciente (y, como siempre, dispuesta a demostrárselo al anciano) de que, si bien una cierta cantidad de sufrimiento podría resultar instructiva, el exceso de abatimiento podía matar; de que semejante exceso no representaba, ni de lejos, la manera más profunda de rendir homenaje a las almas de los seres queridos, ni a la memoria de una vida de sabiduría destruida por la ignorancia y el desdén; y de que, incluso si le asignaba el lugar adecuado, ese dolor, ese repudio del mundo y de las criaturas que lo habitan, no era una actitud que cupiera tratar con superficial indulgencia, como la que el anciano había visto poner en juego a tantos poetas, sino con respeto y, en definitiva, afán de superación...

II:

Dentro y fuera de la cueva

Ese afán de superación llenó la vida en común de aquella pareja a medida que pasaron los años; en su transcurso, el anciano decidió incorporar cada vez más a menudo las virtudes de valiente supervivencia e insolente mérito que había visto poner en práctica a la mujer. Para ella, aquel régimen no era un simple testimonio de la profundidad de sus heridas y de su pérdida, sino una manera de conservar vivo en su mente el espíritu de los tesoros perdidos —aquellas cuatro criaturas enérgicas y preciosas, asesinadas o raptadas cuando vivían ese florecer que lleva de la infancia a los primeros estallidos plenos y audaces de la juventud—: sin la chispa de aquellos recuerdos exquisitamente dolorosos, terminó por entender el anciano, no solo hubiera sido bastante probable que ella lo dejara morir aquella tarde del Halap-stahla, sino que ella misma se habría tumbado en el suelo del Bosque para esperar la muerte en silencio.

Como consecuencia de todo ese estudio paciente, el anciano terminó por saber qué soñaba la reina guerrera cuando entraba en duermevela: estaba seguro de que su mente recreaba la batalla de su familia contra el grupo mortal de poderosos jinetes de Broken. Y no lo hacía por atormentarse más, sino con la quejumbrosa esperanza de ofrecer a aquel suceso un resultado distinto; y sin embargo, como se hacía evidente por los espasmos que agitaban sus piernas, siempre fracasaba en el intento de llegar a un final más feliz. Al darse cuenta de ello, el anciano empezó a consolarla con sus cuidados, como había hecho ella con él: con sonidos calmantes y caricias inocentes, con un contacto balsámico, destinado a recordarle la alegría perdida, pero también el hecho de que no cabía darla por perdida del todo mientras los dos conservaran la vida suficiente para soñar y recordar.

Entre las diversas consecuencias que implicó para el anciano aquel desafío mutuo (por no decir grandioso) y aquella manera de asumir la tragedia, hubo una preeminente: se concentró en cuerpo y alma en reconstruir cuanto pudiera de su vida y de su obra, tanto para demostrar que era merecedor de la grandeza de corazón que ella le había deparado, como para contribuir a que la vida de aquella reina fuera, si no más feliz, al menos un poco más fácil: comenzó, en cuanto sus piernas se curaron lo suficiente para permitirle algunos movimientos simples, por mejorar su primitivo habitáculo. Mientras ella salía al Bosque a conseguir provisiones de comida, él arrastraba su cuerpo mutilado con un esfuerzo supremo por el santuario rocoso y apenas iluminado: primero encendía un fuego y luego, en él, creaba herramientas forjando el hierro que hinchaba las gruesas venas de la cueva y que podía desprenderse con más facilidad de las piedras sueltas que caían de los saledizos elevados de la montaña. Con aquellas herramientas pudo proveerse de un modo nuevo de caminar, así como cavar en las repisas de piedra unos huecos más cómodos en los que podrían dormir con mayor comodidad tras cubrirlos con tierra y ablandar la superficie con plumas de ganso que el anciano embutía en amplios sacos hechos con pieles de animales. Llegó incluso a construir una puerta burda para tapar la boca de la cueva, manteniendo fuera a quien mostrara curiosidad o representara una amenaza, al tiempo que conservaba en el interior el calor de aquel primer fuego: un fuego que se volvió perpetuo, alimentado por las pilas de ramas secas que el infame viento de la cumbre de la montaña arrancaba cada noche de los árboles más altos.

Mientras se regodeaba por la noche al calor de aquella primera hoguera le pareció que su compañera permitía que a sus rasgos se asomara una sonrisa; una relajación de la boca que, si bien no era forzosamente una expresión de alegría, representaba en cualquier caso una contentura tal vez momentánea, o incluso superficial, pero dotada de un enorme valor para unos cuerpos y almas tan heridos como los suyos, en un lugar tan salvaje y despiadado como el Bosque de Davon. Mas al llegar el sueño la sonrisa se desvanecía y regresaba el tormento. Consciente de sus avances irregulares, el anciano desarrolló una concepción cada vez más acertada de la actividad que se producía en aquella mente, siempre reflejada en el espejo de los movimientos físicos que acompañaban los distintos estados por los que pasaba en sus sueños: mientras tanto, se preguntó si lograría encontrar el modo de curar el tormento esencial de la vida de la reina.

Empezó a observarla en cada ocasión que se le ofrecía y a menudo pasaba largos ratos abocetando, en pergaminos hechos con las pieles de las piezas que ella cazaba, las expresiones que mostraban sus rasgos dormidos cuando aquellas visiones terribles de batallas y asesinatos cruzaban el sueño ligero de su mente. Y lo hacía con destreza, pues en otro tiempo había sido un meritorio ilustrador de tratados anatómicos. Gracias a aquellos intentos de entender el estado en que la sumían los sueños, consiguió inesperadamente reconocer un aspecto totalmente distinto que llenaba en silencio su cara cuando se despertaba y, sin mover todavía el cuerpo, abría los párpados: aquellos ojos vivos y atentos, de un verde parecido al que cubre el brillo de las primeras flores de la primavera. Pronto entendió que aquella expresión no obedecía tan solo al chasco de comprobar que su dolorosa realidad seguía vigente; además, su rostro transmitía en aquellos momentos una sensación de culpabilidad.

El hombre estaba razonablemente seguro de cuál era el origen del que emanaba aquella culpa, pues el estudio de los estados de ánimo y pensamiento de la realeza, así como de sus sueños, lo había culpado durante mucho tiempo. Y podía afirmar con certeza que lo que reconocía en su rostro en aquellos momentos era la conciencia —tanto más poderosa cuanto más tácita— de que, al instruirlos cuidadosamente en el hábito de la repentina valentía que caracteriza a los campeones en despiadados campos de batalla (hábito que ella misma había aprendido de su madre en la juventud y que siempre había sabido que debería transmitir a sus criaturas), había contribuido en buena medida a su muerte. ¿Qué madre —o padre, a esos efectos— podría soportar esa conciencia sin un sentido de culpa mortal? Tras dedicar unos breves momentos a esa contrición, ella, que había sobrevivido para reinar sola en aquella región del gran bosque, se incorporaba a medias para localizar al anciano, que enseguida fingía estar ocupado en cualquier otra actividad. Apaciguada por su presencia, de nuevo se ponía en marcha con su espíritu incansable: de vuelta al Bosque de Davon, a recorrer las fronteras de sus dominios, a cazar, a proteger y proveer, únicas actividades que parecían proporcionarle cierta calma en la vigilia, o al menos atemperar su pena y su dolor.

Aquella dedicación arrojaba frutos provechosos: venados, aves y jabalíes —algunos guisados, otros colgados para secarse al aire, otros ahumándose encima de la hoguera y otros conservándose gracias a la sal que el anciano había descubierto en las cavernas más profundas— pendían de las paredes de la cueva, sobre todo desde que la cazadora real observara que el anciano no se comía los animales más pequeños que le llevaba y, en consecuencia, dejara de cazarlos. En cuanto a las demás necesidades de la dieta, las plantas y árboles silvestres que crecían junto al risco en los aledaños de la cueva y en las hondonadas que se extendían por debajo, junto con las colmenas que parecían rellenar los huecos de todos los árboles, aportaban frutas, tubérculos, frutos secos, bayas y miel más que suficientes para una subsistencia prudente; pronto, tras dominar los soportes para caminar que él mismo se había fabricado, el anciano pudo acceder a aquellas provisiones sin necesitar ayuda, dejando así más tiempo a la reina para cazar y mantener alerta su eterna vigilancia en espera de nuevos jinetes de Broken...

Un afluente que se desplomaba montaña abajo para tributar su corriente al Zarpa de Gato aportaba agua, pero también el bálsamo frío y rápido que, en los primeros días de su convivencia había brindado el más veloz alivio del dolor para el anciano, aunque tras ese dato de apariencia trivial se esconde un detalle revelador del vínculo que lo unió a la reina. Ella era quien le había revelado la existencia de aquel arroyo piadoso, prácticamente sin cooperación alguna por parte del anciano. Alarmada por sus gritos y aullidos en la primera mañana en que compartieron refugio, ella había hecho todo lo posible para ayudarle; todo lo mismo que había sido capaz de hacer para calmar su propio dolor, o el de sus hijos cuando se lesionaban mientras aprendían a cazar o mientras se entregaban a sus juegos con excesiva rudeza. Ella se le acercó con la intención de acariciarle las heridas; como él no lo permitía, intentó alzarlo, tirando de la túnica con sorprendente ternura. Al fallar también ese intento, se agachó para mostrarle que solo quería que él le rodeara el cuello con los brazos, tal como había hecho la noche anterior después del Halap-stahla, para poder cargar con él hasta aquellas aguas tan beneficiosas. Sin embargo él, despojado de sus drogas y frenético en su agonía (e inseguro todavía al respecto de las verdaderas intenciones que ella albergaba en aquellos primeros instantes de su relación), se había dejado llevar por el pánico en primera instancia. Debilitado todavía por el primer ascenso de la montaña, al fin había terminado por perder la conciencia. Entonces, ella se lo había echado a la espalda con mucha ternura (pues, en aquella nueva forma insultada,[135] el hombre pesaba apenas un poco más que sus cachorros en plena infancia) y lo había bajado hasta el arroyo, donde la carne recosida de lo que en otro tiempo fueran sus rodillas había encontrado el primer alivio.

Ese ritual se repitió cada día durante las semanas siguientes, una vez que el anciano entendió cuál era su benevolente intención; y pronto se demostró tan eficaz que él pudo dedicar su atención a la tarea de localizar ingredientes silvestres que pudieran mezclarse para crear un remedio más poderoso que el agua fría. Su mirada experta detectó de inmediato unos cuantos: campanillas de montaña, jugos amargos de frutos silvestres, corteza de sauce, flores y raíces que a menudo, en manos menos conocedoras, resultaban venenosas, y el ya mencionado caudal infinito de miel; había juntado todo eso para producir medicamentos que, además de aliviar el dolor, prevenían la infección y controlaban la fiebre.[136] Al fin, aquel régimen humilde —en forma de cataplasmas e infusiones— devolvió a aquel hombre algo que, si no se parecía a su antigua identidad, al menos lo convertía en un compañero agradable e incluso un útil vigilante cuando ella caía vencida por el sueño en pleno día. El anciano sabía que esto último era especialmente peligroso si los gobernantes de Broken llegaban a descubrir no solo que él había sobrevivido al suplicio del Halap-stahla, sino que residía en la cueva de la reina y que ambos mantenían lo que los sacerdotes de Kafra habrían denunciado como una «alianza impura», una amenaza demoníaca formada por un conjunto mucho más peligroso que la suma de sus maltratadas partes.

Y sin embargo no parecía muy probable que lo descubrieran: ningún cartógrafo de Broken, y muy pocos de los Bane, había llegado jamás a las montañas remotas en las que tenían ahora su hogar el anciano y su protectora. Con la ansiedad algo aliviada por ese dato y las heridas ya en la última fase de cicatrización (pues habían cumplido ya su función las cataplasmas, las medicinas y los vendajes de algodón, hervidos en calderos de piedra primero, y luego de hierro), al poco tiempo el anciano desbrozó un terreno contiguo a la cueva y estableció en él su huerto. Allí cultivaba plantas silvestres y hierbas que iba recolectando en la cresta de la montaña; la colección de flores, raíces, cortezas y hojas medicinales que iba amontonando en la cueva, junto con el olor, agradable por lo general, de las diversas pócimas que creaba con ellas, transmitían a su compañera no solo que el anciano estaba recuperando la salud por completo, sino también que imaginaba una vida nueva para los dos, una vida cuyos detalles ella no podía adivinar, pero cuyos efectos empezó bien pronto a apreciar de manera absoluta.

Ocurrió que una noche ella tuvo dificultades para rastrear un venado al que había herido; cuando al fin lo encontró, la altiva bestia consiguió rasgarle la piel del pecho con la punta de un cuerno antes de morir. Cuando ella apareció con la carcasa a cuestas, el anciano mostró más interés por la herida que por la carne y soltó unas cuantas exclamaciones de preocupación en alguno de los lenguajes que tendía a usar, ninguno de los cuales resultaba del todo comprensible para ella; había por lo menos uno que le parecía una pura jerigonza inventada, de tan gutural como sonaba.[137] De aquel jardín, para entonces ya floreciente, y de su provisión de remedios preparados, el hombre sacó ingredientes para crear nuevos medicamentos, bálsamos que ella encontró extraños e inquietantes hasta que pudo experimentar cómo atenuaban el dolor y aceleraban la sanación de la herida.

Para el anciano, claro, se trataba de unas curas rudimentarias, sobre todo si las comparaba con lo que hubiera podido conseguir de haber poseído los instrumentos adecuados, así como algunos ingredientes más potentes, cuyo cultivo y cosecha había tenido por costumbre en el complejo jardín de la Ciudad Interior de Broken, donde había dispuesto incluso de algunas plantas extrañas y valiosas, traídas por mercaderes extranjeros. Sin embargo, para superar aquellas preparaciones rudimentarias y aspirar a crear unos tratamientos que representaran con toda certeza una novedad drástica —medicamentos que mezclarían los remedios del bosque cuya existencia había descubierto durante el destierro con aquellos que había cultivado y mezclado en Broken—, necesitaría crear una especie nueva de *laboratorium*[138] en la cueva, totalmente distinto de cualquiera que jamás hubiese visto o imaginado estudiante alguno, ni siquiera en Alejandría.

Necesitaba sus instrumentos, fragmentos y semillas de sus plantas, claro, además de viales de tinturas y jarras de cristales, minerales y drogas: estaba seguro de que todo eso seguía en su antiguo santuario en lo alto de la torre del palacio real de Broken. El Dios-Rey, cuya vida había salvado y alargado el anciano en más de una ocasión, no solo había elevado a aquel sanador, nacido en tierras extranjeras, al rango de Viceministro, sino que le había concedido salvoconducto para transitar por donde quisiera dentro de la Ciudad Interior por medio de aquellos pasadizos secretos, otrora reservados a los Sacerdotes y las Sacerdotisas de Kafra, además de proporcionarle espacios en los que vivir y trabajar, tierras para cultivar sus huertos y permiso para convertirse en tutor de los dos hijos reales. Seguro que Saylal, el hijo de Izairn, pese a dejarse persuadir por el celoso Gran Layzin y por el recién nombrado Lord Mercader de que el Viceministro de su padre pretendía alcanzar un poder supremo y merecía el destierro ritual al Bosque, había tenido la inteligencia suficiente para darse cuenta de que debía conservar los materiales y los libros del «brujo», y había ordenado a los acólitos del traidor que obtuvieran el mayor dominio posible de aquellos incontables ingredientes y mejunjes, en vez de deshacerse de ellos. Y si los acólitos del Ministro habían cumplido, todas las cosas que el anciano necesitaba para crear su laboratorium en el Bosque estaban todavía en pleno cultivo, si eran plantas, o mantenidas en buen estado si se trataba de objetos. Pero... ¿cómo podría conseguirlos?

III:

Tormentos separados, consuelo común

Solo había una manera: aunque los estudiantes más fiables del anciano no habían llegado al límite del Bosque de Davon la noche del Halap-stahla antes de que aquella intervención totalmente inesperada le brindara la salvación, tenía muchas razones de peso —enraizadas en años de leal servicio— para creer que en algún momento sí se habían presentado; al fin y al cabo, durante aquella afrenta a la justicia que los kafranos habían llamado «juicio», el anciano se había cuidado mucho de insinuar siquiera que ellos fueran cómplices de sus actividades. Incluso había insistido en que practicaba sus experimentos «de brujería» sin la ayuda del primero de sus seguidores, el hombre conocido en Broken bajo el nombre de Visimar. (Y aunque esto último había sido bastante más difícil sostener, el anciano se había mantenido firme.)

Y sin embargo, llegado el momento, parecía que los acólitos no habían podido devolverle su protección acercándose al Bosque en cuanto los hombres del grupo ritual partieran de regreso a las puertas de Broken. Si tan solo los había rezagado la precaución, como creía el anciano, al llegar debían de haber conjeturado con la posibilidad de que su maestro hubiera frustrado de algún modo los deseos del Gran Layzin, de los sacerdotes del templo y del propio Kafra, sobreviviendo al Halap-stahla sin contar siquiera con la ayuda de sus pupilos. Y si efectivamente se habían planteado esas conjeturas, el anciano podía ahora permitirse la esperanza de que, si de algún modo lograba entrar en contacto con ellos, estarían deseosos de sacar muchas de las cosas que necesitaba de la Ciudad Interior y de la metrópolis y bajarlo por la montaña hasta el límite del Bosque de Davon. Pero... ¿cómo conseguiría hacérselo saber?

En prueba de la decencia esencial del alma del anciano, al fin decidió recurrir a la confianza donde en otro tiempo se hubiera servido del engaño; no a la confianza en el poder de su mente, sino, al contrario, en la lealtad, primero, de su compañera y, luego, de aquellos jóvenes que le habían jurado lealtad. En cualquier caso, el riesgo implicado por esa apuesta palidecía en comparación con la última demostración de confianza que debería emprender: se vería obligado a confiar la recuperación de aquellos instrumentos, medicamentos y plantas que había dejado en Broken, así como la segura invisibilidad de la mucho más valiosa vida conquistada con su reina guerrera a la integridad de la tribu de desterrados que, según sabía bien, vivían en la lejanía, al nordeste de la cueva que ahora tenía por hogar.

El papel de esa gente extraña sería crucial para su plan, hecho que inquietaba al anciano más de lo que hubiese querido reconocer; y sin embargo, llegado el momento, encontrar el modo de alcanzar esa confianza había resultado mucho menos difícil de lo esperado. Para empezar, había compuesto un mensaje cifrado con un código inventado por él y usado con frecuencia para comunicarse con sus acólitos durante sus años como Viceministro de Broken sin que lo pudieran espiar los sacerdotes de Kafra o la Guardia del Lord Mercader. La existencia de ese código se había mencionado, en la asamblea de corruptos que había presidido el juicio del anciano, como prueba de su capacidad, compartida con sus seguidores, de hablar en lenguas demoníacas; para defenderse, el anciano había preparado una demostración que predentía probar que ninguno de sus ayudantes era capaz de entender siquiera su propio nombre cuando los transcribía al código cifrado. La artimaña solo había servido para granjear al acusado la condena como brujo solitario; pero ese era un final ya previsto, mientras que el engaño había servido para proteger las vidas de los leales, así como el secreto de su serie de letras y símbolos escondidos.

Con su nuevo mensaje codificado por el mismo método, el anciano procedió a enrollar en un prieto cilindro la nota y luego le añadió la dirección en el lenguaje llano de Broken: al mismo tiempo, sin embargo, selló el documento con un lacre compuesto por cera de un panal derretido, teñida por el jugo reducido de docenas de bayas de belladona, mezclada a continuación con el veneno de la rana arbórea de Davon. Si alguien ajeno a los antiguos ayudantes del anciano (que conocían ese truco de su maestro) intentaba echarle un vistazo a la carta y luego se tocaba la boca o los ojos, sufriría una muerte rápida y dolorosa. Después imprimió en la cera la marca del anillo que había escondido en la ropa interior durante todo el Halap-stahla; y por último, pidió a la reina, con los fragmentos de lenguaje simplificado que, a esas alturas, apenas empezaban a compartir, que llevara aquel paquete hasta la raza de hombres pequeños de cuya existencia, según había adivinado, ella era consciente desde hacía tiempo. De todos modos, también sabía que, aparentemente, los Bane habían mostrado siempre una deferencia casi religiosa con ella y sus hijos (cuando estos estaban todavía vivos en el Bosque), y eso le había dado razones para esperar que ella no temiera llevarse el mensaje y entregárselo a los desterrados y que estos, a su vez, cumplieran con el encargo de entregarlo. Con ese objetivo en mente, guardó la epístola en una bolsa de piel de ciervo cuidadosamente cosida y se la colgó del cuello. Solo quedaba mandar a la reina en su misión, tras insistir en la importancia de aquella petición y esperar su regreso, que tardaría al menos unos cuantos días en producirse.

En consecuencia, se llevó una gran sorpresa al ver que ella volvía la noche siguiente: solo había pasado una noche fuera. «Se habrá encontrado con algunos expedicionarios especialmente atrevidos y les habrá dado la nota —había conjeturado de inmediato al verla llegar sin nada prendido del cuello—. Es más rápida y lista de lo que imaginaba...»

Lo que le llevó a detenerse de repente no fue el miedo a ser descubierto por esos expedicionarios: sabía bien (o al menos eso creía) que los Bane —salvo por la excepción de los infames Ultrajadores— eran un pueblo adherido a un código de honor rudimentario, pero estricto. Sin embargo, había pasado en el Bosque el tiempo suficiente para comprender que aquellos dos rasgos —la curiosidad y la integridad— no siempre eran fáciles de combinar. El anciano sabía que incluso los expedicionarios Bane podían (por mucho que respetasen la integridad de la nota) quedarse fascinados y desconcertados por el hecho de que aquel mensaje tuviera que ser transmitido por una mensajera como la reina guerrera. Bien cabía la posibilidad de que su curiosidad hubiera sido demasiado grande para impedirles seguir a la reina, a una distancia prudente, en su regreso a la cueva, antes de volver a sus casas para cumplir con el encargo de entregar el contenido de la bolsa.

«Pero... incluso si te han seguido... —murmuró el anciano a la reina mientras la oscuridad se cernía sobre su hogar y los dos seguían vigilando con atención el bosque que los rodeaba—, ¿responderán a nuestra súplica y llevarán el mensaje a la ciudad para confirmar mis suposiciones acerca de su integridad?»

Con esa confrontación de esperanza y miedo en la mente, el anciano mantuvo la vigilancia durante horas aquella noche. Aunque tanto él como su compañera percibieron una presencia humana que deambulaba por el bosque en torno a las tierras en permanente expansión de su pujante huerto, no vieron ni descubrieron señal alguna de la presencia de visitantes; sin embargo, él sabía que nadie, ni siquiera un extranjero experto en el dominio de las artes científicas como él, estaba capacitado para descubrir un rastro dejado por expedicionarios Bane. Al final, no había tenido ninguna importancia verlos (o encontrar, al menos, pruebas de que habían estado por allí), pues la naturaleza de buenos principios que el anciano les había atribuido desde el principio quedó demostrada: un grupo de expedicionarios había rendido una visita inesperada en plena noche a los acólitos del anciano a quienes iba dirigida la carta, dentro de las murallas de Broken. A cambio, los expedicionarios habían recibido una recompensa que deseaban, pero no se atrevían del todo a esperar. Un grupo de acólitos empezó de inmediato a planificar su encuentro con el antiguo maestro en el lugar de la parte alta del Zarpa de Gato cuyo nombre acababa de desvelarles.

La compañera del anciano lo llevó hasta allí. Después de aquel primer encuentro habían celebrado unos cuantos más y en cada uno de ellos los acólitos llevaban más y más libros, pergaminos, recortes de plantas e instrumentos del maestro hasta el límite del Bosque, hasta que ya casi toda su colección había recorrido aquel trayecto. Luego, cada vez, él volvía a montarse en la espalda de su compañera, para infinito asombro de sus acólitos, y los dos, cargados con todas las provisiones que fueran capaces de sostener, empezaban el primero de muchos viajes arriba y abajo de la montaña para llevar el botín a casa.

Solo una cosa preocupaba al anciano mientras transportaban todo aquel equipamiento y las provisiones de la ciudad: en cada viaje se presentaban menos acólitos, lo cual revelaba que sus filas se iban diezmando y no por cobardía, sino por el encarcelamiento y las ejecuciones discretas (en vez de los rituales con previo anuncio público). El Dios-Rey Saylal (otrora joven príncipe cuyo tránsito de la infancia a la juventud había tutelado el anciano) había ascendido a un Gran Layzin y un Lord Mercader nuevos; y aquel par de jóvenes poderosos, como bien sabía el anciano por su propio suplicio, eran más que capaces de sospechar las intenciones de los acólitos y luego confirmarlas. Por medio de la tortura, llevada a cabo en las mazmorras secretas del Salón de los Mercaderes, la verdad —horrible para el Layzin y para el nuevo Lord Baster-kin— acerca de la supervivencia del anciano y, mucho peor aún, de la sociedad que formaba con la reina guerrera, había trascendido. Cada vez que un acólito se quebraba revelaba algún detalle nuevo de la historia. Sin embargo, por fortuna, cuando ya solo quedaba un detalle —el más importante de todos— fue Visimar quien acudió a las mazmorras. Y ni siquiera Visimar podía revelar lo que no sabía; es decir, dónde estaba la cueva del anciano y la reina guerrera. Tal fue la ira del Lord Mercader, de todos modos, que exigió para Visimar (con el apoyo de un Layzin menos malvado que él) un castigo mayor que la muerte discreta... Cuando el último y más leal de los acólitos del anciano no apareció en el lugar y a la hora acordados junto al Zarpa de Gato, su antiguo profesor sospechó que se había celebrado alguno de los característicos rituales kafránicos; sin embargo, se atrevió a alimentar la esperanza —porque la sabiduría de Visimar, pese a no ser tan grande como la suya, era considerable— de que su más brillante acólito hubiera encontrado el modo de sobrevivir a lo que, con razón, sospechaba que sería el Denep-stahla; y como él y su compañera, en sus diversos desplazamientos peligrosos hasta el río, nunca descubrieron restos de aquel ultraje, la fe del anciano se redobló.

El sacrificio de sus acólitos no había hecho más que aumentar su convicción de que debía dejar de lado la profunda tristeza que le causaba la pérdida de sus alumnos, de sus amigos y de aquella amante definitivamente desdeñosa que había dejado atrás en Broken y asegurarse de que su nueva obra en el Bosque fuera extraordinaria: suficientemente meritoria, al menos, como para vengar la pérdida que la había hecho posible, por no hablar de los peligros que había corrido su nueva compañera a diario para ofrecer su protección al anciano y a la propia obra. Con tantos utensilios modernos a su disposición —piezas de equipamiento delicado, libros de los maestros más admirados y semillas de aquellas plantas exóticas que él mismo había sido el primero en traer de las montañas de Bactria, en el remoto este, y de la aún más lejana India[139]— su obra avanzó a un paso tan veloz que resultaba asombroso.

Tras construir dentro de la cueva un hogar de piedra y mortero capaz de cumplir, en los meses de invierno, una triple función (como cocina, forja y estufa, de la que se obtenía el calor suficiente para alimentar un horno de cocción adyacente), el desterrado más ilustre del Bosque de Davon procedió, con toda la energía que le granjeaban los medicamentos paliativos más potentes que fue capaz de preparar, a fabricar aún más implementos para la comodidad. Al principio, un sistema simple de huso, rueca de mano y telar, con el que tejía la lana que obtenían de las ovejas salvajes de Davon[140] (que a menudo pastaban cerca de la cueva, de camino a la dulce hierba que crecía en los valles inferiores) y producía telas sencillas de lana que podían usarse luego para hacer ropa nueva, prendas más calientes y, al poco, unos sacos de dormir que llenó con plumas de las capas inferiores de las aves capturadas por la reina guerrera en sus cacerías. Después del telar se puso a construir una forja que mereciera tal nombre junto a la entrada de la cueva, no solo para forjar en ella herramientas e instrumentos, sino también para crear un cristal rudimentario y soplar para darle las formas que encontrara necesarias, tanto para los experimentos científicos como para su uso doméstico.

También podía ahora continuar sus investigaciones sobre el *metallurgos*,[141] una ciencia que, en parte, había sido responsable de que obtuviera aquella reputación de «brujo» entre los sacerdotes kafránicos de Broken: ¿acaso alguien podía manipular los minerales y metales obtenidos del suelo para crear un acero de fuerza nunca vista sin ser un brujo alquimista?[142] Libre ahora de la intromisión constante de aquellos sacerdotes, podía de nuevo soñar con el día en que crearía la variedad particular de acero que siempre había buscado, así como otros metales; solo que ahora podría ponerlos al servicio de quienes buscaban no solo la mera venganza contra los gobernantes de Broken, sino una gran reparación de todo el daño que se había hecho en aquella extraordinaria ciudad-reino: no solo el suyo y el de su salvadora, sino el de otros miles, además de un daño infligido a la propia alma del estado...

Y sin embargo, mientras se despierta lentamente esta mañana concreta, mientras observa los rayos de luz primaveral, especialmente brillantes, que se cuelan por la puerta abierta de la cueva (hace mucho que ella ha partido en su cacería matinal), mientras descubre, además, que sus piernas demediadas duelen menos hoy de lo que suelen hacerlo cuando se despierta, el anciano se da cuenta de que es difícil mantener el pensamiento concentrado en esas preocupaciones gigantescas. Mira hacia el hogar, del que emanan pequeñas virutas de humo de las cenizas blancas que cubren los escasos fragmentos de leña que no han ardido todavía, y concentra su mente en la contemplación silenciosa, casi podría decirse que satisfecha, de todo lo que ha sido capaz de lograr; por un momento se pregunta si alguno de los maestros del pasado a quienes tanto admira habría sido capaz de lograr lo mismo en una situación como la suya, incluso contando con la ayuda de una aliada tan formidable (aunque carente de preparación académica). Ese pensamiento le hace mirar más allá del fuego, hacia el estante que tiempo atrás cinceló en una hendidura de la pared de piedra de la cueva para acomodar en él sus libros más preciados:[143] sus volúmenes no solo de los gigantes originales, Hipócrates, Aristóteles y Platón, sino también del egipcio Plotino, que llevó más allá la obra de Platón sobre el alma, contribuyendo así a ordenar las ideas instintivas del anciano acerca de la mente y el espíritu de las bestias; de Mauricio, el emperador bizantino, que reunió (y en gran medida escribió él mismo) el *Strategicón*, el mayor volumen de principios militares jamás publicado en cualquier época, usado por el anciano para congraciarse con muchos gobernantes en sus viajes (incluido el Dios-Rey Izairn de Broken); de Dioscórides y Galeno; de Procopio y Evagrio, los bizantinos que tanto bien habían hecho al relatar correctamente la crónica de los primeros años de la última aparición en aquel Imperio del Este de algo que había obsesionado en algún momento al anciano, la Muerte, y habían determinado que la enfermedad tenía su origen, como todas las pestilencias de la misma clase, en Etiopía; de Praxágoras y Herófilo, los anatomistas y descubridores del pneuma y la neura; de Erasístrato, colega de Herófilo que definió el trabajo de las cuatro válvulas del corazón humano y siguió la pista de la neura hasta el cerebro en la edad de oro de Alejandría, cuando las disecciones de cuerpos humanos no se consideraban ilegales ni inmorales; y, por último, de Vaghbata, el indio de la antigüedad que había reunido una impresionante farmacopea de poderosas plantas orientales.

Es cierto, cavila el anciano, que ahora hay vida, amor y aprendizaje en su existencia del Bosque de Davon, obtenida gracias a enormes esfuerzos y sacrificios; en especial de sus acólitos, claro, pero también de él mismo con su determinación para desafiar las dificultades y, por supuesto, de la extraordinaria asociación con su compañera. Sin embargo ahora, mientras se esfuerza por levantarse y se percata de que todo el coro de pájaros cantores ha regresado al Bosque de Davon, se pregunta si su vida no será algo más que meramente extraordinaria; si no será algo que él, como hombre de ciencias, en algún momento ha argumentado que es un término inútil para describir un conjunto de fenómenos inexistentes, un término nacido de la ignorancia del hombre, enorme todavía: se pregunta si su vida no será un milagro.

No se lo pregunta mucho tiempo. Acaso estimulado por el ejemplo que le brinda ella al levantarse pronto para ocuparse de la parte que le corresponde de las tareas pragmáticas, él, tras alzarse gracias a la fuerza de sus brazos, acude hasta el tocón seco de árbol que cumple la función de mesita de noche, confirma que las diversas dosis moderadas del mismo opio y de *Cannabis indica* que le ayudan a dormir —anoche, como todas las noches— están en su lugar habitual, listas para facilitarle su parte de las tareas matinales en la cueva y en sus alrededores. Sin embargo, acaso por lo temprano de la hora, con el brillo del sol primaveral, o acaso inspirado por la naturaleza regeneradora de la propia estación, se detiene y decide enseguida que se va a atrever a aguantar el dolor de sus piernas demediadas mientras pueda, para disfrutar de la normalidad mental, en términos comparativos, que obtiene de dicho aguante. Se arrastra hasta el borde de su lecho acolchado de piedra y —consciente en todo momento de las dolorosas cicatrices que le ha dejado la curación imperfecta de sus rodillas y asegurándose de no arrastrarlas ni golpearlas contra el saco de lana y plumas de ganso o, peor aún, contra la piedra que hay debajo— se prepara para vestirse primero y luego atarse a los muslos con unas cintas el artilugio para caminar que fue el primer invento de su destierro.

Al hacerlo, su mente se asombra por sentir todavía un dolor que parecería extraño en las porciones cortadas de sus extremidades inferiores: se asombra porque durante todos estos años en el Bosque apenas ha sido capaz de aumentar su comprensión de estos dolores,[144] salvo por la certeza de que ha de evitar siempre los roces que los precipitan y ha de tener sus medicamentos siempre a mano; porque, sea cual fuere su causa, estos dolores son tan reales para él como lo eran para los soldados a los que trató en otro tiempo, que habrían sufrido algo parecido al perder algún miembro; tan reales, de hecho, que el anciano a veces a veces suelta unos gritos lastimosos que impulsan a su compañera a acariciar suavemente la zona de las heridas, con una intención que resulta ser otro fenómeno más poderoso de lo que la lógica invita a sospechar.[145]

Por todo ello, el hombre se mueve con particular precaución esta mañana, mientras alza el camisón de lana para quitárselo y luego alcanza una de sus prendas de trabajo, ya algo gastada: son otros cariñosos regalos de sus acólitos, traídos durante aquellas visitas arriesgadas que le hicieron tiempo atrás. Tras orinar en la jarra de cristal que él mismo hizo con sus manos, se pasa por la cabeza la prenda tupida, pero simple, y luego alarga un brazo sobre el suelo de la cueva, de donde saca con cuidado una pieza lisa de madera algo gastada, de algo menos de un metro por lado, que tiene una sección de un tronco robusto y maduro de un arce joven bien enganchada por el lado de abajo y unas correas de cuero fijadas en la superficie. Tras alzar los dos muslos, coloca la plataforma por debajo y luego se concentra en atar las correas con fuerza a lo que le queda de piernas. La incomodidad aumenta a medida que va avanzando en sus movimientos, pero su lentitud deliberada limita el dolor. Luego, una vez terminado el cuidadoso trabajo de atar las correas, cuando ya ha empezado a desplazar la vara de arce, la plataforma y lo que queda de sus piernas por encima de la cama, alza de pronto la cabeza en un gesto rápido y alarmado, totalmente desconectado de los gestos cuidadosos que lo precedían, y mira hacia fuera de la cueva al oír...

Ella. No está muy lejos y entona un lamento con una voz tan resonante, única y hermosa como trágica y desgarradora. Suele ser así, como bien sabe el anciano, en las bellas mañanas de primavera, cuando las incontables formas de vida se renuevan y regeneran en el Bosque y ella se ve obligada a recordar una vez más que su contribución a ese despliegue de la naturaleza —sus extraordinarios hijos— se perdió ya y no puede recuperarse por medio de algo tan sencillo como el paso de las estaciones. Varias veces cada año llora —mejor dicho, llama— de esta manera, como si quisiera decir que, ya que no puede convocar a sus hijos asesinados para que regresen a casa con ella, despertará a sus espíritus desde el mismo suelo del bosque en que, herida y sangrando, luchó con tanta furia y valor para salvarlos.

Aquel día atendió cuidadosamente los dos cuerpos que dejaron los atacantes: limpió sus heridas y todo su cuerpo como si estuvieran vivos; o, a decir verdad, como si con sus cuidados pudiera devolverles la vida. Ciertamente se convirtieron en huesos sin darle tiempo siquiera a pensar en llevárselos de aquel claro donde habían caído, ni mucho menos permitir que los enterrase. Al final, el anciano reunió los huesos y se los llevó hasta lo alto de la montaña y los enterró tan cerca como pudo de la cueva, bajo túmulos de tierra y piedras, en un intento desesperado de brindarle consuelo; sin embargo, el consuelo llegaba tan lento que, por momentos, parecía imposible. La ira y la pena le quemaron por dentro tanto tiempo que los dos montones de piedras se convirtieron en rasgos asiduos de aquella parte del Bosque hasta el extremo de que, pasado un tiempo, no quedó ni una criatura en el bosque que no hubiera aprendido a dejarlos en paz. Eso no significa que ella no apreciara el gesto del anciano, dolorosamente esforzado; ni que no llegara a disfrutar de momentos de pena más tranquila en su compañía; pero todavía ahora se sube a veces a algún árbol gigantesco, arrancado del suelo por el más poderoso de los vientos furiosos que azotan las montañas en invierno, o a una de las muchas formaciones rocosas que brotan de la ladera, a estas alturas, y llama a los muertos como lo ha hecho ahora, invitándolos a volver a casa como si las tumbas y el rapto no significaran nada; como si los cuatro vástagos valientes se hubieran limitado a alejarse demasiado en un paseo, o se hubieran perdido en algún momento y solo necesitaran su voz para poder regresar.

El anciano permanece al borde de la cama de piedra y sigue escuchando la misma canción solitaria (¡y qué impropio de alguien de su especie el mero hecho de cantar!) que tantas veces ha oído ya. Y mientras se sienta apenas repara en las lágrimas que empiezan a rodar por su cara arrugada y por su larga barba gris: una reacción peculiar para el anciano, que antes de su destierro no era proclive a sentimientos de esta profundidad. Ha ido cambiando a lo largo de sus años de existencia en el Bosque: a un precio exorbitante, se ha transformado en un hombre cuyas pasiones, cuando se encienden, resultan evidentes y profundas; y no hay criatura que pueda agitar esas pasiones de manera tan inmediata y honda como ella.

Al cabo de un rato, la canción se detiene; pero solo cuando se reanuda del todo el parloteo del coro de pájaros anuda su rutina matinal el anciano. Busca su par de muletas de burda hechura —viejas y gastadas como esa única pierna que se extiende bajo el cuadrado de madera que sustituye las funciones de las dos que en otro tiempo tuvo— y se monta, con un gran esfuerzo sustentado por la práctica, en los tres puntos de apoyo que durante todos estos años le han permitido el movimiento independiente, por comprometido que fuera. Da unos cuantos pasos por la cueva, plantando cada vez las muletas a escasa distancia para luego descansar en ellas su peso y columpiar hacia delante el cuerpo y el tercer punto de apoyo. Con el tiempo se ha convertido en un movimiento rutinario, aunque procura no tomárselo nunca a la ligera porque cualquier fallo puede implicar dolores catastróficos incluso si, como suele ocurrir, no produce heridas nuevas.

Sin embargo, hoy le falla la precaución: al acercarse al estante de piedra en que descansan sus preciados libros, repara de pronto en las lágrimas que corren por su cara; mientras tanto, no se percata de la humedad que el rocío de la mañana ha formado en el suelo de la cueva, en una parte que queda a alejada de los rayos de sol y del calor del fuego y por eso no se ha evaporado todavía. Aún peor: planta allí una muleta con firmeza, o con lo que, al principio, parece firmeza; mas cuando la muleta empieza a deslizarse hacia delante sobre la piedra resbaladiza a una velocidad terrible, se da cuenta de su error; también entiende que su reacción inicial a la inestabilidad subsiguiente y repentina —el intento de agarrarse a la otra muleta y mantener el equilibrio sobre la única pierna de madera— va a fracasar. Todo está pasando demasiado rápido: de hecho, un instante después, ya ha pasado.

El único defecto de su sistema de apoyo ha sido siempre que, si bien evita a los muñones de los muslos el contacto con nada que no sea el aire, los expone también a golpearse en cualquier superficie cuando se cae. Casi siempre esas caídas se han producido en el suelo del Bosque, que, como en todo Davon, se mantiene húmedo y (en su mayor parte) blando gracias al gran pabellón de ramas que se alza en su bóveda. Justo después de perder el equilibrio se da cuenta de que, hasta ahora, nunca había caído en la piedra de la cueva; la primera sacudida de dolor le recuerda por qué tenía tanto cuidado.

Cuando la primera oleada de su agonía cede el paso a una sucesión de muchas más, el anciano entiende que no prestar atención a los peligros de su andadura por la cueva solo ha sido el primero de sus terribles errores de esta mañana; el segundo, no tomar los medicamentos habituales. Tal como están las cosas, incluso si consigue llegar hasta las dosis que tiene listas en su mesita de noche, solo podrá masticarlas y tragarse su sustancia amarga: es el modo más lento de dar inicio a los efectos de las drogas. Pero podría tratarse de un problema retórico, porque al llegar las primeras pulsaciones agónicas son tan terribles que llega a dudar de si podrá siquiera moverse durante un buen rato: moverse, respirar, cualquier otra cosa que no sea soltar un grito lúgubre y terrible.

No está gritando para pedir ayuda; al principio, no. No se trata de algo tan racional: sus golpes y gritos son pura locura y solo recupera la razón cuando pasan los momentos que su mente ha convertido en horas. La primera señal de que ha empezado a pasar el tiempo son sus manos, que se agarran a los muslos con la intención de eliminar el dolor cortando la circulación de la sangre por las venas y arterias de los muñones. «¡Arterias y venas!», sisea entre un grito y el siguiente como si concentrándose en los descubrimentos de los grandes alejandrinos que describieron por primera vez cómo se mueve la sangre por el cuerpo, bombeada por el corazón y cargada de *pneuma* que reparte por todos los órganos, pudiera apartar su mente de estas tribulaciones. Y eso es lo que empieza a suceder, aunque solo es el principio. Han de pasar muchos momentos todavía para que se dé cuenta de que ya no está soltando un grito indistinto. Está vociferando un nombre:

—¡Stasi![146]

Así se llama ella; o, mejor dicho, ese es el nombre cariñoso que él le puso hace mucho tiempo. Hizo cuanto pudo, al principio, por averiguar si aquella criatura salvaje del bosque tenía siquiera un nombre propio; sin embargo ella nunca había mostrado un particular interés por la comunicación verbal sofisticada y él se vio obligado a concluir que debía darle un nombre. Consideró el asunto atentamente y probó distintas posibilidades antes de dar con una a la que ella sí respondía: Stasi, la forma apocopada de un nombre antiguo —Anastasiya[147]— común para las niñas entre los suyos. Se le había ocurrido en primer lugar porque el nombre implicaba un regreso de entre los muertos; por eso le pareció apropiado, por no decir inquietante, que ella respondiera. Quizás había comprendido siempre sus palabras en mayor medida de lo que daba a entender su silencio en la cueva. En cualquier caso, ella aceptó el nombre y enseguida se convirtió para el anciano en el único medio infalible de llamar su atención.

Ahora piensa que ojalá esté cerca y pueda oírlo, porque su mente se aferra desesperadamente a la idea de que ella cargue con él, lo lleve hasta el arroyo y lo meta en sus aguas gélidas, tal como hacía cuando se conocieron y ha seguido haciendo tantas veces. Ciertamente, cada vez que él se ha lastimado y ella lo ha oído, han hecho esa peregrinación; sin embargo, ahora es probable que ella esté lejos. Eso lo obliga a intentar, sin más ayuda que la que puedan prestarle sus brazos, librarse del aparato que usa para caminar y luego arrastrarse por el suelo de la cueva hasta el tocón de árbol que, junto a su cama, sostiene su medicación.

Sin embargo, por mucho que se esfuerce, por mucho que grite y maldiga al dios o los dioses que lo han reducido a esta condición lamentable, de nada sirve; tras una infinita serie de incontables intentos, con el cuerpo ya más allá del agotamiento, acepta la derrota y permite que su frente sudada caiga, al fin, sobre la piedra fría que tiene debajo. Exhala un terrible gemido y su cuerpo truncado sigue a la cabeza en el colapso total: «Ante vosotros me rindo, malditos dioses...», empieza a musitar mientras intenta recuperar el aliento. Sin embargo, la respiración regular solo le trae un repentino regreso de las pulsaciones del dolor, un dolor que el esfuerzo había enmascarado por momentos. El regreso de la agonía hace que su situación se le antoje insoportable por un instante y se abandona a la desesperación: «Ante vosotros me rindo. ¿Qué hay de divino en esta manera de divertiros?»

Luego —y no por primera vez, cuando se encuentra sumido en tan desesperada aflicción— el anciano empieza a llorar en silencio, demasiado cansado al fin para gritar o seguir acusando a los Cielos.

¿Cuánto tiempo pasa allí tumbado hasta que el miedo sustituye al dolor? No tiene conocimiento, ni interés; el miedo, cuando llega, es pronunciado. Lo incita un crujido que suena a unos veinte metros de la cueva y un paso pesado sobre el suelo de piedra, cuya leve vibración llega hasta la *neura* de su rostro; y se acrecienta por la noción de su absoluta vulnerabilidad en este momento, desprovisto de armas y de fuerzas. Y sin embargo, cuando confirma a toda prisa que esas vibraciones corresponden a los pasos apresurados de alguna criatura demasiado grande para no ser tenida en cuenta, el miedo del anciano queda mitigado por un pensamiento repentino: «Tal vez ha llegado la hora», medita en pleno dolor. Tal vez haya pasado ya demasiado tiempo desafiando al destino y debería permitir que el gran bosque que se extiende a las afueras de la cueva reclame su cuerpo. Por muchas veces que triunfe en el intento de aplazar ese momento, algún día se cumplirá: ¿por qué no hoy? ¿Esta misma mañana? En medio de la gran renovación del Bosque de Davon, ¿por qué no permitir que alguna criatura lo convierta en comida, ya sea para sí misma o para sus cachorros? Probablemente sería un fin más útil que el que siempre le ha halagado creer que merecería si algún día regresaba a la sociedad de los humanos. Le entristece la idea de dejar a su compañera, por supuesto, pero... ¿acaso no le irá también mejor a ella sin tener que ocuparse constantemente de él?

Los pasos se vuelven más cercanos y apresurados: es evidente que a la criatura —a medias entre el caminar y la carrera— no le produce temor alguno el olor a humanidad. El anciano aparta la mirada de la entrada de la puerta y piensa, en su agonizante resignación, que ni siquiera se volverá. Al contrario, ofrecerá el pescuezo, la parte más vulnerable de su columna, para que quede aplastada entre las mandíbulas de lo que muy probablemente —dada su falta de sigilo, pues ciertamente se comporta como si la cueva fuese suya— será un oso marrón de Broken, la misma fiera cuya imagen rampante tenía una figuración prominente en el emblema de Oxmontrot, fundador del reino, y ha seguido teniéndolo en todos sus descendientes reales. Seguro que el animal se ha despertado de su largo letargo invernal y sin duda está embravecido por el hambre, pues ha quemado todo el sostén que almacenaba su cuerpo. Una criatura así será más que capaz de aplastar los frágiles huesos del anciano...

Pero entonces lo oye: una vibración fuerte, pero ahogada, de la garganta. Y al oírlo reconoce la peculiaridad de los pasos: el movimiento independiente de cada pierna al trotar. Solo dos criaturas, como sabe el anciano, se mueven con semejante coordinación: los felinos, ya sean mayores o menores, y los caballos. Por un momento se atreve a esperar que sea su compañera,[148] que regresa inesperadamente...

Sin responder a un deseo consciente por su parte, la cabeza se alza y el rostro agónico se vuelve hacia la luz del sol; luego, al instante, su expresión cambia por completo cuando la recién llegada queda a la vista...

IV

El espectro de la salvación

Lo que está entrando en la cueva es el animal más temido de todo el Bosque, una pantera de Davon; no una pantera cualquiera, sino la que, desde hace muchos años, es legendaria en todo Broken, y no solo por la inusual avidez que le provoca la sangre de ciertos hombres, sino también por la extraordinaria belleza de su piel; esa piel, que en el mejor de los casos suele ser de un dorado similar al trigo maduro, luce en este caso un blanco casi fantasmal, mientras que el espacio que debería estar ocupado por rayas y manchas más oscuras contiene apenas unos levísimos trazos[149] de un tono que casi copia las bellas pero misteriosas joyas que el anciano disfrutaba creando para la hija del Dios-Rey Izairn: una mezcla de oro puro, plata y níquel, todos disponibles en las montañas de las fronteras de Broken. Hembra madura, llena de cicatrices que demuestran su edad y su experiencia, la pantera no tiene miedo, como se hace evidente por la velocidad de sus pasos y por la nula preocupación que demuestra ante el olor de la carne y los restos de los humanos, un aroma que sin duda ha detectado mucho antes de llegar a la cueva. De todos modos, sus zarpas enormes (pues tiene al menos diez años y pesará más de doscientos cincuenta kilos, con una medida de casi tres metros de longitud y la mitad de altura si se toma esta última medida en el punto más bajo de su larga y curvada espina dorsal)[150] suenan demasiado descuidadas para andar de cacería: camina majestuosamente almohadillada por el suelo del bosque, delante de la entrada de la cueva, sin volver su grande y noble cabeza en ningún momento para reparar en el extraordinario huerto del anciano, o en su forja, o en ningún otro detalle de la milagrosa residencia. Sus grandes orejas, rematadas por mechones inusualmente puntiagudos, parecen apuntar hacia delante con toda determinación; sin embargo, pese a que el animal jadea con la lengua fuera, no hay sed de sangre en el brillo extraordinario del verde claro de sus ojos, un reflejo del tono de las hojas nuevas de los pimpollos que rodean la cueva.

El anciano contiene el aliento y sus ojos se llenan de lágrimas: mas no son las de un hombre que se despide del mundo, sino las de aquel que encuentra la salvación cuando ya estaba convencido que no la había.

—¡Stasi! —consigue pronunciar, entre estertores y sollozos—. Pero si estabas...

Pero la verdad es que ella no estaba tan lejos. Y ahora que está cerca, la pantera blanca no presta atención a la voz del anciano; al contrario, entra en la cueva con la misma prisa que la ha llevado hasta allí y, plantada con su cabeza encima del cuerpo postrado, mira alrededor y se fija en la mesa desordenada y en las piezas diseminadas de su aparato de caminar como si entendiera lo que significan. Y, ciertamente, cuando baja los ojos para posarlos en él cabría interpretar su mirada —por parte de quien, igual que el anciano, tuviera el talento de interpretarla— como una personificación de la inquietud y la admonición.

—Ya lo sé, Stasi, ya lo sé —gruñe contrito el anciano, estremecido aún por las oleadas de dolor—. Pero ahora...

No necesita terminar la frase. Con un amor compasivo, la pantera baja la cabeza para frotar su nariz y todo el hocico contra la nariz y la cara[151] del anciano y luego apoya el cuello en sus brazos y extiende las patas delanteras para que también los hombros y el pecho desciendan. Eso permite al anciano alzar los brazos y rodear con ellos su cuello elegante, y al mismo tiempo dotado de una enorme potencia, y luego ella se vuelve, con la misma facilidad y agilidad, de tal modo que él puede, casi sin esfuerzo pese a la tirantez de las cicatrices, montarse encima de sus hombros con un muslo a cada lado de las costillas. Entonces la pantera levanta los cincuenta kilos de carne mortal que más o menos pesa el anciano desde la intervención de los sacerdotes de Kafra tanto tiempo atrás, con el mismo esfuerzo que le costaría levantarse sin nada a cuestas; y, aunque sus movimientos puedan causar al anciano dolores adicionales, el alivio que este siente los convierte en un asunto menor.

Adelanta una mano y la baja desde lo alto de su impresionante cabeza hasta el hocico húmedo, rojo como el ladrillo, el único punto de color denso de todo el cuerpo: aparte, claro está, de las líneas negras que enmarcan unos ojos de extraordinario tinte y profundizan su efecto de tal manera que podrían haber sido aplicadas con pintura cosmética por las mujeres de la patria del anciano, en el mar del nordeste.[152] Entonces la pantera, en un gesto de consuelo, mueve la cara para dar la bienvenida a su mano y permitir que la rasque suavemente con las uñas, primero en la larga cresta de la nariz y luego por la frente que se extiende sobre esos ojos tan extrañamente exóticos, para terminar en la coronilla de su cabeza altiva. Mientras ruedan en silencio por su cara unas lágrimas que ya no son de angustia, sino de la más profunda alegría y de alivio, el anciano acerca la boca a una de sus gigantescas orejas.

—El arroyo, Stasi —murmura.

Mas no era necesario; desde que ha entrado en la cueva, ella sabía ya que ese sería su destino. Cuando se da media vuelta para partir, convierte de inmediato el paso rápido que la ha traído aquí en un andar rítmico que para el hombre, como ella sabe bien, tiene un efecto calmante; los hombros se mecen, la espina se ondula apenas perceptiblemente y el pecho sube y baja por los jadeos. Y sobre todo, emite sin parar un ronroneo gutural que, según decidió hace tiempo, sume al anciano en un trance consolador, sobre todo cuando cabalga afligido sobre su espalda y puede apoyar un oído en el cogote de la fiera y escuchar su vibración constante.

De este modo el gran brujo Calipestros regresa una vez más del límite de la desesperación y la muerte, traído por la legendaria pantera blanca del Bosque de Davon. Se trata de los dos seres más infames de su generación para la gente de Broken y con ellos se construye algo más que las meras admoniciones de los padres a los niños traviesos, o las pesadillas de esos mismos niños; su existencia, o sobre todo su coexistencia, despierta el miedo de la camarilla sagrada y real del propio reino de Kafra. Y sin embargo resultaría difícil encontrar en todo el reino del dios dorado o, ciertamente, en cualquier otro lugar de la Tierra, más ternura y compasión que la que se da entre estas dos criaturas tan distintas en apariencia —y sin embargo, nada diferentes en sus corazones—, ambas enemigas del reino de los Altos...

La caza implacable de la pantera por parte de los hombres de Broken se había iniciado antes incluso de que ella viera cómo aquel hombre sufría un mal inexplicable por parte de los de su propia especie y lo rescatara. La caza de la pantera en general se había usado, desde hacía generaciones, como rito de paso definitivo a la edad adulta para los hijos mayores de las familias de Broken que poseían la riqueza y la posición suficientes (por no hablar de la disponibilidad de más descendientes varones) para permitirse el tiempo, los caballos y los criados necesarios para dedicarse a un deporte de sangre tan perverso, peligroso e insensato como ese. Y como tanto los cazadores de Broken como los Bane creían que la pureza excepcional y la uniformidad del color de las panteras implicaban grandes poderes místicos (pese a las enseñanzas de los sacerdotes kafránicos, para los que eso era una rémora maligna de las creencias paganas), a esta hembra, única por su halo, se le atribuyó desde el principio un gran valor. Y cuando quedó claro que no era probable que algún ser humano mostrara el valor y la inteligencia suficientes para seguir su rastro y matarla, atribuyeron un valor solo ligeramente menor a las cabezas y los pellejos de los cuatro cachorros dorados que pronto crio.

Nunca consiguieron rastrear a la familia; la verdad nunca dicha por quienes sobrevivieron al encuentro aquel día terrible fue que una partida de caza de Broken, dirigida por el mismísimo hijo del Lord Mercader de entonces, se había tropezado con los cachorros, que jugaban ante la mirada atenta de su madre en un valle abierto, demasiado cerca del Zarpa de Gato. Los cazadores se vieron enseguida enfrentados a una lucha mucho más desesperada de lo que habrían esperado de una pantera de hembra y sus cuatro criaturas: la blanca madre había logrado matar a varios humanos antes de que una lanza hendiera su muslo y rebotara en el hueso. Así frenada, se había visto limitada a mirar y apartarse de un salto a la desesperada mientras mataban a tres de sus cachorros, uno tras otro. Se habían llevado el cuerpo del mayor a la ciudad de la cumbre de la montaña, junto con la única hija que había sobrevivido, dolorosamente obligada a entrar, aterrada, en una jaula de hierro; luego, todos los intrusos y sus cautivos desaparecieron en dirección a aquella montaña cuyas murallas y luces contempla tan a menudo la pantera blanca, por las noches, en un intento aparente de comprender qué significan esos movimientos distantes y relucientes.

Desde aquella funesta batalla, son pocos los cazadors que han avistado a la pantera blanca; y ella se ha asegurado de que fueran menos todavía los intrépidos perseguidores que regresaban a la montaña de las luces, y de que ninguno de ellos pudiera seguir su rastro hasta su madriguera en la cueva elevada. Así ha mantenido en secreto la ubicación del santuario al que llevó al anciano herido y en el que lo ha ayudado a recuperarse, igual que él ha calentado sus inviernos, conservado las piezas que cobraba y curado las heridas que sufría en la caza. De modo que el nombre que el anciano le ha otorgado —Stasi, Anastasiya, «la de la Resurrección»— es más que una simple descripción correcta; es un testimonio constante de su vida conjunta, de los retos que han conocido y superado y del gran desafío al que, ambos lo saben, habrán de enfrentarse un día...

Si esta historia de doble tragedia y redención provoca la incredulidad[153] de quien la lea, puede consolarse al saber que no está solo: ese mismo día, cuando la pantera blanca a la que llama Stasi lleva una vez más a Caliphestros hasta el frío arroyo de las cercanías de la cueva para calmarlo, dos ojos observadores —ojos duros y secos que lo ven todo encaramados a la protección de un fresno alto— también se abren, incrédulos, como platos. Son los ojos de un hombre al que la pantera blanca despacharía encantada si tuviera tiempo; porque ha detectado su hedor pese a los aromas del huerto del anciano (recién reforzados por la primavera), y pese a los intentos «secretos» del observador por disimular su olor antes de que ella llegase al claro que se abre ante la boca de la cueva. Aunque está claro que el intruso pertenece a la tribu de los pequeños del Bosque de Davon (que siempre la han respetado) a la pantera no le gusta nada la mezcla de hedores del miedo y la mugre que emanan de él, ni los aromas que ha robado a otras criaturas. Sí, se le echaría encima y acabaría con él si no tuviera que llevar a cabo otra misión de pura piedad para Caliphestros, que ya ha sufrido demasiado...

En lo alto del fresno, mientras tanto, el hombre del que emana ese hedor a miedo sabe muy bien que la pantera lo mataría si se presentara la ocasión; y espera un buen rato tras la desaparición de la fiera y su extraño jinete antes de pensar siquiera en volver a pisar el suelo del Bosque. Sigue esperando, en verdad, hasta que ese largo rato se prolonga mucho más, permitiendo que la mayor extensión de Bosque posible separe a la extraña pareja de su solitaria persona (que nunca se había sentido tan pequeña) antes de bajar en silencio por el tronco del fresno y dejarse caer al suelo con un salto ligero.

Heldo-Bah se queda plantado, mirando hacia los árboles y la maleza por donde han desaparecido la pantera y el brujo Caliphestros; cierto que ha de ser brujo, piensa el expedicionario, si encima de sobrevivir al Halap-stahla... ¡vive con el animal más peligroso del Bosque! Solo cuando han pasado ya unos cuantos momentos sin que sus ojos abiertos y asombrados capten ningún nuevo movimiento en el bosque, más allá del claro de la cueva, se atreve a murmurar en su tono más amargo:

—Perfección... —Pero su sarcasmo carece de su convicción habitual—. ¡La más suprema perfección! —vuelve a intentar.

Y luego (aunque sabe que no podría ofrecer a la pantera nada siquiera remotamente parecido a una batalla) blande su cuchillo de destripar mientras avanza hacia el este, hacia el campamento que ha preparado con Keera y su hermano unas horas atrás.

—¡Que venga el tonto de Veloc a explicármelo! —exclama ahora que ya le parece seguro expresarse en voz alta—. El brujo vive, pero con la pantera más temida del Bosque de Davon, una criatura que muchos creen fantasmal. Ah, ha merecido la pena esta carrera de tres días... ¡Ni siquiera podemos acercarnos a él mientras tenga a ese monstruo por esclavo!

Cuando Heldo-Bah echa a correr lo rodean expresiones de asombro, todavía más aturdidas y carentes de significado, acerca de la constante perversidad de su vida. Y, sin embargo, esa última frase era todo menos cierta.

Aunque todavía no lo sabe, la extraña visión que acaba de presenciar ha servido para mucho más que justificar la carrera desesperada que ha protagonizado con sus amigos a través del Bosque de Davon durante los últimos días y noches...

Segunda parte

LA ADIVINANZA DEL AGUA, EL FUEGO
Y LA PIEDRA

3 de noviembre de 1790
Lausana

Mantengo la esperanza de que usted, entre todos mis amigos y colegas, entienda por qué contemplo no solo la posibilidad de publicar esta historia, sino hasta de asociar mi nombre a ella. No se trata tan solo de que, incluso mientras esto escribo, se estén cometiendo graves abusos de Oportunismo (aprovechando, ciertamente, oportunidades que la Historia no suele ofrecer dos veces a ningún hombre o estado) por parte de una colección de soñadores destructivos, tunantes interesados y —¡los peores de todos!— hombres capaces de manipulaciones perversas, aunque brillantes, todos ellos posando como legisladores legítimos[154] de uno de nuestros reinos europeos más poderosos y antiguos [Francia]; igual de trágicas son las riadas de exiliados de toda condición que están abandonando dicho estado en todas las direcciones. Muchos han venido hasta aquí, a Lausana; y os puedo asegurar que están aprendiendo la misma lección a la que se enfrentaron las clases comerciantes y gobernantes de Broken, sobre las que con tanta sabiduría habéis hablado en vuestras *Reflexiones*; que los hombres sabios, cuando se ven obligados a tomar las armas contra males disfrazados de pasiones «populares», han de tener cuidado de que sus reclamos representen agravios demostrablemente ciertos. Si fracasan en ello, con toda seguridad concederán credibilidad a los más absurdos y violentos vociferios de los canallas más viles; de hecho, esta última consideración nos lleva a la pregunta tal vez más desconcertante en un sentido filosófico de cuantas plantea este texto: ¿cómo podía una sociedad humana alcanzar la superioridad relativa y la sofisticación evidenciadas por el gran reino de Broken y luego, por culpa de una falta de voluntad terca y definitivamente cataclísmica para adaptar sus costumbres religiosas y políticas a realidades tan cambiantes, desaparecer de un modo tan brutal que hubo de pasar un milenio entero para que el único relato superviviente de su existencia llegara a ojos y oídos de alguien capaz de entenderlo? En este mismo momento estamos siendo testigos de la reiteración de esa encrucijada eterna: y, así como hace diez siglos eran pocas, o acaso ninguna, las posibilidades de predecir los horrores que provocarían los inflexibles, aunque fallidos, ritos, dictados y normas de quienes ejercían en última instancia el poder en Broken, nosotros, gracias a historias y leyendas como esta, deberíamos estar mucho mejor preparados. Y sin embargo... ¡no hacemos más que dar señales DE LO CONTRARIO!

Edward Gibbon a Edmund Burke

I:

Agua

{i}:

—¿Y cómo te sientes hoy, sentek? —pregunta Visimar mientras detiene su yegua cerca de Sixt Arnem, que permanece sentado en su gran semental gris, conocido como Ox, mientras revisa el estado de forma de los Garras al pasar por el Camino de Daurawah, que desde la base de la montaña de Broken se dirige hacia el este para llegar al gran puerto.

Como no ha tenido tiempo de acostumbrarse al mando de todo el ejército del reino antes de recibir la orden de destruir a los Bane, Arnem está encantado de encontrarse en esta situación tan familiar, como comandante de la legión de élite. Solo las preguntas interminables que le ha planteado Visimar desde que salieron de Broken han interrumpido sus pensamientos; son de tal naturaleza que al sentek le resulta difícil —o, a veces, incluso imposible— dar una respuesta clara. Ha intentado distraer a Visimar por todos los medios que conoce: hasta le ha contado los detalles del intento de envenenar al Dios-Rey. Pero ha sido en vano, pues parece que también de ese asunto sabe más Visimar que él.

—¿Hoy? —concede al fin el sentek, mirando el luminoso cielo azul, dominado todavía por un sol particularmente caluroso. Es un cielo que apenas despertaría el menor interés en pleno verano. En cambio, en este principio de primavera, resulta inquietante—. Hoy no cambia nada, viejo. Este extraño calor no le conviene nada a nuestra empresa. Si el invierno pasado hubiera sido suave, no tendría nada que decir. Pero no habíamos tenido un frío tan duro en Broken desde el invierno de la guerra contra los varisios. La verdad es que la escarcha asesina se ha alargado hasta el principio de la primavera. Pero todo eso ya lo sabes, Visimar. Dime, entonces, ¿cómo puede ser que este calor llegue tan a principios de año?

La respuesta del sentek es evasiva, pero relevante para el asunto de que se está hablando; y es que en la segunda mañana de la marcha regular de la expedición hacia el puerto de Daurawah, ni la insinuación de una nube obstruye el martilleo continuo del sol sobre los valles cultivados del centro de Broken. El sentek (dando ejemplo, como siempre) lleva su armadura de cuero más ligera bajo la capa granate de algodón, no de lana, y prescinde de la *cuirass*[155] de acero o de la cota de cadena que suelen conformar el precavido uniforme de los Garras en el campo de batalla. La mañana de primavera es demasiado cálida para semejantes precauciones y dos días de marcha sin peligro separan todavía a los Garras del Zarpa de Gato; dos días destinados a encontrar forraje para los caballos y provisiones para los hombres en los pueblos del rico corazón del reino. Arnem no cree que su comando se exponga de momento a ningún peligro mayor que las posibles escaramuzas con los Ultrajadores Bane; sin embargo, está perplejo por este tiempo extraño y por la rara melancolía perceptible de los pueblos por los que han ido pasando hasta ahora los Garras.

En ellos no han recibido a los soldados con la gratitud que los pueblos prósperos deben a sus defensores, sino con el amargo antagonismo (o incluso la franca hostilidad) que deparan los pueblos mal tratados a las tropas que exigen más comida y forraje de los que los aldeanos están en condidiones de proporcionar. Arnem, con la ayuda de Visimar, ha empezado a ver que la causa de estos enfrentamientos desgraciados no es la mala voluntad contra los soldados por sí mismos, sino el resentimiento contra los jefes de Arnem en Broken. La ansiedad que ha reptado hasta el corazón de los súbditos que conformaban desde siempre las comunidades más seguras del reino ha provocado que esos mismos súbditos se nieguen ahora con rabia a comerciar con los valiosos frutos de sus distintos trabajos en los ajetreados mercados de Broken: como consideran que últimamente los precios de sus artículos en la gran ciudad son imposiblemente bajos, se dedican a acaparar provisiones, no solo de grano y otros bienes comestibles, sino también de telas y otros productos artesanales para su uso exclusivo, pese a la pérdida de beneficios, considerable y a veces incluso peligrosa, que sufrirán en consecuencia.

Y sin embargo no ha habido problemas comunes en los cultivos, ni escaseces de cualquier tipo que expliquen esta amargura entre los prósperos tejedores, molineros, pescadores y granjeros, tanto si son propietarios de la tierra como si se trata de los arrendatarios, que labran el rico suelo de Broken para las grandes familias terratenientes del lujoso Distrito Primero de la ciudad montañesa. Tampoco ha habido, según los sacerdotes que mantienen los pequeños templos de cada ciudad, ninguna vacilación en la observación del dogma básico entre los kafranos, según el cual la vida devota, combinada con el trabajo duro, produce cosechas generosas, grandes beneficios y esa salud robusta que procura la belleza física; todas las señas principales de quien goza del favor del dios dorado. En cambio, la ira popular parece concentrarse, en primer lugar, en esos extranjeros del norte que saquean para vender luego su botín y mandan sus barcos cargados de artículos a Daurawah; en segundo lugar, en esos agentes de empleo incierto que compran y transportan esos bienes montaña arriba hasta Broken, para que allí se puedan vender de nuevo a un precio menor que el que los propios granjeros, tejedores y artesanos pueden permitirse cobrar por los suyos. Esa es la razón de que la gente de los pueblos retenga el fruto de su trabajo y sobreviva gracias al trueque a escala local; y la preocupación que eso le provoca es, a su vez, la causa de que Arnem suspire ante el deseo de Visimar de hablar de lo que el sentek llama «sucesos irrelevantes del pasado».

—Tú eres consciente de la intención que se esconde tras mi pregunta, creo, sentek —afirma Visimar—. Ciertamente, lo que me interesa no es tu opinión sobre el tiempo.

Con la esperanza de que una concesión por su parte les ayude a avanzar hacia asuntos más urgentes, Arnem extiende una mano con gesto de resignación y dice:

—Si me estás preguntando si esta mañana he encontrado las palabras que llevaban ocho años eludiéndome, solo puedo decirte, igual que estos últimos dos días, Anselm, que no.

Arnem se dirige a su acompañante por su supuesto nombre, no vaya ser que algún soldado de paso reconozca el legendario, mejor dicho, el infame nombre de Visimar que, durante casi veinte años, solo ha sido superado por el de Caliphestros en cuanto a su capacidad de asustar a los niños de Broken: niños que al crecer se han convertido, en muchos casos, en los pallines más jóvenes del sentek, como el que acompañaba a Arnem en las murallas hace unas cuantas noches, Ban-chindo. Esos jóvenes son poco más que muchachos, en el fondo, por mucha fuerza que hayan adquirido sus cuerpos durante muchos meses de impacable entrenamiento. Y las caras de los más jóvenes parecen todavía más infantiles, a decir de Arnem, a medida que la columna los va alejando cada vez más de sus hogares.

—Empiezo a pensar si no tendría razón mi ayudante, anciano —dice Arnem, medio en serio—. A lo mejor, traer tus viejos huesos blasfemos con nosotros sí que ha sido un error.

—No soy tan viejo como aparento por culpa del sufrimiento que me infligieron los sacerdotes de Kafra, sentek —replica Visimar—. Y, si puedo decir lo que parece obvio, no es que tú seas un miembro devoto de esa fe, como para hablar de blasfemias como si de verdad te lo creyeras. ¿Acaso no fueron tus dudas sobre la absurda fe del dios dorado lo que te inspiró a invitarme a esta marcha? Yo lo creo así... Y creo que, en el fondo, tú también lo sabes.

El semblante de Arnem se oscurece.

—Te lo advierto, Visimar —anuncia en voz baja, tras asegurarse de que ningún otro hombre ha oído las palabras del anciano—: puedes poner a prueba mi paciencia tanto como quieras, pero si inquietas a mis hombres, si siembras la duda en sus mentes, te mando con los mercaderes y los sacerdotes de Broken para que terminen la faena.

El sentek se vuelve para ver cómo pasa la última unidad de caballería en fila de dos, y luego observa la primera de infantería, que va en fila de cuatro; una formación prieta para mantener a los dos khotores listos para formar a toda prisa los *quadrates*[156] en que se mezclan ambos cuerpos para adoptar su formación más común de defensa en combate en el supuesto de que los Bane fueran tan estúpidos como para atacarles tan lejos del Bosque de Davon. Se trata de una formación cautelosa, pero también vuelve más audibles las palabras que intercambia con sus oficiales, y especialmente sus conversaciones con «Anselm»; por eso el sentek acaba de avisar a su invitado en voz bien queda, pero con toda severidad.

Por su parte, Visimar mira pasar a los soldados un momento y, tras tomarles la medida, asiente con gesto obediente.

—Tienes razón, sentek —dice, sorprendiendo a Arnem—. Me esforzaré por tener más cuidado. —Da la sensación de lamentar genuinamente haber sido provocativo por un instante—. Me temo que tantos años de hacerme el loco en callejones traseros y tabernas me han convertido en un insensato. Es el gran peligro de los disfraces... Si representamos el papel asignado durante demasiado tiempo, corremos el riesgo de perdernos en el camino de vuelta. ¿No te lo parece, sentek?

Dos días antes ese comentario habría alarmado a Arnem, que al salir de Broken no sabía exactamente qué papel representaría durante la campaña aquel compañero escogido de un modo tan impetuoso, aparte (como le había dicho a Niksar) del tipo de idiota que a los soldados les encanta tener por el campamento. Los hombres enfrentados cada día con la realidad de la muerte (ya sea por una herida o por las pestilencias) son supersticiosos como las viejitas; y una de las supersticiones más populares entre las tropas de Broken es que la mente iluminada de un loco le permite interpretar aquello que se escapa a los soldados cuerdos: el caos del conflicto.[157] Es una virtud que transforma a esas almas particulares en agentes de la buena fortuna, capaces de aumentar para cualquier hombre, o incluso para un ejército, las oportunidades de sobrevivir al informe tumulto de la guerra.

Esa fue la justificación de Arnem, de puertas afuera, para alistar a «Anselm»; y el anciano ha interpretado bien su papel. También, y más importante, ha dado no solo a Arnem, sino a toda la tropa del sentek, alguna explicación del humor negro que muestran los granjeros, los pescadores y los *seksents*[158] a lo largo del Camino de Daurawah; ellos manifestaban sus quejas no solo a Arnem y a sus oficiales (particularmente a los linnetes de la línea, que suelen ser los primeros oficiales que entran en cada comunidad), sino a sus perplejos legionarios. Toda la columna de Arnem es ahora consciente de que los asuntos del reino de Broken están gravemente descoyuntados; nunca se siente muy seguro un soldado con esas ideas aguijoneándole la mente. Las estratagemas relacionadas con el comercio podrían contarse como un simple nuevo ardid de la implacable clase gobernante de Broken para aumentar sus beneficios; pero ese debilitamiento de la industria del reino por bienes importados ilegalmente está prohibido por la ley kafránica. Además, los supuestos «comerciantes» tienen pinta de invasores, con los que los mercaderes de Broken tienen prohibido establecer tratos. Y lo más inquietante de todo es que abundantes informes según los cuales las autoridades encargadas de proteger el comercio de Broken de esa clase de artículos extranjeros (desde el Gran Layzin y el poderoso Lord Mercader hacia abajo en una larga cadena que lleva hasta los magistrados locales) conocen el verdadero origen de muchos de estos cargamentos con los que algunos hombres nada escrupulosos se llenan los bolsillos a expensas de otros súbditos más humildes. Hay incluso rumores de que esos nobles sirvientes reales hacen algo peor que ignorar los negocios de estos comerciantes: obtener provecho de ellos...

Como reacción a las quejas de los aldeanos, Arnem ha explicado a sus oficiales (a instancias de Visimar, o de «Anselm», sustentadas en las «visiones» del loco) que las protestas son un brebaje fantástico creado para darle alguna explicación a la mala suerte de esos súbditos que carecen del temperamento suficiente para sobrevivir en la acerada competición de los mercados de Broken; y cada oficial se ha encargado de pasar ese dato a sus hombres. Al mismo tiempo, el sentek ha explicado también con toda seriedad a los ancianos que se iba encontrando en los pueblos que ni él ni sus oficiales tienen conocimiento de esos cambios traicioneros en las prácticas del comercio, y que los líderes del ejército carecen de autoridad para encargarse de asuntos puramente comerciales, pues en última instancia el comercio, según la fe kafránica, no es una actividad secular, sino sagrada. Aun así, Arnem ha prometido en repetidas ocasiones que cuando llegue a Daurawah buscará a los comerciantes malignos y no solo averiguará los nombres de sus socios en Broken, sino también si poseen dispensa escrita para dedicarse a una forma de comercio tan sacrílega. Eso ha bastado para aplacar a la gente de los pueblos durante los primeros días del mes de marzo y él ha podido salir de cada comunidad con el pequeño acopio de provisiones y forraje que pudieran permitirse los ancianos.

Y sin embargo... esa frialdad por parte de unos súbditos que siempre se habían alegrado de dar la bienvenida a los soldados de Broken como depositarios del amor del Dios-Rey por la gente más humilde ha provocado que la confusión se extendiera entre las filas de los Garras. Aunque todavía no es grave, el asunto ocupa una porción creciente de sus pensamientos, y también de los de su comandante.

—Verán cosas bastante más inquietantes cuando se encuentren de verdad en el campo de batalla —sigue cavilando Visimar—. Y si siguen recibiendo esta ingratitud de los mismos súbditos por cuya vida van a pelear, y en muchos casos morir, tal vez pierdan la voluntad de pelear, y sobre todo de morir.

Ahora que la distancia entre los dos hombres y las tropas les ofrece mayor seguridad, Arnem agradece poder manifestar y escuchar las ansiedades que lo angustian desde la noche del castigo de Korsar. No se ha atrevido a expresar esas dudas a nadie, ni siquiera al leal Niksar, ni tampoco a su mujer de manera completa, pero se siente seguro al compartirlas con alguien que obviamente (aunque pueda parecer sorprendente) las comprende: incluso si ese alguien, según se rumorea, ha sido casi tan malvado como el temido Caliphestros. De hecho, en Broken hay quien considera que Visimar era el más malvado de los dos, porque mientras Caliphestros descuartizaba los cuerpos de ciudadanos recién muertos por violencia, ejecución o mala salud, Visimar era el que supervisaba la adquisición de los cuerpos. Y cuanto más hermoso era el cadáver, ya fuera de hombre o de mujer, mayor era el ansia de la criatura del brujo por comprarlo o robarlo.

El sentek coge el dobladillo de su capa y lo humedece con una gran bota de agua que lleva colgada de la silla de montar; luego se inclina hacia delante para limpiar el sudor de los hombros brillantes de Ox.

—No era consciente —dice mientras desmonta para limpiar el cuello y la cara de Ox con un poco más de agua— de que los exploradores de las artes oscuras se interesaran también por los asuntos militares.

—Te burlas de mí, sentek —dice Visimar, todavía de buen humor—. Pero yo tuve una perspectiva única desde la que estudiar tu mente y tu corazón, igual que mi maestro. Conozco tus estados de ánimo; y comprendo tu devoción por los ritos de Kafra o, mejor dicho, sé que dicha devoción está en peligro.

El dolor recorre el cuerpo de Arnem: es una incomodidad física que no nace de la enfermedad, sino de la vergüenza. Visimar ha llevado la conversación —y no por primera vez— al borde de la terrible verdad que ambos comparten: que Arnem no solo estuvo entre los soldados que escoltaron al grupo ritual del Halap-stahla en que mutilaron a Caliphestros, hace tantos años, y luego unos meses después al Denep-stahla que dejó a Visimar en su condición actual; no, la verdad es que Arnem comandaba esos destacamentos. Él y sus tropas no tuvieron parte activa en los rituales repugnantes, por supuesto; pero protegían a los sacerdotes contra cualquier interferencia por parte de los acólitos del brujo y su principal ayudante, o de los siempre atentos Bane.

Visimar observa lo que pasa por los rasgos de Arnem, incluso mientras el sentek sigue acicalando a su caballo.

—Si persisto en abordar ese asunto, sentek —dice el hombre mayor con amabilidad—, es solo para que te des cuenta de que, si hablas de ello una vez, ya no hará falta que nos encallemos en eso. En aquel momento me di cuenta de que desdeñabas los rituales; y supe que, después de mi castigo, te negaste a hacer la guardia en ninguno más, y que tu negativa tuvo un papel no menor en la decisión del Dios-Rey de suspender del todo las prácticas. Te digo de verdad que en aquel momento sentí alegría por ti. No aversión.

Arnem alza la mirada con oscuridad en sus ojos.

—Esa comprensión sería extraordinaria, Visimar. Y dudo que te haya facilitado las cosas.

Visimar inclina la cabeza con aspecto pensativo.

—No me las ha facilitado, pero por otra parte sí. El odio perpetuo a hombres como tú, Sixt Arnem, habría empeorado el sufrimiento de mi cuerpo. Erais, y lo seguís siendo, lo sepáis o no, tan cierta y desesperadamente prisioneros de los sacerdotes y de los mercaderes como mi maestro y yo. O eso hemos creído siempre él y yo, y creo que tú mismo has empezado a sospecharlo.

Gran parte de la oscuridad del semblante de Arnem se disipa de repente.

—Has dicho «hemos creído siempre». O sea que esas historias eran ciertas. ¡Y Caliphestros vive! —Visimar desvía la mirada, inseguro; pero no lo niega—. Siempre lo he sospechado —continúa el sentek, con aparente alivio.

Visimar sonríe ante el ansia de Arnem, pues sabe que viene de su fuerte deseo de absolución por la vergüenza de haber escoltado los rituales kafránicos de mutilación, por mucho que se tratara de una tarea obligatoria. Porque el viejo acólito también sabe que, cuando se trata de asuntos tan violentos, la obligatoriedad no es absolutoria de la participación en la mente de un militar superior; al contrario, se preguntará —si al fin se niega a cumplir una orden repugnante y entonces descubre que su negativa, en vez de granjearle un castigo, lleva a un replanteamiento de las órdenes— cuántos otros desgraciados podrían haberse salvado si hubiese objetado antes.

—Bueno, sentek, tan solo puedo decir que supe que estaba vivo, al menos hasta hace bastante poco —responde Visimar—. Mas acerca de la cuestión de cómo lo supe, y de si todavía lo está o no, tengo poco que decir, salvo que es evidente que yo no he estado en condiciones de buscarlo. De todos modos, sí te diré esto: si hay alguien capaz de sobrevivir tanto tiempo sin piernas y en las zonas más peligrosas de ese territorio salvaje, es mi maestro. Así que... no temas, Sixt Arnem. Si Caliphestros sigue entre los vivos, volveremos a verlo, y es probable que sea pronto.

Justo entonces los dos oyen un caballo que se acerca al galope. El jinete de la esforzada montura blanca es Niksar, que regresa desde la cabeza de la columna.

—¡Sentek! —grita Niksar. Visimar se da cuenta de que, incluso en un momento de urgencia, el joven ayudante de Arnem sigue confundido por el modo en que su comandante se empeña en pasar momentos privados pidiendo consejo a un anciano descreído—. Tienes que acudir a la vanguardia. Los exploradores han llegado al siguiente pueblo y uno de ellos está ya de regreso.

Arnem percibe los problemas en los nobles rasgos de Niksar y le concede su atención.

—Pero el próximo será Esleben. Los mercaderes y granjeros de un pueblo tan rico como ese no pueden tener las mismas quejas que hemos oído en otros sitios. —Arnem observa con atención a Niksar—. Aunque tu cara me dice que sí pueden.

—A juzgar por los primeros signos, sus objeciones son mucho peores —responde Niksar, con la esperanza de que su comandante se aleje del loco que lo acompaña.

Y así es.

—Quédate atrás, Anselm —ordena Arnem al arrancar—. No sabemos cuándo la insatisfacción puede convertirse en algo claramente más desagradable.

Visimar dirige a su caballo con los muslos para que vuelva hacia atrás, hasta las tropas que siguen marchando.

—Así es, sentek Arnem —cavila mientras su murmullo queda ahogado por la marcha rítmica de la infantería—. Ni aquí ni en ningún otro lugar del reino. En este viaje no...

Sabedor de que tiene un papel que interpretar en el viaje, Visimar se vuelve todo él feliz cordialidad mientras avanza junto a los infantes de los Garras; ellos manifiestan a pleno pulmón su satisfacción al ver que ha decidido marchar un rato en su compañía.

{ii}:

En la cabeza de la columna de Garras en marcha, Arnem y Niksar avanzan al galope a unas unidades de caballería que de pronto se han vuelto claramente temerosas. Están entrando en una extensión llana y exuberante de granjas de cultivo, más allá de las cuales, casi un kilómetro y medio por delante de la columna, se encuentra Esleben: un lugar considerablemente mayor y más próspero que cualquiera de las comunidades por las que ha pasado la expedición hasta ahora. Ello se debe no solo a la riqueza de sus tierras de cultivo, sino a su ubicación en el cruce entre el camino de Daurawah y una vía también muy transitada que recorre el reino de norte a sur. También es el destino final de un impresionante acueducto de piedra que lleva el agua del Zarpa de Gato hacia el sur; un acueducto que dota de energía a los enormes molinos de piedra que representan los principales proveedores de empleo del pueblo, así como la fuente de su riqueza. Los molinos y los cultivos necesarios para alimentarlos han mantenido durante mucho tiempo a Esleben como una ciudad enérgica; pero hoy en día esa energía parece concentrada en un torbellino. Arnem y Niksar alcanzan a oír, por encima de la percusión de los cascos de los caballos, la inconfundible voz de la masa airada, cuyo eco rebota en los molinos de piedra con techo de paja,[159] en los graneros, en las forjas y herrerías, así como en las múltiples tabernas.

Con la intención de defenderse de las incursiones de los Bane contra este rico centro de comercio, su guarnición de doce veteranos del ejército regular de Broken, siempre comandada por un linnet de la línea experto, se mantiene en una fuerte empalizada en los límites orientales de Esleben. La impenetrabilidad de las fronteras de Broken explica que esta fortificación no haya visto nunca una «batalla» real; hoy, de todos modos, la ira de los aldeanos es tan grande que podría llevar a un cruce de armas muy desordenado. Y sin embargo esta violencia parece dirigirse contra cualquier hombre que lleve la armadura distintiva o alguno de los símbolos que identifican a las legiones de Broken; además de ver a dos de sus exploradores montados entre un gentío de aldeanos amenazantes, Arnem se da cuenta de que el tercero, que cabalga de regreso hacia la columna, espolea al caballo como si le fuera la vida en ello, y no un simple informe. Arnem y Niksar aceleran el paso y se reúnen con el explorador, que se acerca a medio camino entre el pueblo y los demás hombres. A Armem le basta una mirada al joven soldado de cabello dorado, y a la espuma que asoma por las comisuras de su montura, para entender que tal vez los dos exploradores de Esleben no se basten solos para superar los problemas que los rodean.

—¡Eh, soldado! —exclama Arnem, al tiempo que tira de las riendas de Ox.

El caballo del explorador suelta un relincho y luego el soldado se lleva un puño al pecho en señal de saludo y se esfuerza por recuperar el aliento.

—¡Akillus![160] —lo saluda Arnem.

Conoce a todos los exploradores de los Garras por su nombre de pila, porque son los más valientes en unas tropas de Broken que se destacan precisamente por su valentía; y ninguno lo es tanto como el jefe de exploradores que ahora está delante del sentek. Además, por su buen humor, aparentemente inagotable, Akillus es un favorito de Arnem.

—Los habitantes de Esleben están aún menos contentos de vernos que sus vecinos, por lo que parece —dice el comandante.

El explorador se detiene un momento para controlar la voz, seca el sudor de las paletillas de su caballo y sitúa a este en paralelo a Ox.

—Sí, sentek —contesta. La preocupación por sus dos camaradas, que siguen en el pueblo, se hace evidente en su rostro, aunque no en sus disciplinadas palabras—. Pensábamos en contactar con la guarnición, pero los aldeanos los tienen encerrados dentro de su propia empalizada y parece ser que ya llevan un tiempo así. Y cuando les pedimos una explicación a los ancianos del pueblo... Bueno, sentek, la respuesta que encontramos fue una muchedumbre enloquecida. Y que el dios dorado me seque las pelotas si hay manera de entender a qué se debe todo esto.

—¡Akillus! —lo reprende Niksar, aunque su rango es apenas marginalmente superior al del jefe de exploradores—. Unos aldeanos quejicas no son razón para blasfemar delante de tu comandante.

Akillus empieza a disculparse, pero Arnem levanta una mano:

—Sí, sí, perdón concedido, compañero.[161] Las muchedumbres son una cosa muy complicada. Sospecho que hasta Kafra te perdonaría el estallido. —Arnem saca de un bolsillo que tiene bajo la armadura un trozo de pergamino y un fragmento de carboncillo y garabatea deprisa una nota breve que luego entrega al explorador—. Ahora, vuelve a la columna, Akillus. Dale esto al primer Lenzinnet[162] que encuentres y dile que te acompañe de vuelta con su unidad. Nosotros seguimos adelante.

—¿Sentek? —dice el explorador, incómodo—. ¿No deberías esperar...?

Pero Arnem ya ha clavado las espuelas de punta redonda[163] en los flancos de Ox y galopa veloz hacia la aldea. Niksar, con un suspiro de quejosa familiaridad ante la impetuosidad de Arnem, se prepara para seguir y se limita a decir:

—Y asegúrate de que todo vaya bien, Akillus... No me gustan los ánimos que veo en esa aldea.

Mientras empieza a dar media vuelta al caballo para poder cumplir la orden, Akillus lanza una mirada a Arnem, que se desplaza directamente a ayudar a los dos exploradores de Esleben. Al contemplar a su comandante, Akillus sonríe: una sonrisa plena y sincera que revela a las claras por qué los hombres de Arnem lo quieren tanto: su comandante puede perdonar una blasfemia que muchos oficiales castigarían con una paliza y al instante correr un riesgo antes incluso de que las tropas de apoyo acudan al lugar.

—Está loco perdido —murmura el explorador, con gran respeto. Mientras observa por última vez cómo Arnem maneja con mano experta a su montura, con un cabalgar tan bajo que su cuerpo parece apenas un músculo más en la espalda de Ox, Akillus, añade en voz muy baja—: Pero es una locura que a todos nos encantaría compartir. ¿Eh, Niksar?

Antes de que Niksar pueda regañarlo de nuevo, Akillus desaparece con un galope casi tan veloz como el que se ha llevado a Ox en la dirección opuesta.

A medida que Arnem se va acercando lo suficiente para discernir las expresiones de ira de los aldeanos, alcanza a ver también los molinos y graneros grandes del centro del pueblo, rodeados por un camino de carros circular alimentado por las cuatro pistas que llegan al pueblo desde los cuatro puntos cardinales. Dentro del círculo polvoriento hay una plataforma grande con una horca y una picota, un templo de buen tamaño dedicado a Kafra y el remate del largo acueducto de piedra que trae sus aguas turbulentas por medio de un canal de piedra suavemente inclinado y de varios kilómetros de longitud. El fluido concentrado de este canal se dirige hacia las ruedas externas de las ruedas del interior de los molinos, cuyas maquinarias implacables machacan unas cantidades de grano prodigiosas de los campos de los alrededores de Esleben, así como de granjas más lejanas.

Y sin embargo, en este cálido día de primavera, no fluye el agua desde la acequia y las grandes ruedas de los molinos no giran...

Nada más entrar en la plaza, Arnem no muestra a ese grupo que parece formado por unas ochenta personas ningún signo de tener la intención de frenar la carga que lo lleva justo contra ellos. Al contrario, cuando está seguro de que la muchedumbre puede distinguir a la vez su cara y las zarpas de plata que lleva en los hombros, desenvaina la espada de caballería.[164] Sosteniendo junto a la pierna con gesto calmo pero decidido esta arma engañosamente elegante, con la que podría cortar fácilmente unos cuantos cuellos, el sentek carga hacia los aldeanos que parecen más dispuestos a repeler su salvaje acercamiento; pero, en cuanto se acerca el momento de la colisión, la voluntad de la muchedumbre se quiebra, salen disparados en todas las direcciones y dejan a los dos exploradores solos junto a la picota.

Al dispersarse los aldeanos, Arnem ve algo que Akillus ha descrito en varias de sus caras. «En verdad, es algo que supera a la rabia —decide—, algo que mantiene una inquietante similitud con la demencia.»

Como Arnem, los dos exploradores han desenvainado sus espadas, pero todavía no han hecho ningún movimiento verdaderamente amenazador; y aunque sus caballos estaban tan asustados que iban girando sobre sí mismos en medio de la multitud, una vez libres de la masa humana los animales recuperan enseguida la compostura. Arnem cabalga directamente hacia los soldados, sin prestar atención a la gente que se retira. Los dos hombres le saludan a la brava y, mientras tanto, Arnem oye a Niksar por detrás de él, interponiendo su montura para asegurarse de que la muchedumbre se mantiene alejada.

—Brekt, Ehrn —saluda Arnem, llamando a los exploradores de nuevo por su nombre de pila—. Parece que os habéis encontrado con un buen lío. —El sentek mantiene un tono de voz casi alegre, como si esa escena tan amenazante no hubiera sido más que un espectáculo levemente entretenido—. ¿Hay algún detalle del que deba preocuparme?

Los dos exploradores se echan a reír, con más alivio que diversión, y el mayor de los dos, Brekt, responde:

—No lo sabemos todavía, sentek. No hemos conseguido hablar con nadie de la guarnición. Lo único que sí sabemos es que esta gente —señala hacia la muchedumbre, que ya se disgrega— dice que ha tenido a once de los hombres que la forman acorralados contra su propia empalizada durante días, por no decir semanas.

—¿Once? —pregunta Arnem, esforzándose por no traicionar el miedo que siente—. ¿Y dónde está el duodécimo?

Que falte un hombre en una guarnición de aldea es un mal presagio: normalmente debería notificarse la pérdida a Broken de inmediato para facilitar el envío urgente de un reemplazo. Pero si los aldeanos han mantenido tanto tiempo a la guarnición asediada, la desaparición de ese hombre implica que los ancianos de Esleben han escondido la situación deliberadamente a sus gobernantes. «Mala señal», piensa Arnem, con un pálpito de mal agüero.

—No hemos conseguido una respuesta razonable —responde el segundo explorador, Ehrn, con un leve temblor en la voz—. Solo se ponen a gritar acerca de un «crimen»...

Con mayor seguridad, Brekt lo interrumpe:

—Afirman que uno de los soldados de la guarnición cometió una ofensa terrible, pero no quieren decirnos qué.

—¿Y dónde lo tienen?

Los exploradores se encogen de hombros.[165]

—Eso tampoco nos lo quieren decir, sentek —declara Ehrn.

—Simplemente se niegan —añade Brekt—. Quieren que nos larguemos, ni más ni menos. En cambio, la guarnición no; dicen que los dejemos aquí, que aún tienen cosas que tratar con ellos, o al menos con su comandante.

Niksar, que ha llegado por detrás de Arnem, observa en voz baja:

—Eso nos indica de qué clase de delito estamos hablando, sentek.

Arnem asiente con gravedad.

—Eso me temo, Niksar. Puede tratarse de una niña o de una muerte; y quizá las dos cosas, maldita sea. —Se vuelve hacia los exploradores—. De acuerdo, chicos. Tomad posiciones en el camino del oeste, esperad que llegue el relevo y luego destacad a tres hombres para que vigilen las rutas principales de entrada y salida del pueblo.

—Pero..., sentek —protesta Brekt—, ¿no deberíamos quedarnos contigo? Esa gente no ha demostrado tener ni el menor respeto a los soldados de Broken.

—Tal vez no hayan tenido muchas razones para hacerlo —responde Arnem—. Marchaos... No sacaremos nada de ellos si pretendemos impresionarlos solo con nuestra fuerza. Controlad los caminos y, sobre todo, estad bien atentos a la presencia de cualquier Bane, incluso si van de retirada. O sobre todo si van de retirada.

Mientras avanzan lentamente con sus caballos hacia la entrada del pueblo por el oeste, los dos exploradores van lanzando miradas cargadas de significado a los aldeanos que más se les habían acercado en la disputa reciente, asegurándoles en silencio que solo la influencia de su comandante ha frenado los brazos que ya blandían espadas.

Arnem se encamina hacia el grupo de gente, en particular hacia tres hombres que parecen ser los mayores del pueblo. Son personajes ancianos, dignos, que han abandonado la protección de la multitud al dar un paso adelante. En sus rostros marchitos hay tan poco miedo como en el de Arnem; pero cuando el sentek envaina la espada y pasa la pierna derecha por encima del cuello de Ox para poder deslizarse a continuación con un único movimiento ágil que lo deja encarado con los ancianos, sí muestran por fin un leve temor, provocando de nuevo un meneo de cabeza de Niksar ante la temeridad habitual de Arnem.

—Honorables Padres —dice el sentek, con una respetuosa inclinación de cabeza—, ¿habláis en nombre de la gente de Esleben?

—Así es, sentek Arnem —dice el anciano del centro, evidentemente mayor que los otros—. Y, al contrario que nuestros nietos en este pueblo, no nos asustamos por vuestro rango. Los tres entregamos años de nuestra juventud a las campañas contra los saqueadores del este durante el reinado del Dios-Rey Izairn, cuando éramos más fuertes que ahora. No merecemos la quiebra de confianza que hemos recibido por parte de su hijo, o de quienes apoyan los edictos de su hijo.

Aunque es demasiado astuto para permitir que se le note en la cara, el sentek queda sorprendido y asustado por semejante afirmación.

—¿Quiebra de confianza? —repite—. Eso son palabras mayores, Anciano.

—Así es, sentek —responde con franqueza el canoso anciano—, y con toda la intención. Nosotros siempre hemos mantenido la confianza en quienes mandan en Broken, pero ahora resulta que el Dios-Rey aprueba el expolio de la fuerza interna de nuestro reino al dejar que los piratas extranjeros ocupen el lugar de los granjeros y artesanos de Broken, mientras permite que sus soldados deshonren a nuestras hijas y planten en ellas sus enfermedades devastadoras con tan poco cuidado como plantan su semilla. Ha llegado la hora de decir estas cosas en voz alta.

Son, desde luego, acusaciones atrevidas; sin embargo, al venir de un veterano obviamente orgulloso de sus campañas —el tipo de hombre a cuyas órdenes, en su juventud, Arnem hubiera agradecido servir—, el sentek no las discute en público, ni las descarta mentalmente. Y ciertamente, tras esa afirmación del anciano, la naturaleza de esta muchedumbre empieza a cambiar a ojos de Arnem, pues ahora se enfrenta a las quejas sinceras del tipo de héroe anónimo que siempre le ha merecido más respeto: un veterano del ejército, probo y leal. Arnem se siente obligado a sopesar de nuevo el rencor que los aldeanos sienten contra la guarnición del pueblo y contra sus propias tropas.

—Cualquiera que sea el tratamiento que habéis recibido hasta ahora, honorable Padre —dice Arnem con seriedad—, veo que tenéis el conocimiento suficiente para saber quién soy y cuál es mi cargo; espero que sepáis que trataré vuestras quejas con toda la seriedad que merecen por vuestros servicios en defensa del reino.

El anciano principal asiente, acaso no con calidez, pero sí con un principio de agradecimiento. Se vuelve hacia ambos lados, como si quisiera confirmar que él y sus compañeros hacían bien en creer que el renombrado sentek Arnem les deparararía mejor trato que el obtenido últimamente.

—Vuestras palabras son amables, sentek —continúa el hombre.

Pero de nuevo se siente incómodo al ver que un rumor de pánico recorre a los aldeanos. Se oyen más cascos de caballos que vienen del oeste: el relevo de la columna principal de los Garras.

Arnem se vuelve asustado hacia Niksar.

—Ve para allá, Reyne. Diles que mantengan sus posiciones en los límites del pueblo. No quiero más quejas de esta gente.

Inquieto una vez más ante lo que él interpreta como una temeridad por parte de Arnem, Niksar obedece sin embargo, sabedor de que si objeta a dejar solo a su comandante dentro del pueblo tan solo conseguirá irritar a Arnem. Mientras Niksar hace dar media vuelta a su caballo, el sentek señala una plataforma cercana a los ancianos.

—¿Podemos hablar en privado, Padres?

Los hombres disfrutan de la deferencia del sentek con callada satisfacción, asienten, piden por gestos al resto de los aldeanos que permanezcan donde están y cruzan hacia el centro del pueblo para sentarse a entablar una seria conversación con un hombre del que han oído contar muchas historias, pero cuya sabiduría y nobleza deben ahora juzgar por sí mismos. En cuanto a Arnem, solo al llevar a Ox hacia la plataforma consigue al fin posar su mirada, siempre atenta, en la empalizada, pequeña y robusta, que queda justo al norte del Camino de Daurawah.

Está rodeada por un grupo aún más numeroso de gente que blande armas tan humildes (aunque letales) como las de sus amigos en la plaza del pueblo. Por fortuna, de todos modos, parece que este segundo grupo también se va calmando al enterarse de lo que acaba de ocurrir. Así las cosas, Arnem entabla conversación con los ancianos, con ese toque común que tanto le ha hecho destacar en el ejército de Broken; y apenas han pasado unos instantes cuando las miradas de agradecimiento, y hasta de un ligero regocijo, cruzan los rostros de los viejos aldeanos. Niksar, que sigue mirando desde lejos, da la espalda a la conversación. Sin embargo, poco dura su alivio, pues entre los hombres acumulados en el lado oeste de Esleben pronto atisba la figura montada del viejo hereje en charla amistosa con los distintos jinetes que lo rodean.

Niksar espolea a su montura para ponerse al trote, cabalga hasta el antiguo marginado y permite que su caballo clave la frente en el cuello de la tranquila yegua del viejo con cierta agresividad.

—¿Qué haces aquí, Anselm? —exige saber. Luego vuelve la cabeza hacia los otros hombres—. ¿A quién de vosotros le ha dado por traer a este hombre?

—Paz, Niksar —dice el linnet Akillus, al tiempo que da una palmada amistosa a Visimar en la espalda—. Lo he traído yo.

—Ah, ¿y no has sospechado el posible peligro...?

Pero Akillus ya está urgiendo a Niksar a hacer un aparte con sus pequeñas inclinaciones de cabeza. En cuanto ambos quedan a escasa distancia de los demás, Niksar insiste en voz baja:

—¿Y entonces, Akillus? ¿Con qué autoridad...?

—La del sentek en persona —lo interrumpe Akillus, mientras saca un pequeño trozo de pergamino del cinturón—. Al parecer, creía que lo encontrarías divertido...

Niksar toma la nota que Arnem dio a Akillus justo antes de galopar hacia el pueblo; luego, el ayudante del sentek lee deprisa sus pocas palabras garabateadas:

TRÁETE AL TULLIDO, Y NO LE ENSEÑES ESTA NOTA
A NADIE, SALVO A NIKSAR, QUE SIN DUDA SE LO PASARÁ
BIDEN.

{III:}

El rostro de Niksar se convierte en una mezcla de irritación familiar y algo nuevo, algo que Akillus no consigue definir del todo, pero que sin duda no responde a un sentimiento que deba tomarse a la ligera.

—Siempre se cree tan divertido —murmura el ayudante—. Pero esta vez...

Niksar sabe que su comandante puede descuidar de manera preocupante su propia seguridad, que al fin y al cabo es cosa suya; pero también sabe que nunca se ha dejado llevar por un antojo, ni por el vuelo de un capricho, cuando estaba en juego el bienestar de sus hombres. Aun así, el linnet tiene ahora en sus manos la prueba de que su comandante ha convocado al extraño viejo hereje a participar en estos sucesos tan ominosos. «¿Será que ha perdido el sentido?», se pregunta Niksar en silencio mientras mira fijamente la nota y los demás jinetes siguen hablando con Visimar. «¿O será que él y los demás hombres tienen razón y ese viejo lunático es, en verdad, un agente de la buena fortuna?»

—Yo tampoco lo he entendido, Niksar —concede Akillus, mientras se dirige a su compañero en tono confidencial pero cordial, tras interpretar la mirada de Niksar y tratar de calmarlo—.

Pero efectivamente me ha dado esa nota y tendría sus razones para ello. ¿Acaso crees lo contrario?

Niksar hace caso omiso de la pregunta, mira al hereje y acerca aún más su caballo.

—Bueno, Anselm, ¿qué servicio puedes ofrecernos en un momento tan delicado como este?

—No puedo decirlo con toda seguridad, linnet, pero... Mira por allí. —Visimar señala hacia el centro del pueblo—. Diría que estamos a punto de averiguarlo.

Desde la plataforma de madera que queda rodeada por la pista circular del centro de Esleben, Arnem agita los brazos con un movimiento amplio para ordenar que los soldados entren finalmente en el pueblo. Luego, desciende al suelo de un salto y se despide con una inclinación de cabeza de los ancianos, que se alejan hacia una serie de parihuelas transportadas, cada una de ellas, por dos hombres. Solo cuando ya no lo están mirando, Arnem se vuelve de nuevo en dirección a sus hombres y, con un gesto inconfundible, se pasa una mano plana, como si fuera un arma blanca, por la rodilla izquierda.

—*Hak...* —exclama Visimar, con una risilla—. No es muy sutil, ni halagador, pero al parecer quiere que os acompañe al pueblo.

—Así es, viejo —responde Akillus—. Y, si tenemos en cuenta que Brekt, Ehrn y yo mismo hemos visto ya lo desagradables que pueden llegar a ponerse esos aldeanos supuestamente pacíficos, yo diría que tu talento para la buena suerte y la risa puede resultar muy útil.

Niksar se esfuerza al fin por dejar a un lado sus recelos, impulsado por la nota de Arnem y por el genuino buen humor que Visimar ha conseguido inspirar a los jinetes en medio de lo que, a todas luces, es una situación de peligro.

—Bueno, Garras —dice Niksar—. Ya tenemos nuestras órdenes. Fila de dos y al galope corto.[166] Y tú, Anselm, ¿quieres cabalgar conmigo?

Visimar inclina la cabeza en lo que los demás podrían interpretar como mera aceptación de la propuesta de Niksar; pero el antiguo acólito se da cuenta de que el ayudante de Arnem, además de hacerle los honores, le está mandando una señal de su predisposición a atemperar su enemistad y su desconfianza.

—Será ciertamente un honor y un placer, linnet —contesta Visimar con gratitud verdadera mientras se sitúa a la cabeza de la pequeña columna junto al hijo de Broken, con su cabello dorado.

En la formación y al ritmo ordenados por el linnet, los jinetes cabalgan hasta la plaza central de Esleben. En el centro del pueblo, donde Arnem sigue montado en Ox, los soldados descubren que la muchedumbre se está dispersando, aunque sea con reticencias. Una de las parihuelas de los tres ancianos —la de mejor factura de las tres, con almohadones blandos en el asiento y la estructura forrada con coloridas telas de algodón— está avanzando ya hacia una de las estructuras pétreas para almacenar grano cerca de los molinos de Esleben. Arnem dirige a Ox para que siga a la parihuela e indica por señas a Niksar y Visimar que se unan a él. Cuando llegan, el sentek dedica una sonrisa apenas perceptible a su ayudante.

—¿Puede ser que note un vago aire de armonía entre vosotros dos? —pregunta—. Ya te dije, Niksar, que podría sernos útil.

Niksar casi reprime una sonrisa antes de preguntar al comandante:

—Sentek... ¿adónde vamos exactamente? Para llegar a la empalizada de la guarnición, por no hablar de Daurawah, hay que ir por la vía que va hacia el este.

—Tenemos un misterio que resolver en Esleben, Niksar —responde Arnem—, para que nuestro avance sea más seguro y para que los ancianos cedan algo de grano y otras provisiones de sus silos.

—¿Un misterio, sentek? —responde Visimar—. Creo que no. Hay más bien dos y ambos se alojan, al parecer, en algún lugar de los graneros de este pueblo.

Arnem detiene a su caballo mientras la parihuela del anciano sigue avanzando. Aunque está claramenbte impresionado e intrigado, el sentek se toma un momento para dar media vuelta y exclamar en dirección al pueblo:

—¡Akillus! Ve con los otros dos ancianos a la guarnición. Ahora ya no tendrás problemas. Di a los hombres de la empalizada que, a mi regreso, quiero encontrar las puertas abiertas y al comandante listo para darme su versión de lo que ha pasado allí.

—¡Sí, sentek! —responde Akillus.

Mientras los otros dos ancianos dan las órdenes correspondientes a los hombres que acarrean sus parihuelas, el explorador dirige a los demás jinetes hacia la vía del este, que en breve ha de llevarlos hasta la guarnición protegida por la empalizada.

—Sentek —dice Niksar, que lo contempla todo con asombro—, ¿por qué hablas de un misterio en Esleben, mientras que este lunático dice que son dos? —El linnet vuelve sus rasgos hermosos y preocupados hacia Visimar—. Espero que entiendas que uso la palabra «lunático» solo en su sentido literal. Concedo que tal vez haya malinterpretado tus intenciones, pero no me cabe duda de que estaba en lo cierto al respecto de tu salud mental.

—Ah —dice Arnem con una sonrisa—. Veo que en mi consejo de guerra se ha abierto un poco de sitio a una cierta paz. ¡Bien dicho, Niksar! En cuanto a los misterios de Esleben... —El sentek reemprende la marcha hacia el sur—. Déjame que te pregunte, Reyne... ¿Qué hay en el corazón de todo buen misterio? —Al ver que su ayudante se está hartando de los juegos, Arnem prosigue—: La muerte, viejo amigo. El asesinato, o al menos eso es lo que creen los honorables súbditos de este lugar.

Tras la mención de esa palabra, los tres ven que la parihuela que los precede se detiene, como si su ocupante hubiera oído esta parte de la conversación.

—¿Asesinato? —repite Niksar.

Ante esa noción, no le sorprende del todo que el Anciano líder de Esleben asome la cabeza entre las telas traseras de su parihuela y responda:

—Ciertamente, Linnet, o casi lo mismo. Una joven, la hija de uno de nuestros más respetados y exitosos molineros, una doncella, poco más que una niña, sufrió una muerte horrible hace media Luna. El único dato que se ha podido determinar con certeza a propósito de su muerte es que, sin saberlo su familia, mantenía una relación carnal con un soldado de la guarnición, un joven que, por rango y situación, es inferior a la familia de la muchacha y no tenía más interés que la satisfacción de sus apetitos animales.

—Todavía he de confirmar —interviene Arnem— la veracidad de esos datos, Niksar. —Alza de nuevo la voz para no despertar sospechas—. Pero dejadme añadir solo a cuanto afirma el honorable anciano que la doncella no se quitó la vida al descubrirse el asunto, ni terminó con ella un miembro furioso de la familia.

—Y entonces, ¿por qué creéis que el soldado tuvo algo que ver, honorable Padre? —pregunta Niksar—. ¿Tenía ella alguna señal de padecer el chancro o alguna enfermedad de esa misma naturaleza?

—Ciertamente —responde el anciano, dando muestras de una pena enfurecida y aterrada.

—Muy bien, entonces —dice Niksar con solemnidad—. Si se lo contagió el soldado, las leyes son claras. No debería haber ninguna confusión, ningún «misterio».

—No debería —repite Arnem, valorando el tono respetuoso de su ayudante e imitándolo—. Pero hay otros dos datos adicionales y desafortunados a tener en cuenta, pues se esconden tras los actos de los camaradas del joven pallin y, más importante, también de su comandante. Tanto el soldado como la doncella insistieron, incluso cuando llegó la hora de que la enfermedad los matara, en que no habían practicado... —El comandante se esfuerza por encontrar una palabra más amable, pero no lo consigue—: Fornicación. Solo contactos inocentes.

Pero Niksar se ha quedado con un detalle de las revelaciones de Arnem.

—¿«Los» matara?

—Así es —contesta Arnem—. Porque el pallin también murió, poco después de la chica.

Con el rabillo del ojo Arnem ve que la mirada errante de Visimar se centra en la gran estructura de piedra a la que se están acercando: es la clase de reacción que el sentek esperaba provocar.

—*Ignis Sacer* —murmura el tullido—. El Fuego Sagrado...

—Anciano —llama Arnem cuando los caballos se acercan a la parihuela—, ¿puedo dar por hecho que las dos muertes, aunque no ocurriesen al mismo tiempo, fueron de la misma... variedad?

Inseguro, en apariencia, acerca del significado que pueda esconderse tras esa pregunta, el anciano duda. En ese momento Visimar, aterrado en su fascinación, interviene de un modo que acaso no resulte muy sabio:

—Claro que lo eran, sentek. En ambos casos la muerte llegó precedida de una fiebre que parecía ir y volver, pero cada vez se presentaba con más fuerza. Al final llegó acompañada de unas llaguitas rojas en la espalda y en la barriga, así como en el pecho y en el cuello.

—Nuestro sanador —explica el anciano— pensó en ese momento que sería la fiebre del heno, lo cual suponía por sí mismo razón de alarma suficiente.

—Claro, Padre —concede Visimar, al tiempo que asiente y

lanza una mirada a Arnem tras el respingo de este ante la mención de la fiebre del heno—. Pero bien pronto empezó a degenerar y se convirtió en una locura que les destruyó la mente, así como una podredumbre inefable que se les comió el cuerpo.

El rostro del anciano se oscurece.

—Nunca había visto nada parecido. La ira de Kafra es terrible, sobre todo cuando destruye cuerpos tan jóvenes y sanos.

Aunque ya ha conseguido poner nervioso a Arnem por su aparente incapacidad de escoger las palabras con cuidado (o de callarse por completo), Visimar prosigue con su descripción:

—Sí, una enfermedad devastadora, tan terrible que acaso no pueda describirse con palabras, que consumió primero sus mentes y luego su belleza: convirtió el color de sus pieles admirablemente pálidas, sobre todo la de las manos y los pies de la chica, tan delicados, en un amarillo enfermizo, luego un color de ciruela y al fin negro, tras lo cual los dedos de las manos y de los pies, y a continuación quizás extremidades enteras, empezaron a desprenderse. Y el hedor...

Ignorando la mirada de advertencia que Arnem mantiene clavada en él, Visimar parece desconcertado por sus propios comentarios.

—Y sin embargo... hay algo incorrecto en todo esto, anciano...

—¿Incorrecto? —pregunta el anciano, con el tono afilado por la desconfianza.

Arnem intenta tapar la grieta momentánea.

—Estoy seguro de que mi camarada solo quería decir que falla algo, anciano.

Pero el hombre no parece aplacarse.

—Claro que «falla» algo, sentek Arnem. Todo este asunto es...

—Claro, sin duda, Honorable Padre —lo interrumpe Visimar, aún perdido en sus pensamientos—. Pero si la enfermedad fuera un chancro de cualquier variedad terrible, como decís, lo que habéis descrito sería la fase final. Y sin embargo nos habéis manifestado que hacía muy poco tiempo que la pareja se conocía y que el interés del soldado era carnal y pasajero, por mucho que él o la chica dijesen lo contrario. Lo difícil de entender es que, aun si sus contactos fueron tan viles, cualquiera de las virulencias que conocemos hubiera tardado meses en provocar unos síntomas tan monstruosos.

La expresión del anciano experimenta un repentino y considerable oscurecimiento: apenas un instante antes sentía la inesperada satisfacción al aparecer el famoso sentek Arnem y sus oficiales y al empezar a sentir que traían consigo algo de justicia; ahora se le empieza a calentar la sangre con un rencor familiar, aunque no por ello menos decepcionante.

—Tendría que haberlo sabido... —murmura.

Pero Arnem acaba de levantar una mano con gesto conciliatorio, aunque algo amenazante.

—Esperad, Padre, os lo ruego. Este viejo ha sido mi cirujano en el campo de batalla durante ya ni sé cuántos años y reconozco que, de todo lo que ha visto, se le nubla un poco el pensamiento y se le escapan las palabras. —Arnem lanza una rápida mirada a Niksar y ve en el rostro de su ayudante una cierta comprensión de que esta argucia era necesaria; una vez más, su mirada intenta advertir a Visimar de que debe guardar silencio—. Y si hoy se equivoca en cuanto dice —prosigue Arnem—, o si simplemente ha planteado el asunto en términos más burdos de lo debido, os ruego que aceptéis mis disculpas. Nuestro único deseo consiste en establecer la verdad, no insultaros a vos o a vuestra leal comunidad.

—Son buenas palabras y buenos sentimientos, sentek —concede el anciano, con la voz algo más controlada, aunque no con menos suspicacia—. Y si, efectivamente, ese es vuestro deseo, entonces tenéis que bajar conmigo a la cámara más honda de nuestro granero más grande. Allí la temperatura es siempre fría, hasta un punto desagradable, y allí hemos conservado los cuerpos de la pareja muerta por si alguien ponía en duda nuestras exigencias al comandante de la guarnición.

—¿Que habéis conservado los cuerpos? —exclama Visimar, espantado de repente—. ¿No los habéis enterrado ni quemado? Pero...

—Anselm —la rudeza con que Arnem pronuncia su nombre silencia a Visimar y el sentek aprovecha para dirigirse al anciano con una expresión más amable—, claro que teníais que conservarlos, Honorable Padre.

—Por supuesto —replica el anciano—. Porque en estos casos, como sin duda sabéis, sentek, el comandante de la guarnición del pueblo, si intenta proteger al soldado ofensor, pasa a compartir la misma culpa de su conducta. Y, sin embargo, cuando murió la chica y supimos que el joven estaba enfermo, el comandante se negó a entregarnos al muchacho antes de que muriera, o a ponerse él en nuestras manos para someterlo a juicio.

Visimar está ya mirando fijamente el enorme granero de piedra, como si su mera visión ofreciera respuestas.

—Pero si todo se reduce a eso, Padre —murmura el viejo—, ¿por qué, os ruego, habéis experimentado más casos de la misma infección sin identficar? Porque así ha sido, ¿verdad? ¿Y por qué no nos habéis hablado de ellos? Seguro que no estáis sugiriendo que ese pallin está detrás de todas las muertes de Esleben?

Al oír esas palabras, diferentes formas del miedo se apoderan de todos los presentes: Arnem se da cuenta de que Visimar no se dedica a especular, sino que está seguro de sus acusaciones, mientras que a Niksar lo consume una nueva confusión que le lleva a aferrar la empuñadura de la espada, listo para la lucha; los portadores de la parihuela del anciano, por su parte, sueltan de pronto su carga, que golpea el suelo con un agudo resonar de la madera contra la tierra dura, mientras un temeroso asombro se asoma a sus rostros. Pero Visimar ni se mueve cuando el anciano salta con agilidad de su transporte y lo acusa con voz de trueno:

—¿Quién es este hombre? ¡Os exijo que me lo digáis, sentek!

Las cosas no hacen más que empeorar cuando los portadores empiezan a murmurar la palabra temida: «Brujería... Ha de ser brujería...»

El anciano silencia a los hombres agitando una mano y luego grita:

—¿Y entonces, sentek Arnem? ¿Cómo es que este hombre sabe tanto de nuestras cosas? No solo de la muerte de la chica, sino también de nuestras desgracias subsiguientes. ¿Mantiene comunicaciones secretas con alguien de Esleben? —Pero tanto Arnem como Niksar permanecen, de momento, demasiado aturdidos para hablar—. ¡Os he dicho que exijo saberlo! —sigue tronando el anciano—. Podéis llamarlo cirujano, pero no lleva el uniforme de vuestra legión. Entonces, por todo lo sagrado, ¿quién es?

Aunque por dentro siente una cierta satisfacción por haber confirmado su sospecha de que Visimar resultaría útil en esta campaña, la imprudencia de las afirmaciones del tullido le obliga a fingir que solo está sorprendido.

—¿Queréis decir... —pregunta el sentek al anciano— que cuanto ha dicho de este asunto es verdad?

—Bastante —contesta el anciano, sorprendido por la pregunta de Arnem—. Pero seguro que ya lo sabíais, sentek.

—Yo no sé nada, anciano —responde Arnem, consciente de que ha entrado en una mecánica peligrosa—. Si vos decís que es así, no os llevaré la contraria, pero no os confundáis con este tipo. Todavía es un sanador competente, inspira confianza a mis hombres y por su bien lo he mantenido en esta marcha. Pero sus sermones no son verdaderas visiones, anciano; solo son ruidos creados por su mente quebrada, por mucho que puedan parecer conformes a la verdad. —De pronto, el anciano se muestra inseguro—. Y, por mucho que ahora haya acertado algunos detalles de lo que sucedió —prosigue Arnem—, no dudéis que permanece ajeno a la razón la mayor parte del tiempo. —Mientras va desenvainando lentamente la espada, Arnem se encara a Visimar, pero no deja de mirar al anciano—. Por último, os prometo una cosa: si hay algo de cierto en cuanto dice, descubriré cómo lo ha sabido... —El sentek se acerca más a Visimar—. Pero esa averiguación, así como la inspección de los cuerpos del granero, no requiere vuestra presencia, padre. He visto muertos de todas las variedades en mis campañas y no necesito ninguna guía, al tiempo que no deseo obligaros a ver cosas que podría verme obligado a hacer durante mi interrogatorio a este hombre. Niksar... —El ayudante de Arnem saluda a su comandante—. Escolta a este anciano de vuelta a su casa. No permitas que nadie lo acose ni lo amenace de ninguna manera. —Mientras Niksar saluda por última vez, Arnem se dirige al anciano—. Y contad con la certeza, padre, de que podéis dejar esto en mis manos porque mis Garras determinarán la verdad del asunto para vosotros.

Enfrentado a la expresión más dura de Arnem, Visimar entiende que ha hablado demasiado y debería haber esperado hasta quedarse a solas con el sentek para dar a conocer sus acertados temores acerca de los destinos de los amantes, y sin duda de todo el pueblo de Esleben. Enseguida se da cuenta de que sus palabras eran peligrosas precisamente por la verdad que contenían: es evidente que los aldeanos interpretan la misteriosa enfermedad como una especie de castigo impuesto por el dios dorado por los temerarios actos del malvado soldado y la desobediencia del comandante de la guarnición. No saben, y en cambio Visimar sí cree saber, que por Esleben se está extendiendo una enfermedad terrible, que no solo se caracteriza por la imposibilidad de curarla o someterla a control, sino también por ser de una naturaleza completamente distinta que el supuesto «veneno» con el que dicen (según Arnem) que los Bane han intentado matar al Dios-Rey Saylal.

En pocas palabras, con toda probabilidad hay dos enfermedades mortales ahora mismo en Broken: una en la ciudad y otra en provincias. La primera podría tener cura si la tratan como tal, y no como un envenenamiento; pero la segunda, si se extiende, se volverá tan voraz como el fuego que le presta su nombre.

Visimar solo necesita un instante, una vez comprendido lo anterior, para darse cuenta al fin de que debe cooperar con el engaño de Arnem y convencer al anciano y a sus portadores de que sus conclusiones sobre la muerte de los amantes y el destino del pueblo proceden de una imaginación estropeada. Así granjeará a Arnem la libertad para encontrarse con el comandante de la guarnición y luego determinar si, de hecho, los soldados de dicha unidad están tan condenados como parecen estarlo la mayoría de los aldeanos.

Con ese fin, Visimar se pone enseguida a fingir toda una serie de absurdos propósitos declamatorios, con voz deliberadamente alta para que llegue a oídos del anciano, ya en retirada, acerca de la «verdadera» (y «mágica») fuente de sus visiones. El tullido monta un gran espectáculo para explicar que los pájaros de los cielos de Esleben le han susurrado todo lo que han visto y oído. La estratagema —inspirada en el viejo maestro de Visimar, Caliphestros, que a menudo parecía ciertamente capaz de obtener esa clase de informaciones de todas las criaturas, ya fueran salvajes o domésticas— resulta eficaz: al poco el anciano, sin dejar de curiosear por la parte trasera de su parihuela, ordena a sus hombres que se apresuren a llevarlo de vuelta a Esleben, contento de ver que el sentek Arnem está dispuesto a determinar con sinceridad hasta dónde llega la locura del viejo sanador y, si se demostrara que tiene alguna conexión maléfica con los sucesos de Esleben, castigar a Visimar como corresponde.

—Pero recordad, sentek —advierte el anciano mientras regresa hacia la muchedumbre aún reunida—, que al comandante de la guarnición también le espera la justicia del Dios-Rey, aunque no me alegro por ello. Porque esperábamos, cuando nombraron al nuevo comandante, que...

Arnem enarca las cejas.

—¿Un comandante nuevo? —pregunta a voces.

—Claro —responde el anciano, al tiempo que asiente—. Lo enviaron de Daurawah, hace casi medio año. Daba por hecho que lo sabías. —Arnem finge que simplemente había olvidado un hecho del que, en realidad, nunca fue informado—. Y esperábamos que fuera merecedor de nuestra confianza. Pero un hombre capaz de esconder de sus acusadores a su deshonroso subordinado y luego esconderse él mismo inspira algo bien distinto de la confianza.

—Por supuesto, anciano —responde Arnem—. Pero os digo de nuevo que no estamos aquí para poner en duda nuestras costumbres y nuestras leyes. Si cuanto decís es cierto, tenéis mi palabra de que el comandante de la guarnición será colgado por ello.

Es la primera vez que la mención franca de una ejecución sale de la boca de Arnem; y parece que eso anima efusivamente al líder. Las cortinas de la parihuela se cierran al fin y Niksar responde con una inclinación de cabeza a una mirada de Arnem para transmitirle que ha entendido del todo cuál es su tarea: respaldar, de palabra y obra, todo lo que ha dicho el sentek.

Arnem contesta con un saludo relajado en señal de agradecimiento al joven ayudante por estar dispuesto a aceptar una tarea menos gallarda, pero aun así valerosa y necesaria; cuando la parihuela está ya tan lejos que no hay riesgo alguno en hablar con normalidad, el sentek fulmina con la mirada a Visimar, con la espada aún desenvainada.

—Te lo digo por última vez, viejo. A mí me puedes decir lo que quieras, pero no pongas en peligro las vidas ni los objetivos de mis hombres o te haré colgar al ladito del comandante de la guarnición.

—Admito mi error, Sixt Arnem, pero lo que he dicho era verdad y has de sacar a tus hombres de Esleben tan rápido como puedas. Aquí hay una enfermedad mortal: de hecho, una enfermedad mucho más aterradora que la que, según tu descripción, se extiende por Broken. Ya no se puede detener el contagio en el pueblo y empezará a matar más gente como hizo con los desgraciados amantes: sin aviso y sin explicación aparente. Y solo puedes proteger a los tuyos con una retirada.

Arnem, profundamente desconcertado, observa a Visimar.

—¿Y cómo puedes saberlo, viejo, si ni siquiera hemos visto los cadáveres todavía?

—Ver los cadáveres no sirve de nada. De hecho, sería mejor

que ni siquiera entrásemos en el granero si no queremos exponernos a un grave peligro.

—Peligro... ¿por los muertos?

—Por los muertos y por... eso.

Visimar señala hacia las aperturas superiores de las altas paredes del granero, necesarias para la ventilación. Por esas aperturas se ve el grano; grandes provisiones.

Arnem sigue el gesto de Visimar y, mientras se acercan los dos al edificio, pregunta:

—¿Y qué hay ahí, aparte de grano?

—Pruebas, sentek —responde Visimar—. Bajo la forma de cebada de invierno, por lo que parece: un cultivo de temporada que debería haberse enviado a Broken hace mucho. En cambio, como esta gente cree que los mercaderes de Broken los engañan comprando grano extranjero que les sale más barato, los aldeanos lo han conservado aquí y han permitido que se eche a perder... Que se estropee de la manera más sutil. —Al llegar a las paredes del granero, Visimar rebusca en el suelo—. Mantén las riendas tensas, sentek —murmura—. No le dejes mordisquear ningún... ¡Ah! ¡Ahí! —El viejo señala un punto en el que han caído unos cuantos granos escapados por los huecos de ventilación—. ¿Ves eso, sentek? ¿Allí, donde a los granos les sale un brote de color de ciruela? —Arnem estudia los granos desde lo más cerca posible y luego empieza a descabalgar para poder agacharse y verlos desde abajo—. ¡No, sentek! —advierte Visimar, todavía en voz baja, pero con mucha urgencia—. No puedes tener ni el menor contacto.

—Pero... ¿por qué? —pregunta Arnem, instalándose de nuevo sobre su silla.

—Porque —Visimar respira aliviado— bastaría con que lo tocaras, Sixt Arnem, y luego te llevaras los dedos a la boca, o a los ojos, para que tuvieras una muerte tan horrible como la de la joven chiquilla y su pretendiente.

—Visimar —dice Arnem—, explícate con claridad.

—Ahí está el criminal. —Señala de nuevo al suelo—. El pallin de la guarnición era una víctima, no un asesino.

—Te pregunto de nuevo —insiste Arnem con impaciencia—. ¿Cómo puedes decir eso, si todavía no has visto su cuerpo?

—No necesito verlo, sentek, y tú tampoco. La reacción del anciano ya ha confirmado mi descripción de ambos cadáveres; y no haríamos más que correr un peligro si nos metiéramos en ese sótano de muerte y podredumbre. Cualquier contacto casual con la carne pudenda del pallin y de la doncella implicaría el mismo peligro que consumir ese grano podrido.

—Pero ¿qué es? ¿Cómo es posible que un simple grano sea tan peligroso?

—Dándote una enfermedad mortal que conoces bien, Sixt Arnem. Quiero decir, en circunstancias distintas —replica Visimar—. Ven, desplacémonos al lado contrario del edificio, y al menos aparentemos hacer lo que has dicho que haríamos. En realidad, nuestra tarea más urgente es llegar a la guarnición e impedir que tus hombres entren en contacto con esta sustancia.

—¿Una enfermedad que conozco bien, aunque en circunstancias distintas? —repite Arnem, que sigue a la yegua de Visimar pero no entiende su explicación—. ¿Y cuál es? Basta de perder tiempo, Visimar, dime de una vez...

—Muy bien: la he llamado *Ignis Sacer*, que significa «Fuego Sagrado» en la lengua de los Lumun-jani —explica Visimar—. Tú la conoces como «herida de fuego».[167]

—¿Herida de fuego? —repite Arnem, con mucho escepticismo en la voz—. Pero las heridas de fuego se obtienen en el campo de batalla porque se infectan las heridas.

—No siempre, sentek —dice Visimar, con el pensamiento ocupado a la vez por la necesidad de dar con una explicación paciente de la enfermedad y por encontrar una ruta hacia la guarnición que les permita llegar sin que los vea nadie en Esleben; pero pronto entiende que es imposible cumplir ambos objetivos a la vez—. Ahora mismo, de todos modos, vuelvo a decir que la tarea más imperativa que nos espera consiste en sacar a tu ayudante y al resto de tus hombres del pueblo y alejarlos de sus habitantes, porque esta gente que no sospecha nada está a punto de sufrir una calamidad que se llevará por delante buena parte de sus vidas, si no todas, así como las de los desgraciados que se hayan detenido por aquí.

—Los soldados de Broken no tienen por costumbre abandonar a los súbditos del Dios-Rey en momentos de necesidad, anciano —dice Arnem en tono severo.

—Pero ahora no están en un momento de necesidad, Sixt Arnem —responde Visimar en un tono similar—. Te digo que están todos, hasta el último hombre, mujer o niño, condenados.

Arnem seguiría discutiendo, pero, justo entonces, con una brusquedad inquietante, un pensamiento —una mera imagen— se le cruza por la mente: la figura de Lord Baster-kin, plantado en los llamativos túneles subterráneos de la ciudad de Broken, con la atención extrañamente concentrada en las grandes provisiones de grano que allí se almacenan. El sentek recuerda ahora con bastante claridad que esos pequeños brotes morados en cada grano no se percibían en los de la ciudad: un dato que por sí mismo podría carecer de interés si no fuera porque ahora Arnem se da cuenta de que la reacción de Baster-kin al comprobarlo era de puro alivio. Y ese alivio, entiende Arnem al concentrarse en aquel momento, implica una ansiedad previa del lord ante la posibilidad de haberse encontrado el grano en un estado diferente, mucho más peligroso...

{iv:}

Para cuando Arnem y Visimar consiguen recorrer el tramo más bien largo de camino furtivo para llegar a la guarnición de Esleben eliminando la posibilidad de que los vea alguien desde el pueblo, no solo la tarde empieza ya a ceder el paso a la noche, sino que el comandante de los Garras ha aprendido muchas cosas sobre las dos enfermedades que, a decir de su huésped, se están extendiendo por el reino, así como sobre sus respectivos modos de propagación entre hombres y mujeres. Primero está el supuesto intento de envenenamiento que ocurrió en la ciudad de Broken y que, según Visimar, se trataría, de hecho, del primer caso reconocido (aunque pudiera ser erróneamente) de la terrible pestilencia que el sanador de Esleben supo descartar entre los suyos: la fiebre del heno, una enfermedad que se esconde en las aguas contaminadas. La segunda es una podredumbre mucho más escalofriante que para atacar se apodera de cualquier carne o alimento, una enfermedad que el sentek, de hecho, conoce con el nombre de «herida de fuego», pero que se identifica mejor por «Fuego Sagrado» (pues quién, si no una deidad, podría ser responsable de sus monstruosos síntomas) y, con mayor precisión todavía entre los sanadores de verdadera experiencia, como *gangraena*. Esa enfermedad, como bien ha dicho Arnem, aparece a menudo al infectarse las heridas de los soldados;

pero también puede abrirse camino reptando por medios tan insidiosos como los que acaban de observar el comandante y el acólito. ¿Cuál de las dos es más peligrosa? Es una pregunta que ni siquiera Visimar se atreverá a contestar; solo puede seguir urgiendo a Arnem y subrayar la importancia de sacar a los Garras del condenado Esleben y alejarlos del pueblo y de sus habitantes. Antes de aceptar esa retirada, sin embargo, el muy cumplidor Arnem necesita una explicación más exacta de lo que ha ocurrido entre los hombres de la guarnición y los aldeanos.

Cuando el sentek y su bufón, ahora convertido en consejero, llegan por fin a la vista de la pequeña, aunque formidable, empalizada del pueblo, descubren que, aparentemente, ha bastado con mencionar el nombre de Arnem para que las puertas estén abiertas y los miembros del pequeño destacamento permanezcan fuera, donde el azul oscuro de sus capas del ejército regular contrasta con el rojo vino de la misma prenda de los Garras. Pero antes de llegar a la empalizada, los dos hombres se encuentran entre diez y quince grupos de Garras, cada uno de ellos formado por entre tres y cinco soldados de infantería de primera línea que, cumpliendo con los hábitos del ejército de Broken, han formado un perímetro de vigilancia en torno a la fortificación. Se trata de guerreros particularmente hábiles y veteranos, pues son los que en el campo de batalla se encargan de formar a toda prisa las caras externas de los *quadrates* de Broken, los que absorben los primeros y más brutales golpes del enemigo, así como los que encabezan el ataque sin vacilaciones cuando esos *quadrates* se convierten en formaciones de ataque o de persecución. Esas dos funciones, igualmente valientes y peligrosas, son las que han otorgado su nombre informal a estos soldados: *Wildfehngen*,[168] porque se cree que su disciplinada ferocidad en la batalla no tiene parangón, y así es, ciertamente, entre los guerreros a los que alguna vez se ha enfrentado el ejército de Broken.

Gracias a los Wildfehngen, Arnem se entera enseguida de cómo están en verdad las cosas dentro de la empalizada: aunque las puertas estén abietas, los hombres de dentro no pueden dar ninguna explicación sobre lo que ha ocurrido en Esleben, más allá de la que ya han ofrecido los ancianos. En cuanto se refiere al comandante de la guarnición (la única persona, a juicio de Arnem, que quizá sea capaz de arrojar algo de luz sobre las misteriosas vicisitudes que se han producido en el pueblo y sus alrededores), permanece encerrado en sus cuarteles y no por deslealtad o desobediencia, al parecer, sino por culpa de una enfermedad. Esta información no hace más que aumentar la determinación de Arnem de espolear de inmediato a Ox para entrar en la empalizada y obtener un mejor conocimiento; pero antes de que pueda arrancar, Visimar lo agarra por un brazo y, aunque mantiene la voz bien baja, le habla con toda la seriedad posible.

—Si el comandante de la guarnición está enfermo —le dice el mutilado—, debes determinar la naturaleza de su enfermedad antes de acercarte. Recuerda, Sixt Arnem, que ahora solo tenemos dos objetivos: irnos de aquí sin mayores incidentes y asegurarnos de que tus hombres no se lleven nada de comida ni de forraje. No hay nada en Esleben que merezca confianza.

—Intentaré recordar todos esos puntos —responde Arnem, con sus diversas frustraciones más aparentes ahora en el enojo de sus palabras—. Pero voy a conseguir entender con más claridad qué está pasando aquí, sea cual fuere el estado del comandante.

—El sentek se prepara una vez más para alejarse a toda velocidad, pero detecta de pronto algo por delante, una visión que a fin de cuentas provoca que se le asome un cierto alivio a la cara—. Bueno. Una preocupación menos. Parece que Niksar ha salido sano y salvo del pueblo...

Niksar cabalga a buen ritmo hacia Arnem y Visimar, y el sentek espolea a Ox para avanzar un poco e interceptarlo.

—Bien hallado, Reyne —dice, respondiendo al saludo de su ayudante—. Pero antes de que des rienda suelta a la comprensible indignación que ya detecto en tu cara, dime una cosa: no te habrán ofrecido, por casualidad, su hospitalidad, o por ejemplo algún sustento, mientras estabas en el pueblo, ¿verdad?

Niksar se lo toma a burla.

—No sería muy probable, sentek. Bastante felices estaban de librarse de mí cuando les he dicho que debía informarte. Dudo que me hubiesen dejado comer ni la hierba del suelo que al menos mi caballo sí ha probado.

Arnem estudia la montura de su ayudante.

—¿Estás seguro de que solo ha comido eso? ¿Ningún grano suelto que pudiera estar desparramado por ahí, por ejemplo?

Desde luego, Niksar parece perplejo.

—Ninguno, sentek. ¿Por qué? ¿Qué ha pasado?

—Te lo explicaremos mientras entramos en la empalizada —dice Arnem, al tiempo que reanuda su avance hacia las puertas del pequeño baluarte—. Es posible que para creerte esta historia te veas obligado a recurrir a toda tu imaginación, así como a la recién descubierta confianza en nuestro amigo. —Arnem señala a Visimar—. Pero créetela, Reyne, y asegúrate de que los hombres entiendan que no deben consumir ni llevarse de Esleben nada de forraje, ni granos de ninguna clase. Y para acabar de comprender mejor lo que está pasando me temo que necesitaremos al comandante de la guarnición, que está evidentemente enfermo y atrincherado en sus cuarteles. Escúchame bien, Niksar —Arnem se acerca más al joven soldado—, sé que no te gustará este encargo, pero al llegar a la empalizada quiero que ayudes al viejo a subir las escaleras del patio interior, por favor, mientras yo entro. Como mínimo debo empezar a interrogar a ese hombre lo más rápido posible.

—Sentek... —dice Niksar, preocupado. Se ha dado cuenta de que el tono de su comandante implica algo más que una mera inquietud. También se le nota una profunda ansiedad de espíritu—. Por supuesto, pero yo...

—Las preguntas luego, Reyne —dice Arnem—. Ahora quiero algunas respuestas.

Sin embargo, con una maldita tozudez, más preguntas inquietantes esperan al sentek cuando él, Niksar y Visimar llegan a la empalizada de la guarnición y entran en ella. Para entonces, los primeros expedicionarios de larga distancia acaban de regresar del este y las noticias que traen de poblaciones como Daurawah, así como de los rumores que corren entre las granjas desde las que se ven ya los muros de esa expansiva ciudad fluvial, son vagos y desalentadores. Los trabajadores, mercaderes y ancianos de otras comunidades en el camino hasta el principal puerto de Broken han demostrado padecer distintos grados de inquietud; y, acaso lo más preocupante, los exploradores han oído que dentro de la misma Daurawah se ha producido algún problema de peor categoría. Si eso es cierto, se trata de un hecho inusualmente alarmante para Arnem, tanto en el sentido profesional como en el personal: el gobierno del puerto, desde hace varios años, es responsabilidad de uno de los más antiguos amigos del sentek en el ejército de Broken,

Gerolf Gledgesa,[169] con quien Arnem se enfrentó a los torganios en el Paso de Atta y a quien el ahora nuevo jefe del ejército esperaba poder traspasar el mando de los Garras cuando él mismo se vio tan trágicamente ascendido al puesto del yantek Korsar. Pero si Gledgesa ha permitido que las cosas se deterioren hasta ese punto en Daurawah, el nombramiento de su viejo camarada —figura controvertida siempre dentro del ejército, como el propio Arnem— quedará fuera de lugar. Las posibles consecuencias de los informes que los exploradores traen del este están claras, entonces: pero ninguna es de tan mal agüero como la noción de que, incluso si los Garras logran evitar encontronazos violentos con los súbditos del este del reino, esos mismos súbditos seguirán mostrando reticencias para entregar la comida y el forraje que los soldados necesitan para marchar contra los Bane, suponiendo que lo entreguen, y los hombres solo podrán aceptar esas provisiones si confirman que están impolutas. Así, Arnem podría verse obligado a planificar de nuevo su campaña y tener en cuenta que ahora el tiempo es un poderoso aliado de los Bane, y no de los suyos: la peor ventaja que un comandante puede conceder a su enemigo.

A medida que van aumentando esas especulaciones, el estado de ánimo del sentek empeora.

—¡Akillus! —llama enfadado al llegar al centro del patio interior y ver al jefe de exploradores riéndose cerca de allí entre sus propios hombres y unos cuantos miembros de la guarnición.

Cuando el sentek desmonta, su joven *skutaar*, Ernakh[170] (hijo único de Nuen, la niñera y ama de llaves de los Arnem), aparece para tomar las riendas de Ox con la intención de preguntar cuánto tiempo tiene previsto su comandante permanecer en Esleben, para decidir cuánto debe alimentarse el corcel, y también si Arnem necesitará retirarse a descansar o no. Pero el joven moreno e intuitivo apenas necesita un breve estudio del tono de Arnem para adivinar que los Garras no se van a quedar mucho rato en este lugar, pese a las respuestas deliberadamente vagas del sentek cuando le preguntan al respecto; y Ernakh se lleva a Ox a beber en un abrevadero que queda junto al pozo de la guarnición para que esté listo (aunque no del todo descansado) para la partida de la tropa, que según cree acertadamente el joven *skutaar* puede producirse en cualquier momento. Akillus, mientras tanto, se acerca deprisa a Arnem con la sonrisa congelada.

—Tengo entendido, Akillus —afirma el sentek—, que el comandante de la guarnición no puede presentarse debido a su enfermedad. ¿Has averiguado si eso es cierto?

—Sí, sentek —contesta Akillus, con un saludo tan firme que el impacto del puño resuena en el pecho—. Está muy encerrrado en sus cuarteles, en la parte de arriba.

Akillus señala hacia la puerta que queda más al nordoeste de las doce que hay en el piso superior de la fortificación, por encima del cual toda la estructura queda rodeada por el parapeto. Otro camino recorre todo el perímetro del nivel superior por fuera de las puertas de las habitaciones, protegido por una baranda de leños cortados: toda la manufactura es típica de los zapadores e ingenieros de Broken.

—Dice que no piensa salir y que únicamente hablará contigo a solas.

—¿En serio? —pregunta Arnem, al tiempo que suelta un profundo suspiro—. Bueno, entonces más vale que sus secretos sean tan especiales como su comportamiento, porque si no le arranco la piel de la espalda. Y los ancianos se quedarán su cuello. Por ahora... que corra la voz, Akillus: todos los hombres listos para reemprender la marcha en cualquier momento.

—¡Sí, sentek! —contesta Akillus, que nunca cuestiona una orden sorprendente.

Al contrario, se limita a correr hasta su caballo y montar en él con su estilo habitual, aparentemente sin esfuerzo.

Arnem observa con cuidado para valorar las reacciones que va provocando Akillus entre los hombres cuando distribuye las órdenes a los grupos de soldados, y de repente se lleva un susto cuando un caballo resopla cerca, por detrás de su cabeza. Al volverse, se encuentra una vez más a Visimar montado en su yegua y acompañado por Niksar. Aparecen dos skutaars para ocuparse de las monturas de los hombres y ayudar al viejo acólito a desmontar. Cuando ya le han pasado el cayado que suele usar para caminar, Visimar descubre que también tiene a su disposición un apoyo en el hombro de Niksar, que cumple la orden previa de Arnem con una mezcla de obediencia y compasión emergente. El sentek puede así permitirse subir las escaleras de la empalizada a una velocidad que, si no merece ser llamada entusiasta, al menos resulta útil. Y en cuanto planta el pie en el camino de la parte superior acelera más todavía. Solo al llegar a un brazo de distancia de la puerta del oficial, una aprehensión repentina le recorre los huesos y le hormiguea en la piel, despojándolo en un instante de casi toda su determinación. Es una sensación que no puede definir, pero debe obedecerla; y cuando al fin llama a la puerta, lo hace con ligereza, sin saber siquiera de dónde le vienen esas dudas.

—¿Linnet? —llama en un tono apenas audible.

Entonces, de pronto se da cuenta de la razón de su debilidad: un olor, o mejor dicho un hedor, la brusca peste del sudor humano, de los desechos y la podredumbre, de la ropa y las sábanas sucias... En suma, el hedor de la «enfemedad mortal...»

—¡Linnet! —exclama Arnem con más autoridad—. Te ordeno que abras la puerta.

El hombre de dentro intenta contestar, pero un ataque de tos húmeda ahoga enseguida sus palabras. Cuando se pasa el ataque, Arnem oye una voz débil, una voz que sin duda antaño fue fuerte y contuvo las infalibles inflexiones de un oficial que, aunque joven, está ya acostumbrado al mando.

—Lo lamento, sentek, no te puedo obedecer —apunta la voz—. Pero no es por impertinencia, pues te he conocido casi toda mi vida y no hay ningún soldado, ningún hombre, de hecho, a quien respete más. Pero no me puedo arriesgar a que...

La voz se desvance; por un instante, no le queda más fuerza. Durante la pausa, el sentek Arnem se da cuenta de que, por debajo de la distorsión que impone la enfermedad, conoce bien esa voz. Pertenece al hermano menor de su propio ayudante, alguien que es —o fue en otro tiempo— un vivo ejemplo de las virtudes de Broken tan vibrante e ideal como el de Reyne.

—¿Donner? —murmura Arnem, en voz tan baja como puede—. ¿Donner Niksar?[171]

Un ruido afirmativo en la cámara del ocupante se disuelve de nuevo entre un terrible ataque de tos.

—Perdonad que no abra la puerta, señor —dice el joven hermano de Niksar, una vez ha pasado el ataque—. Pero no debéis entrar aquí. Ahora, no. No he dejado entrar a los demás desde que murió el pallin. La primera vez que detecté los síntomas en mi cuerpo hacía pocas horas que él había muerto; y, aunque es posible que mis hombres ya estén afectados por la enfermedad, también cabe que se hayan librado, y no voy a permitir que el desorden que sale de mi cuerpo, el desorden en que me he convertido, ponga en peligro sus vidas.

Justo entonces, Arnem oye los esfuerzos de Niksar para subir la escalera con Visimar y el sentek se pone aún más ansioso.

—Donner, tu hermano está conmigo. Supongo que querrás hablar con él.

—¡No, sentek, por favor! —Es su respuesta desesperada—. Me temo que solo me queda tiempo para decir lo que debo decir: sobre esos malditos mercaderes del pueblo, con sus ancianos y sus conspiraciones y sus venenos...

A Arnem se le abren los ojos.

—¿Crees que los aldeanos intentaron envenenarte, Donner?

—Ya sé que suena a locura, sentek. Y tal vez lo sea. Pero tengo buenas razones para creerlo. Teníamos la intención de interferir con algunas de sus estratagemas para remediar sus dificultades mercantiles, y al mismo tiempo uno de nuestros hombres tuvo lo que ellos consideraban que era la jeta suficiente de cortejar a una de sus hijas. Su ira se estaba volviendo letal... De hecho, como tal vez hayas visto, algunos de verdad parecen locos...

Todas esas afirmaciones impresionan a Arnem, pero ninguna tanto como la última, pues recuerda bien las miradas en las caras de algunos aldeanos cuando entró en Esleben.

—Pero, Donner —dice—, ¿qué haces en Esleben? ¿Y cuáles son esos planes en los que querías interferir?

—Antes había prestado servicio a tu viejo camarada, el sentek Gledgesa, en Daurawah —responde el joven Donner Niksar, con una voz tan ronca que sugiere la presencia de cuchillos que laceran la parte interna de la garganta—. Hasta que él me envió aquí. Habían pillado al último comandante de la guarnición cerrando unos acuerdos con los incursores del río que han subido su grano desde el meloderna y luego por los ríos que lo alimentan, incluido el Zarpa de Gato. Esto pasó hace Lunas, sentek Arnem, en mitad del invierno. Cuando todavía no había ningún informe sobre la enfermedad. Sin informar a nadie, el sentek Gledgesa convocó al comandante de la guarnición a Daurawah, lo ejecutó bajo su autoridad y me mandó a mí a ocupar su lugar. Parecía saber que ibas a venir, y que Reyne vendría contigo; y que los dos estaríais más dispuestos a creerme que los demás oficiales.

—Pero ¿qué relación tiene esto con el asunto de ese pallin y la chica del pueblo?

—Esa historia empezó a desplegarse poco después de mi llegada aquí —sigue el Niksar joven. Y parece que ha encontrado la manera de hablar durante períodos más largos si mantiene la voz baja, lo cual obliga a Arnem a pegar la oreja directamente a la puerta de madera—. El sentek Gledgesa sabía que el comandante de la guarnición era culpable de los delitos que tanto se le habían achacado; lo que no lograba averiguar era qué parte de los ancianos de Esleben estaban jugando también en la estratagema del grano. Y, pese a que yo tomé el mando, el grano extranjero siguió viajando río arriba en los barcos de los saqueadores, mientras que mis hombres y yo no pudimos demostrar que los ancianos de Esleben estaban involucrados; aunque eso no significa que fueran inocentes. Luego se descubrió ese asunto del pallin y la doncella a principios de la primavera, justo cuando se empezaba a hablar de las heridas de fuego en Daurawah. Estaban quemando ya a docenas, tal vez centenares de cuerpos cada semana, todos muertos por lo que, según afirmaba con seguridad el comandante entonces, representaba un nuevo y fétido invento de nuestros enemigos para debilitar nuestro poder, aunque a esas alturas yo ya sabía que no era así. Porque la doncella le había mencionado al pallin que los ancianos del pueblo pensaban tomarse la justicia por su mano en el asunto de los invasores y él me lo había dicho. Escribí al sentek Gledgesa para contarle la conspiración...

Como estaba hablando demasiado rápido, Donner sufre un nuevo y terrible ataque de tos.

—Despacio, hijo —dice Arnem con la esperanza de que su tono sea calmante—. ¿Intentas decirme que los ancianos de Esleben pretendían oponerse a los mercaderes extranjeros?

—Fue después de la cosecha de invierno de centeno. —Arnem oye que Donner Niksar se está echando agua a la atormentada boca—. Los mercaderes de Broken... seguían ofreciendo pagos que atraían a los piratas, mucho más bajos de los que los granjeros y molineros de Esleben estaban acostumbrados a recibir. Al poco, los ancianos de Esleben decidieron que, mientras se permitiera a aquellos barcos subir y bajar por los ríos, darían el grano a su gente y a los animales antes que aceptar unos precios tan bajos de comerciantes que, supuestamente, debían proteger el comercio de Broken, no traicionarlo. Entonces empezaron a hacer eso con la esperanza de obtener así alguna respuesta del Consejo de Mercaderes, o incluso del Gran Layzin y el Dios-Rey. No fue así, pero casi de inmediato la chica cayó enferma. Incluso a mí, la coincidencia me pareció... extraña. Y la rabia de los aldeanos fue implacable. Les ofrecí reunirme a solas con ellos para demostrar la buena voluntad del ejército y su nula involucración en el comercio ilegal que servía para dejarlos sin el pago que justamente merecían. Me invitaron a cenar con su consejo de ancianos, siempre que, efectivamente, fuera solo, y así lo hice.

El corazón de Arnem da un vuelco al oír eso, porque cae en la cuenta de que Donner Niksar es el único de la guarnición que ha compartido con la gente de Esleben lo que según el relato de Visimar debía de ser pan negro, condenándose sin saberlo a una muerte horrible...

De pronto, un pequeño sonido victorioso llega a los oídos de Arnem desde el otro lado de la pista y al darse media vuelta ve que Visimar y el agotado ayudante del sentek han alcanzado la cima de la escalera de madera. Les indica con gestos urgentes que frenen su avance. Los dos parecen confundidos, pero Arnem no puede preocuparse por eso; ha de escuchar lo que diga Donner antes de que lo oiga Reyne y, muy probablemente, se ponga violento al ver la situación de su hermano.

—Donner, no tenemos mucho tiempo. Se está acercando tu hermano.

—¿Reyne? —pregunta el menor de los Niksar en un jadeo—. Retrásalo, sentek, por favor. Aunque he de decirle algunas cosas para aliviar la carga de mi familia...

—Ya lo harás —dice Arnem, con una sensación aún mayor de horrible responsabilidad en el corazón—. Pero antes has de terminar tu relato. ¿Qué relación puede haber entre los jugueteos del pallin y una doncella del pueblo y todos estos otros asuntos?

Donner Niksar escupe; esta vez lo hace tanto por desdén como por causa de la enfermedad.

—Nada, sentek. —Al instante, Arnem recuerda las palabras de Visimar al respecto del soldado muerto: «una víctima, no un asesino»—. La idea de que todos nos dedicábamos a proteger a un miembro enamorado de nuestra compañía simplemente ofreció a los ancianos y a sus seguidores, cada vez menos razonables, una manera fácil de ilustrar sus quejas y una justificación sencilla para su deseo de venganza: los mercaderes de Broken estaban conchabados con los incursores y el ejército los protegía a todos a cambio de dinero y del derecho de deshonrar de vez en cuando a las vírgenes doncellas campestres. —Donner recupera el aliento, bebe un poco más de agua y añade—: Si pudiera, ahora me reiría. Kafra sabe que lo hice entonces. Pero intenté explicarles la verdad cuando nos reunimos, sentek, para que vieran que me estaban pidiendo que creyera algo absurdo. Aunque a esas alturas ellos estaban ya más allá de cualquier explicación; al menos, de cualquiera que tuviese sentido.

—Sí —concede Arnem—. Yo los he conocido también en ese estado.

—Entonces, ya sabes cómo puede dominarlos la ira enloquecida —murmura Donner justo antes de que le dé otro ataque de tos.

Mientras escucha con toda su impotencia, Arnem piensa en la última esperanza que puede ofrecerle.

—Escúchame, Donner. Tengo aquí conmigo a un extraño hombre de medicina que ha visto esta enfermedad antes. Tal vez pueda ayudarte.

—Me temo que ya no me sirve ninguna ayuda —es su respuesta lastimera y jadeante.

—De eso nada —declara Arnem, como si la disciplina pudiera superar las enfermedades—. Te prohíbo rendirte, Linnet.

Todavía luchando por respirar, Donner emprende un último intento de completar la tarea que se ha impuesto.

—Déjame terminar mi informe, sentek, para que pueda morir en paz. —Arnem no se ve con ánimos de prohibírselo y por eso guarda silencio mientras Donner intenta ordenar sus pensamientos y sus palabras—. Me advirtieron de que los ancianos pretendían hacer algo concreto contra el comercio ilegal por el río. Tenerlos vigilados no costaba gran cosa. Y la locura que planearon los aldeanos fue simplemente eso: una locura. Creían que podían dar una lección no solo a los agentes de los mercaderes de Broken, sino también a los comerciantes extranjeros. Pasaron dos noches trabajando en el recodo menos profundo del río para clavar unas estacas con puntas mortales, troncos afilados con las puntas reforzadas por láminas de hierro. Como última medida, las estacas iban unidas por gruesas cadenas. Las barcazas tienen tan poco calado que suelen llegar sin accidentes hasta la parte alta del río, ya sea a vela o a remo, pero no podían sobrevivir a algo tan malvado. Yo no tuve tiempo de hacer nada, aparte de mandar otro mensaje al sentek Gledgesa y concentrarme en desmontar el trabajo de aquellos locos. No porque aprobase lo que estaban haciendo los incursores y los mercaderes de Broken, por supuesto, sino por intentar evitar una guerra con los nórdicos, pues ese hubiera sido el resultado y los incursores se han vuelto muy poderosos gracias a toda su piratería y sus saqueos. Así que tomé a varios hombres, y algunos grupos de caballos, tarde en una noche sin Luna, y fui hasta el río. Atamos nuestras cadenas a sus estacas mortales y desmontamos la trampa. Fue en ese momento cuando la enorme muchedumbre de Esleben, y de no pocos pueblos de alrededor, nos obligó a refugiarnos en el interior de la empalizada...

La voz de Donner se detiene; Arnem alcanza a oír tan solo un resuello ahogado, muy parecido a los ruidos que tan a menudo preceden a la muerte.

—Donner —susurra Arnem con urgencia, probando de nuevo la puerta con tan poco éxito como antes—. Abre la puerta, hijo, y déjanos entrar para ayudarte.

Tras recuperar la fuerza necesaria para hablar —Arnem teme que sea por última vez—, el menor de los Niksar responde:

—No, sentek. Yo sé cómo son las cosas. Los aldeanos quieren mi muerte en pago por la del joven pallin. Y tengo dispuesto que todo ocurra como ellos quieren; pues, pese a tu amable oferta, sentek, no hay ningún arte, ya sea sagrado, negro o de cualquier clase, que pueda ayudarme. Ya no. Yo vi lo que le pasó a nuestro joven pallin... —Durante un instante, Arnem no oye nada y cae en el desánimo. Pero luego, con una seriedad letal, Donner murmura—: Has de sacar a tus hombres de aquí, sentek. Creo que he cumplido con mi última misión del modo que habrían deseado mi familia, el Dios-Rey y Kafra y que tú mismo y el sentek Gledgesa aprobaríais. En cualquier caso me estoy muriendo y quiero que mi muerte sirva de algo. No me quedarán fuerzas, entonces, para decirle a Reyne... para decirle lo que...

Arnem concede al fin.

—Descanse tu alma en paz, Donner —dice en voz baja—. Sé lo que quieres que él sepa, me lo han dicho tus acciones. Solo tardará un instante en llegar, si consigues esperarlo. En caso contrario, te hago saber que eres el mejor soldado que Broken ha conocido y que, ciertamente, estoy orgulloso de ti y sé que el sentek Gledgesa lo estará también. Y tu familia, lo mismo.

El joven oficial murmura un agradecimiento dolorido mientras el alivio se abre camino entre su sufrimiento; en ese momento, Arnem se vuelve, demacrado, y hace una seña a su ayudante, al otro lado de la pasarela.

Sospechando que ha ocurrido algo extraño, y tras asegurarse de que Visimar permanece estable apoyado en su bastón, el mayor de los Niksar echa a correr. El anciano tullido ve cómo palidece su cara mientras Arnem le cuenta alguna noticia que, evidentemente, tiene un efecto devastador para él. Niksar intenta forzar la puerta del cuarto del comandante de la guarnición, pero no lo consigue y luego cae de rodillas ante ella y se pone a hablar en tono suave con las tablas de madera.

Arnem, impotente, se desplaza para reunirse con Visimar en la pasarela y se limita a decirle:

—Su hermano, un joven al que conocí bien.

Y luego se da media vuelta para inclinarse sobre la barandilla de la pasarela, como si quisiera vomitar. Desde esa posición casi no se da cuenta de que el linnet Akillus entra a la carga en el patio interior de la empalizada y, tras desmontar de un salto, se encamina hacia la escalera.

—¡Sentek Arnem! —grita Akillus varias veces, con un timbre de alarma en la voz que Visimar no le había oído hasta ahora.

A Arnem le molesta la interrupción, más por Niksar que por sí mismo, y detiene a Akillus en lo alto de la escalera.

—¡Linnet! Espero que tengas una buena razón para irrumpir aquí como un perro loco. Por las pelotas de Kafra, ¿cómo se te ocurre...?

Sin embargo, incluso mientras habla Arnem se da cuenta de que abajo sus hombres están formando, como si hubiera aparecido algún peligro nuevo en Esleben; un peligro al que los Garras están preparados para enfrentarse sin necesidad de recibir ninguna orden específica.

—Los aldeanos, sentek —dice Akillus, sin prestar ninguna atención a la presencia de Visimar—. O tal vez debería decir que no son solo los hombres de este pueblo, sino también de otros, porque se trata de una gran cantidad. Y también hay mujeres, cientos de ellas, armadas con utensilios de las granjas, así como con armas de verdad: ¡cualquier cosa que sirva para matar! Vienen todos hacia la guarnición y... bueno...

—¿Bueno, qué, Akillus? —pregunta Arnem, preocupado al ver tanto temor en un soldado que ha mantenido la cabeza fría en situaciones mucho más arriesgadas.

—Bueno, señor —intenta explicar Akillus—, es la pinta que tienen, como de bestias enloquecidas y desesperadas. ¡Y avanzan hacia nosotros!

{v:}

Arnem se lanza de inmediato escaleras abajo, deja atrás a su ayudante para que cumpla con la dolorosa despedida de su hermano Donner (que sigue negándose a permitir que entre en su cámara nadie sano) y pide a Akillus —un hombre tan poco dotado de condescendencia en lo social como sobrado de fiabilidad en una pelea— que se eche a Visimar a la espalda para llevarlo hasta la yegua que lo espera, y así ahorrar tiempo. Una vez sobre el suelo de tierra del patio interior, Arnem comprueba que su caballo, Ox, está descansado y listo para marchar porque el skutaar Ernakh se ha adelantado una vez más a las órdenes del comandante. Enseguida Arnem se encuentra entre sus hombres junto a las puertas de la guarnición, mientras siguen agrupándose en formaciones defensivas para recibir a la muchedumbre que se acerca, y a la que el sentek contempla ahora por primera vez; y ese primer atisbo le basta para decir que la alarma extremada del jefe de exploradores no carecía de razones.

Un grupo que, efectivamente, debe de estar formado por cientos de aldeanos de Esleben y de los pueblos contiguos, avanza hacia la empalizada: mercaderes, trabajadores y granjeros, así como hombres de ocupaciones menos evidentes, la mayoría de los cuales se mezclan con sus propias mujeres e hijas mayores (cuyo género no disminuye su furia), todos armados y todos moviéndose como una gran oleada hacia el este. El sentek todavía no puede determinar con exactitud cuántos son, porque apenas le parecen hombres. Muchos llevan vendas que están ahora manchadas y goteando pus y sangre, tanto fresca como seca. En cuanto a las armas, lo que más importa es su manera de blandirlas: hasta una hoz, o una mera rama afilada, puede dar testimonio del compromiso de un hombre o una mujer con una causa si la blande de un modo que demuestra a las claras su sed de sangre.

Sixt Arnem no tiene formación como filósofo; pero incluso él ha de detenerse un instante ante semejante visión, para aprehender la paradoja aparente en el hecho de que la riqueza natural de Broken —transformada, a lo largo de muchas generaciones, en los formidables huesos, tendones y músculos que permiten a los miembros de los Garras convertirse en luchadores incomparables— se ha visto alterada (según Visimar) de modo que contiene un agente que ha imbuido a estos aldeanos de la convicción, igualmente excepcional, aunque absolutamente irracional, de que deben atacar a los mismos soldados en cuya protección tanto confiaban antes. Y Arnem se da cuenta además de que la batalla que se avecina, en cuyo transcurso sus hombres deberán tratar de ahuyentar a estos lunáticos mal organizados antes de retirarse, tiene sin duda ciertas reminiscencias (tal como intentaba expresar Akillus) de alguna de esas bestias enfermas y enloquecidas que se arrancan la carne a bocados, destrozándose en plena tortura y consumiéndose desde la cola y los pies, adelante y hacia arriba con la mente en llamas y dientes como cuchillos, por razones que la agonizante criatura ni siquiera alcanza a entender...

Aunque muchos de los airados ciudadanos se abalanzan hacia la puerta de la guarnición desde el sur, el grupo principal proviene de la propia Esleben. Un núcleo central de estos últimos (a duras penas se les puede llamar «formación») van montados en fuertes animales de granja: bueyes y caballos, por lo general, uncidos por el yugo a carromatos en los que viajan aún más hombres y mujeres, así como algunos utensilios violentos de mayor tamaño. En un carromato viejo hay una pila mezclada de troncos pequeños, ramas, heno y brea, y los distintos hombres que ayudan a los bueyes uncidos a ir avanzando están ansiosos por pegarle fuego con las antorchas que llevan encendidas. Pero no es este el aspecto más espantoso de la burda maquinaria de guerra.

Empalada en una estaca con la punta de hierro que todavía conserva restos del fondo del río en el que ha estado clavada últimamente se ve la sorprendente figura de un hombre; y no se trata de un soldado joven, sino de un hombre de Esleben, distinguido y maduro. Visimar se ha unido a Arnem y, como el sentek, observa el avance del carromato en un silencio pasmado, pues ambos se dan cuenta de que cuerpo empalado en la estaca no es cualquier golfo o vagabundo de edad avanzada, ni siquiera algún humilde artesano:

es el mismo jefe anciano con el que se han reunido hace apenas unas horas con la intención encontrar una solución razonable, si no amistosa, para el conflicto entre la guarnición del pueblo y los ciudadanos de Esleben. Han clavado su cuerpo con tal fuerza en la estaca que las costillas han partido la piel desde dentro y ahora se ve el brillo de su blancura entre la oscuridad de las entrañas en la cavidad central de su cuerpo, así como algunos trozos de la columna, mientras que una maraña de órganos vitales estrangulados por los intestinos penden de los pedazos de huesos partidos. El ángulo de caída de la cabeza indica que el cuello se partió durante este proceso diabólico, mientras que los ojos permanecen abiertos por completo, invadidos por la impresión que llenó los últimos momentos.

Del cuello del anciano pende un pedazo de tabla, atado con una cuerda, en el que han pintado —con lo que, a juzgar por el color, podría ser su propia sangre— unas pocas palabras:

POR INTENTAR TRAICIONAR A SU GENTE, NEGOCIANDO
CON LOS DEMONIOS VOMITADOS POR LOS TRAIDORES
QUE MANDAN EN BROKEN

Mientras los soldados que lo rodean contemplan la visión en un silencio aterrado, Visimar dice con pasión controlada:

—Demasiado a fondo... El Fuego Sagrado ha quemado demasiado a fondo este lugar...

La respuesta le llega por medio de la voz menos esperada: la de Niksar.

—Hemos llegado tarde —murmura. Al volverse hacia él, Arnem ve que Reyne no ha hecho el menor intento de esconder las marcas de sus gruesas lágrimas—. Esas han sido las últimas palabras de Donner, sentek. Que ni la fiebre del heno ni ninguna otra pestilencia que haya visto bastaría para explicar lo que está pasando aquí. Lo que le ha pasado a él... Y todos nosotros, incluidos los miembros de la guarnición, nos dimos cuenta tan tarde que ni siquiera podemos mitigar el contagio...

Arnem se vuelve hacia Visimar, que alza una ceja, como si quisiera decir: «No me alegro de haber acertado, sentek, pero hemos de aceptar esto tal como es...»

El pensamiento del anciano pronto encuentra su reflejo en palabras distintas y más pragmáticas por parte de los oficiales de Arnem cuando los aldeanos de Esleben incendian de repente los carromatos que llevan la carga impregnada de brea, con la intención de lanzarlos de golpe contra los quadrates de los Garras, ahora ya formados por completo.

—Su plan no es tan desordenado como su razonamiento —dice Akillus—. Quizá no lo sepan, pero el fuego móvil es siempre la mejor manera de atacar los quadrates, sentek.

—Solo superado por las krebkellen,[172] Akillus —responde Arnem, en referencia a la principal alternativa táctica de Broken para los quadrates.

Inventadas también por Oxmontrot, el Rey supuestamente Loco, las krebkellen son en principio una maniobra ofensiva, pero sirven admirablemente cuando los cuadrados defensivos se ven amenazados.

—Así, Linnet, ¿puedes meterte con, digamos, dos fausten de la caballería y dos de los wildfehngen de Taankret entre esos locos y destrozar su movimiento inicial con la gravedad suficiente para que podamos largarnos hacia el este por el Camino de Daurawah?

A Akillus le emociona el encargo, al tiempo que le plantea un desafío.

—Si no pudiera hacerlo, sentek, ni los hombres ni yo mereceríamos las garras[173] que llevamos.

Arnem entrega sus órdenes siguientes al comandante de las wildfehngen, un imponente linnet de infantería llamado Taankret. El sentek ordena a este compañero de tan apropiado nombre[174] (que, incluso en plena marcha polvorienta, lleva la cota y la malla de fino acero impecablemente limpias) que coja un centenar de wildfehngen, los haga formar en el centro de las krebkellen y coordine la dispersión de los aldeanos atacantes con el linnet Akillus, que aportará una cantidad similar de miembros de la caballería por los flancos.

—Es una dura orden, Taankret —dice Arnem, observando el efecto que sus instrucciones tienen en el linnet mientras este envía mensajeros a reunir a los hombres que necesita—. Pedir a los nuestros que entren en combate con sus compatriotas.

—No tanto como podría parecer, sentek —responde Taankret, con énfasis, pero sin pánico. Se pasa un dedo por debajo del bigote y se acaricia la barba, recortada con esmero, antes de ponerse un par de guanteletes. Por último, desenvaina la larga espada de saqueador que lo ha hecho famoso en su khotor y en todo el ejército, confiscada a un guerrero del este derrotado hace muchos años—. Los hombres han pasado el tiempo suficiente en este pueblo maldito para sentir un saludable desprecio por sus ingratas pasiones —sigue hablando—. Creo que no recibirían con alegría la orden de masacrar a los aldeanos, pero... ¿una oportunidad de dedicar una hora a darle una paliza a esta multitud con el lado romo de la espada mientras los demás arrancáis hacia Daurawah? —Una sonrisa se abre paso hacia las cornisas de la boca de Taankret—. Esa orden les deleitará.

—Cierto —asiente Akillus—. No te preocupes por eso, sentek.

Arnem sonríe, orgulloso y algo más que un poco apenado por no poder unirse a los comandantes de su retaguardia.

—Muy bien, entonces, Taankret. Akillus. Pero no olvidéis esto: siempre que se pueda, con la espada plana. Nos es más útil un cráneo partido que una cabeza cortada.

La creciente sensación de enfrentarse a un feliz desafío por parte de los dos linnetes, que demuestran a la perfección por qué han alcanzado su estatus en la legión de mayor renombre de Broken, se ve interrumpida de pronto por un estallido de madera y cristal. Procede justo de la vuelta de la esquina sudeste del pequeño fortín en que se alojaba la guarnición de Esleben, ahora en plena partida: en esa dirección está, entre otras cosas, la ventana del cuarto del comandante.

Además, se oye un grito breve (de una voz que tanto Arnem como Niksar saben que pertenece a Donner), que enseguida queda silenciado por alguna fuerza desconocida.

Arnem se dirige a sus ansiosos linnetes ahora en tono seco.

—Vosotros dos, terminad los preparativos. Niksar, Anselm, acompañadme. —El sentek mira a su ayudante—. Y recuerda esto, Reyne: nuestra única tarea ahora es largarnos de este lugar apestoso.

Niksar contesta con una inclinación de cabeza, temeroso de lo que puedan encontrar, pero no menos seguro de cuál es su deber, y los tres hombres avanzan con un trote lento para doblar la esquina que lleva a la empalizada; la sensación premonitoria de Niksar se ve de pronto confirmada por el más inesperado grupo de agentes: los aldeanos airados se han detenido, aunque solo sea por un momento, y su mirada, como si conformaran una sola criatura enorme y grotesca, se mantiene clavada en la ventana del cuarto de

Donner Niksar. Al parecer, han visto ya lo que los soldados y su acompañante no han podido ver: que una de sus exigencias, al menos, se ha cumplido ya, aunque sea de un modo totalmente distinto del que pedían ellos antes. El sentek, su ayudante y Visimar, mientras avanzan, miran hacia la ventana del cuarto del comandante, hecha añicos.

El burdo cristal se ha roto desde dentro con la intención de que el ruido y la subsiguiente visión subyugaran a la masa furiosa y apresurada; y el objeto usado para lograr ese efecto era el cuerpo del propio Donner Niksar, que ahora pende lentamente de una cuerda que tiene un extremo atado con firmeza en algún lugar dentro del cuarto y el otro en torno a su cuello. Ni siquiera la caída de la noche permite oscurecer su estado: tiene la cabeza caída bruscamente hacia un lado y los ojos todavía abiertos. Extrañamente, esa imagen aterradora hace que Arnem recuerde a quienes en la sociedad de Broken creyeron siempre que Donner, pese a tener una estatura algo menor que su hermano, poseía unos rasgos más finos. No es así esta noche: incluso si no sacara la lengua de modo grotesco por una esquina de la boca, incluso si hubiese podido disimular los estragos brutales del Fuego Sagrado en la cara y el pecho, e incluso si, por medio de algún esfuerzo imposible, hubiese conseguido ponerse un camisón nuevo y limpio en vez de la prenda espantosamente manchada que ahora flamea en torno a su cuerpo pálido... incluso si hubiera logrado todo eso, nada habría podido compensar sus ojos hinchados y atormentados, que lanzan una mirada dolorida y acusatoria a todos los rostros vueltos hacia él y reflejan las antorchas de la masa a medida que el cuerpo va rotando al viento. El mensaje es inconfundible: los aldeanos han obtenido su venganza. Queda una pregunta y es Niksar quien la murmura:

—¿Será suficiente? ¿Para estas... criaturas?

Como Arnem se ha quedado pasmado un instante, es Visimar quien responde en tono amable:

—Ya sé que me consideras un hereje loco, linnet. Y yo nunca me atrevería a entrometerme en el dolor que sientes después de que un hermano tan noble haya dado la vida con la intención de extinguir el fuego que consume a la gente de Esleben. —Niksar no dice nada, pero inclina la cabeza levemente y Visimar continúa—: Al menos, ha podido acogerse a una muerte sensata y valiosa. Si miras hacia el oeste verás que esta masa no va a tener la misma suerte.

Niksar solo necesita una breve mirada hacia la masa momentáneamente confundida para confirmar lo que dice el anciano.

—Sí, hereje —dice en un suspiro el joven oficial, sin resentimiento—. Pese a todo lo que ha perdido, Donner ha mantenido la cabeza y el honor hasta el final...

—Así es. Y nosotros hemos de hacer lo mismo. Honremos a tu hermano, linnet, con lo que él quería que asegurásemos: la supervivencia de nuestra tropa y de los suyos y la continuación de esta expedición cuyo fin ya no es tanto conquistar como investigar.

Arnem, asombrado de ver cómo el anciano consigue mantener el sentido común en un momento así, da una amable palmada a Niksar en el hombro.

—El viejo loco tiene razón, Reyne. Hay que honrar eso. —El sentek vuelve sus ojos entrecerrados hacia el este al ver que aumentan de nuevo los sonidos que emite la masa en su enojo—.¡Ernakh! —exclama, y el skutaar aparece y espera en silencio mientras Arnem garabatea una nota con un carboncillo sobre un fragmento de pergamino—. Llévale esto al maestro de arqueros, Fleckmester,[175] y vuelve con él. Rápido, ahora mismo.

Ernakh saluda y desaparece lanzado en la oscuridad.

Niksar mira a su comandante con cierta perplejidad.

—¿Sentek? Nos tendríamos que ir lo antes posible.

—Y eso haremos, Reyne —asegura Arnem a su ayudante, aunque no hace nada por partir de inmediato—. Pero no les voy a dejar el cuerpo de Donner a esos locos.

Visimar ha empezado ya a mover la cabeza de arriba abajo, sospechando lo que planea el sentek, mientras que Niksar ha de esperar el breve rato que tarda en aparecer el linnet Fleckmester, en ágil carrera con varios de sus oficiales. Es un hombre alto y de enorme fuerza que, por comparación, hace que el largo arco[176] de Broken parezca diminuto.

—¿Sí, sentek? —dice, mientras saluda con elegancia.

Arnem señala hacia las empalizadas de la estructura de la guarnición.

—¿Cuánto fuego podrían disparar tus hombres hacia esa estructura como apertura de lo que va a ocurrir a continuación, Fleckmester? Quiero una inmolación completa, rápida y directa.

El maestro de arqueros entiende a la perfección lo que le quiere decir.

—Más que suficiente para conseguir lo que te propones, sentek. —Fleckmester saluda a Niksar con una reverencia—. Con el mayor respeto y toda mis condolencias, linnet Niksar.

Niksar guarda silencio durante la partida del Fleckmester e, incluso cuando el maestro se ha ido ya, no puede más que decir:

—Gracias, sentek... Mi familia quedará profundamente en deuda contigo, y yo mismo...

Y con eso, tras alzar una última mirada hacia lo que ya solo es la sombra oscura de su hermano, libre ahora de las agonías de una enfermedad horrenda y del odio de una multitud de aldeanos a los que había decidido proteger, Niksar espolea a su blanca montura y se marcha, dejando atrás a Arnem, que observa a Visimar antes de seguirle.

—Soy consciente de la deuda que acabo de adquirir contigo, viejo —reconoce el comandante—, tanto como de otras que he contraído hoy. Puedes estar seguro de eso...

Antes de que Visimar pueda contestar, Arnem azuza a Ox para que siga a Niksar y el viejo tullido se dispone a marchar tras él. Sin embargo, de pronto lo consume la sensación de que alguien lo está mirando y al principio se reprende a sí mismo por creer que esa mirada procede del cadáver de Donner Niksar. Al alzar la mirada para descartar esa superstición se da cuenta de que la sensación no era errónea, pero sí la identificación de su origen. Contra el cielo oscuro, apenas iluminado por la Luna naciente, Visimar ve unas alas enormes que pasan sobre su cabeza en silencio absoluto y sobrevuelan los muros de la guarnición. Aunque muchos soldados se pondrían nerviosos ante esa visión —pues la envergadura de las alas de la criatura, de casi dos metros, supera la altura de gran parte de las tropas—, a Visimar le llena de entusiasmo.

—¡Nerthus![177] —exclama el tullido con una sonrisa.

La enorme lechuza (pues de esa criatura se trata) traza en silencio un círculo descendente para posar sus diez quilos de peso —tan pocos, para un animal de su tamaño y fuerza—, entre el hombro de Visimar y su brazo levantado, asustando a la yegua en que cabalga. Mientras calma al caballo y se aleja al trote del grueso de las tropas de Arnem (aunque avanza con ellos hacia el oeste), Visimar da explicaciones a su montura: «No, no, amigo, no tengas miedo a este pájaro, aunque un potrillo recién nacido sí podría tenérselo.»

Se vuelve de nuevo hacia la lechuza, que estira el cuello hacia los lados y abajo como solo ellas pueden hacerlo, moviendo los penachos de plumas que coronan su cabeza —unos penachos que parecen orejas, o acaso ceños fruncidos—, y en todo momento parece a punto de arrancarle de la cara la nariz al viejo loco. Pero a Visimar no le da miedo ese movimiento y, por supuesto, la lechuza tan solo abre el pico para dar un mordisquito suave al puente de la nariz y las fosas nasales, entre los ojos maduros del anciano: señal de una profunda confianza que solo puede proceder de una relación duradera, afectuosa y extraordinaria. Visimar no puede evitar reírse y alzar una mano para pasar los dedos suavemente por las plumas moteadas del pecho del pájaro.

La lechuza, al parecer, busca algo más que puro afecto con sus movimientos y, para captar la mirada de Visimar, le muestra una garra enorme.

—¿Ah? —responde él—. ¿Y qué es eso tan urgente que me traes?

Entre las zarpas prietas y negras lleva atrapado un manojo de flores y plantas: algunas son de un azul intenso, otras amarillo brillante, otras nudosas y verdes, pero todas, según observa de inmediato Visimar por los cortes limpios de los tallos, cosechadas por mano humana como máximo medio día antes.

—Entonces... —Mientras intenta calcular qué significa todo esto, con parte de su atención concentrada aún en la masa que avanza, Visimar tarda poco en llegar a una conclusión—. Ya veo —dice con certeza—. Bueno, chica, vuelve con tu dueño e infórmale también, no vaya a ser que te hiera una flecha de estos locos provincianos o alguno de los más precisos misiles de los arqueros de Broken. He de partir detrás del sentek, pero pronto volveremos a vernos, sin que pasen tantos meses como desde la última vez...

Como si se diera por satisfecha con la respuesta del hombre, la lechuza le tira afectuosamente de un mechón de cabello gris, del que corta algunos pelos que se mezclan con las plantas. Luego abre sus extradianrias alas a ambos lados de la cabeza de Visimar y vuelve a alzarse en el cielo de la noche. El viejo, con el estado de ánimo profundamente cambiado por las distintas implicaciones de este encuentro, usa su único pie para espolear a su montura en pos de Arnem y Niksar.

Cuando los dos oficiales y su compañero mutilado regresan con las tropas que participarán en el frente de la retaguardia, casi todos los restantes contingentes de los Garras han arrancado ya hacia el este para alejarse de Esleben y la cabeza de su columna ya avanza un largo trecho por el Camino de Daurawah. Los diez miembros que quedan de la guarnición de Esleben se han quedado con los cuerpos de retaguardia y miran al sentek Arnem en busca de instrucciones; y Arnem, a su vez, mira sutilmente a Visimar, inseguro acerca de si sus decisiones han de verse afectadas por la exposición que esos hombres han sufrido a la enfermedad de su líder o a cualquier alimento hecho con grano de Esleben. Un sutil movimiento de la cabeza de Visimar dice a Arnem con firmeza que los miembros de la guarnición no deben marchar con el cuerpo principal; y que el sentek ha de encontrarles alguna misión a su altura, que los mantenga alejados hasta que el tiempo determine el peligro que representan.

—Si nos aceptas, nos uniremos a la batalla, sentek Arnem —dice uno de los soldados de la guarnición, alto y bronco, después de dar un paso adelante.

Los demás proclaman su conformidad general. Momentáneamente sin palabra, Arnem escoge enseguida una solución y se vuelve hacia el hombre que acaba de hablarle.

—Eso me impresiona, linnet...

—Gotthert, sentek —responde el hombre, al tiempo que le dedica un saludo—, pero no tengo el honor de ser un linnet.

—A partir de ahora sí, Gotthert —dice Arnem—. Sé reconocer el aspecto de un hombre dispuesto a tomar el liderazgo. Entonces, salvo que alguien de tu compañía se oponga al nombramiento...

—Solo se producen expresiones de asentimiento con la elección del sentek, lo cual invita a Arnem a sonreír—. Bueno, entonces, linnet Gotthert, tengo en mente otro plan, de la misma importancia, para vosotros: aprovechando la trifulca que está a punto de armarse, saldréis hacia las orillas del Zarpa de Gato en la zona de la Llanura de Lord Baster-kin y comprobaréis los preparativos tanto de los Bane como de las patrullas de la Guardia del Lord Mercader que mantienen la vigilancia regular en el área del Puente Caído. Una vez allí, tus hombres podrán tener el descanso que merecen, por no hablar de algo de comida decente, y luego me informaréis cuando llegue con la columna, no más de dos días después.

Arnem echa un vistazo a Visimar y ve que el tullido no pone objeciones a su plan.

—Muy bien, sentek —responde Gotthert.

El soldado está decepcionado (pues sus hombres desean claramente tener algún papel en la venganza de Donner Niksar) y al mismo tiempo aliviado al saber que el suplicio de su unidad dentro de la empalizada ha terminado ya. Tras intercambiar un último saludo con su superior, Gotthert empieza a desplazarse hacia el sudeste, seguido por los suyos; pero Arnem, tras ver la mirada en los rostros de Gotthert y sus hombres, los retiene un momento.

—Al menos veréis el castigo de Esleben, Gotthert —lo llama el sentek—, que servirá también como pira funeraria para vuestro antiguo comandante.

Arnem mira a la derecha y ve que Fleckmester ha preparado una doble línea con sus mejores arqueros. Delante de cada fila arde un surco fino de brea y aceite y los hombres han cargado ya sus flechas con puntas grandes y empapadas y todos esperan solo la palabra «fuego».

—¡Fleckmester! —exclama Arnem, blandiendo al aire su espada—. Derribad primero la pared del este y proceded desde allí en el orden necesario. Si algún aldeano interfiere, ¡disparadle!

Fleckmester da a voz en grito las órdenes de encender, apuntar y disparar las flechas incendiarias: los troncos de abeto secos que siempre se escogen para la construcción de esta clase de empalizadas resultan ser vulnerables a las llamas y en pocos momentos toda la pared del este arde con una furia que obliga incluso a los locos de Esleben a detenerse un poco.

—De acuerdo, Taankret. —Arnem llama a las krebkellen de la infantería y a los fausten de la caballería—. ¡No podías esperar una invitación más atenta que esta!

—Desde luego, sentek —responde Taankret, con su espada de saqueador tan elevada que todos ven en ella el reflejo del fuego embravecido—. Hombres de Broken... ¡avancemos!

Taankret pronuncia estas palabras cuando el muro del este del fuerte empieza a desplomarse con fuertes crujidos y algunos leños ardientes salen despedidos entre una tormenta de chispas, al tiempo que el fuego se extiende y empieza a destrozar las paredes del sur y del norte.

—Muy bien, entonces, linnet Gotthert —dice Arnem al nuevo comandante de la guarnición—. La atención de vuestros antagonistas está despistada por completo. Parte con tus hombres y que Kafra os acompañe. Nos veremos pronto en las orillas del Zarpa de Gato.

Todos los hombres de la guarnición de Esleben saludan tanto a Reyne Niksar como a Arnem al pasar ante ellos; de todos modos, las tropas de capa azul no se mueven con toda su diligencia hasta que ven el fuerte de Esleben transformarse en la más valiosa pira funeraria para el más valioso oficial. Cuando el muro del oeste de la estructura cae al fin, derribado por el colapso de los otros tres, todos los hombres del lado este tienen el privilegio de ver que la indigna cuerda que ha usado Donner para colgarse cumple ahora un propósito admirable: tironeada por el colapso de la pared a la que estaba atada, lanza el cuerpo del hermano menor de Reyne Niksar a lo alto, por encima de las llamas, provocando incluso que el cuerpo de Donner quede en posición horizontal mientras desciende sobre la ya muy grande pira de pinos que lo espera abajo, que brilla y llamea en tonos que van del rojo al naranja, del amarillo al blanco. Arnem no podía haber deseado una mejor ejecución del espectáculo funerario y no tarda en volverse hacia el maestro arquero y dedicarle un saludo con gratitud. Los hombres de la guarnición hacen lo mismo y arrancan a la carrera.

El sentek se maravilla, como tantas otras veces en su larga carrera, ante la variedad de habilidades del soldado medio de Broken. Ni el linnet Gotthert ni ninguno de sus camaradas de la guarnición podían sospechar siquiera cuál iba a ser su misión definitiva esta noche; y sin embargo, Arnem observa ahora su voluntariosa desaparición en la oscuridad, como si sus acciones fueran el resultado de un largo y detallado consejo de guerra. El sentek se toma un momento para reprocharse la duplicidad que se esconde tras las órdenes que les ha dado; sin embargo, no puede dedicar grandes cantidades de tiempo a esa clase de reproches: aunque los aldeanos de Esleben y la gente que ha llegado del campo se mueven como suelen hacerlo las multitudes —confiando en que unos pocos individuos darán inicio a cada intento de avance—, el dolor de la enfermedad que los impulsa va claramente en aumento, y solo hay una cosa que estimule los brotes de acción con más potencia que la locura: el dolor físico.

Aun así, Arnem se da cuenta de que la masa se mueve extrañamente más allá del dolor, casi como si la enfermedad les destruyera la capacidad de percibir la más poderosa de todas las influencias físicas. Y, al enfrentarse a este comportamiento degenerado por parte de quienes, al fin y al cabo, no dejan de ser súbditos de Broken que, hasta hace bien poco, no debían de estar más locos que él, Arnem se sorprende incitando a Ox a apartarse un poco de Visimar y Niksar: casi sin pensarlo, y a la luz de una Luna que ha ascendido ya sobre las colinas y los valles, busca el broche de plata que su mujer le puso en un bolsillo interior antes del espléndido desfile de los Garras para salir de Broken. Lo encuentra, lo saca y baja la mirada hacia el rostro severo y tuerto y los portentosos cuervos allí dibujados; luego, sin pararse siquiera a considerar lo que está haciendo, llega incluso a dirigirle la palabra: «Entonces, gran Allsveter —murmura, repitiendo el nombre que tantas veces ha oído pronunciar a su mujer cuando contempla ese objeto—, ¿eres tú quien ha inspirado a un joven valiente a poner fin de este modo a su desgracia?»

Después de recolocar el broche en el bolsillo más profundo, Arnem menea la cabeza para despejar las tonterías; pero entonces oye la discreta voz de Visimar.

—¿Tanto problema tienes que te diriges a los dioses de antaño, sentek? ¿Acaso temes que Kafra haya traicionado a su gente?

Tras una rápida mirada para comprobar que Niksar ha decidido enterrar su dolor ocupándose personalmente de las unidades de wildfehngen, Arnem fulmina al anciano con una mirada seca.

—Nada de eso. Ese objeto es un obsequio insignificante de mi esposa, en quien se posan mis pensamientos antes de cualquier batalla, y más aún en un enfrentamiento tan extraño como este. No quieras ver más que eso, viejo loco.

—Como te parezca, Sixt Arnem —responde Visimar; luego respira hondo, cargado de preocupación—. Pero me temo que debo decirte que tal vez las cosas se hayan complicado tanto en esa casa que anhelas como aquí mismo. Porque la fiebre del heno en Broken, según parece, se está extendiendo...

El rostro de Arnem revela su perplejidad.

—¿Y tú cómo lo sabes? —pregunta el sentek mientras se dispone a reunirse con su ayudante.

—Casi me haría gracia decirte que he recurrido a la brujería —contesta el tullido—. Tendrás que confiar en que lo sé y tal vez te interese saber que al mismo tiempo he recibido nuevas pruebas de que mi maestro vive todavía.

—¿De verdad? —responde Arnem, sin esconder su interés—. Ojalá. Porque, tal como pintan las cosas, pronto necesitaremos la más agudas de las mentes.

Visimar lo contempla con atención.

—¿Y por qué iba a tener el «brujo», el «hereje» de Caliphestros, interés alguno en servir a las necesidades de Broken? ¿Y cómo podría hacerlo de manera que resultase aceptable para los gobernantes del gran reino?

Justo entonces, sin embargo, Arnem recibe de Niksar una urgente petición de liderazgo: la muchedumbre de Esleben resulta ser más problemática de lo que había creído posible el sentek en principio.

—Digamos, entonces, que espero... —dice a Visimar mientras desenvaina la espada y se prepara para cabalgar—, espero que Caliphestros, si se da cuenta de lo que está pasando en verdad en esta tierra, ofrezca toda la ayuda de que sea capaz. Tal como hiciste tú, Visimar, y como debería hacer cualquier criatura dotada de conciencia. —Entonces las espuelas se hunden en los costados de Ox y Arnem arranca—. ¡Reyne! —exclama—. ¡Galopa para encontrarte con Akillus en la zarpa izquierda y yo haré lo mismo por la derecha! Acabemos deprisa con nuestro tarbajo y luego empujaremos a nuestros enemigos hacia los hombres de Taankret. ¡Vamos a completar las krebkellen!

Cuando Ox pasa altivo ante los wildfehngen de la infantería —sabedor, como suelen serlo las monturas de esta clase de guerreros, de la importancia del momento y del papel que están llamados a cumplir en el mismo—, los fuertes y experimentados hombres de a pie empiezan a superponer sus grandes y convexos *skutem*[178] en las caras externas de los tres quadrates, mientras Arnem sigue dando órdenes con tanta autoridad que a ni un solo hombre se le escapa palabra alguna:

—Recordad, Garras: aunque no le deseo la muerte a esta gente, es mucho mayor mi preocupación por nuestras vidas. Si os encontráis en peligro, no os afearé un golpe que pueda herir, o incluso matar a alguien, por muy enfermos que estén ya vuestros enemigos.

Un rugido se alza desde los wildfehngen, recién liberados; esa gran maquinaria que representa la parte más feroz de la legión de élite de Broken se pone a trabajar.

Por fuertes que sean sus emociones, nunca se saltan la disciplina. El fauste izquierdo de jinetes en el que se han insertado Akillus y Niksar se acerca deprisa a los aldeanos, que demuestran la ferocidad propia de las muchedumbres formadas por locos; estos no mantienen ningún orden en su violencia, solo cruda ira, y en cuestión de poco tiempo los jinetes de Broken los han rodeado ya y los impulsan hacia los soldados que se acercan a pie. Pese a este resultado previsible, de todos modos, una oleada de sorpresa recorre a los hombres que atacan al mando de Niksar: algunos de los aldeanos —aquellos que parecen más afectados por cualquiera que sea la enfermedad que se ha apoderado de su comunidad— se limitan a seguir marchando contra los soldados, incluso después de recibir heridas que harían huir de inmediato a soldados de mucha experiencia. Algunos parecen sentir tan poco los golpes que se vuelve necesario incumplir en múltiples ocasiones la orden del sentek Arnem que mandaba evitar las heridas dolorosas a fin de poder desarmar al menos a los aldeanos enloquecidos; desarmarlos, según se ve claro en todos esos casos, implica cortarles la mano o una extremidad. Y sin embargo esas terribles heridas no desaniman al enemigo.

Desde el tren de intendencia, donde goza de la juvenil protección de los skutaars, Visimar ve estos acontecimientos a la luz de la Luna; pero la visión no le ofrece entretenimiento ni consuelo.

—Demasiado —murmura, repitiendo la frase que él mismo ha dicho antes esta tarde—. El Fuego Sagrado les ha quemado demasiado. —Luego, en voz alta, llama—: ¡Ernakh! —Se vuelve y pregunta a los jóvenes—: ¿Dónde está el skutaar del sentek Arnem, que se llama Ernakh?

Al cabo de unos instantes llevan a empellones al moreno saqueador delante de Visimar, que lo agarra por los hombros como si se dispusiera a sacudirlo para contagiarle la sensación de urgencia.

—Busca tu montura, hijo —dice el anciano—. Ve a tu señor y dile esto: la enfermedad ha progresado demasiado y muchos ya no son sensibles al dolor. En cuanto haya algo de separación entre los aldeanos y sus soldados tiene que retirarse deprisa.

—¿Retirarse? —interviene otro skutaar—. Desde luego estás loco, viejo padre, si crees que los Garras se han de retirar delante de estos tontos inútiles.

—¡Haz lo que te digo! —ordena Visimar, con la atención fija en Ernakh, interpretando acertadamente que el joven tiene un temperamento más serio que sus compañeros—. Tu señor te lo agradecerá cuando al final todo se aclare. —Cuando el muchacho monta de un salto en un caballo cercano, Visimar se vuelve hacia los otros jóvenes—. Y los demás, empezad a mover toda la equipación del khotor antes incluso de que regresen vuestros comandantes.

Visimar mantiene fijos sus ojos, agudos todavía, en las formas blancas y grises de las monturas de Niksar y Arnem en el campo lejano y en el veloz Ernakh, que galopa sin miedo hacia la violencia: y con qué experiencia, piensa el anciano, con qué naturalidad y seriedad se mueve el muchacho de los saqueadores sobre el caballo y entre hombres enfrascados en una pelea que cada vez se vuelve más mortal. El tullido ve que Ernakh llega hasta el caballo gris de Sixt Arnem, le transmite el mensaje y espera a que este lo dé por recibido. Casi de inmediato, los carromatos y las bestias de carga del tren de intendencia empiezan a desplazarse deprisa hacia el este, bajo la oscuridad por el Camino de Daurawah, mientras que Visimar se queda atrás, urgiendo en un silencio desesperado a Arnem y a sus hombres a darse prisa.

Al fin se trata de un ruego innecesario, pues con la misma eficacia que han mostrado para apalizar a esos hombres y empujarlos de vuelta hacia Esleben, los Garras consiguen romper la formación de las krebkellen, formar unas líneas de retirada bien ordenadas —en fila de dos, ya no de cuatro, para obtener mayor rapidez— y regresar más allá del punto en que Visimar espera sin que sus oponentes puedan seguirlos. Algunos Garras van sangrando por golpes de fortuna lanzados por los hombres de Esleben, pero la mayoría están simplemente sudados y perplejos; aun así, en ningún momento aminoran su marcha por el Camino de Daurawah a doble velocidad. Arnem, por su parte, se acerca a Visimar, con la respiración aún agitada, y concede a Ox un momento de regocijo en su reunión con la yegua del viejo.

—Bueno, tullido, Kafra sabrá cómo te has podido dar cuenta, pero ya empezaban a estar por encima (o, mejor dicho, por debajo) de lo humano: ¡se tomaban las heridas más dolorosas que te puedas imaginar como si fueran rasguños!

—Me sorprendería que tu dios dorado tuviera la menor idea de por qué ocurre eso, sentek. Tendré la infeliz tarea de explicártelo yo, pero esperemos a que nuestros hombres estén bien lejos del mal de Esleben...

Arnem se niega a tomar el Camino de Daurawah hasta que el último de sus hombres heridos —todos, afortunadamente en condiciones de cabalgar o de marchar— haya partido; y Visimar, por sus propias razones, se niega a arrancar sin el comandante. La aparición de la lechuza a la que ha llamado Nerthus ha demostrado al acólito, más allá de cualquier duda, que las pestilencias que arrasan Broken se han extendido por todo el reino del oeste (aunque cada una por partes distintas), probablemente por las mismas razones que causaron su aparición más al este, en Daurawah y sus alrededores; y ha de conseguir que el sentek acepte la necesidad de esquivar todos los pueblos de la ruta que están recorriendo, en los que hasta ahora esperaban encontrar un buen recibimiento, provisiones y forraje.

{vii:}

Pese a que los Garras han aplastado la amenaza de Esleben, las dudas acerca del futuro de la campaña en que se ha embarcado la legión se vuelven más acuciantes a medida que la tropa avanza hacia por el este hacia Daurawah. Al fin y al cabo, se trataba de un enemigo formado por aldeanos enfermos, granjeros, molineros y comerciantes de Broken, mujeres en muchos casos, que luchaban a instancias de alguna locura, o incluso de la propia muerte, que les obligaba a bailar su corro mortal.[179] En cualquier caso, ese trabajo no era el más indicado en verdad para unas tropas sin parangón como los Garras, y todos ellos se han dado cuenta ya cuando Akillus y su avanzadilla de exploradores informan que Daurawah está cerca; el ánimo de la tropa se ha vuelto, en el mejor de los casos, sombrío. ¿Será porque, tras disfrutar durante varios días de un tiempo inusualmente caluroso y brillante, la tercera mañana de marcha parece, a juzgar por la luz tenue y por un frío húmedo que recorre la niebla, extrañamente enmudecida? Quizá. Pero también han enmudecido los sonidos de la Naturaleza y esa ausencia se vuelve aún más llamativa cuando la columna se acerca al río Meloderna, en un fenómeno antinatural que ni siquiera Visimar puede (o quiere) explicar.

A medida que aumenta lentamente la grisura de la luz y se vuelven visibles los muros de Daurawah, se hace evidente que a los hombres de Arnem se les van a negar incluso el alivio y la comodidad que esperaban recibir en el puerto: las puertas del oeste, que nadie recuerda haber visto cerradas jamás, no solo lo están ahora, sino que parecen reforzadas por dentro con barras cruzadas y selladas desde fuera. La falta de actividad ante las puertas del norte y del sur, que dan al brusco recodo del Meloderna creado al vaciarse el Zarpa de Gato en su curso, más amplio y calmo, sugiere que también esos portales están sellados. Pronto, los ruidos que empiezan a emerger tras las murallas de la ciudad portuaria explican por qué: son los sonidos de unos seres humanos cuyos cuerpos tal vez caminen aún sobre la tierra, pero sus mentes están ya cruzando el Río Grande o han completado ese viaje para llegar al mismísimo *Hel*.[180] Son sonidos lúgubres, como si quienes los emiten tuvieran una leve noción de lo que les ha ocurrido y de lo irreparable que resulta la pérdida.

Lo que frena el avance de los Garras del sentek Arnem en su avance constante hacia las murallas del puerto no es, por lo tanto, el miedo a que los hombres del Noveno Khotor de Broken (la legión que durante más de un siglo ha escoltado Daurawah y la frontera oriental del reino), o incluso alguna muchedumbre más numerosa todavía formada por aldeanos ordinarios, salga a borbotones por las puertas de la ciudad, tan firmemente cerradas; más bien se trata del simple temor a las visiones que puedan acompañar a los terribles sonidos que de allí emergen y cuyo volumen crece a medida que se van acercando. Es como si Daurawah —que por el lado de tierra se asienta al final de un largo camino de monte flanqueado por tierras de cultivo inexplicablemente vacías que siguen el curso de las orillas llanas de ambos ríos— se hubiera convertido en un lugar encerrado en sí mismo, un lugar que ni siquiera se percata de la aproximación de quinientos soldados, suceso que de ordinario generaría un gran clamor, ya fuera de alarma o de bienvenida. En cambio, en esta mañana sombría, el eco de los lamentos de dolor, congoja y confusión sigue sin disminuir cuando los Garras se han adentrado ya por la vía que lleva hasta la puerta principal; y, sin embargo, cuando al fin se detienen, no lo hacen porque los frene un gran incremento de los rugidos del puerto, ni porque se produzca un silencio repentino. Al revés, el viento —que desde antes del amanecer les soplaba por la espalda, desde el este— rola de manera abrupta durante unos momentos, de tal modo que ahora procede del ancho Meloderna, más allá de Daurawah, e impide el avance de cada uno de los soldados antes incluso de que estos reciban la orden de detenerse. Porque este viento trae consigo el olor de la carne humana quemada: el hedor de cientos de cadáveres, tantos que sería imposible encender dentro de la ciudad una hoguera capaz de quemarlos con rapidez sin correr el riesgo de incendiar todos los distritos de la misma...

—Tantos cadáveres... —Visimar musita a través de la capa, que sostiene sobre la nariz y la boca—. Las cosas están incluso mucho peor de lo que yo creía.

Ha acercado su yegua a la montura de Arnem y al otro lado del sentek, como siempre, se encuentra Niksar.

—¿Qué podemos hacer, sentek? —pregunta el linnet—. Las puertas de Daurawah son prácticamente inexpugnables... Y no es probable que los hombres del Noveno nos dejen acercarnos lo suficiente para intentarlo.

—Y semejante intento, con toda probabilidad, no daría fruto alguno —responde Arnem—. Porque, como tú mismo dices, se parecen mucho a las puertas de Broken: todas están protegidas con planchas de hierro a lo largo de los cerca de dos metros de altura de la madera de roble. Así que esperaremos. Parece que no se han percatado de nuestra presencia: hemos de observar qué pasará cuando lo hagan. Mientras tanto... —Arnem se vuelve hacia los hombres que tiene detrás—, Akillus, envía una partida de hombres a cada orilla del río. Mira a ver si ha pasado algo allí, o quizás en el agua...

Sin decir palabra, Akillus señala a unos cuantos linnetes de exploradores, cada uno de los cuales escoge a tres o cuatro hombres y parte con su velocidad característica hacia el Meloderna y el Zarpa de Gato, en busca de los puntos más accesibles de sus orillas empinadas. Han de montar con mucha destreza y tardan en volver más de lo que creía el sentek; los que esperan apenas intercambian unas pocas palabras mientras tanto. Solo cuando oyen la conmoción que emana de un fragmento de orilla particularmente oscuro, y al mismo tiempo una llamada a las armas desde lo alto de las murallas de Daurawah, un murmullo general recorre a los oficiales y a la tropa de los Garras. Cuando reaparecen los otros exploradores, Arnem se percata, con un pavor doloroso, de que es el propio Akillus quien ha despertado la alarma; el comandante no consigue relajarse hasta que confirma que su más fiable par de «ojos» emerge al fin entre los grandes árboles y la espesa maleza.

Como tantas otras veces, Akillus aparece sin aliento y casi cubierto por entero de fango y barro cuando se planta delante de su comandante. Niksar le ofrece agua de su propio odre y Akillus la acepta, agradecido, antes de hablar.

—La puerta del agua de la base de la escalera principal que lleva al río, así como los embarcaderos, están abandonados... Abandonados y destruidos.

—¿Destruidos? —pregunta Arnem, desconcertado—. ¿Para qué?

—Para lo mismo que pretendían los de Esleben —declara Akillus, conmovido por lo que acaba de ver—. La misma enfermedad ha provocado el mismo objetivo... Solo que la gente de Daurawah lo ha alcanzado. Tendrías que ver el Meloderna, sentek, justo debajo de la ciudad. Un lugar de muerte segura, tanto para los hombres como para sus barcos.

—Pero, a juzgar por el olor, están quemando cadáveres —responde Arnem.

—Los de sus propios muertos, sí —concede Akillus—. Pero las tripulaciones de las naves, barcazas en su mayor parte, aunque también hay otras embarcaciones fluviales, así como otras que... Bueno, sentek, parece que son de los Bane, pero están destrozadas por la podredumbre. Y me atrevería a decir que les pasó mucho antes de llegar a Daurawah. Tampoco se ve a ningún hombre solo de los Bane: también hay mujeres y niños, comerciantes y mercaderes junto con los soldados. Y venían por el Zarpa de Gato o, al menos, sus cuerpos están en esa orilla, por lo que he podido ver, además de en la del Meloderna. —Akillus está visiblemente afectado y Arnem le concede un momento para que recupere la calma—. El desastre se extiende por todas partes.

—Pero... ¿cómo? —se asombra Niksar—. Ni siquiera montando sus *ballistae*[181] sobre los muros podrían haber acertado tanto los del Noveno...

Akillus niega con la cabeza.

—No, Niksar. Hay marcas que señalan las partes más peligrosas del recodo del Meloderna, por debajo de los muros de la ciudad. Solo han tenido que moverlas y dejar que la Naturaleza se encargara del trabajo que normalmente habrían hecho unas trampas. Y esa peste... hasta los trozos más bajos están atiborrados de cuerpos de incursores del norte. Al parecer el Noveno había reservado las ballistae para las caravanas del sur. Al regresar he visto docenas de animales de carga muertos, entre ellos muchos camellos, todos atravesados por las flechas enormes que lanzan esas máquinas: la locura no ha degradado la habilidad del Noveno con la artillería,[182] eso seguro. En cuanto a la gente que iba en esas caravanas, a algunos les habrán permitido volver a sus casas para que cuenten el destino que los esperaba, aunque la mayoría están tirados en grande pilas por el suelo.

—¿Disparados por los arqueros? —pregunta Arnem.

—Esa es la parte más curiosa —responde Akillus, con perplejidad genuina—. Algunos sí han muerto por las flechas. Pero hay muchos con heridas de arma blanca, sobre todo entre los más jóvenes. Será que el Noveno salía en grupos de asalto por los pequeños portones de las salidas del norte y del sur, probablemente por la noche.

—Es el patrón de la enfermedad —dice Visimar en voz baja—. Primero ataca a los jóvenes. Aquí llegó algo más tarde, pero sin duda llegó, y entonces el comandante de la legión debió de encerrar a toda su gente, ciudadanos y soldados por igual, dentro de la ciudad; pero la locura del Fuego Sagrado se cobró su tributo en las caravanas. Sentek, ¿no dijiste que este comandante había sido compañero tuyo?

—Así es —responde Arnem, rápido y con firmeza—. Pero una traición como la que describes no puede haber sido obra suya. Gerolf Gledgesa no era capaz de algo así. Yo le he visto arriesgar la vida un centenar de veces por el honor y la seguridad de Broken y de su gente, pese a que procedía originalmente de una tierra muy lejana que queda junto al Mar del Norte, precisamente como... —Arnem ha estado a punto de decir «tu maestro» a Visimar al calor de su indignación, pero se ha refrenado, en parte por tacto y en parte por la inescrutable expresión que se veía en el rostro del anciano—. Precisamente como algunos de los ciudadanos más valiosos de Broken.

Visimar se detiene y sopesa con cuidado sus palabras.

—A lo mejor lo han matado, sentek. En cualquier caso, hemos de entrar en contacto con quien esté ahora al mando de la Novena Legión, porque es evidente que alguien la está usando con propósitos asesinos. Desde luego, Lord Baster-kin no te avisó de que fuéramos a encontrar estas condiciones aquí, ¿verdad, sentek?

Todas las miradas se vuelven hacia Arnem, que mira al tullido con asombro. Es precisamente la clase de afirmación que, durante tres días, le ha advertido que no haga delante de los demás hombres.

—¿Cómo dices, bufón? —contesta el sentek, con una amenaza controlada que se parece un poco a la cuidadosa presentación de la espada—. ¿Te has atrevido a mezclar el nombre del Lord Mercader con esto y a poner en duda su lealtad y su honestidad? ¿O me equivoco?

—Te aseguro que, efectivamente, te equivocas —responde Visimar con seriedad. En sus expresivos ojos Arnem cree leer un mensaje: «No pretendía lo que supones. Has de tranquilizar a estos hombres diciéndoles que esto es una aberración local, que sus hogares están a salvo»—. Era una pregunta sincera —continúa el tullido—. Si Lord Baster-kin no dijo nada de esto es que no lo sabe, lo cual significa que quienquiera que comande el Noveno, como los ancianos de Esleben, no ha enviado ningún aviso de sus violentas intenciones al Consejo de Mercaderes, ni al Gran Layzin...

Arnem mira de nuevo a sus hombres y ve que, en su confusión, desean y casi exigen que Visimar esté en lo cierto.

—Perdona mi temperamento abrupto, Anselm —dice el sentek, en un esfuerzo por mostrarse contrito—. Tienes razón, Lord Baster-kin ni siquiera insinuó este problema. Y por eso podemos tranquilizarnos pensando que el asunto se circunscribe a los extremos orientales de Broken.

Mas al fin han llegado: ya están tocando los muros de Daurawah. Taankret es el primero en apreciar un movimiento cerca de la puerta oeste y señala hacia ese punto con su espada.

—Sentek Arnem —exclama—, ¡un centinela en lo alto del muro!

Arnem encara a Ox hacia el puerto y alza la voz.

—¡Abrid el paso! ¡Abrid el paso! Allí. Parece que hace señas.

Efectivamente, el soldado que ha aparecido —sin yelmo ni lanza— parece desesperado por establecer contacto con los hombres de abajo a juzgar por el frenesí de sus aspavientos y por cómo abre y cierra la boca, dando la impresión de gritar, aunque no hay voz que acompañe el gesto.

—¡Hola! —brama Taankret—. En la torre del sudoeste... ¡Otro hombre!

Arnem ceja en su intento de adivinar qué quiere decir el primer soldado cuando se vuelve y ve que el segundo agita una especie de bandera manchada de sangre que parece haber sido, en su origen, una sábana blanca de seda;[183] y sin embargo, nada en su comportamiento sugiere una actitud de rendición. De hecho, los dos soldados parecen tener poco en común, sospecha que se confirma cuando el primero desaparece en cuanto ve al segundo. Tras plantar la bandera en algún soporte dentro de su almena, el segundo soldado desenvaina su espada corta, persigue a toda prisa al primero, lo atrapa y le hunde el arma en el costado. Luego lanza al desgraciado gritón por encima de las almenas; los gritos agudos de pánico y dolor del soldado malherido se alargan durante la totalidad de los casi diez metros de caída y solo los acalla el golpetazo contra la tierra pelada.

Todos los Garras se quedan atónitos, pero Arnem se fuerza a hablar, sabedor de que la confusión y el pánico se han convertido de repente en sus mayores enemigos.

—¡Niksar! ¡Anselm! —Se ve obligado a agitar el brazo del anciano para provocar que recuerde su nombre falso—. ¡Viejo tullido! —exclama, y consigue al fin llamar la atención de Visimar—. Tú también, Akillus... Ven conmigo. ¡Taankret! Quédate aquí y empieza a formar los quadrates. Solo el dios dorado sabe por qué nuestros hombres se están matando entre sí además de liquidar a los mercaderes, pero no añadirán a ningún miembro de los Garras a esa lista. —Sin embargo, los ojos de Taankret, de ordinario calmos y agudos, permanecen fijos en Daurawah con expresión de horror—. ¡Linnet! —repite Arnem, y el fiable oficial de infantería se vuelve al fin—. Mantén ocupados a los hombres, ¿eh?

Taankret saluda con un gesto rápido.

—¡Sí, sentek!

A continuación desaparece para entregar las órdenes a los comandantes de los demás quadrates, mientras Arnem y los tres jinetes que lo acompañan arrancan hacia el soldado que yace cerca de la puerta oeste de Daurawah, presumiblemente muerto. Cuando llevan recorrida apenas la mitad de la distancia que los separa, sin embargo, ven que el cuerpo sigue retorciéndose y se detienen, decisión que enseguida se revela como un error. Con un rugido, algo se les acerca desde los cielos y un crujido atronador levanta una masa de tierra y polvo delante de sus caballos, que se encabritan y sueltan un extraño chillido de miedo mientras los oficiales y su acompañante alcanzan a distinguir el astil de una flecha enorme: casi dos metros y medio de largo, por treinta centímetros de diámetro, con una punta de hierro que se ha hundido en el suelo. Es una de las armas más letales que lanzan las ballistae.

Arnem alza la mirada hacia las almenas, iracundo y perplejo, y ve que los operadores de la máquina de guerra están muy ajetreados en tirar piedras del tamaño de un cochinillo al hombre que acaba de sufrir el ataque de su supuesto compañero, lanzado luego desde lo alto del muro y ahora con sus ya de por sí escasas posibilidades de continuar con vida aplastadas, literalmente, por unos hombres en quienes en condiciones normales hubiera tenido muchas razones para confiar.

—Has llegado muy lejos, sentek —llama el soldado de la bandera blanca, mientras se suma a los que manejan la ballista—. No malinterpretes nuestras intenciones por el color de esta bandera. Es lo único que he podido conseguir y se me ha ocurrido que la sangre que la cubre al menos te haría detenerte, aunque no provocara una retirada total. Como no ha ocurrido ninguna de las dos cosas, nos hemos visto obligados a disparar. Entiendo que, efectivamente, eres el sentek Arnem, ¿no?

—Lo soy —responde Arnem, que no quiere mostrar toda la rabia que siente por la impertinencia del pallin, una insolencia que, probablemente, no se deberá tanto a la falta de respeto como a la locura—. No voy a preguntar tu nombre, aunque sí me gustaría saber por qué un soldado de Broken ha perdido por completo el respeto al rango, viendo que aún es capaz de reconocerlo.

—Ah, no te confundas —dice el hombre—. Siento por ti el mayor de los respetos, sentek. Como el que sentía por ese hombre. Pero nos ha costado muchísimo determinar quiénes han caído en manos de los demonios extranjeros que están robando las almas de Broken. Ese tipo, por ejemplo... Éramos viejos camaradas y antes de eso incluso viejos amigos. Últimamente, sin embargo, era víctima de la enfermedad que las fuerzas profanas están esparciendo por toda esta área. Por lo que respecta a ti y a tus hombres, era imposible saberlo con certeza. Si algunos de nuestra legión han caído en sus manos, ¿por qué no iba a pasar lo mismo con los tuyos?

—¿En las manos de qué, pallin? —pregunta Niksar.

—Es una enfermedad devastadora, y sin embargo peculiar —contesta el pallin de la muralla, como si hablara de un ejercicio rutinario—. Al principio es muy dolorosa: es como si te sacaran la sangre del cuerpo y te la cambiaran por algún metal fundido.[184] El dolor es horroroso y quien lo sufre se vuelve esclavo de quienes puedan aliviarlo. Que, por lo que hemos visto, son los agentes de reinos extranjeros, los mercaderes endemoniados. Los afectados intentan continuamente abrir las puertas y permitir la entrada de esos enemigos. Han recurrido incluso a la ayuda de los Bane.

Abajo, en el camino, todo es silencio. Al fin, Akillus murmura:

—Este hombre es un lunático. Clara y completamente, un lunático.

—¿Sentek Arnem? —brama el hombre de la muralla—. Nuestro comandante, un antiguo camarada tuyo, creo, el sentek Gledgesa, ha aceptado salir de la ciudad para hablar contigo. Pero te lo advierto...

—¿Advertir? —Niksar se pone furioso—. ¿Advertir al comandante de los Garras? ¡Voy a hacer que le arranquen la lengua a este hombre!

Sin embargo, Arnem se limita a contestar:

—¿Qué es lo que nos adviertes?

—Mis camaradas tienen, como habéis visto, una puntería particularmente buena con su arma. Te recomendaría que hables (tú y tu ayudante, por supuesto) a solas con nuestro sentek. Y también que ordenes a tus hombres no intentar ningún truco.

Arnem sabe cuál ha de ser su respuesta:

—Muy bien, entonces.

—Una última cosa —grita el soldado—. El sentek Gledgesa ha perdido la vista, pero al parecer nuestros sanadores consiguieron detener ahí la degeneración. Su propia hija lo acompañará y lo mismo se aplica para ella. La chica ha perdido la voz, pero nuestros sanadores la han mantenido con vida.

—¿Una hija? —murmura suavemente Arnem—. ¿Gerolf tiene una hija...? —Luego grita—. Di a tu comandante que tanto él como todos sus seres queridos están a salvo conmigo. Creo que lo entenderá. Me reuniré con él a medio camino entre aquí y la puerta.

—Eres tan sabio como afirma tu reputación, sentek Arnem —contesta el soldado, al tiempo que le dedica un saludo casual.

En ese momento, suena el retumbo de los gruesos cerrojos de hierro y las barras protectoras al descorrerse y los hombres de Arnem descubren una puerta más pequeña, del tamaño justo para que quepa un hombre a caballo, que se abre dentro de la estructura mayor.

Antes de avanzar, Arnem se vuelve hacia Niksar.

—Si por alguna razón no regreso, Reyne, necesitaré que lleves a los hombres de vuelta a Broken.

—Pero... —protesta Niksar con voz entrecortada—, nos ha dicho que has de ir con...

—En vez de eso me llevaré al anciano. Si Gledgesa está en una situación tan desesperada como la que nos ha descrito, él será más útil...

Arnem no revela su verdadera razón para llevarse a Visimar al encuentro con Gerolf Gledgesa, aunque sospecha que el anciano la puede adivinar: porque la verdad es que los dos oficiales, Arnem y Gledgesa, compartieron la tarea de escoltar a los sacerdotes kafránicos durante sus rituales de mutilación, hace ya tantos años; y ambos estuvieron presentes el día en que a Visimar le cortaron las piernas y luego lo abandonaron al borde del Bosque de Davon para que muriese solo...

{viii:}

Mientras Arnem y Visimar avanzan por el camino hacia las murallas de Daurawah y las figuras de Gerolf Gledgesa y su hija —montados, respectivamente, en un caballo y un poni— aparecen por la puerta pequeña inserta en el gran portón del lado oeste, Visimar guarda silencio y lentamente va tirando de las riendas para impedir, en contra de la voluntad del animal, que su yegua siga el ritmo de Ox, hasta quedar más o menos un par de metros por detrás del sentek. El tullido sabe lo que debe de estar pasando por la mente del comandante, pues ningún hombre íntegro puede presenciar el deterioro y la muerte de un amigo, en particular de un amigo a cuyo lado se ha enfrentado uno a la muerte en una veintena de ocasiones, sin un profundo sentido de desgraciada tristeza y de la propia mortalidad. Por eso Visimar no agobia al sentek con ninguna presión ni con detalles prácticos en este momento. Ya lo presionará el tiempo, y bien pronto; de hecho, ya lo está presionando, aunque no tanto como para abreviar o contaminar el último encuentro entre dos hombres buenos.

Los dos pares de monturas se detienen al fin cuando todavía los separan unos tres metros. La chica joven que acompaña a Gledgesa sería otrora una niña linda y delicada, supone Arnem, pero ahora lleva vendas y pañuelos alrededor del cuello y desde la coronilla hasta la mandíbula inferior, bajo la cual hay aún más vendas blancas y limpias, envueltas con firmeza para dejar a la vista tan solo la parte alta del rostro, en particular sus ojos claros y adorables. Ella alarga un brazo para tomar las riendas del semental gigantesco y oscuro de su padre y hacerlo parar con el toque más ligero posible; en cuanto se detiene el caballo, su jinete exhibe una sonrisa por debajo de sus ojos cubiertos con un suave vendaje de seda. A Arnem se le hunde aún más el corazón al ver en qué se ha convertido su viejo amigo: las mismas señales de deterioro que él y sus tropas han visto tan a menudo durante su actual marcha hacia el este cubren ahora el cuerpo de Gledgesa, antaño tan altivo y poderoso, por debajo de su armadura de cuero, decorada con elegancia.

Guerrero formidable, nacido de esa extraña raza de seksent que combina la belleza de rasgos con un cuerpo igualmente bien formado y enormemente potente, Gledgesa era en su origen un mercenario que llegó a Broken de las tierras del nordeste de los Estrechos de Seksent porque tenía la altura suficiente para pasar por respetable admirador de Kafra. Esta mañana hace ya veinte años que lo conoció Arnem, cuando los dos jóvenes fueron escogidos, como premio a su valentía, para pasar del ejército regular a los Garras. Sin embargo, aunque ascendieron juntos —Gledgesa, un intrépido guerrero de ojos fogosos que siempre se regocijaba en ser el primero en enfrentarse a la primera línea del enemigo, mientras que Arnem, aunque no menos feroz, era un soldado con la cabeza más equilibrada, capaz de comprender todo el espectro de amenazas a que se enfrentaban sus hombres—, siempre había quedado claro por la complementariedad de sus temperamentos que, si bien ambos recibían constantes invitaciones a la gloria, Gerolf Gledgesa había acudido a

Broken en busca de dinero, no de laureles; al fin y al cabo, un reino cuyo dios se deleitaba amasando riquezas parecía idealmente apropiado para un mercenario. Gledgesa, como muchos aspirantes parecidos, había descubierto en última instancia que los rumores sobre la infinita riqueza de Broken no eran exactos; o, mejor dicho, que solo lo eran cuando el aspirante estaba dispuesto a someterse a los dogmas de la fe de Kafra y de su estado. Y así, Gledgesa había escogido abandonar los Garras y aceptar el mando de la exclusiva Novena Legión, compuesta en su totalidad por tropas freilic de movimiento rápido, caballería ligera en su mayor parte y encargada de estar disponible a lo largo de toda la frontera oriental del reino, donde resulta que abundaban las posibilidades de obtener botines, ya fuera en dinero o en bienes confiscados.

Durante el tiempo en que comandó la Novena, Gledgesa se fue alejando paulatinamente de un Arnem que ascendía a toda prisa y cada uno de los dos se explicó a sí mismo esa deriva en función de sus nuevas obligaciones y de la distancia física que los separaba; pero había otra causa de distanciamiento, más cierta todavía, que se remontaba a los principios de su camaradería, antes de la guerra torgania, y que implicaba una tarea común con la que, a medida que iba pasando el tiempo, ambos encontraban problemas para reconciliarse: escoltar a los sacerdotes kafránicos en los rituales de mutilación y destierro que se celebraban a orillas del Zarpa de Gato. En particular, fue la obligación de contemplar los ritos diabólicamente sangrientos impuestos a Caliphestros y Visimar lo que terminó provocando no solo su renuncia al muy envidiado puesto de guardianes de los sacerdotes, sino también el inicio de su distanciamiento.

Ninguno de los dos había sabido decir con precisión por qué sus mutuas protestas y objeciones debían separarlos. Había tenido que ocuparse la sabia Isadora, más adelante, de explicar a su marido en qué medida la culpa compartida devora a menudo las amistades de manera tan implacable que la gloria del triunfo apenas puede contribuir a conservar el vínculo. Así, al pasar el tiempo, la compañía del hombre con quien se ha alcanzado una gloria honrosa siempre será bienvenida, mientras que la mera visión de un camarada con quien se ha compartido un papel en cualquier acción malsana, por involuntaria que fuese, puede revivir la sensación de culpa con una fuerza igual de vívida y poderosa.

Y por esa razón estos dos hombres —de cuyo último encuentro hace tanto que Gledgesa ha tenido tiempo de engendrar y criar a una niña que tendrá ya, según calcula Arnem, ocho o nueve años— se enfrentan ahora en la llanura que se extiende al este de Daurawah sin que ninguno de los dos termine de saber, pese a todos los años de camaradería, qué debe esperar del otro.

De un modo característico en él, Gledgesa exhibe una sonrisa amplia, o tan amplia como permiten sus rasgos distorsionados.

—Perdona que no te salude, Sixt, viejo amigo, y también que no te invite a entrar en Daurawah. Pero mis huesos son como de tiza y podría partírmelos en el saludo; y tú no debes intentar entrar en el puerto. De momento, no. No he dejado que entrara ni saliera ninguna tropa desde que se hizo evidente que el Zarpa de Gato está envenenado.

Arnem se vuelve para encararse a Visimar, quien, por su parte, se ocupa de mirar fijamente a Gledgesa para transmitir así al sentek que, efectivamente, recuerda la presencia de este soldado, ahora destrozado, en su Denep-stahla.

—¿Habéis venido por el río? —pregunta Gledgesa—. ¿Y habéis visto los cadáveres?

—No, Gerolf. Nos hemos mantenido en el camino principal para conseguir forraje en Esleben y sus alrededores.

—¡Esleben! —Gledgesa intenta soltar una risa, que se disuelve en una tos horrenda; una tos reminiscente de los últimos momentos de Donner Niksar, a quien está a punto de mencionar—: Supongo que os enterasteis de la verdad acerca de esos aldeanos ignorantes y traicioneros por boca del hermano de Niksar, como yo esperaba.

Vuelve a toser y su hija intenta apoyarle una mano consoladora en el hombro, aunque apenas llega al antebrazo. Al mismo tiempo, empieza a entonar un canto llano[185] muy agradable y tranquilizador para su padre. Gledgesa le aprieta la mano con suavidad y luego la retira, aunque tanto el contacto como la canción han tenido un efecto inmediato en su comportamiento.

—No pasa nada, Weda.[186] Estaré bien, igual que tú. —La chica sigue con su canto llano—. Pero he de presentarte a mi más viejo amigo, el sentek... No, el yantek Sixt Arnem, comandante del Ejército de Broken, si he de dar crédito a los heraldos de la gran ciudad.

Arnem baja la mirada hacia el rostro de la niña, envuelto en prietas vendas, o mejor dicho hacia su única parte visible, la mitad superior; a juzgar por el cabello dorado y los vivaces ojos azules, que sin duda ha heredado de su padre, es una cría adorable e inspira una compasión inmediata por el sufrimiento que sobrelleva en silencio. Como sabe que ella no puede hablar, Arnem la saluda:

—Hola, Weda. —Y luego se apresura a añadir—: No intentes contestar. Sé que estás demasiado enferma. Tengo una hija de tu misma edad... Ha de ser duro guardar silencio, por muy enferma que estés.

—¿Te han dicho que está enferma? —pregunta Gledgesa.

Mueve su cabeza ciega de lado a lado, como si quisiera encontrar una escapatoria lateral para superar el vendaje de seda que le tapa los ojos podridos.

—Sí —responde cuidadosamente Arnem—. Me lo han contado esos extraordinarios centinelas que tienes en la muralla. —No puede evitar una risotada—. Siempre has tenido mucho talento con las ballistae y las catapultas, Gerolf. Y es evidente que has compartido tus secretos.

Como el intento de reír le ha llevado una flema a la boca, Gledgesa la escupe; Visimar se fija en su color, tan teñido de rubí que casi parece negro.

—Esos maníacos... —murmura, disgustado—. Bastantes enemigos hemos tenido ya sin necesidad de que ellos nos creen otros.

—¿Bastantes enemigos? —repite Arnem—. ¿Los nórdicos?

—Los nórdicos en sí mismos eran manejables —responde Gledgesa, con una voz cada vez más débil—. Ya hace tiempo que aprendimos cómo tratar con ellos, o cómo castigarlos, igual que a los del este. Pero los ejércitos que llegaban detrás de las caravanas del sur, tanto los bizantinos como los mahometanos... Han pasado años intentando destruirnos y hasta puede que hayan dado con la manera. Y esta especie nueva de piratas fluviales les enseña el camino. No sé quién está pagando a quién, ni por qué, pero si esto sigue así acabarán por cortarle el cuello al reino.

—Gerolf... ¿estás hablando del envenenamiento del río? —pregunta Arnem.

—Ya sé, Sixt, que te parecerá inconcebible —explica Gledgesa—, pero llevo semanas escribiendo al consejo; hasta les he enviado cadáveres para aportar pruebas. Y no solo cadáveres de los Bane.

También el primero que cayó de los míos. Hasta he mandado informes a Baster-kin en persona. Y nadie ha hecho nada. ¿Y ahora, de repente, recibimos un mensaje de que toda esta devastación, en realidad, es obra de los Bane? ¿Y de que tú diriges la campaña para acabar con ellos?

—Pones en duda las dos cosas, Gerolf —contesta Arnem—. Y sin embargo, en ambos casos te pregunto: ¿quién, si no?

—Cualquier otro, Arnem —responde Gledgesa desesperado, con la voz tomada—. ¿Los Bane? ¿Una desvastación de este tamaño? Hay demasiadas contradicciones. Muchos de mis hombres, y de su gente, están muriendo pese a que no beben agua del río. Como cualquier otra guarnición, tenemos nuestro propio pozo. Supongamos que es cierto que los Bane han corrompido el Zarpa de Gato. ¿Cómo se las arreglaron para saquear también esa reserva? Y que intentes aplastarlos tú con los Garras... ¿Qué sabes tú de la guerra en el bosque, Sixt? ¿O cualquiera de nosotros? ¿Y qué ocurrirá mientras tú jugueteas con los desterrados? Y conseguirán entrar: están planificando el fin de Broken, Sixt, lo que yo te diga. Pero con la misma claridad se entiende que reciben ayuda desde dentro del reino. No estoy seguro de quién es, si el Consejo, Baster-kin, el Layzin o hasta el Dios-Rey, ni por qué, ni si esos socios internos se percatan siquiera del verdadero peligro que implica lo que están a punto...

De repente, la apasionada invocación de Gerolf Gledgesa le provoca un ataque de tos. El arranque se vuelve tan severo que se desploma hacia el costado del cuello de su semental y luego llega a deslizarse de la silla. Cae al suelo de golpe sobre el hombro y suelta un grito de dolor incontrolable. El terror se asoma al rostro de su hija, que desmonta deprisa, deslizándose por el costado del poni, lo cual provoca que se le aflojen las vendas por debajo de la barbilla. Al concentrar la atención desesperadamente en su padre, no se da cuenta de que se le están cayendo las vendas...

Y cuando al fin caen, toda la mandíbula inferior empieza a caer también con ellas. La podredumbre de su cuerpo ha destruido las articulaciones, así como una buena parte de la piel de la parte inferior del rostro; sin embargo, pese a todo ese horror, no es eso lo que más llama la atención. No, más asombroso todavía es el hecho de que ella no parezca darse ni cuenta de lo que está ocurriendo.

Arnem, que se ha apresurado a acudir junto a Gledgesa, alza la mirada hacia la hija de su amigo; pero Visimar cojea deprisa hacia ella y con mano diestra recoloca la mandíbula y ata con más fuerza las vendas. La propia Weda apenas parece avergonzada por el suceso y gesticula y emite unos gemidos quejumbrosos para instar a Visimar a ayudar a su padre. El tullido, en apariencia tan poco preocupado por la hija como lo está ella misma, le hace caso.

—¿Qué haces, viejo loco? —casi grita Arnem—. Gerolf solo se ha caído, pero la cara de la niña...

—No solo se ha caído, sentek —responde con calma Visimar, que nunca permite que se le nuble el pensamiento—. Se le han empezado a colapsar las costillas y si no lo llevamos a toda prisa a algún lugar donde pueda descansar morirá en muy poco tiempo.

Arnem mira a su viejo camarada, que apenas se mantiene consciente: respirar le cuesta tanto esfuerzo que parece como si algo lo estrangulara por dentro. Sin embargo, pese a esa obvia realidad, el instinto paternal de Arnem le impide hacer caso omiso de Weda y se acerca ella, obligando a Visimar a agarrarle por el brazo.

—¡Espera, Sixt Arnem, espera! —susurra el viejo—. ¡Mírala! ¡Mírala! ¡No le duele![187]

El sentek mira a los ojos plácidos de la niña y comprueba que el tullido tiene razón.

—No le duele... —murmura, aturdido y triste—. Pero entonces...

—Eso es —responde Visimar—. Las heridas de fuego han llegado a la última fase. —El viejo acerca la boca al oído de Arnem y susurra en tono urgente—. Los dos morirán antes de que caiga la noche... Y nos tenemos que ir, sentek. Mira a los soldados de ahí arriba. Creen que hemos atacado a su comandante, aunque me temo que es poco más que su prisionero, y están preparando de nuevo esa máquina y hasta suben otra...

La reacción de Arnem es predecible.

—¡No, Visimar! ¡No permitiré que una pandilla de renegados enloquecidos condene a uno de nuestros mejores soldados! —El sentek se lleva una mano a la boca, a modo de pantalla—. ¡Niksar! ¡Akillus! ¡Un fauste de caballería, rápido!

Los dos jóvenes oficiales estaban esperando esa orden: han reunido a un grupo de jinetes de aspecto rudo que se presentan como un trueno en la llanura que se extiende ante la ciudad. Gledgesa agarra al sentek por un hombro.

—¡Visimar! —rebulle, ahogándose en su sangre cada vez que respira o pronuncia una palabra—. ¿He oído ese nombre, Arnem? ¿O es que ya me he vuelto loco del todo?

—De eso nada, viejo amigo —contesta Arnem con amabilidad. Luego alza la mirada al oír los crujidos atronadores de la puerta oeste de Daurawah, que están abriendo desde dentro después de tanto tiempo cerrada—. Parece que tus hombres pretenden rescatarte, Gerolf —dice Arnem, al tiempo que suelta una risilla con la confianza de que resulte tranquilizadora, un recuerdo de sus viejas campañas, cuando era común echarse a reír en medio de un gran peligro—. Así que debo darme prisa. Encontré a Visimar o, mejor dicho, me encontró él a mí. Estaba vivo y en Broken... Y lo traje conmigo a esta campaña pensando, entre otras cosas, en ti.

—Visimar... Si fuera posible... Diría tantas cosas...

—Es posible, sentek Gledgesa —responde Visimar, arrodillándose como puede junto al moribundo—. Y ya has dicho cuanto necesitabas decir, igual que el sentek Arnem. Os perdono por el papel que interpretasteis en mi tortura y me alegro de que corrieseis tantos riesgos para oponeros a las mutilaciones.

—¿Y aceptas mis... disculpas? —se obliga a preguntar Gledgesa—. ¿Por muy inapropiadas que resulten?

—Sí. Y ahora, tanto tú como tu hija tenéis que descansar, sentek, y prepararos. Debes transmitirle coraje cuando crucéis el río...

—Entonces, ¿tal vez puedas ayudarnos a embarcar para ese viaje? —pregunta el ciego.

—No temas, Gerolf Gledgesa, ni por ti ni por tu hija. Superaréis el Arco de Todos los Colores que cubre las Aguas de la Vida y Geldzhen el Guardián os llevará al Salón de los Héroes. Hel no usará el crimen cometido contra mí en presencia tuya y del sentek Arnem, cuando erais meros sirvientes de los sacerdotes de Kafra, como justificación para arrastraros a su reino terrible. Yo te libero, en presencia de tus dioses y los míos, de esa carga.

—¿Río? —Arnem está aturdido—. Pero, Gerolf... tú mismo has dicho que los ríos están...

—Hablamos de un río distinto, Sixt —responde Gledgesa, con una suavidad impropia de él—. Totalmente distinto. Visimar lo conoce. Y te doy las gracias, anciano. Sixt, pon la mano de mi hija en la mía y ayúdame a levantarme. Y luego vete, viejo amigo.

—¡Maldita sea, Gerolf! Tal vez Visimar pueda hacer alto todavía. Yo he visto sus habilidades como sanador...

—No hay nada, Sixt. Quiero decir, ninguna ayuda de esa clase... —Arnem ayuda a Gledgesa a levantarse y Visimar guía a la niña a su lado, asegurándose una vez más de que el vendaje esté firme mientras Arnem les junta las manos—. Confío en que esos caballos que oigo sean los tuyos —sigue hablando—. Nosotros nos comimos casi todos los nuestros hace tiempo. Bueno, dejadme volver sin tener que cargar con vuestras vidas en mi conciencia. —El ciego gesticula en el aire sin esperar que Visimar lo toque, urgiendo al tullido a que se vaya también—. Y gracias de nuevo, viejo, por aliviar la carga de nuestra participación en tu tortura de unos hombres que han soportado su gran peso durante mucho tiempo.

A continuación todo ocurre tan deprisa que Arnem, devastado por el dolor, no alcanza a comprenderlo del todo. Incapaz de quedarse mirando a Gerolf Gledgesa mientras este intenta montar en su caballo, Arnem echa una mano al camarada, al tiempo que Visimar hace lo mismo con la casi etérea Weda. Padre e hija empiezan a cabalgar hacia lo que será su fin en Daurawah y el comandante de la ciudad alza la voz como buenamente puede hacia sus tropas para ordenar que se detengan. Akillus y Niksar llegan con sus decididos jinetes para escoltar al sentek, que monta en Ox, y ayudar a Visimar a instalarse sobre su yegua. Luego empieza la marcha de regreso; el rostro de Arnem es una máscara no ya de terrible dolor, sino de auténtica contrición.

—Estoy tan avergonzado como no recuerdo haberlo estado jamás, Visimar —dice—. Entiendo que tu juicio era correcto.

—En este momento lo era, sentek, aunque tu vergüenza es comprensible —responde Visimar—. Pero ahora debes fortalecerte, domar esa vergüenza para que te sea útil en otros empeños. Porque cuando entiendas de verdad las injusticias que se esconden tras estas feas circunstancias, entonces, sentek, encontrarás las respuestas y la justicia verdadera. —Se detiene, aparentemente asombrado por la magnitud de la tarea que él mismo acaba de describir—. Tan solo espero —murmura para concluir— sobrevivir para verlo.

II:

Fuego

{i:}

Heldo-Bah está plantado delante de un viejo fresno cuya corteza tiene unas arrugas tan profundas y una superficie tan rugosa que le recuerda a la piel seca y gris de una bruja vidente con la que en una ocasión trocó el cuchillo de un seksent a cambio de la garantía, totalmente infundada, de que la prostituta con la que había pasado una noche poco antes cerca de Daurawah —perteneciente, al menos en parte, a la raza de los saqueadores— estaba libre de enfermedades.

Deja que su cuerpo rígido caiga contra la corteza del tronco de fresno de tal modo que la cabeza golpea primero: ese es el efecto que tiene en su mente y en su alma la discusión airada que mantienen Keera y Veloc desde que él mismo regresara la noche anterior al campamento para contarles la noticia de que había descubierto el retiro de Caliphestros. Keera está convencida de que debe ir a presentarse sola ante este personaje tan importante, preocupada por la posibilidad de que Veloc y Heldo-Bah estropeen el asunto si la acompañan. Por su parte, Veloc no solo está preocupado por la seguridad de su hermana, sino también por su salud mental. Y a estas alturas Heldo-Bah ya solo tiene la esperanza de que alguien —un árbol noble y compasivo, si hace falta— lo deje sin conciencia de un golpe y ponga fin a la desgracia de tener que oír a sus amigos discutir una y otra vez los mismos puntos.

—Nunca en toda tu vida has mostrado respeto alguno por los principios de la Luna, Veloc —dice con brusquedad Keera a su hermano, con una ronquera en la voz—. ¿Por qué has de mostrar ahora una deferencia tan repentina?

—¡Ya te lo he dicho veinte veces, hermana! —protesta Veloc.

—... más bien cincuenta —murmura Heldo-Bah en voz baja y sin propósito alguno mientras su cabeza golpea una vez más el tronco del fresno.

—Una cosa es plantearse nuestra fe entre hombres y mujeres —declara Veloc, haciendo caso omiso de Heldo-Bah—. Te reconoceré que yo mismo lo he hecho a veces, a menudo por pura e idiota diversión. Pero por el podrido agujero del culo de Kafra, Keera, si metemos a la pantera blanca en persona en esta discusión...

—Estúpido... ¡me estás dando la razón! —grita Keera, con su cara redonda de un rojo iluminado—. Si, efectivamente, nos enfrentamos al animal que posee el espíritu más noble y poderoso de todo el Bosque, no se va a dejar engañar por tus repentinos aires de devoción y solemnidad. De hecho, cuando los adoptes nos matará más rápido todavía a todos. Puedes mentir tanto como quieras a las mujeres de las ciudades y pueblos que visitas, Veloc; puedes incluso, de vez en cuando, persuadir al Groba para que se crea tus cuentos; pero si crees por un instante que esa pantera no va a notar la falsedad de tu voz y tus palabras... Ya te digo, ni lo intentes siquiera.

—Y entonces... ¿qué? —quiere saber Veloc, con la voz exhausta.

—... el suicidio... —murmura Heldo-Bah.

Y a continuación resuena una vez más el golpe ahogado[188] de su cabeza contra el árbol.

—Pero ¿en serio propones que te dejemos ir sola a un lugar así, Keera? —insiste una vez más Veloc—. ¡Es una locura! Nos enfrentamos al mayor brujo que jamás hayan conocido los Altos, tan grande que ha creado en la peor parte de este Bosque una huerta que según Heldo-Bah llega a rivalizar, tanto en belleza como en riqueza, con cualquiera de los valles cercanos a Okot, o incluso con el del Meloderna...

—Muy superior, de hecho... —concede Heldo-Bah, esforzándose ahora por permanecer consciente, al tiempo que se agarra al tronco del fresno con las manos peladas, pero sin preocuparse demasiado por su situación.

—... y en ese lugar milagroso —continúa Veloc—, en ese lugar claramente gobernado por artes de brujería de una clase que ni siquiera podemos adivinar, vive este maestro de las artes negras con esa... ¡con esa criatura salvaje! Y todo eso, si puedo añadir algo, solo después de sobrevivir a un Halap-stahla, cosa que ningún hombre, ni ningún diablo, había logrado jamás. Me gustaría saber cómo te vas a enfrentar a un ser semejante.

—Es que no pienso hacerlo, idiota. —Keera acerca la cara con amargura a la de su hermano—. No me hará falta. Tanto la pantera como el brujo percibirán mi sinceridad y me tratarán con justicia: esos grandes espíritus no se rebajan a esa clase de maldad mezquina que has descrito, Veloc. Y luego, cuando ya les haya contado las... las peculiaridades que os adornan a ti y al pirado de nuestro amigo, ese de allí, ese que... —Keera mira al último miembro del grupo y para de gritar un momento—. Heldo-Bah, en el nombre de la Luna, ¿se puede saber qué te estás haciendo?

—Si la muerte me salvara de esta disputa... —dice Heldo-Bah, con los labios apretados contra las profundas arrugas de la corteza del fresno—. Entonces, os lo juro, casi le daría la bienvenida...

—¡Por la sangre de la Luna, Veloc! ¿Cuándo, dime, cuándo has interpretado tú una situación con más sabiduría que Keera?

Tras ver que no obtiene respuesta de Veloc, Heldo-Bah se aparta del árbol al fin y brama:

—Y además, en nombre de todo lo impuro, ¿por qué seguimos hablando de esto?

—¡Calla, loco! —murmura Veloc—. Podrían oírte... Si de verdad están solo a dos cuestas de aquí, el sonido sin duda...

—¿Que me van a oír, putero? —lo interrumpe Heldo-Bah—. Ahora sí que tu falsedad y tu estupidez han llegado a una nueva profundidad. Lleváis toda la noche los dos discutiendo a gritos. ¡No hay ni una criatura en todo el Bosque de Davon que no os haya oído! ¡Que me van a oír a mí! Espero de verdad que el brujo me oiga para que pueda venir y poner fin a toda esta estupidez... Y eso si no está ahora mismo por aquí. Es probable que sí. De hecho, puede que haya estado aquí todo este rato. —Sin volverse, Heldo-Bah señala con un dedo acusatorio hacia el árbol bajo el cual acamparon la noche anterior: un roble amplio que ofrece buen refugio al amparo de dos crestas del terreno, pequeñas pero de brusca elevación, que se juntan en la ladera de la montaña—. Sí, es probable que justo en ese maldito árbol, echándose unas buenas risas al ver lo ridículos e imbéciles que pueden llegar a ser los Bane...

Heldo-Bah se detiene de pronto, con el brazo todavía alzado.

—Aaah —suelta, como si fuera el último aliento de un hombre—. Tu maldita charla infinita, Veloc... Ficskel...

Esta vez la palabra no sirve tanto de maldición como de sumisa afirmación, casi una plegaria obscena; además, aunque Heldo-Bah tiene la parte superior de la cara moteada de sangre, pierde enseguida todo el color por dentro, al tiempo que la mandíbula inferior queda aún más abierta.

—Heldo-Bah —dice Keera—, ¿qué pasa? ¿No te habrás hecho daño de verdad, tontaina? —Se acerca a él y saca un pañuelito limpio, dispuesta a secarle la sangre de la frente y de toda la cara—. Parece que hayas visto algún demonio a punto de matarnos a todos...

—Y tal vez lo haya visto —dice Heldo-Bah—. Pero me equivocaba en un detalle. No están en el roble.

Con el brazo todavía en alto, señala —ahora con mucha más urgencia— justo a la izquierda del roble, donde, unos dos metros más allá, se levanta un bello olmo. Sus ramas delicadamente entrelazadas, como las del roble, llaman la atención por su entereza pese a alzarse tan arriba en esta montaña siempre barrida por el viento.

—La muerte y su doncella... ¿O era al revés? Da lo mismo. El caso es que están... En ese olmo.

Keera y Veloc se vuelven para seguir la dirección que señala su amigo y, al ver la causa de su boquiabierta alarma, también ellos dejan caer las mandíbulas.

En la intersección de dos largas ramas bajas del olmo descansa una forma pálida y reluciente, recogida como quedaría una lujuriosa tela blanca dejada sobre una mesa por alguien que esperase la llegada de unos honorables invitados, o acaso alguien que quisiera adornar un altar. Sin embargo, los pliegues de esa tela tienen un movimiento oscilante: porque, aparentemente, debajo hay algo que respira y las abundantes líneas que surcan la superficie no son, de hecho, arrugas en la tela sino pliegues de una musculatura poderosa. Hacia el extremo izquierdo destaca el brillo de dos globos verdes, como si los iluminara el sol, pese a que este está momentáneamente tapado por una nube. Por último, a cada lado dos patas largas y haraganas dan longitud y estabilidad a la aparición, mientras que hacia el final se agita con mucha, mucha suavidad una cola cuyos lánguidos movimientos no hacen pensar en la desidia, sino en la velocidad casi desprovista de esfuerzo con la que esa criatura podría causar la muerte ajena si así se le antojara.

Por encima de esa visión los tres expedicionarios apenas si consiguen distinguir otra forma: cuando la nube que tapaba el sol por un breve momento termina de pasar, se aclara la figura. Dos brazos humanos descansan relajados en las ramas del olmo como si fueran los reposabrazos de una silla, mientras que las piernas demediadas se apoyan en las corvas de la criatura que holgazanea por debajo. Un gorro de color negro desleído apenas consigue contener el cabello gris, veteado por mechones de un blanco níveo, mientras que la barba larga parece recién lavada y peinada, o incluso, dado su espesor, repasada con un cepillo de cerdas de jabalí. Sin embargo sus ojos, como los de la fiera, atrapan la luz del día de tal modo que casi parece lo contrario, como si en realidad irradiasen un fuego interno: el efecto se acrecienta por las francas sonrisas que muestran los rasgos de ambas figuras, al desconcertante estilo de los cazadores hambrientos cuando se ponen a jugar con lo que pronto será su próxima comida.

—Baja el brazo, Bane —dice el hombre en voz baja, señalando a Heldo-Bah con un movimiento de mandíbula. Luego se detiene, pensativo, y repasa sus propias palabras—. Vaya, esto sí que es extraño. Las primeras palabras que dirijo a otro ser humano en...
—Agiliza enseguida la mente y se concentra de nuevo en los expedicionarios—. Deja que la sabia joven que os acompaña te cuide la cabeza. Cabe que te hayas hecho alguna herida pequeña, aunque no te culpo por ello. Es verdad que se trataba de una conversación indescifrable. Entretenida, sin embargo.

Keera es la primera en recuperarse. Encaja el pañuelo en las manos de Veloc y dice:
—Haz que se limpie.

Luego echa a andar hacia el olmo, de manera lenta y deliberada, con la intención de examinar a los visitantes, aunque se obliga a bajar la mirada hacia el suelo, en actitud respetuosa.
—Salud y larga vida para ti —murmura en voz baja, enojada por su incapacidad para evitar que le tiemble la voz—. Lord Caliphestros...
—Te lo agradezco, joven Keera —responde Caliphestros, en tono sincero y con un agradecido vaivén de cabeza—. Aunque el primero de tus deseos, lamentablemente, ya no es posible, y por el

segundo apenas tengo un interés limitado. Pero... ¿por qué desvías la mirada?

—¿Acaso no es lo que debe hacerse? —pregunta Keera con cierta preocupación—. ¿Cuando alguien se encuentra con criaturas superiores como vosotros?

—*Tetch* —ataja Caliphestros—. Yo no soy eso. Aunque no estoy tan seguro por lo que respecta a mi compañera. Lo que sí sé es que no le gustan demasiado los humanos. En cuanto a su pertenencia total a este mundo... Bueno, aunque soy hombre de ciencias a menudo lo he puesto en duda. Mas ¿por qué os soprendéis todos tanto? Sin duda fuisteis vosotros los que, hace algunos años, vinisteis a nuestra casa después de recibir el paquete con los documentos que os entregó mi amiga.

Keera se estremece al entenderlo de repente y se vuelve deprisa hacia Veloc y Heldo-Bah.

—Las cartas...

—Así que, efectivamente, era él —responde Veloc en voz baja—. Tal como tú sospechabas, Keera.

Heldo-Bah cierra los ojos.

—Gracias a las pelotas doradas de Kafra y a la mismísima Luna que nos preocupamos de entregar esas malditas cartas...

—No lo entiendo —dice Caliphestros—. Está claro que al ver quién era mi mensajera y luego seguirla hasta nuestra casa...

—Pero es que nunca la llegamos a ver, mi señor —responde Keera—. Encontramos la bolsa de cuero en el centro de nuestro campamento al despertarnos una mañana. Y, si bien es cierto que seguimos las huellas de una pantera que nos pareció que podía ser la blanca de la leyenda, y nos llevó hasta lo que creímos que sería tu campamento, nunca os vimos a ninguno de los dos. Ciertamente Heldo-Bah, que está allí...

Heldo-Bah mira a Keera como si al señalarlo con el dedo casi hubiera firmado su sentencia de muerte, pero llega a levantar la mano con gesto débil e inclina la cabeza.

—Mi señor —farfulla, sin saber qué más decir.

—... pensó que era probable que la pantera cuyo rastro habíamos seguido te hubiera matado y comido, y eso explicaba que, pese a estar el campamento perfectamente atendido, no se viera ninguna señal de vida.

Caliphestros se echa a reír, claramente complacido por todos los aspectos de esta historia. Baja la mirada hacia la pantera, que vuelve la cabeza hacia él y abre y cierra lentamente varias veces los ojos con profundo afecto, sabedora, según parece, de que ella es al menos una de las causas de la alegría de su compañero. El anciano alarga una mano para rascar la coronilla de la cabeza, que, rematando el poderoso cuello, se inclina al encuentro de sus dedos.

—Esta tiene una inteligencia verdaderamente infinita.

Caliphestros levanta de nuevo la mano y señala una vez más a los expedicionarios.

—Al ver que volvía tan pronto supe que vosotros, u otros Bane tan capaces como vosotros, andabais por ahí cerca y que, como sois miembros de una raza curiosa e intrépida, no podríais evitar al menos un intento de encontrar la guarida de la que, muy probablemente, pensaríais que era la legendaria pantera blanca del Bosque de Davon, cuyas huellas podríais reconocer cerca de la bolsa de cuero al encontrarla. Por eso nos retiramos a nuestra cueva y os dejamos con todas las dudas por las circunstancias misteriosas que habíais encontrado. Dejadme tan solo que diga que os debo una enorme gratitud, pues si no hubierais llevado esa bolsa tan decentemente a mis acólitos yo no habría sobrevivido tantos años.

Heldo-Bah clava un codazo en el costado de Veloc.

—Hala, ¿lo ves? Te lo dije, ¿no? ¿Te dije que entregar esas cosas sin avisar a los Groba sería beneficioso y decente, tal como acaba de decir él?

Veloc devuelve como puede el brusco golpe de su amigo y susurra:

—Solo que la palabra «decente» nunca pasó por tu boca mentirosa.

Caliphestros ve que Keera alza la cabeza un instante para hurtar una mirada a la pantera y luego baja de nuevo los ojos en actitud deferente; el anciano mueve la cabeza en señal de reconocimiento verdadero, que aumenta al oír que Stasi empieza a ronronear.

—Se diría que mi compañera también reconoce su deuda con vosotros. Ha recordado vuestro olor y en particular desea que tú, Keera, te sientas a gusto. Deberías tomarlo como un honor, pues no solo tiene por norma desconfiar de los humanos, sino que casi siempre está dispuesta a asesinar a cualquiera que se cruce en su camino.

—Por supuesto que lo tomo como un honor, señor —dice

Keera, aún con gran humildad—. Porque ella es célebre entre nuestra tribu por ser el más recto y poderoso entre los espíritus del bosque, un alma noble con un corazón inmenso. Uno de nuestros expedicionarios sigue diciendo que hace mucho tiempo vio cómo mataba a prácticamente todos los miembros de una partida de caza de Broken.

Caliphestros sigue estudiando a la joven Bane.

—Tu homenaje está bien expresado, joven. Hace tiempo que conozco el respeto que los tuyos sienten por los grandes felinos del Bosque. Pero en ti hay algo más, algo más que mero temor o respeto.

—Sí, mi señor —responde Keera con un rápido asentimiento—. Si no os parece inaceptablemente vanidoso por mi parte que esté de acuerdo.

—No me lo parece. Eres una mujer que exhibe una fuerza elegante, integridad, profundo conocimiento y compasión. Nunca pidas perdón por esas cualidades, Keera, porque en el perverso y mendaz mundo de los hombres son las virtudes más refinadas y poderosas cuya posesión se puede desear. —Caliphestros se inclina hacia delante y se acaricia la barba gris como si de pronto se diera cuenta de lo larga que la lleva y de la medida en que buena parte de esa extensión ya no es gris, sino blanca—. Así que, por favor, levanta la mirada si es que puedes soportar la visión de un hombre mutilado y en pleno deterioro, para que podamos conversar mejor. En cuanto a Stasi, si tus amigos no le sostienen la mirada demasiado tiempo hasta que empiece a tolerar sus olores como le complace hacer con los tuyos, no los atacará. No mientras tú estés presente, en cualquier caso.

Con afán y, sin embargo, lentamente, Keera alza la cabeza y permite que sus ojos recorran toda la longitud de la pantera y se posen luego en las joyas verdes que lleva incrustadas en el altivo rostro; por un instante siente un profundo escalofrío de lúgrubre reconocimiento.

—Se... Se dice en nuestro pueblo que es tan aterradora porque saltó directamente de las entrañas de la Luna, que le dio su color, su brillo y su inmenso poder...

—Ya he oído ese cuento. —Caliphestros levanta la cabeza, cada vez más intrigado por esta pequeña mujer de gran sabiduría—. Pero tú crees que no fue así...

—Yo... con todos mis respetos, mi señor, yo creo que sé que no fue así.

—¿De verdad? Y me puedes llamar Caliphestros, Keera. Ese fue mi nombre cuando había otros humanos para usarlo, así que supongo que ha de serlo de nuevo. —Se le ocurre una idea—. ¿Por casualidad sabes lo que significa tu nombre?

Keera menea enseguida la cabeza.

—No, Caliphestros.

Heldo-Bah, que no deja de contemplar esa escena extraordinaria, empieza a gimotear mientras inclina el tronco superior adelante y atrás sin parar.

—Acaba de llamarlo por su nombre, sin título de señor. Somos hombres muertos, muertos, muertos...

—Basta —sisea Veloc, al tiempo que atiza un coscorrón a su compañero.

—Vosotros dos, guardad silencio —dice Caliphestros, más enérgico que enfadado.

Sin embargo, su tono implica la severidad suficiente para que la pantera subraye el comentario mirando a los dos hombrecillos y suelte el gruñido grave y corto que esas criaturas suelen usar para advertir a quienes están junto a ellas. El anciano alarga un brazo para acariciarle la grupa y vuelve a mirar a Heldo-Bah y Veloc.

—No deis por hecho que mi gratitud es infinita —les dice—, porque sé que las expediciones para conseguir avituallamiento, aun siendo vitales para la supervivencia de vuestro pueblo, también se usan en ocasiones como castigo. Y a primera vista vosotros dos tenéis la típica expresión contrita que señala a los Bane que han emprendido una expedición precisamente bajo esas circunstancias desgraciadas. —Con toda deliberación, Caliphestros suaviza de nuevo la expresión y el tono cuando vuelve a mirar a Keera—. Tu nombre viene muy del sur —sigue explicando—. Del imperio sasánida, al que algunos llaman Persia. ¿Sabes algo de él?

Keera, modesta, niega con la cabeza.

—No, Cali... —Se le quiebra la voz—. Pido perdón, pero... ¿no puedo llamarte «mi señor» de momento? De lo contrario, me siento impertinente. Quizá con el tiempo eso cambie...

—Cada vez más sabia... —replica Caliphestros, con un par de inclinaciones de cabeza—. Muy bien, Keera. Es un nombre bonito, precioso de hecho, aplicable a quienes tienen el don de la visión; el don de ver lejos y de verdad, en todos los sentidos. Y sospecho que tú lo tienes.

—Sí que lo tiene, mi señor —dice Veloc, llevándose una mano al pecho, al tiempo que extiende el otro brazo por delante para adoptar su mejor pose de historiador. Luego sigue declamando en tono de farsa—: No hay mejor rastreadora en nuestra tribu, ni una cabeza más sabia...

—Hablando de cabezas, muchacho —lo interrumpe Caliphestros—, si quieres conservar la tuya y el cuello que la sostiene, cierra la boca mientras no se te pregunte tu opinión. —Dedica a Keera una mirada bastante conspiratoria—. Tu hermano, ¿eh? Te he oído mencionarlo en la discusión. Y sirve para explicar con facilidad por qué alguien como tú mantiene un acompañante tan cuestionable como este.

—Sí, mi señor —responde Keera—. Pero no es tan tonto como a veces parece. De hecho, es un buen hombre, pero siempre ha tenido la ambición de ser el historiador de nuestra tribu, cosa que a menudo le lleva a darse demasiados aires.

—Historiador, ¿eh? —repite Caliphestros—. ¿De verdad? ¿Y a qué escuela de historiadores perteneces, Veloc?

Veloc adopta de nuevo pose de orador y pregunta:

—¿Mi señor? Me temo que no os entiendo. ¿Escuela de historiadores?

—Sí —contesta Caliphestros, claramente entretenido—. La historia es, entre otras muchas cosas, una larga guerra, Veloc. Una guerra entre facciones, cada una de ellas tan fanática como cualquier ejército. Entonces, ¿eres un analista, por ejemplo, como el gran Tácito? O tal vez busques lecciones morales en la vida de los grandes hombres, como hacía Plutarco. —Al ver la consternación total que adorna los bellos rasgos del Bane, el anciano intenta no reírse en voz alta y sigue preguntando—: ¿No? Quizás admires los libros del estimable Bede, del otro lado de los Estrechos de Seksent. Fue mi amigo en otros tiempos, aunque ignoro si vive todavía.[189]

—No conozco ninguno de esos nombres, señor. —La máscara de orgullo de Veloc, ahora socavada por la confusión, se vuelve aún más absurda—. Y debo preguntar: ¿qué tendrá que ver la historia con los libros?

—Ah —responde Caliphestros—. Entonces tú eres de los que declaman los cuentos de la historia, ¿verdad, Veloc?

El bello Bane se encoge de hombros.

—¿Qué otra cosa puede hacer un verdadero historiador, mi señor? Si la historia se registrara en los libros, vaya... ¿Cómo sabríamos quién la ha puesto allí? O dónde se originó, y cuál de sus partes es un hecho, cuál es leyenda y cuál puro mito. Solo el conocimiento oral, transmitido de una generación a la siguiente, de un hombre sabio a su pupilo, una y otra vez, puede ofrecernos la integridad: si uno de nosotros mintiera, sus colegas probablemente lo pillarían, mientras que las mentiras de un hombre que escribe libros lo sobreviven largo tiempo, hasta cuando no queda nadie ya que desvele sus engaños.

Caliphestros se acaricia la barba lentamente y estudia a Veloc unos instantes en silencio.

—O es más inteligente de lo que suena y parece —musita el hombre en voz baja— o no se ha dado ni cuenta de que acaba de vislumbrar una verdad profunda. Y no estoy seguro de cuál de las dos posibilidades me desconcierta más. —Caliphestros abandona sus ensoñaciones y fija la mirada gris de nuevo en Keera—. Entonces, mi muchacha de vista aguda, has visto algo en la cara de Stasi antes de que nos interrumpieran. O, al menos, eso creo.

—Tal vez me equivoque, señor —murmura cuidadosamente Keera—, pero... me he fijado en una cosa, algo que algunos animales, incluso cuando son tan distintos como un hombre y una pantera, pueden percibir mutuamente. La pérdida, la muerte de un ser querido. De algunos seres queridos.

La frente de Caliphestros se frunce de pronto con un profundo pesar.

—¿Has perdido a tus hijos?

—Todavía no —responde Keera con voz suave—. Pero... mi marido. El único hombre al que he amado. —Asiente enseguida, sin volverse, en dirección a sus compañeros—. Amado, quiero decir, como debe amar una esposa: con afecto, admiración y...

Se detiene en una pausa que Calpihestros se presta a llenar para la púdica Keera.

—Y deseo, mi niña. ¿Eh? —Tras una rápida inclinación de cabeza por parte de ella, el anciano añade—: No hay nada malo en ello, Keera, nada que deba avergonzarnos, salvo a quienes nunca hayan conocido un amor así. ¿Fue por la enfermedad que ha golpeado a los tuyos?

A Keera le tiemblan los labios igual que le ha ocurrido al anciano apenas un instante antes; en su desesperación por conservar la dignidad, pasa por alto el hecho de que Caliphestros parece conocer ya la existencia de la plaga de Okot.

—Él... cayó hace unos pocos días. La peste ha llegado a distintas partes de la ciudad que llamamos Okot. Dos de mis hijos también están...

Keera lucha contra la oleada del llanto que le asciende por el pecho y el cuello; sin embargo, al fin se le escapa una lágrima solitaria que cae gruesa en el pecho y resbala por él.

La pantera inclina hacia delante sus puntiagudas y copetudas orejas y levanta la altiva cabeza. Sin embargo, sus ojos verdes no se concentran en el bosque que rodea al campamento, sino, al parecer, en el rostro de Keera. ¿O será en su cuello? Veloc y Heldo-Bah se lo preguntan con un intercambio de miradas rápidas y preocupadas. Luego, dejando a Caliphestros en su atalaya y con un movimiento casi imposiblemente ágil, la pantera prácticamente se derrama desde el olmo hacia el suelo, por el que echa a caminar suavemente hacia la mujer Bane.

Mientras Heldo-Bah se tapa la cara en un gesto de pánico y horror, Veloc levanta el arco corto a toda prisa por encima del hombro, carga una flecha, y toda su pose pomposa y estúpida desaparece mientras ejecuta ese gesto con experiencia. Luego tensa la cuerda y apunta al pecho de la pantera.

—¡Keera! —exclama—. ¡Apártate, corre! ¡No puedo disparar!

—¡Baja el arco, historiador! —ordena Caliphestros, al tiempo que alza un brazo y extiende la mano en clara amenaza—. En vez de hacernos daño, esa agresión temeraria solo puede enojarnos, tanto a mi compañera como a mí.

Keera, que no ha dejado de mirar a los ojos de la fiera, se limita a asentir y muestra los dedos abiertos a su espalda.

—No pasa nada, Veloc. Aparta el arco...

{ii:}

—No lo pienso apartar —responde Veloc mientras alza el arco tenso para apuntar, ahora, a Caliphestros—. Si no puedo apuntar al animal, anciano, entonces tú sufrirás por él, salvo que de verdad tengas algún hechizo capaz de detener una flecha.

Caliphestros suelta un suspiro.

—Mal «brujo» sería si no lo tuviera, historiador. —Ahora que los brazos de Veloc se han movido, el anciano ya no parece preocupado pese a que la flecha amenaza su vida. Al notarlo, la tensión de Veloc en el arco empieza a aflojarse—. Entonces tienes un poquito de la sabiduría de tu hermana —sigue el anciano—. Bien. Porque en esto no hay nada que temer.

Mantiene la mano extendida, pero vuelve la palma hacia arriba al señalar a Keera y la pantera.

Mientras permite que la cuerda de su fuerte arco se afloje un poco más, Veloc contempla con asombro a la poderosa cazadora que se acerca a Keera: llama la atención que no haya malicia ni hambre alguna en la expresión del animal, ni revela su cuerpo ningún indicio de andar al acecho. Aunque confusa y algo incómoda, Keera aguanta con firmeza; y cuando su rostro está al mismo nivel que el de la pantera, separados apenas por unos palmos, ve que el felino no pretende hacerle ningún daño.

—Se te dan bien las criaturas, por lo que veo, Keera. Y tú les gustas —afirma Caliphestros con voz tranquila—. Sí... es un gran don. Solo conozco a otra como tú...

Al parecer, el anciano no puede seguir hablando de eso; aprieta las mandíbulas, cuyo temblor basta para delatar la batalla que se está produciendo en su interior.

El hocico de la pantera, de un denso color rojo y, en apariencia, duro como el cuero, es sin embargo de una delicadeza absoluta cuando se mueve hacia un punto a escasos centímetros del rostro de Keera, tan cerca que la rastreadora alcanza a oír el olfateo y los silbidos que suenan en él, así como sus breves, brevísimas exhalaciones.

Tras encontrar el punto exacto del rostro de Keera en que ha caído la única lágrima, la pantera blanca olisquea con mayor delicadeza aún el pequeño rastro de sal y humedad que queda todavía; y luego muestra su lengua áspera y rosa. Mientras su aliento habla de las piezas que ha cazado recientemente, la mera punta de ese largo órgano lame la lágrima y su rastro para borrarlos del rostro de Keera.

Todo el cuerpo de Keera tiembla; sin embargo, el estremecimiento se calma a medida que crece la confianza y se forma el principio de un vínculo. Cuando la rastreadora empieza a levantar una mano mira a Caliphestros como si le pidiera permiso para tocar a la criatura.

—Creo que ahora estás a salvo —responde el hombre, con la tranquilidad que Stasi le transmite, por medio de sus actos, acerca de su acierto al confiar en estos tres Bane, especialmente en la mujer joven.

Keera, mientras tanto, pasa su mano por el culo arqueado y de sólida musculatura de la pantera y luego sube los dedos para rascarle detrás de la oreja. Al notarlo, la pantera empieza a ronronear de nuevo y a lamerle la cara de un modo ya no tan delicado pero más gozoso.

—Parece —apunta Caliphestros— que Stasi te ha entendido con exactitud, Keera.

—Stasi —murmura la mujer Bane con una sonrisa amistosa y sin dejar de acariciar y rascar la cabeza y el cuello de la pantera—. ¿Qué significa?

—Significa que es una criatura del renacimiento —responde Caliphestros—. De la resurrección, como pronto descubrirás.

El anciano se ríe con afecto al ver que la pantera apoya una zarpa en el hombro izquierdo de Keera y otra en el derecho, manteniendo casi todo el peso apoyado en las patas traseras, y sigue limpiando delicadamente la cara de la mujer Bane, y luego el cuello y el pelo: exactamente lo que haría si Keera fuera su cachorro. En medio de este momento de apariencia imposible, solo Veloc sigue pareciendo momentáneamente asustado, pero Caliphestros descarta la fraternal preocupación del Bane con un vaivén de la mano.

—No te preocupes, Veloc —le avisa—. Solo está reconociendo a su nueva amiga, una amiga que sin duda le ofrece mucho más entretenimiento que el único compañero que ha tenido en estos diez años.

—¿Diez años? —repite Heldo-Bah—. ¿Has estado en esa cueva con esta fiera diez años? No me extraña que estés loco, viejo.

—¡Heldo-Bah! —lo regaña Veloc.

—Bah, cálmate, Veloc —responde Heldo-Bah—. Si pudiera transformarnos en sapos lo habría hecho cuando has amenazado con matarlo.

—Te crees tan listo como repulsivo eres, ¿verdad, expedicionario? —se dirige Caliphestros a Heldo-Bah—. Bueno, te advierto: deshazte de la creencia de que simplemente por no ser todo eso que los hombres temerosos e ignorantes dicen que soy, carezco por completo de... «artes». —La expresión de Heldo-Bah cambia, con su velocidad característica, para recuperar su temor juvenil; sin embargo, las siguientes palabras de Caliphestros están calculadas para que tanto él como los otros dos Bane se sientan más cómodos—. Aunque no hay ninguna razón para que esos que a partir de ahora serán nuestros enemigos comunes en Broken se enteren nunca de nada que os haya dicho, u os pueda decir en el futuro, acerca de mis «artes» o de sus limitaciones.

Keera alza la mirada hacia el anciano.

—Hablas de aunar esfuerzos contra Broken, mi señor. Si has escuchado nuestra discusión el rato suficiente ya sabes que hemos venido a pedirte ayuda contra los Altos, que, según parece, han decidido al fin destruir nuestra tribu con métodos tan horribles como cobardes. ¿Tus palabras significan que pretendes prestarnos esa ayuda?

—¿Prestar? —Caliphestros le da vueltas un momento a la palabra—. Ciertamente, haremos causa común, Keera. Pero, por favor, sigamos con la conversación en el hogar que comparto con Stasi o, mejor dicho, en el hogar que ella ha tenido la amabilidad de compartir conmigo durante muchos años. —Con distintos chasquidos y silbidos, Caliphestros intenta convocar a la pantera, que a estas alturas está tumbada boca arriba en el suelo del bosque para que Keera pueda acariciarle la barriga—. ¡Vamos, Stasi! —llama el anciano—. Tenemos mucho que hacer y antes me has de sacar de este árbol...

Caliphestros recoge sus muletas, que estaban escondidas entre las ramas del olmo, y espera a que la pantera salte de nuevo y ascienda por el tronco. El animal adopta una posición que permite al hombre recuperar con facilidad su postura habitual, a horcajadas en su grupa, y luego baja al suelo con cuidado.

—Felicidades, señor Caliphestros —dice Veloc—. Habéis adiestrado bien al animal.

—Y tú —contesta el anciano mientras se acomoda mejor a lomos de Stasi ahora que la asombrosa pareja está ya en tierra firme— eres un idiota ignorante, Veloc, si crees que un ser tan altivo y de tan fuerte voluntad como una pantera de Davon, y especialmente esta pantera de Davon, puede ser «adiestrada» por una criatura tan débil como un hombre. Ella decide cada paso que da, cada opción que elige. No hay amos y sirvientes aquí, Veloc. Recuérdalo si quieres sobrevivir en la gran empresa en que nos vamos a embarcar.

Heldo-Bah suelta un gruñido de mofa en dirección a su amigo.

—Qué tonto lamebotas... —Luego alza la mandíbula hacia las muletas de Caliphestros—. ¿Qué son esos mecanismos que llevas ahí, viejo? —pregunta con un punto de arrogancia—. No reflejan precisamente una gran brujería.

Mientras se ata la plataforma que le sirve de única «pierna» y luego se sirve de las muletas para ponerse en pie y renunciar al apoyo de Stasi, Caliphestros mira a Heldo-Bah con la amenaza justa en los ojos para reforzar su siguiente comentario.

—Puede que sea un viejo, expedicionario, o incluso la mitad del hombre que fui; pero no apesto hasta el cielo ni adopto aires pomposos con los recién conocidos cuyos verdaderos poderes aún no puedo imaginar y cuya ayuda necesito desesperadamente. Así que, como se te ocurra dirigirte a mí con cualquier forma menos respuestosa que «mi señor» a partir de ahora, descubrirás las cosas menos amistosas que pueden hacer un «brujo» y una pantera.

Con cara de momentánea preocupación, Caliphestros renquea hasta el punto en que permanece Keera, suelta una muleta para levantar la mano y señala rápido a Veloc y Heldo-Bah.

—Tengo mucha equipación y algunas provisiones, Keera, que han de viajar a Okot con nosotros... Pero supongo que entre tú y tu hermano podréis cargar con lo que Stasi y yo no podamos. —El anciano hace una pausa y luego habla con más certeza—. ¿De verdad es necesario que dejemos con vida a ese tontaina? Y, si ha de seguir vivo, ¿no podemos decirle que vaya por delante de nosotros hasta Okot?

—Se quejará, mi señor —responde Keera—. Pero es útil para cargar tanto con los objetos de mucho peso como con los delicados. Y si nos encontramos con alguna expedición que haya salido de Broken o con nuestros propios Ultrajadores...

Caliphestros asiente, no tanto porque esté impresionado, como para mostrar su conformidad.

—Ya veo... Un hombre con talento para la violencia, ¿verdad? Y lo parece. Muy bien, entonces. Echémonos al menos una buena comida al vientre mientras preparo las provisiones necesarias y luego dormiremos unas cuantas horas sobre plumas de ganso antes de empezar. Los expedicionarios Bane, si no me equivoco, preferís viajar de noche, como Stasi. Entonces, saldremos cuando ya esté la Luna en lo alto. Tenemos una tarea muy importante que atender antes de partir hacia Okot.

—¿Plumas de ganso y buena comida? —dice Heldo-Bah—. Ya me empiezas a caer mejor, oh, Caliphestros, señor todopoderoso.

Está a punto de darle una palmada de buen humor a Caliphestros en un hombro, pero el anciano se vuelve y con una sola mirada deja de piedra al alocado expedicionario.

—Tocar mi persona, así como el sarcasmo, son actividades a incluir en la lista de aquellas que puedes emprender a costa de tu vida, Heldo-Bah. —El anciano desvía de nuevo la mirada y murmura—: Qué nombre tan absurdo. He de dar por hecho que quien te lo puso te estaba gastando una broma de mal gusto.

—Y como tal ha funcionado durante gran parte de mi vida —concede Heldo-Bah.

Caliphestros no consigue reprimir una risilla. Nunca ha soportado a los tontos graciosos; pero con aquellos que en algún profundo rincón de su alma saben hasta qué punto es cierta y grande su tontería a veces puede ser algo distinto; y empieza a sospechar que Heldo-Bah pertenece a esa categoría.

Keera habla con muestras de respeto constantes, pero no sin atrevimiento.

—Pero, mi señor, ¿qué tarea puede ser tan importante como para impedir que marchemos directamente hacia Okot?

El anciano rebusca en la túnica que lleva bajo el abrigo y saca algo que parece un ramo de flores envueltas en torno a un palo brillante. Insta a la confundida Keera a acercarse, pero ella duda: igual que sus compañeros está viendo el brillo misterioso del oro entre las flores y hojas, y Keera sabe que se pueden plantar encantos brujeriles y hechizos con elementos mucho más humildes que el oro y unas flores silvestres como estas. Sin embargo, tras una nueva presión, aún más insistente, la rastreadora se acerca al fin a Caliphestros... Y se asombra al descubrir que sostiene una flecha dorada, exactamente igual que las que los tres expedicionarios vieron en el cuerpo del soldado muerto en el Puente Caído, y que en torno a la flecha hay unos flecos enredados de musgo, así como tallos y pétalos de diversas flores particularmente famosas y llamativas. Lo primero que se ve son unos fajos bien prietos de color amarillo verdoso cuya forma recuerda en general a las de las piñas de abeto, aunque tanto la textura como el color son más frescos y llenos de vida; lo segundo es una flor pequeña con forma de estrella, del más leve tono amarillo, que crece en amplios ramilletes; por último, hay un grupo de flores grandes y carnosas, pero delicadas, con tallos gruesos, pétalos morados que parecen conchas y unas anteras amarillas apretujadas en el centro.

Keera señala primero la flecha.

—Pero... esto es...

—Sí —dice el viejo, que acompaña el asentimiento con un vaivén de cabeza—, viene de un cuerpo que, a juzgar por la expresión de tu cara, vosotros tres habéis visto recientemente. El musgo que mi... mi mensajera arrancó con la flecha crece en las rocas y en los árboles que se alzan sobre el Zarpa de Gato, sobre todo en aquellos lugares donde se levantan los puentes naturales, pues allí las formaciones rocosas se intercalan con el suelo fértil para que los árboles tengan vida suficiente para crecer. En este caso, sospecho que la flecha ha de proceder del lugar que tu gente llama Puente Caído.

Keera asiente y murmura:

—Sí.

La rastreadora mira hacia atrás, a su hermano, y ve que él y Heldo-Bah están intercambiando expresiones de preocupación.

—No ha de darte miedo —dice Caliphestros a Keera, refiriéndose a la flecha—. La enfermedad de la víctima no sobrevive en la flecha, y mucho menos después de que yo la lavara con una solución de lejía y cal. Cógela, pues, y cuéntame qué te dicen las flores.

Keera agarra el ástil de la flecha con un estremecimiento; sin embargo, al estudiar las flores se le pasa la sensación y pone cara de asombro.

—Esas dos no tienen ningún misterio. —Señala las más pequeñas: las de amarillo verdoso arracimadas y las estrellas amarillentas—. Las primeras son de lúpulo silvestre, como el que cultivamos en el Bosque para comerciar con los Altos. Ellos las usan para destilar una cerveza especial,[190] una bebida que enloquece a los jóvenes. Se la beben en el estadio de Broken, tanto si participan en los juegos como si se limitan a verlos, y la desean con tal ansia que hemos llegado a intercambiar sacos de lúpulo por instrumentos que requerirían nuestros sanadores. Estos ramilletes más bonitos —sigue la rastreadora, con apenas un ligero temblor en el dedo que señala las que tienen forma de estrella— son de glasto, que se puede usar para hacer tinte añil, pero también como medicina para excrecencias, sobre todo internas. Aunque solo si el sanador es sabio y conoce la cantidad que debe usar. —El placer que produce en Caliphestros el conocimiento de Keera se hace evidente. Sin embargo, algo en su expresión indica que no esperaba menos de ella; por eso intenta hablar con más seguridad—. En cambio estas flores moradas son campanillas de la pradera[191] y no se encuentran en el Bosque de Davon, ni a lo largo del Zarpa de Gato ni, de hecho, en ningún otro lugar que no sean los Valles y las llanuras más fértiles. En Broken solo crecen en el Valle del Meloderna, que yo sepa.

—¿Y sus propiedades? —añade Caliphestros.

—Tienen muchas —responde Keera—. Alivian los dolores de las mujeres y garantizan partos saludables; por supuesto, eliminan todos los dolores de estómago y abdomen, así como los de huesos, sobre todo la columna; y sirven para tratar las fiebres más serias.

—Todo cierto —concede Caliphestros—. Una flor medicinal formidable, sobre todo si tenemos en cuenta su delicadeza y su belleza. Ahora, observa los tallos de cada planta. ¿Qué te dicen?

Keera estudia cuidadosamente los tallos.

—Alguien los cortó con un cuchillo, sin duda —contesta—. El lúpulo y el glasto los puedes haber cortado tú mismo, mi señor, aquí en la montaña. Pero... ¿cómo has conseguido campanas de pradera? ¿Y la flecha?

Caliphestros empieza a contestar con voz entrecortada.

—He... convencido a un viejo conocido de que me traiga una nueva reserva de campanas de pradera a principios de cada primavera, que es su estación. Estas, junto con la flecha, las he recibido hoy mismo antes de venir hacia aquí.

—Quienquiera que sea ese conocido, mi señor —observa Heldo-Bah, impresionado por esta historia—, se trata de alguien muy leal y con un par de pelotas. Desde aquí hasta el Zarpa de Gato y luego más allá hacia el Meloderna es un viaje mortal para recoger apenas una colección de flores y tan poquito oro que casi no tiene valor.

Caliphestros alza la mirada hacia las copas de los árboles con gesto irritado y luego murmura a Keera:

—¿Se acostumbra uno a las interrupciones? ¿De verdad que no deberíamos deshacernos de él ahora mismo?

—Es útil para algunas cosas, como te decía. Pero no puedo prometer que te vayas a acostumbrar a sus comentarios estúpidos.

Caliphestros da su conformidad con una inclinación de cabeza.

—Muy bien, entonces... Examina los tallos de las flores. ¿Qué te dicen las marcas del cuchillo?

—Las flores son demasiado valiosas y frágiles para arrancarlas como mera decoración, o para cortarlas a guadaña, o con una hoz —responde Keera, desconcertada al principio. Sin embargo, su consternación dura poco—. Pero su principal propósito es curativo. Todas, cada una a su manera, pueden participar en una lucha contra las fiebres más serias.

—¿Y entonces?

—Entonces... hay fiebres por todo el Meloderna. Si están recogiendo estas plantas en grandes cantidades, son fiebres mortales. —Se detiene y respira con rapidez—. Entonces, ¿la plaga también se ha extendido por Broken, además de Okot?

—Suponiendo que sea una plaga —responde Caliphestros—. Efectivamente, en algún lugar del reino del Dios-Rey hay una fiebre terrible. Es probable que sea en muchos sitios si, como tú misma dices, están recogiendo estas flores en tales cantidades que mi mensajera lo tuvo fácil para encontrarlas apiladas.

—¿Y la flecha? —pregunta Keera—. Nos dice que el hombre murió asesinado por los sacerdotes de Broken, pero no nos explica por qué. Y su muerte ocurrió lejos del Meloderna.

—Cierto. No nos explica las razones por las que lo mataron, o al menos no del todo. Pero dejémoslo de momento. Ya hablaremos de esto más adelante, dentro de la cueva de Stasi. Ayuda a tus compañeros y reúnete con nosotros en cuanto puedas.

El anciano empieza a renquear de nuevo y la gran pantera adopta su posición vigilante, por delante de él y a la distancia justa para poder ver sin intromisiones a los expedicionarios, que observan la partida de la pareja con tres rostros perplejos.

{iii:}

—Desde luego, su mente no parece afectada por todo lo que ha soportado —opina Veloc mientras contempla la desaparición de Caliphestros y la pantera blanca, tan mágica en apariencia, más allá de la siguiente loma—. Aunque apostaría a que ese rollo de que no es un brujo es puro cuento.

—¿Y lo culpas? —pregunta Keera—. Mira el castigo que recibió del Dios-Rey y de los sacerdotes de Kafra por detentar ese título.

Un aleteo repentino detiene la conversación; son las alas pequeñas y activas de un pájaro moteado que desciende hasta una rama justo por encima de los expedicionarios mientras chasquea el pico y suelta un leve cloqueo.

—*Pa-mento!* —estalla el pájaro sin dejar de aletear con energía ante los Bane—. *Pa-mento! Kau-ee-fess-tross!*

Keera mira a sus incrédulos amigos.

—Creo que ahí tienes una pequeña insinuación de sus poderes como brujo, Veloc —dice. Luego se dirige al pájaro—. Dile a tu amo que no se preocupe. ¡No tardaremos!

Pero el pájaro no se mueve.

—Oh, espléndido —gruñe Heldo-Bah mientras los tres expedicionarios se disponen a recoger el campamento—. ¿Ahora resulta que he te tener cuidado con lo que digo delante de cualquier animal del Bosque de Davon para que no se vaya a informar al viejo tullido?

—De momento —responde Veloc—, yo te lo recomendaría. Y también que te aprendas dos o tres expresiones nuevas para dirigirte a él, Heldo-Bah. Está claro que no sabemos qué es en realidad, ni qué poder tiene sobre cuántas criaturas.

—Cierto, hermano —concede Keera mientras da unas patadas para cubrir de polvo los rescoldos llameantes, pero sin dejar de estudiar con admiración al estornino, pues ha empezado a sospechar con razón que el habla del pájaro se debe a un antiguo conocimiento, no a la brujería—. ¿Y te has fijado en una cosa particular? El estilo sin esfuerzo con que persuade a la pantera para que cumpla sus órdenes... ¿No te recuerda a nadie?

Veloc se golpea la frente con una mano.

—La bruja sacerdotisa... ¡Ella demostró precisamente tener las mismas artes!

—Bueno... —interviene Heldo-Bah en tono dubitativo—. No precisamente las mismas. No creo que el anciano se dedique a seducir a... O sea... Oh, no. —Como suele ocurrirle a menudo, esa sonrisa de confiado escepticismo que muestra los huecos entre sus

dientes se convierte al instante en expresión de asombrado terror—. ¿O sí?

—No, no creo que sea nada parecido —dice Keera—. La única
similitud está en la manera experta y silenciosa de comunicarse; y
apuesto a que no es casualidad.

—Exactamente, Keera —dice Veloc—. Encontrar un ser así ya
es muy improbable, pero dos... ¿Y los dos dentro del círculo real,
en el que tienen que haber coincidido al menos durante unos cuantos años? Bueno, hermana, él mismo lo ha dicho: «Solo conozco a
otra como tú.» Sí, a nuestro nuevo amigo le gusta mirar. Le falta-
rán las piernas, pero es listo como un armiño.

Keera alza una mano y pondera el asunto un momento, hasta
que al final susurra:

—Tienes razón, Veloc. No ha dicho que conoció a otra con el
mismo talento. «Solo conozco a otra...» Esas han sido sus palabras
exactas.

—¿Sospechas que sigue comunicándose con la sacerdotisa de
Kafra? —pregunta Veloc.

Keera alza la cabeza en su perplejidad.

—Sin duda, no tal como nosotros lo entendemos. Pero... ¿dos
mortales capaces de dar órdenes al espíritu más poderoso del Bosque? Uno viejo, la otra joven... ¿No puede ser que uno fuera el
maestro de la otra? Y si la otra, efectivamente, no es solo una sacerdotisa sino una Esposa de Kafra... No me gusta pensarlo, porque
creo que él es un buen hombre que de verdad quiere ayudarnos.
Pero tiene tantas cicatrices en el alma como en las piernas y su pensamiento se ha vuelto oscuro por los engaños y las traiciones de los
gobernantes de Broken. Mientras no estemos seguros de qué significan todas estas sorpresas, creo que no debemos informarle de
nuestro encuentro con la sacerdotisa.

Keera se queda tan preocupada con todos esos pensamientos
que no solo se rezaga con respecto a su hermano y Heldo-Bah de
camino al campamento de Caliphestros, sino que incluso está a
punto de tropezar y caer de cabeza al enorme huerto del anciano,
con su fuerte, casi abrumadora mezcla de aromas, antes de darse
cuenta de que han llegado a su destino. Solo cuando cuando su cabeza ya flota por el efecto de esos aromas, Keera oye las llamadas
de Veloc y Heldo-Bah, que han llegado junto a la boca de la cueva
en cuyo interior han vivido tanto tiempo Caliphestros y Stasi; tras

dedicar unos instantes a valorar las otras utilidades, aparentemente imposibles, de la extensión de tierra en las afueras de la cueva (en particular la forja, con su chimenea de piedra y mortero, de maravillosa ingeniería, a cuyo calor el anfitrión de los expedicionarios ha creado, por lo que se ve en la zona, muchos utensilios esenciales, así como una serie de fascinantes implementos científicos, a lo largo de los años), Keera se suma por fin a los demás y se llena nuevamente de felicidad al ver que la pantera salta hacia ella en cuanto se asoma a la entrada de la cueva.

Y, sin embargo, ninguna especulación previa a partir de lo que han visto fuera de la cueva podía preparar a los expedicionarios para lo que Caliphestros y Stasi han logrado en su interior; los logros de la madriguera son para quedarse estupefactos.

—Podrías dar una lección oportuna a los miembros del Groba acerca de cómo amueblar una cueva con comodidad, anciano —dice Heldo-Bah mientras se lanza sobre uno de los grandes sacos de Caliphestros rellenos de plumas de ganso, aunque se vuelve a poner en pie en cuanto la pantera suelta un gruñido grave y se vuelve hacia él—. Pero ¿cómo lo has conseguido? —sigue hablando el desdentado expedicionario, tras unirse a Veloc y sin pretender, durante unos instantes, disolver su asombro en el sarcasmo.

—Sí —insiste Veloc—. Sería un logro para cualquier hombre, pero tú, herido... Qué va, ¡mutilado! Tal como estabas cuando llegaste aquí, ¿cómo fue? ¿Cómo has podido hacerlo?

Caliphestros señala a la pantera y luego empieza a renquear hacia ella, en un estado de confusión de corazón y mente causado por esta situación sin precedentes que le lleva a ver y oír a otros humanos moviéndose en un entorno que siempre había sido de uso exclusivo para ellos.

—Nunca lo hubiera conseguido sin la ayuda de Stasi, que la prestó cada vez que se la pedía. Sin ella, jamás habría sobrevivido.

Al llegar a la altura de la pantera, Caliphestros le rasca detrás de las grandes orejas, que reclaman, y sin duda reciben, mucho afecto; pero Stasi se mantiene también al lado de Keera.

—Has hecho una amiga de verdad —murmura Caliphestros a la rastreadora, permitiendo que el tono de sus palabras revele a las claras unos celos ligeros y, lo sabe bien, en cierta medida absurdos.

—Ella me honra, señor —dice Keera—. Pero las adversidades

que habéis superado juntos sin duda te convierten en su mejor amigo para siempre.

—Y he aquí tus tan pregonados libros, mi señor —comenta Veloc, que acaba de acercarse a uno de los estantes de burda talla que Caliphestros instaló en las paredes de la cueva, en los que descansan muchos de los volúmenes del antiguo Viceministro de Broken—. Incluso en una cueva, tantos libros... Pero ¿de verdad han contribuido a la creación de este hogar maravilloso?

—Más de lo que podrías entender, Veloc —contesta el anciano—. Esto solo es una parte pequeña de la colección que me traje de Broken y que he ido aumentando en los años que he pasado aquí. Y, con escasas excepciones, los escogí porque tenían alguna relevancia para mi supervivencia en este lugar y para el ajuste de cuentas final con Broken que al principio pedía en mis oraciones, luego me atreví a esperar y al fin llegué a creer que vendría; desde entonces, como puedes ver, me he enfrascado una y otra vez en el estudio de la historia y la medicina, de la ciencia y la guerra y de los territorios en que ciencia y guerra se funden: los de la metalurgia y la química.

Tras detectar aromas atractivos que prodecen de un gran caldero de hierro colocado al borde de la cocina de leña, Heldo-Bah ha empezado a levantar la tapa; sin embargo, al oír estas últimas palabras la suelta con gran estruendo.

—¡Alquimia! —exclama, con una rápida mirada a Veloc y Keera—. Entonces... ¡por eso te desterraron de Broken!

Caliphestros se limita a inclinar la cabeza, juicioso.

—Si con ese ridículo estallido quieres decir que los gobernantes de la gran ciudad y de su reino eran, al fin, tan supersticiosos, ignorantes y enemigos de la razón y del conocimiento como tú mismo, Heldo-Bah, entonces estás en lo cierto.

—Ajá —se burla el expedicionario impertinente—. Llamás razón a la alquimia, ¿verdad? Y tratar de transformar metales básicos en oro es una prueba de alta sabiduría científica, supongo. Dime, entonces, ¿también abusas de tu cuerpo en el gran Bosque y derramas tu semilla en agujeros del suelo con la intención de cultivar hombrecitos minúsculos como si fueran verduras?[192]

Caliphestros suspira hondo.

—Imagínate solo el bendito silencio, Keera, si él no estuviera... Apenas sentiría dolor, te lo prometo. Solo la breve cuchillada de los colmillos de Stasi en la gran arteria de su cuello y la sangre de su vida fluiría rápida y silenciosa...[193]

Keera ríe en voz baja (porque ya ha dejado de creer, con razón, que el anciano pretenda hacer daño de verdad a Heldo-Bah) y se limita a decir:

—Parece que tenemos demasiadas cosas que empaquetar y transportar, mi señor, para permitirnos la pérdida de un solo porteador. Y, como ya he dicho, él es capaz de cargar mucho peso.

—Muy bien. Confiaré en tu palabra y dejaré el asunto. —Caliphestros levanta la cabeza para dirigirse al Bane de los dientes afilados y le dice—: Heldo-Bah, permíteme proponerte una prueba más práctica de eso que tú, como buen ignorante, llamas «alquimia»: las armas que lleváis tú y Veloc... Creo haber visto entre ellas dos espadas cortas bastante bien manufacturadas al estilo de Broken. ¿Es así?

—Así es —se pavonea Heldo-Bah—. La de Veloc fue confiscada, hace apenas unos días, a uno de nuestros Ultrajadores, que la había robado, sospecho, mientras ejecutaba una de sus misiones de asesinato y supuesta justicia para la sacerdotisa de la Luna. La mía, en cambio, procede directamente de un miembro de la Guardia de Lord Baster-kin, al que yo mismo sometí.

A continuación, Heldo-Bah desenvaina la espada, la saca por debajo de la capa y sostiene el metal, indiscutiblemente fino, hacia su anfitrión.

Caliphestros asiente en silencio y da uno o dos pasos hacia Heldo-Bah, aparentemente impresionado tanto por el arma como por su origen. Pero luego se hace evidente que no caminaba tanto en dirección al expedicionario como hacia su camastro, donde con un rápido movimiento para nada entorpecido por las muletas mete una mano por debajo del saco de plumas de ganso y saca su propia espada. Aunque no es tan elegante como la de Heldo-Bah o la de Veloc, sobre todo en la manufactura de la empuñadura, el pomo y la guarnición, la espada produce un efecto impresionante en los tres Bane, provocado en primera instancia por las ondas de frío azul grisáceo que parecen recorrer su hoja de moderado tamaño con un solo filo cuidadosamente afilado.

—Y supongamos que te dijera —propone en tono amistoso el anciano, sosteniendo todavía su arma hacia Heldo-Bah, que con gesto incómodo, pero rápido, pone la suya en posición de defensa— que te puedo ofrecer algo mejor. De hecho, mucho mejor. ¿Seguirías aferrándote a tu trofeo?

Más nervioso todavía por la actitud de Caliphestros —que no es tanto de amenaza como de confianza— Heldo-Bah se limita a decir:

—Si crees que me vas a engañar para meterme en una especie de trueque con ese pedazo de acero sin adornar, viejo, te advierto que sería como si me convencieras para meter la cabeza en el buche de tu compañera.

De nuevo, Caliphestros asiente con aparente indiferencia; luego sube y baja su arma con desinterés, agarrando con ligereza la empuñadura, envuelta con piel de ciervo.

Y de repente, con un par de movimientos que los expedicionarios consideran demasiado rápidos para un viejo tullido, Caliphestros elimina la presión de la axila derecha en la correspondiente muleta para permitir que caiga y resuene sobre el suelo de la cueva mientras él pasa todo el peso hacia la izquierda, sobre la pierna de madera y la otra muleta. Al mismo tiempo, alza el brazo derecho con la espada en un gesto ágil y luego baja esa hoja de acero de extraña tintura con gran fuerza contra el arma de Heldo-Bah. Cuando se hace de nuevo el silencio, Heldo-Bah permanece exactamente en la misma postura, salvo que sus ojos están ahora más abiertos para comprobar que el trofeo que obtuvo del desgraciado joven de la Guardia de Lord Baster-kin ha quedado partido por el golpe de la hoja de Caliphestros, tan humilde en apariencia. La punta del trofeo que tanto orgullo producía al Bane, junto con más de un palmo del mejor acero de Broken, descansa ahora en el suelo de la cueva.

{iv:}

Caliphestros examina el filo de su espada y frunce un poco el ceño.

—Hum, no ha sido tan limpio como me hubiera gustado —dice con calma—. Me parece que ha quedado una pequeña muesca en el filo de mi espada...

—¿De verdad? —dice Veloc en tono de mofa pasmada—. ¿Una pequeña muesca? Es inaceptable.

Heldo-Bah menea la cabeza lentamente, incrédulo, antes de empezar a asentir de pura envidia; al fin, cuando recupera la compostura por completo, lanza su reducida espada al suelo de la cueva con tanta ligereza como cuando la ha desenvainado. Luego se planta de un salto junto a Caliphestros y señala con ansias el arma que también Keera se ha acercado a examinar.

—¿Puedo? Señor Caliphestros, ¿puedo quedarme con esta? Al fin y al cabo, sería justo, como acabas de inutilizar la mía...

Caliphestros se encoge de hombros.

—Si la quieres —le dice—, tengo unas cuantas iguales.

Heldo-Bah coge la espada del anciano y la sopesa.

—¡Qué ligera! —exclama—. Por la Luna, Veloc. Si tuviéramos armas como esta podríamos segar a los Altos como si fueran tallos de trigo.

—Sí, Heldo-Bah —responde Veloc—. Ya me imagino las epopeyas históricas que compondré y declamaré a propósito de las espadas de los Bane que asestaban golpes mortales a los Altos en su reino.

Caliphestros se vuelve momentáneamente brusco.

—Tendréis la tentación de creer que podéis alcanzar esos logros, como le pasaría prácticamente a cualquier que haya sido maltratado y sometido durante tanto tiempo y de pronto se encuentra ante la oportunidad de obtener una reparación contundente; sin embargo, las armas son inútiles si uno no aprende a usarlas de la manera adecuada. Repítete esa frase, Heldo-Bah, hasta que lleguemos a Okot. Qué va, hasta que nos encontremos, algún día, ante las puertas de la mismísima Broken. Y si consigues creértela, a la larga, y logras que tu gente se la crea, entonces podríamos, apenas podríamos triunfar...

Caliphestros se vuelve hacia la cocina, levanta la tapa del caldero para comprobar que su contenido ha empezado a burbujear suavemente y luego coge varios cuencos y cucharas de arcilla, así como un cucharón (todos los utensilios tallados en una madera muy fibrosa), y deja toda la colección de objetos en su mesa burda.

—Pero antes de que ese proceso pueda iniciarse, y mucho menos dominarse, hemos de trabajar, comer y luego dormir. Mi exhibición, algo teatral, ya lo sé, solo tenía la intención de animaros el espíritu a propósito de la lucha que se avecina, no de frenar nuestro avance.

—Y has conseguido lo que te proponías, viejo amigo —declara Heldo-Bah—. Ahora, pongamos fin a la tarea de empaquetar tus posesiones para que podamos consumir este manjar, porque si se te da tan bien el guiso como el acero, señor de las plumas y de los colmillos, sin duda será satisfactorio.

Así —gracias a la portentosa ruptura de una sola espada— se forma una extraña aunque rápida amistad entre la persona más infame de la historia de Broken y los tres expedicionarios Bane que con más precariedad soportan la etiqueta de «salvadores de la tribu».

El guiso, incluso Heldo-Bah se ve obligado a admitirlo, es un mejunje excelente, entre otras cosas porque está condimentado con hierbas y alentado con verduras y tubérculos, todos ellos procedentes del huerto del propio Caliphestros. Por supuesto, el hecho de que los tres expedicionarios hayan pasado la mayor parte de los tres últimos días y noches corriendo a toda prisa y empeñados en una búsqueda enloquecida hace que, en este momento, cualquier comida pueda parecerles aceptable. Pero el guiso de Caliphestros es tan genuinamente satisfactorio y sus invitados lo consumen en tales cantidades que, cuando ya todos los sacos con el material empaquetado están listos junto a la entrada de la cueva, los tres Bane están más que a punto para buscarse un lugar entre las abundantes bolsas grandes rellenas de plumas de diversas aves que acolchan el duro suelo de la cueva. Exhaustos y saciados, los expedicionarios se desploman en esos gratos rincones para pasar durmiendo las pocas horas que les quedan antes de que la caída de la noche marque su hora de salida.

Por su parte, Caliphestros intenta dormir, igual que Stasi, ella tumbada de lado al pie del camastro de su compañero y alzando la cabeza con espíritu alerta cada vez que sus excepcionales oídos captan algún sonido para asegurarse de que los hombres Bane están, efectivamente, sumidos en un sueño tan profundo que los vuelve inofensivos. Al rato, sin embargo, esa tarea se vuelve claramente innecesaria y la gran pantera blanca se levanta, pasea una vez más la mirada por la cueva y luego camina lentamente hasta la entrada, donde tres sacos pesados de piel de ciervo, junto con dos bolsas más ligeras, esperan que sus portadores se despierten. Stasi se va a sentar para vigilar desde allí y, en principio, piensa encargarse sola de esa tarea; pero su vigilia ha sacado a su compañero del sueño comparativamente ligero en que estaba sumido, pues cada uno de ellos responde a la inquietud del otro igual que dos humanos que llevaran muchos años viviendo juntos. Caliphestros se arrastra por la cueva gracias a unos brazos que, en ausencia de piernas, han adquirido la fuerza suficiente para impulsar su medio cuerpo hacia delante y llegar hasta el punto en que Stasi lo espera sentada, con las patas traseras plegadas bajo el cuerpo y las delanteras estiradas por delante, a ambos lados, mientras el fuerte cuello sujeta la cabeza en posición cómoda pero vigilante.

Caliphestros emite un pequeño pero cariñoso ruidito de saludo, encantado de que los tres Bane no puedan oírlo, pues no desea que lo tomen por exageradamente sentimental. De todos modos, su vigilia, en este momento, no se debe tan solo a razones sentimentales: a menudo, en agradables atardeceres les ha sorprendido la caída de la noche en las lejanías del Bosque de Davon y Caliphestros ha sido testigo de un hábito de Stasi que consiste en escalar algún tronco, o una roca grande, y fijar la mirada en la lejana visión de las lucecillas que flamean en lo alto de la gran montaña del nordeste. El anciano siempre ha podido ver —en los ojos de la pantera, impresionantemente expresivos, en sus graves y continuos gruñidos de amenaza y en una particular tensión de los músculos que todos los felinos, ya sean mayores o menores, usan en su más mortal maniobra, el salto— que Stasi identifica desde hace mucho tiempo esas luces con la madriguera de sus enemigos. Caliphestros ha aprovechado por lo general esos momentos para dirigirse a ella y hablarle del día en que deberán escalar esa montaña sombría y distante y luchar contra los humanos en la ciudad que la corona. Por eso, esta noche cree sinceramente que la pantera ha entendido que el momento de emprender esa tarea grande y compartida ha llegado ya.

El viejo sabio apoya el costado izquierdo en el hombro de Stasi que le queda más cerca y permanecen los dos sentados observando por lo que podría ser la última vez los huertos que hay delante de la cueva y el bosque que se cierra tras ellos, iluminados ahora por un crepúsculo que parece dispuesto a partir de un tajo la montaña más alta, lejos por el oeste. Desde allí, la luz se fractura por las incontables hojas nuevas que cubren las ramas de los árboles, tanto lejos como cerca, y al fin llega a bruñir tanto los colores de los huertos del anciano y sus alrededores como el irrepetible abrigo de Stasi. La piel casi blanca de la pantera absorbe y redifunde luego la luz del sol del ocaso hasta tal punto que, más que nunca, semeja una aparición. Pero no hay nada extramundano en sus movimientos. La cabeza de Stasi permanece alzada y se mueve constantemente, al igual que la cola se agita de continuo de un lado a otro mientras ella mira con recelo hacia la dirección de la que parecen proceder todos los sonidos del Bosque que los rodea. Caliphestros decide que sus palabras continúan en todo momento acrecentando su estado de alerta y su deseo de partir de una vez por todas, de modo que prosigue con su monólogo suave, pero apasionado.

Los expedicionarios, en cualquier caso, no se despiertan en ningún momento y eso obliga a la pareja que permanece en la boca de la cueva a seguir esperando, aunque ya solo sea un poco más. Pero mientras tanto, mientras el anciano susurra aún más palabras al oído de la pantera blanca acerca de su inminente y compartida venganza, Caliphestros nota de pronto un aspecto nuevo en la expresión de Stasi. Es una expresión de anhelo, eso está claro, pero... ¿anhelo de qué? En esos ojos deslumbrantes que comprenden todo cuanto tienen delante y muchas cosas que quedan más allá se revelan emociones potentes que arden en las profundidades del corazón de la pantera, emociones que Caliphestros le ha visto mostrar durante la vida que han compartido, pero nunca con esta sugerencia de que lo que anhela está lejos de esta cueva, de este compañero, de esta vida y de que le va a granjear una recompensa mayor de la que obtendría sencillamente por ver sufrir a sus enemigos; de hecho, es algo destinado a restablecer al menos uno de los fragmentos que le faltan a su espíritu.

—¿Qué pasa, mi niña? —susurra Caliphestros con la voz llena de urgente curiosidad. Consigue darse media vuelta para encararse a ella y apoya las manos a ambos lados de su noble cabeza—. Quieres algo más que sangre, eso ya lo veo. Más que una matanza, por muy merecida que esta sea, pero ¿qué quieres?

La mirada fija de Stasi, sin embargo, no se quiebra en ningún momento; y no ofrece a su compañero pista alguna de la posible causa de ese anhelo sin precedentes que él ha detectado.

Pero esta exposición no ha pasado inadvertida a otra mente también presente: porque, sin que el anciano se diera cuenta, Keera se ha despertado de repente y en silencio y ha dedicado los últimos instantes a escuchar con sus extraordinarios oídos y con su mente y tratar de comprender el momento de preocupada confusión de Caliphestros. Y lentamente la rastreadora se da cuenta de que también ella ha visto algo similar antes, durante el día, algo del gran felino que el anciano evidentemente no ha percibido; aún más esencial, algo que no puede ver. Y no puede, según entiende Keera, por la sencilla razón de su género y porque él nunca ha tenido hijos.

Los dos hombres Bane se incorporan al fin en sus lechos al oír el primer grito de lo que parece un perro-búho de Davon.[194] «Si de verdad es un perro-búho, ese pájaro ha de ser inusualmente grande», opina Keera en silencio. La rastreadora Bane no sabría decir qué ha provocado esta alarma, pues la zona del exterior de la cueva queda fuera de su vista; mas se pregunta si esa criatura aún desconocida estará fuera, montando guardia; así que se levanta también ella para asomarse con cuidado a la boca de la cueva con el fin de mirar hacia la penumbra e intentar descubrir la causa...

—Siempre es así, Keera, a estas horas de la noche —dice Caliphestros en voz alta y la rastreadora se da un buen susto porque él no se había movido ni un ápice en su dirección—. Es la estación del cambio de plumaje y los perro-búhos están en guardia por si algún halcón o algún cuervo intenta robarles a sus pequeños, o por si algún búho más joven pretende usurparles el territorio. Hay una pareja que, desde que yo vivo en el Bosque, cada año vuelve al hueco de un arce grande, justo encima de esta cueva, y con el paso del tiempo el macho no hace más que aumentar su rechazo a todos los enemigos. —Por ahora, Keera ha de conformarse con esa explicación, aunque no sin sus propias estrategias en la conversación.

—Es inusual que un macho de perro-búho, y aún más una pareja, sobreviva y procree en el mismo nido durante tantos años, mi señor —dice Keera, sin esconder la suspicacia que tiñe sus palabras.

—Malditas criaturas —gruñe Heldo-Bah, mientras se rasca la entrepierna y el culo con una mano y la cabeza con la otra con un aspecto que resultaría simplemente cómico si no fuera tan inmundo—. ¡Perro-búhos! La peor manera de despertarse que puede haber en el mundo... —Enseguida alza una mano en dirección a Keera—. Y sin embargo, ya sé que hemos de respetar a todos los búhos, Keera, porque son heraldos místicos de la Luna.

—Sí lo son —responde Keera con seriedad—, y es muy sabio por tu parte retirar al menos una de tus maldiciones blasfemas.

Porque la Luna desprecia a quienes se burlan de sus voladoras nocturnas, o a quienes las maltratan, y exige que esos tontos sean severa y prontamente torturados.

—Cualquiera diría que hace ya muchos años que la Luna se cansó de torturarme —farfulla Heldo-Bah.

Al cabo de una hora, los expedicionarios han ayudado a Caliphestros a limpiar, sellar y disimular la entrada de lo que él insiste en llamar «la cueva de Stasi». Heldo-Bah mira mientras la rastreadora y Veloc ayudan a Caliphestros a ocupar su lugar a lomos de Stasi, con sus bolsas pequeñas cargadas al hombro. El hombre y la pantera se despiden brevemente del habitáculo y de unas tierras que durante mucho tiempo han merecido a la vez la condición de míticas y místicas no solo entre los Bane, sino también entre aquellos Altos que en alguna ocasión han oído rumores sobre su existencia. Luego, la pequeña tropa que carga con las esperanzas de la tribu Bane en forma de libros e instrumentos que los expedicionarios no podrían ni empezar a leer o comprender arranca por fin.

De todos modos, no lo hacen a la velocidad que Caliphestros ha insitido en considerar necesaria, o al menos no al principio. Al contrario, el hombre les explica que todavía hace falta recoger unas hojas más. Y lo afirma con tal seriedad, o incluso gravedad, que ni siquiera Heldo-Bah se atreve a ofrecer opinión ni discusión alguna; al contrario, cuando Caliphestros pide fuego para una pequeña antorcha que muestra después de montar encima de Stasi, el Bane desdentado saca enseguida un pedernal y su cuchillo de destripar y usa el lado romo de la gruesa hoja para golpear la piedra hasta que, tras varios intentos, consigue dar satisfacción al anciano. Luego, con un paso apenas regular, aunque enérgico, los viajeros vanzan hacia el oeste, de camino a un gélido arroyo que, según cuenta Caliphestros a sus nuevos aliados, a menudo ha sido su más rápida fuente de alivio del persistente dolor de las heridas; sin embargo, el anciano pide silencio de nuevo por gestos cuando el grupo empieza a descender hacia el norte por un hollado sendero cercano al arroyo, por donde caminan unos minutos para llegar a un pequeño claro en el que la ladera de la montaña traza una breve llanura. Al parecer, ese era su destino: Stasi lleva a Caliphestros a un árbol caído en el margen oriental del llano despejado y dobla con suavidad las piernas delanteras y tuerce el cuello para que él pueda sentarse encima y no se vea obligado a atarse de nuevo a sus cacharros de caminar. Los tres Bane, mientras tanto, echan un vistazo alrededor, a la luz de la oscilante antorcha de Caliphestros, aturdidos por completo.

Mientras tanto, Stasi camina lentamente hacia lo que parecen ser dos túmulos funerarios en el centro del claro y Caliphestros insta a los expedicionarios a mantenerse bien apartados. Y cuando Keera pregunta qué está pasando, el anciano empieza a contarle la historia que ha ido reuniendo, pedazo a pedazo, sobre los hijos asesinados de Stasi, y le explica que esos montículos son el lugar de descanso definitivo de dos de sus cachorros: los que terminaron alanceados y aplastados hasta la muerte por los cazadores de Broken y sus sirvientes, ante los ojos de su madre, y luego abandonados para que se pudrieran solos. Caliphestros habla con tanta pasión por primera vez desde su encuentro con los tres Bane que enseguida resulta evidente para los expedicionarios que si en esta amistad aparentemente imposible entre un hombre mutilado y una fiera poderosa hay alguien hechizado se trata del supuesto brujo y no de la pantera como habían creído en un inicio.

La horrenda historia del asesinato brutal acrecienta la profunda compasión que Keera siente por la pantera; y cuando ve que Stasi escala un saledizo rocoso cercano y empieza a soltar un largo y grave lamento con el que parece llamar no solo a sus hijos secuestrados, sino también a los espíritus de aquellos cuyos huesos descansan bajo las pilas de tierra y piedras que ahora tiene delante, Keera se conmueve de tal modo que se acerca a la criatura (algo que Caliphestros, por puro respeto por el dolor de Stasi, nunca se ha atrevido a hacer en esos momentos). Y entonces, ante los ojos de los tres hombres, una vía protegida de comunicación entre las dos hembras, una vía que ya se había ido insinuando durante el día, se abre ahora por completo y de un modo tan evidente que hasta Heldo-Bah se da cuenta. Keera asciende la roca, apoya la cabeza en el cuello de la pantera y ambas alzan la mirada hacia el nordeste para ver.

—Broken —anuncia la rastreadora a los demás—. Ella ve la maldita ciudad desde este punto, igual que yo.

Durante un largo rato en el pequeño claro del Bosque de Davon solo se oyen las criaturas nocturnas. Pese a la impaciencia de Heldo-Bah, Caliphestros se asegura de que ninguno de los tres hombres diga o haga nada que pueda interrumpir la profundización del extraordinario vínculo que se establece entre quienes ya se han convertido en líderes del grupo del Bosque, ahora reformado: Keera y Stasi. Solo cuando la pareja desciende de la roca por su propia voluntad y cada uno coge su carga, el grupo arranca de nuevo.

{v:}

El grupo llega a los desfiladeros rocosos de la parte alta del Zarpa de Gato antes de que el añil haya trepado para transformar el cielo, un cielo que de nuevo solo puede verse por completo por las franjas que la Luna ilumina entre las ramas colgadas de unos árboles que se aferran desesperadamente a las rocas a ambos lados de un río siempre furioso. Cuando ya han alcanzado las rocas, tanto Keera como Stasi aminoran el paso por primera vez por respeto al peligro de los resbaladizos salientes de piedra lisa y gigantesca que, cuando están cubiertos de hojas y musgo, representan quizá la serie más mortal de trampas naturales que se pueda encontrar en un bosque ya de por sí letal.

La reducción del paso trae consigo una nueva oportunidad para conversar; Veloc, con la intención de impresionar a Caliphestros con sus conocimientos como historiador, pide cortésmente al anciano que explique los hechos esenciales de su larga e interesante vida para que el bello y ambicioso Bane pueda empezar a componer un *heldenspele*,[195] relato heroico que pasa de generación en generación entre los historiadores Bane para asegurar que la tribu nunca pierda la unidad, así como su exclusivo sentido de la identidad. Los niños Bane aprenden mejor cuál es su sitio en el mundo, explica Veloc, al oír canciones e historias no solo de los héroes de la tribu, sino también de los seres ajenos que en alguna ocasión se han aliado con la misma. Caliphestros queda claramente halagado: ha pasado mucho tiempo desde la última vez que el anciano experimentó la sensación de ser apreciado por un conjunto de seres humanos de cualquier clase. Así que acepta la petición de Veloc pese a ser consciente de que dicha aceptación abrirá la puerta a una nueva avalancha de observaciones discutibles por parte de Heldo-Bah.

Y Heldo-Bah no lo decepciona. Mientras sigue el recitado prudentemente limitado, pero sincero, del principio de la larga vida del anciano, el Bane escéptico se atribuye la tarea de disipar al menos parte del aura que rodea al hombre legendario que los acompaña en el viaje.

—A ver, un momento, por favor, oh, noble señor —dice Heldo-Bah desde la retaguardia de la pequeña columna—. Nos has dicho que vienes de las grandes tierras de los mercaderes del nordeste, hogar de esas tribus para las que comprar, vender y practicar el trueque no son meras artimañas para facilitar las incursiones y las violaciones, como suele ocurrir con sus primos de más al norte, sino un modo de vida distinto por completo y más inteligente.

Caliphestros se limita a sonreír y suelta una risa en voz baja, porque ha terminado por entender que muchos de los insultos aparentes de Heldo-Bah, sean o no payasiles, enmascaran una voluntad extrañamente fascinante de encargarse del trabajo desagradable de la seguridad de la tribu, y en especial de sus camaradas, determinando la fiabilidad de los recién llegados.

—Sí, mi pequeño amigo —responde Caliphestros, tras repetir la impertinencia de Heldo-Bah con un discreto regocijo—. Eso es lo que he dicho.

—¿Pequeño? —replica Heldo-Bah—. Si me faltaran los pies y la mitad de ambas piernas y para moverme por ahí necesitara recurrir a aparatos mecánicos y a la ayuda de una fiera legendaria, no me tomaría tantas libertades con el lenguaje, oh, señor despiernado.

—Tal vez no —concede Calpihestros—. Pero, claro, como nunca has contado con la confianza de una fiera legendaria, dudo que estés en condiciones de apreciar precisamente la sensación de seguridad que proporciona un vínculo de ese tipo.

En ese instante, en una nueva demostración de su extraordinaria intuición del lenguaje humano, Stasi vuelve la cabeza por completo hacia ellos y mira por encima del hombro a Heldo-Bah mientras un hilillo de saliva, largo y grande, gotea desde su lengua hasta el suelo.

—Muy bien —contesta el maloliente expedicionario—. Dejemos esas cuestiones aparte. Lo que me interesa saber en particular es lo siguiente: dices que cursaste tus estudios, en su mayor parte, en esa ciudad llamada Alejandría, del reino de Egipto, donde se permitía descuartizar cadáveres para especial alegría de tu corazón; y que no era ese el caso en Broken, donde te veías obligado a mandar a tus acólitos a robar cadáveres antes de que los lanzaran sobre las piras funerarias. Y te entró la fascinación, dices, por el asunto de las enfermedades, las plagas y, muy especialmente, la Muerte en sí.

—Me asombra tu memoria, Heldo-Bah —se mofa el anciano.

—Y cuando los mahometanos, con la sabiduría propia de esos hombres que adoran a un dios totalmente improbable, conquistaron ese reino de Egipto y decidieron, tras un breve período de incertidumbre, que todos vosotros, los asaltadores de tumbas y ladrones de cuerpos, os teníais que largar a otro sitio o contar con que los cuerpos descuartizados fueran los vuestros, tú te mudaste a la capital de otra gente que también cree en un solo dios, pero sostiene que ese uno en realidad es la suma de tres deidades, noción apenas levemente menos estúpida que la de un dios todopoderoso capaz de crear a la vez todo lo bueno y todo lo malo del mundo.

—Los que adoran a Cristo, efectivamente, pueden sostener creencias que parecen volverse en su contra, Heldo-Bah —concede Caliphestros—, pero no estoy tan seguro de que podamos despreciarlas como «estúpidas».

—¿No? —inquiere el Bane—. Entonces, oye esto: he estudiado su fe y hasta he conversado con ese monje loco que lleva tanto tiempo deambulando de tribu en tribu, de un reino a otro. Seguro que, como buen viajero, has oído hablar de él, ese lunático que cortó el fresno del dios del trueno de los francos...[196]

—¿Winfred? —pregunta Caliphestros, tan asombrado que casi se cae de la grupa de Stasi—. ¿Tú, Heldo-Bah, has hablado sobre la religión de los que adoran a Cristo con ese hombre que recibió de su líder supremo el nombre de Boniface después de cruzar los Estrechos de Seksent para cumplir con su tarea?

—¡Ese mismo! —se ríe Heldo-Bah—. ¡Cuba de los Zurullos![197] Nunca olvidaré su cara cuando le expliqué por qué se reía la gente de su nombre «sagrado» en Broken... Porque suena igual, ¿verdad? Entonces sí que sabes quién es, ¿verdad, hombre sabio?

Caliphestros mueve lentamente la cabeza para asentir, todavía profundamente asombrado.

—Lo conocía muy bien. Antes de ir a Broken. De hecho, la primera vez que fui a esa ciudad lo hice en su compañía. Entonces yo vivía en la abadía de Wearmouth, al otro lado de los Estrechos de Seksent, en Bretaña. Mi amigo, el historiador Bede, al que antes me refería, Veloc, para ser adorador de Cristo tenía una inusual curiosidad científica. Me dio una habitación y un empleo en su botica, en la que durante el día trabajaba para la abadía y por la noche desarrollaba mis propias faenas. —Caliphestros se calla de repente y mira a Veloc y a Keera como si, de hecho, no pudiera verlos—. No había hablado de esto desde hace.... Por todos los cielos, cuántos años hace. —Su cuerpo sufre un estremecimiento repentino y luego retoma su historia—. Allí conocí a Winfred. Era monje y sacerdote, buscaba fondos, compañeros y seguidores para la gran empresa de convertir a la causa de Cristo a las tribus y reinos de estos lares, así como a las de más al norte. Así que recogí mis utensilios y mis libros, crucé los Estrechos de Seksent acompañado por Winfred y seguí hasta la ciudad de la cumbre de la montaña. Uno de los primeros objetivos de Winfred, aunque a estas alturas los de su fe ya lo llamaban Boniface, era convencer al Dios-Rey para que aceptara a Cristo. Había oído que Broken era un estado muy poderoso en el que se mantenía la ley y florecía el comercio, y que Izairn era un hombre justo, como efectivamente era...

—Hak! —exclama Heldo-Bah con una risotada—. No sabía que hubiera intentado hacerle sus truquitos sagrados al Dios-Rey de Broken, aunque parecía tan loco como para intentarlo. Lo último que supe de él, hace ya unos años, fue que planeaba convertir a los varisios. Imagínatelo: esos violadores ávidos de sangre intentando vivir según todo ese barboteo de Cristo sobre la obligación de amar a tu enemigo. Me encantaría saber si llegó a emprender ese loco esfuerzo y, en ese caso, qué se hizo de él.[198] —Al ver que Caliphestros no puede, o no quiere, proseguir con su relato, Heldo-Bah sigue cargando—: En cualquier caso, a ese tipo, a ese tal Boniface, como supongo que ya sabes, lo habían echado a patadas de Broken al poco tiempo de entrar en el reino y en la ciudad. Cuando yo lo conocí, hacía cuanto podía por volver a entrar. De hecho, yo tenía que conseguirle caballos para sus seguidores, suponiendo que les dejaran regresar en algún momento, aunque estaba claro que eso no era probable.

—Y no me cabe duda de que su grupo hubiera viajado bien seguro bajo tu guía y protección, Heldo-Bah —se burla Caliphestros en tono suave.

—Claro que sí, porque tenían tan poco oro que no... —Heldo-Bah se reprime antes de caer en la indiscreción y luego declara—: Lo que pretendo decir, mi señor, es que él y yo hablamos en diversas ocasiones sobre esa idea de que tres entidades divinas pueden hacer un solo dios, y que la figura resultante deba ser admirada como si tuviera autoridad al mismo tiempo sobre todo lo bueno y todo lo malo de este mundo. «¿Y eso cómo puede ser?», le pregunté. «Si tu dios de verdad es la suma de tres deidades en una y es el amo de todo, entonces sus actos han de ser caprichosos, o bien nos hablan a las claras de una mente que permanece gravemente desgajada en partes enfrentadas.» Y la pregunta que le hice a continuación te la haré ahora a ti, señor de la Sabiduría del Bosque: ¿cómo, dime, cómo puede una criatura todopoderosa ser tan despiadadamente cruel como para crear y expandir pestilencias como la Muerte, por un lado, y sin embargo pretender, por otro, que se le atribuyan todos los placeres y disfrutes que esta vida nos ofrece? ¡Es una locura de sugerencia!

Caliphestros vuelve a reírse en voz baja y se sirve de un pequeño pedazo de tela para secarse el sudor de la frente antes de echar en la boca de Stasi una pequeña cantidad de agua de su odre y luego beber también él.

—Los Bane tenéis una manera peculiarmente perversa de llegar a la verdad de las cosas o, mejor dicho, a una especie de verdad.

—¡Ah! Pero es verdad, ¿eh, señor Mago? —declara Heldo-Bah, triunfante.

—Digamos que sí —responde el viejo— y di lo que tengas que decir.

—Suponiendo que tengas algo que decir —lo amonesta Veloc.

—Ya lo he dicho —se mofa Heldo-Bah—. ¡Fíjate en cómo mi genio confunde al hombre sabio! Lo que quería decir es meramente que cuanto más sabes de esa gente que adora a un solo dios, más absurda te parece... —El expedicionario menea la cabeza antes de continuar—: Y tú, viejo: ¿a qué dios has adorado tú, que al parecer te mantuvo con vida durante tu estúpida (aunque sin duda noble) persecución de la Muerte, para pagarte luego tus piadosos esfuerzos dejándote sin piernas?

—¡Heldo-Bah! —grita al fin Keera, incapaz de soportar la burla y la falta de respeto infinitas de su amigo.

—Lo lamento profundamente, Keera —responde Heldo-Bah—, pero, sea o no sea un brujo, y tenga o no las más nobles intenciones, ¿qué clase de loco se dedica a seguir a la Muerte de un lado a otro?

Keera tiene la cara roja de ira y Veloc, al darse cuenta, interviene:

—¿No puedes limitarte a hablar del asunto, Heldo-Bah, sin recurrir a insultos y disputas?

—No te preocupes, Veloc —dice Caliphestros—. Y me honra tu indignación, Keera, pero entre la procesión infinita de asaltos de ignorantes a que me he enfrentado a lo largo de toda mi vida, tu amigo es, de hecho, una de las variedades más divertidas e incluso interesantes. —Tras instar a Stasi a acercarse a Keera, Caliphestros sigue dirigiéndose a ella, pero ahora en tono confidencial—. Y tanto mi distracción como mi indulgencia con respecto a Heldo-Bah y tu hermano tienen un propósito, Keera. Si lo que sospecho sobre la plaga que afecta tanto a Broken como al Bosque es cierto, cabe la posibilidad de que detectemos o, mejor dicho, de que tú detectes el aroma de más cadáveres entre las rocas que flanquean el Zarpa de Gato, así como entre las lomas que se alzan por encima. Aromas animales, además de los humanos. Cualquier muerte que se produzca cerca de este río debe ser examinada con atención si queremos resolver este terrible acertijo.

Keera camina con la espalda más recta y alza la nariz hacia la brisa del oeste.

—Entiendo, mi señor; aunque no puedo asegurar que la tarea me impida tirarle una piedra a la boca ruda e ignorante de Heldo-Bah.

—Tú déjamelo a mí —se ríe por lo bajo Caliphestros.

Keera suelta un suspiro y dice:

—Muy bien, mi señor. —Luego pasea la mirada, y la nariz, en todas las direcciones—. Ya hemos pasado las rocas más peligrosas y la salida del sol hará que el trecho que nos queda por recorrer sea más seguro —opina al fin.

—En el nombre de la horrenda cara de Kafra, ¿qué estáis tramando vosotros dos? —grita Heldo-Bah.

—Cálmate, Heldo-Bah —responde Caliphestros—. Y empieza a moderar el volumen de tu voz, porque se está estrechando el río y no hace falta que te diga quién hay al otro lado. Puede que los hombres de Baster-kin estén dedicando el tiempo que les sobra antes de avanzar para buscar a esos Bane que pasaron a cuchillo a uno de los suyos y se lo dieron de comer a los lobos.

—El que se ha de calmar eres tú, viejo —dice Heldo-Bah, si bien echa una mirada incómoda hacia el lado más lejano del río—. Aunque los hombres del Lord Mercader estén ahí, no es probable que me hayan oído. Estos desfiladeros hacen cosas extrañas con el sonido.

—¿Pondrías en juego tu vida, y todas las nuestras, por lo que acabas de decir? —prosigue Caliphestros—. Al fin y al cabo, Stasi y yo oímos los alaridos de ese hombre y en consecuencia investigamos la causa; y es perfectamente posible que los vigías de las murallas de Broken también los oyeran. La prudencia, mi desafiante amigo, podría ayudarte a conservar unos pocos dientes más, aparte de la vida.

—Sí, sí —responde Heldo-Bah gesticulando para rechazar ese comentario—. Pero no creas que puedes seguir evitando mi principal pregunta con tus distracciones. Quiero saber eso, al final: con tantas tierras que has visitado y tantos grandes filósofos y reyes que has conocido y a los que has asesorado, ¿por qué? ¿Por qué escogerías instalarte precisamente en Broken? Seguro que conocías la esencia maligna de su fe...

—De hecho, así es —contesta Caliphestros, con calma y buen humor todavía—. Porque primero pude observar lo que allí llaman «culto» a Kafra en Alejandría. Lo habían llevado allí las tribus que viven en las partes altas del río Nilus,[199] al que llaman «madre de Egipto». Luego me volví a encontrar con esa fe en varias ciudades de las fronteras de Broken, pequeñas pero ricas, cuando viajé con Boniface...

Heldo-Bah no puede evitar un abrupto:

—¡Ja! ¡Cuba de zurullos! —Y luego adopta un aire de total satisfacción mientras Caliphestros continúa.

—La fe y sus adeptos habían viajado repetidas veces, o eso me contaron, en los barcos de grano que surcan los mares entre Lumun-jan y Egipto. Y eso fue lo que me interesó, en particular, del dios dorado: su camino sobre las aguas, entre los imperios del sur y luego entre los reinos del norte, seguía exactamente la ruta que habían mantenido todos los estallidos de la Muerte. —El hombre se detiene, y luego baja la mirada hacia lo que le queda de pierna—. Igual que las ratas que infestan esos barcos de grano...[200] Y, sin embargo, nunca se me había ocurrido que esa fe tan peculiar pudiera convertirse en fundamento de un estado y cuando empecé a oír que había ocurrido eso me quedé fascinado. Ya había intentado visitar Broken en compañía del hermano Winfred para determinar si la Muerte había llegado hasta allí; la extraordinaria noticia de que el lugar se convertía en reino kafránico capaz no solo de subsistir, sino incluso de volverse poderoso, se convirtió entonces en razón adicional para hacer el viaje.

—Tengo la sensación de que debería señalar, mi señor —interviene Veloc, no sin cierta indignación—, que cualquier colegial Bane sabe que Kafra entró a formar parte de nuestro mundo cuando Oxmontrot y sus camaradas, que habían viajado al sur en busca de fortuna en las guerra de los Lumun-jani, regresaban a casa.

Una fascinación repentina y bastante peculiar se asoma a los rasgos de Caliphestros.

—Entonces, ¿los Bane sabéis quién era Oxmontrot?

—¿Y por qué no íbamos a saberlo? —pregunta Veloc, representando todavía el papel del estudioso ofendido—. Él inició los destierros de todos los que no podían, o querían, ser esclavos de su plan para construir esa gran ciudad, al fin y al cabo. Y por eso fue, en cierta manera, el padre de nuestra tribu, igual que el hombre que viola a una mujer y la deja encinta se convierte en el detestable pero indudable padre de la criatura.

Caliphestros queda todavía más impresionado.

—Eso está muy bien argumentado, Veloc, y con buena economía de palabras. Empiezo a preguntarme cómo puede ser que los miembros del Groba se negaran a nombrarte historiador de la tribu.

—Si quieres una aclaración, mi señor —lo interrumpe Heldo-Bah—, solo tienes que preguntarle con cuántas mujeres de los Altos se ha acostado. Y esa solo es una razón de la desconfianza de los Groba. También está el pequeño asunto de que pase mucho tiempo en mi compañía, cosa que, según creo, estarían dispuestos a perdonar si no fuera por el detalle adicional de que se negó a copular con la Sacerdotisa de la Luna...

—¿Es cierto todo eso, Veloc? —pregunta Caliphestros, sin encono ni censura por su parte—. Pero yo tenía entendido que la Sacerdotisa puede escoger a cualquier macho de la tribu que desee, emulando las costumbres de los sacerdotes kafránicos, según opinión de estos, y que nadie se atreve a rechazarla.

—Bueno, señor brujo —declara Heldo-Bah, señalando ahora con orgullo burlón a Veloc—, ¡permitidme que os presente al único que sí se atrevió!

Veloc intenta hacer caso omiso del cáustico comentario de Heldo-Bah y dirigir la conversación hacia otros derroteros.

—¿Y desde cuándo sabes tanto de nuestra tribu, mi señor?

—¿Yo? —pregunta el anciano—. Desde hace mucho tiempo.

Podría decirse, sin exagerar, que de toda la vida. Serví al Dios-Rey Izairn durante mucho tiempo y con la lealtad suficiente para ganarme su confianza, y él me encargó el estudio de vuestra tribu. Con la ayuda de mis acólitos, reuní una enorme cantidad de información. Una información que más adelante me resultaría muy útil en mis años de destierro.

—Ah, ¿sí? —inquiere Heldo-Bah con determinación—. ¿Y qué se ha hecho de toda esa información? Porque no son pocos en nuestra tribu los que defienden que para avanzar en ese «estudio» te dedicabas a diseccionar vivos a los prisioneros Bane.

—¿Nunca vas a cortar el cacareo infantil, Heldo-Bah? —interviene Keera, enojada—. Eran fábulas inventadas por unos pocos Ultrajadores.

—Yo solo pregunto, Keera —se defiende Heldo-Bah—. Ya sabes que desprecio a los Ultrajadores incluso más que tú o, por supuesto, que cualquier otro Bane. Solo quiero saber cuánto tiene de cierta esa historia, si es que algo tiene.

Caliphestros resopla para rechazar esa afirmación.

—Si te crees esas historias, Heldo-Bah, no tiene demasiado sentido que sigamos hablando, ni que hagamos nada juntos. —Los rasgos del anciano muestran un momentáneo desconcierto—. Pero... ¿es cierto que desprecias a los Ultrajadores? ¿Y que otros de tu tribu albergan sentimientos similares?

Keera y Veloc mueven la cabeza para asentir y dejan que sea Heldo-Bah quien diga:

—¿Despreciarlos? Vaya, no hace ni una semana que dejamos a uno casi muerto. Y encima era uno importante...

—¡Heldo-Bah! —ordena Keera—. No hay ninguna razón para revelar lo que hayamos hecho o dejado de...

—Oh, claro que la hay, Keera —dice Caliphestros—. Perdona que te haya interrumpido. Esta hostilidad de los Bane hacia los Ultrajadores es un hecho que mis estudios de vuestra tribu no contemplaban. Durante los años que pasé en Broken de hecho intenté provocar sentimientos parecidos contra otro grupo de asesinos convertidos en soldados sagrados, la Guardia Personal del Lord Mercader, de los que hablábamos hace un momento. Esos villanos amanerados que, tras mi destierro, torturaron y asesinaron a mis acólitos.

La desconfianza junta las cejas enmarañadas de Heldo-Bah y

sus dientes afilados vuelven a asomar al curvarse los labios en un muestra de escepticismo.

—¿De verdad, viejo?

Caliphestros respira hondo con entusiasmo, pero duda: sabe que la veracidad de sus siguientes palabras, y el aumento de la confianza que (con suerte) traerán consigo, será inevitablemente crucial para el futuro del presente empeño de esta pequeña banda; sin embargo, como siempre, le incomoda compartir secretos.

—Os diré algo, pero es confidencial. Ya que el destino nos ha reunido para un empeño vital, he de confiar en la sinceridad de cada uno de vosotros y también debo dar por hecho que comprenderéis la necesidad de discreción permanente, porque el empeño nos va a exigir los mejores esfuerzos y la mayor confianza que seamos capaces de mostrar en cada uno de nosotros. Por eso... ¿podéis prometerme los tres esa confianza y esa seguridad? ¿Me vais a creer si las prometo yo?

Entre los expedicionarios, Veloc es el primero que transmite su conformidad con un golpe de cabeza rápido e impaciente; Heldo-Bah, como era de esperar, sigue pareciendo incómodo, pero acepta también el compromiso tras pensárselo un poco más; en cambio Keera, de manera en parte sorprendente, es la que se muestra más cautelosa.

—Si eso es así, mi señor —dice—, entonces, en el espíritu de la sincera alianza que se establecería entre nosotros, hay una cosa que debemos contaros.

Tanto Veloc como Heldo-Bah parecen alarmarse de pronto, como si supieran exactamente a qué se refiere Keera y el mero anuncio les asustara. Y sin embargo Caliphestros, para sorpresa de todos los expedicionarios, sonríe con amabilidad; de hecho, casi con indulgencia.

—Sí. Ya me lo parecía.

Heldo-Bah alza las manos hacia las ramas de la bóveda del bosque.

—¡Ya está! ¿Lo veis? Nos lee el pensamiento. Está claro que es un brujo, como siempre he mantenido.

—Calla, Heldo-Bah —ordena Veloc. Y luego murmura a su hermana—: Siempre que estés segura, hermana...

Keera mantiene la mirada clavada en la amable sonrisa del rostro de Caliphestros.

—¿Cómo lo has sabido, mi señor?

—¿Cómo no iba a saberlo? —contesta el anciano—. No sé si te das cuenta, Keera, pero los Bane, por mucho que vuestras actividades puedan serlo a veces, no sois tan oscuros cuando habláis entre vosotros. Y anoche, mientras recogíamos mis utensilios y materias, había un asunto que los tres parecíais ansiosos por mencionar, pero cada vez que alguien estaba a punto de hacerlo uno de los otros propinaba al hablante una patada en el trasero o una bofetada con la palma de la mano en la cabeza.

Caliphestros dirige a Stasi para que se separe unos pasos de los demás y se encara al nordeste, hacia Broken; la lejana montaña y las murallas de la ciudad que la corona quedan ahora reveladas por entero gracias al alba, al otro lado del río y a través de los huecos que se abren entre las filas de árboles, mucho menos espesas en las orillas.

—Entonces —dice, con una voz apenas audible—, ella ha vuelto a pasar por el Bosque...

Los expedicionarios se acercan más al punto en que permanecen la pantera blanca y su jinete.

—Así es —dice Veloc—. Y, tal como suponíamos, tú sabes más de esta Esposa de Kafra, mi señor, que su mero rango y situación. Y aparte de que, aparentemente, de vez en cuando se aventura por el Bosque de Davon. Pero hemos de estar seguros... ¿Estás seguro de que estamos hablando de la misma bruja?

Caliphestros inclina la cabeza en señal de afirmación, pero mantiene la mirada en el horizonte.

—¿Una mujer alta con una melena negra como el carbón que cae en láminas lisas y brillantes, y unos ojos de un verde más oscuro que los de Stasi, pero igual de brillantes?

—Esa misma —responde Heldo-Bah, llevándose ambas manos a los lados de la cabeza en señal de resignación—. Déjame que lo adivine: ¿es tu hija? ¿O acaso tú mismo eres un demonio mestizo que se lo montó con una hembra mortal, y tiene que haber sido una hembra bien hermosa, cuando tenías piernas todavía?

Caliphestros apenas ofrece una risilla al comentario relativamente acusatorio del expedicionario.

—Te equivocas de cabo a rabo, Heldo-Bah. La mujer a la que viste no es pariente mía, o quizá debería decir que no tenemos lazos de sangre. Era, es, una princesa: hija del Dios-Rey a quien yo serví, Izairn, y hermana de Saylal, el heredero de ese buen hombre.

—Eso no... —Veloc se detiene antes de terminar el comentario y se permite algo de tiempo para formularlo de manera más cuidadosa—. No se me había ocurrido que algo así fuera posible, mi señor. Porque las Esposas de Kafra, como saben desde hace tiempo los historiadores Bane, son también amantes del Dios-Rey.

—Qué tonto, Veloc —lo riñe Heldo-Bah en voz baja—. ¿De verdad creías que una mujer tan demente como para seducir a una pantera de Davon tendría algún reparo en acostarse con su hermano?[201]

Solo Keera se da cuenta de que Caliphestros ha hecho una mueca y se ha puesto a temblar de manera abrupta al oír esa pregunta.

—¿Mi señor? —pregunta—. ¿Te encuentras mal? ¿Descansamos un poco y preparamos alguna de tus medicinas?

El anciano contesta con una débil sonrisa.

—No, Keera... Aunque te lo agradezco. Pero ni siquiera yo tengo medicinas que curen esa estupidez y esa tragedia... —De nuevo alza la mirada y la pasea entre los árboles hacia el horizonte que se extiende por el norte, como si pudiera ver dentro de las mismísimas habitaciones del Dios-Rey; y mientras se regocija en esa visión aparente, murmura tan solo un nombre—: Alandra...[202]

Keera se acerca con cautela a Caliphestros y Stasi; al llegar a su lado, reúne el valor suficiente para preguntar:

—¿Es así como se llamaba...? ¿O se llama?

Caliphestros asiente de nuevo.

—Se llamaba y se llama, Keera. Un nombre derivado de las leyendas de aquellos a quienes la gente de Broken conocen como *Kreikish*, mientras que los de Roma, o del Lumun-jan, los llaman *Graeci*.[203] En particular, el nombre viene de una antigua historia de otra gran ciudad que fue sitiada, igual que nosotros mismos podríamos vernos abocados, si las próximas etapas de nuestro plan salen mal, a sitiar la ciudad de Broken.

Keera hace caso omiso de un gruñido burlón de Heldo-Bah y dice:

—No quiero sacar ninguna conclusión sin haber reunido razones suficientes, mi señor, pero...

Keera guarda silencio de repente y se vuelve hacia el nordoeste con una expresión que Veloc y Heldo-Bah conocen demasiado bien, porque revela que ha detectado algún peligro nuevo. Una ráfaga de viento ha recorrido la serie de desfiladeros altos y largos que conforman esta porción del valle del Zarpa de Gato para llegar finalmente a la roca en que la rastreadora permanece con Caliphestros y Stasi; casi al instante de alejarse hacia la izquierda, Keera se da media vuelta de nuevo para bajar la mirada y comprobar que también la pantera ha detectado algo en la brisa y tiene las fosas nasales, rojas como la arcilla, bien abiertas.

Las orejas de la pantera se mueven lentamente hacia abajo y hacia atrás, abajo y atrás, hasta que quedan enterradas detrás de la coronilla; y ya empieza a emitir un gruñido de alarma y advertencia al tiempo que abre la boca y toma aliento en una serie de respiraciones rápidas y regulares al estilo silenciosamente particular de los felinos en momentos como este. Caliphestros, en un susurro, explica a Keera que, al usar unos órganos excepcionalmente sensibles que tienen dentro de la boca, los felinos pueden de hecho saborear los aromas[204] y, en consecuencia, el peligro: una capacidad muy impresionante que, para los legos, parece una especie de magia.

Pero en estos momentos Keera no está muy interesada en los asuntos académicos.

—¡La Muerte! —exclama de repente—. Quizá no sea la Muerte, pero muerte es en cualquier caso y en grandes cantidades. Yo la situaría... —olfatea el aire de nuevo mientras el felino sigue gruñendo— por encima del punto en que hemos salido del bosque profundo y hemos llegado al río. Y viene... —sale disparada hacia el borde del Bosque y trepa por un cerezo retorcido para juzgar si desde allí el olor aumenta o decrece. Después regresa al punto en que Stasi permanece junto a su jinete y el anciano entiende que debe permitir que la rastreadora prosiga con su trabajo sin interferencias— de muy cerca del río, si no del mismo valle. De hecho, yo apostaría que se origina en las cenagosas orillas de una de las grandes charcas que se forman en los primeros descensos del río. O sea, en esos fragmentos más tranquilos a los que acuden a beber y bañarse toda clase de criaturas. —Los dientes muerden el labio inferior mientras crecen su inquietud y su preocupación—. Porque dentro de este hedor hay muchas variedades de muerte y deterioro...

Stasi se desplaza enseguida a la izquierda para situarse en un terreno más sólido, al límite del Bosque de Davon. Allí camina inquieta de un lado a otro, escrutando con la mirada el bosque hacia el nordoeste y el cielo, ambos absorbidos aún por la suficiente oscuridad como para disparar su imaginación. Caliphestros le acaricia el cuello y le insta a conservar la calma, pero con escaso éxito.

—Fue en un sitio como este —explica el anciano a los demás— donde el grupo de cazadores de Broken vio por primera vez a Stasi y sus cachorros, antes de perseguirlos hasta las profundidades del Bosque.

Keera estudia un rato más los movimientos de la pantera y las expresiones de su rostro y de su voz y al fin dice:

—Parece que Stasi está regresando a ese momento terrible ahora mismo, como si percibiera que quienes atacaron a su familia son también responsables de las muertes que ahora detecta; y desea otra oportunidad para...

De repente, Stasi suelta su grito de alarma, resonante y angustiosamente agudo. Luego se adentra deprisa un poco más en el bosque propiamente dicho, para llegar a unos espesos matorrales de bayas rosas[205] que crecen en un pedazo de tierra particularmente blanda y cubierta por una gruesa capa de musgo. Allí, con delicadeza, pero muy decidida, hunde la pata izquierda y dobla el costado para provocar que Caliphestros pierda el equilibrio encima de ella y, agarrado a sus bolsas y al paquete que forman sus muletas, ruede hacia el matorral de maleza casi inofensiva y pronto termine en el musgo de la base. Después, tras una breve mirada atrás para comprobar que el anciano ha sobrevivido sin daño alguno, Stasi sale disparada y se mantiene justo dentro de la línea del límite del Bosque, donde el agarre al suelo se hace más fácil, y al fin desaparece en el paisaje silvestre que se abre al nordoeste.

—¡Stasi! —exclama Caliphestros, antes incluso de conseguir sentarse. Mientras los expedicionarios se abalanzan a ayudarlo sigue gritando, presa del miedo—: ¡Stasi! No te precipites, has de esperarnos para que te ayudemos.

{vi:}

—¡Lord! —exclama Keera.

Se lanza hacia el matorral que la rodea, encuentra un sendero entre las ramas más espaciadas en la base del zarzal y así consigue llegar junto al anciano con la velocidad que ya hemos aprendido a esperar de estos Bane.

—¿Estás herido? —pregunta al llegar a su lado.

Caliphestros aprieta con fuerza los dientes y empieza a agarrar una pequeña bolsa de piel de ciervo que lleva colgada del cuello.

—No, herido no, Keera —dice en un gemido—. No es más que el viejo dolor... —La frase se disuelve en otro gemido y más rechinar de dientes—. Pero tampoco es nada menos. Que las verdaderas deidades que cuidan de este mundo condenen al dios dorado y a sus sacerdotes a un fuego tan eterno como el mío.

—Hak! Ten cuidado —lo regaña con una sonrisa Heldo-Bah mientras se abre paso entre las ramas del zarzal—. Ya has pasado demasiado tiempo en nuestra compañía, Señor de la Sabiduría. Blasfemas como una puta barata de Daurawah. ¡Me dejas sorprendido!

—Pero ¿qué ha pasado, mi señor? —pregunta Veloc.

Su mente, como la de Heldo-Bah, es capaz de mantener una conversación al tiempo que aparta a cuchilladas las zarzas con gesto experto para evitar los dolorosos cortes que pueden causar las espinas más grandes.

—Como ya te dicho, Veloc, Stasi tiene sus propios propósitos y actúa libremente —contesta con brusquedad el sufriente Caliphestros, al tiempo que saca de la bolsa tres bolitas bien prietas de algo que Keera, tan solo por el olor, alcanza a reconocer como poderosas combinaciones de medicinas herbáceas, y se las mete deprisa en la boca y las mastica, sin prestar atención al gusto, que, según da por hecho la rastreadora, ha de ser terriblemente amargo.

—Aunque no puedo fingir que mi orgullo y otros sentimientos menores de mi corazón no sufren cuando ocurre algo así... —Como ya ha revelado bastante más de lo que quisiera acerca de este momento, incluso en compañía de amigos, Caliphestros cambia de tema bruscamente y llama a gritos—: ¡Heldo-Bah! ¿Doy por hecho que llevas alguna cantidad de bebida poderosa encima?

Gran parte del humor con que Heldo-Bah contemplaba este último suceso ha desaparecido de su mente, y de su manera de comportarse, tras el repentino y detallado escrutinio de las terribles heridas de los muslos del anciano. Responde a esa investigación metiendo una mano por dentro de la túnica para sacar lo que parece ser una bota de vino bastante pequeña, hecha de cuero de alguna cría y forrada con la tripa del mismo animal.

—Haces bien en darlo por hecho, mi señor, y quedas invitado a beber todo lo que necesites...

Caliphestros asiente, bebe un largo trago de la bota y se apresura a tomar aire.

—Por Dios, sea quien sea el Dios Verdadero —jadea enseguida y se queda mirando fijamente a Heldo-Bah con expresión aturdida—. ¿Qué es esto?

Heldo-Bah sonríe y deja que el anciano beba otro trago de la bota; luego se concede uno para sí mismo y hasta a él le cuesta tragarlo.

—Es lo único civilizado que han traído al norte los bárbaros oscuros del sudeste de las Tumbas —dice mientras traga una bocanada de aire para refrescarse—. Brandy de ciruela, o eso dicen que es. *Slivevetz*,[206] lo llaman.

—¿Brandy? —repite Caliphestros, incrédulo—. No puede ser. Un combustible de su ejército, quizá. Casi creería que es *naphtes*,[207] salvo que sé por mis propios estudios que esas tribus son demasiado ignorantes para destilarlo.

Heldo-Bah se ríe una sola vez, y con entusiasmo, como si acabara de ver y, por primera vez, ser capaz de comprender una prueba de que Caliphestros es, efectivamente, un hombre en el sentido que él otorga a esa palabra: alguien que, por mucho que se halle ahora en un estado disminuido, en algún momento ha saboreado las alegrías de la vida.

—Sí, yo pensé lo mismo, mi señor, la primera vez que lo probé —contesta encantado el Bane—. Solo que no te quita la vida. ¡Más bien al contrario!

Keera ha retirado las bolsas pequeñas pero pesadas de los hombros de Caliphestros y las ha dejado a un lado, tras lo cual ayuda al anciano a sentarse con la espalda bien incorporada. Caliphestros aparta la mirada en dirección a la maleza del bosque por la que ha desaparecido Stasi.

—¿No deberíamos darnos prisa, mi señor, para ayudar a Stasi? —pregunta Keera—. Si puedes, claro.

—Ahora vamos —contesta el anciano mientras coge las muletas—. Pero no debemos movernos demasiado deprisa. Stasi solo atacará si encuentra seres humanos vivos en el lugar en que han ocurrido esas muertes, río arriba. Y las probabilidades de que haya alguien vivo, ya sea humano o animal, son escasas, si mi idea de lo que está ocurriendo no anda equivocada. Y será una suerte, porque los que tienen las respuestas más claras para nuestras preguntas son los muertos. —El anciano, con fuerzas recuperadas, mira alrededor—. Pero ahora hemos de plantearnos que nuestros propósitos parecen llevarnos en dos direcciones opuestas.

—Esas extrañas muertes río arriba —dice Keera, asintiendo con un movimiento de cabeza— y el soldado del Puente Caído.

—Así es, Keera —responde Caliphestros—. O sea que, de momento, hemos de partir el grupo en piezas sensatas. Propongo que tú y yo sigamos a Stasi; Veloc, tú ve con Heldo-Bah y vigilad el cadáver río abajo, asegurándoos de que no os vea nadie hasta nuestro regreso, momento en que emprenderemos una investigación más rigurosa.

—Se hará como dices, mi señor —contesta Veloc, ansioso de nuevo por complacer al anciano—. Puedes contar con ello... Y con nosotros.

—Y —añade con ansia Heldo-Bah—, como tu viaje será el más largo —sin que se lo mande nadie, recoge las dos bolsas de Caliphestros que estaban en el centro del zarzal—, déjame que cargue con esto por ti, Lord Caliphestros. —Con un gemido que acompaña el gesto de levantar las bolsas hasta los hombros, coge una y se la da a Veloc—. Y quién nos iba a decir que llegaría un día en que arrastraríamos libros por el Bosque como si fueran lingotes de oro o una veta de hierro...

—Dudo mucho que nadie lo hubiera adivinado —dice Caliphestros con rapidez, ansioso por reemprender el camino—. Venid aquí vosotros, los dos.

Heldo-Bah y Veloc obedecen y se quedan quietos mientras Caliphestros saca unos cuantos objetos pequeños de sus bolsas y luego se los pasa a Keera como si fueran objetos preciosos y ella los guarda en el saco que lleva al hombro.

—Recordad esto —prosigue el anciano, señalando sus bolsas a Veloc y Heldo-Bah—: estos libros, así como los utensilios que acarreáis, son más importantes para descubrir la fuente de la enfermedad y averiguar si se trata de un plan puesto en marcha por quienes gobiernan Broken que cualquiera de las vituallas que soléis llevar. Tratadlos con cuidado, sobre todo en esos momentos tan frecuentes en que demostráis tener bien poco aprecio por vuestros propios cuellos. Y ahora... ¡en marcha!

—Si no me fallan los sentidos —añade Keera—, no podemos estar a más de una o dos horas de los muertos que Stasi ha detectado. Recorred rápido el camino, Veloc, porque nosotros no tardaremos.

Veloc y Heldo-Bah se echan los sacos grandes de vituallas al hombro que les queda libre.

—Nos volveremos a ver antes del mediodía —exclama Heldo-Bah al partir—. ¡En el Puente Caído!

Tras contemplar la partida de los dos Bane, Keera y Caliphestros emprenden también su viaje, algo más incierto; Keera camina junto al renqueante anciano y sigue con atención el rastro que, evidentemente, Stasi no se ha esforzado en disimular. De hecho, puede que haya intentado resaltarlo de manera deliberada porque ha renunciado en su trayecto al gran sigilo que suelen mostrar las panteras de Davon. Tras combinar ese dato con la constatación de que Caliphestros no se ha sorprendido ni ha reaccionado de modo especial ante la fuga de Stasi pese a haber sido abandonado a merced del musgo del bosque y de un zarzal, Keera interpreta que puede preguntar sin temor:

—Mi señor Caliphestros, siento curiosidad: ¿qué provoca estas partidas repentinas de la gran pantera?

Caliphestros sonríe.

—Sí, ya me parecía que te lo estabas preguntando. —Suelta un suspiro, con el dolor que le queda en las piernas ya eficazmente enmascarado por la medicación que ha consumido—. Stasi tiene algo que yo denominaría instinto para la muerte por causas no naturales. Pero admito que se trata de una explicación demasiado fácil y a veces, cuando no parecía apropiada, la he seguido hasta los diversos arroyos de nuestra parte del Bosque, donde nos encontramos con criaturas heridas que se han acercado al agua para beber y una y otra vez me pregunto: ¿por qué habrá venido hasta aquí? En prácticamente todos los casos, a lo largo de esas investigaciones, Stasi se ha acercado a los muertos, y a los moribundos, sin miedo ni intención de matar, más bien como si quisiera determinar por qué han llegado, o están a punto de llegar, a su fin. Empecé a ver que lo que la fascinaba era la muerte infligida por el hombre. Si Stasi, tanto en mi presencia como, sospecho, cuando está a solas, se topa con un águila, un halcón o incluso un cuervo que siguen vivos tras haber sido heridos por una flecha, nunca termina con ellos, ni se los come; al menos, no de inmediato. Y en la mayoría de los casos no llega a hacerlo nunca. Lo mismo puede decirse aún con mayor certeza si se encuentra con alguna criatura que comparte con ella el mundo del Bosque a ras de suelo: en vez de estrangularla y consumir su carne, se dedica a olfatear la flecha que la ha herido en busca del aroma del humano que la lanzó; al menos, siempre me ha parecido así. —Caliphestros alza también la nariz y se detiene—. Hak! El hedor de la muerte cobra fuerza a cada paso. Para alguien con unos sentidos tan potentes como los tuyos ha de resultar particularmente opresivo.

Keera asiente.

—Sí, señor. No quería interrumpir, pero... Ya no podemos estar lejos.

El resto de su breve incursión en el Bosque transcurre en silencio porque la magnitud del hedor pronto les obliga a usar la boca solo para respirar, ya con la nariz tapada. Para podérsela tapar, Keera ha recogido la savia aromática de un pino cercano y la ha comprimido hasta formar una bolas del tamaño idóneo para poderlas encajar en las fosas nasales.

—Tanta muerte... —murmura Keera mientras avanza ansiosa por delante de Caliphestros cuando el camino que Stasi ha seguido antes que ellos se acerca ya a las orillas del Zarpa de Gato.

—Claro, Keera —comenta Caliphestros, detrás de ella—. Pero el porqué y el cómo... se convierten en las preguntas más importantes.

Mientras avanza hacia el sonido del río, con los ojos siempre fijos en un suelo cada vez más peligroso, el anciano llega a la cenagosa orilla de una poza relativamente calma en el transcurso del río, alimentada en el extremo más lejano por una sola caída de agua desde lo alto. Una bruma espesa oscurece la superficie de la poza en diversos puntos y una formación rocosa enorme señala la orilla del lado este, en la que las incontables crecidas primaverales han tallado un profundo canal de salida. Keera está plantada encima de esa formación y contempla lo que la rodea con aparente horror.

—¿Keera? —llama Caliphestros mientras avanza hacia la base de la masa rocosa que le impide ver más allá de la orilla cercana de la poza—. ¿Qué pasa?

La voz de Keera suena con una calma fantasmagórica; de hecho, letal.

—Stasi tenía razón al interpretar que era un olor de hombres...
Pero su preocupación de que pudieran hacernos daño era errónea.

Caliphestros se acerca más y pronto ve que la rastreadora no
está sola en lo alto de la roca.

—¡Stasi! —llama, y el gran felino se llega a su lado de un salto.

Para compensarle por su partida repentina, dedica un instante a
frotar su frente, hocico y nariz con el rostro que le presenta el anciano, y luego con su costado, en un gesto que ella sin duda considera lleno de amable afecto, pero que casi le hace perder el apoyo
de las muletas. Tras asegurarse de que él está listo y en buena disposición, baja el cuello y los hombros a la manera habitual para
que Caliphestros pueda librarse de los aparatos que le permitían
caminar e instalarse a horcajadas sobre su lomo. Aunque se alegra
de verlo, la pantera se halla en un claro estado de agitación y su
ansia por llevar a su compañero a ver la causa de su inquietud lo
antes posible es evidente.

—De acuerdo —concede Caliphestros cuando Stasi vuelve a
escalar la elevación rocosa sobre la que permanece Keera—. Ya hablaremos luego de cómo me has abandonado. Y ahora, ¿qué es lo
que te ha...?

Pero a esas alturas tanto el jinete como el animal están ya en lo
más alto de la roca de Keera y Caliphestros puede ver la escena que
se produce en la poza que se extiende ante sus ojos, y también en
sus alrededores. Aunque es la distancia y el último resto de bruma
matinal lo que apaga el sonido del salto de agua que cae en el otro
extremo, por un momento parece que el agua haya acallado su rugido por el respeto solemne que le producen las escenas terribles que
flanquean las orillas del norte y el este de la poza: respeto por los
muertos y por los que están irremediablemente a punto de morir.

{vii:}

Caliphestros ha presenciado casi todas las variedades de la bru-
talidad que tanto el Hombre como la Naturaleza son capaces de
mostrar, pero se ve obligado a admitir con gran congoja que prácticamente nunca ha sido testigo de una matanza tan antinatural
como la que ahora se exhibe ante sus ojos. Las fases de la muerte y
el deterioro que pueden afectar a prácticamente todas las formas de

vida del bosque y los bajíos están representadas aquí. Aunque se observa algún movimiento tembloroso entre distingos grupos de rumiantes silvestres, el número de muertos es muy superior. Se trata de una visión supremamente lamentable y desgraciada, empeorada cada vez que alguno de los miembros de esa multitud que sigue vivo —prácticamente todos tumbados de costado, con el costillar a la vista de un modo tan claro y doloroso que parece a punto de estallar a través del cuero— se retuerce e intenta ponerse en pie, aunque inevitablemente termina por caer de nuevo. Los muertos, mientras tanto, solo provocan menos terror porque, afortunadamente, han terminado ya con la vida: algunos yacen con el abdomen reventado, otros con apenas un poco de carne podrida pegada al esqueleto y unos con los huesos ya descolorados hasta un blanco casi puro, pero todos en la misma posición, con el cuello y la cabeza vueltos hacia la orilla de la poza, como si hubieran mantenido la esperanza de encontrar en sus frías aguas la salvación, o acaso algún consuelo, pero se hubieran llevado una cruel decepción. Aunque en este mismo lugar también hay otras variedades de fieras muertas, aún más sorprendentes: depredadores de los bosques y las llanuras, lobos incluidos, y hasta una joven pantera, que también han venido por el frescor de las aguas, en busca de algo que los aliviara de eso que los ha enfermado primero para luego asesinarlos. Y también estos dan mucha pena, pues las lobas han acudido con sus cachorros con la intención de salvar al menos a los miembros futuros de su raza indomable; pero esos cazadores jóvenes yacen también muertos o moribundos y su quejido provoca el sonido más penoso y extraño del pequeño mundo que la Muerte ha construido aquí a lo largo de lo que, por fuerza, tienen que haber sido muchos días o semanas.

—Mira, mi señor —dice Keera al fin, apenas capaz de contener la pena, pero intrigada de pronto por una colección de carcasas y fieras casi muertas que rodean un brazo de agua pequeño y sombreado, una especie de ensenada que queda en el extremo norte de la larga orilla de la poza—. ¿Puede ser...?

—Sí, Keera —susurra Caliphestros al tiempo que insta a Stasi a avanzar por la gran masa de roca que les brinda su atalaya—. Ganado de granja, piezas sueltas que, casi con certeza, pertenecían al propio Baster-kin.

—Es como si...

Keera habla muy bajo y las lágrimas humedecen ya su cara; o sea que cierra la boca y no dice nada más.

Pero Caliphestros la conoce suficientemente bien, a estas alturas, para terminar su pensamiento.

—Es como si todas las clases de criaturas posibles se hubieran reunido para morir en este lugar; al fin, en esa muerte, han dejado de ser cazadores o cazados para convertirse en compañeros de sufrimiento, compañeros que pronto viajarán para residir eternamente en su nueva existencia...

Keera asiente en silencio.

—Sí, mi señor. Y... ¿te has fijado en otra cosa? —Como Caliphestros no responde, ella continúa—: Aquí están todas las clases de criatura que habitan esta parte de la Tierra. —Keera alza una mano para señalar hacia el grupo de fresnos que se levantan en el rincón nordoriental de la poza—. Incluso la nuestra...

A Caliphestros le cuesta un momento interpretar la turbia escena matinal hacia la que Keera ha dirigido su mirada; sin embargo, pronto ve que hay un cuerpo humano colgado entre los troncos de fresno, atado por las manos a dos de ellos y desprovisto de la parte baja de las piernas: una víctima, está claro, del Halap-stahla.

—Armadura —dice Keera, como si no fuera capaz de creérselo del todo—. Lleva la armadura de Broken. Bien elegante, por cierto.

—Y, en consecuencia, requiere una inspección más detallada por nuestra parte —responde Caliphestros con una inclinación de cabeza, inquieto de repente—. Pero ten cuidado, Keera. No debes tocar el cadáver, ni ninguna de las otras víctimas de esta matanza, por mucho que te mueva a ello la pena o la compasión. Bastante tenemos ya con caminar por aquí, porque el aire ha de estar lleno de pestilencia, hasta donde sabemos... —Se queda mirando el agua que fluye por el canal pétreo que se abre a sus pies, de casi tres metros de anchura y otros tantos de profundidad, y luego opina—: Stasi puede saltar hasta el otro lado cargada con mi escaso peso. Y luego puedo enviarla en tu busca.

—No hace falta, mi señor.

Keera ha escrutado los árboles colindantes para dar con lo que deseaba: una liana gruesa que pende de una rama especialmente robusta de un roble alto de la otra orilla. Sirviéndose de una rama larga y nudosa que encuentra entre las pilas de madera seca que cubren la superficie rocosa, Keera alcanza la liana y cruza el canal, antes incluso de que las grandes zarpas de Stasi emprendan el salto que ha de llevarlas del lado sur a la orilla norte. Sin embargo, la parte más dura de su trayecto hasta la fresneda de más allá está todavía por llegar. Keera ha de recurrir a toda su fuerza de voluntad para no mirar a los ojos de toda esa colección de animales moribundos, ya más cercanos, porque allí, en los ojos abiertos y oscuros de cada ser que sobrevive, no solo hay un miedo terrible y perplejo, sino también una penosa súplica de alivio a cualquiera que pase por ahí. Al poco, Keera se ve obligada a desviar del todo la mirada y apresurarse para seguir el ritmo de Stasi y Caliphestros. La pantera tiene su mente concentrada con gran determinación en el hombre que pende entre los árboles, que despide el hedor propio de los letales y despreciables hombres de Broken...

Cuando Keera alcanza a sus camaradas, los encuentra sumidos en la profunda contemplación de la escena de mutilación ritual: la nariz de Stasi pasa de un punto a otro por encima del suelo, aparentemente capaz de seguir el rastro de algún olor. Caliphestros, mientras tanto, retuerce el cuello y mueve la cabeza de un lado a otro mientras Stasi hurga entre la maleza del suelo del bosque y mantiene los ojos —que han pasado de expresar preocupación al reconocimiento y la alarma— clavados en el muerto colgado entre los árboles. Una piel de profundas arrugas quiebra la barba blanca y gris de la víctima y rodea las cuencas de los ojos (vaciadas por aves carroñeras, acaso los mismos cuervos que ahora yacen muertos alrededor de la poza), delatando que se trata de un hombre de edad avanzada.

—Korsar... —pronuncia Caliphestros, alzando una mano temblorosa para señalar la figura mutilada y desprovista de vida—. Pero yo conocía a este hombre...

Se queda mirando fijamente las cuencas de los ojos del legendario soldado, como si buscara la luz del mutuo reconocimiento y solo encontrase el brillo de los despojos podridos.

—¿El yantek Korsar? —pregunta Keera, también sorprendida.

—Sí, Keera —responde Caliphestros—. Antes célebre y honorable comandante de todas las legiones de Broken. Y en cambio ahora...

Keera lo mira para tomar la medida de sus sentimientos, pero se encuentra con una expresión imposible de interpretar y devuelve la mirada al cuerpo tristemente mutilado.

—¿Fue uno de los que te denunciaron? —pregunta al fin.

—¿Denunciarme? —responde Caliphestros, con el rostro y la voz cargados de ambigüedad—. No. Tampoco salió en mi defensa, pero... Herwald Korsar era un buen hombre. Un hombre trágico en muchos sentidos. Pero no...

En ese momento, mientras su voz, caracterizada siempre por la seguridad, vuelve a desvanecerse, asoma a sus rasgos un matiz que sorprende a Keera tal vez más que la visión del cuerpo mutilado. Por primera vez desde que se inició su alianza con los expedicionarios Bane, este maestro de la brujería, de la ciencia, o de cualquiera que sea el arte que normalmente le permite hablar con gran autoridad acerca de tantos asuntos extraños y asombrosos, parece inseguro.

—Me esperaba horrores como este desde que me llegó la noticia de que Broken planeaba invadir el Bosque y atacar a tu tribu —dice—. Pero verlo así...

Keera piensa en cómo habrá podido llegarle esa «noticia» a alguien que vive solo en el Bosque, pero el momento, tan extrañamente turbador, queda quebrado por un grito repentino de dolor y terror, procedente de uno de los bueyes peludos moribundos que yacen en el pequeño brazo de río de la orilla norte de la poza. Como por arte de magia, la bestia, otrora un imponente macho, se alza de repente sobre los esqueletos que lo rodean, se mantiene incómoda sobre sus pezuñas extrañamente deformadas y se pone a dar unas sacudidas salvajes. Caliphestros y Keera miran con recelo mientras los ojos del animal —por los que rezuman hilillos de sangre— captan el brillo verde de las esferas de Stasi, que deben de parecerle señales de fuego entre la bruma matinal; una intención claramente maliciosa mancha entonces abruptamente todos los movimientos del novillo, incluida su respiración. Stasi le contesta con un gruñido y prepara la imponente musculatura de sus hombros y ancas para el combate. Sin embargo, justo cuando Keera se dispone a retirar el escaso peso de Caliphestros de la espalda de la pantera para que Stasi puede pelear con libertad, el anciano retiene el brazo de la rastreadora.

—¡No, Keera! —exclama, agarrándose con un brazo tan fuerte como puede al cuello de la pantera, grueso y tenso, al tiempo que usa la otra mano para taparle los ojos—. No debe rasgar la carne de la bestia enferma, ni permitir que sea ella quien le haga un solo rasguño. Saca el arco, deprisa, y tumba al animal cuando cargue.

Keera no hace ninguna pregunta y se limita a coger el arco que lleva al hombro, sacar una flecha de la aljaba, cada cosa con una mano distinta y en una serie de movimientos expertos, al tiempo que se planta delante de sus amigos. Carga el astil de inmediato y luego —mientras el buey arranca hacia ellos impulsado por una locura enfebrecida y se abalanza por la orilla, el lodo, el agua y al fin la piedra— apunta con cuidado y dispara. La flecha se abre paso hacia el pecho del animal, a través de su magra carne y entre los huesos, para llegar finalmente al corazón. El buey se desploma y se desliza por la superficie de la roca en que permanecen Keera, Stasi y Caliphestros, con el cuerpo resbaloso por la mezcla de sudor, sangre y babas, hasta que llega a detenerse demasiado cerca de la valiente rastreadora Bane. Cuando al fin se queda quieto, Keera toma aliento por fin de nuevo y, por primera vez, se toma el tiempo necesario para darse cuenta de lo que ha ocurrido.

—Imposible —murmura mientras el último estertor de la muerte agita la lamentable bestia que tiene a sus pies—. ¿Puede ser que la pestilencia lo haya enloquecido de esta manera?

—No la pestilencia que, según tu descripción, estaba afectando a tu gente —responde Caliphestros, al tiempo que se acerca con Stasi junto a la rastreadora. Agradece la destreza de su disparo con una inclinación de cabeza y luego le dice—: Era otra la peste que se veía con claridad en cuanto la bestia se ha puesto en pie. Fíjate en las orejas, Keera, y en las pezuñas...

Keera da unos pocos pasos hacia el animal y ve que sus orejas están magulladas por alguna clase de combate; pero entonces se percata de la realidad y murmura:

—Qué va... ¡Están podridas! —También, ahora lo ve, lo están los cascos, a los que les faltan trozos enteros bajo los que se observa una carne enfermiza—. ¡Ay, gran Luna! —susurra Keera mientras hinca una rodilla en el suelo, delante del buey, pero con cuidado de no tocarlo—. ¿Qué puede haber hecho este animal inofensivo para granjearse tu fuego?

Caliphestros alza la cabeza al oír esas palabras, al tiempo que Stasi empieza a caminar de aquí para allá, pues ahora sí sabe que el buey es una amalgama de enfermedad y está ansiosa por alejarse de él. Pero Caliphestros le acaricia el hocico y el cuello para calmarla y pregunta a la rastreadora:

—¿Qué dices, Keera? ¿Fuego? ¿Qué sabes tú de eso?

Keera menea lentamente la cabeza.

—Fuego de Luna —dice—. La fiebre que enloquece y pudre.

—Sí —afirma Caliphestros—. Es normal que tú lo llames así. Fuego de Luna, el fuego de San Antonio, *Ignis Sacer*, el Fuego Sagrado...

Keera se pone en pie y se acerca al hombre, que de nuevo se ha retirado al mundo de sus inquitantes pensamientos.

—¿Mi señor? ¿De qué estás hablando?

—Todos esos nombres son uno solo, en esencia. —Caliphestros suspira profundamente y desvía la mirada hacia atrás, al cuerpo putrefacto del yantek Korsar—. Así que tenemos una doble maldición, una plaga doble...

Y entonces ocurre lo más extraño: el anciano descansa la cabeza en una mano y se echa a llorar en silencio. Apenas dura un momento, pero es suficiente.

—Lord Caliphestros —dice Keera, a quien ese llanto, por silencioso que sea, no transmite ninguna seguridad—, ¿acaso no te ves capaz de enfrentarte a la presencia de dos pestilencias en este lugar, y quizás en Okot?

Pero Caliphestros, ya sin lágrimas, solo responde en una lengua que resulta extraña para Keera y que la pone más nerviosa todavía.

—*Ther is moore broke in Brokynne...*

—Mi señor —insiste la rastreadora, reclamando con severidad su regreso al momento presente y sus peligros—, entonces, ¿el fuego ha consumido también tu razón?

El anciano levanta una mano delicada, llena de arrugas, recupera una postura más estable y dice:

—Perdóname, Keera. Era un dicho, una broma que el monje con quien viajé por primera vez a la gran ciudad, Winfred, o Boniface, del que hablábamos antes, solía usar en su idioma para aliviar las preocupaciones que despertó en nosotros el descubrimiento de la verdadera naturaleza del lugar: *Ther is moore broke in Brokynne, thanne ever was knouen so.*[208] Solo quería decir que, bajo la superficie de su afamado poder, Broken era un lugar bastante más horrendo de lo que cualquiera de nosotros podía expresar con rigor. Pero ahora... —Con la vista de nuevo fija en el viejo soldado atado entre los fresnos, Calipheros murmura—: Bueno, ya conozco la amarga verdad que escondía aquella «broma». Y creo que ya podemos empezar a ver y conocer la verdadera extensión de la maldad y la corrupción de Broken. Ciertamente es, cuando menos, doble: un peligro doble, dos pestilencias, como dices tú, Keera, y acaso un peligro mayor todavía. Porque también tenemos su testimonio —dice mientras señala hacia los mutilados restos del otrora altivo yantek Korsar— de otro tipo de enfermedad, otro tipo de peligro completamente...

Keera no puede más que menear la cabeza en señal de frustración, hastra que exclama:

—¡Mi señor, tenéis que explicar todo eso! Necesito saber si mis hijos...

—Pues lo explicaré —responde Caliphestros, con una preocupación profunda pero controlada, mientras da la espalda al fresno y trata de recuperar una pose de confianza con una mano apoyada en los hombros de Keera—. Sobre todo por tus hijos, Keera. Y en reparación de cualquier confusión que pueda provocarte alguna vez, déjame decir que ningún niño Bane corre un peligro mayor por esta segunda enfermedad que hemos descubierto; porque, si bien no podemos estar seguros, la plaga que has descrito en Okot comparte bien pocos síntomas con esa segunda peste que tú llamas Fuego de Luna, o tal vez ninguno. Al menos nos queda ese consuelo. Y con esa certeza será mejor que nos pongamos en marcha. A toda prisa. Tengo muchas cosas que contar a tus líderes y en nuestro camino a su encuentro quizás intentemos demostrar por qué Okot solo ha recibido el ataque de la fiebre del heno.

Caliphestros insta enseguida a Stasi a regresar a la profunda hendidura de la formación rocosa y al ruidoso curso de agua que circula por su base; al llegar allí Stasi salta, con esa fuerza fantástica de que tan fácilmente disponen los animales de su clase, por encima del brazo de río.

Y sin embargo, Keera, agarrada con fuerza a su liana al llegar a la orilla sur, justo detrás de Stasi, alcanza a oír lo que el anciano murmulla para sí, una y otra vez, como si se hubiese convertido ahora en una oración desesperada:

—*Ther is moore broke in Brokynne...*

De todos modos, mientras Stasi mantenga un paso rápido al bajar la roca y emprender de vuelta el sendero que los ha traído hasta aquí, Keera no cuestiona las extrañas palabras del anciano, ni ningún otro aspecto de su comportamiento. Tampoco se preocupa más de la cuenta por un breve atisbo que han captado sus ojos al saltar por encima del brazo de agua, un destello blanco: la visión fugaz de un hueso humano arrastrado por la corriente apresurada. No tiene por qué preocuparse, se asegura mientras corre: al fin y al cabo, allá donde se ha encontrado un hombre muerto, podrido y con las piernas cortadas, es probable que abunden los huesos desde hace mucho tiempo. Y si este en particular parecía demasiado pequeño para haber pertenecido al cuerpo de un humano adulto, ya fuera Bane o Alto, bueno... Ciertamente, eso no afecta para nada a los asuntos importantes del momento; así, aunque sabe que esa explicación de una visión tan peculiar no es apropiada, hunde ese recuerdo en las honduras de su mente despistada y concentra el pensamiento en llegar a Okot...

{viii:}

Antes de Okot, de todos modos, ha de llegar la cita fijada con Veloc y Heldo-Bah en el Puente Caído. Mientras se esfuerza por seguir el ritmo de Stasi en la carrera que les ocupa hasta el mediodía, Keera va descubriendo que el recuerdo del terrible hallazgo cimenta el vínculo particular que los tres —rastreadora, sabio y pantera— se han sentido inclinados a formar desde el principio, aunque también confirma la absoluta y terrible importancia del viaje en que se han embarcado y el propósito que ahora mismo tienen; y esa sensación de importancia, como bien sabe la rastreadora, supera cualquier entusiasmo que pueda haber impulsado incluso unos pasos tan ágiles como los de Heldo-Bah y Veloc. Keera no se sorprende del todo, en consecuencia, al comprobar que —a medida que el hedor del cuerpo podrido del soldado empieza a provocarle un aleteo de desagrado renovado en las fosas nasales cuando ya tienen a la vista la figura del Puente Caído, cubierto de musgo, a cierta distancia por el rocoso y profundo curso del río— todavía no se ve ni rastro de ninguno de los expedicionarios. Transmite en voz alta a Caliphestros la conjetura de que tal vez su velocidad les haya permitido avanzarse a su hermano y a Heldo-Bah, con quienes no siempre se puede contar para que concedan un esfuerzo máximo o sigan las instrucciones de manera precisa si ella no está cerca para escucharlos y transmitirles personalmente sus órdenes y sermones.

Por su parte, Caliphestros se pregunta si habrá ocurrido alguna desgracia a los dos Bane; pero Keera le asegura que su corazón no está alterado por esa posibilidad, pues Veloc y Heldo-Bah conocen ese tramo del Zarpa de Gato demasiado bien. Y como ni ella ni Stasi han percibido el olor a sangre fresca que emanaría de cualquier suceso violento, sospecha que su hermano habrá cedido a las vagas exhortaciones de Heldo-Bah, cuando ya llevaban buena parte del trayecto corriendo y la jefa de la misión no estaba a la vista, y habrá aminorado el paso para acomodar el peso añadido de los libros de Caliphestros. Keera sugiere, en consecuencia, que Caliphestros y ella inspeccionen el cuerpo ya disminuido del soldado mientras esperan que aparezcan esos dos, actividad que resulta llevarles poco rato: el anciano de apariencia brujeril consigue concluir, pese a que el cadáver del soldado se ha convertido en una masa infestada de gusanos, que la única causa de su muerte fue la fiebre del heno; que no lo mataron los sacerdotes de Kafra (como parecían indicar las flechas doradas que hendían su cuerpo), sino que alguien quiso que pareciera precisamente eso, y que los restos ya no representan ningún peligro para las demás criaturas vivas, suponiendo que en algún momento, efectivamente, lo hayan representado.

—Pero ¿cómo puedes sacar esas conclusiones, mi señor —pregunta Keera, alzando la voz para hacerse oír por encima del rugido eterno de las aguas del Zarpa de Gato—, con un cuerpo tan descompuesto?

—La mayor parte de mis conclusiones son el resultado de una mera observación —responde Caliphestros—. Keera, ¿has intentado alguna vez lanzar una de esas flechas doradas de los Altos con tu arco?

—Nunca he tenido ocasión de hacerlo, ni razón para intentarlo —responde la rastreadora—. Siempre que descubrimos algo tan valioso está en el cuerpo de los parias de Broken, ejecutados de forma similar, y el Groba insiste en que las llevemos con nosotros para decorar la Guarida de Piedra del consejo, con la intención de aumentar el poder mágico del lugar.

—Bueno, entonces —continúa el anciano—, ¿quizás ahora puedas examinar al menos el astil de una de ellas desde un punto de vista práctico?

Desconcertada, Keera avanza hacia la masa de putrefacción que queda en el suelo: pero luego se detiene y busca confirmación.

—¿Hay... algún riesgo en tocarlas?

Caliphestros le dedica una amable sonrisa de admiración.

—Aunque no me sorprendería que vuestros sanadores y otros hombres y mujeres sabios fueran capaces de adivinar de inmediato la causa de muerte, ahora que tú, Keera, ya sabes que ha sido la fiebre del heno, me apuesto lo que me queda de piernas a que conoces sus principales propiedades.

—Creo que sí, Lord Caliphestros —responde Keera—. Tal como has dicho, la amenaza de la fiebre del heno, al contrario que otras enfermedades parecidas, parece desaparecer cuando el anfitrión ha muerto ya.

—Efectivamente —confirma Caliphestros—. Aunque cuando me trajo la flecha mi ayudante —saca deprisa de su morral más pequeño y ligero el modelo envuelto en flores que enseñó la tarde anterior a los expedicionarios— me vi obligado a tomar precauciones extraordinarias. Solo cuando me contasteis vuestra historia comprendí que no eran necesarias porque tanto yo como mi... mensajera...

Mientras calcula por primera vez de manera informal el peso de la flecha sacada del cuerpo del soldado, Keera afirma con fingido desinterés:

—Sí, tu mensajera. O mensajeras. Me pregunto si no valdría la pena que habláramos de todas esas criaturas que cumplen tus órdenes antes de reunirnos con los demás, mi señor... —Luego se aparta enseguida del cuerpo y dedica el momento siguiente a estudiar los trozos limpios de carne putrefacta que quedan en la flecha—. Porque es lo único que te falta por...

—Qué lista, mi niña —dice el anciano, con una leve risotada—. Pero déjame conservar un pequeño secreto de momento, ¿eh? Vale, vamos a lo que nos ocupa. ¿Qué te llama la atención de la flecha?

La decepción se asoma al rostro de Keera mientras deja que la flecha descanse sobre un dedo.

—Está desequilibrada. Solo podrías dispararla con algo de puntería desde muy cerca. Y las plumas... No cabe la posibilidad de que sirvan para estabilizar su vuelo, ni en el caso de que se pudiera lanzar desde más lejos.

—Eso es —juzga Caliphestros en tono aprobador—. Y entonces, ¿cuál sería la probablidad de que los mejores arqueros de

Broken mataran a un hombre con estas flechas, por muy cerca que estuviera?

—Bien poca, mi señor —responde Keera—. Suponiendo que hubiera alguna.

—Efectivamente, Keera —dice Caliphestros—. Estas flechas solo pretenden engañar a los enemigos de Broken. Y la función de este cuerpo era diseminar una enfermedad que los sacerdotes de Kafra no podían saber que después de la muerte de su portador ya no iba a extenderse. Sin ninguna duda creían que era idéntica al Fuego Sagrado, los muy estúpidos creyentes...

—Fuera cual fuese su idea, clavaron esas puntas letales en las partes más blandas de la carne —concluye Keera— cuando ya estaba muerto.

—Excelente. —Caliphestros insta a Keera a acercarse más al cadáver y a seguirlo mirando mientras pueda soportar el olor—. Así podemos, ciertamente, concluir que la fiebre lo había matado antes de que estas armas rituales tan bellas rasgaran su carne.

—Entonces, cuando estábamos en esa poza terrible, río arriba —dice Keera—, has insistido tanto en que no tocásemos a ninguna criatura, ya fuera viva o muerta, porque no podíamos saber exactamente qué afligía a cada criatura, sobre todo desde lejos.

—Bien razonado, Keera —responde Caliphestros—. Ojalá hubiera sido capaz de enseñar esa lógica a los sacerdotes y sanadores kafránicos. El rápido aumento de mi sensación de alarma se debía a que he detectado la presencia de eso que tú llamas Fuego de Luna; porque cuando mueren las víctimas de esa enfermedad (tanto da si la quieres llamar Fuego Sagrado, Ignis Sacer como los Romani, o si quieres darle el nombre que usan otros adoradores de Cristo, Fuego de San Antonio) emana de sus cuerpos un tipo de vapores viles, o malos aires,[209] que al parecer son el medio que usa la enfermedad para transportarse hasta otros seres vivos.

—Pero, sin duda —contesta Keera—, si una enfermedad puede viajar sin ser detectada en el aire que emana de los cadáveres, otras como la fiebre del heno podrían hacer lo mismo.

Caliphestros se permite un profundo suspiro de frustración.

—Claro. Es una incoherencia que no he sido capaz de resolver, salvo con la idea de que esas pestilencias, igual que seres de otros órdenes, no tienen la misma inteligencia. ¿Por qué unas enfermedades siguen siendo peligrosas cuando su portador ha muerto, mientras que otras no? La mayoría de los que se hacen llamar sanadores, y no hay ninguno peor que los de Kafra, son incapaces de captar la idea de que es imprescindible dar respuesta a esa pregunta. Para casi todos ellos se trata de la voluntad de su dios, y con eso les basta.

Aunque está a punto de continuar, Caliphestros, igual que Keera y Stasi, se pone rígido de repente y alza la mirada cuando suena un estruendoso «Chissst» desde arriba. La pantera suelta un gruñido grave y busca un árbol para escalarlo, como debe de haber hecho el humano que ha emitido ese ruido; pero no encuentra ni árbol ni humano hasta que Heldo-Bah susurra:

—¿Podéis terminar esta discusión imbécil? ¿O todavía tenéis que sacar muchas cositas de las que felicitaros mutuamente para aseguraros de vuestra genialidad compartida?

Ni siquiera Stasi es capaz de localizar al desdentado Bane al principio, gracias a su fiable truco de mantener el cuerpo siempre impregnado de los olores de distintos animales cuando se enfrenta a un peligro; y por eso no deber sorprender que Caliphestros y Keera tampoco puedan dar con él. Sin embargo, pronto aparece la fea boca de Heldo-Bah con sus dientes —aún más repelente al hallarse boca abajo—, junto con el resto de la cara, cuando se deja caer lentamente, colgado por las rodillas de la rama más baja de un roble cercano atiborrado de hojas.

—¡Heldo-Bah! —exclama Keera—. Entonces, sí que habéis venido a buen paso.

—Y recordaré tus antipáticas palabras al respecto —responde el expedicionario—. La mera idea de que pudiéramos eludir nuestra responsabilidad en un momento así...

—Haz que suban a los árboles de una vez, Heldo-Bah, ¿quieres? —llega la voz de Veloc en un susurro desde más arriba; luego, dirigiéndose a su hermana, añade—: Corréis un peligro mayor de lo que te parece, Keera. Yo sugeriría cualquiera de estos grupos de árboles para ti y esa haya de allí, bastante servicial, para Lord Caliphestros y su compañera, que encontrarán fáciles de conquistar sus ramas inferiores.

Respondiendo a la sensación de urgencia que transmite Veloc sin más que susurros y gestos, el anciano consige dirigir a Stasi para que suba y se acerque a la haya cercana, que efectivamente tiene varias ramas bajas y robustas que crecen trazando extraños ángulos, lo cual ofrece caminos de ascenso para las afiladas zarpas de la pantera y sus piernas potentes. Tras apenas unos pocos y silenciosos momentos, el felino y su jinete se instalan en las ramas más altas de la haya, más o menos a la misma altura que los tres Bane, que están acurrucados en otros árboles más erguidos, de distintas variedades.

—Por fin —susurra Heldo-Bah—. Creía que ninguno de los dos nos ibais a permitir jamás meter baza para avisaros de que debíais abandonar el suelo por vuestra seguridad. Por todos los dioses, qué parloteo tan vanidoso...

Ahora que está alejada del soldado descompuesto, Keera reconoce el inconfundible aroma de los hombres, que provoca unos cuantos gruñidos graves de Stasi hasta que Caliphestros la tranquiliza. Sin embargo, no se trata del aroma simple de una tribu de hombres, sino de los aromas complejos de al menos dos, o tal vez más.

—Sí, ahora lo distingo —afirma Keera—. Son nuestros propios guerreros y están cerca. Pero hay algo más, también... No es el olor honesto de los verdaderos soldados de Broken, sino el perfumado y emperifollado aroma de... de...

—La Guardia de Baster-kin, hermana —dice Veloc, apuntando con la barbilla hacia la orilla opuesta del río—. Ellos creen estar bien escondidos, pero hasta yo puedo reconocer su olor y detectar sus movimientos. Imagino que esperan la llegada de contingentes más poderosos del ejército de Broken, lo cual resultaría reconfortante si no fuera porque nuestros hombres también están demostrando ser inexplicablemente ruidosos, por detrás...

—¿Por detrás? ¿Quieres decir que nosotros...?

—Sí, viejo sabio —responde Heldo-Bah en tono de burla—. Has acertado: hemos caído entre dos fuerzas que avanzan tranquilas y el descubrimiento repentino de nuestra presencia podría bastar para granjearnos la ejecución directa por parte de la Guardia o unas cuantas flechas mal apuntadas y con sus puntas envenenadas por parte de la avanzadilla de nuestros propios arqueros, que están, sin duda alguna, muy nerviosos en este momento. Una situación diabólica.

—Pero ¿qué estará pensando vuestro comandante? —pregunta Caliphestros, aturdido en parte—. Si el sigilo y el Bosque siempre han sido la mejor protección para los vuestros.

—Creo que anda en busca de algún gesto —responde Heldo-Bah— que obligue a los Altos a replantearse sus ideas habituales acerca de nuestra manera de pelear.

Veloc no queda satisfecho con esta explicación, ni mucho menos.

—Aun así es inexplicable que Ashkatar cometa un error tan terrible. Es un gran soldado... —Una idea lo asalta en ese momento y se da media vuelta para encararse al sur—. ¡Linnet! —dice de repente, no a pleno pulmón, sino con el volumen justo para que su susurro sea claramente detectado—. ¡Cualquier linnet de la tribu Bane!

—¡Veloc, imbécil, cierra la boca! —le ordena Heldo-Bah. Y hace bien, porque casi de inmediato una flecha que ambos reconocen como propia de algún arquero Bane de mirada aguda y arco corto golpea el árbol, cerca de la cabeza del bello expedicionario—. ¿Es que no escuchas lo que te digo? ¿Te crees que los hombres de Ashkatar conocen a fondo los métodos de camuflaje de un expedicionario cualquiera, y mucho menos los nuestros, y por eso pueden saber quién somos? ¡Estúpido!

Stasi reacciona a esa conmoción con un profundo gruñido y mira hacia el sur del Bosque, con su raza de gente pequeña, que de pronto parecen representar una amenaza: es una consideración inusual y desconcertante para ella, un animal que siempre ha respetado a los Bane lo suficiente como para no convertirlos en objeto de sus ataques vengativos, al tiempo que se sabía respetada por ellos. Caliphestros murmura palabras de explicación y confianza a su compañera mientras acaricia su espléndido pellejo blanco, pero ella no aparta sus ojos verdes brillantes del Bosque y la piel del imponente conjunto formado por el cuello y los hombros permanece erizada y tensa, al tiempo que la cola empieza a agitarse de un modo que, en condiciones normales, señalaría la muerte de alguna criatura. Keera, tras observar la confusión de sus compañeros expedicionarios y la incomodidad de sus nuevos aliados con el mismo espanto, decide que solo ella puede anular la amenaza de violencia que se cierne sobre las circunstancias actuales.

—¡Vosotros dos! —exclama a su hermano y Heldo-Bah, al tiempo que desciende como si se columpiara hasta una rama más baja—. No os mováis. Y si me concedes este favor, Caliphestros, déjame que traiga a algún miembro de nuestra fuerza hasta esta posición sin muertes inútiles. Si es que puedo...

Con unos pocos movimientos rápidos y ágiles, Keera llega al suelo del bosque y desaparece entre la maleza de la zona más espesa. Su hermano se apresura a protestar, pero Heldo-Bah le tapa la boca con una mano bien fuerte para que no continúe.

Por fortuna, la espera es breve. Hay pocos oficiales y soldados de Ashkatar que no conozcan a Keera, o al menos sepan de su reputación; se las arregla para encontrar a un joven pallin y regresar con él para que les cuente que las fuerzas del comandante de los Bane estaban a la espera del regreso del grupo de Heldo-Bah en compañía de unos «invitados inesperados», según la cuidadosa expresión del propio Ashkatar, que no ha explicado nada más a sus hombres con la esperanza de que no cumplieran sus turnos de guardia en estado de pánico. Ninguna advertencia de Ashkatar podría haber preparado verdaderamente a sus hombres para la llegada de Caliphestros: cuando el joven guerrero Bane ve que no solo el anciano, sino también la enorme pantera blanca descienden de su haya, se echa a temblar visiblemente.

Keera le apoya una mano en el hombro para tranquilizarlo.

—No temas, pallin —le dice—. Han demostrado ser auténticos amigos de nuestra tribu... resulta que desde hace muchos años.

—Sí —boquea el joven, con sus oscuros rasgos casi blanquecinos—, pero has de entenderlo, rastreadora Keera: cuando era un niño me dijeron que este animal solo era un mito. Y del brujo solo se hablaba cuando mi madre me quería aterrorizar para que cumpliera sus deseos...

—Bueno —se ríe con calma Heldo-Bah mientras salta al suelo desde una rama de segunda altura de su propia atalaya—, ahora tendrás con qué aterrorizarla tú, joven pallin. Como es justo y necesario, el mundo da la vuelta y todos los padres que se comportan de ese modo terminan recibiendo una dosis de su propia medicina si la Luna decide ser justa.

—No hagas caso a Heldo-Bah —dice Veloc en tono tranquilizador.

Pero enseguida cae en la cuenta de su error, porque toda la calma que haya podido ofrecer por medio del tono desaparece con la mención del nombre de su amigo, un nombre casi tan aterrador para el pallin como el de Caliphestros.

—¿Heldo-Bah? —pregunta el joven, volviéndose de nuevo hacia Keera—. Entonces, es verdad que viajas con el asesino... —El soldado se da cuenta de inmediato de su metedura de pata y echa una mirada al expedicionario, que ya se le está acercando—. Aunque me han contado, nos han contado a todos, la gran y terrible tarea que os asignaron los Groba hace algunos días y tengo un gran respeto por tu patriotismo, señor...

—No te preocupes, muchacho —murmura Heldo-Bah en tono animoso, mostrando al sonreír esos dientes afilados e irregulares que no contribuyen a ayudar al tembloroso joven—. Hago lo que hago por mis amigos, por puro deseo de venganza contra los Altos y porque debo. No implica ninguna gran nobleza, tal como tú mismo descubrirás en el caso de que tu yantek esté tan verdaderamente loco como para haceros cruzar el río y llevaros hasta la Llanura—. ¿Dónde está, por cierto? Esperaba que fuese él quien nos recibiera, después de todo lo que hemos aguantado.

—Ponte cómodo, soldado —lo intenta Veloc, uniéndose al grupo y dejando a Stasi y Caliphestros unos pasos más atrás para que queden escondidos y protegidos en parte por su cuerpo y el de Heldo-Bah—. No tienes nada que temer de ninguno de nosotros, como sin duda te habrá dicho ya mi hermana.

—¿Hermana? —repite el muchacho—. Entonces, tú eres Veloc, el miembro que faltaba del grupo. Es un honor...

—Tienes que dejar de lado todo eso de los honores y contarnos qué está pasando, muchachito enfadado —dice Heldo-Bah, alegre todavía, pero ahora en una medida ya insultante que provoca la leve indignación del soldado, pese a su miedo.

—No hagas caso a mi amigo —interviene Keera, preguntándose cuántas veces habrá tenido que repetir esas palabras mientras palmea el hombro del pallin con la fuerza suficiente para que vuelta a concentrarse en lo suyo—. Para él ser rudo es como para la mayoría respirar. —Mira a sus compañeros expedicionarios con una irritación familiar—. El pallin formaba parte de un pequeño grupo de exploradores cuando lo he encontrado. Su linnet y otro pallin han regresado en busca de Ashkatar, pero es probable que les cueste un rato encontrarlo, porque el yantek se desplaza arriba y abajo por la columna. Al parecer, ese cierto que pretende llevar a cabo el ataque que imaginaba Caliphestros. Parece que hemos llegado justo a tiempo para impedir un error terrible.

Bien pronto aparece Ashkatar, todavía más armado que de costumbre, con el látigo firmemente sostenido en una mano, corriendo hasta el pequeño claro al que se han desplazado los expedicionarios y sus acompañantes con el pallin, otro soldado de infantería y un linnet, tan joven como aquel, que los sigue de cerca.

—Ah, entonces es verdad —dice, con su erizada barba negra, con una voz que atruena en lo profundo del pecho pese al volumen reducido—. Habéis vuelto los tres. —Al mirar por encima de los hombros de Veloc y Heldo-Bah, de todos modos, incluso el poderoso y airado Ashkatar palidece un poco—. Y habéis tenido éxito en vuestra misión, o eso parece —añade, aunque su voz ha perdido buena parte de la seguridad y confianza habituales.

Tanto Stasi como Caliphestros se arriman altivos al aparecer este hombre bajito pero imponente, para quien la autoridad es obviamente un hábito, y empiezan a acercarse lentamente. Los jóvenes soldados Bane contrarrestan el acercamiento caminando hacia atrás, pero Ashkatar se mantiene con una firmeza admirable e incluso da uno o dos pasos para saludar a los recién llegados.

—Sed bienvenidos entre nosotros, Lord Caliphestros. ¿Debo...? ¿Te parece que puedo dirigirme a tu gran compañera, la noble pantera blanca? —Ashkatar habla con tono dubitativo, pero también con gran respeto—. Keera nos ha informado de que entiende muy bien las comunicaciones humanas.

Esa afirmación impresiona clara y favorablemente a Caliphestros, aunque no llega a sonreír.

—Gracias, yantek Ashkatar. Tus modales te honran. No, no hace falta que te dirijas a mi amiga de manera particular, aunque ella sabrá distinguir tus intenciones y actitudes al instante, así como las de tus hombres. Harán bien en recordarlo y en correr la voz para que no haya ningún infeliz malentendido mientras nos encaminamos a vuestro lugar de acampada y luego hasta Okot.

—Bueno, ¿pandilla? —ladra Ashkatar a sus hombres—, ya habéis oído a Lord Caliphestros. Volved al campamento a toda prisa y decid a todas las tropas que encontréis que se encarguen de correr la voz de un lado a otro de la columna sobre quién ha llegado y cómo deben comportarse. —Se da media vuelta, ve que los soldados están demasiado aturdidos para obedecer y suelta un gruñido—: ¡Venga, vamos! Y que mis ayudantes preparen comida en mi tienda. Llegaremos poco después que vosotros. —En cuanto los jóvenes soldados desaparecen entre la maleza del bosque, la gran barba negra se vuelve de nuevo hacia Caliphestros—. Quizá debería haber dicho que regresaremos a la velocidad que a ti te convenga para el viaje, mi señor. Al llegar encontrarás a mis hombres nerviosos, como ya has visto, pero también encontrarás a nuestros líderes agradecidos por tu disponibilidad para venir a ayudarnos en este momento de crisis.

—La medida en que pueda ayudaros, yantek —responde Caliphestros, consciente aún de la necesidad de mantener las apariencias— habrá que verla. He de comprobar el valor y las intenciones de tu tribu, aunque nunca he tenido razones para ponerlos en duda.

Ashkatar asiente, claramente impresionado y agradecido por esa afirmación.

—Entonces, ¿procedemos, mi señor? —pregunta, apuntando con el látigo hacia la dirección tomada por los soldados para regresar a sus filas, en la que Caliphestros ahora alcanza a ver un burdo sendero marcado en el suelo.

Percibe que Ashkatar está esperando que se levante y eche a andar junto a él por tratarse de la máxima autoridad presente entre los Bane, de modo que indica a Stasi que se levante. Ella no da muestras de duda alguna al obedecer, pues ha decidido que ese hombre tosco pero altivo e imponente, le cae bien. Al pasar junto a Keera, de todos modos, Caliphestros hace parar a Stasi y se dirige a Ashkatar.

—Me gustaría que Keera, la rastreadora, caminara también con nosotros, yantek Ashkatar. Ya ha demostrado ser de un valor incalculable, tanto para mí, por el descubrimiento de información muy valiosa para nuestro objetivo compartido de descubrir quién y qué se esconde tras esta terrible enfermedad, suponiendo que sea solo una, que tanto aflige al Bosque y a vuestra tribu, como para la causa de mantener tranquila y confiada a la gran fiera en cuyos lomos tengo el privilegio de viajar.

—Por supuesto, mi señor —dice Ashkatar—. Aunque me temo que los otros dos tendrán que ir detrás. Veloc y Heldo-Bah no obtienen el mismo respeto que Keera en nuestra tribu y sería inapropiado ofrecerles tal honor, por muy alto servicio que hayan prestado en estos últimos días.

Caliphestros levanta la nariz al aire en gesto de falsa altanería al pasar ante los dos expedicionarios y murmura, dirigiéndose particularmente a Heldo-Bah:

—Qué afirmación tan estimulantemente acertada y sincera, yantek.

—Bueno, Heldo-Bah —dice Veloc, asegurándose de que los de delante no puedan oírlo—, nos ha tocado el sitio de los sirvientes. Como siempre.

—Habla por ti, Veloc —responde Heldo-Bah con amargura—. Ya nos llegará el momento de reclamar la posición y el respeto debidos cuando se conozca nuestra historia.

—Ah, seguro —contesta Veloc, con voz de puro sarcasmo—. Pero mientras tanto... procura no pisar los excrementos de pantera.

Son tantos, y tan mudos de asombro, los soldados Bane que aparecen a ambos lados por el camino que el llamativo grupo abre hacia el sur (un camino que deja atrás por completo el curso del río), que al principio a nadie se le ocurre hacer comentario alguno cuando Caliphestros plantea a Ashkatar la peculiar petición de que sus rudas y ágiles tropas empiecen a cavar agujeros en el suelo cada cien o doscientos pasos. El anciano se concentra enseguida en sus esfuerzos y solo parece satisfecho con el resultado cuando las palas de los soldados llegan al agua que circula por el subsuelo del bosque. Le fascina particularmente que el agua así descubierta emita un olor particular, reminiscente, según Keera (cuya memoria de cuanto percibe por medio de los sentidos es tan aguda como estos mismos), de la poza mortal que, hace apenas una hora, ha visitado en compañía de Stasi y el viejo sabio. La mayor parte de los involucrados en la tarea de cavar los agujeros no pueden evitar el asombro que les provoca la insistencia de Caliphestros en que todos los hombres y mujeres que hayan entrado en contacto con esos fluidos se laven las manos al instante con jabón de lejía y, sobre todo, eviten beber del agua descubierta. Su comportamiento inescrutable a este respecto no hace más que confirmar su reputación y su talante general, de todos modos, y queda claro que Caliphestros no es alguien dispuesto a malgastar esfuerzos de esa clase. Sin embargo, el significado de estas extrañas actividades investigatorias no se llega a entender en su alarmante claridad hasta que el grupo se presenta delante del Groba...

III:

Piedra

{i:}

Podría esperarse que la brisa cálida y agradable que recorre la ciudad de Broken desde el oeste en esta noche de primavera ofreciera algún consuelo al muy admirado y aún más temido jefe del clan de mercaderes más poderoso del reino, Rendulic Baster-kin. Esas suaves y sensuales rachas de aire, sobre todo cuando se dan por la noche, reciben el nombre de «Aliento de Kafra» por el bendito efecto que tienen sobre los ciudadanos, recién liberados del duro pisotón de la bota del invierno. Tal vez nadie encarne tan bien la sensación generalizada de gozoso alivio como las parejas de jóvenes amantes repartidas por la ciudad que el Lord del Consejo de Mercaderes ve ahora mismo en los tejados de sus casas del Distrito Primero desde su atalaya en uno de los puntos más altos de la ciudad: la terraza que rodea la torre central del esplendoroso kastelgerd de Baster-kin. Tanto la terraza (antiguo parapeto) como la torre cumplían originalmente la función de puestos de defensa militar desde los que podía controlarse lo que amenazara a la familia, o a la propia ciudad, antes de que se volviera demasiado peligroso; sin embargo, dicha función no había sido necesaria desde hacía ya varias generaciones y la torre, igual que la terraza, se había convertido en santuario privado del Lord Mercader, un lugar al que el oficial secular supremo de Broken podía convocar a cualquier súbdito, aunque a la práctica totalidad de estos les diera terror una invitación así.

Bastante más abajo quedan los sótanos del kastelgerd, completamente invisibles al público y compuestos por una sección más de la extraordinaria serie de cámaras de almacenamiento abovedadas de la ciudad, que, como todas las demás, está llena a rebosar de armas y provisiones. Por encima de los sótanos, las alas visibles de la gran residencia tienen una escala, según se dice a menudo (no siempre con respeto o admiración), igual que la del palacio del Dios-Rey. Sin embargo, como el kastelgerd queda recostado en la muralla oriental de la ciudad y al principio tenía la misma función militar que la torre, es más robusto en su apariencia general que el paraíso en que reside el sagrado gobernante; un exterior intimidatorio que termina de acobardar a quienes acuden a su interior, convocados para una audiencia.

Y sin embargo, a lo largo de la historia de Broken la parte más perturbadora del kastelgerd ha sido siempre la torre. Si la Sacristía del Alto Templo es la mayor maravilla de Broken y el palacio real es el más bello enigma del reino, la torre es la afirmación más clara y simple de puro poder que se encuentra intramuros de la ciudad. Puede que el Lord Mercader no tenga un título religioso como tal, pero su poder no disminuye ni un ápice por la sugerencia de que no le corresponden códigos sagrados: todo lo contrario. Así, si bien muchos ciudadanos desearían no recibir nunca una orden de presentarse en la Sacristía del Templo o en la torre de Baster-kin, obligados a escoger preferirían ser convocados a la más sagrada de esas dos cámaras, hecho del que Rendulic Baster-kin solo puede concluir una profunda satisfacción personal. Un lugar que inspira tanto terror en los demás es el único tipo de lugar en que este hombre, cuya alma en lo más hondo es una extraña mezcla de severidad mundana y entusiasmo casi infantil, puede sentirse a salvo de verdad.

Con su propia seguridad, y la de su familia, casi tan bien protegidas como la del Dios-Rey, entonces, parece ciertamente extraño que Baster-kin —incluso ahora, o quizá precisamente esta noche, parapetado en su torre— no se pueda permitir el solaz de la caricia voluptuosa del Aliento de Kafra. Efectivamente, el aire cálido solo parece resaltar más todavía la incomodidad que evidencian sus rasgos.

Su preocupación se debe, en primer lugar, al último de una serie de informes que empezaron a llegar en invierno, en los que se aportaban los detalles acerca de los invasores nórdicos que llevaban grano barato por el Meloderna y el Zarpa de Gato para comerciar ilegalmente con socios no identificados. En condiciones normales una historia como esa no debería provocar ninguna ansiedad a Rendulic Baster-kin: la existencia de granjeros y comerciantes contrariados en un rincón u otro del reino es una constante, dadas las leyes sagradas y los códigos seculares que rigen esas actividades en Broken. Pero los mensajeros enviados a lo largo de los últimos días por el sentek Arnem informan de que más de una aldea de comerciantes ha pasado de la infelicidad a la rebelión declarada; y su violencia ha sido secretamente alimentada, según los informes de Arnem, por echarse a perder el grano, como demuestran las diversas muestras que le ha hecho llegar para su escrutinio, junto con la advertencia de que se lave cuidadosamente las manos después de inspeccionarlas. Sin embargo, ni siquiera esa combinación de informes de provincias con los que manda el nuevo comandante del ejército de Broken bastaría en cualquier otro momento para alarmar a Baster-kin. Pero hay un hilo final que hilvana esos problemas aparentemente manejables dentro de lo que podría convertirse en un tapiz de preocupaciones serias: las muestras del grano peligroso que Arnem ha enviado al Lord Mercader se parecen demasiado a los granos que el siempre vigilante dueño del más imponente kastelgerd de Broken ha encontrado, a lo largo del último día y su correspondiente noche, en uno de los almacenes escondidos bajo la ciudad.

El compromiso y los sacrificios de Rendulic Baster-kin con el reino y su gobierno siempre han sido grandes: más incluso, según él mismo defendería con razón, no solo que los de otros miembros del Consejo de Mercaderes, o de los anteriores lords, sino mayores que los de su padre, el más célebremente despiadado entre todos los Baster-kin. Efectivamente, Rendulic cree que tiene poco en común con el primero de los miembros de su familia que obtuvo el puesto de Lord Mercader, el más astuto de los mercenarios aventureros que acompañaron a Oxmontrot en sus viajes por el mundo al servicio de las mitades oriental y occidental del Lumun-jan, ese imperio gigantesco y, sin embargo, extrañamente frágil, y que al regresar a Broken llevaron consigo el credo de Kafra. Y sin embargo, pese a esas aventuras compartidas, según rumores tan bien fundamentados que no pueden morir, no fue la lealtad a Oxmontrot, sino la traición, lo que granjeó al primer Lord Baster-kin un puesto prominente en la política y la sociedad de Broken. Porque su ascenso de rango, así como el regalo de los recursos suficientes para construir las primeras alas del kastelgerd en torno a la torre original de la familia, no habían dependido del Rey Loco, sino del hijo de Oxmontrot, Thedric; entonces se dijo, y se ha dicho siempre, que los orígenes del renombre y la riqueza de Baster-kin se podían rastrear hasta la complicidad en el asesinato del Rey Loco. No muchos de los que habían conocido a Thedric, al fin y al cabo, le otorgaban la inteligencia suficiente, ni a su madre, Justanza, la cordura necesaria, para planear y desarrollar el plan ellos solos; y la construcción del kastelgerd de los Baster-kin empezó, efectivamente, el mismo día en que Thedric fue coronado y declarado semi-divino. Desde entonces, los añadidos al kastelgerd y los sofisticados jardines en terraza que lo rodean han sido casi constantes... Hasta el ascenso, claro, de Rendulic Baster-kin, tan decidido a limpiar cualquier mancha del honor de su familia por medio de su devoción, fe y trabajo duro.

Además, aunque haya habido más que unos cuantos hombres indignos entre sus antepasados, y Rendulic lo sabe, también son unos cuantos los que tuvieron la sabiduría suficiente para merecer respeto. Los primeros fueron los lores que —indignados por los frecuentes abusos de poder del Consejo de Mercaderes, que periódicamente intentaba sacar provecho del aislamiento de la familia real con respecto a los asuntos seculares— crearon y reforzaron un instrumento con el que servir a los herederos de Thedric: la Guardia Personal del Lord del Consejo de Mercaderes (o, en su nombre más común, la Guardia de Lord Baster-kin, pues ningún otro jefe de clan, tras un par de desastrosos desafíos en el pasado, ha alcanzado jamás ese puesto). Durante muchas generaciones, el estricto mandato de estas unidades que no llegaban a ser militares consistía simplemente en mantener el desarrollo tranquilo, seguro y legal del comercio dentro de la ciudad. Pero finalmente, como instrumento del poder secular, la Guardia también ha sido objeto de corrupción no solo por parte de los rivales de Baster-kin, sino incluso (o eso dicen algunas voces) de ciertos representantes reales que deseaban que sus actividades, peculiares, aunque sagradas, quedasen en un plano discreto. La Guardia también aumentó sus atribuciones para incluir la de conservar la paz, tarea que resultó todavía más violenta, o hasta letal, cuando la prevención de robos y conspiraciones dentro de la ciudad pasó a implicar la autoridad necesaria para arrestar, pegar, torturar y aun ejecutar a cualquier persona que los linnetes, ya fuese dentro o fuera de las murallas, considerasen objetable. Cierto que el cabeza del clan de los Baster-kin retenía siempre el mando de la cada vez más impopular Guardia; pero el mando y el control siempre han sido dos cualidades bien distintas. De todos modos, también, aunque el clan de los Baster-kin estuviera perdiendo parte del control efectivo de la Guardia, el hecho de que sus «soldados» siguieran vigilando con atención el gran kastelgerd confería a la residencia y a sus lores algo parecido a un aire real, el suficiente para permitir que todos los lores negasen unos cargos de degeneración, corrupción y tiranía: abusos que el padre de Rendulic había conseguido practicar juntos en una sola vida.

Así que corresponde a este hombre que ahora camina arriba y abajo por la terraza de su torre reafirmar su devoción a los ideales de Kafra, tarea que Rendulic no ha emprendido solo por medio de sus pronunciamientos públicos y sus reglamentos, sino también con el uso de métodos privados más extremados de lo que cualquier ciudadano haya podido saber o apreciar. Y sin embargo esos pasos no le han traído la paz mental: no, para alguien tan atento como Rendulic Baster-kin, incluso los peligros que se presentan bajo una forma tan aparentemente inocua como unos pocos granos deformes y descoloridos han de expulsar de la mente el placer de un suave atardecer... Sobre todo, ahora. Ahora, a las puertas de lo que será el período más funesto de la historia de Broken: un tiempo en el que la persecución continua por parte del reino de las metas sagradas de Kafra para conseguir el perfeccionamiento de todos los aspectos de la fuerza, ya sea individual o colectiva, ha de recuperar su primacía por pura necesidad. Cualquier duda o vacilación entre los líderes de Broken acerca de la anexión de la sobrecogedora tierra salvaje del Bosque de Davon, o de la destrucción de la tribu de los desterrados que habitan ese Bosque maldito pero cargado de tesoros tendría que haber cesado, cree Baster-kin, primero tras el atentado contra la vida del Dios-Rey y luego por la mutilación y muerte de Herwald Korsar. Y sin embargo, pese a la gozosa y orgullosa despedida que la ciudad brindó a los Garras en su doble misión de conquista, solo tres personas sabían de verdad, con algún grado de certeza, qué había provocado en realidad la decisión histórica de proceder en este momento contra el Bosque y los Bane. Los dos primeros —el Dios-rey y el Gran Layzin— están, precisamente esta noche, inaccesibles a la gente de la ciudad y del reino, libres para disfrutar de sus placeres particulares. El tercero, el propio Baster-kin, es el único que, además de conocer todas las consideraciones que han formado parte de la decisión de mandar a los soldados de la más elevada élite del reino contra los Bane, está consumido por ellas; así que el Lord Mercader está solo esta noche en su parapeto, sin iguales, sin amigos, dándole vueltas a una semilla de grano estropeada que conserva escondida en una mano.

«Maldito Arnem —cavila Baster-kin—; un soldado solo debería preocuparse de las movilizaciones en el reino, y no de confirmar mis miedos acerca de este extraño grano.» Y sin embargo el Lord Mercader sabe que el problema que representa eso que guarda en su mano no es tan fácil de pasar por alto como le gustaría; el sentek Arnem, en realidad, no ha hecho más que cumplir con su obligación al enviar su informe. «Lástima que tengamos que pagar un precio tan alto por él.» Y, sin embargo, ¿no dice acaso la doctrina kafránica que lo que pierde un hombre lo gana otro? Y pensando en esa posibilidad —que la pérdida de Arnem pueda representar su propia ganancia— Baster-kin se percata por primera vez de la suave caricia del Aliento de Kafra. Sin embargo, no puede regodearse en el instante de placer, pues ha de estar seguro de sus siguientes movimientos, tanto como lo ha estado de todos los arreglos que se han llevado a cabo esta semana. Esa manera de prestar atención al detalle enseguida lo saca del consuelo que ofrece la cálida brisa de la noche de primavera para meterlo de nuevo en su torre, donde atenderá a los detalles de sus planes: planes que, para una mente no preparada, podrían parecerse demasiado a una estratagema...

Baster-kin vuelve a entrar en la torre octogonal sin darse cuenta siquiera de que en la boca abierta de la chimenea —instalada en la pared que da al sur, con una repisa inmensa apoyada en dos esculturas de granito que representan a dos osos pardos rampantes de Broken, congelados en eterna sumisión y servicio— no hay llamas a causa del calor de la noche. Su atención se concentra por completo en una mesa grande y gruesa que hay en el centro de la habitación, con la misma forma que la propia torre y el tamaño suficiente para albergar reuniones de los miembros más importantes del Consejo de Mercaderes. Esta noche, en cambio, está cubierta por mapas del reino, en cuya superficie descansan los informes del sentek Arnem, que detallan la situación de los pueblos y ciudades entre Broken y Daurawah, así como el estado de sus provisiones de grano.

Pero lo más importante es que encima de todas esas láminas de pergamino hay una nota de Isadora Arnem, entregada por ella misma al segundo hombre más poderoso del kastelgerd: Radelfer,[210] el senescal de la familia Baster-kin, ya mayor pero llamativamente vigoroso. Veterano de los Garras, y en posesión de todos los elevados rasgos de lealtad, coraje y honor que se asocian a ese khotor, Radelfer fue en otro tiempo el guardián del joven Rendulic Baster-kin: sacado de las filas de la más exquisita legión del reino por el padre de Rendulic, se había pasado casi veinte años interpretando un papel que el anciano Baster-kin debería haberse reservado para sí. Ahora, el veterano pero todavía poderoso Radelfer supervisa los asuntos de la casa de su antiguo empleador; y cuando apareció por primera vez Lady Arnem en la entrada del kastelgerd tan solo dos noches después de que su marido partiera de la ciudad y se encontró con que Lord Baster-kin no estaba en casa, pidió ver a Radelfer, a quien al parecer conocía de antaño. Contenta de ver al senescal, e insinuando que tenía algún asunto urgente que tratar con el Lord Mercader, Isadora le anunció su intención de regresar a la noche siguiente, cosa que había dejado escrita en una nota. Esa es la nota a la que, a juzgar por su posición sobre la gran mesa del retiro más privado de Rendulic Baster-kin, el Lord Mercader concede más importancia que a todos los mapas de las travesías del Zarpa de Gato y a los despachos sobre la agitación en el reino. Al inclinarse sobre la mesa, estudia la nota; no tanto por sus pocas e intrascendentes palabras como por la mano que las ha escrito, esa mano que sigue siendo tan parecida a lo que fue hace muchos años...

Su divagación se interrumpe cuando de repente suena un aullido, el grito humano que más temor le produce: un sonido desesperado de dolor que podría haber emitido tiempo ha una mujer, pero ahora sin duda no puede proceder de la garganta de ningún ser mortal. Viene de uno de los dormitorios del rincón del norte del kastelgerd, al otro lado de la torre nordoriental de la torre octogonal del Lord Mercader. Baster-kin lo escucha con una reacción apenas pasiva, o incluso abatida, y llega a una conclusión: «Los heraldos de la muerte y del renacimiento deberían tener voz —se dice—, y nadie puede negar que un grito como ese encajaría con su propósito...»

Su comportamiento, desde luego, no da muestras de ese cambio histórico: cuando la voz sigue aullando, solo se mueven los dedos de su mano derecha, que aplastan lenta y enérgicamente la frágil semilla de grano que sostenían contra la palma hasta que no quedan de ella más que unos fragmentos polvorientos.

Hay poco en esta situación que merezca ser tenido por nuevo, pero eso no impide que la paciencia y el temple de Baster-kin se vayan desgastando, como si esa voz fuera de hecho una especie de látigo demoníaco que le azotara el alma: porque en verdad se trata del sonido de su propia esposa, que sigue y sigue emitiendo ese aullido que se repite como un eco por las salas del kastelgerd como una furia suelta. Con tono acusatorio, chirría la misma palabra una y otra vez. Y esa palabra es su nombre:

—¡Rendulic!

Pero Baster-kin se limita a acercarse a una jofaina que tiene en un rincón de la habitación de la torre, recordando el aviso urgente del Sentek Arnem de que se lave las manos después de tocar el grano contaminado.

{ii:}

Con la esperanza de que alguna de las damas de compañía o la sanadora de su mujer controlen pronto sus gritos, el lord camina de un lado a otro por su elevado retiro y estudia el único adorno de la habitación: cuatro tapices enormes que cubren las paredes entre las puertas del este y el oeste, en los que se describe una época anterior de la vida de Rendulic, el celebrado momento en que completó su transformación del joven flaco y enfermizo al hombre fuerte y masculino que sigue siendo hoy: la época en que, pese a tener solo dieciocho años, se sumó a una expedición para cazar panteras. Era la clase de expedición con la que soñaban los vástagos de las familias de los mercaderes de Broken antes de que el estadio de la ciudad los hechizara; es decir, antes de que un deporte menos peligroso reemplazara los riesgos de luchar contra fieras salvajes y perseguir a los criminales Bane y a los Ultrajadores hasta el Bosque de Davon.

Durante esa partida de caza —liderada por el mismo guardián incansable, Radelfer, que siempre había hecho de consejero y único amigo verdadero del muchacho—, Rendulic, galopando por delante de sus hombres, se había topado con un grupo de cuatro panteras adolescentes, hijas ni más ni menos que de la legendaria pantera blanca del Bosque de Davon. Aunque parecía condenado a una muerte salvaje, Rendulic había exigido, cuando ya habían muerto dos de los animales y su madre estaba incapacitada por una profunda herida en un muslo, que le permitieran involucrarse en la captura final de las bestias.

El joven que aquel día se atrevía a enfrentarse a la muerte en lo que parecía un acto temerario había sido tratado como una decepción durante mucho tiempo por parte de su estricto padre, lord del kastelgerd en esos tiempos. Rendulic se había atrevido a creer —con una pasión que lo volvía tan temerario como para no preocuparse siquiera por su seguridad— que el resultado de la caza cambiaría la pobre opinión que su padre tenía de él; y, estimulados por esos pensamientos, el joven atrevido y el siempre leal Radelfer consiguieron engañar y enjaular a la joven pantera y luego Rendulic insistió rudamente en que se le permitiera luchar a solas contra el último cachorro macho. Solo, con flechas, pica y, al final, una daga larga y elegante, el joven Baster-kin se enfrentó efectivamente al animal en el mismo claro en que había tenido lugar toda la batalla, más allá del Zarpa de Gato. Tras infligir una herida mortal a la joven pantera con su pica, Rendulic agarró con fuerza la daga y la usó para administrar el *dauthu-bleith* a la fiera, que seguía desafiándolo, y todo ello a la vista de la madre, viva todavía pero incapaz de intervenir.

De ese modo Rendulic había convertido aquella partida, que sería la última, en una leyenda entre la gente de Broken. Pese a ello su padre no se había persuadido del valor de Rendulic tan fácilmente como este esperaba: el joven quiso creer que la culpa era de un brote sifilítico que volvía a atormentar al ya anciano lord cada vez con más frecuencia. Además, en esa época las competiciones atléticas del estadio empezaron a eclipsar rápidamente a los deportes de sangre celebrados en el Bosque, y los jóvenes de ambos sexos a partir de entonces empezaron a recurrir a ese tipo de actividades tanto en busca de estímulos como para ponerse a prueba delante de la ciudadanía. Cierto que aquellos pasatiempos agotadores incluían todavía la competición contra las grandes fieras del bosque: pero ahora se trataba de animales capturados y encadenados en la arena del estadio, de modo que la muerte no representaba un verdadero peligro para los jóvenes atletas de Broken que se sumaban a las listas.

Sin embargo, no debe creerse que la historia de la caza de la pantera por parte de Rendulic Baster-kin pasó al olvido: sin duda, el recuerdo de la misma terminaría por formar la base de buena parte de su incuestionable autoridad personal en la ciudad. Y sobre todo —cavila mientras contempla los tapices— eliminó virtualmente las habladurías sobre un incidente previo en su vida, un incidente que, según los rumores, implicaba la persecución romántica de una joven belleza del Distrito Quinto, dos o tres años menor que él, ayudante de una sanadora famosa a la que habían convocado para que prestara su ayuda cuando, al madurar en su joven cuerpo los primeros signos de virilidad, había empeorado cruelmente una terrible enfermedad que Redulic había sufrido siempre, llamada *megrem*.[211] Aquella incapacitante suma de dolor de cabeza y malestar de vientre había resultado inasequible a las habilidades de los doctores kafránicos, del mismo modo que, desde tiempos antiguos, ridiculizaba a tantos sanadores inútiles de todo el mundo, que la conocían por nombres distintos. Cualquier hombre o mujer capacitado para cobrarle, en cualquier caso, reconocía los síntomas al instante: la sanadora Gisa, por ejemplo, había conseguido no solo diagnosticarla sino aliviarla con tratamientos que se practicaban en secreto en una de las cabañas de la familia Baster-kin en la falda de la montaña de Broken, donde uno de los hermanos menores del Lord Mercader padre, un tío que era casi el único que conservaba algúna simpatía por el muchacho, se ocupaba de los rebaños de la Llanura que llevaban grabado el nombre de la familia. Radelfer sabía que no era muy probable que el lord se aventurara hasta allí; en aquel lugar, seguro y protegido, la anciana sanadora, que ya se había convertido en leyenda para casi todo Broken y en una bendición para tantos otros en su Distrito Quinto natal, orientó a Rendulic Baster-kin hacia una madurez sana.[212] Pero, aunque Gisa preparaba las tinturas e infusiones personalmente para conservar con celo el secreto de sus ingredientes, las dosis eran administradas por las relajantes manos de la adorable aprendiz de la vieja bruja, una huérfana llamada Isadora. Alta y con el cabello dorado, Isadora tenía un tacto reconfortante que se abrió paso hasta lo más hondo del corazón de Rendulic y se convirtió en la fuente de los esfuerzos de este, escandalosamente desesperados, por encontrarla durante las semanas siguientes al momento en que ella abandonó el pie de su lecho. El padre del muchacho, mientras tanto, hizo caso omiso de aquellas lenguas locuaces, o amenazó con arrancarlas; y cuando pasó su último ataque de sífilis, al ver que su hijo crecía sano Lord Baster-kin montó en su caballo y dio inicio a la búsqueda de una esposa políticamente conveniente para su heredero...

De pronto, Rendulic Baster-kin se percata de que ha aparecido otra figura en la habitación, sin anunciarse con una llamada previa a la puerta ni pedir permiso para entrar en la cámara, algo extraordinario. Con un estilo silencioso y fantasmagórico, la figura entra por una puerta opuesta a la de la terraza. Lleva una capa con capucha negra del más fino algodón; sin embargo, las partes del cuerpo que deberían quedar expuestas —las manos, los pies, la cara— están envueltas en vendas de algodón blanco que apenas dejan algún resquicio por el que se revelan los ojos, las fosas nasales y la boca. El breve instante en que se abre y cierra la puerta de la alta habitación de la torre permite que el aullido de abajo llegue con más claridad al santuario de Baster-kin, que incluso oye con claridad el grito del cruel sufrimiento de esa mujer.

—¿Qué es? ¡No! No lo voy a hacer, ya os lo he dicho. ¡Si no viene mi marido y me pone la copa en los labios él mismo, no lo tomaré!

Luego, cuando la figura envuelta en negro cierra la puerta de roble reforzado con hierro, el sonido se apaga en parte y Baster-kin suspira de alivio antes de volverse hacia la mesa para tapar la nota de Lady Arnem con las manos e inclinarse sobre los mapas y la correspondencia como si los estudiara con atención.

—¿Bueno? —pregunta en voz baja el Lord Mercader, con una extraña inseguridad en el tono.

Hay algo de desdén, y también brusquedad, pero algo más atempera esos sentimientos más duros y abre un resquicio a la tolerancia y al... ¿Qué es? ¿Afecto? Seguro que no.

La voz que le contesta, pese al esfuerzo por sonar discreta, es desesperadamente desagradable: palabras mal pronunciadas, acompañadas por estallidos de saliva que se escapan por las cornisas de la boca y un sonido ronco, rasposo y molesto.

—Mi señor —anuncia—, están administrando la infusión. La crisis debería pasar pronto, según el sanador Raban,[213] aunque me ha suplicado que te informe de que pasaría más rápido si tú mismo administraras la medicación y esperases a su lado hasta que surtiera efecto.

Baster-kin se limita a ridiculizar la propuesta con un gruñido, pero es un ridículo provocado por la mera mención de ese sanador tradicional kafránico llamado Raban, no por el mensajero que la trae, como queda claro. Sigue mirando fijamente el mapa que tiene delante.

—Confío en que hayas dicho a ese carnicero idiota que estoy demasiado ocupado con los asuntos de estado para encargarme del trabajo de una enfermera.

La cabeza de Baster-kin permanece decididamente quieta, pero no deja de captar con el rabillo del ojo, a la luz de las antorchas colgadas de la pared en arbotantes de hierro, un breve atisbo de la túnica y la capucha negras, así como de las vendas blancas que envuelven cuidadosamente unas manos casi inutilizadas porque todos los dedos quedan envueltos en torno a los pulgares. Los pies de la criatura, más visibles para el lord sin necesidad de mover la cabeza, van vendados del mismo modo y calzados solo con sandalias de suave piel, forradas de densa lana de oveja; pero Baster-kin no va a mirar más, porque ya ha contemplado esta extraña visión claramente en ocasiones anteriores, con todo detalle. Necesita sobre todo evitar el rostro envuelto, donde la boca y el azul celeste de los ojos quedan perceptiblemente rodeados de carne putrefacta, subrayada por unas llagas húmedas y llenas de pus y por las curtidas arrugas que surcan la piel visible. Y, sin embargo, la voz que emerge de ese penoso desecho humano no habla con aires de crítica, ni siquiera con el tono obsequioso propio de los sirvientes, sino en un tono muy parecido al de Baster-kin: con cierta familiaridad, o incluso intimidad.

—Ya se lo he dicho a Raban —explica la voz—. Pero me ha pedido que te advierta que, si no encuentras un momento para visitarla, no responde de cómo se vaya a comportar cuando pase el efecto de la medicación.

Baster-kin traga una bocanada de aire, profunda y cansada.

—De acuerdo. Si conseguimos encontrarle el sentido a todo este asunto de Arnem, haré lo que pide Raban. Pero en caso contrario tendrás que pedir al charlatán de mi señora que le administre una dosis mayor de sus malditas drogas.

—Raban dice que le está dando la dosis máxima que considera segura. Si la aumenta, dice, el corazón irá tan lento que la muerte se acercará y tal vez se apodere de ella.

Una parte de Baster-kin quisiera dar voz a la respuesta apasionada, aunque silenciosa, que muestra con claridad su rostro: que sería mejor para todos los implicados (en particular, para él) si una muerte así escribiera efectivamente el fin de la desgraciada mujer. Sin embargo, el deber y, quizás, un rastro de auténtica preocupación, anulan esos pensamientos y tensan de nuevo su mandíbula.

—Muy bien —se limita a responder en voz baja.

—Hay más —dice la figura envuelta en negro—. Ha vuelto Lady Arnem. Tal como anunció.

—¿Qué? —Al fin Baster-kin mira al peculiar hombre que tiene delante—. Pero no iba a venir hasta dentro de una hora. ¿Sabe Radelfer que está aquí? ¿La ha instalado en algún lugar...?

—Me he tomado la libertad de consultar a Radelfer —contesta la voz, que no deja de farfullar y escupir— y hemos decidido que llevara a Lady Arnem a la biblioteca y dejara todas las puertas firmemente cerradas. También le he sugerido que puede entretenerla, puesto que se conocen y parecen mostrarse un afecto genuino. Al parecer, su servicio en los Garras coincidió al menos con una parte de los años del sentek en esas filas; puede que se conocieran entonces. Y si hay alguna sala que pueda librarse de los gritos que vienen del ala norte es la biblioteca, sobre todo si en ella se produce algo de conversación. Por último, se ha informado a Lady Arnem de que no debía esperar que la anticipación de su llegada tuviera más que una leve influencia en la programación de los asuntos urgentes de tu agenda.

Baster-kin parece incómodo ante esa afirmación; otra reacción nada común por su parte.

—¿Y cómo ha recibido toda esa información? —pregunta.

—No diré que le haya complacido —responde la figura espectral—. Pero, como ya he dicho, confía en Radelfer y esa confianza la invita a hacer cuanto sea necesario por manifestar su comprensión y su respeto. Puede que todo vaya bien, o eso me atrevería a suponer.

Una sombra de gratitud cruza a toda prisa el rostro de Baster-kin

—Muy inteligente, Klauqvest[214] —dice, en tono urgente e imperioso—. Algunos momentos me recuerdan por qué te salvé del destino del Bosque. Y sin embargo, teniendo tan poco contacto con personas de formación idónea, me pregunto cómo te las arreglas para ser tan diestro en su trato.

Es una pregunta retórica y el sentimiento que la genera no es tan cruel como parece; y el tal Klauqvest no da señales de haberla percibido como una pregunta malintencionada. De todos modos, con tantas vendas además de la túnica negra flotante, sería casi imposible distinguir una respuesta de otra.

Baster-kin cambia la posición de varios mapas en la mesa, fingiendo controlar unas pasiones que, para cualquiera que lo conozca tan bien como parece conocerlo este tal Klauqvest, son transparentes: la llegada de Isadora le ha arruinado la seguridad en sí mismo.

—¿Y tiene alguna explicación para haberse tomado la libertad de venir tan pronto? —pregunta el Lord Mercader.

—No, pero sospecho que tú conoces la razón —responde la voz húmeda y rasposa—. O, al menos, en gran parte.

Relativamente molesto por el tono de familiaridad de ese comentario, Baster-kin evita la reprimenda o la discusión y procede directamente a la fuente del problema.

—El envío de mis mensajes a su casa —murmura con un lento movimiento de cabeza.

—Sí, mi señor —responde Klauqvest—. Aunque hay otras cuestiones a tener en cuenta. —El dueño del kastelgerd alza la mirada con una leve sensación de sorpresa—. Al parecer, ha recibido nueva información de su marido. Y aunque no ha dicho nada concreto al respecto a Radelfer, me he quedado con la impresión, mientras escuchaba desde detrás de la puerta de la biblioteca, de que estos últimos mensajes trataban de los mismos asuntos que los que el sentek te ha estado enviando últimamente, mi señor. —Klauqvest levanta una mano, más parecida a la extremidad de una criatura marina provista de conchas que a la mano de un hombre, tal como sugiere su nombre sin ninguna amabilidad, para señalar una serie de líneas prietas dibujadas en el mapa más detallado de la ciudad y del reino—. ¿Debo dar por hecho, entonces, mi señor, que piensas acceder a la petición del sentek Arnem para que enviemos provisiones urgentes para sus tropas al campamento que pretende levantar cerca del río?

Sea por la dirección que está tomando el interrogatorio emprendido por Klauqvest o sea por su voz, que lleva demasiado tiempo lijando la paciencia del Lord Mercader, de pronto este da un palmetazo en la mesa.

—¡No tienes que dar nada por hecho! —Y sin embargo, en cuanto pierde el temperamento, Baster-kin hace un esfuerzo evidente por recuperarlo; de nuevo algo extraño en un hombre que suele preocuparse bien poco o nada por los sentimientos de sus subalternos—. Ya me has informado de su presencia, Klauqvest —afirma el amo del kastelgerd, rechinando los dientes—. Y has hecho bien. Ahora, se ha hecho de noche ya y te sugiero que te ocupes de tu tarea original en los pasillos subterráneos de la ciudad y que termines el inventario y sigas prestando una atención especial tanto a la cantidad como al estado de las provisiones de grano, así como a la pureza de las alcantarillas. Dado que tu apariencia te impide representar un papel más visible, o más constructivo, en la vida de esta ciudad y del reino en este momento crucial, imagino que estarás ansioso por hacerlo.

Entre los dos hombres pasa lo que parece un largo silencio: la mirada de Klauqvest, sea cual fuere el estado de la carne que rodea sus ojos, permanece clara y fija en la de Baster-kin, con la expresión más parecida a un desafío que nadie podría atreverse a mostrar en presencia del Lord Mercader. Y sin embargo, pese a toda la ira evidente en el temblor de su mandíbula, Baster-kin opta por no seguir con su estallido ni pedir ayuda. Al contrario, y de manera extraordinaria, son sus ojos los que rompen primero el lazo mientras toquetea algunos fragmentos de pergamino de la mesa, evidentemente intrascendentes, y luego se permite suspirar con algo extrañamente parecido a la contrición. En cambio la mirada de Klauqvest no cambia mientras espera que vuelva el silencio antes de declarar:

—Muy bien, entonces, Padre...

Es el primer paso en falso de la desgraciada criatura; sus ojos reflejan una vívida consciencia del error que ha cometido. Baster-kin vuelve a alzar la mirada como si se acabara de quemar; luego, con una expresión en los ojos que no responde tanto al triunfo como a una profunda mezcla de tristeza, decepción y rabia, rodea la mesa a grandes zancadas y clava una dura mirada en los ojos de este extraño hombre. Klauqvest es tan alto como el Lord Mercader, pero tarda poco en apartarse, apocado, de este hombre mayor que él y, como si esperase recibir un golpe, se agacha y se empequeñece unos pocos centímetros.

—Ya me encargaré de mi esposa —dice Baster-kin en tono calmo—. Y también de recibir a Lady Arnem. Tú te quedarás aquí un rato, antes de bajar al único hogar que te corresponde, en los pasadizos subterráneos de la ciudad. Quiero respuestas a todas mis preguntas... —Agita una mano hacia los mapas y planos que hay encima de la mesa y luego se acerca uno o dos pasos más a Klauqvest, que recula de nuevo—. Y nunca olvides que te dejé vivir solo para que pensaras esas respuestas cuando quedó claro que la única parte de tu cuerpo que Kafra salvó de tus impíos orígenes era el cerebro. Y sin embargo, al hacerlo puede que empeorase la locura que quedó implantada en mi señora con tu llegada a este mundo y ella vio no solo tu verdadero linaje, sino también la prueba de que Kafra ha maldecido su alma. Así que nunca dejes que esa palabra se escape de la maraña perversa que tienes por boca.

Al fin, Klauqvest deja caer la cabeza en señal de derrota.

—Por supuesto. Permíteme tan solo que presente mis disculpas, mi señor.

—Quédate las disculpas para ti.

Baster-kin se vuelve hacia la puerta, pero luego se refrena, como un depredador que acaba de encontrar una última manera de atormentar a su presa herida.

—Aunque, ahora que ya has mencionado la palabra, supongo que no hará falta que pregunte dónde está mi verdadero hijo, ¿no?

—Como tú mismo dices, es una pregunta innecesaria —se limita a responder Klauqvest—. Igual que casi no necesito contestar que está en el estadio, con sus compañeros, dechados de virtudes kafránicas.

Baster-kin asiente con la cabeza y suelta un suspiro largo de insatisfacción. Luego, sin reducir la severidad, dice:

—Ya me ocuparé yo de él y de todos los tontos con los que se asocia. Y tendré que hacerlo pronto, porque en su destino descansa la única esperanza que Kafra ha tenido la piedad de conceder para la preservación de esta casa, este clan y este reino. Y tú debes recordar que el Bosque siempre estará listo para recibirte igual que recibió a tu hermana, esa criatura deforme si te excedes, si tu mente deja de serme útil o, por último, si decides comunicarte con el mundo más allá de esta torre o por encima de los pasadizos que discurren por debajo del kastelgerd y de la ciudad.

Tras eso, el Lord Mercader abandona la habitación a grandes zancadas, arrastra la pesada puerta de roble para cerrarla y da con ella un portazo.

Solo en la habitación de la torre, Klauqvest se permite pasar las manos vendadas por encima de los documentos un momento, aunque apenas puede cogerlos entre los pulgares y el resto de los dedos arracimados. Luego se inclina hacia delante y estudia los mapas de cerca. Sus movimientos siguen siendo lentos y cuidadosos cuando se toma la libertad de recorrer cuatro de los ocho lados de la mesa para luego plantarse de pie en el punto que pertenece al lord del kastelgerd y sentarse en la sencilla silla militar de campo que Baster-kin acostumbra usar. Klauqvest intenta adaptarse al tacto de los duros brazos de madera y del cuero tensado en torno al perfil del asiento y del respaldo, pero enseguida comprueba que su piel, tierna y adolorida, no lo permite. Se levanta y sigue estudiando los mapas...

Y al inclinarse sobre ellos cae entre las láminas de pergamino una gota de algún fluido corporal salado, procedente de la parte expuesta de la cara; una gota que Klauqvest retira sin dar tiempo a que deje el menor rastro de su existencia.

Satisfecho por lo que ha visto en los detallados mapas, Klauqvest se desplaza desde la mesa hacia uno de los tapices y estudia la escena descrita en él: el momento dramático antes de que el joven y bello Rendulic Baster-kin —lanza en una mano, daga en la otra— matara la que sería conocida para siempre en todo Broken como «su» pantera. La composición y el bordado son admirables y otorgan al joven vástago de los mercaderes unos rasgos de exagerado coraje, al tiempo que dan al cachorro de pantera, cuyo cuerpo en realidad ya estaba a esas alturas asaeteado y mutilado por las flechas, un aspecto de ferocidad y poderío también agudizados. Luego Klauqvest baja la mirada del tapiz a la piel y la cabeza que, a lo largo de toda su vida, ha visto siempre yacer en el suelo de esta cámara; con un dolor tan fuerte que casi se pone a gritar, se agacha para acariciar la cabeza sin vida de la fiera con su mano vendada, en un gesto que parece transmitir una enorme ternura.

Tras levantarse, y con el alivio de haberlo podido hacer sin mayores percances, Klauqvest se aparta de los restos de la pantera y se dirige a la puerta del este de la cámara, que da al viejo parapeto. Abre la puerta, alza la mirada al cielo y ve que la Luna ha empezado a salir. Se queda mirando la brizna de blanco en el denso azul del crepúsculo hacia el sudeste y luego se da media vuelta y su mirada regresa al interior de la cámara para posarse en un relieve de bronce allí colgado.

Representa el rostro sonriente y omnipresente de Kafra, colocado —como no suele ser habitual en este tipo de piezas— sobre un cuerpo joven, musculoso pero flexible, apenas cubierto por un taparrabos: un cuerpo, como bien sabe Klauqvest, moldeado a partir del de Rendulic Baster-kin durante los días siguientes a la misma caza de la pantera que domina toda la decoración de la cámara. Es el tipo de imagen inusual, pero imponente, que provocaría suspiros de admiración y reverencia entre la mayor parte de los ciudadanos de Broken si se les permitiera verla; pero de la boca de este marginado vestido de negro solo salen unos sonidos rasposos e informes que podrían pasar por una especie de risa. El rostro de Klauqvest, cubierto por la capucha y tapado con vendas, va de la Luna a la imagen de Kafra varias veces y al final permite que los ojos descansen en el relieve mientras se desvanece la risa.

—Sonríe tanto como quieras, dios dorado —dice Klauqvest, aunque los fluidos ascienden de nuevo por su garganta para oscurecerle las palabras—. Pero esa deidad —prosigue mientras alza una mano para señalar hacia la Luna naciente— te está derrotando más allá de estas paredes. Y apenas ha empezado a crecer...

{iii:}

Rendulic emerge a toda prisa de la escalera que conecta su torre privada con el vestíbulo del piso superior del kastelgerd y se dirige hacia lo alto de la amplia escalinata central de la residencia, uno de los muchos aspectos deliberadamente abrumadores del edificio que ven los visitantes al entrar por las puertas altas y gruesas que se abren en la estructura. Desde arriba, el lord ve a una mujer baja y fuerte, ataviada con un vestido sencillo de color azul oscuro y cargada con una toalla[215] empapada en agua, así como con una jarra de arcilla llena del mismo líquido. Baster-Kin sospecha que la sirvienta del sanador ha subido y bajado repetidamente las escaleras, entre las cocinas que quedan detrás del gran salón y el dormitorio del ala norte del segundo piso, donde yace enferma la señora de la casa. Plantado junto a la barandilla que recorre todo el borde de la galería y permite una visión imponentte del recibidor que se abre en el piso inferior con su suelo de mármol, Baster-kin observa mientras la sirvienta se detiene, vuelve a las escaleras corriendo para coger una pava grande llena de agua ardiente y humeante, y retoma su misión a toda prisa. Al llegar una vez más a la parte alta de la escalera esta atisba al señor del kastelgerd e intenta dedicarle una marcada reverencia, pero la abundancia de cargas le dificulta la tarea. Baster-kin agita la mano para despedirla tras detectar que el agua caliente contiene una nueva infusión. Eso le basta para saber que las primeras dosis medicinales del sanador Raban no alcanzan para calmar a la señora de Baster-kin; un dato que, pese a no pillarle por sorpresa, provoca la ira del señor de la casa. Se dispone a seguir a la sirvienta y regañar severamente a Raban por sus medias tintas: «No debe permitirse que nada —ha advertido a todo el servicio de la casa durante los dos días previos—, ni un solo detalle, afecte o perturbe mi encuentro con Lady Arnem en la noche señalada para el mismo.» Si la orden requería un aumento de las medicinas del sanador Raban para calmar a la esposa del lord, bienvenido fuera; en cambio, Raban se ha pasado de prudente y las consecuencias de su cautela se vuelven más evidentes todavía cuando la doncella abre la puerta del cuarto de su señora.

A Lady Baster-kin la mudaron a esta habitación lujosa pero remota cuando sus griteríos se volvieron tan incontrolables e impredecibles que a su marido empezó a preocuparle la posibilidad —o de hecho, la certeza— de que la oyeran todos los paseantes del Camino de los Leales; mientras que, al quedar de cara al patio interior del kastelgerd y de la solitaria torre de su marido, no podría atormentar más que al lord, castigo que Baster-kin se ha preguntado en más de una ocasión si tal vez sería merecido.

—¡No! ¡No pienso tragar ni una gota más si no es la mano de mi marido la que me la lleva a los labios! ¡Rendulic! Dile...

Pero entonces se cierra de nuevo la puerta y los gritos se vuelven más apagados, aunque no menos frenéticos. Ese sonido despierta un miedo profundo en el corazón de Baster-kin, sobre todo cuando oye unos pasos que llegan desde abajo: a gran velocidad se sitúa detrás de una de las columnas de mármol que bordean la galería y echa un vistazo para ver quién se acerca. Respira con gran alivio al ver que no es Lady Arnem, sino su más fiable consejero y sirviente, Radelfer, quien sube a solas por la escalinata, procedente de la biblioteca que se abre por el lado sur del enorme recibidor del edificio. Baster-kin avanza todavía unos pasos y se detiene a y esperar a su fiel senescal, un hombre alto que sigue rezumando poder pese a que su melena hasta los hombros, la barba bien recortada y el color de la piel han adquirido una tonalidad gris a lo largo de sus muchos años de servicios prestados a la familia.

—Le dije al tonto de Raban que esta noche le diera las dosis suficientemente altas —explica Baster-kin cuando el anciano llega a su altura y echan a andar ambos hacia el vestíbulo del ala norte—. ¿Se oían sus gritos desde la biblioteca?

—Por momentos, sí, mi señor, aunque solo si uno sabía qué debía escuchar —responde Radelfer—. Como lo sé yo. Pero Lady Arnem no se ha enterado.

Baster-kin se ríe sin ningún humor.

—O por lo menos no te ha dicho nada —se mofa—. Es demasiado lista para sacar un asunto así, cuando lo que la trae aquí es la preocupación por su hijo y su marido. Supongo que esas son las razones de su visita, ¿no?

—Sí —responde Radelfer con cautela—. Aunque tiene otra información que pasar... Algo que no me ha querido contar. Algún asunto de gran importancia, relacionado con el Distrito Quinto.

—Ah, sí —contesta Baster-kin con ambigüedad—. Venga, venga, Radelfer, ¿cuándo ha habido un asunto en el Distrito Quinto que tuviera importancia de verdad?

—Yo me limito a transmitir el mensaje que me ha dado ella, mi señor —aclara Radelfer, mirando todavía con cautela a quien antaño tuvo a su cargo mientras llegan los dos a la gruesa puerta del dormitorio del que proceden todas las molestias de la tarde.

—¿Te parece que es un ardid, Radelfer? —pregunta Baster-kin—. Para reforzar sus súplicas al respecto de su hijo...

—Yo no diría eso —contesta Radelfer con calma, una calma digna de mención porque está mintiendo—. Ha cambiado un poco: ya no domina el arte de la astucia tanto como hace años y su preocupación tiene algo de incuestionablemente genuino. —Finge una mayor confusión al ver que su señor no contesta de inmediato—. ¿Mi señor? ¿Sabes de algún asunto del Distrito Quinto que ella pueda haber descubierto?

Baster-kin mira fijamente al hombre.

—¿Yo, Radelfer? Nada de nada. Pero cuéntame... ¿Dices que ha cambiado un poco?

—Eso me parece a simple vista, señor —responde Radelfer—. Pero recuerda que nunca se me ha dado bien juzgar a las mujeres.

Baster-kin se echa a reír.

—Bastante juicio tuviste cuando decidiste que ella y su jefa podían ayudarme en mi juventud, cuando todos los demás sanadores de Broken habían fracasado.

—Quizá —responde Radelfer—. Pero en mi propia vida mi juicio no ha discernido tan bien.

—Hay muchos grandes filósofos que conocen bien el mundo, y en cambio apenas se conocen a sí mismos —dice el amo del kastelgerd. Luego se plantea el asunto en silencio—. Muy bien, vuelve con ella, Radelfer. Ofrécele más conversación, no vaya a ser que detecte nuestro verdadero propósito. Cuando estés seguro de que se ha acallado todo el ruido proveniente de la habitación de Lady Baster-kin, la traes al pie de la escalinata.

—¿Y por qué no la mantenemos en la biblioteca, sin riesgo de...? —pregunta Radelfer.

—Ahora no tengo tiempo para explicártelo con detalle, Radelfer —responde Baster-kin—. Llévala allí cuando todo esté en silencio. Eso es lo que deseo.

Radelfer ve desaparecer al lord en dirección a su dormitorio y arquea las cejas mientras piensa: «Sí... allí estará para que cuando bajes se te vea aún más impresionante. Estás igual que entonces, Rendulic, ante la mera idea de encontrarte con ella: un chiquillo enfermo de amor que busca admiración...»

El comportamiento del senescal solo cambia cuando ya ha vuelto a bajar por la gran escalinata de nuevo y está solo; o, mejor dicho, cree estarlo. Una voz lo llama en un susurro desde las sombras que se ciernen más allá de la escalera y le da un susto.

—¿Radelfer?

El senescal se da media vuelta y ve salir de las sombras del gran vestíbulo a un hombre con túnica negra.

—¡Klauqvest! —murmura Radelfer, sorprendido—. No deberías estar aquí. Te arriesgas a que te descubran. Hay mucha actividad esta noche en el kastelgerd.

—Y bien que lo sé —responde Klauqvest—, pero Lord Baster-kin me ha encargado que transmitiera ciertas órdenes privadas al sanador Raban, y eso acabo de hacer.

—¿De verdad?

Radelfer dedica un momento a pensar en el siempre inquietante asunto de las relaciones entre Rendulic Baster-kin y Klauqvest: «Si mi señor desea tan apasionadamente que este patético joven permanezca escondido —se pregunta el senescal—, entonces, ¿por qué insiste también en emplearlo para usos que podrían poner en evidencia su existencia?

Radelfer se desprende de esos interrogantes sin respuesta y pregunta en voz alta:

—Entonces, ¿vas de vuelta hacia los sótanos?

—No del todo —responde Klauqvest.

—Yo de ti me lo pensaría bien, muchacho, y me largaría allí abajo. Es mejor estar a salvo, por mucho que... —Radelfer se detiene a escoger las palabras con cuidado— por mucho que tu amo y señor se empeñe en ignorar el riesgo.

—Ya iré —responde deprisa Klauqvest—. Pero como Raban ya está aquí se me ha ocurrido que quizá tú podrías... «convencerlo» para que te dé algunas medicinas, porque yo he fracasado en el intento. No las quiero para mí, sino para Loreleh.[216]

—¿Tu hermana? —Radelfer se acerca más todavía a la cara vendada—. ¿Está enferma?

—Más que enferma, adolorida —explica Klauqvest—. Pero se lo puedes preguntar tú mismo.

Una tímida tercera voz, la de una joven doncella, se suma ahora a la conversación desde un punto todavía más hundido en las sombras de más allá de la escalinata.

—Hola, Radelfer.

—¿Loreleh?

Radelfer se adentra más en las sombras y, cuando sus ojos empiezan a acostumbrarse a la oscuridad, distingue al fin la forma de una chica de la que sabe que tiene quince años. Su rostro y la mayor parte de su figura son adorables: piel clara, ojos grandes y oscuros y unos lujuriosos mechones de cabello oscuro con un leve toque rojizo, todo ello sobre un cuerpo elegante. La única sugerencia de imperfección en esa bella imagen procede de un bastón de burda hechura que Loreleh sostiene en la mano izquierda, lo cual dirige el ojo del observador hacia el ángulo forzado en que se articula el pie de ese lado del cuerpo al final de la pierna y hacia la bota, pesada y con una forma especial, que cubre esa extremidad: la niña tiene el pie como un caballo.[217]

—¿Os habéis vuelto locos los dos, entonces? —sigue Radelfer—. ¿Salís del sótano con la casa entregada a tanta actividad?

—Lo lamento, Radelfer —responde Loreleh—. Y, por favor, no culpes a mi hermano. Le he obligado a traerme.

Radelfer sonríe pese al susto y el escepticismo.

—Perdóname que diga que dudo que esa coerción fuera necesaria, o que se haya llegado a usar.

—Ah, sí que ha sido necesario —contesta Loreleh con ingenuidad, mientras Radelfer y Klauqvest intercambian una mirada cómplice. Entonces la joven sonríe a los dos y luego da un par de pasos hacia el senescal, arrastrando el pie deforme—. Pero no des por hecho que he pedido la medicación solo para mí. Klauqvest también está sufriendo por las muchas tareas que nuestro... que su señor le ha exigido estos últimos días.

—Loreleh, ya te he dicho que estoy bastante bien —protesta Klauqvest, con una voz débil y agotada que desmiente sus palabras—. Primero nos tenemos que encargar de tus dolores.

—Como siempre —interviene Radelfer, mientras se arrodilla para examinar el pie izquierdo de Loreleh, todavía cubierto por la única bota. Como no ve nada especial, empieza a soltar hebillas y lazos con delicadeza—. Loreleh, ¿te has caído o te has torcido el pie?

—No —responde ella enseguida.

Sin embargo, su hermano le apoya una de sus manos vendadas como pinzas encima de la cabeza.

—Loreleh —la riñe en tono amable—, si insistes en cambiar los hechos tan solo por salvar tu orgullo absurdo, no conseguiremos nuestro propósito.

Loreleh cede.

—Muy bien, hermano —murmura—, sí, tropecé y me caí —continúa, dirigiéndose a Radelfer—. Hace dos días. Por eso, cuando supimos que vendría Raban con otras tareas...

—Sí, ya veo —responde Radelfer mientras estudia el pie, ahora descalzo. Está horriblemente deformado y vuelto hacia dentro y algunas partes han crecido demasiado en comparación con la brevedad de la espinilla; además, se ve el encarnado oscuro y las sombras amoratadas de algunas heridas recientes—. Ha de dolerte mucho. Como tiene más huesos que el pie derecho, es más fácil que se rompa o reciba algún rasguño...

La consideración con que Radelfer pronuncia esta última afirmación casi convierte la fea parodia de un delicado pie de mujer que tiene en sus manos en objeto de compasión, en vez de fuente de vergüenza, actitud que Klauqvest y Loreleh agradecen claramente, como han hecho a lo largo de sus vidas, durante las cuales Radelfer ha cumplido más la función de benefactor que de sirviente.

—Os voy a proponer un trato —dice Radelfer mientras se pone en pie—. Si volvéis al sótano lo más rápido posible los dos, apartaré una cantidad generosa de las medicinas del sanador Raban antes de que se vaya y os las llevaré en cuanto pueda. ¿Os parece justo?

Incapaz de ponerse de puntillas para alcanzar la mejilla de Radelfer, Loreleh se contenta con tomarle una mano entre las suyas y besarla, gesto que claramente avergüenza al senescal.

—Bueno, bueno, ya basta —dice enseguida.

—Pero quedamos en deuda contigo una vez más —susurra Klauqvest—. Superas los límites del servicio, como has hecho siempre con nosotros. Así que solo te pedimos que tengas cuidado, Radelfer, en una noche tan peligrosa como esta.

Con la intención de deshacerse de esa clase de sentimientos, Radelfer se desplaza hacia una puerta oculta bajo la gran escalinata.

—Marchaos, os lo suplico. Antes de que nos destierren a todos al Bosque de Davon.

Y mientras dice estas últimas palabras oye, aunque no llegue a verlo del todo, cómo se abre el portal de la escalinata, que queda sumido en las sombras y luego se vuelve a cerrar. Tras asegurarse de que todo esté controlado, se da media vuelta y dirige sus pasos hacia la gruesa puerta de la biblioteca del kastelgerd, al otro lado del gran vestíbulo. Mientras camina con pasos firmes por el suelo de mármol va negando con la cabeza y recuerda en un susurro las palabras de Klauqvest: «Una noche tan peligrosa...» Y luego musita en voz baja: «Desde luego, sí que es peligrosa. Y quieran los dioses que pase rápido, porque esta noche la Luna traza sombras de un pasado también peligroso, más grandes que nunca al pasar por encima de esta gran casa...»

{iv:}

Mientras tanto, Rendulic Baster-kin ha entrado en el dormitorio del ala norte del kastelgerd. Cierra la puerta en silencio, pero se queda junto a ella, intentando absorber la escena que tiene delante como si la viera por primer vez; sin embargo, todos los elementos que contiene estaban presentes ya estos días, igual que durante las crisis de intensidad y duración similares que se han presentado cada pocas Lunas a lo largo de los últimos años: el cuerpo arqueado de su mujer a medida que los ataques empeoran; los esfuerzos desesperados de la doncella de Lady Baster-kin, una muchacha que procede de la tribu de los saqueadores, por contenerla; la incomodidad de la propia doncella cuando tiene que tocar con sus manos a la señora, por necesario que sea; los vapores que emanan de las infusiones y tinturas de los tratamientos del sanador Raban, que al mezclarse y hervir llenan la habitación de aromas extraños; y, por último, los diversos olores, cada vez más agudos, del cuerpo de Lady Baster-kin, que llevan a la nariz de cualquier visitante el mordisco del dolor amargo, así como una nota de miedo y profunda confusión.

Lord Baster-kin no puede evitar que sus pensamientos viajen a los felices primeros tiempos del matrimonio con la princesa de los saqueadores, llamada Chen-lun,²¹⁸ episodio que había esperado con terror hasta que su padre regresó del este con la princesa cabalgando a su lado y un pequeño séquito detrás. Chen-lun podía montar tan bien como cualquier jinete de la caballería de Broken y los tratados que el padre de Rendulic llevaba en sus cofres personales beneficiarían no solo a Broken, sino a la propia familia Baster-kin. Y aunque Chen-lun no podía parecese menos a la única doncella que había robado el corazón de Rendulic (la aprendiza de sanadora del Distrito Quinto, llamada Isadora, de baja cuna y melena dorada), el vástago de los Baster-kin —recién vuelto de su cacería de panteras en el Bosque de Davon— tardó poco en descubrir que eso no cambiaba nada. La princesa del este era tan versada en las artes del amor que a cualquier joven le habría flotado la cabeza. Y —aunque el padre de Rendulic había sucumbido al chancro poco después de regresar a Broken, sin dirigir siquiera la palabra a su hijo— el nuevo Lord Baster-kin se había enamorado más todavía de su joven novia. El moribundo no había emprendido aún su viaje al paraíso de Kafra cuando el joven dejó encinta a la esposa que su padre le había escogido.

Sin apartarse todavía de la puerta de la habitación, Baster-kin llama a Raban —con su cara regordeta y sus ricas vestiduras— y le informa de que solo piensa acercarse a la cama cuando la paciente haya empezado a calmarse. El sanador asiente con gesto servil y luego retorna sobre sus pasos hasta una mesa que hay junto a la cama. Prepara y administra deprisa a la atormentada mujer una potente mezcla de varias de sus drogas: opio, *Cannabis indica* y, por último, lúpulo silvestre de la montaña,[219] machacado y debidamente destilado. El efecto de esa combinación es rápido: al poco, el dolor de Lady Baster-kin y su aparente locura empiezan a remitir, aunque su rostro no muestra mayor comprensión que hace unos momentos de cuanto sucede a su alrededor.

Lo que Rendulic Baster-kin le ha pedido en más de una ocasión esta misma tarde a Raban es que hubiera silencio en la habitación y en toda la casa. Solo cuando está seguro de que el efecto no es pasajero, el Lord Mercader se acerca lentamente al lecho de su esposa. Manda salir de la habitación al sanador y a su aprendiz, pero libra de la orden a la sirvienta personal de Chen-lun: a lo largo de años de matrimonio, y especialmente durante la enfermedad de su mujer, ha aprendido que ni siquiera la mera intención de apartarla de su siempre silenciosa ayudante sirve de nada, y mucho menos en una crisis como la presente, y encima puede provocar enfrentamientos silenciosos pero cargados de peligro. La mujer, que responde al simple nombre de Ju,[220] ha sido la sombra de Lady Baster-kin[221] desde mucho antes de que la impresionante princesa de ojos negros llegara a Broken. Con su figura oscura y silenciosa, ágil de cuerpo y movimiento (igual que su señora antes de que la enfermedad la asaltara y declarase el asedio de su cuerpo), Ju parece mantener siempre una mano en la empuñadura de una larga daga cuya vaina pende de la correa que ciñe su cintura.

Solo los saqueadores más pendencieros de las regiones del este y el nordeste de Broken llevan dagas como esa; y no se trata de un arma meramente ornamental, sobre todo en manos de alguien como Ju. En las pocas ocasiones en que Baster-kin le ha visto blandirla ha demostrado una habilidad admirable para el uso que se le supone en el cuerpo a cuerpo. En consecuencia, trata a la mujer con mucho más respeto del que le merecería cualquier criada de una noble de Broken, del mismo modo que Ju es capaz de apreciar el hecho de que, por difícil que se le haya hecho a Baster-kin soportar la larga enfermedad de su señora, el lord nunca ha dejado de hacer caso a su mujer, ni se ha negado a permitir que la tratase cualquier sanador que ella deseara, por mucho que no creyera en sus habilidades. Además, el Lord Mercader más fuerte de toda la historia de la familia Baster-kin nunca ha perdido el temperamento cuando Chen-lun, arrebatada por la fiebre y el dolor, asaltaba a su marido con fantasías enloquecidas y pronunciaba acusaciones que a menudo, como bien sabía Ju, eran más que injustas.

Por último, y más importante todavía, Baster-kin y Ju comparten un terrible secreto: la razón de que la señora yazga tan gravemente enferma en su lecho entre ellos dos. Ju sabe que, en verdad, su señora ha tenido una gran fortuna al comprometerse con un marido tan inesperadamente decente, pese a sus manifestaciones ocasionales de dolorosa repugnancia ante la enfermedad que, hace ya mucho tiempo, destruyó el mundo íntimo que antaño diera a la pareja no solo placer sino un inesperado consuelo, y que ahora los separa, físicamente y en tanto que hombre y mujer, para siempre...

También Chen-lun sabe cuánto se esfuerza su marido para aliviarle el dolor y curar su enfermedad sin revelar el secreto que la causó y destruir su buen nombre en el reino que adoptó como hogar por matrimonio. Ciertamente, si se conocieran los hechos, su nombre se vería arruinado incluso entre su propia gente; y el conocimiento de la fe del lord inspira la actitud, feliz en su inicio (aunque febril), que ella le depara cuando al fin está segura de que su percepción de la alta figura que emerge de las sombras del umbral no es un mero efecto de la enfermedad o de las drogas.

—Rendulic —susurra, esforzándose por sonreír y mantener la compostura; sin embargo, su rostro y todo su cuerpo ofrecen vivo testimonio del tormento que ha sufrido durante las horas anteriores a este encuentro.

Por su parte, Baster-kin hace cuanto puede por disimular las diversas formas de desespero, mezclado con desencanto, que la progresión de su enfermedad le produce en lo más profundo del alma. Intenta concentrar su atención en esos ojos negros que antaño brillaban en una armonía cautivadora con las láminas de una melena estrictamente negra y lisa que caía sobre la piel de ambos durante los breves momentos en que encontraban un gozoso placer en el abrazo mutuo. Aquel tiempo siempre demasiado breve...

La boda de Rendulic, recién nombrado Lord Baster-kin, con la exótica Chen-lun había resultado brillante por completo. Apenas unas semanas después de la ceremonia —durante las cuales, en los pisos superiores del kastelgerd se oía a menudo el eco de los duelos de esgrima, sumados a la vajilla destrozada por las flechas, cuando

Chen-lun (criada como la más capacitada guerrera, conviene recordar, en su tribu) y Rendulic intercalaban entre sus largos episodios amorosos algunos ejercicios atléticos de orden totalmente distinto—, los sanadores de la familia declararon que la nueva señora del kastelgerd estaba indudablemente encinta; apenas siete Lunas después nació el primer hijo de la pareja, un bebé de pelo dorado al que acordaron llamar Adelwülf.[222] El vástago parecía ser nada más que una confirmación de que Kafra aprobaba la unión de una princesa oriental con el leal nuevo líder del reino escogido desde antaño por el dios dorado para esparcir su irradiación...

Y entonces, casi con la misma rapidez, vino otro niño...

Más adelante, cuando los sanadores de la familia le presionaron para que recordara en qué condición física se encontraba su esposa cuando concibieron al segundo hijo, Rendulic Baster-kin contestó que si ya entonces se había presentado alguna señal de enfermedad, o de desaire divino, él no la había detectado. Era cierto que la concepción había ocurrido muy pronto tras el nacimiento de Adelwülf, acaso imprudentemente pronto; pero Chen-lun no había experimentado señales de enfermedad hasta las últimas etapas del embarazo, y tampoco le habían parecido suficientes para explicar la condición absolutamente deforme del niño; la masa de pústulas y huesos mal formados parecían arruinar cada parte de su piel y de su cuerpo y, peor todavía, se volvieron más numerosas y ofensivas durante las primeras semanas y los primeros meses de vida.

El sanador Raban, entonces desconocido, había dado un paso adelante para sugerir al joven Lord Baster-kin —que cada día estaba más desesperado por obtener una explicación que eliminara no solo parte de la repulsión generada por la mera visión de la criatura, sino también el terrible sentimiento de culpa que le invadía cuando recordaba su propia juventud enfermiza y luego veía aquel fruto de sus entrañas— que tal vez el crío no fuera un Baster-kin; que, pese a que el señor y la señora hubiesen pasado todas las noches juntos, durante el período en que se suponía que habían concebido a la monstruosa criatura, había algunos *alps*[223] viviendo en los bosques de las faldas de Broken, capaces de volverse indetectables para los hombres de auténtica virtud. Peor todavía: las criaturas del Bosque de Davon eran aún más fuertes y astutas; enemigos de Broken que bien podrían haber viajado por el Zarpa de Gato y luego montaña arriba, si estaban seguros de que un miembro de una casa noble de Broken había tomado por esposa a una mujer que, por sangre y por naturaleza, era menos virtuosa en el sentido innato que cualquier hija del reino kafránico.

Al principio esa idea enfureció a Rendulic Baster-kin y le empujó a agarrar a Raban por el cuello y luego echarlo del kastelgerd a golpes de sable, con la hoja plana. Por muy misterioso que fuera el origen de la abominable enfermedad del infante, Baster-kin estaba a esas alturas decidido a descubrirlo; al fin y al cabo, era un hombre que había tenido cierta experiencia en los extraños y dolorosos caminos que a veces era necesario transitar para encontrar curas verdaderas para los males aparentemente mágicos o divinos. Y tenía un asesor con buena práctica en recorrer esos caminos con él, tanto en aquel momento como en etapas anteriores de su vida: el hombre al que había nombrado senescal de su hogar poco después de alcanzar el rango de Lord Mercader, Radelfer. Durante todos los años pasados desde el supuesto fin de sus preocupaciones con la joven aprendiza de Gisa del Distrito Quinto, Rendulic Baster-kin no había pedido a su viejo amigo y guardián que buscara ni a la doncella, ni a la bruja; en cambio ahora el joven lord sí suplicó a Radelfer que emprendiera ese viaje, no solo en interés de aquella primera obsesión, sino de su esposa y su segundo hijo. Al fin y al cabo, casi tenía la seguridad de que en el futuro querría tener más hijos; y si Chen-lun, por razones de este mundo o de otro, resultaba inapropiada para cumplir con éxito esa función, Baster-kin tenía que saberlo.

Quedó claro que a Radelfer le desagradaba la idea, pero entendió la importancia que tenía el asunto tanto para su antiguo protegido como para el clan a cuyo servicio se debía. Para una casa tan importante no era sensato poner todas sus esperanzas en un solo heredero; de modo que al día siguiente, en cuanto cayó la noche, Radelfer se aventuró hacia el Distrito Quinto. Resultó que al poco de avanzar por el Camino de la Vergüenza, Radelfer se encontró con un veterano de los Garras, antiguo compañero, y supo que, de hecho, Gisa ya no vivía en aquella pequeña casa cercana a la muralla del sudoeste de la ciudad en la que había apadrinado y criado a la huérfana Isadora. Esta, al parecer, había abandonado la soltería pocos años antes al casarse con uno de los jóvenes oficiales más prometedores de los Garras, un hombre al que Radelfer solo había visto una o dos veces durante sus años de servicio: Sixt Arnem.

Tras averiguar que Arnem estaba de guardia esa noche en las

murallas de la ciudad, mientras que Gisa e Isadora estaban en casa y dispuestas a recibirlo, Radelfer supo a continuación que su suerte no llegaría mucho más allá: las dos se negaban tajantemente a involucrarse de nuevo en los asuntos de la ilustre familia Baster-kin. De todos modos, Gisa propuso una solución que Radelfer, mientras recorría el camino de vuelta al kastelgerd, consideró más adecuada que ninguna otra al dilema de Rendulic.

Gisa solo sabía de un sanador de Broken cuyos conocimientos competían con los suyos, o incluso los superaban; y ahora que su antiguo paciente, Rendulic, se había convertido en nada menos que Lord Baster-kin, tenía todo el derecho de reclamar los talentos y recursos de esa ilustre figura. Se refería, por supuesto, al Viceministro del reino, extranjero por nacimiento, un sabio llamado Caliphestros. Si el Dios-Rey Izairn daba su permiso, difícilmente podría Caliphestros rechazar la petición de ayuda; efectivamente, todo lo que Gisa sabía de aquel hombre sugería que una petición como aquella apelaría a su vanidad de estudioso. Con la formulación de aquel plan, aparentemente sensato (y verdaderamente aliviado por la desaparición del riesgo de que el camino de Rendulic se cruzara de nuevo con el de la antigua aprendiz de bruja después de ver que la doncella Isadora se había convertido en una mujer verdaderamente hermosa y había dado a luz a nada menos que tres niños irreparablemente sanos), Radelfer regresó al kastelgerd con buen ánimo y transmitió lo sustancial de la propuesta de Gisa a un joven lord consumido por la curiosidad.

{v:}

Al informar esa noche a su señor, Radelfer decidió negar que hubiera visto a algún miembro de la familia Arnem; pronto tuvo razones para felicitarse por haber tomado esa decisión porque Rendulic Baster-kin dejó claro, por medio de una serie de preguntas mal disimuladas, que había usado a una serie de espías poco respetables de la que ahora era su Guardia Personal para descubrir con quién y cuándo se había casado Isadora, e incluso que Gisa formaba parte de aquel hogar: detalles que, si el alma del joven lord hubiera estado curada de verdad, podría haber contado a Radelfer antes de la partida de este.

Dichas consideraciones, en cualquier caso, quedaron enseguida aparte para que pudiera emprenderse la delicada preparación de una visita del Viceministro de Broken al kastelgerd del Lord Mercader. Desde el principio, y pese al consejo de su leal y experto asesor y amigo, Rendulic Baster-kin tuvo un comportamiento rencoroso, e incluso combativo, a propósito de todo aquel asunto: daba lo mismo que en realidad fuera él quien pedía un servicio al Segundo Lord, en condiciones de secretismo tan estrictas que habían logrado que la mayor parte del personal de la casa, así como los sanadores de Chen-lun, fueran ajenos a todo el proceso. Fue quedando paulatinamente claro que el éxito o el fracaso del encuentro dependerían de las reacciones que cada uno de esos dos hombres —entonces los dos oficiales seculares de más alto rango en el reino— tuviera al respecto del otro. Los dos presentaban personalidades muy pronunciadas y la misma negativa total a aguantar discusiones de nadie a quien considerasen falto de inteligencia. A medida que reconsideraba la idea, Radelfer fue perdiendo poco a poco todo el entusiasmo que en principio le había provocado aquel encuentro y se dio cuenta de que, si bien cabía la posibilidad de que la visita de Caliphestros al kastelgerd Baster-kin ofreciese al joven Lord y a su esposa una salida de su presente dilema, era por lo menos igual de probable que el encuentro terminara en un fracaso calamitoso.

Al final resultó que la inquietud de Radelfer estaba bien fundada. Pronto quedó fijada una visita del Viceministro con la máxima discreción, bien entrada la noche; y llegado el día, a la hora acordada apareció en la entrada más recóndita del kastelgerd una parihuela sencilla. Mofándose de la protección de la Guardia de Lord Baster-kin, Lord Caliphestros llegaba sin más escolta significativa que la de los portadores de su litera, hombres que a juicio de Radelfer no eran tanto sirvientes como acólitos. Tras presentarse humildemente al Viceministro —cuya larga barba, solideo negro de erudito y vestimenta negra y plateada de hombre de estado no bastaban para disimular que, pese a igualar en edad a Radelfer, el tal Caliphestros también se le aproximaba en el vigor de su salud—, Radelfer subrayó que, aunque veía que los portadores tenían buenos brazos y llevaban finas armas, le parecían una protección limitada para salir de noche por la ciudad. A eso, Caliphestros respondió que, tras suponer por la petición del Lord Mercader que cuanta menos gente —y en particular sirvientes— se enterase del encuentro, mejor sería para todos, había acudido solo con dos de sus más fuertes asistentes. Radelfer no pudo encontrar fallo alguno en aquel razonamiento y, tras hacer pasar a los portadores hacia los jardines que llevaban a la abrumadora entrada principal del kastelgerd Baster-kin, el senescal les pidió que esperasen allí, entre frutales dispuestos con buen gusto, flores y algunas estatuas, y les prometió que les llevarían carne y vino. Los dos hombres dieron las gracias y a continuación Radelfer acompañó a Caliphestros no arriba, a las tierras que llevaban en terraza hasta la entrada principal del kastelgerd, sino abajo, a través de un largo túnel que terminaba en uno de los más remotos sótanos del edificio.

Como los constructores del kastelgerd no habían escatimado esfuerzos ni gastos en el diseño y la ejecución del edificio, los sótanos que habían socavado bajo la residencia palaciega eran, por sí mismos, creaciones asombrosas y extensas. Había muchos cuartos y pasadizos olvidados desde tiempo atrás bajo la residencia del clan de mercaderes más poderoso de Broken, lugares que ni siquiera los sirvientes conocían, según explicó Radelfer: algunos ni siquiera los conocía el actual amo de la casa, ya que muchas generaciones de lores ocultistas (como el propio padre de Rendulic Baster-kin) habían necesitado lugares discretos en los que llevar sus no exactamente nobles asuntos y habían destruido todo registro de su ubicación.

Calipestros siguió a Radelfer, que había encendido una pequeña antorcha y se abría paso por los estrechos y sinuosos escalones hasta un rincón sombrío bajo lo que resultó ser la escalinata principal del recibidor. Radelfer sostuvo su pequeña antorcha cerca del ilustre visitante para poder interpretar la reacción del Viceministro cuando viera el gran salón por primera vez, iluminado por la Luna que se colaba por las altas ventanas del muro occidental, por encima de los jardines del Camino de los Leales. En aquellos rasgos maduros no vio tanto asombro como un tipo de fascinación que el senescal encontró agradable. Caliphestros deambuló hasta el centro del salón y miró alrededor como si quisiera asegurarse de que no había ningún testigo; Radelfer, tras evaluar la expresión del anciano, anunció sin levantar la voz:

—He dado instrucciones a todos los sirvientes para que permanezcan en sus cuartos esta noche mientras no los llamemos, Ministro, aprovechando la excusa del malestar de Lady Baster-kin. Mientras tanto, hay miembros de la guardia de la casa situados en diversas posiciones a lo largo del kastelgerd para asegurarme de que se obedecen mis órdenes y se garantiza la discreción, de manera que ningún malhechor pueda aprovecharse de la inactividad general para intentar cometer ningún delito o generar un caos.

Caliphestros sonrió, con expresión amistosa y cómplice.

—Sí, Radelfer, ya he oído hablar de tu «guardia de la casa», igual que el Dios-Rey y el Gran Layzin. Soldados veteranos enrolados discretamente desde el momento en que te convertiste en senescal del kastelgerd, ¿verdad? Casi parece que te opongas o que incluso desconfíes de las actividades de la Guardia Personal del Lord Mercader... Pero no temas. Todos nosotros, Izairn, el Layzin y yo mismo, compartimos tu desdén por el comportamiento de ese cuerpo, cada vez más problemático. Ciertamente, no he conocido todavía a un solo soldado o veterano del ejército regular que dé su aprobación a esos patanes violentos y afeminados... Y con razón.

Tras comprobar para su satisfacción que, efectivamente, no se movía ningún sirviente ordinario en la gran residencia, Caliphestros descansó las manos en las caderas y asintió con la cabeza: de nuevo, estaba más interesado que impresionado.

—Había oído historias sobre el interior de este kastelgerde, que es el mayor de todos, pero solo estando aquí se puede entender el rumoreo infinito. —Paseó de nuevo la mirada por el salón—. Verdaderamente, es una estructura digna de reyes.

—Me alegro de oírte decir eso, Ministro —llegó la respuesta de la inesperada voz de Rendulic Baster-kin. Radelfer se percató con cierta incomodidad de que su señor tenía que haber oído todo desde la galería superior, porque estaba ya a medio camino por la gran escalinata—. Y de que ese excelente mensaje ponga fin al parloteo —siguió Lord Baster-kin mientras descendía lentamente por la escalera hasta el recibidor del piso inferior, en una exhibición teatral cuidadosamente preparada, según observó en silencio Radelfer, que con el paso de los años se volvería habitual—. Me proporciona todavía más placer darte la bienvenida a mi casa y agradecerte que hayas venido en circunstancias tan... inusuales.

—Inusuales, pero comprensibles —respondió Caliphestros, con una leve reverencia, aunque Radelfer se dio cuenta de que no había sido tan marcada como Rendulic Baster-kin hubiera deseado, ni mucho menos—. Si la situación de tu esposa y tu hijo es, efectivamente, tan crítica como se me ha hecho creer, se me antojan muchas dudas al respecto de la capacidad de los sanadores de Broken para estar a la altura en la tarea de diagnosticar la enfermedad y determinar alguna cura verdadera que pueda existir. Salvo, claro, la ciertamente capaz Gisa, que recomendó mis servicios, según tengo entendido, a consecuencia de haber tratado algún asunto en el pasado con su señoría...

—Qué sabio eres, Ministro Caliphestros —respondió el Lord Mercader—. Nos va a hacer falta, porque la situación parece empeorar cada día. Por eso, confío en que no te ofenda si me dejo de sutilezas y te pido que eches cuanto antes un vistazo con tus ojos expertos a los atribulados miembros de mi familia.

Alargó una mano hacia la escalera en un gesto que parecía una invitación. Sin embargo, en realidad no era tanto un ademán de bienvenida como portador de su intención de demostrar la altura de su estatus y su poder supremo tanto en aquella casa como en el reino. De todos modos, parecía imposible que Caliphestros se acobardase, y menos ante alguien tan joven, así que se limitó a sonreír y se unió a Rendulic Baster-kin en la escalera para subir con él hacia el dormitorio que, en aquella época, todavía compartían el señor del kastelgerd y su esposa. Radelfer los seguía unos pasos más atrás, donde, lo sabía bien, el joven cada vez más seguro de sí mismo y atrevido había esperado que caminase también Caliphestros. Con la sensación de que se acercaba una crisis difícil de identificar, igual que antaño había sido capaz de olfatear la aproximación de una batalla en sus tiempos de Talón, el senescal se preparó llevando una mano instintivamente a la empuñadura de la elegante espada de asalto que había llevado al costado durante toda su carrera como soldado, pero ya no la tenía: en su lugar había ahora una daga pequeña y adornada con joyas que se había convertido en su única arma defensiva desde que pertenecía al glorioso servicio doméstico.

Como lo llevaron en primer lugar a la habitación en que yacía Lady Chen-lun, Caliphestros necesitó menos tiempo todavía del que hubiera requerido Gisa, a juicio de Radelfer, para llegar a una conclusión en silencio a propósito de su estado, conclusión que había encontrado sorprendente pese a toda su experiencia como sanador y estudioso. Después de completar el examen, pidió ver de inmediato al hijo enfermo y lo llevaron al lejano y abarrotado cuarto del bebé.

Si la expresión del gran estudioso al examinar a Lady Chen-lun había sido de sorpresa, su semblante al estudiar a la criatura era de abrumadora tristeza. El hijo ni siquiera tenía nombre; sin embargo, Lord Baster-kin se había acostumbrado amargamente a llamarlo Klauqvest (con una crueldad que Radelfer encontraba demasiado parecida a la del padre de Rendulic) por culpa de los dedos de pies y manos del bebé, cuyos huesos parecían deformes desde el nacimiento y crecían rápidamente, cada vez más unidos, como una criatura marina reptante y cubierta por un caparazón. Tras hacer apenas unas pocas preguntas mientras examinaba al muchacho —cuyo dolor era la verdadera causa de sus lamentos, explicó Caliphestros, más que una falta de carácter o el deseo de irritar a sus padres—, el Viceministro quiso saber a continuación cómo recibía su sustento el niño, pues ciertamente la madre no estaba en condiciones, ni tenía el menor deseo, de alimentarlo. Rendulic Baster-kin explicó que había intentado encontrar a un ama decente, pero que todas se habían aterrado de tal modo que no habían podido. Al final, habían descubierto a una vieja bruja del Quinto Distrito que podía encargarse de esa tarea, suponiendo que recibiera una paga liberal y una provisión constante de vino. Cuando Rendulic Baster-kin preguntó a Caliphestros si había sido un error fatal, y por alguna razón era la causa del empeoramiento de la situación del niño, el Viceministro le contestó que, aunque nunca era una solución particularmente sensata, tampoco parecía que el uso de una bruja borracha como ama de leche, en este caso particular, implicara una gran diferencia. Si aportaba leche, era mejor que una lenta muerte de hambre. Aunque esta última podría haber sido, en definitiva, la opción más piadosa.

Esas palabras provocaron que el Lord Mercader se tensara considerablemente.

—¿Y qué quiere decir el Ministro con esa afirmación? ¿Son ciertos, entonces, los cuentos que he oído, y esto, esta criatura, es el resultado de una relación antinatural entre mi esposa y algún espíritu, algún alp del Bosque de Davon?

Caliphestros solo pudo soltar una risilla débil y lúgubre.

—Sí, los sanadores kafránicos habrían llegado antes o después a un cuento como ese. Por absurdo que resulte, les parecería mejor que la verdad, porque les pondría demasiado nerviosos decírtela.

Rendulic Baster-kin se había situado junto a la ventanita de aquella habitación pequeña en la que había bien pocas comodidades, tan lejos como podía de la cuna de su hijo; pero cuando esa afirmación del gran sabio Caliphestros le impulsó a darse media vuelta, a Radelfer le bastó la escasa luz para notar que en su cara se asomaban ya el dolor, la ira y la malevolencia en una medida nunca hasta entonces mostradas por el joven.

—¿La verdad? —murmuró en voz baja Lord Baster-kin—. ¿Pretendes saber la verdad, Ministro? ¿No es la misma pretensión por la que tanto te burlabas de los sanadores de Broken?

—Mi señor —respondió Caliphestros. Y ahora había una emoción genuina, una compasión verdadera en el rostro y la voz que hasta entonces parecían de un impasible hombre de ciencias—. Nadie de nosotros puede pretender, con certeza absoluta, conocer «la verdad». Pero debo decirte esto: nunca, en todos los millares de almas afligidas que he visto, he oído un solo argumento plausible que defendiera la interferencia de fuerzas mágicas o divinas tan infantiles e insignificantes como los elfos y los alps, los demonios y las *marehs*,[224] salvo cuando los sanadores del sufriente estaban tan aterrados o eran tan ignorantes, o ambas cosas a la vez en muchos casos, que no podían admitir su desconocimiento de la verdadera causa de la enfermedad y necesitaban inventarse la persecución inexplicable de ese tipo de criaturas, tras las cuales escondían su ignorancia. —Caliphestros se daba cuenta de que sus palabras no hacían más que acrecentar la rabia del Lord Mercader—. No me da ningún placer decir esto, pero...

Rendulic Baster-kin alzó la mirada, con unos ojos que parecían hundidos, convertidos en armas malignas. Caliphestros respiró hondo en busca de equilibrio.

—Mi señor... tu padre, según tengo entendido por algunos sanadores, fue víctima del chancro. ¿Es cierto?

Rendulic asintió con una rápida inclinación de cabeza. Caliphestros acababa de dar voz a la pesadilla que últimamente, y casi cada noche, despertaba al Lord Mercader con una mezcla de sudores fríos y calientes.

—Lo es.

—Entonces —continuó el Viceministro—, es necesario que te

diga que tanto tu esposa como este hijo podrían estar sufriendo síntomas del chancro también; en el caso de tu mujer serían solo intermintentes, pero tu hijo... Sospecho que la enfermedad, ha afectado a la propia forma de su ser. Y a medida que pasen los años no hará más que empeorar, pero con cuidados podrá conservar la vida, aunque tanto él como tú os preguntaréis de vez en cuando si eso es en verdad una bendición.

Rendulic Baster-kin caminó hacia atrás como si hubiera recibido un golpe duro.

—Pero... —empezó a aferrarse a cualquier conclusión distinta que su mente pudiera formular—. Nuestro primer hijo, Adelwülf... ¡Es un modelo de salud y de virtud!

—Concebido cuando la enfermedad apenas había echado raíces en Lady Chen-lun —contestó Caliphestros con seriedad— y nació en un período en que, solo por un tiempo, se había retirado. Muchos de los que hemos estudiado esa enfermedad, mi señor, hemos acabado por llamar al chancro con otro nombre: la Gran Imitadora,[225] por su capacidad para enmascararse en otras afecciones hasta que la terrible verdad se vuelve innegable. Y aquí podría darse ese caso. Cabe que lo que hemos llamado «chancro» en el caso de tu padre, tu esposa y tu hijo, sea otra enfermedad. Pero para estar seguros, mi señor, no debes intentar concebir otro hijo con tu esposa hasta que vuelva a estar sana durante un extenso período de tiempo. Parece que tú te has librado, igual que tu hijo mayor; eso podría implicar que no se trate del chancro, pero sí de alguna enfermedad por el estilo. Sin embargo, no debes poner en riesgo de nuevo tu seguridad o la de algún hijo futuro. Eres simplemente demasiado importante para este reino.

Sin embargo, ya había quedado claro que Rendulic Baster-kin solo veía lo peor de la situación: Radelfer vio a su joven amo y amigo volverse hacia la ventana mientras decía en voz baja y amarga:

—Incluso desde más allá de la pira, me sigue atacando...

Radelfer acudió deprisa al lado del joven señor.

—¿No has oído al Ministro, mi señor? Puede ser alguna otra enfermedad, puede que al fin no haya existido ese intento de maldecir tu vida.

—Yo lo conocía, Radelfer —continuó Rendulic sin alzar la voz y negando con la cabeza para frenar las protestas de su senescal—. Esta sería exactamente su idea de la inmortalidad: envenenar a sus descencientes, una generación tras otra. Por eso, tanto si él lo sabía como si no, yo me apostaría la vida a que creía que nos estaba plantando a todos la semilla de la plaga. —Sin volverse del todo, el Lord Mercader intentó hablar con toda la compostura pudo acopiar—. Mis... gracias, Lord Caliphestros. Al menos hemos resuelto un misterio, creo: la enfermedad de... —señaló hacia la cuna con un movimiento de cabeza— de esa cosa que iba a ser mi hijo. Y ahora debo pedirte que me dejes a solas un rato. Radelfer te acompañará hasta la salida y se encargará del pago.

Caliphestros asintió con la cabeza.

—No hay que pagar nada, mi señor. Recemos por que me haya equivocado, como les ocurre a veces a los sanadores. Me retiro, entonces, y te ofrezco mi más profunda compasión y el más enfático consejo de que hagas caso de mis palabras, que no son solo mías, sino la suma del conocimiento obtenido por muchos estudiosos de más allá de las fronteras de este país.

Sin esperar respuesta, Caliphestros se movió con rapidez hasta la puerta del cuarto, donde Radelfer lo interceptó con más prisa todavía.

—¿Puedes salir tú solo, Ministro? —susurró el senescal—. Te confieso que temo dejar a mi señor solo con su hijo o su esposa, después de lo que le acabas de decir.

Caliphestros asintió.

—Haces bien, Radelfer, en tomar esas precauciones. Por supuesto, yo puedo salir solo. Pero has de seguir intentando que él vea que, incluso si su hijo y su mujer son objeto de la abominable maldición de su perverso padre, ha de cuidarlos y no pensar en los castigos que, lo sé bien, acuden de entrada a la mente de todos los nobles de Broken cuando se enfrentan a esta clase de imperfecciones y perfidias.

Radelfer asintió y urgió al Ministro a avanzar por el vestíbulo.

—¿Estás hablando del *mang-bana*?[226] —preguntó—. Te confieso que eso es lo que temo, pues mi señor, como has podido ver, es un joven de enormes pasiones, capaz de ser razonable un instante y luego...

El anciano soldado parecía incapaz de completar su pensamiento y Caliphestros se llevó una mano al hombro.

—Eres un hombre sabio, senescal —murmuró— y tu señor es un afortunado por haber contado con tu influencia estabilizadora.

Quédate, aunque solo sea para tranquilizar mi consciencia. Porque el mang-bana podría ser lo menos grave que ocurra cuando el lord haya cavilado a fondo el asunto. Y ahora, me temo que he de despedirme...

Mientras Caliphestros se desplazaba a una velocidad que Radelfer hubiera creído imposible por culpa de sus ropajes de negro y plata para descender por la gran escalinata en dirección a la entrada principal del kastelgerd —pues ahora ya no importaba si algún sirviente oía abrirse y cerrarse las puertas—, el senescal oyó que el niño empezaba a gimotear en su cuarto una vez más, de nuevo en pleno tormento, y cuando entró a ver qué pasaba encontró a su señor acercándose a la cuna.

—¿Mi señor? —preguntó atentamente el senescal—. ¿Estás bien?

El joven lord negó con un vaivén de cabeza.

—Se ha hecho un mal, y tiene que haber culpas. Tiene que haber castigo... —Rendulic, sin dejar de mirar fijamente al bebé, que lloraba, alargó una mano desesperada—. ¿Sabes cómo...? Si tuviera idea de cómo hacerlo, lo consolaría. El mero contacto, según el gran sabio de la Ciudad Interior, el mero hecho de que lo cojan en brazos para mecerlo, para acunarlo con suavidad y que suelte el aire y el vómito que tenga en el estómago, todo eso que los demás niños exigen, es una tortura para este. Y entonces, no puedo... no puedo obligarme a ofrecerle esa clase de consuelos ordinarios si el precio a pagar es un dolor tan grande. Hemos de buscar a una zorra borracha para que le haga de ama y se encargue de eso, porque a ella no le dolerá el llanto en los oídos y en el corazón, o en lo que tenga por corazón, hasta que llegue el día inevitable... —Entonces a Rendulic Baster-kin se le ocurrió algo distinto por completo y se quedó mirando a Radelfer—. Pero... ¿y si el gran sabio que se acaba de irse se ha equivocado? ¿Y si la enfermedad se cura sola antes de que nos veamos obligados a abandonar al niño en el Bosque? O, peor todavía, antes de que lo desterremos. Sopesa con cautela el asunto, Radelfer: ¿por qué razón deberíamos hacer más caso a Caliphestros que a nuestros sanadores? Él mismo ha dicho que todas estas cosas son objeto de debate y de distintas opiniones. ¿Acaso ha conseguido detener el deterioro del Dios-Rey Izairn? No. Y entonces, ¿por qué, Radelfer? ¿Por qué hacerle caso?

El senescal quería pronunciar una simple razón: que el propio Rendulic Baster-kin sabía por su amarga experiencia que los sanadores kafránicos de Broken eran tontos y que Caliphestros, pese a no poder detener el progreso inevitable del declive del Dios-Rey, al menos había conseguido frenar su marcha hacia la muerte. Sin embargo, al fin el senescal decidió que era mucho más importante calmar a su señor que demostrarle su error: así, en cuanto apareció el ama borracha, limpiándose la grasa de la boca con la misma manga asquerosa que al poco rato usaría para limpiar la cara del desgraciado bebé de la cuna, Radelfer se llevó de la habitación al Lord Mercader, todavía aturdido en parte.

Mientras salían, Rendulic Baster-kin hizo solo un comentario sensato:

—Puedo demostrarlo, Radelfer. Creerás que estoy casi loco en este momento, pero puedo demostrar lo que digo.

—¿Señor? —respondió Radelfer, que ya solo quería que el señor de la casa fuese a acostarse.

—Otro hijo —respondió Baster-kin.

Al oírlo, Radelfer se vio obligado a detenerse en el vestíbulo.

—Pero, mi señor, acabamos de oír...

—Una opinión —respondió el joven señor, con el fuego de la inspiración en la mirada—. El mismo gran señor Caliphestros lo ha dicho. Bueno, pues yo ya he formado mi opinión: si mi esposa y yo podemos concebir otra criatura que se parezca a Adelwülf, en vez de ese horror que acabamos de dejar atrás, entonces... entonces sabré la verdad. Y habrá tales castigos que hasta mi ira se saciará.

—Caminando con paso inestable, Lord Baster-kin avanzó hacia el dormitorio en que ahora Lady Chen-lun yacía sola, atendida en todo momento por Ju, la hija de saqueadores—. Haz que vuelva Raban —dijo Rendulic Baster-kin, al tiempo que se detenía junto a la puerta de la habitación—. Que alguien vaya a buscarlo. Necesito que mi mujer se recupere, al menos, lo suficiente para concebir. Y si él quiere conservar la vida tendrá que conseguirlo. Dile que he decidido que su historia sobre el alp del Bosque de Davon que invadió esta casa y violó a mi esposa es correcta. Haremos que un sacerdote purifique este kastelgerd y la proteja de esa clase de seres para el futuro. Y luego...

{vi:}

La salud de Lady Chen-lun mejoró lo suficiente para concebir, en gran medida gracias al sanador Raban, o eso creyeron los señores de la casa; en realidad, fue gracias a la confianza en diversas instrucciones que Lord Caliphestros, según supo Radelfer más adelante, había transmitido a Ju, la única persona de toda la casa que sabía lo que en verdad había sucedido entre su señora y el padre de Rendulic Baster-kin y, en consecuencia, también la única que tenía constancia de que las opiniones de Caliphestros acerca de la enfermedad de Chen-lun eran ciertas.

El nacimiento de una niña trajo una alegría inmediata al hogar de la familia seglar más importante entre las que gobernaban Broken, una alegría que duró media docena de años. El niño-bestia Klauqvest quedó desterrado a los laberínticos sótanos del kastelgerd, acompañado por una nueva y amable niñera. Según los ritos kafránicos había que desterrar a Klauqvest al Bosque de Davon, destino del que se libró tan solo gracias a la personalidad de su hermano Adelwülf, cada vez más molesta. Aunque todavía era un muchacho, el vástago públicamente reconocido del clan Baster-kin se había convertido en objeto de mimo de las mujeres de la casa y había aprendido a aprovecharse de esa adoración para conseguir todos sus juveniles deseos en tal medida que se comportaba como un niño malcriado e intelectualmente vago, hecho que a menudo irritaba a su padre; en cambio, Klauqvest prestaba una atención absoluta al aprendizaje y al desarrollo de la mente, con logros que Radelfer se encargaba de transmitir a Rendulic Baster-kin. Su voluntad de aprender y el talento que tenía para ello no podían, de todos modos, anular la absoluta repugnancia que el lord sentía nada más mirar al muchacho; así fue que la niña más joven del grupo (quien creía que Adelwülf era su único hermano) se convirtió en la alegría de la familia, en quien se encarnaban las dos cualidades —el encanto y la calidad intelectual—, para constante orgullo del padre.

En sus primeros años de vida esta criatura demostraba un talento alegre, casi etéreo, para bailar por los salones y las habitaciones del kastelgerd; sin embargo, esa inclinación no la llevaba a ignorar los estudios que desde bien pronto se le impusieron y que, si algún día terminaba liderando el clan de los Baster-kin, sin duda iba a necesitar. Además, era innegablemente atractiva, con una melena hermosa, densa y amplia, unos ojos oscuros que hacían que los visitantes —sobre todo los varones— la colmaran de inocentes regalos; aunque a su padre le encantaba que a veces la niña informara a aquellos conocidos, bastante en serio, de que aquel día no había reunido méritos suficientes para merecer aquel premio y se negara a aceptar el regalo. Así, Baster-kin se fue convenciendo de que, aunque su hijo mayor se convirtiera en un haragán inútil, su hija nunca correría ese riesgo y el clan estaría a salvo. Con todo eso en mente, y sintiéndose todavía muy afortunado al ver que el legado de enfermedad y desespero que su padre había intentado infligir a los hijos de Rendulic no se había materializado en dos de los tres casos, el lord del kastelgerd había decidido llamar Loreleh a su hija. Cuando explicó a su esposa el bien conocido mito del espíritu hermoso a quien su hija debería el nombre, una sirena de la que se contaba que permanecía en una prominencia rocosa del célebre río Rhein[227] y condenaba a los pilotos del río a embarrancar con su irresistible belleza y su voz sin parangón, Chen-lun, todavía muy supersticiosa, creyó que la historia era real. Le pareció que era temerariamente impertinente dar ese nombre a una niña que, solo por la gracia divina, se había salvado del terrible destino reservado a aquella criatura ya innombrable que había salido de su vientre y a la que, según creía Chen-lun, Radelfer y su marido habían abandonado tiempo atrás en el territorio salvaje del Bosque de Davon. Fuera cual fuese el dios adorado, o los dioses, imploraba a Rendulic, ¿qué sentido tenía tentarlos burlándose de ese mito?

A Rendulic Baster-kin apenas le producía una leve irritación que su esposa siguiera aferrándose a la ignorancia propia de las tribus de saqueadores. ¿Acaso se habían visto recompensadas todas sus oraciones a Kafra con el nacimiento de aquella niña adorable? El dios dorado había perdonado y premiado a la familia Baster-kin después de castigarla por pecados que Rendulic no quería mencionar, según dijo a Chen-lun. Al final, el sentimiento de culpa de Chen-lun por ese pecado al que se refería su marido la obligó a someterse a sus razonamientos. Además, la belleza de su hija, así como su inclinación por el canto y aquella habilidad para la danza que casi la convertía en un espíritu —dos virtudes que mostró desde muy temprana edad y que enseguida se desarrollaron con la ayuda de tutores especializados en dichas artes—, terminó por convencer a la madre, al cabo de un tiempo, de que su marido podía tener razón: podía ser que Kafra, su dios dorado, fuera más poderoso que todas las demás deidades. Así, la niña se llamó Loreleh; y si Adelwülf representaba las esperanzas públicas del clan Baster-kin, Loreleh representaba su orgullo privado, su alegría... y su seguridad.

En todo esto Rendulic recibió el respaldo y el consuelo de un excepcional sacerdote de Kafra (cuyo nombre se perdió para la historia cuando al fin ascendió a Gran Layzin); entre los muchos asuntos en los que los dos jóvenes descubrieron estar completamente de acuerdo destacaba un desprecio fundamental por el Viceministro del reino, cuyo consejo a Lord Baster-kin había sido tan absolutamente equivocado. Además, el sacerdote, aunque tan solo podía hablar de ciertas partes de aquel asunto, insinuaba que el Dios-Príncipe Saylal tenía buenas razones no solo para rebelarse contra Calpihestros, sino incluso para acusarlo de faltas morales, sobre todo en cuanto concernía a su hermana real, la Princesa Divina Alandra.

Era evidente que esta doncella había caído bajo la influencia del Viceministro y se había convertido en su discípula no solo en materia de sanaciones, sino en el estudio de todas las maravillas de la Naturaleza. Y en aquel aprendizaje no parecían tener cabida la perfección y el regocijo en la figura humana que los dogmas kafránicos tendían a idealizar. Rendulic Baster-kin instó al sacerdote a decir al joven Dios-Príncipe que, si llegaba un día en que él o su hermana necesitaran ayuda «práctica» (pues quedaba claro que su padre, el Dios-Rey Izairn, había sucumbido por completo al hechizo del innegable refinamiento intelectual y el poder de Caliphestros), podía contar con que todo el peso del clan Baster-kin acudiría en defensa de su causa.

Ahí está, entonces, el retrato de una familia que parecía haber corregido tiempo atrás el rumbo del barco de su destino; y, sin embargo, esta noche el Lord Mercader se arrodilla junto al lecho de su esposa para confirmar que los males de su cuerpo y alma no han hecho más que empeorar y, a juicio suyo, volverse más repugnantes todavía.

«¿Cómo podemos haber llegado a este punto? —se pregunta Lord Baster-kin, y por un momento duda si habrá pronunciado esas palabras en voz alta—. ¿Cuál fue nuestro pecado? Llevábamos vidas devotas y cuando al fin murió el Dios-Rey cumplimos los deseos de su hijo Saylal no solo al asegurar la investidura de un Gran Layzin nuevo, sino al preparar y provocar la caída, el destierro y la mutilación del Ministro blasfemo, Caliphestros, así como de sus acólitos. ¿Dónde estaba, entonces, el error? ¿Por qué nos vemos reducidos a esto?»

Pero Baster-kin sabe bien qué pasos concretos llevaron a la familia hasta esta crisis y siente, en algún rincón de su corazón, la pena suficiente para estar dispuesto a sentarse —al menos un rato— junto a Chen-lun para consolarla y, sobre todo, calmarla. Al mismo tiempo, de todos modos, sabe de sobra en su fuero interno la verdadera razón práctica de esta visita a su esposa: en su corazón ha llegado a renunciar —tan solo hasta hace uno o dos días— a toda esperanza por el futuro del clan que todavía lidera; mejor dicho, del que él podría ser el último líder sin oposición. «Y si acabo sufriendo ese innoble destino, tal vez sea un acto de justicia», cavila. Sin embargo, las noticias recientes llegadas de provincias han aportado algo parecido a la esperanza —oscura, pero esperanza— al amo del kastelgerd. Así, al mirar cómo el pomposo pero bien sobornado sanador Raban prepara sus drogas calmantes y paliativas, se asegura de que ese codicioso y ambicioso «hombre de medicina» kafránico añada también a escondidas los ingredientes adicionales que él, Baster-kin, ha acordado con Raban administrar poco a poco a la señora, mezclados con la medicación. Luego el sanador abandona la habitación en silencio y deja al lord mirando a su esposa, que sigue retorciéndose en el lecho, y luego a la única sirvienta personal que le queda a Chen-lun, Ju, la de la estirpe de saqueadores, que permanece como siempre entre las sombras de un rincón del cuarto, como si fuera de piedra, y comprende apenas algunas de las palabras que dice la gente de Broken, pero casi todos sus comportamientos. Mientras regresa junto al lecho de su esposa y espera a que ella dé muestras de haber registrado su presencia antes de tomarle una mano, Baster-kin decide en silencio: «No, ya no puedo seguir mintiéndome a este respecto; si condenar a mi segundo hijo a la oscuridad casi perpetua que suelen sufrir tan solo los prisioneros en las mazmorras, como en efecto hice cuando Klauqvest llegó a la juventud con la inteligencia suficiente para usarlo como asesor, resultó más soportable porque lo mandaban los dogmas de Kafra, no puedo dejar de preguntarme si la orden dada al respecto de mi tercera hija no me ha situado más allá de cualquier paz o perdón verdadero. Y aun si fuera así, ¿qué decir de mis "piadosas" intenciones con respecto a mi esposa? ¿Tan seguro estoy de haber actuado bien?»

¿Y quién podría discutir las dudas de este hombre al respecto de esos asuntos? Porque Baster-kin está dando vueltas, en primera instancia, a la orden que dio a Radelfer hace ya mucho tiempo, aunque no ha dejado de recordarla constantemente, para que llevara a su hija Loreleh —la misma Loreleh que antaño había supuesto la mayor alegría en la vida de su padre, pero que había empezado, al final de su infancia, a dar trágicas señales del inicio de unas deformidades físicas demasiado parecidas a las de Klauqvest— al mortal territorio desolado del Bosque de Davon y la abandonase allí. Había impuesto el mang-bana a la niña que el propio Baster-kin veía como su mayor esperanza simplemente porque la gente de la ciudad, y de todo el reino, era consciente de su existencia y se daba cuenta de que la deformidad iba creciendo.

En cuanto a la segunda causa de su tormento, Baster-kin se devana acerca del rumbo letal que ha emprendido últimamente respecto a su esposa: una mujer para la que, según le han dicho, ya no queda ninguna esperanza. Pero, por mucho que él considere que sus planes letales son un acto de piedad, ¿los juzgará su dios con el mismo criterio?

—Rendulic —dice Lady Chen-lun al verlo a su lado y luego notar el contacto de su mano—, he oído a Raban —dice casi en un susurro— hablando en el vestíbulo. Alguien ha dicho que a lo mejor no vendrías, pero Raban ha contestado que tenías que venir; y yo sabía que lo harías. Aunque lo más extraño de todo, Rendulic... —Sus ojos se abren de pronto por la emoción y la espalda se arquea de puro tormento cuando añade, con tono urgente—: Yo sabía con quién estaba hablando. ¡He reconocido la otra voz! Parecía... Estoy segura de que la he reconocido. Y era él. Nuestro hijo, Rendulic. Pero no puede ser él. Ya lo sé, esposo, porque me consta que te encargaste de desterrarlo. Sé que ya no está aquí, que lo llevaron al Bosque. Entonces, tenía que ser... tenía que ser otra persona.

—Cálmate, señora mía —dice en tono suave Rendulic Baster-kin, apretándole más la mano derecha—. Era Radelfer, a quien antes he ordenado, como a todo el servicio de la casa, que hablara en susurros para no molestarte.

Ella menea la cabeza con nervios y, con la intención de alargar este momento de paz y afecto, responde:

—Sí, esposo. Seguro que es lo que tú dices. Ojalá pudieras calmar siempre así mi mente...

—Pero ahora tienes que calmarte de verdad —dice Rendulic, en el tono más tranquilizador de que es capaz—. Las medicinas de Raban sirven para eso. Tienes que dejar que hagan efecto.

—Pero yo quisiera lo contario, Rendulic. Quisiera seguir despierta, estar contigo, yacer contigo, ser la esposa que fui.

—Ninguno de los dos es ya lo que fue —responde Rendulic con una leve sonrisa.

Le aplica una mano en la frente, peina hacia atrás con los dedos los largos y húmedos mechones de pelo negro y finge por un instante que no llega a ver las úlceras de la piel del cuello ni se da cuenta de que los bultos que tiene bajo la superficie del pecho son cada día más grandes.

Chen-lun se retira las gotas de sudor que le van apareciendo en la frente sin darse cuenta siquiera de sus movimientos y contesta:

—Hace tanto calor esta noche... Todas las noches me parecen tan calurosas, este año; aunque no tanto como las que pasábamos en este cuarto cuando nos comprometimos.

—Claro, esposa —dice Baster-kin, preparándose para levantarse—. Y si te comportas como una paciente tranquila y obediente puede que algún día aquel calor vuelva a este cuarto...

Chen-lun parece asustarse de pronto al pensar en la posibilidad de que Rendulic se marche.

—¿Regresas a tus quehaceres, mi señor?

—Sí —responde Rendulic, al tiempo que se pone en pie y le suelta la mano—. Con la mayor reticencia... Pero necesitas paz, mi señora; y los enemigos del reino no dejan de tramar contra nosotros.

El semblante de Chen-lun refleja algo más de complacencia.

—Dicen que al fin habéis mandado al ejército contra los Bane, ¿no?

—Así es —responde Rendulic, sorprendido por la pregunta—. Y con la ayuda de Kafra —añade mientras se va alejando hacia la puerta— su derrota y tu recuperación llegarán al mismo tiempo. Y entonces conoceremos de nuevo la felicidad. Por eso, ten calma y duerme, mi señora, duerme...

Chen-lun inclina brevemente la cabeza para asentir, porque las drogas que le han administrado se han apoderado ya de sus sentidos.

—Pero... ¿nunca te lo preguntas, Rendulic? —dice en un murmullo débil mientras reaparece Ju para alisar las sábanas—. ¿Y si todo lo que hemos soportado desde entonces fuera consecuencia de eso? ¿De haber enviado a nuestra segunda hija al Bosque? Era tan joven y había sido tan guapa... Loreleh.

Plantado en el umbral, Rendulic Baster-kin mira a su esposa mientras ella cae en brazos del sueño: un sueño cuyos peligros ignoran ella y Ju y todos, salvo su marido y Raban, el sanador. Y nota cómo se le endurecen los rasgos al responder en silencio: «Sí, Loreleh era hermosa... Hasta que dejó de serlo.»

Libre al fin de los asuntos del estado y de la familia, Rendulic Baster-kin abandona el dormitorio de su esposa, saca un par de guantes negros de piel que lleva en el cinturón y avanza con pasos fuertes y decididos hacia la gran escalinata del kastelgerd y se detiene un breve instante al pasar por delante de un espejo grande. Satisfecho con la imagen que tiene delante, avanza, se detiene una vez más detrás de la primera de las columnas que recorren el frente de la galería para soportar el techo que comparten con el gran vestíbulo, y luego mira hacia abajo.

«Ahí está —observa al ver dos figuras al pie de la gran escalinata—. Aquí está de verdad, entre estas paredes...»

Rendulic Baster-kin nota que la sangre le circula más veloz y caliente cuando inicia el descenso y la elegante y saludable mujer del vestido verde queda más a la vista. Sostiene una capa en la mano, del mismo color que solía llevar cuando acudía con Gisa a tratarlo; si se pusiera riguroso con el cumplimiento de la ley kafránica (Baster-kin no se daba cuenta entonces, pero ahora sí lo nota) podría insistir en que deshiciera de ella. Porque es la misma capa de un azul verdoso oscuro que antaño sirviera para identificar a los sanadores de la antigua fe de Broken y los reinos colindantes. Claro que podría ser pura casualidad que Lady Arnem haya escogido ese color; pero el desconocimiento de las severas restricciones contra cualquier referencia a las antiguas costumbres no es excusa suficiente para incumplirlas.

—Lady Arnem —saluda el lord, con la máxima cortesía de que es capaz dentro de un tono autoritario, mientras termina de ponerse los impresionantes guantes.

Teme haber demostrado demasiado entusiasmo al pronunciar su nombre y se esfuerza por calmar a un tiempo la voz y el corazón cuando ella vuelve el rostro —ese rostro por el que él lleva tantos años preguntándose— para que sus miradas se encuentren.

«Por Kafra —se dice en la penumbra—. Sigue siendo tan guapa...»

—Espero que perdones que te reciba con tanto retraso —dice, preocupado todavía por el tono de voz—. Asuntos inaplazables de estado y de familia...

Llega a su lado, le toma una mano y planta en ella un beso más suave de lo que quisiera.

En un instante se da cuenta de que su plan, sus grandes esperanzas y sus disposiciones secretas serán mucho más gloriosos de lo que él mismo se hubiera atrevido a soñar siquiera. Se ha hecho mayor, sin duda: la doncella que apenas llegaba a la cumbre de sus encantos cuando se conocieron hace tantos años se ha hecho mayor, como corresponde a una madre de cinco hijos, y lleva una pequeña cantidad de pintura en la cara para disimularlo.

—Mi señor —contesta Isadora, doblando las rodillas y agachando el cuerpo con la máxima elegancia, para alzarse luego de cara a él—. No puedo dejar de imaginar, sabiendo todo lo que ocurre, lo ocupado que estás y agradezco que hayas dedicado un tiempo a recibirme. —Entonces sonríe: es la misma sonrisa radiante que tenía de doncella, eso sí que no ha cambiado con el paso de los años. Además ríe con suavidad, casi en silencio, solo una vez, con algo parecido al cariño—. Perdóname —dice—. Es... la sorpresa, nada más. Pero una sorpresa feliz. Por ver tan de cerca que te has convertido...

—En el hombre que esperabas, confío —responde Rendulic, complacido por el control de su ánimo y de su voz, y por la sensación de ánimo descuidado que ha logrado mostrar mientras ofrece un brazo a Isadora—. Porque tú fuiste fundamental en esa formación. O sea que si no estás contenta... —dice con la cabeza ladeada en señal de falsa severidad—, tendrás que responder por ello tú misma, me temo.

—No, no —responde Lady Arnem, tomándole el brazo al tiempo que sacude levemente la cabeza, provocando que los mechones, dorados todavía, floten en torno a ella como si fueran centellas de un fuego mágico y celestial—. No me desagrada. Estoy impresionada, eso es todo, y el mérito te corresponde a ti. Y a Radelfer —añade, señalando al senescal, que camina unos pasos por detrás—, que siempre se cuidó de tu seguridad y de la mía. Y que, además de todos sus otros servicios —continúa, más insegura, aunque esperanzada—, ha aplacado todos mis miedos al respecto de cualquier «dificultad» que pudiera cernirse sobre nuestro encuentro.

—No se me había ocurrido que pudieras recurrir a Radelfer en busca de esa seguridad —responde Baster-kin—, pero es solo una de las muchas cosas que podemos, o de hecho debemos, discutir. —Más complacido que nunca por lo bien que avanza el encuentro, Rendulic se apresura a añadir—: Entre ellos, tu preocupación por tu familia, tengo entendido. Ven, volvamos a la biblioteca, donde podremos aclararlo todo.

Sin embargo, Lady Arnem se detiene ante la imponente entrada de la biblioteca silenciosa y su rostro se vuelve de pronto más grave cuando mira a Rendulic Baster-kin.

—Pese a que mientras te esperaba me han impresionado mucho esta sala y su contenido, mi señor, ¿puedo sugerir que vayamos hablando de todos esos asuntos mientras nos desplazamos hacia ese descubrimiento extraordinario y alarmante que he hallado junto al muro sudoccidental de la ciudad? Porque creo poder decir sin miedo a exagerar que no tiene ningún precedente: ni el hecho en sí ni el peligro que representa para la seguridad de Broken.

La sonrisa de Baster-kin se encoge, mas no es por desagrado: esperaba que la antigua enfermera y aprendiza de sanadora, que tan importante papel tuvo en su recuperación juvenil, se pusiera a hablar inmediatamente sobre el mensaje que él le había enviado recientemente a propósito de su hijo, o sobre lo mucho que le preocupaba que entrara al servicio real y sagrado; en cambio, ella ha hablado en primer lugar —y, al parecer, con la máxima urgencia— sobre la seguridad de la ciudad, como se espera que hagan los mejores patriotas. Le impresiona tanto este inesperado orden de prioridades que se inclina por acceder de inmediato a su petición, tal como pensaba Radelfer que haría su señor cuando Lady Arnem le ha contado su historia.

En cuanto a la propia Lady Arnem, de hecho lo que más le preocupa es el destino de su hijo Dalin. Pero al seguir a Berthe a su sórdida casa en las profundidades del Distrito Quinto para determinar la causa y la naturaleza de la enfermedad de su marido no solo ha descubierto un peligro para la ciudad: también una herramienta con la que ejercer una cierta influencia sobre el Lord Mercader e incluso, si es necesario, llegar a coaccionarlo para que retrase toda decisión al respecto de Dalin, al menos hasta que Sixt regrese de su campaña.

—Ya veo —responde al fin Baster-kin, tras valorar lentamente lo que cree que está ocurriendo—. Parece que la naturaleza de tu marido y la lealtad de sus servicios han sanado parte de la rabia que te producía el destino de tus padres y que recuerdo haberte oído expresar hace tantos años. Encomiable, Lady Arnem. ¿Radelfer? —El Lord Mercader se vuelve hacia su amigo y consejero y comprueba, para su asombro, que la expresión de incrédula diversión sigue presente en su rostro—. Que nos traigan una litera ahora mismo, senescal, para Lady Arnem y para mí. Hemos de comprobar qué es eso que ha creado tan respetable alarma en su espíritu. Y convoca también a cinco o seis de tus mejores hombres. Bastante difícil se ha vuelto ya conseguir que la Guardia del Lord Mercader entre siquiera en el Distrito Quinto, como para confiar en su protección.

—Me encantará acompañarte en tu parihuela, por supuesto, mi señor —concede Isadora Arnem—. Aunque tengo la mía ahí fuera, llevada por dos guardias de mi familia y por mi hijo mayor, cuyo padre insiste en que debe acompañarme en cuanta salida nocturna emprenda en su ausencia.

Una reveladora expresión de desencanto pasa por el rostro de Lord Baster-kin, pero enseguida la reemplaza por un entusiasmo más bien forzado.

—¡Espléndido! Me encantará conocer al vástago de lo que tengo entendido que es una familia numerosa y de buen carácter.

Rendulic lamenta haber dicho eso casi de inmediato, porque revela un duradero interés por el clan Arnem que hubiese preferido esconder a Isadora. Y para colmo de desgracias, no le hace falta darse media vuelta para notar que Radelfer ha percibido el mismo interés en su señor.

—Tu hijo puede seguirnos en tu litera, entonces, quizá con Radelfer caminando a su lado para mayor seguridad, y tú y yo aprovecharemos el tiempo en mi parihuela para investigar hasta dónde llegan tus preocupaciones, rodeados por un mayor número de guardias. —Mientras Lady Isadora inclina la cabeza en señal de agradecimiento, Baster-kin se vuelve hacia Radelfer—. ¿Bueno? Ya has oído tus órdenes, senescal...

{vii:}

Cuando Lord Baster-kin sale de su kastelgerd junto a Isadora Arnem, se detienen un momento en lo alto de las amplias escaleras de piedra que bajan desde el pórtico del edificio para mirar a Dagobert, que —ataviado con la cota y la armadura de su padre— está enfrascado en un juego de espadas inocuo pero instructivo y tranquilamente entretenido con los dos guardias bulger de la familia, que se turnan contra él y, con su enormidad, sus melenas negras y sus barbas, ofrecen una visión particularmente extraña en este extremo del Camino de los Leales.

—¿Ese es tu hijo mayor? —pregunta Lord Baster-kin, mirando a Dagobert con un respeto admirativo, casi ilusionado.

—Sí —responde Lady Arnem, sorprendida por la amabilidad que muestra el lord al contemplar la escena que tiene lugar abajo—. Y me temo que lleva la vieja armadura de su padre en función del pacto que hizo con mi marido a propósito de nuestra seguridad en la ciudad.

—¿Y por qué dices «me temo»? —pregunta Baster-kin—. Demuestra grandes virtudes para alguien de su edad. ¿Frecuenta el estadio?

—No, mi señor —contesta Isadora con cierta inseguridad—. De nuevo, por influencia de su padre, me temo... Dagobert prefiere pasar sus ratos libres en el Distrito Cuarto, entre soldados.

—Considérate afortunada —responde Baster-kin—. Entre los jóvenes de nuestra nobleza son demasiados ya los que rehúyen sus responsabilidades en el ejército por el falso atractivo de actuar en el estadio. ¿Me lo puedes presentar?

El lord comienza a bajar las escaleras y se detiene para ofrecer un brazo a Isadora.

—Yo... por supuesto, mi señor. —Luego, Isadora llama en voz alta—: ¡Dagobert! Si puedo interrumpir tus payasadas...

Cuando oyen su voz, los guardias toman posición junto a la parihuela y adoptan una respetuosa actitud de firmes al ver con quién va su señora. Dagobert, por su parte, envaina la espada de saqueador, hace cuanto puede por poner en orden la armadura, la cota y el cabello y luego sube las escaleras mientras su madre y el anfitrión las bajan, de tal manera que se encuentran a medio camino; Isadora observa que todos los movimientos de su hijo son una réplica de los del padre, como si, ahora más que nunca, fuera consciente de la responsabilidad que implica llevar su ropa de combate.

—Dagobert —dice Isadora sin alterar la voz—, este es Lord Baster-kin, que quería conocerte.

Dagobert pone el cuerpo absolutamente rígido y luego, para profunda sorpresa de su madre, se lleva el puño derecho al pecho en un brusco saludo.

—Mi señor —dice el joven, con un punto de exceso en el volumen que revela que no termina de sentirse del todo cómodo con el gesto ni con la situación.

—Agradezco tu respeto, Dagobert —dice Lord Baster-kin, que sigue escoltando a Isadora escaleras abajo—. Pero puedes descansar. No soy esa bestia terrible que algunos pretenden. Haces justicia a la armadura de tu padre, joven. ¿Falta mucho para que podamos verte de verdad en nuestras filas?

Dagobert desvía la mirada apenas por un instante hacia su madre y luego se encara de nuevo al Lord del Consejo de Mercaderes.

—En cuanto sea mayor de edad, mi señor. Mi padre quiere que me prepare y sirva durante un tiempo y luego ocupe un puesto de aprendiz en su grupo.

La rabia abre los ojos de Isadora como platos; he aquí otro hecho del que ni su marido ni su hijo se han preocupado de informarle.

—Excelente, excelente. —Baster-kin se da cuenta de que se está acercando su litera, mucho más grande y aparente, cargada por cuatro de los guardias más jóvenes de Radelfer—. Di a tus hombres que sigan a mi litera, Dagobert —propone Baster-kin—. Porque si hay algún problema en lo más profundo de la ciudad prefiero que se enfrenten a él primero mis hombres. Yo siempre puedo encontrar más guardias y, si no, los buscará el senescal. En cambio, me parece que tu familia está... —Baster-kin dedica a los guardias bulger una leve sonrisa— bastante apegada a estos hombres, tan dotados en apariencia.

A continuación, Dagobert ve que su madre y el Lord Mercader pasan al otro lado de la cortina de suntuosa tela de la bien acolchada parihuela.

Dentro de ese vehículo, más grande y cómodo, el lord se esfuerza por representar el papel del anfitrión agradable e inquieto, agradecido por la ayuda que recibió de Isadora en el pasado y preocupado por cuál pueda ser la amenaza que ha descubierto junto al muro del sudoeste de la ciudad. Ella se niega a ofrecer detalles y responde que la mera visión del misterioso suceso será mucho más elocuente que cualquier descripción que pueda dar. También se hace evidente que está ansiosa por hablar primero de qué planes están preparando el Gran Layzin y el Lord Mercader para llevar nuevas provisiones al cuerpo de Garras liderado por su marido, e insiste en que esos planes se lleven a cabo antes de que a Sixt le entre la obstinación de empezar el ataque contra los Bane sin todas las provisiones que necesita. Por su parte, Rendulic Baster-kin ofrece un comentario reconfortante tras otro y asegura a Lady Arnem que si los demás mercaderes del reino no apoyan el ataque él autorizará personalmente el uso de las provisiones centrales conservadas en la enorme variedad de almacenes secretos que se extienden por debajo de la ciudad.

Isadora queda genuinamente apaciguada por todas esas promesas y, de momento, cree que la inquietud romántica que Rendulic Baster-kin tuvo por ella cuando era un muchacho se ha transformado en un profundo sentido de gratitud en la madurez, algo con lo que no contaba; en cambio, Radelfer, que va caminando junto a la litera, está cada vez más nervioso, con una sensación que ha empezado nada más encontrarse su señor e Isadora en el kastelgerd; porque durante este encuentro la capacidad de engaño de Rendulic ya ha ido mucho más allá de la interpretación y huele a un hombre convencido de que puede servirse de las dificultades presentes para su propio beneficio. Pero aún ha de determinar cuál podría ser ese «beneficio».

El viaje del grupo hacia la peor parte de la ciudad empieza cuando pasan por la puerta del muro de piedra que separa el Distrito Quinto de las otras partes de Broken, más respetables; y la continuación del trayecto hacia lo que sin duda es el barrio más terrible en un distrito ya de por sí infame empieza tan bien como puede esperarse de una empresa como esta, sobre todo porque la mera visión de la litera de Lord Baster-kin —relativamente común en otros distritos de la ciudad, pero muy llamativa en este—, seguida por el muy conocido transporte de Isadora señala, incluso para las mentes más confundidas y los ciudadanos más depravados que jalonan el Camino de la Vergüenza, el principio de un momento histórico en el Quinto. La presencia de tantos guardias armados, mientras tanto, aporta una garantía aparentemente total contra cualquier inclinación al mal, que siempre abunda entre las almas más emprendedoras, y criminales, que acechan en los rincones más oscuros del distrito, particularmente a medida que uno se va alejando de su frontera pétrea y se acerca a las oscuras sombras que proyectan los muros de la ciudad. La inclinación al robo y al asesinato está tan enraizada en las mentes de esos tipos como lo está en las de sus vecinos el gusto por la disipación, la fornicación y la producción de porquería, todas ellas ampliamente reveladas por las cloacas y alcantarillas de todas las calles del Quinto. Esos riachuelos nauseabundos son el origen de un hedor que se vuelve más repugnante a cada minuto que pasa, mientras que los pedazos de desechos que los embozan y les impiden cumplir con su propósito se van volviendo más grandes y asquerosos. Entre esas vistas terribles uno puede encontrar objetos tan mareantes y absurdos como para fijarse en ellos: sacos de verduras y cereales, podridos y tan atiborrados de gusanos que ni los muertos de hambre los tocan; pilas enormes con toda clase de desechos humanos, corporales o no; y, lo más horrible de todo, algún que otro paquete envuelto en telas con la forma inconfundible y sangrienta de un bebé humano, ya sea por una pérdida sobrevenida poco antes del nacimiento o porque alguien se ha librado de ellos de la manera más sencilla posible, quién sabe si haciéndoles con ello un favor: porque se van a librar, en primer lugar, de las privaciones del Distrito Quinto y, en segundo, de entrar (no por su propia elección) a formar parte del cada vez más misterioso servicio del Dios-Rey en la Ciudad Interior, donde, incluso entre los residentes del Quinto, parece que la necesidad inagotable de chicos y chicas jóvenes es objeto de una especulación que crece progresivamente, así sea de manera silenciosa.

—Me resulta extraño —dice Lord Baster-kin mientras mira por la abertura de la cortina en su lado de la litera y se tapa la cara con el borde de la capa para impedir, en la medida de lo posible, el paso del hedor que se alza de las alcantarillas cercanas— que después de todo lo que pasamos en un lugar tan distinto a este...

—Si te refieres a la cabaña de mi señor bajo la montaña —comenta Isadora—, era ciertamente un lugar hermoso, particularmente en comparación con tantas partes de este distrito.

—¿Y sin embargo vives aquí por elección? —quiere saber Baster-kin.

—Mi marido nació aquí, como yo —explica Isadora—. Y tanto él como yo queríamos quedarnos. —Ahora le toca a ella mirar hacia fuera con un aire de leve desespero que Baster-kin encuentra extrañamente estimulante—. No supe que podría pasar toda la vida en esta parte del distrito, que era la mía, hasta que lo conocí.

—No puedo fingir que entiendo lo funesto que debe de haber sido un lugar así para una niña —dice lentamente Baster-kin—. Ni por qué tu marido y tú habéis escogido quedaros, sobre todo ahora que el sentek ha ascendido a la jefatura de todo el ejército de Broken y podríais vivir en cualquier parte de la ciudad, en cualquier residencia que decidierais pedir al Dios-Rey.

—Mira de nuevo a tu alrededor, mi señor —propone Isadora—. Muchas de esas personas son víctimas de su perfidia y perversión, pero otras muchas son solo víctimas desgraciadas de circunstancias que convirtieron este distrito en un hogar inevitable. Ciudadanos, por ejemplo, cuya mala suerte no se debe tanto a la desintegración, o a su falta de voluntad, como a la pérdida del cabeza de familia en la guerra, hace muchos años, o de una pierna en esos mismos conflictos. Es una verdad cruel e injusta, mi señor, que muchos soldados de Broken, tras dejar el ejército y regresar al distrito, no logran encontrar un trabajo que les permita irse de aquí, mientras que otros ni siquiera pueden encontrar refugio y por eso deambulan por estas calles día y noche, pidiendo y robando, en muchos casos, y formando una nueva especie de tropa: un ejército de fantasmales recordatorios de la cruel ingratitud que a veces tienen los reyes.

Baster-kin alza una mano en gesto levemente admonitorio.

—Ten cuidado, mi señora, con las palabras que escoges —le aconseja con severidad.

—De acuerdo. Pues «de la ingratitud de los gobiernos» —dice Isadora, con una impaciente inclinación de cabeza—. Luego están también los trabajadores, yeseros, albañiles que han sufrido heridas incapacitantes durante el proceso permanente de construcción de los edificios destinados al gobierno de la ciudad y del reino, a la adoración y a la residencia de los acomodados, y que se quedan también sin otra opción que traerse a sus familias aquí, al Quinto. Conocerás a algunos de esos hombres cuando lleguemos a nuestro destino, pero ahora te pregunto: ¿no te parece que esa gente merece al menos disponer de un sanador honesto y capaz? ¿Y no justifica eso que yo me quedara y quisiera ayudarlos?

—Merecen mucho más que eso, Lady Arnem —responde Baster-kin—. Y los peores residentes de este distrito también merecen ciertas cosas y no pasará demasiado tiempo antes de que las reciban, te doy mi palabra. —Pese a la caridad aparente y el tono condescenciente incorporados en esas afirmaciones, a Isadora se le ocurre que debería haber una brusca diferencia cualitativa entre el primer uso del verbo «merecer» y el segundo. No tiene tiempo para detenerse en ese asunto, de todos modos, porque Baster-kin abre de repente las cortinas de su litera de par en par—. Por Kafra, ¿dónde estamos? Ha de ser un lugar de rara maldad, si incluso las estrellas ofrecen poca luz.

—Nos estamos acercando al muro del sudoeste, cuya sombra se va alargando cada vez más —responde Isadora—. Nos hemos adentrado en el distrito hasta donde ni siquiera yo suelo llegar ya, aunque de pequeña sí lo hacía. Entonces tenía la alegre ocupación de investigar muchos de esos barrios, a veces a cambio de correr riesgos absurdos. Pero aprendí mucho...

—Sin duda. —Lord Baster-kin mira a Lady Arnem y estudia su rostro un instante.

«Y eso —cavila—, es lo que te convertirá en una juez soberbia de lo que esta ciudad y este reino van a requerir en los meses y años que vendrán...»

—Aprendí una cosa por encima de todo —dice Isadora, para completar su pensamiento—. Hay al menos algunos ciudadanos de este distrito que reconocen que los planificadores originales de la ciudad...

—¿Planificadores? —la interrumpe Baster-kin, algo menos entusiasmado de lo que sonaba hasta ese momento—. Quieres decir «el» planificador, ¿no? Porque solo hubo uno: Oxmontrot.

Isadora evita el tono crítico del hombre con una sonrisa encantadora.

—Perdon, mi señor —dice. Y Baster-kin, por supuesto, no puede dejar de concedérselo—. Mi marido me ha hablado de tu gran desprecio por el fundador del reino y no pretendía pisotear tu sensibilidad. Pero sí, Oxmontrot, fueran cuales fuesen sus otros defectos, predicaba hábitos de limpieza personal y pública. Recordarás que a mi maestra y tutora le gustaba hablar de ellos, en la época en que nos conocimos, con el nombre que el Rey Loco les daba originalmente: *heigenkeit*.[228] Y sin embargo, ¿cómo iba el Rey Loco...? —Aquí, Isadora se atreve a tocar la mano enguantada de Baster-kin y soltar una risa leve al ver que su historia atrae a quien la acompaña—. Particularmente porque, pese a toda su sabiduría, al parecer ya entonces se estaba volviendo loco, ¿cómo iba a saber que algunas políticas que en esa época eran necesarias y rigurosas, como la creación del Distrito Quinto para los soldados y los trabajadores mayores ya, o heridos, dejarían de importar algún día a sus herederos? Herederos que, convertidos en divinos y alejados en la inviolable seguridad y santidad de la Ciudad Interior, se verían obligados a depender cada vez más de sus asesores, demasiados de los cuales, al contrario que tú, eran oficiales de distrito y ciudadanos con fines no precisamente sensatos ni honestos y que en consecuencia ayudaron a crear, de manera no intencionada, por supuesto, esta... esta desgracia que ahora vemos a nuestro alrededor?

—Admirablemente expresado, Lady Arnem —dice Baster-kin, mientras se vuelve para mirar de nuevo hacia la calle con el objeto de que el auténtico entusiasmo que le despiertan esos pensamientos y quien los pronuncia no sea demasiado obvio en su rostro—. Dudo que yo mismo hubiera podido explicar mejor el asunto. —Dicho esto, escudriña de nuevo cuanto lo rodea, como si le sorprendiera más que los pensamientos de Lady Arnem—. Por Kafra —murmura—, de verdad creo que este barrio está tomando un aspecto más funesto todavía.

Insatisfecha al comprobar que su breve estallido de opiniones y sentimientos parece tener tan poco efecto, Isadora mira también fuera: «¿Puede ser —se pregunta— que en verdad haya perdido aquel afecto profundo y apasionado que de joven sentía por mí, por infantil que fuese?» Y es que, paradójicamente, por mucho miedo que le diera antaño aquella forma infantil y enfermiza de la devoción —una enfermedad que Gisa llamaba *obsese*—,[229] Isadora cuenta con que siga viva en parte para que su plan de esta noche pueda triunfar. Sin embargo, conserva la calma, sabedora de que todavía tiene en mente otra estratagema para cumplir el mismo objetivo.

{viii:}

Las dos literas se detienen ante la casa que sin duda puede calificarse como la peor en una serie de edificios abominables en una manzana que queda casi pegada al muro del sudoeste. El porte imperioso de Baster-kin al salir y plantarse en medio del tráfico humano que domina el vecindario se ve inevitablemente aminorado en pequeña medida cuando los grupos de vecinos e indigentes, todos rebozados en tizne, empiezan a rodear su litera y la de Lady Arnem. Sin embargo, la rápida exhibición de nada menos que ocho armas blancas bien engrasadas, que van de la más corta (la espada de saqueador de Dagobert) hasta la imponente longitud de la espada de asalto de Radelfer, pronto convence a la multitud para que, si bien no llega a disolverse, al menos se aparte un poco. Con una cierta sensación de premura, Isadora, Dagobert, Lord Baster-kin y los guardias de Radelfer se dirigen al miserable tugurio que a duras penas merece llamarse casa, mientras que los guardias bulger se quedan a proteger las literas.

Ha sido tan extraño el modo fantasmal en que los vecinos los rodeaban para dispersarse luego de golpe que los miembros del grupo de visitantes que nunca habían estado en el barrio se quedan visiblemente impresionados cuando un perro famélico y colérico se les acerca de un salto desde detrás de un mueble imposible de identificar y medio quemado que alguien ha lanzado desde su casa al patio en algún momento del pasado. La fiera muestra sus enormes dientes, se lanza a toda prisa hacia uno de los hombres más bajos de Radelfer y sus amenazas bestiales e incesantes, junto con su musculatura maltratada pero pronunciada, transmiten la sensación momentánea de que la cadena que lo sujeta acabará cediendo; una sensación que impulsa a más de un guardia a alzar la espada.

—¡No! —resuena la brusca orden de Baster-kin, aunque no ha dado el alto hasta que ha quedado claro que la cadena no se iba a romper por fuerte que fuese el animal—. ¿Qué sois, niños? ¿Necesitáis una buena espada corta de Broken para alejar a un perro encadenado? —pregunta Baster-kin, enfadado, a los hombres de Radelfer.

A Isadora le complade darse cuenta de que no lo ha preguntado para causarle una buena impresión, sino en respuesta a un sentimiento genuino. La fiera herida se retira y empieza a calmarse cuando Isadora le tira un trozo de carne seca que ha traído con ese propósito; luego insta a los hombres que avanzan detrás de ella a entrar en la casa por la puerta delantera tras retirar la tabla que la bloquea.

—Aparta, mi señora —dice Radelfer, adelantándose con destreza. Su manera de levantar del suelo sin esfuerzo la tabla pesada y difícil de manejar para echarla rápidamente a un lado ofrece un atisbo de la considerable fuerza que debió de tener en su juventud—. No pretendía ofender —añade Radelfer con una sonrisa al recordar que a la joven Isadora siempre le molestaba que los hombres quisieran hacer por ella tareas que estaba capacitada para emprender por sí misma—. Pero como igualmente debo entrar antes que mi señor en esta vivienda se me ha ocurrido que podía juntar dos tareas en una.

Isadora se limita a inclinar la cabeza altiva ante ese razonamiento y a contemplar su acción con una luz distinta.

—Al menos has acelerado nuestra visita, Radelfer. En un barrio como este no debería llamar la atención que nuestra visita llame la atención: el silencio que ahora nos rodea demuestra que hay mucha gente esperando descubrir nuestro propósito. Si logramos cumplir con él y largarnos antes de que vuelvan a reunirse, mejor que mejor.

El grupo se divide en cuatro: Radelfer va delante con dos de sus guardias; tras ellos, Isadora, Lord Baster-kin y un orgulloso Dagobert; por último, los otros dos hombres de Radelfer con la mirada atenta a cuanto pueda ocurrir a sus espaldas.

La mugre que se acumula en el interior no impresiona demasiado a Isadora, que se acostumbró a verla hace ya mucho tiempo, en su infancia con sus padres y con Gisa. El suelo de granito del tugurio está cubierto de tierra y polvo; un saco relleno de heno cumple la evidente función de cama para cinco niños aterrados, esparcidos por la habitación, mientras que el otro saco, junto al fuego, está ocupado por su padre enfermo, en cuya frente aplica un trapo húmedo y mugriento el hijo mayor. La mujer de la casa, Berthe, se abalanza hacia Isadora, aterrada al ver a los hombres que la rodean y sobre todo por la mirada de Lord Baster-kin, que, ante la visión de este mísero entorno, en vez de ablandarse se ha vuelto más dura.

—Mis disculpas, señora —susurra Berthe—. Tenía la intención de ordenarlo todo por aquí para que al menos no fuera tan ofensivo...

—Lady Arnem, ¿qué es lo que me has traído a ver? —pregunta Baster-kin en tono imperioso—. Porque estoy familiarizado con el fracaso y la desgracia en prácticamente todas sus formas.

Isadora dedica una sonrisa compasiva y un apretón en un brazo a Berthe y le insta a regresar junto a su marido. Mientras la mujer se aleja, Isadora devuelve la mirada a Rendulic Baster-kin con su misma dureza.

—No hace ninguna falta ser tan rudo, mi señor, dadas las circunstancias, que, por otra parte, están claras.

Berthe ha regresado a la tarea de secar el sudor de la frente febril de Emalrec. De él emana un fuerte hedor de dientes careados, comida podrida, desechos humanos y sudor. Sin embargo, nada de eso detiene a Isadora, que insta al Lord Mercader a seguirla.

—Ven, entonces, aunque solo sea por el bien del reino —dice.

Baster-kin se tapa de nuevo la parte baja de la cara con el borde de la capa y ve cómo Isadora retira la camisa ligera y asquerosa que cubre el cuello y el tronco de un quejoso Emalrec, apenas lo justo para revelar el pecho.

—No pasa nada, Berthe —dice Isadora, al ver que el terror de la mujer no ha hecho más que crecer—. Estos hombres no le van a hacer ningún daño, te lo prometo.

Isadora coge el cabo de una vela apoyada en un trozo de cerámica y señala la piel expuesta a Lord Baster-kin.

No necesita ver más. Como no quiere expandir su preocupación por la casa y por el barrio, urge a Isadora a acompañarlo hacia el fondo de la habitación contigua y hasta consigue sonreír a los sucios niños acurrucados cuando pasa junto a ellos de camino a la salida trasera. Más adelante hay una pequeña plaza fuera, un pedazo de tierra compartido por tres casas en el que hace mucho que no hay nada de vida. En el centro de este patio hay un retrete cuyas paredes cayeron hace tiempo ya: un banco de granito con cuatro agujeros protegido ahora tan solo por unas cortinas prácticamente inútiles, suspendidas por cuerdas y palos igualmente deteriorados.

Los agujeros del banco dan directamente al sistema de alcantarillado de la ciudad.

Por muy funesta que sea esa imagen, la mente de Lord Baster-kin sigue concentrada en lo que ha visto en la habitación.

—No pretendo ser tan experto como tú, Lady Arnem —dice en voz baja, pues ni siquiera desea que le oigan sus guardias—. Pero, si no me equivoco, ese hombre tiene la fiebre del heno.

—Estás extraordinariamente bien informado —responde Isadora—. Poca gente podría detectar las marcas con tanta exactitud... Y tan rápido.

—Gracias. Pero volviendo a la enfermedad... —El rostro de Baster-kin es ahora una máscara de pura responsabilidad—. Se contagia entre la gente, sobre todo en zonas tan superpobladas, a la misma velocidad que la Muerte, aunque deje más supervivientes que esta última.

—Así es —responde Isadora con un punto de coquetería.

Es un juego peligroso en este momento.

—¿Y hago bien en sospechar que en esta ocasión tienes alguna idea acerca de cómo se expande? —pregunta Baster-kin.

Isadora sigue interpretando un papel y reza para que su miedo no se transparente en la actuación.

—Los sanadores tienen algunas teorías, claro, pero siempre las tienen. Solo podemos estar seguros de que si ha afectado a este hombre pronto aparecerá en muchas casas de este barrio, quién sabe si en la mayoría. Y a partir de ahí...

—Pero... ¿cuál es tu teoría? —pregunta Baster-kin, en un tono considerablemente menos agradable y paciente que antes.

Isadora urge a Baster-kin a avanzar más por el patio pequeño y polvoriento.

—Mi señor —empieza a decir—, tú conociste a mi maestra, Gisa, y si no me equivoco, sabes que era, más allá de sus creencias privadas en asuntos de espíritu y religión, una sanadora sin par en esta ciudad.

—No te equivocas —responde Baster-kin—. Gisa conocía su lugar en este reino y nunca buscó ascender más allá ni traicionar sus leyes fundamentales.

—Entonces —continúa Isadora, tras respirar hondo—, ¿te inclinarías a creer sugerencias que procedieran de ella?

—Tú eras la sabia y amable administradora de sus curas —dice

Rendulic Baster-kin—. Pero yo siempre fui consciente de que las curas eran de ella. O sea que, sí, me inclinaría a creerla. Y ahora también a ti, más que a cualquier otra aspirante al cargo de «sanadora». Pero ¿qué tiene esto que ver con los asuntos de esta casa, de este distrito?

—Primero —Isadora se esfuerza mucho por acallar el temblor de su voz—, déjame mostrarte una extraordinaria exhibición de patriotismo más allá de esta casa y de estos *plumpskeles*...[230]

—¡Lady Arnem! —exclama Rendulic Baster-kin mientras ella empieza a alejarse más todavía de la casa por un camino estrecho que, según alcanza a ver el lord ahora que sus ojos se han acostumbrado a la oscuridad, lleva a otro callejón apenas un poco más ancho—. Espero que recuperes la compostura, como estoy seguro que haría tu marido, en vez de contagiarte del comportamiento y el lenguaje propios de este... lugar.

—Caramba, Lord Baster-kin —dice Isadora sin volverse y con una pequeña sonrisa: ha conseguido que la suprema confianza de este hombre se tambalee—, no me digas que esta situación te pone nervioso. Pero ven... —Luego, en una soberbia interpretación teatral, Isadora alarga un brazo y espera que el lord le preste ese apoyo que ya se ha vuelto familiar—. El tiempo y la plaga se nos echan encima.

Baster-kin le hace caso sin contestar; en ese momento, Isadora acelera del paso.

El callejón por el que Isadora lleva a su «invitado» termina al fin ante la enorme construcción del muro del sudoeste de la ciudad, que se eleva por encima de todo. Frente a la masa oscura que se alza ante él, el Lord Mercader se detiene al principio del callejón y dice:

—Amontonas misterio sobre misterio, mi señora. ¿Y para qué? Ya he dicho que en este asunto estoy dispuesto a creerte.

—Creer no es lo mismo que ver —responde Isadora—. Ven, mi señor. No hace falta que esperes a tus hombres porque en este breve trayecto tendremos guardias de sobra.

Antes de llegar a la gran construcción, el callejón estrecho por el que avanza la pareja termina en el amplio camino militar que transcurre en paralelo a todas las murallas de Broken y que se mantiene en todo momento libre de congestiones para que los soldados de la ciudad puedan moverse con libertad por esa ruta tan crítica para sus posiciones. Por eso los callejones adyacentes han de mantenerse tan oscuros y despejados como el propio camino. Cuando usan estos puntos aislados en un vecindario tan cuestionable personas ajenas al ejército, se convierten en lugar de transacciones de naturaleza ilegal: compraventa de bienes robados, prostitución sin licencia o, como siempre y acaso con más frecuencia que los otros, robos y asesinatos.

Qué extraño resulta, entonces, que cada portal de este callejón particular que lleva a la imponente muralla del sudoeste de la ciudad —una muralla que alcanza fácilmente el doble o el triple de altura que la más alta de las casuchas sobre las que se alza y que conserva todavía con claridad las marcas de cinceles y cuñas— esté vigilado, en apariencia, por dos filas de hombres que parecen centinelas en ambas aceras. No son particularmente jóvenes ni saludables, pero son hombres, muchos de ellos ya en edad de decadencia, algunos apoyados en bastones o muletas, pero todos poseen un porte militar que no puede improvisarse; el más extraño de todos, al menos a ojos de Lord Baster-kin, es el más anciano y tullido de todos esos cuerpos, un hombre flaco y calvo apoyado en una muleta al final del callejón y que parece controlar a los demás. Sostiene una espada corta en la mano libre y mira al Lord Mercader con una sonrisa peculiar.

Parece perfectamente posible que se produzca un intercambio de golpes, aunque no está claro entre qué facciones. De todos modos, en vez de eso, el anciano de la muleta envaina la espada y se acerca renqueando a Isadora y Lord Baster-kin.

—Lady Arnem —murmura Baster-kin para mayor satisfacción de Isadora—, en nombre de todo lo sagrado, ¿dónde me has metido?

{ix:}

—Bueno, linnet Kriksex[231] —saluda Lady Arnem con alegría antes de responder a la pregunta de Baster-kin—, veo que has cumplido tu promesa.

—Así es, Lady Arnem —contesta el viejo soldado con una voz tan áspera como si alguien arrastrara una piedra grande sobre un suelo embaldosado—. No estábamos seguros de cuándo vendrías, pero he dicho a nuestros hombres que tu regreso era una promesa y como tal se cumpliría. He dicho que la esposa del sentek Arnem nunca ofrecería su ayuda para luego olvidar la promesa.

—Bien hecho, Kriksex —responde Isadora—. Y ahora déjame presentarte a Rendulic Baster-kin, Lord del Consejo de Mercaderes y primer ciudadano de la ciudad y el reino de Broken.

Kriksex da uno o dos pasos hacia Baster-kin, que en un raro momento de humildad se apresura a recorrer más de la mitad del espacio que los separa para poder saludarlo.

—Mi señor —dice Kriksex antes de dirigirle un brusco gesto de saludo—. ¡El linnet Kriksex, mi señor! Encantado de ayudar a mi reino una vez más.

—¿Kriksex?

La voz que se ha sumado a la conversación pertenece a Radelfer. Baster-kin e Isadora se dan media vuelta y ven al senescal, que da un paso adelante para separarse de su patrulla.

—¿Eres tú de verdad?

Kriksex mira más allá del gran Lord Baster-kin con rostro inexpresivo hasta que identifica a quien lo llama y se llena de alegría.

—Ah, Radelfer, has venido de verdad —exclama, moviendo la muleta para dirigirse deprisa hacia quien se le acerca con aparente camaradería—. Entonces eran ciertas todas esas historias y es verdad que sigues con el clan Baster-kin.

Los dos ancianos se dan un abrazo, aunque Radelfer tiene cuidado en el manejo del cuerpo de quien antaño fuera su linnet, que ahora parece un saco de huesos y cicatrices.

—Pero ¿cómo puede ser que sigas vivo, vieja cabra barbuda? —se ríe Radelfer—. Bastante hiciste ya con sobrevivir a las campañas que libramos de jóvenes, pero verte aquí, en este asunto tan extraño, con esto, que parece tu pequeño ejército particular... ¡Parece increíble!

—Radelfer —tercia Lord Baster-kin, no tanto con severidad como con el tono propio de alguien que, por una noche, ya se ha hartado de misterios—, quizá podrías tener conmigo la bondad de explicarme quién es este hombre, o quiénes son estos hombres y por qué se dedican, según parece, a vigilar un callejón decrépito sin ningún propósito.

—Perdón, mi señor —responde Radelfer—. Este es el linnet Kriksex, que comandaba mi fauste cuando me inicié en los Garras, hace muchos años. Te verías en grandes dificultades si hubieras de encontrar un sirviente más leal que él para el reino.

—¿De verdad? —pregunta Baster-kin, mirando a Kriksex, no del todo seguro acerca de esa explicación—. ¿He de suponer que en eso se basa tu autoridad, Kriksex, sobre los demás hombres reunidos aquí, que también parecen veteranos de unas cuantas campañas?

—Son todos hombres leales, mi señor —responde Kriksex—, y están aquí para proteger el nombre y las leyes del Dios-Rey en este distrito. Un grupo capacitado de veteranos mantiene a los residentes de este barrio libres de crímenes y maldades. Pero la premonitoria aparición que volvió a darse recientemente, esa... esa adivinanza que mostré a Lady Arnem hace unas pocas noches, era algo que, me temo, ningún hombre podría crear o controlar. Por eso decidimos que debíamos mantener la situación exactamente tal y como la encontramos de manera periódica, aunque más común en primavera, hasta que se viera si éramos capaces de persuadir a alguien más importante que nosotros para que lo inspeccionara. Mi señora vino de visita por casualidad; pero luego, Kafra sea loado, ¡tú accediste enseguida a acompañarla en su regreso!

Baster-kin mira arriba y abajo por el callejón con expresión insegura mientras escucha al experto veterano.

—Me temo que me estás liando, Kriksex —le dice.

—El olor habla por sí mismo, mi señor —contesta—. Pero si me sigues hasta el muro del sudoeste creo que la peculiaridad te resultará evidente enseguida. Con toda probabilidad, vendrá precedida por un empeoramiento de este hedor, tan notable que se impone a los siempre deliciosos aromas del Quinto.

Baster-kin respira hondo y ofrece una vez más su brazo a Lady Arnem.

—¿Mi señora? ¿Puedo ayudarte mientras seguimos a este buen hombre para que me enseñe cuál es esa dificultad?

—Muchas gracias por tus atenciones, mi señor —responde Isadora, apoyando una mano en el brazo del lord.

Lady Arnem hace una seña a Dagobert, que da un paso adelante y luego se acerca al lado libre de su madre y avanza junto a ella por el callejón, entre las líneas de soldados veteranos, que, de uno en uno, van saludando.

Kriksex abre paso a la patrulla de guardia que rodea a los tres visitantes importantes y a menudo se da media vuelta para mirar a la intrépida Lady Arnem, siempre con una sonrisa que no por desdentada resulta menos genuina. A medida que pasa el tiempo, de todos modos, parece que le cuesta contener la emoción y se atrasa unos cuantos pasos para murmurar al oído izquierdo de Lord Baster-kin:

—¿No es la mujer ideal para el sentek Arnem, mi señor? ¡No conoce el miedo!

Baster-kin asiente mientras sigue avanzando hacia la oscuridad.

—Así es, Kriksex —concede en voz igualmente baja para que Lady Arnem, cada vez más interrumpida por la gente pese a los esfuerzos del joven Dagobert por mantener el camino despejado, no pueda oírlo—. No podía encontrarse una mujer mejor en todo Broken. Mas concentrémonos, de momento, en el asunto que nos ocupa. Porque, si no he perdido a la vez la mente y el olfato —sigue el noble, con la nariz arrugada y una agria expresión en la cara—, por aquí hay algún muerto, o tal vez muchos.

—Sí, señor. A juzgar por el hedor han de ser muchos —dice Kriksex—. Y sin embargo no encontrarás vísceras ni podredumbres que lo expliquen. Solo un origen de apariencia ordinaria, o incluso inocente.

Los intrusos tardan tan solo unos minutos en llegar al muro sudoriental de la ciudad, pero antes incluso de eso el asco que siente Lord Baster-kin aumenta.

—Por la gran santidad de Kafra. ¿Dices que no hay cadáveres en esta zona?

—En los últimos días han muerto unos cuantos ciudadanos —admite Kriksex—. Pero ellos nos son el origen, pues el sacerdote del distrito quemó sus cuerpos siguiendo todos los ritos y métodos adecuados, lo cual eliminia sus restos como posible causa. La mayoría eran jóvenes, como otros que han muerto últimamente en el distrito. —Lord Baster-kin lanza una rápida mirada a Isadora; sabe que la fiebre del heno ataca antes a los jóvenes—. Ha sido una pena terrible y todo un desperdicio —continúa Kriksex—. Pero no, mi señor, lo que hueles es algo más inexplicable y, sin embargo, la causa parece bien simple: nada más que un pequeño riachuelo de agua.

Sin embargo, basta esa afirmación aparentemente inocente para que Baster-kin se detenga un momento.

—Pero en toda la ciudad no hay agua que circule por la superficie. Incluso los canalones que desaguan en las alcantarillas recogen el agua de la lluvia. Oxomontrot se encargó de eso para proteger a su gente de los males que puede traer el agua de origen desconocido.

—Precisamente por eso, mi señor —dice Isadora, plantada ya en el camino que circula en paralelo a la gigantesca muralla.

Un grupo de antorchas aparece como por ensalmo en algún lugar detrás de Baster-kin, llevadas por hombres de Kriksex, para iluminar tanto la muralla llena de muescas como el camino que discurre junto a ella; al volverse, Lord Baster-kin ve que a estas alturas todos los callejones y rincones, todas las ventanas y tejados que ofrecen alguna vista a lo que ocurre en este punto, están llenos de caras, cabezas y cuerpos de gente que debe de haber oído quiénes son los visitantes y se disputa el espacio a empujones. La escalofriante escena supone un atisbo de otro mundo, casi de la boca de Hel, para un hombre como Baster-kin, que no tiene ningún deseo de prolongarla más de lo necesario.

—¿Lady Arnem? —llama, con voz nerviosa. Al volverse se ha dado cuenta de que, al parecer, ha desaparecido—. ¡La señora...! ¡Linnet Kriksex! —exige el Lord Mercader.

Kriksex se presta de inmediato a ayudarlo.

—Mi señora ha avanzado por el muro y el arroyo, mi señor —informa el renqueante soldado, que aparece como si se materializara en la oscuridad y señala—: Hacia la misma área que le interesó en su primera visita, allá donde aparece el agua por primera vez.

Baster-kin asiente con una inclinación de cabeza y se apresura a llegar al lugar donde Lady Arnem se ha arrodillado. Allí, efectivamente, parece que brota un delicado hilillo de agua apestosa de la misma base de la gigantesca muralla; un hilillo que pronto crece y que, según los planes de Oxmontrot para la ciudad, debería haber sido interceptado y desaguado hacia el sistema de alcantarillado subterráneo mucho antes de llegar a este punto. Parece que circula unos cien o ciento cincuenta metros bien pegado a la muralla hasta que al fin desaparece tan repentina e inexplicablemente como aparece ahora, burbujeando, junto a ellos.

—¿Cómo puede ser? —pregunta Baster-kin, incrédulo.

—Eso me pregunto desde que me lo enseñaron —contesta Lady Arnem, provocando la admiración momentánea del lord, pues ciertamente él creía que sus fines para este viaje solo tenían que ver con su marido y con el servicio de su segundo hijo en la Casa de las Esposas de Kafra. Ahora, en cambio, parece que el patriotismo se cuenta entre sus motivos—. Y, sin embargo, su aparición no es lo más inquietante de este asunto.

—¿No, mi señora? —pregunta él, desconcertado.

—No, mi señor —responde ella, con un vaivén de cabeza—. Está lo de que viene y va, especialmente durante las lluvias. Y además está esto...

Abre la mano y la acerca a una antorcha.

El Lord Mercader ve diversos objetos que le resultan demasiado familiares. Mira hacia atrás para comprobar que siguen apelotonándose los rostros y los cuerpos y luego se sitúa entre Lady Arnem y los ciudadanos, con los codos abiertos para que su capa oculte la revelación.

Isadora se fija en ese gesto con satisfacción: está realmente preocupado, desde luego.

—¿Son...?

Baster-kin empieza la pregunta, pero no es capaz de terminarla. Isadora no sabría decir si es porque le inquieta la multitud o porque le preocupa lo que ella sostiene en la mano.

—Huesos —responde, en un intencionado susurro—. Sacados del lecho de este... De lo que sea, arroyo, manantial o algo nuevo por completo.

—Pero son tan pequeños... —dice Baster-kin con una inclinación de cabeza—. ¿de qué variedad de huesos se trata entonces, mi señora? ¿Has podido determinarlo? Algunos ni siquiera parecen humanos.

—Y no lo son.

—En cambio, otros parecen...

—Casi de un Bane, algunos —termina ella—. Pero no lo son.

—¿No?

—No. Proceden de los hijos de nuestra propia gente; son muy distintos de los huesos de los hombres y mujeres adultos de los Bane. Y luego están estos de aquí —continúa—. Unos cuantos que no son humanos: primero los de gatos silvestres pequeños, pero fuertes. Otra vez, no son panteras jóvenes, sino sus primos adultos, los gatos monteses de Davon. Y estos otros, en cambio, son simplemente los huesos más pequeños de unas panteras grandes.

—Felinos letales de Davon, en todos los casos —asiente Baster-kin—. ¿Y crees que todos vienen de esta acequia?

—Me consta —responde Isadora—. Porque si quieres encontrar más solo tienes que cavar más hondo. Cuanto más caves, de hecho, más encontrarás. Sin embargo, estas cosas ciertamente no se «originan» aquí, y el agua tampoco. Tenemos algunas opiniones de los vecinos acerca de su posible procedencia, pero son visiones opuestas y quienes las plantean están dispuestos a jurar que la suya es la correcta, sin duda con la esperanza de obtener algún pequeño favor en forma de vino, plata, comida, cualquier cosa, porque en muchos hogares hay bocas pequeñas que alimentar, tal como hemos visto ya en casa de la joven Berthe. Y sin embargo esos niños no van a durar demasiado en esas casas, porque sus padres, como el enfermo Emalrec, están muy predispuestos a venderlos y tienen grandes esperanzas de lograrlo.

—¿Venderlos? —repite Baster-kin, incrédulo en parte, aunque no olvida quién le habla y sabe bien que es fiable.

—Efectivamente, mi señor. Un grave crimen que se comete con regularidad.

Isadora echa a andar lentamente junto al lecho del extraño arroyo que ha investigado y va soltando los huesos que sostenía para sacar a continuación de la capa una pequeña pastilla de jabón y una bota pequeña de piel, llena de lo que parece agua limpia. Se la ofrece primero a Baster-kin.

—¿Mi señor? Lo recomiendo.

Baster-kin la mira al tiempo con una sonrisa y una mirada penetrante.

—Pareces preparada para esta eventualidad, Lady Arnem. Y agradezco el gesto, aunque no lo entiendo.

—Baste con decir que si mi maestra viviera aún y estuviese aquí con nosotros, insistiría en que debes hacerlo.

—Era inescrutable a veces, eso desde luego... Aunque nunca se equivocó, que yo supiera —afirma Baster-kin, echándose agua en el cuenco de las manos para frotárselas luego con la burda pastilla de jabón—. Pero todas estas cosas distintas, la fiebre del heno, el agua, esos huesos, la posibilidad de un sacrilegio tan serio como comprar y vender niños... ¿Qué tienen que ver entre sí?

—No he tenido tanto tiempo como quisiera para pensarlo desde que apareció esta prueba concreta —responde Isadora, al tiempo que echa a andar de nuevo hacia el sur. Tras llegar a un pedazo de sombra que ofrece cierta seguridad, se vuelve hacia el lord, con el rostro lleno de decisión—. Sin embargo, ya que lo preguntas: de momento lo único que puedo decir con certeza es que he visto algunas cosas con mis propios ojos y he oído suficientes historias para permitirme decir que esos niños de cuya desaparición hablamos no se convierten en esclavos, ni salen de la ciudad.

Intenta clavar la mirada en los ojos de Baster-kin, recuerda que este hombre fue un niño en otro tiempo y que ella conoció bien sus debilidades, y alimenta la esperanza de que esas debilidades no hayan cambiado.

Gisa enseñó a Isadora a ser rigurosa en el ejercicio de la mente, a no dedicarse nunca a especular o apostar, pero... ¿cómo podía formarse una opinión pensada cuando uno tenía tan solo hechos incompletos? El método no existía: en algún momento, inevitablemente, toda alma viviente se veía obligada a apostar. Su marido se lo había enseñado con su ejemplo una y otra vez en sus éxitos en el campo de batalla. También había visto a Gisa correr ciertos riesgos, aunque la bruja lo hubiera negado, sobre todo en ocasiones en que la vida estaba en juego.

Con ese último pensamiento en mente, Isadora Arnem mira ahora hacia el norte y respira hondo.

—La dirección del arroyo parece indicar que se origina en algún lugar del norte. Eso es lo que más me preocupa.

Baster-kin se vuelve también hacia el norte; entonces, unos instantes después, su rostro empalidece.

—Lady Arnem, la mera sugerencia de algo así es una herejía... Es imposible que se te ocurra que esta enfermedad pueda originarse dentro de la Ciudad Interior. ¿Por qué no va a nacer en las alcantarillas?

—Circula por encima de las alcantarillas, mi señor. Además —pregunta en voz baja—, ¿hubo o no hubo hace poco un intento de acabar con la vida del Dios-Rey? ¿Uno que implicaba el envenenamiento de cierto pozo justo al límite de la Ciudad Interior? ¿Y no es acaso el Lago de la Luna Moribunda la única fuente de agua disponible en esa dirección?

Al principio, el rostro de Baster-kin no se llena de rabia, sino de sorpresa, reemplazada luego por la preocupación.

—Lady Arnem, debo advertirte: hay muy pocas personas que conozcan los detalles de ese asunto. Pero como parece que te cuentas entre ellas... te aseguro una cosa: la plaga puede deberse tanto a la brujería como a los caminos más ordinarios que suelen usar las enfermedades. Y los hombres de mi Guardia que murieron por ese envenenamiento brujeril tenían síntomas mucho más horribles que los clásicos de la fiebre del heno que mostraba el seksent de esa casa.

—Perdón, mi señor —dice Isadora—, pero, entre otras muchas incertezas, no sabemos todavía qué clase de síntomas acabará mostrando ese hombre.

—Tú crees... —Baster-kin está más sorprendido todavía—. ¿Crees que los dos pueden ser víctimas del mismo ataque?

—Tú capturaste a uno de los asesinos Bane —dice Isadora, sosteniendo la mirada a Baster-kin—. Y lo torturaste durante días y días. Deberías tener más idea de la medida del peligro que yo... Según qué medios tengan, puede que hayan soltado una verdadera plaga, en vez de un simple veneno. Y luego hay otros factores a tener en cuenta en función de esa explicación.

—¿Como por ejemplo?

Tal como Isadora esperaba, una dureza repentina se instala al fin en los rasgos del lord, pero ella sigue presionando:

—Como por ejemplo... —Isadora toma aire—, para empezar, el hecho de que muchas madres de este distrito con las que he hablado, incluida la joven Berthe de ahí dentro, han visto cómo uno o dos de sus hijos acababan vendidos a los sacerdotes y a las sacerdotisas del Distrito Primero, acompañados por esas criaturas que actúan en tu nombre y bajo tu patrocinio: la Guardia de Lord Baster-kin. Ciertamente, se trata de un comercio tan lucrativo que algunos hombres particularmente inútiles, como Emalrec, ese hombre al que acabas de ver en la cama dentro de su casa, han empezado a depender de los nacimientos y la venta de esos niños como sustituto de un trabajo honesto. Y ahora, quizá por sus pecados, los visita la fiebre del heno. Extraño, ¿no?

Isadora intenta mantener la compostura mientras los rasgos del lord se vuelven cada vez más duros y oscuros.

—Lady Arnem, suponiendo que eso fuera cierto, tú y yo no podemos pretender entender los mecanismos de la Ciudad Interior, de la familia real y sagrada, ni de sus sacerdotes y sacerdotisas.

Sabes que eso es verdad. —Se acerca más a ella—. Y sin embargo finges que todo eso te desconcierta. Pero conoces las respuestas, ¿verdad?, el secreto de esa agua, del envenenamiento, la fiebre del heno y la plaga, de la relación que todo eso tiene con esas personas reales y sagradas.

—Sí, mi señor. Creo que he decidido todas esas respuestas. Puedes imaginar algunas, pero otras te sorprenderían. Y todas provocarían gran inquietud en este distrito, y tal vez en toda la ciudad, si llegaran a conocerse. Porque la Ciudad Interior no puede contener ni alimentar a todos los niños que se llevan, por no hablar de las fieras salvajes que se dice que han capturado. Y la enfermedad no aparece simplemente por acción de ningún dios. La plaga, ya sea su origen venenoso u ordinario, se ha desparramado por la ciudad y amenaza a todos los ciudadanos. Este distrito no es la causa; es la víctima.

Baster-kin se aleja ahora un paso de Isadora.

—Y sin embargo tú... tú, con todo lo que sabes, no lo has dado a conocer. Ni siquiera en este distrito, ¿verdad?

Isadora respira hondo.

—No. Todavía no.

—Y, de hecho, vas a guardar silencio —añade Baster-kin, con una sacudida de cabeza—. Por un precio.

—Sí —confirma finalmente Isadora—. Un precio. Puede que sea demasiado alto para los gobernantes de este reino y sin duda no bastará tu poder para garantizarlo. Pero sí puedes transmitir el mensaje: porque querré una confirmación, por escrito y con el sello real y sagrado, de que ni mis hijos ni ningún otro niño será requerido, en el futuro, para el servicio real y sagrado, salvo aquellos que quieran ir por su propia voluntad. Sin pagos a sus padres y sin ser escoltados por los Guardias que recorren las calles en tu nombre.

Baster-kin mueve la cabeza lentamente de un lado a otro. Es la pura imagen de un hombre cuyo más preciado sueño acaba de desmoronarse, aunque no de un modo que lo tome enteramente por sorpresa.

—¿Y la plaga? —pregunta en tono tranquilo.

—Si me traes lo que pido y los constructores de la ciudad hacen lo que les diga, puedo controlar la plaga aquí; y luego, con el tiempo, morirá en su origen, dondequiera que esté el mismo.

—Pero tú sabes muy bien dónde está —dice Baster-kin.

—Ah, ¿sí? Tal vez. —Al continuar, Isadora recupera el atrevimiento—. Hay una cosa clara: pese a la teatral tortura de ese Bane, tú no estás seguro. Pero yo no hablaré de ello: si los sacerdotes hacen lo que digo, no será necesario.

—¿Y si no lo hacen?

—Si no lo hacen, mi señor... —Isadora levanta un brazo y señala toda la ciudad—. Dentro de estos muros hay fuerzas que siempre han carecido de la dirección y el liderazgo necesarios para llevar sus apuros a oídos del poder. Y tienen esa capacidad. Entre los poderosos del reino, alguien puede haber pensado que por medio de esta plaga se libraba de esa capacidad; en realidad, lo único que han hecho es darle mayor fuerza...

{x:}

Lord Baster-kin se mantiene firme ante esta amenaza confiada: una amenaza, un modo de comportarse que nunca había visto en Isadora Arnem. Por supuesto, esa zona particular de su mente que siempre ha estado preparada para recibir amenazas de cualquier enemigo le había avisado de que esta noche podría ocurrir. Así que no se siente en peligro mientras admira por un instante la fuerza de Isadora, pues cree que no hay razón para temer sus exigencias y advertencias; ya ha calculado su respuesta y ahora la elabora con afirmaciones que quizá resulten todavía más sorprendentes que las de ella.

—¿Estás segura, Lady Arnem, de que estos hombres —pregunta, señalando las calles que los rodean— pueden tener la esperanza de defender este distrito contra mi Guardia, sean cuales fueren los defectos de esa organización?

—No he dicho eso —responde Isadora—. Pero he enviado algunos mensajeros a mi marido para advertirle del estado de las cosas en esta ciudad y cuando regrese junto a nosotros no solo los Garras, sino todo el ejército de Broken, a cuyo mando lo has puesto tú mismo, será más que suficiente para rescatar el destino del Distrito Quinto.

—Podría serlo —concede el Lord Mercader—. Será una mala suerte, entonces, que para cuando él regrese ya no exista el Distrito Quinto, al menos en su forma presente, y que sus habitantes hayan huido de la ciudad o estén muertos. —Baster-kin se quita los guantes a tirones, con engañosa despreocupación—. Eso, por supuesto, suponiendo que tu marido llegue a regresar de las montañas.

El rostro de Isadora se vuelve desesperadamente pálido, pues ha sabido toda la vida que este hombre no pronuncia ninguna amenaza en vano.

—¿Si llega a regresar...? —repite, sin darse tiempo a escoger con más cuidado sus palabras—. ¿Acaso mi señor se ha enterado de alguna desgracia que haya acontecido a los Garras en el campo de batalla?

—Tal vez sí —responde Baster-kin, acercándose más a ella al percibir que su estrategia está funcionando—. Pero, antes, ten esto en cuenta: sin tu marido, que hasta donde sabemos podría ya estar muerto, los Garras no actuarán contra el Dios-Rey y su ciudad; y sin los Garras, el ejército regular no hará nada por intervenir contra la destrucción de ninguna parte de su patria. Entonces, a falta de esa intervención, limpiaremos a fuego el Distrito Quinto y lo reharemos como corresponde al hogar de los ciudadanos de Broken verdaderamente leales, ciudadanos dispuestos a entregar su devoción al Dios-Rey de todo corazón.

Una incertidumbre repentina consume a Isadora durante un largo instante, pero luego casi consigue forzar el retorno de la confianza, tal como su antigua maestra, Gisa, le hubiera exhortado a hacer.

—Mi señor, ya conoces la naturaleza de la plaga. Tanto si procede de un dios como del veneno de un hombre, si viene de los Bane o de la propia montaña, pues nadie sabe si con el paso de los años pueden haber aparecido otras grietas en la cumbre de piedra, la pestilencia puede y debe extenderse si solo se la trata con ignorancia y superstición, como ocurrirá si de ello se encargan tan solo los curanderos de Kafra.

—Porque todos los demás sanadores, en particular los del Distrito Quinto, están comprometidos contigo de una u otra manera —responde Baster-kin—. No hay razón para negarlo, Lady Arnem; mis investigaciones lo han demostrado a lo largo de estas últimas semanas. Pero no tienes por qué preocuparte. —Ante la expresión de silenciosa consternación de Isadora, el Lord Mercader da unos pasos adelante, encantado, le toma una mano y la apoya sobre las suyas—. Ni tú ni tus hijos tenéis que temer peligro alguno. Os sacaré personalmente del distrito y os ofreceré refugio en el kastelgerd Baster-kin. A medida que pase el tiempo, el recuerdo de este lugar, como el de tu marido, o el recuerdo que tus hijos conserven de su padre, se irá desvaneciendo y podréis concebir un futuro nuevo, un futuro desprovisto de la mugre, la pobreza y todas las demás carencias de este lugar.

Isadora asiente con un lento movimiento de cabeza.

—Un futuro muy parecido al que tú imaginaste para nosotros hace mucho tiempo, cuando te cuidé de tu megrem en la cabaña de tu familia, en la falda de la montaña; pero ahora ya no vive tu padre para oponerse a esa estratagema, ni Radelfer tiene el poder necesario para impedirlo.

—No creas que soy tan completamente egoísta, mi señora —responde Baster-kin. Hay una nota de autenticidad en su voz que ni siquiera Isadora puede negar. Apoya su segunda mano sobre la que ella tiene descansando en la primera—. Ya sé cómo viaja la información entre las comunidades de sanadores en esta ciudad; sé que debes de ser consciente de los... de los defectos de mis hijos, y del origen de los mismos. No lo niegues, te lo ruego. Pero ni a ti ni a mí se nos ha pasado la edad de tener hijos. Hijos que podrían tomar el apellido Baster-kin y llevarlo a otra generación en la que podrían asegurar la continuación de la grandeza de mi clan asumiendo el liderazgo de esta ciudad y esta nación.

Isadora menea lentamente la cabeza y al fin susurra:

—Estás loco, mi señor.

Baster-kin se limita, extraordinariamente, a sonreír.

—Sí. Ya me esperaba esa respuesta por tu parte, al principio. Pero cuando los fuegos empiecen a resplandecer en el distrito, y cuando llegue a tus oídos que una enfermedad se extiende entre los Garras y los habitantes de estos barrios empiecen a morir o huir... ¿seguiré pareciéndote tan loco entonces? Cuando la seguridad de tus hijos corra un terrible peligro y solo tengas una manera de salvarlos... ¿tan lunático te parecerá entonces este plan?

Isadora retira instintivamente la mano de un tirón repentino y mira al hombre que, según acaba de percibir de pronto, conserva todavía mucho del niño al que en una ocasión trató de una enfermedad incapacitante y enloquecedora; se echa a temblar al darse cuenta no de que su mente podría estar afectada, sino de que su poder y su extraña lógica podrían otorgarle una razón aterradora.

—Toda tu hipótesis parte de dos premisas que das por hechas, mi señor —dice, aunque no con tanta arrogancia como quisiera—. Primero, que mi marido, efectivamente, morirá.

—O tal vez ya haya muerto —responde Baster-kin.

—Y segundo —continúa, con un estremecimiento tan profundo que se percibe en todo su cuerpo, para satisfacción del Lord Mercader—, que la enfermedad que se manifiesta en el arroyo de agua extrañamente recurrente de la base del muro sudoccidental desaparecerá simple y repentinamente.

—Y así será —responde con confianza Baster-kin—. Porque tú misma me has dicho que conoces el secreto para hacerlo desaparecer. Y harás que se desvanezca. Lo harás, quiero decir, si deseas que tus hijos y tú misma podáis escapar del infierno que pronto envolverá a este distrito.

Con un nuevo estremecimiento, Isadora se da cuenta de que, al menos de momento, su inteligencia ha sido vencida y Rendulic Baster-kin ha conseguido al fin obtener el dominio que tanto anhelaba en su juventud.

—No puedes intentar responder a ninguna de estas propuestas o ideas ahora mismo, mi señora —dice Baster-kin, al tiempo que se da media vuelta para hacer una señal a un Radelfer consumido por la curiosidad y ordenarle que haga llegar la litera en que se han trasladado hasta el lugar donde ahora se encuentran—. Por tanto, espera. Al parecer los dos hemos echado a rodar nuestros dados en jugadas de extraordinarios riesgos. Solo los resultados que se produzcan en los próximos días, o incluso semanas, van a permitirnos, a ti particularmente, tomar decisiones sinceras. Con eso en mente... —Mientras los portadores y su senescal se apresuran a llegar a su lado, Baster-kin percibe un nuevo y más fuerte elemento de duda que va reptando por los rasgos de Isadora—. Efectivamente, esperaremos. —Rendulic aparta las cortinas de su litera y sonríe de una manera que Isadora no le había visto desde la juventud—. Pero mientras esperas piensa en esto: tu marido es un gran soldado y quizás estuviera destinado a morir un día en el campo de batalla, en campaña contra los enemigos Bane. Si se hubiera producido ya esa muerte, o estuviera a punto de producirse, ¿de verdad habrías querido, o querrías ahora, que tus hijos perecieran también, sumidos en un cambio inevitable y necesario para esta ciudad? ¿Tu lealtad a la miseria en que pasaste tu infancia es realmente tan extrema como para permitirlo? Te dejo con esas preguntas, mi señora, y con una rápida demostración, que no tardará en llegar, del gran compromiso del Dios-Rey no solo con el cambio absoluto del Bosque de Davon, sino también con la restructuración del Distrito Quinto. Te doy las gracias por guiarme y por tu explicación de lo que, no me cabe duda, es la causa de las muertes que se están produciendo dentro de los muros de la ciudad. —Se vuelve hacia su senescal, que esperaba que a estas alturas su señor estuviera superado por la frustración, y no dominado por esta extraña calma, o incluso sereno—. Nos vamos —declara Baster-kin—. Y Radelfer se mantendrá en contacto contigo, mi señora, por si necesitaras algo durante los días venideros... Aunque ese contacto se iniciará, claro está, por medio de las murallas de la ciudad.

—¿Las murallas de la ciudad? —pregunta Isadora, cada vez más confundida.

—Bien pronto quedará claro lo que quiero decir —responde el Lord Mercader—. Buenas noches, mi señora.

Entonces, Baster-kin desaparece en el interior de su parihuela y deja a Isadora sin nada de la desafiante —ahora parece que ingenuamente desafiante— satisfacción que ella pensaba recibir tras las afirmaciones con que se ha presentado a quien en otro tiempo fuera su paciente.

Radelfer se vuelve brevemente hacia Isadora, tan confundido como ella al no encontrar en su cara la expresión de tranquila victoria que esperaba. Aunque no puede decirlo en voz alta por estar demasiado cerca su señorial amo, Radelfer quisiera preguntarle a qué se debe eso; por qué sus rasgos no reflejan la misma expresión que él ha percibido en Kriksex, la promesa silenciosa de que «cuando volvamos a vernos estaremos ambos en el mismo lado de la tormenta que se alce...»

Dado el extraño aspecto de la cara de Lady Arnem, cuando Radelfer se da media vuelta y ve que Kriksex le dedica un último y distante saludo de camaradería, el senescal, sospechando que se está produciendo una de esas manipulaciones taimadas en las que, como bien sabe, Rendulic Baster-kin es un maestro, solo puede devolver el gesto a medias. Luego se pone de repente a ladrar bruscas órdenes a sus guardias privados, que avanzan a media carrera para llevar a su señor a salvo, lejos de la mugre del Distrito Quinto. Sin embargo, el senescal no corre tanto como para no darse cuenta de que los hombres de Kriksex mantienen las espadas a mano mientras pasa el grupo del Lord Mercader; reina ya la sospecha —de hecho, ha aumentado— entre los dos grupos de veteranos, aunque nadie puede decir por qué.

—Entonces, mi señor —murmura Radelfer en voz baja, ensayando una jugada propia—, ¿Lady Isadora ha cumplido con tus expectativas?

—Todavía no —le llega la respuesta de Baster-kin, sorprendentemente amistosa—. Pero le falta poco.

—Ah, ¿sí, mi señor? —contesta enseguida Radelfer—. ¿Poco para abandonar tanto el distrito en que nació como al padre de sus hijos?

—Ya entiendo que debe de parecerte imposible, Radelfer —dice el lord—. Pero hay un hecho que la vida nunca te ha enseñado: pon cualquier obstáculo entre una madre y la seguridad de sus hijos y siempre contarás con una ventaja, incluso si ese obstáculo es el destino del propio marido. —Mira brevemente hacia fuera, entre las cortinas de la litera—. ¿Estamos saliendo del muro del distrito por el principio del Camino de la Vergüenza como antes?

—Sí, señor —dice Radelfer, no tan perplejo, de pronto, como confundido.

—¿Y todos los elementos que he pedido están en sus lugares?

—Las patrullas y sus líderes están preparadas, junto con los destacamentos de tu Guardia para supervisar su labor; doy por hecho que esta tendrá lugar en el Quinto...

—Ya sé lo que das por hecho, Radelfer. Pero ahora sabrás tú mis órdenes: que cierren y sellen la puerta.

—¿Mi señor? No entiendo...

—Ni falta que hace, senescal. Por mi parte, he de ir al Alto Tempo ahora mismo y asegurar al Gran Layzin que lo que habíamos planeado ya empieza a tomar forma.

Baster-kin suspira hondo: de cansancio, con toda seguridad, pero en mayor medida todavía de satisfacción.

Al pie del muro del sudoeste, mientras tanto, en cuanto desaparece la litera de Baster-kin, Isadora siente que le flaquean las piernas. Procedente de algún lugar del callejón, aparece su hijo mayor con toda rapidez para ayudarla.

—¡Madre! —exclama—. ¿Te encuentras mal?

En vez de responder, su madre se toma al principio unos momentos en silencio para controlar el ritmo de su respiración, sabedora de que si se le acelera tanto como el pulso es probable que se desmaye. En ese estado la encuentra Kriksex cuando se acerca a la madre y el hijo; también su rostro se llena de preocupación.

—¡Lady Arnem! —exclama, esforzándose por avanzar tan rápido como puede con la muleta—. ¿Qué ha ocurrido? ¡Parecía que todo iba como habías planeado!

—Eso es, Kriksex, lo parecía. —Isadora jadea—. Pero he tenido ocasión de percibir el alma de ese hombre y la despedida ha sido demasiado abrupta y su partida demasiado rápida y decidida... No, no ha terminado con nosotros todavía esta noche...

La mujer llamada Berthe, tras observar la aflicción de la señora, se ha apresurado a traer una silla pequeña y gastada desde la casa cercana de una amiga.

—¡Mi señora! —exclama mientras sale trastabillando del portal de la casa con el mueble en las manos.

La joven demuestra también tener la compostura suficiente para mandar de inmediato a su hija mayor con una jarra a los pozos del principio del Camino de la Vergüenza, donde encontrará agua limpia para la valiente mujer que parece haber traído el principio de la dignidad al Distrito Quinto.

Mientras Lady Arnem espera la llegada de ese alivio, Kriksex permanece a su lado, pues ha supuesto que las negociaciones con Lord Baster-kin serían largas y ha sacado un burdo mapa en el que tiene señalado cómo piensa desplegar el cuerpo principal de sus veteranos durante el intervalo que se avecina. Dagobert, al otro lado de su madre, mira hacia el trozo de pergamino, mientras los demás hombres que cuidaban al grupo de Lady Arnem sostienen las antorchas en lo alto, en un semicírculo, para iluminar el estudio y la subsiguiente discusión que se produce...

Y entonces una voz de niña hace añicos el momento que parecía ofrecer algo de esperanza, para todos menos para Isadora: es la hija de Berthe, que grita asustada...

La niña se acerca por el callejón, seguida extrañamente por los guardias bulger, Bohemer y Jerej, en cuyas expresiones no falta el mismo horror que llena la cara de la muchacha; y cuando los tres se acercan al grupo que sigue al pie de la muralla, las palabras de la niña se distinguen ya con claridad, aunque parecen carecer de sentido:

—¡Madre! —grita—. ¡Hay hombres en la muralla! ¡La están cerrando! ¡Nos quedaremos encerrados!

Llorando y derramando el agua de la jarra que tan noblemente ha ido a llenar, la chica se lanza en brazos de su madre y pasa la poca agua que queda a Dagobert.

—Es verdad, mi señora —dice Jerej mientras recupera el aliento—. Los albañiles están tapiando a toda velocidad con las piedras que les van pasando, protegidos en todo momento por la Guardia del Lord Mercader.

—El buen Lord Baster-kin —añade Bohemer, con amargo sarcasmo en la voz—. Debía de tener a todos los albañiles de la ciudad reunidos incluso mientras nos distraíamos aquí con él.

Dagobert mira a su madre asustado.

—¿Madre...?

Pero su madre ya murmura una respuesta.

—Así que se refería a esto... «Por medio de las murallas de la ciudad.» —Luego, como nunca permite que un momento de crisis la deje demasiado tiempo aturdida, Isadora alza la mirada con los rasgos llenos de ánimo—. Pero esto no cambia nada. Hay que tratarlo como una señal de que hemos conseguido golpear cerca del corazón de todos los que han cometido las distintas atrocidades que han afectado a este distrito.

Tras hacer todo lo posible por animar a quienes la rodean, Isadora da unos pocos pasos sola, respetada por sus camaradas, que se dan cuenta de que está exhausta. Mira una vez más hacia el muro de la ciudad y susurra.

—Perdóname, Sixt. Pero los que nos hemos quedado en casa hemos de llevar este asunto hasta el final. Del mismo modo que tú, amado esposo, has de sortear con seguridad los peligros que pueblan tu campaña.

Está a punto de emitir nuevas órdenes en voz alta a quienes permanecen a su lado, pero un sonido aún más alarmante que los gritos de la hija de Berthe resuena por las calles: es el pisoteo firme de las botas de suela de cuero contra el granito del camino que corona los muros, seguido por las voces de los soldados que gritan órdenes a sus hombres. Isadora y los demás se apartan del muro y miran hacia arriba, mientras que los que sostienen las antorchas se separan para que la luz trace un arco elevado y más amplio.

Allí están. Esta vez no son de la Guardia del Lord Mercader, sino soldados del ejército regular, con sus capas de azul intenso, y sus números forman una línea casi continua encima del muro. Además (y para mayor pánico de los vecinos de abajo) van cargados con los arcos regulares de Broken. Al poco empieza a alzarse un lamento casi ritual de muchos hombres y mujeres de las calles y casas de abajo, aunque no de los niños del barrio, que corren a refugiarse en brazos de los veteranos, ancianos y estoicos, más que de sus padres, casi consumidos por el pánico, y que se esfuerzan por adoptar, en la medida en que sus corazones se lo permiten, la misma actitud desapasionada que los ancianos.

—¡Eh! ¡Los de arriba! —llama Isadora a los soldados, con verdadera autoridad y eficacia—. Me atrevería a decir que sabéis quién soy.

—Sí, señora —dice un sentek particularmente gordo y barbudo, que no necesita gritar para hacerse oír. Tiene la cara bien iluminada por las antorchas que llevan los suyos e Isadora lo encuentra vagamente familiar—. Eres la esposa del sentek o, mejor, yantek Arnem, nuestro nuevo comandante.

—Y tú eres el sentek...

—Gerfrehd[232] —responde el hombre—. Aunque entiendo que no te resulte familiar porque, como indica mi capa, pertenezco al ejército regular. Pero no te preocupes: sé bien quién eres, mi señora.

—Bien —responde Isadora—. Aunque no espero que incumpláis órdenes que sin duda tendrán el sello del Gran Layzin, sí creo que me debéis, como esposa de vuestro comandante, una explicación de la tarea que os han encomendado.

—Ciertamente, Lady Arnem —responde el sentek Gerfrehd—. Nos han hablado de una insurrección en el Distrito Quinto, pero no hemos venido con la intención de involucrarnos en ninguna acción precipitada.

—Espero que no —responde Isadora—. Porque esa «insurrección», como verás por tus propios ojos, es sobre todo cosa de niños.

—Eso ya lo he observado —contesta el hombre, con una inclinación de cabeza—. Y así se lo haré saber a los demás comandantes de todas nuestras legiones regulares, que, igual que yo, sin duda, querrán saber más acerca de por qué nos han mandado aquí.

—¿Y cuáles son tus órdenes inmediatas? —insiste Isadora.

—Son bastante simples: los ciudadanos del distrito pueden

abandonar la ciudad por la Puerta Sur, pero nadie podrá entrar por ella. Ni interferir con las obras de finalización del muro en el principio del llamado Camino de la Vergüenza.

—Date cuenta —replica Isadora— de que tus actos pueden ser entendidos como propios de un enemigo, Gerfrehd, no de un conciudadano.

El sentek tarda en contestar y al fin lo hace con una sonrisa más bien inescrutable.

—Soy consciente de ello, mi señora. Tanto como de que los vuestros pueden entenderse como actos propios de súbditos rebeldes, no de ciudadanos leales.

Pero para Isadora, tras toda una vida de vivir rodeada de soldados, no supone ninguna dificultad entender esa sonrisa: extiende una mano para señalar a los niños que rodean a sus ancianos veteranos, en lo más parecido posible a una posición de firmes.

—Bueno, sentek, te lo vuelvo a decir: aquí están tus «súbditos rebeldes». Someterlos no te deparará mucha gloria.

Entonces el sentek Gerfrehd casi parece soltar una risilla suave antes de responder:

—No, mi señora. No más que la gloria que se pueda obtener luchando junto a la Guardia Personal del Lord Mercader.

—¿Y entonces? —pregunta Isadora.

El atrevimiento de hablar así a un sentek del ejército regular ha provocado que muchos de los aterrados adultos que la rodean se avergüencen de tener miedo y empiecen a avanzar para rodearla y plantarse junto a los niños.

—Y entonces esperaremos, mi señora —dice el sentek Gerfrehd—. Porque nuestras órdenes, como sabemos, proceden del Dios-Rey, el gran Layzin y tu marido, en ese orden. Los mercaderes tienen autoridad sobre nosotros.

Isadora mueve una sola vez para asentir con gesto aprobatorio.

—Entonces también nosotros esperaremos, sentek —dice—. A ver qué nos obligan a hacer tus superiores.

—En ese caso, parece que esperamos la misma cosa, mi señora —responde Gerfrehd.

—Así es —confirma Isadora.

Luego se despide con una inclinación de cabeza y se aparta del muro, apoyándose sutilmente en Dagobert y ofreciendo a quienes la rodean tanto ánimo como puede.

Sin embargo, ese esfuerzo queda mitigado por una pregunta que se niega a abandonar su mente mientras camina de regreso a casa, pese a que no puede decírselo en voz alta a los ciudadanos que la rodean; sin embargo, al mirar por encima de ellos, incluso por encima de los soldados del muro, y más adelante, desde la seguridad de su dormitorio en el segundo piso hacia el límite del Bosque de Davon a medida que se vaya haciendo visible en la lejanía, murmura:

—¿Y qué ordenes o señales entenderás tú, mi esposo, como portadoras de la evidencia de que las cosas están lejos de andar bien en casa y tienes que regresar para arreglarlas?

{xi:}

Poco después de ordenar que los albañiles de la ciudad trabajen toda la noche para terminar el trabajo de sellar el Distrito Quinto y aislarlo del resto de Broken tapiando la entrada del principio del Camino de la Vergüenza, Lord Baster-kin manda que se lleven su parihuela al kastelgerd, mientras que él y Radelfer viajan humildemente a pie hasta el Alto Templo. Radelfer espera fuera cuando el lord entra en la Sacristía, pues es allí donde Baster-kin debe informar al Gran Layzin de los acontecimientos más recientes a propósito de lo que, de hecho, son planes compartidos por él y el Layzin para el condenado Distrito Quinto: plantes que representan la segunda parte de una estrategia planificada hace tiempo para reafirmar y asegurar la fuerza del reino de Broken durante los años venideros. (El Layzin no tiene idea de las intenciones privadas de Baster-kin al respecto de Isadora Arnem, que el Lord Mercader considera tan importantes para la salud del estado como la destrucción de los Bane y del Distrito Quinto.)

La información que el Lord Mercader lleva al Layzin es estimulante: la perspectiva de sitiar el Quinto ha provocado en su Guardia un entusiasmo inesperado, o incluso una disciplina, particularmente ahora que el ejército regular está desorganizado, con su comandante y sus tropas de élite fuera de la ciudad y sin órdenes de Sixt Arnem que puedan interferir con las estratagemas de Baster-kin. El entusiasmo de los guardias se ha reforzado cuando el Lord Mercader, antes de abandonar la puerta del Distrito Quinto hacia el Alto Templo, ha entregado un documento escrito que daba sanción real a la orden de sellar el muro y al consiguiente asedio del Distrito Quinto, encarnada en el sello personal del Dios-Rey. Y ahora que controla de modo eficaz toda la correspondencia oficial que entra y sale de la ciudad (incluida, y especialmente, la de Isadora Arnem), Baster-kin cree que los comandantes de los khotors del ejército regular que permanecen en la ciudad no recibirán ningúna orden futura que contradiga este raro y extraordinario edicto real; por lo tanto, no tendrán más opción que apoyar obedientemente (aunque en algunos casos pueda ser con escaso entusiasmo) los proyectos de la Guardia del Lord Mercader. En las provincias orientales, mientras tanto, los Garras se verán debilitados primero y destruidos después por la enfermedad que desciende por la montaña de Broken y se dirige hacia el Meloderna, sirviéndose primero del Arroyo de Killen y luego del Zarpa de Gato; Baster-kin cree haber coaccionado a Isadora Arnem, usando como arma la vida de sus hijos, para que trabaje con los ingenieros kafránicos para erradicar esa enfermedad del interior de la ciudad, eliminándola así de todo el reino (aunque dicha erradicación ocurrirá, trágicamente, demasiado tarde para cambiar el destino de los Garras y de su comandante).

Así, para quien oiga el relato de Baster-kin, la tarde ha transcurrido llena de sucesos que ofrecen esperanzas para el reino, su rector y su fe, así como para el clan de su familia, aunque el Lord Mercader debe mantener todavía en privado este fragmento de noticias triunfales. Sin embargo no hace falta expresar abiertamente ese triunfo: el Lord Mercader tiene tanto entusiasmo que dar al Gran Layzin cuando se planta ante su tarima en la Sacristía y le explica con detalle lo que significa la conmoción que se está produciendo en la ciudad para el séquito real, así como para sus más eminentes ciudadanos, que enseguida adopta un aspecto casi heroico, aunque siente que debe atemperarlo.

—Yo tenía la esperanza, Eminencia —dice en última instancia Baster-kin, con un falso lamento—, de que si transmitía a Lady Arnem un recuento honesto de cómo se había producido la pestilencia que tanto ella como nosotros habíamos descubierto en el Distrito Quinto, así como en emplazamientos tan lejos por el este como Daurawah, una enfermedad que sigue pareciendo, casi con toda certeza, obra de los Bane, ella urgiría a su marido a regresar a casa para organizar una fuerza defensiva que ocupara el lugar de la condenada Novena Legión del sentek Gledgesa, tanto como para supervisar la limpieza a fuego de la porción de ciudad de la familia Arnem. Y, sin embargo, es tan fuerte su extraño vínculo con ese distrito, así como su recargada obsesión con que los sacerdotes de Kafra se dedican a comprar niños, o simplemente a secuestrarlos, que Isadora pone la seguridad de sus residentes, pues en verdad no se los puede llamar «ciudadanos», por encima de cualquier preocupación por su marido. Para ser francos, creo que ella se ha acostumbrado a tener una situación de poder en el distrito y no lo va a entregar hasta que alguien le recuerde con toda brusquedad lo mucho que les debe al Dios-Rey y a Broken. En resumen, se la podrá recuperar para la vida útil, Eminencia, estoy seguro de ello, pero antes ha de recibir una lección de humildad.

—¿Y tú estás dispuesto a emprender la tarea de llevarla a la fuerza al camino de la obiencia y la fe, mi señor? —dice el Layzin, mientras se quita el broche que le sujeta el cabelllo dorado junto a la nuca—. El Dios-Rey no te lo exigiría, pues ya has hecho un esfuerzo inagotable para detener las olas de infortunio que caían sobre nuestro pueblo.

—Contaba con esa generosidad real y divina, Eminencia —responde Baster-kin, esforzándose mucho para que no resulten demasiado evidentes sus ganas de «dar una lección de humildad» a Isadora Arnem—. Sin embargo, esa mujer es demasiado importante en nuestro proyecto y posee demasiados talentos y fortalezas para permitirnos darle cualquier tratamiento que no sea suficientemente cuidadoso. Lo sé por la experiencia que yo mismo tuve con ella en la juventud. Por eso me encargaré personalmente. En el caso de los Garras, de todos modos... —Baster-kin abre los brazos en aparente desesperación mientras acumula un engaño tras otro— su loable esfuerzo por continuar la campaña de destrucción de los Bane pese a mis últimos mensajes al yantek Arnem para advertirle de los nuevos peligros que les esperan, mensajes a los que no ha respondido todavía, confirma la trágica paradoja de que esos hombres estén condenados por su propio celo. Morirán pronto, si no han muerto ya. Así, creo que hemos de buscar entre nuestros comandantes en la ciudad para preparar una nueva fuerza para el este y seguir adelante con nuestros planes para poderlos premiar, tanto a ellos como a cualquier oficial de mi Guardia que pueda distinguirse en las acciones por venir, con nuevos kastelgerde, o casas más pequeñas, dentro del Distrito Quinto una vez reconstruido.

El Layzin se pasa una mano por la melena suelta.

—Parece que no hay ningún problema al que no hayas dedicado tu considerable energía, mi señor.

Durante un momento, al darse cuenta de que podría conseguir todo aquello para lo que lleva tanto tiempo tramando, Baster-kin siente en el corazón una pasión que llevaba muchos años sin experimentar. Sin embargo, sabe que por el bien de esas mismas tramas debe controlar la alegría.

—Es lo mínimo, Eminencia —dice con voz tranquila—, teniendo en cuenta cómo nuestro Dios-Rey y sus antepasados han favorecido siempre al clan Baster-kin.

—Puede ser —responde el Gran Layzin.

Por la suavidad de su respuesta parece que tenga el pensamiento ocupado en algún asunto oscuro. Por un instante Baster-kin teme que esa distracción revele alguna duda, tal vez incluso la comprensión de sus planes ocultos respecto a Isadora Arnem. Pero la siguiente afirmación del Layzin termina con esos miedos.

—Por encima de todo debemos asegurarnos de interceptar cualquier intento de comunicación entre el buen yantek Arnem y su esposa, pues la suya es la única sociedad que podría obtener auténtico seguimiento popular en la ciudad y en todo el reino.

Baster-kin responde con una sonrisa apenas perceptible; lo que tomaba por escepticismo era de hecho una aprobación tácita por parte del Layzin, pues de ningún modo podría pedirle una orden más concurrente con sus propias estratagemas.

—No te preocupes por eso, Eminencia —le dice—. Mis agentes interrumpen toda la correspondencia que cruza las puertas de la ciudad; nuestro control de todos los aspectos de la vida dentro de Broken es tan completo como podríamos desear.

Tras estas palabras, Baster-kin percibe la aparición repentina de una Esposa de Kafra tras los cortinajes que se alzan detrás de la tarima. A juzgar por su atractivo cuerpo, la joven acaba de ascender de novicia al más alto orden de las sacerdotisas. Llega tan discretamente (como hacen todos los sacerdotes y las sacerdotisas jóvenes dentro de la Sacristía) que parece materializarse del mismo aire de la cámara. Sin embargo, su vestido, de la más transparente tela verde oro, destaca las muy reales perfecciones femeninas que cubre, lo cual confirma la impresión de Baster-kin no solo acerca de su juventud e inexperiencia, sino de su realidad física, casi intoxicadora. Mientras la chica entrega una copa de vino ligero al Layzin, que da muestras de necesitarla mucho, el Lord Mercader no puede evitar darle la espalda, como si la mera idea de sentir deseo por alguien que no sea el objeto de sus complejos planes implicara una traición.

—¿Tomarás un poco de vino, señor? —se permite preguntar el Layzin.

—Eres la bondad en persona, Eminencia —responde Baster-kin—. Pero esta noche he de emprender todavía algunas tareas cruciales; si, por ejemplo, vamos a enviar un khotor de mi guardia en sustitución de los Garras a destruir a los Bane, he de encontrar a un grupo nuevo de oficiales y enrolarlos con esa función, porque quienes ahora comandan las tropas no son nada adecuados para la tarea. Y el mejor lugar para reclutar a esos jóvenes, que han de ser a la vez versados en combate y procedentes de familias con la riqueza suficiente para que no nos produzca escrúpulo alguno pedirles que ofrezcan a sus vástagos en servicio, será el estadio, donde mi propio hijo pasa gran parte de su tiempo, igual que los hijos ya crecidos de tantas otras casas nobles.

El Layzin sopesa el asunto y luego señala su aprobación con una inclinación de cabeza.

—Otro plan sensato —opina—. Pero estoy seguro de que antes puedes concederte una hora o dos para entregarte a algún entretenimiento puramente egoísta. Por ejemplo, he visto la cara que has puesto cuando ha entrado en la Sacristía esa joven sirviente de Kafra. ¿Por qué no disfrutar de sus carnes un rato, antes de ir al estadio a recordar su deber a los jóvenes de las casas más ricas de Broken? No se me ocurre una tarea más ingrata que esa. Al fin y al cabo, el fracaso continuo de Kafra a la hora de conceder un heredero al Dios-Rey Saylal tiene un gran peso en mis pensamientos, pero te puedo asegurar que en el día de hoy, tras haber hecho cuanto podía por provocar un cambio en la fortuna real, sé que debo atender mis propias necesidades esta noche para no enloquecer de enojo.

Lord Baster-kin devuelve la sonrisa conspiratoria que se ha asomado a los rasgos del Layzin y se permite mirar de nuevo el cuerpo de la joven Sacerdotisa de Kafra, que apenas se esconde bajo la transparencia de la ropa.

—Y en tu caso se trata de una recompensa claramente merecida, Eminencia —responde Baster-kin.

Sigue representando el papel del criado servil, pues no desea
que el Layzin y sus criaturas sospechen que sus deseos solo pueden
ser sastisfechos por la única mujer capaz de ofrecerle (como ya hizo
cuando solo era un muchacho) verdadera paz; y que volverá a alcanzar esa paz de nuevo cuando haya dispuesto los asuntos de tal
manera que tanto él como Isadora Arnem sean libres para unir sus
vidas tal como le parece que deberían haber hecho tantos años atrás.

—Sin embargo, un sirviente mucho más humilde, como yo, no
puede distraer ni el tiempo ni la energía, pues el primer khotor de
la Guardia ha de estar listo para partir de la ciudad lo antes posible.

—¿Es porque se trata de una chica? —pregunta el Layzin, aparentemente incapaz de creer que Baster-kin no aproveche la oportunidad de disfrutar de los placeres físicos que solo se ofrecen a los
habitantes del Alto Templo y de la Casa de las Esposas de Kafra—.
Porque esta tiene un hermano ahí mismo, un joven igual a ella en
su belleza inmaculada, si es que esta noche tus gustos...

Pero Baster-kin ya está negando con la cabeza y disimula con
eficacia la repulsión que le produce esta última oferta.

—Ya habrá tiempo, como digo, para que los sirvientes como
yo nos dediquemos a la calma y al placer, Eminencia —responde—. De momento, hemos de cumplir con el deber.

El Layzin suspira y sonríe y abandona la discusión al tiempo
que muestra su anillo azul claro al Lord Mercader para que este lo
bese. Baster-kin lo hace, esforzándose por no clavar la mirada en la
joven Sacerdotisa. Luego se vuelve para salir al fin de la Sacristía y
avanza con la rapidez e intensidad que parece tener por eterna costumbre.

El Layzin no vuelve a hablar hasta que un ayudante cierra con
firmeza la puerta de la Sacristía tras la salida del Lord Mercader.
Como ya no parece tener ningún invitado, despide a la joven Sacerdotisa, que desaparece tras las cortinas traseras de la tarima, y
luego se recuesta en su sofá e inclina la cabeza hacia el cortinaje.

—¿Lo habéis oído todo, Majestad? —pregunta el Layzin.

La voz que le responde es tan lánguida que, por comparación,
hasta la del Layzin parece enérgica. Y sin embargo hay orgullo
también en esa voz, así como un tono que revela el hábito de la
autoridad.

—Lo he oído todo —confirma la voz, sin dejar de comprender la lealtad y el desprendimiento de Baster-kin, pero sin demostrar tampoco una aparente admiración—. Y recuerdo un dicho de mi antepasado loco: «Bien descansa el amo cuyos perros de caza tienen la dentadura afilada y el estómago vacío.»

—Saylal —dice el Layzin en tono de falsa riña—, no debéis llamar perro al lord, oh, hermano de Dios...

—¿No debo? —responde la voz.

—No —contesta el Layzin—. No debéis. Por mucho que su comportamiento, a veces, sugiera algo parecido. Pero sus ideas sobre cómo protegeros, Gracioso Saylal, son casi profundas...

—Me interpretas mal, oh, más leal entre los leales... He conocido algunos perros listos en mi vida. Perros muy listos. Igual que Alandra, claro...

—Alandra obliga a sus perros a ser listos, Señor —añade el Layzin—. Aunque no tanto como sus gatos. Pero la comparación con un mortal es injusta.

—Hummm —gruñe la voz tras la cortina—. Bueno, hay una cosa que sí tengo clara: ni siquiera el más listo de los perros rechazaría a unas jóvenes criaturas tan bellas como las dos que me has enviado. Y prefiero ocuparme de ellas ahora, antes de que mi real hermana regrese del Bosque e intente robármelas para convertirlas en sus juguetes.

—En ese caso es una suerte —responde el Layzin— que yo haya podido confiar en el eterno sentido del deber y del sacrificio de Baster-kin para estar seguro de que la chica siguiera intacta, con perdón. Pero al menos le debíamos el ofrecimiento de la carne. Y sin embargo, Saylal, ya que la chica está efectivamente intacta, os suplico, si no por el bien de la dinastía al menos como una bendición para tranquilizar mi mente, que concentréis primero vuestras energías en ella. —El rostro y la voz del Layzin se vuelven de pronto más solemnes—. Pero... ¿de verdad estáis listo, Sagrada Majestad, para un nuevo intento?

—Creo que estos regalos de Kafra, mi Divino Hermano, me dejan listo.

—Ya veo... —El Layzin da dos palmadas y un sirviente con túnica negra ribeteada de negro aparece por una de las puertas laterales de la cámara—. Convoca al Sacristán —ordena el líder la fe kafránica, asegurándose de que la cortina que hay a sus espaldas esté cerrada del todo—. Que abra la Sacristía y prepare mis túnicas de la fertilidad, y también las suyas.

—Por supuesto, Eminencia —responde la auxiliar.

—Y tú puedes encargarte de afilar y engrasar las armas sagradas más finas y pequeñas antes de que él las bendiga... ¡Rápido! Hay que cosechar los órganos cuando la sangre está caliente todavía y mientras el opio hace efecto. Yo mismo entonaré la plegaria de la sucesión cuando empecemos... —Inclinándose de nuevo hacia la cortina, el Layzin pregunta—: ¿Cuánto tiempo necesitáis, Majestad?

—No mucho —llega la esforzada respuesta—. Eso suponiendo, viejo amigo, que me ayudes...

—Sí, Divinidad —responde el Layzin. Luego se dirige con urgencia al auxiliar—. ¡Date prisa y trae al Sacristán!

—¡Eminencia! —exclama el auxiliar, obediente, y abandona la sala.

Solo entonces el propio Layzin desaparece tras la cortina.

Antes de que pase un nuevo día, el arroyo de agua, a menudo apestoso pero aparentemente místico, que discurre al pie del muro sudoriental del Distrito Quinto, circulará un poco más alto, un poco más rápido... Y su hedor llegará un poco más lejos que la noche anterior...

{xii:}

El propósito original del estadio de Broken, establecido por uno de los más razonables descendientes de Oxmontrot, era demostrar que quienes siguieran devotamente los dogmas de la fe kafránica se verían recompensados no solo con riquezas, sino también con salud y vigor. Sin embargo, con el paso de los años se ha producido un cambio en el extremo norte de la ciudad: los dos mundos, el Templo y el estadio, se han separado. Los leales a Kafra dicen que esta separación es el resultado de un renacimiento del devastador gusto por el juego, que tanta importancia tuvo entre las tribus que aportaron los primeros ciudadanos de Broken. Otros afirman en voz más baja que la captura de muchas de las fieras más feroces e impresionantes del Bosque de Davon —panteras, osos, lobos y gatos silvestres— y su repetida tortura por parte de los atletas del estadio han enojado a los viejos dioses de Broken, que están castigando a toda la ciudad y poniendo así en duda la supremacía de Kafra, confirmada tantos años. Sin duda el propio Oxmontrot, que adoraba a los dioses antiguos, nunca tuvo la intención de que esas nobles criaturas terminasen atrapadas, atadas con gruesas cadenas a postes de cemento que emergen de las arenas del estadio y convertidas en oponentes que apenas pueden causar daño alguno a los hijos de la nobleza mercantil de Broken; en este aspecto, Lord Baster-kin comparte la opinión del Rey Loco. Sin embargo, su desprecio no basta para detener la creciente popularidad de esas actividades entre los futuros cabecillas de los clanes dominantes del reino: cada vez acuden en mayor número, de día y de noche, no solo a demostrar su destreza en la arena, sino también a regocijarse en actividades que, a juicio del Lord Mercader, son aún más estúpidas y repugnantes y tienen lugar en las filas interminables de bancos y de palcos privados que rodean el escenario arenoso: apuestas, claro, pero también excesos en la bebida y fornicaciones que no contribuyen a arreglar matrimonios ni a reforzar y preservar clanes.

Todo eso sumado bastaría para causar el odio de Baster-kin al estadio. Pero, como siempre, tras sus objeciones puramente morales se esconde un sentimiento personal: porque entre los jóvenes más activos en los entretenimientos del estadio está Adelwülf, el hijo mayor del lord (y su único hijo reconocido). Efectivamente, si Adelwülf no hubiera mostrado interés en las diversiones que transcurren tras las gruesas y complejamente esculpidas paredes del estadio, lo más probable es que Baster-kin nunca hubiera puesto los pies en él; sin embargo, dada la persistencia de su hijo, el lord ha de visitar el lugar de vez en cuando, aunque solo sea para reprender a los atletas y a su público y recordarles a todos —especialmente a Adelwülf— el daño que causan al futuro de Broken al despilfarrar de este modo sus vidas.

Estas apariciones imprevistas de su padre suponen algo más que un mero bochorno para Adelwülf: especialmente durante los últimos años, el estadio se ha convertido en el lugar donde el insaciable apetito de este bello joven por superar a los demás en la lucha libre y en las batallas con espadas de madera o de acero con el filo romo, por enfrentarse a las muchas fieras encadenadas disponibles en las celdas bajo la arena, y finalmente por beber y fornicar en los palcos, ha llegado a igualar su repulsión ante la idea de regresar al kastelgerd del clan. En consecuencia, cuando ve a su padre entrar en el estadio lo considera como una especie de violación del único lugar de Broken que él tiene por hogar propio. Con la intención de acrecentar su estatura ante sus socios, Adelwülf suele despreciar con una risa las intromisiones y los sermones patrióticos de su padre, en tono confiado y cáustico. Conoce bien la historia de la famosa caza de la pantera protagonizada por Rendulic Baster-kin, emprendida cuando el lord tenía la misma edad que ahora tiene Adelwülf, y se le hace difícil no considerar hipócritas en buena medida las acusaciones de su padre. Ciertamente, Baster-kin nunca ha estado, en toda su célebre vida, más cerca de un campo batalla que en aquel único momento de sangrienta actividad deportiva; y, sin embargo, aquella única exposición estaba muy lejos de lo que ahora ve.

A decir verdad Adelwülf, este paradigma de la virtud kafránica, con su cabello dorado y su cuerpo finalmente esculpido, en realidad no arde tanto de sarcasmo al llegar su padre como de vergüenza: vergüenza y odio, este último nacido pasionalmente del duradero rencor que siente porque su padre volviera loca a su madre (o eso le parece al joven) y mandara al destierro a su hermana Loreleh. Adelwülf había tenido poco tiempo para conocer a Loreleh; sin embargo, durante ese tiempo había llegado a pensar en ella como en la única hermana que tenía y que jamás tendría, pues nunca se le había permitido saber siquiera de la existencia de Klauqvest; y una vida en solitario dentro del gran kastelgerd con una madre lunática y un padre tan malvado no era vida. Loreleh había sido su alivio pasajero; y las razones aportadas como causa de su destierro le habían parecido tan poco sensatas o justas a Adelwülf como a su madre.

Esta noche, sin embargo, no habrá sermones del mayor de los Baster-kin, ni las típicas quejas del joven: al llegar a la puerta del estadio y empezar a oír los sonidos de la muchedumbre en su interior, el lord se da cuenta de que tiene la verdadera necesidad de convencer a algunos de los jóvenes entre esa multitud que poseen un talento genuino para la violencia de que no tienen otra opción que marchar junto a sus Guardias hacia el Bosque de Davon y participar —en puestos de mando, a ser posible— en la destrucción final de los Bane. Y además cree que por fin ha concebido una acción que resultará sorprendente y suficientemente decisiva para impresionar a esos guerreros de teatro y convertirlos en auténticos soldados. Dicha acción, como cabría esperar, también jugará un papel crucial en llevar a su máxima eficacia los planes que conciernen a Isadora Arnem; y sin embargo, pese a las muy reales ventajas que atesora, el hecho de que incluso Baster-kin se pregunte si al llegar el momento tendrá la determinación suficiente para llevarlo a cabo da una medida de lo extremado que resulta el plan.

No se lo piensa mucho tiempo. Al pasar bajo las puertas del estadio y detenerse al borde de la arena, aturden sus ojos y sus oídos una serie de sonidos y visiones tan salvajemente intoxicantes como siempre para los jóvenes de ambos sexos que participan en ellos o los contemplan. El combate que se está celebrando en la arena es, para todos los presentes, una exhibición espléndida de los ideales de la juventud de Broken, su poder y su belleza, más atractivo todavía porque se sabe que nunca provocará la muerte de un ser humano y solo pone en riesgo la vida de esas poderosas fieras del bosque que llegan hasta aquí desde sus celdas y cargadas de cadenas. A esta hora tardía la actividad es tan extrema que, tanto en la arena como en las filas de asientos que se alzan hacia el cielo en torno a Baster-kin, que este siente cómo le surge de nuevo el odio y sus recelos momentáneos sucumben. Radelfer, que ha seguido a su señor hasta la arena, lo detecta: ha visto a este hombre, tanto en su juventud como ahora, en la edad mediana, con la muerte acechando en sus rasgos; y vuelve a verlo esta noche mientras Rendulic estudia a la muchedumbre.

—¿Mi señor? —dice Radelfer, que mantiene muy viva todavía la preocupación que sentía por la salud mental de su señor al salir del Distrito Quinto—. ¿Estás bien? Ha sido una noche larga y llena de tareas difíciles. ¿No deberíamos regresar al kastelgerd? Puedes dejar el castigo de tu hijo para mañana.

—En eso no podrías estar más equivocado, Radelfer —contesta el Lord—. Esta gente ha de aprender de una vez cuál es su deber y entender las consecuencias de no cumplir con él; y hay que enseñarles esa lección esta noche.

En cuanto la gente del estadio empieza a fijarse en él igual que él se concentra en ellos, Baster-kin se horroriza ante la habitual oleada de pedigüeños que se acercan a él, cada uno en busca de un favor que le permita prestar un servicio civil para el gobierno sin tener que cumplir precisamente el tipo de servicio militar que el Lord Mercader ha escogido para él. Al mismo tiempo, por pura buena suerte, Baster-kin ve que Radelfer ha tomado la precaución de ordenar que unos ocho o diez miembros de su guarida abandonen el kastelgerd para presentarse en el estadio, probablemente por medio de un mensajero mientras el lord estaba en su entrevista con el Layzin. Los hombres están llegando ya, pero el único agradecimiento que Baster-kin ofrece a su senescal consiste en decir:

—Que tus hombres mantengan a esta gente alejada de mí esta noche, Radelfer. Lo que tengo que hacer es demasiado importante. —Se detiene y escruta a los distintos combatientes que hay en la arena antes de añadir—: Desde todos los puntos de vista imaginables. —Tras mirar los supuestos actos de valentía que se celebran sobre la arena con más intensidad que nunca, Baster-kin ordena por fin—: No veo que mi hijo esté poniendo a prueba sus talentos ahí fuera, pero... búscalo, Radelfer. Tráemelo. Porque siempre se ha fiado más de ti que de su padre. Te esperaré... —sigue mirando la arena— allí.

Señala una columna de cemento hacia el centro del óvalo de arena, en la que está atada una cadena que restringe los movimientos de un gran oso pardo de Broken para impedir que el animal, confundido y enrabiado, lastime a cualquiera de los jóvenes que demuestran su «valor» torturándolo con lanzas y espadas, para la evidente satisfacción de la muchedumbre.

A medida que Baster-kin avanza hacia la columna de cemento que acaba de señalar y es reconocido por cada vez más gente, un extraño silencio se apodera de quienes participan en las diversas actividades sobre la arena, así como entre el público. No es un silencio inspirado por el afecto, claro, aunque contiene ciertamente una buena dosis de respeto. Cuando se acerca a la columna a la que está encadenado el oso pardo, Baster-kin se lleva aparte a un auxiliar del estadio enorme y lleno de cicatrices —uno de los que se encargan del vergonzoso trabajo de llevar a los animales y las armas desde la arena hasta las jaulas y almacenes del sótano, apenas iluminado— y le ordena que, junto con sus compañeros, se lleve a todos los animales a sus jaulas y desarme a todos los combatientes. Es una orden que, en boca de cualquier otro oficial, provocaría burlas; en cambio ahora no hay entre todos los atletas y espectadores allí reunidos una voz que tenga la valentía suficiente para expresar la disconformidad que todos sienten. Tal es el efecto de la dura mirada que el Lord Mercader pasea de un rostro a otro entre quienes lo rodean y se alzan en las gradas: un efecto que ha cultivado durante largo tiempo.

Solo cuando sus ojos se posan en Radelfer, que permanece ante un palco cerrado con cortinas situado en un grupo de carpas que se levantan aproximadamente a un tercio de altura de las gradas del estadio, Baster-kin deja de estudiar la multitud. Entonces, tras fijarse de manera más específica en la expresión del rostro de su senescal —de genuino lamento por el espectáculo familiar que cree a punto de producirse en público— el lord salta desde la base de la columna y, tras dar una última orden a uno de los cuidadores de los animales, avanza a paso rápido para unirse a Radelfer antes de que el senescal —más compasivo, aunque no del todo— tenga ocasión de advertir a Adelwülf de la aproximación de su padre.

Mientras se acerca a la carpa, Baster-kin empieza a oír los sonidos de fornicación que se producen en su interior; al llegar, el lord arranca la cortina y se encuentra con su hijo involucrado por completo con una joven noble, con la que apenas se han preocupado de apartar sus escasas ropas lo justo para poder penetrarla, mientras una segunda mujer se ríe y vierte el contenido de una bota de vino en la boca de Adelwülf, fauces hambrientas en las que también introduce alternativamente sus amplios pechos. Al oír el tirón de las cortinas, las dos mujeres chillan, pues ambas pueden ver quién es el responsable; Adelwülf, en cambio, apenas empieza a volverse mientras se separa de las piernas abiertas de la chica que tiene debajo y grita:

—¡Ficksel! ¿Quién es el idiota que se atreve a interrumpir mis diversiones...? —Se calla al ver la figura que tiene detrás e intenta recomponerse rápidamente la túnica mientras exclama—: ¡Padre! ¿Qué haces aquí?

—Te aseguro, Adelwülf —responde el lord, con los puños apoyados en las caderas—, que no estoy aquí por placer ni por diversión. Nuestro reino está en pleno caos, nuestros hombres más valientes están desafiando a la muerte, en todas sus variedades, en las provincias y más allá, y tú estás aquí dedicándole a tu padre insultos más propios de la boca sucia de un Bane mientras te asocias con estas... —Baster-kin inclina la cabeza en dirección a las dos jóvenes—. Largaos —les dice—. No quiero saber cómo os llamáis ni de qué clanes sois, porque tendría que decirles cómo pasan las noches sus virtuosas hijas y, si les queda algo de patriotismo, deberían desterraros al Bosque de Davon, aunque solo fuera por vergüenza.

—Un momento, padre —dice Adelwülf, intentando recuperar algo de terreno.

Pero la furia de Baster-kin no tiene fin.

—No uses ese término cuando te dirijas a mí de momento, inútil saco de carne. Mientras no te dé permiso para llamarme de otra manera, soy tu señor.

Mientras se aprieta una simple correa en torno a la túnica, Adelwülf mantiene sus ojos azules fijos en su padre con una intensidad dolorida que provocaría la quemazón de la incomodidad, o tal vez incluso de la compasión, a casi cualquiera que lo viera. Como mínimo, la mayoría de los testigos repararía en la desgraciada naturaleza del momento; en cambio, ni el dolor y la rabia de la mirada de su joven hijo contribuyen a suavizar la severidad del semblante de Baster-kin y Adelwülf no tarda en murmurar —con resignación, mientras se levanta:

—Muy bien, mi señor.

Sentado en el banco que queda por encima del hombre que lo ha atormentado de esta misma manera durante la mayor parte de su vida, Adelwülf queda más alto que su padre y parece que debería gozar de una venganza física; pero el aire de miedo que se cuela en su rabia anula cualquier superioridad posicional.

—Ahora que me has fastidiado otra de las diversiones de mi vida, ¿qué quieres que haga?

Baster-kin se planta en su banco para poder mirarlo a los ojos de más cerca.

—¿Que qué quiero...? —repite el padre, con una rabia más genuina que la que podría expresar en cualquier caso el joven—. No tienes ni idea de verdad, ninguna noción del deber, ¿eh, muchacho? Bueno, entonces... —con una aterradora brusquedad, el lord agarra la oreja izquierda de su hijo con una presa fuerte y dolorosa para sacarlo a tirones primero de la carpa y luego, a trompicones, grada abajo entre los bancos— ¡hagámoslo a tu manera un momento! Entreguémonos a las diversiones de este lugar asqueroso... ¡Despejad la arena!

A Adelwülf le gustaría discutir, pero la lucha por no echarse a llorar del dolor que siente en la oreja y la dificultad de mantenerse en pie delante de los amigos que miran desde abajo suponen un esfuerzo excesivo y se limita a decir:

—¡Padre! Mi señor, te lo suplico. ¿No podemos arreglar esto en casa?

—¿Casa? —grita Baster-kin—. ¡Estás en casa, muchacho! Disfrutemos, entonces, de las verdaderas diversiones que tu hospitalidad puede ofrecer.

Como Adelwülf ya no es, de hecho, un niño por mucho que su padre lo acuse de serlo, para mantener agarrada la oreja Baster-kin tiene que agarrar todo el apéndice con la fuerza de una abrazadera, casi con violencia, y pronto la piel y el cartílago empiezan a rasgarse y separarse del cráneo en un punto; como cualquier corte menor en la cabeza, la herida empieza a sangrar profusamente, de modo que cuando llegan a los bancos inferiores que rodean la arena un hilillo de precioso fluido cubre parcialmente la cara, el cuello y la parte alta del pecho de Adelwülf. Al darse cuenta de que tiene una herida que se le antoja gravísima, el joven pierde toda preocupación por mantener una actitud valiente delante de sus amigos...

—¡Mi señor! —Adelwülf suplica desesperado mientras Lord Baster-kin, de nuevo rodeado por los hombres de Radelfer, lo fuerza bruscamente a salir a la arena, donde todos los presentes en el estadio pueden verlo y oírlo—. ¡Por favor! Estoy sangrando, déjame salir del estadio al menos, y evítame esta humillación delante de mis camaradas.

—¿Camaradas? —replica Baster-kin. Parece que en el aspecto de Adelwülf y en su patético comportamiento hay algo que le provoca una profunda satisfacción—. ¿Llamas a estos guerreros de pega «camaradas»?

Sin dejar de arrastrar a su hijo por la arena, ahora vacía, y hacia la columna en la que estaba él mismo hace un momento, Baster-kin alza la voz y se dirige a la multitud que permanece fuera del óvalo de tierra. Son pocos los jóvenes que han abandonado el estadio, pues la escena que se está representado delante de ellos les resulta muy atractiva; eso provoca una profunda incomodidad a Radelfer, que se ha unido a las filas de espectadores, junto con sus hombres.

—¿Todos pensáis en los demás como «camaradas»? —exclama Lord Baster-kin hacia la muchedumbre del estadio—. Hacéis de soldados en un conflicto peculiar, en el que nunca arriesgáis la vida ni tomais la del otro, ¿y sin embargo os parece importante merecer los mismos rangos de amistad y honor que los jóvenes que ocupan las filas de las legiones de Broken?

Durante un momento largo y muy extraño el estadio conoce algo que en los últimos años ha experimentado bien pocas veces, por no decir ninguna: el silencio. Ningún miembro de la muchedumbre que contempla lo que está ocurriendo entre los dos Basterkin, padre e hijo, tiene el coraje de atreverse a contestar la pregunta del padre, por mucho que puedan discrepar de cuanto dice. Hasta Radelfer está inquieto, porque se sabe a punto de presenciar una escena de una violencia tal que su mente —nunca dotada de un ingenio tan extraño e incluso terrible— es incapaz de concebir. Sin embargo, aunque le impresiona la habilidad de concitar la atención de todos los borrachos de la muchedumbre que le rodea, cuando Radelfer contempla a los guardianes de su propio cuerpo, su inquietud se convierte en puro terror; porque ve que ellos también están atónitos por la capacidad de Lord Baster-kin para mantener a los falsos guerreros del estadio no solo en silencio, sino en estado de pánico. Y se trata de hombres que, al contrario que los jóvenes de las carpas, han visto mucha violencia de la de verdad y han desarrollado la habilidad de reconocer cuándo se está acercando el horror.

La admiración de Radelfer por Adelwülf es aún mayor, entonces, cuando, al ver que su padre ha provocado en sus amigos, en sus «camaradas» este silencio atemorizado, el joven se libera al fin del agarre de su padre, da unos pocos pasos hacia la columna de cemento, escupe en la arena y declara a voz en grito:

—¡Sí, padre! ¿Y por qué no habríamos de considerarnos iguales que esos hombres? ¿Qué sabes tú? ¿Cuándo te has enfrentado tú a los peligros de la arena, desprovisto de armadura y de todo ese armamento pesado que llevan consigo tus queridas legiones para ir al campo de batalla? Acosas a mis amigos y a mí con tu posición de poder, pero... ¿qué sabes tú del peligro mortal, si estás sentado en tu torre, contando el dinero del clan, tramando nuevas maneras de que sean otros quienes se encarguen de la seguridad de esta ciudad y este reino? He soportado esta humillación demasiado tiempo ya. Dame alguna prueba de que tú mismo puedes compararte con esos legionarios de los que hablas y tal vez te preste más atención; pero si no puedes hacerlo dale fin de una vez por todas a tu insatisfacción eterna con los que arriesgan la seguridad y el honor en esta arena, tal como nos enseñaron hace tiempo ya los sacerdotes de Kafra que es el modo correcto de demostrar la devoción a los principios del dios dorado.

Unos pocos y atrevidos miembros de la multitud que rodea la arena se lanzan a aplaudir ese estallido desafiante y sin precedentes; hasta, claro está, el momento en que el Lord Mercader recorre con su mirada letal todas las secciones de bancos y carpas. Por lo que respecta a Radelfer, su satisfacción por el atrevimiento de Adelwülf queda rápidamente extinguida al ver la cara de complacencia que se le pone al lord. No hay admiración en su mirada, ninguna sensación de que Rendulic Baster-kin haya provocado al fin una respuesta viril del hijo que hasta ahora tanto lo había decepcionado; al contrario, se trata de la expresión de un hombre que ve al fin silenciadas las dudas en que se debatía su mente acerca del camino a tomar.

—Bueno —dice Baster-kin en un tono mucho más tranquilo, pero no menos amenazante—, quizá me haya equivocado, entonces. Quizá seáis todos más capaces de ocupar vuestro lugar entre las filas de hombres que, en este momento de necesidad, han de defender nuestro reino. Y sin embargo... —el Lord Mercader se aleja unos cuantos pasos de Adelwülf y luego levanta una mano como señal para el auxiliar con el que ha hablado antes—, me temo que voy a exigir alguna demostración de valor y coraje mayor que las palabras antes de aceptaros. —Mira a su hijo y luego alza la vista hacia la multitud—. Antes de que pueda aceptar a cualquiera de vosotros como auténticos guerreros.

Se oye una conmoción procedente de una de las puertas que llevan al laberinto de jaulas y salas de almacenaje que hay por debajo de la arena. Al poco, aparece el auxiliar con dos compañeros, cada uno de ellos con una cadena en una mano y una lanza en la otra. Las tres largas secciones de cadena se juntan en un fin común: un grueso collar de hierro que rodea, y (a juzgar por los pelos que faltan y por la irritación de la piel) parece que lo ha hecho durante mucho tiempo, el cuello de una gran pantera de Davon.

Se trata de una hembra que ha madurado a lo largo de muchos años de encarcelamiento en los interiores del estadio, aunque no parece derrotada. De vez en cuando intenta lanzar un zarpazo a alguno de los cuidadores si estos dejan la cadena demasiado suelta, pero ha aprendido lo suficiente para evitar el acoso de las lanzas que avanzan contra ella en respuesta a esos estallidos de ira. Resulta fácil determinar que su tamaño es excepcional; no tanto el auténtico color de su piel, dada la cantidad de mugre en que la han obligado a vivir durante tanto tiempo. Un ojo experto y capaz de interpretar esa descoloración podría determinar, gracias a las partes de su cuerpo que ella misma puede limpiar con cuidado, que la piel es inusualmente dorada, tal vez incluso con un tinte blanco o plateado que capta la luz de las antorchas y hogueras que la rodean de un modo extraordinario.

Una característica definitoria, en cualquier caso, queda a la vista de todos: el verde inusualmente claro, brillante incluso, de unos ojos que parecen mirar directamente al corazón de cualquier humano en el que clave la mirada.

—Vaya —dice Adelwülf en cuanto el animal se hace visible—. Tendría que haberlo sabido. La mayor de nuestras panteras. Es la hembra que trajiste del Bosque de Davon hace años. O eso nos cuentan.

—Sí —contesta Baster-kin al tiempo que da unos cuantos pasos hacia el animal mientras este se acerca al pilar de cemento—. ¿Y cómo habéis tratado a una fiera que, cuando era joven, tenía más corazón del que poseéis vosotros ahora? La habéis encerrado en una celda debajo de este ridículo teatro y habéis permitido que se ocuparan de ella hombres como estos, aunque probablemente son, pese a las carencias debidas a su condición de seksent, superiores a los inútiles niños ricos que ahora me rodean...

Adelwülf solo presta una atención parcial a esta última retahíla de su padre, pues se ha percatado de algo curioso: la pantera, conocida de siempre entre los atletas del estadio como una de las fieras más peligrosas y ávidas de sangre que allí se conservan, parece haber reconocido al Lord Mercader, incluso tantos años después, pese a que él no acude con frecuencia a este lugar; más llamativo todavía, se aleja de él como asustada cuando Baster-kin se le acerca. Y no es que le asuste ningún arma, porque el lord mantiene una mano en la empuñadura de su espada corta, pero no la desenvaina; no, la causa del miedo que le inspira está en la mirada y en la voz, que parecen crear en la mente de la pantera la idea de que la tragedia que este hombre infligió a su familia en el Bosque de Davon hace tantos años se va a repetir de algún modo en este lugar tan distinto y tanto tiempo después.

—¡Encadenad al animal! —ordena Baster-kin a los auxiliares, que empiezan a fijar las tres tiras de cadena a un aro grande del mismo metal, clavado al cemento de la columna. Luego los hombres desaparecen tan rápido como pueden, deteniéndose apenas lo suficiente para recoger cada las bolsas de monedas de plata que les tira Baster-kin—. Y tú, cachorro —dice el Lord Mercader, volviéndose hacia su hijo—, escoge tu arma preferida porque, si sé lo que digo, la vas a necesitar bien pronto.

Adelwülf sonríe al oír ese comentario, porque al parecer cree que lo van a poner a prueba según las leyes habituales en el estadio, contra una fiera de gran fuerza pero incapacitada por las cadenas para hacerle daño de verdad. Al verlo, algunos de sus «camaradas» se atreven a lanzarse a la arena, cada uno de ellos con un arma distinta —la lanza larga de las tribus sureñas, la espada corta habitual de Broken, un hacha de un solo filo, típica del norte— para proponer a su amigo que impresione con ella a su padre, no solo por su habilidad, sino por la destreza general de todos los atletas del estadio. Adelwülf, de todos modos, se limita a dedicar una sonrisa de agradecimiento a todos esos jóvenes y apenas se fija en sus armas; en cambio, espera a una joven mujer en particular, una singular belleza de Broken que lleva en las manos una brillante hoja del estilo tardío de los Lumun-jani: uno o dos palmos más larga que la espada corta y con la hoja ahusada. Cuando Adelwülf acepta el arma e intercambia unas palabras de afecto con la mujer, Lord Baster-kin camina decidido hasta el borde de la arena con una expresión de malsano disfrute en la cara. Busca a Radelfer y comprueba que su rostro conserva todavía una profunda mueca de miedo.

—¡Senescal! —exclama Baster-kin, con la misma especie de falsa alegría—. ¿Has reconocido a nuestra vieja enemiga del Bosque cuando esos cerdos la han traído de allá abajo?

—Sí, mi señor —responde Radelfer, con más preocupación todavía—. Aunque hace tiempo que daba por muerto a ese animal.

—¿Con su pedigrí? —responde Baster-kin con una risilla—. ¿De verdad creías que la hija de un animal tan poderoso como era su madre podía ser despachada con facilidad por...? —Baster-kin mueve una mano en dirección a los habituales del estadio con evidente repugnancia—. ¿Por gente como esa? ¿O por mi propio hijo, esa desgracia eterna? No, Radelfer. Puede, puede, que la escoria que se entretiene en este lugar valga para luchar contra los Bane.

Pero... ¿contra la más grande de todas las panteras de Davon? Sabes muy bien que esa idea no tiene ningún sentido. —Baster-kin mira de nuevo hacia el pilar de cemento al que está encadenada la pantera y parece animarse—. Ah, veo que mi hijo está listo para ponerse a prueba; y, al hacerlo, representará a todos estos jóvenes guerreros. —Con un movimiento que iguala a su tono de voz en la calidad de la amenaza, el Lord Mercader desenvaina con rapidez su propia espada—. Veamos qué tal se le da...

Radelfer, viendo confirmadas sus sospechas, se atreve a acercarse a su señor y apoyarle una mano en el antebrazo con la intención de frenar la locura que está convencido de que se avecina.

—¡Mi señor! —dice con tono de urgencia—. Te conozco desde que eras un niño; a menudo he pensado que las grandes preocupaciones de tu mente quedaban a un lado en beneficio de otros objetivos más convenientes para tu clan. Pero... ¿crees que después de haberte conocido toda la vida no puedo encajar todas las piezas de la actividad de esta noche en un conjunto coherente? Sé lo que pretendes, mi señor, para ti mismo, para Lady Arnem, para el reino. Te lo suplico, abandona ese plan. Tal vez la vida no haya sido justa contigo en varias instancias, pero no puedes permitir que eso justifique un...

Baster-kin baja la mirada hasta el brazo, con la crueldad asentada de nuevo en la expresión, y agarra la espada con fuerza.

—Radelfer —dice con calma—, si quieres conservar esa mano, y el brazo que la sostiene, apártala de mi persona. Ahora mismo. —Mientras Radelfer cumple la orden con cara de resignación, Baster-kin sigue advirtiéndole—: ¿Has dicho «en varias instancias»? La vida, Radelfer, ha puesto en mi camino obstáculos suficientes para impedirme avanzar por él, salvo por algunas manos que han intervenido en mi ayuda. Siempre me ha complacido pensar que la tuya era una de ellas. Y si ahora entiendes lo que va a pasar tan bien como has dicho, comprenderás también por qué es necesario que ocurra; y sabrás, además, que es un acto de justicia. Todo ello. —Radelfer mira al suelo en señal de resignación y Baster-kin suaviza el tono, aunque apenas levemente—. Si no puedes soportar lo que está a punto de ocurrir, vuelve al kastelgerd. Pero déjame a tus hombres. No tardaré en seguirte.

—Yo... —Radelfer no sabe qué más decir. Solo se le ocurre—: Perdona, mi señor, pero voy a aceptar esa oferta. Ese chico no es la causa de las penurias de tu vida.

Baster-kin vuelve a dirigir su mirada hacia la arena.

—¿La causa? Tal vez no. Pero sí es un mero producto más de la deshonestidad y la enfermedad que han maldecido mi existencia. Y ahora tengo la oportunidad de cambiarlo todo con lo que me complace pensar que es un golpe magistral. Hasta el Layzin y el Dios-Rey han respaldado mi proyecto. ¿Quién eres tú, entonces, para cuestionarlo? —Como el senescal no encuentra fuerzas en su interior para seguir replicando, Baster-kin se limita a decir—: Vete. No usaré esta debilidad en tu contra, Radelfer, aunque hubiera preferido un apoyo más incondicional. Pero vete. Yo tengo cosas que hacer aquí...

Parten los dos y Radelfer ordena a sus hombres que se queden y protejan a su señor mientras él atiende algunos asuntos urgentes en el kastelgerd. A continuación el senescal busca el camión más rápido para alejarse de la fea tragedia que cree a punto de acaecer, mientras Baster-kin se dirige a su hijo, cuyo estado de ánimo ha experimentado una mejoría inmensa, paralela a la de toda la muchedumbre del estadio. El propio Baster-kin recupera un aire de falsa ligereza y soporta los vítoreos del público que resuenan cuando padre e hijo se quedan solos de nuevo sobre la arena, junto a la pantera; entonces Baster-kin levanta una mano para señalar que desea dirigirse a los jóvenes hombres y mujeres reunidos en torno a ellos.

—Tengo entendido —dice en voz alta— que la mayoría de vosotros disfrutáis apostando al resultado de estas competiciones heroicas. —Al oírlo, la multitud vitorea con más fuerza todavía, encantada de que Lord Baster-kin parezca haber adoptado de pronto una actitud mucho más favorable a sus actividades y a ellos mismos—. ¡Bien! —continúa Baster-kin, mientras Adelwülf se prepara para el inminente encuentro con una serie de movimientos de imitación del combate, impresionantes pero absurdos—. Porque tengo una apuesta para todos vosotros, o al menos para los hombres que hay entre vosotros, y me temo que sus términos no son negociables. Si mi hijo triunfa contra esta fiera encadenada, abandonaré este edificio para no volver jamás a él. —Ahora, los vítores que emite la muchedumbre se mezclan con algunas risas, como si Baster-kin acabara de decir algo divertido. Sin embargo, sus siguientes palabras borran toda la gracia de la reacción del público—: Pero si pierde, todo aquel que tenga alguna eficacia con las armas, ya sea porque así lo diga su reputación o porque lo comprueben mis hombres, accederá a marchar contra los Bane en compañía de mis Guardias en los próximos días, y quien se niegue a cumplir correrá el mismo destino que mi hijo.

Una confusión silenciosa reina ahora entre los bancos y las carpas del estadio, mientras en la arena Adelwülf mira a su padre con un asombro similar.

—¿Padre? —pregunta—. ¿Mi destino? ¿Y cuál será ese destino?

—El que tú mismo te ganes, Adelwülf —contesta el lord mientras camina hacia la columna de cemento y salta a su base. De nuevo, no siente miedo alguno porque la pantera encadenada se aleja de él; por eso es libre de seguir hablando, aunque ahora se dirige solo a su hijo—. Siempre me has decepcionado Adelwülf; ya lo sabes. Pero no conoces todas las razones. Soy consciente de que consideras que he tratado a tu madre de un modo injusto, o peor que eso; sin embargo, déjame que te informe tal vez ofreciéndote de paso alguna motivación adicional para la competición a la que estás a punto de enfrentarte de que yo no tuve nada que ver con la enfermedad de tu madre: fue el resultado de su propia degeneración, cosa que me mantuvo escondida durante mucho tiempo hasta que, al final, lo descubrí. No es más que una puta, chico.

La rabia se asoma al rostro de Adelwülf.

—No puedes decir eso... Por mucho que seas mi padre, por mucho que seas el lord del kastelgerd, ¡no puedes decir eso de mi madre!

—Sí, tu madre —responde Baster-kin—. Esa por quien afirmas sentir tanta devoción, aunque solo te ve la cara una vez cada Luna. Así que vamos a obviar esa supuesta razón para odiarme. En realidad, tu desprecio antinatural es el producto de una enfermedad extendida en el vientre de tu madre, donde fue plantada mucho antes de que tú nacieras. Sí, tu madre era y sigue siendo una puta, chico, y en consecuencia tú eres un disoluto mentiroso, indigno de llamarte hijo mío. Pero no temas. —Baster-kin baja todavía más la voz—. Tengo la intención de concebir pronto nuevos hijos...

—Mientras Adelwülf se esfuerza por entender esas afirmaciones aparentemente enloquecidas, su padre vuelve a dirigirse a la multitud—. Me complace ver que aceptáis los términos de mi apuesta sin presentar ninguna objeción seria. Lo hacéis, casi con toda seguridad, porque creéis que esta lucha será una representación teatral tan injusta como esas con las que soléis divertiros. Pero dejadme que corrija ese error de apreciación. —Volviéndose por última vez hacia su hijo, Baster-kin exclama—: Prepárate, Adelwülf. Veamos si tú y tus «camaradas» estáis tan preparados para los peligros del Bosque como creéis.

El Lord Mercader —todavía ajeno a cualquier peligro que pueda correr— levanta mucho su espada. Con un sonido que hiere los oídos de todos los que lo rodean, baja su fina hoja de acero sobre las burdas cadenas de hierro, así como sobre el aro que las sujeta. Enseguida se sueltan de la columna de cemento; y luego, cuando las cadenas se deslizan por su cuello, la pantera descubre que allí, sobre la arena, es más libre que nunca. Muy confundida y temerosa todavía por las acciones inescrutables de Baster-kin, así como por el arma que este tiene en la mano, la pantera mira alrededor rápidamente en busca de un objeto más asequible para ventilar su rabia; allí, sobre la arena, está Adelwülf, tan congelado por el miedo que ni siquiera registra el grito de alarma repentina que se alza de la muchedumbre.

—¡Por fin te vas a enfrentar a este animal en condiciones de igualdad, hijo mío! —grita el lord.

A continuación, dando todavía muestras de un temerario desprecio por la pantera, abandona a Adelwülf a su suerte y vuelve junto a los hombres de Radelfer para transmitirles una última serie de órdenes, lo cual resulta más bien difícil, porque también ellos están aturdidos por lo que acaba de pasar y tan seguros de lo que ocurrirá a continuación que apenas lo oyen.

—¡Padre! —Como todos los presentes en el estadio, los hombres de Radelfer oyen el grito de Adelwülf, que sostiene la espada ante su cuerpo y cada vez es más consciente de que no le servirá de nada—. ¡El animal está suelto!

—Como los Bane, cachorro —contesta el lord—. Entonces, veamos cómo se comporta uno de los campeones de este gran escenario en una confrontación verdadera. No te da miedo, ¿verdad? ¿Y a tus compañeros? Al fin y al cabo, en cuestión de días... —Ahora queda claro que Baster-kin se dirige a los demás jóvenes del estadio e incluye a su hijo tan solo por pura formalidad—. Dentro de unos días, o tal vez incluso horas, ayudaréis a los hombres de mi Guardia a perseguir al ejército de los Bane por el Bosque hasta Okot, ese pueblo que hemos buscado tantas veces, siempre sin éxito alguno. Y allí destruiréis a esa tribu maldita y pondréis por fin las riquezas del Bosque al alcance de nuestro reino y podréis despejar sus tierras para que tengamos nuevos campos en los que cultivar el grano que tan desesperadamente necesita nuestra gente. Así que... demuéstrame, Adelwülf, que vuestras espaldas no son indignas de cargar con esas responsabilidades y que todos vosotros, atletas, sois capaces de asumirlas.

El resultado del enfrentamiento sobre la arena está tan claramente predeterminado que Adelwülf no puede evitar un grito.

—¡Padre! ¡No tienes derecho a hacer esto! —exclama mientras la pantera empieza a rodearlo lentamente, con una leve ondulación del lomo y el cuello. Cuando fija su mirada de ojos azules más atentamente todavía en Adelwülf, algo que ninguno de los presentes dudaría en jurar que es una sonrisa verdadera tuerce su boca cada vez más; mientras el joven Baster-kin, por su parte, se limita a mantener su temblorosa espada apuntada hacia el animal en todo momento, casi como si hubiera alguna posibilidad real de que le sirva para controlar los sentimientos que han crecido en su interior, tan cercanos al pánico.

—¿Y entonces, hijo mío? Veamos esa valentía para el ataque que necesitarás en los días por venir. ¡Y veámosla ahora mismo!

Pero ya no es necesario que Adelwülf demuestre nada en absoluto: con la aterradora agilidad común a todos los grandes felinos, la pantera ve que el joven empieza a echar el arma hacia atrás para preparar un ataque y se lanza de un salto adelante con toda la potencia de una flecha disparada por una ballesta. Sin guardián, cadena o cemento que la retenga, la pantera golpea con toda su fuerza en el pecho de Adelwülf, lo deja sin aire, le arranca la espada de las manos y lo deja tirado en el suelo. Todo el público de los bancos —que se ha puesto en pie, algunos buscando mutuo consuelo— grita y chilla de horror, convencidos en apariencia de la muerte lenta y agónica que está a punto de sufrir su amigo. Pero la pantera no es tan cruel como sus captores: una vez tiene a Adelwülf en el suelo, gira sin esfuerzo su cuerpo aturdido, de modo que quede con la cara enterrada en la arena, y luego, deprisa y sin emitir sonido alguno, hunde los caninos de ambas mandíbulas en el cuello y la espina dorsal, ahora expuesta, lo cual imposibilita todo movimiento, en especial los necesarios para respirar. El desgraciado Adelwülf, que se ha ensuciado de puro miedo antes incluso de llegar este momento, empieza a temblar involuntariamente, presa de los últimos estertores; en un instante, quizá por la falta de costumbre, aparecen los cuidadores seksent para impedir al menos que el animal lo descuartice.

—¡Estaos quietos, cerdos! —ordena Baster-kin.

Al oírlo, la pantera, que evidentemente tiene una sensación de libertad prolongada, aunque no de seguridad, empieza a roer y mordisquear distintas partes del cuerpo de Adelwülf, desprovisto ya de vida, lo cual provoca una serie de sonidos rápidos de desgarro, casi inaudibles, de tanta fuerza que tiene. Y lo hace, según entiende el público aterrado, no porque disfrute particularmente de la carne que así encuentra, sino para profanar a ese humano que, como es evidente, la torturado con frecuencia.

—Bueno, cachorro... —dice Baster-kin, con voz baja y tranquila. Luego se vuelve hacia la multitud que tiene detrás y levanta la voz—. ¡Vosotros, jóvenes del estadio! ¡Mirad! Este es el destino que os espera en el Bosque de Davon si no domináis vuestros nervios ahora. Aquí, mis hombres se van a quedar para decidir cuántos de vosotros merecéis verdaderamente la confianza de marchar junto a un khotor de mi Guardia hacia el Zarpa de Gato y, por orden del Dios-Rey y del Gran Layzin, si intentáis rehuir esa responsabilidad haciéndoos los incompetentes, igual que durante tanto tiempo os habéis hecho los valientes, seréis ejecutados aquí mismo y yaceréis junto a mi hijo.

A continuación, Baster-kin se acerca a la pantera.

—¡Cerdos seksent! —llama a los cuidadores—. Traed cadenas nuevas y encerrad a este animal.

—¿Ahora? Pero, mi señor, la fiera está libre y acaba de degustar...

—No temáis —responde Baster-kin, con la mirada firmemente clavada en los ojos de la pantera—. Mientras yo esté aquí no se atreverá a volverse contra quien camine conmigo.

La pantera se ha apartado al fin del cuerpo inerte de Adelwülf y, cumpliendo la promesa de Baster-kin, se somete a las cadenas nuevas mientras él mantiene fija su mirada. Cuando se la llevan, Baster-kin estudia por última vez a los jóvenes de ambos sexos que pueblan el estadio.

—En este momento todos me odiáis, ¿no? —les dice—. Por lo que os parece que he hecho a vuestro «camarada». Bien, fantástico. Usad ese odio, entonces, para fortaleceros contra lo que vendrá.

Porque ahora mismo hablaba en serio: vais a necesitar todas las fuentes posibles de verdadera habilidad y valentía que seáis capaces de invocar durante la tarea que tenéis por delante. Porque lo que os espera en el Bosque está más allá de vuestra imaginación.

Sin preocuparse de echar una sola mirada a los últimos restos públicos de lo que él ya considera su antigua y fracasada familia, Baster-kin sale a grandes zancadas del estadio con la mente centrada en el nuevo futuro que cree haber construido, al fin, para sí mismo.

Tercera parte

EL PODER DE LA ADIVINANZA

4 de febrero de 1791
Londres

Así, mi querido Gibbon, no es tan solo mi repulsión ante los aspectos más escabrosos de esta historia, ni mi impaciencia por su salacidad histórica, como podría pensar, sino más bien mi preocupación por su talento y su legado como Gran Intelectual y Gran Autor e Historiador cuya obra resultará no solo popular, sino incluso seminal, lo que me impulsa a devolverle el manuscrito que ha «descubierto» e instarle a destruirlo de inmediato; o, si su decidido interés por tan extraño asunto y por las conclusiones en última instancia inquietantes y desgradables hacia las que se orienta el relato le obligan a conservarlo, al menos escóndalo en un lugar donde nadie pueda descubrirlo y sobre todo no lo publique, o desde luego no de una manera que permita conectarlo con su buen nombre.

Y si usted intenta captar con sinceridad mis inquietudes, le confesaré a cambio mis prejuicios personales: primero, contra la naturaleza y las lecciones irreligiosas de estos relatos, con sus vicios vulgares y oscuros y su eficaz glorificación de un cierto tipo de barbarismo, todos ellos más ofensivos que nunca gracias a la manera en que hombres vanos, aunque inteligentes, como M. Rousseau[233] los han popularizado; y, segundo, contra la imposibilidad de verificar, en última instancia, la naturaleza de la historia, en particular por la ambigüedad al respecto de la identidad del narrador y de la época en que compuso el texto.[234] Me parece que si seguimos los únicos caminos «lógicos» (una gran torsión de la palabra) para intentar determinar esa identidad, nos enfrentamos a opciones absurdas: ¿era un profeta lunático, alucinado a la manera del fundador de este «reino de Broken»? ¿Era un memorialista inverosímil y atormentado por igual, que «recordaba» detalles que es imposible que conociera? ¿O era, como parece más probable, simplemente un fatuo estafador contemporáneo, alguien que le tenía a usted en mente, personalmente, como víctima de su estratagema? Si ese era el plan, es evidente que triunfó, habida cuenta de que usted compró el manuscrito.

Por esas razones y otras más, le pido por último que piense ahora en su propia vida y en su paralelismo con este relato que ha desenterrado: los temas compartidos, como la lucha de religiones, las difíciles relaciones de los jóvenes con padres estrictos y a veces crueles, y la manera en que una vida condenada a la soledad puede agitar el interés por el perverso hedonismo.[235] Para la mayoría de sus amigos, y desde lugeo par amí, todas esas cosas hacen más comprensible su atracción por esta «leyenda de Broken»; pero son circunstancias privadas de su vida que no deberían afectar (y si es usted sabio no lo harán) al concepto que el público general tiene tanto de usted como Gran Hombre de Historia, alguien a quien sigo estando orgulloso de considerar mi colega, como de su obra maestra, que, igual que su fama, nunca será igualada ni disminuida, salvo que usted mismo la menoscabe con fascinaciones tan comprometedoras como esta.

De Edmund Burke a Edward Gibbon

3:{i:}

*Nuevos descubrimientos esperan a los Bane
y a su Invitado a medida que se acercan a la Guarida
de Piedra...*

El viaje a Okot del grupo dirigido por el yantek Ashkatar y Caliphestros (este último, como siempre, a lomos de Stasi), con Keera, Veloc y Heldo-Bah tras ellos, se había convertido enseguida en una procesión más numerosa de lo que parecía necesario en cuanto la columna arrancó hacia el sur por la larga y amplia porción del Bosque de Davon que se extiende entre el Zarpa de Gato y los asentamientos del norte de la oculta comunidad central de los Bane. La noticia de la presencia de los recién llegados había corrido entre las tropas de Ashkatar, sorprendentemente numerosas; y parecía que prácticamente todos los oficiales o soldados Bane querían ver con sus propios ojos al viejo mutilado y a la poderosa fiera en cuyas grupas cabalgaba, no como amo y señor de la misma, sino como mitad de un extraño y místico conjunto.

El interés de los soldados por las actividades del grupo de expedicionarios y Lord Caliphestros solo empieza a decaer cuando el resto de la noche —o, mejor dicho, el alba— de su primer encuentro ha pasado ya. Y ello porque el «brujo» sigue insistiendo en la práctica peculiar de detenerse cada pocos cientos de metros para cavar (o, mejor dicho, para hacer que unos cuantos hombres de Ashkatar caven) otro agujero en el suelo con la intención de descubrir la naturaleza de la tierra o de la roca por debajo de la superficie a lo largo de la ruta, y en particular cualquier señal de presencia de agua. El anciano sigue exhortando a los excavadores para que no usen el agua de las pequeñas y claras charcas subterráneas y los arroyos que encuentran para beber, ni para lavarse siquiera; y Heldo-Bah, por supuesto —liberado de ese trabajo en pago por su participación en la búsqueda e incorporación de Caliphestros (aunque Keera y Veloc sí escogen echar una mano en el esfuerzo)—, es incapaz de dejar pasar la ocasión de torturar a los esforzados soldados en todo momento.

—¿Sabéis una cosa? —dice, dirigiéndose a un agujero en el que cavan varios soldados Bane, con una falsa seriedad particularmente enojosa—. La verdad es que deberíais consideraros afortunados. ¿Entre luchar contra los soldados de los Altos y cavar un agujero para este viejo loco? Yo, personalmente, escogería lo segundo siempre que pudiera. En cuanto a qué está buscando, ¿para qué preguntar? No busca que vuestras tripas acaben desparramadas en la Llanura de Lord Baster-kin y eso debería ser razón suficiente para obedecer. Así que... cavad. ¡Cavad y hacedlo con felicidad!

A medida que avanza la obra y el atarceder desciende sobre el bosque, las cabañas del norte de Okot empiezan a distinguirse entre la escasa y reluciente luz de la Luna naciente. Ashkatar —curioso desde el principio al respecto de los hoyos, pero incapaz de discutir las órdenes de Caliphestros— termina por tragarse la incomodidad y acercarse a la pantera blanca y al hombre de barba blanca, que sigue sentado sobre su lomo, estudiando con atención y paciencia los rabajos de un grupo de soldados en el hoyo más reciente, justo delante de él.

—¿Mi señor Caliphestros? —pregunta Ashkatar mientras hinca una rodilla en el suelo, delante de la pantera.

—¿Hum? —responde Caliphestros, saliendo de alguna profunda ensoñación para volverse lentamente hacia él—. Ah. Por favor, yantek Ashkatar, no te sientas obligado a hacer reverencias delante de mí ni de Stasi. Ya sé, y ella mucho antes que yo, que no pertenecéis a una tribu de hombres y mujeres inferiores, sino todo lo contrario. Te ruego, entonces, que hables con toda libertad, de igual a igual.

—Gracias, mi señor —responde Ashkatar mientras se pone en pie y adopta una postura de altivo mando, más característica de él—. Solo quería saber si estabas dispuesto a compartir conmigo el propósito de toda esa actividad en torno al agua. Porque estamos gastando mucho tiempo y, cuando nos hemos encontrado contigo, mis hombres estaban preparados para una batalla: como estoy seguro de que sabes, siempre resulta difícilo mantener a las tropas, sobre todo cuando son inexpertas, en ese estado de preparación bajo cualquier circunstancia; y esta oscura labor los está minando. Entonces, el objetivo de toda esa busca ha de ser vital, desde luego...

Pero en ese momento Ashkatar se ve interrumpido por dos o tres excavadores del último hoyo que forman parte de uno de los distintos grupos que se van alternando bajo la dirección del anciano brujo y que entablan conversación con él. La interrupción llega primero en forma de silbido, y luego un gemido grave tas el cual asoma por el agujero la cabeza y la cara sucia de Veloc.

—Aquí está otra vez, Lord Caliphestros, ese olor que de vez en cuando nos recuerda a las fosas fecales que los padres Groba y los sanadores de las Lenthess-steyn nos obligan a cavar y luego cubrir con cal en las afueras de Okot... —Veloc se calla de inmediato al ver de pronto a su comandante junto a Caliphestros—. ¡Ah! Mis disculpas, yantek Ashkatar. No había visto...

—Veloc —dice Ashkatar en tono severo—, ¿de verdad te parece apropiado hablar de fosas fecales con Lord Caliphestros, esté yo presente o no?

El propio Caliphestros se adelanta para arreglar el problema al tiempo que, desde una roca a cierta distancia, Heldo-Bah ruge con una risa triunfal y casi infantil.

—Por favor, yantek —dice el anciano—. He sido yo quien ha dicho a estos hombres y mujeres diligentes, incluido mi amigo Veloc, que han de usar el lenguaje con libertad cuando se dirijan a mí, pues será la manera más rápida de determinar a qué nos enfrentamos en esta agua que fluye por debajo del Bosque de Davon.

—Ya veo —responde Ashkatar; sin embargo, no del todo convencido, restalla una vez más el látigo con fuerza y grita—: ¡Y tú ya puedes acabar ahora mismo con esa risa idiota, Heldo-Bah! Me marea oírla.

—Mis disculpas, yantek —dice por toda respuesta Heldo-Bah, en un tono apenas levemente menos atolondrado—. Aunque, sinceramente, no había observado una escena tan cómica desde... Bueno, no puedo ni recordar cuándo fue la última vez.

—¡Sin duda fue la última vez que intentaste fornicar con una mujer que no estaba ciega! —grita Ashkatar, olvidando también él el decoro debido en presencia de Lord Caliphestros.

También el látigo vuelve a restallar, pero esta vez ya es demasiado para Stasi, que empieza a gruñir inquieta y a moverse de un modo que parece indicar que se está preparando para saltar encima de alguno de esos hombrecillos. Al notar su inquietud y ver luego cómo la calma Caliphestros de una manera casi mágica, el yantek Ashkatar respira hondo y se vuelve hacia su invitado.

—Estoy... estoy horrorizado, mi señor, por mi comportamiento. Encuentra, por favor, el modo de perdonarme.

—Yo te perdonaré —responde Caliphestros, con una inclinación de cabeza elegante y respetuosa—. Pero ten cuidado con ese látigo en presencia de Stasi, yantek. Los recuerdos en las panteras, como en la mayoría de los animales y exactamente igual que en los humanos, son mucho más vívidos cuando se asocian a la tragedia y a la pérdida; y cuando ella oye ese sonido en particular, sobre todo si viene entre otros ruidos y visiones de hombres armados, recuerda precisamente una pérdida muy trágica: la de sus hijos.

—¿Hijos? —repite Ashkatar, algo confundido.

—Sí. Porque para ella eran sus hijos en la misma medida en que para cualquier humano lo son sus descendientes. Y Stasi perdió a todos los suyos: tres muertos y uno capturado. Que yo sepa, fue la última partida de caza de la gran pantera emprendida en el Bosque de Davon por esos a los que vosotros llamáis Altos: la de un hombre que luego un día se convirtió en Lord Baster-kin, y lo sigue siendo. Una historia que los Bane, estoy seguro, conocéis demasiado bien.

—¿Baster-kin? —grita Heldo-Bah, ya sin ninguna diversión, mientras se planta junto a Caliphestros y Ashkatar con un salto repentino—. ¿Ese cerdo ávido de sangre? ¡Viejo, no nos habías dicho que el causante del dolor de corazón de tu amiga fuera él!

—Tanto Keera y Veloc como Ashkatar y Caliphestros se sorprenden al ver que el desdentado Bane, de quien Stasi apenas ahora empieza a reconocer la extraña mezcla de olores que lo caracteriza, se acerca a la pantera en silencio y le acaricia amablemente la piel del cuello mientras murmura algo junto a su oreja grande y puntiaguda y provoca que el pequeño copete de pelos que la coronan tiemble como si también ella entendiera la extrañeza de este momento—. Así que fue el gran Lord Baster-kin quien te metió esa canción terrible en el alma —dice el expedicionario, recordando el sonido que emitía Stasi en la ladera de la montaña, justo después de partir con los Bane de la cueva de Caliphestros—. Bueno, entonces, gran pantera, te sumarás a las filas de quienes desean vengarse de los gobernantes de esa repugnante ciudad y, si depende de mí, serás tú particularmente quien le haga pagar sus salvajadas.

La fiera entrecierra sus grandes ojos verdes brillantes y de su cuello sale un profundo ronroneo antes de volverse para dar dos profundos lametazos a la mano de Heldo-Bah con su lengua áspera y húmeda. El más infame de los expedicionarios parece impresionado por este gesto indiscutiblemente afectuoso y tierno; sin embargo, se aparta apenas un poco y deja tan solo un momento más su mano junto al cuello de Stasi.

—Baster-kin —dice de nuevo, más suave que nunca, pero no sin fiereza—. Imagínate. Como si la lista de sus crímenes no fuera ya bastante larga.

También a Caliphestros le complace el repentino despliegue de simpatía y afecto de Heldo-Bah hacia su compañera; pero solo dispone de un momento para pensarlo antes de que Ashkatar vuelva a hablar.

—Tal como decía, mi señor, esto de cavar constantemente agujeros e inspeccionar pozos y manantiales... Hemos de regresar a los Groba lo más rápido que podamos y, si yo pudiera saber por qué frenamos el paso, cuál es la información que quieres presentarles, podría ayudarte a crear un plan para hacerlo del mejor modo.

—¿No lo has oído, yantek? —responde Caliphestros, señalando a los excavadores—. Otro punto en el que el agua que fluye bajo tierra no huele como debería... Como ha de oler cualquier agua que uno espera usar con seguridad. Y, sin embargo, en otros lugares sí se encuentra agua aparentemente inofensiva. Estoy marcando el curso de todos esos caminos naturales... —explica Caliphestros mientras da unas palmadas en una de sus bolsas, de la que saca una serie de pergaminos atados— aquí, porque pretendo recordar todo lo que aprendamos acerca de las causas de vuestra plaga con la intención de sumar esos datos a algunas teorías que ya tengo a propósito de una enfermedad parecida que, según creemos Keera y yo, ha estallado en Broken.

—¿En Broken? —repite Ashkatar, atónito—. Sin embargo, tú opinabas que los Altos nos habían traído la plaga deliberadamente.

—Y sin duda ellos opinan, o al menos la mayoría de ellos opinan, que sois vosotros quienes se la han contagiado —responde Caliphestros. Luego avanza de nuevo una mano con gesto efusivo hacia el hoyo que tiene delante—. Y para encontrar la respuesta a todas esas preguntas, la clave es el agua. O el agua que lleva la fiebre. Bueno, ¿acierto si doy por hecho que, como práctica general, los lados norte y sur del pueblo no obtienen el agua de las mismas fuentes?

Ashkatar parece perplejo.

—Sí, mi señor. La zona sur de Okot saca el agua de pozos y arroyos alimentados por las montañas del sur, mientras que las del norte...

De repente, la comprensión se asoma a muchas caras a la vez.

—Sí —dice Caliphestros con una sonrisa—. Ya me lo imaginaba.

Mira a Keera y encuentra en su rostro, como esperaba, la primera expresión de veradera esperanza que ha manifestado hasta el momento: no de esperanza para su pueblo, ni de algún sentimiento expansivo y noble de esa clase, de los que el anciano sabe capaz a la rastreadora, sino de esperanza personal por el destino de sus hijos.

—Tendría que haberme dado cuenta —dice Keera, mirando al suelo con gesto decidido. Incluso Caliphestros se ve obligado a admirar su nueva determinación. Luego alza la mirada para posarla en Ashkatar y continúa—: Está claro que es el agua, yantek. Las zonas del norte de Okot se alimentan, al menos en parte, de las aguas que drenan del Zarpa de Gato. Pero es que nunca habíamos concebido, como acaba de hacer la mente de Lord Caliphestros gracias a su grandeza, la posibilidad de que todo un río pudiera estar contaminado.

Ashkatar, mientras tanto, con la mente concentrada en lo que acaba de afirmar Keera, se lleva un susto de pronto, como todos los que le rodean, cuando suena un grito que parece anunciar un descubrimiento por parte de uno de los soldados que cavan en el agujero más cercano.

—¡Mi señor! —exclama luego el guerrero de cara sucia con voz coherente—. ¡Yantek! ¡Mira lo que nos hemos encontrado!

En un instante el guerrero se levanta y sale del agujero con diversos objetos pequeños en una mano.

—¡Cuidado con eso! —advierte Caliphestros. Saca un trozo de trapo y lo hace pasar por una cadena de manos hasta que llega al soldado, tan concentrado en esa tarea que solo ahora se percata de que el mensajero cubierto de suciedad no es un joven, sino una poderosa y atlética guerrera—. Lávate las manos con sosa cuando termines, muchacha, y hasta quema tu túnica luego, si es que tienes en tus manos lo que me temo. —La guerrera coge el trapo de Caliphestros, envuelve con él los objetos y camina decidida hacia el anciano, que antes incluso de ver lo que le trae, declara—: Aunque tal vez yo sea capaz de decirte lo que son la mayoría de estos objetos, yantek. —Luego se vuelve de nuevo hacia su compañera de viaje—. Y Keera también, por lo que percibo.

Keera ya está moviendo la cabeza para asentir.

—Sí, señor. Huesos —murmura—. O mejor, a estas alturas, trozos de huesos. Y podría incluso sorprenderte, Lord Caliphestros, si afirmo que dudo que sean solo huesos de los animales que vimos muertos o moribundos en la charca, río arriba. Puede que también haya algunos fragmentos pequeños de huesos humanos. Pero todos contienen la enfermdad, eso ya lo sabemos, y de verdad que han de manejarse todavía con más cuidado que el agua que los transporta.

—Pero... —la joven descubridora retuerce los rasgos de la cara de pura confusión—, entonces, ¿son la causa de la plaga? ¿O son parte de alguna maldición perpetrada por los sacerdotes y las sacerdotisas de los Altos durante sus visitas al Bosque para cometer cualquiera de sus muchos actos extraños y malvados...?

Caliphestros emite un leve sonido, ligeramente crítico.

—Tenemos que llegar todos a un acuerdo antes de alcanzar Okot —dice, no tanto con el tono de riña propio de un pedante, como lleno de simpatía y precaución—. Keera, ¿qué te dije cuando hablamos de este asunto de las maldiciones y los sacerdotes?

Keera se detiene para recordar las palabras con exactitud:

—Que la única «magia» es la locura —repite de memoria, aunque con decisión y entendiendo lo que dice—. Igual que la única «brujería» es la ciencia. Mi señor.

Se desplaza entre la gente para poder ver los objetos que sostiene la guerrera. Y son justo lo que la rastreadora y Caliphestros han temido y anticipado: esos huesos, como sabe Keera en el fondo de su corazón, son las partes menores de unos niños.

Caliphestros ve por la expresión del rostro de Keera que esta ha entendido y le dice:

—Así que... tú también los viste, ¿eh?

Keera alza la mirada hacia Caliphestros.

—Sí, señor. Cuando nos íbamos de la charca. Estaban atrapados en el brazo de agua de salida. Pero admito que me pareció que tú no los veías.

—Estaba esperando un momento como este para discutir ese asunto —responde Caliphestros—. Para ver si darías a esa visión su verdadero sentido, como ciertamente has hecho.

Veloc da un paso adelante para rodear a su hermana con un brazo lleno de orgullo y consuelo.

—Si no me equivoco —dice Veloc antes de volver su bello rostro para encararse a Caliphestros—, no solo podemos obedecer la orden del yantek Ashkatar de inmediato, sino que debemos hacerlo y regresar rápidamente a Okot; pero antes de eso, hemos de mandar a nuestros mensajeros, ¿verdad, Lord Caliphestros? Para avisar que nadie en Okot tome agua de las dudosas fuentes de la ladera norte del pueblo.

—Compartes la sangre de tu hermana, Veloc, eso es evidente —responde Caliphestros, con menos entusiasmo del que hubiera deseado el historiador, mientras el viejo estudioso recoloca sus diversas propiedades en las bolsas pequeñas que lleva en torno al cuello. Luego mira a Ashkatar—. Por ahora, de todos modos, yantek, la insistencia y la diligencia de tus tropas han hecho posible encontrar respuesta a todas las preguntas inmediatas; todo lo que no esté explicado todavía deberá ser discutido, propongo, en ese lugar que los de tu tribu llamáis «Guarida de Piedra». Así, si queréis alertar a vuestras tropas, como dice Veloc, para enviar mensajeros...

El ansioso Ashkatar levanta el látigo sin pensarlo y Caliphestros se lo agarra justo antes de que el comandante de barba negra pueda restallarlo de nuevo, le dirige en silencio una mirada admonitoria a modo de recordatorio y luego mira a la pantera que tiene debajo, ahora en estado de plena alerta.

—Evitemos cualquier acto de locura —apunta el anciano— ahora que disponemos de tan preciadas pruebas, que son la forma más exacta y valiosa del conocimiento... Y de la persuasión.

—¡Enviad mensajeros a los Groba! —ordena Ashkatar, volcando la atención afanosamente en los asuntos inmediatos, en parte para esconder su propia vergüenza—. Hacedles saber que llevaremos con nosotros más explicaciones, pero que han de hacer caso de nuestra advertencia con respecto al agua de los pozos del norte.

—Bien dicho —opina Caliphestros. Escruta la creciente oscuridad y, tras descubrir un montículo cercano coronado por una maleza espesa y oscura, dedica una inclinación de cabeza a Ashkatar—. Y ahora, yantek, me voy a retirar a atender las necesidades del cuerpo de este anciano y me reuniré contigo dentro de unos minutos.

—Muy bien, Lord Caliphestros. Cuando vuelvas tendré tu escolta lista para marchar.

Ashkatar recupera el papel del comandante que manda y regaña, en el que se siente mucho más cómodo, y empieza a repartir órdenes tanto para las unidades que se van a quedar atrás con misiones de escolta y patrulla como para las que se adelantarán hasta Okot. Caliphestros, mientras tanto, urge a Stasi a avanzar hacia el montículo...

Y Keera se percata de algo extraño: el anciano no lleva la mirada fija en su destino, ni en los objetos que acarrea, ni siquiera en la poderosa compañera que tiene debajo. Mete prisas a Stasi: algo natural si la necesidad del anciano de aliviarse es tan urgente como acaba de sugerir. Y sin embargo, decide Keera, hay algo no del todo correcto en su comportamiento...

Así, con la oscuridad que ahora cae con la rapidez que la caracteriza, en las horas primaverales que separan el brillante día del ascenso de la Luna en el Bosque de Davon, y mientras las tropas de Ashkatar juntan las antorchas en el lado sur del agujero junto al que estaban hace poco los expedicionarios, Caliphestros y el yantek de los Bane —y, sobre todo, plenamente consciente de que su pequeña estratagema podría provocar un momento profundamente embarazoso entre ella y el anciano sabio en quien ha acabado poniendo tanta admiración y confianza—, Keera abandona toda precaución y camina lentamente hacia atrás para alejarse de los demás mientras estos se preparan para la última etapa de su viaje hacia el sur, y asciende rápida y silenciosamente por el tronco y las ramas de un olmo especialmente frondoso. La parte alta de la copa de este gigante retorcido establece conexiones con otros centinelas del Bosque, también de denso follaje —arces, robles y abetos—, que van llevando, en última instancia, hasta un punto que se alza sobre el montículo tras el que ha desaparecido a toda prisa Caliphestros.

3:{ii:}

Un secreto se desvela, otro se vuelve más complejo...

Puede parecer improbable, o incluso imposible, que un hombre o una mujer, por mucha habilidad que tenga, sea capaz de moverse por las copas de los árboles con tanto sigilo como los animales expertos en desplazarse de ese modo sin ser vistos: pájaros, ardillas y gatos monteses.[236] Sin embargo, Keera, con el viento de costado —un viento que, como ocurre a menudo, sopla desde el oeste y empuja tanto su escaso olor como cualquier exceso sonoro hacia el ruidoso grupo de soldados de Ashkatar—, es capaz de lograr ese reto pese al peligro añadido de que Ashkatar no deja de escrutar las ramas en lo alto, evidentemente en busca de algo o alguien con quien pretende encontrarse.

El descubrimiento de quién es ese alguien casi acaba con el inteligente y silencioso rastreo de Keera por los árboles. Oye el apagado cotorreo y el rápido aleteo de un estornino que vuela en la noche y, tras aventurar con acierto quién se acerca, se vuelve y sonríe al mismo pájaro jaspeado, teñido de arcoíris, que los tres expedicionarios se encontraron en lo que ya parece un largo tiempo atrás, cuando siguieron por primera vez a Stasi y Caliphestros hasta su cueva. El pájaro revolotea por encima del punto ocupado por Keera en el centro de una rama de roble y luego aterriza en la rama contigua y se queda mirando fijamente los rasgos humanos de la rastreadora. Keera disfruta al oír de nuevo la aproximación del nombre de Caliphestros que el estornino pronuncia con orgullo: sin embargo, también le pone muy nerviosa la posibilidad de que el propio Caliphestros descubra al pájaro y a continuación la vea a ella. Por eso Keera insta al estornino.

—¡Guarda silencio! —le susurra tan suave como puede.

Junta las dos manos en un cuenco para intentar empujar al estornino a bajar por la rama, pero el bicho emplumado, como si se indignara por momentos, se limita a agitar las alas ruidosamente para alzarse unos palmos en el aire y aterrizar directamente encima de la cabeza de Keera. Totalmente incapaz de decidir qué hacer —porque el pájaro ya no emite sonido alguno y más bien se está acomodando, como si fuera a quedarse un rato allí—, Keera se queda tan quieta como le permite su nerviosismo: Caliphestros ha oído ya al estornino y va buscando de un lado a otro, más rápido ya, imitando los sonidos del pájaro con la intención de convencerlo para que baje. Cuando el mensajero jaspeado se anima al fin a descender, de todos modos, no lo hace porque alguno de los humanos allí presentes lo haya provocado; al contrario, se debe al paso repentino, absolutamente silencioso, pero rápido y en cierto modo amenazante de un enorme par de alas oscuras y deslizantes que se han acercado lo suficiente al estornino como para obligarle a chillar asustado y luego bajar hasta Caliphestros con un aleteo nervioso y aterrizar en su hombro.

—¡Ah! —dice el anciano, al tiempo que se vuelve para contemplar los ojos grandes del estornino—. ¿Qué era todo eso? ¿Y dónde está tu socio, si puedo preguntar?

Pero el «socio» del estornino tiene otros planes, de momento, pues ha descendido en picado para ocupar la posición de su pequeño amigo en la rama del árbol de Keera: la gran diferencia estriba en que esta criatura —la misma lechuza grande que, solo de manera ocasional y en breves atisbos, alguien ha podido ver tras la estela de Caliphestros, o en sus visitas a Visimar— ocupa el mismo espacio que Keera, sentada en la rama que comparten. Los penachos de plumas[237] que parecen dibujar a la vez sus orejas y sus severas cejas, y que normalmente ocupan una posición más crítica y baja que en los machos de la misma especie, más pequeños, se alzan por encima de sus ojos enormes, severos y dorados, de momento, en presencia de esta extraña humana que se ha atrevido a adentrarse en el reino del pájaro.

Al oír a Caliphestros conversar con el estornino allá abajo, de todos modos, la lechuza decide que ya ha dejado clara la impresión que quería causar a Keera y abre de pronto a medias sus alas para dejarse caer y planear en amplios círculos con una simplicidad y un silencio asombrosos, hacia un fragmento de un viejo tronco en el que el gran maestro de la Naturaleza y de la Ciencia alecciona a su joven y frenético estudiante de lengua y diplomacia.

Solo cuando la lechuza cornuda ha abandonado ya la rama del árbol Keera ve que la gran jefa de los aires lleva firmemente apresado entre sus garras el mismo grupo de plantas y flores acerca del que Caliphestros y ella estuvieron conversando al regresar de su cueva. Por decirlo una vez más, no hace tanto como la cantidad de sucesos invita a pensar. «Flor de lúpulo silvestre de montaña, campanillas de la pradera y glasto —piensa Keera en silencio—. Y, aunque ahora ya no puedo verlo, diría que estas también las ha cortado una hoja bien afilada... Entonces, ¿será que la fiebre se extiende también dentro de las fronteras de Broken?»

Como si fuera una respuesta a esa pregunta silenciosa, Keera oye que Caliphestros se pone a hablar con los dos pájaros, cuya llegada, según se percata de pronto la rastreadora, no ha provocado ni la mínima reacción de Stasi.

—... y entonces... —dice Caliphestros al par de aves, ahora posadas en dos ramas truncadas que apuntan hacia el cielo desde el tronco caído de un arce, tendido delante del asiento de su amo—. A vosotras dos os toca encontrarlos. —Sus expresiones se vuelven más simples y más decididas—. Soldados... A caballo —dice, y luego repite la frase unas cuantas veces hasta que el estornino se pone a chillar.

—¡Solaos! ¡Allos! —Luego la criaturilla se vuelve hacia la lechuza y añade—: ¡Ner-tus!

Si los dos pájaros fueran niños, se diría que el hermano mayor, pero menos hábil intelectualmente, ha recibido una paliza del menor y más rápido de los dos; el estornino va volando a toda prisa del hombro de Caliphestros a su solideo y luego desciende de nuevo y casi parece que se ría. La mirada fulminante de la lechuza, mientras tanto, se vuelve más severa, como si lanzara una advertencia: «No alardees, hombrecillo, de tu cháchara, si no quieres que te trague.» Caliphestros se da cuenta y se interpone para rodear al estornino con una mano suave, llevárselo a la cara y decirle:

—Ya basta, Traviesillo. —Ese parece ser su cariñoso apelativo para el estornino—. Y ya te lo he dicho muchas veces. Burlándote solo conseguirás que te coman. Y entonces, ¿dónde quedaríamos Visimar y yo? ¿Eh?

—¡*Viz-i-maaa!* —consigue pronunciar en un chillido Traviesillo, desafiando el fuerte agarre de Caliphestros.

El anciano no puede evitar una carcajada ante la persistencia del ser diminuto.

Arriba, en el árbol, en cambio, a Keera se le ha puesto cara de perplejidad, porque el nombre de Visimar es tan conocido en Okot como en el reino de Broken. ¿Acaso el misterioso acólito del sabio forma parte, entonces, del plan que ha decidido no compartir con sus aliados Bane? Y en ese caso, ¿por qué ha decidido mantenerlo en secreto? ¿Por alguna razón siniestra?

—Y ahora acordaos —vuelve a empezar Caliphestros, allá abajo—: es necesario que trabajéis juntos los dos, así que ya basta de riñas. Visimar sabe que hay fiebre en el campo y en la ciudad, pero ha de saber que también la hay en el Bosque para que se lo diga al sentek Arnem. —Como todo ese discurso elaborado resulta de nuevo más bien inútil, Caliphestros mira fijamente a Traviesillo y le dice con firmeza—: Fiebre... Bosque.

—¡*Fiebe Boque! ¡Boque fiebe!* —repite el estornino.

El pájaro lucha por liberar un ala del agarre de su compañero humano, que al fin se da por satisfecho al ver que puede pronunciar las palabras correctas en el momento correcto y suelta a Traviesillo para que se pose en una rama cercana.

—Y ya solo nos queda una cosa más —dice Caliphestros mientras mete una mano en su bolsa...

Saca una flecha dorada, exactamente igual que la que Keera y él cogieron del soldado muerto de la Guardia de Lord Baster-kin. La enorme lechuza se echa a volar de inmediato hacia el hombro de Caliphestros, a quien sorprende con su velocidad, y luego flota unos pocos centímetros por encima de él para usar las garras que no cargan con las flores —y cuya extensión iguala a las de los dedos humanos— para arrancarle la flecha: de nuevo, parece que no hacen falta instrucciones, pero Caliphestros mira al estornino para estar seguro.

—La flecha, Traviesillo —dice—. También para Visimar.

—¡*Viz-i-ma! ¡Oua!* —repite el estornino, con tanta gracia que Caliphestros se ve obligado a enterrar la cabeza en las manos para intentar ahogar un ataque de risa, no vaya a ser que el pájaro deje de pensar que sus instrucciones son resueltas y serias.

Como el grupo está a punto de echar en falta tanto a Keera como a Caliphestros, ella se alegra al ver que el anciano agita los brazos para despedir a los dos pájaros. Ambos rodean el pequeño claro junto al montículo en el que han recibido sus últimas instrucciones y por último dirigen el rumbo hacia el Puente Caído, en la zona de las Cataratas Hafften y, más allá, el lugar donde más probable resulta que se encuentren las fuerzas de Broken, dispuestas a acampar antes de encontrarse con el ejercito de Ashkatar. Después, Caliphestros se abre la túnica para aliviarse (su supuesto propósito para acercarse a este lugar apartado) sin apartarse del tronco, y luego insta a Stasi a acercarse y bajar el cuello para que él pueda pasar del tronco a su lomo con facilidad. Keera toma el primer indicio de acción privada del anciano como una señal para deshacer el camino que la ha llevado hasta su atalaya por las copas de los árboles. Al cabo de unos pocos segundos oye que su hermano y Heldo-Bah la están llamando, con un claro tono de preocupación en el caso de Veloc.

Incluso tratándose de alguien tan famoso como Keera, su maravillosa manera de conseguir moverse entre las copas es asombrosa; necesita bien poco rato para encontrarse de nuevo entre los hombres y mujeres que se han reunido para emprender el último tramo de la marcha y mentir fríamente a su hermano y Heldo-Bah al decirles que, como Caliphestros ha aprovechado la ocasión para ocuparse de sus asuntos privados, ella ha decidido hacer lo mismo.

—Podrías habérselo dicho a alguien, Keera —la regaña Veloc.

—Por la Gran Luna, Veloc —ruge Heldo-Bah—. Es mil veces más probable que cualquier fiera del bosque se te lleve a ti que a Keera. De verdad, no sé por qué persistes en ese juego idiota de hacerte pasar por el hermano responsable. Es casi tan imbécil como tu insistencia en que eres un historiador experto.

—Vosotros dos, ni se os ocurra siquiera plantearos la posibilidad de volver a hablar de eso —dice una nueva voz. Los tres expedicionarios se dan media vuelta y ven que Caliphestros y Stasi emergen de la oscuridad—. La hora del parloteo estúpido ya ha pasado —continúa.

Sus órdenes no pueden impedir que Veloc tiemble un poco al reparar en la aparición de la pantera blanca, verdaderamente fantasmagórica en esta especie de luz que con tanta rapidez se desvanece.

—Gran Luna —susurra Veloc a Heldo-Bah—, desde luego no me sorprende que los Altos le tengan tanto miedo. ¡Es como si apareciese en el aire de la noche!

—Ah, *ficksel* —responde con calma Heldo-Bah—. ¿Y luego te atreves a decir que yo soy el supersticioso?

En ese momento, Ashkatar da un paso adelante y exclama:

—De acuerdo, entonces. Para todos los que seguís adelante: tengo la intención de estar dentro de la Guarida de Piedra dentro de dos horas. Y si no lo conseguimos, Heldo-Bah, sabré muy bien qué espalda azotar con mi látigo.

—Muy valientes palabras cuando tienes todo un ejército detrás, Ashkatar —responde Heldo-Bah, pero se sitúa junto a la columna de tamaño regular en que avanzan los soldados para poder seguir su ritmo—. Pero ni los Bane ni los Altos han hecho todavía el látigo que pueda cortar mi piel, eso te lo prometo...

Caminando de nuevo junto a Stasi y Caliphestros mientras estos avanzan para ponerse a la altura de Ashkatar, Keera va negando con la cabeza.

—Te lo prometo, mi señor. De verdad que hay miembros de la tribu Bane que no son tan devotos de las peleas como esos dos. O tres, supongo, si contamos al yantek Ashkatar entre ellos.

—Ah, estoy seguro —la interrumpe Caliphestros con una enigmática sonrisa en la cara—. Efectivamente, he visto entre los tuyos a algunos capaces de ser casi silenciosos... Incluso mientras bailan por las copas de los árboles.

3:{iii:}

Al llegar a la Llanura de Lord Baster-kin, el sentek
Arnem se encuentra con un silencio escalofriante...

La mañana en que Sixt Arnem marcha con todo su khotor de
Garras hasta la sección de la Llanura de Lord Baster-kin que queda
al norte del Puente Caído, no encuentra ninguna prueba de que los
hombres de la guarnición de Esleben, que debían encontrarse allí
con él, hayan sobrevivido durante su marcha por el Zarpa de Gato
a las distintas pestilencias que, según ha podido determinar Visimar, corren por Broken. Del mismo modo, aunque resulta mucho
más sorprendente, no hay señal alguna del destacamento de la
Guardia de Lord Baster-kin que siempre está asignado a la frontera norte de la extensión de tierra más arable y estratégica de la familia; aunque tampoco hay ninguna muestra visible de que dichos
hombres hayan topado con alguna calamidad. Al contrario, a medida que los Garras avanzan sobre la alta y burda hierba del borde
de la Llanura, y luego por el sur para adentrarse en los ricos pastos
que el famoso ganado bovino de pelo largo de la familia Baster-kin
mantiene recortado a una altura casi uniforme, lo único que encuentran es, por muchas razones, la circunstancia más enervante
que puede encontrar un soldado en marcha, lleno de preguntas y
lejos de casa: nada.

Cierto, el ganado pasta a su manera (o, mejor dicho, la mayoría
de los animales, pues está claro que no son pocos los que faltan) y
apenas presta atención a los recién llegados, salvo para apartarse un
poco en busca de seguridad; pero no hay muestras visibles de enfermedad. En cualquier caso, los hombres de Arnem saben bien

que las unidades de la Guardia deberían patrullar esta parte de la Llanura: ¿dónde están, entonces? Arnem sabe qué acción es el único remedio para su propio asombro y para el de sus hombres; así, tras ordenar que se establezca un campamento central, el sentek encarga a sus exploradores que apliquen sus agudos talentos para la detección hasta poco menos de veinte kilómetros arriba y abajo por la orilla norte del Zarpa de Gato y les recuerda, así como al resto de sus hombres, que ni ellos ni sus monturas deben consumir agua del río, salvo en los distintos estanques de agua pluvial que la familia Baster-kin ha construido a lo largo de la Llanura durante los últimos años. El campamento central de Arnem queda cerca de uno de esos estanques; en cuanto levantan su tienda, el sentek ordena que se establezca un puesto de observación cerca de la fuente de agua que queda más al sur, puesto que, al estar situada cerca del Puente Caído, ofrece buenas vistas hacia el río y el bosque que queda detrás. Allí levantan tiendas, encienden hogueras, programan guardias y los hombres reciben la orden de estar listos para actuar sin previo aviso.

Cuando los sonidos que emiten los otros fausten al preparar sus tiendas en torno a las de Arnem empiezan a resonar en el aire del mediodía al norte del puente, el sentek, Niksar y Visimar avanzan con sus caballos para acercarse más todavía a la burda frontera de la Llanura que señala su límite sur, donde Arnem mantiene la mirada atenta a cualquier señal de regreso de Akillus o alguno de sus hombres con noticias, o en particular alguna señal de vida de los ausentes miembros de la Guardia de Baster-kin. El estado de ánimo en la Llanura se va volviendo cada vez más lúgubre, aunque decidido, a cada hora que pasa, igual que la amargura por la ventaja que deberían haber ofrecido los hombres de la avanzadilla, de quienes se esperaba que hubieran tomado posición antes que ellos.

—Malditos sean —protesta en voz baja Arnem y ni a Visimar ni a Niksar les cuesta en absoluto entender cuál es el objeto de su ira—. No esperaba encontrar a esos dandis de faja de latón atentos y en sus puestos, pero nos hubiera sido útil tenerlos cerca de estas posiciones.

—Entonces, ¿esperarías que los chacales se convirtieran en lobos, sentek —responde Visimar con una pregunta—, solo porque se presenta un peligro?

Niksar asiente con una inclinación de cabeza.

—Lo que dice es cierto, sentek —murmura el linnet—. Podríamos haber dado por hecho que la Guardia se retiraría, ya que son el primer premio que los Bane intentarían llevarse al atacar al reino. Solo nos falta saber en qué dirección, por qué, bajo qué autoridad...

—¿Autoridad, Niksar? —pregunta Arnem—. ¿Crees que alguien les ordenó retirarse del terreno? Confío en que te des cuenta de que esas órdenes solo podrían haber procedido de una fuente.

Visimar desea de todo corazón no ser él quien tenga que dar respuesta a esa afirmación, y por eso le encanta que se le adelante el joven y hermoso linnet.

—Sentek, no pretendo que esto suene a nada distinto de lo que es: una observación de lo que yo veo como hechos innegables, así como un intento de honrar a mi hermano y de poner en cuestión el peculiar modo en que nuestros superiores, nuestros superiores civiles, hicieron caso omiso de manera constante de los apuros de Donner durante el tiempo que pasó en Esleben; sin duda esta situación sugiere que Lord Baster-kin, por mucho respeto que puedas haberle tenido en el pasado, no es el hombre que tan a menudo has confiado que fuera.

—Tal vez, Niksar... Tal vez —responde Arnem. Luego, tras pensárselo, añade—: Aunque no puedo sino esperar que entiendas la cautela que hemos de tener para plantearnos siquiera esas conclusiones. Soy consciente de que no hemos encontrado todavía un hilo común que recorra todo lo que hemos visto, experimentado y sentido. Pero la sugerencia de que ese hilo pueda ser una traición por parte del Lord Mercader... No estoy tan seguro. Los oficiales y los hombres de la Guardia tienen perfidia y cobardía de sobra para explicar lo que ha ocurrido y me temo que lo tenemos que dejar aquí. Al menos de momento.

Al recibir ese desarie de su comandante, Niksar —con la muerte de su hermano todavía reciente en el pensamiento— sigue galopando solo hacia el sur un rato más, mientras que Arnem y Visimar caen de nuevo en el silencio. El anciano estudia al comandante del ejército de Broken un rato más antes de preguntar en voz baja:

—¿Cuándo fue la última vez que dormiste, sentek? Me refiero a dormir como se debe.

—¿Acaso alguno de nosotros ha dormido? —responde Arnem, sin brusquedad, pero con un poco de irritación todavía—. Es necesario establecer un plan de guardias y descansos para los hombres, los caballos necesitan comer siempre a las mismas horas, o al menos llenarse la barriba pastando un poco de hierba decente, y dormir, por no hablar del aseo. Y, por las pelotas de Kafra, todos los skutaars parecen a punto de caer exhaustos en cualquier momento. ¿Puedo dormir yo antes de saber que todos ellos, hombres, animales y criaturas, están a salvo de la fatiga y de la peste para desempeñar sus tareas? Dime cómo, aprendiz de brujo, y pegaré la cabeza a la almohada tan rápido como cualquiera de los hombres que marchan con nosotros. Porque solo estoy seguro de una cosa... —sus ojos, fríos y estables, escanean la orilla del sur y el Bosque de Davon que se extiende más allá—: los Bane han podido ver todo lo que nos pasaba. Quizá desde lejos, pero... están ahí a fuera y saben al menos un poco, y cabe que algo más, de nuestra problemática situación.

Pasan todavía unas horas hasta que, ya con la luz dorada de la última hora de la tarde, avisan a Arnem de que han avistado al primer explorador —el siempre fiable Akillus, como era de esperar— galopando a gran velocidad de vueta hacia el campamento de los Garras.

Efectivamente, para cuando la montura de Akillus cruza la Llanura como un trueno y llega hasta donde se encuentran Arnem, el recién regresado Niksar y Visimar, galopa todavía tan rápido que se pasa de largo y tiene que dar la vuelta para regresar hasta ellos, lo cual provoca una risilla del sentek, su ayudante y su consejero, hasta que ven la expresión de la cara del jinete.

—Akillus —saluda Arnem cuando el explorador dirige finalmente al caballo hacia los tres hombres y sus respectivas monturas—. Entiendo que algo muy importante te ha impedido esperar hasta el consejo de esta noche, o limpiarte todo el fango de tu larga cabalgada antes de presentarme tu informe.

Akillus se mira las manchas marrones, ya secas, que le cubren la piel, la túnica y la armadura, y no se ríe, ni sonríe siquiera, como suele hacer a menudo, incluso en las situaciones más peligrosas o embarazosas. Para Arnem, es la primera insinuación de que el explorador ha averiguado en su misión algo definitivamente siniestro.

—Entonces, ¿has visto algo? —pregunta el comandante—. ¿En la orilla del río?

—No... no he sido el único que lo ha visto, sentek —contesta Akillus, inseguro—. Todos los exploradores han visto algo parecido, tanto si formaban parte de un grupo que iba río arriba como río abajo.

—Bueno, Akillus —lo insta Niksar, con una gravedad en el rostro parecida a la que exhibía en Esleben—, ¿qué es eso que has visto?

—¿Una escena comparable con la de Daurawah? —pregunta Visimar, con ansia e intención.

—Sí —responde Akillus—. Algo así, pero en una escala mucho mayor, aunque no me parecía posible. —Akillus mira por fin a su comandante, hace un valiente esfuerzo por recuperar la compostura y afirma—: Se diría que ha habido alguna batalla en el río, sentek, salvo que nunca nos ha constado que los Bane usaran barcos ni que atacasen a los mercaderes del río. Y, ciertamente, la cantidad de mujeres y niños desarmados entre los muertos no hace pensar en un conflicto; o, en cualquier caso, no en un conflicto formal. Pero están todos allí, junto con la patrulla ausente de la Guardia de Baster-kin; había muertos de todas las edades a ambos lados, y también algunos que no terminaban de morir, aunque estos últimos nos rogaban que les diéramos la muerte, tan doloroso era su estado.

—¿Su estado? —repite Visimar—. ¿Quieres decir que daban muestras de padecer las dos enfermedades que hemos presenciado? La fiebre del heno por un lado y...

—Y las heridas del fuego también —continua Akillus—, que se han contagiado entre los animales que han visto los exploradores aun más arriba del río. ¡Sentek, el Zarpa de Gato se ha convertido en un río mortal, de un extremo al otro!

—Tranquilo, linnet —dice Arnem en voz baja—. ¿Y no has encontrado a nadie libre de la enfermdad?

—Solo a uno —responde Akillus—. Un joven miembro de la Guardia que deambulaba a solas. Lo más extraño es que le aterraba tanto que fuéramos camaradas suyos como que fuéramos de los Bane. Dice que lo dejaron atrás por fuerza para vigilar las piezas de ganado de Lord Baster-kin que normalmente cuida su destacamento en el lado norte de la Llanura. Pero al ver que se hacía tarde y luego pasaba toda la noche, fue a ver si sus compañeros habían logrado algún progreso y se encontró... Lo mismo que nosotros. Está medio loco de miedo.

—¿Lo has traído al campamento? —pregunta Visimar, con palabras teñidas de susto.

—Se ha quedado fuera —responde Akillus—. Parecía libre de enfermedad, pero después de todo lo que hemos visto...

—Bien hecho, Akillus. —Arnem respira aliviado y mira a Niksar—. Como siempre.

—Pero... —Visimar sigue dándole vueltas a una afirmación anterior— ¿si sus compañeros habían logrado algún progreso? ¿Qué compañeros? ¿Y en qué tarea?

—Una muy ambiciosa —contesta Akillus—. Mucho más importante que sus patrullas habituales por la Llanura. Al parecer, desde la ciudad mandaron un khotor entero de Guardias mientras nosotros regresábamos del este, con la misión de entrar en el Bosque antes de que llegásemos y destruir a todos los Bane que descubriesen.

Atónito, Arnem tira de las riendas de Ox para que se quede quieto.

—¿Qué?

—Sí, sentek —responde Akillus—. Muy extraño, ya digo, porque todos sabíamos que esa era nuestra misión. Pero parece que Lord Baster-kin...

—¿Los envió Baster-kin? —dice Arnem, mirando de nuevo a Niksar, aunque ahora con cara de pedir disculpas—. Pero... ¿por qué? ¿Por qué nos envió a procurar la destrucción final de los Bane para luego mandar a sus hombres para hacer el mismo trabajo por separado?

—Porque —murmura Visimar en tono discreto— se suponía que los Garras, y especialmente tú, sentek, no íbais a sobrevivir al viaje al este. Baster-kin intenta aprovecharse de los terribles sucesos de esas provincias como camino para consolidar su control sobre todos los instrumentos de poder del reino: para que el ejército regular se convierta en su instrumento necesitaba quitarse de en medio a los Garras y a su comandante. Y si quería que su desaparición pareciese accidental o, mejor todavía, causada por los Bane, ¿había un modo más limpio de lograrlo que enviarlos a esa parte del reino infestada por la enfermedad?

Es evidente que Akillus ha visto lo suficiente en el río como para considerar verosímil la explicación de Visimar.

—Así es, sentek. A juzgar por lo que ha dicho ese Guardia, y tú mismo podrás preguntarle, fue el tenor de tus informes lo que hizo pensar al Lord Mercader que debía enviar más hombres... Hombres que manifestaran lealtad personal tanto a él como al Rey-Dios para encargarse de la conquista de los Bane, por si acaso nosotros no llegábamos nunca al Bosque o, una vez allí, decidíamos no atacar.

Niksar no dice nada, pero dirige a su comandante una mirada que transmite que él también ha llegado a la misma conclusión.

—Y hay más todavía, sentek —dice Akillus, con la voz aún más insegura—. Parece... Según este joven pallin, bueno, parece que ha estallado una rebelión en el Distrito Quinto de la ciudad.

De nuevo, la expresión del rostro de Visimar indica que ya conoce la respuesta a lo que va a preguntar:

—Ah, ¿sí? ¿Y quién dirige esa rebelión, linnet?

Con más reticencia que nunca, Akillus contesta:

—Quizá sería mejor que interrogaras tú mismo a ese hombre, sentek...

—Te estoy interrogando a ti, Akillus —responde Arnem, en tono bajo pero oscuro—. ¿Quién dirige esa rebelión?

—Dice... —al fin Akillus se limita a pronunciar las palabras— dice que es Lady Arnem, sentek. Apoyada por veteranos de todo el distrito, además de... bueno, además de tu hijo mayor.

De nuevo, las noticias no representan novedad alguna para Visimar, pero Niksar sí da un respingo, impresionado.

—¿La esposa y el hijo del sentek Arnem? Hak, solo son chismes maliciosos, cotilleos de los miembros de la Guardia.

—Eso he pensado yo, Niksar —responde Akillus—. Pero parece que el chico no lleva tanto tiempo en la Guardia como para llegar a «infectarse» con su comportamiento.

—Pero... ¡sentek! ¿Lady Isadora y Dagobert? —pregunta Niksar, con la voz teñida por completo de perplejidad—. ¿Qué puede haberles impulsado a actuar así?

Como el propio Arnem está demasiado confundido para responder, le toca a Visimar decir:

—Si no me equivoco, no han tenido otra opción, enfrentados al mismo tipo de enfermedad y muerte que hemos visto nosotros, y ahora que hemos oído más de...

—Sí, sentek —interrumpe Akillus—. El tullido tiene razón en eso. Dicen que la plaga anda suelta por el distrito y que, cuando Lord Baster-kin y el Gran Layzin se negaron a dar respuesta a las peticiones de ayuda de Lady Arnem, se desató la rebelión.

—No sería nada excepcional que esas causas provocaran tales

sucesos —afirma Niksar, todavía desconcertado por la información, pero provocando al mismo tiempo la riña de Arnem, que intenta mantener la voz estable pese a no ser poca la rabia que se trasluce en su respuesta.

—Sería excepcional si implica a mi familia, Niksar. —El joven ayudante apenas puede tragar saliva. Luego, con un gran esfuerzo por recuperar la compostura, Arnem continúa—: Pero dejemos ese asunto de momento, hasta que tengamos a ese Guardia delante. ¿Qué pasa con todo lo demás? ¿Enviar un khotor de hombres de Baster-kin al Bosque...? ¿No te ha dado más detalles de qué había detrás de esa acción?

—Ha dado los detalles que cree conocer —responde Akillus—. Que son bien pocos. El más importante era que los hombres de la ciudad y las patrullas de la Llanura se lanzaron de cabeza a cruzar el Puente Caído, al parecer, en cuanto llegó el khotor. O sea, según parece, por la noche.

Todos los semblantes de quienes escuchan a Akillus se oscurecen; se trataría de una arrogancia impensablemente absurda.

—Qué va —susurra Arnem—. Ni siquiera la Guardia sería tan estúpida.

—Pues parece que lo fueron —responde Akillus—. Te puedes imaginar el resultado. Los Bane descuartizaron a las tropas y tiraron a los heridos, junto con los muertos, a merced de las Cataratas de Hafften y las Ayerzess-werten; aunque el dauthu-blieth puso fin al sufrimiento de los heridos antes de que se hiciera tal uso de sus cuerpos.

—Sentek —dice Niksar, con genuino desconcierto, pero también con la intención de reparar parte de la ira que su último comentario ha provocado al sentek—, ¿qué puede significar todo esto?

—No tengo ninguna certeza, Reyne —responde Arnem—. Y sospecho que nos vamos a quedar todos sin saberlo hasta que tengamos ocasión de interrogar a este Guardia. Así que... Llévanos a él, Akillus, y vayamos luego a mi tienda y avisad a los oficiales que el consejo de esta noche se retrasará un poco. O tal vez mucho...

—Arnem pierde la mirada en la oscura lejanía del atardecer—. Porque me temo que lleve cierto tiempo contar esta historia...

El sentek está a punto de espolear a Ox para que emprenda la cuesta hacia la llanura cuando Akillus dice:

—Hay otro factor que sospecho que te parecerá que explica el terror de este hombre, sentek. —Arnem se detiene y Akillus avanza a su lado—. Aunque es una historia difícil de creer. Según él...

Una vez más, a Akillus le resulta difícil escoger las palabras con cuidado.

—¿Bueno? —exige Arnem—. Suéltalo ya, Akillus.

—Sí, señor —responde el explorador, renunciando al fin a todo intento de conservar el tacto—. Al parecer, anoche, mientras buscaba alguna pista de sus camaradas, el Guardia se encontró con una visión extraordinaria a plena luz de la Luna: la Primera Esposa de Kafra, hermana del Dios-Rey, avanzaba hacia Broken por la Llanura sin una sola prenda de ropa encima y tirando de un gran macho de oso de Broken con una correa dorada. El oso se comportaba como si fuera poco menos que un perro obediente. El tipo dice que reconoció sus rasgos porque a veces llaman a la Guardia para acompañarla cuando sale de la ciudad y baja por la montaña.

Arnem mira a quienes lo acompañan de uno en uno y solo el rostro de Visimar le transmite la sensación de haber comprendido algo.

—Efectivamente, es posible, Sixt Arnem —dice el tullido—. Porque mi maestro mantenía que solo había conocido a una persona capaz de hechizar así a esas fieras. Y mi maestro, como recordarás, era un experto en comprender a esas mismas criaturas. Pero la hermana del Dios-Rey Saylal, llamada Alandra, tenía una capacidad muy misteriosa e incluso inquietante de conectar con ellos.

Está claro que Visimar sabe más de esa historia, pero se contiene y espera que llegue el momento de hablar a solas con Arnem. El sentek, por su parte, ha vuelto el rostro hacia el cielo.

—Por las pelotas de Kafra —murmura—, ¿qué está pasando aquí...? —De repente, Arnem espolea a su gran caballo—. Bueno, aquí no lo vamos a descubrir.

Insta a los demás a avanzar, obviamente desesperado por descubrir qué hay detrás de las increíbles historias que acaba de oír y averiguar en qué medida su familia corre un verdadero peligro...

3:{iv:}

*Caliphestros, Ashkatar y los expedicionarios Bane
llegan por fin a Okot...*

Es indudable que la visión del mutilado Caliphestros entrando en el pueblo Bane de Okot a lomos de la célebre pantera blanca que antaño solía vagar por el sudoeste e inspirar miedo y respeto por igual en la tribu de los desterrados habría provocado en condiciones normales un asombro rayano en el pánico en la plaza central. Sin embargo, en esta ocasión su llegada a Okot ha sido precedida, medio día antes, por los mensajeros de Ashkatar, que han avisado a la tribu de que la plaga que afligía a su gente no era el resultado de ninguna magia o maldición provocada provocada por los Altos, sino de un veneno contenido en el agua de los pozos del lado norte de la comunidad. El aviso había detenido casi de inmediato el progreso de la enfermedad y hasta reducido su terrible impacto. Nadie había guardado en secreto el hecho de que era Caliphestros quien había determinado los detalles de este problema y de su solución, aunque, como insistía en repetir el anciano desde que llegaron a las afueras de Okot, sus cálculos no implicaban adivinanza ni visión alguna, sino más bien pura investigación científica. Esa explicación resultaba difícil de entender para muchos Bane, aunque en el pueblo eran muchos los que, más allá de su mayor o menor capacidad para entenderlo, agradecían su participación. Solo después de pasar entre la multitud reunida en el centro del pueblo, cuando se metieron en la Guarida de Piedra para reunirse con los Groba, con la Sacerdotisa de la Luna y sus auxiliares, las Hermanas Lunares y los Ultrajadores, empezaron a encontrarse con algo parecido a un interrogatorio severo o escéptico.

Ashkatar abrió el paso por el largo y oscuro pasillo de piedra, con sus relieves de momentos importantes de la historia de los Bane, que Caliphestros se detuvo a admirar: no porque en todos los casos le parecieran rigurosos, sino por la calidad de su ejecución. Veloc, mientras tanto, empleó el tiempo para insistir en voz baja a Heldo-Bah en que no despertara las iras de la Sacerdotisa de la Luna, sentimiento apoyado por Keera, que se unió a sus amigos solo tras asegurarse de acudir rápidamente a casa de sus padres nada más llegar a Okot. Allí había descubierto, con salvaje alegría, que todos sus hijos estaban bien, o en plena recuperación y la pequeña Effi se había reunido con sus hermanos, Herwin y Baza, después de que estos obtuvieron permiso para abandonar las Lenthess-steyn tras su rápida recuperación, posibilitada por la información que habían aportado los mensajeros de Ashkatar.

—Qué hermosas tallas, ¿verdad, Lord Caliphestros? —preguntó Ashkatar al anciano, señalando las paredes del pasillo.

—Efectivamente —respondió Caliphestros, esforzándose por mantener la distancia propia de un académico mientras Keera abrazaba a Stasi de pura alegría y gratitud y no se atrevía a hacer lo mismo con su compañero—. La mayoría de los habitantes de Broken —siguió el anciano— considerarían que van bastante más allá de las habilidades de los artesanos de vuestra tribu.

—Sí —accedió Veloc, con la voz cada vez más apagada a medida que el grupo se acercaba a la entrada de la Guarida de Piedra—. Por supuesto, lo que cuentan la mayoría de los relieves es tan absurdo como los grandes tapices de Broken. Pero eso no los hace menos atractivos.

Caliphestros soltó una risa breve y apagada.

—¿Hay alguna parte de la ciudad de la montaña en la que no te hayas atrevido a entrar, Veloc? Confío, por ejemplo, en que no habrás penetrado en la Ciudad Interior, ¿no?

—Oh, no, por supuesto que no, no —respondió Veloc rápidamente.

—Aunque, a juzgar por las formas de aquella Primera Esposa de Kafra —añadió Heldo-Bah—, la mujer a la que llamaste Alandra, casi lamento que no entrásemos...

Incluso en plena alegría, Keera notó enseguida que Caliphestros no solo era incapaz de contestar, sino que exhibió la misma expresión de dolor que la primera vez que se mencionó a la mujer, al principio de su viaje por el Bosque: de dolor, y de algo más también.

—¡Heldo-Bah, imbécil! —siseó—. ¿Es que no tienes sentido de...?

La discusión se cortó, de todos modos cuando los tres expedicionarios, junto con el resto del grupo, oyeron la aguda voz del Padre Groba.

—¡Yantek Ashkatar! El Groba te invita a entrar con tus estimados invitados. —Y luego el Padre añadió, con palabras menos entusiastas que Veloc supo interpretar como referidas a él mismo y a Heldo-Bah—: Supongo que junto con el resto de tu grupo.

Veloc esperaba que los rostros de los Groba, la Sacerdotisa de la Luna, las Hermanas Lunares y los Ultrajadores se comportaran con suspicacia cuando Caliphestros y Stasi, acompañados por Ashkatar, los expedicionarios y el anciano que los guiaba, entrasen en la Guarida de Piedra. En cambio, el bello expedicionario no había esperado que los diez rostros que tenía delante, que se habían mostrado siempre tan seguros de sí mismos al tratar con gente como él, Keera o Heldo-Bah, estuvieran dominados por una incomodidad tan cercana al miedo al ver entrar al grupo, reacción que les llenó de placer a él y a Heldo-Bah.

Veloc hizo las someras presentaciones y los Padres Groba inclinaron sus cabezas con gran respeto ante Caliphestros, mientras que la Sacerdotisa de la Luna, sus Hermanas Lunares y los dos Ultrajadores que había en las sombras de la parte trasera fueron bastante menos deferentes en sus saludos. Al verlo, Heldo-Bah empezó a echar miradas por la Guarida con una cara de insatisfacción que parecía dedicada directamente a la Sacerdotisa, aunque dirigió sus palabras al cabecilla de los Groba.

—¿Esto ha de estar siempre tan oscuro, Padre? —preguntó el expedicionario de los dientes afilados, con no poca impertinencia—. ¿Sabes qué pasa? Que nuestra amiga, aquí, la pantera, se pone un poco nerviosa. ¿Verdad que tengo razón, Lord Caliphestros?

Caliphestros entendió lo que el Bane desdentado pretendía garantizar: que se estableciera desde el principio un orden correcto de relaciones.

—Efectivamente, Heldo-Bah —mintió el célebre sabio (pues, en verdad, Stasi era una criatura de la oscuridad). Luego, dirigiéndose al hombre que ocupaba la silla más alta en el centro de la mesa de los Ancianos, siguió hablando—: Quizás, estimado Padre, podrías convencer a uno o dos de esos caballeros —dijo, señalando a los Ultrajadores sin dirigirles la mirada— para que vayan a buscar un par de antorchas. Su presencia no es necesaria en nuestra charla, de modo que no los echaremos en falta.

—¿Perdón? —dijo la Sacerdotisa de la Luna, en tono incrédulo—. Da la casualidad de que esos hombres son mis sirvientes personales, miembros de la Orden de los Caballeros...

—Los Caballeros del Bosque, sí, eminencia —interrumpió Caliphestros, en tono amable—. Aunque en otros lugares los llaman por otros nombres, acaso más apropiados a sus actividades. Además, nunca he visto a ninguno de ellos verdaderamente en el Bosque.

La Sacerdotisa lanzó una mirada resentida a Caliphestros.

—Los términos correctos para dirigirse a mí, brujo, son «Divina» o «Divinidad». Toma nota, por favor.

—Quizá para los que profesan tu fe —contestó Caliphestros con voz tranquila— esos sean los términos correctos. Pero resulta que no es mi caso.

La Sacerdotisa parecía más sorprendida que nunca.

—¿Hemos dejado entrar a un kafránico a la Guarida de Piedra? Pero el anciano alzó una mano.

—No, Eminencia. Te lo aseguro, mi odio a la fe kafránica no podía ser más obvio. —Se señaló las piernas—. Pero sospecho que mi fe no es algo que pueda explicarte rápidamente. Baste con decir que el título que me corresponde, sea cual sea tu fe, es el de «estudioso».

El Groba Padre sopesó el asunto un momento.

—Mi señor Caliphestros dice la verdad, Divina. Sus actos han demostrado la fe que profesa con nuestra gente y tiene más importancia que los títulos y las palabras. Así que él puede llamarte «Eminencia» y para ti él será el «estudioso».

—Pero... ¡Padre...! —objetó la Sacerdorisa.

—¡Ya lo he decidido, Sacerdotisa! —declaró el Padre.

—Sabia decisión, además —apuntó Heldo-Bah.

—No hagas que me arrepienta de ella, Heldo-Bah —declaró el Padre—. Bueno... —miró deliberadamente más allá de la Sacerdotisa y dio una orden brusca a los Ultrajadores—: una o dos antorchas más, y traedlas rápido. —Reunió en torno a él una colección de mapas dibujados en pergaminos y, mientras empezaba a estudiarlos, anunció—: Tenemos mucho que hacer y con tantos participantes no nos vendrá mal un poco más de luz.

Sabedor de que se arriesgaba a despertar un serio conflicto, Heldo-bah apuntó a los Ultrajadores cuando estos pasaron a su lado.

—Y quizás unos palitos más de leña, ya que vais. Es que a esta pantera le gusta regodearse con el calorcito de un buen fuego.

El Padre accedió con un movimiento impaciente de cabeza dedicado a los Ultrajadores y estos, con cara de furia, partieron a cumplir con aquellos recados propios de criados.

—Bueno, entonces, mi señor —anunció el Padre, señalando a Caliphestros por señas que se acercara, cosa que hizo el anciano deslizándose desde el lomo de Stasi con ayuda de los expedicionarios para instalarse luego con su arnés y sus muletas—. No sé cuánto te ha contado el yantek Ashkatar de nuestra información acerca del plan de los Altos para atacar el Bosque, pero...

—Me ha contado bastante —dijo Caliphestros mientras estudiaba los mapas de los Bane, burdos pero exactos—. Y casi todo, según creo que aceptará el noble yantek cuando oiga lo que he de decir, es inexacto. Aunque es comprensible. Mis investigaciones y las de Keera, junto con comunicaciones que he mantenido con mis... asociados, indican que los Garras están enmarañados con asuntos terribles entre Broken y Daurawah, asuntos relacionados con la integridad interna de su reino, por no decir de sus vidas. Apenas ahora empiezan a regresar hacia el valle del Zarpa de Gato, mientras que las tropas que ahora se ciernen sobre vosotros son, de hecho, un khotor de la Guardia de Lord Baster-kin.

Ante los rostros inexpresivos del otro lado de la mesa, Caliphestros alargó un brazo para recoger un trazado burdo del curso del Zarpa de Gato entre la pila de pergaminos y luego se volvió al notar que los Ultrajadores volvían a entrar en la Guarida.

—Ah, bien. Nos irá bien la luz. Deja las antorchas aquí, cerca de los mapas, Ultrajador...

—No es tu criado para que le encargues tareas domésticas —casi gritó la Sacerdotisa de la Luna—. ¡Y el término Ultrajador no es una forma reconocida para dirigirse a ellos!

—Bueno, Eminencia —replicó Caliphestros con frialdad—. Quizá si pasaran menos tiempo masacrando a las familias de granjeros no lo sería, pero te puedo asegurar que fuera de esta sala es bastante común...

Le tocaba al Padre Groba terciar de nuevo:

—Con todo respeto, mi señor, seguir discutiendo no nos llevará a ningún lugar. —Y luego, a los Ultrajadores—: Que uno de vosotros deje las antorchas cerca de la mesa y el otro alimente y avive el fuego. Después, volved con vuestra señora para que podamos seguir averiguando qué pasa cerca del Zarpa de Gato.

—Solo tienes que mirar lo que está pasando dentro del río, sabio Padre —respondió Caliphestros—. Miembros de tu tribu que escogen poner fin a sus vidas de una manera terrible en las mismas aguas que, para empezar, les contagiaron la enfermedad, pero hay más todavía. Seguro que tus expedicionarios han informado de las grandes cantidades de animales muertos y moribundos, sobre todo río arriba... Porque Keera y yo mismo vimos muchos.

—Sí, nuestra gente lo ha visto —replicó el Padre, mirando con asombro cómo Heldo-Bah llevaba a la gran pantera blanca hacia la chimenea, delante del gran fuego, le acariciaba el cuello y le susurraba algo al oído y al fin la instaba a tumbarse sobre las piedras calientes del suelo. Luego, sin el menor rastro de miedo, se tumbó junto a ella y apoyó la cabeza en sus costillas—. Pero —continuó el Padre, atónito y apenas medio consciente de lo que estaba diciendo— nos pareció que simplemente era parte de la misma plaga que nos han enviado los Altos. —Recuperó la dignidad y la compostura y volvió a dirigirse a Caliphestros—. Todos nosotros haremos cuanto podamos para cooperar en el proyecto que, me da la sensación, estás a punto de proponernos, cualquiera que este sea.

—Ciertamente, la reputación de tu sabiduría es merecida, Padre —dijo Caliphestros con una inclinación de cabeza—. Sí quiero proponeros un plan, a vosotros y al yantek Ashkatar; un plan que nos permita no solo aprovecharnos de la enfermdedad que circula por el Zarpa de Gato, sino tender una trampa a esos hombres de la Guardia del Lord Mercader que, según creo, pronto se adentrarán en el Bosque de Davon. Y al hacerlo frustaremos toda necesidad de enfrentarnos en combate con los Garras cuando lleguen, y en vez de eso podremos invitarles a parlamentar bajo la bandera de la tregua.

El Padre Groba se quedó sin palabras por un momento; tuvo que hablar otro Anciano.

—Tus objetivos son deseables sin duda, Lord Caliphestros —comentó—. Sin embargo, al mismo tiempo parecen extremos y contradictorios. Si es cierto que la fiebre del heno se ha extendido por una gran región de Broken, por ejemplo, ¿por qué habríamos de creer que ellos no saben de dónde viene, cuando nosotros sí lo sabemos?

—Tenía entendido que la edad aportaba sabiduría en esta sala —protestó Heldo-Bah en voz alta—. Usa los ojos, Anciano, si la mente no te sirve. La razón de que los Altos no sepan de dónde viene la enfermedad y nosotros sí la tienes delante. Lord Caliphestros es un maestro en las ciencias que han dado ventaja a nuestros sanadores, las mismas ciencias que provocaron que entre los Altos llegasen a desconfiar de él hasta el extremo de dejarlo sin piernas.

—¿Ciencia? —dijo la Sacerdotisa en tono desdeñoso—. Si hemos de librarnos de esta crisis será la fe, no la ciencia, lo que nos salve. La ciencia no es más que el término que usan los blasfemos para llamar a la brujería.

El yantek Ashkatar miró primero a Keera y luego a Caliphestros con un punto de vergüenza.

—Con todo respeto, Divinidad —dijo el soldado barbudo y burdo, sin atreverse a aguantarle la mirada a la Sacerdotisa—. Me temo que vuestra afirmación puede ser... incompleta.

—Puede ser idiota —murmuró Heldo-Bah en voz baja, provocando que la Sacerdotisa golpeara con sus jóvenes puños la mesa de los Groba y gritara.

—¡Esto es más de lo que puedo tolerar!

Sin embargo, solo hizo falta otro gruñido grave de Stasi, que esta vez llegó a alzarse sobre las patas delanteras, para acallar a la doncella sagrada; y aunque era un silencio quejoso, también fue duradero. Heldo-Bah, mientras tanto, convenció a Stasi para que regresara a las piedras de la chimenea acariciándole la lustrosa piel del cuello y susurrándole algo en la oreja enorme y puntiaguda que quedaba a su lado:

—Ahórrate la rabia, Gran Felina. Esa mujer no es digna de ese esfuerzo. Pronto nos llegará la hora de matar. Así que... ahórrate la rabia.

De nuevo Keera se asombró al ver que Stasi obedecía las sugerencias de Heldo-Bah, pues al parecer ambos habían desarrollado, contra toda probabilidad, no solo un afecto recién descubierto, sino también una manera de comunicarse.

—Escuchemos a Lord Caliphestros —propuso al fin el Groba Padre—. Es lo mínimo que le debemos y ningún miembro de esta tribu, sea cual fuere su rango, está exento de esa deuda.

Tras quedar claro que todos estaban de acuerdo con esa opinión, Caliphestros pudo continuar.

—No quiero despreciar el papel que tendrá la fe en los días por venir —concedió el anciano con elegancia, aunque sus palabras no apaciguaron a la Alta Sacerdotisa tanto como era de esperar—. Porque en tiempos de guerra la fe supone un gran consuelo para los soldados y el pueblo común, que son los que más sufren. En nuestro caso, el yantek Ashkatar me ha dicho que, cualesquiera que sean las fuerzas de Broken que lleguen en las próximas horas a la Llanura de Lord Baster-kin, desea atraerlas hacia el Bosque, donde no podrán ejecutar sus maniobras y, en cambio, permanecerán confundidas y aterradas, y en consecuencia derrotarlas será pan comido... Tal vez hasta podamos aniquilarlas. Una admirable apertura. —El viejo estudioso escrutó una vez más a los Padres Groba de uno en uno—. Pero hay maneras de desequilibrar más todavía la lucha a favor de los Bane... si estáis dispuestos a aprovechar los métodos que he desarrollado.

—Métodos científicos —declaró la Sacerdotisa en tono desdeñoso.

—Hasta aquí hemos llegado —dijo de pronto Heldo-Bah, poniéndose en pie en su rincón junto al fuego—. Ni se lo intentes explicar, Lord Caliphestros. Con una sola demostración nos ahorramos horas de discusiones.

Mientras pasaba al otro lado, hacia la Sacerdotisa y los Ultrajadores, que permanecían detrás de ella, Heldo-Bah desenvainó la espada que le había dado Caliphestros en la Guarida de Stasi, lo cual provocó que los Caballeros del Bosque se plantaran de inmediato delante de la joven. En ese momento, la pantera se incorporó, soltó de nuevo un gruñido desde el fondo de la garganta y mostró los dientes un instante en un breve rugido.

—¡Heldo-Bah! —le advirtió Keera cuando pasó a su lado—. Cuidado con lo que empiezas.

—No empiezo nada —contestó el expedicionario enojado—. Al contrario, voy a acabar con toda esta charla inútil. —Luego, desafió a los Ultrajadores—. Venga, cualquiera de los dos. O los dos. Blandid las espadas, intentad bloquearme.

Los Ultrajadores cerraron filas todavía más cerca de la mujer cuya vida habían jurado proteger, con las armas por delante, mientras Caliphestros y Keera se desplazaban para calmar a la pantera. La Sacerdotisa demostró tener una confianza suprema y al parecer estaba convencida de que se hallaba a punto de ser testigo de la muerte del impertinente Heldo-Bah, cuando de repente...

Con dos choques resonantes de metal contra metal, Heldo-Bah dejó a los Ultrajadores con meros trocitos de sus armas en la mano; y en sus caras, la expresión de sorpresa era mayor que la que el propio Heldo-Bah había mostrado en la cueva de Stasi.

—Bueno —dijo Heldo-Bah, envainando la espada mientras se secaba el sudor de la frente y se volvía hacia Stasi—, no sé cómo querrás llamarlo tú, Sacerdotisa, pero tus «caballeros» usan armas confiscadas a los soldados de Broken, eso lo sabemos todos. Así que ya puedes explicar cómo vamos a prescindir de esos adelantos, si te parece necesario... O déjanos proceder, en el nombre de tu preciosa Luna, para hablar de cómo explotarlos.

Renqueando para ocupar de nuevo su lugar delante de los Groba, Caliphestros dijo:

—Tal vez los métodos de Heldo-Bah sean burdos, pero su conclusión es inteligente. Este es el tipo de resultados que os pueden ofrecer mis artes científicas. Este y otros, siempre que me dejéis ayudaros.

—Pero... —El Padre Groba seguía mirando a los Ultrajadores, que a su vez miraban todavía fijamente los trozos de arma blanca que tenían en las manos—. Pero ¿cómo? —preguntó al fin.

—Os lo puedo explicar —respondió Caliphestros—, aunque yo recomendaría que lo hagamos mientras vamos emprendiendo los preparativos. —Paseó la mirada por los muros de la cueva a su alrededor, tan parecidos a los de lo que antaño fuera su hogar, y luego continuó—: Estas cámaras contienen pasillos internos que serán ideales para lo que hemos de hacer. Y, si mi experiencia sirve de algo, las cámaras de las montañas más altas que esta resultarán todavía más convenientes para nuestros propósitos.

—¿De verdad crees que podrás producir ese acero superior en

nuestras montañas? —preguntó el Padre, con una urgencia en el tono que ninguno de los expedicionarios había oído jamás en su voz.

—Dentro de las cuevas más altas —respondió Caliphestros—, tal como aprendí durante mis años de destierro en el oeste. Porque emplearemos los vientos que soplan y se canalizan por los pasillos de estos muros de piedra, del mismo modo que absorben el humo de vuestro fuego al instante. Ni siquiera los grandes fuelles que alimentan vuestra Voz de la Luna podrían dirigir un viento tan poderoso hacia un lugar específico.

El Padre Groba meneó la cabeza.

—Estos asuntos me superan. Me atrevería a decir que nos superan a todos, aunque tal vez puedas contarnos cómo lo descubriste mientras nos ponemos a trabajar.

Caliphestros asintió con agradecido alivio.

—Me encantará... mientras trabajamos. Pero hemos de ponernos a trabajar ya mismo. Incluso así nos va a faltar tiempo para armar a todos vuestros guerreros. El yantek Ashkatar tendrá que escoger a los mejores y, pese a ello, llegaremos con el tiempo justo.

Los expedicionarios y Caliphestros empezaron a levantarse y Keera ayudó al anciano a quitarse los aparatos de caminar para que pudiera montar en los poderosos hombros de la pantera blanca, que ya inclinaba el cuello para recibirlo.

—Me da la impresión —declaró la Sacerdotisa de la Luna— de que se nos pide que pongamos en Lord Caliphestros una fe que sería más apropiada para un dios que para un hombre.

Veloc dio un paso adelante con valentía, aunque en sus palabras quedaba un rastro de inseguridad.

—Solo te pedimos que creas las palabras de un hombre que ha dedicado tantos esfuerzos al estudio de estos asuntos como vosotros al poder y los funcionamientos de la Luna. —Ningún miembro de los Groba estaba en condiciones de discutirlo y Veloc se animó a continuar—: Y ahora, pediría a las más honorables y reverendas que nos premitan retirarnos y alojar a Lord Caliphestros en el hogar de nuestra familia. Keera se ha podido reunir apenas unos minutos con sus hijos y Lord Caliphestros ha tenido un viaje muy arduo para llegar a Okot...

—Doy testimonio de ello —apuntó el yantek Ashkatar, con decididos vaivenes de cabeza para confirmarlo—. El viaje del grupo de Keera ha sido arduo, desde luego. Caramba, si hasta Heldo-Bah...

Pero Ashkatar se interrumpió y no hizo falta más explicación cuando el fuerte ruido de los ronquidos de Heldo-Bah llegó desde el hogar de la enorme cavidad en que se alojaba la chimenea de la Guarida de Piedra. Ese momento podría haber causado más discusiones e insultos, y la Sacerdotisa de la Luna parecía lista para ambas cosas, pero el Padre Groba intervino enseguida para ofrecer a Veloc un momento para que fuera a despertar a su amigo de una patada y luego dejara que el problemático expedicionario se despidiera, mientras que el hombre que ocupaba la silla coronada por cuernos de Luna preguntó:

—¿Estás seguro de que no podemos ofrecerte un alojamiento más espléndido, Lord Caliphestros? Keera y Veloc son de familia buena y honesta, tan generosa que hasta aceptó tomar en su seno a un muchacho tan complicado como Heldo-Bah durante muchos años; sin embargo, son gente humilde y también lo son sus casas, mientras que nosotros sin duda podríamos...

—A mí no me parecerá humilde, Padre —respondió Caliphestros—. Llevo más de diez años sin estar en un lugar parecido, y más todavía sin gozar de compañía. Además, Stasi y yo dormiremos al aire libre, como tenemos por costumbre en estos meses, y así no asustaremos demasiado a los niños, ni mantendremos despiertos a los demás con nuestros horarios extraños. —Dirigió una rápida mirada a Keera—. Stasi prefiere sentirse a salvo en una familia de esa clase que sentirse agasajada en exceso. Y de mí podría decirse lo mismo...

En ese momento rugió la voz cansada de Heldo-Bah:

—Estoy despierto, Veloc, maldito seas. Y listo para largarme de aquí, te lo aseguro. ¡Así que deja de darme patadas!

—Quizá lo mejor sería —sugirió Keera— una rápida despedida para irnos a descansar, Padre.

—Tú lo has dicho, tú lo has dicho —respondió el Padre, agitando una mano en el aire.

Cuando el grupo se dio media vuelta para salir, Caliphestros se detuvo a mencionar una cosa más a la Sacerdotisa de la Luna.

—Y, Sacerdotisa, al estar aislado de la gran actividad del centro de Okot tendré más oportunidades de plantearme un problema con el que, según creo, tú misma, los Padres y toda la Hermandad Lunar os habéis devanado los sesos.

—Ah, ¿sí? —dijo la Sacerdotisa en tono dubitativo—. ¿Y cuál sería ese problema?

Caliphestros se detuvo, estudió a esa joven llamativamente altiva y decidió que si lo hubieran convocado a su lecho, como le había ocurrido a Veloc, él también la habría rechazado.

—Si no me equivoco, habéis tirado las runas para averiguar asuntos relacionados con esta crisis.

—Eso no supone ninguna gran revelación. Tenemos por costumbre recurrir a las runas para ayudar cuando nuestro pueblo se enfrenta a algún problema.

—Efectivamente —respondió Caliphestros como si no le importara, mientras maniobraba con Stasi para encararla hacia la salida de la Guarida—. Entonces, quizá me equivoco. Quizá sí hayáis decidido cuál es la «Adivinanza del Agua, el Fuego y la Piedra» y sois conscientes de la medida en que su solución podría suponer una ayuda dentro de muy poco en el enfrentamiento con Broken.

Por última vez durante la audiencia los rostros de todos los reunidos en torno a la mesa de los Groba reflejaron una confusión absoluta.

—¿Cómo...? —consiguió expresar la Sacerdotisa, alarmada.

Luego el Padre, con una expresión más coherente de preocupación, preguntó:

—Mi señor Caliphestros, ¿cómo puedes conocer la Adivinanza del Agua, el Fuego y la Piedra? ¿Y qué puedes decirnos sobre su significado y su utilidad?

—Poco más que vosotros... de momento —contestó Caliphestros hablando hacia atrás por encima del hombro y alzando una mano para despedirse—. Pero está bien saber que a todos nos preocupan los mismos problemas, ¿no? —Caliphestros y Stasi, sin necesidad de estímulo alguno, siguieron avanzando hacia la salida de la Guarida, aparentemente hartos de aquel lugar—. Os deseo una buena noche. Mañana empieza nuestro gran trabajo y hemos de estar descansados y listos...

Keera y Veloc se volvieron para pronunciar palabras de despedida más formales y aceptables para los Groba, mientras que Heldo-Bah, igual que Stasi, se limitó a deambular hacia el largo pasillo de piedra que llevaba a la salida de la Guarida, al tiempo que se iba rascando la cabeza y otras partes del cuerpo.

—Si no te importa, Lord Caliphestros —se le oyó decir en el pasillo—, esta noche dormiré contigo y con tu amiga bajo los árboles y las estrellas. La familia de Keera y Veloc son buena gente, pero prefiero estar en un lugar que me corresponde más y me preocupa menos...

—Serás bienvenido, Heldo-Bah —respondió Caliphestros, con la voz ya algo desmayada—. Pero no matengas a Stasi despierta con tus ronquidos, porque es uno de los muchos sonidos humanos que detesta.

Mientras tanto en la Guarida de Piedra, el Padre Groba recorrió con la mirada a sus compañeros, reunidos en torno a la gran mesa.

—Bueno, ¿qué hemos visto? ¿Brujería o ciencia? —Luego miró de nuevo hacia el pasillo de piedra y se contestó a sí mismo con otra pregunta—: ¿Acaso importa, teniendo en cuenta las fuerzas que ahora mismo se ciernen sobre nuestro pueblo?

Y para esa pregunta ni siquiera la Sacerdotisa de la Luna tenía respuesta.

3:{v:}

*En las montañas del sur de Okot, Caliphestros
y su sorprendente nueva orden de acólitos crean un infierno
tan terrible como el Muspelheim; mientras tanto Keera,
por primera vez, empieza a preguntarse si la pasión
del anciano puede implicar algún peligro para su gente...*

Los tres expedicionarios Bane habían aprendido desde mucho
antes que tanto Caliphestros como Stasi tenían la capacidad de
distinguir de manera casi instantánea entre las personas de calidad
y compasión y los humanos más comunes, faltos de generosidad y
crueles por naturaleza. Y entre la gente más fiable y generossa que
pudiera encontrarse en Okot (o en cualquier otro lugar) se contaba
sin duda la familia de Keera. No solo sus padres, Selke y Egenrich,
que lo eran también de Veloc, sino los hijos de la rastreadora: los
chicos, Herwin y Baza, recuperándose todavía, y aquella tormenta
de energía, curiosidad y sabiduría juvenil que era Effi, la más joven,
tan parecida a su madre en muchas cosas, aunque más circunspecta
y expuesta ya a la clase de tragedia y tristeza que deja huella pese a
su brevedad y que enseña a los niños a no ser amargos ni egoístas.

La mañana siguiente a la noche que Caliphestros, Stasi y Heldo-Bah pasaron junto a la casa de la acogedora familia, Keera siguió las instrucciones del anciano para reunir a todos los mineros,
quincalleros y herreros que vivían en los asentamientos centrales
de Okot y sus alrededores para que pudiesen escuchar los requisitos de un plan que, en cuestión de días, armaría al cuerpo central de
las tropas del yantek Ashkatar para que pudieran alimentar la esperanza no solo de derrotar a los soldados de Broken, sino de ha-

cerlo incluso en algún punto lejano al norte de Okot para lograr así que la ubicación exacta de la comunidad, escondida durante tanto tiempo, permaneciera oculta.

Por esa razón se reabrieron las antiguas minas excavadas en las laderas de los montes que se alzaban por encima de Okot, que llevaban mucho tiempo selladas y durmientes, para poderlas sumar a las pocas que seguían activas, así como para permitir a los Bane obtener un acceso más fácil a venas de un hierro de una calidad especial, propulsado desde el aire de la noche hacia la tierra en eras incontables. Además, a los mineros que cavaban en la ladera de la montaña se les dijo que llevaran todo el carbón que encontrasen en su turno de día o de noche (sustancia principal para poder fundir aquella clase de hierro especial) a Caliphestros, antes de que a nadie se le ocurriera usarlo para alimentar las nuevas forjas que había diseñado el anciano, más pequeñas, pero mucho más calientes y numerosas. El efecto fogoso de las numerosas forjas se veía aumentado por los miles de antorchas que iluminaban los caminos que llevaban a las minas y hasta su interior, creando la impresión creciente de que los Bane habían regateado con sus viejos dioses y habían obtenido permiso para abrir una aterradora puerta de entrada a su submundo: el temido *Muspelheim*.[238]

De vez en cuando se oía a algún trabajador preguntar por qué había que excavar tan hondo en busca de carbón cuando las montañas estaban cubiertas de árboles viejos y jóvenes de todas las variedades, árboles que podían usarse con facilidad para alimentar las forjas del viejo tullido. No era difícil entender que la ciudad de Broken también necesitaba carbón: la cumbre de la montaña de Broken, como ya se ha visto, estaba compuesta principalmente de piedra y había quedado desprovista de todos sus grupos de árboles de leña de fácil acceso durante las primeras generaciones del reino, así como de la llanura al norte del Zarpa de Gato. Evectivamente, se sabía que el control directo de nuevas provisiones de madera y carbón, así como el de los metáles férreos que se encontraban en el gran bosque (sobre todo, hierro y plata) eran dos de las principales razones que tenía Lord Baster-kin para envidiar el Bosque de Davon. Sin embargo, Caliphestros no solo insistía en obtener carbón, sino que examinaba personalmente cada trozo que le llevaban desde las montañas, renunciando a buena parte del poco descanso del que tenía por costumbre disfrutar, para rebuscar incansablemente en las carretillas que los mineros Bane, con sus rostros ennegrecidos y sus manos sangrientas, arrastraban hasta su mirada experta. Él buscaba un tipo de piedra negra que estaba marcada por ciertas cualidades que los mineros tardaron días en aprender a reconocer en la oscuridad subterránea, pero al final aprendieron a identificarlas suficientemente rápido a la luz del día: cualidades de peso y textura que permitían al material transformarse gracias al fuego en otra clase de combustible, relacionado con el carbón pero no idéntico, vital para la creación del acero casi milagroso[239] de Caliphestros.

A decir verdad, sin embargo, pese a todas las habladurías de los aldeanos Bane acerca de cómo se parecían las minas y las forjas de Okot, en creciente medida, a una especie de terrible entrada al más ardiente de los Nueve Hogares,[240] un pasadizo por el que al fin asomarían los agentes destinados a causar el fin de los viejos dioses, y quizá del mundo, Caliphestros dijo a Keera en privado que todos esos cuentos eran solo mitos, mientras que el trabajo que él supervisaba en las montañas por encima de Okot, por muy siniestra que fuera su apariencia nocturna, en realidad, como todos los proyectos a los que se entregaba, estaba basado en el aprendizaje científico desarrollado y avanzado por hombres y mujeres como él mismo durante cientos de años, si no miles. Aquellos refinamientos que los ignorantes encontraban tan parecidos a las transformaciones brujeriles tenían lugar en las montañas que se alzaban por encima de Okot no porque se hubiera escogido aquel lugar como el punto en que se produciría el fin de la Tierra, o la inminente llegada de infames demonios, sino porque la posición de las cuevas en su interior permitía a los Bane que trabajaban el metal capturar los únicos vientos de la zona que tenían la fuerza suficiente para calentar el carbón y las ascuas en las forjas de Caliphestros en tal medida que al fin permitía hacer el trabajo que, en aquella hora crítica, resultaba necesario.

Mientras tanto, una cueva particular en la cumbre de la montaña se había convertido en forja privada de Caliphestros y hogar temporal del sabio y de Stasi. La pantera pasaba tantas horas durmiendo encima de la cueva como en su interior durante esos días, pues el anciano dedicaba largas horas a trabajar para producir (o eso creían los Bane) armas adicionales con la intención de seguir el ritmo de los herreros de la tribu, a quienes había contado muchos de sus secretos. Durante esas horas incansables, cuando Caliphestros dedicaba sus esfuerzos mentales y físicos a experimentos cada vez más arcanos, Keera se convertía en la única ayudante del anciano; y aun eso solo después de jurar que no revelaría lo que en realidad estaban haciendo. El trabajo en las minas de los Bane y en las forjas de la montaña se multiplicaba a diario: Caliphestros sabía que los Bane siempre habían sido gente extraordinariamente lista y hábil para la imitación y que, si se les enseñaba a hacer algo, apenas había que repetir las instrucciones para que lograran sus objetivos. Todo el carbón y las ascuas especiales que creaban lograba, efectivamente, crear el calor suficiente para permitir a Caliphestros fundir lo que los trabajadores Bane empezaron a llamar «hierro de estrella», porque la veta férrea procedía de las profundidades de las montañas y de las minas en las que, presumiblemente, llevaba cientos de años incrustada tras descender como un rayo de los cielos. Aquel hierro se combinaba, en primer lugar y sobre todo, con el carbón de alta calidad que Caliphestros había enseñado a crear a sus herreros, combinación que producía un acero capaz no solo de adquirir un filo de aterradora finura, sino también de sostenerlo. Algunos herreros Bane juraban que había rastros de otros elementos en el metal, cuento que reforzó la idea de que los orígenes de aquel «hierro de las estrellas» no eran terráqueos, aunque ninguno de esos mismos herreros podía especular siquiera con cuál pudiera ser la naturaleza de esos otros elementos.[241] Aquella nueva manera de calentar y fundir, que Caliphestros había traído del este por el Camino de Seda en su juventud, permitía que incluso el metal de la máxima calidad, como aquel al que los Bane llamaban «hierro de las estrellas», se calentara hasta alcanzar una consistencia tan uniforme que podía unirse de manera magistral con otro hierro —de igual pureza, pero más resistente a las fisuras y fracturas— con el objeto de producir unas hojas más duraderas y al mismo tiempo dotadas de una capacidad de corte asombrosa. Después, la combinación se plegaba y replegaba, se trabajaba y una y otra vez, los herreros la laminaban a golpes hasta que en cada tira continua que se convertía en un arma había cientos de capas; y cada una de esas armas podía alcanzar mayor dureza y agudeza incluso que la que Heldo-Bah había mostrado a los Groba, y superior con mucho a cualquiera fabricada fuera de los reinos de Oriente.[242]

Porque, si bien algún buscador de fortunas europeo, o algún viajero famoso como espadachín, podía viajar hasta muy lejos para traer muestras de aquel acero extraordinario desde los más distantes reinos del este a los mercados de sus patrias chicas, solo Caliphestros había entendido la fórmula para manufacturar el acero con la capacidad suficiente para registrarla por escrito durante sus viajes por el Camino de Seda. Luego se lo había traído consigo hacia el oeste y había esperado el día en que la pérdida de aquella sustancia seminal creara armas que cambiarían hasta el rango de poder entre los reinos de Occidente que pudieran usarlo, tal como ya había sucedido en Oriente.

Y, sin embargo, incluso mientras Caliphestros regalaba a la tribu de diminutos marginados de Keera la información sobre cómo crear el hierro de las estrellas, ella —acaso el miembro más perspicaz de la tribu— distaba mucho de estar tranquila al respecto de cuáles pudieran ser sus verdaderas razones. Los motivos evidentes —venganza, en su nombre y en el de Stasi, desprecio por los cambios del estado de Broken desde la muerte de su antiguo patrón, el Dios-Rey Izairn, y deseo de poner fin a los riesgos de una enfermedad que no parecía invadir la ciudad de la montaña, sino más bien emerger de ella— eran visibles y fáciles de entender; aun así, Keera se preguntaba en ciertos momentos —cuando la sangre y la ira del anciano se disparaban de verdad— si alguna vez sería verdaderamente posible, para ella o para cualquiera, comprender los sentimientos internos que impulsaban a un hombre que había vivido una vida tan larga, colorida y misteriosa como la de Caliphestros.

Como debe ser, la porción vital de la explicación del misterio que Keera había construido en su mente en torno al anciano y su comportamiento llegó, sin previa pregunta al respecto, una noche en que los vientos en la parte alta de la montaña soplaban con una furia que parecía especialmente portentosa. Cuando ya se apilaba el resultado de varios días de esfuerzo inmenso por parte de una creciente cantidad de trabajadores Bane, el horizonte del sur, más allá de Okot, pareció agrietarse con un fuego enorme y decidido. Y, como la cumbre de la montaña en que los Bane forjaban las armas con las que esperaban repeler cualquier agresión del ejército de los Altos, o de la Guardia de Baster-kin, era algo más alta que el punto de la montaña en que se alzaban la Ciudad Interior de Broken, la Casa de las Esposas de Kafra y el Alto Templo, parecía de todo punto probable que el Dios-Rey, su familia y sus subalternos (por no decir todo ciudadano medio de la ciudad amurallada) fueran incapaces de evitar una mirada hacia ese horizonte del sur y preguntarse qué estaba pasando. ¿Sería que su dios, Kafra, preparaba para los Bane algún castigo divino que hiciera innecesario el sacrificio de jóvenes de Broken, ya fuera en la Guardia o en el ejército regular? O se trataba, ciertamente, de los demonios de la fogosa Novena Patria de la fe antigua, que se preparaban para entrar en el reino de la humanidad y castigar a los súbditos de Broken por haberlos abandonado a favor de la extraña Deidad que los seguidores de Oxmontrot habían importado del mundo de los Lumun-jani, debilitando primero a los infieles con la plaga para soltar luego sus poderes demoníacos por todo el reino, al norte del Zarpa de Gato?

El trabajo de Keera en secreto para ayudar a Caliphestros dentro de su cueva privada, protegidos por Stasi de las miradas curiosas, no hacía más que aumentar esa sensación de misterio; porque lo cierto era, como enseguida supo, que Caliphestros no estaba produciendo una serie adicional de puntas de lanza, dagas u hojas de espada dentro de la cueva, sino algo totalmente distinto. Cada pocas noches, la expedicionaria, el anciano y la pantera se desplazaban hasta unos cenagales de la montaña, por encima y por debajo de Okot, de los que hasta entonces Keera tan solo había sabido que representaban un peligro para los viajeros. De allí el anciano extraía cubos de un líquido de un extraño olor acre, más claro y ligero que la brea, y también más inflamable, y luego los llevaban de vuelta a la cueva, donde él los combinaba en distintas mezclas con polvos de extraños colores y extractos de la misma Tierra, siempre en busca de algún logro desconocido para Keera, que solo sabía que generaba un amplio abanico de líquidos y semilíquidos apestosos y combustibles, de los cuales el sabio hablaba de vez en cuando, aunque nunca llegaba a explicar del todo en qué consistían. Keera creía que Caliphestros solo completaba esos experimentos cuando ella se volvía a casa con sus hijos; y ese hecho le daba razones para el asombro, pero también para sentirse incómoda.

De todos modos, saber que los Altos de Broken, desde el más bajo operario hasta el Dios-Rey, podían contemplar toda esa fogosa actividad de las montañas del Bosque de Davon con auténtico miedo y pavor era causa de una gran alegría: otro tanto ocurrió —en un momento de particular furia del viento, con el fuego en todo su esplendor y el calor y las chispas de docenas de forjas de los desterrados alzándose en grandes borbotones— cuando las unidades del ejército de Ashkatar que patrullaban por la frontera del Zarpa de Gato trajeron noticias: una columna de tropas de Broken avanzaba por el río. Resultó que, cuando llegó esa información, Keera estaba fuera de la cueva de Caliphestros, al lado de Stasi en la escarpada entrada de la misma, un lugar donde solía sentarse la pantera, siempre lista para saltar adelante mientras su compañero humano permanecía en el interior para destilar y mezclar aquella extraña sustancia que tanto absorbía su atención.

Como era de prever, fueron Heldo-Bah y Veloc quienes llevaron la noticia de ese avance a la cueva del anciano, pues eran los únicos, aparte de Keera, que se atrevían a acercarse a Caliphestros cuando estaba ocupado allá dentro en sus quehaceres, aparentemente alocados.

—¡Gran hombre de ciencias! —llamó Heldo-Bah al llegar a la entrada de la cueva—. ¡Ven con nosotros! Ven a ver la columna de hombres que se acercan por la vía principal de Broken hacia la Llanura, con antorchas encendidas en plena noche para que veamos dónde están.

Caliphestros salió de la cueva con la piel tiznada por el humo y las cenizas de sus trabajos, la cara sudada del esfuerzo de avanzar con su plataforma y sus muletas; incluso a Heldo-Bah le parecía asombroso que un tullido fuera capaz de llevar adelante aquellos esfuerzos de cuerpo y mente. El viento seguía soplando con auténtica ferocidad y provocaba que la túnica se pegara al cuerpo de aquel hombre, y también la barba a su cara; en cambio el solideo permanecía en su lugar y en sus rasgos se asomó una expresión de emoción desatada como nunca le habían visto exhibir sus amigos expedicionarios.

—¿Tan pronto? —preguntó Caliphestros, tras dedicar una breve mirada al trazado sinuoso de los puntos de luz en la Llanura de Lord Baster-kin, antes de desplazarse hacia una cuenca natural formada en la roca exterior de la entrada de su cueva, llena de agua de lluvia. Al borde de la cuenca había una pastilla del mismo jabón que el anciano había insistido en que usaran los excavadores Bane durante la marcha hasta Okot—. Entonces no puede tratarse de la columna de Garras que partió de Daurawah —añadió mientras empezaba a limpiarse el polvo de carbón y otras manchas negras de la piel que se habían ido formando durante la fundición y el proceso de forja a primera hora del día.

—Si fueran ellos, no cometerían la estupidez de iluminar así el camino para que nosotros lo veamos con toda claridad —respondió Veloc—. Aunque para mí el primer misterio es cómo has podido averiguar que los Garras fueron a Daurawah, Lord Caliphestros.

—Si necesitaban hacer acopio de provisiones y forraje para los caballos, era la única dirección lógica que podían tomar —contestó Caliphestros con una sonrisa—. Además, ¿no hubo un espía Ultrajador de vuestra tribu que los vio tomar la vía del este al salir de Broken?

—Sí —contestó Heldo-Bah, con un escupitajo al suelo—. Pero fiarse de los informes de los Ultrajadores es una locura. E incluso si uno acepta que tenían razón, con eso no se explica tu insistencia en que la plaga también estaba activa en el puerto de los Altos, Lord Caliphestros.

El sabio miró de nuevo hacia las cimbreantes copas de los árboles y sonrió un poco.

—Concédeme que tenga unos pocos secretos, Heldo-Bah.

Pero Keera, que también miraba hacia las ramas superiores, mecidas en un sonoro crujido, conocía el secreto de la sabiduría del hombre en este terreno, aunque en aquel momento no alcanzaba a ver al estornino llamado Traviesillo ni la enorme (y enormemente altiva) lechuza llamada Nerthus.

—Entonces... si no son los Garras, la pregunta es: ¿quiénes son?

Tras formularla en voz alta, el anciano se movió con su única pata de madera y sus muletas para plantarse junto a Heldo-Bah, que estaba rascando el grueso pelaje de Stasi. El anciano se apoyó en el costado libre del animal para quitarse el aparato de andar, luego ató la pata de madera y las muletas y se las echó a la espalda. Ascendió con escasa dificultad por el cuello y la parte alta de la espalda de la pantera y se instaló mientras Stasi volvía a incorporarse y Heldo-Bah daba un paso atrás.

—El yantek Ashkatar debe hacer sus preparativos. Como todos los pasos que permiten cruzar el Zarpa de Gato, menos el Puente Caído, están cortados, ha de posicionar a sus mejores hombres en medio del Bosque, a este lado del paso, para forzar desde el inicio a los soldados de Broken a luchar en el terreno escogido por los Bane y según las disposiciones y maniobras más practicadas por estos. ¿Le habéis alertado?

—Ahora mismo, el yantek Ashkatar está ya inmerso en las actividades que mencionas —respondió Veloc—. Ha obedecido tu consejo por entero a la hora de preparar esta primera batalla, mi señor, pese a las objeciones de la Sacerdotisa de la Luna.

—Merece ser felicitado por esa valentía —opinó Caliphestros con una inclinación de cabeza—. En cuanto a mí respecta, yo observaría el desarrollo desde las rocas grandes que vi en nuestro viaje a Okot. ¿Sabes de qué lugar hablo, Keera?

—Sí, mi señor —respondió Keera, nerviosa en parte por la mención del lugar en que los expedicionarios habían dejado a Welferek, aquel Ultrajador arrogante, pero letal—. Tuvimos un... un encuentro allí, al principio de esta historia.

Heldo-Bah y Veloc intercambiaron una mirada, más feliz la del primero y algo avergonzada la del segundo.

Caliphestros miró con dureza a la rastreadora.

—Y estoy seguro de que tu hermano se unirá a mí, Keera, para instarte e insistir incluso en que tú vengas conmigo. Eres lo único que les queda a tus hijos de sus padres y te necesitan mucho más que el yantek Ashkatar.

Keera miró deprisa a su hermano, que se limitó a asentir con severidad.

—Tiene razón, Keera —concedió Veloc—. Y, si te sirve de consuelo, doy por hecho que me ordenarán que me sume a vosotros dos para estar en condiciones de reunir los datos para una saga que cuente la historia de esta batalla.

—Entonces, ¿iré solo a derramar la sangre de los Altos? —preguntó Heldo-Bah, orgulloso y al mismo tiempo algo incómodo ante la persepectiva de perder a sus camaradas—. Bueno, no puedo discutir tus razonamientos, Lord de la Ciencia, y mucho menos condenar los tuyos, Keera. Y como no me cabe duda de que esto enfurecerá a nuestra pequeña zorra, la Sacerdotisa, supongo que tendré que aceptar los tuyos, Veloc. Por último, lo cierto es que esto será un trabajo duro y sangriento, mejor llevado por los que verdaderamente ansiaban una oportunidad como esta.

Como si se tratara de una confirmación de lo que acababa de afirmar Heldo-Bah, sonó un único y repentino soplido de la Voz de la Luna para anunciar a todos los que trabajaban en la cadena montañosa, o en cualquier otro lugar de las afueras de Okot, que había llegado la hora de reunirse para la batalla. El estallido fue breve, pues el enemigo estaba cerca y cada vez se aproximaba más.

Una vez más, brilló en los ojos de Caliphestros una luz especial y el sabio urgió a Stasi a ascender a lo alto de su cueva, desde donde disponían de una buena vista, no solo de la lejana montaña de Broken y la ciudad que la coronaba, sino también del Zarpa de Gato a media distancia y, justo al otro lado de ese curso de agua, la Llanura de Lord Baster-kin. Los tres expedicionarios treparon para seguirlo, luchando a la vez contra la pronunciada y resbalosa ladera de la roca que albergaba la cueva y contra el viento creciente, que transmitía la agobiante sensación de que había un mareh detrás de cada árbol, dentro de cada cueva y listo para golpear desde detrás de cada roca.

Por eso pareció más extraño todavía, entonces, que cuando los expedicionarios lograron al fin reunirse con Caliphestros y Stasi, se encontraron al anciano con una expresión de terrible alegría en la cara y a la pantera gruñendo de entusiasmo por descender de la montaña en que estaban apostados y encaminarse hacia el enemigo que se acercaba y, más importante, hacia aquellas luces eternas tras los muros de la ciudad en la lejanía.

—Lo están haciendo de verdad —advirtió Caliphestros a los expedicionarios cuando los tuvo a su lado—. ¡Mirad allí! —Señaló hacia la larga hilera de antorchas que se veían a medida que, como si fuera el fluir de un líquido, los soldados abandonaban la seguridad de la Llanura y empezaban a cruzar cautelosamente el último puente del río, iluminado por la Luna—. ¡Los estúpidos entran en el Bosque sin detenerse! Baster-kin es capaz de arriesgar la vida de lo que parece un khotor entero de su Guardia con tal de eclipsar el poder y el prestigio de los Garras del sentek Arnem, y del ejército regular en general. ¡Pretende conquistar la tierra y las riquezas del Bosque para los mercaderes y para la facción real sin ayuda! Nunca había sido tan estúpido.

Y con eso el grupo echó a correr, primero hacia Okot para que Keera pudiera despedirse brevemente de sus hijos, y luego hacia las rocas desde las que se veía el lado sur del Puente Caído (y, a media distancia hacia el sudeste, las Ayerzess-werten). Su marcha llevó unas cuantas horas, pero menos, como siempre, de lo que hubiera costado a un grupo de viajeros normales desplazarse de noche por el bosque. Y podrían haber tardado menos todavía si no se hubiesen detenido por una interrupción imprevista: una interrupción que, más que resolver el enigma de Caliphestros para Keera, trajo respuestas a viejas preguntas y planteó algunas nuevas.

3:{vi:}

En algún lugar del camino entre Okot y su destino,
los expedicionarios, Caliphestros y Stasi tropiezan
con una visión extraordinaria...

La pantera blanca fue, por supuesto, la primera en detectar la presencia, aunque no mucho antes que Keera. Cuando empezó a reducirse lentamente la pendiente del grupo que tan rápido avanzaba, señal de que el valle del Zarpa de Gato estaba cerca, Stasi se detuvo tan de golpe que casi lanzó a su jinete al suelo por delante. En respuesta a las repetidas preguntas de Caliphestros acerca de la causa de su negativa a seguir avanzando, la pantera se limitó a alzar el hocico y olfatear el viento que seguía soplando del oeste; una vez determinada la dirección exacta de la que procedía aquel olor que había detectado, siguió adelante, pero no tomó para acercarse al lecho del río el mismo rumbo que habían seguido hasta allí. Caliphestros se volvió hacia la rastreadora, que seguía corriendo tras ellos.

—¡Keera! —exclamó—. Stasi no responde a mi dirección. Esto no había pasado nunca, siempre me dejaba antes a un lado. ¿Has notado algo que la haga comportarse así?

Una extraña expresión se asomó a los rasgos de Keera y Caliphestros se fijó en que era algo equivalente al comportamiento de Stasi.

—Me temo que solo tengo una idea lejana de lo que le ocurre, mi señor —respondió la rastreadora, inclinando una oreja, más que la nariz, hacia la misma brisa que tanto parecía haber excitado a Stasi, mientras seguía el ritmo de la pantera—. Solo alcanzo a oír a un oso pardo macho que emite los ruidos y los movimientos de la danza de apareamiento.[243] Pero el aroma femenino que lo provoca es extraño: artificial o, mejor dicho, recogido y colocado cuidadosamente y confinado a un área demasiado pequeña. Además de todo eso, ese aroma va acompañado del propio de...

Caliphestros había empezado ya a asentir con movimientos de cabeza y su expresión se oscurecía.

—De una hembra humana —terminó la frase de la reticente Keera. La anticipación que el anciano había sentido al ver al khotor de Lord Baster-kin recibir el castigo que tan justamente merecía pareció desaparecer de pronto—. Y apostaría a que se trata de una hembra a la que ya habías detectado antes...

Keera lanzó una mirada al anciano, tan preocupada por la expresión de su rostro como por la extraña mezcla de emociones que reflejaba su voz.

—Sí, señor. Eso es. La Esposa de Kafra... En esa extraña ocasión de la que ya te hablé. Solo que el perfume que se mezclaba con ella esa noche era de pantera, y no de oso.

Caliphestros hizo gestos de afirmación con la cabeza.

—Y entonces...

—Señor, si podemos deberíamos evitarlo —advirtió Keera—. Las batallas entre osos pardos y panteras pueden causar grandes daños a ambos combatientes.

—No temas por eso, Keera —respondió Caliphestros—. Lo que atrae a Stasi no es el oso.

—Vosotros dos, ¿qué pasa aquí? —dijo en voz alta Heldo-Bah desde detrás—. Nos hemos desviado del camino más recto hacia esas rocas de las que hablabas, Caliphestros. Y tú ya lo sabías, Keera.

Sin dar pie a que siguiera la discusión, Keera señaló a sus compañeros expedicionarios que guardasen silencio; no pasó demasiado rato antes de que el grupo llegara al borde de un pequeño claro donde la rastreadora indicó a su hermano y a Heldo-Bah que tomaran sus posiciones habituales de observación en las ramas de distintos árboles altos. Cuando Veloc preguntó con la mirada por qué no les imitaban la pantera blanca y su veterano jinete, Keera se limitó a alzar una mano para pedir paciencia.

Muy pronto, esa paciencia obtuvo recompensa: sin saber nada, aparentemente, de los actos de sus tres compañeros de viaje, el anciano y la pantera llegaron al borde del claro, en el cual los expedicionarios alcanzaban a ver ahora a una mujer familiar, aunque temida, que se movía de un modo extraño y seductor para incitar a un gran macho de oso pardo, que, en condiciones normales, ya la habría atacado rato antes.

Era una vez más la Primera Esposa de Kafra, con su túnica pegada a un cuerpo de piernas largas que seguía siendo llamativo, y con sus largos mechones de cabello negro movidos lentamente por el viento del oeste, mientras sus extraordinarios ojos verdes —ni tan brillantes ni tan hermosos como los de Stasi, pero de un color parecido— mantenían al confundido oso en su lugar, igual que habían hecho con el macho de pantera en aquella noche que a los expedicionarios les parecía ahora tan lejana.

Desde donde estaba sentado en la copa de un árbol, en el lado sur del claro, Heldo-Bah miró a Keera y a su hermano.

—Ese viejo tonto está loco —susurró—. Tendría que subirse a un árbol con la pantera, si no la bruja lo verá y avisará a las unidades avanzadas de la Guardia.

—Heldo-Bah, ¿cuándo piensas decidirte? —contrapuso Veloc—. ¿Es un tonto o un brujo que lo sabe todo?

—¿No puede ser las dos cosas? —respondió con una pregunta el Bane desdentado.

—¡Callad! —ordenó Keera con voz suave, pero en un tono que siempre provocaba la obediencia inmediata de sus compañeros de expedición.

En medio del pequeño claro, la Primera Esposa de Kafra —hermana del Dios-Rey, encarnación del esplendor del concepto de la vida de Broken—, acababa de empezar a asomar un hombro perfecto bajo el vestido negro, provocando que Heldo-Bah, una vez más, se pusiera a babear casi visiblemente entre los dientes afilados.

—Oh, gran Luna —murmuró.

Caliphestros había instado a la pantera blanca a seguir adelante y subirse a una roca robusta; luego la pareja se detuvo, aunque era evidente que la Esposa de Kafra ya se había percatado de su presencia, pese a que no se volvió hacia ellos. Con sus ojos verdes fijos todavía en las esferas negras del oso, habló con calma.

—Habíamos oído rumores de que podías haber sobrevivido al Halap-stahla, Caliphestros... —Al fin se volvió hacia el anciano y una expresión repentina de decepción, casi rayana en la repugnancia, tiñó sus bellos rasgos—. Aunque ninguno de ellos mencionaba la condición en que podías encontrarte... Y he de confesar que yo no estaba preparada para eso. —Lo estudió con más atención—. Has... cambiado mucho, ¿no?

Keera estudió con rigor la reacción de Calpihestros; a esas alturas lo conocía ya lo suficiente para ver la herida que intentaba cubrir con su orgullo.

—¿Y en qué condición creías que podías encontrarme, Alandra? ¿Después del trato que me depararon tus sacerdotes, y tras tantos años en el Bosque?

La Esposa de Kafra negó lentamente con un movimiento de cabeza.

—No lo sé —contestó lentamente. Por mucho que lo buscara con la vista y el oído, Keera no lograba encontrar señal alguna de resentimiento, sino tan solo de decepción tanto en el rostro de la mujer como en sus palabras—. Pero esto no. Esto no... Has envejecido. El mal por el que te condenaron se ha abierto camino hacia fuera desde dentro de tu cuerpo. Tu lado demoníaco anda suelto, ciertamente.

Caliphestros siguió asintiendo.

—Sí. Recuerdo bien que tuviste que condenarme por algo tan absurdo como ser un «demonio». ¿De qué otra manera podías demostrar la idea, igualmente insensata, de que tu hermano era pariente directo de un dios? Siempre has necesitado un villano en tu vida, Alandra, para justificar las perversiones a las que tanto tú como Saylal os habéis rebajado. Y cuando murió tu padre, que de hecho era un buen hombre, por muchas mentiras que los dos hayáis podido decir sobre él, supongo que yo pasé a ser la siguiente elección lógica.

La Primera Esposa de Kafra señaló a la pantera con una inclinación de cabeza.

—¿Y esa criatura? Vas montado en la gran señora del Bosque. ¿Acaso no demuestra eso tu comportamiento demoníaco?

—No voy montado en ella. La pantera me ofrece transporte. Igual que me ofreció la vida después de que tu hermano aceptara condenarme a algo que, estoy seguro, todos vosotros pensabais que implicaba la muerte.

De repente, como si fuera capaz de captar la emoción del momento, Stasi soltó un gruñido breve, pero especialmente potente

—o incluso letal—, hacia la mujer y el oso pardo. Y el oso, aunque no muy complacido, hizo un par de movimientos de lado a lado y luego caminó de espaldas para alejarse del claro y al fin se movió deprisa hacia el este.

—Oh —dijo la Esposa de Kafra con tono de decepción, al tiempo que se tapaba el hombro desnudo con la túnica—. Eso no ha sido muy amable por tu... Bueno, ¿cómo llamas a esa criatura con la que te asocias, anciano?

—No eres nadie para conocer su nombre, Alandra —dijo Caliphestros—. Ni lo será ningún otro ciudadano de esa ciudad apestosa de la montaña.

De repente, aquella mujer llamada Alandra adoptó un estilo coqueto, casi ligón, con el hombre sin piernas que tenía delante y un poco por encima.

—No siempre la encontraste tan apestosa —murmuró con una sonrisa.

—Ni tú a mí —respondió Caliphestros.

—Cierto —concedió Alondra—. Pero entonces yo era solo una doncella; y tú habías sido mi tutor. Una ventaja injusta para ti... Cuando tuve la suficiente edad, llegué a ver la verdad y a preferir... otras compañías.

—Doy por hecho que con ese comentario quieres decir que terminaste por preferir el lecho de tu hermano, antes que el mío.

En la copa de su árbol, Veloc soltó un juramento lento, casi silencioso.

—Hak, ¿el anciano fue en otro tiempo el amante de esa belleza?

—¿Y por qué no? —respondió Heldo-Bah—. Entre los Altos hay mujeres que han superado que tú las tocaras, Veloc.

—¡Callaos los dos! —ordenó Keera una vez más—. Aunque no espero que lo reconozcáis, este es un momento terriblemente delicado.

Abajo, en el claro, Stasi avanzó de nuevo uno o dos pasos y provocó una mirada de inseguridad incluso en la Sacerdotisa, por lo general tan supremamente segura de sí misma.

—Pero no alteremos los hechos —siguió Caliphestros—. Puede que cuando nos conocimos yo fuera tu tutor y tú apenas una doncella, pero años después, cuando viniste a mí con tu deseo de que nos convirtiéramos en algo más, ya eras una mujer. Toda una mujer, desde luego. —Habiéndose ido el oso de Broken, el anciano se sintió lo suficientemente tranquilo para inclinarse hacia delante, apoyado en los hombros de la pantera—. Y lo sabes de sobra, por muchos inventos que hayas contado para representarme ante tu gente como un ser más demoníaco todavía de lo que ya estaban inclinados a creer. Y, sin embargo, dices haber oído rumores sobre mi supervivencia, Alandra —siguió—. ¿Debo entender que eran el fruto de las torturas que mis acólitos sufrieron en manos de Baster-kin?

La Primera Esposa de Kafra sonrió de un modo que Keera encontró muy repugnante: bello, y sin embargo cruel.

—Solo en parte —respondió ella—. Porque Baster-kin nunca se ha entregado a esos métodos con todo su esfuerzo. No pudimos estar seguros del todo hasta que nos llegaron informes de que Visimar viajaba con el sentek Arnem.

Alandra también dio un paso adelante y pareció que se esforzaba por exponer sus piernas largas y atractivas por las rajas de ambos lados del vestido negro.

—Me apena ver que tu gusto por la intriga y las estratagemas ha crecido y se ha estropeado tanto —contestó Caliphestros—. Al contrario que el resto de ti.

—Ah, búrlate una vez más —dijo Alandra, negando con la cabeza—. Recuerdo un tiempo en que mis intrigas no te molestaban tanto. Yo me fugaba de mis dependencias para que pudiéramos acostarnos juntos en tus altas cámaras del palacio.

De nuevo, a Keera le pareció ver una expresión de profundo dolor escondida en los serios esfuerzos del anciano por fingir desdén.

—¿Era todo un engaño, Alandra? ¿Incluso entonces? ¿Me engañaste con tus palabras y actos de amor?

—Hummm —masculló Alandra, insinuando por primera vez algo que no fuera pura maldad bajo las apariencias—. Tal vez no. Pero hace tanto tiempo ya... ¿Alguien puede decir sinceramente que lo recuerda? —Como si se distanciara de un recuerdo nada desagradable, Alandra siguió hablando—. ¿Y qué importa ya? Eres el enemigo del reino, y de mi hermano, una sombra, como yo digo, de lo que fuiste en otro tiempo. Así que te voy a dejar con tu nueva compañera...

Se dio media vuelta para irse, pero sus movimientos quedaron paralizados de repente por la severa nota de autoridad en la voz de Caliphestros.

—¡Alandra! —La Primera Esposa se detuvo casi contra su voluntad, pero no llegó a darse media vuelta—. No soy yo quien se asocia o se aparea con las fieras del Bosque, chiquilla, aunque tengo entendido que tú no puedes afirmar lo mismo. Y solo los cielos saben con qué se entretiene tu hermano estos días. Pero da igual. Llévale este mensaje a Saylal...

—¿Te refieres —preguntó la Primera Esposa, fingiendo indignación— al Dios-Rey de nuestro reino, hermano de Kafra, la Deidad Suprema?

Caliphestros se encogió de hombros y dio la impresión de que se daba cuenta de que acababa de obtener una victoria dialéctica.

—Llámalo como quieras. Para mí es simplemente Saylal: el chiquillo asustado y malvado al que los sacerdotes enseñaron a desear a su propia hermana. Pero sea cual fuera el nombre: dile que sus ejércitos entran en el Bosque de Davon con cierto riesgo y una probable condena. Una condena que se demostrará esta noche... —Como si hubiera previsto aquel momento, Caliphestros miró hacia el norte, igual que Alandra, cuando un cuerno de batalla de Broken resonó para dar la alarma—. Y dile —añadió Caliphestros, ahora con una sonrisa— que solo yo he resuelto la Adivinanza del Agua, el Fuego y la Piedra.

La Primera Esposa de Kafra se volvió hacia el anciano bruscamente, con la ira visible ahora en el rostro.

—Esa adivinanza es una leyenda.

—Oh, nada de leyenda —dijo Caliphestros sin perder la sonrisa ahora que el dolor y la inseguridad parecían haber desaparecido y su dominio de la conversación era incuestionable—. Y su solución implicará la destrucción de la impermeabilidad de Broken. Así que vuélvete ya por cualquiera que sea la ruta que usas para regresar a la ciudad, porque dentro de no demasiado tiempo ya no podrás volver. Regresa, entonces, a tu vida de crueldad, bestialidad e incesto y sigue creyendo que se trata de una fe. Y recuerda solo esto: mi ancianidad y mi decrepitud eran inevitables... Como lo son las tuyas. Bien pronto lo descubrirás. De hecho, ahora que la Luna se ha alzado un poco más, me doy cuenta de que tal vez hayas empezado ya a descubrirlo. —Las manos de Alandra acudieron de repente a la cara mientras los ojos rebuscaban en la piel de los brazos y de la parte expuesta de las piernas—. Ve, Alandra. En nombre de todo lo que en otro tiempo compartimos, no te entregaré a los Ultrajadores de los Bane pese a las ventajas que implicaría tu captura para su tribu, aunque dudo que tú tuvieras la misma cortesía conmigo si la situación se diera al revés. Vete, entonces.

Sin nada ingenioso o cruel que ofrecerle, sin nada que mostrar ya aparte de su aspecto de simple miedo, la Primera Esposa de Kafra se volvió y se alejó rápidamente del pequeño claro hacia el sur y únicamente volvió a mirar atrás una vez, con una expresión en la que a Keera le pareció reconocer no solo algo de resentimiento, sino también un cierto arrepentimiento.

En cuanto ella desapareció, los tres expedicionarios saltaron deprisa desde sus atalayas para bajar de rama en rama hasta que se encontraron de nuevo en el suelo del Bosque. Todos llegaron llenos de preguntas, aunque Keera y Veloc se dieron cuenta de que el encuentro había dejado a Caliphestros —pese a su pose final de desafío y rabia— casi sin energía para poder responderles de inmediato y los hermanos guardaron silencio. Heldo-Bah, por supuesto, no tuvo la misma delicadeza, ni compartió sus modales.

—Viejo —dijo, acercándose a él—, tienes mucho que explicar...

—Supongo que sí, Heldo-Bah —respondió Caliphestros, con un gran agotamiento perceptible al fin en la voz. Keera y Veloc se apresuraron a sujetarlo por ambos brazos, temerosos de que perdiera el equilibrio sobre la espalda de la pantera. Sin embargo, él alzó rápidamente la mano para indicarles que estaba en condiciones de viajar sin ayuda a lomos de Stasi—. De momento, sin embargo, avancemos hacia nuestro destino antes de que empiece la batalla.

—¡Al demonio con la batalla! —respondió Heldo-Bah—. En mi vida he visto muchas batallas; en cambio, nunca he visto un encuentro tan extraño como este. No, me quedaré con vosotros para averiguar qué hay detrás de todo esto.

Caliphestros asintió con una inclinación de cabeza y, una vez más, instó a Stasi a avanzar.

—Y bien que lo averiguarás, pero ahora no estoy preparado para hablar de eso.

No mucho rato después el grupo se acercó a las rocas que ofrecían una amplia visión de los árboles y la tierra en el lado sur del Puente Caído; a lo lejos se empezaban a ver las luces temblorosas de las antorchas que llevaban los miembros de la Guardia de Lord Baster-kin. Al poco empezaron a oírse sus voces risueñas y triunfantes, ayudadas por el vino, el hidromiel y la cerveza: una clara demostración de que creían que la falta total de resistencia que habían encontrado hasta entonces no implicaba trampa o estratagema alguna por parte de los Bane, sino una muestra del terror que llenaba los corazones de sus enemigos.

3:{vii:}

Mientras la batalla entre los hombres de Ashkatar
y la Guardia de Lord Baster-kin se propaga en torno
a ellos, los expedicionarios descubren la verdad
subyacente de lo que están presenciando...

Gracias a su habilidad, compartida por Stasi, para desplazarse con una velocidad sin par, Keera, Veloc y Heldo-Bah consiguieron compensar el tiempo perdido durante el extraño pero revelador encuentro que había dejado a Lord Caliphestros destrozado por la confusión y el agotamiento del espíritu y llegaron a la alta formación rocosa que habían escogido originalmente como destino antes de que se desataran las hostilidades. Allí tomaron posiciones detrás de algunos parapetos de piedra a tiempo para observar las lecciones que pronto se impartirían a los soldados de Broken (aunque solo fuera la Guardia del Lord Mercader) acerca de la guerra: no la clase de guerra que enseñaban y practicaban los oficiales y soldados de aquel reino, sino la guerra tal como la entendían y libraban los Bane.

—Pero yo no entiendo esa distinción de la que hablabas, mi señor —dijo Keera en voz baja, mirando hacia la tierra extendida al sur y al este de los brumosos peñascos que se alzaban sobre las Cataratas Hafften y el Puente Caído, que ya empezaban a cruzar las avanzadillas de la Guardia de Lord Baster-kin y por el que en aquel mismo momento intentaban, con un fracaso casi uniforme, arrastrar sus ballistae, que casi en su totalidad resbalaban en la superficie de aquel árbol gigantesco para hacerse añicos en las aguas rocosas que corrían por debajo—. Un martillo o una espada no cambian porque los use gente distinta —continuó Keera—. ¿Acaso no es igual la guerra? ¿Por qué tendría que haber una guerra para los Altos y otra para los Bane?

—Porque la guerra no existe separada de la mente, como el martillo o la espada —contestó Caliphestros en voz baja, volviendo la cabeza cada dos por tres para distinguir las figuras de los espadachines, lanceros y arqueros Bane que ya habían tomado posiciones en la parte norte del Bosque de Davon, mientras que cada vez más miembros de la Guardia de Lord Baster-kin seguían marchando con la presunción de que se acercaban al enemigo—. Es una expresión de la mente —siguió hablando el viejo sabio— que se usa para obtener un cierto objetivo, sí, y que denota la naturaleza de la mente colectiva de un pueblo.

—Sí, sí, todo muy interesante, estoy seguro —interrumpió Heldo-Bah—. Pero ahora, Lord Caliphestros, si podemos volver al asuntillo de lo que hemos visto entre la Primera Esposa de Kafra y tú...

Un golpe de advertencia en las costillas por parte de Veloc silenció a Heldo-Bah.

—¡Ayyy, Veloc! —masculló Heldo-Bah, en voz baja, pero con tono de urgencia—. ¿Estás loco? ¿Acaso no hay suficientes Altos entrando en el Bosque, que te da por atacar a uno de tus pocos amigos?

—Deja que esas cosas las pregunte Keera, Heldo-Bah —respondió Veloc, mientras sacaba varias láminas de pergamino y un carboncillo de una bolsa pequeña que llevaba en el costado—. Tú tienes el tacto de un novillo.

Heldo-Bah estaba dispuesto a seguir discutiendo, pero se distrajo al darse cuenta de lo que estaba haciendo su amigo.

—¿Y qué significa todo esto? —preguntó, señalando el pergamino y el carboncillo.

—Voy a tomar algunas notas —respondió Veloc—, para acordarme sin ningún error de lo que diga su señoría.

—¿Tú? —preguntó Heldo-Bah—. ¿El hombre que cree que un historiador solo puede contar con su preciosa historia por medio de la palabra hablada, mientras que la escritura brinda oportunidades para mentir?

—Y lo sigo creyendo —declaró Veloc—. Como ya he dicho, esto solo serán notas para recordar ciertos detalles que, cuando los cuente más adelante, podrían ser útiles para recordar el conjunto con más exactitud.

—Con más mentiras todavía, quieres decir —opinó Heldo-Bah.

—Ahora, a callar —atajó Veloc, dándose gran importancia—. Sepamos qué quiere contarnos su señoría...

La conversación entre Keera y Caliphestros no había cesado durante ese intervalo y el anciano seguía dando explicaciones sobre el mismo asunto.

—Si el yantek Ashkatar hubiese mantenido su plan original —decía— habría cometido un error de enormes proporciones. Los Bane no tienen la formación necesaria para enfrentarse a los soldados de los Altos, o siquiera a la Guardia de Lord Baster-kin, ni tampoco las armas y la estatura adecuadas. Los hubieran descuartizado. Ahora, en cambio... —En ese momento, Caliphestros alargó una mano hacia las sombras que se movían por el bosque, cientos de sombras que marchaban sin ninguna organización por culpa de los árboles que por todas partes imposibilitaban el orden—. Ahora es la Guardia la que ha cometido el terrible error de intentar luchar en el terreno del enemigo y según sus métodos.

Keera parecía extrañada, pero ya no tan confundida, tras recibir esos pensamientos de una mente tan extraña.

—Debes de haber luchado en muchas guerras para, mi señor, para conocer esos principios.

—¿En persona? —Caliphestros negó con la cabeza—. Qué va. Ah, he sido testigo de muchas batallas, cierto, aunque solo como hombre de medicina empleado por uno u otro bando para atender a los heridos y aliviar su dolor. Pero... ¿entender de verdad esas cosas? Hay grandes mentes, Keera, que han practicado la guerra: generales, reyes, emperadores que han recogido sus conocimientos, y los de otros, en libros de instrucciones disponibles para quien quiera leerlos y que yo mismo usé para aconsejar al yantek Ashkatar. Y en ese sentido hemos sido afortunados.

—¿Afortunados, viejo? —repitió Heldo-Bah—. ¿Cuál es la «fortuna» de encontrarse un khotor entero de la Guardia del Lord Mercader entrando en el Bosque de Davon? Divertido puede ser, pero...

Aunque Veloc volvió a dar un codazo a su amigo por atreverse a interrumpir, Caliphestros se volvió y se dirigió a Heldo-Bah sin enfado ni encono.

—Porque ahora es a toda luz evidente que ni el Gran Layzin ni Lord Baster-kin se han dignado leer esos libros, mientras que un soldado sabio de verdad, como el sentek Arnem, que ahora mismo avanza con su khotor de Garras hacia el Zarpa de Gato, jamás habría cometido ese error. Sería una violación de todo lo que aprendió de su mentor, el yantek Korsar, o de su propia experiencia en la lucha contra tribus como los Torganios y los saqueadorse del este. Él hubiera esperado para obligar a Ashkatar a salir a la Llanura... Y, como os decía, pese a que el acero que hemos forjado estos días es superior incluso al que llevan los Garras, su manera de luchar, su disciplina y organización, son cosas que requieren años de aprendizaje para estos grupos numerosos. Y su ausencia entre la Guardia demostrará que son más importantes que cualquier calidad de acero.

—Eso nos deja con el único fallo —murmuró Heldo-Bah, que ahora también escuchaba el ruido de los Guardias que pasaban bajo las rocas en cuya cima se habían escondido cuidadosamente los tres expedicionarios y la pareja que se había convertido en su compañía de viaje— de que la Guardia está formada por un grupo de asesinos perversos, capaces por sí mismos de hacer algo más que un poquito de daño a nuestros guerreros.

—Algunos, quizá —respondió Caliphestros, encogiéndose de hombros—. Pero al final, a cambio de las pocas heridas que puedan recibir los Bane, esos Guardias darán la vida. Y cuando el sentek Arnem llegue al Zarpa de Gato se encontrará con una escena de muerte y horror, con cientos de cadáveres de Altos en el río, entre los pobres Bane que se quitaron la vida en sus aguas cuando aún no habíamos sido capaces de determinar la causa de la fiebre del heno y dar con un método para prevenirla. Y ese horror le obligará a detenerse, sin ganas de arriesgar las mejores tropas de su reino a cambio de un beneficio altamente incierto. Y, entonces, quizá lo encontremos dispuesto a parlamentar con nosotros. Pero ahora callemos...

El anciano puso su cara en contacto con la piel de Stasi en el cuello y la mejilla y la hundió en la lustrosa piel blanca del costado como si le aportara alguna clase de consuelo profundo, casi místico: a Keera le pareció ver que no era solo por el peligro que los rodeaba por todas partes en aquel momento, sino por el dolor persistente y todavía inexplicado que había sufrido el alma (qué va, pensó ella, el corazón) del anciano tras su encuentro con la Primera Esposa de Kafra, aquella mujer llamada Alandra.

—Guardemos silencio o hagamos el mínimo ruido posible —continuó el anciano—. Seguir hablando solo servirá para que nos descubran y, como ha dicho Heldo-Bah, por mucho que esos Guardias carezcan de orden y sabiduría, no les falta avidez de sangre.

Acaso animado al ver que por fin el anciano reconocía la validez de sus ideas, aunque no fuera precisamente de una manera directa y congratulatoria, Heldo-Bah se levantó y blandió en una mano la espada que llevaba desde el encuentro con Caliphestros y en la otra el cuchillo de destripar.

—Bueno, en ese sentido —susurró— puedes tener la seguridad de que estaréis todos a salvo. Quizá no me adentre en esa locura, pero si algún Guardia, o hasta cinco de ellos, se acerca demasiado a estas rocas le convendrá que la Luna lo proteja. Agachaos todos. —Miró directamente a Stasi a los ojos—. Eso te incluye, mi querida —añadió antes de desaparecer entre las sombras que se alzaban bien cerca de allí.

Veloc se volvió, sorprendido de repente.

—¡Heldo-Bah! —siseó tan fuerte como pudo—. No seas loco...

—No te preocupes, Veloc —murmuró Caliphestros. Cuando Veloc se volvió hacia él, se llevó la sorpresa de ver que el anciano sonreía con auténtica admiración—. Tenías razón en esto, Keera, como en tantas otras cosas: un hombre profundamente irritante, pero dotado de un gran coraje... —Stasi soltó un gruñido grave por la desaparición del tercer expedicionario y Caliphestros pasó las manos a fondo por su piel para acariciar y rascar con la intención de calmarla—. Tranquila, Stasi. Nuestro sucio amigo está mejor preparado que nadie para esa tarea. En cambio tú tienes que quedarte aquí conmigo.

A Keera, mientras alzaba los ojos para determinar la posición de la Luna y, a partir de ella, la hora de la noche, esa última afirmación le pareció más una súplica que una orden.

La Luna no se había alejado demasiado del lugar en que Keera la atisbara por primera vez antes de empezar la batalla. La confrontación se inició donde Caliphestros había dicho que era probable que empezara: cerca del Zarpa de Gato, garantizando así que, una vez estuviera ya todo el khotor de Baster-kin dentro del Bosque, ya no podrían cruzar de vuelta el Puente Caído para regresar en retirada. Efectivamente, los expedicionarios y Caliphestros supieron más adelante que Ashkatar había ordenado que se atacara primero a cualquier Alto encargado de permanecer en la retaguardia de su tropa para defender el extremo sur del puente: en aquel encuentro no se pretendía tomar prisioneros, o permitir la huida de los cobardes, sino una destrucción total que, además de permitir a los Bane regocijarse con su odio especial a los hombres del Lord Mercader, serviría de aviso —de nuevo, tal como había anticipado Caliphestros— a cualquier otra tropa de Broken que fuera de camino al Bosque de Davon con el propósito de atacar y destruir a la tribu de los desterrados.

Así, los gritos que repetía el eco desde la orilla sur del Zarpa de Gato y que señalaban que ya había empezado el combate real, eran especialmente horrorosos y no procedían tan solo de los heridos y moribundos, sino de los aullidos de los hombres lanzados desde la altura de las rocas hacia el violento lecho del río. Ese horror, por supuesto, no era accidental, sino más bien parte central del plan de Ashkatar, pensado para que los Guardias perdieran la poca capacidad que el Bosque les concedía para organizarse en filas coherentes y armar una resistencia eficaz; y cumplió su propósito por entero.

Por supuesto, hubo otras variedades de horror a las que los Guardias condenados se vieron obligados a enfrentarse; ciertamente, pocos de ellos escaparon, si es que alguno lo logró. Forma parte de la peculiar naturaleza de los bosques, y sobre todo de los bosques primigenios[244] como el de Davon en particular, cambiar de aspecto en cuanto cae la noche y las amenazas se oyen, se ven o se sienten como parte de un lugar de infinitos peligros; a continuación de ese cambio, el intruso que se encuentra encallado en lo que sin duda se convierte en el reino de otras fuerzas se da cuenta del tamaño de su error. Ni siquiera los expedicionarios desde lo alto de las rocas eran plenamente conscientes de la medida en que los guerreros camuflados de Ashkatar habían establecido su presencia en cada rincón del Bosque; sin embargo, después de los primeros gritos terribles que resonaron en el desfiladero, más allá del Puente Caído, y del subsiguiente resoplar de un cuerno de carnero de Davon, dio la impresión de que de cada árbol, roca, arbusto o sombra se asomaba uno o más de aquellos valientes. Como siempre, al contrario que las tropas de los Altos, las de los Bane incluían mujeres, más que listas y entrenadas para aplicar un castigo letal a sus enemigos: sus gritos, al ser más agudos, provocaron enseguida entre los hombres del khotor de Baster-kin un tipo de miedo rayano en la locura.

Una vez establecida la confusión, la inestabilidad (de hecho, dada la oscuridad del Bosque, a la que los ojos de los Guardias no estaban acostumbrados en absoluto, la pesadilla), casi todo parecía posible. En primer lugar, por supuesto, el énfasis constante de Ashkatar en que tanto los hombres como las mujeres de su tropa emitieran perversos gritos de guerra imposibilitaba a las unidades de soldados de Broken transmitir órdenes o tomar la medida exacta de la cantidad de fuerzas enemigas involucradas de verdad en la batalla. En realidad, los Bane eran muy inferiores en número, pero el terror es un método muy poderoso para anular esa clase de desequilibrios de poder. Ese efecto no hacía más que aumentar por el hecho de que cada vez que un soldado de los Altos intentaba pedir ayuda, al instante quedaban marcados para la muerte el hombre que tenía un problema y aquellos que se atrevían a levantar la voz para responderle. El miedo de nuevo se agita hasta el pánico cuando un soldado que lucha por su vida en territorio enemigo percibe que ni siquiera puede comunicarse con sus compañeros sin enfrentarse de inmediato a la imagen de un enemigo con el cuerpo pintado para replicar las hojas y las cortezas de las plantas silvertres y árboles circundantes o, peor todavía, la piel y los dientes, plumas y picos de las más letales criaturas de la noche y cuyo ataque inmediato, en consecuencia, además de ser incomprensiblemente estridente y salvajemente sonoro, resulta tan alocado y bestial en su apariencia como en la violencia empleada. Esos métodos aterradores, practicados con la maestría propia de los Bane, podían aportar mucho a la hora de contrarrestar diferencias numéricas, siempre que estas no fueran definitivamente abrumadoras.

Y luego, por supuesto, siempre estaba el derramamiento de sangre, simpre pero supremamente eficaz sangre, que a los Guardias de Lord Baster-kin les gustaba creer que entendían, como arma, aunque en realidad nunca la habían visto usar hasta esa noche. La visión, el olor y los ruidos de los camaradas quebrados y desgarrados, desmembrados, desfigurados o liquidados de cualquier modo, robaban a los Guardias el poquito conocimiento real del combate que tenían. Cuando el suelo del Bosque quedaba empapado de sangre en medio de la noche, así como cuando los colores y las visiones de las tripas humanas, curiosamente aterradores, quedaban expuestos a la luz de la Luna y las antorchas, y un soldado estaba casi seguro de que aquellas entrañas pertenecían a sus compañeros, la utilidad de ese hombre para el combate (sobre todo si no estaba familiarizado con esa visión, como les pasaba a casi todos los Guardias) quedaba rápidamente reducida a casi nada, y en vez de tener el castigo al enemigo como primera preocupación pasaba a esforzarse para garantizar que su propia sangre, sus tripas y extremidades no se sumaran a los riachuelos desatados por las espadas, cuchillos de destripar, lanzas, alabardas de puro hierro, hachas y dagas.

A menudo se oye decir, entre los estúpidos farsantes como los jóvenes que desde hace tiempo pasan la mejor parte de sus vidas en el estadio de Broken, que alguna actividad en tiempo de paz «es como una guerra» o incluso «es una guerra». Pero eso solo demuestra lo alejados y aislados que han vivido siempre de cualquier campo de batalla verdadero o de otros lugares de violencia a gran escala. Porque la guerra, como todas las actividades humanas relacionadas con la creación o destrucción de la vida, es única, única en su dolor y pavor, por supuesto, pero también y acaso sobre todo en su soledad, así como en la terrible incertidumbre —inimaginable hasta que llega el momento— que vive cada participante acerca de sus posibilidades de sobrevivir.

En aquel caso, la percepción repentina por parte de todo el grupo de que la Guardia en realidad no era rival para los Bane, y de que su tiempo asignado en esta Tierra y en esta Vida había expirado bruscamente, añadió una nota extraordinaria de horror a los aullidos que esa noche escapaban de las bocas de los hombres de Lord Baster-kin; era una manera de gritar que provocaba que incluso Stasi, que tantas muertes terribles había visto su comparativamente breve tiempo de vida en la Tierra, se acercara más a Caliphestros, Keera o incluso Veloc, tanto en busca de consuelo para su alma como para asegurarse de que sus amigos no abandonaran su posición e intentasen meterse en el combate que se celebraba en la oscuridad del bosque, por debajo de las rocas que los protegían.

Por último, la religión de los Guardias, aquella fe en Kafra de tan suma importancia, les falló en la hora final. Los soldados de la Guardia de Lord Baster-kin habían recibido una sanción especial del Dios-Rey y del Gran Layzin de Broken antes de aquel empeño particular, sanción que se exhibía en las cintas de bronce batido que llevaban ceñidas al antebrazo, pero también se manifestaba en el burdo exceso de confianza con que se comportaban al adentrarse en el bosque. Los sacerdotes habían asegurado a los miembros de la Guardia que Kafra les aportaría una protección y un poder especiales. Y sin embargo, ahí estaban ahora, golpeados por la muerte desde la oscuridad en cada recodo y a lo largo de cada camino... sobre todo, y especialmente, desde lo alto. La táctica de los Bane que consistía en saltar desde arriba para lanzar un tajo a las gargantas y otras partes esenciales de los cuerpos de sus enemigos, de un modo que resultaba aún más sorprendente y repentino que lo que podían hacer desde sus eficaces escondites a nivel de suelo, resultaba nueva por completo y especialmente aterradora para los hombres de Baster-kin; sin embargo, por mucho que estos llamaran al dios cuyo sonriente semblante lucían en las cintas que rodeaban sus brazos, Kafra permaneció sordo a sus súplicas. El número de muertos entre sus tropas —ya fuera por las heridas o porque caían lanzados desde los acantilados que daban al Zarpa de Gato, donde sus cráneos y sus cuerpos se hacían añicos y se machacaban contra las rocas mortales y las aguas veloces de las Cataratas Hafften, o de las Ayerzess-werten— aumentaba a una velocidad de asombro y aquella zona del Bosque de Davon, relativamente confinada, estaba cada vez más llena y empapada de cadáveres, vísceras y sangre de los soldados de los Altos.

En resumen, el encuentro resultó mucho más exitoso de lo que cualquier miembro de los Bane se hubiera atrevido a desear. Para Caliphestros, junto a Keera y Veloc, nada demostraba el triunfo y la alegría de las tropas Bane tanto como la risa altisonante y casi enloquecida de Heldo-Bah, quien enseguida pasó de limitarse a mantener la guardia en los alrededores de la formación rocosa que escondía a sus amigos y a la pantera blanca a echarse con alegría encima de cualquier Guardia que pasara por ahí y deleitarse en superar sus armas, o incluso en cortarlas y partirlas en trocitos, tal como había hecho Caliphestros con la suya en el primer encuentro en la cueva del anciano. El ansia de venganza que aquel Bane de dientes afilados sentía contra los siervos de Lord Baster-kin —el hombre a quien veía como encarnación de todos los males de Broken, aquella ciudad que tan mal lo había tratado en su infancia— nunca se exhibió tan ampliamente como aquella noche de la batalla junto al Zarpa de Gato, cuando su ira alcanzó alturas insensatas y jubilosas. Tras cada rápido ataque, Heldo-Bah desaparecía entre las grietas de la formación pétrea que protegía a los otros, casi incapaz de contener su lujuriosa alegría.

Dada su concentración completa y cada vez más triunfal en la aniquilación de los Guardias, era muy poco probable que algún Bane se fijara en un par de ojos y oídos solitarios que veían y escuchaban cuanto ocurría en el lado boscoso del río: pero el Guardia a quien pertenecían esos ojos, un miembro de la guardia regular que patrullaba la parte más rica de la gran Llanura, un joven inexperto a quien la gran columna había dejado atrás por atreverse a cuestionar la sabiduría de mandar a todos aquellos soldados de la Guardia al Bosque para un ataque nocturno, pronto regresó al norte entre los pastos; sin saberlo, iba al encuentro del sentek Arnem y sus Garras, que estaban a punto de llegar.

3:{viii:}

Sixt Arnem, tras sonsacar cuanto puede al aterrado
joven de la Guardia de Lord Baster-kin, recibe
una desconcertante variedad de visitantes...

Mientras cabalgaba hasta el borde oriental del campamento central que sus Garras seguían levantando en la Llanura de Lord Baster-kin, Sixt Arnem tenía la firme intención de mostrar una actitud muy severa al interrogar al único superviviente del primer khotor de la Guardia del Lord Mercader. Sin embargo, cuando el comandante del ejército de Broken ve en qué condiciones está el joven no puede evitar que su postura se ablande. El guardia tenía apenas unos pocos años más que Dagobert, el hijo de Arnem, y aunque de ordinario debía de ser algo más alto que el chico del sentek, todo lo que había visto y oído lo había encogido de todos los modos posibles. Ante un recuerdo tan vívido no solo de su hijo, sino también de su mujer y del extraño peligro que, según le habían contado, corrían ambos en el Distrito Quinto de Broken, Arnem se agacha para mirar a la cara al joven aterrado.

—¿De dónde eres, hijo? ¿Quieres que en mi próximo paquete de mensajes haga llegar a Broken la noticia de que sigues vivo?

El asustado joven agita la cabeza, asustado y vigoroso.

—No quiero que mi familia sepa que no he querido seguir a mi comandante hasta el peligro que nos esperaba al otro lado del río. No quiero que me tengan por desobediente o cobarde.

Arnem apoya una mano en el hombro del muchacho

—No eres ninguna de las dos cosas, pallin. La disciplina es vital en un ejército; también puede ser letal. En muchas ocasiones ha-

bría estado de acuerdo en que tu rebeldía era irresponsable. Pero...
¿en este caso? —Arnem baja la mirada hacia la línea de árboles de
la frontera sur de la Llanura, ahora casi invisible en la creciente oscuridad—. No encuentro en mi interior el valor para afirmarlo.
Porque llevar a casi quinientos hombres borrachos al Bosque de
Davon, cuando tenía todas las razones para creer que los Bane eran
plenamente conscientes de nuestra intención de invadir su patria,
ha sido una decisión que ahora adjudica toda la culpa del desastre a
tu sentek, no a ti. Aunque sinceramente dudo que ese estúpido esté
vivo para asumir esas responsabilidad. Bueno, venga, en pie. —El
pallin obedece la orden lentamente, pero con algo aceptable como
estilo marcial—. Acércate más a la luz y deja que te examine mi
amigo, que es un sanador talentoso.

Arnem señala a Visimar y el tullido avanza.

Visimar va emitiendo sonidos de satisfacción a medida que ins-
pecciona las partes del cuerpo del pallin que mostrarían las primeras señales de fiebre del heno, o bien del Fuego Sagrado, y cada
murmullo parece animar al guardia, hasta tal extremo que al cabo
de unos instantes dice:

—Si no te importa, sentek Arnem, prefiero marchar con tus
hombres a regresar a la ciudad.

Arnem mueve la cabeza para decirle que no, de modo inmediato y definitivo.

—Hay muchos soldados que quisieran marchar con los Garras,
pallin. Pero nuestra reputación no se basa en el orgullo ni en la arrogancia. Hay maniobras que deberías conocer y aprender a ejecutar
con rapidez y sin dudar por medio de un largo entrenamiento. Las
vidas de otros hombres dependen de tu conocimiento, como ya se
ha demostrado en esta marcha. Entiendo tu reticencia, pero, como
ya te he dicho, te daré unas notas con buenas referencias acerca de
tu comportamiento, para que puedas entregárselas tanto a tu familia como a Lord Baster-kin. Mantén tu espíritu en calma: no habrá
recriminación alguna. Además, te ofrezco lo siguiente, pallin: incli-
naremos la mesa un poquito para asegurarnos de que los nudillos[245]
rueden a tu favor. En mi informe afirmaré que al llegar conseguimos rescatarte, a ti y solo a ti, de una acción que tu fauste llevaba a
cabo en la retaguardia. Puedo incluso añadir que nos vimos obligados a retirarte del combate, porque tenías la sangre caliente. Creo
que con eso bastará.

El pallin mira incómodo hacia el suelo.

—Si aceptas oír un dato más en secreto, sentek, a cierta distancia de los demás, haré lo que dices si te sigue pareciendo inteligente.

Arnem mira a los demás, se encoge de hombros y les indica que permanezcan donde están con un movimiento de la mano, luego se aleja hasta el límite del pequeño mundo de luz creado por la antorcha de Akillus.

Cuando regresan Arnem y el joven guardia, parece que el oficial mayor ha convencido al pallin de que podrá regresar sin sufrir castigo alguno si sigue el plan original del sentek.

—Pero a cambio te pediré un favor, pallin —dice Arnem mientras se acerca a Ox y luego monta en su grupa—. Quédate fuera del campamento mientras yo voy a mi tienda para asegurarte una montura y redactar los mensajes que hemos comentado. Mis hombres sabrán bien pronto la verdad de lo que ha ocurrido en el Bosque, no quiero que por el campamento circulen más rumores de los que puedo manejar. Akillus, quédate aquí con el pallin y luego te enviaré a uno de tus exploradores con el caballo y los informes, junto con las raciones que hayan preparado.

Akillus saluda, reticente pero sin cuestionar sus órdenes, y el pallin se apresura a imitarlo. Arnem les despide con una inclinación de cabeza a cada uno e intenta dedicar una sonrisa tranquilizadora al guardia.

—La vida de un soldado no es como la de un guardia, pallin —dice el sentek—. En particular cuando abandonas las murallas de Broken. En la frontera no hay muchas ocasiones de arrestar a gente o dar unos porrazos, y mucho menos de vigilar el ganado. Lamento que tu primer contacto con la acción a gran escala haya tenido que ser tan horrendo, pero recuerda esas cosas la próxima vez que tengas la tentación de castigarte a ti mismo. —Suelta una risa cómplice—. Y plantéate cambiar de servicio cuando regreses a Broken... —Arnem se vuelve hacia su jefe de exploradores—. Y no le des la lata al muchacho, Akillus —declara.

—De acuerdo, sentek —responde Akillus—. Vamos, pallin. Veamos qué trozos de madera podemos recoger para que esta antorcha sea algo más que una fuente de luz. Aunque la noche sea cálida, nos ayudará a mantener a raya a los lobos.

Es un tipo de actitud generosa que Arnem y Niksar han aprendido a esperar desde hace tiempo del gregario Akillus. En cambio

Visimar, que se ha montado en su yegua con la ayuda de Niksar, está impresionado.

—Desde luego, Akillus es un hombre excepcional. Hay que felicitarte por haberlo ascendido, Sixt Arnem.

—Es mi brazo izquierdo —concede Arnem, sonriendo mientras tanto a Niksar—. Ahora que Niksar ha suspendido sus actividades de espionaje y se ha convertido en mi incuestionable brazo derecho...

—¡Sentek! —protesta el linnet, hasta que se da cuenta de que su comandante está bromeando.

Arnem dedica a su amigo y camarada una sonrisa cansada pero genuina y un instante después los tres jinetes han pasado ya por encima de la zanja de estacas y por la entrada del este, igualmente erizada, de la barrera de protección del campamento que los ingenieros de los Garras han construido con una velocidad asombrosa en las escasas horas transcurridas desde que el khotor llegó a la Llanura. El viento del oeste levanta hacia atrás las capas de color vino tinto de los oficiales que entran en el campamento al trote, en una imagen marcial que se vuelve aún más impresionante en contraste directo con la capa de Visimar, de negro ajado y plata. Pero incluso esta resulta extrañamente reconfortante con su elevada implicación de una influencia acaso arcana, pero no menos afortunada: porque el anciano ha demostrado de manera innegable tanto su sabiduría como el poder de la buena suerte que su presencia aporta a las tropas.

La tienda de Arnem, imponente desde el exterior, es acaso más austera y sobria que lo que podría esperarse de un hombre de su rango. Al fondo hay unas gruesas divisiones hechas con retales para establecer la zona personal, amueblada tan solo con catre, escritorio y lámparas de aceite, todo ello reservado por las cálidas pieles que apagan los ruidos y ofrecen intimidad con respecto a la sección delantera de la tienda. Esta área está dominada por una mesa grande que sirve de comedor de oficiales y centro del consejo: en resumen, una estructura de gran movilidad que incluye todo lo que el comandante necesita y mucho más de lo que esperaba merecer cuando era joven. No se hace ilusiones —como, por ejemplo, los saqueadores del este— de crear una guarida del placer itinerante para que le sirva de hogar mientras dure la campaña. Por eso al entrar no le sorprende encontrarse a los mismos oficiales mayores (salvo Akillus), todos ellos hablando con calma y respeto mientras lo esperan y levantándose luego para saludarlo cuando se une a ellos: ese es el principal propósito de la tienda para el sentek —un profesional— y cuanto antes puedan planificarse y ejecutarse los planes de sus hombres, antes conseguirá obtener el poco descanso que se va a permitir; y antes también quedarán completadas las tareas que le han asignado y podrá reunirse con su familia, en lo alto de la montaña de Broken...

Y sin embargo, esta noche, sus pensamientos acerca de la familia, normalmente tranquilizadores, se ven usurpados por lo que, primero Akillus y luego el joven de la Guardia de Baster-kin, acaban de contarle sobre su esposa y sus hijos: una suma muy extraña de cosas que el guardia no tenía por rumores, sino por hechos confirmados, acerca de una especie de rebelión en el Distrito Quinto y de la participación —más que eso, el liderazgo— de Isadora y Dagobert en el levantamiento; está decidido a averiguar algo más sobre esas historias antes de emprender cualquier movimiento contra un enemigo de los Bane que inevitablemente estará lanzado hacia la victoria contra el brazo más odiado del enemigo.

Con un movimiento de la mano, Arnem insta a sus oficiales a tomar asiento.

—Necesito un momento, caballeros —de clara, sin detener las grandes zancadas que lo llevan hacia su cuarto personal—. Por lo tanto, seguid como estabais, pero aseguraos de tener los informes listos.

Una vez detrás de la cortina que divide su cuarto de la zona del consejo, Arnem se detiene a lavarse la cara y las manos en una jofaina de latón con agua fría y limpia que Ernakh, siempre silencioso y fiable, se ha asegurado de preparar. Tras pasarse las manos por el pelo, más por mantenerse espabilado que por su apariencia, Arnem se seca el agua que pueda quedar, se echa al cuello el trozo de tela húmeda y fría y regresa para inclinarse sobre la mesa de acampada, donde toma dos trozos de pergamino y un carboncillo y se apresura a redactar las notas que ha prometido al joven guardia para Lord Baster-kin y para sus familiares. Luego ordena a Ernakh que mande a un explorador a entregar esos escritos y libere a Akillus para que este pueda representar a sus hombres en el consejo, se asegura de que Ernakh obliga al explorador a llevarse un poco de la comida que están preparando junto a su tienda y luego manda al skutaar abandonar la tienda por la parte trasera y él regresa por fin, cruzando la cortina de pieles, a sentarse en la silla de acampada solitaria que ocupa la presidencia de la mesa del consejo. Se permite al fin respirar hondo y con alivio y luego mira los rostros expectantes que lo rodean y se fija en primer lugar en su maestro arquero.

—Fleckmester —le dice, con un tono levemente sorprendido, aunque aprobatorio—, ¿debo entender por tu disponibilidad para acudir a este consejo que estás satisfecho con las posiciones de defensa que han tomado tus arqueros en el Puente Caído?

—Así es, sentek —responde el jefe de arqueros—. No dudo que los Bane tendrán todavía espías silenciosos en los árboles que bordean la orilla sur para observar todos nuestros movimientos; pero ahora cualquier intento por su parte de cruzar el Puente en dirección a la Llanura sería tan absurdo como lo fue la marcha original de la Guardia hacia el Bosque.

—Hum —masculla Arnem—. Ojalá pudiera decir que no te creo y que hay un modo fácil de lograr que nuestros hombres crucen el Zarpa de Gato y logren el objetivo que se nos marcó originalmente; pero los Bane han demostrado ser más listos de lo habitual en esta acción. —Preparándose para lo que está a punto de anunciar, Arnem toca la toalla que conserva en torno al cuello y la agarra con fuerza, como si le ayudara a aguantar una mente sobrecargada, y luego afirma en voz alta—: Estoy seguro de que a estas alturas todos sabéis ya lo que uno o dos de vosotros entendieron desde el principio y otros han deducido: la verdadera identidad de nuestro acompañante en esta marcha.

El sentek extiende una mano para señalar al tullido, que está sentado a su izquierda, en el primer asiento de ese lado de la mesa. Algunos sonidos de conformidad general van circulando entre los oficiales, pero son pocos, si es que hay alguno, los que denotan sorpresa o incomodidad.

—Sí, lo hemos descubierto, sentek, y hemos hablado de ello —dice un linnet llamado Crupp,[246] con quien Arnem ha compartido servicio durante mucho tiempo. El sentek tiene en gran consideración a este hombre lleno de cicatrices, no solo por su dominio de las ballistae, sino porque siempre ha demostrado tan poco fervor verdadero por la fe del dios dorado como él mismo—. ¿De verdad es posible que seas tú? —sigue Crupp, ahora con una sonrisa al volverse hacia Visimar—. ¿El mismo hombre demoníaco con cuyo nombre solía asustar yo a mis hijos algunas noches en que estaban especialmente traviesos para que obedecieran?

Visimar bebe una copa de vino mientras se masajea la pierna, que empieza a latir con un dolor especial que, como sabe desde hace tiempo, señala que en algún lugar lejano ha empezado a llover.[247] Dadas las condiciones generales de esta primavera, cálida y seca, lleva un tiempo sin tener esa sensación y estaría encantado de seguir librándose de ella durante un tiempo más: todavía no puede saber (pese a todo su aparente poder profético) que la llegada de la lluvia en realidad supondrá una ayuda vital para los esfuerzos secretos que comparte con su antiguo maestro para socavar al reino de Broken.

—Me encantaría que mi nombre nunca hubiese tenido esa clase de notoriedad, linnet, por muy divertido que pueda parecer ahora —dice el anciano, con tanta cordialidad como le permite su malestar—, si eso significara haberme librado de la década de dolor que he sufrido.

Leves risas —sueltas en su mayor parte, algunas reservadas— recorren la mesa y en ese momento se abre la entrada delantera de la tienda para permitir el paso de varios pallines cargados con bandejas de madera en las que llevan codillo asado y filetes de res rodeados de diversos montones de tubérculos asados en la hoguera y pilas de pan sin levadura asado a la piedra. Su visión, repentina y bienvenida, genera un vitoreo inmediato de gratitud y anticipación. Se arma tal clamor que Arnem se ve obligado a gritar para hacerse oír por el jefe de los portadores:

—¡Pallin! ¿Estás seguro de que estos tubérculos y este pan proceden tan solo de nuestras provisiones y no los hemos recogido de ningún sitio? ¿Y también de que no tienen ninguna de las marcas que te mostró Visimar antes de prepararlos?

El pallin contesta afirmativamente con un vaivén de cabeza y con la clase de sonrisa que, durante esta campaña, tanto se ha echado de menos.

—Sí, sentek —responde—. Pero ya no nos atrevemos a seguir conservando las provisiones, habida cuenta del tiempo que llevamos en marcha y el moho que, según nuestro «invitado» —sigue el joven soldado, señalando a Visimar con una inclinación de cabeza—, es probable que se forme con los cambios de tiempo que se avecinan. Los de intendencia llevábamos tiempo esperando la ocasión adecuada para consumirlas y, con el campamento bien asegurado, nos ha parecido que esta era tan buena como cualquier otra.

—¿Lo veis, camaradas Garras? —anuncia el linnet Taankret con una sonrisa abierta, al tiempo que se acaricia el bigote y la barba, cuidadosamente esculpidos, para apartarlos de los labios, de modo que no se manchen con la grasa de la carne, y se encaja una esquina de una amplia servilleta bajo el mentón para proteger su túnica inmaculada—. Nos acaban de confirmar la identidad de Visimar y resulta que ya podemos disfrutar de algo más que carne seca y galletas duras como una piedra. Siempre he sabido que este anciano, se llame como se llame, era un vivo y benevolente talismán.

—Espero que tu buen humor dure toda la comida —advierte Arnem—, porque quedan todavía algunos asuntos extraordinarios por revelar, Taankret. Por ahora, de todos modos, vamos a comer. ¡Pero no más de una copa de vino o de cerveza por hombre! —añade, señalando a los pallines que han empezado ya a distribuir las bebidas entre los oficiales.

—Espero que te refieras a una copa llena hasta arriba, sentek —afirma Akillus, que entra en la tienda y es recibido a gritos por los demás oficiales antes de tomar asiento en el banco corrido que se extiende al pie de la mesa.

—Sí, acepto que sea hasta arriba —contesta Arnem—. Pero los hombres estarán en plenas facultades esta noche y no tengo ninguna intención de que mis oficiales estén peor que ellos.

Un linnet de la línea, un ingeniero llamado Bal-deric,[248] en quien Visimar se ha fijado en más de una ocasión a lo largo de la marcha y ha hablado con él (sobre todo porque al hombre le falta casi toda la parte baja del brazo izquierdo, perdida por un percance en una excavación hecha con grandes maquinarias movidas por bueyes, y la ha sustituido con una ingeniosa suma de accesorios de piel, fragmentos de madera densa y ruedecillas y alambres de acero),[249] señala ahora al anciano y luego se echa hacia atrás para poderle pasar con la mano derecha una pequeña tela de algodón que contiene un paquete bien prieto de hierbas y medicinas. Bajo el ruido de la conversación de los demás oficiales, Bal-deric se dirige en tono cordial a su compañero de sufrimiento.

—Es por la cercanía de la lluvia, ¿verdad, Visimar? A mi brazo le pasa lo mismo. Parte eso en trocitos y trágatelo con el vino. Es un brebaje de mi invención, lo desarrollé hace años. Estoy seguro de que sabrás distinguir sus ingredientes y te parecerán de lo más eficaces. Pero, por todos los cielos, no dejes que ningún sacerdote de Kafra sepa que te lo he dado.

Visimar sonríe y recibe con gratitud el paquete. Luego se inclina por detrás de los hombres que se interponen entre ellos dos para decir:

—Te lo agradezco, Bal-deric. Y tal vez, si salimos con vida de esta, podamos hablar de la construcción de un sustituto para mis piernas mejor que este apoyo que yo mismo tallé un año después de cambiar de condición, más o menos, y cuya crudeza reconozco. Hace tiempo que admiro el ingenio que has creado para ocupar el lugar de tu brazo.

Bal-deric sonríe y asiente y Visimar vuelve a mirar al frente, aliviado al comprobar que, al parecer, Arnem no ha captado nada de ese intercambio.

Mientras fuera de la tienda la última luz del crepúsculo se convierte en oscuridad absoluta, dentro los oficiales —que siguen expresando palabras de sorpresa y congratulación ante un Visimar cada vez más contento, al tiempo que vocean su satisfacción absoluta con las provisiones que les han puesto delante— empiezan a perder interés inevitablemente en la comida y a centrarse en cambio en una serie de debates sobre cuál sería la mejor y más rápida manera de avanzar en su campaña. Arnem tenía la intención de que ocurriera esto; por esa razón ha limitado la bebida a una copa por hombre. Y sin embargo, incluso él, el comandante seguro de sí mismo y siempre lleno de recursos, se encuentra perplejo al respecto de cómo revelar la parte siguiente del plan, porque no implica la acción que desea la mayor parte de sus oficiales —una confrontación militar directa—, sino algo ciertamente distinto. Al fin, sabedor de que no puede aplazar el asunto, golpea la mesa con la empuñadura de su espada corta y empieza a exigir informes de cada uno de sus oficiales acerca de la disposición y el estado de ánimo de sus respectivas unidades.

—Te aseguro, sentek —declara Taankret—, que cuando hayas decidido el modo concreto de adentrar a los Garras en el Bosque de Davon estarán tan preparados para la tarea como lo estaban para luchar en la retirada de esa locura de Esleben... Y que el Wild-fehngen estará igualmente preparado para dirigirlos.

Arnem mira un instante a Visimar y este le hace una levísima señal con un movimiento de cabeza para que el sentek siga adelante por un rumbo que, al parecer, solo ellos dos conocen.

—Esa locura de Esleben, Taankret, es precisamente de lo que estamos hablando. Tal vez os preguntéis por qué he ordenado que establezcamos una posición que podría parecer muy adelantada en nuestro propio territorio en vez de esperar a que cruzáramos el Zarpa de Gato.

—Ninguno de mis exploradores se lo ha preguntado —declara Akillus con solemnidad—. No, viendo de qué está lleno el río. No sé qué artes negras están practicando los Bane para defendcerse, pero... para esta campaña vamos a necesitar un santuario seguro en nuestro territorio.

—Suponiendo que efectivamente siga habiendo una campaña —anuncia Arnem, para la repentina consternación de todos los presentes.

—Pero, Sentek —declara Bal-deric—, teníamos entendido que esas eran nuestras órdenes. En las calles de Broken, antes de nuestra partida, era bien sabido cuáles eran nuestros objetivos: la invasión definitiva del Bosque de Davon y la destrucción de la tribu Bane...

—Sí —responde Arnem—. Era bien sabido... por parte de quienes no habían visto lo que hemos visto nosotros a lo largo de nuestra marcha.

—Pero... el yantek Korsar dio la vida precisamente porque se negó a ejecutar esa orden —apunta Niksar con cautela.

El sentek asiente.

—Y yo confieso que en ese momento no supe por qué, Reyne —responde Arnem—. Pero durante este viaje se han revelado muchas cosas. Revelaciones que nos aportan respuestas a esa pregunta y a otras. Ciertamente, el horrible destino del khotor de Lord Baster-kin nos dice por qué el yantek no quería que entrásemos en el Bosque: en ese territorio salvaje parece que nuestra superioridad numérica significa bien poco, o nada, por lo bien que han aprendido los Bane a luchar entre los árboles.

—Pero... —un joven linnet sentado junto a Akillus cavila el dilema con tesón, como la mayor parte de sus camaradas— pero los Bane también atacan fuera del Bosque. Y de maneras horribles.

—Los Ultrajadores sí —responde Visimar—. Pero... ¿el ejército Bane? No tenemos pruebas de que lo estén haciendo o de que lo hayan hecho alguna vez.

—Entonces... ¿no merecen castigo por conceder a los Ultrajadores una libertad tan perversa? —resuena otra voz.

Arnem se apresura a contestar:

—¿Acaso todos los súbditos de Broken merecen el mismo tratamiento severo por el comportamiento de la Guardia del Lord Mercader, igual de horrendo? ¿O por el comportamiento de unos pocos nobles que excusan su persecución criminal de los Bane bajo el epígrafe de «deporte»?

El sentek se aleja unos pasos de la mesa del consejo, en dirección a su cuarto: por primera vez, los oficiales se dan cuenta de que se ha añadido una piel adicional, grande y vuelta, a la pesada cortina que separa las dos áreas. Arnem retira una tela ligera que cubre esa piel para revelar un mapa detallado no solo del lado norte del Zarpa de Gato, sino de buena parte del Bosque de Davon... Lo suficiente para mostrar, tras una búsqueda de varias generaciones, lo que parecería ser la situación general de Okot.

—Sentek... —suspira un oficial de orondo cuerpo y similar rostro, llamado Weltherr,[250] jefe de cartografía de Arnem. El hombre está tan fascinado que no puede evitar levantarse, acercarse a la imagen y alzar una mano para tocarla, casi como si creyera que se trata de algo irreal—. Pero este mapa incluye no solo la ubicación de las comunidades, sino también rasgos de la topografía. Con esta representación podríamos completar con facilidad nuestra tarea original: la invasión del Bosque de Davon y la destrucción de los Bane y de Okot.

—No lo creo, Weltherr —dice Arnem, volviéndose hacia el mapa—. He llegado a entender que el yantek Korsar en su advertencia final no se refería tan solo a los rasgos físicos del Bosque, sino a las tácticas de los Bane. Recordad lo que les ha pasado a los hombres de Baster-kin, al fin y al cabo. Han sufrido la destrucción en un territorio con el que estamos familiarizados desde hace tiempo, a la vista del Zarpa de Gato. Lo que los destruyó no fue el lugar de sus acciones, sino la manera de actuar. No tengo ninguna intención de que a los Garras les ocurra lo mismo.

—Sentek —dice Akillus, con tranquila fascinación—, todavía no nos has dicho cómo has podido componer un mapa así.

Arnem respira hondo una sola vez.

—No lo he compuesto yo, pero para que oigáis quién lo ha hecho necesito sonsacaros a todos un compromiso especial: nada de lo que vais a oír podrá repetirse jamás fuera de esta compañía. Si alguien siente que no puede asumir ese compromiso, que se vaya ahora. —Tras conceder a sus hombres un momento para absorber esa afirmación, Arnem continúa al fin, en un tono más bajo todavía, mientras camina lentamente en torno a la mesa—: No os voy a pedir nada que pueda interpretarse como una traición en sentido genuino; sin embargo, como todos sabemos, durante esta campaña han ocurrido cosas extrañas y puede ser que su explicación implique a personas que ocupan altos lugares en Broken. En consecuencia, recordad que como soldados nos debemos por juramento a nuestro reino y a nuestro soberano. Y es probable que el mantenimiento de la fe en ese juramento nos lleve, ahora, a un territorio más secreto que los más remotos rincones del Bosque de Davon, si seguimos el plan que os voy a sugerir. Empezamos por preguntas, a las que seguirán los hechos: ¿a ninguno de vosotros le parece extraño que el Lord Mercader mandara a un khotor entero de su Guardia personal a reforzar las patrullas de la Llanura o, más todavía, a atacar a los Bane dentro del Bosque, justo cuando, según mis cálculos, nosotros acabábamos de enterarnos de la verdad de todo este asunto en Esleben y en otras poblaciones de la Vía de Daurawah y nos dirigíamos ya hacia ese puerto, donde encontramos todavía peores condiciones? ¿Casi como si no quisiera que el ejército tuviera un papel crucial en el ataque de Broken a los Bane?

—Sí —responde Taankret, con algo de remordimiento—. Aunque no me hubiera atrevido a ser el primero en decirlo. ¿Es posible que él no supiera lo que estábamos descubriendo, sentek?

—Ya conoces mis costumbres, Taankret —responde Arnem—. Envié mensajeros al noble lord a lo largo de toda la marcha. Y el hermano de Niksar, el desgraciado Donner, llevaba semanas suplicando ayuda. Siempre sin respuesta. Y luego... —Arnem mete la mano en un bolsillo de su armadura de piel y saca un puñadito de granos de cereal— luego estaba esto... —Tira los granos en el centro de la mesa y, al instante, todos los oficiales se incorporan a medias para verlos más de cerca—. ¡Que nadie los toque! —exlama el sentek antes de retirarse a lavarse las manos.

—¿Qué es eso, sentek? —pregunta un linnet inexperto, claramente inquieto por el rumbo que está tomando la conversación.

Arnem regresa desde la jofaina y se vuelve hacia su izquierda.

—¿Visimar?

El tullido responde con seguridad en sí mismo:

—Centeno de cosecha invernal. El mismo que se almacena en casi todos los pueblos y ciudades de Broken, cuya abundancia era evidente en Esleben.

—Pero... —interviene Bal-deric, dando voz a su perplejidad— ¿centeno de invierno? Estamos ya en plena primavera. ¿Por qué habrían de hacer acopio del centeno del invierno todavía los habitantes de Esleben, si lo más probable es que en la ciudad, o tal vez en las provincias, lo hubieran necesitado durante el último invierno, tan severo?

—A mí también me desconcertó esa pregunta —responde Arnem—, hasta que conversé con el desgraciado Donner. Pero al parecer nuestros granjeros y mercaderes ya no son la única fuente de cereal de invierno, ni siquiera la fuente principal: los asaltadores del norte lo obtienen por saqueo en tierras lejanas, lo traen al reino y se lo venden a agentes del Lord Mercader: incluido, lamento decirlo, Lord Baster-kin en persona, quien considera que nuestros granjeros provinciales y sus representantes han empezado a pedir unos precios demasiado altos para la tesorería del reino. —Circulan de nuevo suaves murmullos hasta que Arnem retoma la palabra—. Akillus, tú viste los barcos de los asaltadores, o lo que queda de ellos, en las partes más calmas del Zarpa de Gato, así como en el Meloderna... ¿Correcto?

Akillus asiente sin dudar.

—Sí, sentek. Y no estaba claro qué relación tenían exactamente los Bane con su destrucción.

—Los Bane no tenían nada que ver con eso —respondió Arnem—. Los destruyeron los nuestros cuando se dieron cuenta de que los mercaderes de Broken habían encontrado maneras ilegales, o incluso pérfidas, de frustrar sus intentos de elevar los precios. Estos granos, cuando se estropean, generan un veneno que produce la misma enfermedad que nosotros identificamos como heridas de fuego después de las batallas...

El murmullo de la mesa se vuelve más temeroso, pero Arnem prosigue:

—Y sin embargo estos granos no pertenecen al cereal que nuestros enemigos han traído recientemente a nuestro reino. Estos vienen de los almacenes de pueblos como Esleben. De provisiones que esos aldeanos y ciudadanos desgraciados tuvieron que consumir porque se negaron a pedir menos que los ladrones en la competición por el grano que se vende para alimentar a la ciudad de Broken y garantizar su seguridad.

—Entonces —dice el Fleckmester, razonando lentamente y en voz alta—, esas eran las heridas de fuego que enloquecían a la gente de Esleben. Las heridas de fuego o comoquiera que se llame el veneno cuando adopta esas otras formas...

—*Gangraenum* —dice Visimar en voz baja.

El fleckmester asiente con un movimiento de cabeza, sin comprender nada del término pero sabiendo que, si Visimar lo dice, ha de ser así.

—Las heridas de fuego —explica el anciano—, no son más que una forma de una enfermedad que tiene muchos nombres. Los lumun-jani lo llaman Ignis Sacer, el Fuego Sagrado. Para los Bane es Fuego de Luna, la causa de las más terribles formas de morir entre humanos y animales, tal como vieron tus hombres río arriba y abajo, Akillus.

—Pero esto... —continúa Fleckmester, trazando la lógica del argumento— esto significa que algunas de las cosas más importantes que han fortalecido a nuestro reino, ahora, por culpa de la tozudez de la gente de las provincias, combinada con la avaricia del Consejo de los Mercaderes, lo están debilitando...?

—Ese es el hecho predominante, linnet —responde Visimar—. En tantas partes de esta historia...

—Y ahora está claro —interviene Arnem— que esa debilidad afecta a casi todas las provincias, si no a todas. No solo por lo que vimos en las afueras de Daurawah, sino porque, según me asegura Visimar, en esas mismas regiones se está cosechando en grandes cantidades la única medicina que la naturaleza ofrece para esta enfermedad. Además, he recibido informes escritos de diversas fuentes que confirman que, en consecuencia, la enfermedad está en plena expansión.

—Pero... —dice Weltherr, con un temblor nuevo en la voz— nos habían dicho que la plaga era un arma, puesta en el agua de Broken por espías y agentes Bane.

—Y sin embargo, si fuera así —responde lentamente Niksar—, ¿sabríamos ahora no solo que son dos las enfermedades que se expanden por Broken, sino que una de ellas aflige a los Bane tanto como a nosotros?

—¿Tan seguros estamos de que la enfermedad que hay en el Bosque es una de esas dos? —pregunta Taankret.

Visimar mira incómodo a Arnem y este, que no desea dar muestras de una inseguridad que sin duda siente en este momento, asiente con una sola inclinación de cabeza. El tullido alarga un brazo entonces hacia el lado derecho de su silla, a una bolsa que ha cargado consigo largo tiempo. De ella saca todos los objetos que Caliphestros entregó a Nerthus, la gran lechuza. Los deja sobre la mesa, los va identificando de uno en uno (aunque muchos de los presentes no necesitan que se les diga qué es la flecha dorada de los Sacerdotes de Kafra) y sigue explicando qué revela cada planta por la forma de haber sido cortada, qué función ha tenido a la hora de identificar el origen de sus problemas actuales y qué papel juega en el tratamiento de las enfermedades que andan sueltas.

—Todo eso está muy bien, Visimar —dice Bal-deric cuando el anciano termina su presentación—, pero ¿cómo te has enterado de todo eso, si llevas tantos días marchando con nosotros?

—Por la misma fuente que me proporcionó este mapa —responde Visimar.

Bal-deric los mira a los dos.

—¿Y tú, sentek? —continúa, peligrosamente al borde de la impertinencia—. ¿Cómo puede ser que sepas tanto de lo que está ocurriendo en la ciudad, si no se ha visto que te trajera información ningún mensajero de la casa real o de los mercaderes?

—Ni de la casa real, ni de los mercaderes, Bal-deric —responde Arnem—. Pero sí he recibido mensajeros privados... de Lady Arnem.

—¿Lady Arnem? —brama Taankret, al tiempo que suelta una costilla de ternera, se arranca de un tirón la servilleta del pecho y se levanta con gesto desafiante—. ¿Alguien se ha atrevido a ofender a tu esposa, sentek?

—Me temo que sí, Taankret —contesta el sentek con mesura, sin intención de permitir que la pasión del consejo se desate antes de lo necesario—. De hecho, acabamos de saber que acusan a Lady Arnem de liderar una rebelión que se ha expandido por todo el

Distrito Quinto. Acusación que procede nada menos que del propio Lord Baster-kin. Me ha costado tanto como a cualquiera creer que su señoría pudiera comportarse de ese modo. Pero hemos podido confirmar que el distrito está sellado y sometido efectivamente a sitio, mientras que algunos veteranos de nuestro ejército lideran a los jóvenes y a las mujeres en la resistencia.

Arnem comprueba enseguida que había calculado bien: igual que Taankret, casi todos los oficiales abandonan la comida y la bebida, se levantan indignados y empiezan a vociferar su condena a esas acciones. Isadora es, según ha sabido razonar correctamente el sentek, la única figura cuyo destino podía causar una reacción así; y es precisamente esa reacción lo que permitirá, cuando Arnem logre que los oficiales guarden silencio, su buena predisposición a escuchar la información que se dispone a darles a continuación, todavía más sorprendente.

—Os aseguro de nuevo, caballeros —dice el sentek—, que esas revelaciones no han inquietado a nadie tanto como a mí. —Arnem permanece sentado y se esfuerza por mostrar coraje incluso en una situación que representa una amenaza para su familia y, en consecuencia, también para él mismo—. Pero hay más. Los mensajeros de la ciudad los mandaba mi esposa, pero estas pruebas —añade mientras señala las plantas marchitas y la flecha dorada—, estas nos las ha confiado una fuente bien distinta. Una fuente cuya existencia, me atrevería a decir, a muchos os parecerá imposible.

—Si se cuestiona el honor de Lady Arnem, además del de nuestros veteranos —declara Weltherr—, entonces te aseguro, sentek, que todo nos parecerá posible.

El silencio vuelve a dominar el interior de la tienda mientras Arnem intercambia una última mirada con Visimar; luego el comandante se inclina hacia el centro de la mesa, apoyado en el codo derecho, y todos los oficiales se inclinan hacia él. Al fin, en un susurro ahogado, el sentek anuncia:

—Hemos recibido esta ayuda nada menos que de... Caliphestros.

Los oficiales de Arnem dan un respingo como si una mano invisible los hubiera golpeado en la cara; sin embargo, antes de que alguno de ellos pueda manifestar ni un eco de sorpresa, suenan fuera de la tienda unos gritos de alarma y uno de los pallines que han servido la comida de los oficiales entra corriendo entre los retales de la entrada.

—¡Maldita sea, pallin! —declara el sentek, poniéndose en pie de pura indignación—. Será mejor que traigas información vital de verdad, después de entrar de golpe en un consejo de guerra sin anunciarte.

—Yo... O sea... sí, creo que sí, sentek —dice el pallin, esforzándose por mantener la posición de firmes y saludar—. Nuestros hombres en los puestos de avanzada han visto a guerreros que se acercan al campamento.

—¿Guerreros? —dice Arnem—. ¿Tal vez serán más guardias de Lord Baster-kin que bajan de la montaña a ver qué ha pasado con sus compañeros?

—No, señor —contesta el pallin—. Por el norte solo se acerca un carromato.

De pronto, Arnem parece molesto de nuevo.

—Bueno, entonces... ¿a qué vienen todos esos aullidos sobre los «guerreros»?

—Los guerreros se acercan por el sur, señor —dice el pallin—. Un gran cuerpo de infantería de Bane... ¡Y avanzan con bandera de tregua!

—¿Tregua, sentek? —interviene Taankret, con claro escepticismo—. Los Bane saben tan poco de treguas honrosas como de piedad.

Visimar se levanta ahora con ayuda de la pierna buena y la de palo y se agarra a la mesa para tener mejor apoyo.

—La verdad es que no puedo estar de acuerdo, linnet Taankret. Eso son leyendas que ha contado el Consejo de Mercaderes durante muchas generaciones hasta que los hombres decentes como tú se las creen. Los Bane sí que saben de treguas; y de piedad también.

—¿Y tú cómo lo sabes, tullido? —pregunta Bal-deric.

—Por el mismo método que ha servido para entregarme estas pruebas, Bal-deric —responde Visimar—. Por quien fue en otro tiempo mi maestro, que cabalga ahora con los Bane. Porque él es quien ha preparado esta tregua; me hizo llegar la noticia de que así sería, y de que los Bane están dispuestos a cumplirla: unos con más reticencias, otros con menos. Esos son los hechos que puedo asegurarte.

—Ah, ¿sí? —dice Taankret, sin convencerse todavía—. ¿Y cómo te has enterado de esos supuestos hechos, Visimar?

—Gracias a métodos y mensajeros a los que, de nuevo, darás poco crédito mientras no veas las pruebas —responde el tullido—.

Pero ten una cosa por segura: no se ha empleado ningún poder sobrenatural ni de brujería.

La actitud de Taankret se ablanda.

—Cierto, anciano. Porque si de verdad tuvieras esos poderes lo más probable habría sido que los usaras para defendernos, o al menos para defenderte.

—Me encanta oírte aplicar esa lógica a nuestra situación, linnet —responde Visimar, aliviado—. Si yo hubiera sido lo que dicen los sacerdotes de Kafra, habría podido y deseado hacer muchas cosas para ayudar a vuestros valientes camaradas. De todos modos, tanto mi maestro como yo podemos usar el conocimiento y las habilidades que sí tenemos para ayudar a vuestra causa. Por eso os suplico que aceptéis esa petición de tregua y que hablemos con el grupo que se acerca.

—Eso haremos —anuncia Arnem. Sin embargo, pese a sus palabras decididas, su comporamiento transmite una genuina perplejidad—. Lo que más me inquieta en este momento, de todos modos, es ese carromato solitario que se acerca desde Broken. ¡Pallin! —El soldado joven que ha traído la información se pone bien firme, temeroso de recibir otra regañina—. ¿No sabes nada sobre qué carga lleva ese vehículo y por qué?

—No, sentek —contesta el pallin—. Nuestra única información era que...

Justo en ese instante, otro joven explorador entra en la tienda con el escaso respeto que le permite su información, aparentemente importantísima. Encuentra a Akillus y, pese a estar cubierto de un polvo que se ha convertido ya en lodo al mezclarse con sudor de hombre y de caballo, se dirige a su comandante. Intercambian algunos datos al parecer asombrosos y luego Akillus despide con rapidez al soldado.

—Sentek —anuncia Akillus—, acabo de enterarme de la identidad de quienes van en el carromato, que evidentemente partió de Broken con el mayor de los sigilos. —Akillus se detiene para reunir valor—. Son tus hijos, sentek.

—Mis... —susurra Arnem. Le cuesta un buen rato seguir hablando—: ¿Todos? ¿Sin su madre?

—El explorador solo ha contado cuatro —responde Akillus, con el corazón partido por el dolor que acaba de causar al hombre que más admira de todo el ejército; de todo el mundo, en realidad—. Y tu esposa no va con ellos. De hecho, su guardián, el conductor del carromato, es tal vez la elección más peculiar que se podría imaginar. Es el senescal del kastelgerd Baster-kin, sentek, el hombre llamado Radelfer. Y, como digo, no parece representar amenaza alguna para los niños. Más bien al contrario. Parece que los protege.

Arnem alza la vista de pronto y hace cuanto puede por recuperar la compostura.

—Bueno... nos enfrentamos a un encuentro crucial, caballeros. Y mis dificultades personales han de quedar fuera. —Mientras el comandante se pone en pie, su voz se endurece—. Cada hombre a su puesto de mando, y bien rápido, pero aseguraos de que todos vuestros hombres entiendan que tienen órdenes y obligación de respetar los términos formales de la tregua hasta que yo les libere personalmente de esa obligación.

Todos los oficiales de Arnem se ponen firmes, saludan rápidamente y abandonan la tienda. A medida que se transmiten a voz en grito las órdenes y las unidades se ponen en marcha, se genera fuera de la tienda un coro más estruendoso que nunca, pero siempre ordenado. Visimar se queda a estudiar la reacción de Arnem a la información vital que acaba de recibir. Al fin, Sixt Arnem se limita a murmurar:

—Por las pelotas de Kafra... —Y casi de inmediato se levanta y grita—: ¡Ernakh! —No ha pasado ni el instante más breve cuando el skutaar aparece ya desde el cuarto privado de Arnem, al fondo de la tienda, y se presenta ante su señor casi con el mismo porte que los oficiales que acaban de partir—. ¿Te has enterado de todo lo que ha pasado?

—Sí, señor —responde Ernakh, ansioso por prestar sus servicios.

—Entonces, sal a caballo hacia el norte para recibir al carromato —ordena el comandante—, y guíalo hasta aquí. Directamente aquí, a la parte trasera de mi tienda. Mis hijos te conocen y se fían de ti, e incluso si el senescal no se fía, al ver que ellos sí lo hacen dará su conformidad. ¿Está claro?

Tras asentir a toda prisa, Ernakh saluda y sale corriendo de la tienda hacia su caballo, que ya lo espera.

Cuando el muchacho ya ha salido, Arnem se vuelve hacia Visimar y le dice:

—Bueno, tullido... he aquí una novedad sobre la que ni tu maestro ni sus fieles pájaros podían avisarnos.

—No, sentek —responde Visimar.

Unos cuantos días antes de la noche en que se celebra este consejo, el anciano decidió que era conveniente contar al comandante la verdad acerca de los extraordinarios mensajeros alados de Caliphestros para que Arnem supiera cómo se las arreglaba para recibir mensajes de su antiguo maestro.

—Cuando yo trabajaba a su servicio, mi maestro tenía una habilidad particular para comunicarse con criaturas no humanas —le dice ahora—. Y apostaría algo a que diez años de vida silvestre no han hecho más que aumentar esa capacidad. Pero las razones que explican la llegada de este carromato solitario, a esa velocidad y cargado con esos pasajeros... Sospecho que ninguna criatura, ya fuera humana, aviaria o de cualquier otra naturaleza, podía conocerlas ni adivinarlas. Hasta que lleguen...

—Tal vez tengas razón —concede Arnem mientras descorre el cierre de la entrada trasera de su tienda y mira hacia el oscuro paisaje del norte—. Desde luego, yo no puedo decirlo todavía... Pero antes de que pase esta noche habré determinado qué diablos está ocurriendo aquí.

3:{ix:}

El encuentro inicial y extraordinario de amigos
y enemigos en el campamento de los Garras y la llegada
de unos visitantes inesperados...

Los visitantes que caminan bajo una amplia bandera blanca se detienen en una larga fila a unos cincuenta pasos de la entrada sur del campamento principal de Arnem; a esa distancia, los Garras —que se han preparado para librar una batalla si eso es lo que se les ofrece— perciben que los oponentes no son tantos como se informó al principio; era solo su forma de marchar lo que los hacía parecer tan impresionantes, además de la participación de ciertos elementos casi inverosímiles en esa marcha.

En el centro, el brujo desmembrado, Caliphestros, a lomos del animal más legendario no ya del Bosque de Davon, sino de todo Broken: la célebre pantera blanca que logró escapar de la última partida de caza organizada por los Altos, protagonizada por quien hoy es Lord Baster-kin. A la derecha de ese asombroso par, con el orgullo de sujetar por toda arma, aparentemente letal, un simple látigo, hay un hombre a quien Visimar reconoce como el yantek Ashkatar, comandante del ejército Bane. Sin embargo, ningún khotor, ni siquiera un fauste, rodea a ese famoso líder para protegerlo: solo una docena de oficiales cuya experiencia reconocería fácilmente cualquier soldado caminan tras él, y todos llevan el arma envainada. En el extremo de ese lado de la fila que escolta a Caliphestros hay otras tres caras: dos de ellas son masculinas y los Garras las conocen demasiado bien. Se trata del siempre problemático, siempre enfurecedor, pero siempre formidable Heldo-Bah, así como del bello pero muy odiado Veloc, que ha puesto los cuernos a unos cuantos de los soldados Altos que ahora esperan tras la seguridad de la zanja de estacas y de la empalizada, construida con prisas pero con manos expertas. La figura femenina en este lado de la fila, por su parte, es la célebre rastreadora, Keera, que no solo parece inteligente, sino también impresionante, incluso formidable y, en consecuencia, aunque pueda sorprender, ejerce a la perfección la función de ancla para el lado izquierdo del grupo.

Al otro lado de Caliphestros y la pantera blanca hay, primero, un grupo de hombres ancianos, barbudos, vestidos con humildad y envueltos en sabiduría, de donde Visimar deduce que ha de tratarse de los Ancianos Groba; a continuación, menos de un fauste de guerreros Bane, hombres y mujeres, con las espadas envainadas, representan, según puede apenas suponerse, la única escolta oficial de los Ancianos.

La delegación ha de permanecer donde está durante un buen rato porque Sixt Arnem sigue en su tienda, esperando la llegada del carromato que lleva a sus hijos desde el norte antes de unirse a la conferencia: siempre es mejor saber cuál es la verdadera disposición de los compatriotas y aliados antes de ponerse a negociar con el enemigo. Así las cosas, a Niksar y Visimar les corresponde interpretar el papel de emisarios principales y salir a pie del campamento para recibir a los visitantes, seguidos por Taankret, Bal-deric, Weltherr, Crupp, Akillus (a quien parece justo permanecer montado, con el fin de equilibrar un poco el encuentro) y unos pocos linnetes más; todos han recibido órdenes estrictas de llevar solo las mínimas armas y mantenerlas envainadas o colgadas mientras no haya problemas. Eso, por supuesto, no impide que el fleckmester y sus hombres tengan las flechas cargadas con sigilo y listas mientras observan desde la erizada zanja; pero se trata de una orden que ha dado el maestro arquero por su propia autoridad, pues ni Niksar ni, sobre todo, Visimart lo consideran en absoluto necesario.

Aun así, los representantes del reino de Broken (si es que lo son todavía, después de todo lo que han oído y visto en esta campaña) se acercan a la fila formada por los habitantes del Bosque y sus aliados con cautela, en particular al ver la expresión absolutamente endemoniada del rostro de Heldo-Bah, por mucho que el expedicionario desdentado se esfuerce por exhibir su más lúgubre comportamiento. Cuando las dos filas de representantes opuestos quedan separadas apenas por diez pasos, Niksar levanta una mano y todos se quedan parados. Tras escrutar al grupo que tiene delante, el ayudante de Arnem dice, no sin cierta admiración:

—No veo ningún Ultrajador entre vosotros. Me pregunto si será un gesto o un engaño.

El Padre Groba se vuelve hacia Caliphestros, en señal de que este le parece el más adecuado para hablar en nombre de toda la delegación, y el desmembrado anciano dice:

—Un gesto, te lo aseguro, pues ninguno de los presentes siente un gran afecto por ese grupo particular de los sirvientes de las Sacerdotisas de la Luna. —Se vuelve enseguida hacia su antiguo acólito y no puede reprimir una sonrisa, por mucho que esté teñida de tristeza—. Bueno, viejo amigo... los años han sido tan amables contigo como conmigo, por lo que veo.

Visimar devuelve la sonrisa.

—Pero no han cambiado mis lealtades, maestro —contesta—. Me alegro mucho de verte, más allá de cuál sea nuestro estado.

—Lo mismo digo, dalo por cierto —responde Caliphestros—. Pero... ¿qué pasa con el sentek Arnem? Desde luego, no podemos proseguir sin él.

—No —dice Niksar, más hipnotizado todavía por la pantera blanca (como lo están, por supuesto, todos los oficiales de Broken) que por el hombre que ejerció de Viceministro en su reino cuando la mayoría de ellos eran niños todavía, y de brujo cuando eran jóvenes—. Pero no creo que tarde. Ha recibido información nueva de Broken que podría afectar a este parlamento. Del senescal del clan Baster-kin en persona.

Caliphestros abre de pronto los ojos como platos y se asoma a sus rasgos una sonrisa totalmente distinta, sonrisa que pone nervioso a Niksar, pues este no sabe nada de las relaciones que en el pasado tuvo el célebre marginado con el Lord Mercader y sus sirvientes.

—¿Radelfer? —pregunta el anciano—. ¿Es verdad, Visimar?

—No lo he visto en persona, maestro —responde Visimar—. Pero el sentek ha sugerido que mientras esperamos su llegada podíamos dedicar el tiempo a algunos preliminares.

—Vale —interviene de repente Heldo-Bah, tumbándose boca arriba—. ¿Quién se apunta a unas tabas?

—¡Heldo-Bah! —exclama el Padre Groba—. ¡Hay protocolos que seguir!

—Bueno, Padre —repite el problemático expedicionario, incorporándose para apoyarse en los codos—, solo digo que, si nos vamos a quedar sentados al sol perdiendo el tiempo, ¿por qué no echar unas cuantas partidas? ¿Supones que vamos a descubrir que tenemos muchos más «protocolos» en común para simplemente pasar el tiempo?

Veloc se da un palmetazo en la frente.

—Cada vez que creo que ha alcanzado los límites del comportamiento abominable —anuncia a ambos lados de la negociación—, aparece una nueva ofensa. Y yo, como amigo suyo, he de pedir disculpas...

Sin embargo, como nadie ofrece otra sugerencia acerca de cómo pasar el tiempo mientras dure la ausencia del sentek Arnem, las dos filas de representantes siguen encaradas con cara de palo un rato más, escuchando a Heldo-Bah agitar las tabas que siempre lleva en un saco atado a su cinturón hasta que al final Akillus y otros linnetes de Broken toman la palabra al expedicionario e inician una partida de tabas pese a las objeciones tanto del Groba como de Niksar. Pero de tranquilizar a esos representantes de mayor edad se encarga Caliphestros en primera instancia, y luego Visimar, pues ambos se dan cuenta de que la partida ha generado una ocasión para mejorar las relaciones de manera informal. La visión es tan extraña que hasta los hombres del fleckmester, un poco por envidia y un poco por avaricia, empiezan a volver la mirada atrás, hacia la tienda del sentek, con la intención de ver si se les va a conceder permiso para sumarse a las apuestas. Eso hace que el propio fleckmester, cada vez más desconcertado (y en verdad ansioso por sumarse también él al juego si pudiera), mire también hacia la tienda de Arnem y vea que acaba de aparecer un carromato normal, de peón, junto a la entrada trasera.

—Adelante, chicos, mirad adelante —dice el fleckmester a las tropas que controlan la fortificación del sur del campamento, sean arqueros o no—. Hemos de seguir garantizando, vayan como vayan las cosas en la Llanura, la seguridad de nuestros camaradas. Lo que esté ocurriendo en la tienda del sentek, en cambio... —Echa una nueva mirada a las lonas de retales—. Eso no es asunto nuestro, ni podemos imaginar...

Lo que está ocurriendo dentro de la tienda del sentek es, por un lado, una escena completamente ordinaria y doméstica —un hombre se reúne con todos sus hijos, menos uno— y por el otro, una extraordinaria: porque el hecho de que Radelfer haya sido el guía de los niños para abandonar la ciudad podría indicar que dentro de los muros de Broken ha ocurrido no solo algo inusual, sino, tal vez, una traición. El senescal del clan más poderoso del reino no debería tener que huir de sus confines como un criminal, como tampoco los descendientes del supremo comandante militar del reino; sin embargo, parece que eso es precisamente lo que ha ocurrido. Los hijos de Arnem ya le han contado (con palabras de Anje, en su mayor parte) el relato de cómo su madre intentó alertar al Lord Mercader sobre la fuente de la fiebre del heno en el Distrito Quinto y este le contestó con ultimátums, asedios y acusaciones de criminalidad. A lo largo de ese relato Radelfer se ha mantenido atento junto a la entrada cerrada de la parte trasera de la tienda sin hacer comentarios: Arnem sabe que el senescal, pese a ser un empleado de Baster-kin, fue en otro tiempo miembro de los Garras; y que, dados sus dos emplazamientos, ha de haberse formado una opinión sobre lo que ocurre. El sentek sospecha con razón que el motivo momentáneo de Radelfer para mantener la guardia es, principalmente, garantizar la seguridad del comandante y de sus hijos, así como evitar que nadie, aparte del propio Arnem, pueda oír la extraña historia que están contando los hijos.

—Pero madre tenía razón —declara Anje—. El extraño hilo de agua que corría al pie del muro sudoeste de la ciudad era la causa de la fiebre del heno y en cuanto la gente de esa parte de la ciudad paró de beberla la fiebre dejó de contagiarse.

—Es verdad, padre —dice Golo—. Pero, en vez de recompensarla por ayudar a la gente, Lord Baster-kin dijo que el Dios-Rey y el Gran Layzin habían decretado que madre y cualquiera que la hubiera ayudado o siguiera haciéndolo, deberían ser tratados como forajidos. ¡Incluido Dagobert! Y que debían aislar nuestro distrito del resto de la ciudad y destruirlo.

—Espera un momento, Golo —objeta el devoto Dalin, y luego se vuelve hacia Arnem—. No nos consta que esas órdenes vinieran del Dios-Rey y del Gran Layzin en persona, padre.

—Tu hijo dice la verdad, sentek —interviene Radelfer, en voz baja pero firme, desde la sombría trasera de la tienda—. No lo sabemos a ciencia cierta...

Reforzado, Dalin continúa:

—Solo Baster-kin visitó en persona el lugar por donde corría el agua malsana, solo él discutió con madre y solo sus hombres intervinieron en el aislamiento del distrito del resto de la ciudad. El sentek del ejército regular que suele vigilar desde esa sección de los muros, el sentek Gerfrehd, porque nos dijo su nombre, es un hombre bueno y obediente con el que madre habla de vez en cuando. Y sabe que no tiene permiso para atacar a sus conciudadanos de Broken, ni siquiera en el Distrito Quinto, simplemente porque así lo desee el Lord Mercader. Que esa orden ha de venir del Dios-Rey en primer lugar y luego ha de tener tu aprobación. Y que no tiene ninguno de esos dos requisitos.

—Gerfrehd —musita Arnem—. Sí, tu madre me escribió para contarme sus conversaciones y a mí me encantó porque conozco bien a ese hombre... El oficial más honorable que jamás se ha encontrado en el alto rango del ejército regular...

El sentek lanza entonces una mirada rápida y silenciosa a Radelfer, que se limita a contestar con una inclinación de cabeza que parece significar: «Sí... es tan complejo y retorcido como parece...»

—Pues por eso no entiendo que nos hayan obligado a abandonar la casa, como delincuentes comunes —se queja Dalin.

—Oh, nada comunes, desde luego, señorito Dalin —ofrece Radelfer con una leve sonrisa que eleva la estima que el sentek siente por él—. Al menos, concededos eso.

Pero el intento de humor amistoso que da es un desperdicio con Dalin.

—¡No me importa! —afirma con énfasis—. Solo sé que me han alejado de mis obligaciones con el Dios-Rey.

—Dalin... —advierte Sixt Arnem, que ya ha oído suficiente, pero no quiere ser demasiado severo.

La joven Gelie ha estado sentada en las rodillas de su padre desde su llegada a la tienda con sus hermanos y ahora, con el ímpetu que la caracteriza, declara:

—Madre estaba haciendo el bien para el distrito, padre, pero toda la situación se volvió aterradora. Los hombres de Lord Baster-kin construyeron su muro tan rápido que me dio miedo que nos dejaran encerrados para siempre. Si no llega a ser por Radelfer...

—Y esa es otra —dice Dalin, con no poca suspicacia—. ¿Por qué habría de desoír las órdenes del Lord Mercader su propio senescal y convertirse en forajido solo por ayudar a madre?

—Bah, no te hagas el listillo —interviene Golo—. ¿Acaso no era obvio que la situación se estaba volviendo mucho más peligrosa a toda prisa?

—Es verdad, Dalin —afirma Anje, llevándose las manos a las caderas, muy a la manera de su madre, según observa Arnem con una sonrisa melancólica—. Hasta tú tendrías que haberte dado cuenta. En cuanto a todo lo demás, deberíamos dejar que Radelfer, que sí entiende el asunto del todo, se lo explique a padre.

—Aunque hay una cosa que sí está clara, padre —dice Gelie—. Te costaría creer cómo ha mejorado la vida en el distrito gracias a la ayuda y las instrucciones de madre, junto con el trabajo de los veteranos. —La perplejidad retuerce su cara juvenil—. Y, sin embargo, parece que eso aún enojaba más a los hombres de Lord Baster-kin. Debería ser al revés, ¿no?

Arnem intercambia una mirada con Radelfer y luego asiente.

—Sí, parece, Gelie. Y entonces... —Arnem levanta a su hija menor y la deja sobre la moqueta de lana del suelo de la tienda—. Hay una mesa grande llena de carne recién asada y verduras en la habitación de al lado, jovencitos míos: ¿por qué no vais todos y coméis algo mientras Radelfer y yo hablamos de lo que ha ocurrido?

Un coro general de entusiasmo —que incluye hasta la voz de Dalin— se alza entre los niños, dejando claro que, pese a las mejoras que Isadora pueda haber llevado al Distrito Quinto, las provisiones de alimentos accesibles en esa sección asediada de Broken no han aumentado mucho últimamente. Golo y Gelie lideran la estampida al otro lado de la gruesa cortina divisoria, mientras que Anje insta a todos sus hermanos menores a ir más despacio y portarse bien. Tras asegurarse de que los demás niños están concentrados en la comida, regresa junto al sentek y Radelfer pese al hambre que tiene.

—Eso no es todo lo que tenía que decirte, padre —dice Anje, ahora con aspecto de absoluta preocupación—. Aunque madre no quería que lo oyeran los pequeños.

—Ya lo sospechaba, Anje —dice Sixt Arnem mientras abraza con fuerza a su hija mayor, como si en ella encontrara un recordatorio de que su esposa sigue con vida—. Dime, entonces.

Anje —como siempre, la hija más sensata de su madre— habla con una voz extraordinariamente controlada.

—Lord Radelfer puede contártelo mucho mejor que yo. Si es tan amable.

Como Arnem sigue rodeando a Anje con un brazo, Radelfer dice:

—Lo haré encantado, señorita Anje, si me prometes a cambio que vas a comer, porque estás exhausta y llevas demasiado tiempo sin comer nada decente.

Anje, a su vez, se limita a asentir.

—De acuerdo, lord...

—No soy ningún lord, señorita Anje —interrumpe Radelfer—. Aunque agradezco el honor que me haces al llamarme así. Y ahora, ve a comer algo.

Anje asiente de nuevo en silencio y se reúne con sus hermanos. Radelfer se encara a Arnem, con una mezcla de incomodidad y admiración en la cara.

—Tu hija es valiente y lista, sentek —le dice—. Igual que su madre a esa edad.

—¿Ya conocías entonces a mi mujer, senescal? —pregunta Arnem, asombrado.

—Sí, y te hablaré más de eso dentro de un rato —responde Radelfer—. Y también de esos cambios milagrosos que ha provocado en el Distrito Quinto, con la ayuda de tu hijo y de un viejo camarada mío al que tal vez recuerdes: el linnet Kriksex.

—¿Kriksex? —responde Arnem—. Sí, recuerdo el nombre y también la persona. Estuvo con nosotros en el Paso de Atta, entre otros combates, antes de caer herido grave.

—No tan grave como para no proteger a tu esposa, en compañía de otros veteranos, del terrible cambio que ha tenido lugar...

Radelfer para de hablar al percatarse de una presencia. Los dos hombres se dan media vuelta y ven el rostro de un joven que asoma por la entrada trasera de la tienda: el de Ernakh.

—Perdón, sentek —dice el joven en voz baja—, pero quería saber si puedo hacerle una pregunta al senescal.

—Solo una pregunta, Ernakh —concede Arnem, cada vez más ansioso por saber qué les está pasando a su esposa y a su hijo mayor—. Luego te vas con los otros críos y comes algo.

Al oírlo, Ernakh entra del todo en la tienda, se asegura de dejar los faldones de la entrada bien cerrados y se vuelve para mirar a Radelfer.

—Solo que... —dice con la voz entrecortada y lleno de miedo—. Mi madre, señor. ¿Por qué no ha venido ella con los hijos del sentek?

Radelfer sonríe y apoya una mano en el hombro del muchacho.

—Lady Arnem insistió a tu madre para que se fuera, Ernakh —le explica—. Pero ella se negó a abandonar a su señora. De todas formas, hubiera corrido más peligro en el viaje que quedándose allá, así que puedes quedarte tranquilo, muchacho.

Ernakh sonríe aliviado, luego asiente con una inclinación de cabeza y dice:

—Gracias, señor. —Luego se vuelve a Arnem y repite—. Gracias a ti, sentek. Solo quería estar seguro.

Luego el skutaar sale corriendo a la sala del consejo, donde retoma su amistad con los hijos de Arnem.

El sentek se dirige a Arnem.

—¿Cuál es la verdad en este asunto, senescal? ¿Habrían estado más a salvo mis hijos en la ciudad y mi mujer se estaba pasando de precaución al sacarlos de allí?

Radelfer suspira, luego acepta la copa de vino y el asiento que le ofrece Arnem, que también se sienta y bebe un poco, aunque solo sea para huir de la incomodidad.

—Ojalá pudiera decir que he sido sincero por completo, sentek —empieza Radelfer—. De hecho, la situación en la ciudad se ha vuelto muchísimo más peligrosa, especialmente para Lady Arnem por culpa de los sentimientos que mi señor tuvo por ella en el pasado, que al parecer han regresado, si es que alguna vez habían desaparecido. —El senescal se detiene y se queda mirando el vino—. Aunque supongo que debería referirme al Lord Mercader como mi antiguo señor, ahora... Y no estoy seguro de que eso sea malo. Pero el peligro que corren tu mujer y todo tu distrito... Me temo que es muy elevado y por eso he venido. Nunca, en toda su atribulada vida, he visto a Rendulic Baster-kin tan lleno de rabia, tan absorbido en estrategias que lo han vuelto loco de deseo pasional y determinación criminal.

Arnem siente crecer en su corazón el dolor continuo del miedo.

—Dices que la situación en Broken ha cambiado, Radelfer —responde—. ¿Por eso no he recibido palabra escrita de mi mujer últimamente, mientras que antes sí me escribía con regularidad?

—Sí, sentek —dice Radelfer—. Lord Baster-kin ha cerrado todos los puntos de comunicación entre el Distrito Quinto y el resto de la ciudad, así como con todo el reino. No entra comida y salen muy pocos ciudadanos. Yo solo pude entrar en esa zona y volver a salir porque la Guardia sabe que soy el senescal de la casa del Lord Mercader. Por eso pude esconder a tus hijos en el carromato que saqué de nuestro establo.

—¿La Guardia? —repite Arnem—. Pero en su último mensaje mi mujer, así como ahora mis hijos, decía que en lo alto de las murallas estaban el sentek Gerfrehd y el ejército regular.

—Y así era —contesta Radelfer, con una inclinación de cabeza—. Pero justo antes de nuestra partida el lord consiguió convencer al Dios-Rey, por medio del Gran Layzin, para que ordenase al ejército regular confinarse en el Distrito Cuarto porque no querían participar en los planes de destrucción del Quinto. El segundo y último khotor de la Guardia de Lord Baster-kin controla ahora los muros que rodean ese desafortunado distrito por todas partes y se están preparando para convertirlo en cenizas después de matar de hambre a sus habitantes. Por eso, si ahora planeas marchar de regreso a Broken, como sospecho, no debes esperar ser bien recibido. Porque el lord también ha convencido al Dios-Rey, de nuevo por medio del Gran Layzin, para que declare que tanto los Garras como los residentes del Quinto están conchabados con los Bane.

La confirmación de la aplastante traición, y el despertar de nuevos miedos terribles, se refleja en la cara de Arnem; porque lo que acaba de decirle Radelfer no es más que la continuación lógica de las conclusiones a que ya se había visto obligado a llegar por insistencia de Visimar, a propósito de las intenciones de Lord Baster-kin con respecto a las tropas más elitistas del reino; y, sin embargo, nunca había pensado que semejante carga, con toda su mortal absurdidad, se extendiera a su esposa y a su hijo mayor, por no hablar de la gente de su distrito natal.

—Conchavados con los Bane... —repite el sentek, apenas con un susurro aterrado.

Se levanta y empieza a caminar de un lado a otro, pasándose una mano bruscamente por el cabello, como si quisiera arrancar algo de comprensión del interior del cráneo. Pero al cabo de unos momentos de perplejidad silenciosa, en los que además toma conciencia de la verdadera medida del peligro al oír las risas de sus hijos y de Ernakh desde el otro lado de las gruesas y suntuosas pieles que componen la partición dentro de su tienda, no puede más que concluir:

—Locura... ¡No puede estar cuerdo, Radelfer!

El senescal se encoge de hombros, pues él ha tenido tiempo al menos de adaptarse al terrible cambio que ha experimentado la mente de Rendulic Baster-kin.

—Al contrario, sentek. Conozco al lord desde que era un niño y pocas veces lo he visto hablar y comportarse de manera tan lúcida en apariencia. —Radelfer guarda silencio y bebe un trago largo de la copa antes de alzar la mirada hacia Arnem—. Dudo mucho que te hayas enterado que no solo fue testigo de la muerte de su propio hijo, sino que la dirigió él mismo.

Arnem se vuelve hacia el senescal, horrorizado.

—¿Adelwülf? ¿Lo dejó morir?

—Lo planificó él —responde Radelfer. Bajo el tono equilibrado de sus palabras hay una tristeza que, evidentemente, trata de reprimir—. En el estadio. Se puede decir que sirvió al muchacho como un plato de comida a una de las fieras salvajes. Luego explicó que pretendía asustar a los jóvenes ricos que frecuentan el lugar para que se alistaran en el khotor de la Guardia que acababa de marchar hacia el Bosque.

—Y que han sido destruidos por su absoluta falta de conocimiento profesional. Hasta el último de ellos —dice Arnem, en una respuesta airada.

Radelfer encaja la información con el mismo equilibrio esforzado que ha marcado toda la conversación con Sixt Arnem.

—Ah, ¿sí? —murmura—. Bueno... entonces, el lord podría haberle ahorrado al chico un destino tan horrible, y permitirle morir luchando contra nuestros enemigos.

—Si es que, efectivamente, son nuestros enemigos —se apresura a contestar Arnem. Los rasgos de Radelfer reflejan su confusión, pero sin darle tiempo a preguntar qué quería decir, Arnem da un golpe fuerte con los puños en la mesa, delante del senescal y, con una voz controlada para que sus hijos no puedan oírlo, pero sin renunciar a la pasión, exige—: Pero ¿por qué habría de permitir la muerte de su hijo, su heredero? ¿Y encima planificarla él mismo?

Con mucho cuidado, Radelfer mira fijamente la copa y dice algo con un significado finamente oculto:

—Pretende tener una segunda familia. Con una mujer que, al contrario que su desgraciada y moribunda esposa, sea fuerte. Alguien a quien admira desde hace tiempo, una mujer que, según él cree, le dará hijos que serán auténticos, leales y sanos siervos del reino. —Tras una pausa para dar un trago largo de vino, Radelfer añade—: Igual que te ha dado hijos a ti, sentek...

Una vez más, Sixt Arnem se queda momentáneamente aturdido al comprobar que las tramas de Lord Baster-kin son mucho más complejas que lo que él, o incluso Visimar, sospechaba.

—¿Mi esposa? —susurra al fin—. ¿Pretende robarme mi esposa?

—No es un robo —contesta Radelfer, manteniendo todavía un extraordinario control de las emociones—, si el antiguo marido ha muerto. Y el lord está esperando cada día la confirmación de que tú y tus hombres habéis muerto por culpa de la pestilencia que devasta las provincias. —El senescal pierde la mirada en la lejanía y reflexiona—: Y, en cambio, aquí seguís tú y el Primer Khotor de la Guardia, mientras los hijos de las casas más prominentes de Broken, yacen muertos en el Bosque...

—¿Y mis hijos, Radelfer? —exige saber Arnem—. ¿Qué destino les esperaba?

Radelfer baja la cabeza hacia la burda lana bajo sus pies y, con su primera muestra de auténtico remordimiento, musita:

—A tus hijos los hubieran tratado como desafortunadas víctimas de la destrucción del Distrito Quinto. Tu insistencia en permanecer en esa parte de la ciudad pese a haber alcanzado el mando del ejército siempre ha causado una consternación general entre la familia real, el clero y las clases mercantiles de la ciudad. Las muertes de tus hijos se podían atribuir a tu inescrutable terquedad, más que al lord...

Arnem guarda silencio unos instantes, apenas capaz de creer lo que acaba de oír.

—Pero... ¿por qué? ¿Por qué, Radelfer, se vuelve el Lord Mercader contra su gente de esta manera? ¿O contra mi familia? Siempre le he manifestado todo mi apoyo.

—Yo te puedo contar lo que se esconde tras sus acciones, sentek —dice Radelfer—. Pero para explicar del todo la situación debo contarte antes cosas que en Broken no sabe nadie más que yo. Solo hubo otra persona que dedujo la verdad y pagó el precio más horrible que se puede imaginar, simplemente por haber intentado ser sincero y ayudar al clan Baster-kin.

Arnem pondera esa afirmación un momento.

—Radelfer... ¿esa «otra persona» no será, por un casual, Caliphestros?

Radelfer levanta la mirada, sorprendido por completo.

—Sí, sentek —contesta—. Pero... ¿cómo puedes haberlo adivinado?

Recostado en el asiento, y tras un largo trago de vino, Arnem responde:

—Tal vez te interese saber, Radelfer, que Caliphestros no solo sobrevivió al Halap-stahla, sino que en este momento está a menos de un cuarto de legua del lado sur de este campamento, acompañado por varios líderes Bane, y todos esperan mi llegada bajo bandera blanca.

Radelfer, momentáneamente atónico, murmura al fin:

—Ya veo... Los cuentos que están haciendo circular los mercaderes Bane, entonces, son ciertos... La verdad es que casi parece demasiado fantástico.

—No tan fantástico —responde Arnem— como el animal a cuya grupa dicen que va montado: nada menos que la legendaria pantera blanca del Bosque de Davon. Al parecer también ella está allí ahora, asombrando a casi todos mis Garras.

Radelfer sopesa el asunto un largo rato, y luego se pone más nervioso todavía.

—Sentek —dice al fin—, si los Bane y Caliphestros tienen de verdad intención de parlamentar, y yo creo que será así, entonces tenemos más razones para la esperanza de lo que me atrevía a creer.

3:{x:}

El relato del senescal y la continuación de la tregua...

El senescal cuenta hasta el final la historia completa del joven Rendulic Baster-kin y la aprendiza de sanadora conocida tan solo como Isadora, mientras Ernakh y los hijos del sentek ríen con ganas y se llenan las tripas al otro lado de la partición de la tienda. Para cuando Arnem y Radelfer montan en sus caballos para sumarse al encuentro al sur del campamento de los Garras, el sentek, tras asegurarse de que los niños van a estar bien cuidados en la tienda durante su ausencia, ha querido confirmar también que la sorpresa y la impresión provocadas al principio por las revelaciones de Radelfer ya se han desvanecido, para que no interfieran en su estado de ánimo durante el inminente parlamento. Pero ahora el sentek ha tomado consciencia no solo de lo lejos que hunde sus raíces la historia entre Isadora y el Lord Mercader, sino también de la naturaleza íntima y peligrosa de la misma, así como de una serie de datos sobre Rendulic Baster-kin, desconocidos hasta ahora, que Radelfer encontró tan preocupantes como para arriesgar su vida en el esfuerzo de salvar, si no a la misma Isadora, por lo menos a la mayor parte de sus hijos, tal como ella le había pedido. Mientras cabalgan hacia la entrada meridional del campamento de los Garras, Arnem está ya tan convencido como el senescal fugitivo de que no cabe esperar que ocurra nada bueno tal como están configuradas las cosas ahora mismo en la ciudad. El principal soldado de Broken tendrá que convencer a sus oficiales para que no marchen hacia el Bosque de Davon, sino de vuelta a la montaña de Broken. Y también necesitará rogar que el brazo militar de los

Bane, junto con el desmembrado brujo Caliphestros y su antiguo acólito, Visimar, secunde su esfuerzo y asuma por completo los cambios de perspectiva, y tal vez incluso de lealtades, necesarios para que una estratagema como esta prevalezca.

En consecuencia, no es un presagio de éxito (¿o tal vez sí?) que, mientras Ox y la montura que Arnem ha prestado a Radelfer salen disparados del campamento de los Garras y avanzan como un trueno hacia el punto de encuentro de la tregua entre las dos líneas opuestas de líderes, el principal sonido que ambos oyen y lo primero que ven desde lejos corresponda a un famoso Bane de dientes afilados, que se ríe mientras preside alguna clase de juego que están jugando los propios oficiales de Arnem con muchos de los líderes de los Bane. Nervioso ante esa actividad extrañamente inapropiada, Arnem sigue cabalgando sin que los lanzadores de tabas se percaten de su cercanía.

—Una pregunta, linnet...

Arnem sabe que ha de ser el infame Heldo-Bah el feo Bane que grita en tono burlón mientras Ox se acerca al costado de la montura de Radelfer. Heldo-Bah ha reconocido el rango de Niksar por las zarpas de plata, el color de la capa y los aires de autoridad que proyecta sobre sus hombres.

—¿Te parece que para un veterano representante de tu maldita ciudad, al menos el más veterano de los presentes, esa es una buena manera de enfrentarse al encuentro más importante entre tu gente y la nuestra desde los tiempos en que tu Rey Loco empezó a echar a los no del todo perfectos de cuerpo y mente de esa montaña llena de marehs y skehsels, hace doscientos años? ¿No pagar las deudas de juego?

—Ya te he dicho —contesta Niksar— que cumpliré con ellas. Lo que pasa es que tengo mi reserva de plata en mi tienda...

—Ah, linnet —replica Heldo-Bah en tono alegre—, si me dieran una moneda de oro por cada vez que he oído esa excusa...

Ahora le toca a Caliphestros saltar sin control y en un instante exclama:

—¡Heldo-Bah! ¿Es que nada va a detener este estúpido intercambio de...? —Entonces llega el sonido de un fuerte golpear de cascos de caballo; el anciano alza la mirada y ve al sentek Arnem y a Radelfer acercándose a su posición a cada vez más velocidad—. ¡Ah! —mascula Caliphestros, permitiéndose lo que, en alguien de menor estatura, podría haberse interpretado como una sonrisa de suficiencia—. Bueno, parece que sí se va a detener. Veamos qué te parece interrumpir esta ocasión tan importante para enfrentarte a la vez al comandante de los Garras y al senescal del clan Baster-kin, Heldo-Bah, imposible estudiante de perversión...

Heldo-Bah se da media vuelta para encararse a esa visión impresionante y empalidece un poco: se pone tieso para adoptar algo parecido a una postura marcial y guarda silencio de inmediato. En ambas filas del parlamento los hombres regresan al lugar que les corresponde por rango, se ponen firmes y abandonan en silencio las tabas y las monedas implicadas en el juego.

Incluso en pleno intento por simular dignidad, Heldo-Bah ladra:

—¡Que nadie toque la mercancía!

Cualquier otro comentario del más irreprimible de los expedicionarios queda silenciado, en cambio, cuando el sentek Arnem pasa como un estallido por el punto en que se estaba celebrando el juego. Sixt Arnem cabalga primero hasta quedar frente a Visimar y luego recorre la mitad de la distancia que separa las líneas para estudiar a Caliphestros y a la pantera blanca con cara de asombro.

—Entonces es verdad, Caliphestros —dice el sentek—. La insistencia de tu antiguo acólito en que habías sobrevivido al castigo era más que una fábula. Te confieso que hasta este momento no me lo terminaba de creer.

—Es comprensible, Sixt Arnem —dice Caliphestros, con una máscara de emociones inescrutablemente complejas en la cara. La última vez que el desmembrado sabio posó la mirada en este soldado, era un hombre entero y lo estaban descuartizando—. Aunque no estoy seguro de quién de los dos, ahora mismo, merece menos envidia.

Arnem no puede más que asentir con gesto grave.

—Radelfer —sigue hablando Caliphestros, con una inclinación de cabeza—, confieso que me produce cierta satisfacción que estés aquí. Al menos, prueba mi sospecha de que eras un hombre de honor y has terminado por entender cuál era tu dilema moral.

Radelfer responde al cumplido con una inclinación de cabeza.

—Lord Caliphestros, a mí también me complace que hayas sobrevivido a tu desgracia, porque los cargos contra ti carecían de fundamento.

—Ciertamente —responde Caliphestros—. Pero eso está en el fondo de todo este asunto, ¿no? —Radelfer asiente de nuevo, aunque el rostro de Arnem demuestra cierta perplejidad—. Me refiero, sentek —explica Caliphestros—, a la naturaleza de los hombres más peligrosos de Broken, acaso del mundo. ¿Sabes quién quiero decir?

Arnem se encoge de hombros.

—Supongo que hombres malvados.

Pero Caliphestros niega con la cabeza.

—No. La maldad, cuando de verdad existe, es demasiado fácil de detectar para suponer un peligro realmente grande. Los hombres más peligrosos del mundo son los que, por las razones que sea, ponen sus nombres y su servicio a disposición de lo que ellos perciben, en ese momento, como una buena causa. El mal más grande y verdadero, entonces, es el que ejecutan hombres buenos que no pueden (o, peor, que no quieren) darse cuenta de que están sirviendo al mal. Y en Broken hay un hombre así, acaso el último de su especie, un hombre cuyo poder y cuyas motivaciones lo han convertido, desde hace mucho tiempo, en fuente de profunda preocupación.

Arnem asiente con gravedad.

—Te refieres a mí.

Pero Caliphestros parece sorprendido.

—¿A ti, sentek? No. Pero dejemos los asuntos filosóficos para más adelante. Tenemos asuntos urgentes que discutir sin retraso.

—Efectivamente... Veo que has propuesto una tregua, Caliphestros —responde el sentek—. ¿Puedo dar por hecho sin miedo a equivocarme, entonces, que tú, igual que tu antiguo acólito, has encontrado en tu alma el modo de perdonar mi participación en tu tortura y tu abandono, supuestamente para morir?

—No puedes dar por hecho nada, sentek —contesta Caliphestros—. Porque no soy yo quien propone una tregua.

—¿No? —pregunta Arnem—. Bueno, seguro que no ha sido el miembro de tu grupo que estaba presidiendo el juego de tabas mientras yo me acercaba.

—No —dice Caliphestros. Se inclina hacia delante y acaricia el cuello de la pantera blanca en un gesto vago pero a la vez claramente amenazador para sus oponentes, antes de mirar con profunda rabia a un Heldo-Bah, que ahora parece asustado—. No me correspondería a mí, ni a él, ejercer esa autoridad entre los miembros de la tribu Bane, la mayor parte de los cuales ignoraban que yo siguiera vivo, o al menos no estaban seguros de ello, igual que tú y tu gente, hasta hace unos pocos días. Debes dirigirte al Padre Groba y sus Ancianos, pues solo ellos hablan en nombre de los Bane. Si dependiera de mí... —En ese instante tanto el anciano como la pantera alzan la mirada a la vez; los ojos gris pizarra de Caliphestros y las orbes verdes brillantes de Stasi parecen contener un sentimiento inescrutable—. Si dependiera de mí, habría permitido que todos los soldados del ejército de Broken entraran en el Bosque de Davon para compartir el destino que ya sufrió, y bien merecido, el khotor de la Guardia de Lord Baster-kin. —Pero luego, Caliphestros suaviza el tono—. Aunque es probable que eso lo piensen mis medias piernas, no mi cerebro.

Arnem asiente con un ademán de complicidad.

—Lo creo —dice contrito—. Porque sospecho que tú especialmente sabes que hablar de la Guardia de Lord Baster-kin y de los verdaderos soldados de Broken, sobre todo de los Garras que tienes ahora ante ti, como si se pareciesen en algo no hace ninguna justicia a mis hombres ni a tu sabiduría.

—Cierto —responde Caliphestros—. Y esa es la única razón por la que estoy aquí...

En busca de un cierto pragmatismo, Arnem asiente y afirma:

—Tu atención al protocolo está muy bien planteada y la voy a seguir. —Luego mira al hombre que, por su apariencia y pose de cierta superioridad, le parece ser el líder de los Bane—. Entonces, ¿tú eres el Padre Groba?

El Padre, que supera con coraje lo que le falta en estatura, da un par de pasos adelante.

—Lo soy, sentek —dice con una valentía que le granjea el respeto de los miembros de ambas líneas—. Y, como insinúa mi amigo, Lord Caliphestros, quizás el modo más honesto de empezar esta conversación sería decirte que el Lord Mercader podría habernos enviado mensajeros, en vez de mandar a su Guardia personal, y juntos podríamos haber estudiado las terribles enfermedades que ahora afligen a tu gente tanto como a la nuestra, al menos en el caso de lo que Lord Caliphestros llama fiebre del heno. En cambio, él escogió nuestro momento de debilidad para intentar cumplir el deseo de destruir a nuestra tribu, inexplicable y largamente acariciado por vuestro Dios-Rey y por los sacerdotes de Kafra. —El Padre respira hondo una vez en busca de equilibrio y luego termina—: Y que, supongo, fue también vuestra razón original para cruzar las murallas de tu horrenda ciudad.

—No era nuestra razón, Padre —dice Arnem con gravedad—. Era nuestra orden. Pero has de saber una cosa: esa misma orden me costó la pérdida de mi mentor y, a la vez, mejor amigo.

El Padre Groba asiente.

—El yantek Korsar.

—Y también Gerolf Gledgesa —añade Caliphestros con solemnidad.

Sorprendido, Arnem mira un momento a Caliphestros y luego a Visimar.

—Bueno, cualquiera que sea la «ciencia» que practicáis, cada vez entiendo mejor por qué aterraba tanto a los sacerdotes de Kafra. Porque no esperaba que supierais esto.

Caliphestros se encoge de hombros.

—En primera instancia fue simplemente un descubrimiento accidental, sentek —dice—. En segunda, una comunicación de Visimar. No había gran misterio en ningún caso. Pero sigue adelante, por favor...

Arnem retoma el asunto, un poco nervioso todavía por la habilidad de Visimar, y ahora de Caliphestros, para afirmar datos antes de que él mismo pueda revelarlos.

—No solo esa orden nos costó a mí y al reino la pérdida de esos hombres, sino que la recibimos mucho antes de saber nada de ninguna enfermedad desatada entre tu gente o la nuestra, ni de ningún intento de reconstruir la ciudad de Broken por medio del uso de la violencia. Si yo hubiese conocido esos dados por adelantado... puedo decir que no habría deseado ser partícipe de ellos.

—Algunos dirían que, a pesar de todo, deberías haber cuestionado esas órdenes —declara Caliphestros en tono llano—. El yantek Korsar lo hizo, desde luego. Y yo he visto su cuerpo colgado a orillas del Zarpa de Gato como consecuencia.

Arnem empalidece considerablemente antes de murmurar:

—¿De verdad...? —Luego recurre a su disciplina de comandante para intentar recuperar la compostura y mira al Padre Groba—. ¿Y también tú, señor, esperarías que incumpliera mis órdenes? Está bien que los desterrados y los hombres de las sombras hablen así... —Lanza una mirada a Caliphestros—. Pero ¿tú perdonarías una impertinencia como esa al hombre que, según sospecho, ha sido a lo largo de los años uno de nuestros oponentes más formidables y al mismo tiempo más honorables, el yantek Ashkatar? —Arnem alza un dedo con respeto para señalar al fornido comandante Bane con su látigo enrollado y este, a su vez, adopta una postura más altiva.

El Padre Groba cavila el asunto un momento y responde:

—No, sentek Arnem. Probablemente, no podríamos. Muy bien, entonces. Aceptaremos tu respuesta por bien de la tregua y de esta... negociación. Pero, a cambio, los Groba te plantearán una pregunta igualmente directa y crucial y espero que puedas contestarla de la misma manera...

Se adelanta un poco más, hasta el punto medio casi exacto entre las dos líneas de negociadores y el lugar en que se encuentra Ox, con su jinete bien plantado en su grupa y, en un gesto que le granjea todavía más respeto de los oficiales de los Garras, el Padre Groba clava su mirada en los ojos de Arnem antes de preguntar:

—¿Estás de acuerdo, sentek, en que te vendemos los ojos y las manos para que acompañes, en esa condición, a nuestro grupo hasta Okot para observar todos los efectos que ha provocado la fiebre con que tu gente contaminó el Zarpa de Gato, y para hablar de lo que nuestras fuerzas pueden hacer juntas para detener esta crisis, tanto por el bien de tu pueblo como por el del nuestro? Parece que Lord Caliphestros piensa que sí lo harás, pero te confieso mis dudas. Mira, cuando era un joven comerciante, una vez pasé una noche muy larga bajo el Salón de los Mercaderes de Broken...

Arnem se remueve en la silla de montar; está claro que no esperaba esta pregunta.

—Es la manera más sencilla de demostrarte cómo se contagia al menos una de las dos enfermedades, la fiebre del heno —interviene Caliphestros—. Y también dónde podrían tener su origen tanto esa fiebre como el Ignis Sacer, el Fuego Sagrado; dentro del reino y la ciudad de Broken. Creo haber determinado que ese es su origen, determinación que, sospecho, comparte tu esposa y en parte por esa razón la están persiguiendo.

—¿Mi esposa? —repite Arnem—. ¿Te has comunicado con mi esposa? ¿Y sabes dónde está el origen de la fiebre, Caliphestros? —dice Arnem, que va de sorpresa en sorpresa—. Porque nosotros hemos determinado, con la ayuda de Visimar, y ahora sospecho que con la tuya, que la fiebre del heno contamina las aguas del Zarpa de Gato. ¿Cómo puedes conocer su origen con más exactitud?

—En su momento —responde Caliphestros—. Por último, el viaje a Okot me dará también la ocasión de mostrarte que las célebres murallas de Broken pueden quebrantarse por fin, y se puede vencer al Lord Mercader si te parece bien o, para ser más exactos, si te parece necesario. Porque tras muchos años de estudio he descubierto al fin el significado y la solución de la Adivinanza del Agua, el Fuego y la Piedra.

El rostro de Arnem delata su impresión una vez más, una impresión compartida, esta vez, por los oficiales de Broken alineados detrás de él.

—¿De verdad, anciano? Entonces ¿esa adivinanza no era un capricho más de nuestro rey fundador, Oxmontrot, a quien hombres como Lord Baster-kin insisten en tratar de loco, en los años anteriores a su muerte?

—Cuanto más vivo, sentek —responde Caliphestros—, menos creo que los pensamientos de Oxmontrot fueran caprichos o que estuviera loco en absoluto. —El anciano echa la espalda hacia atrás, sentado sobre los hombros de Stasi—. Bueno, Sixt Arnem, ¿vas a acceder a la proposición del Padre y vendrás al lugar que tus supersticiosos ciudadanos consideran el centro de todo lo maligno?

—¡Sentek! ¡No...! ¡No puedes! —susurra con urgencia Niksar, mientras los demás oficiales murmuran advertencias parecidas.

—No escuches a ese hombre, sentek —interviene enseguida Heldo-Bah—. ¡Todavía me debe dinero!

—Ya te lo he dicho, expedicionario —responde Niksar, enfadado—, el dinero está en mi tienda...

—Por supuesto, yo me quedaré en el campamento de los Garras —anuncia Ashkatar, dando un paso adelante por propia iniciativa, con la intención de acallar la absurda riña momentánea—. Como garantía de la seguridad del sentek Arnem. Y lo mismo harán, para empezar, los expedicionarios que nos trajeron a Lord Caliphestros.

Los ojos de Heldo-Bah parecen de pronto a punto de reventar.

—¿Qué? —grita con toda claridad—. Maldito sea si hago algo así.

—¡Maldito serás hagas lo que hagas! —declara Keera, en voz baja, pero con pasión—. Por eso pensamos que era mejor no consultarte al respecto. —Se vuelve y da los pasos necesarios para que su rostro enojado intervenga en el asunto—. En el nombre de nuestra gente, en el nombre de mi familia, que te salvó, en el nombre de mis hijos, que por alguna razón inocente te quieren como querrían a cualquier tío de verdad, vas a hacer esto, Heldo-Bah.

Heldo-Bah se da cuenta de que la maniobra lo ha superado ya claramente y permite que su rostro y sus hombros se hundan de disgusto.

—Muy bien —responde al fin.

—Al menos te permitirá recoger el dinero que te debe el linnet Niksar —dice Veloc, en tono de broma.

—Entonces... trae una venda para mis ojos, Visimar —dice el sentek, mirando a Caliphestros—. Pero tengo una petición: ¿podemos hacer que la visita sea lo más corta posible? Porque me ha llamado la atención la razón que tienes al respecto del grave peligro que corre mi mujer, Lord Caliphestros, y mis hombres y yo hemos de marchar pronto a salvarla, marcha en la que representaría un orgullo para mí contar con la compañía del ejército Bane. —Arnem vuelve su mirada hacia el líder Bane—. ¿Padre?

—Seremos breves —dice el Padre, impresionado por la valentía de Arnem y por su invitación—. Siempre y cuando seamos también rigurosos.

Arnem muestra su conformidad con un asentimiento silencioso y mira de nuevo al llamativo hombre montado en la igualmente llamativa pantera.

—Entiendo que tu antiguo acólito nos acompañará, ¿no, señor?

Ahora, Caliphestros sonríe: es la sonrisa verdadera de un hombre que ha empezado a recuperarse.

—Entiendes bien, sentek —dice.

Visimar se adelanta con una tira de algodón limpio que Niksar le ha dado con cierta reticencia.

—¿También yo debo vendarme los ojos, maestro? —pregunta Visimar a Caliphestros.

—No hace falta —responde este con una breve risa—. Pero has de dejar de llamarme maestro. Si algo he aprendido de estos últimos diez años, y de esta noble tribu que ha sobrevivido en un territorio salvaje y tan duro, es que esos títulos, aunque puedan ser apropiados en el reino de Broken, no tienen cabida fuera de él.

—Entonces, vendadme solo a mí —repite Arnem mientras el Padre Groba administra una última serie de instrucciones en voz baja a Ashkatar y Keera y luego estos empiezan a avanzar hacia la fila de soldados de Broken—. Y no desesperes, Niksar, pues ahora estás al mando y eso ya te dará suficientes preocupaciones. —El sentek sonríe brevemente—. Eso y... pagar tus deudas de juego.

Arnem estudia los rostros de sus «captores» y luego se baja de Ox, se pone delante del caballo y se despide de él mientras se prepara para someterse al vendaje de los ojos.

En ese momento, Caliphestros permite que Stasi se acerque un poco a Arnem. Lo que causa que el filósofo desmembrado se aproxime de esa manera no es el hecho de que Niksar se esté llevando a Ox hacia la fila de los Garras; tanto Arnem como el propio caballo saben que, en un salto de furia, la pantera podría derribar incluso a un caballo de guerra tan impresionante y maduro como el de Arnem y probablemente lo haría si quisiera: la última vez que Stasi vio a un animal así, al fin y al cabo, fue en el terrible día en que perdió a su familia, aparentemente para siempre. Más bien, el viejo sabio desea un momento de confidencias con el hombre de quien correctamente supuso hace muchos años que sería la única opción posible para ocupar la posición del yantek Korsar como comandante de los Garras y del ejército de Broken.

—De nuevo te insto a recordar una cosa, sobre todo, en este viaje, sentek —le dice—. Puede que los actores de esta obra interpreten papeles muy distintos de los que estás entrenado para creer. Mantén la mente abierta a todo el espectro de posibilidades, pues ese es el único camino verdadero al conocimiento. De cualquier clase.

Arnem sonríe: una expresión genuina y conciliatoria que manifiesta la esperanza de que los dos hombres puedan amigarse pronto.

—Siempre tan pedante, incluso sin piernas, ¿eh, Caliphestros? —dice en tal tono que el jinete de la pantera no puede evitar reírse de nuevo a su manera—. Bueno, pues no temas —añade Arnem—. Estoy preparado para seguir tu consejo, te lo aseguro.

Una vez confirmada la firme, aunque temporal, pérdida de visión por parte de Arnem, todas las partes implicadas en la tregua empiezan sus respectivas procesiones —corta una, más larga la otra— de vuelta a sus correspondientes territorios seguros, pero Arnem se detiene de pronto y se vuelve hacia sus hombres.

—Radelfer —llama el vendado sentek—, ¿dirás a mis hijos adónde he ido y les confirmarás que estoy convencido de regresar mañana?

—Lo haré, sentek —responde Radelfer—. Y creo que ahora puedo decirles que no teman por tu seguridad, que viajas con gente honorable.

Y en ese estado de ánimo, acaso de confusión prometedora, es como termina el encuentro bajo una tensa sábana de blanco algodón y empieza el desarrollo de sucesos que serán todavía más decisivos.

—Oled la brisa y sentidla —dice Arnem, cuyo paso dirige Visimar detrás de Caliphestros y Stasi.

—Llevo un rato haciéndolo —contesta Caliphestros, al tiempo que se vuelve hacia el comandante de Broken, cuando ya están llegando ante los miembros del Groba de los Bane.

—Anuncia lluvia —comenta el Padre Groba mientras la procesión inicia el camino de regreso al Puente Caído—. ¿Interfiere eso algo en tus planes, Lord Caliphestros?

Una sonrisa de profunda satisfacción se asoma a los rasgos del sabio.

—Solo si llega demasiado pronto, Padre. Pero que llegue… —Por un momento, el anciano casi parece ansioso por que empiecen a pasar cosas—. Cuento con ello. De eso depende absolutamente que la solución de la Adivinanza del Agua, el Fuego y la Piedra se manifieste a nuestro favor.

3:{xi:}²⁵¹

La «batalla» por Broken

1.

Durante la breve visita de Arnem a Okot, mientras aquel buen hombre y gran soldado aprendía que, efectivamente, los miembros de la tribu Bane no eran demonios, ni degenerados, ni seres humanos defectuosos empeñados en traicionar aquella tregua para preparar mejor su asalto a Broken, el sabio y astuto Calpihestros no había permanecido ocioso. Trabajando, tan solo por un tiempo, sin la colaboración de los tres expedicionarios, de la que había llegado a depender, pero con la ayuda de su acólito Visimar, parcialmente tullido, junto con otra gente que había aprendido a aceptar su presencia y prestarle toda la ayuda que pudieran, había localizado los dos carromatos más grandes de la ciudad, así como todas las ollas, jarros, ánforas y otros continentes de latón disponibles. Llenaron con ellos los dos carromatos y, mecidos como si fueran en lechos móviles, subieron todos los continentes al laboratorio de la cueva del anciano estudioso. Es decir, los llevaron algunos fuertes guerreros, pues los Bane no tenían bueyes, ni reses ni caballos propios. Una vez allí, Caliphestros y Visimar llenaron todos los botes con diversas sustancias, por lo general malolientes: los verdaderos y misteriosos frutos de los peculiares trabajos que Keera había observado emprender de vez en cuando a Caliphestros durante el tiempo pasado con su gente, ingredientes que al juntarse formaban la misteriosa respuesta a la Adivinanza del Agua, del Fuego y de la Piedra, una respuesta cuyos componentes había que tratar con amabilidad, insistía enfáticamente Caliphestros, durante el viaje de regreso al campamento de Arnem en la Llanura de Lord Baster-kin.

Pese a las inescrutables actividades de los dos sabios (cuya verdadera explicación, según había contado Caliphestros una y otra vez a los Bane, sería más conveniente aportar cuando los resultados del experimento se hicieran visibles ante las puertas de Broken), la visita del sentek Arnem y su comportamiento habían generado un aire tan perceptible de sorpresa y de confianza abierta en Okot, y con tal rapidez, que se llegaba a la inevitable conclusión de que los Groba —cuando se reunieran con él a la mañana siguiente de su llegada, antes del regreso al campamento— ordenarían sin duda al yantek Ashkatar que tomara a tantos de sus hombres como Arnem considerara oportuno y los pusiera bajo el mando del sentek para que formasen parte de la tropa que iba a ascender la montaña de Broken para determinar cuál era exactamente la verdadera situación dentro de la ciudad. Se había producido, por supuesto, cierta oposición por parte de la Sacerdotisa de la Luna, que objetó a que no hubiera ningún papel en aquella campaña para sus Caballeros del Bosque; sin embargo, cuando el sentek Arnem les aseguró, tanto a ella como a los Ancianos del Groba, que la oposición contra los Ultrajadores era tan fuerte en Broken como la de los Bane contra la Guardia de Lord Baster-kin, y que su presencia no haría más que complicar, y quizás arruinar, el propósito de la misión, los Padres del Groba decretaron con absoluta firmeza que los Ultrajadores no participarían. Ni siquiera en una acción de retaguardia para garantizar que ninguna tropa de Broken se escabullera del ataque de los Garras y Ashkatar para lanzar otro asalto al Bosque de Davon.

Cuando el comandante de los Bane preguntó a su homólogo de Broken cuántos guerreros de su tribu iba a necesitar para apoyar a sus dos khotores de Garras, la respuesta del sentek fue tal vez predecible: solo aquellos a quienes pudiera dotarse de armas forjadas con el asombroso nuevo metal de Caliphestros (forja que había visto el sentek con gran interés y satisfacción tras escalar la montaña que se alzaba detrás de Okot). El número se había calculado en tan solo unos doscientos cincuenta de los hombres y mujeres mejor entrenados de la tribu; porque sin aquellas armas, aseguró Arnem a los Ancianos del Groba, ningún guerrero Bane debía atreverse a participar en el inminente ataque a la ciudad imponente y rodeada de murallas de granito. Una vez decididos esos últimos asuntos, habían emprendido el regreso al campamento de Arnem. La marcha se volvía mucho más ardua por la necesidad de manejar con delicadeza los carromatos de Caliphestros y transportar su contenido, bote a bote, por el Puente Caído: cada continente iba firmemente sellado para que los vapores que emitían sus diversos contenidos no contaminaran a quienes los cargaban, y aun así estuvieron a punto de producirse un par de accidentes en lo alto del Zarpa de Gato. De todos modos, cuando ya los tuvieron en la Llanura y dentro de los carromatos, y dispusieron de caballos, y no de hombres, para transportarlos, empezaron a progresar con mucho mejor ritmo; sin embargo, nada podía evitar que los soldados de ambos ejércitos se preguntaran qué podía haber dentro de aquellos botes para crear semejante efecto.

El aire de misterio se vuelve más profundo ahora, cuando los Garras abandonan el campamento: porque, con la fuerza combinada de los guerreros de Broken y los Bane empezando a moverse por la ruta del sur que asciende hacia la gran ciudad, un anillo de bruma se va formando en las partes media y alta de la montaña. Pese a su blanca pureza, es una bruma llamativamente seca; y entre los Bane y los Garras —que se han acostumbrado con extraordinaria rapidez a verse como aliados, sentimiento instado por sus respectivos comandantes, a quienes ambos bandos respetan o incluso adoran— se contagia a toda velocidad la tendencia a ver esa bruma como una especie de bendición de sus respectivas deidades, pues hará que sus movimientos sean mucho más difíciles de detectar desde las murallas de la ciudad. (No tienen modo de saber, como vosotros, lectores que encontraréis este *Manuscrito* dentro de muchos años, que eso que consideran un regalo divino y único, era, de hecho, la primera aparición en la historia de la montaña del mismo halo brumoso que ha hecho famoso a Broken desde entonces y por el que, probablemente, quedará marcado hasta el fin de los tiempos.)[252] Equiparada al entusiasmo general por el acero de Caliphestros —que tanto los Bane como los Garras, por su gran experiencia en la batalla, reconocen como indiscutible bendición—, la bruma genera un aire que todavía promueve con mayor intensidad los sentimientos más cordiales entre estos antiguos enemigos.

La niebla, mientras tanto, tiene un efecto totalmente distinto en Broken: tal como esperaba Arnem, efectivamente hace casi imposible que los hombres de la Guardia de Lord Baster-kin que controlan las murallas de la ciudad determinen por dónde se acercan los ejércitos aliados.[253] Y el conocimiento de esa confusión, aportado por los sigilosos exploradores de Akillus, provoca que una atmósfera cada vez más cordial se apodere de la expedición: tanto los Garras como los Bane saben muy bien que van a necesitar de esa clase de ventajas compensatorias. Por mucho que se diga de la Guardia de Baster-kin, ahora no va a luchar en el terreno oscuro y ajeno del Bosque de Davon, sino detrás de las murallas inquebrantables de Broken y sus imponentes puertas de roble y hierro: una posición cuya superioridad es casi imposible medir en números o por medio de la comparación de habilidades. Ciertamente, de todos modos, la proporción de dos guerreros contra uno —a la que se enfrentarán los Guardias si consiguen no solo luchar sobriamente, sino organizar sus posiciones y su sistema de respuesta al asalto de manera rápida y eficaz— no debería bastar, en circunstancias normales, para causar alarma alguna a los defensores de la ciudad, así como tampoco los atacantes deberían entenderla como un buen presagio. Así, Arnem y Ashkatar se inclinan a contemplar cualquier desarrollo o disposición favorable con un ánimo mayor incluso del usual y se obligan a tratar con ojos y oídos indulgentes las diversas situaciones, a menudo divertidas, que surgen del proceso en que los Garras y los Bane se van familiarizando con las costumbres ajenas durante la marcha.

Esa necesidad de indulgencia no hace más que reforzarse cuando se plantean la probabilidad de que quien se sitúe a espaldas de los soldados de la Guardia sea su estricto y a menudo aterrador comandante: el Lord Mercader, impulsado sin duda por el deseo incontenible de una nueva esposa y una nueva familia cuya obtención ha implicado tantos sacrificios, así como por la deserción de su senescal, presionará a sus hombres para que ofrezcan una dura resistencia que están muy capacitados de mantener.

—¿Qué opinas de esto, Lord Caliphestros? —pregunta Arnem con alegría mientras galopa hacia la zona de intendencia desde su posición habitual, a la cabeza de la columna—. ¿Una bruma casi seca? ¿Qué nos anuncia con respecto a tu predicción de lluvia asegurada?

Caliphestros sigue agarrado con fuerza a los hombros de Stasi mientras la pantera camina junto al primero de los dos carromatos, en el que viaja Visimar y conduce Keera, compensando su falta de fuerza física con su capacidad para comunicarse por medio de la manipulación de las riendas y los arneses con los dos caballos que tiran del vehículo. Stasi, por su parte, deja bien claro a las bestias que solo será tolerable su estricta obediencia a su conductora, sin llegar a asustar tanto a los caballos como para que se encabriten. Veloc y Heldo-Bah llevan las riendas del segundo carromato y en el interior de ambos vehículos viajan Garras de retaguardia para asegurarse de que las cuerdas que mantienen fijos los contenedores no vayan ni demasiado apretadas ni demasiado sueltas y ofrezcan justo la flexibilidad necesaria para inmovilizar ese cargamento que tan valioso parece y, al mismo tiempo, absorber los golpes de los baches que, por invisibles, no puedan evitar los carromatos.

—Me doy cuenta de las ventajas de este fenómeno desde una perspectiva militar —responde Caliphestros, con los ojos siempre fijos en el interior de los dos carromatos—. Y me encanta que no traiga consigo nada de humedad... Todavía. Pero cuando llegue el momento, sentek, necesitaremos lluvia: una buena lluvia que lo empuje todo. Y como no tengo una visión clara del cielo de la noche, ya no estoy tan convencido de que vayamos a tenerla. Ciertamente, el viento del oeste que tanto prometía ha amainado... Y eso no me complace.

—Bueno, si me contaras por qué necesitas esa lluvia —responde Arnem, con la esperanza de que este rodeo para sonsacarle no suene tan grosero como parece—, podría enviar a unos cuantos hombres de Akillus montaña arriba, o abajo, a alguna posición desde la que pudieran intentar adivinar qué tiempo se acerca con más claridad.

—Y yo podría caer en tu estratagema, bastante obvia, sentek —responde Caliphestros—, si de verdad me pareciera posible que tus exploradores hicieran algo así. Sin embargo, la caída del viento, junto con la presencia de estas montañas y colinas que nos rodean y que canalizan los patrones climáticos pero también los esconden, hace que me parezca imposible que la visión de tus exploradores, desde cualquier punto de este camino, sea rigurosa... —El anciano asiente una sola vez con un movimiento de cabeza—. Pero, a cambio, te ofrezco esto: envía al linnet Akillus, pues sé que será incapaz de dejar pasar esta oportunidad de vivir una aventura y obtener información, junto con los hombres que necesite para este encargo, y si vuelven con buenas noticias aceptaré explicarte lo que pueda acerca de lo que llevamos en esos carromatos.

—O sea que te fías absolutamente de Akillus —dice Arnem con una sonrisa—, y de mí apenas con algunas reservas. Hak, en tu división entre lo bueno y lo malo no sé quién es mejor de nosotros dos.

El viejo sabio no puede evitar devolverle la sonrisa al soldado:

—Entonces, has pensado en mis palabras, ¿eh, sentek? Y sospecho que las has entendido.

—Estudiarlas, sí, pero... ¿entenderlas? —Arnem menea la cabeza y luego se vuelve y se da cuenta de que tanto Keera como Visimar los escuchan con atención—. Sigo sin saber quién es el hombre de Broken que hace el mal en nombre de lo que él cree una buena causa.

—¿De verdad no lo has adivinado, sentek? —responde Caliphestros, sorprendido.

Tras instar a Arnem a acercarse a su lado tanto como permita Ox, habida cuenta de la presencia de Stasi, el veterano estudioso estira el cuerpo tanto como le permite su comprometido estado hacia el comandante y le dice en un susurro:

—Es el mismo Lord Baster-kin.

Keera suelta un resuello repentino, casi audible para los conductores del carromato que va detrás de ellos, eternamente inquisitivos. Arnem, por su parte, se aparta, atónito.

—¡Lord...!

Caliphestros sisea para exigir silencio.

—Por favor, sentek. Te lo he dicho con toda confianza. Ha de permanecer oculto, especialmente para ese ruidoso saco de obscenidades verbales y físicas que conduce el carromato que llevamos detrás. O sea que no se hable más. Ahora lo estudiarás, igual que estudiaste mi afirmación anterior, y llegarás a comprender lo que quiero decir cuando te corresponda.

Todavía aturdido en parte por lo que acaba de oír, Arnem no puede más que responder con debilidad:

—Me temo que habrá demasiado poco tiempo, mi señor. No estamos tan lejos de la Puerta Sur de Broken como podría parecerte y solo podré dedicar a ese estudio el tiempo que tardemos en llegar hasta allí.

—Pero eso no es del todo así —responde Caliphestros—. ¿No has dicho tú mismo que nos tendremos que detener en la pradera abierta y más o menos llana que usa vuestra caballería para entrenar, justo al sur de la ciudad, antes de llegar a las murallas? ¿Tenías la intención, si no recuerdo mal, de permitir que tus ingenieros empezaran a contruir las distintas ballistae que he pedido con madera de los árboles colindantes, así como determinar cuántos caballos se han escapado de los esfuerzos de Lord Baster-kin por hacerse con ellos para aportar provisiones extraordinarias de carne a la población de la ciudad durante el asedio que se les echa encima?

—Así es —contesta—. Y eso llevará tiempo, porque a esos caballos se les ha enseñado a evitar que los capturen, y más unas manos tan poco entrenadas como las de los guardias, y probablemente estarán diseminados. Además, no sé por qué sigues insistiendo en lo de las ballistae si sabes tan bien como yo que tanto el granito de las murallas de Broken como la densa madera de roble de sus puertas son inmunes a esa clase de armas. Y la construcción de esos ingenios nos llevará la mejor parte del día y de la noche, incluso contando con artesanos tan habilidosos como los linnetes Crupp y Bal-deric y sus hombres.

—Quizá mi explicación de por qué quiero esas máquinas, cuando la oigas, altere tu punto de vista —repite Caliphestros, consciente de que está mostrando un cebo al que el sentek no se podrá resistir—. Entonces, parece que te sobran el tiempo y el razonamiento.

—Y parece que, una vez más, me has manipulado —comenta Arnem sin resentimiento—. Ahora ya sé quién enseñó esa maniobra a Visimar. Muy bien, entonces... ¡Akillus!

El sentek, con la mente concentrada de nuevo en lo que les ocupa, espolea a Ox para que avance y los otros siguen oyéndole llamar a gritos a su jefe de exploradores incluso cuando la extraña nube que los rodea se lo ha tragado ya.

—Bueno —comenta Visimar con una risilla—. Muy bien llevado. Tus dotes para la negociación no han sufrido durante los años que has pasado entre los habitantes del Bosque, mi señor.

—Tal vez, Visimar —responde Caliphestros—. Pero he dicho algo que es simple e indiscutiblemente cierto: hemos de averiguar qué cambios augura esta extraña bruma para el tiempo de la montaña, si es que va a producirse alguno.

—Y yo diría que lo conseguiremos —afirma Visimar—. Akillus tiene buen ojo para los detalles, además de habilidad para reunirlos con rapidez.

—Esa era precisamente mi impresión —concede Caliphestros—. Entonces, no tendremos que esperar mucho.

—No, no mucho —añade Keera en voz baja desde su asiento, detrás del antiguo acólito de Caliphestros—. Pero tal vez lo suficiente, y con la suficiente distancia de cualquier oído que no sea el tuyo y los nuestros, mi señor, para que nos expliques, sin temor a ninguna interrupción resentida, qué ocurrió en el Bosque justo antes de la matanza del primer khotor de la Guardia de Lord Baster-kin...

El comentario no parece sorprender a Visimar y por ello Keera se da cuenta de que este deber de haber hablado ya con Caliphestros acerca del encuentro de este con la Primera Esposa de Kafra. Le toma desprevenida que Visimar se vuelva hacia el carromato que va tras ellos y grite:

—¡Eh! ¡Heldo-Bah! ¡Veloc! Venid, ayudadme a bajar para que pueda comprobar que vuestros botes van bien asegurados. No es que desconfíe de vuestros ayudantes, pero ni ellos ni vosotros habíais manejado nunca materiales como estos.

—¿Qué te hace creer que necesitamos la ayuda de un hombre con una sola pierna y medio cerebro? —responde Heldo-Bah—. Tú preocúpate de tu carromato, acólito. —Stasi se vuelve hacia Heldo-Bah y le dedica una mirada admonitoria que, pese a su brevedad, cumple su propósito—. Ah, venga, ve a traer a ese viejo lunático, Veloc.

Veloc trota con agilidad hacia ellos y, mientras los dos carros se detienen brevemente, ofrece a Visimar un hombro y dos buenas piernas en las que apoyarse para que pueda liberar de su peso la gastada pieza de madera y cuero que tantos años ha pasado atada a un cuerpo, que en otro tiempo estuvo entero.

—Volvamos a emprender el camino en cuanto podamos —ordena Caliphestros. Keera hace arrancar a los caballos de nuevo y él se dirige a la rastreadora en privado—. Porque quiero terminar esta historia antes de que lleguemos al prado del que hablábamos con el sentek Arnem, cuando vuelvan Akillus y sus exploradores.

Heldo-Bah está tan ocupado con el asunto de volver a llevar a Visimar al banco de su carro que no puede ni intentar escuchar la conversación que se desarrolla en el vehículo de delante. Cuando los caballos avanzan de nuevo, sin embargo, el Bane desdentado se inclina a un lado y habla con su nuevo pasajero.

—Bueno, acólito, te voy a facilitar mi amistad: dime de qué van hablando esos dos.

—¿Y por qué quieres saberlo, Heldo-Bah? —pregunta Visimar, con tono firme, pero cordial—. Aunque te lo dijera, sería como un idioma extranjero para ti: pura charlatanería que no representaría más que un conflicto con tu manera de ver el mundo.

A Heldo-Bah se le abren los ojos como platos.

—¿Tan bien me conoces como para decir eso con certeza?

—Eso creo —responde Visimar. Luego mira a su amigo desdentado y dice con orgullo—: Hablan de amor, Heldo-Bah, si no me equivoco.

—Ah —protesta Heldo-Bah—. ¿O sea que yo no sé nada de amor? ¿O de pérdida?

—No he dicho eso —contesta Visimar—. Simplemente, no del tipo de amor del que están hablando.

—Vosotros dos podéis creer lo que queráis —dice Heldo-Bah, con la intención de elevarse por encima del insulto con un orgullo bastante absurdo—. Pero, al mismo tiempo, volved a nuestra historia. Quiero saber cómo se las arregló esa reliquia inteligente que ha viajado con nosotros —añade, señalando a Caliphestros— para convencer a esta mujer de que se dejara llevar a la cama.

—¿Y por qué tuvo que ser él quien convenciera a la otra parte? —quiere saber Visimar.

—Otra vez esa discusión —gruñe el expedicionario de los colmillos afilados—. Deja esas ideas para los tontos como Veloc, anciano. Son inferiores a ti, si es que tu talla como sabio místico llega a la mitad de lo que daban por hecho los Altos en otro tiempo.

Ante el obvio dilema, Visimar niega una sola vez con la cabeza.

—No es así... Y si Veloc me ayuda a traducirlo a este lenguaje tuyo tan especial, Heldo-Bah, te lo explicaré. —Heldo-Bah asiente con firmeza, sin darse cuenta de que lo acaban de insultar de pleno, y la historia continúa—. Bueno —dice Visimar—, te advierto que lo que he de decir no coincide con lo que tienes en mente, de ninguna manera. Tú deseas una historia llena de lascivia, pero la historia circula más bien en la dirección opuesta.

—Cualquiera que sea la dirección —responde Heldo-Bah—, deseo saber cómo alcanzó el anciano un logro como llevarse a esa bella criatura a la cama.

—Te vas a llevar un chasco —repite Visimar—. Porque creo que mi maestro, o antiguo maestro, le está contando ahora a Keera que fue Alandra quien se lo llevó a él... Y el resultado fue una devastación. Para los dos.

2.

El gran campo de entrenamiento de la caballería del que hablaba el sentek Arnem está flanqueado por los lados sur y oeste por
caras de acantilados, de modo que el camino que lleva hasta él llega
desde el este y luego sigue ascendiendo hacia el norte. El último
tramo del sendero que los dos carromatos han de recorrer todavía
no es largo, pero como el campo está en un altiplano la aproximación es muy pronunciada y se ven obligados a prestar una atención
especial a los carromatos, muy cargados; y sin embargo, ni siquiera
esa necesidad de calma y tranquilidad impide que los caballos
anuncien su llegada, pues el lugar les resulta familiar, ya que han
pasado mucho tiempo en él, entrenándose para la batalla. La experiencia de llegar ahora arrastrando esos carromatos tan cargados
les resulta confusa e irritante. Por ello el resto del viaje se vuelve
complejo y Heldo-Bah dispone de más tiempo para agobiar a Visimar con preguntas acerca del romance entre Caliphestros y la Primera Esposa de Kafra, llamada Alandra. No es que a Heldo-Bah le
resulte difícil entender los datos básicos de la historia: es perfectamente fácil ver que un hombre como Caliphestros —diez o más
años más joven entonces, con el cuerpo entero y en forma, con su
experiencia, su sabiduría y su mundo, con tanto prestigio ante el
Dios-Rey Izairn y su séquito que hasta le dieron cámaras propias y
un laboratorio dentro de la alta torre del palacio real de la Ciudad
Interior, y con su cargo de Viceministro, que nadie había ostenta-
do nunca— pudo verse seducido por los encantos de una mujer
joven como la Primera Esposa de Kafra, habida cuenta de sus hechiceros ojos verdes y su larga melena brillante, lisa y negra como
el carbón, por no hablar de esa figura que todavía hoy representa
todos los atributos que los Altos admiran. Efectivamente, Caliphestros había sido el tutor de los descendientes de Izairn desde
poco después de llegar a Broken: durante el mismo período, en
realidad, en que se murmuraba que era el líder de un grupo (del
que Visimar era miembro principal) que robaba cadáveres, los usaba para hacer experimentos profanos, con incursiones en toda clase de artes negras al tiempo que cumplía con sus tareas reales. Sus
acusadores terminaron preguntando cuál era su mayor ofensa, si la
brujería o el haber «guiado», supuestamente, a la joven a convertirse en su amante. Era ciertamente una pregunta extraña en una so-

ciedad cuyos dioses y sacerdotes exigían toda clase de indulgencias físicas entre todos los sexos y edades (o hasta especies en algún caso). Por ello, la segunda acusación no habría tenido peso alguno sin la primera, y por eso los enemigos de Caliphestros entre el clero kafránico —tras haber sobornado al joven príncipe Saylal— sabían que debían obtener también el apoyo de la Princesa Real si aspiraban a que alguna vez se cumpliera su sueño de expulsar al extranjero influyente, aunque blasfemo, y a sus seguidores.

Y, sin embargo, el problema se presentaba una y otra vez: en un mundo en el que los sacerdotes no solo podían permitirse los excesos físicos, sino que llegaban incluso a ritualizarlos, ¿cómo podía ser que una historia de amor (y Visimar ponía un énfasis especial en señalar que en primer lugar, y por encima de todo, se trataba de una historia de amor) entre dos personas que solo diferían en su edad, por grande que fuera esa diferencia, fuera considerada como una especie de «perversión»? Para los sacerdotes, la única manera de convencer a Alandra de que ella no se había entregado, sino que había sido robada, era hacerle ver que él se había metido en su mente gracias a la brujería cuando ella no era todavía su amante, sino su alumna, no para llenarla de enseñanzas sagradas, sino de ciencia blasfema... y de deseos.

—Gran Luna —masculla Heldo-Bah al oírlo. Al fin y al cabo, como él mismo ha dicho, no es tan ignorante en las cosas del amor y del deseo como para no comprender esas ideas—. Yo sabía que esos sacerdotes eran demonios manipuladores y sus seguidores poco más que ovejas esquiladas, pero... entonces, ¿tú no tienes ninguna duda de que ella lo amaba de verdad, Visimar?

—Yo se lo noté —responde Veloc, antes de que pueda hablar el viejo tullido.

—Ah —gruñe Heldo-Bah—. Claro que lo viste, historiador. Tú lo ves todo para poder cantárselo algún día a nuestros hijos...

—No digo que lo entendiera, Heldo-Bah —susurra Veloc en tono de protesta—. Pero vi algo. Y Keera también, y ella lo entendió y luego me lo explicó. El dolor en los ojos de Caliphestros, y también en los de ella, aunque fuera apenas durante unos instantes. Mezclado con sus amargas afirmaciones...

—Sí, amargas —dice Visimar—. Porque, como se ha observado a menudo, no hay mayor amargura que la que resulta de un amor destruido con obstinación. Y la felicidad que mi maestro y

Alandra habían conocido fue destruida con obstinación; planificaron su muerte con tanta certeza como el asesinato de Oxmontrot, y la ejecutaron con la misma crueldad. Y si Alandra tenía alguna duda, los sacerdotes solo tuvieron que aprovecharse de la ambición que había en ella: al fin y al cabo, le dijeron, ¿acaso había compartido con ella sus secretos más profundos, sus mayores conocimientos, por muy blasfema que fuera esa brujería? ¿Era eso amor, no darle todo lo que sabía? En realidad, mi maestro solo estaba protegiendo a Alandra, pues sabía bien el papel que le tocaba representar en Broken por nacimiento; si la hubiese involucrado del todo en sus trabajos, ella podría haber terminado mutilada y, casi con total seguridad, asesinada también al borde del Bosque de Davon. Y, sin embargo, desde el momento en que ella empezó a creer que él le escondía fuerzas y conocimientos poderosos, secretos que a Alandra no le parecían propios de brujería, sino de magia, su acusación pasó a ser mera cuestión de tiempo. Eso lo vimos todos y le pedimos que abandonara la ciudad. Pero él se negó a irse. Mirad, nunca aceptó que el ansia de poder que sentía Alandra era mayor que su amor por él; y, como digo, privada de la totalidad de su poder, estuvo dispuesta a aceptar la forma más vulgar que le ofrecían los sacerdotes (por mucho que se la presentaran como «sagrada») e interpretar que Caliphestros, más que protegerla, estaba más decidido que nunca a mantener una posición de poder entre ellos dos. Así selló él su destino, primero con los sacerdotes y luego con él; y, más doloroso todavía para Caliphestros, ella empezó a verlo cada vez más como a un viejo malvado, o incluso blasfemo, que en vez de adorarla se había dedicado a contaminarla.

—Hak... —murmura Heldo-Bah. Sin embargo, hay compasión en su interjección, algo parecido a lo que mostró ante la pantera blanca cuando descubrió que quien había matado a sus cachorros era Rendulic Baster-kin—. Pobre viejo loco... Bueno, todo eso demuestra que puedes viajar por todo el mundo y aprender de los grandes filósofos y, en cambio, cometer los errores de un pueblerino Lunático e inexperto que, en materia de mujeres, no conoce ni el pueblo vecino.

Visimar se vuelve un momento para estudiar con cierta sorpresa al sucio y apestoso conductor del carromato.

—Eso ha sido un comentario extraordinariamente pertinente, Heldo-Bah.

—No los esperes a intervalos regulares —comenta Veloc con una sonrisa—. Pero de vez en cuando se le escapa alguno.

Heldo-Bah echa mano de uno de sus cuchillos a toda prisa, pero Visimar, con la misma rapidez, le frena la mano con una fuerza sorprendente para alguien que lleva muchos años obligado a moverse con un bastón y una pata de palo.

—Dejaos de tonterías —dice el anciano—. Escuchadme los dos atentamente, porque ahora llegamos a la parte más interesante de la historia.

—Ah, ¿sí? —responde Heldo-Bah mientras relaja el brazo y azuza a los caballos—. ¿Hay algo más interesante que acostarse con la Primera Esposa de Kafra?

—Sí que lo hay, Heldo-Bah —dice Visimar en tono tranquilo—. Porque la última vez que me reuní con mi maestro en el Bosque para llevarle provisiones, poco antes de que los sacerdotes se me llevaran para la tortura de mi Denep-stahla, tenía todavía la mente destrozada pese a su gran afecto por la pantera blanca. Sabía que Alandra, una vez tomada la decisión de condenarlo como monstruo y demonio, seguiría cultivando ese sentimiento. Y eso le causaba una herida muy profunda. Y sin embargo esa herida ya casi está curada del todo. En cierto modo esa gran fiera ha estado a la altura del nombre que él le dio, Anastasiya, al devolverlo a la vida cuando resignarse a morir hubiera sido el camino más fácil. No solo lo devolvió a la vida, sino que en cierto modo lo cambió: ella hizo desaparecer gran parte de la arrogancia que él tenía y que provocó su crisis definitiva con los sacerdotes y Alandra. ¿Cómo consigue eso un animal, por muy poderoso que sea? ¿Alguno de vosotros puede decírmelo, después de tantos años en el Bosque?

Tanto Heldo-Bah como Veloc parecen en cierta medida avergonzados por su incapacidad de dar a Visimar la respuesta que busca. Al fin, Veloc se limita a decir:

—La que sabe de estas cosas, mucho más que nosotros, es mi hermana.

—Bueno —suspira Visimar, levemente desconcertado—. Tiene que haber alguna explicación.

—La hay —mascula Heldo-Bah, que siempre que habla de estos asuntos parece reprochárselo a sí mismo—. Y, aunque Veloc está en lo cierto y nosotros no podemos darte detalles, viejo, hay un factor básico del que me he dado cuenta y del que, sospecho,

proceden los detalles. —Señala hacia delante, a las figuras de Caliphestros y Stasi: dos seres que, en el inminente crepúsculo, parecen
combinarse en una sola criatura—. A veces los seres de tu propia
especie son las últimas criaturas que pueden o quieren ayudarte y
ni siquiera les importa si vives o mueres. Pero si alguien de gran
corazón, como ese felino, sí que se preocupa, si escoge preocuparse, si, en resumen, te escoge, entonces llena un espacio que ningún
humano puede ocupar. Ningún simple ser humano, ninguna po-
ción, ningún polvo o droga... Y hacedme caso: yo he probado las
que él crea para aliviar el dolor y son eficaces. Pero no lo suficiente.
Nada lo es, salvo otro gran corazón. Y lo contrario también es
cierto: fue un humano quien curó el corazón de Stasi. Yo lo he visto entre ellos dos. —Heldo-Bah echa un escupitajo ladera abajo y
menea la cabeza—. Por tanto, si ese viejo está sano y todavía es capaz de hacer lo que parece estar haciendo, buscar conocimiento y
justicia, se debe solo a esa razón. No me pidas que te explique
cómo ocurre: eso, como dice Veloc, se lo preguntas a Keera. Yo
solo sé que es así...

De nuevo —esta vez, en silencio—, Visimar estudia a Heldo-Bah apenas un instante, impresionado por las palabras del expedicionario, y luego mira a Veloc, que se encoge de hombros.

—Y entonces, Heldo-Bah —pregunta Visimar—, ¿qué «gran
corazón» mantuvo tu alma viva cuando te desterraron de Broken?
Porque a mi señor Caliphestros y a mí también nos han contado
esa historia. —Heldo-Bah fulmina a Veloc con una mirada gélida y
este se limita a negar meneando enfáticamente la cabeza—. No, no
fueron tus amigos —se apresura a puntualizar Visimar—. Fueron
sus padres, Selke y Egenrich, cuando mi maestro y yo volvimos a
vuestra ciudad a preparar estos carromatos. Son gente amable de
verdad, Heldo-Bah, y sin embargo tú volviste a tus viejos hábitos
incluso cuando vivías con ellos.

—Eso —dice Heldo-Bah— es porque en mi alma arde un tipo
de alma distinto, Visimar.

—Ah —contesta el tullido en tono cómplice—. Venganza.

Heldo-Bah asiente con la cabeza.

—Un espíritu muy distinto que también puede llenar el corazón. No defenderé que tenga efectos de la misma grandeza —dice
en voz baja—. Pero es mucho más letal.

De nuevo, Visimar se vuelve hacia Veloc, pero esta vez el guapo historiador se limita a sonreír y rechaza la última afirmación de Heldo-Bah como pura bravuconería.

A continuación se produce un sliencio incómodo; pero entonces, de repente, los caballos airean su frustración y su cansancio con grandes resoplidos y los carromatos dan un último tirón repentino y luego quedan planos; con la misma velocidad y precariedad los dos grupos abandonan el camino flanqueado de árboles y maleza y se encuentran en el campo de entrenamiento de la caballería, mucho más grande de lo que imaginaba Visimar, en el que muchos de los jinetes del sentek Arnem, así como los pocos exploradores que no han salido a averiguar qué condiciones climáticas se aproximan, galopan por el amplio campo persiguiendo a los caballos del ejército regular que quedan sueltos y están muy desatendidos.

—Baster-kin se llevó unos cuantos a la ciudad, Lord Caliphestros —explica el sentek Arnem, que cabalga de nuevo hacia los carromatos, que, entre la bruma y la cercanía del anochecer, resultan difíciles de encontrar porque se han detenido a la sombra de varios abetos grandes—. Pero parece que lo hizo simplemente para satisfacer los sentimientos de los más poderosos de sus compañeros mercaderes y sus familias, a quienes debían de pertenecer los caballos, porque también se ha llevado algunos ponis[254] de los niños ricos.

En ese momento, el ruido de unos cascos más rápidos y ligeros que se acercan saliendo de la penumbra y la bruma interrumpe a Arnem y todos los presentes en los carromatos, o alrededor de los mismos, presencian la aparición del yantek Ashkatar, montado en un caballo pequeño de color canela, con la cola y la crin blancas. El tamaño inusual del animal hace que Stasi —convencida de que se trata meramente de un caballo de guerra joven de Broken— abra mucho los ojos y agite la cola con pensamientos de cacería; sin embargo, mientras Caliphestros la calma, hasta la pantera se da cuenta de que eso no es ningún potro, sino una criatura adulta; un descubrimiento desconcertante, pues iguala a la montura con, al menos, algunos de los Bane.

—¡Mira este diablillo, Keera! —exclama Ashkatar—. ¿Has visto alguna vez algo parecido? Aguanta mi peso con tanta facilidad como cualquiera de sus primos mayores, pero me permite cabalgar con un control total.

—Sí, he visto otros parecidos, yantek —responde Keera, sin dejar de sonreír y hasta reírse por la alegría de su comandante.

—Cualquiera que haya estado en Broken ha visto algo parecido, Ashkatar —dice Heldo-Bah en tono desdeñoso, mientras desmonta—. Los Altos crían algunos para sus hijos y otros, de variedades más burdas, para tirar de carromatos y vagonetas montaña arriba, porque son ciertamente tan fuertes como extraños.

—Bueno, pues yo nunca había estado en Broken, como sabéis —responde Ashkatar—. Y por lo tanto estoy sorprendido y a la vez encantado de descubrirlos. Tiene que haber unos cincuenta en este campo, junto con una cantidad de caballos tal vez mayor. Parece que a Baster-kin no le da miedo nuestra llegada.

—Sí —afirma Arnem mientras se baja de Ox—, ojalá ni se la espere. Pero, tal como ya nos han dicho los exploradores... —entrega las riendas de su montura a Ernakh, siempre listo, se acerca al carromato delantero y mira a Caliphestros, aunque guarda una distancia prudencial entre su cuerpo y Stasi—, está vigilando para captar la primera señal de nuestra llegada a la cumbre de la montaña. Así que te tocará a ti castigarle por habernos dejado tantas monturas. Ese... y tantos otros crímenes y errores, mi señor. Castigarle con eso... Lo que sea que va dentro de esos botes. —Al asomarse al carromato de Keera, Arnem aspira una bocanada del olor que sale de su interior y da un paso atrás—. Por las pelotas de Kafra, ¡vaya peste! Espero que sea un presagio de algo inusual... Porque las puertas de Broken, como sabes, no se someterán con las ballistae, ni siquiera con llamas ordinarias.

De repente, por el sendero de la montaña se repite el eco que aumenta los cascos de caballos al galope tendido, junto con un grito que les pide, una y otra vez, que se aparten a un lado del camino. Heldo-Bah vuelve a montar en su carromato de un salto para dirigirlo al lado izquierdo de la apertura del camino que lleva al campo de entrenamiento, mientras que Keera mueve el otro hacia la derecha.

—¡Es ese explorador tuyo, sentek, que tiene fuego en el cerebro! —grita Heldo-Bah—. A juzgar por cómo suena su voz y por el ritmo de su caballo, no sé qué quiere, pero yo de ti me movería. Ese hombre es capaz de atropellar con el caballo a su madre con tal de conseguir su propósito.

—Por eso confío en él —responde Arnem.

Sin embargo, el comandante, Ashkatar y Niksar hacen caso de la sugerencia de Heldo-Bah y luego se quedan mirando el sendero lleno de surcos, a la espera de que aparezca el rostro de Akillus. Pero antes de eso se oye el resonar de otros cascos de caballo por el norte, que llegan al campo de entrenamiento por un fragmento relativamente corto de camino que lleva hasta el terreno que se extiende ante las puertas del sur y sudoeste de Broken.

—¿Dónde está el sentek Arnem?

El grito procede de ese segundo grupo de exploradores enviados hace rato en esa dirección por el comandante. Enseguida les dicen dónde y bajan a toda prisa hasta donde se encuentran los carromatos, a los que llegan casi en el mismo instante que Akillus.

—¡Sentek! —llama el linnet de la línea que lidera el grupo del norte—. El cielo está despejado cuando se llega a campo abierto más arriba. Todavía hay una tormenta violenta entre las colinas del oeste, desde luego, pero con esta luz es muy difícil decir cuánto tardará en descargar sobre Broken, y eso suponiendo que sea así.

—Nuestros informes también lo confirman, sentek —añade Akillus—. ¡Todo es incierto!

Arnem asiente con frialdad y se da media vuelta para administrar órdenes a Ernakh.

—Informa a los linnetes Crupp y Bal-deric que han de consultar a Lord Caliphestros qué clase de ballistae quiere que hagan y que empiecen a prepararlas de inmediato. No vamos a pasar más de un día y una noche en esta tierra antes de avanzar hacia Broken.

Ernakh se monta de un salto en su pequeña montura y Arnem se vuelve hacia Caliphestros.

—Bueno, mi señor —dice, no con poca incomodidad en la voz—. Ha llegado el momento: tú has de elaborar tu respuesta a la Adivinanza del Agua, el Fuego y la Piedra, y los demás tenemos preparativos que hacer.

—No estés tan preocupado, sentek, aunque solo sea por el bien de tus hombres —responde Caliphestros con una risilla. Mientras se baja del lomo de Stasi, el anciano acepta la ayuda de Keera para atarse el aparato de andar a los muslos y luego ella le entrega las muletas—. La unión será tan necesaria para nuestro empeño como la fuerza. Baster-kin, recuérdalo, cree que tiene la razón de su lado. Está convencido de que lucha por una buena causa y resistirá tanto como pueda. Los únicos amigos que nos quedan son la rapidez y la esperanza; esperanza de que, gracias a esta bruma, no sepa todavía con exactitud dónde nos encontramos.

—Muy bien, Lord Caliphestros —dice Arnem mientras hace girar a Ox para cruzar el campo de entrenamiento y empezar a organizar su ataque—. Haré caso de esos razonamientos para animarme, pero seguiré esperando a ver qué milagro sacas de esos botes.

Cuando las siluetas de los diversos oficiales se desvanecen en la bruma, Caliphestros alza la mirada hacia la montaña pese a que, desde donde se encuentran él, los expedicionarios y Visimar, solo se puede ver el brillo de las teas y la parte más alta de las murallas y de las torres de vigía de Broken.

—Ningún milagro, sentek —dice en tono suave. Luego alza la voz y se dirige a su antiguo acólito—. Ningún milagro, ¿eh, Visimar?

—Ah, ¿no? —dice Heldo-Bah en tono escéptico mientras empieza a desatar los contenedores de los carromatos con la ayuda de los otros expedicionarios—. ¿Y entonces, anciano?

—Dime, Heldo-Bah —responde Caliphestros—, tú tienes más mundo que la mayoría de los presentes en este campo; ¿alguna vez has oído nombrar, entre los comerciantes y los mercenarios que frecuentaban Daurawah, o cualquier otro lugar, de lo que los kreikisch llamaban «el *automatos* del fuego»?[255]

Heldo-Bah para de trabajar y se queda mirando fijamente a Caliphestros con una mezcla de asombro e incredulidad.

—No has...

—Sí que he... —responde Caliphestros, mientras Visimar se ríe con levedad del asombro del Bane.

—¡Pero si el automatos del fuego es un mito! —protesta Heldo-Bah, con la voz controlada para no provocar una extensión del pánico, pero pataleando como un crío, como tiene por costumbre cuando se le presenta algo que no es capaz de soportar—. Tiene tanto de mito como tu Adivinanza del Agua, el Fuego y la Piedra.

—¿Qué es un mito? —preguntan Keera y Veloc, casi al unísono.

—¡Ah, Luna...! —exclama el Bane desdentado, con la misma urgencia soterrada en la voz.

Pero Keera lo interrumpe:

—¡Heldo-Bah! ¡Ya te he advertido por tus blasfemias!

—¿Blasfemias? —responde Heldo-Bah—. ¿Qué importan las blasfemias? Keera, estos dos viejos locos han confiado todo nuestro empeño a una fantasía.

Pero Caliphestros y Visimar siguen riéndose en voz baja mientras el primero instruye al segundo a propósito de dónde ha de ponerse cada bote.

—Ni la Adivinanza ni el *automatos* del fuego son mitos, Heldo-Bah —dice Caliphestros, todavía entre risillas—. De hecho, el fuego es la respuesta de la adivinanza...

En vez de intentar discutirlo, Heldo-Bah se limita a mover la cabeza para asentir con resignación.

—Ah, sí, estoy seguro. Así que... venga, seguid riendo, tontos —dice—. Lo que deberíais hacer es rezar. ¡Rezar para que llegue la lluvia!

—Llegará —responde Caliphestros. Luego, con una voz ligeramente más seria, añade—: Pero... ¿llegará con la suficiente violencia? Ahora mismo no importa. Heldo-Bah, si sabes lo que es el *automatos* del fuego sabrás también que vamos a necesitar todos los contenedores rompibles que haya en los carromatos de los cocineros y en la zona de intendencia. ¿Por qué no empiezas a recogerlos, en vez de lloriquear?

Heldo-Bah deja de protestar y se va dócilmente, asintiendo con gesto obediente y mascullando con una voz que suena llamativamente como la de un niño quejica:

—Muertos... Estamos todos muertos...

3.

Ver cómo el khotor de los Garras de Sixt Arnem, así como los doscientos cincuenta de los mejores guerreros de la tribu Bane, pone todo su compromiso en la tarea de preparar un ataque a Broken bajo la dirección de subcomandantes tan expertos en sus diversas especialidades que no se podría encontrar a nadie que los iguale en cientos de millas a la redonda desde la ciudad de la montaña (o desde el Bosque de Davon), significa ver a una serie de hombres y mujeres reunidos para prepararse para hacer de la mejor manera posible el trabajo más aterrador y horrible al que jamás puede enfrentarse un ser humano. Porque, tal como cuenta Caliphestros a quienes lo rodean, solo cuando la violencia esencial de la guerra se combina con las artes del aprendizaje, de la construcción y la experimentación, del condicionamiento y refuerzo del cuerpo y la mente —y también con la más fina de las artes, la del descubrimiento— consigue la guerra entrar en contacto con esa parte del hombre que es, en verdad, a la vez superior y moral. ¿Acaso no se alcanzan mejor esas cualidades por medio de otras actividades? En la mayor parte de las ocasiones, probablemente sí; en efecto, podría ser una verdad universal. Sin embargo, igual que esa lluvia que Caliphestros espera en el campo de entrenamiento de la caballería de Broken con tanta impaciencia, y al mismo tiempo con tanta confianza, mientras mezcla su extraño brebaje de materias sacadas de las ciénagas y de las minas más profundas de la Tierra, la guerra acaba por visitar siempre las vidas de todos los hombres y mujeres. Y es la cuestión de la mayor o menor atención con que cada fuerza armada consigue o no esforzarse por conectar su práctica con esos otros estudios más nobles, en vez de permitir que la conviertan en mera derramadora de sangre, lo que determinará la moralidad verdadera, aunque relativa, de un ejército (o la falta de la misma).

Pocas veces se han hecho tan evidentes esas conexiones como ahora, durante las relativamente escasas horas (aunque ampliamente suficientes) que los soldados Bane y los Garras pasan en el campo de entrenamiento de la caballería bajo las murallas del sur de Broken durante la primera noche, el día siguiente y el atardecer posterior a su llegada, preparando el avance hacia la ciudad, amparados en la oscuridad. Las actividades de esos hombres y mujeres no resultarían particularmente exóticas para quien haya sido testigo de diversos encuentros de armas o haya leído acerca de cuantos se han producido a lo largo de las eras y en todo el mundo conocido: los Bane que tienen por lo menos un poco de experiencia en cabalgar (que no son la mayoría del contingente de su tribu) aprenden de los jinetes de Broken a manejar con soltura a los ponis más pequeños y a coordinar sus movimientos con los grandes fausten de la caballería de Broken. Ese grupo lo dirige un recuperado Heldo-Bah, a quien nada saca de las dudas con tanta eficacia como la acción. Juntos, los jinetes de los Bane y de los Altos aportarán al ejército atacante ese único elemento del que carecen, con demasiada frecuencia, las fuerzas sitiadoras: la movilidad, la capacidad de poner a prueba los puntos de fuerza del enemigo y luego retirarse e informar sobre su posición y volver a hacerlo cuando encuentran debilidades que pueden explotarse con rapidez. Pero hay un tercer papel, el de fuerza de distracción, en el que la caballería juega el que acaso sea su mayor papel en cualquier asedio; y Caliphestros sermonea a Heldo-Bah hasta que este ya no puede soportar oír una palabra más de la boca del anciano acerca del papel que jugará la caballería de los aliados, especialmente la de los Bane.

La tarea general de los jinetes, en resumidas cuentas, consiste en generar en el enemigo desde el principio una sensación constante de desequilibrio, de sorpresa desagradable y de confusión, en general, que destruye la coherencia del mando y de los movimientos. Por lo que concierne a los Bane que lucharán a pie, están estudiando cómo integrar sus acciones en el ataque bajo la tutela global del linnet Taankret; cómo obtener un papel en los famosos krebkellen del Rey Loco, Oxmontrot, para los que un comandante menos imaginativo que Sixt Arnem no encontraría función en un asedio; sin embargo, la tienen, como enseguida ve el yantek Ashkatar (para gran satisfacción tanto de Arnem como de Taankret), si se reimagina su despliegue.

Las importantes contribuciones que los Bane pueden aportar a la gran empesa que van a compartir con sus antiguos enemigos no se circunscriben a su condición de estudiosos. Como ya hemos visto en la aniquilación del Primer Khotor de la Guardia de Lord Baster-Kin, los Bane tienen sus propios métodos para confundir y despistar al enemigo, métodos que los soldados de Broken siempre habían considerado engañosos e ilegítimos porque no dependían de la confrontación directa entre soldados y entre ejércitos. Y, sin embargo, están lejos de esa vileza, tal como descubren ahora Taankret, Bal-deric, Crupp y hasta el mismo Arnem (por no mencionar a todos los oficiales y soldados del sentek), sobre todo —en esto, como en todos los demás asuntos parecidos— gracias a las explicaciones ofrecidas por Caliphestros y Visimar. Y una vez más es Akillus —siempre dispuesto a modificar las tácticas de sus exploradores y, en muchos sentidos, el más inteligente de todos los oficiales del contingente de Arnem— el primero en ver que el acólito cojo y su maestro desmembrado pueden tener razón al afirmar que el khotor de la Guardia de Baster-kin que defiende la ciudad contra el asedio de una tropa formada por la mitad de hombres puede ser vulnerable si se usan todos los «trucos» o, por llamarlo con más exactitud, «engaños» posibles contra las trampas de Baster-kin. Esos engaños no envilecen en absoluto a los atacantes, según cuentan a sus soldados, mientras que las trampas solo sirven para deshonrar a quienes se rebajan a usarlas; en este caso, la voluntad —o incluso determinación— por parte del Lord Mercader de esconder los abundantes problemas a que se enfrenta el reino, así como su propio deseo de alcanzar unas metas deshonestas, tanto personales como de toda condición, bajo la excusa de salvaguardar el reino.

Al fin y al cabo, argumenta Akillus durante la primera comida en el campo de la caballería, solo hay que considerar cuantas trampas verdaderamente despreciables ha usado ya Baster-kin a lo largo de esta campaña: ¿o acaso era muy honesto enviar a los talones a una zona que él mismo tenía razones para considerar afectada por, cuando menos, una enfermedad mortal? ¿Y mandar luego al Primer Khotor de su Guardia a la que él creía que era todavía una zona segura, quizá la última zona segura de la provincia del sur de Broken, para que atacaran a los Bane y se apoderasen de toda la gloria que el sentek Arnem y sus Garras pudieran haber obtenido por su encargo original de terminar con ellos? No son actos propios de un hombre verdaderamente honesto, insiste Akillus. Y pronto todos los mandos de Arnem se ven obligados a mostrar su conformidad. (Y por eso yo, vuestro guía y narrador, he hablado aquí de la «Batalla» de Broken, señalando la palabra de un modo que podía parecer burlón, pero que solo pretendía ser un aviso para aclarar que sería un grave error esperar, en lo que queda de mi relato, esa clase de ciego y brutal entrechocar de armas y hombres que muchos lectores asocian a la palabra «batalla», más que un ejemplo del empleo inteligente de la astucia para apartar del poder a los injustos.)

Y sin embargo, entonces, ¿cómo puede ser que Caliphestros, que tiene más razones que nadie en el campo de los aliados para despreciar a Lord Baster-kin (con la posible excepción de su compañera, Stasi), llame al Lord Mercader «el último hombre bueno de Broken»? Porque, tal como explica en esa misma comida, en un sentido muy real el lord lo ha sido y sigue siéndolo: incluso su disposición a provocar la muerte de su inútil hijo Adelwülf, por no hablar de sus planes para destruir el Distrito Quinto y acabar con los Garras, y encima tomar a Isadora Arnem por esposa, ha nacido, en la mente del lord, de una verdadera creencia en su patriotismo y en el deseo de reforzar el reino como consecuencia del refuerzo del clan Baster-kin; los dos son uno y el mismo, afirmación que, tal como están las cosas, sería difícil refutar.

Esa es la noción que empieza a carcomer a Sixt Arnem en lo más profundo del alma cuando, durante las últimas horas que sus fuerzas pasan en combinación con las de Ashkatar en el campo que se extiende por debajo de Broken, oye a Caliphestros, Crupp y Bal-deric explicar las últimas fases de la construcción de su único grupo de ballistae. Algunas son máquinas de guerra bastante ordinarias y se construyen con facilidad; pero otras son ingenios que ningún soldado de Broken había visto jamás, diseñadas no tanto para el simple maltrato y destrucción como para mandar, de un modo engañosamente suave, los llamativos misiles de Caliphestros; misiles que no están hechos de piedra, sino de humildes vasijas de barro que ahora mismo están llenando con el ingrediente legendario que Heldo-Bah, siempre tan lúgubre, ha etiquetado como mito y, al mismo tiempo, causa futura de la destrucción de las fuerzas aliadas, tan bien coordinadas en este momento: el automatos del fuego.

A estas alturas, la mayor parte de la fuerza avanza ya hacia el norte para subir el último tramo de montaña que lleva hasta las murallas de Broken, bajo la muy difusa luz del inminente amanecer: un amanecer aumentado de vez en cuando por el fulgor de los relámpagos, acompañado en intervalos cada vez más cortos por estridentes restallidos de truenos. Y si parece extraño que, incluso en medio de tanta actividad y tanto logro, la mente de Arnem se entretenga pensando en la aparente falsedad de Lord Baster-kin, será necesario recordar que pende algo más que una amenaza sobre las vidas de la esposa del sentek y su hijo mayor. También está en juego el principio que permitió al sentek poner orden en su vida, tan problemática antes, y dotar de sentido a toda terrible violencia que ha sufrido e infligido a lo largo de los años desde que se alistó en el ejército de Broken: el código de honor del soldado, que pasa, en no escasa medida, por la fe ciega en que la sabiduría y la moralidad de sus superiores no solo no debe ser puesta en duda jamás, sino que ha de ser merecedora de confianza.

De todos modos, pronto se obliga el sentek a librarse de la confusión de esos pensamientos; de nuevo se concentra en el objetivo.

—Ahora ya no se puede cambiar de dirección —dice a sus oficiales, reunidos ante él—. Y no creáis que paso por alto, o dejo de agradecer, todo lo que cada uno de vosotros está sacrificando, tanto en beneficio de esta empresa como de mi esposa e hijo, que, hasta donde yo sé, pueden estar bajo custodia de Baster-kin, o algo peor, incluso ahora, mientras hablamos. En consecuencia, vayamos con nuestros hombres... O, mejor dicho, con nuestros hombres y mujeres... —En un tono más cordial, mientras los dos abandonan el campo, Arnem pregunta al antiguo senescal del clan Baster-kin—: ¿Te has dado cuenta, Radelfer, de la gran facilidad con que algunos Garras se mezclan con las guerreras Bane?

—Me he dado cuenta, sentek —se ríe Radelfer, contento de ver que Arnem se anima—. Aunque, si me lo llegan a decir antes, apenas lo habría creído posible. Nuestro mundo está a punto de experimentar cambios extraños y profundos...

4.

Hemos observado, entonces, que el sentek Arnem ha tomado la decisión firme, influido por las lecciones de Caliphestros sobre la historia y el armamento de la guerra, de que el sitio de Broken no se resuelva por su funesta extensión, sino en una lucha rápida y decisiva. Las probabilidades no juegan a su favor, como también hemos visto: el único khotor de la tropa de la Guardia no sería rival para un número similar de aliados Bane y Garras en campo abierto, pero protegidos por las murallas de granito y por las puertas de roble de la ciudad de Broken, de medio metro de anchura y forradas de hierro, los Guardias representan un desafío formidable, un enemigo cuya principal debilidad —la inexperiencia y la falta de profesionalidad que esta siempre conlleva— tendrá que explotar Arnem no con la armas brutales propias de un asedio, sino con la operación más difícil de conducir: un gran engaño. Un engaño que no se basa en un solo aparato, ni en las acciones de una unidad en una fase concreta o en un área de batalla, sino que exige la coordinación y la dirección de un ejército entero en todas las partes del campo y que además se desarrolla sin recurrir a la fuerza bruta.

Los observadores podemos entender mejor esa estrategia a medida que se desarrolla, en vez de intentar entender cada una de las órdenes que emiten quienes la han diseñado. Al contrario, alcémonos a los cielos una vez más, como hicimos al principio de esta historia, para posarnos en las murallas de Broken, desde donde contemplaremos cómo se desarolla, a nuestros pies, todo este ardid. Ahora, sin embargo, volamos con buena y natural compañía: la de los dos aliados de Caliphestros, la enorme lechuza a la que puso Nerthus por nombre y el pequeño pero atrevido estornino al que llama Traviesillo. No resulta difícil encontrarlos, pues ambos están en el aire, por encima de la ciudad, repasando sus calles en busca de cualquier señal inusual de problemas para ponerlos de inmediato en conocimiento de ese hombre extraordinario que es su único amigo. Pero enseguida vemos que hemos alzado el vuelo en la lúgubre primera hora del día, que revela nubes de tormenta desplazándose todavía hacia Broken desde el horizonte por el oeste. Su velocidad amenaza a la ciudad con una lluvia tan violenta que podría equipararse a los rayos y truenos que han brillado y atronado durante toda la noche: pero... ¿resultará útil esa lluvia para los extraños propósitos de Caliphestros? ¿Traerá la respuesta a la Adivinanza del Agua, el Fuego y la Piedra? ¿Y lo hará a tiempo?

Las trompas de alarma de la Guardia de Baster-kin suenan por encima de la puerta principal de Broken, la del este, punto por el que atacaría cualquier ejército impulsado por la voluntad de capturar los distritos más ricos de Broken. Y si descendemos en picado por las calles del Distrito Primero de la ciudad, junto con nuestros emplumados guías, pronto veremos a una alta figura que emerge del kastelgerd Baster-kin, envuelta desde el cuello hasta las pantorrillas en una capa de terciopelo negro, con la cabeza, el cuello y los hombros cubiertos por una capucha del mismo material lujoso. Es el señor del kastelgerd en persona: y cuando monta a toda prisa en la parihuela que lo estaba esperando oímos cómo su reconocible voz ordena a los portadores que se encaminen hacia esa puerta del este de la ciudad. Seguimos el rápido avance de la parihuela y enseguida vemos que ese hombre alto y ataviado de negro desaparece en una de las dos torres de astuta ingeniería que defienden el portal. Ninguna otra entrada de la ciudad (todas integradas en las grandes murallas de granito y, en consecuencia, capaces sostener puertas de un peso y espesor mucho más prodigioso que ninguna otra de la que ciudad alguna haya podido jamas ufanarse) es tan fuerte como la del este, por la simple razón de que esa es la direc-

ción de la que procedían, a lo largo de los siglos, las distintas oleadas de saqueadores que al final eran derrotados o se convencían de
la necesidad de olvidarse de Broken. Así, Lord Baster-kin sube los
gastados y continuos escalones internos de una de las torres sin
ningún miedo. Y si nosotros, como Nerthus y Traviesillo, nos ins-
talamos en una atalaya sobre la casa cercana de un rico mercader,
observaremos con facilidad el intercambio de palabras entre Baster-kin y los Guardias ubicados en tan crucial posición.

—¡Allí, mi señor! —exclama un Guardia, señalando hacia un
punto en que el camino del este traza una leve curva para descender montaña abajo, antes de perderse de vista—. ¡Solo veo el polvo! ¡Han de ser miles!

Una gran nube de polvo como la que, efectivamente, levantaría
una tropa tan numerosa al acercarse, se extiende por encima del
último tramo de camino que se alcanza a ver desde la muralla. Sin
embargo, Baster-kin responde con calma:

—Calla, estúpido. —Luego se quita la capucha y revela la parte
alta de una malla de la más fina cadenilla. Después, tras recorrer la
muralla con la mirada y ver que se han reunido unos treinta o cuarenta hombres para observar la nube fantasmal que parece demasiado cercana a la puerta, exclama con una voz llena de rabia—:
¡Vosotros! ¡Recuperad la cabeza, rápido! El traidor de Armen y
sus malditos aliados Bane no tienen una tropa de mil hombres para
atacarnos. Ese polvo solo indica cómo se han secado en las últimas
semanas los caminos que llegan a la ciudad, igual que nuestras calles. Esa nube de polvo, cuando se aposente, se extinguirá como la
engañosa desaparición que es. De todos modos... —Baster-kin
achina los ojos al volverlos de nuevo hacia el camino del este y la
nube de polvo—, esto ha de significar, con toda seguridad, que Arnem ha decidido lanzar el primer ataque contra esta puerta, sin
duda con la esperanza de apoderarse de nuestros más sagrados
centros de poder y las personas que lo representan, para forzar luego la liberación de su esposa y los demás rebeldes del Quinto Distrito. Bueno, pronto nos encargaremos de Lady Arnem y sus amigos. Sin embargo, de momento, reunid nuestras ballistae más
poderosas en esta muralla, dentro de esta posición, junto con la
mayor porción de hombres. No abandonéis las otras puertas, pero
dejad tan solo una pequeña guardia en cada una. Situad a los hombres y las máquinas de tal modo que, si el sentek logra lo que jamás

ha conseguido ningún líder de los saqueadores y consigue entrar de algún modo por esta masa de roble, hierro y piedra, tanto él como sus seguidores queden atajados en cuanto entren en la ciudad. ¡Moveos todos! ¡Tenemos poco tiempo!

Al oírlo, los hombres de la Guardia salen zumbando mientras sus oficiales intentan transmitir a gritos órdenes coherentes y coordinadas... Y Lord Baster-kin lamenta en silencio la calidad de los hombres a su disposición para defender la ciudad. Pero su fe en los muros y las puertas, sobre todo en la del este, tan poderosa, es absoluta, porque él mismo se ha encargado desde que es Lord Mercader de que fuera reforzada una y otra vez. Incluso ha abandonado muchas otras grandes estructuras de la ciudad, originales, pero no tan visibles, y ha permitido que cayeran en la degradación, empezando por el Distrito Quinto.

Nerthus y Traviesillo pueden regresar ahora al cielo, tras ver la gran actividad que ha empezado a desarrolarse en las murallas que flanquean la Puerta del Este de Broken y en las calles circundantes. La lechuza y el estornino y también nosotros alcanzamos a ver desde el cielo que la fuerza que se acerca justo por debajo de la línea de visión disponible hacia el este desde las murallas de Broken no es, de hecho, la fuerza principal de Caliphestros y Arnem. Se trata más bien de un destacamento de pequeños humanos del Bosque de Davon. Y al sobrevolar a este grupo, dirigido por algunos de los hombrecillos montados en esos extraños caballos minúsculos cuya incorporación al ejército en el ascenso a la montaña han presenciado la lechuza y el estornino, podremos comprobar todos el número limitado que forma esta pequeña unidad desgajada de la tropa principal de Caliphestros y Arnem, aparentemente con el único propósito de crear esta enorme nube de polvo que ahora llena el cielo desde el acceso a la ciudad por el este.

Efectivamente, no son más de cincuenta los hombres y mujeres del Bosque que, montados en sus pequeños caballos, se afanan por el camino y a lo largo de sus grandes extensiones de tierra seca para arrastrar grandes ramas arrancadas de los abetos cercanos, cuyas agujas cortan la tierra cuarteada casi con la misma violencia que los cascos de los caballos. Estos se desplazan con movimientos hasta cierto punto más activos, o incluso más frenéticos, que los de sus primos más familiares, igual que los pequeños humanos parecen también más ágiles, o incluso alocados, que sus correspondientes parientes mayores. Es una visión extraña que ni Nerthus ni Traviesillo alcanzan a comprender del todo; en cualquier caso, ambos pájaros cumplen la orden de descender hacia la figura familiar de Visimar, siempre tan amistoso, y averiguar cuáles son sus siguientes instrucciones.

Encuentran al hombre sentado en su yegua, al borde de la amplia zona en la que los hombres y mujeres del Bosque están levantando la nube de polvo, cada vez mayor. Junto a Visimar está esa misma mujer pequeña con la que ambos pájaros se encontraron la última vez en la copa de un árbol, justo antes de reunirse con Caliphestros en el Bosque de Davon. Parece que esos dos —Visimar y la mujer pequeña— intentan dirigir la actividad de los demás; sin embargo queda claro que la verdadera autoridad corresponde a un hombre mejor preparado, en apariencia, para ese trabajo: un hombre pequeño y sucio a quien los pájaros considerarían afectado por una de esas enfermedades que, entre los de su especie, te llevan a picotearte y arrancarte las plumas, así como a parlotear en una cháchara sin sentido.

Lo más llamativo, sin embargo, es que este hombre pequeño montado en un caballo pequeño tiene unos extraños dientes afilados que quedan claramente a la vista; y, a pesar de todas sus alocadas particularidades, ese humano de olor atroz no fracasa en el intento de obtener de sus camaradas un comportamiento muy activo, lo cual convierte en casi innecesarias las tareas autoritarias de Visimar y la mujer que sigue a su lado. Por eso Traviesillo no tiene reparos en aterrizar en la cabeza de Visimar; este, mientras tanto, pronuncia con alegría el nombre del estornino y luego extiende rápidamente el brazo, sabedor de que el compañero del pájaro, la enorme (y enormemente altiva) reina de la noche, Nerthus, bajará bien pronto en picado para agarrarse a su muñeca y a su puño; por fortuna, Visimar ha tenido el cuidado de cubrir ambos, así como el otro brazo y el antebrazo, con unos guanteletes de cuero. El cuero alivia un poco la presión de las garras de la gran lechuza, aunque el alivio no resulte ni mucho menos completo.

—¡Vi-si-ma! —estalla el estornino desde la cabeza del viejo tullido.

Puntúa el nombre con esos crujidos y cloqueos que tan a menudo convierten al estornino en un animal molesto, sobre todo a primera hora de la mañana.

—¡Mi señor! —exclama Keera, encantada y confundida a partes iguales—. Son los mismos pájaros con los que vi a Caliphestros mantener una extraordinaria charla cuando marchábamos hacia Okot.

—Hace años que hacen de mensajeros entre Lord Caliphestros y yo, desde mucho antes de esta empresa —responde Visimar—. Aunque sus servicios nunca habían sido tan vitales como en estas últimas semanas. —Sosteniendo todavía a la gran lechuza, sugiere a Keera que extienda dos dedos—. Venga, Traviesillo —dice—. Salta a los dedos de una nueva amiga: Keera.

La cabeza del pájaro gira y sube y baja encima de su cuerpo en movimiento permanente, y luego el ave salta para descender hasta la mano de Keera, provocando con sus minúsculas garras una sensación vital y temblorosa que recorre la mano y el cuerpo de la expedicionaria. Esa sensación no es nada, de todos modos, comparada con la que se produce cuando el estornino mira a la mujer Bane con sus ojos negros y pronuncia:

—*¡Kee-rah!*

—¡Señor! —exclama con voz suave la rastreadora.

—Ah, no tiene nada que ver conmigo —responde Visimar—. Es uno de los muchos experimentos exitosos, basados en estudios previos de pájaros y otras formas de vida animal aparte de la nuestra, que mi maestro llevó a cabo en el Bosque y en otros sitios. Ahora Traviesillo, porque ese es el nombre que le dio Caliphestros, te conocerá siempre. No fingiré saber cómo ni por qué, pero sí sé que puede resultar muy útil. —Visimar fija su mirada intensamente durante un momento en la del estornino y luego le dice—: Traviesillo, irás con *Kee-rah* hasta la parte alta de la colina. A ver qué hacen y cuántos son los hombres de las murallas de *Boh-ken.* —Después, Visimar alza la mirada—. ¿Keera?

Keera está demasiado hechizada por la magia del momento para poner siquiera en duda la orden que ha recibido.

—¡Sí, Lord Visimar! —contesta.

Dirige su poni hacia el este y avanza hacia la cresta del camino a cuyo amparo han trabajado tanto sus camaradas Bane para crear una ilusión. El viaje de la mujer y el pájaro es corto, de todos modos. A los pocos minutos Keera regresa junto a Visimar con el entusiasmo en la cara.

—¡Están haciendo justo lo que esperábamos, señor! —exclama—. Los hombres se reúnen en las murallas, entre las torres de vigía, y han llevado en su apoyo las ballistae más pesadas.

Visimar le dedica una sonrisa inteligente.

—Oxmontrot fue sabio al hacer que esas paredes tuvieran la amplitud suficiente para soportar esas máquinas de guerra —dice—. Aunque en este caso, como en tantos otros, parece que sus descendientes convertirán esa sabiduría en una debilidad. —Visimar intenta mirar de nuevo a los ojos del estornino, que sigue aferrado a los dedos de Keera, pero se ve obligado a apretar los labios y soltar un silbido agudo, porque el pájaro está todavía hechizado por los rasgos de Keera, como lo estuvo ya cuando se vieron en un árbol del Bosque de Davon.

—¡Escúchame ahora, Traviesillo! —insiste Visimar con urgencia, ahora que el silbido ha atraído por fin la atención del estornino—. Ve a buscar a *Ca-uif-es-tross* y dile esto. —Y luego añade con palabras que Traviesillo, de quien Keera ha decidido que merece plenamente ese nombre, pueda entender—: *Sol-daros. Sol-daros, soldaros, sol-daros, Boh-ken, estee.*

La repetición de la primera palabra, supone Keera, pretende indicar que los soldados son muchos; la última, que se han reunido en la Puerta Este. Visimar espera hasta que detecta en los ojos del estornino un brillo —que acaso no implique comprensión, pero sí al menos una correcta memorización— y luego Keera ve que el anciano se saca de la túnica un pedazo de pergamino y, con la mano libre, se lo coloca encima del muslo y le pinta un extraño símbolo con un carboncillo.

Visimar se percata de su expresión de interés y le explica:

—Solo es un método codificado que mi maestro y yo teníamos para transimitirnos puntos de encuentro y movimientos del enemigo cuando él estaba en el Bosque y yo en la ciudad, antes de que mi Denep-stahla truncara nuestra comunicación.

Tras completar el breve garabato al carbón, Visimar lo eleva para mostrárselo a su amiga Bane, pero Keera ha de preguntar:

—Entonces, ¿es un código completamente inventado por vosotros? Porque no son iguales a los que aparecen en las rocas antiguas que usamos para señalar los caminos.

—No del todo —explica Visimar—. También es una escritura rúnica, aunque no muerta del todo; mi maestro se limitó a tomarla prestada de las tribus del norte, porque había pocas posibilidades de que la comprendieran los kafranos, que muestran bien poco interés por los reinos y naciones que los rodean.

Tras plegar cuidadosamente el pergamino, Visimar saca un cordón con el que es obvio que pretende anudar el sencillo mensaje a las garras de Nerthus, que estaba eserando. Pero la gran lechuza se lo toma como un insulto y, con un solo movimiento aleja de un golpe el cordón y luego usa la misma garra para aferrar el pergamino, como si quisiera decir a Visimar que el cordón le hace tan poca falta para llevar a cabo un encargo importante como a ese estornino que prové una permanente fuente de compañía irritante (aunque a veces cariñosa) y competencia. Visimar, escarmentado hasta cierto punto, capta a la perfección el sentido de la lechuza.

—Muy bien entonces, Nerthus. Lleva tu mensaje a Caliphestros con toda libertad, como hace Traviesillo, pero date prisa, dama grande y hermnosa. Porque ahora el tiempo apremia y la tormenta se acerca a la ciudad...

Así, mientras Heldo-Bah, Veloc y su destacamento de guerreros Bane siguen encantados con la tarea de levantar polvo y hacer todo el ruido posible en el camino del este de Broken, los dos pájaros alzan el vuelo. Keera los ve partir con una sonrisa y plantea una última pregunta:

—Hay algo que todavía me desconcierta, Visimar: ¿por qué espera Caliphestros a que llueva para empezar nuestro asalto principal?

—Porque la lluvia encenderá el automatos del fuego —responde Visimar—. La llama de más feroz combustión jamás conocida, incluso en los reinos más poderosos. Y todos nuestros planes posteriores dependen de ese fuego antiguo.

Keera se queda perpleja.

—¿Que el agua encenderá el fuego, mi señor?

Visimar menea la cabeza.

—Una vez más, no puedo fingir que lo entiendo, Keera, como tampoco entiendo la Adivinanza del Agua, el Fuego y la Piedra. Solo te puedo decir una cosa: que la ciencia de mi maestro, hasta donde yo sé, nunca ha fallado. O sea que, sí, cuando empiece la gran tormenta apuesto a que veremos algo muy sorprendente y llamativo.

5.

No mucho más tarde, en la cresta del sendero que conecta un trozo de tierra, al sur de las murallas de Broken, con el llano inferior en el que las fuerzas aliadas del sentek Arnem y del yantek Ashkatar han recibido sus últimas instrucciones y terminado su preparación, se alzan estruendosos sonidos de asombro —algunos sonrientes, otros perplejos, pero todos de aceptación— desde la tienda del sentek, recién reconstruida. Arnem ha establecido sus cuarteles centrales para el ataque a la ciudad al final de este camino, de tal modo que su tienda, como el resto del campamento, queda al menos parcialmente protegida de la mirada de los centinelas de la muralla sur por varios grupos de abetos que han sobrevivido a la tierra rocosa y a los siglos de viento en la cima de la montaña. Pero lo que provoca las exclamaciones dentro de la tienda no son los planes de despliegue de la parte principal de las fuerzas aliadas, sino las siluetas de los dos pájaros que se alejan volando desde el refugio en busca de la seguridad que ofrecen los árboles circundantes. Porque esos pájaros —Traviesillo y Nerthus— acaban de entregar a Lord Caliphestros algo que, según él, es la confirmación certera de que el engaño que Visimar y Keera están supervisando bajo la Puerta Este de Broken ha triunfado de pleno; en consecuencia, la segunda fase de la acción aliada ha de dar comienzo de inmediato.

Tras entregar esa confirmación al sentek Arnem, Lord Caliphestros ha decidido trasladarse, a lomos de Stasi, hasta un punto cercano a la tienda del comandante para que su presencia no tenga una influencia negativa en las reacciones de los demás ante la idea de que la información provenga de unos pájaros. Y ahora, cuando salen varios comandantes tras el último consejo y se alejan para preparar las fases segunda y tercera del ataque, Caliphestros permanece en ese punto cercano y sombrío y mantiene a su compañera —que percibe la cercanía del clímax tanto en los asuntos de los hombres como en la tormenta que se cierne sobre la montaña— en calma; Arnem los encuentra allí a los dos, mirando casi con tristeza hacia la gran sombra que traza la Puerta Sur de Broken.

—Voy a decir una cosa, mi señor —anuncia Sixt Arnem mientras, antes de reunirse con el anciano desmembrado, mira a sus leales comandantes alejarse en pos de sus diversas tareas—. Tus años en el Bosque te han enseñado a perseverar, pero también te han hecho olvidar lo extraordinarias que han de parecer a los demás hombres, ya sean de Okot o de Broken, muchas cosas que tú te has acostumbrado a dar por hechas. Las nuevas realidades y nociones no son tan fáciles de aceptar; la facilidad con que has conseguido que yo mismo, el yantek Ashkatar y nuestros respectivos oficiales aceptemos y apreciemos las nuevas realidades que nos presentabas es motivo de felicitación... Y de no poco asombro, me permito añadir.

—El sentek dice la verdad, Lord Caliphestros —opina Ashkatar, con la risa que lo caracteriza brotando desde su pecho mientras sigue a Arnem—. Nadie comparte tu odio por los hombres que gobiernan en Broken más que nosotros, los Bane; sin embargo, a veces, aunque creía que nos estabas ofreciendo una esperanza, yo no entendía tus órdenes y tus acciones, y admitiré que incluso dudaba que tuvieran algún sentido: aquellas excavaciones interminables en nuestro regreso a Okot, cuando nos acabábamos de conocer; o la propia identidad de tu compañera, la pantera blanca, una de las grandes leyendas de nuestro pueblo... Una vez explicado todo, por supuesto, las dudas quedaban despejadas; pero cada día, a cada hora, en cada momento, me ha parecido que no solo a nuestros oficiales, sino también a los soldados llanos, se les pedía que aceptasen ideas extrañas o increíbles y, sin embargo, ahora lo hacen ya como si se tratara de las instrucciones más comunes. Y aquí nos tienes al sentek y a mí, como ejemplo profundo, listos para arriesgar la planificación de las diferentes etapas de nuestro ataque en función de informaciones que te traen unos mensajeros con plumas en vez de pies.

—Tal vez todo eso sea cierto —dice al fin Caliphestros—. Mas si no hubiera topado con hombres y mujeres dispuestos a creer en todo lo que yo he aprendido, cualquier intento de explicar mis «nuevas realidades» habría sido vano. Y ahora... solo me falta demostrar una «nueva realidad». —Estira la espalda para rebuscar entre los oficiales que se van alejando de la tienda—. ¿Están aquí los linnetes Crupp y Bal-deric?

—Estamos, mi señor —responde Crupp.

Ambos dan un paso adelante.

—¿Y nuestras diversas ballistae están listas para ocupar sus posiciones? —Caliphestros señala entonces las turbias nubes que siguen oscureciendo la luz del alba—. Porque hemos de estar preparados cuando golpee la tormenta.

—Y lo estaremos, mi señor. Por favor, no lo dudes. —Quien habla ahora es Bal-deric—. El primer grupo de máquinas ha llegado a su posición antes de que se dispersara este consejo. En cuanto a los demás.... —Bal-deric señala el sendero que sube desde el campo de entrenamiento, en cuyos márgenes no solo está la tienda de Arnem, sino también la segunda colección de ballistae de Caliphestros—. Solo esperamos que nos lleguen noticias de la Puerta del Sudoeste, o cualquier movimiento de los Guardias, y en ese momento usaremos las ruedas para colocarlas en su sitio... Y ponerlas en acción.

—Que vuestros actos no dependan demasiado de esas noticias o señales —responde Caliphestros, con una urgencia que ninguno de los oficiales persentes le ha visto exhibir hasta ahora—. ¡La lluvia, caballeros! —El anciano se inclina hacia delante para recoger un trozo de una rama de abeto y luego lo agita ante las mandíbulas de Stasi y la pantera blanca se pone a mordisquear el pedazo de madera y agujas con ánimo juguetón, pero no por ello menos aterrador—. Cuando arranque a llover, la Puerta del Sur ha de quedar empapada... —Señala con la rama hacia los carromatos de las ballistae, llenos de vasijas de arcilla, todas listas para el lanzamiento—. Y si así ocurre, veréis algo que jamás se ha presenciado antes en esta montaña. —Permite por fin que Stasi le quite la rama de abeto para seguirla mordisqueando y luego añade tan solo—: Seguro que estaréis de acuerdo en que ya he hablado bastante. Sentek Arnem, dejo todo lo demás en tus manos.

Mientras Caliphestros procede, como tantas otras veces a lo largo de la marcha, a buscar solaz en la compañía solitaria de la pantera blanca, Sixt Arnem declara:

—Bueno, entonces... Bal-deric, termina de instalar tus ballistae en la Puerta Sur y empieza a bombardear. Con algo de suerte, pronto nos enteraremos de que habéis completado bien el encargo por los gritos de terror de la Guardia de Lord Baster-kin.

Felizmente, esos gritos llegan pronto y el linnet Crupp y Caliphestros se preparan para mover su segundo grupo de ballistae y unirlo al anterior mucho antes de que la lluvia se asome a las laderas de Broken. Los preparativos ya están casi terminados: lo que a Lord Baster-kin le parece un ataque carente de disciplina, que ataca primero la Puerta del Este y luego la del Sudoeste, llevado a cabo por aliados que apenas se conocen (y se fían menos todavía), ha sido de hecho, hasta este momento, una exhibición sofisticada e interpretada precisamente para impulsarlo a llegar a esa conclusión. Ahora debe someter a un test mortal el acierto o el error que ha cometido al confiar en sus prejuicios innatos, en las creencias e incredulidades recibidas tras generaciones de predecesores arrogantes pero innegablemente eficaces. Aunque el verdadero ataque no llegará a la Puerta Este de Broken, la más fuerte, ni a la del Sudoeste, en cuya cercanía se ha visto inducido Baster-kin a instalar ahora hombres y máquinas a la espera; al contrario, el ataque se lanzará, tal como se pretendía desde el principio, a la Puerta del Sur: otro portal formidable ante el cual resulta particularmente difícil reunir a una multitud numerosa con máquinas de apoyo y, sobre todo, un punto que las fuerzas aliadas se han esforzado cuidadosamente por convencer a Baster-kin —que de todos modos probablemente jamás habría esperado un asalto por ahí— de que estaba descartado entre las opciones posibles.

Sin embargo, como sabe cualquiera que haya estudiado las guerras de Oriente, los grandes generales no atacan allá donde se encuentra el enemigo, sino donde no se encuentra: un pensamiento que puede parecer obvio si no fuera por la increíble frecuencia con que muchos comandantes lo violan. Además, esos mismos maestros militares de Oriente enseñan que las batallas se libran en las mentes de quienes las conciben mucho antes de que las armas se crucen entre gritos por primera vez; y se ganan cuando el comandante enemigo entrega su espada o su cabeza subyugada. Todos esos factores son importantes, porque Caliphestros se ha adentrado más hacia el este que ningún otro hombre no nacido allí y ha estudiado bien esas teorías y prácticas de guerra. Así, suya es la visión que más interviene en la «Batalla» de Broken, que ya casi se puede dar por concluida cuando las ballistae convencionales del Linnet Bal-deric empiezan a asaetear la Puerta Sudoeste de la ciudad con enormes piezas de granito viejo: piedra extraída en otro tiempo para liberar el espacio que permitiría construir las murallas de la ciudad, pero que luego nunca llegó a ser utlizada en la construcción de hogares para los residentes del Distrito Quinto y ahora, en cambio, sirve para aportar fuerzas a la zarpa izquierda de las krebkellen del sentek Arnem, absolutamente reinventadas.

Pese a la superioridad del plan de batalla de las fuerzas aliadas en la mente de Caliphestros, él mismo admite que no es el comandante de los hombres sobre el terreno. Por eso corresponde al sentek Arnem y al yantek Ashkatar asegurarse de que sus guerreros matendrán la resolución cuando llegue el momento de la batalla de verdad. Por lo que concierne a los soldados Bane, Ashkatar sabe que no ha de preocuparse por el contingente de la Puerta Este de la ciudad. A sus hombres, montados en ponis, solo se les ha pedido una responsabilidad: que creen y matengan tal confusión que a los de dentro de la ciudad les parezca que una tremenda compañía de caballos y hombres está tomando posiciones para atacar. Era y sigue siendo un encargo perfectamente adaptado a las virtudes de Heldo-Bah, según decidió hace tiempo ya Ashkatar. Puede que Visimar y Keera hayan supervisado la correcta iniciación para asegurarse de que Heldo-Bah no lo convirtiera en la clase de éxtasis enloquecido del que el Bane de dientes afilados es tan capaz. Y lo han conseguido con la ayuda de Veloc, no tan eficaz, cuya alma permanece peligrosamente equilibrada entre las relucientes alturas de la filosofía y las tentadoras profundidades de la depravación. Pero el verdadero trabajo de reunir a los tramposos del este y espolearlos ha sido obra, sobre todo, de Heldo-Bah, con sus gritos irreprimibles y constantes.

De vuelta al lugar en que se lleva a cabo el trabajo de preparar de verdad un asalto, los distintos estilos de Ashkatar y de Sixt Arnem para inspirar y motivar a sus tropas están ahora en plena exhibición, igual que los hemos observado ya tantas veces en estas páginas. Ashkatar conserva esa extraña combinación de estímulo cariñoso y duras advertencias, puntuadas por los secos crujidos de su muy fiable látigo, que mantiene en movimiento a los hombres y mujeres que forman sus filas. Pero, al estar la mayor parte de los jinetes Bane trabajando en el lado este, ¿cuál es exactamente la responsabilidad del resto de los soldados Bane, si del trabajo principal de la fase de apertura de la batalla se encargan los hombres que manejan las ballistae del sentek Arnem? Bien pronto nos ocuparemos de esos asuntos: de momento, baste con decir que llega el sonido de las hachas Bane (nuevas, forjadas para ellos por Caliphestros a partir del hierro que los hombres de la tribu creen que viene de las estrellas y es un regalo de la Luna) desde los grupos de árboles más altos de la montaña, donde resuenan sus golpes en los troncos de los abetos gigantescos, poderosos y solitarios. No resulta sorprendente, habida cuenta de toda esa actividad, que la voz de Ashkatar —ya de por sí bastante atronadora, y más aterradora todavía en este momento por cómo resuena desde allí, justo debajo del pico de la montaña— vaya tan cargada de juramentos profanos y cariñosos a la vez; tan cariñosos que ningún soldado Bane se ofende por referencias aparentemente insultantes a cosas como su parentesco.

—¡Tú! ¡Ese de ahí! —podría bramar a un miembro de una panda de leñadores—. ¡A un cachorro mío no le permito un esfuerzo tan flojo! —Y luego restallaría el látigo con un sonido tan seco como los primeros crujidos del árbol talado; al fin la voz del comandante suena de nuevo—. Ah, ¿no eres descendiente mío? No me mires así, soldado. Hay muchos Bane hoy en esta montaña para los que soy más que el yantek. ¡Ha! ¡Dale al hacha como lo haría yo, cachorrillo perezoso!

Y lo asombroso es que los guerreros a su mando se animan de verdad con esas regañinas acaso absurdas, pero no por ello menos dulces. El trato de Ashkatar a las guerreras de la tribu Bane, a su vez, no se atempera por ninguna creencia en que las mujeres posean un alma más frágil que los hombres: si hubiera sido así, les recuerda a las primeras de cambio, habrían hecho bien en quedarse en casa. En vez de ser menos exigente con las mujeres, Ashkatar restalla el látigo más a menudo en su presencia; y cuando, tal como habían previsto Arnem y Caliphestros, el golpeteo atronador contra la Puerta Sudoeste causado por las ballistae de Bal-deric provoca un pánico repentino en la muralla del este y se oyen los gritos de Baster-kin (igual de estridentes, pero mucho menos dulces) para ordenar que más de la mitad de la artillería se desplace hacia la puerta del sudoeste, son las arqueras Bane las que reciben la orden de avanzar para hostigar ese desplazamiento, bajo la protección ofrecida por los gruesos escudos reunidos por todos los arqueros de los dos contingentes, así como por los grandes escudos de las wildfehngen de Taankret.

Sin embargo, lo que resulta especialmente descorazonador para los soldados de Baster-kin, inferiores, son los insultos y el desprecio que las guerreras Bane dispensan a los hombres de la Guardia cuando van pasando del este al sudoeste. Porque recibir una flecha, para esos hombres, ya es suficientemente aterrador o letal; pero recibirla entre los gritos de mujeres en un estado, aparentemente constante, de risa descontrolada, es algo bien distinto. Sin embargo, cuando un linnet de la Guardia tiene la temeridad de sugerir a Lord Baster-kin que algunos de los pocos arqueros de la Guardia podrían desplazarse para encargarse de ese problema, resuena la tormenta de palabras que le cae desde la Puerta Sudoeste (pues esa es la posición a la que se ha trasladado Baster-kin para supervisar la reconstrucción de muchas de las ballistae que acababan de montar con éxito entre todos sus hombres a ambos lados de la puerta del Este), palabras que suenan como mucho más que música en los oídos de Bal-deric.

—¡Silencio, idiota! Esas mujeres antinaturales solo están ahí para ablandarte las piernas y confundirte la mente... ¡Y a fe que lo están consiguiendo! Ya te lo he dicho: una de estas dos acciones, la de la Puerta del Este o la del Sudoeste, es solo un ardid: pero de qué sirve un ardid, si ni siquiera las piedras más pesadas logran apenas hacer mella en el roble y el hierro del sudoeste. Por Kafra, si eso es todo lo que el traidor de Arnem tiene para nosotros, podemos tener claras expectativas de éxito... ¡Suponiendo que los cobardes lloricas como tú recuperen su virilidad y no se echen a temblar por una colección de brujos locos pero inocuos con armadura!

Ese comentario es inmediatamente trasladado por un mensajero al «traidor de Arnem», quien sabe que ahora debe exhortar a su fuerza principal a prepararse para el asalto verdaderamente crítico, el único ataque que seguirá al trabajo de las ballistae de Caliphestros en la Puerta del Sur. Porque no se trata solo de que el viejo filósofo mutilado ha prometido la destrucción de esa puerta al empezar lo que cada vez parece más claro que será una tempestad; ese es solo el tercer engaño que compone su plan. Hay un cuarto engaño que completa el gran dibujo, y este exige que los hombres de Arnem, sobre todo sus jinetes, estén preparados para moverse con rapidez y decisión.

Así, justo cuando por fin empujan sobre sus ruedas la primera de las extrañas y, en términos comparativos, escasas máquinas de guerra de Caliphestros —cuya construcción solo ha sido posible gracias a la experiencia y buena comprensión del linnet Crupp—, para que ocupe el pequeño espacio abierto ante la Puerta Sur, el sentek Arnem empieza a recorrer a caballo, arriba y abajo, las posiciones que mantienen sus hombres y los prepara para un acto que ellos no consideran tan natural como sus aliados: un asalto a la ciudad que alberga el corazón de su propio reino. Los sermones preparatorios como este, por mucho que diga la leyenda, rara vez son eficaces si no llegan precedidos por años de experiencia, respeto y recordatorios casi constantes de que un comandante nunca ha pedido a sus hombres que entren en acción sin haber atendido antes a todos los preparativos necesarios para garantizar su éxito, así como a su absoluta disposición a compartir sus riesgos. Por eso ahora Arnem tiene pocas palabras que decir.

—Hay pocas cosas más que os pueda decir, Garras —declara, con su figura imponente todavía después de tantos años transcurridos principalmente sobre la silla de montar, a lomos de ese gran semental cuyo nombre alude al Rey Loco—. Pocas cosas, salvo aquellas que, hasta ahora, he intentado no decir; sin embargo, ahora debo hacerlo. Todos corremos el riesgo de que al otro lado de estas murallas, nuestras familias, para quienes las tengan, sufran como mínimo el ostracismo, probablemente la censura y tal vez cosas mucho, mucho más graves, por nuestra participación en estos hechos de hoy. La lealtad que demostráis al no permitir que eso debilite ni un ápice vuestra dedicación habla por sí sola. Y si no fuera así, ¿qué podría decir yo para suplir esa carencia? Y, sin embargo, os he escondido un dato porque no quería que esa misma dedicación sostenida se convirtiera en fanatismo indisciplinado: Lord Baster-kin se asegurará de castigarme, si fracasamos, con tanta injusticia y crueldad como las que aplicó a Lord Caliphestros, que hoy regresa con nosotros, valiente, a esta ciudad para ver el castigo de su antiguo enemigo. Pero lo que me hiela el alma no es el veneno que el Lord Mercader pueda usar contra mí. No, es más bien el deseo enfermizo, contaminado de rabia, que dirige contra Lady Arnem... ¡contra mi esposa!, lo que me asustaba tanto que hasta hoy no he sido capaz de mencionarlo siquiera: ¡porque parece que el Lord Mercader lleva muchos años anhelando a Lady Arnem! —Unos murmullos de asombro que se convierten rápidamente en estallidos de rabia circulan entre los Garras—. ¡Y eso no es todo! —sigue el comandante—. Para hacer posible su capricho enfermizo, me mandó conscientemente a las zonas del reino que él sabía contaminadas. ¡No solo a mí, sino a todo nuestro khotor! El lord daba por hecho que si sobrevivíamos a ese tormento acabaríamos muriendo en el Bosque, y cualquiera de las dos posibilidades le convenía. Pero si no se cumplía ninguna de las dos le convenía igualmente porque, además de declararnos traidores al Gran Layzin y, en consecuencia, también al Dios-Rey, el Lord Mercader lleva todos estos meses envenenando a su esposa enferma, bajo la pretensión de administrarle medicamentos, con el objetivo de quedar libre para tomar a mi esposa y procrear con ella nuevos hijos para el clan Baster-kin. Hijos más capacitados para el liderazgo que su primogénito, cuya muerte el propio lord, en una muestra de locura, fue capaz de supervisar personalmente hace bien poco en el estadio.

Estas noticias, tal como esperaba el sentek, provocan la erupción de toda la rabia y la determinación de los Garras. Pese a que siempre han mostrado una clara lealtad a su comandante, más de unos cuantos estaban confundidos, en los más recónditos rincones de sus almas, por todo lo que han visto y todo lo que se les ha ordenado hacer en esta marcha tan extraña. Pero hasta la mínima insinuación de que pueda causarse algún daño —o, peor que un daño, una violación— a Isadora, la mujer de quien el propio Arnem ha declarado con razón que cumple mejor que él mismo la función de corazón batiente de las filas, es más de lo que estos hombres están dispuestos a aguantar. Combinada con la profunda preocupación por los destinos de sus propias familias, esa revelación provoca una erupción de protestas en todas las direcciones, así como la emisión de toda clase de promesas y juramentos: el sentek ya no necesita instar a sus hombres a mostrar su valor.

Lo único que le queda por hacer es demostrar a los Garras, y a todo el ejército, que el acceso al Distrito Quinto, y a la ciudad que se extiende tras él, es posible. Porque ese es, de hecho, el engaño definitivo del plan aliado: no pretenden sacar de Broken a los ciudadanos del Quinto Distrito, sino tomar posesión del mismo y usarlo como base de operaciones desde la que destruir a la Guardia de Lord Baster-kin. Así, mientras sus hombres rugen todavía su rabioso desafío al Lord Mercader, así como su apasionada defensa de Lady Arnem, por no decir nada del duradero odio que sienten por los Guardias, Arnem galopa hasta la posición de Caliphestros y Crupp delante de la Puerta Sur.

—Bueno, sentek —anuncia Caliphestros—, no me parece probable que encontremos jamás un momento más propicio.

—Efectivamente, mi señor —responde Arnem.

Caliphestros se da cuenta de que la pasión del sentek no era una mera interpretación destinada a exhortar a sus tropas; ahora que ya lo ha mencionado en público, el miedo de Arnem por su esposa y su hijo ha salido a la superficie y se muestra impaciente por lo que vendrá.

—Dime, señor... ¿qué diablos son estos cacharros?

Mientras Arnem pregunta, Crupp manda a los hombres que manejan las ballistae que carguen las primeras vasijas de arcilla que contienen esa sustancia del anciano, de una peste endemoniada, en los grandes cuencos que rematan unas rampas largas y engrasadas. Las rampas están retenidas por unos ejes de elevación ajustable, sujetos a unos marcos gruesos y montados sobre ruedas, pero el ángulo de vuelo que parecen buscar es claramente más alto de lo que sería posible para cualquier artilugio jamás usado por los hombres al mando de Bal-deric o de Crupp. Sin embargo, Crupp y sus hombres tienen experiencia con ese tipo de armas y no es probable que hayan cometido ningún error obvio. Lo que ocurre es que las ballistae ya no parecen, como siempre, máquinas de torsión que sirven para golpear, como la que sigue usando el linnet Bal-deric contra la Puerta del Sur, sino arcos enormes tumbados.

—Diseñé por primera vez aparatos como estos y experimenté con ellos cuando viví durante un tiempo en la tierra de los mahometanos —explica Caliphestros— hasta que también ellos declararon «ofensiva» mi presencia. Sin embargo, pronto decidieron, igual que acabas de hacer tú, sentek, con mil perdones, que esas armas no servían como arietes y por lo tanto eran un mero capricho. Como yo ya había encontrado en Alexandría la fórmula para el automatos del fuego, estaba pensando desde el principio en cómo podía adaptar esas máquinas para que lanzaran la sustancia: un tamaño mayor para las dos alas del arco, una fuerza de lanzamiento más suave, compensada por una trayectoria más alta. —Caliphestros se vuelve hacia el cielo del oeste y, como todo el resto de la fuerza de Arnem, percibe que una nueva bruma, sin duda mucho más húmeda, está reptando montaña arriba—. Nos queda poco tiempo. El yantek Ashkatar ha señalado que está listo. Sentek, te corresponde dar la orden.

—No creo que de verdad sea yo quien ha de dar la orden, Caliphestros —responde Arnem—. Pero, suponiendo que fuera así, ya está dada.

Y con eso empieza el gran experimento...

6.

Con unos golpes fuertes pero cuidadosos de sus grandes mazos de madera, los hombres del linnet Crupp liberan los bloques que refrenaban las extrañas máquinas de Caliphestros. La primera vasija de arcilla se desliza casi en silencio (pues, igual que los raíles por los que se mueven, todas han sido engrasadas), se alza por los cielos y se mantiene en suspensión durante un período de tiempo que parece imposible. Ni un solo miembro de la fuerza atacante emite sonido alguno, aunque sí sueltan gritos de repentina alarma algunos miembros de la Guardia del Lord Mercader posicionados en lo alto de la Puerta Sur.

—¡Lord Baster-kin! —gritan esos hombres—. ¡Hay más ballistae en la Puerta Sur!

Al poco, Baster-kin se hace visible, antes incluso de que la primera vasija alcance el fin de su vuelo.

—Por el nombre de Kafra, ¿qué...? —blasfema el Lord Mercader.

Su mirada furiosa sigue el vuelo de las vasijas, que parece destinado a morir antes de llegar a la puerta. Pero no ha tenido en cuenta la maestría del linnet Crupp en el manejo de esta clase de arcos; aunque las vasijas golpean la parte inferior de la puerta, llegan a alcanzarla, se hacen añicos y empapan áreas apreciables del robusto roble con una sustancia llamativamente pegajosa cuyo olor no es capaz de identificar.

Sin embargo, cuando Crupp ordena una serie de rápidos ajustes a las ballistae para que se levanten un poco más los arcos y las rampas sobre sus marcos y luego manda un segundo lanzamiento, el siguiente vuelo de vasijas se abre paso hasta la parte alta de la puerta con precisión experta; desde allí, a todos los hombres que permanecen en lo alto de las murallas les resulta imposible no reconocer ese hedor.

—¿Incendiarias, sentek? —grita Lord Baster-kin en tono despectivo—. ¿Para esto has ligado tu destino al brujo Caliphestros? ¿No ves que se le ha ablandado el cerebro? ¡Ha! Solo tenéis que mirar hacia la ladera oeste de la montaña, estúpidos. Dentro de unos minutos nos caerá encima una lluvia arrolladora. ¿De qué servirán entonces vuestras incendiarias, memos traidores?

Arnem observa la negra figura sobre la muralla con el odio sonriente y la mirada aguda que se dedica al enemigo cuando nos creemos a punto de descargar sobre él el golpe decisivo.

—Sí, una lluvia arrolladora —murmura—. ¿Verdad, Lord Caliphestros?

—Todavía estás demasiado confiado, sentek —responde Caliphestros—. ¡Crupp, date prisa! Ahora tenemos bien calculado el tiro. En menos tiempo del que te parecería imaginable, esa puerta ha de quedar empapada. ¡Empapada! ¡Disparad, disparad y, sobre todo, seguid disparando!

El cubrimiento del resto de la superficie de la Puerta Sur requiere menos tiempo del que tardan los expertos cargadores de Crupp en soltar todas las ataduras que mantienen fijas las vasijas en los carromatos; bien está que así sea, porque, justo cuando acaban de cumplir su función las primeras vasijas, Arnem, como todos los demás en la montaña, queda momentáneamente cegado por una serie de relámpagos que brillan lo suficiente para hendir la brumosa mañana, y luego sacudido por el estallido del trueno más fuerte que recuerda haber oído jamás. La lluvia, cuando llega, es tal como Caliphestros la predecía, deseaba y confiaba; y a su paso, quienes están delante de la Puerta Sur, así como quienes permanecen en lo alto de la misma, se convierten en testigos de algo que ninguno de ellos (salvo el viejo sabio) ha visto antes y que muchos, sobre todo desde encima de la muralla, desearán no haber visto jamás.

Lo anuncia Heldo-Bah, que ha dejado a su contingente de jinetes con su trabajo a los pies de la Puerta Este en cuanto ha notado que caían las primeras gotas de lluvia; en ese momento, tras asegurarse de que los Bane permanecerían en su posición mientras la lluvia les permitiera seguir levantando polvo, se reunió con Keera, Veloc y Visimar en un galope salvaje hacia la Puerta Sur. Ninguno de ellos quería perderse la prometida creación por parte de Caliphestros de un fenómeno que Heldo-Bah ha tachado repetidamente de fantasioso. Sin embargo, pese a las vociferadas dudas de los Bane, al llegar a su destino ninguno de los cuatro se lleva una decepción, como ninguno de los cientos de soldados Bane o de Broken que se han adelantado para ver la prueba viviente de…

El automatos del fuego. Cuando la lluvia azotada por el viento golpea la Puerta Sur, el portal está completamente empapado por el brebaje de Caliphestros, que gotea lentamente; y para asombro de todos, el grueso roble comprimido entre las láminas de hierro de la puerta se consume de repente en un fuego extraño por completo, que parece salido de una visión, o quizá sería más exacto decir de una pesadilla. Es un fuego que impulsa a Heldo-Bah a declarar, como solo él podría:

—¡Por el pis infernal de Kafra...![256]

El primer y más llamativo aspecto del fuego es su brillo. Porque mientras los miembros de la fuerza de Arnem esperaban, como mucho, ver un fuego tradicional que en cierta medida desafiara la lluvia, esto es una conflagración de un color primordialmente azul y especialmente blanco... Y lo más importante de todo es que el agua, en vez de apagarlo, lo ha encendido. Al contrario, cuanto más fuerte es el golpeo de la tormenta sobre la puerta, más feroz el ardor del fuego. Y no arde por encima de los grandes bloques de roble: más bien parece que su calor rabioso y destructivo queme la madera por dentro, como si se tratara de un ser vivo, roedor, ansioso por llegar a algún punto que queda dentro del roble o al otro lado del mismo. Además, su acción es rápida: las partes más blancas de su terrible llama sisean y crujen para igualarse con el agua suelta que las empuja.

En la tropa de Arnem están todos ansiosos por superar a los escasos arqueros de la Guardia que siguen en lo alto de la Puerta Sur (es imposible decir para qué, porque se ven claramente superados por los arqueros de los Bane y de los Garras que cubren los movimientos de las ballistae de Crupp) y turnarse para seguir alimentando las grandes máquinas. Porque, tal como afirma cada dos por tres Caliphestros a voz en grito, el automatos del fuego hay que rellenarlo, alimentarlo constantemente para que la criatura de llamas azules y blancas continúe saciando su apetito febril para desplazarse hacia dentro, siempre hacia dentro, como si se tratara de un ser, además de voraz, obsesivo.

Y su único objetivo, al parecer, consiste en llegar al otro lado del roble que tiene delante y convertir las poderosas láminas de hierro que comprimen esas robustas torres de madera en una pila de restos ardientes que los jinetes de Broken podrán retirar con relativa facilidad.

Por todas esas razones, y pese a todas las dudas que ha manifestado siempre a propósito de la Adivinanza del Agua, el Fuego y la Piedra (¿y quién puede dudar, ahora, que el agua y el fuego se han unido efectivamente para derrotar a las poderosas murallas de piedra de Broken?) y del automatos del fuego, Heldo-Bah corre de un lado a otro con su poni en un éxtasis enloquecido hasta que sus ojos captan al viejo desmembrado que tan a menudo ha sido objeto de sus burlas. Cuando ve a Caliphestros sentado con pose altiva —aunque sin dar muestras todavía de una satisfacción completa— a lomos de la pantera blanca, Heldo-Bah desmonta y echa a correr hacia ellos: primero hunde el rostro en el complacido cuello de la pantera y se mete tanto como puede en su pellejo húmedo y pungente; luego insiste en quitarle el solideo al viejo filósofo y besarle la coronilla despejada.

—¡Heldo-Bah! —protesta Caliphestros, aunque ni siquiera Stasi puede tomarse en serio sus protestas e intentar defenderlo—. Heldo-Bah, aquí queda trabajo por hacer y te estás portando como un niño con la mente y los sentidos desordenados.

—Puede ser —responde Heldo-Bah, mientras toma asiento sobre la poderosa espalda de Stasi y se acerca tanto a dar un abrazo al distinguido caballero que tiene delante como este le permite—. ¡Pero acabas de cumplir tu promesa, viejo! —grita—. Y al hacerlo has conseguido que todas las demás partes de este ataque parezcan posibles.

Tras volverle a colocar el solideo sin ningún esmero y manosearle las barbudas mejillas, el expedicionario vuelve al suelo y planta un beso sonoro en el hocico del gran felino, que pese a su desconcierto no deja de entender lo que pretende y en una reacción de pura alegría abre la boca para soltar ese curioso semirrugido que suele usar para comunicarse.

Sin embargo, piensa Heldo-Bah, no es el sonido lúgubre que le ha oído emitir en el pasado; más bien al contrario. El expedicionario regresa hacia Caliphestros, que sigue ocupado en recolocarse el solideo, y algo enojado, para preguntarle:

—Lord Caliphestros, ¿eso es alegría por la humillación de quienes segaron la vida de sus hijos? ¿U otra clase de felicidad que yo no puedo entender?

A esas alturas, Caliphestros se ha dado cuenta de que toda la escena anterior ha sido presenciada por Visimar, Keera y Veloc, todos ellos sentados en sus monturas con amplias sonrisas, mientras Heldo-Bah recupera su poni y vuelve a montar en él.

—No —dice Caliphestros—. Eso es una alegría específica, según he aprendido hace poco. Cuando Lord Radelfer llegó a nuestro campamento, trajo una noticia extraordinaria: el único cachorro de Stasi que la partida de caza de Baster-kin atrapó con vida, tantos años atrás, sigue vivo para mayor entretenimiento de los atletas del gran estadio. Tan «vivo», claro, como puede mantenerse cualquier animal conservado en las mazmorras subterráneas de ese lugar de nauseabundos espectáculos.

Un ruido aislado interrumpe al viejo filósofo: el primer crujido, grande y estruendoso, de las planchas de roble de la Puerta Sur. De pronto, los atacantes reunidos ante la entrada distinguen sobre el deteriorado portal la figura de Lord-Baster-kin, que regresa del muro del sudoeste: porque el Lord Mercader se había convencido de que el ataque principal a Broken se ejecutaría por allí.

Y, aunque tal vez sea imposible que los de abajo perciban ese detalle, el rostro altivo de Baster-kin se hunde de pronto en una desesperanza total cuando se da cuenta de que sus cálculos no eran correctos; de que cualquiera que sea la brujería (porque persiste en llamarlo así) empleada por el apestado criminal de Caliphestros para crear este fuego —no solo nacido de la lluvia, sino capaz incluso de arder con tan terrible ardor en medio de la tormenta— terminará por ser el fuego de su perdición.

—Muy bien —musita con amargura mientras se mesa el cabello empapado y olisquea el hedor de la capa de terciopelo que, empapada por la lluvia, se le pega a la armadura—. Pero si ha de desaparecer mi mundo... antes me llevaré conmigo algún fragmento del vuestro. —Alza la mirada al cielo y, al darse cuenta de que su plan de quemar el Distrito Quinto, tan largo tiempo aplazado, tampoco es posible ya, Baster-kin siente que su amargura se vuelve más profunda; ya solo piensa en la venganza—. Porque si podíais desposeerme del triunfo también descubriréis, todos vosotros, que el vuestro puede convertirse en ceniza en vuestras bocas. —Mira a los Guardias que tiene más cerca—. ¡Tres de vosotros! ¡Aquí! Vamos a emprender la que podría ser nuestra última misión de sangre.

Y entonces, tras meterse en la torre vigía más cercana, Baster-kin desciende al Distrito Quinto y va sacando de la capa una daga mortal.

Alguien, sin embargo, le arrancará la daga de la mano al Lord Mercader en cuando salga de la torre vigía, igual que perderá la vida de inmediato el desgraciado Guardia que lo acompaña. Y al mirar a su alrededor, dispuesto a desatar su ira sobre quienquiera que sea el desafortunado residente del Distrito Quinto responsable de ese acto, Baster-kin descubre un hecho terrible que cambia en un instante la perspectiva sobre toda su existencia. La Puerta Sur de la ciudad ha empezado ya a brillar por la destrucción de su cara interna y, a la luz de ese ardor, Baster-kin puede ver con claridad que lo rodean...

... Diez enormes y fortísimos auxiliares del Alto Templo, todos ellos armados con sus terribles alabardas sagradas, de más de dos metros de longitud, con unas cuchillas tan bien cuidadas que reflejan la luz del fuego a su alrededor, de modo que Baster-kin se da cuenta incluso de que nunca había visto a ninguno de esos diez auxiliares. También sus cabezas perfectamente rapadas reflejan la luz de la puerta, a punto de desplomarse entre llamas, mientras indican por gestos al Lord Mercader que avance por el Camino de la Vergüenza.

—Rendulic Baster-kin —afirma uno de ellos, en un tono tan impresionante como su túnica negra, ribeteada de oro—, el Dios-Rey Sayal y el Gran Layzin requieren tu presencia. Y te sugiero que nos movamos deprisa, pues lo que se te confió como uno de los impermeables portales de la ciudad sagrada se está desplomando sobre nuestras cabezas.

—¿El Dios-Rey? —repite Baster-kin. Por primera vez, este hombre de poder supremo siente el mismo terror que cuando, en la infancia, lo convocaban ante la presencia iracunda de su tempestuoso padre; sin embargo ahora, como entonces, intenta acogerse a la resistencia inicial—. ¿Por qué no te diriges a mí por el título que me corresponde?

—Ya no tienes título ni rango alguno —responde el auxiliar con una extraña alegría en la mirada—. En cambio, se te ha concedido el más raro de los regalos: un viaje a la Ciudad Interior.

El miedo rellena las tripas de Baster-kin; sin embargo, no demostrará ante esta colección de aterradores sacerdotes el mismo pánico que sí permitió presenciar a su padre. Encuentra de algún modo la fuerza suficiente para tensar el cuerpo y alcanzar su mayor altura, su postura más altanera, y luego, mientras señala el paseo militar, se limita a decir:

—Muy bien, entonces. Abrid vosotros el camino para que al fin pueda conocer el rostro de mi más gracioso y sagrado soberano. Porque no tengo razón alguna para temer una audiencia con él, pues no he hecho más que servir su voluntad.

Cuando el desposeído lord da un paso adelante, sin embargo, varias de las alabardas sagradas se cruzan para impedirle avanzar.

—Por ese camino, no —dice el mismo auxiliar, respondiendo al orgullo con desdén—. Subirás por el Camino de la Vergüenza.

El Lord Mercader se queda de prieda un momento.

—Pero el Camino de la Vergüenza ha quedado aislado del resto de la ciudad.

El auxiliar asiente con un movimiento de cabeza.

—Cierto. Y el Dios-Rey te preguntará por ello. De momento, se ha practicado una apertura en tu barrera ilegal. Tiene la anchura suficiente para que podamos entrar y salir. ¿Vamos, Rendulic Baster-kin?

—¿Mi «barrera ilegal»? —repite Baster-kin.

Pero, en silencio, se está dando cuenta ya: «O sea que así van a ser las cosas...» Ya no vuelve a pronunciar palabra en voz alta durante el que sabe con toda certeza que será su último paseo por las calles de la gran ciudad.

Sin embargo, pronto se detiene su avance: un grupito de veteranos de guerra —a uno de los cuales reconoce vagamente cuando el viejo soldado avanza renqueante con una muleta de bella factura artesanal— sale de la casa de los Arnem, junto al principio del Camino de la Vergüenza. Baster-kin ve enseguida que los hombres rodean a una mujer, la señora de la casa: aquella por la cual (y sin embargo en contra de quien) ha emprendido tantos de sus recientes empeños. Lady Isadora Arnem. Con su hijo mayor a un lado, ella sale por la puerta del jardín de la familia; y, aunque tanto la madre como el hijo parecen más demacrados que cuando se enfrentó a ellos por última vez, están bastante más sanos que la mayor parte de los ciudadanos a cuyo lado el destino le manda ahora caminar, en otros distritos de la ciudad.

—Mi señor —suena la voz de Isadora, irremediablemente amable, aunque fuerte, trayendo a Baster-kin de inmediato el recuerdo de los días más extraños y, a su manera, más felices de su vida—. Rendulic —sigue ella, tomándose una libertad que parece inédita; sin embargo, ninguno de los auxiliares reales y sagrados mueve un solo dedo para intentar impedir que se acerque o para exigirle respeto. Isadora mira al hombre que lidera este grupo, cada vez más ominoso—. ¿Puedo, auxiliar? —continúa la señora.

El hombre exhibe una sonrisa superficial.

—Por supuesto —responde—. El Dios-Rey nos exige mostrar la mayor deferencia a la familia del gran sentek Arnem, en consideración a la pérfida confusión que de algún modo llegó a dominar el trato ofrecido por su Alteza a ese gran hombre y a todos sus seres queridos.

Baster-kin se limita a asentir amargamente con movimientos de cabeza, mirando de nuevo a los auxiliares, y luego clava los ojos en Isadora. Sus palabras, sin embargo, van dirigidas a los escoltas.

—Por favor, informad a Lady Arnem de que en este momento no tengo nada que decirle.

Pero antes de que el cabecilla de los auxiliares pueda responder Isadora da un paso adelante, con una dulzura en la urgencia que solo un hombre con el corazón amargado a lo largo de los años por la soledad y el desencanto podría dejar sin respuesta.

—Rendulic, por favor, has de intentar... —empieza Isadora, sin estar del todo segura de qué mensaje pretender darle.

Tampoco Baster-kin entiende qué le dice, ni con qué fin: ¿quiere que huya?, se pregunta. Improbable. ¿Será que por fin ella ha recordado, aunque sea solo por un momento, lo que él lleva tanto tiempo recordando con toda viveza: la cercanía que compartieron cuando él era un joven enfermo y ella una doncella, aprendiza de la sanadora que lo cuiadaba?

Deseoso de creer esto último, Baster-kin prefiere que ella no siga hablando. Y ese anhelo se cumple en ese mismo instante gracias al sonido de los últimos restos de la Puerta Sur al hacerse añicos por el impacto de un enorme ariete sobre ruedas cuya construcción ha ocupado el trabajo febril de los guerreros Bane durante las horas anteriores al asalto. La puerta se desploma y luego resuena por las calles de todo el Distrito Quinto el estridente repiqueteo de las láminas ardientes de hierro, arrancadas del portal abierto por medio de cadenas y ganchos y arrastradas por la ciudad por los intrépidos equinos de la caballería de los Garras.

Sin embargo, Baster-kin no aparta la mirada del rostro de la mujer que tiene delante.

—No te inquietes por mí, lady —le dice, con una preocupación que parece genuina. Al fin se aparta por un instante para mirar al cielo—. Porque en ese asunto, como en tantas otras cosas, el viento ha soplado hoy a favor de tu familia. —Se vuelve de nuevo hacia ella—. No lo pongas en duda... Porque todo lo bueno que pudiéramos decirnos se dijo ya hace mucho tiempo.

Y entonces el rostro de Baster-kin se oscurece de pronto y se convierte en una máscara de todo el mal que ha causado en el nombre de su dios dorado y del mismo Dios-Rey que ahora, al parecer, lo ha abandonado; el cambio en sus rasgos es tan brusco que el joven Dagobert —que entendía la resignación y el tono conciliador del Lord Mercader como algo genuino e incluso honroso— se sorprende tanto que agarra de inmediato la empuñadura de la espada de saqueador de su padre y se planta delante de su madre. Con una leve sonrisa de aspecto cruel, el lord mantiene la mirada fija en Isadora.

—Además —le dice sin alzar la voz—, todavía no estoy muerto. Todavía no.

Sin suavizar en ningún momento su mirada de mortal intensidad, Baster-kin se da media vuelta e indica a los auxiliares que pueden seguir avanzando. A Isadora solo le queda verlo desaparecer por el hueco, cada vez más ancho, que han abierto en la tapia los mismos albañiles que construyeron esa estructura, al principio del Camino de la Vergüenza, antes de perderlo de vista por la que espera —a beneficio de sus hijos, si no ya propio— sea la última vez.

—¿Madre? —pregunta Dagobert con un suspiro de alivio—. Parecía casi... Por un instante, parecía como cualquier otro hombre. Hasta me ha dado pena lo que le estaban haciendo esos auxiliares del Alto Templo. Pero luego, con la misma velocidad, se ha vuelto... malo.

Isadora abraza a su hijo y declara:

—Malo... No estoy muy segura de que los pobres humanos lleguemos a entender nunca esa palabra, o a conocer sus cualidades, hijo mío... —Un escalofrío repentino le recorre el cuerpo. Luego, añade—: Y ahora, Dagobert... Kriksex, todos vosotros, hemos de prepararnos para la llegada del sentek. Si mi opinión sirve de algo, está...

Justo entonces llega el sonido atronador de unos cascos que ascienden el Camino hacia la casa de los Arnem y cada vez están más cerca. Los veteranos, la esposa del sentek y su hijo se preparan a la vez para la llegada del mayor soldado de Broken, con su anterior gloria tan precipitadamente recobrada, aunque él mismo lo ignore todavía.

Cuando el grupo da un paso adelante hacia el Camino para esperar la llegada de Sixt Arnem y su tropa triunfal, sin embargo, Isadora, Dagobert y los guardianes que los rodean se ven obligados a echarse atrás de nuevo ante algo que se les antoja como una aparición y que se mueve más rápido que la caballería del sentek: es la legendaria pantera blanca del Bosque de Davon, que avanza a toda prisa hacia el mismo agujero de la tapia por el que acaban de llevarse a Lord Baster-kin. El animal no requiere guía: es todo lo que el desdentado anciano que galopa sobre ella puede hacer para mantenerse allí. Tampoco le hará falta dirección alguna, ya venga de un hombre bueno o malo, cuando ese par cruce como un dardo el Camino Celestial para avanzar hacia el estadio de la ciudad.

7.

Cuando la avanzadilla de jinetes de la caballería de los Garras llega por fin a la vista de la casa de los Arnem, ni Isadora ni Dagobert consiguen determinar qué pretenden exactamente los soldados; su paso relativamente lento no se corresponde con el ruido inmenso que provocan mientras los seis primeros jinetes tiran, por medio de cuerdas atadas al borrén de sus sillas de montar, de un aparato burdo pero aterrador que avanza sobre ruedas. Tras haber escuchado con toda la atención que le permitía la salvaguarda de su seguridad todos los mensajes que Rendulic Baster-kin y sus guardias intercambiaban a gritos durante el ataque a la Puerta Sur, a Isadora le sorprende ver que ningún guerrero Bane acompañe a los soldados de su marido; pero, como sabrá bien pronto, tras golpear con su ariete, tan prodigioso y de tan experta construcción, hasta destrozar las relucientes torres de madera quemada, o todavía ardiente, que antes representaban la «impermeabilidad» de ese mismo portal, se han negado a seguir avanzando.

Como siempre, no se fían de que algún grupo entre los súbditos del Dios-Rey no intente castigarlos por haber participado en el asalto a la ciudad, y han decidido esperar fuera de sus murallas hasta que el sentek Arnem pueda garantizarles que absolutamente ningún Alto intentará vengarse de la tribu de marginados, pues hasta hace bien poco los ciudadanos clamaban por su destrucción y, en el fondo de sus corazones (hasta donde saben los Bane), podrían conservar todavía ese deseo. Con esa consideración en mente, Ashkatar ha concedido a Arnem el control del ariete sobre ruedas para usarlo contra la tapia del principio del Camino de la Vergüenza, que el sentek tiene razones para creer que sigue intacta. Ashkatar y sus soldados, mientras tanto, se retiran hasta los grupos de árboles de las altas laderas de la montaña hasta que les llegue la voz de que pueden adentrarse en la ciudad sin mayor riesgo. Solo Visimar y los tres expedicionarios de los que se ha hecho amigo en tan poco tiempo se atreven a cuestionar a quién corresponde qué poder antes de que ese asunto quede decidido; y hasta ellos se mueven con gran precaución.

Gracias a su aguda visión Kriksex explica enseguida a Lady Arnem que los jinetes de los Garras avanzan despacio y con tanto ruido por su carga inusual, un ingenio que el anciano soldado ha visto en muchas ocasiones. Al poco de recibir esa explicación, Isadora y Dagobert ven aliviada su gran ansiedad cuando, a la velocidad que solemos asociar típicamente a los contingentes montados de los Garras, por detrás de los jinetes que siguen esforzándose por tirar del gran ariete sobre la superficie del Camino de la Vergüenza, ablandado por la lluvia, aparecen no solo el comandante del khotor, sino también su ayudante y algunos de sus exploradores. Como ha atisbado el desmantelamiento de la tapia al principio del Camino al poco de entrar en la ciudad, Arnem ha concluido que el Dios-Rey y el Gran Layzin han descubierto la traición de Lord Baster-kin; en consecuencia, nada puede impedir al sentek que se dirija a toda prisa hasta su casa, donde recibe los vítores de los veteranos que rodean a su esposa y a su hijo. Pero sus ojos se concentran en los de su mujer de inmediato, y luego en la imagen de su hijo, que lleva la armadura que el propio Sixt le confió antes de partir y carga con la espada de saqueador del sentek. Como el mismo Dagobert, es evidente que tanto el arma como la armadura han participado en alguna clase de combate en los días recientes, detalle que causa no poca preocupación a Arnem; de todos modos, todavía es el líder de una tropa que ha de permanecer preparada para más traiciones parecidas a las que han acechado a sus hombres desde que iniciaron la marcha. Así, antes de obedecer su más profunda pasión y echarse en brazos de su esposa e hijo, suelta un grito por encima del hombro:

—¡Akillus! Informa a la avanzadilla de que ya pueden abandonar el ariete y que vayan a cuidarse de la seguridad de sus familias si así lo desean. Parece que el asunto está acabado y que hoy es nuestro día, pero han de estar atentos a cualquier intento de la Guardia del Lord Mercader de atacar a nuestras unidades o cometer cualquier acto criminal en su esfuerzo por huir de la ciudad y de la justicia del Dios-Rey.

Luego, por fin, Arnem salta desde la silla y se apresura a abrazar a Isadora, aunque mantiene un brazo libre para acercar a Dagobert a su seno. Lágrimas de alegría y alivio llenan rápidamente tanto los ojos de la esposa del comandante como los de su vástago; el sentek ha de hacer acopio de toda la disciplina de que es capaz para no echarse a llorar delante de sus hombres. Sin embargo, al acercarse, Arnem no consigue evitar que su alegría se vea empañada por la desagradable sorpresa que le provoca el aspecto demacrado de los rasgos de sus familiares. Isadora, capaz como siempre de comprender los pensamientos de su marido, le toca la cara con una mano y, con una sonrisa más amable todavía, le dice:

—No es nada, Sixt. Hemos compartido nuestras provisiones de comida con los más necesitados, eso es todo. Tampoco hemos sufrido tanto como la mayoría...

Arnem besa a su mujer con la pasión aumentada por el orgullo de saberla tan valiente, y luego se vuelve hacia su hijo.

—¿Y tú, Dagobert? —pregunta, apretando el brazo con que coge al joven del hombro—. Parece que mi vieja armadura y la espada de saqueador han sido algo más que adornos.

—Tu hijo encontró su lugar entre nosotros, sentek —responde Kriksex al ver que Dagobert es demasiado modesto para ufanarse delante de la colección de valientes veteranos que rodean a sus padres—. Cuando hizo falta defender el distrito.

La expresión de Arnem se vuelve ambigua de pronto.

—¿Y durante esas acciones te has visto obligado a matar a alguien, hijo?

—Yo... —también el rostro de Dagobert se convierte en máscara de incertidumbre— hice lo que tuvimos que hacer todos, padre. No puedo ufanarme de ello, porque fue... —al joven le falla la voz y baja la mirada al suelo— fue necesario y terrible. Nada menos... ni nada más.

Arnem se agacha para clavar su mirada intensa en los ojos de Dagobert.

—Y eso es la guerra, joven —dice en voz baja—. Porque ya no

hay que tratarte como a un muchacho... Ni yo ni nadie más. Eso está claro. —Se levanta de nuevo y se vuelve hacia el veterano, que permanece apoyado en su muleta—. Y tú eres Kriksex... Eso no se disimula con unas pocas arrugas. Sé que me perdonarás que la preocupación por mi familia me haya impedido saludarte hasta ahora, linnet. Pero no dudes que soy consciente de cuánto te debo: porque mi esposa me dejó claro en sus cartas que no has ahorrado ningún esfuerzo para garantizar su seguridad.

—Pese a tantas cosas extrañas que hemos visto últimamente en el Distrito Quinto, sentek —responde Kriksex—, mi lealtad a los Garras, a ti y a tu casa ha permanecido intacta. Como tu hijo, he cumplido con mi deber y nada más, aunque lo he hecho con no poca alegría, en este caso, porque tu señora y Dagobert comparten tu valor y tu devoción por todo lo que es bueno y noble en Broken.

—Y por eso me encargaré de que el Dios-Rey y el Gran Layzin te recompensen con mucho más que una muleta, por muy bien hecha que esté la muleta —declara Arnem—. Porque parece que nuestros gobernantes cayeron en las enloquecidas trampas de Baster-kin, igual que muchos de nosotros.

—Pero, Sixt... —dice Isadora, con la alegría mitigada de pronto por una preocupación—, no veo a los otros niños...

Arnem se vuelve para señalar a Radelfer, que cabalga con la avanzadilla de su caballería.

—No temas, esposa —dice el sentek—. Radelfer hizo más que cumplir la misión que le encargaste. Los demás niños esperan, a salvo y bien alimentados, dentro de mi tienda, en las afueras de la ciudad.

Isadora mira al antiguo senescal del clan Baster-kin y recupera la nobleza que suele caracterizar su comportamiento con los demás.

—Gracias, Radelfer —le dice—. Yo sé, más que nadie, el precio que has pagado por cambiar tus lealtades y por mantener a mis hijos a salvo, no solo en la pérdida de rango, sino en la aceptación de que el corazón de Rendulic Baster-kin, al fin, no había sobrevivido al tormento que sufrió en la infancia.

—Cierto, mi señora —dice Radelfer con suavidad, tras acercar su caballo a la puerta del jardín y saludar con una respetuosa inclinación de cabeza—. Aun así, el precio no era tan alto como hubiera sido el deshonor de rechazar tu petición. Y podría robar un momento para añadir —se vuelve hacia Kriksex— que me encanta descubrir que este viejo camarada mío también se las ha arreglado para cumplir la promesa que te hizo, amén de conservar él mismo la vida. Aunque no tengo muy claro que haya existido jamás un miembro de la Guardia del Lord Mercader capaz de dar fin a un hombre como este.

Kriksex alza el hombro que no descansa en la muleta.

—Algunos lo intentaron con mucha determinación —responde—. Aunque me alegra decir que ya dejaron de respirar...

Arnem y Radelfer se dan media vuelta y ven que la mayor parte de la vanguardia de los Garras, dándose cuenta de que su comandante prefería estar a solas con su familia, han aprovechado su permiso para dispersarse de manera ordenada y cuidar de la seguridad de sus familias o bien han empezado la tarea de acosar a las unidades remanentes de Lord Baster-kin: hombres que, se diría, han hecho todo lo posible por desaparecer entre la población de la ciudad, porque no hay señal alguna de resistencia organizada por su parte. Y, sin embargo, como buen comandante experto, a Sixt Arnem no le reconforta demasiado ese dato aparente, de momento, porque sospecha que la Guardia demostrará ser tan pérfida en la derrota como lo ha sido su comandante desde que empezó la campaña de los Garras.

—Me alegra saberlo, Kriksex —murmura Arnem mientras pasea la mirada por las calles—. Pero hay algo tan extraño en lo que ha pasado dentro de esta ciudad en un período de tiempo tan breve, que no puedo evitar preguntarme si aquí han actuado otras fuerzas, además de la espada. —Se vuelve hacia Isadora con una leve sonrisa—. No te habrá dado por los conjuros, ¿verdad, mujer?

—Si hubiese sido capaz —responde Isadora, devolviéndole con valentía la sonrisa al tiempo que le apoya un puño suavemente en el pecho—, habría cambiado una o dos características a ciertas personas. No, si esto ha sido cosa de magia, entonces ha sido de otra persona, porque en cuanto estuvo claro que la Puerta Sur iba a caer, empezaron a llegar órdenes desde la Ciudad Interior y la Sacristía del Gran Templo. No sabemos exactamente qué decían, pero han arrestado al menos a la mitad de los miembros del Consejo de Mercaderes y les han confiscado las propiedades. En los tres primeros distritos nadie está seguro, ni siquiera ahora, del destino que espera a sus familias, pero han ordenado a todos los ciudadanos que permanezcan en sus casas hasta la conclusión de las «incomodidades presentes». Y, sin embargo, todavía no se ha emitido ningún comunicado para explicar cuáles son esas «incomodidades» o quién ha sido responsable de las mismas, aunque hace apenas unos minutos he visto que Lord Baster-kin iba hacia el norte, escoltado por un grupo de sacerdotes del Alto Templo armados. Y poco después he visto a un hombre, que diría que era Caliphestros, montado en algo que solo podía ser una pantera del Bosque de Davon, de camino al Alto Templo. Podría sospechar que la brujería es suya, pero hace tiempo que me enteré de que él nunca ha practicado la clase de artes oscuras por las que lo condenaron, ni ha creído siquiera en ellas. ¿Cómo puede ser que ese pobre hombre haya vuelto a Broken por medios tan extraordinarios? Y nuestros hijos, ahora que todo esto ya ha pasado, ¿no estarían más seguros aquí, con nosotros, que en tu campamento?

Pese a que como buen soldado mantiene la inquietud por los desaparecidos miembros de la Guardia del Lord Mercader, Arnem se da cuenta al estudiar por un instante más el rostro de Isadora, de que —por muy aliviada que parezca gracias a su regreso, y por muy decidida que esté a comportarse con la confianza que los hombres del sentek esperan de ella— su mente no descansará hasta que todos los niños estén de vuelta en casa. Con esa idea se dirige al antiguo senescal del gran kastelgerd que, según parece, ya ha dejado de ser el centro de poder de Rendulic Baster-kin.

—Mi esposa y yo ya te hemos pedido mucho estos últimos días, Radelfer, no dudes que soy consciente de ello —afirma el sentek—. Pero tengo un último servicio... No, mejor llamémoslo una solicitud.

Arnem se encara hacia el Camino de la Vergüenza, donde lo siguen esperando solo dos de sus más leales linnetes, Akillus y Niksar.

—Akillus —dice—; acompaña a Radelfer a nuestro campamento y corre la voz de que nuestra tropa principal puede regresar a la ciudad, siempre con las precauciones que he declarado previamente. Y tú, Radelfer, si acompañas a mis oficiales podrás hacernos este último favor: mis hijos te han cogido confianza y si los traes a casa, junto a su madre, en el mismo carromato que los sacó sanos y salvos de Broken, Akillus te escoltará con media docena de sus mejores hombres.

Radelfer da claras muestras de estar encantado por la confianza que implica el encargo y da media vuelta sobre su montura para reunirse rápidamente con Akillus, que avanza a buen ritmo hacia una Puerta Sur ya reducida por completo.

—Y tú, Niksar —continúa Arnem—, cabalga, si quieres, hasta el Distrito Cuarto. Informa al sentek Gerfrehd, o a cualquier otro oficial mayor que esté actualmente al mando de la vigilancia, de que hemos vuelto y emprendemos la persecución de la Guardia del Lord Mercader. Pueden unirse a nosotros o no, pero, como no hemos recibido más que señales favorables a nuestro empeño de parte del Gran Layzin y el Dios-Rey, no tienen por qué sentir ningún conflicto de lealtades. Luego, sigue adelante con el asunto del Distrito Primero tal como hemos hablado antes.

—¡Sí, yantek! —responde Niksar, complacido, como los demás, por la confianza con que se le otorga una misión importante que, al parecer, dará inicio al proceso de limar las diferencias entre la ciudad y el reino.

Su impresionante caballo blanco se encabrita una sola vez y luego jinete y montura desaparecen en dirección a la empalizada del Distrito Cuarto.

Kriksex, mientras tanto, llama la atención de sus hombres con una inclinación de cabeza y luego se encara por última vez a Arnem.

—Bueno, yantek —le dice—, no soy tan mayor como para no darme cuenta de que tu familia desea reunirse en privado, un deseo muy natural. Por lo tanto, con tu permiso, mis hombres y yo empezaremos la caza de los huidizos miembros de la Guardia...

Pero de pronto el rostro de Kriksex se congela, igual que el de los distintos veteranos que permanecen en un burdo círculo en torno a los tres miembros del clan Arnem allí presentes. Al principio, Arnem se queda perplejo por su cambio de cara, pero Isadora no se engaña ni un momento y se lleva a la boca la mano que no sostiene la de su marido para acallar un grito de aflicción. Arnem no entiende lo que ocurre hasta que Dagobert le grita.

—¡Padre! —dice el joven alarmado, desenvainando su espada de saqueador—. ¡Guardias!

Los veteranos que rodean a los Arnem caen lentamente al suelo, cada uno de ellos con un grito de dolor cuando la punta de una lanza corta de Broken atraviesa el frontal de sus gastadas armaduras. Con el desplome de Kriksex y los demás devotos defensores del Distrito Quinto y de la familia Arnem, se revela un nuevo grupo de caras: agachados, los hombres se esconden bajo capas de paño grueso y solo cuando están seguros de haber matado a sus víctimas, mucho más valiosas que ellos, sueltan los instrumentos de su cobarde ataque y luego se ponen en pie para despojarse de las capas, revelando así su bien trabajada armadura y unas túnicas, que lucen el escudo de Rendulic Baster-kin. Arnem se percata de que su hijo tenía razón y de que su propia incomodidad instintiva acerca de la condición traicionera de la Guardia ha vuelto a resultar certera: al mirar hacia la Puerta Sur, ahora, ve que un fauste de esos supuestos soldados —o más, tal vez hasta un total de sesenta— se ha reunido para imponer su superioridad numérica a la habilidad de los pocos Garras que han permanecido en la retaguardia para mantener las posiciones en la entrada. Sin el apoyo de los aliados Bane, los Garras han quedado, igual que el comandante con su esposa y su hijo, en una posición de evidente peligro por el celo de sus compañeros, que se han tomado con entusiasmo la tarea de dar caza a los Guardias por toda la ciudad: la experiencia sugiere que esos dandis repintados y pasados de elegancia tendrían que estar corriendo hacia las puertas del otro lado de Broken para evitar una pelea en su huida de la ciudad. En cambio, esta unidad de «soldados» —poco más que rufianes y asesinos, como acaban de demostrar una vez más— ha vuelto a aparecer por el punto de entrada de los Garras, calculando con acierto que encontrarían a su enemigo indefenso ante un contraataque de esa naturaleza.

Arnem mira fijamente al linnet que lidera a la banda que tiene ante sí y luego, mientras desenvaina la espada corta, le dice:

—Por una vez, la Guardia demuestra algo parecido a la inteligencia, aunque vuestros métodos cobardes son miserablemente coherentes. —Impulsa a Isadora y Dagobert hacia la puerta del jardín de la familia mientras saca la espada y sigue hablando—. Supongo que tu grupo se ha separado del resto del fauste tan solo para encargarse de la tarea de obtener venganza contra mi familia antes de reunirse con los demás fugitivos, ¿verdad?

—Supones correctamente, sentek —dice el Guardia a quien se ha dirigido Arnem—. Aunque yo no lo llamaría una tarea, sino, más bien, un placer. Y no se puede decir todavía que seamos fugitivos, porque esta acción podría dar la vuelta a la batalla. Puede que hayan detenido a nuestro señor, y que a ti te alaben en toda la ciudad; pero eso podría volverse al revés, si caes tú con tu familia y los traidores que han seguido...

Arnem contaba con la típica incapacidad de evitar la presunción por parte del Guardia: mientras el hombre sigue con su cháchara, la supuesta víctima empuja a su mujer y a su hijo al jardín de la familia y luego, con la misma velocidad, cierra la puerta desde dentro. De inmediato, los guardias empiezan a aporrear las planchas de madera de la puerta con los puños, los pies y las empuñaduras de sus espadas. La debilidad de la posición de los Arnem es tan evidente que hasta Dagobert se da cuenta.

—¡Padre, se nos van a echar encima en un momento!

—Y ese momento es justo lo que necesitamos —responde Arnem con calma mientras presiona con el hombro contra la puerta. —Luego le quita la espada de saqueador a Dagobert y la tira a un lado—. Pronto llegarán Akillus y sus hombres, y puede que hasta algunos soldados del Cuarto. Para enfrentarte a los desafíos que se nos plantean hasta su llegada, de todos modos, esa cuchilla no te servirá de mucho.

—Sixt —interviene Isadora con urgencia reprimida—, ¿qué estás tramando? Ya has visto lo que le han hecho al pobre Kriksex y a esos hombres. No dudarán en tratarnos de la misma manera en cuanto rompan esa puerta.

—Y entonces, esposa, llegará el momento en que yo compruebe cuánto ha aprendido de verdad nuestro hijo en sus tardes en el Cuarto Distrito, así como de sus recientes camaradas —responde Arnem. Acerca a Isadora, le planta un beso y luego, con el hombro todavía apretado contra la puerta, que no deja de temblar, indica la casa con un movimiento de cabeza—. Llévate a tu madre dentro, Dagobert: encárgate de que se encierre en ese sótano que se supone que todos nosotros hemos de ignorar que visita con frecuencia. Luego, sube al piso de arriba y consíguete una espada corta de Broken que sea decente. De las mejores de las mías, junto con uno de mis escudos más grandes.

—¿De verdad? —contesta Dabogert, tragándose el miedo y esforzándose por emular la confianza que muestra su padre mientras tira de su madre hacia la casa.

—De verdad —le dice a voces Arnem—. ¿Recuerdas la primera regla del espadachín de Broken?

Dagobert asiente.

—Sí. El tajo hiere, pero la estocada mata.

Arnem recibe la afirmación con una sonrisa orgullosa.

—Como bien saben los saqueadores del este con sus armas curvas, que tantas veces han pagado el aprendizaje con la vida. Ve, entonces: un arma nueva y recta para ti y un escudo decente para que lo compartamos... ¡Porque vamos a tener que dar muchas estocadas!

—Pero... Sixt —insiste Isadora—. ¡Ven con nosotros! Si has de defender algo, que sea la casa. Porque entre los dos es imposible que...

—Isadora —contrapone Arnem—, lo imposible es que hagamos otra cosa. Si nos encierran en la casa, las llamas nos consumirán a todos. Y tu belleza no se creó para sufrir un destino tan feo. Date prisa entonces, mujer. Dos buenos soldados de Broken siempre han valido por diez Guardias. Es un mero dato que Dagobert y yo vamos a demostrar ahora mismo, tanto para ti como para esos cerdos asesinos de ahí fuera.

Cuando los golpes de los guardias en la puerta empiezan a quebrar las tablas, Sixt Arnem baja más todavía los hombros, clava las botas en el terreno silvestre del muy heterodoxo jardín de sus hijos y contempla la desaparición, por el otro extremo, de Isadora y Dagobert hacia la casa.

8.

La pantera blanca y su extraordinario jinete han llegado a la entrada del estadio de Broken con extraordinaria diligencia, porque el Camino Celestial, desde el extremo norte hasta el sur, se ha quedado vacío salvo por las almas más furtivas, e incluso los pocos hombres a los que Caliphestros y Stasi llegan a ver gritan alarmados en cuanto descubren su presencia y se dan todavía más prisa en cualquier dirección que los aleje de esa visión sobrenatural. Pero lo que ha mantenido a los habitantes de la gran ciudad de granito en sus casas no es solo el miedo a la pantera, al brujo o a cualquier otro atacante. En cuanto Stasi ha echado a correr hacia el norte, Caliphestros ha empezado a ver bandos públicos enganchados a todas las fachadas lisas de los edificios —casas, mercados y templos de distrito— y al final también en las grandes columnas que durante tanto tiempo han escoltado muchas entradas a los jardines del Distrito Primero. Al principio Caliphestros no conseguía descifrar su significado por la velocidad con que Stasi avanzaba hacia el norte para llegar a la enorme estructura ovalada que se alza tras el Alto Templo y que, desde el principio, el anciano ha sospechado que era su destino. Al final, en cualquier caso, el desterrado pródigo ha renunciado a intentar siquiera frenar a su compañera al descubrir que el contenido de todos los bandos era idéntico, de manera que podía leer una sección cada vez que pasaba por delante de una copia e irlas sumando hasta conformar una orden que ha resultado ser muy singular.

Y no lo era solo por el hecho de llevar el sello personal del Dios-Rey Saylal, tan pocas veces visto. Más bien, su cualidad más curiosa era que no comprometía a ese sagrado gobernante con ninguno de los bandos del conflicto civil que había estallado en el Distrito Quinto y sus proximidades, incluida la Puerta Sur de Broken, y que a esas alturas, según la acertada presunción de Caliphestros, estaría ya contagiándose a los demás distritos de la ciudad. La orden exigía a lores y ciudadanos por igual que permanecieran en sus casas y se abstuvieran de practicar comercio alguno durante «este período de confusión y crisis»; sin embargo, ni un bando de las «actuales incomodidades» ni el contrario recibían el apoyo real. Caliphestros se había dado cuenta de que, sin duda, era una treta inteligente: porque no solo permitía al Dios-Rey y al Gran Layzin tratar el asunto como una cuestión de política seglar, sino que más adelante podrían también defender sin faltar del todo a la verdad que habían apoyado al lado victorioso, cualquiera que este fuese.

«Sí, inteligente —ha pensado Caliphestros mientras se esforzaba por mantener el equilibrio sobre los musculosos hombros y el cuello de Stasi—. Casi perversamente inteligente, como siempre ha sido Saylal...»

Cuando la pareja llega a la entrada al estadio, Caliphestros puede respirar con más tranquilidad un momento porque Stasi se detiene por primera vez: la compuerta de entrada —una extensión casi insignificante (en términos militares) de tablones entrecruzados que cumplen mejor la función de aviso que de auténtica barrera— está cerrada, aunque Caliphestros no recuerda haberla visto así ni una sola vez. Sin embargo, pese a que la reja en sí no sea precisamente impresionante, está fijada por la base a una prodigiosa cadena de hierro, con un cierre igual de imponente que la une a un aro, también de hierro, enterrado hace mucho tiempo en el granito de la montaña. Hay una cadena más pequeña que se entrecruza con una sección de la compuerta a metro y medio de altura, con los dos extremos sujetos a un largo tablón de madera que sostiene un bando de Lord Baster-kin en el que se afirma que el estadio permanecerá cerrado hasta que los jóvenes de Broken hayan derrotado a los Bane.

Caliphestros se queda mirando el aro del suelo para reconocer el básico mecanismo y luego empieza a rebuscar en el interior de uno de los sacos pequeños que lleva todavía cruzado sobre los hombros.

—No temas, Stasi —anuncia—. Tengo un juego de herramientas que, a la larga, nos permitirá...

Nunca llega a decir qué les permitirá porque Stasi, evidentemente, reconoce el tono de búsqueda y estudio en la voz de su compañero y decide encargarse personalmente del asunto de la compuerta. Antes de que Caliphestros pueda plantear ninguna objeción coherente, la pantera da unos cuantos pasos largos hacia atrás, agacha la cabeza para que el duro hueso de su frente quede encarado a la entrada y emprende una brusca carrera con una intención inconfundible.

—¡Stasi!

Su jinete apenas tiene tiempo de gritar antes de darse cuenta de que no puede decir nada para impedir el intento de la pantera. Teniendo eso en cuenta, adopta una posición más baja, se agarra con más fuerza y cierra los ojos. Casi sin tiempo de entender lo que ha ocurrido, oye un enorme crujido de maderas partidas, de las que solo algunos pedazos inocuos le caen sobre la espalda gracias a la velocidad con que sigue avanzando la pantera. Una vez dentro, Stasi se detiene para mirar hacia atrás con la satisfacción de la misión cumplida: un hueco abierto en la compuerta, a un lado de la cadena y el cierre, que permanecen intactos, y un impacto tan extremo que las piezas más grandes de madera que han estallado apenas empiezan a posarse en el suelo ahora mismo. Caliphestros sonríe, acaricia la piel del cuello de la pantera con una mano y le frota la frente con la otra mientras le dice:

—Tenías razón, muchacha. Tu plan era mucho mejor. ¡Sigue adelante!

Tras entender por completo sus palabras, Stasi se da media vuelta, como si conociera el interior del estadio (aunque Caliphestros sabe que se orienta solo por el olor), y avanza hacia la puerta de la oscura escalera que baja a las jaulas soterradas bajo la arena.

Solo al llegar aquí encuentran los dos viajeros al fin una presencia humana: uno de los cuidadores de las fieras en las jaulas de hierro. Es un hombre sucio, con ropa igualmente descuidada; y, pese a que sostiene ante sí una lanza, contempla la llegada de la pantera blanca y su jinete, a la luz de una antorcha, con temor y reverencial asombro a la vez.

—Maldito sea Kafra —dice, tirando la lanza a un lado—. No pienso interponerme ante una determinación tan asombrosa, por no decir nada de esta visión, que desafía todo lo que nos han enseñado los sacerdotes.

—Sabia decisión —contesta Caliphestros—. Pero... ¿dónde están los otros hombres que trabajan en este...? —El anciano echa una mirada a su alrededor—. ¿En este pedacito de infierno?

—Se han ido —responde el hombre—. Se fueron en cuanto Lord Baster-kin mandó cerrar y abandonar el estadio, mi señor Caliphestros.

—O sea que me conoces —musita el desmembrado jinete con una mezcla de satisfacción y desdén—. Parece que no me habéis olvidado del todo en Broken.

—¿Olvidado? —repite con asombro el cuidador—. En Broken eres una leyenda, igual que esa pantera en la que vas montado. Aunque hace poco que se sabe que viajáis juntos.

—Viajar... Sí, y mucho más que eso —responde Caliphestros.

Stasi mueve la cabeza a uno y otro lado, pues su irrefrenable determinación se ve de pronto confundida por los muchos olores y los crecientes chillidos de las fieras en las jaulas que los rodean: celdas iluminadas apenas por los largos huecos en la piedra, en lo alto de los muros, que captan restos de luz solar de los tragaluces cubiertos por rejas en la base de las paredes del estadio, así como por las antorchas que arden en los arbotantes junto a cada celda. El antiguo Viceministro del reino intenta calmar a su montura mientras obtiene más información del vigilante.

—Dices que los demás de tu ralea se han ido. Si es así, ¿por qué te has quedado tú?

—Por los animales, mi señor —responde el cuidador—. Se

hubieran muerto de hambre poco a poco. Aun así, mucho me ha costado conseguir carne, aunque fuera podrida, para mantenerlos vivos.

—¿Y por qué tantos sacrificios para salvar la vida de lo que Kafra y sus sacerdotes te enseñaron hace tiempo que solo son bestias, destinadas al uso y abuso que los humanos consideremos oportuno?

—Mi señor, porque —continúa el cuidador— por muy salvajes que sean me he acostumbrado un poco a estas criaturas y sé lo que han sufrido en manos de los ociosos ricos de Broken: hombres y mujeres jóvenes que también, en algún momento, han abusado de mí. Dejarlas morir, sobre todo esta desgraciada muerte por abandono, hubiera sido... inhumano.

La expresión del rostro de Caliphestros se suaviza.

—Y así encontró la piedad el camino hasta aquí. Gracias a lo que acabas de decir, carcelero, puedes seguir con vida. Pero, antes, entrégame las llaves.

El cuidador, encantado, saca de su cinturón un aro de hierro que sostiene tantas llaves como celdas hay alrededor y las tira a los pies de Stasi.

—Gracias, mi señor —dice.

Y luego, antes de que el «malvado brujo» pueda cambiar de opinión, se da media vuelta y huye.

Tras instar a Stasi a agacharse para permitirle desmontar, Caliphestros gruñe al rodar por el suelo. Luego, de inmediato, busca en uno de sus sacos diversas bolas que contienen varios medicamentos y se las mete en la boca. Se pone a masticar con vigor, pese al gusto amargo, para que su efecto alivie el dolor de este viaje tan rápido a través de la ciudad; luego recupera el aparato de caminar que lleva colgado a la espalda y se lo ata a las piernas, suplicando a vete a saber quién que las potentes drogas se apoderen enseguida de sus sentidos. Cuando eso ocurre al fin, se agarra a un barrote de hierro de una celda e intenta ponerse de pie. Sin embargo, el esfuerzo es superior a su capacidad, y por eso agradece notar que el hocico de Stasi, impulsado por la imponente fuerza de su cuello, lo levanta con suavidad. Encaja las muletas bajo las axilas y, mientras nota que la medicación ya actúa con plenos poderes, anuncia:

—Y ahora, mi amiga constante, busquemos a esa que tanto has soñado con liberar para llevártela a casa. Y, mientras tanto, liberemos también a los demás desgraciados... Aunque te estaré muy agradecido si impides que alguno de ellos confunda nuestras intenciones y me arañe el cuello.

Mientras la pantera blanca y el hombre que camina de un modo distinto al que conocen las fieras empiezan a recorrer los pasillos que separan las celdas, Caliphestros se va deteniendo para abrir todas las puertas: le alegra, aunque no le sorprende del todo, descubrir que todos los animales —lobos, gatos silvestres, osos y demás— prefieren salir corriendo hacia la escalera y hacia lo que todos perciben claramente como la libertad, en vez de detenerse a matar a una presa tan extraña y poco valiosa como debe de parecerles el anciano. Aun así, la tarea de liberarlos resulta particularmente larga: son muchas las celdas, los sonidos terribles —aunque estimulantes— que emiten los prisioneros al ser liberados resultan confusos y el camino se va volviendo cada vez más oscuro a medida que avanzan por el laberinto de hierro.

Al fin, de todos modos, la pantera y el hombre llegan a la última celda y los movimientos de Stasi se vuelven más nerviosos y agitados. Caliphestros alcanza a ver que dentro de ese último reducto de sucio aprisionamiento camina de un lado a otro el animal tan buscado por su compañera: una pantera muy parecida a ella, aunque algo más pequeña, bastante más delgada y con un pelaje mucho más dorado, manchado además por la suciedad de la celda. Como todos los demás animales se han ido ya, Caliphestros entiende que está a salvo si permite que Stasi se acerque primero a la celda aunque él quede a un lado sin protección, para observar uno más de los milagros que, al parecer, es infinitamente capaz de ejercer su compañera.

Stasi avanza lentamente hasta los barrotes: una lentitud extraña, habida cuenta del ardor y la velocidad con que ha llegado hasta el estadio. Pero Caliphestros no se confunde: a estas alturas ya conoce las expresiones de la pantera y ahora nota un aire de contrición en su rostro y en sus movimientos, mientras avanza para meter el hocico entre los barrotes de hierro y tocar así el de la joven pantera de dentro. Cuando se mueve para lamer el hocico de su criatura, perdida tanto tiempo atrás, esta gruñe al principio suavemente y a Caliphestros le parece como si quisiera preguntar por qué la han dejado tantos años en ese lugar miserable. Solo cuando la pantera blanca vuelve la mirada hacia su compañero humano este avanza con las muletas y su única pata de madera para abrir la puerta de la celda. Stasi entra enseguida y soporta dos o tres golpes de la zarpa fuerte que, gracias a los jóvenes ricos de Broken, se ha mantenido ágil: está claro que de esa manera no pretende genuinamente herir a Stasi, sino hacer constar su profunda rabia por un abandono tan largo. Stasi lo soporta sin reaccionar y luego avanza de nuevo para lamer la piel de su hija y limpiarle la mugre de la celda. Cuando la hija acepta al fin someterse y empieza a devolver lo que en su caso son toques de afecto con la lengua, desaparece en la celda la sensación momentánea de tensión; al poco, las dos panteras ronronean con un volumen extraordinario.

Caliphestros es incapaz de decir cuánto dura este ritual: su propia sensación de arrobo, combinada con el efecto total de las medicinas (aumentado a su vez por algunos tragos de una bota de vino que ha encontrado colgada de una pared cercana), vuelve absolutamente irrelevante el tiempo. Aun así, se trata de un momento delicado para el anciano: todavía ignora si las dos panteras, una vez reunidas, aceptarán su compañía; o incluso si su relación con Stasi se verá afectada por el descubrimiento de esa hija a la que, a lo largo de tantos atardeceres, llamaba desde la lejana montaña, mucho más allá de la ciudad de granito.

Pronto, sin embargo, Stasi se vuelve hacia Caliphestros con una expresión de absoluta bondad. Tampoco en el rostro de su hija se aprecia maldad alguna: el anciano se da cuenta de que, con toda probabilidad, se debe a que (como les ocurría a las otras fieras enjauladas) él apenas se parece a ningún otro humano que haya conocido durante su largo tormento. En vez de blandir un látigo o una cadena, Caliphestros ni siquiera tiene piernas; es consciente de que ningún otro hombre resultaría menos amenazador y por primera vez en su vida, aunque no llega a agradecer la pérdida de las piernas, sí obtiene al menos de su mutilada imagen un consuelo momentáneo. Tal como esperaba, le ofrecen unirse a la madre y la hija. Stasi ha comunicado de algún modo a su descendiente que debe aceptarlo, tal vez incluso le haya impartido la noción de que él es quien ha hecho posible el reencuentro. Con una sensación de reverencia tan grande como jamás había conocido, el anciano entra en la celda y se acerca a las dos panteras. Como entiende a la perfección el significado del gesto de Stasi cuando esta agacha el rostro y dobla las patas delanteras para indicarle que debe montar de nuevo en su espalda —y mostrar así a su hija cómo han vivido y sobrevivido tantos años, al tiempo que le hace ver la necesidad de abandonar ese lugar que encarna lo peor del comportamiento humano antes de que alguien intente encerrarlos de nuevo—, Caliphestros se quita rápidamente el aparato de caminar, se echa de nuevo las tres piezas de madera a la espalda por medio de las cintas que las sujetan y se encarama a lomos de la pantera. Luego, mirando a los ojos a la hija de su compañera, anuncia:

—Y ahora, mis dos bellezas, terminemos de una vez por todas con las cosas y los sitios de los hombres... —La pantera blanca parece entender por completo lo que quiere decir y guía a su hija para abandonar primero la celda y luego dirigirse a la escalera por la que ha llegado con su jinete—. Volvamos al Bosque, Stasi —continúa Caliphestros—, y no hablemos nunca más de este lugar maldito y cruel, ni pensemos en él, ni en el reino de unos humanos capaces de construirlo...

Y tras eso emprenden los tres el camino, siguiendo la pista de los demás animales liberados para salir por la compuerta destrozada y tomar el Camino Celestial, que sigue tan vacío como a su llegada. La huida parece asegurada; aun así, Caliphestros sabe que queda una tarea de la que sus dos compañeras se encargarían encantadas si tuvieran la ocasión. La libertad, en este momento, es sin duda más importante; sobre todo cuando parece estarles esperando sin obstrucción alguna, aunque tanto la madre como la hija miran a todas partes rápidamente, no tanto por miedo como por un aparente deseo...

El Destino no otorga a las panteras —por no hablar de su desmembrado compañero— el fin que corresponde a los estúpidos o los indignos de merecimiento; al menos, hoy todavía no. Al contrario, en este momento ha decidido ser amable (o, tratándose del Destino, lo que queramos entender por «amable») con las tres figuras fugaces: justo cuando pasan por la plaza abierta delante del Alto Templo de Broken, un grupo de hombres aparece a media distancia, delante de ellos. No es un grupo grande: un hombre en el centro, aparentemente desarmado y ataviado con una gruesa capa negra, rodeado por tres miembros de la Guardia del Lord Mercader, todos empapados de sangre y con las cruentas espadas a un costado. Los hombres ven acercarse a las panteras y al jinete con incredulidad, mientras que Caliphestros, Stasi y su hija recién liberada observan al hombre con una mezcla de desafío y satisfacción, al tiempo que se detienen en seco.

—Había oído que volvías a estar en la ciudad, y montado en la pantera que una vez estuve a punto de matar —suena la voz de Rendulic Baster-kin—. He de confesar que no me creía esos informes. Me preguntaba por qué, si el gran Caliphestros había logrado efectivamente sobrevivir a su castigo, iba a regresar a Broken tan solo para liberar a una simple mala bestia.

Caliphestros tarda un poco para asegurarse de responder con voz estable.

—En cuanto concierne a su maldad, en las circunstancias adecuadas, solo puedo afirmar, igual que tú mismo, que he oído algo de eso, Baster-kin. —El anciano se retira de la espalda agachada de Stasi sin perder tiempo siquiera en preparar sus prótesis para caminar—. En cambio, lo de la simpleza... —continúa mientras las panteras se ponen a gruñir, caminar de un lado a otro y tensar sus poderosos músculos—. Creo que descubrirás que tienen toda clase de virtudes, menos precisamente esa.

Baster-kin mira a su alrededor para observar el miedo creciente de los tres guardias que conforman su escolta —y que acaban de cometer el gran sacrilegio de asesinar a un grupo de confiados auxiliares del Alto Templo (pues sin duda sabían que su única esperanza de sobrevivir pasaba por salvar a su señor y matar a quienes dirigen a sus enemigos)— y, con una rudeza inusual incluso para él, grita:

—¿Por qué tembláis, perros miserables? Solo hay dos panteras, y las dos temen el sonido de mi voz. Mantened la espada por delante, como yo... —En ese momento, el Lord Mercader saca de pronto una espada que llevaba bajo la capa y adopta una postura que indica su clara intención de plantar batalla a Stasi y su hija—. Y preparaos para matar a estas fieras para luego poder terminar de una vez con el viejo hereje tullido que cabalga con ellas y dirige sus acciones por medio de la brujería.

Pero Rendulic Baster-kin, que suele juzgar esta clase de situaciones con sensatez, comete dos errores críticos en este momento: Caliphestros, como hemos visto a menudo, no dirige las acciones de Stasi y, en consecuencia, es aún menos probable que controle las de su hija. Y más importante todavía, solo una de las nobles criaturas teme el sonido de la voz de Baster-kin. La hija de Stasi, efectivamente oye y ve a quien fuera Lord Mercader con odio y vacilación al mismo tiempo, como le ocurrió en el estadio durante los sucesos que llevaron a la muerte de Adelwülf. Libre de la restricción de las cadenas del estadio, sin embargo, al menos puede oler el miedo que emana de los tres guardias y su mirada de ojos verdes se vuelve gélida al clavarse en ellos. Por su parte, a Stasi no le preocupan lo más mínimo los ladridos de Baster-kin; solo la consume un anhelo de venganza que acaba de desatarse, después de permanecer aplazada durante tantos años la posibilidad de darle cumplimiento, obligándola a languidecer de pena. En su mente, ahora, regresa al lugar del Bosque en que le robaron a su familia; solo que esta vez no tiene la pierna herida, ni hay a la vista ninguno de aquellos lanceros a caballo que le infligieron esa herida incapacitante. Concentra la mirada en Baster-kin con una rabia que rara vez se le ha visto exhibir, incluso en las tierras silvestres del Bosque de Davon.

Lo que Caliphestros ve a continuación haría palidecer de horror, miedo y repulsión a la mayoría de los hombres. Pero el anciano desterrado ha pasado tantos años deseando que llegara este momento que supera esas emociones. Mientras se arrastra hasta una puerta cercana e insiste en levantarse a pulso para adoptar la posición más digna posible durante los escasos minutos que va a durar la confrontación que está presenciando, no siente compasión por lo que en otro tiempo hubiera considerado sus congéneres, ni repugnancia por la visión que se le presenta.

Las panteras se lanzan contra los tres guardias que tienen delante sin darles tiempo siquiera a levantar del todo el brazo que sostiene la espada. Uno de los humanos asesinos sale por los aires y aterriza a una distancia extraordinaria, con el cuerpo golpeado y el cuello rajado por un rápido movimiento de una zarpa de la hija de Stasi; aunque el hombre boquea desesperado mientras la sangre sale a borbotones por las aperturas de una serie de heridas largas y paralelas, todo su esfuerzo es vano y muere en pocos momentos. Un segundo miembro de la escolta de Baster-kin, mientras tanto, ha recibido el impacto de la cabeza de la pantera joven en pleno pecho y en las costillas: los huesos se le parten y se le clavan en el corazón. Para asegurar su muerte, los colmillos enormes y afilados de la hija se cierran enseguida en torno a su cuello y casi llegan a separar del cuerpo esa pelota de hueso y carne ya inútil que poco antes descansaba sobre los hombros.

Stasi, mientras tanto, ha despachado al último guardia con la misma rapidez y habilidad, envolviéndolo con sus zarpas desgarradoras y sus asfixiantes mandíbulas al ver que emprendía un absurdo intento de proteger a su líder. Ha tenido el cuidado de llevarse al hombre, con la misma fuerza de que dispone para el salto, hacia un lugar apartado de la espada de Baster-kin. Una espada sostenida por una fuerza que en este momento se ha debilitado por la consciencia de que la blanca pantera no tiene, en realidad, ningún miedo; que lo único que la retenía hace tantos años, en su encuentro en el Bosque, era su herida. El tercer escolta asesino de Baster-kin tarda bien poco en abandonar también el reino de los vivos cuando los grandes dientes frontales de Stasi le parten el cráneo, provocando la muerte inmediata. Ahora, las dos panteras se vuelven hacia su antiguo antagonista sin tener claro cuál de las dos emprenderá la tarea de mandarlo a reunirse con sus secuaces.

Mientras observa con el convencimiento de que se acerca la condena de su torturador, Caliphestros espera que el orgullo del antiguo Lord Mercader termine por desplomarse. En ese momento, en cambio, Baster-kin recupera la altivez; una altivez nacida de los años de sufrir el abuso enfermizo y borracho de su padre y de su capacidad de sobreponerse a ese abuso para convertirse en el Lord Mercader más poderoso y, ciertamente, mejor de cuantos han existido en la historia de Broken. Se pone a gritar cosas sin sentido instando a las panteras a atacarle; Caliphestros no sabría decir si es verdadero coraje o mera locura provocada por el momento. Pero sí ve que causa un momento más de duda en la pantera joven, un instante que, dada la fuerza física de Baster-kin, podría resultar peligroso. Acierta al volverse para enfrentarse primero a la pantera blanca y mantiene la posición, como si en verdad estuviera dispuesto a aceptar su carga inicial. En el último instante se sirve de sus potentes piernas para evitar con destreza el ataque y enseguida se da media vuelta para asegurarse de que Stasi rueda ya al suelo, detrás de él, antes de perseguirla a toda prisa y con maldad, la espada en alto. Caliphestros grita para avisarla y Stasi consigue recuperar el equilibrio; pero cuando el hombre carga contra la pantera, esta vez, el riesgo de que el encuentro termine con un final desgraciado, demasiado parecido al que se dio en el Bosque (ya sea la muerte u otra herida grave), basta para dejar a Caliphestros mudo de terror. Sin embargo, cuando parece que Baster-kin podría, efectivamente, asestar un tajo a Stasi, ese hombre que otrora fuera indiscutido en su reino se ve de pronto impelido hacia delante con la boca abierta como si quisiera gritar de dolor... Algo que haría si el golpe que acaba de recibir en la espalda no hubiera sido tan fuerte como para partirle la columna e inmovilizarle la lengua. La mano suelta la espada y él manotea largo rato, incapaz de recuperar el arma o de mover siquiera la parte inferior del cuerpo hasta que nota que la cabeza de una de las panteras le está tapando el cielo.

La hija de Stasi ha respondido a la inspiración de su madre para superar la incertidumbre causada por tantos años de terror ante la voz de Baster-kin; en el último instante ha encontrado el valor para cargar y mutilar a su torturador y luego lanzarlo al aire con tal fuerza que ahora ha quedado tumbado boca arriba. Stasi se reúne con su hija, deseosa de participar al menos en la finalización de esta vida que ha quebrado las suyas durante tanto tiempo; y cuando nota que los dientes de la pantera blanca agarran lentamente su cuerpo para darle la vuelta, Baster-kin capta enseguida otra imagen que jamás se había visto en estas calles, las más sagradas de Broken: son tres Bane que emergen del lado contrario de la calle adjunta al Camino Celestial por el que Baster-kin y sus hombres esperaban escapar. Los tres tienen los modales bruscos y la apariencia de los expedicionarios Bane; o, mejor dicho, dos de ellos la tienen. La tercera, una mujer, no va cubierta de una fina capa de barro (Baster-kin se da cuenta de que ese barro, no hace mucho, era el polvo que ha servido para hacerle creer con toda seguridad que sus enemigos iban a atacar por la Puerta Este de la ciudad), ni se la ve tan ansiosa de venganza como a sus compañeros. Se acerca corriendo a Caliphestros, se echa un brazo del anciano al cuello y le ayuda a mantener vertical el cuerpo mutilado, de pronto más débil todavía al pensar en la posibilidad de perder a su compañera. Al volver a mirar a los dos hombres Bane, Baster-kin ve que uno de ellos lo observa con una mirada adusta que solo percibe que se está haciendo justicia; el tercero, en cambio, sonríe y muestra una hilera de dientes afilados y rotos.

—Es un mero acto de justicia, mi señor —dice ese hombre, regodeándose en la amargura del tono y con un estilo que ni siquiera parece menos malvado por su escasa estatura—. Intenta luchar contra ella como lo intentó ella contigo: sin armas, herida e incapaz de moverse...

Pero Baster-kin no tiene ocasión de contestar antes de que las mandíbulas que se ciernen sobre él, y que pertenecen a la hija de

Stasi, aunque él no puede verla, se cierren sobre su espina para quebrarla, hundiéndose lo suficiente en la carne para provocar que brote la sangre por los grandes vasos sanguíneos del cuello. A continuación ve que la pantera blanca le envuelve lentamente el cráneo con la boca y se dispone a usar esos mismos dientes como cuchillas asesinas para llegar directamente al cerebro: una muerte mucho más clemente que las que el antiguo Lord Mercader concedió a muchos hombres y criaturas. Mientras la pantera joven se une a la blanca para ver el instante de la muerte de su torturador, a Baster-kin le queda la vida suficiente para oír que ese mismo Bane, mientras se desplaza hacia Caliphestros con el otro hombre del grupo, le grita:

—Y ahora, mi lord despiernado... ¿Te importaría decirnos exactamente adónde íbais con tanta prisa antes de nuestra llegada para enfrentaros a esos perros del suelo?

«Qué extrañas palabras para ser las últimas que oigo, sobre todo por venir de una criatura como esa —piensa Baster-kin mientras se cierran las mandíbulas de la pantera blanca—. Pero el dios dorado ha determinado que tantas cosas fueran extrañas en mi vida, o sea que a lo mejor también esto forma parte de sus designios...»

9.

En el jardín de los Arnem se ha producido una violencia igualmente salvaje, pero de muy distinta naturaleza. Tras encontrar a toda prisa una de las buenas espadas cortas de su padre, junto con un escudo casi tan alto como él, Dagobert se ha reunido con el yantek del ejército de Broken. Arnem inserta ágilmente su brazo izquierdo, más experto que el de su hijo, en las cintas de cuero que van fijadas al dorso del escudo; al ver la facilidad con que su padre es capaz de empuñar ese peso, Dagobert se da cuenta de que su verdadero momento de alistarse en el ejército no ha llegado todavía, de que ha de permitir que su cuerpo crezca y sus brazos sigan aprendiendo el oficio antes de merecer que lo tomen por un verdadero soldado. Pero, soldado de verdad o mero aprendiz, hay otros asuntos que pronto requieren su atención, pues la puerta del jardín termina por ceder al asalto de los guardias de fuera.

—Quédate cerca de mí, hijo —dice Arnem, sin el menor paternalismo, pero con el respeto que le parece debido para un guerrero que, pese a su juventud, ha actuado en defensa de su madre y de su hogar a lo largo de muchos días—. Estos escudos están diseñados de tal manera que con uno nos podremos proteger los dos, si lo usamos correctamente. ¿Dónde va tu espada?

—Por encima del escudo, padre —responde Dagobert.

Está orgulloso porque, incluso con el miedo provocado por el grupo de guardias que se les echa encima, recuerda a los soldados de los cuadrángulos del Distrito Cuarto practicando la posición correcta que deben adoptar dos hombres cuando solo tienen un escudo. Mueve el brazo rápidamente para que la punta de su espada se extienda por encima del extenso escudo hecho de capas de metal, piel y madera, cediendo así espacio para que Arnem pueda acercarse mucho más a él.

—Exactamente —contesta el yantek mientras coloca su espada en una posición parecida—. Veo que no te has olvidado de ponerte tus *sarbein*...[257] Bien. Nos bastarán si estos hombres son todavía más inexpertos de lo que creo y tratan de alcanzarnos por debajo del escudo, exponiendo los cuellos. En ese caso, yo...

—Tú usarás rápidamente el escudo para tirarlos al suelo, padre, para que así podamos atacar sus cuellos con las espadas —recita de carrerilla Dagobert, que usa la repetición de las reglas básicas de la formación de la infantería de Broken[258] para calmar los nervios.

Arnem echa un vistazo alrededor y va asintiendo con un movimiento de reconocimiento al repasar el jardín como si lo viera por primera vez.

—Resulta que desde un punto de vista militar tus hermanos y tú, tan listos, construisteis bien este jardín. Los guardias... —Arnem mira ahora por encima del escudo, ve que los dos primeros asesinos recelosos se acercan lentamente y sigue revisando el terreno disponible—. Los guardias se quedarán en el sendero del centro, más que atreverse a meterse en el arroyo o en los montículos de árboles y jungla que creasteis por aquí. Apuesto a que no han visto nunca un lugar como este dentro de las murallas de Broken...

—¡Padre!

Arnem se vuelve una vez más hacia delante al oír el grito de Dagobert, justo a tiempo para ver que los dos primeros guardias se acercan más rápido ahora por el sendero del jardín, seguidos de un tercero y un cuarto. Arnem percibe al instante que su táctica —si es que en verdad merece tal nombre— es débil: la primera pareja atacará por arriba, como se espera, mientras que los otros dos se están agachando e intentarán colarse por debajo del escudo que sostiene Arnem. Ha llegado la hora de descubrir si Dagobert ha aprendido no solo los términos que se usan en las tácticas de combate cuerpo a cuerpo, tal como se enseñan en el ejército de Broken, sino también su práctica...

Y tarda bien poco en descubrir que sí. Cuando Arnem levanta el escudo deprisa para obligar a los primeros atacantes a levantar las cabezas justo cuando pretendían saltar por encima, una buena parte de las espadas del padre y el hijo se extienden de pronto con una fuerza brutal que cabía esperar de Arnem, pero que en el caso de Dagobert resulta sorprendente y, en la misma medida, impresionante. Sin dudar, Dagobert encuentra el cuello del guardia de la izquierda, mientras que su padre atraviesa un ojo al de la derecha y luego penetra hasta el cerebro. Tanto el padre como el hijo quedan rociados de sangre de esos dos primeros enemigos, pero eso no les impide retirar las espadas rápidamente cuando Arnem grita:

—¡Abajo!

El yantek baja el escudo con fuerza veloz para golpear a los dos hombres siguientes en los hombros y hundirles las caras en la tierra húmeda del sendero del jardín cuando intentan blandir las espadas. Allí mueren los dos intrusos tan deprisa como los primeros guardias, cuando las puntas largas y estrechas de las espadas cortas de Broken se abren paso hasta atravesar sus espinas desde la espalda, justo debajo de la cabeza. Al ver el movimiento —brutal, pero eficaz— con que Arnem hunde aún más la cara de su oponente en el suelo con un pie para poder retirar más deprisa la espada, Dagobert le copia y luego oye la orden de su padre.

—Atrás. Dos pasos solo, Dagobert.

Tras desplazarse hacia una zona de tierra que todavía no está empapada de sangre y obstaculizada por los cadáveres, y dejar a sus oponentes con el obstáculo adicional de tener que sortear a sus muertos por el camino, Sixt y Arnem recuperan la posición de atención. Como ve que los guardias creen haber aprendido la lección y pretenden ahora atacar de tres en tres, Arnem ordena a su hijo retrasarse todavía otra paso bien largo, gesto que los enemigos interpretan como señal de retirada completa y que les provoca el entusiasmo suficiente para aumentar la velocidad de su ataque.

Pero Arnem ya se ha fijado en que, desde donde están ahora, Dagobert y él van a tener dos árboles de tamaño mediano pero bastante robustos a los lados, lo cual aumentará con eficacia la protección lateral.

—Bloqueamos al hombre por el centro —dice Arnem.

Se acaba de dar cuenta de que a este grupo no le han seguido de inmediato los otros tres. Entre esos últimos está el furibundo líder, que para empezar ha favorecido la huida de Arnem, su esposa y su hijo por no ser capaz de reprimirse a la hora de proclamar sus planes particulares, y los de la Guardia en general. Ahora, ese mismo hombre exige a los que vienen detrás que se adelanten, con gritos y amenazas que parecen innecesarios. Los tres atacantes, al presentarse antes quienes parecen ser sus víctimas, revelan un plan que, evidentemente, les parece muy astuto. Los dos de la izquierda se enfrentan a Arnem y Dagobert, pero no se lanzan hacia su posición; al contrario, su función consiste simplemente en garantizar que el hombre y el joven que tienen delante no puedan cambiar de posición, mientras que el tercer guardia, tras fingir un ataque por la izquierda de Dagobert, rodea a toda prisa el árbol que tiene al lado y abandona la lucha para avanzar directamente hacia la puerta de la casa de los Arnem. Momentáneamente sorprendidos, tanto Dagobert como su padre echan una rápida mirada atrás para ver a ese hombre, y eso permite a los guardias salir volando de la misma manera hacia la puerta. Una vez allí, ambos alzan las piernas y se ponen a golpear la gruesa madera, alternando las patadas con golpes, aunque no los propinan con los remates de las lanzas de grueso hierro de las lanzas cortas que se han dejado en los cuerpos de Kriksex y los demás veteranos, en un error estúpido, sino una vez más con las empuñaduras de las espadas.

De pronto, Arnem entiende la intención de ese par —dividir la fuerza de los Arnem al plantear una amenaza contra la casa, y contra Isadora, que está dentro— y grita:

—¡No rompemos la concentración de la fuerza, Dagobert! ¡Primero, este hombre!

A continuación levanta el escudo, lanza un tajo con agilidad hacia el brazo que sostiene la espada del guardia, que seguía en el centro del camino, le acierta por debajo del codo y luego tira hacia delante del hombre, que grita penosamente, para que Dagobert —que ha adivinado los propósitos de su padre y elevado su espada en una postura lateral, con ambos brazos preparados— pueda descargar el golpe mortal, hundiendo la espada bajo el tembloroso y parcialmente segado brazo del hombre, para clavarla profundamente en el pecho. Casi podríamos considerarlo un dauthu bleith por la velocidad con que pone fin al sufrimiento del hombre, si no fuera por la intención asesina que ha animado al atacante, para empezar.

—Y ahora, a por los otros dos —ordena Arnem, al tiempo que da un paso adelante para retirar la espada de la mano y el brazo cortados del guardia muerto—. Rápido, Dagobert —continúa mientras se da media vuelta y sale corriendo hacia la casa—. Antes de que los de la puerta se den cuenta de que tienen un ventaja momentánea.

Para ser conscientes de ello, sin embargo, los guardias tendrían que haber ganado experiencia en ese tipo de combates, y contra oponentes como estos, al menos en unas cuantas ocasiones previas, en vez de pasarse casi todo el tiempo acosando a los ciudadanos y visitantes de Broken y, de vez en cuando, practicar algún delito ocasional para contribuir a los propósitos de su comandante, ya caído (aunque ellos todavía no lo sepan). Y así, el líder del grupito y los dos lacayos que le quedan se quedan junto a la puerta del jardín viendo el desarrollo de su torpe asalto; cuando se encuentra a pocos pasos de la terraza que se extiende ante la puerta de la casa, Arnem lanza la espada del guardia muerto con una fuerza prodigiosa hacia la espalda del atacante que tiene más cerca, que sigue golpeando y pataleando la madera, y el filo volador alcanza al hombre en el hombro izquierdo y penetra casi hasta el pecho, aunque no llega a incapacitarlo por completo. Por eso, Arnem grita:

—Enfréntate tú al herido, Dagobert. ¡Déjame el otro a mí!

Padre e hijo intercambian rápidamente sus posiciones en la terraza, Dagobert se ocupa de la derecha y ataca al hombre que busca la espada que le ha herido por la espalda, pero aun así consigue blandir la suya con el brazo derecho, intacto, para repeler el golpe inicial de Dabogert. En un instante, todo el entrenamiento que ha presenciado, y en el que se le ha permitido participar durante las prácticas de los cuadrángulos en el Distrito Cuarto, acude directamente al pensamiento y a las extremidades del joven, que descubre que, pese a ser prodigioso el poderío físico del guardia, con herida y todo, simplemente carece de las habilidades que Dagobert ha aprendido gracias a muchas horas de práctica. Dagobert hace mucho más que defenderse, aunque pronto se empieza a preocupar porque, al mirar de reojo hacia la puerta del jardín, ve que los restantes asesinos han reunido poder y se están acercando al enfrentamiento junto a la puerta de la casa de Arnem.

—¿Padre...?

Apenas le da tiempo a avisar, antes de que su oponente aproveche la ocasión para levantar una pierna y plantarle una patada en el pecho que lo deja tumbado en la terraza. Dagobert tiene la presencia de ánimo suficiente para mantener agarrada la espada y repeler el primer ataque de su contrincante; pero tendrá que esforzarse para ponerse de nuevo en pie, detalle que no pasa inadvertido a Arnem, que se deshace de sus guardias con diversos golpes ejecutados con una furia propia ya no de un comandante, sino de un padre. Aun así, se ve obligado a permitir que Dagobert siga luchando con su enemigo porque ha de regresar a toda prisa al camino del jardín para bloquearlo con su escudo y prepararse para una lucha desigual contra tres: incluso si te enfrentas a asesinos inexpertos, las perspectivas son poco halagüeñas y él lo sabe, aunque antes haya dicho lo contrario.

Se enfrenta de todos modos, justo cuando Dagobert consigue ponerse de nuevo en pie y adoptar una postura de pelea contra su guardia, cada vez más débil a causa del dolor y la pérdida de sangre que le provoca la herida del hombro. Sin embargo, las dos peleas permanecen en un punto muerto, en el mejor de los casos; Arnem gira el antebrazo de tal modo que el escudo queda delante de los tres guardias robustos en posición horizontal, lo cual elimina a dos de ellos, al menos en gran parte: el yantek sufre un corte en la parte superior del brazo que sostiene el escudo, pero no es tan profundo como para impedirle mantener a raya a los dos hombres mientras encara con la espada al tercero. Entretanto, Dagobert sufre para defenderse, pero no consigue llegar a disfrutar de una posición favorable contra su oponente. Ha llegado el momento de que los dos defensores de la casa de los Arnem reciban alguna clase de ayuda, y esta les llega de la fuente más inesperada.

La puerta de la casa, que tanto han sufrido Sixt y Dagobert por mantener cerrada, se abre de repente y —con un grito que recuerda a las guerreras de su pueblo nórdico, tan poderoso antaño, gran parte de las cuales han muerto ya o se han diseminado— Isadora clava con su mano derecha una espada de asalto de las tribus del norte (sacada también de la colección de Sixt) en la espalda del hombre que lucha con Dagobert. En la izquierda lleva una lanza larga de Broken, con astil de madera, y la alza en el aire justo por encima de la cabeza y del hombro derecho para agarrarla ahora con la derecha, como si también ella conociera las prácticas de los mejores soldados de Broken, y luego la lanza con una fuerza impresionante contra el guardia a quien su marido ataca con la espada, más alejado que los otros del escudo y, por lo tanto, más desprotegido. La lanza le golpea en pleno pecho, obligándolo a dar unos cuantos pasos hacia atrás antes de caer al suelo, donde permanece en un momentáneo intento de ponerse en pie antes de soltar, entre toses, su último aliento ensangrentado.

Dagobert se detiene un instante para mirar atónito a su madre antes de que ella grite:

—¿Qué? A lo mejor os habéis creído que soy inútil para pelear, Dagobert, pero me niego. Y ahora, vete a ayudar a tu padre.

Con su propio grito de guerra, Dagobert cruza gran parte de la terraza de un salto y se echa encima del hombre que queda a la izquierda de Arnem, que no esperaba esa ayuda del joven ni de la mujer. Tan perplejo como estaba su hijo al principio por la aterradora aparición de Isadora, Sixt no pierde tiempo sin embargo en deshacerse del hombre que queda a su derecha, y lo supera en destreza de espadachín (si es que puede decirse verdaderamente que algún guardia posea esa virtud) con unos cuantos golpes terribles del brazo que sostiene la espada y que tanta fama le han brindado desde la frontera oriental del reino hasta el Paso de Atta. Tras arrancar la espada de la mano del guardia, el yantek tan solo necesita dos golpes poderosos a uno y otro lado del cuello de su enemigo para cortar las dos clavículas y dejar prácticamente separada la cabeza del cuello. Sin pausa, Arnem se vuelve para ayudar a su hijo, pero descubre que Dagobert, gracias a la intervención de su madre, ha reunido la determinación suficiente para no necesitar al menos que los dos padres acudan en su ayuda para enfrentarse al último guardia, el líder fanfarrón que recibió el encargo de asesinar a las tres personas que ahora tiene, vivas, ante sí. Con un último grito de rabia, Dagobert introduce la espada en la boca jadeante del estúpido —un golpe final muy apropiado— y luego da un tirón para liberar el arma y el hombre cae al suelo, muerto al instante. El primogénito de los Arnem hinca entonces una rodilla en el suelo y se esfuerza por recuperar el aliento.

Al ver la sangre que corre por el brazo de su marido, más abundante que peligrosa, Isadora pierde la furia momentánea y recupera su papel más familiar de sanadora. Se arranca una manga del vestido para usarla como venda, envuelve con ella el brazo de Arnem y luego busca a su hijo con una mirada hacia atrás.

—¿No estás herido, Dagobert? —lo llama con firmeza, pero con preocupación maternal.

El joven menea la cabeza, luchando toda vía por llenar de aire los pulmones.

—Solo estoy ahogado, madre... Nada más. Encárgate de padre...

—Ah, claro que me encargaré de él —responde Isadora. Al volverse hacia Sixt da un tirón repentino a la venda que ya había puesto bien tirante y provoca un grito del yantek—. Oh, cállate —le ordena al instante—. La venda ha de estar tirante. Y hay que tener la cara muy dura para gritar como una niña cuando tu hijo podría estar muerto... ¡delante de la puerta de nuestra casa!

Arnem olvida el dolor y suelta un gruñido de indignación.

—Así que esta es la gratitud propia de una esposa, ¿verdad, mujer? Cuando lo único que he hecho...

—Lo único que has hecho no lo podrías haber hecho sin mí —interrumpe Isadora con firmeza, tirando todavía una vez más de la venda—. Y no quiero volver a oír hablar de esto. Ya te lo he dicho antes, Sixt, tu vanidad de soldado me parece insoportable, pero mira que pavonearte en un momento como este...

Isadora seguiría, pero la aparición repentina ante la puerta del jardín de Akillus y varios de sus exploradores, requiere su atención, así como la de Sixt y Dagobert. Los Garras recién llegados echan un vistazo a la matanza del jardín con asombro y perplejidad, antes de apresurarse a acudir junto a su comandante y su esposa.

—Sentek... —consigue decir Akillus con gran preocupación antes de recibir una orden de Isadora.

—¡Yantek, Akillus! Llámalo por su verdadero rango, si vas a aparecer cuando tu presencia ya no es necesaria.

Humillado por el tono brusco de Isadora, que nunca había sufrido hasta ahora, Akillus inclina la cabeza hacia ella.

—Perdóname, mi señora. Solo que... Bueno, nos hemos encontrado con el resto de estos cerdos asesinos en la Puerta Sur; Niksar, por supuesto, ha acortado su misión al Distrito Cuarto con la intención de coger a unos cuantos hombres y ayudar a Radelfer en la misión de trasladar tus hijos a un lugar más seguro, mientras mis exploradores y yo limpiábamos el... el problema. —Akillus mira a su alrededor y se fija en Dagobert, salpicado de sangre y jadeando, y este le devuelve una mirada propia del soldado que acaba de entrar en acción verdadera por primera vez: no se ufana, ni siquiera está orgulloso, pero sabe bien que ha hecho, como él mismo ha dicho antes, lo que había que hacer—. Lo hemos conseguido. Y no te preocupes... Nuestros hombres controlan ya casi todas las partes de la ciudad. He mandado a un fauste de la caballería salir por la Puerta Este para perseguir a los guardias restantes que han conseguido huir de la ciudad. —Ante la cara de preocupación de Isadora, que deja a las claras que le da demasiado miedo preguntar, Akillus sonríe y dice—: Quédate tranquila, mi señora. Niksar ha vuelto a la ciudad, mientras que Radelfer y los niños se han quedado fuera, esperando tu llegada. Ningún peligro les acecha... Creo que puedes darlo por cierto.

Arnem asiente y luego se le ocurre preguntar:

—¿Y qué pasa con Lord Baster-kin?

—Muerto, yantek —responde Akillus, con un extraño tono de confusión.

—¿Muerto? —susurra Isadora.

Su hijo se une por fin a ella y Sixt. A Isadora no se le ha escapado esa palabra con satisfacción, sino con algo que su marido interpretaría como alivio, teñido de lamento.

—¿A manos de los sacerdotes que se lo han llevado? —pregunta Dagobert.

—No —responde Akillus—. Todos esos sacerdotes han muerto. Los han matado otros hombres de Baster-kin, convencidos de que podían cambiar el signo de la batalla si él sobrevivía y vosotros moríais. En cuanto a los responsables de su muerte, y sus intenciones actuales... Bueno, tal vez eso requiera tu intervención, yantek. O sea, suponiendo que la herida no te impida cumplir con...

—Mi «herida» apenas merece tal nombre, Akillus —responde

Arnem, al tiempo que echa a andar con su esposa, su hijo y su jefe de exploradores hacia la puerta abierta del jardín que da al Camino de la Vergüenza—. Pero me gustaría que tus hombres sacaran estos malditos cadáveres del jardín de mis hijos antes de que vuelvan ellos a casa.

—¡Por supuesto, yantek! —replica enseguida Akillus.

Encarga la tarea a sus hombres y estos la emprenden con un asombro igual que el de su jefe.

—De acuerdo, dime, entonces, Akillus —retoma Arnem—, ¿qué otros asesinos le han quitado la vida a Baster-kin, si no han sido los sacerdotes? ¿Y dónde están ahora?

—Justo al pie de la Puerta Sur —responde Akillus—. Detenidos cuando intentaban emprender el camino de vuelta al Bosque de Davon.

—¿Al Bosque de Davon? —pregunta Dagobert—. Entonces... ¿lo han matado los Bane?

—De hecho, son varios Bane los que intentan impedir que los que han matado a Baster-kin se vayan —dice Akillus, aparentemente desconcertado todavía por la historia que él mismo está contando—. Pero voy a dejar que lo juzguéis vosotros mismos. Porque si es cierto, es muy llamativo. Muy llamativo, desde luego...

10.

Lo primero que ven Sixt, Isadora y Dagobet Arnem al avanzar hacia el Camino de la Vergüenza es más Garras todavía, que reciben su aparición con los vítores propios de un entusiasmo genuino. Se han llevado ya los cuerpos de Kriksex y sus veteranos, asesinados a traición, y tras preguntar por ellos Arnem se entera de que les están construyendo, al otro lado de las murallas de la ciudad, unas piras funerarias a la altura de su lealtad y de la lucha desempeñada. Ese dato satisface al yantek, pero apenas alivia el dolor de Isadora y Dagobert, que durante el asedio del Distrito Quinto han llegado a conocer bien a esos hombres y a depositar en ellos la máxima confianza. Como ya ha visto muchas veces durante sus campañas militares reacciones parecidas ante la caída de los protectores, Arnem ni siquiera intenta pronunciar palabras de apenado consuelo para su esposa y su hijo, pero sí aprieta más todavía los brazos con que los sostiene a ambos lados, sin prestar atención a su herida con tal de ofrecer a los suyos el único consuelo que, según ha aprendido por experiencia, puede tener alguna eficacia.

Por fortuna, este dolor reconcentrado dura poco: cuando los tres siguen a Akillus hasta la zona contigua a la Puerta Sur, llena de cuerpos de guardias y de fragmentos en llamas de roble desplomado, aparece ante sus ojos una confrontación humana que es exactamente como la ha descrito el jefe de exploradores: muy llamativa. Llamativa y bastante desconcertante, porque los participantes en el desacuerdo parecían haberse convertido en buenos camaradas durante la marcha hasta Broken. Los que pretenden abandonar la ciudad son Caliphestros, montado en la pantera Stasi, que ahora viaja junto a otra fiera de piel más dorada: su hija perdida, concluye Arnem, que conoce bien la famosa historia de la caza de la pantera en el Bosque de Davon por parte de Lord Baster-kin. Pero delante de esos tres, y bloqueándoles cualquier movimiento de huida con la velocidad y la valentía que el sentek ya se ha acostumbrado a esperar de ellos, están los expedicionarios Bane, Keera, Veloc y Heldo-Bah, este último entre acusaciones al antiguo Viceministro de Broken que casi parecen destinadas a provocar un ataque. Observando la escena hay unos cuantos Garras de Arnem no muy seguros de qué papel han de representar, suponiendo que les corresponda alguno, y encantados al ver que se acerca su comandante.

—Escúchame, viejo —dice Heldo-Bah, sosteniendo un pedazo grande y humeante de la destrozada Puerta Sur a modo de barrera—. No es momento para huir. Ya has oído lo que ha dicho el linnet Niksar: habrá un nuevo orden en el reino, un orden que barrerá el pasado y resultará de enorme importancia para la tribu Bane, sobre todo ahora que el comandante del ejército de Broken sabe, aunque solo grosso modo, dónde está Okot. Mientras eso sea así, y por mucho respeto que me merezca tu compañera o, mejor dicho, tus compañeras, de momento no te vas a ningún lado.

—No es momento para que la sabiduría y la justicia abandonen la ciudad y el reino, Lord Caliphestros —dice Veloc, con más afán conciliador que su compañero, mas con todavía menos eficacia que él.

Caliphestros permanece a lomos de Stasi, con la cara convertida en una máscara de piedra que no muestra más emoción que la determinación: una determinación inamovible de salir de la ciudad que en otro tiempo lo quiso tanto, pero que al fin estuvo a punto de costarle la vida y, según la expresión de sus ojos, no ha cambiado tanto como para estar seguro de que no pueda volverlo a intentar si él decide quedarse.

Keera insta a su hermano y a su amigo a guardar silencio y luego implora con humildad:

—Mi señor... —Pero enseguida se da cuenta de su error—. Lo siento. No deseas ese título. Caliphestros, ¿no ves lo necesaria que será tu influencia a la hora de construir el nuevo tipo de reino que se desprenderá de la proclamación que el linnet Niksar nos ha leído? ¿No puedes hacer el esfuerzo de contribuir a ello por nuestro bien, ya que no por la gente de Broken?

Pero Caliphestros se niega a hablar incluso con Visimar, que permanece cerca de él; y Arnem se da cuenta de que es necesario intervenir de algún modo. Al apartarse de su esposa e hijo, dejándolos juntos, ve que Niksar, a lomos de su caballo de pura blancura, sostiene un fragmento de pergamino sin desenrollar, como si bastara con anunciarlo para resolver todos los problemas y, por la expresión de su cara, el hecho de que no sea así lo pillara totalmente por sorpresa. En vez de acercarse directamente a los participantes en la confrontación ante la puerta, Arnem se aproxima por un lado con voz deliberadamente tranquila e inquisitiva.

—Niksar —llama.

—¡Yantek! —llega la respuesta.

A Arnem le suena el cargo más raro que nunca.

—¿Qué estabas haciendo, linnet? —pregunta Arnem—. Tenía entendido que ibas a ocuparte de unos encargos en los distritos Cuarto y Primero.

—Y así ha sido, yantek —se apresura a explicar Niksar—. Bueno, o sea, en el Primero. Tu encargo de visitar el Cuarto se ha retrasado por la aparición de estos...

Niksar señala los cuerpos de los hombres de Baster-kin amontonados en el suelo, en torno a ellos.

—¿Y mis hijos están a salvo? —pregunta Arnem, decidido a asegurarse.

—Por completo, yantek —responde rápidamente Niksar—. Esperan extramuros con uno de nuestros faustes y con Radelfer, tal como has indicado. Pero también he resuelto el segundo encargo y mientras lo hacía he pensado que sería mejor esperar y traer a los niños solo cuando haya resuelto este asunto de... de Lord Caliphestros y sus panteras.

Por primera vez Caliphestros vuelve la cabeza, aunque solo ligeramete, en dirección a Niksar, como si ya se hubiera esperado ese comentario.

—Así que ahora son animales peligrosos, ¿eh, Niksar? —le pregunta con voz amarga—. ¿Después de viajar tantos días con Stasi y ver que no pretende hacer daño alguno si nadie la amenaza?

—Pero, mi señor... —empieza a contestar Niksar.

—No soy el señor de nadie —responde Caliphestros sin alzar la voz, pero con una rabia inconfundible—. Si eso no ha quedado claro durante esta campaña, entonces he empeorado mucho más de lo que creía en el arte de la comunicación con mis congéneres.

—Bueno... —Pero el momento supera la capacidad de negociar de Niksar, que se vuelve hacia Arnem—. Es que, yantek, he ido, tal como habíamos hablado...

—Como habíais hablado vosotros dos —lo interrumpe Caliphestros sin cambiar de tono—. Por lo que parece. Yo no sabía nada de ese plan, ni tampoco ningún miembro de la tribu Bane.

—Eso es una cuestión menor, señor... —Arnem se refrena—. Perdón, Caliphestros. Solo pretendíamos descubrir las verdaderas intenciones del Layzin y del Dios-Rey y trazar nuestros planes de futuro en consecuencia. ¿Ha sido un error?

—Como vuestras «verdaderas intenciones» incluían revelar mi presencia en la ciudad —responde Caliphestros—, yo diría que sí, que habéis cometido un error por no consultar a vuestros aliados.

—Quizá —concede Arnem—. Pero... ¿en serio crees que Baster-kin, habiendo observado nuestras acciones al otro lado de las murallas, no habría dado a conocer tu presencia y la de los Bane en el Alto Templo, y por lo tanto a la familia real? ¿Y pones en duda que yo solo quería explicar que no debían temer tu presencia? —Parece que esas preguntas mitigan por un instante la furia de Caliphestros, y Arnem se cuela por esa apertura—. Y como es evidente que Niksar ha venido con buenas noticias... Bueno, ¿cuáles son esas noticias, Niksar?

—Léelo tú mismo, yantek —contesta Niksar, y entrega el documento a su comandante, con un saludo militar.

—De verdad, me encantaría que no siguieras llamándome así —murmura Arnem—. Aunque supongo que es inevitable...

—Según el Dios-Rey —aclara Niksar— es más que inevitable; es más necesario que nunca porque tienes una nueva posición... Y un nuevo poder.

Mientras lee a toda prisa la proclamación, Arnem entiende por qué la manera en que está redactada —tan fundada en la fe y el sistema de gobierno kafránicos— ha inflamado las pasiones de los participantes en esta discusión cuando Niksar la ha leído en voz alta por primera vez. Por tal motivo, como no quiere empeorar las cosas, se limita a resumirla con rapidez.

—Esto declara que Rendulic Baster-kin, el difunto Rendulic Baster-kin, si puedo añadir eso, Caliphestros...

—Eso ha sido cosa suya, no nuestra —declara Caliphestros con enojo. En vez de calmarse, sus miedos han resurgido—. Mis compañeras y yo solo queríamos huir de esta maldita ciudad, que tan injusta ha sido con nosotros.

El anciano mira a las panteras. La hija de Stasi camina de un lado a otro, presa de una confusión creciente y peligrosa, y es evidente que, si es necesario, está dispuesta a recurrir de nuevo a la misma violencia que ha aplicado a Baster-kin y sus guardias hace apenas unos momentos. Solo su madre se lo impide: parece que Stasi es capaz de transmitir a su hija que no hay razón para temer ni atacar a esos hombres, especialmente a los Bane, pero tampoco a los soldados; al menos, no de momento.

—Es verdad, sentek Arnem —declara Keera, usando el título que de momento parece preferir el comandante del ejército de Broken como método de acercamiento. Veloc y Heldo-Bah mueven la cabeza en señal de conformidad—. Nosotros hemos llegado justo cuando se cruzaban los dos grupos —sigue la rastreadora—. Caliphestros, Stasi y su hija solo pretendían abandonar la ciudad cuando Baster-kin ha incitado a los guardias que lo acompañaban, y de los que ahora sabemos que acababan de asesinar a los sacerdotes enviados por vuestro Dios-Rey a arrestar al Lord Mercader, para que perpetrasen otro ataque igual de traicionero: una decisión que hubieran hecho muy bien en no tomar, si es que pretendían salir con vida.

—Aunque —apunta Heldo-Bah— si llegan a intentar huir corriendo hacia la Puerta Este se habrían encontrado con nosotros y habrían corrido la misma suerte, aunque ejecutada con medios distintos.

—¿Hubieras cometido un asesinato dentro de las murallas de la ciudad, Heldo-Bah? —pregunta Arnem.

Por primera vez, los tres Bane miran a Arnem con una expresión parecida a la de Caliphestros en sus caras.

—¿Asesinato, yantek? —responde Heldo-Bah, provocando deliberadamente a Arnem—. ¿Acaso no ordenaste tú mismo que diéramos caza a todos los miembros de la Guardia de Baster-kin que pudiéramos encontrar y los presentáramos ante la justicia?

—No tengo queja alguna a propósito de los guardias —responde Arnem—. Pero no di ninguna orden sobre lo que debía hacerse con Baster-kin.

—¿El jefe de la Guardia no merecía ser considerado como miembro de la misma? —responde Veloc, atónito—. ¿Un jefe que ya había ordenado el asesinato de una escolta de sacerdotes que actuaban en cumplimiento de las instrucciones directas de vuestro Dios-Rey?

—Hay una incoherencia inquietante en eso, yantek, admítelo —añade Keera con gravedad—. Y, como ya te he dicho, han sido ellos los que, en cumplimiento de las órdenes del lord, han intentado ejecutar la sentencia que se dictaminó contra Caliphestros hace tantos años. Una sentencia que tú mismo has declarado injusta. Las panteras han actuado en defensa propia y en defensa de su benefactor. Cuando les hemos insistido en que se quedaran aquí era para que, al asumir tu nuevo poder, puedas contar con la sabiduría de este gran hombre. —La expresión de Keera pasa de la sorpresa a la suspicacia—. Pero a lo mejor lo hemos entendido mal...

—Sí —dice Caliphestros a los tres Bane, al tiempo que asiente con golpes de cabeza—. Ahora lo empezáis a ver...

—¿De qué nuevo poder están hablando, Sixt? —dice Isadora, acercándose a su marido con Dagobert.

Pero los asuntos presentes requieren la plena atención de Arnem.

—Permíteme decir, por el contrario, Caliphestros, que eres tú quien no empieza a ver —interpela el yantek al sabio—. Si esa proclamación es cierta, y lleva el sello real, tú vuelves a ser lord y tienes cargo de consejero.

—¿Yo? —se ríe Caliphestros—. ¿De quién? ¿De un rey que, según me consta, ha sido perverso desde la infancia y, a medida que crecía, ha superado en perfidia incluso a Baster-kin? ¿O tal vez de su hermana, que querrá ver mi cuello cortado a la primera ocasión para librarse de ciertos recuerdos... inconvenientes? ¿O me vas a recomendar al Gran Layzin, que me atribuyó personalmente la condición de brujo, hereje y criminal merecedor de la tortura y la muerte?

—No, señor Caliphestros —responde Arnem—. Te convertirás en asesor... mío. —El comandante pasea la mirada entre la colección de soldados, Bane y residentes del Distrito Quinto reunidos a su alrededor—. ¿Habéis oído todos las palabras que ha pronunciado Niksar? —Tras un asentimiento general, se vuelve hacia su esposa e hijo y resume los puntos principales del documento—. El Consejo de Mercaderes queda abolido y el Salón de los Mercaderes será destruido. Se declara a Rendulic Baster-kin enemigo del reino y deberá ser arrestado y sufrir el castigo que el Dios-Rey considere oportuno. El yantek del Ejército de Broken...

—Tú, padre —apostilla Dagobert.

—Eso parece —responde Arnem, aunque con cierta reticencia—. El yantek del Ejército de Broken se convertirá en primer oficial secular y primer poder civil del reino.

—¡Padre! —exclama Dagobert, como si viera vindicada en cierto modo toda su reciente batalla.

—Los hijos secretos de Rendulic Baster-kin... —Al notar la confusión de la mayor parte de su audiencia ante esta mención, Arnem levanta una mano—. Yo conozco esta referencia, así que conservad la calma todos. Baste decir que están vivos y que su «naturaleza maldita» es una herencia inocente, traspasada por el traidor Baster-kin. Se les declara como meros desafortunados y se encarga a Lady Arnem de su cuidado. —Mira un momento a su mujer—. El kastelgerd Baster-kin quedará, mientras dure la curación de los hijos, bajo la supervisión de su senescal, Radelfer. Los demás miembros de la familia Baster-kin podrán servir al Dios-Rey en otras partes del reino, salvo que revelen intenciones tan pérfidas como las del anterior jefe del clan. Por último, un khotor del ejército de Broken, en vez de la Guardia del Lord Mercader, ya disuelta, se encargará de conservar la paz dentro de las murallas de la ciudad, en cooperación con la guardia de la casa que Radelfer ha reunido de manera informal en el kastelgerd Baster-kin. —Tras enrollar el pergamino y devolvérselo a Niksar, Arnem continúa—: Y tú, esposa, quedas absuelta de toda sospecha. También Visimar.

El Distrito Quinto será reconstruido, no destruido. El asedio, junto con el atentado contra la vida del Dios-Rey atribuido a los Bane, formaba parte del pernicioso plan de Baster-kin para obtener un poder casi absoluto y no procede de sus superiores, ni de nadie del Bosque de Davon. Hay otros detalles menores, todos con el mismo espíritu. Y te recuerdo, Caliphestros, que lleva el sello real.

Caliphestros menea la cabeza con incredulidad y al fin contesta:

—Sentek... yantek, sea cual sea el cargo que vas a aceptar ahora: ¿has visto la proclamación repartida por toda la ciudad antes de nuestra llegada? También llevaba el sello real.

Al comprobar que Arnem no la ha visto, Niksar le pide una lámina de pergamino, recubierta de algún tipo de cola o laca, a un soldado cercano.

—Uno de nuestros exploradores ha arrancado esto de una pared del Distrito Tercero, yantek. Estaban colgados por toda la ciudad.

Arnem lo lee deprisa y se lo pasa a su mujer.

—¿Y qué más da? Simplemente da la misma información con mayor brevedad.

—Sixt... —dice Isadora, con repentina preocupación en la voz.

—Tu esposa ve la verdad tan clara en este momento como cuando se formaba con la mujer más sabia de Broken —declara Caliphestros, en parte apaciguado—. Mi señora —sigue, al tiempo que se lleva una mano al pecho e inclina la cabeza tanto como puede dada su postura, a horcajadas sobre el cuello y los hombros de Stasi—. Aunque yo no te conocía entonces, sí conocí a tu maestra, cosa que ella sin duda te escondió. Incluso me sugirió que te convirtieras en mi acólita, pero yo rechacé esa propuesta por tu seguridad. No hacía falta demasiada inteligencia para ver que estabas destinada a algo importante y no convenía arriesgar tu vida en mi servicio. El destino de Visimar, aunque por fortuna esté hoy con nosotros, y el final aún peor que encontraron todos mis seguidores son buena prueba de la sabiduría de mi decisión.

—Mi señor —responde Isadora, con no poca sorpresa y gratitud—, cualquier alabanza tuya es sin duda un honor, mi maestra siempre lo decía. —Se vuelve hacia su marido—. Y por esta razón, Sixt, en tanto que esposa tuya, he de dar voz a sus preocupaciones. Esta proclamación, emitida antes de que quedara decidido el conflicto, no se emite a favor tuyo ni de Baster-kin. Efectivamente, está redactada con la intención de que, fuera cual fuese el bando ganador, los ciudadanos creyeran que el Dios-Rey y el Gran Layzin habían adivinado y aprobado el resultado.

Arnem revisa el comunicado y ladea la cabeza, confundido.

—Es una interpretación posible, cierto. Pero es la más cínica, por no decir la más siniestra...

—¿Cínica? —interrumpe Heldo-Bah—. ¿Siniestra? Yantek Arnem, nosotros también hemos visto ese decreto y nos consta que lo que dice tu esposa es de sentido común, por el maldito y pestilento rostro...

—¡Heldo-Bah! —se ve obligada a intervenir Keera—. No estropees más las cosas con tus blasfemias... Sean del tipo que sean.

—Con o sin blasfemia, yantek Arnem —dice Caliphestros—, cada intervención tuya revela que das crédito a todas estas maniobras reales.

—«Maniobra» es una palabra dura, Caliphestros —dice Arnem—. Puede que tenga alguna duda. Pero si esta última proclamación me concede el poder para hacer lo que debo hacer, entonces esta ciudad y el reino se pueden reformar. Con tu ayuda y la de Visimar, encontraremos la fuente de la primera pestilencia...

—Según entiendo, tu esposa ya ha comprendido el problema esencial y no necesita mis consejos —replica Caliphestros—. Lo mismo puede decirse de la segunda enfermedad y el diagnóstico de Visimar. Entre los dos, respaldados por la autoridad que te han dado, podrán ingeniar un par de soluciones. Si es que existen las soluciones permanentes.

—Pero necesitamos tu sabiduría, mi lord —suplica Arnem—. Creo que no ofendo a Visimar si digo que tu mente no tiene igual.

—No me ofende en absoluto —se apresura a apuntar Visimar.

—Y tu súplica es muy halagadora, Arnem —declara Heldo-Bah al tiempo que tira a un lado el trozo de roble chamuscado que estaba usando para cortarles el camino a las panteras—. Salvo por una cosa: teniendo aquí a tu esposa y a Visimar, no necesitas a mi señor, como él mismo dice. En cambio, los Bane sí que vamos a necesitar a nuestro sabio en el Bosque. Y aunque estoy seguro de que esta no es la razón principal por la que Caliphestros quiere regresar, cualquier argumento en contra de su vuelta, sobre todo si procede de ti, que te has convertido de pronto en la criatura favorita de un Dios-Rey que mata de hambre a los suyos y caga oro, equivale a una demanda egoísta y a la que las dos panteras, en particular, van a hacer oídos sordos. Así que te advierto que, si sigues oponiéndote a su partida, lo haces por tu cuenta y riesgo, yantek.

Desde su posición, sobre un montón de escombros, Veloc y Keera se unen a su amigo, de pronto tan elocuente, y los tres proceden a situarse junto a Stasi, su jinete y su hija; sus expresiones dejan tan claro como las palabras de Heldo-Bah que sus opiniones sobre el lugar que corresponde a Caliphestros han cambiado.

—Para estar seguros de que nos entendemos del todo... ¿Sigues creyendo en la honestidad y rectitud del Dios-Rey y del Layzin, yantek? —pregunta Veloc—. ¿Por esos dos trozos de pergamino que llevan el sello real y sagrado?

—No pretendas hablar por mí, Veloc —advierte Arnem—. Mis creencias y mis reservas son de sobra conocidas. Pero tengo la autoridad. Nadie se va a oponer porque dirijo el único poder de Broken que podría apoyar esa oposición.

—Ah —masculla Caliphestros—. Al fin hemos llegado ahí: el poder. Tu poder lo arreglará todo. Dime, yantek: ¿no se te ha ocurrido que lo que destruyó a Rendulic Baster-kin fue el poder? ¿Y que este, como ya te dije, no creía estar haciendo el mal, sino apoyando con obediencia los deseos del Dios-Rey?

Arnem asiente con un movimiento de cabeza.

—Dijiste que era «el último hombre bueno de Broken».

—Y ciertamente lo era... Según los criterios de tu reino. Tu esposa lo conoció de joven. ¿Era ya igual entonces en espíritu, señora, a lo que terminaría siendo por influencia del poder?

—En lo esencial —responde Isadora, que ahora desea defender a su marido—. Luego, cuando tuvo la capacidad y se libró del tormento del dolor...

—Sí, cuando tuvo el poder. Planeó la muerte de su esposa, que ha muerto durante nuestra marcha, y creyó que se libraba de una hija querida, mientras mantenía virtualmente esclavizado a un hijo desgraciado y repudiado. El poder le permitió hacer todo eso, pero él siempre creyó estar cumpliendo con su deber; su deber con el Dios-Rey y con el reino. Incluso cuando te cortejaba y a la vez te amenazaba, Lady Isadora, y trataba de arreglar la muerte de tu marido y sus hombres, creía hacerlo por el bien de Broken con el poder que le otorgaba el verdadero demonio que habita este lugar. Bueno... —encantado de comprobar que los tres expedicionarios se han desplazado hacia la Puerta Sur y, al parecer, han decidido acompañarlo en su salida de la ciudad, Caliphestros dice por último—: créetelo todo si quieres, y si debes, Sixt Arnem. Hazlo lo mejor que puedas porque, recuérdalo... —De pronto, Caliphestros clava en Arnem una mirada que llega al alma del yantek— a partir de ahora serás el último hombre bueno de Broken, y por lo tanto el más peligroso. Cometerás toda clase de maldades en el nombre del bien y tu primera prueba llegará de inmediato. Porque te juro que si quieres que me quede tendrás que matarnos a mí y a mis amigos Bane. Y sospecho que ellos aconsejarán a Ashkatar y sus hombres que opinen lo mismo. Los que venimos del Bosque volveremos a él. Y si te interpones lo harás a riesgo de tu alma, más que de tu vida.

—Pero, señor —dice Visimar mientras Caliphestros avanza al fin hacia la puerta—, ¿ni siquiera nos vas a aconsejar desde lejos?

—Visimar, viejo amigo —llega la respuesta en un tono más cordial—, has aprendido a sobrevivir en esta ciudad. Ahora podrás incluso prosperar. Pero te lo advierto de nuevo, ten cuidado. Llegará el día en que cada uno de vosotros entienda, en el fondo de su lama, que Baster-kin no era la única fuente de traición de Broken, ni en muchos casos la principal. Tú lo sabes ya ahora mismo en el fondo, Lady Arnem. Pero os prometo una cosa —Caliphestros se inclina hacia delante para acariciarle el cuello a Stasi, cada vez más ansiosa, y transmitirle algo de paciencia—: si algún día descubrís cuál es el mal verdadero y queréis enfrentaros a él... Entonces, si sigo vivo, volveré para ayudaros. Pero ahora tengo que despedirme de vosotros...

El anciano permite al fin que la pantera se mueva hacia la puerta mientras un resignado Arnem indica a sus hombres que no obstaculicen al jinete, su montura, la segunda pantera o los tres expedicionarios. Al pasar al fin por la Puerta Sur, Caliphestros suelta una risa: una carcajada compleja que Keera ha aprendido a reconocer.

—No temas, Visimar —dice el sabio en su despedida—, nos mantendremos en contacto por los medios habituales. —Dedica a su viejo amigo una última y severa mirada—. Porque en verdad me dolería no saber qué tal te va...

—Pero... ¿dónde te voy a encontrar, maestro? —pregunta Visimar.

—No me vas a encontrar —dice Caliphestros mientras traspone la puerta—. Solo tres humanos saben dónde está mi... nuestra madriguera. Y creo... —Lanza una mirada a los tres expedicionarios—. Creo que puedo confiar en que nunca revelarán su ubicación.

—Así baje el dios dorado a la Tierra, soy capaz de tallarle un ano nuevo con la espada que me diste, viejo —afirma un Heldo-Bah sonriente, con el ánimo cambiado por completo—, antes de revelar algo así.

—La verdad de la Luna —añade Veloc—. Tal vez componga la saga de nuestro viaje, pero nunca revelaré dónde os encontramos.

—Puedes contar con ello —asegura Keera gentilmente al jinete—. Ni esos dos ni yo revelaremos dónde se encuentra. Pero... ¿podremos al menos, o podré yo, visitarte de vez en cuando?

—Siempre serás bienvenida, Keera —responde Caliphestros—. En cuanto a tu hermano y el otro... —con una repentina sonrisa amable, el anciano parece ablandarse por fin— supongo que pueden venir si así lo desean. Pero, por lo más sagrado, que Heldo-Bah se bañe antes. Y ahora... os tenéis que ir para explicar a Ashkatar todo lo que ha ocurrido. Yo iré directamente al Bosque con mis compañeras. —Baja la mirada hacia Stasi y su hija, con una profunda alegría—. Sí, vayámonos a casa.

A continuación, las dos panteras y el hombre, que conserva todavía la fuerza suficiente para mantenerse a lomos de la mayor de ambas, echan de inmediato a correr a tal velocidad que a los expedicionarios les cuesta seguirles. Al poco rato desaparecen todos entre los últimos grupos de árboles de las altas laderas de Broken y en medio de la extraña bruma que rodea la montaña.

Mientras contemplan la desaparición del grupo, Arnem, su esposa y si hijo se abstienen de pronunciar palabra y caminan hacia los restos de la puerta. Solo Niksar rompe el silencio.

—¡Yantek! ¿Encargo a un fauste de jinetes que los persigan?

—¿Y con qué intención, Linnet? —pregunta Visimar, con los ojos achinados para tratar de atisbar por última vez a su maestro—. Por lo que parece, tú, tus hombres, todos nosotros debemos la vida a esa pequeña tropa. ¿Intentarías traer de nuevo a Caliphestros en contra de su voluntad? Este reino ya lo intentó en una ocasión y fracasó.

—Fracasó por completo —murmura Isadora mientras hurga en la armadura de su marido para asegurarse de que la medalla que puso allí antes de la partida sigue en su sitio.

—Sí, por completo —accede Arnem, y la mira brevemente.

—Pero, después de haberte ayudado hasta ahora, padre —pregunta Dagobert—, ¿van a desaparecer así?

—Nunca he tenido razones para dudar de Lord Caliphestros —responde Arnem—. Y no me parece que me las haya dado ahora. Dice que si algún día descubrimos en esta ciudad una maldad más profunda de lo que jamás se ha conocido, podemos entrar en contacto con él por medio de Lord Visimar, que ahora, espero, aceptará la posición de honor que he ofrecido antes a su maestro.

Visimar inclina la cabeza en una reverencia breve.

—Será un honor, yantek.

Luego vuelve la mirada de nuevo hacia la montaña con la esperanza de atrapar una última visión del gran filósofo a quien tiene el orgullo de considerar su amigo.

—Entonces —concluye Arnem—, puede que regrese algún día, pero yo pondré todo mi ser en impedir que haya razones para eso. En cuanto a los Bane, nuestras relaciones no solo volverán a lo que eran antes de esta crisis, sino que mejorarán ahora que se han establecido al menos dos excepciones en la política del reino de desterrar a los imperfectos: los hijos de Baster-kin. Y pienso convertir esas excepciones en precedentes. Porque os confieso que esos rituales siempre me parecieron antinaturales... —En ese momento, la voz del nuevo poder supremo secular en el reino de Broken se dirige de nuevo a su esposa e hijo—. Bueno, ¿y entonces? ¿Vamos a ver qué tal están los demás niños? También he de informar a Radelfer de su buena fortuna.

Contentos, de momento, por haber puesto fin a la posibilidad de un conflicto interno, Isadora y Dagobert manifiestan felices su conformidad: sin embargo, no puede decirse que Lady Arnem esté en paz todavía con su alma...

Visimar, por su parte, casi parece no haber oído ese intercambio, de tan fija como está su mirada en la lejanía. Al fin, sin embargo, abandona la búsqueda; y es una lástima, porque si hubiera esperado apenas un poco más se habría llevado sin duda una alegría al distinguir —saliendo del bosque que se extiende en la base de la montaña— las figuras de dos panteras de Davon en plena carrera para volver a su hogar en el Bosque con un hombre anciano y mutilado que se aplica con todas sus fuerzas a mantenerse a lomos de la más grande, la de más blanco fulgor de las dos...

Notas

1. Bernd Lutz: «Literatura medieval», en *Historia de la Literatura Alemana*, traducida al inglés por Clare Krojzl (Londres, Routledge, 1993), p. 6.

2. «... morada de fuerzas pecaminosas y ritos sobrenaturales»: Gibbon no vivió lo suficiente para ver el eco que esta descripción de la montaña Brocken tuvo en otro gran genio de la época, Goethe, quien usó el lugar exactamente tal como lo describe el propio Gibbon —emplazamiento de rituales pecaminosos—, en *Fausto*, su obra más famosa. La primera escena de la inmortal Noche de Walpurgis de la obra, en la que Fausto se encuentra al tiempo con fuerzas sobrenaturales y con personajes de la mitología griega, ocurre en la cumbre de esa montaña, supuestamente maldita. El gran éxito que obtuvo la obra, así como su prolongada influencia, contribuyó a perpetuar y aumentar la ya de por sí notable reputación de la montaña.

3. «... los Bane»: Gibbon escribe: «Al encontrarnos con la palabra "bane", aquí, hemos de entender que no responde a su definición en el inglés actual —o sea, la que corresponde a "persona o agente que causa la ruina"—, sino al sentido que tuvo originalmente en todas las lenguas germánicas: "bani" en nórdico antiguo, "bana" en inglés antiguo, "bano" en el alto germánico antiguo (pronunciado *bahn-uh* y finalmente deletreado como *bane*), que, a su vez, se traduce por "asesino, matón" o, sencillamente, "muerte". Solo así alcanzaremos a entender cuán profunda era la impresión que esta raza diminuta provocaba a los ciudadanos de Broken.» [Aquí, una NOTA IMPORTANTE: la razón que explica la variante vocálica y la evolución hasta la grafía final de la palabra según la cita Gibbon en el tercero de los ejemplos anteriores es el famoso «cambio vocálico» del antiguo alto alemán, por medio del cual las vocales en casi todas las sílabas no

acentuadas se transformaban (o se reducían, no en vano ese cambio vocálico recibe en ocasiones el nombre de «reducción vocálica») en una «e» corta y uniforme, que luego terminaría por ser el sonido vocálico más común en el germánico medio y, finalmente, en el alemán moderno. Junto con el «cambio consonántico» que se dio en la misma lengua, más antiguo y menos relacionado con lo que aquí nos ocupa, este cambio vocálico fue el responsable de la transformación, entre los siglos VI y XI, de una lengua que en lo fonético era más cercana al germánico antiguo —igual que los primos de aquella lengua originaria, el inglés antiguo (o anglosajón), el neerlandés y nórdico antiguos, etcétera— en otra que construiría su propia rama dentro del árbol de la familia germánica. Dicha transformación, a su vez, llevaría al alemán moderno. –C. C.]

4. «... tengo por justa esa destrucción»: Gibbon escribe: «He aquí la primera de una serie de sorprendentes incoherencias temporales que podrían deberse al descuido en la redacción por parte de una mente indisciplinada o a algo bastante más misterioso: y cualquier lector crítico del *Manuscrito* dotado de conocimientos siquiera rudimentarios reconocerá y llegará a comprender a fondo que la mente del narrador, pese a verse afligida por múltiples particularidades, era todo menos indisciplinada. Y, sin embargo, en esta afirmación habla de una destrucción que "ha de llegar" a la ciudad y al reino, y luego de la destrucción que "evidentemente" ha ocurrido ya, dejándonos asombrados ante la posibilidad de que, si escribe antes de la destrucción, pueda saber no solo que tendrá lugar, sino qué forma adoptará hasta en sus menores detalles. Trataré este asunto más adelante en otras notas.»

5. «... guerras al sur»: Gibbon escribe: «La continua ambigüedad temporal hace imposible aclarar a qué se refiere el narrador cuando habla de "las guerras al sur". Habla de Broken en tiempo pasado y presente, lo cual sugiere que puede haberse tratado de un sacerdote visionario o algo similar; o que fue un historiador de tiempos posteriores e interpretó ese papel en busca de un mayor efecto dramático (como yo creo). En cualquier caso, durante todo el período al que se refiere, el Imperio [romano] occidental se encontraba, ciertamente, en situaciones diversas, pero constantes, de tensión y confusión y, al fin, disolución, que convertían el empleo de los auxiliares en algo inseguro e irregular. Al parecer, su único destino seguro tuvo que deberse a su lealtad al famoso general Aecio, quien, tras derrotar a Atila y su horda de Hunos en Troyes, en el 451 de nuestra era, murió asesinado a manos del celoso emperador Valentiniano. Parece también que Oxmontrot, con un empleo similar, tras participar en

el vengativo asesinato de Valentiniano, viajó al este para rendir servicio bajo bandera bizantina y encontró empleó en las guerras libradas entre el Imperio oriental y sus diversos enemigos, muy especialmente los persas, pero también los propios "parientes" germánicos de Oxmontrot. Tras prestar dichos servicios durante unos quince años, el fundador de Broken regresó a casa para supervisar la construcción de su nuevo reino.»

6. «... mi viaje... al otro lado de los Estrechos de Seksent»: Gibbon escribe: «Aquí podemos estar más seguros de que el narrador se refiere a un viaje a la Bretaña celta, a la Escocia celta o a Irlanda, únicos lugares de Europa que pueden ubicarse al otro lado de algún "estrecho", sin duda el conformado por los estrechos de Dover, punto más estrecho de nuestro Canal de Inglaterra y lugar de cruce más común entre Francia y las islas británicas, tanto entonces como ahora, donde podría haber encontrado a monjes capacitados para orientarle. La contribución de los monjes británicos e irlandeses a la preservación de la civilización durante el período en que existió Broken siempre ha sido minusvalorada.» Solo queda añadir que el término «Estrecho de Seksent» procede del nombre que Broken daba a los sajones, tenidos por equivalentes de los campesinos en ese reino, pese a que, operando desde su base principal en la región de Calais (lado sur del estrecho de Dover), los sajones habían demostrado ya ser un pueblo formidable con diversas incursiones que, cruzando el estrecho de Dover, los llevaban a Bretaña, así como en otras direcciones. Sin embargo, al parecer, todavía eran considerados como poco más que escoria del vagabundeo dentro de las fronteras de Broken. El traductor de Gibbon no usaba aquí la palabra *seksent* entre comillas, acaso porque era el nombre correcto de un lugar. –C. C.

7. «Bosque de Davon»: el nombre traiciona un origen germánico, si bien por supuesto no puede tomarse literalmente en el sentido del alemán moderno; aparte de que nos consta que Broken tuvo su propio dialecto (en líneas generales, una mezcla del viejo alto germano, gótico y alto germano medio, aunque a veces, como veremos, eso puede constituir un burdo exceso de simplificación), parece probable que el lugar se llamara «bosque de allí», pues «de allí» sería el significado estándar contemporáneo de *davon*. Pero hay una acepción secundaria de la palabra moderna que es mucho más interesante, sobre todo porque parece haber caído en desuso y, a causa de ello, es más probable que se derivase de alguna de las lenguas germánicas antiguas y que, en consecuencia, pudiera haber formado parte del léxico del dialecto de Broken. Esa acepción significa «a partir de allí», y denotaría que *davon* pudo usarse para señalar una «fuen-

te» de las cosas, incluyendo, acaso específicamente, las cosas malas y peligrosas. Cuando se suma su uso al de la palabra *bane* (véase su definición en nota 3), aún parece más probable.

A juzgar por su ubicación con respecto a Broken (y dando por hecho que Broken y Brocken son, efectivamente, el mismo pico, lo cual parece, tal como dice Gibbon, casi irrefutable), resulta que Davon era tan solo un nombre distinto para el vasto bosque turingio (según concluye Gibbon en una nota posterior). Sus cientos de kilómetros cuadrados de densa y escarpada arboleda, que cubría por igual montañas y valles, así como sus frecuentes y repentinos quiebros en cascadas de agua, encajan de modo preciso con la descripción de Davon aportada por el narrador. Mejor dicho, encajarían de modo preciso durante el período que nos ocupa (entre el siglo V y el VIII), cuando el bosque era todavía primigenio y no se habían talado grandes extensiones para la obtención de madera y leña, repobladas más adelante por brotes secundarios que, pese a ser también impresionantes, no alcanzaban las dimensiones abrumadoras presentes en las porciones de bosque antiguo que sí han sobrevivido. Si aceptamos la sugerencia de que el bosque turingio y el de Davon son el mismo, podemos también avanzar en la conjetura de que las montañas que la gente de Broken conocía como «las Tumbas» eran la misma cadena que hoy en día conocemos como las montañas de Erz u Ore. Situadas en la frontera entre Alemania y la República Checa, las Erz contienen (como su propio nombre indica) gran riqueza de depósitos minerales y unos imponentes desfiladeros gélidos que se adaptan con precisión a la descripción de las Tumbas ofrecida por el narrador.

8. «... saqueadores»: palabra de uso repetido a lo largo del texto, podría ser, por supuesto, un término genérico para todas las tribus nómadas; sin embargo el énfasis puesto en señalar que venían del este, «de donde el sol de la mañana», junto con las referencias a continuación repetidas acerca de los «saqueadores del este» que atacaban con el sol a las espaldas para cegar y confundir a sus enemigos, parece indicar que el término se aplica en primera instancia a los hunos, que ciertamente preferían atacar de ese modo y que, pese a su reputación de guerreros invencibles e inasequibles al miedo, bien podrían haber escogido renunciar a un reino tan relativamente pequeño, pero capaz de defenderse, como Broken. –C. C.

9. «... con este límite, como con tantos otros»: sirva también para establecer desde el principio que esta sensación de nostalgia por parte del narrador a propósito de los «límites» del pasado encaja con la naturaleza de muchos estados germánicos en la era de los bárbaros. La palabra «bárbaro» se asocia a menudo en la conciencia popular con un estilo de vida

nómada y guerrero, así como con la indefinición de las fronteras y los gobiernos anárquicos; sin embargo, la verdad (o, mejor dicho, la pequeña verdad que conocemos) es que la mayoría de los pequeños reinos desaparecidos del norte de la Europa central, así como del nordeste, si no todos, ocupaban regiones discretas y relativamente bien ordenadas. Eso resulta cierto en particular para los reinos que, como Broken, conservaron fuertes influencias góticas, aunque hiciera ya tiempo que los godos se habían ido de allí; eso, suponiendo que estos, efectivamente, en algún momento invadieran o fueran invadidos por alguien, lo cual respondería a una de esas teorías de la migración de los pueblos avalada por el tiempo pero, en definitiva, pendiente todavía de demostración y seriamente cuestionada en estos últimos tiempos.

La noción común de lo que ha terminado en llamarse (por usar el título de una de las obras centrales del siglo XX sobre este tema, escrita por el historiador británico J. B. Bury, importante aunque acaso algo superado ya) «la invasión bárbara de Europa» podría tener poco de estudio sobre bases firmes y mucho de culminación de siglos de conjeturas históricas y seudo-hagiográficas entre académicos de toda Europa e incluso, al final, también de Estados Unidos. Pero el punto débil principal de esa idea de una oleada tras otra de tribus incursoras que no practicaban la agricultura y se veían impelidas por la necesidad de conseguir comida para su gente y forraje para unas manadas de caballos y ponis que no paraban de crecer, así como por el anhelo de unas riquezas que no podían, o no querían, obtener por medio del trabajo duro y sedentario en las ciudades y los puertos dados al comercio, es que se ha vuelto sospechosa en estos últimos años (del mismo modo en que, durante el mismo período, la verdad supuestamente irrefutable según la cual los indios de América del Norte serían los verdaderos nativos de América ha sido puesta en duda, en voz baja, a medida que han aparecido pruebas de otros habitantes anteriores); de hecho, la teoría de las «hordas bárbaras» podría ser un ejemplo de propaganda, aunque sea mucho más antigua que ese término moderno creado para nombrar la intención de engañar deliberadamente a poblaciones enteras. En realidad, podría tratarse de un fragmento eficaz de ficción datado en la misma Roma imperial y destinado especialmente a la porción occidental del imperio, que necesitaba explicar por qué sus orgullosas legiones se veían repelidas y a veces incluso superadas por las tribus del norte del Danubio y del este del Rin.

Cualquier emperador, y mucho más un comandante de la legión, que viera el avance de sus tropas paralizado a causa de esos bárbaros, por no hablar de una posible derrota, tenía muchas explicaciones que dar, tanto a la aristocracia romana como a un grupo más numeroso y representado por el acrónimo que las legiones llevaban al campo de batalla: SPQR, *Senatus Populusque Romanus*, el senado y el pueblo de Roma. Pero de vez en cuando sí se daban esas derrotas, sobre todo a manos de las tribus germánicas. De hecho, el número de derrotas no hizo sino aumentar a medida que la vida de Roma como república se fue convirtiendo en un recuerdo lejano para consolidarse su transformación en imperio. Se volvió necesario, en consecuencia, tramar una racionalización más elaborada que la simple superioridad en combate de las tropas germánicas; y la teoría de una sucesión de oleadas de «invasores bárbaros» podría haber resultado oportuna para cubrir esa necesidad. Podía —y, de hecho, debía— describirse a aquellos hombres (y también mujeres, pues las hembras nórdicas y germánicas a menudo luchaban junto a los guerreros varones de la tribu) como el peor de todos los peligros posibles si las legiones romanas querían mantener en otras fronteras la reputación de indomables. Así, se declaró como norma que esas tribus no solo eran en todo punto tan arteras como los líderes de los imperios y reinos que se extendían más allá incluso de Persia, sino también traidoras como los egipcios y los cartaginenses y tan salvajes como los trastornados pictos de los extremos más nórdicos de Bretaña, con los atributos añadidos, por supuesto, de ser jinetes asombrosos y marinos expertos. No debía causar extrañeza, entonces, que el propio Julio César terminase por declarar que no iba a luchar en Germania, ni a intentar conquistarla: enfrentarse a «los germanos» se había convertido en símil de luchar contra una fuerza casi sobrenatural y los encuentros que sí se producían ocasionalmente, desastrosos por lo general, si terminaban con pasajeras victorias romanas se caracterizaban por unas medidas punitivas adoptadas contra los guerreros y los civiles germánicos por igual e inusualmente horrendas, incluso para tropas tan despiadadas como las legiones romanas.

Esta magnificación del enemigo para explicar la derrota o el desastre es cualquier cosa menos una táctica única o sin precedentes en la historia militar del mundo; de hecho, es demasiado común cuando los gobiernos necesitan racionalizar no solo el fracaso, sino también la enorme pérdida de sangre y dinero que solía acompañar a esos fracasos, así como el coste que implica patrullar de manera constante por una frontera hostil. El dato específico en este caso, sin embargo, es que el hecho de que la historia de Broken no encajara en el panorama general de las «invasiones bárbaras» de Europa podría no deberse tanto a la conjetura de que Broken no hubiera existido jamás como a la muy cierta posibilidad —planteada con gran fuerza, en estos últimos años, por Michael Kulikowski en su reciente y seminal relato de «Las guerras góticas de Roma»— de que esos guerreros a los que se enfrentaban los soldados romanos cuando entraban en Germania fueran tan temibles precisamente porque no representaban a ninguna horda de un exótico oriente; más bien serían los moradores de aquellas tierras desde mucho antes, tan valientes como los romanos y más dispuestos a defender sus tierras que los romanos a conquistarlas. La conclusión lógica de todas esas consideraciones —que el poder militar e imperial de Roma tenía un límite— era una idea cuya propagación no podía permitirse el gran imperio; así que toda referencia al reino de Broken, ya fuera durante los siglos del imperio pagano de la Roma occidental o durante su temprana era cristiana, quedaba suprimida, lo cual explicaría por qué no encontramos ninguna mención directa del reino en los antiguos anales de la historia romana. –C. C.

10. «... no son demasiado bajos»: Antes de despreciar como una licencia poética la idea de que buena parte de los componentes de la tribu de los Bane, si no la mayoría, eran humanos adultos de estatura excepcionalmente pequeña (sin que, al parecer, por lo general se los etiquetara como enanos, particularidad importante), deberíamos recordar todo lo que la ciencia moderna ha aprendido sobre la herencia genética y el entorno adaptativo, tanto en humanos como en otros animales. Los Bane, en consecuencia, eran casi con seguridad el producto de la endogamia entre gente con algunas características distintivas, la primera de las cuales era sin duda una naturaleza excepcionalmente baja.

De todos modos... hay una segunda explicación posible e intrigante, no solo para la existencia de los Bane, sino para la aparición común de gente diminuta en muchas de las historias y leyendas que proceden de la era bárbara, así como de otras eras más recientes: historias y leyendas que, por supuesto, han influenciado muchas obras de ficción basadas en esos períodos, así como obras de fantasía bien conocidas. Esa posible explicación solo se ha hecho disponible por diversos descubrimientos contemporáneos en antropología arqueológica y zoología; debo insistir en que la teoría es, como parece obvio, de naturaleza altamente especulativa (algunos dirán que es caprichosa); no por ello deja de merecer una mención: en años recientes, un grupo de científicos ha descubierto lo que, según afirman, constituye una nueva especie en el género Homo, el *Homo floresiensis*, que, según parece, estaba constituido por una «gente en miniatura», lo cual significa que no superaban en altura los 120 centímetros, aunque nunca fueron etiquetados como enanos. Hasta la fecha, solo se han encontrado huesos fosilizados de esta «especie» en las pequeñas islas de Indonesia de las que reciben el nombre: Flores. La afirmación de que representan una variedad completamente nueva de nuestro propio género ha sido discutida por científicos escépticos bajo la consideración de que no eran sino miembros de la especie *Homo sapiens* afectados de microencefalia, un trastorno que impide al cerebro crecer más allá de un tamaño limitado, provocando que el resto del cuerpo se adapte a dicha limitación. Sin embargo, resulta particularmente intrigante la afirmación de que dichos «humanos en miniatura» (apodados como *hobbits* [del inglés antiguo *holbytia*, «que vive en un agujero»] por sus descubridores, por obvias, aunque incorrectas, razones anatómicas), podrían haber estado presentes también en los montes Harz, idea basada en los patrones de migración humana, así como en el hecho de que en 1998 se descubrieran fósiles de «dinosaurios en miniatura» —parientes cercanos de los braquisaurios, aunque su tamaño alcanzaba apenas un quinto del característico en esos enormes herbívoros— en la cadena de las Harz.

¿Cabe la posibilidad de que la «gente en miniatura» hubiera existido en esa misma cadena montañosa de las Harz, igual que esos «dinosaurios en miniatura», separados por el mismo intervalo que separa al *Homo sapiens* de los dinosaurios mayores? De nuevo, se trata tan solo de una insinuación de que las afirmaciones del narrador acerca de los Bane son verosímiles y plantean una intrigante alternativa a la explicación (más probable, aunque menos innovadora y, ciertamente, menos entretenida) de la adaptación genética; aunque, al mismo tiempo, nada demuestra que esas dos explicaciones se excluyan mutuamente.

11. «... Kafra»: Gibbon escribe: «Su dios, Kafra, es, como ya he dicho antes, una variación interesante de deidades como Elagábalo [escrito a veces como Heliogábalo, en parte para distingurlo del Elagábalo emperador romano] y Astarté, cuyos adeptos resultaron ser bastante numerosos y, desde luego, interpretaban la perfección física y la riqueza material como signos reveladores del favor divino. En cambio, en el caso de Kafra, la evolución de ciertos elementos más sensuales y degenerados de dichos cultos recibió un tratamiento decididamente germánico, pues se organizaron dentro de un sistema teocrático de manera pragmática y extremadamente organizada.» Kafra también ejemplifica el cambio generalizado que experimentó el occidente bárbaro al alejarse de las religiones que otorgaban un lugar prominente a la figura femenina (a menudo como diosa de la fertilidad), para acercarse tanto a las religiones paganas como a

las monoteístas, en las que la autoridad suprema estaba representada por una figura masculina. Hay ciertas similitudes superficiales entre Kafra y Jesucristo (los rasgos faciales, una serena sonrisa que se menciona con frecuencia con el propósito de reflejar un carácter benevolente) que merecen comentario, aunque el propio Gibbon, siempre ansioso por no alarmar a Burke antes de que este hubiese mirado siquiera el *Manuscrito*, apenas las menciona. –C. C.

12. «... la sagrada Luna»: hay algo relacionado con la identidad del autor del *Manuscrito*, un hecho en el que al parecer no reparó Gibbon, que resulta iluminador: en toda ocasión el narrador muestra tanto respeto por la palabra «luna» que al traductor al inglés le pareció apropiado usar en todo el texto la inicial en mayúscula. El dialecto de Broken tenía, al parecer, algo equivalente a las mayúsculas (aunque hoy en día ignoramos todavía qué aspecto tenía su lenguaje en forma escrita), y es posible que el narrador las usara simplemente para mostrar respeto por la deidad de los Bane, como en publicaciones modernas se usa la mayúscula para el Dios de los cristianos, o el Alá de los musulmanes; sin embargo no cabe descartar por completo que su uso significara algo más; de hecho, podría significar que el propio narrador fuera probablemente un adorador de la luna, idea que aporta posibilidades intrigantes al respecto de su identidad. –C. C.

13. «... la rocosa Zarpa de Gato»: de vuelta a la geografía del reino de Broken, podemos inferir que esas montañas algo menores que se alzaban al norte de las Tumbas, y que en el *Manuscrito* permanecen innombradas, son la cadena de las Harz, cuyo punto más alto, como dice Gibbon, es la montaña que se conoce desde hace tiempo como Brocken. De ello se desprende que el río que los ciudadanos de Broken llamaban Meloderna sería el moderno Salle, cuyo manantial está en las mismas Harz. Los valles medio y bajo del Salle estuvieron durante mucho tiempo rodeados de exuberantes granjas, pese a que hoy (y quizá deberíamos ser cuidadosos a la hora de extraer ninguna inferencia supersticiosa de tal hecho) gran parte del río esté tremendamente polucionada por los efectos que suelen acompañar a los desechos industriales de las granjas colindantes.

El único misterio geográfico que permanece es la identidad moderna del río mencionado en el *Manuscrito* como Zarpa de Gato; aunque hay varios candidatos posibles entre Brocken y el bosque turingio, parece imposible establecer con certeza cuál es el que describe el narrador.

14. «... llamado Groba»: en una interpretación superficial, la connotación parecería clara: *groba* es el término gótico para «cueva», como habitáculo o madriguera, y este consejo se reúne en un lugar de esa clase,

mientras que también sus sanadores trabajan en cámaras similares, más arriba. Mas cuando nos encontramos con palabras así (por no mencionar los nombres de lugares y personas más exóticos todavía) recordamos también la afirmación de Gibbon, según la cual el lenguaje del pueblo de Broken, aunque fuera en lo fundamental un dialecto germánico, tenía influencias orientales por razones que no conocemos con certeza, más allá de señalar la influencia del gótico, ya de por sí suficientemente «exótico» en apariencia, al menos para Gibbon. Y sin embargo, el Groba como sistema, en un sentido estructural, no es nada exótico para una tribu germánica. Desde luego, se parece mucho más al sistema habitual de gobierno entre los germánicos —que muy a menudo presentaba oficiales escogidos, ejecutivos y, en muchos casos, si no en la mayoría, incluso reyes electos— que el gobierno de Broken. El Groba también refleja, en consecuencia, el tipo de gobierno autóctono tradicional que solía regir en las comunidades de la región entre el río Zarpa de Gato y el Meloderna antes de integrarse para conformar el reino de Oxmontrot. –C. C.

15. *«Ficksel!»*: es interesante señalar que Gibbon escogió no comentar esta palabra en concreto. Como en el alemán moderno hay procacidades muy similares a *ficksel*, tanto por su pronunciación como por su significado, se da por hecho que también las había en tiempos de Gibbon y que su omisión se debe a una cuestión de tacto: un tacto bien peculiar si tenemos en cuenta otros relatos de diversos comportamientos perversos que Gibbon no pareció tener reparo alguno en comentar, además de una tendencia general en la literatura europea de finales del siglo XVIII hacia la procacidad y la obscenidad, tendencia que aportaría gran parte del ímpetu que iba a terminar en la escritura más reservada, casi púdica, de la era victoriana. –C. C.

16. *«Veloc»*: no por primera vez, Gibbon habla aquí de la «gran frustración de carecer de instrumentos filológicos suficientes para la tarea de discernir los nombres, enormemente coloridos, de muchos de los personajes del *Manuscrito*». Su incapacidad se debía a menudo a los limitados avances de los estudios de su época, pero también, en alguna ocasión, era el resultado de lo que él mismo llamaba «la casi desequilibrada insistencia del hombre que tradujo el documento y me lo suministró [interesante elección verbal, pues, sobre todo en este contexto, implica algún proceso de venta de información escandalosa] en no compartir sus técnicas de traducción ni desprenderse del *Códice de Broken*, por el que a gusto hubiera pagado tanto como pagué por el propio *Manuscrito*». Sin embargo, este fragmento más bien irritado de su nota está destinado, cabe suponer, a

subrayar su inteligencia por haber encontrado lo que a él le parecían explicaciones sólidas de los nombres de los tres expedicionarios. «Es esencial para el drama saber cuanto podamos de estos nombres —afirma con razón—, pues se trata de unos personajes con mucho peso en la historia. El primero, Keera, exige tan poco esfuerzo que apenas merece mención: todavía encontramos ese nombre en pleno uso (más a menudo bajo las formas de Kira o Kyra) en Escandinavia o en los Países bajos, así como en Rusia. Y esas naciones lo tomaron, por supuesto, de Grecia, pasando por Roma. El único punto de interés radica en el hecho de que no se originó entre los griegos, sino entre sus eternos antagonistas, los persas, pues no es más que la versión femenina de Cyrus, nombre que alcanzó fama por Cyrus el Grande, mandatario de ese pueblo en el siglo VI a. de C., y primero en lograr la expansión de su estado hasta dimensiones verdaderamente imperiales. El significado de este nombre célebre se ha interpretado como «perteneciente al sol» y como «de larga vista». En este caso, parece que se enfatizaba la segunda interpretación. Y es posible que los padres de Keera esperasen hasta que hubiera empezado a mostrar su carácter y sus variados dones sensoriales antes de concederle un nombre permanente. Se sabe de varias culturas tribales que practicaban esa costumbre a la hora de nombrar (entre las que se incluyen, con especial importancia, diversas tribus bárbaras del norte) e incluso entre nuestras naciones europeas no se considera que un nombre es permanente hasta que el niño ha sido bautizado, cosa que suele ocurrir en la infancia, pero podría darse más tarde; era una práctica más común allá donde se creía que los nombres tenían un poder formativo sobre la descendencia, y es evidente que los padres de Keera compartían ese hábito. Esas ideas (la influencia nórdica en la elección del nombre y la posibilidad de que el mismo se escogiera tarde) se refuerzan por el caso de su hermano Veloc, aunque el origen de ese apelativo es, hasta cierto punto, menos evidente. La primera sílaba parece ser una aproximación en la variante idiomática de Broken de *valr*, término que en el antiguo nórdico se usaba para «los muertos», mientras que la segunda (interpretada en el contexto de la anterior) sería la variante de Broken del semidiós nórdico Loki (también Loci, Loge), hermanastro de Odín, maestro del engaño, creador de formas y a veces noble amigo de los hombres. Se diría que los padres de Veloc le dieron ese nombre cuando ya habían intuido su naturaleza dual y tal vez pretendieron frenar la creciente influencia de Loki sobre su hijo, o acaso estarían homenajeando a Loki con la esperanza de que el dios destinara su lado benevolente a ayudar a su hijo, metido en problemas.

En cambio, al tratar de interpretar el nombre de Heldo-Bah es cuando vemos al Gibbon más imaginativo, casi antojadizo: «Tengo la convicción —afirmó— de que nosotros [los de las Islas Británicas] podemos considerar que este personajillo notable es de los nuestros: no solo porque se afilara los dientes, práctica no ajena a algunas tribus primitivas como los pictos, sino también porque llegó a Broken como niño esclavo, de modo que podía proceder de cualquier lugar, Bretaña incluida. El primer componente de su nombre es claramente una interpretación germánica del *hero* inglés (*held* en alemán moderno o *helden* en plural), nombre que también nos llegó de los griegos a través de los romanos; y ese *bah* de sonido despectivo, como tantas exclamaciones parecidas, se usaba ya por igual entre los bretones, sajones y frisios, por lo que parece razonable dar por hecho que el muchacho había sido robado en Bretaña por navegantes saqueadores del norte (muy probablemente frisios, con quienes, al parecer, la gente de Broken luchaba y comerciaba) y que esos guerreros tomaron el nombre de pila Hero y lo convirtieron en apelativo de escarnio. Y cuando el niño se hizo hombre es probable que lo mantuviera, ya fuese porque nunca llegó a averiguar su significado o por una causa tan poco compleja como el rencor. La segunda explicación es más probable: sin embargo, la primera alude a un gusto por la ironía entre los Bane que volveremos a encontrar más adelante.» Gibbon repite aquí la creencia popular de que los pictos se afilaban los dientes (idea que recogió Robert E. Howard en sus historias de Conan) y no podía saber que si alguien se afilaba los dientes, aparte de Heldo-Bah, lo más probable es que fueran sus mismos captores nórdicos, pues se ha descubierto recientemente que los vikingos solían hacerlo para «embellecer» sus dientes. –C. C.

17. «... Daurawah»: Gibbon escribe: «La ciudad de Daurawah, que cumplía las funciones de puerto para los mercaderes de Broken, así como para los navíos comerciales extranjeros que llevaban bienes al reino, estaba sin duda ubicada en el Saale, río que en el *Manuscrito* aparece como Meloderna; si a alguien le parece difícil creer que un grupo tan reconocible de Bane como esos tres expedicionarios pudiera entrar tan tranquilamente en un pueblo así, debe recordar el aire general y la condición de Daurawah en esa época, que será claramente desarrollado en un capítulo posterior.»

18. «... cataratas Hafften»: a propósito de las cataratas del río Zarpa de Gato, véase la nota 69.

19. «... chorreante»: tal como he mencionado en la nota introductoria, el texto contiene muchos elementos y palabras que, por su condición ver-

nácula, podrían parecer relativamente modernos a nuestros oídos, pese a que son totalmente apropiados y coherentes con la época. Este «chorreante», que corresponde al inglés *oozing*, es un ejemplo excelente, pues se deriva del término que se usaba en el inglés medio de la Edad Oscura para el verbo «escurrir». En cambio, palabras de significados similares que podrían parecer más formales y, por lo tanto, «más antiguas» —en este caso, digamos, «rezumar»— apenas empezaban a usarse en la época en que el traductor estuvo trabajando con el *Manuscrito*, a finales del siglo XVIII. Así se establece un patrón que pronto quedaría fijado para muchas palabras onomatopéyicas que suenan familiares y contemporáneas a nuestros oídos modernos pese a tener raíces más profundas que otras de apariencia más antigua. Todo eso nos recuerda que el antiguo alto germánico, una de las lenguas que derivaron en el dialecto de Broken, fue tal vez una de las primeras lenguas europeas que inspiraron la formación de esa clase de obras escritas en dialecto vernacular; la idea de que las historias de la época barbárica y de principios de la Edad Media se expresan de modo más natural, o auténtico, en un tono acartonado y florido, nació con escritores del fin del medioevo y de tipo «distinguido» como Thomas Malory, y especialmente con las interpretaciones revisionistas de victorianos como Sir Walter Scott y Lord Tennyson, Alfred. La cantidad de autores modernos que siguieron los pasos de Scott y Tennyson es excesiva para enumerarlos aquí, aunque hay notables excepciones, como la de Robert E. Howard. Por supuesto, también hay escritores modernos que optaron por la dirección contraria, cuyos personajes no solo hablaban la versión vernacular de eras medievales, ya fueran estas reales o fantásticas, sino que incluso lo hacían con vulgaridades absoluta y anacrónicamente modernas; sin embargo, ellos no tienen cabida en este estudio. –C. C.

20. «... *mang-bana*»: Gibbon escribe: «Los nombres de diversos rituales de exilio, mutilación y ejecución citados en el texto demuestran la naturaleza por entero cosmopolita de la vida de Broken y su lenguaje: igual que algunos de los insultos propios de los Bane, el término *mang-bana* contiene elementos de palabras que han sobrevivido en el alemán moderno (podríamos traducirlo muy vagamente por «exilio de los imperfectos»), y sin embargo conserva una clara influencia gótica, o al menos así podemos suponerlo a partir de nuestro limitado conocimiento de esta lengua, por medio del cual sabemos que estas palabras contienen elementos bastante comunes no solo con los nombres góticos, sino también con otras palabras del mismo idioma. Lo que quedó del peculiar vocabulario del dialecto de Broken nació, al parecer, de algunas palabras proce-

dentes de Oriente o de orígenes aún más oscuros, muchas de las cuales se quedarán, sin duda, sin posibilidad alguna de rastreo o identificación si tenemos en cuenta que algunos dialectos, o incluso algunos idiomas que estuvieron en pleno uso durante la era barbárica de Europa, han desaparecido por completo.

21. «... tres semanas»: aunque se daban algunas diferencias entre el número de meses de los calendarios de la población de Broken y de los Bane, todos parecían dividirse, como efectivamente ocurre en casi todos los sistemas de calendarios, en períodos de siete días. –C.C.

22. «Tayo»: el nombre del marido de Keera es uno de los diversos ejemplos enigmáticos de nombres Bane que extienden con firmeza sus raíces hacia más de uno de los idiomas que influyeron originalmente en el dialecto de Broken. En este caso, los idiomas son el antiguo alto alemán y el gótico y el significado es, con casi total certeza, el mismo que tiene nuestro moderno Teodoro o Theodor: «regalo» o «regalo de dios», o de la diosa, pues en este caso la referencia sería sin lugar a dudas la deidad de los Bane, encarnada por la Luna.

23. «Sentek»: el rey fundador de Broken debió de servir como guerrero auxiliar de Roma, tal como propone Gibbon, porque el sistema de organización militar que ideó se parece mucho a los elementos básicos del orden de finales del Imperio romano (con las cantidades de hombres que formaban cada unidad reducidas drásticamente, como es obvio, dado el tamaño del reino de Broken, mucho menor); el rango de un *sentek* equivale más o menos al de un *legatus* romano o comandante de la legión, mientras que el de un *yantek* se corresponde con el del *praetor* (si bien, por carecer de auténticas provincias y por ser el Consejo de Mercaderes el que cubría las funciones de los cónsules, el rango se convertía simplemente en el de un «comandante supremo» de Broken); un *linnet,* por su parte, no parece ser distinto de un tribuno, mientra que un *pallin* vendría a ser un simple legionario. Un *khotor* es, como parece obvio, el equivalente de una legión, aunque toma su nombre de la cohorte, una unidad menor en Roma y en Broken compuesta por diez *fausten* (plural de *fauste*, que en inglés sería *fist* [puño]). También parece que había dos rangos levemente inferiores al linnet: «el linnet de la línea», justo por debajo de aquel y capacitado para comandar *ad hoc* subdivisiones de un *khotor* de infantería; y el *lenzinnet*, «primera lanza», rango que se anticipaba al futuro al equipararse con un grado que se daría luego entre ciertas formaciones de la caballería moderna. Sin embargo, para lo que nos ocupa es más importante saber que esas jerarquías estaban firmemente asentadas en la tradición

romana y componían versiones menos formales del *pilus prior* del imperio, primera lanza o, en el caso del *lenzinnet,* «primera daga». La prueba definitiva de esta teoría de que el ejército de Broken partía del modelo romano es el hecho de que, aparentemente, las palabras *khotor* y «legión» sean de naturaleza intercambiable en el texto (o eso parece haber pensado quien lo tradujo al inglés).

24. «Sixt Arnem»: se trata de un nombre germánico por completo, cuyos componentes han llegado intactos a tiempos modernos, apoyando aún más la teoría de Gibbon acerca de la plausibilidad cultural e histórica de este relato. Muy a menudo se cambia la grafía por «Arnim», aunque no está claro si se trata de un error o del mero resultado de una traducción y del ajuste o la confusión dialectal (en el antiguo alto alemán Arnim se hubiera convertido sin duda en Arnem al mantener la tendencia de que todas las vocales de sílabas átonas se convirtiesen en una «e» corta); y, aunque las asociaciones originales de esa familia fueran militares, cosa que no nos sorprende, hacia mediados del siglo XIX ya encontramos lo que ahora son Von Arnem y Von Arnim (donde el *von* significaría «de» y se usaría para señalar una conexión aristocrática honorable con una familia o con el lugar de algún gran logro, del mismo modo que la aristocracia británica usa el *of*) esparciéndose por la humanidad. La razón de esta apertura de intereses entre la casta militar de los prusos (y los oficiales más listos de los estados más pequeños de la Germanía siguieron el ejemplo ruso) estriba en que, durante la segunda mitad del siglo XIX cayó bajo la creciente influencia filosófica y doctrinal de Helmuth von Moltke, creador del sistema general moderno de organización del personal militar, mano derecha del canciller Otto von Bismarck en su ejército, arquitecto de las guerras que servirían para cumplir el sueño de Bismarck de unir el Imperio germánico y, en fin, firme creyente en la idea de que los oficiales, sobre todo los más jóvenes, tenían que formarse a sí mismos, tal como había hecho él; tanto en humanidades como en estudios puramente militares. (Las mujeres participaron en el movimiento liberal humanista y los Von Arnem, o Von Arnim, no fueron una excepción: a principios del siglo XX encontramos a la esposa de uno de ellos, una mujer inglesa convertida en escritora con la divulgación suficiente para que uno de sus libros, *Un abril encantado,* obtuviera una recepción tan positiva que se llegaron a rodar dos adaptaciones cinematográficas, una en 1930 y otra, nominada para varios Oscar, en 1992.)

Hubo generales importantes que llevaron el nombre Von Arnim (a menudo escrito todavía con la grafía «Arnem») en la guerra franco-prusiana, así como en ambas mundiales; el más joven tuvo un papel importante en el Afrika Corps de Rommel, mientras que el mayor incluso tenía Sixto por nombre de pila. De todos modos, el significado del apellido es oscuro, pues no parece haber en la Alemania moderna provincias, pueblos, montañas ni batallas importantes (elementos que suelen determinar la creación de ese *von* honorífico) que lleven tal nombre en cualquiera de sus grafías, lo cual plantea la interesante pregunta de si el *von*, en este caso, no cumplía la función de insinuar la clásica conexión geográfica, sino el nexo con un distante antepasado, Sixt Arnem. –C. C.

25. «... yelmo de chapa de acero»: por llamativo que parezca, lo que sabemos con certeza del material que los «soldados de la era oscura» usaban para sus armaduras y yelmos está entre poco y nada. Y aunque sabemos algo más acerca de sus armas, es bien poco también, lo cual nos obliga a confiar en las descripciones de dichos elementos en textos como el *Manuscrito de Broken*, que, afortunadamente, contiene (como se verá) una abundancia inusual a la hora de describir esos pertrechos, cuya artesanía constituye una parte muy central de esa historia. Podemos adivinar, por ejemplo, que esta referencia a un diseño básico del yelmo al principio de la Edad Media, desarrollado entre las tribus germánicas y llamado *Spangenhelm*, donde *spangen* se refiere a los cierres de la estructura metálica, a la que se añadían diversas capas de acero, ya fueran soldadas o remachadas, se convirtió en la base de los yelmos normandos similares (también, en su mayor parte, carentes de adornos), así como de otras muchas tribus no germánicas del mismo período, aunque no podemos, por supuesto, decir cuántas son. Podemos añadir que a menudo el número de chapas dependía no solo de la forma de la cúpula del yelmo, son también de cuántos «alerones» metálicos (partes móviles que se ataban durante la batalla y en otras ocasiones quedaban sueltas, alternando las funciones de proteger y permitir el acceso al cuello, orejas, mejillas, nariz, etcétera) se incorporaban a cada diseño particular.

26. «Khotor»: véase nota 23 sobre la organización militar del ejército de Broken. –C. C.

27. «... torganios»: Gibbon escribe: «Sin duda la palabra "torganios" es poco más que un primo dialectal de "turingios", teniendo en cuenta que el único bosque actual que se parece mucho al de Davon en tamaño, impenetrabilidad y proximidad a Broken (o *Brocken*) es el que hoy en día otorga a la región de Turingia su legendario nombre; un territorio salvaje que, en el período que aquí nos interesa, probablemente era mucho más vasto que el bosque, ya de por sí enorme, que encontramos hoy. "Torga-

nio" también sugiere una interesante etimología procedente del alemán medio (y acaso del antiguo alto alemán), mezcla de los conceptos de "salida" y "pasaje" o "paso de salida"; rasgos geográficos que en semejante paisaje eran muy valiosos. Se cree que el pueblo turingio fue desplazado por los francos en el siglo VI, pero no está del todo claro si esa tribu, o cualquier otra, llegó a habitar en lo más profundo del bosque turingio. Sí nos consta que, en el momento culminante del poder de Broken, el desplazamiento de los turingios por parte de los francos tuvo lugar al sur de las montañas Erz (las "Tumbas"), de donde al parecer procedían los jinetes "torganios". Así, incluso si hubieran sido francos los jinetes a quienes aquí se retrata atravesando las Tumbas para atacar Broken, sería lógico y acaso hasta probable que una sociedad tan aislada como la de Broken ignorase los cambios de poblaciones y diera por hecho que los nuevos invasores eran, sencillamente, las nuevas generaciones de su clásico enemigo. En cualquier caso, no podemos más que admirarnos ante lo muy leal que debía de ser este Arnem si fue verdaderamente capaz de conseguir que sus hombres rechazaran, durante un invierno entero y entre las nieves de las altas montañas, el acoso de unos guerreros como los turingios y los francos, famosos por su preparación y su crueldad.»

28. «Herwald Korsar»: un nombre particularmente interesante, pues *korsar* es todavía la palabra alemana para «corsario» o «pirata», mientras que Herwald es un nombre arcaico cuyo significado se perdió, al parecer, al tiempo que decaía su uso. Siguiendo el sistema común para determinar el origen de esta clase de apelativos, sobre todo en los albores de la Edad Media, nos vemos obligados a concluir que Herwald Korsar provenía de una familia de aventureros navegantes —ya fuese por río o por mar—, mas si actuaban en defensa del reino de Broken o se contaban entre los enemigos que aceptaron unirse al mismo cuando Oxmontrot logró su reunificación es una pregunta que deberá permanecer, por el momento, sin respuesta. —C.C.

29. «Amalberta Korsar»: Gibbon escribe: «La apariencia del nombre "Amalberta" es significativa porque nos ayuda a determinar las distintas influencias que Broken recibió de las sociedades que lo rodeaban. Algunos estudiosos creen que "Amal", que aparece con una frecuencia respetable en los primeros escritos germánicos, designaba a los representantes de la familia oriental de los [ostro]godos conocidos como amelungos; en cambio "Berta", por supuesto, es simplemente una variación más del grupo de nombres modernos nacidos a partir de "Bertha", que alude a la condición de "radiante" o "dorado". Juntos, ambos componentes gene-

ran la interesante posibilidad de que la esposa del comandante supremo del ejército de Broken —una mujer de quien se reconoce el origen extranjero— pudiera haber sido, de hecho, una princesa gótica de cierta importancia.»

30. «... lunático recién mordido por un perro»: el adjetivo, en boca de los soldados y ciudadanos de Broken, tiene, como es natural, una connotación especialmente peyorativa y su raíz, tanto en el dialecto de Broken como en inglés, sería sin duda la palabra «luna» a partir del latín *lunaticus*, o afectado por la luna, y en función de la vieja noción —subrayada por los kafránicos al tener en cuenta que tanto los miembros de los Bane como ellos mismos en tiempos remotos idolatraban ese cuerpo celestial— de que entre los poderes de la luna se encontraba la capacidad de provocar enfermedades mentales. –C. C.

31. «Sede del Dios-Rey»: Gibbon escribe: «No podemos dejar de prestar una atención especial a esta idea de los dioses-reyes de Broken, sobre todo si tenemos en cuenta la ubicación del reino y la era histórica en que alcanzó el zenit de su poder. Las tribus germánicas de la época barbárica eran conocidas por elegir a sus líderes, tanto si los llamaban "reyes" como "barones". Esos líderes, por supuesto, no eran lo que hoy conocemos como reyes "por la gracia de Dios", ni su poder era hereditario. Una vez más, entonces, el pueblo de Broken se anticipó a las instituciones europeas y al modelo jerárquico varias generaciones, si no siglos enteros. ¡No es un logro menor!»

32. «Oxmontrot»: entre los muchos silencios interesantes que salpican los comentarios de Gibbon al *Manuscrito*, no hay ninguno tan elocuente como su aparente renuncia, o incapacidad, a intentar siquiera determinar el origen de este nombre. La explicación más obvia y literal, si tenemos en cuenta la influencia del gótico y del antiguo alto germánico en el dialecto de Broken —que, como ya hemos visto y volveremos a ver en múltiples ocasiones, se traducía a menudo en lo que Gibbon llamó «aproximaciones fonéticas»—, es que Oxmontrot simplemente significaba «un hombre fuerte como tres bueyes», o acaso «rápido como tres bueyes», aunque esto último parece menos probable, pues nunca se ha conocido a los bueyes por su rapidez, sino por su fuerza y aguante para el arado. Mas si damos entrada en este asunto a otros significados posibles de los componentes del nombre, descubrimos que las primeras sílabas de Oxmontrot podrían tener su origen en el gótico *Audawakrs* (y su correspondiente alemán, *Odovocar*), con el significado de «rico y vigilante», o en el *Oswald* del antiguo germánico, equivalente del inglés antiguo, que

alude a «la norma de Dios»; o, finalmente, a *Oskar*, equivalente germánico del Oscar inglés y todavía en uso, ambos traducibles como «amante de los ciervos» o como «lanza divina». El factor determinante, al parecer, estribaría en el significado que otorguemos a la tercera sílaba. Podría ser descriptiva, basada en las grafías del primer germánico para la palabra *rostrot*, equivalente del inglés *russet*, con el que se denomina el color rojizo. Uno piensa de inmediato en el cruzado y santo emperador de Roma, Federico I, también llamado Federico Barbarroja, si bien la posibilidad de que alguna conexión inspirara esa similitud se desvanece en cuanto tenemos en cuenta que Federico no gobernó hasta el siglo XII; aun así, Adolf Hitler admiró tanto los insistentes intentos de Federico de librar al mundo de la influencia de la «raza inferior» de los musulmanes que llegó a dar a la invasión de Rusia el nombre en clave de «Operación Barbarroja». Y si tenemos en cuenta las políticas de Oxmontrot en Broken no podemos más que preguntarnos si el sobrenombre de Federico no pretendía recordar, en cierto modo, al rey fundador de Broken y si existe, en consecuencia, alguna conexión entre los tres nombres. Además, la sílaba final podría implicar, de un modo más literal, una relación con *trott*, o ritmo de trote. Y finalmente, *trot* podría llevarnos simplemente al desarrollo inicial no solo de Alemania, sino del sajón y del inglés antiguo como lenguajes germánicos, en cuyo caso se traduciría por «tres». El significado que eso pudiera aportar, sin embargo, permanece oscuro, como el propio gobernante. –C. C.

33. «*Lumun-jan*»: Gibbon escribe: «No podemos alimentar la menor duda de que el "vasto imperio" al que se refiere el narrador era Roma, pese al hecho de que el nombre *Lumun-jan* no parece usarse en la mayoría de los dialectos germánicos.» Gibbon no podía saber, por supuesto, que buscaba en el lugar equivocado. Si nos centramos en el vocabulario gótico encontraremos que *lumun* es una raíz compartida por varios términos usados para designar la luz o, en este caso, los rayos, mientras que *jan* es un sufijo incorporado en muchas palabras para denotar protección, especialmente en el caso de un escudo. Las tribus que al fin se sumaron en el reino de Broken antes (tal vez mucho antes) del siglo V incluían a los godos, así como a otros grupos más pequeños, y todos debían de haber mantenido algún contacto con los destacamentos militares de Roma antes de que se formara el reino: pese a la vehemente advertencia de César de que Roma nunca debía intentar conquistar la región que se extendía al norte del Danubio o al este del Rin, algunos emperadores y generales ambiciosos enviaron avanzadillas exploratorias, o invasoras, por lo general con resultados ambiguos, cuando no desastrosos. Al menos algunas de las

tribus de dicha área llegaron a asociar a Roma con uno de los instrumentos de guerra más eficaces y probados del imperio: el *scutum* o escudo grande y de forma rectangular que se usaba en la infantería, habitualmente grabado con la representación de un rayo. De ahí *Lumun-jan*, término aparentemente basado en el gótico para denominar «el escudo del rayo», y *Lumun-jani* para «los del escudo del rayo». Extraer el nombre de un pueblo a partir de un arma de uso común por el mismo no es exepcional en la historia del mundo, ni siquiera en la de las tierras colindantes con Broken; tal vez el ejemplo más famoso sea el de los sajones, de quienes se cree que obtuvieron el nombre por un arma pequeña, en términos comparativos, aunque no menos terrible: su caraterístico *seax*, un cuchillo de combate de un solo filo. –C. C.

34. «Rey Loco»: no debería resultarnos extraño que la gente de un reino como ese se refieriera a su monarca fundador como «loco», ni se trata en absoluto de un caso único tanto en la historia como en la leyenda; tampoco puede decirse —como veremos hacer a alguno de los oficiales del reino— que su locura se debiera solo a su religión, aparentemente herética. La «locura» se asociaba a menudo con la condición de visionario o con cualquier clase de genialidad, particularmente en sociedades de menor desarrollo intelectual, como sin duda era Broken cuando Oxmontrot empezó a reinar; y el hecho de que más adelante el término recibiera, al menos por parte de muchos de sus usuarios, una connotación peyorativa no cambia las cosas. Tampoco el frecuente uso de la expresión «Rey Loco» en multitud de obras populares tanto de leyenda como de ficción o de historia en períodos posteriores; podían ser muy reales, como el rey loco Luis de Bavaria, o imaginarios, como el «Rey Loco» de Edgar Rice Burrough. Sin duda, en Broken eran muchos, entre ellos el sentek Arnem, los que al echar la mirada atrás pensaban en aquel rey supuestamente «loco» con mucha admiración; y no lo habrían hecho de haber considerado que el adjetivo aludía simplemente a la enajenación mental. –C. C.

35. «Thedric»: otro nombre claramente gótico, lo cual implica que Oxmontrot se casó con una mujer de alguna tribu goda. –C. C.

36. «Isadora Arnem»: Isadora es uno de los escasos nombres góticos que han sobrevivido intactos hasta la edad moderna. Es también una útil herramienta para ayudarnos a entender por qué en Broken se fruncía tanto el ceño ante la influencia de ciertas personas consideradas «exóticas» en la esposa de Arnem: parece que Isadora Arnem, igual que Amalberta Korsar, procedía de buena cuna gótica, aunque en su caso la sangre ya no era tan azul y la familia había pasado por tiempos difíciles antes incluso

de que murieran sus padres. Sin embargo, la idea de que una mayor influencia nórdica encontrase en Broken la clase de suspicacia que se suele reservar a la gente de tierras más meridionales y soleadas supone una variedad digna de mención en la muy antigua historia de desconfianzas, prejuicios y arrogancias europeas. –C.C.

37. «Reyne Niksar»: Reyne parece ser una grafía arcaica, o tal vez propia del dialecto de Broken, de Reini, la versión abreviada de Reinhold, «consejero [del gobernante]». Niksar, en cambio, es más oscuro: en principio parece una variación de Nikolas y, en consecuencia, otra obvia confirmación de que la influencia de la antigüedad clásica en la sociedad de Broken era pronunciada, pues Nikolas sería la germanización del griego Nicholas, o «victoria del pueblo». Sin embargo, podría haber un significado alternativo, pues *sar* podría ser la versión dialectal de Broken para *saller*, que literalmente significa «aquel que vive junto a un sauce». –C.C.

38. «*Khotor*» y «*fausten*»: véase la nota 23 a propósito de la organización militar de Broken. En breve, aquí, los *fauste* eran, como parece obvio, destacamentos de unos cincuenta hombres, cada diez de los cuales componían un *khotor*. –C.C.

39. «Presenten armas»: aunque esta expresión solo empezó a ser de uso común en los ejércitos en el siglo XIV, existían, y existen todavía, frases análogas en prácticamente todos los idiomas, ya sean antiguos o modernos, y todas proceden, como cabía esperar, de una orden romana que Oxmontrot debía de conocer y respetar; sin embargo, como el dialecto de Broken se ha perdido en el tiempo porque el *Códice de Broken* desapareció con el traductor, lo más probable es que nunca sepamos cuál era ese término específico. –C.C.

40. «... Consejo de Mercaderes»: la identificación del dios de Broken, Kafra, con la clase mercantil de la ciudad y con sus líderes refuerza la idea anterior de Gibbon acerca de cómo los gobernantes y los ciudadanos del reino dieron un «trato decididamente germánico» a lo que originalmente, con toda probabilidad, era un mero culto al hedonismo y al materialismo, convirtiéndolo en «un sistema pragmático y fuertemente organizado de teocracia», una teocracia cuyo más visible y poderoso puntal era una oligarquía mercantil muy decidida, más que las aristocracias basadas en los guerreros, como podía encontrarse en la mayoría de los estados y tribus barbáricos de la época. –C.C.

41. «... sería un toro sagrado»: Gibbon escribe: «La firme asociación de la idolatría lunar con los machos del ganado bovino —o, en definitiva, con cualquier clase de animal dotado de cornamenta— era común en so-

ciedades tan antiguas como la primera Mesopotamia y es probable que existiera en los aledaños de Broken mucho antes de que se fundara la ciudad. Los cuernos animales se identificaban con los "cuernos" de la luna creciente y de allí viene la asociación mística con la virilidad y con la sensualidad que, evidentemente, formaba parte de la adoración de la luna en el Broken antiguo y que sobrevivió entre los Bane tras el advenimiento de Kafra. Ciertamente, incluso hoy en día, en muchos lugares del lejano Oriente se pagan precios elevados por los cuernos de animales exóticos, que luego se pulverizan y figuran como ingredientes de algunos tónicos tradicionales para la virilidad; se trata apenas de una de las muchas paradojas que afectan a ciertos pueblos orientales como el chino, capaces al mismo tiempo de grandes obras y aprendizajes y de supersticiones absurdas, o incluso perversas y exterminadoras.» Solo falta añadir que este tráfico de cuernos y de otras partes de especies en peligro de extinción, practicado de manera ilegal, brutal e inmoral, no ha hecho más que aumentar con el tiempo; y que diversos pueblos del mundo —pero especialmente, como afirma Gibbon, los orientales— pagan cantidades inauditas de dinero por esos «tónicos de la virilidad» cuya supuesta eficacia ha sido ridiculizada una y otra vez por los científicos modernos. –C. C.

42. «¡Así reviente!»: en sentido etimológico, el uso persistente de diversas maldiciones a partir del verbo *to blast* [estallar] resulta interesante —y añade, una vez más, cierta plausibilidad al *Manuscrito*— por tratarse de una de las pocas palabras originarias del antiguo alto alemán que han sobrevivido intactas, pero pasando al inglés (por medio del inglés antiguo) en vez de al alemán moderno; así, en cierto sentido, se convierte en una «palabra fantasma» de un lenguaje muerto. Podría parecer imposible si uno da por hecho que la expresión se asocia, como en nuestros días, a los explosivos; sin embargo, de hecho, se trata de un ejemplo más de una expresión que podría parecer anacrónica a primera vista, pero en realidad se puede datar en el principio de la Edad Media, cuando los «estallidos» de viento o de aire generado por el hombre (por ejemplo, al soplar un cuerno) eran comunes mucho antes de que los europeos hubieran adivinado el secreto de cómo volarse mutuamente con pólvora. —C.C.

43. «... construyerais vuestra ciudad maldita»: Gibbon escribe: «No deberíamos pensar que aquí los Bane hablan en ningún sentido que no sea el literal. Tal como han descubierto nuestros grandes exploradores británicos —el más reciente, el difunto y muy añorado capitán James Cook—, el destierro de miembros tribales que se hayan mostrado incapaces de contribuir al avance de una determinada sociedad a una isla cer-

cana, o a algún territorio salvaje en un lugar remoto, es práctica común en todo el mundo, como también lo son las sociedades que a su vez forman esos mismos desterrados. El hecho de que, en este caso, los desterrados parecen haber adoptado un rasgo físico distintivo —su reducida estatura— tampoco debería sorprendernos. Tan solo hemos de fijarnos en los avances, por ejemplo, de la cría de ganado en Inglaterra para entender las ramificaciones físicas, tanto de orden positivo como negativo, que implica la selección cuidadosa de la pareja de procreación. Si los ciudadanos de Broken se cuidaron deliberadamente de que su progenie fuera alta, fuerte y hermosa, es a todas luces razonable pensar que los desterrados de la ciudad producirían una raza de menor estatura y menos atractiva.» Así, uno de los grandes historiadores de su época, o de cualquier otra, anticipaba instintivamente un principio científico de escala mayor. –C. C.

44. «... desgraciado recluta novato»: la teoría de Gibbon acerca de los mimetismos culturales de la población de Broken sigue recibiendo pequeños avales: el uso de la palabra «recluta», en vez del sencillo «guerrero» (o de cualquiera de los muchos términos similares que usaban las tribus bárbaras en la Europa de entonces), invita a pensar en una sociedad en la que el servicio militar se había sistematizado y reglamentado siguiendo coordenadas romanas, más que las del principio del feudalismo; teoría confirmada por el hecho de que dicho servicio no era, evidentemente, obligatorio, ni siquiera para las clases bajas.

45. *«Hak!»*: por supuesto, resulta imposible determinar si el traductor del *Manuscrito* al inglés dejó esta exclamación intacta, o si intentaba aproximarse a algún sonido parecido que se usara en el dialecto de Broken; sin embargo, es digno de mención su parecido con la interjección *Ach*, todavía común en alemán.

46. «... construían para los ricos»: si la política de selección de los miembros débiles de las tribus que acabaron uniéndose en el reino de Broken parece, a ojos de la sensibilidad contemporánea, drástica hasta resultar mítica, hemos de recordar que, incluso en época de Gibbon (como deja claro en una nota anterior), había una cierta conciencia de que algunas sociedades de todos los tamaños habían empleado —o empleaban aún— políticas similares; aunque él olvida mencionar la frecuencia con que los propios británicos lo hicieron para librarse de los ciudadanos que carecían del sentido financiero o de los escrúpulos (morosos y ladrones), así como de otros delincuentes menores, todos enviados a América, a Australia o a otras colonias lejanas.

Tampoco deberíamos mostrarnos demasiado petulantes al respecto de la deliberada ceguera de Gibbon en este asunto: esas prácticas siguen tan presentes en el siglo XXI como en el XVIII. Diversas tribus «indígenas» (palabra que pierde significado casi a diario en un mundo cada vez más marcado por las poblaciones transeúntes) de Sudamérica y África permiten tener tan solo la cantidad de hijos que una determinada familia, o la tribu en su conjunto, puede permitirse para sobrevivir, mientras que la costumbre de seleccionar para el extermino a los niños con deformidades físicas exponiéndolos desde el nacimiento al territorio silvestre de las montañas, practicada en la antigua Roma, tiene su eco contemporáneo en la práctica china de vender, o simplemente ahogar, a las hijas no deseadas —una «costumbre tradicional» que se da con lamentable frecuencia—, así como en la licencia que tantas sociedades musulmanas conceden a individuos, o a familias enteras, para pegar, desfigurar e incluso matar a mujeres de las que se cree que han atraído la desgracia, ya sea para sí mismas o para toda la familia, a menudo por haber «permitido» que las violaran. –C. C.

47. «Camino Celestial»: la aparición de la palabra «celestial» en el nombre de la vía principal de Broken —dando por hecho, una vez más, que se trata de una traducción literal y no de una elección caprichosa del traductor al inglés— subraya la diversidad de influencias culturales en la sociedad de la ciudad ya desde su propia fundación, pues la palabra «celestial» se encuentra de modo mucho más común en descripciones de palacios y soberanos orientales que occidentales. –C. C.

48. «... el *Denep-stahla*»: Gibbon escribe: «Estos rituales más serios de mutilación contienen un elemento común: el uso de *stahla* después del guión, lo cual podría indicar que se derivan de los instrumentos sagrados que se usaban para infligir castigos, pues *stahl* es la palabra alemana para el inglés *steel* [acero], particularmente en la acepción que se refiere a las armas blancas. En cuanto a los orígenes de las primeras partes de las frases no podemos más que especular; sin embargo, parece más que probable que fueran adaptaciones de términos particulares del culto original de Kafra y que llegaron a Broken con ese dios y esa fe. No sabemos con precisión dónde se originó esa religión; sin embargo, las manifestaciones físicas de esas extrañas palabras quedan completa e incluso horrorosamente claras en las descripciones que el narrador aporta de los rituales, sugiriendo una moralidad propia del este, o incluso oriental.» [NOTA: Gibbon se muestra aquí, como tenía a veces por tendencia, abiertamente prejuicioso. Al fin y al cabo, fueron los romanos quienes perpetuaron castigos tan

antiguos y «progresistas» como la crucifixión o ser maltratado hasta la muerte por un animal salvaje en la arena de un circo. –C. C.]

49. «... muy afilados»: he aquí una nueva prueba en apoyo del argumento de que el primer rey de Broken, Oxmontrot, había servido como auxiliar extranjero en el ejército romano: el estilo de esta fortificación militar y de las casas del Distrito Cuarto de Broken es casi idéntico al de las construcciones de los ejércitos romanos en territorios ocupados, en particular en el centro y norte de Europa, donde podían encontrarse pinos y abetos altos y robustos en abundancia. –C. C.

50. «... emblema de su cargo y autoridad»: de nuevo, resulta sorprendente la emulación del ejército romano por parte de los soldados de Broken, llevada incluso a los detalles menores como el bastón de mando y autoridad que solían usar los oficiales romanos de mayor edad y que, en tiempos más modernos, se adjudicaba a los mariscales de campo alemanes durante la época nazi. Ciertamente, como señala en alguna ocasión Gibbon, casi parece como si la sociedad de Broken pudiera haber sido algo parecido a un «eslabón perdido» —en sentido cultural, gubernamental y militar— entre Roma y los estados occidentales modernos (Alemania de modo especial, aunque no único) que han tenido pretensiones y ambiciones imperiales. –C. C.

51. «... más allá del Meloderna»: si aceptamos la convención establecida por Gibbon, según la cual «Meloderna» era el nombre con que se conocía en Broken el actual río Saale, ese «valle de un río más allá del Meloderna» en el que se libró esta batalla, presumiblemente contra los hunos, podría ser el Mulde, aunque parece bastante más probable que fuera el Elbe. Este último representa la barrera más significativa, en sentido militar (fue a orillas del Elbe, por supuesto, donde se encontraron los ejércitos norteamericano y ruso para completar la fatal división de Alemania durante la Segunda Guerra Mundial), y está separado de la montaña de Brocken por entre 120 y 160 kilómetros, en cualquier caso a pocos días de cabalgada o incluso de marcha para un ejército tan organizado y poderoso como el de Broken. –C. C.

52. «destacamento»: he aquí un caso en que el traductor al inglés, al usar la palabra *detachment*, aunque no se tomara necesariamente una gran libertad, sí estaba usando un término mucho más moderno (que no se usó en los cuerpos militares hasta finales del siglo XVII) en lugar de cualquiera que fuese la expresión original en el dialecto de Broken. La palabra más común en el alemán moderno para un destacamento militar, *verband* (pl. *verbände*), podría sugerir que el traductor habría cumplido

mejor su función traduciendo la palabra del dialecto original por el inglés *band*. Sin embargo, este es un término mucho más vago, en su acepción militar, que «destacamento»; por otro lado, como ya se ha señalado, no podemos confiar tan solo en el alemán moderno cuando especulamos acerca del dialecto de Broken, pues sería apenas un descendiente parcial de lo que no deja de ser una lengua perdida. –C. C.

53. «... *kastelgerde*»: plural (como pronto veremos) de *kastelgerd*, palabra que Gibbon decide ignorar, casi con toda seguridad porque, una vez más, los expertos de su época no tenían las herramientas idóneas para interpretarla; sin duda, tampoco podemos afirmar con certeza que los de nuestro tiempo sí dispongan de ellas. Sin embargo, gracias a los grandes avances logrados durante el último siglo en la comprensión del antiguo alto germánico y del gótico, al menos podemos especular con mucha más información que Gibbon: *Kastel* (aquí como nombre, con mayúscula inicial, tal como ocurría entonces con la mayor parte de los nombres en alemán y hoy en día con todos) es casi con toda seguridad una ligera variación del alemán común *Kastell*, término secundario y de uso menos frecuente para denominar un castillo (siendo *Schloss* el más común); por su parte, casi podemos estar seguros de que *gerd* es una variación del dialecto de Broken a partir del gótico *gards*, que incorpora el cambio vocálico tomado en préstamo del antiguo alto alemán y que significa «casas», aplicado a los hogares de los clanes importantes. El propósito del término completo consiste, evidentemente, en transmitir que esas estructuras eran «castillos» como palacios, residencias familiares, y no necesariamente como fortalezas, pese a que, en etapas anteriores de la historia del reino, sí parece que habían tenido esa función más utilitaria. –C. C.

54. «... en su condición de *skutaar*»: Gibbon escribe: «La aparición de la palabra *skutaar* es un ejemplo más del puente que la sociedad de Broken trazó entre la Roma imperial y la Europa de la era barbárica; sin duda, la palabra se deriva del latín *scutarius*, «aquel que lleva el escudo», origen a su vez de las palabras inglesas *esquire* y *squire,* con las que se designa a un escudero, así como de algunos términos similares que encontramos en otras lenguas europeas. Por ejemplo, el francés *esquier.*»

55. «... la pantera se adentra»: la legendaria «pantera europea» es mucho más que un mito. De hecho, hay dos candidatos probables a ocupar el sitio de la «pantera» a que se refiere el *Manuscrito*, ambos con origen en la era del Pleistoceno. De los dos se creía, hasta hace poco, que se habían extinguido en algún momento entre hace dos mil y hace ocho mil años. El primer ejemplo, comúnmente conocido como «jaguar europeo», resulta

interesante porque se sabía de su preferencia por los bosques (si bien estudios recientes han puesto en duda ese dato) y sus hábitos solitarios, así como por el hecho de que las evidencias fósiles indican que los últimos de su especie vivieron en Italia y en Alemania hace tan poco como dos mil años, o incluso puede que menos. De hecho, hasta hace bien poco, o incluso en nuestros días, se han producido insistentes, aunque indemostrables, noticias de avistamientos del jaguar europeo. El segundo candidato, el «león europeo (o eurasiático) de las cuevas», es el felino mayor que aparece en las afamadas pinturas rupestres europeas, así como en tallas de marfil o esculturas de arcilla. Está claro que tuvo un papel vital en la religión de esos pueblos y resulta fácil entender por qué: su origen es anterior al del jaguar europeo y se trata de un animal mucho más grande. Los machos podían alcanzar una envergadura de tres metros y medio y un peso de hasta trescientos kilos (las hembras llegaban más o menos a dos tercios del tamaño de los machos). Su apariencia física era similar a la de las «panteras de Davon» en el *Manuscrito*; pelaje dorado, melenas cortas y leoninas y manchas atigradas de distintas tonalidades. Eran capaces de tumbar a los más grandes ungulados, incluidos especialmente los caballos, y por ello representaban un problema significativo para la caballería que operaba en los bosques vírgenes más antiguos y densos de Europa, entre los que el turingio figuraba claramente y, de manera parcial, lo hace todavía.

Tal vez la pista más inquietante al respecto de estos dos animales sea su clasificación: como todos los tigres y leones modernos, pero al contrario que los felinos menores que existían en Europa, pertencen a la especie *Panthera* (el jaguar europeo es la *Panthera gombaszoegensis* y el león de las cuevas la *Panthera leo spelaea*), de donde se desprende que la constante referencia a estos animales en el *Manuscrito* como panteras no andaba del todo desencaminada. –C. C.

56. «... en torno al cuello y los hombros»: otros dos datos adicionales acerca de la descripción de la «pantera» que nos ofrece el narrador son significativos: nunca ha visto una auténtica «melena», pues el macho de león europeo de las cuevas apenas tenía una corta y rala versión de la que lucen sus primos africanos (menos todavía que los famosos leones de Tsavo, en Kenia), y se refiere constantemente al animal en género masculino, evitando el pronombre impersonal. Esta y otras pistas revelan que, si no era un adorador de la Luna, el narrador estaba muy familiarizado, por alguna razón, con los hábitos de esa fe, que incluían, como ya hemos oído en boca de Keera, una profunda reverencia por las almas de los animales, especialmente las panteras de Davon. –C. C.

57. «... terciopelo rojo»: he aquí una pista de lo avanzada que llegó a ser la producción textil en Broken, o su capacidad de comerciar con otros reinos europeos más sureños: el terciopelo acababa de llegar al continente desde el imperio islámico en la época más probable de redacción del *Manuscrito* (finales del siglo VIII, principios del XIX) y merecía la consideración de tela de enorme rareza y valor, vestida tan solo por las élites de los países a los que iba llegando. –C. C.

58. «... el cavernoso Templo»: Gibbon escribe: «Esta descripción del Alto Templo de Broken es reveladora y confirma todavía más la idea de que la ciudad y el estado eran una especie de crisol de influencias culturales y estéticas. Aunque lo llamaran "templo", el edificio tenía claramente el diseño y los atributos propios de una iglesia o catedral europea, específicamente cristiana. Sabemos que en el imperio oriental de Roma, durante ese mismo período, a partir de Constantino los mandatarios estaban inventando modos de adaptar la fe cristiana a los ritos paganos de las diversas poblaciones contenidas entre las fronteras del imperio, y viceversa. ¿Puede ser que la familia real de Broken estuviera implicada en una tarea similar o, de modo aún más intrigante, en un empeño precisamente opuesto, es decir, en adaptar la arquitectura y los ritos cristianos a la fe de Kafra? Desde luego, no podemos excluir la posibilidad, particularmente por saber (como yo mismo he podido ver) que el *Códice de Broken* usado por el traductor del *Manuscrito* consistía en porciones de la Biblia escritas en el dialecto de Broken. [El por qué Gibbon habría de saber que el *Códice* estaba formado por esa clase de porciones sin entender el dialecto de Broken es una cuestión que el gran hombre decide no abordar.] Desde entonces se ha dado por hecho que lo hacía con un propósito misionero en sentido cristiano; pero... ¿y si la intención era alterar el texto bíblico y ponerlo al servicio de los sacerdotes y las sacerdotisas de Broken?»

59. «... extraída por los Bane»: Gibbon escribe: «Las constantes referencias del narrador a las actividades mineras y extractoras de los Bane no soprenderán a nadie familiarizado con la cadena montañosa de las Harz, ricas no solo en piedra de buena calidad, sino también en plata, hierro, plomo, cobre y zinc; aunque por lo general se entiende que la explotación sistemática de esos depósitos no comenzó hasta el siglo X, no hace falta una imaginación excesiva para pensar que los pueblos que habitaron en épocas anteriores la montaña de Brocken y las tierras salvajes que la rodeaban pudieron desarrollar medios para crear una serie de minas y canteras primitivas, cuyos restos habrían sido recubiertos por la naturaleza a lo largo de los siglos posteriores al declive de los Broken.» Lo que de

ningún modo podía saber Gibbon era que en los albores de la Revolución industrial (irónicamente, a las pocas décadas de la muerte del gran estudioso) la explotación tardó bien poco en agotar las minas de las Harz. –C. C.

60. «... mortero brillante y duradero»: es probable que se tratara de estuco o cemento —ambos evidentemente usados por los albañiles de Broken—, mezclados con motas reflectantes de muchas clases distintas de granito y cuarzo extraídas por los Bane de las Harz y las Tumbas (es decir, de los montes Harz y Erz). –C. C.

61. «... en el entorno de Broken»: como escribe Gibbon: «Es imposible sobreestimar la importancia de este detalle, aparentemente oscuro, de la artesanía de Broken. La capacidad de mantener la producción de ventanas de cristal a lo largo de casi toda la era barbárica, cuando se creía que ese secreto se había perdido ya en toda Europa, era significativa en el plano estético, religioso y gubernamental.» Los arqueólogos y los expertos en historia industrial coinciden en afirmar que, si bien muchas tribus y naciones bárbaras conservaron la técnica de manufactura de cuentas de cristal y de distintas clases de recipientes, su capacidad de fabricar cristal para ventanas, mucho más complicado, ya fuera transparente, opaco o de colores, se perdió en la Europa de la Era Oscura. Ello confirmaría el importante papel que dicha capacidad de producción tuvo en el modo en que la sociedad de Broken se «veía» a sí misma y contemplaba el mundo que la rodeaba. Véase, por ejemplo, *Glass: A World History* [Cristal: una historia del mundo], de MacFarlane y Martin. –C. C.

62. «conocido como *ermine*»: «Por primera vez —afirma Gibbon— se nos transmite la impresión de que el viaje del narrador hacia nuestra región pudo haberlo puesto en contacto con personas más majestuosas que los meros monjes estudiosos.»

63. «... el gran Layzin»: Gibbon escribe: «De nuevo nos vemos obligados a sospechar que la palabra Layzin es una mera aproximación fonética, pues su sonido es idéntico al del alemán *lesen*, "leer", aunque con casi total seguridad parece referirse, en su forma más antigua, propia de los gerundios nominalizados, a un lector; parece que tal era la responsabilidad del Gran Layzin, así como la fuente de su poder: leer y dar sentido práctico a los pensamientos y pronunciamientos del Dios-Rey, así como, supuestamente, de Kafra, dios de Broken. Dicha capacidad —la de traducir la intención divina en acción pragmática— era fuente de autoridad también para muchas figuras similares entre los santones paganos (o en lo que los estudiosos alemanes han dado en llamar *shamanes* [chamanes]), si

bien parece que eran pocos los que tenían tanta autoridad ejecutiva como el Layzin de Broken.»

64. «... manto brocado»: nos da una idea de la cantidad de intrépidos mercaderes extranjeros y expedicionarios que osaron entrar por los puertos y fronteras de Broken para vender sus bienes, y viceversa. El brocado apareció originalmente en Persia durante la dinastía sasánida (225-650 de nuestra era, aprox.) y, evidentemente, era bastante común en Broken cuando se escribió el *Manuscrito* (presumiblemente, en el siglo XVIII). Es posible que a esas alturas los artesanos textiles de Broken dominaran ya las técnicas implicadas en la producción de brocados, o que los comerciantes de la ciudad siguieran trayéndolos desde el río Meloderna. En cualquier caso, el hecho de que el narrador lo perciba como algo digno de mención en referencia a una destacada figura estatal parece importante. –C. C.

65. «... espada de asalto»: parece que los nombres otorgados a las armas, tanto entre los soldados de Broken como entre los Bane, venían determinados por el nombre de aquel cuyo diseño tomaran prestado, o bien, de modo más simple, por el nombre o la actividad que daba a conocer a esos pueblos extranjeros. Ergo, «espada corta» se refiere al *gladius* latino, un arma que los romanos adaptaron de un cuchillo español, pero a la que a menudo se hacía referencia, incluso entre romanos, por el término mucho más descriptivo e informal —«espada corta»— que le habían dado los soldados de Broken. «Espada de asalto», por su parte, parece ligar el arma con un pueblo: en este caso, con los primeros navegantes de mar y de río que el mundo terminaría conociendo como nórdicos y vikingos. El filo recto de la «espada de asalto», junto con su longitud (más larga que la *spatha* de finales del Imperio romano, arma que suponía un cruce entre la tradicional de Roma y las que usaban los bárbaros), coincide con el diseño —simple, pero de una eficacia devastadora— que las tribus y naciones escandinavas emplearon durante prácticamente toda su historia. –C. C.

66. «Visimar»: otro nombre de sólido origen gótico, aunque el nombre supuesto de ese hombre, como veremos más adelante, no lo era. Eso implica que en algún momento, quizás en el pasado lejano, los hablantes del gótico y del antiguo alto alemán que habitaban la zona que posteriormente se convertiría en el reino de Broken vivieron alguna clase de enfrentamiento no identificado entonces y, por lo tanto, imposible de identificar ahora. –C. C.

67. «... perfílica como la freílica»: Gibbon escribe: «Estas palabras nos iluminan acerca del desarrollo del dialecto de Broken en el período

tardío. Igual que en otros puntos del *Manuscrito*, aquí encontramos palabras más germánicas que góticas y más parecidas al alemán moderno que al viejo alto alemán, o al alto alemán medio; sin embargo, el sufijo «ico» podría proceder de una rémora del gótico, si aceptamos que los dos términos se refieren, respectivamente, a las hileras de la caballería que se situaban en los flancos («perfílicas») y a las unidades que se movían con libertad (de *frei*, «libre»). Las primeras se movían literalmente por los flancos o perfiles del ejército; las segundas, con libertad para reforzar los puntos débiles de las líneas de batalla o para explotar cualquier apertura en las del enemigo. No puedo explicar por qué el traductor fue incapaz de adivinar eso, más allá de que su conocimiento de los asuntos militares parece haber sufrido las severas limitaciones que suelen darse entre los hombres de profunda cultura.» El análisis —y cuanto tiene que ver con las aparentes limitaciones del traductor— sigue siendo vigente y el tiempo ha confirmado la interpretación que Gibbon daba a estas palabras; sin embargo, conviene decir que las notas de Gibbon revelan que también él era uno de esos «hombres de profunda cultura» que sufrían (al menos, periódicamente) lagunas intelectuales a propósito de los «asuntos militares», sobre todo a propósito de la historia y la cultura militar de las tribus barbáricas en comparación con las romanas. –C. C.

68. «... símbolos de la Luna»: parece razonable dar por hecho que esos símbolos eran variaciones más sofisticadas de los encontrados en el «Disco celestial de Nebra» (véase nota 71, más abajo), que probablemente incorporaban interpretaciones rúnicas e inventaban el poco lenguaje escrito que algunos de los hablantes de los Bane pudieran usar. –C. C.

69. «Ayerzess-werten»: acerca de este término, Gibbon escribió: «Los nombres que los Bane adjudicaron a las dos cascadas particularmente peligrosas del río Zarpa de Gato —las Hafften y las Ayerzess-werten— son todavía, por razones que he explicado en otros lugares, indescifrables para los estudiosos de esta región y este período. Se trata de un hecho irritante, pues parece que contienen un claro sentido de la ironía de los Bane.» La afirmación es, casi con toda seguridad, una expresión sincera de verdadera ignorancia, pues los expertos apenas empezaron a tener algo parecido a un conocimiento detallado del gótico hacia el final de la vida de Gibbon, mientras que ni siquiera podía pensarse en una comprensión sistemática del antiguo alto alemán a tenor de los escasos documentos disponibles para cumplir la función que tuvo, en el caso del dialecto del reino, el *Códice de Broken*. Los descubrimientos de los estudiosos modernos, en cualquier caso, junto con las consultas correspondientes,

revelan en primer lugar que la palabra *hafften* es probablemente una antigua precursora del verbo *anhaften* [aferrarse], del alemán moderno, lo cual podría tomarse simplemente como indicación literal de lo que se veían obligados a hacer los viajeros cuando sufrían algún percance al intentar cruzar la primera de las cascadas mencionadas. En cambio, al examinar el segundo nombre, Ayerzess-werten, vemos que las sospechas de Gibbon acerca de la ironía de los Bane tenían fundamento: ambos términos tenían, casi con toda seguridad, una intención (según la descripción del narrador) cercana al humor negro. *Ayerzess-werten* procede muy probablemente de un expresión gótica, *arzeis-wairthan*, que se traduce por el término, más bien pedestre, «caer en el error». El doble sentido creado por los Bane cuando aplicaban esa expresión a un cañón repentino y pronunciado que llevaba cuesta abajo hasta una serie letal de rocas y saltos de agua es evidente y refuerza la demostración de que los Bane eran mucho más que una tribu de criminales desterrados, incultos y deformes. En cuanto concierne al cambio en la grafía, puede atribuirse a la influencia del antiguo alto alemán y a un «cambio vocálico» con el que ya nos hemos familiarizado. –C. C.

70. «... y de gneis»: el gneis es una roca ígnea de calidad inferior al granito, así como el nombre que se da al segundo tipo más común de piedra encontrado en las montañas Harz, siendo el propio granito el más predominante. El nombre «gneis» parece proceder de los primeros habitantes sajones. Aunque algunas de esas tribus, al llegar el siglo VI abandonaron la zona que poco después se convertiría en el reino de Broken, algunos miembros de las mismas se rezagaron, lo cual explicaría que la palabra *seksent* se usara en Broken para denominar a los campesinos (como ya se ha anotado previamente). –C. C.

71. «... la posición de la Luna y las estrellas»: parecería extraño, por lo visto hasta estas alturas de la historia, que los Bane pudieran tener un mayor dominio que los ciudadanos de Broken del tiempo y de la orientación en función de sus medidas y mapas celestiales, pero debemos recordar que el primer instrumento europeo destinado a determinar específicamente la llegada de los solsticios y a medir los movimientos de los cuerpos celestiales en general fue el «Disco Celestial de Nebra», creado hace al menos 3.600 años en las mismas montañas Harz. Efectivamente, uno de los puntos de triangulación usados en el famoso Disco Celestial era la propia montaña de Brocken. Se diría que esa clase de estudio científico primitivo tenía una larga tradición entre los pueblos de la zona; es probable que permaneciera más intacto entre las tribus que mantenían

sistemas de creencias más tradicionales (o sea, los Bane) que entre los que aspiraban a un mayor aprendizaje (los ciudadanos de Broken). Véase la explicación de Buhmann, Pietsch, Lepcsik y Jed en «Interpreting the Bronze Age Sky Disc of Nebra using 3D GIS» [«La interpretación del Disco Celestial de Nebra de la edad de bronce por medio de SIG (Sistemas de Información Geográfica)»]. –C. C.

72. (y *pássim*) «cuchillo de destripar»: de nuevo, no podemos evitar preguntarnos, sobre todo a partir del ya mencionado uso general del término *seax* entre los sajones, cuyo nombre incluso procede de dicha arma, si estos cuchillos a los que el narrador insiste en llamar «de destripar» no tenían en realidad un uso mayor y más variado, ya fuera de modo intencional o casual, que el sugerido por el nombre: si no serían, como los *seax*, tan cercanos a la espada como al cuchillo, a la manera de otra arma también parecida, la *scramasax* de los francos, tan parecida a los *seax* que ambas palabras son a menudo intercambiables. La evidencia de que los Bane confiaban tanto en sus cuchillos de destripar para el combate cuerpo a cuerpo nos lleva a la intensa sospecha de que ese «destripe» no se aplicaba tan solo a animales muertos, sino también a hombres vivos, o tal vez especialmente a estos, hasta tal punto que el narrador ni siquiera considera necesario aclararlo. Una herida en el vientre de un hombre, entonces como ahora, era lo más parecido a un tajo mortal, pues las heridas graves en la zona abdominal resultan paralizantes por el dolor que producen y suelen ser fatales; la muerte, por lenta y agónica, imposibilita la continuidad de acción por parte de la víctima desgraciada. –C. C.

73. «... la mujer histérica»: Gibbon escribe: «La expresión empleada aquí, en la versión original del *Manuscrito* en dialecto de Broken, aparentemente, se traducía literalmente por "lunática" y el traductor la asoció de inmediato con "histérica". Los dos conceptos tienen, efectivamente, mucho en común, pues la histeria es una enfermedad femenina que se origina en el vientre y por lo general se da por supuesto que está dominada por los ciclos lunares; de ahí que lo lunático se convierta en histérico.» No deberíamos culpar al gran estudioso por lo que podría parecer una interpretación ridícula: en 1790, muchas de las enfermedades mentales violentas de las mujeres, por no decir la mayoría, se consideraban todavía como formas de histeria, con el convencimiento de que esta procedía del vientre (los primeros en tener esa idea, por supuesto, fueron los helenos, no en vano *hystero* es la raíz griega para palabras como «útero», o «uterino») y, en consecuencia, era dominada por las fases de la luna. Lo que sí parece extraño es su incapacidad de conectar la condición de «lunático» con la

luna, siendo esa condición obviamente atribuible a la influencia del satélite (véase nota 30). –C. C.

74. «... para formar un *skehsel*»: Gibbon escribe: «De nuevo quedan, por desgracia, algunas palabras y expresiones cuyo significado exacto no pudo determinar, o no supo, el traductor del *Manuscrito*; aún más irritante resulta que se negara persistentemente a explicar por qué no podía. He dejado esas palabras y expresiones entre comillas y he procurado extrapolar su significado con tanta exactitud como me ha sido posible.» Al parecer, *skehsel* es una de esas palabras que pudo extrapolar y, como en el caso de los nombres de las cascadas, aparece en su forma original porque los estudiosos en la época de Gibbon simplemente no habían conseguido el *Manuscrito de Broken*. Ahora podemos especular con razonable certeza, sin embargo, que la palabra es alguna clase de variación del antiguo alto alemán a partir del gótico *skohsl*, término empleado para los espíritus malévolos de género neutro. Aunque ignoramos qué razón llevaba a los Bane a temer a esos espíritus más que a cualquier otro (y son varios los que se mencionan), podemos especular, a partir de la clara prioridad que los Bane concedían al ordenamiento natural del mundo, de su reputación entre los ciudadanos de Broken como pueblo de alta sexualidad y de la frecuencia con que se menciona la castración como el peor de los destinos, con la posibilidad de que fuera precisamente la neutralidad de género de este demonio lo que tanto les inquietaba. Es evidente que los Bane creían, como tantos otros pueblos de la era barbárica, que los humanos podían, como último recurso, aparearse con la mayoría de los espíritus y con otras clases de criaturas míticas con el fin de apagiguarlas; el *sekhsel* no parecía ofrecer esa opción y, como ha ocurrido siempre (y sigue ocurriendo) en las sociedades tradicionales que siguen ciertas religiones paganas, tanto politeístas como monoteístas, la incapacidad de producir descendencia, alguna clase de descendencia, implicaba la aniquilación personal. Puede que eso se diera también entre los Bane. –C. C.

75. «... superados por Welferek»: Gibbon escribe: «Este tal Welferek debió de ostentar, efectivamente, una posición de importancia entre los "caballeros" de los Vengadores, pues su nombre no puede ser más que una variación broken-germánica del nombre que en inglés antiguo encontramos como Wulfric, "señor (o rey) de los lobos". Dadas las actividades de los Ultrajadores, semejante título implica un alto honor y gran autoridad, así como una lealtad a la Sacerdotisa de la Luna tan fuerte como para haberse ganado el derecho de ejecutar el más sagrado de los castigos, como hace en este mismo caso.» Desde la época de Gibbon, se

ha identificado para la palabra «lobo», o su plural, usada en este contexto, el significado metafórico y secundario de «cazador»; y es cierto con casi total seguridad que el caballero Welferek era el «cazador» principal de la Sacerdotisa de la Luna, si por «cazador» entendemos «ejecutor», o incluso «asesino». –C. C.

76. «... otro castigo que el *Halap-stahla*»: Gibbon escribe: «De nuevo, la peculiar formulación de los nombres de los ritos de castigo y ejecución en Broken frustra casi cualquier intento de determinar su origen. No podemos afirmar con certeza si el *halap* de *Halap-stahla* está basado en alguna variación de las primeras formas germánicas a partir de *halbe*, variedad a su vez del uso de *halb* en ciertos dialectos germánicos, equivalente al *half* [mitad] inglés, o si procede del gótico *halba*, con el mismo significado, o de algún otro término que no hemos descubierto, aunque al menos parece posible que así sea, dado que la mutilación implicaba una partición por la mitad.»

77. «... volverán a encontrarse»: Gibbon escribe: «Al afirmar que muchas tribus de la región de Broken, si no la mayoría, compartían la creencia de que los soldados caídos pasaban en el más allá a un salón en el que vivían una juerga perpetua y gozaban de otras indulgencias, Arnem (y el narrador de la historia) tenía más razón y clarividencia de la que él mismo podía suponer, pues no solo en Alemania, o ni siquiera especialmente allí, había arraigado esta creencia que se iría elaborando a lo largo de los siglos siguientes. La mayor parte de los colegiales de estos tiempos están familiarizados con el Valhalla, versión nórdica de ese mito. Sin embargo, en realidad, la idea permeó gran parte de las creencias barbáricas del norte de Europa, y no pocas de las tribus orientales. Por otro lado, en esa época también había algunas culturas guerreras que tenían poca o ninguna fe en la vida del más allá (consúltese, por ejemplo, el manuscrito del *Beowulf* adquirido hace unas décadas por Sir Robert Cotton con motivo de la fundación del Museo Británico) y que, en consecuencia, ponían mayor énfasis en los logros de los hombres en esta vida, convencidos de que solo así podían conservarse vivos el nombre y el espíritu después de la muerte.»

78. «... pantalones, cuyos pies»: en esa época era común entre las clases trabajadoras de Europa llevar unos pantalones de tela que se extendían por la parte baja hasta cubrir incluso los dedos de los pies, de modo muy parecido a los pijamas infantiles de nuestros días, con los que se ha comparado a menudo esta prenda. De este modo se evitaba la necesidad de usar calcetines, aunque el pantalón se deterioraba más fácilmente por el uso. –C. C.

79. «... el Señor Dios de los Lumun-jani»: Gibbon escribe: «Es la primera, y ambigua, referencia al cristianismo en el texto. Hacia el siglo siete u ocho prácticamente todas las tribus bárbaras, con la excepción de algunos clanes menores en dominios remotos [incluido, como es evidente, el de Broken], habían adoptado la religión que para entonces llevaba ya mucho tiempo establecida como fe oficial en Roma; como al menos algunos Bane debieron de entrar en contacto con misioneros de dicha fe, o con otros representantes de Roma —probablemente durante sus encuentros para el comercio en la ciudad de Daurawah, perteneciente al reino de Broken—, es razonable concluir que tanto los súbditos de Broken como los Bane conocían de modo general la historia de Jesucristo, incluida su crucifixión, que sería el objeto de la alusión mencionada aquí en boca del expedicionario Bane.» Por decirlo de un modo más gráfico de lo que, al parecer, quería permitirse Gibbon, podemos dar por hecho que Heldo-Bah está declarando que Welferek, clavado a un árbol por los cuchillos con los brazos relativamente estirados recuerda el más infame castigo ritual infligido a tantos esclavos y criminales del Imperio romano. Eso subraya la idea de la fluidez que caracterizaba la situación de las religiones en la era barbárica: tal como afirma Gibbon, el lugar en el que parece más probable que Heldo-Bah pudiera ver un crucifijo era el enclave comercial de Daurawah, en Broken, y el narrador nos ha dicho ya que el expedicionario lo había visitado. El hecho de que Gibbon deje esa alusión con apenas un comentario explicatorio respondía, casi con toda seguridad, a un frustrado intento de evitar que Burke reaccionara a esta historia precisamente como terminó por reaccionar. –C. C.

80. «... formas enormes de profunda complejidad»: de nuevo, hoy en día tendemos a dar por sentados los diversos usos del cristal; mas si tenemos en cuenta que la mayor parte de las tribus y los reinos que rodeaban Broken habían perdido la habilidad de producir ventanas de cristal o, en el caso de algunas tribus nómadas como los hunos, nunca las habían necesitado, empezaremos a hacernos una idea de lo poco que exagera aquí el narrador: la luz, en sus diversas formas, era más que una simple fuente de iluminación durante el período de existencia de Broken y, si se usaba con inteligencia, podía inspirar fe en la divinidad y confianza en la sabiduría de los líderes. Sin duda, Oxmontrot habría visto cómo funcionaba este proceso (de muchos modos distintos), si fue empleado como mercenario tanto en el este como en el oeste del Imperio romano; no resulta sorprendente que pusiera tanto énfasis en la conservación y el desarrollo del arte de fabricar cristales en el reino que fundó. –C. C.

81. «... una fuente de iniciación de mármol»: Gibbon escribe: «El uso de las palabras "fuente de iniciación de mármol" podría ser interpretado por cristianos menos informados que usted [o sea, que Edmund Burke] como una "prueba" de que la religión kafrana no era más que una forma polucionada de su propia fe; por supuesto, existen algunas similitudes pero son menores. El aspecto más importante del uso por parte de los kafranos de "fuentes" y "altares" es que refuerza el dato de que, entre las tribus bárbaras de Europa durante la Era Oscura, la religión estaba en un estado de adaptación y vértigo semiconstante, situación que permitió a los cristianos tomar prestados ritos, festividades y costumbres de los paganos y, más relacionado con este caso (aunque mucho menos reconocido popularmente), a los paganos hacer lo mismo con respecto al cristianismo. Así, no podemos citar la existencia de una "fuente de iniciación" dentro del Alto Templo de Kafra como prueba de la influencia cristiana en mayor medida que podemos afirmar que las prácticas bautismales de los primeros cristianos eran una adaptación de los bautismos de sangre que practicaban no pocas tribus bárbaras, algunos de los cuales se celebraban en esa misma clase de fuentes y receptáculos situados en los templos.» Gibbon, aunque una vez más se esforzaba por mostrar tacto, no puede reprimir del todo sus apasionados sentimientos al respecto. Aun así, si tenemos en cuenta su agnosticismo personal y las repetidas y públicas defensas de la fe cristiana por parte de Edmund Burke (incluso, en sus *Reflexiones sobre la Revolución francesa*, la fe cristiana católica), la afirmación anterior responde a un admirable, aunque fracasado, intento de control. –C. C.

82. «... una pieza de latón pequeña y circular»: no debería sorprender a nadie saber que los trabajadores del metal de Broken, así como los Bane, eran capaces de producir aleaciones como el latón, el bronce y el acero (aunque los Bane, por supuesto, trabajaban con equipamiento mucho menos avanzado del que se podía conseguir en Broken y, en consecuencia, hasta la época de los sucesos aquí relatados, no eran capaces de conseguir las mismas aleaciones que sí tenían sus enemigos). Las montañas de la zona, como se ha señalado ya en diversas ocasiones, son ricas en minerales férreos necesarios para producir esos importantes materiales, o al menos lo eran en ese tiempo; de nuevo, los depósitos, rebosantes en su origen, se agotaron relativamente pronto en la era industrial. –C. C.

83. «Paso de Atta»: Gibbon no hubiera podido sino especular con el significado completo de este nombre y tal vez por eso lo deja sin anotar. Ahora, en cambio, podemos traducir fiablemente *atta* como uno de los

muchos términos góticos para «padre», en el sentido de «ancestro». Sin embargo, también podría ser, en el caso de una ubicación física tan importante y letal como este paso de montaña, que tuviera una interpretación religiosa; y, mientras cualquier referencia a una deidad masculina podía hacernos pensar de entrada en Kafra, el estado de fluidez religiosa que dominaba Europa (e incluso, en cierta medida, también el interior de Broken y sus alrededores) en esa época apunta a intrigantes interpretaciones alternativas, así como sugerencias acerca del «Padre» cristiano que hoy en día nos resulta más familiar y cuya fe empezaba a contagiarse entre las tribus germánicas. –C. C.

84. «... y enanoides»: obviamente, dado que se repiten las alusiones a la escasa estatura de los Bane como algo ajeno al enanismo, cualquier referencia por parte de alguien de Broken —sobre todo, de Lord Baster-kin— a los «deformes y enanoides» ha de ser tomada como un desprecio. También se obtiene de esas explicaciones un refuerzo de la idea de que los Bane no eran enanos «de facto», o al menos no la mayoría de ellos; en caso contrario, «enanoides» no supondría un insulto tan común para ellos. Regresamos, entonces, a la noción de seres humanos en «miniatura» y a la más probable cuestión de la adaptación genética. –C. C.

85. «... los varisios del norte, con sus naves»: Gibbon escribe: «De nuevo hemos de considerar que las palabras "francunos" y "varisios" son, igual que "torganios", meras aproximaciones fonéticas: la primera para las tribus francas o, mejor dicho, tribus de francos, que, como ya he dicho, quizás habían expulsado ya a los "torganios" ("turingios") de la región del sur de Broken. Los varisios, a su vez, representan con toda claridad otra aproximación, en este caso a los "frisios", tribu del norte conocida por su capacidad de navegación tanto fluvial como marítima.»

86. «... el enemigo»: es importante entender que esta discusión sobre la tortura, aunque pueda parecer anacrónica, es todo lo contrario si somos capaces de entender la historia de la guerra con todo detalle. La tortura de los enemigos, tanto combatientes como civiles, y la cuestión de si la información útil que pueda obtenerse por medio de esos métodos compensa los riesgos que corren los soldados y el pueblo de quienes ejercen dicha tortura no son propias de nuestra época en exclusiva; de hecho, se remontan al Imperio romano, donde eran objeto de debate casi en los mismos términos que hoy. La discusión ha resurgido regularmente a lo largo de la historia de Occidente; en consecuencia, no debería sorprendernos que se asome en estas páginas. Sin duda, el propio Gibbon parece tan familiarizado con la discusión que ni siquiera la considera digna de mención. –C. C.

87. «*Lenthess-steyn*»: Gibbon escribe: «Debo repetir que ojalá tuviéramos el conocimiento suficiente del dialecto de Broken para comprender el significado de todas las frases, en particular de algunas de las más oscuras, y sin embargo reveladoras. Tal es el caso del lugar en el que los curanderos de los Bane, que al parecer eran expertos en el uso de hierbas y de extractos de plantas del bosque, llevaban a cabo su tarea noble y reconfortante y, al parecer, avanzaban en un conocimiento de la anatomía que, en sociedades y tribus más "avanzadas", se veía refrenado por la superstición religiosa. ¡El propio Galeno [padre de la medicina romana y, a decir de muchos, occidental] habría envidiado su libertad en este aspecto!» La frustración de Gibbon por la falta de traducción precisa quizá le impidió deducir por medio de la razón el significado —extraño, pero adecuado— del nombre de esas cuevas. La expresión «Lenthess-steyn» puede obtenerse a partir del gótico, el antiguo alto alemán y el alemán medio (la mezcla habitual del dialecto de Broken en las fases tardías), parece que podría traducirse por «las piedras suaves» y se referiría a unas cuevas en las que los ancianos, los enfermos o heridos, se retiraban a recuperarse o en busca de una mayor comodidad o «suavidad» para su viaje hacia el más allá Lunar. –C. C.

88. «... eficaz en la batalla»: antes de emprender cualquier comentario detallado de la armadura, los yelmos y las espadas que empleaban los Bane y el ejército de Broken, debe reiterarse un dato de estudio (mejor argumentado por Ewart Oakeshott en su *Dark Age Warrior* [El guerrero de la era oscura]), particularmente en cuanto concierne a esta región del norte de Europa durante el período que nos ocupa: no hay ninguna fuente definitiva que ilustre qué usaban los guerreros de la Era Oscura como armadura o yelmo (y bien poco acerca de cómo se manufacturaban y usaban las espadas), y en consecuencia nos vemos obligados a juzgar fundamentalmente por lo que leemos en relatos individuales, entre los que el *Manuscrito de Broken* destaca como uno de los más elaborados. De ahí podemos deducir, en este caso, que la presencia de armaduras de escama entre los Bane refuerza las pruebas de que Oxmontrot guerreó para el ejército romano en la zona oriental del imperio, además de en la occidental, pues esa clase de mallas de escama eran las preferidas por los ejércitos bizantinos (es decir, de la Roma oriental). De todos modos, si bien parece que los artesanos de Broken eran capaces de reproducir modelos eficaces de esta alternativa a la malla de cadenilla (una alternativa que ofrecía más protección, aunque un movimiento más limitado), los Bane no lo eran en la misma medida. Es probable que tuvieran algunos modelos de calidad

(capturados o robados a los soldados de Broken), pero, como afirma el narrador, sus artesanos no podían trabajar con tanto detalle, sobre todo por la calidad del hierro que usaban, una calidad que, aunque estaba a punto de mejorar, les limitaba el uso de aquellas vestimentas, probablemente más destinadas a la exhibición que al combate. –C. C.

89. «... calidad inferior del mismo»: de nuevo, los Bane no conseguían, a esas alturas, producir hierro del grado suficiente para hacer posible la manufactura de yelmos y armas de la calidad necesaria, aunque pronto alcanzarían esa capacidad. Este asunto se tratará con mayor detalle más adelante en la propia historia, pero no arruinamos ese relato al anotar aquí —como, por otra parte, resulta necesario— que sus espadas eran de acero bajo en carbono o de acero laminado sobre un eje de hierro, como solía hacerse en la Europa de los bárbaros. Los yelmos, por su parte, se basaban por lo general en los del ejército de Broken, que al parecer correspondían a la adaptación germánica del casco romano (conocida colectivamente, según se ha comentado ya, como el diseño *Spangehelm*), que incluía yelmos cónicos, o redondeados, a los que se añadían elementos soldados o remachados para cubrir la nariz, los pómulos y, a veces, el nacimiento del cuello. Las uniones en esos diseños eran casi siempre de cuero, salvo en los casos de los soldados de mayor rango, que podían permitirse bisagras metálicas. Sin esos dos últimos añadidos, los Bane habrían tenido algo parecido al casco normando, un diseño simple y cónico de una sola pieza y con una protección nasal como extensión orgánica, no como componente añadido; protección suficiente si el acero hubiera sido del grado necesario, cosa que no se daba entre los Bane, aunque, de nuevo, esa condición estaba a punto de cambiar. –C. C.

90. «Ashkatar»: he aquí un nombre que parece haber desaparecido por completo, junto con la sociedad que lo vio nacer; las mejores estimaciones de los expertos consultados afirman que Ashkatar era una aproximación, en el dialecto de Broken, de alguna forma alterada o corrompida de «Augustus» o César Octavio, el famoso arquitecto del Imperio romano durante el paso de la era antigua a la nuestra. Si eso fuera cierto, indicaría que los antepasados de Ashkatar habían sido gente importante, quizás incluso cercana a Oxmontrot, pues serían el Rey Loco y sus compañeros mercenarios quienes habrían oído la historia de Augustus durante los años en que trabajaron para los romanos. –C. C.

91. A propósito de los nombres de los hijos de Arnem: aparentemente, el conjunto pasó inadvertido a Gibbon, con toda probabilidad porque solo le generaba frustración. Incluso hoy en día uno de ellos sigue siendo

oscuro: «Dalin», que podría ser, o no, una interpretación dialectal del término gótico usado para «compartir», y cuya elección acaso respondería a la insistencia de la madre precisamente por el extraordinario parecido físico (y, al parecer, de comportamiento) entre el padre y el hijo desde el mismo nacimiento de este. En cambio, podemos afirmar con mayor seguridad que el resto de los nombres reflejan una tendencia general a usar nombres germánicos modernos en el reino de Broken, o bien a un esfuerzo consciente por parte de Sixt por resaltar su propia procedencia por encima del pasado aparentemente gótico de Isadora. Las tribus góticas eran, por supuesto, germánicas en el contexto barbárico y en el sentido amplio que ese apelativo merecía a principios de la Edad Media. Por ello, «nombres germánicos modernos» se aplica a las apelaciones que pertenecían claramente a las lenguas y dialectos que en algún momento terminarían por fundirse para formar el alemán moderno. Anje es una variación de Anna; Dagobert, una combinación medieval bastante común de los términos correspondientes a «bueno» y «brillante», fue además el nombre de uno de los grandes reyes francos merovingios, justo antes del período en que transcurre el relato del *Manuscrito* y, posiblemente, en consecuencia, tomado en préstamo de los francos por el mundano Arnem; mientras que Gelie es un derivativo de Ankelika. El último nombre, Golo, parece una variación o un apodo correspondiente a Gottfried. Sigue en uso, como por otra parte la mayoría de estos nombres bajo una u otra forma, mientras que Dalin sigue siendo una adivinanza sin solución definitiva. –C. C.

92. «... que parecen cuervos grandes»: acerca del broche de Isadora, Gibbon escribe: «Sin duda, aquí nos enfrentamos a una representación de Odín, patriarca (o "padre total") de los dioses nórdicos, que vendió un ojo a cambio de la sabiduría y contaba con las atenciones de dos cuervos: uno representaba el Pensamiento, el otro la Memoria. Lo que resulta particularmente interesante es el hecho de que, por pintoresca que nos parezca ahora esa mitología, era bastante fuerte durante el período en que existió Broken y representó tal desafío a la fe de Kafra (y a los monoteísmos en general) que quienes idolatraban a los dioses nórdicos no eran tratados como díscolos primitivos, sino como herejes condenados, tanto por las autoridades de Broken como por la iglesia cristiana de los orígenes.» Una vez más, Gibbon revela su fascinación por las fes ajenas al cristianismo, aunque la adoración de los dioses nórdicos difícilmente puede ser considerada como una religión misteriosa, o sectaria, mientras que la fe kafránica sí encajaría, paradójicamente, en el concepto de secta o en lo que se ha dado en llamar «fes misteriosas». –C. C.

93. «Nuen»: el nombre de la niñera de los hijos de Arnem, y más adelante gobernadora, es ignorado por Gibbon, probablemente porque «Nuen» habría representado un espinoso problema para él, pues en su tiempo eran relativamente pocos los trabajos de estudiosos sobre la historia y la cultura oriental y muchos de ellos, si no la mayoría, partían del trabajo de historiadores antiguos. La hipótesis de que «Nuen» sería un antepasado del moderno «Nuan» —que en Chino pretende connotar calidez y cordialidad— podría ser una conclusión lógica, aunque la conexión entre los hunos (de los que, casi con toda seguridad, procedía esta mujer) y los chinos se ha descartado desde hace tiempo con la suficiente rotundidad; incluso la relación de los hunos con los Xiongnu (o, en su forma más antigua, los Hsiung-un), tribu de nómadas que ocupaba los territorios del norte y nordeste de Asia (área que incluía buena parte de Manchuria, Mongolia y la provincia china de Xinjiang) y que tal vez fuera origen de algunos de los pueblos igualmente inquietos que surgieron de esas regiones, relación que en otro tiempo se consideró probable, ha sido objeto de profundo debate recientemente y, en ciertas instancias, incluso descartada. En consecuencia, no es probable que el nombre tuviera un origen chino, pero tenemos pocas teorías sustitutorias; por ello nos vemos obligados, como Gibbon, a limitarnos a aceptar el nombre, aunque nuestra conciencia de que lo hacemos porque nos vemos obligados a ello es mayor que la suya y, por lo tanto, más frustrante todavía. –C. C.

94. «*Breck*»: prueba definitiva, si es que hacía falta, de que los antepasados de Isadora eran efectivamente godos que se cruzaron, con el tiempo, con otras tribus germánicas más «modernas»: la palabra que en inglés se conoce como *brook* [arroyo] retrocede a través de la mayor parte de las lenguas de la región relacionadas entre sí —el alemán, el holandés, el inglés medio y antiguo— hasta encontrar su primer ancestro en el gótico *brukjan*. La disminución de la influencia gótica, sumada al cambio vocálico del antiguo alto alemán y a las pocas peculiaridades del dialecto de Broken que podemos mencionar con una mínima certeza, explican sobradamente la forma específica que encontramos aquí. –C. C.

95. «Gisa»: el nombre de la guardiana y maestra de Isadora, la mujer que la crio tras el asalto y asesinato de sus padres, es otra pista tentadora que nos acerca al patrón de la evolución social y religiosa tanto de Broken como del norte germánico en general: aunque se identifique como un nombre propio del antiguo alto alemán, el significado exacto de «Gisa» se ha perdido. De todos modos, podemos dar por hecho con relativa certeza que era una forma abreviada del germánico Gisela, que remite a la vez a

«rehén» y «tributo» y, al mismo tiempo, que probablemente ese no era su nombre original. Así, a tenor de sus actividades, ¿hemos de suponer que esta mujer de extracción nórdica tal vez fue vendida como criada en Broken tras haber sido secuestrada como esclava por alguna banda o fuerza armada que no conocemos? Y, si ciertamente fue rehén, ¿había sido alguien de cierta importancia en su nórdico lugar de origen? Muchos de esos rehenes en aquella época (como en la nuestra, en algunas partes del mundo en desarrollo) nunca fueron redimidos, hecho que explicaría tanto su amargura como el modo en que adoctrinó a Isadora para lo que, en Broken, se tenía por culto herético, aunque ya era una religión establecida en la zona, tal vez incluso una religión mayor. Sin duda, una fe que experimentaría un gran renacimiento cuando la retomaron las tribus nórdicas, muchas de las cuales la fundieron con distintas interpretaciones y relatos del cristianismo. –C. C.

96. «... estribos de hierro»: aquí se revela un detalle que Gibbon pasó por alto y que, en esta era moderna de la historia militar (y, en especial, de la historia de la tecnología militar), tiene una enorme importancia: las tropas montadas de Broken usaban estribos de metal. Los romanos no contaban con esa ventaja, lo cual explicaría que las unidades de caballería no fueran la parte más temida de su ejército; el apoyo ofrecido por los estribos fue lo que creó la estabilidad necesaria para que los hombres, al cargar con sus caballos, pudieran arponear con sus lanzas y lancetas a la infantería masificada, así como el control necesario para que los arqueros montados pudieran lanzar sus flechas sin verse obligados a sostener las riendas del caballo. (Había algunas tribus de las estepas asiáticas y de los indígenas americanos cuyos guerreros eran capaces de llevar a cabo esa acción sirviéndose tan solo de los talones para controlar a sus monturas, pero eran tropas muy excepcionales en esa época y relativamente únicas.) Sin la estabilidad y el control que granjeaban los estribos de hierro y de acero, los jinetes eran derribados con facilidad; en cambio, al disponer de aquella ventaja tan simple en apariencia, se hacía muy difícil desalojarlos de sus monturas. De todos modos, quedan dos preguntas a propósito de la caballería de Broken: si efectivamente usaban estribos, ¿por qué no eran más numerosas sus unidades montadas? ¿Por qué no disponían de más armamento pesado ni se entrenaban en el desarrollo de las tácticas de asalto colectivo que aquella innovación permitía? Y aún más, ¿de quién tomaron prestado ese avance en la tecnología de la caballería, tan importante que habría de cambiar literalmente el rostro de Europa y su destino? Cualquiera que fuese la razón, al no decidir, por un lado, incrementar

el tamaño de las unidades que acababan de ver aumentado su poder de asalto de una manera tan drástica y, por otro, dotarlas de todo el variado armamento que la caballería pesada podía permitirse al adoptar los estribos de hierro, al escoger en cambio el mantenimiento de su imitación del modelo romano a pesar de poseer una ventaja tremenda, el ejército de Broken cometió un error de enorme magnitud. –C. C.

97. «... oficiales electos»: merece la pena subrayar el hecho de que, entre los Bane, el proceso de elección de diversos oficiales del gobierno, incluido su jefe, era acorde con la norma barbárica, o al menos germánica, de la Era Oscura. Efectivamente, la democracia occidental debe tanto (o más) a los códigos de esas sociedades como a las de la Grecia o Roma antiguas. Sin embargo, el hecho de que los Bane concedieran, al menos ocasionalmente, un fíat de veto previo a la Alta Sacerdotisa de la Luna revela, tal como sugiere el narrador, un lazo paradójico, simultáneo y profundo entre el gobierno de los desterrados y el de la ciudad de la que fueron expulsados. –C. C.

98. «... pila de documentos escritos en pergaminos»: aunque tanto el pueblo de Broken como los Bane podían hacer pergaminos con los órganos y las pieles de terneras, cabras y ovejas, se consideraba a los Altos como más avanzados en ese contexto, principalmente porque preservaron la técnica de manufactura de pergaminos enrollados: largas láminas de pergamino enrolladas en dos varillas, o palos, con los que para «pasar de página» se enrollaba uno al tiempo que se desenrollaba el otro. Los Bane, por su parte, usaban hojas de pergamino más o menos unidas; la paradoja consiste en que, hoy en día, la imagen del pergamino se ha convertido en emblemática de lo arcaico; ciertamente, es casi sinónimo de las culturas antiguas, de los principios del medioevo, mientras que las hojas encuadernadas de pergamino que usaban los Bane suponen, claro está, las fórmulas pioneras de los libros modernos y, en consecuencia, eran símbolo de progreso. –C. C.

99. «... su hija Effi, de cuatro años»: los nombres de los hijos de Keera, como los de Sixt Arnem, ofrecen pistas importantes acerca de la deriva cultural de sus respectivas sociedades, Bane y Broken. Effi es una variante de la Elfriede del alemán moderno, Baza es una variación del antiguo alto alemán a partir del Boris eslavo, mientras que Herwin está relacionado con el moderno Erwin, que a su vez procede de una variación de Hermann, nombre todavía bastante común en el alemán contemporáneo, pese a su significado original: «amigo del ejército». En resumen, los Bane, pese a toda su imaginaria «inferioridad» podrían haber establecido un vínculo más cercano con los germanos que los ciudadanos de Broken. –C.C.

100. «... *ackars*»: se cree que sería la palabra del antiguo alto alemán para el «acre» [medida inglesa equivalente a 40 hectáreas y 47 centiáreas] y que designaba una extensión de tierra razonablemente parecida a la que asignamos en nuestros días a dicho término. Algunas definiciones premodernas de «acre» pueden presentar pequeñas variaciones, ya que la palabra, en su sentido literal, se refiere a la cantidad de terreno que un buey puede arar en un día y algunas autoridades nada escrupulosas y ansiosas por obtener tierras usaban yuntas de dos bueyes. Por otra parte, además, no todas las tierras se pueden arar con la misma facilidad; pese a esta y otras consideraciones, las diferencias entre la distintas versiones legítimas de la palabra parecen menores y todas se acercan a la versión moderna, superior en poco a los 4.000 metros cuadrados. –C. C.

101. «Alandra»: otra traducción al dialecto de Broken, en esta ocasión del alemán moderno «Alexandra», que se deriva de Alessandra, más antiguo. Como su contrapartida masculina, Alejandro, el nombre significa «protector», hecho que, en el caso de esta mujer particular, resultará apropiado en un sentido, pero mucho más paradójico en otro. –C. C.

102. «*Sukkar*»: término árabe para el azúcar. Los mercaderes árabes no introdujeron en Occidente el azúcar granulado que sacaban de las cañas de la India hasta principios del siglo VIII: muy poco antes de que ocurriesen los sucesos descritos en el *Manuscrito de Broken*. Puede que Gibbon dejara pasar este caso sin comentarios simplemente porque le pareciera que su significado era obvio.

103. «Phrenética»: en algunos casos, la grafía arcaica de una palabra que nos podría parecer anacrónica resulta muy útil para demostrar lo antiguos que son algunos conceptos que tenemos por modernos; por eso los dejo en su forma original. «Phrenética» es un buen ejemplo. –C. C.

104. Los tritones: el color y la apariencia general de estas criaturas, junto con el hecho de que pudieran vivir en el norte de Alemania, las señalan casi con toda seguridad como pertenecientes a la familia del Gran Tritón Crestado (*Triturus cristatus*), que en algún tiempo se extendió prácticamente por toda Europa y que solo ha visto reducida su población en tiempos modernos debido a la pérdida de su hábitat a causa del desarrollo humano, hasta el extremo de verse convertida en especie amenazada. Los tritones no son exactamente, como parece indicar Isadora, el mismo animal que las salamandras; sin embargo, ambos conforman las dos clases de la familia *Salimandridae* y, en consecuencia, es probable que en el mundo antiguo, o durante la Era Oscura, no se estableciera distinción alguna entre ellas. Por otra parte, aunque es imposible detallar aquí las diferencias

entre los más de setenta miembros de esa familia al respecto de sus hábitos y técnicas de alimentación, apareamiento, respiración y crianza, tanto los tritones como las salamandras, y estas especialmente, poseían algunas propiedades místicas y espirituales de importancia en ciertas religiones y folclores de la época: eran espíritus del fuego, o «elementales», igual que las «ondinas» lo eran del agua, los gnomos de la tierra y las sílfides del aire. Se creía que esos espíritus elementales estaban compuestos efectivamente por su elemento básico y que si un humano conseguía controlar esas criaturas podría también controlar el elemento correspondiente, aunque fuera de modo pasajero.

105. «Emalrec»: aunque Gibbon no lo considera digno de mención, este nombre implica una leve ironía: si tenemos en consideración el cambio vocálico del antiguo alto alemán, se convierte en el común Amalrec, variación a su vez de Emmerich: ambos significan «poderoso trabajador», una denominación no muy apropiada al caso y quién sabe si un comentario intencionado acerca del estado de cosas en el Distrito Quinto y en la sociedad de Broken en general. «Berthe», por su parte, es obviamente una forma arcaica de Bertha, que procede de la raíz *berath*, que significa «famosa». Otra ironía. –C. C.

106. «Saco», «blusón» y «material tan burdo»: Gibbon sigue sin prestar atención al asunto de cómo y en qué medida (considerable) los juicios relativos a la riqueza y al estatus se extraían de afirmaciones elementales acerca de la ropa, sobre todo entre mujeres, tanto en Broken como en toda la Europa de los bárbaros. Sin embargo, merece la pena mencionar que aquí encontramos aún más pruebas de que la ropa de una mujer y su correspondiente estatus se señalaban, de más a menos, en función del (los) material(es) usado(s), la calidad de la costura y el color (los tintes más caros, obviamente, solo estaban a disposición de quien tuviera medios suficientes). La «moda», tal como entendemos hoy esa palabra, apenas existía, incluso en las sociedades más avanzadas de la época. En el caso de la desgraciada Berthe, por ejemplo, la simple afirmación de que lleva «una sencilla prenda de saco...», con malas costuras (teniendo en cuenta que el saco era un material usado, desde el tiempo de los antiguos hebreos, por penitentes y dolientes que escogían deliberadamente hacerse daño), parece pensada para que fijemos su condición en nuestra mente. Y es fácil que así sea, si nos damos cuenta de que la tela de saco no era sino la arpillera usada, como su nombre indica, para la confección de sacos destinados a contener grano, tubérculos y otros similares; en resumen, no podía ser una prenda cómoda por muy bien que estuviera, espe-

cialmente para una mujer embarazada, y mucho menos si no llevaba «blusón», palabra que, una vez más, se refería en la época a una simple bata, por lo general de algodón, que las mujeres llevaban como ropa interior cuando podían permitírselo. –C.C.

107. «Plaga»: si da la sensación de que Isadora se apresura en sus conclusiones, hemos de recordar que la plaga bubónica estaba en todo momento presente en las mentes de la población de toda Europa, Asia y, sobre todo, el norte de África (donde empezaron la mayor parte de los brotes) a lo largo de este período. Los primeros síntomas y los detalles eran suficientemente conocidos para que alguien como Berthe se diera cuenta de que si las llagas de su marido no se habían convertido en bubones, unas úlceras casi negras que daban ese nombre a la Muerte, lo más probable era que no se tratase de «la plaga». Por otro lado, mucha gente no era capaz de establecer esa distinción, por lo que queda abierta la opción de que la habilidad de Berthe se deba tan solo a su relación con Isadora, una curandera talentosa. –C.C.

108. «Fiebre del heno»: se pueden encontrar variaciones de este término en unos cuantos manuscritos antiguos y medievales, igual que de cualquiera de los muchos nombres que se daban a lo que, casi con toda seguridad, era fiebre tifoidea. Sin embargo, es importante señalar que «fiebre del heno» podría denotar varias otras fiebres y enfermedades mortales con las que compartía síntomas cruciales. El más común de estos era el tifus, y la incapacidad general de distinguir la diferencia entre las dos durante los tiempos antiguo y medieval —evidente en la similitud entre los nombres y en la relación que establecen— suponía un problema especialmente pertinente en el *Manuscrito de Broken*, como se verá. Ni siquiera Gibbon, habida cuenta de la divulgación del conocimiento médico en el siglo XVIII, estaba en condiciones de establecer esa clase de distinciones (de hecho, solo en el siglo XIX la fiebre tifoidea y el tifus quedaron definitivamente identificadas como enfermedades distintas). En la época en que tuvieron lugar los acontecimientos descritos en el *Manuscrito*, las líneas entre distintas pestilencias eran más difusas, de modo que el término «fiebre del heno» probablemente incluía otros varios candidatos al mismo tiempo. Hoy en día podemos ser más selectivos e intentar distinguir con rigor entre lo que eran ciertamente (como pronto veremos) dos enfermedades que atacaron el reino de Broken y las tierras que lo rodeaban al mismo tiempo, pero que fueron etiquetadas como «plaga» por los afectados. El factor diferenciador más importante, a la hora de entender los sucesos que narra el *Manuscrito*, radica en los métodos de transmisión de estas

enfermedades: el contacto físico directo con los afectados, respirar el mismo aire o beber la misma agua y por último (como pronto veremos) comer la misma dieta, una práctica que trae al caso otra enfermedad muy difundida con algunos síntomas similares (de hecho, más terribles pero, paradójicamente, menos virulentos), una confusión que haría aún más difícil analizar la situación. NOTA: añadir algo de este último método de transmisión en esa coyuntura, sin embargo, implicaría romper el suspense que el narrador tanto se esfuerza por conseguir, ya sea en este punto o en otros. Baste con decir aquí que en realidad había dos enfermedades en Broken y que ninguna de ambas era ciertamente «la plaga» o «la muerte», expresiones reservadas, por lo general, para la Muerte Negra o plaga bubónica. –C. C.

Por último, habría que destacar también que ese fenómenmo de dos enfermedades identificadas como si fueran la misma, tal como nos hemos acosumbrado más adelante, no era inusual en esa era histórica. De hecho, es típico por muchas razones, sobre todo por el escaso progreso que las distintas creencias monoteístas (para las cuales la disección de los cuerpos de los muertos por enfermedad era pecado) habían concedido a la medicina en los cuatrocientos o quinientos años transcurridos desde Galeno. –C. C.

109. «Bohemer y Jerej»: dos nombres eslavos, probablemente eslovacos (por razones geográficas), de los que Gibbon comenta: «Sabemos que los eslavos siguieron a las tribus invasoras anteriores hasta Europa central a principios del siglo VI y aquí hemos de ocuparnos de uno de los grupos principales de esa raza, los búlgaros, de quienes sabemos que a finales del VII sufrieron una puntillosa división en dos o más "imperios" o grandes "khans". Conviene señalar que ninguno de esos "imperios" era tan poderoso, ni siquiera tan grande, como Broken. Una de las principales facciones resultantes se desplazó hacia el este, a la tierra familiar del Volga, mientras que la otra siguió avanzando para establecerse en el bajo Danubio; desde ese territorio obtenido por la fuerza, el segundo grupo comenzó de inmediato a hostigar los asentamientos no solo del Imperio bizantino [o de la Roma oriental], hacia el sur, sino también de otras tribus bárbaras en distintas direcciones. En consecuencia, parece del todo creíble que, cuando llegó la crisis de Broken, dos siglos después, miembros superfluos, criminales o simplemente aventureros de ese imperio —que para entonces ya estaba firmemente atrincherado— pudieran atacar por su cuenta en busca de fortunas en reinos como Broken, famosos por sus riquezas. O tal vez fueran prisioneros de guerra, o quizás incluso entraron en Broken como Heldo-Bah, bajo la siniestramente ingeniosa política de servidumbre por contrato que permitía a los mercaderes de

carne trampear con las leyes de Broken contra la esclavitud.» Los dos nombres, como los dos sirvientes, tienen naturalezas contrapuestas, pues representan la versión dialectal de Broken de dos nombres que los eslovacos otorgaban en el primer caso al «dios de la paz» y en el segundo a «quien trabaja la tierra». –C. C.

110. *«Bulger»*: Gibbon escribe: «Aunque no tenemos una justificación específica que nos haga creerlo, parece claro, según la información obtenida hasta ahora, que este adjetivo está relacionado con un nombre: "Bulgar", que sigue siendo la forma abreviada de "búlgaro". Sin embargo, hay un asunto de interés aquí que quizá convierta esta palabra en algo más que una nueva adaptación de un nombre ajeno al dialecto de Broken: cuando el narrador se refiere a los Francos, o a los Frisios, la primera letra aparece en mayúscula como medida de respeto que, en cambio, no se concede a los *seksents* (sajones), nombre que, como ya hemos visto, los súbditos de Broken probablemente asimilaban a los campesinos. Al parecer, su actitud con los *bulgers* era similar; de hecho, es posible que esta pequeña pieza del dialecto de Broken contribuyera a la creación de uno de los términos que el alemán moderno usa para denotar lo vulgar, *vulgar,* en la misma medida que el latín *vulgaris,* más comúnmente citado como fuente.» [Conviene señalar aquí que Gibbon se dejaba llevar por su afán de especulación, a veces algo alocado. –C. C.]

111. «... pintalabios rojo amapola»: quizá no deba sorprender que Gibbon pase por alto estos ejemplos de cosméticos antiguos y medievales, correspondientes a los extremos opuestos del espectro de la seguridad: el agua de rosas (resultante de la producción de aceite de rosas por medio de la destilación de pétalos en vapor) se usaba tanto como hoy en día para funciones inocuas como aromatizar y suavizar la piel, mientras que la galena es la forma natural en que suele encontrarse el sulfuro de plomo, con todas las implicaciones tóxicas que corresponden al término. Por suerte, Isadora solo lo usa, como tantas otras, para maquillarse los ojos, lo cual limita la zona de aplicación y reduce la absorción cutánea, de modo que el único peligro real es la interacción accidental con el ojo. El «pintalabios», para cuyo tinte se usaba jugo de flores, o de bayas, solía tener una base de cera de abeja, por lo que la única reacción tóxica posible en este caso sería el efecto de las amapolas; no hay que preocuparse por eso, pues para poder extraer tinte de sus pétalos tenían que usar plantas florecidas, mientras que para obtener opio hay que practicar primero unos cortes en los semilleros inmaduros de la planta y luego cosechar el fino látex que brota de los cortes para después procesarlo. –C. C.

112. «Cota»: tanto el antiguo sajón como el antiguo bajo alemán tenían términos que aportaron a la formación de la palabra «*coat*»; así, mientras que el *surcoat* derivado del francés se empezó a usar en un período posterior, casi con toda seguridad podemos afirmar que en el dialecto de Broken había algún concepto análogo. La cuestión más interesante aquí no es de orden etimológico, sino a propósito del objeto en sí, pues ni siquiera se supone que las cotas con figuras heráldicas se usaran en Europa hasta bastante después del siglo VIII. Sin embargo, el hecho de que el escudo de esta cota fuera el oso rampante de Broken, emblema de un reino en vez de una familia o un caballero particular, es coherente con el desarrollo de la heráldica europea, que en esa época seguía usando los escudos como tantos pueblos antiguos (en especial los romanos): para connotar una identidad conjunta, ya fuera nacional, imperial o referida a la unidad militar en particular, más que a la familia o a una distinción personal. –C. C.

113. «... mejor espada de saqueador»: el debate sobre cuál de las tribus orientales de «saqueadores» —es decir, de las que hacían incursiones por Europa, como los hunos, los ávaros y los mongoles— y cuál de los ejércitos de musulmanes (o, con más exactitud, qué partes de qué ejércitos de musulmanes) llevaba esa clase de espada curva con la que aquí se nos dice que se arma Dagobert persistió durante más de cien años. Algunas autoridades sostienen que es un error muy común —creado sobre todo por las obras de ficción y por Hollywood— considerar que los pueblos «exóticos» u «orientales», como los árabes y los hunos, usaban sables y cimitarras curvos y de un solo filo, acordes con una apariencia que los distinguía de los romanos y occidentales. Sin embargo, de hecho, aunque abundan las razones para creer que dichos pueblos adoptaron esas armas durante el período que nos ocupa para sus unidades de caballería (pues la hoja curvada es más fácil de arrancar del cuerpo del enemigo cuando se marcha a gran velocidad), los soldados musulmanes y saqueadores que componían la infantería casi siempre copiaban las armas rectas de doble filo usadas con gran éxito por el Imperio persa de los sasánidas. Como suele ocurrir, poco puede hacerse en esos debates aparte de volver al extraordinario trabajo arqueológico del célebre viajero, aventurero y «orientalista», Sir Richard F. Burton, contenido en su obra *The book of the Sword* [El libro de la espada], publicada originalmente en 1884, que solo ha tenido la sabiduría de conservar vigente una edición de Dover de 1987, apenas levemente corregida y resumida. –C. C.

114. «... amontonados en pilas como altas montañas»: Gibbon escribe: «Esta mención de las infames montañas de cráneos del enemigo, por

lo general asociadas con líderes más tardíos, como Gengis Khan y Tamerlán, sirve para disipar esas mismas leyendas: demuestra que la noción del amontonamiento de cráneos es un cuento para niños, mucho más antiguo de lo que se creía, debilitando así la idea de que pudiera ser cualquier cosa más que una historia instrumental para las niñeras.» De hecho, puede que nunca se conozca la realidad exacta acerca de esos infames y dramáticos cuentos sobre los guerreros orientales y sus reyes, califas, emires y emperadores; sin embargo, como en este mismo pasaje del *Manuscrito* encontramos una mención a algo que sí puede defenderse con una buena cantidad de pruebas fiables —la cocción de carne entre las piernas de los jinetes orientales y las grupas de sus caballos—, no podemos precipitarnos a suscribir el escepticismo de Gibbon con la simple intención de obedecer los imperativos de lo políticamente correcto o por mera repulsión ante la idea. Es cierto, por ejemplo, que el gran emir turco Timur (o Timur Lang, que significa «cojo» en persa y que a menudo se contrae para formar el nombre Tamerlane, o Tamerlán, 1336-1405) hacía que sus espías desataran, entre las poblaciones que deseaba conquistar, rumores sobre «montañas» levantadas con decenas de miles de cráneos, con la intención de debilitar la resistencia y sembrar el pánico, truco que ya más de dos siglos antes había practicado Gengis Khan. En ambos casos, hay relatos fiables que afirman que, al menos en algunas ocasiones, la amenaza acababa por cumplirse... como debía ser para que conservara su poder en tanto que amenaza. Sin duda, «montañas» es una exageración; pero un montón formado por decenas de miles de cráneos tenía que parecer, a ojos de los horrorizados espectadores, una verdadera montaña. –C. C.

115. «Allsveter» y, más adelante, «Wodenez»: dos de los términos más comunes para denominar a la deidad que Gibbon ya ha descrito de manera correcta (aunque no adecuada) como «el patriarca de los dioses nórdicos»: Odín (también conocido con el nombre de Wotan, como en el ciclo operático *El anillo de los Nibelungos,* de Richard Wagner). Tuvo nombres aún más oscuros entre las tribus germánicas, pues su adhesión a esta fe (de nuevo, en contra de la opinión popular y, en algunos casos, académica) fue anterior a la llegada de los invasores nórdicos, lo cual acaso aportaría una importante explicación a la permanente fascinación germánica con esos mitos. Por lo que concierne a estos ejemplos, en cualquier caso, *Allsveter* es, casi con total certeza, el término que en el dialecto de Broken significa «Padre de todos», o «de todo», concepto que, deberíamos resaltarlo, en ninguna de sus variaciones es sinónimo de «todopoderoso» o de «ser supremo», en el sentido en que la tradición cristiana

otorga esa condición a su dios: Wotan, como todos los grandes patriarcas de religiones politeístas, tenía rivales, amantes y debilidades; podía sufrir derrotas; no solo dudaba de sí mismo, sino que podía tener incluso remordimientos; y gozaba de la distinción de ser el único patriarca pagano con el rostro desfigurado, pues había intercambiado un ojo por un poco de Sabiduría. –C. C.

116. «... las runas»: es evidente que Guisa enseñó a Isadora no solo las prácticas de una diestra sanadora, sino también otros talentos que, según la antigua y tradicional fe de Broken, iban de la mano con la sanación: las de una vidente, una mujer (y estas figuras adivinas eran casi univeralmente femeninas en las tribus germánicas) capaz de echar las runas —que tanto podían hacerse con huesos y palos como con unas piedras escogidas en las que se tallaban símbolos rúnicos— no para obtener datos específicos del futuro, sino la idea de una tendencia general, lo cual resultaba más importante para la tribu. –C. C.

117. «... litera de la familia»: Gibbon escribe: «Aunque se trata sin duda de uno más de los intentos de Oxmontrot de imitar las costumbres romanas, también cumplía, como casi todas sus políticas, una función secundaria y pragmática: los romanos iban en literas llevadas por esclavos, en vez de por caballos, tanto para resaltar su estatus como para limitar la cantidad de excrementos y orina de caballo que atiborraban unas calles ya de por sí estrechas y malolientes. La conveniencia de ese segundo uso en una ciudad de piedra, contruida en la cima de una montaña solitaria, a más de mil metros de altura, debía de ser mayor todavía.

118. «Selke» y «Egenrich»: aunque es evidente que en tiempos de Gibbon no había modo de descubrirlo, los nombres de los padres de Keera y Veloc pueden rastrearse hoy con más seguridad: Selke —igual que Elke en frisio, de donde viene el nombre— parece ser el apodo que se aplicaba en Broken al germánico Adelheid (o Sedelheid en el dialecto de Broken), que suele traducirse por «amable y noble». Pero en la versión de Broken sería más correcto decir «noble por lo amable» y el hecho de que, en apariencia, solo los Bane usaran el nombre de Selke nos recuerda que la compasión era una cualidad mucho más abundante entre los desterrados del Bosque de Davon que en Broken. Además de ser una virtud, para los Bane la compasión también era una muestra de sentido común: mantenía a la tribu abierta a recibir a nuevos marginados, lo cual aportaba sangre nueva a su identidad genética e incrementaba la fuerza y la buena suerte de los Bane. Egenrich, por su parte, es la versión de Broken del muy común nombre germánico Heinrich por medio del anti-

guo alto alemán, Haganrich, y los tres significan a grandes rasgos lo mismo: «fuerte mandatario». Así, ese par representa la compasión y la fuerza: no solo las más altas virtudes de los Bane, sino una descripción válida, a juzgar por sus acciones, del papel que representaban en la vida de sus dos hijos biológicos y del vástago adoptado (y obstinado). –C. C.

119. «Interludio: un idilio en el bosque»: no está claro si Gibbon detectó un punto de ironía, o directamente un sarcasmo, en el título de esta sección del *Manuscrito*: en cualquier caso, aunque el tema se parece a grandes rasgos a lo que cabría esperar de la típica pausa «idílica» entre episodios más narrativos, y aunque la relación central entre los dos personajes presentados en estas páginas justificaría aparentemente esa etiqueta, sus respectivas historias están tan marcadas por la tragedia y la violencia y se nos aportan ejemplos tan cuidadosos y, ciertamente, gráficos (con tan poca preocupación por los elementos poéticos o estéticos) que parece probable que el narrador, más que un auténtico idilio, pretendiera lanzar una andanada severa —y lúgubre, desde luego— contra algunas de las flaquezas populares y literarias más fatuas de su tiempo. –C. C.

120. «... fuerzas de la destrucción revolucionaria»: Gibbon se refiere al creciente movimiento romántico y, en particular, a la escuela cuyo más obvio representante sería el filósofo Jean Jacques Rousseau (1712-1778), cuyas teorías se centraban en el mundo natural, el contrato social y lo que suele despreciarse, acaso injustamente, con el nombre de «buen salvaje». La visión de Rousseau sobre las relaciones de grupo y sociedad entre los humanos se retorció y prostituyó a causa de la violencia excesiva y descontrolada durante la Revolución francesa, así como por otros episodios desagradables durante ese período y los subsiguientes. Entre los románticos, los más sensatos reconocían las limitaciones de la filosofía, por no hablar de sus peligros, durante el reinado del Terror; sin embargo, muchos se aferraron tenazmente a sus ideas y racionalizaron el comportamiento brutal de las sociedades humanas, que cualquier otra especie sin duda habría despreciado.

121. «... *neura*»: Gibbon escribe: «Se trata, por supuesto, de un término obtenido de la Grecia antigua, empleado originalmente por el físico Praxágoras de Cos [en el siglo IV a. de C.] para describir lo que le parecía un conjunto especial de arterias que transmitían la "fuerza vital", o el "divino fuego", que todas las grandes mentes de la medicina griega llamaban *pneuma*, una sustancia invisible en el aire que se respira y viaja de los pulmones al corazón para revitalizar la sangre que ha de enviarse a los distintos apéndices y órganos del cuerpo, haciendo posible que funcio-

nen y se muevan. Sin embargo, un alumno de Praxágoras, Herófilo de Alejandría [335-280, a. de C.], que partió de los estudios de su maestro, pero los llevó más allá, se dio cuenta de que los *neura* de hecho no eran arterias, sino que representaban un medio de transmisión del *pneuma* totalmente autónomo. En tiempos modernos, por supuesto, cuando ya sabemos, gracias al trabajo de los químicos Laovisier y Priestley, que es el oxígeno el que cumple el papel asignado al *pneuma,* todas esas opiniones pueden parecer pintorescas, pero no deberíamos subestimar la importancia que tuvieron como pasos en el camino hacia la verdad.» Solo falta añadir que, además, deberíamos reconocer que el trabajo de la Grecia antigua se recuerda en el nombre que al fin, y con acierto, se dio a ese «conjunto especial de arterias» que conforma el sistema nervioso, los nervios, cuya raíz etimológica nos remite, por supuesto, a lo neural y cuya unidad básica para la emisión de sensaciones son las neuronas, que se sirven de la transmisión electroquímica. –C. C.

122. «*Thirl*»: término que usaban diversas tribus nórdicas —incluido, al parecer, el innominado pueblo de jinetes de las estepas al que pertenecía el anciano, que probablemente procedían de Ucrania, o de algúna otra zona pseudo europea—, con el mismo sentido que tiene hoy en día la palabra *thrill* [emoción] en inglés. Sin duda, la conexión etimológica entre ambas es obvia, pero también sus implicaciones sociológicas: la tribu del anciano, como tantos pueblos modernos, buscaba de modo activo esa clase de experiencias. –C. C.

123. «... las estepas infinitas»: el pasado de este personaje (antes de convertirse en sabio viajero, conocido al parecer en lo que hoy llamamos Oriente Próximo, Europa, África del Norte e incluso partes de la India por su pericia en asuntos que iban de la medicina a la estrategia militar) permanece oscuro, aunque podemos deducir ciertas conclusiones importantes para esta historia porque contribuyen a una mejor comprensión del personaje de este anciano, y de su comportamiento. Podemos descartar sin miedo a equivocarnos cualquier posibilidad de que procediera de uno de los pueblos de jinetes conocidos por dominar las críticas regiones del sur y del centro de la estepa póntico-caspia desde antes de los albores de la Edad Oscura y a lo largo de la misma: los escintios, sármatos y godos durante la era romana, así como los hunos y los alanos entre los siglos IV y XI de nuestra era. Ninguna de esas tribus era conocida por su dedicación al comercio; más al norte, en cambio, había pueblos que no solo resultan más cercanos a la descripción física del anciano, sino que su historia explicaría que hubieran dejado de ser jinetes para convertirse, con éxito, en comer-

ciantes, con embarcaciones y caravanas que visitaban la cuenca mediterránea y el norte de Europa, así como el Oriente Próximo y Lejano, en este último caso por medio de lo que, en la época de este anciano, ya se llamaba «Sendero de la Seda» (más adelante, «Ruta de la Seda»), la única ruta conocida por tierra hasta China. Conocidas hoy en día como «protobálticas» (de origen posiblemente finlandés), estas tribus eran, en sus primeras encarnaciones, pueblos indoeuropeos que al llegar el siglo VIII se habían visto obligados a concentrarse primero en tierras interiores para protegerse de las incursiones costeras y luego, cuando tuvieron la fuerza suficiente, a aventurarse ellos mismos por el litoral báltico. Se desconoce la naturaleza exacta y el espectro de provisiones disponibles en aquellos puertos y ciudades importantes —conocidos como «emporios»—, pero era sin duda abundante: poco después del asentamiento del Imperio árabe en la misma época, por ejemplo, la plata del Islam se vendía en los puertos bálticos y distinguía claramente a sus habitantes de las tribus eslavas dispuestas a dominar las tierras que les quedaban al sur.

Entre los pueblos bálticos más destacados estaban (y siguen estando en muchos casos) los lituanos y letones al este, así como los pomeranos y los prusianos al oeste. Estas dos últimas regiones resultan especialmente interesantes a la hora de determinar por qué este anciano pudo encontrar un hogar a su gusto en Broken: Sajonia (la región alemana en la que se encontraba y encuentra el monte Brocken) le quedaba cerca, pero también pudo resultarle «cercana» por sus características étnicas y medioambientales, así como por el parecido general con los lugares que su familia y su tribu se habían visto obligados a abandonar cuando los expulsaron de la gran estepa y decidieron dejar de ser jinetes para convertirse en mercaderes. –C. C.

124. «... se entendía y respetaba la vida dedicada al estudio»: he aquí la primera referencia sólida por parte del narrador a la idea de que la sabiduría y el aprendizaje estaban desapareciendo en el mundo «conocido», lo cual sugiere que escribía cuando ya se acercaba el fin de la historia de Broken, o incluso tras haberse producido el mismo (hacia comienzos del siglo VIII), y no al principio (en algún momento del siglo V); aunque el siglo V no es precisamente conocido por los avances científicos, era demasiado pronto todavía para que un estudioso declarase que empezaba una larga «era oscura», mientras que a principios del VIII esa tendencia ya parecía clara e indiscutible y todavía no era contrarrestada por el establecimiento de los grandes centros islámicos de aprendizaje seglar en España e Irak. –C. C.

125. «... de Wearmouth»: el hecho de que a Gibbon no le parezca necesario identificar a estos persoanjes demuestra el elevado nivel de la educación básica entre las «clases cultas» de su época y, al mismo tiempo, tinde tributo a los conocimientos históricos de Edmund Burke: Herófilo queda explicado en la nota 121, mientras que Galeno (129-216 de nuestra era) fue la figura más importante de la medicina entre el legendario Hipócrates (aprox. 460-370 a. de C.) y la llegada de la Ilustración a finales del siglo XVII y principios del XVIII. Cierto, Galeno basaba su trabajo en el sistema humoral: la idea de que el cuerpo tenía cuatro órganos de importancia primodial —el corazón, el hígado, el bazo y el cerebro, supuestamente conectado directamente a los pulmones— que producían cuatro fluidos básicos (sangre, bilis amarilla, bilis negra y flema) cuyo equilibrio armónico definía la buena salud. Pero también dio grandes pasos y saltos en anatomía y en otras áreas de la medicina aplicada, tan significativos que más de un emperador romano se negó a ser tratado por cualquier médico que no fuera él. Por otra parte, al decirnos que Galeno escribió su obra «casi quinientos años antes de la vida de este anciano» el narrador parece afirmar de una manera inusualmente clara que el anciano al que vamos a conocer vivió a principios del siglo VIII (aunque podría haber nacido a finales del séptimo), lo cual encaja con todos los demás datos cronológicos reales del *Manuscrito*.

Por su parte, Bede, a menudo llamado «el venerable», era un momje que, efectivamente, nació en el monasterio de San Pedro, en Wearmouth, en el condado de Durham, que hoy en día pertenece a Gran Bretaña, en el año 673. Sin embargo, aunque se lo solía identificar con esa institución (como hace el narrador del *Manuscrito de Broken*) completó sus estudios como adulto —el más importante de los cuales sería *History of the English Church and People* [Historia del pueblo y la iglesia de Inglaterra], del año 731— en la cercana Jarrow, dentro del más moderno monasterio de San Pablo, que un experto (Leo Sherley-Price) identifica como una «fundación conjunta» con San Pedro. La biblioteca que al parecer compartían ambos monasterios era una de las más grandes de Gran Bretaña, si no la mayor, y Bede tuvo un papel importante en la traducción y crítica de grandes autores del pasado, sobre todo los griegos y romanos, y se hizo conocido por su dominio de asuntos que iban de la música a la medicina. Alcanzó la cúspide de su poder en la época en que se habría producido la visita de este anciano del *Manuscrito*, que deambulaba entre el Oriente Lejano, África del Norte y Europa; de hecho, es posible que el anciano cruzara los «Estrechos de Seksent» —de nuevo, sin duda el Canal de la

Mancha en su punto más estrecho, entre Calais y Dover— con el propósito específico de encontrarse con Bede y conocer la librería de Wearmouth-Jarrow. –C.C.

126. «Galeno el griego»: parece que a Gibbon se le escapó (o quizá, de nuevo, lo pasó por alto de manera deliberada para no llamar la atención al respecto de una aparente incoherencia del *Manuscrito*) el uso del gentilicio «griego» en vez de la palabra que, como pronto descubriremos, usaba el dialecto de Broken para denominar ese origen: *Kreikish*. Este tipo de cambio se da con demasiada frecuencia en el «Idilio» para considerarlo mero accidente. Más bien parece indicar a las claras un deseo, por parte del narrador, de mostrarnos el pasado y la personalidad del anciano como ser más sabio y cosmopolita. –C.C.

127. «A partir de los sueños»: resulta a la vez frustrante y asombroso lo cerca que estuvieron algunas mentes científicas de antaño, como la de Galeno y la de este anciano, de desentrañar los secretos de los sueños y robar así el trueno de Sigmund Freud (y de Carl Jung) por lo menos mil años antes de que esos pioneros de la psiquiatría, la psicología y la interpretación de los sueños completaran sus trabajos al respecto: es inevitable la tentación de preguntarnos cuánto se habría adelantado el inicio del desarrollo de la psicología en Occidente y, en consecuencia, cuánto habría cambiado el curso de la historia occidental, si esas autoridades previas hubieran podido darse cuenta de que los sueños son síntomas particularmente reveladores de los desórdenes físicos y mentales, más que identificadores análogos de la enfermedad. –C.C.

128. «Roma»: de nuevo, el uso del nombre latino como epónimo de la capital del Imperio romano plantea algunas preguntas acerca de en qué momento exacto escogía el narrador usar determinadas formas particulares de las palabras y en qué idioma lo hacía para lograr el efecto buscado: en este caso, subrayar los grandes conocimientos del anciano. –C.C.

129. «Dioscórides de Cilicia»: el narrador se refiere al eminente farmacólogo del siglo I, Pedacio Dioscórides, autor de *Acerca de la materia medicinal*, en cinco volúmenes. Se cree que vivió entre los años 40 y 90 de nuestra era. Dioscórides viajó por todo el mundo conocido por los estudiosos occidentales para recoger muestras de remedios homeopáticos de origen botánico, mineral y animal, aunque fue conocido y recordado principalmente por su contribución a la botánica aplicada a la medicina. Para poner en práctica las diversas curas que inventaba o descubría, a veces se desplazaba con el ejército romano (y hasta puede que sirviera en él). Su obra monumental, publicada hacia el año 77, era tan ambiciosa como

para convertirse en lo que Vivian Nutton, en su *Ancient Medecine* [Medicina de la Antigüedad], define como «la biblia de la botánica médica», que siguió en uso hasta «bien entrado el siglo XVII»; como veremos, la vida de Dioscórides sirvió ciertamente de ejemplo para el anciano, igual que la de Galeno. Pero nuestro hombre alcanzó a incluir en su farmacopea (por desgracia, desaparecida), plantas recogidas en Afganistán y en la India, de las que Dioscórides había oído hablar, sin llegar a conocerlas. –C.C.

130. «... museo»: Gibbon escribe: «El "museo" en Alejandría era, de hecho, un edificio que reflejaba el significado primerizo y literal de la palabra. Es decir, una estructura dedicada a las musas, o al desarrollo del arte y el aprendizaje. Sería halagador pensar que nuestros museos han conservado esa característica; claramente no siempre es así, ni siquiera es lo más habitual.» Sin embargo, esta nota no parece dirigida a Edmund Burke, que probablemente conocía el significado clásico de «museo» tan bien como Gibbon; por lo tanto, es difícil evitar la sensación de que Gibbon estaba, cuando menos, planteándose la posibilidad de publicar el *Manuscrito* antes de recibir la respuesta de Burke. –C.C.

131. «... la *patella*»: Gibbon (con la posible intención, tal como se afirma en la nota siguiente, de distraer la atención de Burke al respecto de los horrores que venían a continuación) escribe: «He aquí la prueba, validada por el tono casual con que se menciona, de que tanto el narrador como los sacerdotes de Kafra sabían mucho más de anatomía del cuerpo humano de lo que hoy en día asociamos con esas épocas que consideramos "oscuras": la *patella* es la denominación latina de la rótula, dato que el narrador del *Manuscrito* —cuyos conocimientos no parecían adentrarse en territorios médicos— considera sin embargo de común entendimiento.»

132. «Roma... gangrena... *crurifragium*»: por muy extraordinarios que sean los horrendos detalles (tanto en lo histórico como en lo anatómico) que se aportan, al menos igual de sorprendente resulta el silencio de Gibbon al respecto. Es probable que lo guardara por lo mucho que el narrador se acerca a describir la pasión de Jesucristo: puede que Gibbon sintiera (y si así fue, hacía bien) que Burke ya se inclinaría por considerar esa descripción casi como una blasfemia sin necesidad de que el propio Gibbon le aportara mayor elaboración.

En cuanto concierne al texto, encontramos de nuevo el uso del latín, al parecer utilizado, aquí como en todas partes, no solo para acabar de convencernos de los conocimientos y la erudición del anciano, sino por puro despecho: el desprecio que el narrador siente por el sadismo de los castigos rituales de los romanos es obvio y palpable, y encuentra su eco en el uso que el traductor inglés hace de lo que ahora sospechamos que era un título acaso peyorativo para Roma: Lumun-jan. *Gangraena* es, a su vez, el término latino (y por lo tanto, en la era barbárica y en la Europa medieval, el término médico oficial) para la gangrena, usado con la clara intención de mostrar el gran conocimiento médico del anciano; mientras que *crurifragium* se refiere a un detalle poco conocido de muchas cruci-fixiones rituales romanas. Las víctimas de esa tortura, ya de por sí horren-da, sobrevivían durante uno o incluso dos días en la cruz, en una agonía inimaginable. Tal como se afirma en el texto, prácticamente todas las arti-culaciones, especialmente en el torso superior, quedaban retorcidas u ho-rriblemente estiradas. El único «alivio» que el desgraciado preso podía intentar alcanzar procedía del bloque de madera que quedaba por debajo de sus pies. Sin embargo, pasado un tiempo, y no tanto por el menor sen-tido de la piedad como por puro tedio y por la necesidad de regresar a asuntos más importantes, los guardias romanos que supervisaban el ritual acababan usando una maza para partirle las espinillas a la víctima. Como sabe cualquiera que se haya roto alguna vez esos huesos, o que conozca a alguien que haya sufrido semejante fractura, se trata de una quiebra parti-cularmente dolorosa. La víctima moría al instante por la conmoción su-frida por este ultraje final o, al no poderse seguir apoyando, se ahogaba enseguida porque la postura de los brazos le impedía respirar.

De nuevo, cualquier sugerencia de que los romanos tenían algo que aprender de Oriente, en el apartado de la tortura, como insinúa aquí Gib-bon, resulta tan claramente fatua aquí como en cualquier parte. Lo que el narrador llama «maldad» de la religión kafránica —tan claramente encar-nada en la ligadura y cauterización, al menos parcial, de la carne, las arte-rias y las venas (sobre todo las que descienden de la femoral, la poplítea y la tibial) de las piernas cortadas con la intención, como se aclara en el tex-to, de impedir que las víctimas se desangrasen demasiado rápido— no se puede discutir. Ese punto habría bastado por sí mismo para justificar la estridencia de la reacción de Burke en su carta a Gibbon. –C. C.

133. «... y *Cannabis indica*»: no llegamos a enterarnos de los méto-dos exactos que emplea el anciano para obtener esos derivados, aunque en tiempos modernos sabemos que esas drogas alcalionas reforzadas (al contrario que sus imitadores sintéticos) contienen las fórmulas más po-tentes y menos peligrosas. El opio, por supuesto, lleva de modo inmedia-to a la heroína y a la morfina, y es a esta última a la que se refiere el *Ma-nuscrito* cuando habla de «opio», pues sus usos son siempre medicinales,

no recreativos. En cuanto al *Cannabis*, antes del siglo XX el *Cannabis sativa*, nuestra clásica planta de marihuana o cáñamo, no solo se usaba para producir telas (las fibras de su tallo son particularmente fuertes), sino que además se podía conseguir con facilidad en droguerías y farmacias (sin receta previa). Eso era cierto en el mundo antiguo: la droga tenía un uso aparente como sedante y calmante narcótico, pero, entonces como ahora, mucha gente la usaba (y abusaba de ella) con fines recreativos. Tanto los médicos como los sanadores populares consideraban la subespecie *indica* superior a otras por razones médicas, pues se suponía que brindaba un alivio mayor del dolor y la ansiedad, con menos efectos secundarios de «drogata». Por esa razón solían reducirla a su forma de resina (lo que conocemos como *hashish*, palabra árabe para «resina») y los médicos la vendían en Occidente —igual que la morfina, la cocaína y otros narcóticos— como medicamento común que se podía comer o beber en forma de tintura, evitando así los signos delatores y los peligros físicos que implicaba fumarla o inyectarla. La noción de que la *indica* era menos estupefaciente que, por ejemplo, las otras subespecies *sativa*, de todos modos, se puso en duda hace tiempo; algunos investigadores argumentan que la *indica* debería constituir por sí misma una especie del *Cannabis*.

También merece la pena señalar que, desde la antigüedad hasta finales del siglo XIX, el consumo de esta droga sin regulación no provocaba mayores cantidades de adictos y «demonios», mientras que la ilegalización de dichas sustancias (como la prohibición del alcohol) creó una «subespecie» entera de criminales violentos. La sociedad de Broken aporta un excelente ejemplo: el *Cannabis* era una de las pocas plantas que los Bane podían cultivar en el duro territorio silvestre del Bosque de Davon y era uno de sus cultivos más valiosos para el intercambio (pues las tierras de Broken debían dedicarse de modo exclusivo a la agricultura de subsistencia); sin embargo, los Bane no dieron señales de ser una raza de adictos a la marihuana. –C. C.

134. «... el *dauthu-bleith*»: con la misma frustración que hemos visto en otros puntos, Gibbon escribe: «Aquí, de nuevo, se insinúa la influencia del gótico en el dialecto de Broken, porque este término, casi con toda certeza, proviene de dicha lengua; aunque no tenemos todavía la capacidad de traducirlo literalmente, tanto la grafía como la combinación de palabras nos remiten más al gótico que al antiguo alto alemán.» Algunos descubrimientos posteriores a la época de Gibbon han permitido a los lingüistas corroborar sus especulaciones y traducir con más exactitud esta frase del gótico como «golpe de gracia». En un principio se había traduci-

do simplemente como «condena [o sentencia] a muerte», pero *bleith* es uno de los diversos términos góticos para expresar la «piedad»; y como el significado original del golpe de gracia se refiere tanto a su condición compasiva como a la «finalización», parece que la traducción más reciente transmite más la verdadera intención de la expresión. –C. C.

135. «... nueva forma insultada»: la palabra «insultada» se usa en una de sus formas arcaicas, con el significado de «asaltada», «herida» o «degradada»; Gibbon no lo anota porque en su época todavía se usaba así generalmente (en vez de usarla específicamente en un sentido verbal o médico, como ocurre en nuestros días). –C. C.

136. «... y controlaban la fiebre»: aquí nos hacemos una buena idea de las capacidades farmacológicas del anciano; pese a los conocimientos médicos de Gibbon, superiores a la media y adquiridos por haber sufrido sus propios problemas físicos, el alcance de la comprensión que el anciano mostraba del poder medicinal de las plantas siguió siendo un misterio para el estudioso, como lo hubiera sido para la mayoría de la gente (incluso para muchos médicos) del siglo XVIII. El lúpulo representa un buen ejemplo, sobre todo el lúpulo silvestre que el anciano debió de encontrar creciendo en las montañas que le dieron refugio; mucho antes de que se empezara a cultivar como ingrediente para la cerveza en el siglo XI, al lúpulo se le reconocían poderes antisépticos muy reales, o antibióticos o antibacterianos, así como unos efectos narcóticos (aunque esta etiqueta particular era, casi con toda seguridad, inalcanzable para los sanadores de la Era Bárbara). Del mismo modo, se usaba la miel (como siguen usándola algunos homeópatas y curanderos de tribus) como agente contra la enfermedad y las infecciones, aunque buena parte de la gente que la usaba no era consciente de que el cuerpo humano metaboliza la miel en peróxido de hidrógeno. El ácido cítrico obtenido de la fruta, por su parte, puede matar las bacterias tanto de una herida como de la comida, así como del tracto digestivo (razón principal para echarle limón, como condimento, a unas ostras crudas). El extracto de ciertas cortezas de sauce (pues con ese nombre se lo conoce popularmente) aporta una forma de aspirina surgida de la naturaleza que lo hace deseable como analgésico. No se nos dice de manera específica qué raíces y flores usaba el hombre al principio, pero podemos imaginar que incluían especies silvestres de familias como la belladona, o el género *Solanum*, que en manos de gente malvada o bien informada se convertía en la venenosa y «mortal» sombra de la noche, mientras que, usada con más cautela, producía una anestesia hipnótica. En resumen, dada la situación del anciano en ese punto clave de su recu-

peración, difícilmente podía haber recogido un conjunto mejor de ingredientes para usarlos en forma de infusiones y emplastos, y tampoco se puede negar que su conocimiento era, efectivamente, extenso. –C. C.

137. «... de tan gutural como sonaba»: habida cuenta de las conjeturas ya expuestas sobre el posible origen del anciano, nos encontramos con diversos candidatos para este lenguaje de sonidos «guturales»: ciertamente, podía tratarse de una lengua proto-báltica, pero del mismo modo podía ser cualquiera de los dialectos primerizos del alemán, incluido el de Broken. –C. C.

138. «... *laboratorium*»: Gibbon escribe: «Podrías tener la tentación, amigo, aquí como en otros lugares, de creer que este uso de una forma tardía de un término latino (con el significado de «lugar de trabajo» es un ardid del traductor al inglés del *Manuscrito*. Sin embargo, él me aseguró que el término aparecía en el texto original escrito así. En cuanto a las razones por las que el narrador de la historia conocía esa forma tardía, de nuevo asoman incongruencias temporales; y, estando las cosas como están en la historia, no podemos más que tomar nota y seguir adelante.» Por desgracia, hoy seguimos sin disponer de una visión más profunda, salvo que el narrador, o acaso el mismo anciano, fuera el primero en usar esta versión original de la palabra «laboratorio», nos resultaría muy difícil decir cómo llegó esta palabra a figurar en el documento. –C. C.

139. «... y de la aún más lejana India»: Bactria era una provincia, o satrapía, del Imperio persa, en el Asia sudoriental, célebre por su mentalidad independiente. La mayor parte del territorio de Bactria incluía tierras que hoy forman parte de Afganistán y del norte de Pakistán. Conquistadas por Alejandro Magno, aunque nunca del todo pacificadas, estas tierras escabrosas llenas de colinas, montañas y valles siguen produciendo en nuestros tiempos algunos de los opiáceos más potentes del mundo, así como otros narcóticos, y nunca han dejado de ser un problema espinoso para los aspirantes a conquistadores o liberadores occidentales, como bien han descubierto a lo largo de más de una década los soldados estadounidenses. –C. C.

140. «... ovejas salvajes de Davon»: es evidente que tanto Gibbon como el traductor aceptaron esa denominación al pie de la letra, pese a que para que hubiera ovejas «salvajes» en las tierras que se extienden entre las montañas Erz y las Harz tenía que tratarse, casi con total seguridad, de animales domésticos que se hubieran asilvestrado. Y, aunque esa transformación es ciertamente posible —hay distintos lugares de Europa en los que se sabe que se dio una reversión de ese tipo—, hubiera repre-

sentado un fenómeno nuevo para la era barbárica y para la Alemania medieval. Además, la referencia a que la lana se «obtenía» sugiere que esas ovejas pertenecían a alguna variedad que mudaba el vellón durante los meses cálidos de primavera y verano (desde luego, él no podía capturarlas y trasquilarlas), o bien que su compañera las cazaba y las llevaba a la cueva para comérselas. Esta última parece, con mucho, la explicación más probable porque, si bien no es inédito que las ovejas puedan «mudar» la lana, sobre todo si son asilvestradas, no es algo que ocurra con frecuencia y tampoco les habría proporcionado la cantidad y calidad de lana que el anciano requería. –C. C.

141. «... *metallurgos*»: raíz griega de «metalurgia» y, en apariencia, una vez más, sin traducir para que nos hagamos una idea de la amplitud y profundidad de conocimientos del anciano: si escribía griego podemos dar por hecho que también lo hablaba, al menos lo suficiente para mantener conversaciones técnicas con las mentes científicas más avanzadas de su tiempo. –C. C.

142. «... brujo alquimista»: la ficción de que la alquimia era solo, sobre todo, una ciencia concentrada en vanos intentos de convertir el plomo en oro ha sobrevivido hasta nuestros días y sin duda era dominante en la época anterior a Gibbon; Sir Isaac Newton, que tal vez fuera el científico más importante de su tiempo, o de todas las épocas, sentía una profunda fascinación por la alquimia, pero hubo de esforzarse mucho por mantener sus experimentos en secreto para evitar el patíbulo, a menudo dorado, que solía reservarse a los acusados de este arte supuestamente negro.

La verdad es que la alquimia y la metalurgia eran, en tiempos antiguos, casi indistinguibles: al fin y al cabo, si un hombre podía convertir una piedra en un metal tan precioso como el hierro, y luego ese hierro en acero, metal supremo (junto con el oro) por sus usos pragmáticos, la transformación parecía sobrenatural e indicaba no solo la posibilidad de mutar un metal en otro, sino también de alcanzar un estado superior en un sentido místico y acaso espiritual. Ciertamente, lo que el anciano hacía y experimentaba en el Bosque de Davon durante el período tratado en esta sección del *Manuscrito de Broken* encaja más que nada en estas categorías científicas y espiritualistas.

143. «... sus libros más preciados»: primero, es importante recordar aquí que la palabra «libro», en la era oscura previa a Gutenberg, era un término muy transitorio: no solo incluía legajos primerizos de pergaminos encuadernados (a menudo llamados «folios»), sino también coleccio-

nes de pergaminos sujetas de maneras informales, como las que debía de producir el anciano durante su etapa en el Bosque de Davon; por último, se refería también a «libros» en el sentido en que los conocían los romanos, los *volumen* (obvio precursor del moderno «volúmenes»), esos pergaminos enrollados que ya se han mencionado con anterioridad.

En cuanto a los libros específicos que se mencionan en esta lista, la mayoría hablan por sí mismos; aunque quizás el rasgo más importante de esta colección sea la inclusión del *Estrategicón*, un manual militar bizantino dedicado, principalmente, a tácticas de caballería (la abundante caballería era el sostén principal del ejército bizantino), pero centrado también en otros asuntos importantes como la disciplina de las tropas y el mejor modo de conseguirla (así como los castigos para reprimir las infracciones) y lo que hoy en día llamaríamos «antropología militar», estudios de los pueblos de los principales enemigos del Imperio romano oriental (aunque el emperador Mauricio, compilador y autor principal de la obra, hablaba ambiciosamente del Imperio romano, como si, bajo su mandato, estuviera unificado). El *Estrategicón*, como la obra del chino Sun Tzu, es una obra de naturaleza sorprendentemente duradera, con implicaciones impresionantes para la organización y el comportamiento de los ejércitos modernos, tanto en el campo de batalla como fuera del mismo; sin embargo, Mauricio no ha estado de moda en tiempos modernos como Sun Tzu y solo ha aparecido una nueva edición del *Estrategicón* tras haber estado ausente durante mucho tiempo de las librerías occidentales. Este entusiasmo renacido tiene que ver con los importantes comentarios de Mauricio y de los demás autores que aportaron pasajes al texto acerca de los estilos de guerra de los estados contra enemigos que no tenían categoría de estado, lo que hoy en día consideraríamos contraterrorismo y contrainsurgencia. Ciertamente, si el anciano aplicaba los preceptos incluidos en el libro al yermo de la doctrina y la práctica militar de la Europa occidental de su época, podía presentarse ante cualquier corte como una especie de «brujo» de la guerra; algo que le daría renombre y riquezas y generaría gran demanda de sus servicios, lo cual explica por qué era tan bienvenido en las cortes de toda la región y por qué, durante sus viajes a esos lugares, se le permitía continuar con sus experimentos médicos —la disección, sobre todo—, comunes en ciudades como Alejandría, pero tenidos por macabro anatema entre los líderes y los nobles cristianos y musulmanes.

Por lo que concierne a los demás autores citados, solo una afirmación del narrador podría parecer discutible, por su aparente incorrección política: la afirmación de que Procopio y Evagrio determinaron que la mayor parte de los estallidos de la plaga bubónica —la *Yersinia pestis* y las enfermedades a ella asociadas—, si no todos, tenían su origen en Etiopía. La investigación histórica, de todos modos, ha demostrado la teoría de que la enfermedad comúnmente conocida como «la Muerte» se originó en dicha región: las ratas que trasportaban las pulgas que eran y son propulsoras iniciales del contagio (nunca desaparecido del todo, pues no se ha podido desarrollar ninguna vacuna) aparentemente embarcaron en barcos de mercancías del Nilo y se reprodujeron salvajemente, igual que las pulgas, en los graneros de Egipto, desde donde navegaron a todos los puertos principales de Europa. Todavía han de conducirse estudios genéticos al respecto (véase el autorizado volumen editado por Lester K. Little, *The Plague and the End of Antiquity* [La peste y el fin de la antigüedad]), pero parece bastante probable que, sea o no políticamente correcto, la plaga justiniana de la época del anciano (el estallido se repitió de modo esporádico durante los siglos VI, VII y VIII, y tomó su nombre de Justiniano, el emperador bizantino que sufrió el contagio, pero sobrevivió) siguiera, efectivamente, este patrón geográfico de contagio. –C. C.

144. «... de estos dolores»: Gibbon valida este relato de los experimentos del anciano con soldados, además del autodiagnóstico, al señalar que «Cualquiera que haya conocido a algún soldado, marinero o ciudadano corriente que haya perdido una extremidad en la guerra, por accidente o por enfermedad, puede confirmar esos dolores, por los que se interesaron muchos estudiosos que eran al mismo tiempo profesionales de la medicina o que simplemente tenían conocimientos médicos. El propio [René] Descartes [1596-1650] robó tiempo a sus aforismos silogísticos para investigar el asunto, aunque el mérito de su identificación original corresponde a un francés anterior, el cirujano y anatomista Abroise Paré [1510-1590], médico de al menos cuatro reyes franceses, que habló de pacientes que, tras sufrir alguna amputación, manifestaban sentir dolores continuos no en la zona del corte, sino en el propio miembro amputado. Observó también (en otra coincidencia con nuestro todavía anónimo amigo del *Manuscrito*), que ese dolor aumentaba en ciertas condiciones atmosféricas —conocidas hoy en día como cambios rápidos de presión barométrica—, así como por el agravamiento general del estado de agitación en que vivían los pacientes: esta última afirmación se basaba en la comprobación de que las drogas de efecto sedante, que no analgésico, resultaban útiles a la hora de aliviar el sufrimiento. Otras mentes menores han estudiado el fenómeno, pero no estamos más cerca de entenderlo que

el antiguo médico de la corte de Broken.» Hoy en día, el tormento psicogénico experimentado por los amputados —bautizado como «dolor fantasma» por el médico y cirujano estadounidense Silas W. Mitchell, que trabajaba en la década de 1860 y tuvo una cantidad inagotable de objetos de estudio a consecuencia de la Guerra Civil americana— se comprende mejor; sin embargo, toda la subespecialidad de la neurología que se ocupa de problemas como la amputación de nervios, la inducción neural en tejidos cicatriciales, etcétera, sigue siendo uno de los mayores desafíos de la medicina, pues la molestia persistente provocada por el corte de los nervios (que puede derivarse de una mala práctica quirúrgica en la misma o mayor medida que de una amputación o un accidente) es todavía una causa principal del síndrome de dolor crónico.

145. «... que la lógica invita a sospechar»: aunque pueda contradecir lo que daríamos por hecho de manera intuitiva, los médicos han descubierto que un suave masaje de las zonas del cuerpo afectadas por la amputación ofrece, efectivamente, cierto alivio del dolor de los pacientes; como veremos, el modo particular en que la compañera del anciano le «masajeaba» los muñones de las piernas era extraordinario y, por lo general, surtía efecto.

146. Stasi: versión abreviada de Anastasiya. El texto explica el sentido completo, y muy apropiado, del nombre entero y también lo hará la nota siguiente. Sin embargo, hay una coincidencia adicional y fascinante (¿o tal vez no sea mera coincidencia?) al respecto de este apodo particular, relacionada con los usos modernos de la montaña de Brocken, que nos lleva a preguntarnos si, efectivamente, el narrador tenía dotes de vidente y profeta: como ya se ha resaltado varias veces, Brocken fue considerada, hasta el siglo XII, como la montaña más siniestra de Alemania, y tal vez de toda Europa, lugar de reunión no solo de brujas y hechiceros humanos, sino también de demonios sobrenaturales y otras criaturas profanas con la que esos humanos jugueteaban. Quizá por eso resulta apropiado que, tras asumir Adolf Hitler el poder en 1933, la montaña resultara particularmente útil para la maquinaria de propaganda de su Partido Nazi como sede de la primera torre del mundo destinada a la emisión de televisión a larga distancia. Desde allí se emitieron los Juegos Olímpicos de 1936 para una zona del norte de Alemania muy extensa (para lo habitual en la época); era la primera vez que los Juegos se veían en todas partes. También construyeron una estación meteorológica y un hotel; sin embargo, Josef Goebbels, el ministro de propaganda de Hitler, prefería la radio antes que la televisión para adoctrinar al pueblo alemán (y si se tienen en cuenta las

peculiaridades físicas no solo de Goebbles, sino de casi todos los líderes nazis, es fácil entender por qué); por eso durante la Segunda Guerra Mundial se suspendió toda la actividad de la montaña de Brocken, junto con las emisiones desde la torre de televisión. Los aliados occidentales bombardearon la montaña al final de la guerra europea (en abril de 1954). Aunque el hotel y la estación meteorológica quedaron destruidos, la televisión sobrevivió milagrosamente; cuando las tropas norteamericanas ocuparon la montaña, reconstruyeron la estación y usaron la torre para sus propios propósitos propagandísticos. Pero cuando Brocken quedó en la zona ocupada por los soviéticos, en 1947, los estadounidenses inutilizaron tanto la torre como la estación antes de ceder del control de la montaña.

Durante las primeras décadas de la Guerra Fría, Brocken cumplió la función de «zona de seguridad» para el gobierno comunista de Alemania del Este: era la sede de un proyecto de fortificación enormemente ambicioso que recordaba los logros del Rey Loco Oxmontrot, unos mil trescientos años antes. Se reconocía que la montaña seguía siendo válida para una torre de emisión televisiva y, más importante, también su importancia estratégica; en manos de los poderes occidentales, Brocken podía haberse convertido en una fuerte amenaza contra el avance de tropas de Alemania del Este y de la Unión soviética hacia Alemania occidental por la ruta que al fin se adentra en la Brecha de Fulda hacia el sudoeste, el camino de entrada más obvio para una invasión. Los alemanes orientales y sus «protectores» soviéticos, en consecuencia, declararon Brocken zona de seguridad de máximo secreto en 1961. Grandes cantidades de tropas empezaron a usar la zona tal como había hecho el ejército de Broken antaño, como lugar de entrenamiento para una guerra que parecía inevitable. La cima de la montaña volvió a convertirse en fortaleza, esta vez para el uso de los ejércitos de Alemania del Este y la Unión Soviética; el proyecto creció como un champiñón y pronto se convirtió en uno de los proyectos de construcción más ambiciosos de la Guerra Fría.

La instalación militar quedaba encerrada dentro de una muralla gigantesca de cemento, construida con 2.318 secciones, cada una de las cuales pesaba dos toneladas y media, y cuya escala conjunta casi igualaba las paredes de piedra natural de Broken. Dentro de las nuevas murallas, la cumbre se convirtió en sede de un centro gigantesco de escuchas de los comunistas, desde donde se monitorizaban todas las emisiones de la Alemania Occidental, ya fueran privadas o públicas, militares o civiles; operación controlada por el KGB soviético y por el *Ministerium für Staatsi-*

cherheit (Ministerio para la Seguridad del Estado), o policía secreta, conocida popularmente como Stasi.

La reunificación alemana se produjo antes que la tan esperada invasión de la Europa occidental por la Brecha de Fulda por parte de las fuerzas del comunismo del Este y las murallas gigantescas de cemento de la cima de Brocken quedaron desmanteladas como el más famoso muro de Berlín; la torre de televisión sirve ahora como centro de emisión de uno de los canales supervisados por el gobierno democrático de la Alemania Unificada. El turismo ha llegado a la montaña porque su antiguo secretismo la convirtió en refugio de especies raras de flora y fauna y se incorporó al parque nacional de las Harz en 1990; sin embargo, los recuerdos de la Stasi permanecen grabados a fuego en la memoria de la gente de Alemania del Este... Es difícil que el anciano tuviera todo eso en mente cuando puso aquel nombre a su salvadora y compañera.

147. «Anastasiya»: Gibbon no aporta ninguna explicación a este nombre, y poco hay que añadir a lo que ya se dice en el texto, salvo que era, y sigue siendo, ubicuo entre los pueblos bálticos, escandinavos y eslavos con muchas variaciones leves y que hace ya mucho que se incorporó al inglés con la grafía Anastasia. Aparte de eso, la interpretación que el narrador da a su significado es correcta; aunque nos podríamos detener para asombrarnos por la cantidad de veces que lo han llevado mujeres destinadas a retos de supervivencia extraordinarios, ya fuera en la vida real, en las legendaria o en ambas. El caso más obvio es, por supuesto, el de la Gran Duquesa Anastasia de Rusia, famosa en la leyenda como única hija del último zar y la zarina, Nicolás II y Alejandra, que supuestamente sobrevivió a la salvaje masacre de la familia en Ecaterimburgo, en el distrito de los Urales, en 1917: incluso si su «supervivencia» fuera totalmente apócrifa, no haría más que subrayar la asociación del nombre con la idea de la resurrección. –C. C.

148. «... su compañera»: merece la pena señalar aquí el verdadero significado de la palabra «compañera» en el *Manuscrito*, especialmente en lo relativo al anciano y su gran felino. Porque, debido a una de las confusiones popularizadas por *El código Da Vinci*, de Dan Brown, entretenida pero terriblemente engañosa, que afirmaba que la palabra «compañera» desde antes de Jesucristo y hasta mucho después podía significar «esposa» (pues Brown mantiene que ese era el verdadero sentido de las referencias bíblicas y gnósticas a María Magdalena como «compañera» de Jesús), podríamos caer en la tentación de dar por hecho que en la cueva de la gran pantera se estaba produciendo alguna clase de zoofilia. Según el Diccio-

nario Oxford de la lengua inglesa, sin embargo, apoyado por una lista de expertos demasiado larga para anotarla aquí, esa connotación solo se aplica en sentido retrospectiva: en otras palabras, quien «acompaña» a un hombre o a una mujer (como, por ejemplo, en la frase «lo acompañó toda la vida») puede, efectivamente, ser su cónyuge legal, pero solo si se trata de alguien de quien sabemos previamente que mantiene esa clase de relación. Dicho de otro modo, eso no significaba que «compañera» fuese siempre la palabra alternativa para «cónyuge legal» si la pareja en cuestión ni siquiera tenía esa clase de vínculo administrativo. Es necesario subrayar ese punto porque Stasi aparece mencionada a menudo como «compañera del anciano» y porque los gobernantes de Broken (y, al principio, incluso los Bane) usaron su muy íntima —aunque, por supuesto, platónica— relación con el anciano como prueba de que se trataba de un brujo. –C.C.

149. «... apenas unos levísimos trazos»: aunque no tenía modo de saberlo, el narrador está describiendo tanto la fórmula metalúrgica como el color asociado a la amalgama de oro que se volvería muy popular en la década de 1920, y en los años siguientes, con el nombre de «oro blanco». –C.C.

150. «... larga y curvada espina dorsal»: Gibbon, de nuevo, pasa por alto las dimensiones de la pantera, pues las pruebas fósiles de que en Europa hubieran existido criaturas de ese tamaño en tiempos tan relativamente recientes eran todavía desconocidas, o seriamente malinterpretadas, en la época del historiador. Más allá de que este espécimen particular fuera o no un representante de lo que hoy conocemos como jaguar europeo, o como león de cueva europeo (este segundo sería algo más grande y antiguo), no podemos evitar que una vez más nos asombre su tamaño, abrumador aunque, al parecer, no era extraordinario dentro de su especie: con un cuerpo de tres metros (cola excluida, o sea, tres metros desde la nariz al cuarto trasero) que alcanzaba más o menos la mitad en altura, se trata de un animal más que capaz de todos los logros extraordinarios que se le atribuyen en el *Manuscrito*. La piel «blanca», a juzgar por el color de los ojos y del «lápiz de ojos» oscuro que los rodeaba, no indica que fuera albina, ni que constituyera una especie aparte, ni que fuera, efectivamente, blanca de verdad; más bien se trata de un color que se da ocasionalmente en los leones y otros grandes felinos de todo el mundo, que se acerca mucho al blanco. (Las manchas suaves y leves también confirman la presencia de pigmentación.) También entendemos, gracias a la revelación de que la «reina guerrera» era, en realidad, un felino mayor, por qué las medicinas y los emplastos del anciano le habían resultado tan útiles:

sus tratamientos al parecer se basaban en los opiáceos, la corteza de sauce («aspirina natural») y los antisépticos que ofrece la naturaleza, ninguno de los cuales era tóxico para los felinos, al contrario que tantos medicamentos aparentemente más suaves. El paracetamol, por ejemplo (más conocido popularmente por su principal marca comercial, el Gelocatil), se considera por lo general como una droga extremadamente benigna entre los humanos, pero es fatal para los felinos, incluso en dosis muy pequeñas. –C. C.

151. «... contra la nariz y la cara»: para quienes viven o trabajan con felinos, mayores o menores, no será necesario afirmar, ni defender, que ese toque delicado es la señal más íntima de afecto y de concesión de una confianza muy difícil de obtener (particularmente en áreas del norte de Europa, cuyas naciones, Francia sobre todo, creen desde hace mucho tiempo que los felinos son parientes de las brujas y descendientes de Satán). –C. C.

152. «... en el mar del nordeste»: Gibbon escribe: «Tras haber establecido de manera fiable que los "Estrechos de Seksent" a los que se refiere el narrador son nuestro Canal, podemos deducir que este "mar del nordeste" es el que se extiende en esa dirección a partir de la posición de la montaña de Brocken: en otras palabras, el mar Báltico. Sin embargo, aun si así fuera, pocas conclusiones podemos sacar de ese dato, pues es poco lo que sabemos todavía de las tribus que habitaban el litoral báltico en ese período.» Como ya se ha señalado, hoy en día no tenemos esa desventaja, y esa interpretación no hace más que reforzar la noción de que el anciano provenía de los pueblos de comerciantes empujados hacia el litoral báltico por tribus más numerosas y guerreras, como los hunos. –C. C.

153. «... provoca la incredulidad»: Gibbon escribe: «Aunque efectivamente podríamos, tal como supone el narrador, mofarnos de la idea de que un anciano mutilado y sangrante pudiera ser acogido y atendido por una fiera tan carnívora como una pantera, la anecdótica Historia Natural contiene demasiados relatos de humanos al cuidado de diversas especies animales (por razones que nunca conoceremos) para permitirnos un desprecio inmediato de esta parte de la historia.» Ciertamente, el hecho de que la pantera acabara de perder a sus cachorros de la manera más traumática posible refuerza, de hecho, el relato del *Manuscrito* según los resultados de experimentos recientes con cerebros de animales que van desde nuestros parientes cercanos, los primates, hasta la abeja y la avispa, minúsculas. Se ha descubierto que los cerebros de todas las especies de la vida animal contienen esa región central, la amígdala, capacitada para sen-

tir y conservar traumas emocionales. Así, tal como sospechaba Gibbon, no tenemos ninguna razón válida para negarnos a aceptar el relato del narrador al pie de la letra; más bien disponemos de razones sensatas para aceptarlo. Una ilustración reciente y excelente de esa posibilidad es el caso del «hombre león» del África moderna, George Adamson (padre adoptivo, junto con su esposa Joy, de Elsa, la leona de *Nacida libre*), que vivió entre leones y fue protegido por ellos hasta que encontró una trágica muerte a manos de los cazadores furtivos. Sin duda, la historia de Caliphestros y Stasi tiene muchos elementos que se parecen al relato de Adamson y sus leones; tantos que no podemos despreciar la primera como meramente mitológica. –C. C.

154. «... legisladores legítimos»: Gibbon se refiere a la segunda fase de la Revolución francesa, durante la cual la Asamblea Nacional, que había suscrito el famoso Juramento de la Pista de Tenis, se convirtió, en respuesta al rechazo persistente de los sectores reales, aristocráticos y clericales de la clase gobernante de la posibilidad de evolucionar con nada que mereciera ser tenido por velocidad, en Asamblea Nacional Constituyente, hizo pública la famosa «Declaración de Derechos Humanos» y reveló el noble propósito de abolir oficialmente el feudalismo y formular una constitución francesa. Por desgracia la creación de dicha Asamblea también presenció la emergencia de arteros miembros izquierdistas que buscaban prostituir la Revolución para sus intereses particulares: entre esos personajes destacaba Honoré Mirabeau, objeto particular de la ira de Gibbon en otras cartas y manipulador principal al que aquí se refiere, amén de revolucionarios mucho más reales (los «más bajos canallas» de Gibbon), el más extremado de los cuales habría de convertirse bien pronto en sinónimo del «Reino del Terror»: Maximilien Robespierre. –C. C.

155. «... *cuirass*»: otro encuentro con una palabra que, aunque tiene una historia moderna (*cuirass* es un término francés del siglo XV), también nos retrotrae al territorio, en gran parte imposible de conocer, de la armadura que empleaban los soldados de la Edad Oscura. Solo podemos preguntarnos cuál era el concepto que el traductor se sintió cómodo convirtiendo en la inmediatamente reconocible «cuirass»: podría ser cualquier cosa, desde las piezas grecoromanas de bronce que cubrían la parte frontal y trasera del torso (aunque no tenemos ninguna otra indicación de que tanto los soldados de Broken como los Bane siguieran usando armas de bronce en el campo de batalla), hasta las corazas de piel y de acero que usaban los Chinos y luego los persas. De nuevo, hemos de confiar en el texto, y en la traducción original, para que nos aporten los detalles. –C. C.

156. «*quadrates*»: Gibbon anota que esa información es «fácil de identificar para quien tenga mínimos conocimientos de latín, por originarse en ese idioma, en la palabra *quadratum*, o "cuadrado"; y podemos dar por hecho sin temor a equivocarnos que esos cuadrados, ya estuvieran compuestos por los pequeños *fausten* ("puños", *fauste* en singular, *fist* en inglés) o por los más grandes khotores, no se basaban en la imitación del patrón del *quincunx* romano, muy ordenado para formar claramente un damero, sino en los imperativos de la doctrina militar alemana tradicional, o incluso antigua, que invitaban a esperar ataques por todos los lados. Al parecer, Oxmontrot vio en ese momento, por primera y acaso única vez, algo en el modelo militar romano que (con razón) no le parecía adecuado para sus legiones germánicas, y además creía que podía mejorarlo. Al organizar las formaciones del ejército de Broken, tanto para marchar como para el orden defensivo de batalla, alteró el patrón romano para crear un prototipo que terminaría por ser identificado como modelo de guerra alemán, pero también anglosajón, pues en tiempos modernos seguiría siendo marca característica de los prusianos y germánicos y, más adelante, de los británicos: el famoso cuadrado.»

157. «... el caos del conflicto»: el efecto que causan los locos en las tropas en acción es una costumbre recurrente en diversas culturas tradicionales, de manera que los Garras no estaban solos al creer que un loco, o una loca, podía adivinar el orden presente y futuro en lo que era (y a menudo sigue siendo, para el soldado medio) el contexto incomprensible de la batalla, su propósito y sus resultados. Los primeros musulmanes, los vikingos y ciertas tribus indoamericanas eran solo algunos ejemplos de pueblos que anteriormente buscaron el consejo de personajes como este en momentos así (a los que atribuiremos diversos niveles de importancia); y no se puede negar que los resultados eran, a menudo, extraordinariamete productivos. –C. C.

158. «... *seksents*»: como ya se ha explicado, parece que esta era la palabra del dialecto de Broken para designar a los «campesinos», un dato interesante por cuanto tiene una relación fonética clara (y hasta puede que etimológica) con «Sajones», una tribu que pudo ser la primera en entrar en Broken, no como altivos y orgullosos conquistadores, sino como campesinos, y en muchos casos, si no en todos, en campesinos bajo contrato, ocupando así el tramo más bajo de la escalera social de Broken, verdaderamente única. –C. C.

159. «... con techo de paja»: Giobbon escribe que «estamos tan acostumbrados, en nuestra era, a los relatos en los que alguien prende con una

antorcha los techos de paja, o los quema por un accidente doméstico, que nos olvidamos de que hubo una época en que esos techos se percibían como un progreso. Sin embargo, cuando ocurrieron los sucesos que se describen en esta historia [a finales del siglo VII y principios del VIII], el techo de paja apenas empezaba a aparecer en el norte de Europa y respondía a una técnica cara que, además, era mucho más avanzada y eficaz que el adobe, la tierra y los techos de troncos que se tenían por normales en la mayor parte de las residencias de la época. En cuanto a las «forjas y herrerías» —aunque, como siempre, es imposible afirmarlo con nada parecido a la certeza—, la descripción de este abarrotado pueblo llamado Esleben en el *Manuscrito*, junto con su posición aproximada en el mapa, hace posible pensar que pudiera tratarse de una población precursora de Hettstedt, que se hizo famosa precisamente por esa variedad de actividades comerciales, desde la agricultura hasta la proto-industrial. –C. C.

160. «Akillus»: Gibbon escribe: «He aquí una prueba más de lo grande que fue la influencia de las culturas griega y romana en Broken, tras haber sido incorporadas, de nuevo, gracias a la experiencia del Rey Loco Oxmontrot y sus camaradas, que sirvieron en las legiones romanas como tropas extranjeras auxiliares (que, en el último período del Imperio, componían la mayor parte del ejército romano). Aunque el gentilicio "griego" —o el equivalente en el dialecto de Broken, *Kreikish*— se empleaba, como ya hemos visto, a modo de insulto velado, parece sin embargo que los héroes griegos eran bastante conocidos y respetados. Podemos deducirlo no solo del hecho de que varios nombres homólogos de los mismos (en este caso, Aquiles) se abrieron un hueco en el gótico y en los diversos dialectos germánicos, tanto antiguos como modernos, sino también por el hecho crucial y ya demostrado de que los sistemas militares romanos —y, en consecuencia, al menos algunos de los griegos— se estudiaban y emulaban en Broken, y hasta se les aplicaban mejorías.» Hoy en día quedan versiones homólogas del nombre Aquiles en diversos países, aunque su uso es poco frecuente, como corresponde a los valores sociales y nacionales poco marciales que esas sociedades han intentado, cuando menos, proyectar en la era «posmoderna». –C. C.

161. «... perdón concedido, compañero»: Gibbon escribe: «Mi traductor me informa de que la forma gramatical usada en Broken para llamar a los niños era llamativamente parecida al *Kinder* del alemán moderno; sin embargo, aunque siempre ha sido tradición entre los comandantes alemanes referirse a sus hombres como si fueran niños, no se conseguiría el mismo efecto en inglés, pues *children* habría sonado mucho más con-

descendiente de lo que desearía cualquier oficial militar. Por eso escogió *lad* [que aquí traducimos por «compañero»] cuando le aparecía esa palabra, lo cual parece adecuado.»

162. «Lenzinnet»: Gibbon anota: «Una composición típicamente germánica del rango de linnet con lo que, al parecer, era el término del dialecto de Broken equivalente al moderno alemán *Lanze*, o lanza. Por tanto, el término tiene una clara influencia romana, o latina, y equivale al rango de «primera lanza» [o *pilus prior*] de la infantería romana, solo que trasplantado a la caballería, donde anticipaba los términos «lancero» y «primer lancero», que se implantarían más adelante en Europa.»

163. «... espuelas de punta redonda»: un detalle interesante que podría revelar algo de la historia previa del pueblo de Broken y de su actitud al respecto de la vida animal durante la era pagana. Las espuelas se usaban al menos desde el Imperio romano, pero los romanos usaban, de manera casi exclusiva, espuelas de «pincho» o de «clavo», una simple punta de hierro afilada con la intención de obtener obediencia y velocidad de las monturas, como con todas las espuelas, por medio del dolor. Las de punta redonda (o, en la jerga de la doma moderna, «Waterford»), en cambio, han persistido en diversas culturas como una especie de argumento contra la creencia de que los caballos solo responden a lo que les molesta, pues la pieza de metal que se usa, pequeña y esférica, apenas causa dolor y no derrama sangre, y a veces ha sido considerada como instrumento de cooperación, más que de mando absoluto. Incluso en nuestros días se pueden encontrar defensores de ambos tipos de espuelas, hecho que implica que el modelo de punta redonda es al menos tan eficaz como las sofisticadas formas de las espuelas punzantes y cortantes que se han desarrollado desde los romanos, sobre todo en el oeste de Estados Unidos, en América Latina y, por supuesto, más que en ningún otro lugar, en Texas, patria del abuso y la exterminación de los animales. –C. C.

164. «... espada de caballería»: cuando se produjo la caída del Imperio romano occidental, los diversos estilos o «modelos» de la clásica *gladius*, la espada corta romana (que habían tomado «prestada» de los enemigos celtas que el imperio encontró en España), cuya forma e imagen se han seguido identificando hasta hoy en la conciencia popular con las legiones romanas, habían cedido el lugar a una hoja algo más larga y estrecha (o, en algunos casos, quizá mejor aplanada), la *spatha*, que quedaba a medio camino entre la *gladius* y las diversas espadas clásicas medievales, sobre todo los modelos vikingos a los que el *Manuscrito de Broken* se refiere como espadas «de saqueo»; especialmente popular entre los jinetes,

esta es probablemente la versión de la «espada corta de Broken» que llevaban Arnem y sus tropas montadas. –C. C.

165. «... se encogen de hombros»: ciertamente, el *Manuscrito* contiene momentos en los que cualquier lector sentirá que su credulidad ante la elección de palabras se ve forzada hasta más allá de lo creíble; el uso de la expresión «encogerse de hombros» es, sin duda, uno de ellos. En cualquier caso, la investigación revela que «el acto de alzar y contraer los hombros para expresar inseguridad o indiferencia» (tal como lo expresan, con palabras casi idénticas, varios prominentes diccionarios) se usa por lo menos desde el siglo XIV, cuando el inglés empezó a usar el verbo *shrugge* [precursor del actual *to shrug*]. ¿Por qué señalar esos ejemplos? Porque siguen demostrando, primero, el sonido tan sorprendentemente directo y «moderno» de muchos textos de los albores (oscuros o bárbaros) de la Edad Media y, segundo, la medida en que el lenguaje florido que tan a menudo asociamos con esas épocas era una invención de autores posteriores, ansiosos por propagar un mítico código de caballería que supuestamente había existido desde tiempos antiguos y había pasado directamente a la moderna nobleza europea. –C. C.

166. «... y al galope corto»: un momento de autentificación para el *Manuscrito* y su traductor: algunos se preguntarán por qué Niksar no ordena a sus hombres avanzar a medio galope, que de hecho equivale al galope corto; pero esa expresión no empezó a usarse hasta mediados o finales del siglo XVIII. –C. C.

167. «... herida de fuego»: Gibbon escribe: «El término del alemán moderno para la gangrena, *Wundbrand*, sonaba muy parecido, sino igual que el del dialecto de Broken, *Wundbrend*, con el significado de "herida de fuego". Esa sensación de ardor que casi siempre se originaba en las extremidades es uno de los primeros síntomas de la gangrena, aunque no el más horripilante.» Y, como señala el propio Visimar, su término inicial para esta enfermedad, *Ignis Sacer* [Fuego Sagrado], era efectivamente la palabra latina más popular para esta enfermedad tan terrible que, hasta nuestra era, siempre presentó la gangrena como una de sus principales (y fatales) características, aunque no es una «pura», o «verdadera», gangrena. El Fuego Sagrado, según me dicen, sigue sin entenderse del todo bien; sin embargo, podemos decir con certeza que era la misma enfermedad que al fin adoptó el nombre más colorido de «Fuego de San Antonio» (como sabrá el lector, San Antonio es el patrón de las víctimas de la peste). San Antonio [ca. 251-356] era un cristiano copto de Egipto, patrón de una lista extraordinariamente larga de enfermedades infecciosas y de

otros tipos, porque pasó gran parte de su vida trabajando entre sus víctimas. Entre esas enfermedades tenía un lugar prominente la que describe aquí Visimar, que efectivamente no era con exactitud una gangrena, sino una forma de envenenamiento por cornezuelo, o ergotismo, que produce gangrena pero no es idéntico a la forma que Arnem asocia a las heridas en el campo de batalla; la primera la causan los agentes alcaloides y suele ir acompañada también por otros síntomas, a menudo estrambóticos (alucinaciones, convulsiones, pérdida de sensaciones, carne podrida y abortos, tan frecuentes estos que el cornezuelo se usaba a menudo como agente abortivo de manera deliberada), mientras que la segunda es el «simple» resultado de la infección de las heridas. No son pocos los expertos que consideran que muchos ataques colectivos de locura ilusoria ocurridos a lo largo de la historia en todo el mundo fueron el resultado de la primera enfermedad, el ergotismo: el comportamiento demente que rodeó a los juicios a las brujas de Salem, Massachussetts, en el siglo XVII, sería el candidato más famoso, aunque en ningún caso el mejor colocado (para documentar un posible estallido más concurrido, calamitoso y reciente, véase el clásico de John G. Guller sobre este asunto, *The Day of St. Anthony's Fire* [El día del fuego de San Antonio], que describe la autodestrucción casi total de un pequeño pueblo francés en 1851, tal vez por culpa del cornezuelo, tal vez por intoxicación con mercurio). El ergotismo era tan destructivo y estuvo tan extendido que mereció menciones específicas en los téxtos méicos de prácticamente todas las sociedades antiguas y medievales: en Oriente Medio y Lejano, así como en Occidente.

Un punto importante que conviene resaltar de nuevo: tanto el narrador como Visimar han insinuado ya que concurren dos enfermedades en el reino de Broken; sin embargo, veremos que a menudo se unían a bulto —por parte del pueblo llano, que ignoraba incluso los escasos datos médicos que tenía permanentemente a su disposición, así como por los sanadores kafránicos y médicos apenas mejor informados— bajo los nombres de «plaga» o «pestilencia». No era poco común; de hecho, incluso ni siquiera es inédita en nuestro tiempo. El deseo de los médicos de explicar toda una constelación de síntomas con una sola enfermedad que los cubriese todos lleva mucho tiempo atrincherado en la mentalidad de la medicina; a menudo es tan responsable como la más patente ignorancia de algunos errores en los tratamientos. -C. C.

168. «*Wildfehngen*»: Gibbon escribe: «Aunque muchos líderes militares de alto rango, si no todos, practican comportamientos similares, los comandantes alemanes han empleado siempre términos idiosincráticos

de afecto al dirigirse a sus soldados rasos; términos que, si se traducen literalmente, simplemente pierden gran parte de su peso y de su significado. Van del relativamente simple *meine Jungen* o *meine Kinder* [«mis chicos» o «mis niños»] a una serie de nombres más esotéricos de los que este *Wildfehng* (o su plural, *Wildfehngen*) parece ser el predecesor (pues encontramos una palabra muy similar todavía en alemán moderno bajo la forma de *Wildfang*, que puede describir cualquier cosa, desde un niño asilvestrado y disparatado hasta una joven «chicarrona»; es decir, particularmente masculina y ruidosa). Los oficiales ingleses, como todos los demás, comparten esas palabras afectuosas con gran parte de sus tropas, pero es en la cultura guerrera de Alemania donde esa práctica alcanza su nivel más elaborado, profundo y a veces paradójico: por muy «silvestre» que fuera el comportamiento de esas tropas, se esperaba, se espera y se seguirá esperando que obedezcan códigos estrictos de honor cuya quiebra puede conllevar castigos que harían que, en comparación, hasta los extremos a los que a menudo llegan los oficiales navales británicos cuando responden a alguna infracción disciplinaria parezcan bastante suaves.

169. «Gerolf Gledgesa»: el nombre contiene la clase de mezcla que ahora podemos identificar como bastante común: Gerolf es claramente germánico (e implica una combinación de las raíces de uso común de «lobo» y «lanza»), mientras que los nombres o términos como Gledgesa se encuentran solo en anglosajón, lo cual sugiere la posibilidad de que este personaje procediera de la Bretaña sajona. El sobrenombre connota un «terror intenso» cuya justificación se vuelve clara en cuanto se relata su historia personal: sin embargo, su paradoja definitiva solo se hará evidente más adelante. –C. C.

170. «Ernakh»: es significativo que Gibbon apenas se refiera a los hunos —que, sin duda, se contaban entre los principales pueblos identificados como «saqueadores del este» por los gobernantes de Broken y por sus soldados— en los seis volúmenes de su *Decadencia y caída del Imperio romano*; y, en este caso particular, es evidente que no sabía (o no le pareció digno de señalar) que Ernakh era el nombre del tercer hijo del más grande de todos los hunos, Atila. No sabemos si Nuen, la niñera y ama de llaves, lo tuvo en cuenta al dar un nombre a sus propios hijos, o si Ernakh era simplemente un nombre tradicional y quizá común. –C. C.

171. «Donner Niksar»: Gibbon escribe: «Bien pronto descubriremos cuáles eran los logros de este joven vástago de Broken, noble pero desafortunado. Lo que debería preocuparnos, de momento, es la forma que adopta la grafía de su nombre de pila. En los escasos fragmentos de

documentación germánica que han sobrevivido en sus distintos dialectos, así como en muchas sagas nórdicas, encontramos casi todas las grafías posibles de todos los aspectos del nombre y la vida de Thor, hijo de Odín, dios del trueno y parangón de las virtudes juveniles entre los germánicos y escandinavos, que se pasaban casi todo el tiempo ayudando a otros dioses, o semidioses, y a los humanos también, con su gran fuerza, su dominio de los truenos y su martillo mágico, el *Mjolnir*. De todos modos, el elemento importante para lo que aquí nos ocupa es que, al parecer, ese nombre en antiguo alto alemán se hubiera escrito como Donar, pero se habría pronunciado «Donner», tal como lo encontramos aquí: Donner Niksar. Las variaciones de los nombres tienen poca importancia, claro, porque eran meras variaciones sobre los distintos términos dialectales para nombrar al trueno, aunque es interesante comprobar que la palabra del alemán moderno para designar ese fenómeno se parece tanto a, al menos, una versión antigua: la de Broken. Así, se insinúa claramente no solo que los dioses supuestamente "nórdicos" podían ser compartidos por toda la región del norte de Europa, sino que hasta podrían tener su origen en las tribus germánicas que habitaban la zona que hoy consideramos Alemania, con lo que por lo menos unos cuantos aspectos de la dominación nórdica de la civilización en esa zona quedarían en entredicho.» Sin darse cuenta, claro, Gibbon anticipa la noción que en nuestro tiempo propuso con más contundencia Michael Kulikowski y que ya hemos comentado a fondo con anterioridad en estas notas: que los mitos sobre las migraciones de los godos y la invasión y la dominación cultural del norte de Alemania por parte de las tribus nórdicas podrían ser en gran medida apenas eso: mitos. –C. C.

172. «... las *krebkellen*»: Gibbon escribe: «La práctica queda explicada en el texto; nos detendremos solo a reafirmar el hecho de que Oxmontrot, su creador, consideraba que ni siquiera las tácticas romanas más fundamentales quedaban más allá de la posibilidad de mejora. La práctica de la *krebkellen*, que podemos tranquilamente traducir por «colonia de cangrejos», se inspira sin duda en la táctica *testudo*, o «tortuga» de los romanos, que había demostrado su eficacia durante mucho tiempo y consistía en una especie de caparazón que formaban los soldados romanos superponiendo sus grandes escudos convexos, o *scuta*, por delante, detrás, los lados y hasta por encima de las cabezas. Pero una vez más, esta táctica, pese a su ingenio, podía ser torpe, pues estaba diseñada para reflejar el movimiento deliberado y esencialmente regular que permitía la formación de *quincunx* —o sea, primordialmente un movimiento restringido a

los pasos adelante o atrás—, por no hablar de la relegación permanente del papel de la caballería esencialmente como tropa de apoyo para las formaciones de la infantería. El contraste con la *krebkellen* de Broken, por otro lado, puede asociarse a la diferencia entre una tortuga y un cangrejo o, por completar la explicación terminológica, una colonia de cangrejos como aquellas en las que estas criaturas se unen para vivir y defenderse. Las dos especies se sirven de sus caparazones externos para protegerse, igual que ambas infanterías entrelazan sus escudos en busca de protección, pero las tropas de Broken sacrificaban parte de la fortaleza de su defensa a cambio de velocidad, maniobrabilidad y, en consecuencia, un potencial ofensivo especialmente encarnado por las unidades de caballería, que cumplían el papel de piernas y pinzas de rápido movimiento.»

173. «... mereceríamos las garras»: Gibbon deja pasar por alto esta parte de la conversación, quizá porque no está claro si Akillus se refiere a las «garras» de las krebkellen, o al orgullo que todo soldado de los Garras sentía por las garras de rapaz que adornaban sus capas. No implica ninguna diferencia para la acción subsiguiente. –C. C.

174. «... tan apropiado nombre»: Taankret es, obviamente, una fuente de lo que terminaría convirtiéndose en famoso nombre de caballería, *Tancred*, y la propia palabra combina elementos relacionados con el pensamiento y el asesoramiento; además parece, efectivamente, apropiada para ese hombre, como tantos otros nombres del *Manuscrito*. —C.C.

175. «Fleckmester»: Gibbon escribe: «He aquí un nombre que, habida cuenta de las líneas maestras que hemos establecido del dialecto de Broken, no resulta difícil de entender: *fleck* es un antepasado del alemán moderno *pfeilmacher*, el que hace las flechas, mientras que *mester* es, claramente, una variación del antiguo alemán de la palabra *meister*, maestro.»

176. «... largo arco»: como acaso parezca evidente, aquí se habla de arco largo solo para señalar que su longitud es algo mayor que la de los usados por los Bane; no se trata, al parecer, de una anticipación del invento inglés posterior que terminaría por prevalecer en batallas como la de Agincourt. –C. C.

177. «Nerthus»: Gibbon pasa por alto el nombre, quizá porque los estudios en mitología germánica y escandinava no habían alcanzado todavía un punto que le permitiera identificar con precisión a la diosa germánica de la fertilidad; se trata de una extraña omisión, en cualquier caso, porque se trata de la diosa que Tácito menciona de hecho, con esta misma grafía, en su *Germania* (publicada ca. año 98), situándola con firmeza en

el panteón original de las antiguas deidades germánicas, más que escandinavas, y apoyando así la teoría de que gran parte de lo que aún hoy consideramos cultura y mitología escandinavas procedía en realidad de la tradición germánica. Efectivamente, da la sensación de que Gibbon era reticente a dar crédito a las tribus germánicas (quizá por sus repetidas palizas a las «indomables» legiones romanas), pero, como enfrentarse a un sabio de la altura de Tácito le generaba más dudas todavía, optó simplemente por hacer pasar por alto el nombre, como hizo con tantos otros asuntos incómodos.

Solo nos queda la duda, entonces, de saber de qué clase de criatura fuera de lo común estamos hablando: por su comportamiento, su tamaño extraordinario, su fuerza y las manchas de su plumaje, podemos decir con toda seguridad que se trata de la lechuza real de Eurasia (*bubo bubo*), un ave de fuerza y talla inmensas, tan grande como su formidable prima, la gran lechuza gris de América del Norte (*Strix nebulosa*), o mayor todavía. Se diferencian fundamentalmente por su apariencia, pues la lechuza gris tiene la cara oval, o circular, y carece de los «penachos que parecen orejas», esos «cuernos» de plumas que en realidad son mera cosmética y no tienen nada que ver con la facultad de oír. La lechuza eurasiática se parece más a la gran lechuza cornuda de América del Norte (*Bubo virginianus*) por su aspecto, pero tiene un tamaño mucho mayor. Huelga decir que estas criaturas causaban un gran pánico entre los humanos, en parte porque, como todas las lechuzas, pesaban asombrosamente poco en relación con su fuerza: siempre resulta llamativo encontrar una lechuza recién muerta, de cualquier clase, y sentir su extraordinaria ligereza; una ingravidez destinada a potenciar su silencio y su agilidad cuando se trata de volar y cazar. La lechuza eurasiática no solo podía atrapar presas normales, como conejos y otros mamíferos pequeños, sino también cervatillos; en consecuencia, se creía, con cierta lógica y acierto, que también podría apresar corderos, cabras pequeñas e incluso becerros y potrillos recién nacidos (siempre un verdadero peligro), por no hablar de bebés o niños. –C. C.

178. «*skutem*»: Gibbon escribe: «Como imitaron con tanta exactitud tantas de las costumbres romanas más cruciales, no resulta para nada sorprendente encontrar aquí que estos soldados de Broken transponen directamente el nombre latino del escudo, *scutum*, a su propia lengua.» De todos modos, también es cierto que cuando Oxmontrot hizo de auxiliar extranjero en el ejército romano el *scutum* clásico había cambiado de forma y de tamaño para ser más ovalado y algo más pequeño; de modo que

puede que, de hecho, ignoremos qué aspecto exacto tenían los escudos de Broken, igual que tantos otros detalles concretos de su cultura. –C. C.

179. «... bailar su corro mortal»: en este punto de la historia general del norte de Europa, así como de muchas otras partes del continente, el baile como forma de recreación consistía casi exclusivamente en «bailar en corro»; es decir, se juntaban las manos y luego se emprendían movimientos no coreografiados, primero en una dirección y después en la contraria, etcétera, sin los pasos cortesanos y las máscaras que asociamos a la parte media y alta de la Edad Media. Las únicas referencias comunes que encontramos a otras formas de danza eran bastante siniestras, tanto por su origen como por su significado: había «bailes» asociados con enfermedades graves, por lo general de índole nerviosa —como el baile de San Vito, nombre que se daba a las diversas formas de la corea—, o también (como aquí se menciona) la «Danza de la Muerte», o *Danse Macabre*, en la que la parca impulsaba a los débiles o enfermos hacia un final generalmente infeliz en el más allá, ya fuera por medio de algún truco o por su pura fuerza. La Danza de la Muerte implicaba a menudo rituales de brujería, a la que se acusaba de tantos desórdenes, sobre todo tras el auge de las religiones monoteístas: de nuevo, la predominancia de esas creencias prestó un triste servicio a la medicina, salvo en los casos de aquellos que se tomaban su fe con cierta ligereza y se negaban a que interfiriese su razón. Pero incluso estos últimos movimientos tenían un sentido meramente conservador: es decir, conservaban un conocimiento existente, descubierto siglos atrás, y más que avanzar o construir a partir del mismo se limitaban a impedir su desaparición; el progreso, tras la imposición de un detenimiento virtual en los siglos IV y V, no volvería a iniciarse hasta el XV o XVI, mil años enteros, o más, que hubieran podido resultar mucho más provechosos. –C. C.

180. «... *Hel*»: el nombre que se otorgaba, en la mitología germánica y escandinava, al río que se cruzaba para llegar al submundo nunca era tan importante como la ruta que se tomaba para alcanzar su paraíso complementario y excepcional, el *Asgard*, hogar de los dioses y de los guerreros caídos, o como la figura que vigilaba esa ruta tan elevada. El famoso «puente del arcoíris» conectaba el Asgard con el *Midgard* (nuestra Tierra) bajo la vigilancia de una figura conocida alternativamente como *Heimdall* (por lo general, en escandinavo) o como *Geldzehn* (literalmente, «dientes de oro») en lenguas germánicas, que se aseguraba de consignar las muertes no del todo gloriosas producidas en batallas en el Midgard al reino de Hel. Este era uno de los malvados hijos de Loki, el más misterioso y cambiante

de todos los dioses y semidioses de esta tradición, aunque en lo fundamental era hermano de Thor, dios del trueno, y él mismo representaba la divinidad de las travesuras. Hel había sido castigado por Wotan (Odín, Wodenez, el Allsveter del que hemos hablado antes) a gobernar lo más parecido a un inframundo que encontramos en la fe pagana de los germano-escandinavos. El nombre de ese inframundo y el de su gobernante terminaron por fundirse para resultar en el inglés *Hell*, un lugar del que se decía que estaba al otro lado de varios ríos (en función de cuál sea la versión del cuento que cada uno lea), pero que, en cada caso, parecía cumplir el papel de la laguna Estigia en la mitología griega, aunque las razones por las que uno podía verse destinado a ese mundo oscuro en el sistema pagano escandinavo no dependían tanto de la vida que uno hubiese llevado como de su muerte. Es decir, de si uno había sido guerrero (lo cual, recordémoslo, a menudo incluía a las mujeres) y moría luchando. Hel, por lo tanto, no se limitaba a reclamar las almas de los «malos», sino los espíritus de la gente que muriese por cualquier otra causa, desde la enfermedad hasta un mero accidente: se puede argumentar que es un sistema injusto muy revelador de los valores germánicos y escandinavos. –C. C.

181. «... *ballistae*»: Gibbon escribe: «He aquí una demostración particularmente clara de la influencia de Roma en Broken, por medio de Oxmontrot y sus subordinados, o uno de los mayores misterios lingüísticos de todo el *Manuscrito*. Como al principio sospeché de una posible tercera respuesta a esta cuestión —la simple pereza del traductor—, lo presioné con una dureza particular a este respecto. Le pregunté si se había encontrado con algo que, en su mente, le resultaba parecido al pilar de la maquinaria de guerra romana y se había limitado a tomar prestado el nombre. [Las *ballistae* eran, efectivamente, parecidas a las catapultas —de las que, al parecer, también disponía el ejército de Broken—, solo que más poderosas: si una catapulta se parecía a un tirachinas gigantesco, las *ballistae* se podían ver como ballestas enormes en una época en que, por supuesto, no existían las ballestas. –C. C.] Sin embargo, él insistió con firmeza en que había encontrado la palabra intacta y la había usado por esa misma razón. En consecuenca, esa posible que muchos soldados de Broken, si no todos, usaran el término sin saber nada de su origen o del significado que dicho origen tenía por cuanto concierne a la transmisión cultural.»

182. «... con la artillería»: tal vez la palabra sorprenda a algunos en este contexto, pero el hecho de que Gibbon considere que ni siquiera merece la pena mencionarla demuestra que en ese tiempo aún se entendía que «artillería» se aplicaba cualquier arma que lanzara lo que el hombre

no era capaz de catapultar a grandes distancias por sí mismo; para lo que concierne al *Manuscrito*, se trataba fundamentalmente de las *ballistae* (*ballista* en singular) y catapultas. La llegada de la pólvora no hizo más que añadir otra dimensión a este fenómeno; sin embargo el término se usaba desde tiempos antiguos y, efectivamente, la artillería meramente mecánica —sobre todo el *trebuchet* del alto medioevo— podía lanzar munición pesada con más fuerza y rapidez que muchos de sus competidores de la época cuyo funcionamiento implicaba el uso de la pólvora, aunque también debe señalarse que esas máquinas eran mucho más grandes y difíciles de manejar. –C. C.

183. «... una sábana blanca de seda»: la bandera blanca ya se entendía como señal establecida de rendición, como llevaba siéndolo desde los primeros años de nuestra era. –C. C.

184. «... por algún metal fundido»: Gibbon escribe: «En las primeras etapas del medioevo, no era inusual que quienes sufrían las enfermedades de las que aquí hablamos experimentaran la falsa sensación de que su sangre se había convertido en una especie de "metal fundido", por muy absurda que pueda parecernos esa noción.»

185. «... entonar un canto llano»: es obvio que en este caso se usa la expresión en su sentido más básico. Es decir, para describir una melodía simple y sin adornos que solía oírse en el campo y no para connotar la versión más formal y elaborada que desarrolló la Iglesia católica; como esa distinción se entendía bien en época de Gibbon, él no consideró necesario explicarla. –C. C.

186. «Weda»: el nombre de la hija de Gerolf Gledgesa tiene un oscuro origen, pues solo ha sobrevivido su homólogo masculino, que podríamos asociar con la palabra inglesa *Wood* [madera], aunque sería difícil precisar con qué significado exacto. Tal vez fuera tan solo una cuestión de pronunciación, pues en los dialectos germánicos de casi cualquier época —y, de hecho, todavía en nuestros días— se pronunciaría como «Vaida», un sonido inusualmente agradable (si bien, una vez más, difícil de definir) como nombre para chicas y mujeres. –C. C.

187. «... no le duele»: se trata, efectivamente, de un rasgo común de las fases finales de la grangrena que resulta del envenenamiento por cornezuelo y uno de sus síntomas más patéticos, pues tanto los humanos como los animales pretenden comportarse como si aún poseyeran miembros de los que ya carecen. –C. C.

188. «... golpe ahogado»: el traductor al inglés usó aquí la palabra *thud*, otro de los términos que a menudo cometemos el error de conside-

rar modernos y onomatopéyicos, pese a que, de hecho, son de origen medieval; la necesidad imaginaria, por parte de muchos escritores y traductores, de recurrir a los términos más genuinamente antiguos (mejor dicho, anticuados) explica gran parte de la pomposidad de las versiones (o imitaciones) modernas de lo que ya en el siglo VIII eran una serie de vivaces idiomas europeos. Efectivamente, en este caso, la palabra *thud* ni siquiera merece un comentario por parte de Gibbon, que probablemente estaría familiarizado con el *thudden* del inglés medio y con el *thyddan* del antiguo, padres de este *thud*. –C. C.

189. «... si vive todavía»: hay algo extrañamente triste en el hecho de que, casi con toda seguridad, Bede (a quien Caliphestros conocía, como ya se ha anotado, por haber pasado tiempo con él en el Monasterio de San Pablo, cerca de Wearmouth) hubiera muerto ya cuando ocurrieron los sucesos que se describen en el *Manuscrito*. Por las abundantes referencias históricas, culturales, religiosas y científicas mencionadas, se puede fechar esos sucesos en torno al año 745 de nuestra era, mientras que el «Venerable Bede» —un hombre de fe que, pese a ello, tuvo una aportación honesta y sólida a la causa del conocimiento de la historia (y, deberíamos añadir, también de la leyenda)— murió unos diez años antes, en el 735. Es evidente que Caliphestros sentía gran respeto y afecto por Bede; el hecho de que nunca se enterase de la muerte de su amigo no solo parece triste por sí mismo, sino que subraya de manera rigurosa el aislamiento que el «brujo» padeció a lo largo de los diez años que pasó en el Bosque de Davon. –C. C.

190. «... una cerveza especial»: lo que hoy entendemos por cerveza solo pudo empezar a destilarse en Europa, de hecho, a partir de esta época, pues los primeros cultivos domésticos de lúpulo datan del paso del siglo VII al VIII, aunque muchas fuentes dicen que solo servía para fines medicinales y que el lúpulo no sirvió para crear cerveza hasta el siglo XI. Así, parece que Broken se adelantó una vez más a su contexto europeo: porque, si bien existían otras formas de la cerveza desde tiempos antiguos, fue el uso del lúpulo (que originariamente crecía de manera silvestre en las montañas) lo que confirió a la cerveza «moderna» la capacidad —tal com afirma Keera— de enloquecer a la gente por su efecto pseudonarcótico. –C. C.

191. «... glasto... campanillas de la pradera»: el glasto (*Isatis tintoria*) es una planta que, efectivamente, produce un tinte azul muy popular (y, en consecuencia, a menudo confundido con el índigo). Sin embargo, recientemente se ha descubierto que, tomado como medicina, el glasto pue-

de contener entre veinte y treinta veces la cantidad de glucobrasicina (un poderoso agente anticancerígeno) que se encuentra en el brócoli, el vegetal moderno más comúnmente citado en relación con la prevención del cáncer y la lucha contra el mismo. Al rasgar o frotar las hojas del glaseo se aumenta aún más su poder (del mismo modo que al rasgar los semilleros de la amapola se intensifica la cantidad y la fuerza del opio producido); así, la afirmación de Keera, según la cual el glasto es eficaz contra las excrecencias, «sobre todo dentro del cuerpo», se refiere, casi con total seguridad, a su capacidad para inhibir o reducir los tumores. Por otra parte, lo que ella llama «campanillas de la pradera» (nombre informal con el que el alemán moderno se refiere todavía a la *Pulsatilla nigricans*), era otra medicina natural milagrosa, usada para una larga lista de propósitos y problemas que van, como la propia Keera explica, del dolor menstrual al refuerzo del útero durante el embarazo, pasando por su capacidad, más común e importante, de contrarrestar las causas de lo que entonces se despreciaba como «fiebres», capaces de poner en peligro la vida. También se podía usar, y se puede todavía (según qué fuentes se consulten), para tratarlo todo: desde las hemorroides hasta los dolores de espalda o de muelas. ¿Era algo así como el aceite de serpiente de la época barbárica? No parece probable, puesto que sigue usándose todavía en diversas medicinas tradicionales de manera eficaz; sin embargo, la lista completa de problemas contra los que se supone que puede actuar es inverosímil. –C. C.

192. «... como si fueran verduras»: Heldo-Bah se refiere a las antiguas «artes» alquímicas tal como las conocían tanto sus practicantes como sus detractores: porque ni siquiera los más entendidos de sus practicantes trataban la alquimia como pura ciencia. Como tantas áreas del aprendizaje durante la Edad Media y Oscura (y de manera no muy distinta a algunas ciencias de nuestros días) la alquimia obtuvo más fama —o quizá «mala fama»— por sus prácticas más absurdas que por sus contribuciones muy reales, aunque no tan llamativas, a la ciencia, a la medicina y a la filosofía (y a través de la filosofía, como explicaría más adelante Carl Jung, a una especie de protopsiquiatría y psicología). Heldo-Bah nombra dos de esas actividades extremas: el intento de convertir metales básicos en oro (el más famoso, por supuesto, de todos los esfuerzos de la alquimia), así como el deseo particular de algunos de sus practicantes de crear unos humanos en miniatura, llamados «homúnculos», fundamentalmente por medio de inyección de esperma (en el que se suponía que residían todos los elementos que a la larga daban lugar al ser humano) en cualquier lugar que no fuera el vientre de una mujer. Muchos alquimistas,

aunque no todos, veían el vientre como poco más que un saco protegido y rico en nutrientes que podía replicarse, preferiblemente en la tierra, evitando así lo que el pensamiento medieval postribal llamaba a menudo «la perniciosa influencia femenina» en la vida resultante.

Lo que merece la pena señalar acerca de la alquimia, por cuanto concierne a la comprensión de la importancia del *Manuscrito de Broken*, es que muchos de sus proyectos se convirtieron en muy válidos avances en campos que van de la metalurgia a la química, pasando por aplicaciones domésticas comunes, como la cosmética, los tintes, la creación de cristal y cerámica. Pero sus logros más importantes se centraban en la química militar: los alquimistas terminaron por descubrir la pólvora, así como el arma más misteriosa y elusiva de toda la historia militar: el fuego griego (sobre el cual bien pronto tendrá mucho que decir el *Manuscrito de Broken*). El esfuerzo por refinar metales elementales —objetivo perseguido por la famosa leyenda de conversión del plomo en oro— llevó a la creación de variantes del acero cada vez más duras y sofisticadas a partir de la base del hierro y el carbono.

193. «... rápida y silenciosa»: Caliphestros parece jugar de manera intencionada con el miedo sobrenatural y los prejuicios contra la mayoría de los felinos, ya fueran mayores o menores, que han hechizado la historia de Europa y Asia desde la época de los romanos. Y la reacción especialmente irracional que, con gran malevolencia, convierte a los grandes felinos (ya sean los tigres de la India, los leones de África, incluso los pumas en América del Sur) en «comedores de hombres» demuestra esa ignorancia y ese miedo en su peor y más clara expresión: al fin y al cabo, los lobos y otros cánidos han dado caza al hombre desde el alba de los tiempos sin que se les atribuyera la intención particular y específicamente maligna que con tanta presteza concedemos a los felinos «comehombres». El resultado, de todos modos, consiste en que los grandes felinos han sufrido la caza hasta el punto de la extinción, o casi, y al mismo tiempo se han convertido en objeto de fascinación y de posesión por parte de quienes quisieran demostrar que son capaces de dominar o (de manera aparentemente más benigna, aunque con la misma función destructiva) domar a estos animales, los más salvajes entre todos los salvajes: hoy mismo, por ejemplo, hay más tigres en manos de amos particulares en Estados Unidos (por lo general conservados en circunstancias abominablemente crueles), que en todas las junglas del mundo.

Cualquiera que tenga algún interés en explorar una organización y un centro que practica una bondad invaluable en la causa de ofrecer un rescate y un hogar a dichos animales, educando al mismo tiempo a los estadounidenses y a cualquiera que se preocupe (o sienta una mínima curiosidad) por este problema puede ponerse en contacto con Big Cat Rescue en Tampa, Florida; su sitio web se encuentra en www.bigcatrescue.org. —C.C.

194. «... perro-búho de Davon»: el escepticismo inicial de Keera está justificado. Casi todos los búhos ululantes de gran tamaño son capaces de emitir sonidos perrunos (John James Audubon llamaba al Gran Búho Barrado americano «el búho ladrador»), mientras que son pocos los que pueden hacer todo lo que se supone que puede hacer y hará el pájaro del que aquí se habla, de modo que el primo europeo del búho barrado no sería un buen candidato. Con toda probabilidad, el pájaro en cuestión sería la lechuza real de Eurasia, sin duda la misma Nerthus que ya hemos conocido, y eso explicaría que Caliphestros responda al asunto con evasivas de momento: todavía no confía plenamente en los expedicionarios. –C.C.

195. «*heldenspele*»: Gibbon escribe: «Aquí encontramos una frase cuyo significado apenas puede interpretarse a medias con cierta seguridad. Está claro que conocemos la palabra que ha sobrevivido en el alemán moderno, *helden*, "héroe"; en cambio, solo podemos proponer conjeturas informadas para *spele*. ¿Es de raíz gótica o de cualquier otra tribu bárbara? ¿Deberíamos entenderlo como una forma primitiva del alemán *Spiel*, que significa "juego", o de *spielen*, "jugar"? Lo único que podemos afirmar con certeza es que Veloc pretendía componer alguna clase de relato heroico de transmisión oral.» De nuevo, Gibbon contaba con la limitación de los reducidos conocimientos de su época sobre el gótico: de haber contado con las ventajas de que disponemos ahora, sin duda habría identificado *spele* en el dialecto de Broken como síntesis de *Spiel* y *spill*, siendo este el término gótico para «relato», especialmente en el sentido del «relato heroico». –C.C.

196. «... el fresno del dios del trueno de los francos»: tal vez la leyenda más duradera de cuantas emergen de los tiempos de San Bonifacio entre las naciones germánicas sea esta célebre tala del árbol supuestamente favorito de Thor, el dios germano-escandinavo del trueno, después de haber pedido al dios que, si en verdad era capaz de hacerlo, lo detuviera con la muerte. Bonifacio dio unos cuantos golpes al árbol y entonces, según la leyenda, se alzó un gran viento que lo arrancó de raíz y lo dejó tumbado, tras lo cual todos los miembros de la tribu local se convirtieron al cristianismo y construyeron una capilla en el lugar que antes ocupara el árbol.

Sin embargo, Heldo-Bah, en un error que muchos cometieron antes que él y siguieron cometiéndolo en tiempos posteriores, se confunde de árbol en su relato; se supone que el árbo de Thor que cayó derribado por el viento divino de Bonifacio era un roble; Heldo-Bah lo sustituye por el Fresno de la Vida de la mitología escandinavo-germánica, el *Yggdrasill*, cuyas raíces y ramas supuestamente contenían los nueve mundos del sistema mitológico de dicha religión. –C. C.

197. «Cuba de los Zurullos»: tal como señala Gibbon: «Una vez más nos encontramos ante una prueba de la medida en que el dialecto de Broken establecía un lazo entre diversos dialectos germánicos antiguos, o incluso primarios, y el alemán moderno, porque el homónimo del que aquí se habla apenas ha variado en nuestros días: en alemán *Bohnen* significa "deposiciones" (y también "alubias"), mientras que *Fass*, aunque figure como combinación de letras en otras muchas palabras, por sí mismo tiene, efectivamente, el significado de "cuba". Sin embargo, esa connotación procaz no ha sobrevivido en ningún otro de los relatos y leyendas sobre la vida de San Bonifacio (672-754) y su larga carrera dedicada a la conversión de los pueblos germánicos al cristianismo, quizá porque, pese a ser rebautizado como Bonifacio por el papa Gregorio II en el año 719, el hombre en cuestión siguió viajando bajo el nombre de Winfred, aunque, según parece, no precisamente en Broken.»

198. «... qué se hizo de él»: Boniface, efectivamente, tuvo un gran éxito en la conversión de tribus germánicas al cristianismo y quiso trasladar ese éxito a las tribus incursoras de regiones más nórdicas; sin embargo, en este último empeño se le truncó la suerte. Aunque seguía vivo, con toda probabilidad, cuando ocurrieron los sucesos que se narran en el *Manuscrito de Broken*, al final lo mataron unos incursores paganos en el año 754 y, si aceptamos la propuesta de Gibbon, según la cual el término «varisios» designaba en Broken a los frisios, el escepticismo de Heldo-Bah está justificado, pues fueron los frisios quienes se lo cargaron. –C. C.

199. «... río Nilus»: de nuevo, Caliphestros usa el término latino para nombrar un lugar o un objeto (en este caso, el río Nilo) y tanto el narrador como el traductor al inglés lo dejan en la misma forma, obligándonos a preguntarnos por qué: sin embargo, como parece importante que la referencia se haga en esa lengua (y, además, el significado es obvio), yo también he optado por dejarlo como está. –C. C.

200. «... esos barcos de grano»: una vez más, Caliphestros menciona una noción tentadoramente cercana a la verdad: efectivamente, la Muerte Negra viajó por las rutas del grano desde el Alto Nilo hasta los puertos de

Egipto, y desde allí hasta Europa, transportado por las ratas que llevaban las pulgas responsables de transmitir la infección. Él veía la conexión metafórica: sin embargo, si hubiera contado con el tiempo y los instrumentos necesarios, es más que probable que un científico tan perceptivo hubiese descubierto que la conexión era en realidad de naturaleza causal. –C. C.

201. «... acostarse con su hermano»: Gibbon escribe: «Nadie familiarizado con la mitología escandinava y germánica se sorprenderá por este comentario, pues las historias de sus dioses, como las de casi todos los panteones del mundo conocido, contienen ejemplos importantes de emparejamientos incestuosos (con o sin concimiento) entre hermanos y hermanas. Y esas historias escandinavas incluyen específicamente uno de los más famosos mitos de este tipo, la del héroe conocido en Alemania como Siegmund, y su hermana Sieglinde.» Por desgracia, Gibbon vivió algo más de medio siglo antes de que la reinterpretación acaso más famosa de este mito —la contenida en *Las walkirias* de Richard Wagner, segunda entrega de su ciclo monumental, *El anillo de los Nibelungos*— golpease a un público que ni se la esperaba, en 1869; una vez completado, el ciclo del *Anillo* se convertiría enseguida en una de las obras más exitosas de la literatura operática, pese a que nunca dejó de ser controvertida. –C. C.

202. «Alandra»: aquí y *passim*, Gibbon escribe: «Se diría que es una referencia al sitio de Troya, por lo que Alandra sería, al parecer, la variante del nombre de Helena en Broken. La posibilidad de que los gobernantes y el pueblo de Broken hubieran conocido la Guerra de Troya a partir de una traducción a su propio dialecto a partir (con toda probabilidad) de un texto en latín de *La Ilíada* de Homero, ya es mucho más difícil de demostrar, pues a menudo los nombres viajan hasta lugares a los que nunca llegó su contexto original. Ciertamente, es posible que el propio Caliphestros fuera autor de dicha traducción, aunque esta Alandra era ya una niña de unos siete u ocho años cuando él llegó a Broken, lo cual descarta la posibilidad de que fuera él mismo quien sugiriese el nombre. Además, es fácil anticipar lo dificultosa que habría resultado la propagación de leyendas extranjeras tan inquietantes en «una sociedad tan cerrada y pagada de sí misma como la de Broken, lo cual aumenta la probabilidades de que Caliphestros nunca tradujera esa obra y el nombre hubiera accedido al reino por medio de algún mensajero previo, muy probablemente el mayor admirador de las culturas helénica y romana en toda la montaña de piedra, el mismísimo Oxmontrot.»

203. «Kreikish... Graeci»: la primera presentación —despreciada en esta ocasión por Gibbon— del gentilicio que el dialecto de Broken usaba

para los griegos viene acompañada por una segunda palabra, término latinio para los mismos. El propio Caliphestros explica las razones para sus diferentes usos, razones que acaso expliquen por qué Gibbon los pasó por alto. –C. C.

204. «... saborear los aromas»: se trata de una afirmación extraordinaria por parte de Caliphestros y parece obvio que se basaba en los estudios anatómicos —es decir, en las disecciones— que había practicado en etapas anteriores de su vida: ciertamente, nadie entre los Bane, ni entre los Altos, podía ser consciente —habida cuenta de su nivel de desarrollo científico y del terror que les causaban las panteras de Davon— de un aspecto tan relativamente arcano del sistema sensorial de los felinos, que se encuentra en todo el árbol de la especie, desde los gatos domésticos hasta sus parientes mayores. La referencia demuestra también lo frustrantemente cerca que estuvieron los científicos —durante las épocas anteriores al nacimiento del Cristianismo y del Islam y a lo largo del crecimiento de los mismos— de alcanzar una comprensión verdaderamente moderna de la anatomía y la medicina, incluso de la veterinaria: porque es cierto que los felinos tienen unos órganos sensoriales exclusivos dentro de la boca, aunque no «saborean» con ellos los aromas, pero sí se puede afirmar que «huelen» con la boca, ampliando así su capacidad de detectar olores, a menudo desde distancias asombrosas. –C. C.

205. «... bayas rosas»: casi con toda seguridad, precursoras de las frambuesas. La espesura y el aspecto levemente espinoso de este zarzal lo sugieren, al tiempo que podemos considerar la frambuesa como parte de la familia de los frutos silvestres rojizos. –C. C.

206. «Brandy de ciruelas... *Slivevetz*»; Gibbon se toma esta afirmación al pie de la letra, quizá porque no le preocupa la historia de las formas particulares del alcohol, o porque no tiene razón alguna para discutirla. En tiempos más recientes, sin embargo, se ha postulado que el brandy (o el «brandy de vino»), la forma destilada del vino, no se inventó hasta el cambio de milenio, pese a que en algunas historias y relatos heroicos (que, como ya hemos visto, eran la misma cosa) de la Era Oscura encontramos referencias al mismo. Esta discrepancia podría explicarse mediante la posibilidad de que el brandy se hiciera desde mucho antes de que los monjes y otros vinateros de la provincia francesa de Cognac anotaran y formalizaran la receta; o podría ser una de las muchas pruebas de que algunos inventos menores, o incluso otros mayores, apenas llamaban la atención hasta que aparecían en alguno de los «grandes» estados de Europa, entre los que desde luego los reinos balcánicos —originarios del

brandy de ciruelas— no se contaban ni entonces ni ahora. Sin embargo, resulta interesante ver que Heldo-Bah da a la bebida un nombre, *silvevetz*, que, si tenemos en cuenta el cambio vocálido del antiguo alto alemán, se parece mucho a las abundantes variaciones balcánicas del nombre de esa misma bebida, *slivovitz*, derivado de *sliva*, palabra eslava para las ciruelas; cualquiera que haya conocido esa bebida en nuestro tiempo (especialmente en las variedades que no se dedican a la exportación, de un inmenso poderío) dará testimonio de la fuerza demoledora y continua de la que se ha convertido formalmente en bebida nacional de Serbia. –C. C.

207. «*naphtes*»: más adelante volveremos a este asunto. De momento, baste con señalar que *naphtes* era un término dialectal del alemán arcaico (y tal vez también de Broken) para la nafta, que, particularmente en esos tiempos, podía tomar cualquier forma posible, desde los licores minerales hasta la gasolina de baja gradación; y que las afirmaciones futuras de Caliphestros sobre ella podrían contribuir a desvelar una de las grandes adivinanzas no ya de la historia de Broken, sino de la historia militar en un sentido general. –C. C.

208. «*Ther is moore broke in Brokynne, thanne ever was knouen so*»: la renuncia de Gibbon a explicar la aparición de esta única frase solitaria en inglés medio en todo el *Manuscrito* puede entenderse como una demostración del nivel de conocimientos de la época; no nos consta. Por fortuna, por su parecido con el inglés moderno la frase es bien clara: «Hay tanta ruina en Broken como jamás se ha conocido.» –C. C.

209. «... vapores viles, o malos aires»: Gibbon no se preocupó de refutar o matizar esas referencias, que aparecen en más de una ocasión en el *Manuscrito* porque no podía: los conocimientos de la ciencia de su época sobre las enfermedades infecciosas no se lo permitían. –C. C.

210. «Radelfer»: no se puede afirmar con certeza (y tal vez por eso Gibbon ni siquiera lo intentó), pero ese nombre parece provenir de otro nombre popular germánico que significa a la vez «consejero» y «lobo», connotaciones totalmente adecuadas dado el papel que este Radelfer tuvo para la familia Baster-kin, y especialmente para Rendulic Baster-kin. Efectivamente, es posible que se cambiara el nombre, o que se lo cambiaran, cuando lo escogieron entre las filas de los Garras para cuidar del vástago de la familia del lord. –C. C.

211. La enfermedad juvenil de Rendulic puede identificarse enseguida como migraña: la palabra *megrem* es, evidentemente, precursora de *megrim*, en inglés medio, palabra que se usaba para nombrar lo que, desde tiempos antiguos, era una enfermedad bien conocida y descrita en toda

su extensión. El hecho de que Gibbon no se dignara tomar nota de este pasaje pudo deberse a que considerara que su explicación era obvia, aunque parece más probable que su silencio procediera de su aversión a hablar de enfermedades crónicas, una costumbre nacida de la incomodidad que le provocaba su propia enfermedad incurable, *hidrocele testis*, una inflamación de un testículo que, en una época en que estaban de moda los pantalones bien apretados, no solo resultaba dolorosa y seria, sino que también se convertía en fuente de una enorme vergüenza.

212. «... hacia una madurez sana»: antes de que alguien piense que todo esto es pura brujería, o una explicación imaginativa, deberíamos señalar, como no podía hacer Gibbon, que durante cientos de años los sanadores tradicionales han tratado con éxito los terribles síntomas de la migraña con una combinación de fuertes opiáceos, corteza de sauce y matricaria, traducción en este caso del alemán *Mutterkraut*, término para esa planta de flores parecidas a las margaritas: *Tanacetum parthenium*, con la variante de *Chrysanthemum parthenium*, un antiinflamatorio que todavía usan los homeópatas y que ha despertado el interés de la medicina occidental por su posible eficacia en la inhibición del crecimiento de células cancerígenas. –C. C.

213. «... el sanador Raban»: se trata, aparentemente, de un nombre antiguo germánico que significaría «cuervo». No es una asociación muy propicia para un sanador, pero tampoco era un apelativo poco común: era una costumbre popular otorgar a los sanadores de aquel tiempo —vistos fundamentalmente como torturadores macabros que fiaban la eficacia de sus remedios a fuerzas invisibles ajenas a su control, o incluso a su comprensión— nombres y complementos equivalentes a sus miserables sistemas de conocimiento y a su casuística de éxitos. Los sanadores cuyo trabajo podía verdaderamente obtener alguna sistematización y cuotas más altas de éxito, al mismo tiempo, generaban una desconfianza aún mayor porque cada uno de sus progresos inevitablemente ponía en cuestión algún dogma central de alguna de las nuevas religiones monoteístas (como demuestran los casos de Gisa, Isadora y, sobre todo, Caliphestros). –C. C.

214. «Klauqvest»: como solía hacer con algunos de los aspectos más arcanos o excitantes, aunque académicamente inexplicables, del *Manuscrito*, Gibbon apenas trata ese nombre de manera oblicua: al parecer estaba convencido de que, algún día, nuevas exploraciones de la lengua gótica demostrarían que Klauqvest era un nombre dado a este hombre por sus padres como reflejo de su reacción no solo a la enfermedad que sufrió

toda la vida, que parecería ser la lepra —y tal vez algo aún más devastador, pues es obvio que carecía de la inmunidad ante el dolor superficial que caracterizaba a tantos leprosos—, pero también una aparente deformidad de las manos, casi con total seguridad visible desde el nacimiento y no tan poco común en los anales de la medicina. La fusión de la piel, el músculo y a veces incluso el hueso de los dedos de tal modo que las manos parecen pinzas de crustáceos —una enfermedad conocida como ectrodactilismo— se documentó mucho antes de que se descubriera este *Manuscrito* y antes de Grady Franklin Stiles (1937-1992) se convirtiese en popular figura circense con el apelativo de «Chico Langosta». Y, como en muchos dialectos germánicos se identifica fácilmente *klau* como «pinza» [*claw*, en inglés], podemos estar seguros del significado de la primera sílaba, mientras que el significado de la segunda, *qvist*, se puede conjeturar fácilmente, o eso parece que dijo el traductor de Gibbon: «Para quienes han trabajado en la comprensión del gótico —escribió el historiador—, es la raíz de un término que denota "destrucción", donde la "v" intercalada debería leerse como una "u", que en los idiomas germano-anglosajones siempre estuvo emparejada con la "q", y sigue estándolo; el resultado es un nombre que implica alguna clase de "destrucción" o "muerte" por medio de una "pinza": en última instancia, un nombre irónico, por no decir cruel, para este tipo desgraciado.» –C. C.

215. «... con una toalla»: una vez más, una palabra que podría sorprender a la audiencia actual por anacrónica y contemporánea, y sin embargo merece la pena señalar que no solo es bastante antigua, sino que tiene raíces en los dos idiomas que, según el convencimiento de Gibbon y del traductor del *Manuscrito*, conformaban las principales influencias del dialecto de Broken: el antiguo alto alemán (cuyo antecedente sería la palabra *dwahilla*) y el gótico (*thwahl*). –C. C.

216. «Loreleh»: se trata de una variación del nombre del germánico antiguo Lorelei y la alteración de la sílaba final se explica por el cambio vocálico del antiguo alto alemán. Tiene por connotación una «roca tentadora» y es la variación germánica del canto de las sirenas, referido a uno o varios espíritus de hermosas mujeres que cantaban desde un cabo rocoso del Rin, atrayendo a los barcos y a sus marinos hacia el naufragio y la muerte. –C. C.

217. «el pie como un caballo»: a muchos les resulta familiar esta deformidad, hoy en día corregible por medio de la cirugía, pero que en otro tiempo fue un incurable origen de enormes humillaciones, incluso para los grandes y admirados, desde Claudio, el emperador romano, hasta

Lord Byron. El nombre latino de esta condición —*talipes equinovarus*— sigue usándose como nombre técnico en medicina, pues significa «pie de caballo» o «pie (y tobillo) como de caballo», porque provoca la subida del talón, como en los pies de los caballos, mientras que el resto del pie se tuerce hacia dentro, a veces de un modo tan antiestético que en sociedades antiguas y medievales podía ser causa de graves burlas, e incluso de persecución. –C. C.

218. «Chen-lun»: como ya se ha dicho, podemos hacer poco más que especular con algunos nombres originarios de los hunos que nos vamos encontrando y explicar por qué Gibbon los pasaba por alto. Pero si nos adentramos brevemente en esa especulación veremos que Chen-lun sugiere alguna clase de influencia china, lo cual nos devuelve a la antigua teoría de la relación entre los hunos y sus supuestos antepasados, los Xiongnu (la Gran Muralla se levantó fundamentalmente para defenderse de ellos). Si nos obligaran a traducirlo a un dialecto chino moderno, por ejemplo, encontraríamos un sentido general del tipo de «flor de la mañana» (o, más concreto, «orquídea brillante»); en cambio, si nos pidieran traducir el nombre a alguno de los descendientes principales de los hunos en el mundo moderno —por ejemplo, el húngaro— nos quedaríamos prácticamente en blanco. Y como «Flor de la Mañana» y «Orquídea Brillante» son nombres válidos para una princesa descendiente de familia importante, parece más seguro traducirlo así con la intención de entender no solo este misterio particular del *Manuscrito*, sino también la pregunta de por qué Chen-lun parece tener unos rasgos que no resultan particularmente propios de los hunos ni de los chinos. De hecho, podríamos saber más por ciertos detalles de la apariencia de la «sirvienta», tal como se explica en el texto, que por el nombre de la señora. –C. C.

219. «... lúpulo silvestre»: mucho se especula con que el lúpulo, por tener propiedades pseudonarcóticas, como ya se ha explicado, se usara primero con fines medicinales y solo después para hacer cerveza; eso, sin duda, debió de dar a su propósito original una connotación de «corrección» y ayudaría a que se entendiera el comportamiento de la gente joven que bebía grandes cantidades de cerveza hecha con lúpulo. –C. C.

220. «Ju»: el nombre de la criada de Chen-lun (de hecho, da la sensación de que sea su guardaespaldas) es otro que aparece —y a estas alturas ya no nos sorprende— sin mención alguna por parte de Gibbon y se enfrenta a los mismos problemas de traducción que los de Nuen y Chen-lun. Desde luego, podemos saber más de esta mujer por el arma que lleva que por su nombre; porque el único resultado definitivo que

podemos encontrarle al nombre Ju es un nombre chino para niñas, Ju, que significa «crisantemo»; no especialmente apropiado para esta mujer. Por otro lado, es cierto que los cuchillos de combate de esa clase, llevados en posición horizontal, como aquí, eran específicos de los hunos «negros», u occidentales, que invadieron el norte de Europa (en contraste con los heftalitas, o hunos del este, que confiaban más en una sola espada mientras avanzaban hacia las zonas del sur, a regiones que hoy conocemos como Turquía, Irán y Hungría, entre otras). La apariencia y los nombres de Chen-Lun y Ju, en consecuencia, tienen menos importancia que esta daga solitaria. –C. C.

221. «la sombra de Lady Baster-kin»: aquí, Gibbon escribe: «En más de una cultura antigua encontramos referencias a los sirvientes más cercanos, sobre todo de la mujer, descritos como una "sombra", término que evidentemente incluía alguna clase de protección y podía referirse por igual a un hombre o una mujer, aunque por supuesto era más frecuente lo segundo. A saber si eso tendría algo que ver con el término familiar moderno, a menudo incorporado en forma verbal en nuestros días, «convertirse en la sombra de alguien», que al principio se usaba con un sentido de protección, así como para describir el trabajo detectivesco. –C. C.

222. «Adelwülf»: Gibbon escribe: «Tal vez resulte sorprendente, habida cuenta del gran temor que generaban —sobre todo en las regiones del norte de Europa, en las que la escasez de comida en invierno los ha convertido siempre en una amenaza particular—, que los lobos hayan tenido siempre una figuración prominente en las mitologías y nomenclaturas en las nacionalidades de origen tribal. Adelwülf, por ejemplo, es claramente la versión del dialecto de Broken para un nombre común en todas esas zonas y que podría traducirse como "lobo noble".» Lo que Gibbon no podía saber era que al final se asociaría un estigma a la forma moderna de este nombre por culpa, obviamente, de un hombre moderno que tuvo una enorme preocupación por asociar a los marinos y soldados de su patria con los lobos, en el sentido más siniestro: Adolf Hitler. –C. C.

223. «*alps*»: he aquí una variación de la antigüedad germánica de un personaje sobrenatural que aparece en la mitología de casi todas las culturas desde principios de la civilización y que, en Occidente, se suele conocer con alguna variante del término latino *incubus*. Se supone que la palabra *alp* es una derivación alemana de *elf* [elfo] y, efectivamente, las primeras leyendas sobre los *alps* hablaban de criaturas que llevaban a cabo las mismas travesuras que en la mitología céltico-anglosajona se atribuyen a distintas clases de elfos, aunque estos eran muy poderosos y

siniestros. Al poner el énfasis, aquí, en el componente sexual, en su capacidad de yacer con hembras humanas y producir descendencia mestiza, es cuando el mito del *alp* se desliza hacia el modelo del *incubus*. Una de las más famosas criaturas conformadas a medias por hombre y espíritu era y sigue siendo Merlín, el brujo artúrico, de quien se decía que había sido engendrado por un *incubus*. En cuanto a los mitos del *alp* y el *incubus*, propiamente dichos, sus orígenes son oscuros; sin embargo, suele decirse que eran una invención necesaria para dar explicación a una serie de cosas que iban de los embarazos «misteriosos» (resultantes, a menudo, del sexo prohibido, el incesto o la violación) a la apnea del sueño o los terrores nocturnos. También existe una forma femenina del *alp*, la *mareh* (o *mara*, o *mare*, en otros dialectos); algunos consideran que forma parte de la raíz inglesa de la palabra *nightmare* [pesadilla]. –C. C.

224. «... *marehs*»: véase nota anterior. –C. C.

225. «... la Gran Imitadora»: Caliphestros usa terminología y clasificaciones de las enfermedades que se adelantaban con mucho a su uso en el resto de Europa, probablemente debido a sus abundantes viajes; a la sífilis la llamaban, efectivamente, la Gran Imitadora en muchas partes del mundo y por las razones que él mismo cita. Los grandes riesgos asociados a la investigación científica durante esa época en Europa costaron a otros científicos visionarios un duro trato en manos de la Iglesia católica; no es de extrañar que tantos pensadores avanzados en esos terrenos se encerrasen en monasterios y ciudades remotas como Broken, o que persiguieran la vida del hermetismo en territorios salvajes. –C. C.

226. «... *mang-bana*»: véase la nota 20. –C. C.

227. «... río Rhein»: la grafía correcta en alemán antiguo (y moderno) del Rin, el río más famoso de Alemania junto con el Danubio, entre otras razones porque constituían sus dos fronteras, al este y al norte, por las que Julio César advirtió que Roma nunca debía intentar mandar a sus tropas; el gran conquistador consideraba que aquella tierra y sus gentes eran demasiado primitivas para merecer semejante aventura. (Y, efectivamente, casi todos los emperadores romanos que desobedecieron la advertencia de César lo pagaron caro, empezando por el primero, sobrino del propio Julio César y adoptado luego como hijo, Octavio, llamado Augusto cuando alcanzó el poder.) Esta grafía del Rin debió de ser tan conocida entre los estudiosos de finales del siglo XVIII que Gibbon consideró que no merecía la pena comentarla porque diversos dialectos del alemán, así como su forma moderna, por supuesto, eran tan importantes como el latín para quienes estudiaban entonces la historia antigua de Europa. –C. C.

228. «*heigenkeit*»: Gibbon escribe: «De nuevo nos encontramos ante un ejemplo particularmente llamativo, no solo de la inventiva y la adaptabilidad lingüística del dialecto de Broken, sino también de su rápido desarrollo y su refinamiento de una generación a otra, así como de la atención que los gobernantes y los súbditos responsables de este reino único prestaban a conceptos científicos y sociales que entonces eran muy avanzados, sobre todo en el norte de Europa. La cercanía de la primera porción de esta palabra con nuestra "higiene", que procede —como sin duda este *heigenkeit*— del nombre de la diosa griega, y luego romana, de la salud, la limpieza y la recolección, Hygieia [o, en algunas variantes, Hygeia], demuestra que a Oxmontrot le había impresionado mucho la atención que prestaban los planificadores de la ciudad de Roma a estas cuestiones y estaba decidido a que su ciudad en la cumbre de la montaña incorporase las técnicas y prácticas más avanzadas que había visto en el imperio de los Lumun-jani. Pero hay un detalle adicional en el desarrollo del mito de Hygieia que podría aportar una pista sobre la medida en que la reacción del Rey Loco a las causas que ella defendía podía superar la estricta responsabilidad de un gobernante para tratarse de algo personal: en las últimas fases de su adoración, Hygieia se había convertido también en diosa romana de la Luna. No es implanteable, en otras palabras, que Oxmontrot (adorador de la Luna por nacimiento y por elección) interpretara los principios romanos de higiene pública y privada como una política no solo sabia, sino también sagrada, dentro del paganismo romano, claro está, pero más importante aún (ya que el paganismo romano estaba muriendo cuando él participó como auxiliar en sus ejércitos) para su fe en la Luna. Una de las muchas tragedias resultantes de la dominación final del culto a Kafra en Broken es que la conexión íntima entre higiene y religión se perdió, con resultados, como vamos a ver, cataclísmicos.»

229. «... llamaba *obsese*»: Gibbon escribe: «La única variación inmediatamente reconocible de este término es, por supuesto, *obsessio*, que sería el término real del latín para un asedio. La adaptación de ese término, en cualquier caso, al significado que aquí se aplica —o sea, la conexión con una persona que sufre lo que los últimos escritos de psicología en nuestro tiempo describirían (con palabras que reflejan la etimología griega, así como la latina) como una "manía histérica"—, es fascinante y desde luego no es lo que esperaríamos encontrar en un reino germánico bárbaro. Y sin embargo no es ni mucho menos el único punto en que encontramos conversaciones sobre las implicaciones primarias (o sea, empíricas) o secundarias (teóricas) de estas ideas, que recibieron un título

por las actividades conjuntas que inspiraban —psicología— ochocientos o novecientos años después del período relatado en esta historia de Broken.» No es que Gibbon se esté regodeando en su frecuente tendencia a la hipérbole; igual que la referencia anterior a los intentos de Galeno de descubrir el significado médico de los sueños, esta cita sugiere una complejidad de pensamiento en la comunidad intelectual de Broken —en particular antes de la muerte del Dios-Rey Izairn— que era única y, obviamente, muy adelantada a su tiempo. –C. C.

230. *«plumpskeles»*: Gibbon escribe: «Se trata simplemente, según mi traductor, un hombre de amplia experiencia, de una palabra más colorida para "letrinas".» No podemos más que suponer que Gibbon conocía el efecto que tendría la traducción aparentemente literal de la palabra para un Burke más bien formal: porque *plumpskeles* es otro término de transición entre el viejo alto alemán y el moderno, teniendo este último la palabra *Plumpsklos* o, de manera muy literal, «agujeros de mierda», representativa de los agujeros excavados a modo de lavabos y que por alguna razón siempre iban a pares; de ahí el plural usado por Isadora, porque hemos visto cuatro letrinas de agujero en el patio trasero de la casa de Berthe. –C. C.

231. «Kriksex»: Gibbon escribe: «He aquí un nombre que debió de ser claramente idiosincrático, incluso dentro del dialecto de Broken. Aunque tiene fragmentos y aspectos de elementos comunes a varias formas del alemán, así como del gótico, no le encontramos sentido alguno en función de lo que sabemos hoy en día, dato que dejo anotado tan solo porque parece adecuado.» Y efectivamente lo era, dada la naturaleza del personaje y su función; y los estudios modernos no nos han ayudado mucho, por no decir nada, más que en la época de Gibbon. –C. C.

232. «Gerfrehd»: es evidente que Gibbon consideró que la explicación del nombre de este sentek del ejército regular no merecía su pérdida de tiempo, quizá porque es uno de esos nombres germánicos compuestos que a menudo parecen un oxímoron: es casi seguro que se trata de la versión dialectal de Broken de Gerfried, a menudo traducido como «lanza de la paz». Pero se vuelve más comprensible cuando tenemos en cuenta que su significado original es probablemente más general, como «guardián de la paz». Y habida cuenta de nuestra ignorancia general acerca del dialecto de Broken, tal vez nunca sepamos exactamente qué significa esta versión, pero si fuera «guardián de la paz» resultaría un nombre estrictamente apropiado para un hombre cuyo papel parece consistir definitivamente en patrullar la sección de los muros de la ciudad que terminará por demostrarse fundamental. –C. C.-

233. «M. Rousseau»: Burke habla de uno de los filósofos más cele-
bres de esa época, Jean Jacques Rousseau, por quien sentía poco más
que desprecio. A Burke le parecía que las teorías de Rousseau sobre el
Romanticismo y la introspección no eran más que pura vanidad y espíritu promocional y que sus teorías sobre la ciudad resultaban peligrosamente desestabilizadoras. Sin embargo, la mayor parte del tiempo el
ansia de venganza de Burke contra Rousseau, a quien no conoció personalmente, era extremada y evidentemente *ad hominem*, aunque, en honor a la justicia, a Rousseau le cayeron ataques duros desde rincones
mucho más liberales que el de Burke; el incipiente movimiento feminis-
ta, por ejemplo, dirigido por pioneras como Mary Wollstonecraft, no
conseguía perdonar a Rousseau por su manera de relegar a las mujeres a
un papel estrictamente doméstico en su descripción de la sociedad ideal.
–C. C.

234. «... de la época en que compuso el texto»: Burke no creía que la
confusión al respecto del momento en que el narrador compuso esta historia, algo que Gibbon consideraba como una especie de artefacto litera-
rio, tuviera que serlo por fuerza. A él le preocupaba que, si bien podía
tratarse de algún personaje importante que echara la vista atrás, también
podía estar escrito mirando hacia delante, no con pretensiones proféticas,
como diría Gibbon, sino con el don de la profecía. Él dejó claro que su
candidato para ocupar este último lugar era Oxmontrot, a quien Burke
consideraba (al contrario que, digamos, todos los soldados de Broken)
loco de verdad. Todo eso explica no solo la «ambigüedad temporal» de
Gibbon, antes mencionada, sino el sentido de responsabilidad que siente
el narrador desde el principio; porque los futuros gobernantes del estado
eran sus descendientes, y ellos tendrían que escoger a los ministros importantes de la ciudad, como Lord Baster-kin. –C. C.

235. «... lucha de religiones... padres estrictos... perverso hedonismo»: Burke golpea aquí con intención, pues se trataba de los tres asuntos
más tiernos en la vida de Gibbon y los dos primeros tenían que ver con su
conversión del anglicismo al catolicismo, ida y vuelta, la última vez debido a la amenaza de su padre de desheredarlo. Pero la religión formal, popular, en general no lo interesaba y su atracción por el «perverso hedonismo» se debía en parte a ello y en parte a la vida solitaria a que lo obligaba
su *hidrocele testis*, o inflamación de un testículo, que se volvió tan aver-
gonzante que el historiador llegó a pasar por tres operaciones ineficaces
para intentar corregirlo y terminó muriendo porque el último cirujano le
había provocado una peritonitis. No resulta difícil ver en todo esto (tal

como dice Burke) los orígenes de las razones de Gibbon para sentir esta atracción tan compulsiva por la «leyenda» de Broken. –C. C.

236. «... ardillas y gatos monteses»: la palabra «ardilla» viene del griego y del latín por una secuencia idenfiticable de lenguas romances, así como por medio de los términos originales germánicos y escandinavos, y es probable que el traductor del *Manuscrito* la usara como término familiar y conveniente, pues el alemán usa *Eichkätze*, o «gato de los árboles» (en realidad, «de los robles», llamado así por la bien conocida preferencia que las ardillas muestran por las bellotas). Nos queda preguntarnos por qué el traductor al inglés hablaba de «ardillas *y* gatos monteses» [la cursiva es mía]. ¿Acaso los Bane establecían una distinción entre dos tipos de ardilla distintos? ¿O existía en esa época otra criatura que desde entonces ha desaparecido, en una pérdida mucho más trágica que la de una palabra muerta? Esas son las preguntas que se plantean por la desaparición de palabras y lenguas; preguntas que, por desgracia, nunca se pueden contestar.

237. «... penachos de plumas»: uno de los misterios duraderos de la zoología que seguimos sin resolver es por qué tienen las lechuzas este rasgo. Parece claro que es una treta defensiva, porque los penachos se vuelven más altos y pronunciados en momentos de desafío y peligro; pero si sirven para dar a la lechuza apariencia de mamífero ante otros depredadores, o si cumplían una función de camuflaje para que el ave pudiera fundirse con mayor eficacia con los troncos de los árboles y con sus ramas, es todavía objeto de debate. –C. C.

238. «... el temido *Muspelheim*»: una frase aparentemente informal que, en realidad, se refiere a un elemento importante de la mitología germánica y escandinava antigua. En la Era Oscura, y antes, se extrajeron muchos minerales como el hierro de los sitios donde eran fáciles de recoger, como ciénagas, pantanos y campos de musgo, para luego trabajarlos en un tipo de montículo (*pfell*) que en muchas partes del mundo cumplía las funciones de forja. Esa práctica causó tan honda impresión en las tribus germánicas y escandinavas que la consagraron en sus respectivas mitologías y en una de las primeras épicas del antiguo alto alemán, *Muspilli* (título que no se sabe si tenía relación etimológica, pero sin duda estaba conectado temáticamente con el fogoso reino pagano del *Muspelheim* o *Muspell*); aunque el poema pretende cristianizar muchos elementos de la leyenda —acaso convirtiéndose en otro de los puntos de conexión entre el cristianismo y el mundo pagano de los dioses germánicos y escandinavos—, presentaba un vívido retrato de ese infierno cataclísmico que en el

floclore popular era el primero de los nueve mundos que existían bajo el fresno Yggdrasill. Las estrellas se formaban a partir de las centellas de Muspell y de allí salían también, en la época de Ragnarok, tan parecido al Armageddon, los tres hijos de Muspell, acompañados por el fogoso gigante, Surt, que (según a qué fuente se consulte) goza de la compañía de un lobo que se tragará el sol. Los hijos de Muspell destrozan el gran puente del arcoíris para llegar al Asgard y traen a todas las criaturas y creaciones de la Tierra fragilidad y ruina. Los Bane, creyentes de la fe antigua, al parecer también daban crédito a alguna versión de esta historia; y todo indica que su miedo a lo que estaba creando Caliphestros entraba en colisión con la excitación que les producía el poder que esperaban obtener de aquellos trabajos, creándose así un estado de tensión general que se remontaba a sus infancias. Este estado de ansiedad al parecer motivó a Keera a descubrir cuanto pudiera sobre los motivos del anciano y se veía reforzado por la presencia constante de Keera cerca de las bocas de las minas: ¿sería ella, y no un lobo, el animal gigante que se iba a tragar la luna? –C. C.

239. «... el acero casi milagroso»: lo que aquí se nos presenta es una versión reducida de la transformación del carbón en coque, un combustible que al ser incinerado produce grandes aumentos de temperatura en los hornos. Caliphestros debió de aprender sus criterios para determinar qué carbón servía mejor para «cocinar», de nuevo, en sus viajes al este por la Ruta de la Seda, ya que ese proceso lo usaban los chinos al menos desde el siglo IX; sin embargo, podría tratarse de otra innovación tecnológica más que, pese a ser atribuida de un modo más o menos automático al Imperio chino, en realidad salió antes de tierras de la India. Sin duda, el hecho de que Caliphestros lo conociera así lo sugiere. –C. C.

240. «... al más ardiente de los Nueve Hogares»: otra referencia al Muspelheim, el inframundo más ardiente —o, según algunos relatos, el único que de verdad ardía— bajo el fresno del mundo, Yggdrasill. También es el lugar del que se esperaba que salieran los fuegos cataclísmicos que dieron inicio al universo y que pondrían también en marcha su fin o Ragnarok. –C. C.

241. «... la naturaleza de esos otros elementos»: los herreros Bane no ponían en marcha (del todo) su imaginación, pues algunos rastros de otros minerales y elementos sí se colaban en el acero y afectaban tanto la fuerza como el color de cada tanda. Eso podía incluir ingredientes variados como el níquel, el zinc, la hematita y, más adelante, el vanadio (otro argumento a favor de la idea de que el *Manuscrito* se compuso más tarde, pues el vana-

dio se usaba de manera informal al final de los períodos que aquí se describen, pero su reconocimiento formal en Occidente fue mucho más tardío). Una vez calentados y trabajados, estos ingredientes podían producir bandas extraordinarias de colores que iban del gris al rojo, pasando por el marrón y el amarillo, apariencia que aumentaba la reputación del metal como una especie de acero «sobrenatural» o «antinatural». –C. C.

242. «... los reinos de Oriente»: esta afirmación no puede sino hacernos pensar en el ejemplo supremo del acero laminado por capas: las espadas de los samuráis de Japón. También de ellas se creía que tenían, por su combinación de fuerza y finura, poderes sobrenaturales: los occidentales al verlas decían que eran, cuando menos, milagrosas. Se decía que alguien había hecho una espada con cuatro millones de láminas (plegadas y replegadas); y no son espadas muy gruesas. Fuera cierto o no, el hecho es que esas espadas podían causar daños devastadores en todas las armas occidentales, incluidos los rifles y las pistolas pequeñas. –C. C.

243. «... danza de apareamiento»: no es un exceso poético; en muchas especies de osos, entre las que al parecer se contaba el pardo de Broken, se llama «danza» a los movimientos y ruidos que hace el macho al encontrarse el aroma que la hembra va diseminando deliberadamente. La referencia de Keera acerca de que el área cubierta por el aroma de la hembra es demasiado pequeña también es correcta, pues esas hembras esparcen su aroma lo máximo posible para atraer al macho. La única pregunta de verdad, a la que pronto nos acercaremos y tal vez demos respuesta, es por qué este segundo hecho tenía que ser así. –C. C.

244. «... bosques primigenios»: en este caso, encontramos un término anacrónico que nos ayuda a confirmar la época de traducción al inglés del *Manuscrito*, más que a discutirla. En contra de lo que suele creerse, una vez más, la palabra *primeval* respondía a una noción de finales de la Ilustración y principios del Romanticismo, no a una idea medieval, un supuesto redescubrimiento de cómo se percibían los bosques en la Edad Media y Oscura que tenía poco que ver con los hechos y solo se popularizó por el auge de las sociedades industrializadas y por la habilidad humana para controlar y destruir esos lugares, sintiéndose a partir de entonces libre de su amenaza. Igual que la cansina idea del noble salvaje, cuya nobleza solo se alcanzaba cuando se encontraba sometido en gran parte, el bosque primigenio no bastaba para explicar el terror absoluto con que mucha gente contemplaba la tierra silvestre en la época de las leyendas como esta de Broken; por repetir los comentarios previos sobre el Bosque de Davon (véase nota 7), era una fuente de te-

rror y muerte, no de romanticismo y de reconexión con un modo de vida anterior y más fundamental que de algún modo contribuiría a la limpieza del espíritu. –C. C.

245. «... que los nudillos»: Tácito escribió sobre la pasión de las tribus germánicas por el juego, en especial por las tabas (hechas, por lo general, con huesos de las falanges de ovejas y cabras) y los dados. A lo largo de esos juegos, los jóvenes se jugaban de manera rutinaria su libertad cuando se quedaban sin fondos, y se sometían obedientemente a la esclavitud si el resultado no les era propicio. Efectivamente, según Tácito, en *Origen y territorio de los germanos*, «lo maravilloso es que jugar con los dados es una de sus dedicaciones más serias y hasta cuando están sobrios quieren jugar.» En cuanto a la pérdida de libertad: «Así perseveran por un mal camino: ellos lo llaman honor.» O sea que el juego de toda clase era ciertamente una parte poderosa de la cultura de la gente de Broken y de la mayor parte de las tribus que la rodeaban. –C. C.

246. «... un linnet llamado Crupp»: un nombre que no tenía por qué llamar la atención de Gibbon, pero que hoy en día destaca por su parecido con la «dinastía» Krupp, de los mayores fabricantes de acero y armas de Alemania, que empezaron a destacar a finales del XVIII y principios del XIX y que de hecho tenían su sede central en la ciudad de Essen, que era y por supuesto sigue siendo la «antigua ciudad al oeste de» Broken. ¿Acaso este Crupp se había exiliado de ese clan y el cambio de grafía se debe al dialecto de Broken? ¿O acaso no hay ninguna relación entre los dos apellidos? El hecho de que a ambos les preocupara la artillería en sus respectivos períodos resulta intrigante, aunque no concluyente, porque la fortuna de los Krupp procedía tanto de la fabricación de armamento como del hierro. –C. C.

247. «... ha empezado a llover»: hace tiempo que la conexión entre el síndrome del dolor crónico (como el que sufren quienes tienen heridas o fracturas de huesos de larga duración) y la llegada de la lluvia se acepta como algo más que una leyenda popular o una suma de experiencias puramente anecdóticas. El mecanismo preciso de esa conexión todavía no se conoce en todos sus detalles, pero se cree que radica en el hecho de que las caídas bruscas de la presión barométrica afectan al equilibrio del fluido cerebro-espinal, y esos cambios a su vez afectan a cualquier anomalía del sistema nervioso periférico. Una vez más se trata de un área en la que el griego Galeno y sus seguidores hubieran prestado un gran servicio si las grandes religiones monoteístas no les hubiesen obligado a esconderse ni les hubiesen prohibido la práctica de autopsias. –C. C.

248. «... ingeniero llamado Bal-deric»: Gibbon escribe: «Un nombre inquietante, otro más que tenía que proceder de una dirección entre dos posibles, pero no sabemos cuál es la más probable, podría ser una variedad del escandinavo Balder, nombre del hijo más bello y virtuoso de Odin, cuya muerte, en ese mismo relato mitológico, provoca el despertar del Ragnarok; pero también podría tratarse de la versión de Broken del germánico Derek, variación a su vez del ostrogodo Theodoric. La suma de una sílaba extra queda sin explicar en ambos casos; sin embargo, la combinación de los dos podría ser una nueva señal de la función que cumplía el dialecto de Broken como crisol de distintas lenguas regionales.»

249. «... ruedecillas y alambres de acero»: se conservan algunas descripciones anecdóticas de extremidades protésicas desde los tiempos antiguos, aunque los científicos no empezaron a recoger ejemplos hasta el final del medioevo y el principio de la era moderna, quizá porque hasta entonces las prótesis no eran aceptables desde un punto de vista religioso y, como muchos otros avances científicos, había que destruirlas. También puede ser que las descripciones más antiguas sean mitológicas. Ciertamente, no sería esta la única área, como ya hemos visto, en la que los científicos e inventores de Broken se anticiparon a lo que muchos considerarían un desarrollo posterior. –C. C.

250. Weltherr: Gibbon escribe: «No hay ningún gran misterio asociado a este nombre. Weltherr debe de ser cognado del Waldhar del alemán antiguo, que ha llegado hasta nosotros con la muy común forma de Walther (o el inglés Walter), cuyas partes constituyentes se traducen a grandes rasgos como «señor del ejército». Es evidente que los padres de este tipo, cuando le pusieron ese nombre, tenían en mente algo más ambicioso que la composición de mapas militares, pese ser cierto y demostrarse siglo tras siglo que el ejército que poseía los mejores mapas —tanto físicos como topográficos— gozaba de una clara ventaja.»

251. En este capítulo final del *Manuscrito* nos encontramos con incongruencias en los estilos de organización que para Gibbon —como, tal vez, para muchos lectores actuales— podían resultar enloquecedoras. Es bien conocida la pasión de Gibbon por la organización uniforme; sin embargo, de ese modo se pasa por alto obstinadamente la variedad de estilos de la mayor parte de leyendas, sagas, eddas, etcétera, de ese mismo período, que con frecuencia representan tan solo la manera en que esos relatos se contaban una y otra vez (a menudo por autores distintos, aunque no parece que este sea el caso) a través de los tiempos; el *Manuscrito de*

Broken puede ser confuso, en ese sentido, pero es totalmente coherente desde un punto de vista histórico. –C.C.

252. «... mismo halo brumoso... hasta el fin de los tiempos»: Gibbon anota que en su época «ocurría así con mucha frecuencia en la montaña llamada Brocken, aunque sería imposible, por supuesto, discernir si ese "anillo" se formó por primera vez durante esta marcha en la que se selló la alianza entre los Garras y los Bane.» Hoy podríamos afirmar lo mismo con igual facilidad; sin embargo, en tiempos más contemporáneos (e incluso en los de Gibbon, aunque él no lo diga) esa bruma, más que aportar la connotación de una bendición divina, como parece insinuar el autor, aumentaba la reputación siniestra de la montaña. –C.C.

253. «... aliados»: otra de esas palabras que sonarán anacrónicas a muchos oídos por su fuerte asociación con la Segunda Guerra Mundial; sin embargo, de hecho nos llega del principio de la era medieval, a partir del inglés medio, y está compuesta de partes todavía más antiguas. Por supuesto, la noción de los aliados, o de los «ejércitos aliados» era común en el mundo de la Antigüedad y uno de los primeros y más famosos ejemplos de su aparición serían las mil embarcaciones griegas que navegaron hacia la fabulosa Troya. –C.C.

254. «... algunos ponis»: Gibbon escribe: «Una vez más no tuve fortuna a la hora de persuadir a mi traductor para que me dijera cuál era en el *Manuscrito* la palabra original que él traducía por "poni" o "ponis", y es una pena porque nos hubiera ayudado a aclarar los orígenes de esa subespecie del caballo, una "subespecie" que podría tener una historia más antigua que la propia "especie", al menos en el norte de Europa; hay quien cree que los ponis eran animales criados y luego abandonados por diversas tribus migratorias que partían de Asia y que, como sus ponis, eran de menor estatura que sus conquistadores, los europeos y los despreciables bizantinos, con sus enormes caballos de guerra cubiertos con armaduras.» Ya hemos comentado el desdén de Gibbon hacia el Imperio bizantino; y, aunque en su época la palabra «poni» apenas tenía un siglo de vida, la especie (o subespecie) había tenido otros nombres desde mucho antes en otras partes de Europa. –C.C.

255. «... que los kreikish llamaban "el *automatos* del fuego"»: Gibbon escribe: «El traductor usó, sin duda para beneficio de sus lectores contemporáneos, la forma más reciente de la palabra griega para "automático", mientras que mantuvo el término del dialecto de Broken para el gentilicio de Grecia, *kreikish*, que ya hemos visto antes. No tiene ningún sentido explicar demasiado pronto qué significa la expresión "fuego auto-

mático", pues de eso se encargará el texto; sin embargo, en cuanto concierne a la cuestión de si era o no un mito, baste con decir que los químicos han intentado recrear esta misteriosa categoría del "fuego griego" sin éxito, aunque se han probado varias otras fórmulas del mismo con resultados mucho más satisfactorios. Como la fórmula de Caliphestros para esta sustancia era particularmente volátil, tendremos que seguir preguntándonos, hasta que algún químico demuestre o descarte esa noción, si esta parte de la historia forma parte, efectivamente, de la leyenda, o si es puramente un mito.» Sería injusto decir ahora cuál es el error de esa afirmación de Gibbon, pero al menos deberíamos anotar que se equivocaba y afirmar que el brebaje del «brujo» Caliphestros era un arma familiar para los ejércitos modernos, especialmente el de Estados Unidos, tanto por las partes que lo componían como por el conjunto que formaban; y que no debería sorprendernos que en la época de Caliphestros hubiera desaparecido del mundo durante mil años al menos, ni que después de la historia de Broken volviera a hacerlo durante otros mil doscientos: si hay una lección que deba aprenderse del *Manuscrito* y de todos los detalles de la historia de Broken es que la tendencia de una civilización, como estamos descubriendo de nuevo en nuestros tiempos, no siempre va hacia arriba o hacia delante. –C. C.

256. «... pis infernal de Kafra»: he aquí una entrada sobre la que Gibbon apenas podía saber nada, ni siquiera en el terreno de lo anecdótico y mucho menos en el científico; sin embargo, en una elección típica, escogió hacer un comentario porque casi todos los informes sobre la composición científica del «*automatos* del fuego», o fuego automático, nos han llegado de fuentes bizantinas y es lógico que despertaran la prejuiciosa ira del gran estudioso en buena medida. Así, cuando dice que «este aspecto del relato de la invasión de Broken debe contemplarse con ojos cautelosos, como mínimo, habida cuenta de que el tipo de "autoridades" en que está basado proceden de una sociedad muy versada tanto en la exageración como en la mendacidad» no se trata tanto de la afirmación de un hecho cierto como de sus propios prejuicios personales. Al fin y al cabo, fueron los bizantinos quienes acabaron inventando nuevas formas del fuego griego tan devastadoras que su uso tuvo influencia en batallas de una importancia inmensa: véase, por ejemplo, el excelente *A Historiy of Greek Fire and Gunpowder* [Una historia del fuego griego y la pólvora].

En esos textos autorizados, así como en el propio *Manuscrito de Broken*, no solo encontramos una refutación eficaz de la obstinada ignorancia de Gibbon, sino pruebas tentadoras de cuál podría ser el «ingrediente perdido» que distinguía el fuego automático de otras formas más comunes de fuego griego. En ese contexto, el relato de la historia de Broken no solo no debe mirarse «con ojos cautelosos», sino que conviene tomarlo con bastante seriedad. Porque todos los demás elementos implicados en la creación de la sustancia —desde la nafta hasta el asfalto— encajan con la descripción del narrador sobre el hedor que despedía la creación de Caliphestros y sobre su consistencia; pero, además, la manera en que se nos cuenta que deben transportarse todos esos elementos —en contenedores metálicos— también se adecúa a la realidad. Pero sobre todo hay otros aspectos —la descripción, la violencia y la acción de la llama resultante— que nos aportan una revelación adicional y tal vez fundamental: porque se nos dice que el *automatos* del fuego usado en Broken ardía con un color básicamente blanco, y no con el espectro usual de colores fogosos propios de la época; y que ardía «hacia dentro» del objetivo, no en su superficie. Eso es extraordinariamente reminiscente de lo que hoy en día conocemos como «fósforo blanco», una controvertida arma del siglo veinte (en particular, de nuevo, tras su uso por parte de Estados Unidos en países del Tercer Mundo), cuyo antecedente, el bisulfito de carbono, nos consta que se había usado en más de una ocasión histórica: entre otras, en un intento de destruir el Parlamento británico por parte de los nacionalistas irlandeses. El fuego creado por medio de esos elementos puede efectivamente prenderse con agua y arderá con mayor ferocidad cuanta más agua se le eche encima; los químicos europeos anteriores al momento en que la Iglesia católica provocó la gran suspensión de las ciencias hubieran sido capaces de controlar la creación de una sustancia como esta. ¿Lo hicieron? El *Manuscrito de Broken* sugiere que sí; y una vez más es típico que nos quedemos en suspenso, en este asunto fundamental, entre lo que leemos, la opinión que en su momento le mereció a Gibbon y lo que la ciencia y la historia militar modernas nos dicen que pudo ser posible si se mira sin prejuicios. –C. C.

257. «... ponerte tus *sarbein*»: ni Gibbon ni su traductor pudieron encontrarle el sentido a este término del dialecto de Broken. Sin embargo, el gran estudioso tuvo la sabiduría de obtener de su uso una conclusión correcta (aunque acaso obvia): «Ni el traductor del documento ni yo hemos podido entender el sentido de este término, salvo que, en su contexto, parece evidente que se refiere a las grebas, esas protecciones de la armadura para las piernas, llevadas durante siglos tanto por los guerreros de Oriente como por los de Occidente, desde la edad del bronce hasta la del hierro y el acero; sin embargo, sigue siendo un misterio cómo pudo el dialecto de

Broken formar un término tan exclusivo.» De nuevo nos enfrentamos al hecho de que, en tiempos de Gibbon, se habían investigado muy poco el gótico y los diversos modos de hibridación del gótico y el alemán: *bein* significaba «pierna» incluso en alemán antiguo y *sarwa* era el plural de «armadura» en gótico. Así, ahora podemos resolver con bastante confianza otro problema que frustró a Gibbon, que conocía la pregunta y la respuesta pero ignoraba de qué manera estaban conectadas. –C. C.

258. «... formación de la infantería de Broken»: aquí Gibbon no experimenta desconcierto alguno y nos da la sensación de que eso le produce algo de alivio: «El intercambio que explica cómo se van a enfrentar Arnem y su hijo a unos atacantes que carecen de entrenamiento militar formal no solo nos da una idea de por qué era tan temido el ejército de Broken, sino que de nuevo ilustra la seriedad con que el fundador del reino, Oxmontrot, se había tomado los mejores elementos de las tácticas militares romanas. Cualquier comandante romano de la última etapa se hubiera sentido feliz y orgulloso de contar con hombres dispuestos a participar en formaciones de aspecto tan cerrado y peligroso, pero tan aterradoras y victoriosas al mismo tiempo; efectivamente, la incapacidad de demasiados comandantes romanos para convencer (o parar intentarlo siquiera) a sus hombres de la necesidad de reunir el coraje suficiente para mantener vivas las tácticas de lucha cuerpo a cuerpo de las primeras etapas del imperio —tácticas que habían permitido a Roma establecer su dominio sobre gran parte del mundo occidental— fue un factor que contribuyó a la caída del gran imperio.» No hace falta añadir nada a esta explicación, aparte de recordar una vez más que Oxmontrot, al contrario que tantos líderes bárbaros del norte de Europa, en vez de contemplar el modo de luchar de los romanos como algo ajeno, o incluso inhumano, escogió entre todas aquellas tácticas las que más útiles podían resultar a su nuevo reino: un logro impresionante, por decir poco. –C. C.

Agradecimientos

Puse por escrito los primeros capítulos y un guión previo de lo que acabaría convirtiéndose en *La leyenda de Broken* en 1984. Los elementos centrales de la historia han evolucionado, por supuesto, pero no tanto como uno podría verse tentado a dar por hecho; en verdad se trataba de un «proyecto perenne» porque los temas que lo alentaban seguían sin resolverse, ya fuera en mi interior o en el propio «reino». En aquellos primeros tiempos yo vivía en una habitación trasera del piso de mi abuela, Marion. G. Carr, en Washington Square, y trabajaba «para» mi amigo y mentor James Chace, aunque más adelante terminé trabajando «con» él. Mi abuela murió en 1986; a James lo perdimos en fechas más recientes, 2004. Una hizo posible llevar esta historia a la práctica al ofrecerme un techo y un lugar de retiro. Del otro aprendí más de lo que podría explicar sobre las normas de la vida de un escritor. Por supuesto, se trataba de un tipo de escritura que para James nunca iría más allá del mero entretenimiento; pero le parecía que, si me mantenía firme, podría «ganarme un buen sueldecillo algún día» mientras me concentraba en mi trabajo serio en el terreno de la historia militar y diplomática. Por lo que se refiere a mi indomable abuela, siempre respondía a esta clase de proyectos con una frase bien sencilla: «Bueno, querido, no sé qué te crees que vas a hacer.» Los añoro terriblemente a ambos, sobre todo al ver el libro terminado ya y publicado.

El proyecto me torturó físicamente, de manera intermitente, durante muchos años: mientras trabajaba en él nadie podía convencerme de que atendiera ningún otro asunto: mi salud, mis lugares de residencia, mis distintas novias. Pido perdón a estas y solo espero que, si leen esto, entiendan qué me ocurría. Luego, el año pasado, cuando ya tenía más o menos a la vista la última frase, sufrí uno de mis periódicos roces con la muerte, provocado en gran medida por los sobreesfuerzos que me consumían mientras escribía *Broken*. Mi supervivencia y posterior recuperación se deben, en no escasa medida, a los pacientes esfuerzos de mi familia, en particular de mi madre, Cessa, y su marido, Bob Cote, mi hermano Simon y mi sobrina Gabriela, que se encargó siempre de hacer gelatina Jell-O, aparte de cualquier otra cosa que se le pidiera. Les doy las gracias, así como al doctor Marcus Martinez y, en el Southwest Vermont Medical Center, a los doctores Eugene Grobowski y Ronald Mensh y a todo el equipo de enfermeras que, con una amabilidad extraordinaria, cuidaron de mí.

Cuando un escritor se acoge a la vida de un «caballero de granja» y vive solo con un gato al pie de una montaña llamada Misery, se vuelve muy consciente de los contactos diarios que permiten que su vida funcione; también del elevado precio que sus vecinos pagan por la intimidad. En cualquier caso, he de correr ese riesgo y dar las gracias a Pat Haywood, Arnie Kellar y los diversos trabajadores fiables que no desean ver su nombre escrito. Y también he de agradecer a Dennis y Joan Masterson y, por supuesto, a su hija Catherine, por los largos períodos en los que su esfuerzo se convirtió en la única luz brillante ofrecida por seres humanos durante una etapa dura por lo demás. Hablando de luz brillante, aunque no humana, he de agradecer una vez más a mi difunta y adorada Suki que trajera a Stasi al mundo real, y al cachorro Masha, tan salvaje en estos días, por traerme a la hija de Stasi.

No sabría ni cómo agradecer a los miles de miembros del personal de Thorpe por una ayuda que, en verdad, me permitió salvar la vida y la lucidez mental, de modo que me limitaré a decir que Jim Monahan y Dennis Whitney y toda su tropa son un modelo de lo que debería ser la industria de la salud, aunque no suele serlo. Todos ellos son valiosos amigos, incluso si nunca creyeron que este libro llegaría a existir.

Mi hermano Ethan ha cumplido una misión extraordinaria al ayudarme a perfilar los detalles legales que permitirán mantener la inmensidad de Misery Mountain y el terreno que la rodea como santuario de la naturaleza; le doy las gracias, igual que a su esposa Sarah, por apoyar ese proyecto y por permitir que Marion pase ratos con su tío loco. Del hockey sobre hielo al aeromodelismo, toda una maestra.

Decir que la publicación de este libro ha sido un asunto complejo supondría un eufemismo grotesco; desde su primera encarnación, Broken fue como una fiera que había que domar. He de dar las gracias a mi sobrina Lydia por la asombrosamente hábil primera corrección que lo convirtió en un animal doméstico. La reciente publicación de su primer libro es una nueva y vívida demostración de su esfuerzo y su talento (claro que ha gozado del beneficio de su paciente y amable esposo, Michael Corey, beneficio que ha sabido compartir).

En Random House he de agradecer a Jennifer Hershey y Gina Centrello una fe y una indulgencia que superan la... bueno, que lo superan todo. Y he de dar las gracias especialmente a Dana Isaacson por más de lo que soy capaz de explicar con exactitud: incansable y experta capacidad editorial, junto con una amistad verdadera y, más allá de eso, la habilidad para aprender a manejar los imperdonables y complicados estados de mal humor en los que yo era capaz de sumirme cuando se amontonaba una dificultad tras otra.

Mi agente en WME, Suzanne Gluck, aprendió ese truco durante nuestros primeros días en el Seminario de la Amistad, hace tiempo; pero en esta ocasión ha tenido que usar todos los recursos y se lo agradezco de nuevo, así como a Eve Attermann y Becca Kaplan, siempre amables y pacientes.

Barry Haldeman ha sido un buen amigo y ha guiado la parte legal del proyecto incluso cuando no había ni un céntimo para pagarle. Mi agente y vieja amiga de Los Ángeles, Debbie Deuble, siempre encuentra tiempo para ayudar y para soportar mis broncas, y más aún para animarme; espero que tanto ella como su marido, Tim Hill, sepan que les estoy eternamente agradecido.

Por lo que respecta a los asuntos de Ahí Afuera, he de mencionar el estímulo y la retroalimentación que recibí de mi viejo amigo Tim Haldeman a lo largo de este proyecto. Entender que al final le pareciera que debía poner fin a una amistad tan vital me resulta a la vez imposible y fácil: la mayor parte de los hombres tienen al menos una Alandra en su vida; Tim tuvo la mala suerte de ser el padre de esa idea. No es una acusación, sino la simple afirmación de que los sucesos y los personajes narrados en estas páginas, aunque proceden de diversas fuentes, no pueden ser sino reales; la fantasía no interviene en la conversación.

Mis sobrinos Sam y Ben han cumplido su función de grumetes siempre atentos con apenas alguna queja ocasional y, por lo general, gran ánimo y buen humor; han estado muy presentes en la primera línea y se lo agradezco una vez más. Patty Clayton sacó las fotos sin previo aviso, aunque eso no redujo su habilidad ni su buen criterio. Mi primo William ha compartido no solo los esfuerzos del libro sino también los rigores mucho más brutales que implica ser seguidor de los New York Giants; cualquiera que haya pasado por esa tortura conoce las exigencias —en esfuerzos y en salud mental— que eso comporta.

Dana Kintsler venía de visita cuando podía e intentaba reinyectar la sangre en mis venas; y Scott Marcus —a veces desde muy lejos; otras, no tanto— ha sido un amigo sólido como una roca. Los tres soportamos juntos la muerte, horrible y prematura en exceso, del otro componente de nuestro ruidoso cuarteto, Matthew Kasha, y les agradezco profundamente su presencia. Estoy seguro de que se sumarían a mí para decirle a Matt, dondequiera que esté, que coja el maldito bajo y se ponga a practicar para estar listo cuando lleguemos nosotros.